Peter-André Alt

SCHILLER

Leben – Werk – Zeit

Erster Band

Verlag C. H. Beck

Alt, Peter-André:
Schiller : Leben – Werk – Zeit / Peter-André Alt. –
München : Beck Bd. 1. – (2000)
ISBN 3 406 45905 6

ISBN 3 406 45905 6

Gesamtherstellung: Freiburger Graphische Betriebe
Gedruckt auf säurefreiem, alterungsbeständigem Papier
(hergestellt aus chlorfrei gebleichtem Zellstoff)
Printed in Germany

Inhalt

ZWEITES KAPITEL

Probespiele. Frühe Lyrik und Jugendphilosophie (1776–1785)

DRITTES KAPITEL

Die Macht der Bühne. Frühe Dramen und Theaterschriften (1781–1787)

VIERTES KAPITEL

Ein freier Autor. Prosa, Erzählungen und Zeitschriftenbeiträge (1782–1791)

FÜNFTES KAPITEL

Der Geschichtsdenker. Historische Studien und akademische Abhandlungen (1786–1793)

ANHANG

Einleitung

Kein klassischer Autor der Deutschen scheint so umstritten wie Schiller. Keiner ist mit derart pathetischen Formeln bejubelt, keiner auch so entschieden verworfen worden wie er. Immer wieder veranlaßte sein Werk zu temperamentvollen Meinungsäußerungen, zustimmenden und ablehnenden gleichermaßen. Das 19. Jahrhundert huldigt ihm mit Jubelchören; Schiller-Feiern und theatralische Festkultur, Schiller-Vereine und öffentliche Denkmäler sollten sein Œuvre lebendig erhalten, sein Erbe verwalten helfen. Schiller ist das heroisierte Vorbild für die patriotischen Schwärmer, die 1813 als Infanteristen der Koalitionsarmee gegen Napoleon zu Felde ziehen, angeblich mit den Fragmenten des von Charlotte Schiller zur Verfügung gestellten Manuskripts des *Wilhelm Tell* in der Tasche, symbolisch gewappnet durch die Bruchstücke eines Befreiungsdramas. Schiller bleibt eine Lichtgestalt für die bürgerlichen Märzrevolutionäre des Jahres 1848, die sich auf die politischen Visionen des *Don Karlos* berufen. Er ist die – Goethes Einfluß entschieden überragende – literarische Autorität, welche die deutschen Amerika-Emigranten in der Mitte des 19. Jahrhunderts zur Kultfigur erheben.[1] Die Schiller-Feiern, die in Deutschland zum hundertsten Geburtstag des Autors am 10. November 1859 veranstaltet werden, bilden den Höhepunkt solcher vorbehaltlosen Verehrung. Im gesamten deutschsprachigen Raum stimmt man in diesem Jubiläumsjahr hymnische Laudationes an. Zu den prominentesten Rednern gehören Jacob Burckhardt, Franz Grillparzer, Jacob Grimm und der Hegel-Schüler Friedrich Theodor Vischer.

Der Festrausch des Jahres 1859 erfaßt sämtliche Bevölkerungskreise und beschränkt sich, symptomatisch für diese Phase der Wirkung, keineswegs auf die sogenannten ‹gebildeten Schichten›. Handwerksburschen und Kleinbürger würdigen Schiller ebenso mit Feierlichkeiten wie akademische Kreise. Zitate aus seinen Werken – bevorzugt dem *Wilhelm Tell* und dem berühmt-berüchtigten *Lied von der Glocke* – gehören im 19. Jahrhundert zum geistigen Allgemeinbesitz nicht nur derer, die mit Bildungsgütern professionellen Umgang pflegen. Schiller scheint hier der klassische Nationalautor par excellence, dessen Œuvre zu jeder Situation ein geflügeltes Wort, eine Sentenz oder Maxime bereithält. Seine Texte unterstützen die suggestive Selbstheroisierung eines von der politischen Macht abgeschnittenen Bürgertums, bleiben mithin auch auf die soziale Situation der Mitte des

19. Jahrhunderts anwendbar. Noch Ferdinand Lasalle wird eine – von Marx und Engels in der Sickingen-Debatte heftig getadelte – Vorliebe für die großen Pathoslinien des Dramatikers hegen. Schillers Idealwelt, deren Mehrdeutigkeit und Dialektik man gern übersieht, bietet hinreichend visionäres Potential, zugleich aber auch schon Erklärungsversuche, die verdeutlichen können, welchen unerhörten historischen Widerständen der Kampf für die politische und soziale Autonomie des Menschen ausgesetzt ist. In Zeiten bürgerlicher Revolution wie in Phasen bürgerlicher Resignation – Schiller blieb immer zitierfähig; das, nicht zuletzt, machte ihn populär: die Eingängigkeit seiner Sentenzen, die verbindliche Lebensweisheiten für jede Lage zu liefern schienen, garantierte ihre ideologische Verwendungsfähigkeit jenseits der genauen Textzusammenhänge, in denen sie stehen.

Zugleich erklang, in der Folge der Polemik der Jenaer Romantik, auch im 19. Jahrhundert bereits ein ständig wachsender Chor der Schiller-Verächter. Kritiker monierten die Neigung zum Pathos, beklagten den fehlenden Realismus, die mangelnde Bodenhaftung des ‹Idealdichters›, die lebensferne Kontur der dramatischen Charaktere, den Hang zu sprachlichen Stereotypen, den klappernden Rhythmus seiner Verse, die Tendenz zur Formulierung wohlfeil klingender Wahrheiten, nicht zuletzt die Vorliebe für ebenso abenteuerliche wie phantastische Sujets, die Thomas Mann in seinem 1955 publizierten *Versuch über Schiller*, durchaus wohlwollend, als «Lust am höheren Indianerspiel» bezeichnet hat.[2] Friedrich Schlegel ist einer der ersten, der es wagt, Schillers Neigung zur idealisierenden Überhöhung zu tadeln. Ludwig Tieck und Clemens Brentano bezweifeln die poetische Kraft der Schillerschen Sprache, deren intellektuelles Kalkül allzu offenkundig, deren sententiöse Diktion unnatürlich scheint. Auch die Jungdeutschen formulieren 30 Jahre später, bei aller Bewunderung für Schillers politische Visionen, unüberhörbar Vorbehalte gegenüber seiner künstlerischen Potenz. Georg Büchner schreibt in einem Brief an seine Familie vom 28. Juli 1835: «Was noch die sogenannten Idealdichter anbetrifft, so finde ich, daß sie fast nichts als Marionetten mit himmelblauen Nasen und affektiertem Pathos, aber nicht Menschen von Fleisch und Blut gegeben haben, deren Leid und Freude mich mitempfinden macht, und deren Tun und Handeln mir Abscheu und Bewunderung einflößt. Mit einem Wort, ich halte viel auf Goethe oder Shakspeare, aber sehr wenig auf Schiller.»[3] So eintönig wie der Chor der Lobredner klingt bald der Kanon der Kritiker von Grillparzer über Hebbel bis zu Nietzsche. Suchen Schillers Verehrer moralische Integrität und intellektuellen Mut seiner anthropologischen Entwürfe, die Souveränität der Sprachregie, die Eleganz der Reflexionskunst, die suggestive Kraft seiner bildmächtigen Darstellungstechnik zu beglaubigen, so betonen die Widersacher den unzureichenden Wirklichkeitskontakt seiner kulturpolitischen Visionen, die Durchsichtigkeit des poetischen Kalküls, die fehlende Aura eines primär auf öffentliche Wirkung angelegten Œuvres, den Mangel an atmosphärischem Flair und sinnlichem Realismus. Daß solche konkurrierenden Schillerbilder noch die moderne Wirkungsgeschichte bestimmen, zeigt der Blick auf das 20. Jahrhundert. 1955 erklärt Thomas Mann, der als gesamtdeutscher Festredner in Stuttgart und Weimar auftritt, Schiller zum «Seelenarzt», der durch «Arbeit am Geist der Nation, ihrer Moral und Bildung» ein Therapeut «unserer kranken Zeit» werden könne.[4] Die exemplarische Gegenposition bezieht Theodor W. Adorno in den 1951 veröffentlichten *Minima Moralia*, wenn er Schiller als intellektuellen Gewaltmenschen bezeichnet, dessen abstrakter Idealismus die Signatur des Diktatorischen trage, weil er die soziale Wirklichkeit «aus einem Prinzip ableiten» möchte: «Im innersten Gehäuse des Humanismus, als dessen eigene Seele, tobt gefangen der Wüterich, der als Faschist die Welt zum Gefängnis macht.»[5]

Gegen derartige Extreme wäre zunächst das Augenmaß einer Urteilskultur zu setzen, die Schiller aus dem sozialen, politischen und intellektuellen Wirkungsgeflecht seiner Zeit verstehen möchte. Den methodischen Ausgangspunkt für diese geschichtliche Perspektive können die Überlegungen markieren, die Friedrich Dürrenmatt in seiner umstrittenen Mannheimer Schillerpreis-Rede des Jahres 1959 vorgetragen hat. Angeleitet werden sie durch das Interesse des modernen Theaterautors, der den Klassiker in der Werkstatt zu beobachten sucht und dabei auf eine Souveränität des Handwerks stößt, die ihm Respekt abnötigt, auch wenn ihm sein Œuvre oftmals fremd bleibt: «Populär, ist er dennoch der schwierigste, der unzugänglichste, der widersprüchlichste der Dramatiker. Keiner ist so schwer zu bewerten wie er, keiner so schwer anzusiedeln, bei keinem liegen die Fehler so sichtbar wie bei ihm, und bei keinem sind sie so unwesentlich, er wächst, indem man sich mit ihm beschäftigt, vom Fernen ins Nahe.»[6] Das ist eine glückliche Formel auch für dieses Buch: es sucht Schiller nahezubringen nicht durch Verklärung, sondern im Zeichen vorsichtiger Sympathie mit einem literarischen Œuvre, das uns heute vielfach entrückt scheint, gerade dadurch aber die Chance bietet, ihm mit neuer (am Ende reich belohnter) Entdeckerlust zu begegnen. Die Erkundungsreise muß dabei zwei Nervenzentren erschließen, die Schillers intellektuelles Profil entscheidend bestimmten: die psychologische Sachkenntnis und das politische Interesse. Die Kunst der Seelenzergliederung trägt bereits das frühe Werk; sie wird während der klassischen Periode verfeinert und in den Dienst eines erwei terten Kulturprogramms gestellt. Daß Schiller zeitlebens, auch wenn er Distanz zu den Tagesereignissen hielt, ein subtiles Bewußtsein für staatsphilosophische, historische und gesellschaftliche Problemfelder besaß, hat die ältere Forschung gern ignoriert. Gegen das zum Mythos geronnene Bild vom weltfernen Idealisten setzt die vorliegende Biographie das Portrait eines politisch denkenden Künstlers, der die revolutionären Umbrüche der vornapoleonischen Epoche mit gespannter Aufmerksamkeit zu erfassen wußte.

Als Darstellung von Werk und Leben verfolgt das Buch das Ziel, Schiller im breiten kulturgeschichtlichen Zusammenhang seiner Zeit kennenzulernen. Daß die Vita eines Autors mehr als nur ein äußeres Element seiner künstlerischen Identität bildet, wird man kaum bestreiten können, auch wenn man Skepsis gegenüber einer Sichtweise hegen mag, die das Werk für die gelungene Seite der Biographie hält. Die enge Verknüpfung von Leben und Arbeit hat Schiller selbst vollzogen, indem er seinen Alltag frühzeitig auf die Existenz des freien Schriftstellers abstellte. Nach Lessing gehört er in Deutschland zu den ersten Autoren, die von ihren literarischen Produkten leben müssen, ohne auf durchgängige mäzenatische Unterstützung rechnen zu dürfen. Es versteht sich, daß die daraus ableitbare Konzentration auf die Schreibtätigkeit Schillers Lebensordnung entscheidend beherrscht. Wer seine Briefe liest, stößt daher vor allem anderen auf literarische Pläne, Arbeitsberichte, Skizzen publizistischer Vorhaben. Das Schreiben regiert Schillers Tagesablauf auch in Phasen gesundheitlicher Belastung mit imperatorischer Gewalt. Dem entspricht ein auffälliger Mangel an spektakulären Erfahrungen; exotische Reiseabenteuer, große Amouren, psychische Katastrophen, Erweckungserlebnisse und Umkehrpunkte fehlen in diesem Leben fast völlig: es beunruhigt nicht, weil es selbst, auch in Krisen, von schweren Irritationen frei bleibt. Ein Tagebuch hat Schiller nie geführt; der *Calender*, in dem er mit knappen Worten alltägliche Ereignisse festzuhalten pflegt, bleibt frei vom Charakter intimer Selbstaussprache. Gewiß ist sein Briefwechsel bisweilen geprägt durch private Töne; persönliche Worte findet er zumal gegenüber dem ‹Urfreund› Körner und beim Austausch mit Humboldt (während sie im Verhältnis zu Goethe fast ganz ausgespart bleiben). In den meisten Fällen aber gewinnt der Leser den Eindruck, daß in diesen Briefen ein spannungsvolles Ich weder entworfen noch vorsätzlich versteckt wird. Vielmehr richtet sich die gesammelte psychische Energie auf die literarischen Arbeiten, von denen der Briefschreiber unermüdlich berichtet. Daß die poetische Produktion in diesem Buch im Zentrum steht, entspricht folglich auch dem Selbstverständnis Schillers, der sich über seine Rolle als Schriftsteller erfahren und bestimmt hat. Die Werkbiographie gewinnt hier als Gattung ihr besonderes Recht nicht aus der persönlichen Färbung der künstlerischen Arbeit, sondern aus der Wirkungsmacht, die die Literatur in Schillers Leben bis zu seinem frühen Ende behauptet hat.

Schillers Werke werden unter Angabe der Sigle «NA» und der jeweiligen Bandzahl nach der von Norbert Oellers mustergültig betreuten Nationalausgabe zitiert. Die annähernd abgeschlossene Edition muß als weiterhin konkurrenzloses Unternehmen gelten, zumal sie gegenüber sämtlichen anderen Ausgaben den Vorteil besitzt, daß sie die Texte in der Originalfassung bietet. Das zeichnet sie auch gegenüber der gleichfalls noch unvollendeten Schiller-Edition des Klassikerverlags aus, die mit dem problematischen Verfahren der ‹gemäßigten Modernisierung› arbeitet. Auf die Frankfurter Ausgabe (FA) wird in diesem Buch daher nur in Einzelfällen zurückgegriffen, wenn der hier gebotene Textabdruck dem der Nationalausgabe vorzuziehen ist (etwa weil, wie bei den *Räubern*, Erstdrucke Berücksichtigung finden, die die Nationalausgabe nicht anführt). In sehr seltenen Fällen werden andernorts fehlende Schiller-Schriften über die ältere Säkularausgabe (SA) belegt. Alle weiteren Hinweise auf Quellen oder Forschungstexte erfolgen im Anmerkungsteil unter Angabe von Autornamen und Seitenzahl. Die römischen Ziffern vor den Namen (I–V) beziehen sich auf deren Zugehörigkeit zu den am Ende des Buches abgedruckten Einzelbibliographien (ab S. 695), die den fünf Kapiteln des Buches zugeordnet sind. Literarische Texte (bzw. Quellen) und Forschungsbeiträge werden dabei jeweils in zwei gesonderten Gruppen aufgeführt. Bei mehreren Werken eines Autors innerhalb einer Teilbibliographie sind Siglen verwendet worden. Bei Sammelwerken der Schiller-Forschung nennt die Bibliographie nur den Haupttitel, Hinweise auf die jeweiligen Einzelbeiträge finden sich dann im Anmerkungsteil. Eine kommentierende Auseinandersetzung mit der Forschung mußte aus Platzgründen unterbleiben. Angeführt sind jedoch durchgängig solche Arbeiten, mit denen sich eine nähere Auseinandersetzung nach meiner Überzeugung lohnt.

Ein umfangreiches Buch wie dieses kann unter den Bedingungen des normalen Universitätsalltags nur geschrieben werden, wenn der Autor auf verschiedenen Feldern Unterstützung erfährt. Sie beginnt beim Atmosphärischen: die Kolleginnen und Kollegen des Bochumer Germanistischen Instituts trugen mit wacher Gesprächsbereitschaft dazu bei, daß ich in einem Klima der intellektuellen Liberalität tätig sein konnte, das produktiv und entspannend zugleich wirkte. Besonders zu danken habe ich den Mitarbeitern meines Lehrstuhls: Dr. Benedikt Jeßing und Dr. Christiane Leiteritz für ihren Einsatz bei Recherchen und Korrekturen, Ines Knippschild für die technische Hilfe, Bianka Ansperger, Holger Bösmann, Sylvia Kall, Anke Neuhaus, Anja Strozyk und Mirko Wenzel für ihr großes Engagement bei Literaturbeschaffung und kritischer Textdurchsicht. Martin Schalhorn (Bonn) hat mir freundlicherweise Einblick in noch unpublizierte Archivmaterialien ermöglicht, die im Rahmen des von ihm edierten Bandes 41 der Schiller-Nationalausgabe veröffentlicht werden. Meinen Kollegen Dieter Borchmeyer (Heidelberg), Helmut Koopmann (Augsburg), Norbert Oellers (Bonn), Wolfgang Riedel (Würzburg) und Hans-Jürgen Schings (Berlin) danke ich für die Bereitschaft zum Austausch über Schiller, zu dessen Werk sie selbst gewichtige Beiträge vorgelegt haben; Eberhard Nellmann (Bochum) hat meine Bemühungen um seinen württembergischen Landsmann von Beginn an mit so sachkundigem Interesse verfolgt, daß das Gespräch mit ihm stets beflügelnd war. Die Mitarbeiter des Deutschen Literaturarchivs in Marbach unterstützten mein Projekt mit freundlicher bibliothekarischer Hilfe; Dr. Michael Davidis, der Leiter der dortigen Bildabteilung, beriet mich bei der Auswahl der Schiller-Porträts. Ausdrücklicher Dank gilt nicht zuletzt dem Beck-Verlag und seinem Lektor Dr. Raimund Bezold für die engagierte Betreuung des Buches.

Bochum, im Juni 1999 Peter-André Alt

ERSTES KAPITEL

In Spuren gehen. Bildungswege und Geistesabenteuer junger Jahre (1759–1780)

1. Württemberg im Zeitalter des aufgeklärten Absolutismus

Zwischen Tradition und Erneuerung. Das politisch-soziale Profil Deutschlands im 18. Jahrhundert

Schiller war der Zeitgenosse einer Periode des Umbruchs, der die Zeichen der schwelenden gesellschaftlichen Krise eingeschrieben scheinen. Er hat die Erschütterung der alten absolutistischen Welt erlebt, aus deren Verfall die moderne Staatenordnung des nachnapoleonischen Zeitalters hervorgehen sollte. In den Daten seines Lebens spiegelt sich auch die politische Geschichte der Epoche. 1759, im Jahr seiner Geburt, tobt noch der Krieg zwischen Preußen und Österreich, der am Ende die Machtposition Friedrichs II. stärken und Mitteleuropa unter seinen Einfluß rücken wird. Als Schiller 20 Jahre alt ist, übernimmt Kaiser Joseph II. in Wien die unumschränkte Alleinherrschaft; seine Regierungszeit beleuchtet Glanz und Elend eines aufgeklärten Absolutismus, dessen Reformwille in bürokratischem Regelungszwang und außenpolitischer Unzulänglichkeit erstickt. Wenige Monate vor Schillers dreißigstem Geburtstag stürmt das Volk in Paris die Bastille und setzt damit eine hektische Folge von revolutionären Ereignissen in Gang, die schließlich zum Zerfall der Monarchie führen. Am Tag vor Schillers vierzigstem Geburtstag, in den Abendstunden des 9. November 1799, stürzt Napoleon Bonaparte das republikanische Direktorium und wird noch in derselben Nacht ins Amt des Konsuls gewählt. Fast genau fünf Jahre später, am 2. Dezember 1804, krönt er sich in Notre-Dame, von Papst Pius VII. gesalbt, zum Kaiser der Franzosen. Als Schiller am 9. Mai 1805 in Weimar stirbt, ist das deutsche Reich nur noch ein Spielball in den Händen Napoleons; seinem politischen Ende wird im Jahr danach, am 6. August 1806, die juristische Auflösung folgen. Wie gering das allgemeine Interesse an der Aufhebung des alten Staates war, zeigt

Goethes berühmte Tagebuchnotiz, ein Streit zwischen seinem Diener und dem Kutscher habe ihn mehr beschäftigt als die aktuelle Nachricht über den Untergang des Reichs.[1]

In geringfügig abgewandelten Formeln hat man das Deutschland des 18. Jahrhunderts als bunt schillerndes Gebilde ohne innere Einheit beschrieben. Bereits 1667 nannte der Rechtstheoretiker Samuel von Pufendorf das Heilige Römische Reich Deutscher Nation pointiert «einen irregulären und einem Monstrum ähnlichen Körper»[2]. Dieser Körper umfaßte in der Mitte des 18. Jahrhunderts annähernd 300 Territorialstaaten, fast 1500 selbständige Reichsritterschaften, 51 Reichsstädte und 17 Bistümer, deren Souveräne sich mit unregelmäßiger Frequenz in Kollegien versammelten, um die sie betreffenden Rechtsfragen zu erörtern. Gemäß den Bestimmungen des Vertrags von Münster und Osnabrück, der im Oktober 1648 die Ordnung für ein friedliches Mitteleuropa festlegen sollte, verfügten sie sämtlich über die jeweilige Landeshoheit, die ihnen unbeschränkte Selbstverwaltungsbefugnisse zubilligte. Insgesamt gehörten 1789 knapp 1800 Einzelstaaten mit politischer Souveränität zum juristischen Gebilde des Reichs. Die Zahl schließt auch jene unabhängigen (‹unmittelbaren›) Kleingebiete ein, die kaum größer als ein Landgut waren, aber ihre eigenen Rechte besaßen und allein dem Kaiser unterstanden: Rittergüter, Marktflecken, Klöster und Abteien. Sie bildeten die räumlich kleinsten Einheiten mit Bevölkerungszahlen unterhalb der Tausend. Ausgedehnter waren die Freien Reichsstädte (etwa Lübeck, Hamburg, Frankfurt, Köln, Nürnberg, Augsburg) und die Bistümer (dazu rechneten Osnabrück, das Ende des 18. Jahrhunderts 120000 Einwohner aufwies, Paderborn, Speyer und Würzburg), ferner die Mark- und Landgrafschaften. Die meisten der Ende des Jahrhunderts gezählten 3000 Städte besaßen weniger als 10000 Einwohner. Dennoch ist festzuhalten, daß die Bevölkerung im Reich in der ersten Jahrhunderthälfte kontinuierlich anwuchs; von ca. 15 Millionen im Jahr 1700 nahm die Quote bis 1800 auf knapp 25 Millionen zu.[3]

Die von Herzögen oder Kurfürsten beherrschten Territorien repräsentieren innerhalb der buntgefleckten politischen Landkarte die mächtigsten Einheiten. Besonders einflußreich sind in der Mitte des 18. Jahrhunderts die ausgedehnten Flächenstaaten Bayern, Württemberg, Hessen-Darmstadt und Mecklenburg, während das einstmals starke Sachsen nach zahlreichen Gebietsteilungen seinen früheren Einfluß eingebüßt hatte. Böhmen und Brandenburg-Preußen, an deren Spitze ein König steht, stellen politische Schwergewichte im Süden bzw. Osten dar. Der Kaiser wiederum, der aufgrund der seit 1440 geltenden Erbfolgeregelung dem Hause Habsburg entstammte, bildet das vom Reichstag gewählte förmliche Oberhaupt an der Spitze einer, wie Friedrich II. es nannte, ‹erlauchten Republik von Fürsten›. Als Titularregent ohne größeren politischen Einfluß fallen ihm einzig Nebenfunktionen zu wie die Verleihung von Adelsprädikaten, die Verpfändung von Reichsgütern und die Sicherung der Freiheit der Reichsstädte (die sich wiederum ihre Loyalität zum Wiener Hof teuer bezahlen lassen). Sein offizielles Jahreseinkommen, das aus den Steuersummen der Reichsstädte gedeckt wird, liegt bei 14 000 Gulden; es bleibt die Vergütung für ein Amt ohne wirkliche Macht.[4]

Die Kritik an diesem monströsen Staatengebilde ist bis zu seinem durch Napoleons Rheinbunddiplomatie erzwungenen Untergang im August 1806 selten verstummt. Seit dem Westfälischen Frieden von 1648 waren immer wieder Stimmen zu vernehmen, die eine Verstärkung seiner inneren Einheit empfahlen; unter Friedrichs Ägide suchte zuletzt Preußen ab Ende der 70er Jahre, gestützt auch durch Goethes Herzog Carl August von Sachsen-Weimar, eine Allianz zu schmieden, die auf der Grundlage eines gemeinsamen Verteidigungsvertrages den Zusammenhalt der Territorien fördern sollte. Zweifelsfrei scheint aber, daß das Reich sich im 18. Jahrhundert trotz zahlreicher diplomatischer Konflikte als außenpolitisch überraschend stabiles Gefüge erwies. Sieht man vom Siebenjährigen Krieg zwischen Preußen und Österreich ab, an dem auf theresianischer Seite auch Bayern, Sachsen und Württemberg beteiligt waren, so zeigte die mitteleuropäische Staatenachse überraschende Krisenfestigkeit. Der Hubertusburger Friedensschluß vom 15. Februar 1763 sicherte Friedrich II. endgültig das Protektorat Schlesien und baute die Großmachtstellung Preußens aus. Nicht zuletzt verhalf die verwirrende Struktur der Einzelstaaten zu einer Balance der Mächte, die militärische Konflikte im Inneren verhinderte.

Andererseits bleibt außer Frage, daß die Dezentralisierung der Macht gesellschaftliche und ökonomische Modernisierungsprozesse weitgehend unterband. Die schwer überschaubaren dynastischen Konstellationen und die in den Einzelstaaten jeweils verschieden ausgebauten Verwaltungssysteme verhinderten soziale Mobilität, begünstigten die Stabilisierung des Feudalismus und verzögerten das Fortschreiten der bürgerlichen Emanzipation. Die Schwerfälligkeit der Beamtenapparate und die durch Zollschranken sowie Währungsdifferenzen herbeigeführte Blockierung wirtschaftlicher Innovationen wirkten sich nachteilig auf sämtliche innenpolitischen Reformbestrebungen aus. Das gestörte Verhältnis zwischen den Vertretungen der Stände und den Souveränen schlug sich in zahlreichen Rechtsverfahren nieder, die das seit dem 15. Jahrhundert existierende,

1689 von Speyer nach Wetzlar verlegte Reichskammergericht oder der inoffizielle Wiener Reichshofrat mit seinen vom Kaiser persönlich ernannten Richtern durchführten. In Wetzlar waren 1772, als Goethe dort sein juristisches Praktikum absolvierte, 61233 ungeklärte Fälle anhängig (er selbst schätzte die Zahl später auf 20000); diese Quote lag auch deshalb so hoch, weil die von den Reichsfürsten zu zahlenden Unterhaltssummen, die die Einstellung einer angemessenen Zahl von Richtern und Beisitzern erlaubt hätte, nur sporadisch flossen. Im Jahr 1763 ergab der Blick in das betreffende Schuldenkonto einen Fehlbetrag von 526457 Talern, der sich seit 1654 aufgehäuft hatte. Bedenkt man, daß allein in Wien jährlich 2–3000 Klageeingänge erfolgten, dann begreift man, welche fatalen Folgen die notorische Unterfinanzierung der Gerichtshöfe zeitigen mußte. Vor allem handelte es sich um Rechtsbegehren in Fällen einer willkürlichen landesfürstlichen Steuerpolitik, welche oftmals die durch die Reichsverfassung gewährleisteten Privilegien der Landstände und des Klerus verletzte.[5]

Nicht selten erwies die bestehende Rechtsordnung dabei ihre Unabhängigkeit; dann kam es in Wien zu Urteilen, die den gekrönten Häuptern Maßregeln erteilten und ihrer Willkür Zügel anlegten. Schillers Herzog Carl Eugen mußte im Jahr 1770 einen solchen Gerichtsspruch über sich ergehen lassen, weil er seine finanzpolitischen Kompetenzen notorisch überdehnt hatte. Im Vertrauen auf die Unabhängigkeit der kaiserlichen Beamten erklärte der württembergische Jurist und Vertreter («Konsulent») der Landstände Johann Jacob Moser selbstsicher: «Probiere es ein solcher Fürst, Graf oder Prälat, schreibe er Steuern aus soviel er will, halte Soldaten nach Gefallen, usw. und lasse es zur Klage an einem höchsten Reichsgericht kommen, man wird ihm nachdrücklich zeigen, daß und wie eingeschränkt seine Landeshoheit seie.»[6] Anders als die Gerichtshöfe, die zuweilen überraschende Exempel ihrer Selbständigkeit statuierten, war der Reichstag im 18. Jahrhundert annähernd funktionslos. Die Gesandten der Territorien besaßen nur geringe Befugnisse und konnten keine eigenen Beschlüsse fassen. Über größeren Einfluß verfügten die Kollegien der Fürsten und Kurfürsten – Gremien, die den zum Repräsentativorgan verarmten Reichstag an administrativer Effizienz erheblich übertrafen.

Die Staatsverwaltung wurde im Zeitalter der Aufklärung zügig professionalisiert, ohne jedoch deshalb dynamische Züge zu gewinnen. Die Lenkung der Steuer-, Finanz- und Baupolitik sowie des Militärwesens oblag zumeist einem Rätesystem, dessen Einzelbereiche den Charakter von Ministerien trugen. Die Wirksamkeit dieser administrativen Struktur hing stark vom Vorbild des Fürsten ab, der, wie das Beispiel Friedrichs II. zeigt, die Ordnung seiner Verwaltung aufmerksam überwachen, ebenso aber den Apparat sich selbst überlassen konnte – eine Tendenz, die bei Ernst August von Sachsen-Weimar, dem Großvater Carl Augusts, phasenweise auch beim jungen Carl Eugen von Württemberg durchschlug. Die Etats der meisten Einzelstaaten waren in der Mitte des 18. Jahrhunderts hoffnungslos überzogen. Die Schuldenlast der großen Territorien betrug Ende der 60er Jahre eine halbe Million Taler (nach Kaufkraft umgerechnet entsprächen einem Taler heute knapp 30 EUR). Ständig verschärfte Steuergesetze sollten Abhilfe schaffen und die öffentlichen Finanzen konsolidieren. Abgaben mußten für verschiedene Formen des Warenverkaufs – insbesondere bei Getreide und Vieh – entrichtet werden; den Nutztierbesitz besteuerte man ebenso wie den Verbrauch von Grundnahrungsmitteln, wobei der Adel, der die Akzisen auf dem Lande eintrieb, zahlreiche Schlupflöcher nutzte, um sich seinen eigenen Zahlungspflichten zu entziehen. Hinzu kamen Zollverordnungen, mit deren Hilfe die Territorien sich liquide zu halten suchten. Da auf diese Weise der Güterverkehr mit benachbarten Staaten massiv behindert wurde, war die Wirkung zumindest zweischneidig. Wer etwa Waren auf dem Main von Bamberg nach Mainz verschiffen wollte – eine Strecke von 220 Kilometern Länge –, mußte 33 Zollstationen passieren und entsprechend häufig Gebühren entrichten (32 waren es auf dem Rhein von Straßburg zur holländischen Grenze, 14 auf der Elbe von Hamburg nach Magdeburg).[7]

Die Münzverhältnisse und die daraus abgeleiteten Tauschrelationen blieben höchst unübersichtlich. Das Recht auf eigene Münzprägung wurde von zahlreichen Staaten mißbraucht; als Effekt stellte sich eine schleichende Inflation ein, die fast in sämtlichen Kleinterritorien zu Buche schlug und stabilen Geldverkehr ausschloß. Offiziell wurde im Reichsgebiet mit Talern gezahlt; in Süddeutschland war jedoch der Gulden eingebürgert, der am Ende des 18. Jahrhunderts 1,65 Talern entsprach. Erst gegen 1800 verkehrte sich das Umrechnungsverhältnis zugunsten des Talers, der dann durch 1,50 Gulden aufgewogen wurde. Es ist bezeichnend, daß sich der geschäftstüchtige Schiller nach 1800 von seinem Tübinger Verleger Cotta die stabileren Reichstaler auszahlen ließ, obwohl dieser sonst in Gulden zu honorieren pflegte.[8] In Norddeutschland und Preußen galt als eigentliche Währung der Kurantfuß, in Österreich und Sachsen der ‹Konventionsfuß›. Hinzu kamen die festeren Goldmünzen, der bayerische Carolin, dem sechs Taler entsprachen, der sächsische Louisdor – die sogenannten ‹Pistolen›, die in Lessings *Minna von Barnhelm* eine so wichtige Rolle spielen – (fünf Taler) und der Dukaten (drei Taler). Der Geldwert ergab sich dabei aus der Metallqualität der Münze, war also objektiv meßbar. Der Zahlungsverkehr mit Noten steckte hingegen noch in den Anfängen. Das Bankwesen entwickelte sich zumal in größeren Handelsstädten wie Frankfurt, Leipzig, Köln, Augsburg und Berlin; in Hamburg wurde 1778 die erste Sparkasse gegründet.[9] Die Bankiers begannen ihr Geschäft zumeist als Hoffaktoren, die den Fürsten günstige Kredite einräumten. In Württemberg und der Kurpfalz schuf sich Aron Seligmann seit den 70er Jahren eine Monopolstellung; in Frankfurt errang Salomon Oppenheim eine vergleichbar unangefochtene Position; nach 1800 baute Meyer Amschel Rothschild, der seine Karriere als Geldverleiher im jüdischen Ghetto begründet hatte, mit seinen fünf Söhnen in der Mainmetropole das größte Bankgeschäft Süddeutschlands auf. Die eigentliche Papierwährung des 18. Jahrhunderts blieben die Wechsel, die insbesondere Reisenden größere Beweglichkeit verschafften als Münzen. Sie besaßen den Charakter eines Anrechtsscheins, den man bei Geschäftspartnern gegen Bargeld eintauschen konnte. Der alltägliche Zahlungsverkehr jedoch funktionierte auf der Grundlage der Münzwährung. Banknoten kamen erst spät auf; sie wurden Ende des Jahrhunderts allein von den preußischen Banken und der Wiener Zettelbank ausgegeben.[10]

Hemmnisse erfuhr der Handel aufgrund der schlechten Straßenverhältnisse, unter denen nicht nur der Güterverkehr, sondern auch die nahezu reichsweit durch die Familie von Thurn und Taxis organisierte Briefbeförderung litt. Bei Regen oder Tauwetter waren die meisten Wege für die Postkutschen nicht passierbar. Der Freiherr von Knigge berichtet 1788, daß die Postknechte in den Städten mit überhöhtem Tempo zu fahren pflegten, weil sie zu prüfen suchten, ob ihre Radaufhängung stabil genug sei, um die unbefestigten Landwege sicher zu überstehen.[11] Aufgrund der mangelnden Bequemlichkeit der Kutschen waren private Reisen höchst unkomfortabel. Die an den Hauptstationen stündlich verkehrenden Postwagen verfügten über keine Federung; man saß auf Holzbänken, denen oftmals die Rückenlehne fehlte. Abgedeckte Wagen mit geschlossenen Fenstern gab es nur in Süddeutschland, so daß die Reisenden nicht selten den Unbilden des Wetters ungeschützt ausgeliefert waren. Die teure Extrapost verfügte über größere, viersitzige Gespanne mit zumeist besseren Pferden, wurde schneller an den Stationen abgefertigt und erreichte eine Tagesleistung von immerhin zwanzig Meilen.[12] Vor allem Norddeutschland zeigte sich im Verkehrswesen rückschrittlich; selbst in Territorialstaaten wie Kursachsen, Bayern und Preußen gab es aber kaum befestigte Chausseen. Während in Frankreich bereits unter Ludwig XIV. ein umfassender Wegebau einsetzte, der die Verkehrssituation rasch verbesserte, fühlten sich die deutschen Landesherren für dieses Aufgabenfeld offenbar unzuständig. Nachdem Goethe als Weimarer Minister 1779 den Vorsitz über die Wegebaudirektion übernommen hatte, veranlaßte er eine umfassende Neugestaltung des Straßensystems, die schließlich zur Befestigung der Chausseen von Weimar nach Jena und Erfurt führte. Solche Fortschritte waren gegen Ende des Jahrhunderts noch immer eine Seltenheit. Erst das napoleonische Zeitalter brachte einen Aufschwung der Verkehrsplanung mit sich, der vorwiegend vom Ziel geleitet wurde, dem Militär wettersichere Aufmarschwege zu verschaffen.

80 Prozent der Menschen lebten in der Mitte des 18. Jahrhunderts noch von der Landwirtschaft; nur zwei Siebentel des Bruttosozialprodukts wurden durch nicht-agrarische Produktionsbereiche erzielt. Vorstufen industrieller Fertigung kamen im Bereich des rationell gestalteten Manufakturwesens auf. Hier entwickelten sich seit dem Dreißigjährigen Krieg erste Strukturen der Arbeitsteilung, vor allem im Bereich der Textilproduktion. Eine in größerem Stil organisierte Fertigungsform erlaubte das bereits seit dem Spätmittelalter bekannte, in der frühen Neuzeit ausgebaute Verlagssystem. Seine Grundlage bildete die dezentrale häusliche Warenherstellung – zumeist Spinnerei oder Weberei –, die ihrerseits an einen zentralen Vertriebsbereich gebunden war, dem der als Monopolist auftretende Verleger vorstand. Er erwarb die Endprodukte von den schlecht bezahlten Arbeitskräften und veräußerte sie gewinnbringend weiter. In späteren Stadien der Entwicklung stellte der Verleger seinen Beschäftigten die Rohstoffe zur Verfügung, die sie zuvor hatten selbst erwerben müssen, so daß ein geschlossener Kreislauf von Fertigung und Vertrieb entstand. Ein Beispiel für dieses System, das später auch die manufakturelle Produktion einschloß, bildete das *Industrie-Comptoir* des Weimarer Großunternehmers und Publizisten Friedrich Justin Bertuch, der ab der Mitte der 70er Jahre eine bestimmende Rolle innerhalb der Welt des Musenhofs spielte.

In den Städten und auf dem Land bildeten die besitzlosen Unterschichten jeweils den größten Bevölkerungsanteil. Zu ihnen gehörten in den dörflichen Regionen Knechte und Mägde ohne eigenen Boden, in den größeren Gemeinden mit mehr als 10000 Einwohnern vornehmlich die Dienstleute, Tagelöhner, Handlanger und Arbeitslosen. Der Adel bildete ein Prozent der Gesamtbevölkerung; in vermögenderen Reichs- und Residenzstädten wie Köln oder Mainz zählten am Ende des Jahrhunderts bis zu 30 Prozent zur besser gestellten Bürgerschicht der Kaufleute, zünftisch organisierten Handwerker, Gewerbetreibenden und Beamten. Während der Anteil des Stadtbürgertums stabil blieb, nahm im Zuge des Bevölkerungswachstums die Verelendung beständig zu. Vor allem in Sachsen stieg die Zahl der Tagelöhner seit Beginn des Jahrhunderts gewaltig; im Jahr 1750 belief sie sich hier auf 184 000 Menschen. In den katholischen Territorien wiederum expandierte zur selben Zeit die Quote derjenigen, die sich vom Betteln ernährten (hier galt die Bevölkerung als freigebiger). Menschen, die am Rande der Gesellschaft lebten, wurden nicht selten wie Aussätzige behandelt. Geisteskranke, Krüppel, Alkoholiker, Kleinkriminelle gehörten in diese Gruppe ebenso wie Prostituierte und fahrendes Volk. Schillers 1785 entstandene Geschichte vom Sonnenwirt Friedrich Schwan – *Verbrecher aus Infamie* – zeigt die soziale Stigmatisierung, die eine illiberale Gesellschaft dem Straftäter zuteil werden läßt, mit großer Deutlichkeit. Die Massenarmut (Pauperismus) gehörte seit dem ersten Drittel des 18. Jahrhunderts in den meisten Territorien zu den drängendsten wirtschaftlichen Problemen. Legt man für das Jahr 1770 als jährliche Ausgabesumme für eine in bescheidenen Verhältnissen lebende Familie knapp 140 Reichstaler zugrunde, so zeigen die ermittelten Durchschnittseinkommen kleiner Handwerker und Bauern (in Württemberg zu diesem Zeitpunkt 133 Taler), daß zahlreiche Menschen unterhalb des Existenzminimums leben mußten.[13]

Solchen Verelendungserscheinungen steht die ruinöse Ausgabenpolitik der Höfe gegenüber. Die Residenzen zeigten die Baufreude der Fürsten in mächtigem Prunk. Prachtschlösser entstanden auch auf dem Lande; Jagdleidenschaft, Hofbälle und -opern, üppige Festessen, Hochzeiten und Taufen verschlangen Unsummen. Kein Zufall war es, daß die Finanzsituation des sächsischen Kurfürstentums in der Mitte des 18. Jahrhunderts kaum noch konsolidiert werden konnte; in Bayern und Württemberg lagen die Verhältnisse ähnlich. Formen der Dekadenz zeigten sich in Geschmack und Lebensform der am Hofleben der Residenzen orientierten Aristokratie, wie sich der alternde Eichendorff in einer 1856/57 entstandenen Skizze seiner unvollendeten Memoiren erinnert: «Ihre Ställe verwandelten sich in Prachttempel, wo mit schönen Pferden und glänzenden Schweitzerkühen ein fast abgöttischer Kultus getrieben wurde, im Innern des Schlosses schillerte ein blendender Dilettantismus in allen Künsten und Farben, die Fräuleins musizierten, malten, oder spielten mit theatralischer Grazie Federball, die Hausfrau fütterte seltene Hühner und Tauben, oder zupfte Goldborten, und Alle taten eigentlich nichts.»[14] Nach dem Muster des französischen Absolutismus inszenierten sich die deutschen Territorialfürsten, aber auch die Souveräne kleinerer Staaten als Landesväter mit durchgreifendem Gestaltungsanspruch. Im Rahmen eines patrimonialen Herrschaftssystems übten sie ihren Einfluß direkt auf Verwaltung, Bildungsinstitute und Abgabenpolitik aus. Als oberste Richter und Grundherren wurden sie auch von den Kirchen nicht in ihrer Machtfülle beschränkt. Im

Rahmen einer «säkularisierten Liturgie»[15] feierten sie ihre rituellen Feste und Huldigungszeremonien, an denen der höfische Adel in der Rolle des *Maître de plaisir* teilnahm. Vertreter der Aristokratie stellten bis zum inneren Ausbau des Bürgerstaates im 19. Jahrhundert die Führungskräfte des Beamtenapparates, doch beschränkte sich ihr Einfluß auf administrative Felder ohne größere politische Kompetenz. Als Funktionselite besaß sie freilich diverse Privilegien, die es ihr gestatteten, eine herausragende gesellschaftliche Stellung zu behaupten. Von Steuerlasten wurde die Aristokratie nicht selten befreit; Gerichtsstrafen durfte sie mit Geldbußen ablösen, vom Militärdienst konnten sich ihre Söhne suspendieren lassen. Bedenkt man, daß der Landadel zumeist die niedere Gerichtsbarkeit bei kleineren Streitfällen ausüben, seine erbuntertänigen Bauern zu erheblichen Abgaben zwingen und in den dörflichen Gemeinden auch Polizei und Verwaltung kontrollieren durfte, so entsteht ein widerspruchsvolles Bild. Zwar besaß die Aristokratie aufgrund der faktischen Schwächung des Reichstags keine Möglichkeit, die hohe Politik mit Richtlinienkompetenz zu gestalten, jedoch fielen ihr im unteren, dezentralen Herrschaftsbereich zahlreiche Vorrechte zu, die ihr umfassende Machtspielräume sicherten.

Demgegenüber verfügte das städtische Bürgertum vor Ende des 18. Jahrhunderts über keinen nennenswerten politischen Einfluß. Die wirtschaftlich konsolidierten Handelsbürger der größeren Reichsstädte genossen traditionelle Rechte, die sich vor allem auf den Bereich der zünftischen bzw. gewerblichen Selbstorganisation beschränkten. Jedoch blieben sie zumeist einem engen ständischen Bewußtsein verhaftet, das ein hohes Maß an intellektueller Immobilität einschloß. In den Verwaltungsapparaten des Fürstenstaates spielten die Bürger bis zum letzten Drittel des Jahrhunderts nur eine nachgeordnete Rolle. Erst mit der Öffnung der Universitäten und der Etablierung neuer akademischer Disziplinen wie der Staats- oder Finanzwissenschaften gewannen sie die Möglichkeit, eigene administrative Kompetenzen zu entfalten. Juristisch und ökonomisch vorgebildete Bürger, die ein solides Fachstudium absolviert hatten, wurden für den Fürsten attraktiv, weil sie ihre Fertigkeiten in einen zunehmend differenzierter arbeitenden Beamtenstab einbringen konnten. Widerstände erwuchsen der Neuorganisation der Verwaltung freilich durch die adlige Cliquenbildung, die die Stellenpatronage förderte und eine Dynamisierung des bürokratischen Systems verhinderte. Nicht zuletzt mußten die absolutistisch regierenden Souveräne daran denken, den politisch entmachteten Adel mit Verwaltungspositionen zu entschädigen, die ihm zumindest Teilkompetenzen im öffentlichen Sektor sicherten. Erst an der Schwelle zum napoleonischen Zeitalter öffnete sich der gehobene administrative Dienst den Vertretern des dritten Standes, was die Grundlage für den bürgerlich fundierten Beamtenstaat des 19. Jahrhunderts schuf.

Schillers Geburtsland Württemberg bildet neben Sachsen das am dichtesten besiedelte Territorium des damaligen Reichsgebiets. Im Jahre 1740 leben hier 470 000 Menschen, die sich vorwiegend von der Landwirtschaft ernähren, wobei die guten Bodenverhältnisse stattliche Erträge gewähren. Die größte Stadt ist Stuttgart, das nach einer Erhebung aus dem Jahr 1787 22 000 Einwohner aufweist, gefolgt von Tübingen (6000) und Ludwigsburg (5000).[16] Solche Zahlen waren für deutsche Verhältnisse im 18. Jahrhundert normal: im Jahr 1776, als Goethe von Carl August zum Geheimen Legationsrat berufen wurde, sind in Weimar ebenfalls nur 6000 Menschen ansässig (das gesamte Herzogtum Sachsen-Weimar umfaßte lediglich 100 000 Untertanen); eine Stadt wie Berlin, die zur selben Zeit 140 000 Einwohner besaß, stellte eine Ausnahme dar. Wie im gesamten Reich wuchsen die Bevölkerungsquoten, die um 1700 aufgrund von Kriegsfolgen und Epidemien deutlich stagniert hatten, in Württemberg kontinuierlich an. 1775 zählte man bereits 516 000 Einwohner, 1794 614 000, zur Jahrhundertwende 660 000.[17] Diese Steigerung ist ein Spiegel der sich verbessernden hygienischen Verhältnisse, auch wenn man bedenken muß, daß die Lebenssituation im Deutschland des aufgeklärten Jahrhunderts von massiven Problemen bei der medizinischen Versorgung bestimmt war. So blieb die Kindersterblichkeit weiterhin sehr hoch und verhinderte ein schnelleres Anwachsen der Bevölkerung. Durchschnittlich wurden einer Familie in einem ländlichen Haushalt zur Jahrhundertmitte sechs Kinder geboren; 33 Prozent von ihnen starben jedoch bereits im ersten, 52 Prozent bis zum sechsten Lebensjahr. Daß die vier Kinder, die Schillers Frau Charlotte zwischen 1793 und 1804 gebar, sämtlich das Erwachsenenalter erreichten, besaß angesichts solcher Zahlen Ausnahmecharakter. Die hohe Säuglingssterblichkeit erklärt auch, weshalb das Reich erst ein Jahrhundert nach dem Ende des Dreißigjährigen Krieges, der auch aufgrund der ihn begleitenden Epidemien knapp acht Millionen Menschenleben gefordert hatte, die Populationszahlen, die es 1618 aufwies, wieder erlangt hatte.

Ähnlich wie in den übrigen Teilen Deutschlands stellte die Agrarwirtschaft in Württemberg den Haupterwerbszweig der Bevölkerung dar, wobei der Weinbau eine zentrale Bedeutung besaß. Die landwirtschaftlichen Erträge der Region waren gut, die Bodenverhältnisse günstig. Die Getreidekulturen gediehen üppig, was auch durch das milde, sonnenreiche Klima bedingt wurde. Gewinnbringend blieb die Obstbaumzucht, für deren staatliche Kontrolle und fachwissenschaftliche Betreuung auf der Solitude bei Stuttgart seit Ende des Jahres 1775 Schillers Vater verantwortlich zeichnete. Die Viehwirtschaft erreichte beträchtliche Gewinnquoten, die die Regierung jedoch hoch besteuerte. 1782 zählte man 250 000 Stück Hornvieh und annähernd 400 000 Schafe im Land. Die auf den Export ausgerichtete Pferdezucht erfuhr seit der Mitte des Jahrhunderts einen spürbaren Aufschwung, sah sich jedoch ebenfalls durch hohe Abgaben belastet, so daß ein Verkauf der Tiere für den Besitzer kaum nennenswerten Ertrag einbrachte.

Im Gegensatz zur Landwirtschaft entwickelte sich die frühindustrielle Produktion zögerlich, weil es an entsprechenden Bodenschätzen fehlte. Die Förderung von Erz und Kristallen erwies sich als recht beschwerlich, während der Salzabbau effizienter blieb.[18] Ab der Mitte der 50er Jahre entstanden verstärkt Tuchmacher- und Seidenmanufakturen auf der Grundlage verbesserter maschineller Fertigungsmöglichkeiten. Eine vom Herzog eingerichtete Kommerziendeputation, der Vertreter von Gewerbewirtschaft und Landadel angehörten, mußte unter dem Vorsitz eines Geheimrats die Produktionserträge kontrollieren, die Verkaufsbilanzen größerer Betriebe überprüfen und das Steuerbewilligungsrecht ausüben. Die ökonomische Kraft des Landes sollte hier durch staatliche Lenkung gefördert werden, wobei jedoch in der Praxis das dichte Netz von Vorschriften häufig eine bremsende Wirkung erzeugte. Um den gewinnträchtigen Außenhandel anzukurbeln, unterstützte die Landesregierung seit der Jahrhundertmitte den Ausbau der Chausseen. Gefördert wurde zumal die bessere Anbindung Stuttgarts; von der Residenz führten neue Wege nach Tübingen, Augsburg und Heilbronn. Schiller hat, als er im Spätsommer 1793 erstmals nach elfjährigem Exil von Jena über Nürnberg in die württembergische Heimat reiste, die ungewöhnliche Qualität der Straßen durchaus zu schätzen gewußt.

Seit 1673 gab es in Württemberg ein stehendes Heer – eine Institution, die in den meisten deutschen Territorien nach dem Friedensschluß von Münster und Osnabrück die bunt zusammengesetzten Söldnertruppen des Dreißigjährigen Krieges verdrängte. Die Zahl der Soldaten lag jedoch nicht sonderlich hoch. Während die preußische Armee im Jahr 1740, zum Zeitpunkt des Regierungsantritts Friedrichs II., 40 000 Mann umfaßte (die Quote belief sich 1786, im Todesjahr des Königs, auf 194 000), betrug sie in Württemberg Mitte der 40er Jahre kaum 2500 Mann. Über die Hälfte der Gesamtstärke entfiel auf die in der Residenz stationierten Hausdragoner, die für den Schutz des Landesherrn und die Sicherung der Stadtgrenzen abgestellt waren. Ähnlich wie auch in anderen Territorien quartierte man die Soldaten in privaten Unterkünften ein; Kasernen kamen erst zu

Beginn der 80er Jahre auf, nachdem die Truppenstärke rapide angewachsen war. Als Württemberg an der Seite Österreichs und Frankreichs Ende der 50er Jahre aktiv in den Krieg gegen Preußen eintrat, sah man sich genötigt, das Heereskontingent zu verstärken. Innerhalb kurzer Zeit wurden im Rahmen eines aggressiven Werbungsverfahrens, das gemäß den preußischen Rekrutierungsprinzipien nicht ohne Zwang ablief, 2700 neue Soldaten unter Waffen gebracht. Die württembergischen Truppen bildeten dennoch nur einen verschwindend geringen Teil der großen Truppenmaschinerie, die gegen Friedrich II. im Felde stand. Ihre mangelhafte Ausbildung und eine chaotisch organisierte Stabführung machten sie rasch zum Opfer der überlegenen preußischen Schlachttaktik. Als man am 15. Februar 1763 in Hubertusburg den Friedensvertrag schloß, der Friedrichs Alleinherrschaft in Schlesien festigte, hatten sich die Württemberger längst aus dem militärischen Geschehen in die hinteren Linien zurückgezogen. Die Umgestaltung der zentraleuropäischen Staatenwelt erfolgte ohne aktive Mitwirkung des Herzogs Carl Eugen, der sich nach dem desaströsen Scheitern seines Kriegsengagements ganz auf die Innenpolitik des Landes konzentrieren und seine Großmachtvisionen aufgeben mußte. Für Schillers Vater, der am Krieg gegen Preußen teilgenommen hatte, zeitigte diese Neuorientierung ebenso Folgen wie für seinen Sohn Friedrich. Beide standen in sehr verschiedener Weise unter dem persönlichen Einfluß eines Souveräns mit widerspruchsvollen Zügen.

Ein zwiespältiger Despot.
Der württembergische Herzog Carl Eugen

Zwischen 1744 und 1793 regiert Carl Eugen das Land Württemberg mit unumschränkter Willkür, im Stil eines absolutistischen ‹Schwabenkönigs›, wie ihn Schiller in einem Brief an Christian Körner tituliert hat (NA 26, 278). Der Herzog verknüpft nach übereinstimmender Auffassung der Historiker barocke Sinneslust, Verschwendungssucht und diktatorische Rücksichtslosigkeit mit aufgeklärt-toleranten Zügen, die zumal in seinen späteren Regierungsjahren hervortreten. In zahlreichen Quellenzeugnissen begegnet uns ein entfesselter Tyrann voller Geltungsanspruch, Unberechenbarkeit, Verlogenheit und Gier. Ein besonders erschreckendes Beispiel für das Selbstverständnis des Souveräns liefern die brutalen Zwangsmaßnahmen gegen Landeskinder, die für ein Kopfgeld zum Zweck der Konsolidierung der zerrütteten Staatsfinanzen den Söldnerheeren der britischen Krone verkauft wurden; Schiller hat diese Praxis in der Kammerdienerszene von *Kabale und Liebe* (II,2) an den Pranger gestellt.[19] Symptomatisch wird die Willkür des Herzogs, deren gewaltsame Züge auch in seinen späteren Jahren immer wieder durchbrechen, am Fall des Publizisten Christian Friedrich Daniel Schubart sichtbar. Der unbotmäßige Autor hatte bis zum Jahr 1773 das Amt des Musikdirektors am Ludwigsburger Hof inne, war jedoch wegen seiner radikal aufgeklärten Gesinnungen abgesetzt und außer Landes verwiesen worden. In seiner 1774 gegründeten *Deutschen Chronik*, die hohe Verkaufsauflagen bis zu 4000 Exemplaren erzielte, formulierte er immer wieder heftige Kritik an der Selbstherrlichkeit des deutschen Fürstenstaates. Ende Januar 1777 wurde Schubart unter einem Vorwand aus der Reichsstadt Ulm, wo er sich vor den Übergriffen des Herzogs sicher fühlte, nach Blaubeuren auf württembergisches Territorium gelockt, verhaftet und ohne förmliche Anklage wegen seiner öffentlichen Attacken gegen die Politik Carl Eugens in der Festung Hohenasperg eingekerkert. Seinen zwölfjährigen Sohn Ludwig ließ man am 6. Februar auf die Karlsschule überführen, wo er später auch zum weiteren Freundeskreis Schillers gehörte. Erst nach zehnjähriger Haftzeit setzte der Herzog den psychisch gebrochenen Dissidenten auf freien Fuß, ernannte ihn zum Musikdirektor am Stuttgarter Hof und gestattete ihm im Rahmen dieser Tätigkeit, unter strikter Kontrolle, die Fortsetzung seiner publizistischen Arbeit. Vergleichbar willkürlich ging der Souverän gegen Johann Jacob Moser, den Sprecher der Landschaft – der Ständevertretung aus Adel, Bürgermeistern und Klerus – vor, der zwischen 12. Juli 1759 und 25. September 1764 ohne rechtliche Grundlage auf der Festung Hohentwiel in Haft gehalten wurde. Die Freilassung des unbequemen, am Geist des Pietismus geschulten Juristen, der unermüdlich die ruinöse Finanzpolitik des Herzogs angeprangert hatte, erfolgte erst auf Druck der Landschaft mit Unterstützung zahlreicher europäischer Regenten, des Königs von Dänemark wie Friedrichs II.

Berüchtigt waren Carl Eugens sexuelle Ausschweifungen, die maßlose Mätressenwirtschaft, seine Liebschaften mit italienischen Sängerinnen und französischen Aktricen, die er jahrelang in einem gesonderten Schloßtrakt zu seiner persönlichen Verfügung hielt. Gefürchtet blieben seine plötzlichen Wutausbrüche und die maßlose Empfindlichkeit, die sich in Rachsucht verwandeln konnte, wenn er den Eindruck gewann, ein Untertan habe ihm nicht den zureichenden Respekt erwiesen. Hermann Kurz' erstmals 1843 (zunächst unter anderem Titel) veröffentlichter Roman *Schillers Heimatjahre*, welcher die im Umfeld der Hohen Karlsschule in den frühen 80er Jahren sich vollziehende Bildungsgeschichte des jungen Theologen Heinrich Roller erzählt, porträtiert den Herzog als cholerisch-unberechenbaren Tyrannen, der seine Landeskinder scheinbar neugierig ins Gespräch verwickelt, um sie besser aushorchen und ihr Gemüt umfassend durchleuchten zu können. Kurz' künstlerisch mittelmäßiger Roman ist gewiß kein Zeugnis von historischem Rang, aber doch ein aufschlußreiches Beispiel der literarischen Kritik am unumschränkten Absolutismus, deren aktuelle politische Stoßrichtung im Horizont der demokratischen Unruhen des Vormärz unverkennbar bleibt.

Neben das Porträt des Despoten tritt freilich ein zweites, helleres Bild. Es zeigt den aufgeklärten Förderer der Künste und Wissenschaften, den höchst gewissenhaften Staatsmann und pflichtbewußten Landesvater, der täglich mehrere Stunden in seinem Kabinett Briefe las (das Jahrespensum belief sich bisweilen auf 12000 Schreiben), Petitionen unverzüglich zu beantworten pflegte, sich mit dem Schulwesen des Herzogtums ebenso wie mit Fragen der universitären Ausbildung befaßte, regelmäßig auch entlegene Landstriche bereiste, um sich einen persönlichen Eindruck von den Lebensverhältnissen seiner Untertanen zu verschaffen, und, wo Not herrschte, so handfest wie freigebig zu helfen suchte. Der launische Tyrann wird in diesem Szenario verdeckt durch einen wohlinformierten, sein Amt diszipliniert verwaltenden Fürsten aufgeklärten Formats. Wer sich mit der Lebensgeschichte von Schillers Landesherrn befaßt, muß die spannungsvolle Konkurrenz der beiden Rollenbilder unvermeidlich wahrnehmen. Auch wenn man bedenkt, daß der Despot vornehmlich in der früheren Regierungsperiode des Herzogs, der liberale Kopf in einer späteren Phase zutage tritt, bleiben genügend Momente der Irritation. Die Anlage zu beiden Entwürfen ruht frühzeitig im Herzog selbst und macht ihn zu einer widersprüchlichen Persönlichkeit, deren zweideutige Konturen sich nicht zuletzt im Verhältnis zu Schiller, seinem berühmtesten Untertan, abzeichnen.

Der Vater, Herzog Carl Alexander, begründete die katholische Herrscherlinie des Hauses. Er hatte an der Seite Österreichs gegen die Türken gekämpft und war für seine Verdienste mit der kaiserlichen Statthalterei in Serbien belohnt worden. 1727 heiratete er Maria Augusta, Fürstin von Thurn und Taxis, die ihm am 11. Februar 1728 den ersten Sohn, Carl Eugen, gebar; ihm folgten 1731 bzw. 1732 zwei Brüder, Ludwig Eugen und Friedrich Eugen. Im Jahr 1733 übernahm Carl Alexander von seinem Onkel Eberhard Ludwig die württembergische Herzogswürde. Seine nur sechs Jahre währende Regierungszeit blieb durch widersprüchliche Impulse bestimmt. Einerseits zeigte sich der Herzog als Freund aufklärerischen Gedankenguts; er förderte Georg Bernhard Bilfinger, der als Professor der Philosophie an der angesehenen Universität Tübingen die Lehren Christian Wolffs vermittelte, zeigte religiöse Toleranz und maßvolle Liberalität im Umgang mit den einflußreichen Landständen. Andererseits erzeugte seine katholische Konfession bei den evangelischen Untertanen des Landes massive Vorbehalte, die der Herzog nie vollkommen abbauen konnte. Sie wurden gesteigert durch Carl Alexanders Neigung zur Bildung fester Zirkel ohne Außenkontakte. Die Finanzen lagen in den Händen des jüdischen Großbankiers Joseph Süß-Oppenheimer, der seit 1733 als Geheimer Finanzrat amtierte (Lion Feuchtwangers *Jud Süß*-Roman aus dem Jahr 1925 hat von ihm ein zwiespältiges Porträt gezeichnet, ohne in eine Bekräftigung antisemitischer Stereotypen zu verfallen). Oppenheimer suchte den steuerpolitischen Einfluß der Landstände zurückzudrängen und auf diese Weise die absolutistische Stellung des Herzogs zu festigen. Mit Hilfe einer protektionistischen Linie, die durch die Erhöhung von Abgaben für Importe gestützt wurde, bemühte er sich darum, ein inländisches Warenmonopol – vor allem für Salz, Leder, Wein und Tabak – durchzusetzen. Bei den evangelischen Landständen stieß die Politik des Geheimrats auch deshalb auf scharfe Ablehnung, weil sie sich mit rücksichtsloser Günstlingswirtschaft verband; das Bankwesen, das staatlich überwachte Glücksspiel, Porzellan- und Seidenmanufakturen unterstanden bald seiner persönlichen Kontrolle. So entwickelte sich in der Öffentlichkeit ein ambivalentes Bild Oppenheimers, das einen fähigen Politiker mit Weitblick, aber auch einen ehrgeizigen Höfling von einiger Skrupellosigkeit zeigte. Die Vorwürfe, die die Stände später unter Bezug auf seine ministeriellen Entscheidungen erhoben, speisten sich freilich aus zweifelhaften Quellen. Der zum Exekutionsurteil führende Hochverratsprozeß, den man nach dem Tod des Herzogs gegen ihn anstrengte, blieb das Beispiel für eine schamlose Unrechtsjustiz, die im Bann antisemitischer Ressentiments stand.

Als Carl Alexander am 12. März 1737 starb, war der neunjährige Erbprinz Carl Eugen noch unmündig, so daß eine Interimsregierung gebildet werden mußte. Zunächst übernahm der 70jährige Karl Rudolf von Württemberg-Neuenstadt aus einer Nebenlinie der Familie kommissarisch die Herzogswürde. Er trat ein Jahr später sein Amt unter dem Druck der Landschaft, die sich von ihm übergangen fühlte, an Karl Friedrich von Württemberg-Oels ab.[20] Im Dezember 1741 schickte die vormundschaftliche Regierung des Landes den Erbprinzen und seine beiden Brüder zur weiteren Erziehung nach Berlin, in die Obhut Friedrichs II. Der junge preußische König, der die Organisation des geplanten Unterrichtspensums und die Unterstützung des von der Mutter vorgesehenen Bildungsplans versprach, sah hier eine Gelegenheit, die mit dem theresianischen Österreich verbundene katholische Herrscherlinie Württembergs unter seinen Einfluß zu bringen. Nach einem kurzen Zwischenaufenthalt im Fürstenhaus übersiedelten die Prinzen Anfang Januar 1742 in eine Wohnung in der Wilhelmstraße der Friedrichstadt unweit des Doms, wo man, umgeben von einem kleineren Hofstaat aus Pagen, Stallmeistern, Köchen und Lehrern, in den folgenden zwei Jahren logierte. Die Prinzen wurden von exzellenten Erziehern unterrichtet; zu ihnen zählten der weltberühmte Mathematiker Leonhard Euler und der Jurist Ernst Heinrich Mylius. Der Schulplan, der aus der Feder Georg Bernhard Bilfingers stammte, verknüpfte traditionelle mit modernen Elementen. Neben den obligaten Französisch- und Lateinlektionen, Übersetzungskursen, Briefübungen, Mathematik, Geometrie, Zeichnen, Musizieren und Fechten standen auch staatswissenschaftliche und juristische Themen auf dem Programm. Der künftige Regent sollte sich mit der politischen Ideengeschichte seiner Zeit befassen, zu der nicht zuletzt die Naturrechtslehren eines Hugo Grotius, Samuel von Pufendorf und Christian Wolff zählten. Carl Eugen zeigte eine rasche Auffassungsgabe, jedoch zugleich Unbeständigkeit, Zerstreutheit und Hast – Züge, die seinen intellektuellen Charakter auch in den späteren Regierungsjahren bestimmten. Das ideale Unterrichtspensum, das Bilfinger vorgeschlagen hatte, konnte nur selten umgesetzt werden, weil Repräsentationspflichten am Hof, Besuche auswärtiger Gäste oder Jagdausflüge den Tagesablauf störten. So vermittelte sich dem künftigen Landesherrn wie zahlreichen jungen Fürsten dieser Zeit eine zerrissene, von aufklärerischen Spurenelementen durchsetzte Bildung ohne systematisches Fundament und inneren Zusammenhang.

Auf Drängen der Herzoginmutter sprach Kaiser Karl VII. am 11. Januar 1744 den knapp 16jährigen Carl Eugen mündig. In einem feierlichen Akt wurde ihm die Wiener Urkunde am 5. Februar von Friedrich II. in Charlottenburg überreicht. Als der Erbprinz drei Tage später mit seinen Brüdern Berlin verließ, hatte er nicht nur den kaiserlichen Brief im Gepäck, sondern auch einen von Friedrich verfaßten Fürstenspiegel, der ihm vernünftige Verhaltensregeln einschärfen und ihn zur Beherzigung moderater Regierungsprinzipien bewegen wollte. Im Mittelpunkt des mehrseitigen Textes stand der Hinweis auf die Bedeutsamkeit der Finanzpolitik, die der König als Nervenzentrum moderner Staatsverwaltung betrachtete. Wie Ironie des Schicksals wirkt es, daß der unerfahrene Herzog in den folgenden Jahren gerade auf diesem Terrain seine schwersten Fehler begehen und Verwicklungen mit folgenschweren Auswirkungen provozieren sollte. Nach Stuttgart reiste man über Bayreuth, wo sich der designierte Thronfolger mit der erst elfeinhalbjährigen Prinzessin Elisabethe Friederike, einer Nichte Friedrichs II. verlobte, die er bereits im Dezember 1741 während einer Zwischenstation auf der Fahrt in die preußische Residenz kennengelernt hatte. Am 10. März erfolgte der Einzug in Stuttgart, unter den Augen einer jubelnden Bevölkerung, die den jungen Regenten begeistert feierte – noch ohne Ahnung, was ihr in Zukunft mit dem neuen Landesherrn bevorstand.

Drei Phasen kennzeichneten die annähernd 50 Jahre der Regierung des Herzogs: zwischen 1744 und 1752 liegt eine Periode der ersten Orientierung und des vorsichtigen Wirtschaftens; ihr folgen 1752–1770 die Jahre der Maßlosigkeit und des ungezügelten Despotismus, schließlich 1770–1793 zwei Dekaden der vorsichtigen Orientierung an aufklärerischem Gedankengut, in denen sich der Herzog verstärkt Fragen des Gemeinwohls, des Schulsystems und der Universitätsausbildung zuwandte. Am 26. März 1748 hatte der Souverän Elisabethe Friederike geheiratet. Die neue Herzogin erwarb rasch die Sympathien ihrer Untertanen; Casanova nannte sie später schwärmerisch «die schönste und vollkommenste Prinzessin von gantz Deutschland.»[21] Die Ehe hatte jedoch nur so lange Bestand, wie Carl Eugen seine erotischen Neigungen zu zügeln vermochte; in dem Maße, in dem er sich Ausschweifungen überantwortete, geriet die Verbindung, aus der eine frühzeitig verstorbene Tochter hervorgegangen war, in die Krise. Ende September 1756 verließ die Herzogin den württembergischen Hof und reiste nach Bayreuth, wo sie fortan, getrennt von ihrem Mann, lebte. Zu einer Scheidung kam es nie, weil sowohl die katholische Kirche als auch Friedrich II. Widerstand gegen einen solchen Akt geltend gemacht hätten. Friederike, die sich später für mehrere Jahre in Amerika aufhielt, starb am 6. April 1780 in Mainz.

Vorerst regierte der junge Herzog gemäß den ihm in Preußen vermittelten Erziehungsmaximen im Zeichen aufgeklärter Vernunftprinzipien. Die für administrative Leitungsbereiche zuständigen Geheimräte Hardenberg, Georgii und Zech erwiesen sich als sachkundige und umsichtige Staatsdiener, die den unerfahrenen Landesherrn loyal stützten. Carl Eugen zeigte entschiedene Arbeitsdisziplin: er ließ sich von seinen Pagen im ersten Morgengrauen wecken, setzte sich nach dem Lever an den Schreibtisch, prüfte die Vorlagen der Räte, unterzeichnete Briefe, überwachte danach zu Pferde die Garten- und Feldarbeit, frühstückte gegen neun Uhr, brachte den Vormittag mit amtlicher Lektüre hin, ritt nach dem Essen erneut aus, las ab vier Uhr Akten, nahm frühzeitig sein Souper ein, suchte danach Zerstreuung in der Oper und begab sich zu einer kurzen Nachtruhe spät ins Bett. Das fein gegliederte Verwaltungssystem wurde streng überwacht: in einem täglichen Protokollauszug mußten die Arbeitszeiten der Räte eingetragen werden; am Ende eines Jahres verlangte der Herzog den genauen schriftlichen Bericht sämtlicher Abteilungen. Der Landesherr befaßte sich persönlich mit Notfällen, half unbürokratisch bei Flut- und Brandkatastrophen, schlichtete Streitigkeiten zwischen Gutsbesitzern, suchte den direkten Kontakt mit den Gemeinden.

Während der Herzog in seiner ersten Regierungsphase Sinn für die ihm obliegenden Herrschaftspflichten zeigte, brach zu Beginn der 50er Jahre die Lust an disziplinlosen Ausschweifungen bei ihm hervor. Gefördert wurde die Prasserei des Souveräns durch die allgemeine Etataufbesserung, die der 1752 geschlossene Subsidienvertrag mit Frankreich herbeiführte. Er gewährte dem Land im Kriegsfall französische Unterstützung, verlangte ihm jedoch umgekehrt bei Krisensituationen die Entsendung von Hilfstruppen und Beraterstäben ab. Das bedeutete zumal, daß Württemberg seine Militärstärke ausbauen mußte; die Aufstockung von 2400 auf 6000 Mann wurde zu Teilen von der französischen Regierung bezahlt. Unter dem Strich spielte der Subsidienvertrag dem jungen Herzog gewaltige Geldmittel in die Hände, die dieser zur Finanzierung der von ihm geschätzten höfischen Pracht nutzte. Zugleich stellte er die strategischen Weichen im Vorfeld des preußisch-österreichischen Krieges. Durch den Kontrakt trat Carl Eugen dem französisch-theresianischen Bündnis bei, das ein gespanntes, von Krisen bestimmtes Verhältnis zum preußischen König unterhielt.

Der junge Landesherr pflegte frühzeitig ein barockes Potentatentum. Bereits in den ersten Regierungsjahren traten 200 württembergische Aristokraten in seinen Dienst, um Aufgaben als Räte, Zeremonienmeister und Kammerherren zu übernehmen. Bälle, Oper und Tanz, Feuerwerk und Schlittenfahrten gehörten zum Prunk des Hofes. Vor allem liebte der Herzog die Jagd – eine Leidenschaft, deren Folgen für die heimische Wirtschaft verheerend blieben. Bis zu 5000 Stück Wild wurde den adligen Herren zuweilen während eines einzigen Ausflugs vor die Flinte getrieben. Für Carl Eugens Jagdgesellschaften schuf man eigens romantische Waldanlagen mit Grotten und durch Fackeln erleuchteten Schonungen, aus denen als Satyrn verkleidete Tänzer hervorsprangen. Nicht selten bediente man sich gemalter Naturkulissen, die, inmitten einer echten Landschaft, optisch überschaubare Verhältnisse herstellen sollten. Man legte künstliche Seen an, in die man das Rotwild hetzte, damit die in Pavillons stehenden Gäste es aus kürzester Entfernung sicher erlegen konnten. Die Kadaver mußten häufig verbrannt werden, weil ihre Zahl die ökonomischen Kapazitäten der höfischen Küche überstieg.[22] Die einfache Bevölkerung hatte sich dagegen mit einem Huhn an Festtagen zu begnügen. Ohne Rücksicht auf die Folgen für die Landwirtschaft betrieb man die Hetzjagd; die Flurschäden waren beträchtlich, wobei die Bauern die anfallenden Reparaturkosten selbst tragen mußten. Andererseits blieb es den Landpächtern untersagt, sich mit geeigneten Waffen gegen freilaufende Hirsche und Eber zur Wehr zu setzen, da das adlige Jagdprivileg als unantastbar galt. Georg Christoph Lichtenberg, der Göttinger Experimentalphysiker und Satiriker, vermerkt um 1770 in einem Eintrag der *Sudelbücher*: «Wenn die wilden Schweine dem armen Manne seine Felder verderben, so rechnet man es ihm unter dem Namen Wildschaden für göttliche Schickung an.»[23] Der junge August Wilhelm Iffland, gegen Ende des Jahrhunderts der berühmteste Schauspieler seiner Generation, berichtet am 26. November 1779 seinem Vater über den Jagdfrevel in der Pfalz, der ähnliche Dimensionen wie die württembergische Prasserei angenommen hat: «Der Platz selbst war eine völlige Ebene, auf welcher man Berge aus Leinwand aufgespannt hatte, in der That ein ganz neuer Anblick für mich, Berge, Schlößer, Brücken, Teraßen in der Größe, in welcher man sie natürlich sieht, in freier Luft gemalt zu sehen (...) Die Schweine, Füchse, Tachse und Hasen wurden oben aus einem Pförtgen aus den gemalten Bergen herausgelaßen und wenn sie sich in den Wegen, die von Brettern gemacht waren, häuften, fielen oft 50, 60 herunter, daß die Erde krachte. Die meisten wurden von den Herren und Damen, Kurfürst und Kurfürstinn erschoßen, was nach 1 Uhr noch übrig war, wurde gefangen.»[24] Das Unmaß der fürstlichen Jagdleidenschaften haben zur selben Zeit auch Gottfried August Bürger und Christian Friedrich Daniel Schubart in ihren Gedichten angeprangert.

Der Geist der Verschwendung beherrschte nicht zuletzt die Opernaufführungen, Maskenbälle, Staatsempfänge und Festessen, die der württembergische Hof ausrichten ließ. Italienische Opern und französische Ballette standen regelmäßig auf dem Programm. Europas damals berühmtester Tänzer Gaetano Vestris erhielt für ein dreimonatiges Engagement während der Karnevalszeit 12 000 Gulden Honorar. Der Herzog verpulverte gewaltige Summen für seine privaten Ausschweifungen; er hielt sich zahllose Mätressen, die er mit kostbarem Schmuck für ihre Freigebigkeit entschädigte. Weniger großzügig zeigte er sich, wenn er ein ihm durch gewissenlose Günstlinge zugeführtes Bürgermädchen geschwängert hatte. Die in diesem Fall gängige Abfindung betrug 50 Gulden; ein Feuerwerk kostete zum Vergleich 50 000, eine Ballettaufführung annähernd 100 000, ein Hoffest bisweilen 400 000 Gulden. Auch im Kreis der Sängerinnen und Tänzerinnen suchte der Herzog sexuelle Abenteuer; man sprach unverhohlen vom ‹Serail›, das sich der Landesvater für seine eigenen Bedürfnisse hier zugelegt habe. Seine erotische Maßlosigkeit war allgemein bekannt und Gegenstand öffentlicher Diskussion. Im Stil des Kenners berichtet Casanova in seinen nach 1790 entstandenen Memoiren über Carl Eugens hemmungslose Eskapaden, hinter denen er Genußsucht, aber zugleich das Geltungsbedürfnis eines schwachen Charakters wahrzunehmen glaubte.[25]

Verschwenderisch und ohne ökonomische Rücksichten gab der Landesherr Mittel für Luxusbauten aus. Das Stuttgarter Residenzschloß ließ man bereits kurz nach dem Regierungsantritt des Herzogs unter der Anleitung des oberitalienischen Architekten Leopoldo Retti neu errichten. Im Jahr 1764, als die kostspielige Innenraumgestaltung in Stuttgart annähernd abgeschlossen war, verlegte der Herzog seinen Hof überraschend nach Ludwigsburg, wo er eine der imposantesten Schloßanlagen Deutschlands nutzen konnte. Besonders geschätzt hat er hier das Seehaus mit seinen allegorischen Verzierungen von Nymphen, Najaden und Waldgeistern, die die Eingangsportale schmückten. Zwischen 1763 und 1767 entstand zudem in den Ausläufern des Schönbuchs zwischen Stuttgart und Leonberg auf einer Erhebung mit weitem Ausblick auf die Wälder der Umgebung ein frühklassizistisches Landschloß, das man bald als ‹Solitude› bezeichnete. Der Herzog hatte die Reize des Platzes schnell erkannt und entschieden, an dieser Stelle seinen Sommersitz errichten zu lassen. Wenige Jahre, nachdem die kleine Anlage geschaffen worden war, bildete sich hier der Grundstock für die spätere Militärakademie des Landes, mit der Schillers Jugendzeit in spannungsvoller Weise verbunden ist. 1775 verlegte Carl Eugen seinen Hof erneut nach Stuttgart, wo man unter der Leitung des Architekten Fischer eine weitere Umgestaltung der Innenräume vollziehen mußte. Genutzt hat er den neuen Prunk jedoch selten; als Ruhesitz bevorzugte er seit dem Ende der 70er Jahre die Anlage von Hohenheim, deren Schloß er nach dem Vorbild des florentinischen Palazzo Pitti durch Fischer aufwendig erweitern ließ. Das Schaustück der Mitte der 80er Jahre fertiggestellten Gebäude bildete die Gartenseite, deren weiße Fronten eine eindrucksvolle Fernwirkung erzielten. Carl Eugens besondere Neigung galt der 21 Hektar umfassenden Parklandschaft, die im modernen englischen Stil, unter Verzicht auf allzu strenge geometrische Linienführung, gestaltet wurde. Die rasch wechselnden architektonischen Projekte des Landesherrn verschlangen auch in seinem letzten Regierungsjahrzehnt gewaltige Summen. Reserviert schreibt Charlotte Schiller um 1810 über die unstete Bautätigkeit des Herzogs: «Die prachtvollen Schlösser, die, um die Forderungen der äußeren Verhältnisse zu befriedigen, auch in dem Glanz der inneren Verzierung nachkommen mußten, zeigen uns noch jetzt die Spuren ihrer Entstehung und geben uns mit ihren Ueberladungen und kunstreichen Vergoldungen ein trauriges Bild des Zwanges, in dem die Gemüther sich befangen fühlten.»[26]

Da die Gelder für die wechselnden Projekte bald knapp wurden, mußte man den öffentlichen Finanzrahmen auf die Luxusbedürfnisse des Fürsten abstimmen. Ständige Steuer- und Abgabenerhöhungen gehörten zur gängigen Praxis der von herzöglichen Günstlingen betriebenen fiskalischen Politik. Wenn Ferdinand in *Kabale und Liebe* gegenüber der fürstlichen Mätresse Milford die «ungeheure Pressung des Landes» (NA 5, 33) beklagt, dürfte das auch ein Hinweis auf die rücksichtslose Geldwirtschaft Carl Eugens sein, von der Schiller durch seinen Vater unterrichtet war. Ämterpatronage und Pfründewirtschaft trieben üble Blüten; selbst Richterstellen wurden an den Meistbietenden verkauft, damit sich die herzögliche Kasse füllte. Steuern trieb man jahrelang doppelt ein: die Vertretungen des Landadels erhoben sie als Offizialbeauftragte des Herzogs, der sie seinerseits direkt einzog; Abgaben auf Lebensmittel wie Salz und Zucker stiegen in astronomische Höhen; für den Besitz von Pferden forderte man Akzisen, denen der Eigentümer dadurch entgehen konnte, daß er das Tier dem Herzog zum Vorzugspreis überließ; Getreidevorräte wurden hoch besteuert und, im Fall zögerlicher Zahlung, sofort geplündert. Zwischen 1758 und 1764 soll der Landesherr seinen Untertanen durch Steuern, Sonderabgaben und doppelt einkassierte Abschläge eine Summe von 9,5 Millionen Gulden abgenommen haben.[27] Willige Werkzeuge dieser Staatswillkür, der sich die seriösen Geheimräte verweigerten, waren der herzögliche Minister Graf Montmartin, der Kirchenratsdirektor Lorenz Wittleder und der Oberst Philipp Friedrich Rieger. Mit kaum versiegendem Erfindungsreichtum öffneten sie dem Landesherren stets neue Geldquellen; «entweder sie verfälschten das Factum, oder sie verdrehten das Gesetz»,[28] bemerkt Wieland in seinen satirischen *Abderiten* (1774 ff.) über solche Kreaturen. Im Blick auf den moralischen Verfall, der die Verwaltungssysteme des Absolutismus bestimmte, erklärt Herder vier Jahre später bitter, die Spitzbuben bevölkerten nicht mehr die Landstraßen, sondern zögen es vor, «in Bedienungen vom Staate besoldet zu werden».[29] Korruption, Erpressung, Einschüchterung verfassungsloyaler Beamter, Mißachtung verbriefter Rechte von Kirche, Landständen und Stadtbürgern gehörten in der Tat zum württembergischen Alltag.

Seit 1755 entzog sich der Herzog der ihm lästig gewordenen administrativen Kontrolle seiner Regierungsgeschäfte, indem er den Konvent, der die höfischen Ausgaben bewilligen mußte, systematisch überging. Auch die Landschaft, die Interessengemeinschaft der höheren Stände, wurde mit ihren Petitionen nicht mehr gehört. Es handelte sich dabei um ein vom Adel beherrschtes Organ, das, zumeist im Rahmen von Landtagsversammlungen, die Steuern und sonstigen Abgaben der Kreise und Gemeinden verwaltete, über Hypotheken und Pfändungen von Gutsbesitz Buch führte, nicht zuletzt die dezentral erwirtschafteten öffentlichen Einnahmen intern verteilte. Die Landschaften, an deren Spitze ein gewählter Sprecher oder Kanzler stand, blieben in der Regel von wirtschaftlichen Interessen beherrscht; sie vertraten aristokratische Positionen, indem sie auf gerechte Verteilung der Pfründe und Steuereinnahmen achteten. Unter dem Druck absolutistisch regierender Herrscher verloren sie in zahlreichen Territorien ab der Mitte 18. Jahrhunderts die sichere Rechtsstellung, die ihnen das Gesetz ursprünglich garantierte. Nicht selten war der Souverän darum bemüht, den Einfluß der Landtage massiv einzuschränken, um sich der von ihnen ausgeübten Kontrolle seiner fiskalischen Politik zu entwinden. Die dezentrale ständische Selbstverwaltung wich jetzt einer staatlich gelenkten Bürokratie, die direkt von den Territorialherren bzw. deren ergebenen Ministern gesteuert wurde. Mit Argwohn, aber zunächst ohne direkte Eingriffschance verfolgte die württembergische Landschaft die ruinöse Finanzpolitik des Herzogs, der die Kreissteuern und Provinzialabgaben in die eigene Kasse überführte, um seinen höfischen Luxus bezahlen zu können. Auch die Intervention des herzöglichen Geheimrats Friedrich August von Hardenberg, der zu den maßvollen Führungsbeamten im Stab des Herzogs zählte, konnte gegen diese Willkürakte zunächst nichts ausrichten.

Schon 1756 erwog die Landschaft eine Klage gegen Carl Eugen wegen der unerträglich gewordenen Steuerpressung; da brach der Krieg zwischen Preußen und Österreich aus, der auch die württembergischen Truppen zu den Waffen rief. Die durch den französischen Subsidienvertrag besiegelte Allianz mit Maria Theresia führte dazu, daß der Herzog nun gegen seinen früheren Gönner Friedrich II. im Feld stand. Die ersten Treffen der Jahre 1757 und 1758, an denen auch Schillers Vater teilnehmen mußte, endeten desaströs für Württemberg. Die Truppen waren schlecht ausgebildet, es fehlte an der nötigen Disziplin, zumal die mehrheitlich protestantischen Rekruten die Waffen nur widerwillig gegen ihre preußischen Glaubensbrüder erhoben. Anders als das streng gedrillte, durch aggressive Werbungsaktionen fortschreitend erweiterte Militär Friedrichs II. waren die württembergischen Soldaten auf den Kriegsfall unzureichend vorbereitet. Während die preußischen Truppen bei der Schlacht eine von den Offizieren ständig überwachte Reihenordnung bildeten, operierte die herzögliche Armee unter der Leitung inkompetenter Führungsstäbe ohne strikte Disziplin. Sehr hoch war die Zahl der Deserteure, die man, anders als in den preußischen Bataillonen, nicht mit letzter Konsequenz zu stellen suchte. Im Dezember 1757 vermerkte der Heeresbericht immerhin 1832 Vermißte; man darf vermuten, daß es sich dabei vor allem um fahnenflüchtige Soldaten handelte. In den Jahren 1759/60 stockte der Herzog das Militär auf 12000 Mann auf und übernahm seinerseits den Oberbefehl im Feld. Mangelnde Koordination mit Österreich und Frankreich sowie die schlechte Ausbildung der vorwiegend ausländischen Kommandanten sorgten jedoch dafür, daß Württemberg weiterhin eine fatale Rolle in diesem Krieg spielte. Im Oktober 1760 erlitten Carl Eugens Husaren an der Elbe eine vernichtende Niederlage gegen die preußische Infanterie. Angesichts der erschreckend hohen Verluste, die man hier hinnehmen mußte, beschloß der Herzog den Rückzug in die Winterquartiere. Während der letzten Kriegsjahre blieb er dem Kriegsgeschehen konsequent fern. Die Berichte über Ausrüstungsmängel und Disziplinlosigkeit der württembergischen Truppen hatten sich jedoch rasch verbreitet. Als Folge seines militärischen Versagens verlor der Herzog schließlich die französischen Bündnispartner; der Subsidienvertrag wurde nach dem Hubertusburger Friedensschluß vom Februar 1763 nicht mehr verlängert.

Zur selben Zeit drohten Carl Eugen neue innenpolitische Schwierigkeiten, die aus seinem undiplomatischen Umgang mit den Landschaften und der ruinösen Finanzpolitik seiner Günstlinge erwuchsen. 1764 ließ er einen Oberamtmann in Stuttgart verhaften, der sich geweigert hatte, eine unangemessen hohe, vom Landtag nicht genehmigte Steuer bei den Bürgern einzutreiben. Die Landschaft erhob darauf beim Reichshofrat in Wien Klage gegen den Herzog wegen Verfassungsbruchs. Bereits im Sommer 1763 war Carl Eugen durch die Könige von Preußen, Dänemark und Großbritannien aufgefordert worden, die bestehenden Landesverträge im Interesse des inneren Friedens nach Geist und Buchstabe zu erfüllen. Es dauerte freilich mehrere Jahre, ehe der Streitfall in Wien unter der Leitung des kaiserlichen Reichsvizekanzlers Fürst Franz Colloredo zur abschließenden Verhandlung kam. 1766 erfolgte die Einsetzung eines Vergleichsausschusses, der den in Details kompromißlosen Herzog zu maßregeln suchte. Im Hintergrund zog hier der preußische König die Fäden; Friedrich II. hatte sich zwar nach dem Friedensschluß von Hubertusburg mit Carl Eugen ausgesöhnt, suchte seinem früheren Zögling jedoch eine politische Lektion zu erteilen, die ihn zu einem gemäßigten Kurs zwingen sollte. Der am 2. März 1770 unter dem Druck des mit Friedrich verbündeten Reichshofrats geschlossene Erbvertrag befriedigte die Forderungen der Stände in umfassender, zuvor nicht erwartbarer Weise. Er bekräftigte die alte Landesverfassung und veranlaßte eine nennenswerte Abgabensenkung zumal im Bereich der Forst und Getreideakzisen, die die finanziellen Spielräume des Herzogs deutlich einschränkte. Unrechtmäßige Steuererhöhungen wurden rückgängig gemacht, wobei die künftige Bewilligung generell der Landschaft vorbehalten blieb, die auf diese Weise der willkürlichen Fiskalpolitik der Vergangenheit den Riegel vorschieben konnte. Umgekehrt garantierten die Stände dem Herzog eine verbindliche Beteiligung an der Tilgung der seit Eberhard Ludwigs Regierungszeit aufgelaufenen Schulden, die jetzt bei 70 000 Gulden pro Jahr lag; der Militäretat, um den man in Wien heftig gerungen hatte, erfuhr keine einschneidende Kürzung, was der Herzog als bescheidenen Teilerfolg verbuchen konnte.

Das überraschende Scheitern in Wien veranlaßte Carl Eugen zu einem kompromißfreudigeren Regierungskurs. Die politische Landschaft der Zeit befand sich seit dem Ende des Krieges in einem spürbaren Umbruchsprozeß. Regenten wie Kurfürst Friedrich August III. von Sachsen, Markgraf Karl Friedrich von Baden und Herzog Leopold Franz von Anhalt-Dessau trugen die durch Friedrich in Preußen vorgelebten Ideen der Aufklärung in die kleineren Territorialstaaten. Auch Carl Eugen verfolgte, unter dem Druck von Erbvertrag und Landesverfassung, fortan eine maßvollere Linie, schränkte die höfischen Ausgaben ein und bemühte sich um den Aufbau eines Beraterstabs, in dem seriöse Fachleute die Günstlinge früherer Tage verdrängten. Wittleder hatte er bereits 1766 in den Ruhestand geschickt; Montmartin, der zuletzt nur in inoffizieller Funktion wirkte, fand sich 1773 suspendiert. Der 1762 in Ungnade gefallene Oberst Rieger, der vier Jahre unter Hochverratsverdacht auf der Festung Hohentwiel arretiert blieb, wurde zwar 1771 rehabilitiert und zum Kommandeur des Hohenasperger Gefängnisses ernannt, blieb jedoch ohne direkten politischen Einfluß. Schiller hat seine wechselvolle Lebensgeschichte später in der Erzählung *Spiel des Schicksals* psychologisch aufschlußreich verarbeitet. Bevorzugt suchte der Herzog ab Beginn der 70er Jahre den Beistand des Geheimrats Albert Jakob Bühler, der aufgeklärt-humane Gesinnung mit diplomatischer Wendigkeit verknüpfte; die frühere Pfründewirtschaft trat damit in den Hintergrund. Von allen Kanzeln ließ der Landesherr ein Schuldbekenntnis verlesen, in dem er erklärte, daß er wie jeder andere Sterbliche auch Fehler begangen habe. Der selbstkritische Tenor des Textes bleibt geprägt von Zerknirschung und Demut angesichts der eigenen Unzulänglichkeit, die der Souverän jetzt überraschend freimütig einräumt: «Da wir aber Mensch sind und unter diesem Wort von dem so vorzüglichen Grad der Vollkommenheit beständig weit entfernt geblieben und auch vor das Künftige bleiben müssen, so hat es nicht anders sein können, als daß teils aus angeborener menschlicher Schwachheit, teils aus nicht genugsamer Kenntnis und sonstigen Umständen sich viele Ereignisse ergeben, die, wenn sie nicht geschehen, wohl vor jetzt und das Künftige eine andere Wendung genommen hätten. Wir bekennen es freimütig, denn dies ist die Schuldigkeit eines Rechtschaffenen, und entladen uns damit einer Pflicht, die jedem Rechtdenkenden, besonders aber den Gesalbten dieser Erden, beständig heilig sein und bleiben sollte.»[30]

In den Jahren nach 1770 befaßt sich der Herzog intensiv mit Fragen des Unterrichtssystems und der Ausbildung. Nicht zufällig erfolgt während dieser Periode die Gründung der Hohen Karlsschule. Eine positive Wirkung wird dabei auch Carl Eugens Mätresse Franziska von Leutrum zugeschrieben. Im Gegensatz zu seinen früheren Favoritinnen nahm sie spürbaren Einfluß auf sein Rollenverständnis und die Ausübung seines Regierungsamtes. Im Mai 1769 hatte er sie in Wildbad kennengelernt. Die damals Einundzwanzigjährige lebte in einer bedrückenden Konvenienzehe mit Friedrich Wilhelm Reinhard von Leutrum, der zunächst als Kammerherr am Hof zu Bayreuth amtierte, ehe ihn der Herzog im Februar 1769 in seine Dienste berief. Gegen Ende des Sommers 1770 begann das Liebesverhältnis zwischen Franziska und Carl Eugen. Im Januar 1772 ließ der Landesherr sie, nachdem Leutrum seinen Unwillen über die öffentlich bekannte Affäre bekundet hatte, auf die Solitude entführen; wenig später wurde ihre Ehe geschieden. Am 21. Januar 1774 erhob der Kaiser Franziska auf Antrag des Herzogs zur Reichsgräfin von Hohenheim. Nach dem Tod Friederikes bahnte Carl Eugen eine eheliche Verbindung mit seiner Mätresse an, der die Kirche und der Wiener Hof aus moralischen Gründen zunächst entschiedenen Widerstand entgegensetzten. Am 11. Januar 1785, einen Tag nach ihrem 37. Geburtstag, wurde Franziska die zweite Frau des Herzogs. Die Eheschließung erfolgte zur linken Hand, weil die Gemahlin nicht aus dem europäischen Hochadel stammte; erst 1791, drei Jahre vor dem Tod Carl Eugens, bestätigte auch die römische Kirche die offenkundig gefestigte Verbindung.

Zeitgenössische Autoren loben Franziskas umgängliches Auftreten und ihre Liberalität, die sich freilich mit einem fanatischen Pietismus verband. Ihren religiösen Starrsinn versuchte der sinnesfrohe Herzog erfolglos zu bekämpfen; er dürfte nicht unwesentlich zur stärkeren moralischen Bindung des Landesherrn beigetragen haben. Es ist unübersehbar, daß Württemberg ab Beginn der 70er Jahre, als Franziska Einfluß auf Carl Eugen auszuüben begann, in ruhigere Gefilde steuerte, die Mißwirtschaft ein Ende nahm, die Prachtentfaltung seltenen Staatsbesuchen vorbehalten blieb, wohltätige Aufgaben des Fürsten in den Vordergrund traten. Über den inneren Wandel des Landesherrn weiß der Publizist Johann Kaspar Riesbeck im Jahr 1783 zu berichten: «Der Herzog ist nun ganz Philosoph; stiftet Schulen und besucht sie fleißig; treibt Landwirtschaft und ist sogar oft beim Melken der Kuhe; schützt Künste, Wissenschaften und Handel;

errichtet Fabriken und lebt wirklich bloß, um das wiedergutzumachen, was er allenfalls verdorben hat.»[31] Spöttisch beschreiben dagegen Schubarts Verse die plötzliche Einkehr des Despoten: «Als Dionys von Syrakus | Aufhören muß, | Tyrann zu sein, | Da ward er ein Schulmeisterlein.»[32] Nicht bestätigen lassen sich Gerüchte, nach denen Franziska die Verhaftung des unbotmäßigen Autors wegen solcher Respektlosigkeiten selbst veranlaßt haben soll.

Neben dem elementaren Erziehungssystem galt die Aufmerksamkeit des Herzogs auch den Wissenschaften. Sein Verhältnis zur Universität Tübingen blieb freilich gespannt, was sich zumal darin äußerte, daß er ihr fähige Professoren zu entziehen suchte, um sie an der Karlsschule zu beschäftigen. Motiviert wurde seine Abneigung besonders durch die ostentativ zur Schau gestellte Unabhängigkeit, die die berühmte Landesuniversität auch gegen die Eingriffsversuche des Souveräns zu behaupten trachtete. Um seinen Bücherschätzen einen festen, öffentlich zugänglichen Platz zu verschaffen, gründete Carl Eugen 1765 die Ludwigsburger Bibliothek. Ihre Leitung lag in den Händen des Franzosen Joseph Uriot, eines gebildeten, weltläufigen Mannes, der den Herzog in künstlerischen Fragen beriet, die Hoffeste arrangierte und das Theaterrepertoire überwachte. Schubart nennt den einflußreichen Kulturpolitiker, der früher selbst als Schauspieler gewirkt hatte, 1774 abfällig «ein Männ'chen, der auf deutschem Grund und Boden den deutschen Geist in französischen Brühen ertränken möchte.»[33] Er verkennt damit die ordnende Leistung, die Uriot in seiner Rolle als *Maître de plaisir* am Hof vollbrachte. Die Ludwigsburger Bibliothek profitierte von der Sammelfreude des Herzogs, der zahlreiche Beamte für die Akquisition entlegener Werke beschäftigte. Er selbst betrachtete die Bücherbestände vornehmlich als schöne Schaustücke von musealem Charakter. Zur ausdauernden Lektüre fehlten ihm, wie vielfach versichert wird, die Ruhe und das Konzentrationsvermögen: ein Grundzug, der bereits während seiner Ausbildungsjahre in Berlin zutage trat.

Zu den späteren Leistungen des Herzogs gehören verkehrstechnische Innovationen von zukunftsweisender Bedeutung. Daß am Ende des Jahrhunderts das Straßensystem in Württemberg mit einer Strecke von 300 Kilometern fester Wege solider ausgebaut war als in jedem anderen Teil Deutschlands, blieb sein wesentliches Verdienst. Immer wieder ermunterte er jetzt seine Untertanen dazu, ihre Lebensumstände aus eigenem Antrieb zu verbessern, die Bedingungen und Möglichkeiten des Handels und der Agrarwirtschaft zu entwickeln. In seinem Verhältnis zu den Wissenschaften war Carl Eugen von einem aufgeklärten Pragmatismus bestimmt, den er womöglich als Frucht seiner Berliner Jahre entfaltete. Warenverkehr,

Gewerbe und Technik sollten nach den Maßgaben größtmöglicher Effizienz verbessert werden, wozu auch die akademischen Disziplinen ihren Beitrag zu leisten hatten. Daß der Herzog, anders als Friedrich II., aufgeklärte Wissenschaftler im Rahmen seiner universitären Berufungspolitik zwar förderte, aber nur selten in seinen persönlichen Kreis zog, verbindet ihn mit der Mehrheit der deutschen Fürsten des 18. Jahrhunderts. Auch Carl August von Sachsen-Weimar erwies sich in seiner ersten Regierungsperiode als absolutistischer Herrscher, der erst spät zu einer toleranteren Geistesgesinnung fand (unter dem Eindruck der napoleonischen Kriege mündete sie sogar in Sympathie mit den Positionen der Nationalliberalen, die den gekrönten Häuptern der Zeit sonst fremd blieben).

Das zentrale Lebenswerk des Herzogs stellte die Gründung der Hohen Karlsschule dar, von der an späterer Stelle näher zu sprechen sein wird. Die Notwendigkeit einer verbesserten Militärausbildung, die das Kriegsdebakel deutlich eingeschärft hatte, sollte hier mit dem Programm einer umfassenden akademischen Erziehung verbunden werden. Diese Vorstellung bestimmte aber auch den Januscharakter der Karlsschule, die, weder klassische Universität noch typische Offiziersanstalt, von beiden Institutionsformen gleichermaßen geprägt blieb. Insgesamt ist kaum zu bestreiten, daß der Herzog auf unterrichtspolitischem Feld kurzfristig erfolgreich wirkte: das Niveau der Ausbildung war hoch, das wissenschaftliche Renommee der Lehrer vor allem in den späten 70er und frühen 80er Jahren beträchtlich. Daß die Karlsschule nur wenige Monate nach dem Tod des Gründers im Frühjahr 1794 auf Geheiß des Nachfolgers, seines Bruders Ludwig Eugen geschlossen wurde, verdeutlicht freilich in fast symptomatischer Weise die Grenzen, denen das gesamte politische Handeln Carl Eugens unterlag. Sein Nachleben wurde weder durch die Pracht seiner Schlösser noch durch den Ehrgeiz der ihn umtreibenden pädagogischen Projekte gesichert, sondern durch die Schriften derjenigen, die sich mit literarischen Mitteln gegen seinen Despotismus zur Wehr setzten.

Öffentlicher Glanz.
Theater- und Festkultur am Stuttgarter Hof

Das alltägliche Leben des Herzogs blieb von gewaltigem Luxusaufwand geprägt. Die kostspielige Ausstattung, die der Souverän beanspruchte, begann beim Personal. Carl Eugen orientierte seinen Hofstaat zielstrebig am Muster von Versailles und machte sich bereits kurz nach seinem Regierungsantritt an den systematischen Aufbau eines großen Stabs. Allein für das morgendliche Lever, die aufwendig betriebene Ankleidezeremonie, wurden 50 Bedienstete benötigt. Sämtliche innerhöfischen Organisationsaufgaben betreuten Kammerherren, die ihrerseits über zahlreiche Untergebene verfügten. Ihnen unterstanden die zentralen Arbeitsbereiche von der Schneiderei über den Küchenbetrieb bis zu Sekretariat und Kassenwesen; hier waren knapp 170 Personen in leitender Stellung tätig. Zu einheimischen Hofhandwerkern traten italienische Baumeister, Stukkateure und Deckenmaler, französische Gärtner und Tanzlehrer. Mitte der 60er Jahre umfaßte der gesamte Stab die zehnfache Zahl des Bestands von 1745, nämlich 1800 Menschen; den größten Anteil bildeten die Leiblakaien, Heiduken und Edelknaben, die vorwiegend repräsentative Aufgaben versahen. Daß diese Dimensionen auch zu Zeiten des Absolutismus ungewöhnlich waren, zeigt ein Blick auf den Hof des ungleich bescheideneren Weimarer Herzogs Carl August, der sich mit 175 Bediensteten begnügen mußte.[34]

Zumal in der ersten Regierungsdekade setzte Carl Eugen seinen ganzen Ehrgeiz daran, einen Hofstaat von europäischer Reputation mit möglichst üppiger Festkultur aufzubauen. Während des Karnevals, in den der herzögliche Geburtstag am 11. Februar fiel, erstreckten sich die Feiern oftmals über mehrere Wochen. Schlittenfahrten, Jagdausflüge, Feuerwerke, Festbankette, italienische Oper, Ballett und Maskenspiele gehörten zu einem Programm, das auch zahlreiche ausländische Gäste nach Stuttgart oder ins benachbarte Ludwigsburg lockte. Künstliche mythologische Landschaften schmückten das festliche Treiben; Fackeln und Ampeln erleuchteten die nächtlichen Parkanlagen, während die Besucher in den weitläufigen Sälen an der üppig gedeckten Tafel saßen. Bürger hatten hier keinen Zutritt: die Aristokratie zog es vor, sich auf den internen Zirkel zu beschränken. Anders verhielt es sich mit den Bällen, zu denen auch die subalternen Beamten in Begleitung ihrer Ehefrauen und Töchter geladen wurden. Weibliche Gäste aus dem Bürgertum zeigten sich in altfränkischer Tracht, wie sie Carl Eugen liebte. Daß er bei solchen Gelegenheiten erotische Eroberungen zu machen pflegte, war allgemein bekannt.

An die Stelle der Geburtstags- und Karnevalsfeste traten in der späteren Regierungsperiode, ab 1775, die Jahresfeiern der Karlsschule, die jeweils am Gründungstag, dem 14. Dezember stattfanden. Sie wurden vormittags durch einen Gottesdienst eröffnet, an dem der mit zweispännigem Wagen und großem Gefolge vorfahrende Herzog in Begleitung seines Hofstaates teilnahm. Danach inspizierte der Landesherr die Exponate seiner Kunststudenten, die in den Malersälen gezeigt wurden. Während der anschließenden Mittagstafel suchte er das Gespräch mit unterschiedlichen Schülern, ging von Tisch zu Tisch und pflegte sich leutselig zu geben. Später wurden die Preise an die im Examen besonders erfolgreichen Schüler verliehen – ein Festakt, den zumeist eine ausführliche Dankesrede eines der Professoren eröffnete. Die Eleven traten, nachdem sie ihre Preismünzen in Empfang genommen hatten, zum Herzog, knieten nieder und küßten seinen Rock. Am Abend fanden Schauspiel- oder Opernaufführungen statt, die dem Tag einen künstlerisch eindrucksvollen Abschluß verleihen sollten.[35]

Vor allem in Ludwigsburg, wo der Herzog zur Zeit seiner Konflikte mit den Landständen regierte, herrschte der Geist der Verschwendung. Die Parkanlagen konnten sich in ihrer Weitläufigkeit mit den Gärten von Versailles messen. Carl Eugen entwickelte frühzeitig ein starkes Interesse für Baum- und Blumenzucht, die er mit Kennersinn überwachte. Besondere Aufmerksamkeit verdiente das mehr als 1000 Zuschauer fassende Opernhaus, das 1765 eröffnet wurde. Der nicht sonderlich stabile Holzbau, der im Laufe der Jahre rasch verfiel, wurde 1768 nochmals erweitert, um auch größeren Komparsenzahlen Raum zu bieten. Seine von Marmorsäulen beherrschte Inneneinrichtung bot falschen Glanz; weniger kostbar als blendend, diente sie einzig dem schönen Schein: Foyer und Parterre waren an den Wänden vollständig mit Spiegelgläsern verkleidet. Während der elf Jahre, die der Herzog hier Hof hielt, gewann die Stadt durch den Neubau von Spitälern, Magazinhäusern und Garnisonskirche eigenen Reiz. In seinen 1849 veröffentlichten Jugenderinnerungen beschreibt Justinus Kerner die Residenz, wie sie auf den unbefangenen Betrachter wirkte; an Sommerabenden «füllten sich die weiten menschenleeren Gassen, Linden- und Kastanienalleen Ludwigsburgs mit Hofleuten in seidenen Fräcken, Haarbeuteln und Degen und mit den herzoglichen Militärs in glänzenden Uniformen und Grenadierkappen, gegen welche die andern wenigen Bewohner in bescheidenen Zivilröcken verschwanden.»[36] Kerner erinnert sich auch an die imposanten Feuerwerke, die zu festlichem Anlaß im Park des Ludwigsburger Schlosses abgebrannt wurden und die Obstbaumreihen am Rande der Hauptallee in gleißendes Licht tauchten. Die gewaltigen Gewächs- und Treibhäuser, die man in der hinteren Parkhälfte angelegt hatte, waren, wie Kerner berichtet, durch 100000 Glaslampen erleuchtet, welche den Garten nachts festlich illuminierten. Die große Zahl der kunstvoll gestalteten Bassins und Brunnen schmückten antike Figuren, neben denen hoch aufragende Fackeln brannten.

Auf dem Feld der Kunst folgte der Herzog den klassizistischen Geschmacksvorlieben seines Standes. Die Orientierung an Frankreich, wie sie für das gesamte deutsche Hofleben im 18. Jahrhundert bestimmend blieb, prägte auch die württembergischen Verhältnisse. Daß Carl Eugen auf gute

Kontakte zum Nachbarland Wert legte, erkannte man an der exponierten Stellung, die seinen offiziellen Vertretern bei Festveranstaltungen und Preisverleihungen eingeräumt wurde. Die öffentliche Auszeichnung herausragender Karlsschulabsolventen erfolgte in Anwesenheit des französischen Gesandten;[37] Französisch bildete neben Latein das wichtigste Fach an der Akademie, das schon in den frühen Jahrgangsstufen – durch Uriot – unterrichtet wurde. In seiner *Deutschen Chronik*, die scharfe Fürstenkritik mit einer entschieden patriotischen Linie verband, hat Württembergs berühmtester Dissident Schubart immer wieder die Frankophilie der Höfe getadelt. Wie auch andere Autoren der anbrechenden Genieperiode – Herder, Boie, Hölty und Bürger – sah er in der von seinem Landesherrn gepflegten Vorliebe für die französische Kultur eine Mißachtung nationaler Traditionen. In der Tat wahrten gerade die kunstsinnigen deutschen Fürsten merklichen Abstand zur deutschen Literatur und Malerei. Friedrich II. hat aus seiner Reserve gegenüber Goethes *Götz* und den rebellischen Inszenierungen der Genieära keinen Hehl gemacht. Selbst der weimarische Herzog Carl August blieb zeitlebens ein glühender Anhänger des französischen Klassizismus, der eine Tragödie Corneilles den Arbeiten seiner Hausautoren Goethe und Schiller letztlich vorzog.

Die mit großem Kostüm- und Kulissenaufwand betriebenen Operninszenierungen bildeten fraglos die kulturellen Höhepunkte während der Regierungszeit Carl Eugens. Bis 1764 wurden sie vorwiegend am Stuttgarter Hoftheater gezeigt, das Zuschauerplätze für 1000 Personen bereit hielt. Nach dem Umzug bot Ludwigsburg zunächst eine provisorische Spielstätte auf einem im Park installierten Schaugerüst. Binnen kürzester Zeit errichtete man in der neuen Residenz ein modernes Opernhaus, das zu den größten Theatergebäuden Europas gehörte. Die Arbeiten verschlangen eine Gesamtsumme von 65 000 Gulden, die durch Sonderabgaben (auf der Basis illegaler doppelter Besteuerung) beglichen wurde. Zwischen 1765 und 1775 konzentrierte sich das höfische Bühnenleben auf Ludwigsburg; seit der Mitte der 70er Jahre entdeckte der Herzog jedoch erneut die Reize des solider gebauten Stuttgarter Opernhauses, das er nochmals renovieren und erweitern ließ, um den effektvollen Inszenierungen des Repertoires genügend Raum zu schaffen. Der Eintritt in die Theater war grundsätzlich kostenlos; der Landesherr ließ es sich nach einer alten Sitte angelegen sein, die vornehme Welt auf seine Kosten zu laden. Ein gut dotiertes Musikensemble mit ständigen Mitgliedern gehörte ebenso zum festen Etat wie die Schar der italienischen Sängerinnen, die stets für die Dauer mehrerer Jahre verpflichtet wurden. Zwischen 1753 und 1768 leitete der Neapolitaner Niccolò Jommelli die Oper, deren Orchester Schubart 1791 rückblickend zum «gebildetsten der Welt» erklärte.[38] Jommelli entwarf die Musik, arbeitete die Inszenierungen aus und überwachte streng den Ablauf der Aufführungen. Konsequent sicherte er sich eine Monopolstellung an der herzöglichen Bühne; als Leopold Mozart im Sommer 1763, während Carl Eugen zur Jagd gereist war, mit seinem damals siebenjährigen Sohn Wolfgang Amadeus in Ludwigsburg gastierte, fertigte ihn Jommelli unverbindlich ab, weil er die drohende Konkurrenz fürchtete. Die Libretti, die der Opernchef verwendete, stammten zumeist von Pietro Metastasio, dem berühmtesten Singspieldichter der Epoche. Ihre Stoffe stützten sich auf mythologische Sujets und Begebenheiten aus der römischen Geschichte. Besonderen Erfolg erzielten die 1764 erstmals gezeigte *Semiramide* und zwei Jahre später die *Il Vologeso*-Aufführung, die auch in den folgenden Spielzeiten im Repertoire blieben, obgleich sie durch die gewaltige Zahl an Komparserie enorme Summen verschlangen (die *Vologeso*-Inszenierung mit ihren 500 Akteuren kostete, wie Uriots penible Buchführung ausweist, 12750 Gulden).[39]

Der Herzog selbst überwachte die Einstudierung der Singspiele, nahm an den Proben teil, befaßte sich aufmerksam mit Bühnentechnik, Kostümierung und Dekoration. Zeitlebens stand er der Gesangskunst näher als dem Sprechtheater, zu dem er kaum Zugang fand. Seit Beginn des Jahres 1758 ergänzte ein regelmäßiges Ballettprogramm die Stuttgarter Oper. Zur bestimmenden Figur auf diesem Feld avancierte der 1727 geborene Jean-Georges Noverre, den der Herzog zwischen 1760 und 1767 als ersten Choreographen verpflichtete. Noverre verfaßte mythologische Tanzspiele, die teils selbständig, teils als Einlagen in den Umbaupausen der Operndarbietungen aufgeführt wurden. Zum Ballett zählten 7 Solotänzer und 44 Ensemblemitglieder beiderlei Geschlechts, was Noverre für die damalige Zeit ungewöhnliche dramaturgische Möglichkeiten eröffnete. Zahlreiche seiner in ganz Europa berühmten, an den Höfen in Wien, Paris und Petersburg gezeigten Tanzstücke sind zuerst für die Stuttgarter Residenzbühne verfaßt worden. Besondere Merkmale seiner choreographischen Erfindungen bildeten die geschlossene, häufig an antiken Stoffen ausgerichtete Handlung und das differenzierte Spiel der Gebärden, das Leidenschaften nicht nur auf der Grundlage technischer Virtuosität, sondern individuell darzustellen suchte. In seinen 1759 veröffentlichten, zehn Jahre später von Lessing und Bode ins Deutsche übersetzten *Lettres sur la Danse*, deren Erstausgabe er dem Herzog widmete, begründete Noverre den Tanz als «getreue Abbildung der schönen Natur».[40] Zum Modell der choreographischen Nachahmung geriet die Malerei, deren Plastizität der Tanz durch genau abgestimmte Ausdruckskunst im Detail erreichen sollte. In erklärtem Gegensatz zum barocken Stil, dessen geometrische Anlage die Darsteller auf einen mechanisierten Körpereinsatz verpflichtete, plädierte Noverre für die Befreiung von den Zwängen einer artistischen Ordnung, in denen man das Diktat der höfischen Repräsentationskunst gespiegelt finden konnte. An den Platz der traditionellen Kostümierung, die Perücken, schwere Kleider und gesteifte Röcke (Fischbeinkorsettagen) vorsah, traten jetzt eng anliegende Trikots, die den Körper des Tänzers besser zur Geltung brachten. Die von Noverre eingeleitete Reform wirkte sich belebend auf die gesamte europäische Ballettwelt aus. Sie veranlaßte eine ästhetische Befreiung der Physis, die sich aus der Umklammerung einer klassizistischen Hofkunst lösen und damit neue sinnliche Ausdruckskraft entfalten durfte. Es lag auf der Hand, daß mit dem neuen artistischen Anspruch auch die Gestaltungsspielräume der Akteure wuchsen. In Stuttgart war es vornehmlich der Pariser Startänzer Gaetano Vestris, der während der Karnevalszeit am herzöglichen Hoftheater in unterschiedlichsten Balletten reüssierte.

Die Eleven der Karlsschule durften auf dem sonst geschlossenen oberen Rang des Stuttgarter Theaters regelmäßig Opern- und Ballettaufführungen verfolgen. Auf diese Weise lernte auch der 16jährige Schiller die Arbeiten Noverres kennen, der zwar im Januar 1767 unter dem Druck wachsender Sparzwänge die herzöglichen Dienste verlassen hatte, mit seinen Vorlagen – etwa *Jason und Medea*, *Hypermestra* oder *Der Tod des Herkules* – aber weiter im Repertoire vertreten war.[41] Schillers Schwester Christophine erinnert sich an die große Wirkung, die solche Theaterbesuche bei ihrem in Fragen der Kunst gänzlich unerfahrenen Bruder hinterließen: «Es ist bekannt, wie glänzend damals unter der Regierung des Herzogs Karl die Opern, Schauspiele, Ballette gegeben wurden, denn größtenteils waren die Spielenden Italiener. Ganz natürlich mußten diese Vorstellungen auf das junge lebendige Gemüt des jungen Schiller, der aus der ländlichen Einfachheit sich hier wie in eine Feenwelt versetzt glaubte, einen großen Eindruck machen.»[42]

Neben Oper und Ballett besaß die französische Komödie am Hoftheater eine nachgeordnete Bedeutung, auch wenn der herzögliche Kulturchef Uriot sie zu seiner besonderen Domäne machte. Lediglich in den zehn Jahren zwischen 1757 und 1767 gehörte das Schauspiel fest ins Repertoire der Bühne. Bevorzugt wurden seichte Salonstücke zeitgenössischer Pariser Autoren; gelegentlich mischte man eine rührende Komödie La Chaussées (etwa die *Mélanide*) oder Diderots *Genres sérieux* (so den *Père de famille*) ins Programm. Tragische Stoffe schätzte der Herzog weniger; Aufführungen von Corneilles *Cinna* und Voltaires *Zaïre* bildeten 1763/64 eine große

Ausnahme. Später hat der Hof den Schauspielbetrieb wieder aufgenommen und auch deutsche Stücke einbezogen, ohne daß das Sprechtheater jedoch den Status der Oper erreicht hätte. Ab der Mitte der 70er Jahre führte man in der Residenz nach dem Vorbild der modebewußten Wandertruppen die Dramen Lessings (darunter auch das frühe Lustspiel *Die Juden*), Goethes *Götz von Berlichingen* sowie *Erwin und Elmire*, Leisewitz' *Julius von Tarent*, Shakespeares *Hamlet*, *Macbeth* und *Richard III.* (in Wielands bzw. Eschenburgs Übersetzung) auf.[43] Es ist zu vermuten, daß der Akademiestudent Schiller bei seinen Theaterbesuchen die wesentlichen Stücke des deutschen Repertoires kennengelernt hat. Die wirkungsmächtigen Shakespeare-Inszenierungen, die das Ensemble Emanuel Schikaneders zur Messe des Jahres 1778 in Stuttgart zeigte, durfte er freilich nicht besuchen, da den Eleven der Zutritt zu Schauspielaufführungen außerhalb der Hofbühne untersagt war.[44]

Der Theaterhaushalt verschlang vor allem in den ersten beiden Regierungsdekaden Carl Eugens gewaltige Summen. Der Jahresetat der Ludwigsburger Oper, der für Honorare, Dekoration, Kostümierung, Ausstaffierung des Bühnenraums und die Anreise auswärtiger Künstler aufgewendet wurde, lag im Jahr 1765 bei 300000 Gulden.[45] Allein für die Beleuchtung des Foyers verbrauchte man bei jeder Vorstellung 2000 Kerzen und zahlreiche Kanister Öl, mit denen die Lampen – sogenannte Ampeln – gefüllt wurden. Hinzu kamen hohe Materialkosten für Holz und Stoffe, nicht zuletzt die Summen, die die regelmäßige Instandhaltung der Bühnengebäude erforderte; das unsolide gestaltete, ganz auf Talmiglanz abgestellte Ludwigsburger Opernpalais verlangte hier besondere konservatorische Aufmerksamkeit. Bereits im Vorfeld des 1770 geschlossenen Erbvertrags sah sich der Herzog durch Druck der Landschaft zur Beschränkung seiner Bühnenausgaben genötigt. Er entschied sich daher, Landeskinder für Orchester und Ballett heranzuziehen, um die kostspielige Honorierung ausländischer Künstler einsparen zu können. Nach ähnlichem Muster wie später die Militärakademie bildete die seit 1769 in Ludwigsburg bestehende Musik- und Tanzschule begabte Kinder von Orchestermitgliedern und Hofbediensteten in den einzelnen Sparten aus. Nach vier Jahren wurden sie gegen ein niedriges Salär ins Hofensemble aufgenommen, dem sie fortan auf der Basis eines von den Eltern unterzeichneten Vertrags zu dienen hatten. Später übernahm die Karlsschule die Musikerziehung; das Ludwigsburger Tanzinstitut konnte man nach einigen Jahren schließen, weil der Bedarf an künstlerischem Personal gedeckt war.

Besucht wurden die kostspieligen Aufführungen der Stuttgarter und Ludwigsburger Theater fast durchgängig vom Adel und den herzöglichen

Bediensteten. Mittelstand und Landvolk hielten sich fern, was wiederum dem Wunsch des Hofs entsprach, der zumeist die oberen Ränge sperren ließ, um eine intimere Atmosphäre zu schaffen. Das Bürgertum, das große Steuerlasten zu tragen hatte, damit man den Theaterbetrieb finanzieren konnte, bevorzugte, sofern es sich kulturelle Bedürfnisse gestattete, Pantomime, Puppenspiel, Gaukler und Zauberkünstler, zuweilen auch den Besuch von Aufführungen der Wandertruppen, die ihr Publikum mit vereinfachten, durch komische Intermezzi aufgelockerten Inszenierungen antiker oder moderner englischer Dramen versorgten. Erst Ende der 70er Jahre öffnete sich das Stuttgarter Opernhaus verstärkt auch für bürgerliche Zuschauer. Mit Dekret vom 10. Mai 1777 führte man feste Eintrittspreise ein, um die Unkosten der Bewirtschaftung zu decken; der freie Zugang blieb nurmehr auf besondere Festtage beschränkt.[46] Breitere Zuschauermassen zogen die Theater jedoch trotz ihres künstlerischen Niveaus nicht an. Die vom Herzog geförderte Bühnenkultur stieß auch deshalb auf Ablehnung beim dritten Stand, weil ihr verschwenderischer Geist in scharfen Widerspruch zum religiösen Selbstverständnis der Bevölkerung treten mußte. Der katholische Regent mit seiner an italienischem Barock und französischem Klassizismus ausgerichteten Verschwendungslust paßte wenig zu seinen württembergischen Untertanen, die eine streng protestantische Pflichtethik zu Sparsamkeit, Askese und Fleiß anhielt.

Religion und Kirche. Schwäbische Frömmigkeitsbewegungen in der Epoche der Aufklärung

Das Kirchenleben gehört im 18. Jahrhundert zu den zentralen Feldern gesellschaftlicher und kultureller Aktivität. Insbesondere der Protestantismus förderte die allgemeine Bildungsentwicklung; aus Pfarrersfamilien rekrutierten sich seit dem Beginn der frühen Neuzeit herausragende Intellektuelle und Künstler, die maßgeblich auf das deutsche Kulturleben eingewirkt haben: Autoren wie Rist, Fleming, Gryphius, Gottsched, Gellert, Lessing, Wieland, Lenz, Schubart, Claudius, Bürger und Boie, aber ebenso Gelehrte wie Pufendorf, Conring, Schlözer, Schleiermacher und Schelling. Das Pfarramt bildete den Zielpunkt für die Aufstiegswünsche geistig begabter Bürgersöhne, denen andere Laufbahnen standesbedingt verschlossen blieben. Das Salär, das ein Dorfprediger erhielt, war jedoch niedrig – es lag, je nach gemeindespezifischem Kirchensteueraufkommen, bei 150–300 Talern jährlich. Ergänzt wurde es durch Naturalienabgaben und andere Pfründe, zu denen auch bescheidener Landbesitz mit Bewirtschaftungsmöglichkeiten gehörte.[47] Bei amtlichen Beförderungen winkte eine bessere materielle Absicherung: ein Domherr bezog 600 Taler, ein Hofprediger wie Herder brachte es auf stattliche 2000 Taler.

Insbesondere in Württemberg bildeten die Pfarrerfamilien soziale Inseln, die sich strikt gegen fremde Einflüsse abgrenzten. Standesstolz und Elitebewußtsein begründeten sich aus dem hohen intellektuellen Niveau, das an den württembergischen Klosterschulen und Predigerseminaren herrschte. Bei der Vergabe von Kirchenämtern entschieden nicht allein Herkunft und Tradition, sondern auch Leistungskriterien wie Examensnoten, Begutachtungen und Qualität der besuchten Lehrinstitute. Der Katholizismus geriet demgegenüber ins bildungspolitische Abseits, weil er durch das Festhalten am Zölibat die geistige Nachwuchsförderung, die in der protestantischen Pfarre schon bei der Kindererziehung begann, notwendig hemmte. Zwar hatten die Jesuiten am Beginn des Jahrhunderts ein Netz von 100 Kollegien gespannt, das sich zumal über den Süden Deutschlands erstreckte, doch reichte das im Bildungswettkampf mit dem Protestantismus kaum aus, weil die Wirkung dieser Schulen sich auf einen geschlossenen Kreis von Priesterseminaristen beschränkte, ohne Kultur und Gesellschaft maßgeblich zu beeinflussen. Nicht zuletzt waren es die katholischen Höfe, die mit veralteten Verwaltungsapparaten, aristokratischer Pfründewirtschaft und unmodernen Unterrichtssystemen die Rückständigkeit des Südens bis zum Ende des Jahrhunderts festschrieben. Da sich trotz vorsichtiger Ansätze aufklärerisches Denken hier kaum zur Geltung brachte, blieb der Katholizismus für geraume Zeit dem erneuerungsfähigen Protestantismus unterlegen. Die josephinischen Reformen in Österreich riefen am Beginn der 80er Jahre den heftigen Widerstand der süddeutschen Kirchen- und Territorialherren hervor, so daß durch die im Nachbarland vollzogene Liberalisierung reaktionäre Verkrustungen noch verstärkt wurden.

Die konfessionellen Verhältnisse sind in Deutschland ab der Mitte des 18. Jahrhunderts nicht leicht überschaubar. Die scharfen Gegensätze der religiösen Orientierung, die das Zeitalter der Glaubenskämpfe bestimmten, verringerten sich spürbar. Das allgemeine Vordringen aufklärerischer Denkformen führte zu einer vorsichtigen Lockerung theologischer Dogmen, ohne jedoch die gewaltige Bedeutung des Kirchenlebens, das für die meisten Menschen auch sozialen Kontakt herstellte, prinzipiell aufzuheben. Die geistliche Liberalisierung unterlag in Deutschland festen Grenzen, die, je nach Konfession, durch die Macht der Konsistorien und Bischöfe markiert wurden. Zentrale Lehrmeinungen – der Offenbarungsgedanke, die theistische Gottesidee, die Wahrheit des Schöpfungsberichts – durften von der religiösen Aufklärung nicht angegriffen werden. Wer den Versuch einer kritischen Auseinandersetzung mit den christlichen Dogmen unternahm, mußte mit Publikationsverbot und öffentlichen Restriktionen rechnen, wie es Ende der 70er Jahre Lessing im Streit mit dem Hamburger Hauptpastor Goeze widerfuhr. Die atheistischen Tendenzen, die der französische Materialismus im Gefolge von La Mettrie und Helvétius aufbrachte, stießen in Deutschland auf deutliche Ablehnung. Selbst im Kreis der aufgeklärten Neologie, die – mit Unterstützung des preußischen Oberkonsistoriums – eine systematische Vermittlung von Vernunftdenken und Glaubenslehren anstrebte, stellte die radikale Religionskritik des Materialismus eine entschiedene Barriere dar, die als unüberwindbar galt. «Die vermeintlich gebildeteren Adelsklassen», erinnert sich der fromme Katholik Eichendorff, «denen die Lächerlichkeit jederzeit als die unverzeihlichste Todsünde erschien, hatten, schon mit den freigeistigen französischen Autoren heimlich fraternisierend, die neue Aufklärung als notwendige Mode- und Anstandssache, gleichsam als moderne Gasbeleuchtung ihrer Salons, stillschweigend bei sich aufgenommen und erschraken jetzt zu spät vor den ganz unanständigen Konsequenzen, da ihre Franzosen plötzlich Gott abschafften und die nackte Vernunft leibhaftig auf den Altar stellten.»[48] Die unter Friedrich II. geförderte Politik der Toleranz, die den aufgeklärten Protestantismus zur Staatsreligion erhoben hatte, bildete im deutschen Absolutismus eine Ausnahme. Durch das Wöllnersche Religionsedikt von 1788 suchte man schließlich auch in Preußen den seit der Jahrhundertmitte angewachsenen Einfluß der rationalistischen Neologie zurückzudrängen. Dem nachfriderizianisch-konservativen Staat sollte es jetzt zufallen, mit restriktiven Gesetzen das Kirchenleben zu kontrollieren und die Einhaltung von Dogmen streng zu überwachen.

Die im Protestantismus fortschreitende theologische Aufklärung setzt aber auch andere Reaktionen jenseits staatlicher Kontrolle frei. Bereits am Beginn des 18. Jahrhunderts etabliert sich in Abgrenzung von den Positionen der Amtskirche eine neue Frömmigkeitsbewegung, der Pietisten, Guyonisten, Herrnhuter und andere sektenähnliche Gruppierungen angehören. Vor allem der in Württemberg, am Niederrhein und in Sachsen stark verbreitete Pietismus beeinflußt das deutsche Kulturleben auf maßgebliche Weise; auch die ersten philosophischen Denkübungen des jungen Schiller hat er unübersehbar geprägt.[49] Seine öffentliche Gründungsakte bilden die *Pia Desideria* Jacob Speners aus dem Jahr 1675. Das Werk war eine Art erweiterter Vorrede zu Johann Arndts *Vier Büchern vom wahren Christenthum* (1605), einer der bekanntesten Schriften der deutschen Barockmystik. Der Pietismus sucht sich von der Bibelwortfixierung des Luthertums durch die Betonung der sinnlich-emotionalen Dimension religiöser Praxis abzugrenzen. Nicht die hierarchisch begründete Beziehung von

Gemeinde und Kirche, sondern das nach regionalen Konventikeln geordnete Bündnis der Gläubigen stellt die soziale Kernzone der pietistischen Bewegung dar. Unter ausdrücklicher Berufung auf das Urchristentum der Spätantike erneuert man den Laiengedanken, der jedem Mitglied die Möglichkeit offenhält, im Rahmen des Gottesdienstes liturgische Handlungen durchzuführen. Anders als die protestantische Amtskirche, der sie formal angehört, versteht sich die pietistische Sozietät als Gefühlsgemeinschaft, die ihre konfessionellen Überzeugungen durch stärker affektiv getönte Rituale jenseits des reinen Wortglaubens zum Ausdruck bringt. Als wichtigstes Medium dieses Religionsgedankens etabliert sich das neue Kirchenlied, das stark auf die Literatur des 18. Jahrhunderts abgefärbt hat. Die erbaulichen Texte eines Nikolaus Ludwig von Zinzendorf, Philipp Friedrich Hiller, Christoph Carl Ludwig von Pfeil und Gerhard Tersteegen, die noch heute zum Gesangbuchkanon der evangelischen Kirche zählen, besitzen ihre eigene Poesie, die den Weg zum literarischen Werk Klopstocks, des jungen Goethe und Hölderlins weist.

Die Kritik des protestantischen Wortglaubens wird getragen von der Überzeugung, daß der Mensch durch Gebet und Gesang zur Versenkung in Gott gelangen, mithin der Seligkeit bereits in spirituell gesteigerten Momenten seines irdischen Lebens teilhaftig werden könne. Dieser aus dem mystischen Traditionsgut stammende Gedanke findet sich gestützt durch eine Theologie der Erweckung, nach der der Weg des Menschen von der Erbschuld über die tätige, stets zu erneuernde Buße zur wahren Erfüllung im Erleben der geistigen Offenbarung führt. Bedeutsam bleibt hier die Opposition zum Vernunftdenken der Neologen, gegen deren Schriftfixierung der Pietismus das Ideal eines im Gefühl beschlossenen Glaubens zu profilieren sucht. Daß gerade die asketische Seite der Bußtheologie, zu der ein gesteigertes innerweltliches Arbeitsethos gehört, ihre repressiven Züge entfalten kann, zeigen mit großer Eindringlichkeit Johann Heinrich Jung-Stillings von Goethe herausgegebene Jugendbiographie (1777) und Karl Philipp Moritz' *Anton Reiser* (1785–90). Die enge Verbindung zwischen Frömmigkeit und religiösem Fanatismus, wie sie hier beschrieben wird, bestimmt freilich weniger den württembergischen als den hallensischen Pietismus, der sich zum Zentrum einer Sammlungsbewegung mit sektiererischen Zügen ausbildet.

Frühzeitig entwickelt die pietistische Gemeinschaft eigene Organisationsformen, die der praktischen Gemeinde- und Erziehungsarbeit dienen. Zu ihnen gehört der Aufbau von Schulzentren, die einen nicht allein geistlichen Bildungsauftrag verfolgen. Ihre Keimzelle stellen die von Philipp Jacob Spener im August 1670 gegründeten Frankfurter *Collegia Pietatis* dar, die Gläubige unterschiedlicher sozialer Herkunft zu Bibelgesprächen versammeln. Mit Unterstützung des seit 1686 als Oberhofprediger in Dresden, ab 1691 als Konsistorialrat in Berlin wirkenden Spener wurde die theologische Fakultät der 1694 gegründeten Universität Halle aufgebaut, die sich unter dem Einfluß des für das orientalistische Fach zuständigen Pastors August Hermann Francke bald zu einem Schwerpunkt der pietistischen Bewegung entwickelte. Mit wirtschaftlichem wie organisatorischem Geschick schuf Francke einige Jahre später in Halle eine umfassende Bildungseinrichtung, die Bibliotheken, Unterrichtsanstalten und Waisenhäuser unter einem Dach zusammenführte. Hier etablierten sich die ersten Realschulen Deutschlands, die Jugendliche nicht allein in den alten Sprachen unterwiesen, sondern verstärkt naturkundlich-technische Fachelemente vermittelten. Im Gegensatz zu Sachsen, das unter dem massiven Einfluß der protestantischen Amtskirche stand, bot das Kurbrandenburg angehörende Halle den Pietisten fruchtbaren Boden für die Entfaltung ihrer organisatorischen und bildungspolitischen Absichten. Weniger der Rekrutierung künftiger Glaubensfreunde, wie sie Francke anstrebte, als der Sicherung von Identifikationsmöglichkeiten dienten die Brüdergemeinden, deren berühmteste seit 1727 im sächsischen Herrnhut, dem Anwesen Nikolaus Ludwig von Zinzendorfs bestand. Sie verfolgten das Ziel, das Modell eines einfachen, ganz dem Glauben gewidmeten Lebens in der Abgeschiedenheit einer sektenähnlich geordneten Gemeinschaft zu verwirklichen. Auf der Grundlage von Selbstverwaltung und unabhängiger landwirtschaftlicher bzw. handwerklicher Tätigkeit suchte sich Zinzendorfs Zirkel autonom zu organisieren, ohne dabei jedoch das Bündnis mit der Amtskirche zu lösen.

Kurz nach der Jahrhundertwende hatten sich auch in Württemberg – in Stuttgart, Calw und Denkendorf – unter der Führung Johann Georg Rosenbachs, David Wendelin Spindlers und Johann Albrecht Bengels erste pietistische Konventikel gebildet. Im Mittelpunkt ihrer Aktivitäten standen gemeinsame Bibellektüre, Gesang und Erbauungsstunden. Zum Auslöser für die separatistischen Tendenzen wurde die Pfründewirtschaft der Kirchenobrigkeit, die man als Zeichen von bürokratischer Verfilzung und Amtsarroganz betrachten konnte. Zahlreiche Gläubige nahmen Anstoß an der engen Verbindung der geistlichen mit der weltlichen Macht, wie sie in einer gemeinsamen Interessenpolitik von Landständen, Landtag und evangelischen Würdenträgern hervortrat. Das Konsistorium ließ den Bestrebungen der Brüdergemeinden in Württemberg dennoch Raum, weil diese die Autorität der kirchlichen Institutionen offiziell nicht anzweifelten. Zwei Edikte von 1706 bzw. 1707 untersagten zwar das öffentliche Auftreten von Separatisten, gestatteten jedoch pietistische Versammlungen im privaten Rahmen. 1733 kam es zu einem Besuch Zinzendorfs bei Bengel, der die intensivere Kooperation zwischen Herrnhutern und schwäbischen Pietisten vorbereiten sollte, schließlich aber maßgebliche theologische Differenzen zwischen den Gruppierungen deutlich machte.[50] Gerade der ins Mystische gesteigerte Blut- und Wundenkult Zinzendorfs, wie er in seinen späteren *Zeyster Reden* und der *Litaney* von 1747 seinen sprachmächtigen Ausdruck gewinnt, schien mit dem stärker rational gestützten, auf geistliche Erkenntnis zielenden Pietismus Bengels kaum vereinbar. Das öffentliche Zeugnis für die wachsenden Gegensätze zwischen Herrnhutern und württembergischen Zirkeln ist Bengels polemischer *Abriß der sogenannten Brüdergemeine* (1751), der den Bruch endgültig besiegelte.

Während Zinzendorfs Versuch, sich in Stuttgart als Prälat zu etablieren, scheitern mußte, kam es zur selben Zeit zu einer Annäherung zwischen evangelischer Amtskirche und pietistischen Konventikeln, die für künftige Generationen erhebliche Bedeutung besaß. 1733 bescheinigten Christoph Matthäus Pfaff und Georg Bernhard Bilfinger stellvertretend für die theologische Fakultät der Universität Tübingen und das Konsistorium die Übereinstimmung zwischen den Lehren der Brüdergemeinde und den Positionen der Kirche. Fortan drangen verstärkt pietistische Glaubensmeinungen in offizielle Kreise ein. Vermittelt wurden sie zumal durch Gefolgsleute Bengels, der, selbst geprägt von den asketischen Lehren Spindlers, an der Klosterschule Denkendorf zwischen 1713 und 1741 annähernd 300 Kandidaten für ein geistliches Amt vorbereitet hatte.[51] Nicht wenige unter ihnen machten später eine akademische oder kirchliche Karriere, die es ihnen erlaubte, das von Bengel vermittelte pietistische Bekenntnis auf der Kanzel oder dem Katheder zu vertreten. Dessen religiöse Ethik, die sich zumal in seinen 1742 veröffentlichten exegetischen Kommentaren zum Neuen Testament bekundete, schloß eine starke Skepsis gegenüber jeglichen Formen weltlichen Potentatentums ein. Vor dem Hintergrund einer eschatologischen Geschichtsauffassung, die den Menschen auf dem Weg zur unmittelbar bevorstehenden Wiederkunft Christi sah, galten die Mächtigen der Politik bei Bengel als Feinde Gottes, welche dereinst ein großes Strafgericht mit umfassender Verurteilung ihrer irdischen Verfehlungen treffen mußte. Schubarts berühmtes Gedicht *Die Fürstengruft* (1780) wird später auf dem Boden einer vergleichbaren christlichen Heilserwartung die Vergeltung tyrannischer Herrschaft im Jenseits als apokalyptisches Szenario beschwören. Auch in solchen literarischen Zeugnissen erweist sich die mächtige Wirksamkeit des von Bengel vertretenen eschatologischen Geschichtsdenkens und seiner moralischen Visionen.[52]

Private Erbauungsstunden mit nächtlicher Bibellektüre, Seelsorge und Gesang wurden seit den 50er Jahren durch Philipp Matthäus Hahn (in Kornwestheim bei Ludwigsburg), Christian Gottlob Pregizer (in Haiterbach) und Johann Michael Hahn (in Altdorf) zur festen Einrichtung. Der Heilbronner Bauernsohn Johann Georg Rapp, der sich vom eschatologischen Denken Bengels beeinflußt zeigte, dehnte die Wirksamkeit seines spiritualistischen Zirkels sogar auf den Bereich des Sakraments aus, indem er selbständig Eheschließungen und Kindstaufen vollzog. Das unter Androhung einer Landesverweisung von der Regierung ausgesprochene Verbot solcher Handlungen blieb praktisch folgenlos; die mangelnde Entschlossenheit, mit der Regierung und Konsistorium gegen Rapps Bund vorgingen, bezeugt die Akzeptanz, die der Pietismus im letzten Drittel des Jahrhunderts auf verschiedenen Feldern des öffentlichen Lebens besaß.[53] Ein Gelehrter wie der 1702 geborene Friedrich Christoph Oetinger, der in seinem Werk hermetische Naturphilosophie und pietistische Heilslehre zu verbinden suchte, steht beispielhaft für den Einfluß, den das religiöse Pathos der Brüdergemeinde auf das philosophische Denken der Zeit ausübte. In Oetingers Werk treten Elemente der spekulativen – auf den Gedanken der Emanation Gottes im Kosmos gestützten – Naturlehre des Barockmystikers Jacob Böhme neben eine durch Bengels Lehren angeregte chiliastische Geschichtsauffassung, die das Erscheinen Christi als direkt bevorstehendes Ereignis betrachtete. Solche eigenwilligen Konzepte zeitigten auch deshalb Wirkung, weil sie über offizielle Kanäle auf vereinfachter Grundlage Verbreitung fanden. Karl Friedrich Harttmann, der als Bebenhausener Klosterschüler in enge Verbindung mit Oetinger trat, trug seit 1774 im Rahmen des von ihm versehenen Religionsunterrichts Prinzipien der pietistischen Lehre an der herzöglichen Akademie vor. Daß sie Spuren auch beim jungen Schiller hinterließ, demonstriert seine Liebesphilosophie, die man als weltlichen Gegenentwurf zur Idee der Gefühlsgemeinschaft des Gläubigen mit Christus betrachten kann.[54]

Das Land Württemberg wurde seit dem Westfälischen Frieden von protestantischen Herrschern regiert. Die evangelische Landeskirche hatte sich eine schwer erschütterbare Vormachtstellung erworben, die wesentlich darin begründet lag, daß es außerhalb der Schwäbischen Alb kaum katholische Gemeinden gab. Ihr Einfluß erstreckte sich auf Verwaltungs- und Universitätsangelegenheiten, nicht zuletzt auf die Politik der Landkreise, deren Abgabeforderungen den Vorstellungen der um finanzielle Unabhängigkeit bemühten Kirchenoberen entgegenstanden. Mit der Inthronisation Carl Alexanders im Jahr 1733 begann die Epoche einer katholischen Dynastie, für welche die Machtposition des Konsistoriums auch die Einschränkung eigener Handlungsspielräume bedeuten mußte. In der Praxis blieben heftigere Konflikte freilich aus, weil der Herzog die Autorität der Landeskirche anerkannte. Deren Dominanz erwies sich darin, daß sie staatliche Eingriffe in ihre Befugnisse – etwa die Einsetzung oder Entpflichtung von Pfarrern – unterband, eine selbständige Berufungspolitik am Tübinger Stift behauptete und die Verwaltung der Gemeindesteuern selbständig kontrollierte. Wenn der Interessenausgleich zwischen weltlicher und geistlicher Macht trotz konfessioneller Differenzen gelang, so blieb das auch das Verdienst Johann Georg Bilfingers, der zwischen 1737 und 1750 das schwierige Amt des Konsistorialpräsidenten ausübte. Bereits im Dezember 1737 hatte der katholische Herzog durch öffentliche Erklärung versichern müssen, daß er den evangelisch-lutherischen Glauben in seinem Land nicht nur tolerieren, sondern auch aktiv schützen werde. 1743 verfaßte das Konsistorium ein nachdrücklich formuliertes Edikt, das die Religion dem direkten Eingriff des Staates entzog und damit die Einflußmöglichkeiten des Souveräns beschränkte. Bilfingers Nachfolger Zech (bis 1755) und Georgii (bis 1764) zeigten im Umgang mit den Launen Carl Eugens weniger Geschick. Mehrfach suchte der Herzog ab Mitte der 50er Jahre Einfluß auf Gottesdienst und Liturgie zu nehmen. Während der Zeit des Krieges gegen Preußen ließ er regelmäßig Verordnungen von der Kanzel verlesen, die junge Männer an ihre Rekrutenpflichten erinnerten und hohe Strafen für Desertion in Aussicht stellten. Pfarrer, die unter dem Verdacht standen, sich kritisch über die katholische Kirche geäußert zu haben, wurden gemaßregelt, Amtsenthebungsverfahren beeinflußt, die steuerpolitischen Freiräume des Konsistoriums eingeengt.[55] Zwar blieben die Übergriffe auf die Dauer wirkungslos, jedoch belasteten sie während der Kriegsjahre das Verhältnis zwischen Staat und Geistlichkeit, indem sie Mißtrauen und Illoyalität schufen. Die Württemberger wiederum mißbilligten Carl Eugens Bündnis mit Österreich, dessen Frontstellung gegen das protestantische Preußen sie auch als Angriff auf ihre eigene konfessionelle Unabhängigkeit werteten. Allein die große Geschlossenheit der Landeskirche, die orthodoxe Kräfte und Frömmigkeitsbewegungen mit überraschender Selbstverständlichkeit unter einem Dach zusammenführte, verhinderte in dieser Phase eine massivere Beeinflussung der evangelischen Untertanen durch den katholischen Landesherrn. Ab Mitte der 60er Jahre hat Carl Eugen zunehmend Zurückhaltung gegenüber dem Protestantismus geübt und auch das bereits 1743 entstandene Edikt über die persönliche Glaubensfreiheit anerkannt.

Wie bedeutsam das kirchliche Leben für das Württemberg des 18. Jahrhunderts ist, läßt sich mit Händen greifen. Gottesdienste bildeten nicht nur an Sonn- und Feiertagen, sondern auch in der laufenden Arbeitswoche Anziehungspunkte für Gläubige aus sämtlichen bürgerlichen bzw. ländlichen Bevölkerungsschichten. Friedrich Nicolai weiß zu berichten, daß während des Jahres 1783 in den drei Kirchen der Stadt Stuttgart 1105 Predigten gehalten wurden.[56] Die enorme Bedeutung, die pietistische Zirkel gewannen, schränkte den Zulauf, den die offiziellen Gottesdienste erhielten, keineswegs ein. Im öffentlichen und privaten Sektor, an den Schulen wie innerhalb der Familie blieb die Religion eine zentrale Macht von unumschränkter Autorität. Erbauungs- und Gesangbücher fanden sich in jedem Haushalt – sie gehörten auf dem württembergischen Verlagsmarkt zur gängigsten Ware. Zu besonderem Erfolg brachten es Samuel Urlspergers Andachtsübungen (1723), Christian Storrs Beicht- und Kommunionstexte (1755) sowie Immanuel Gottlieb Brastbergers Predigtbuch (1758). Wie stark religiöse Traditionen im württembergischen Alltagsleben verankert waren, zeigt auch die Popularität der von schwäbischen Autoren verfaßten Kirchenlieder. Carl Heinrich von Bogatzkys *Güldenes Schatz-Kästlein der Kinder Gottes* (1746) erlebte ähnlich eindrucksvolle Auflagenhöhen wie Philipp Friedrich Hillers *Geistliches Liederkästlein* (1762) und Christoph Carl Ludwig von Pfeils *Evangelische Herzensgesänge* (1763). Die beliebtesten Muster des Genres stellten aber selbst in Württemberg die erstmals 1757 veröffentlichten Oden und Lieder des Leipzigers Christian Fürchtegott Gellert dar. Daß seine erbaulichen Texte auch in der Familie Schillers gegenwärtig waren, berichtet die Schwester Christophine (NA 42, 3).[57] Sie bildeten nicht nur den Gegenstand des ersten Kinderunterrichts, sondern daneben den Anlaß zum Gespräch über religiöse Inhalte. Von ihnen gehen damit die frühesten intellektuellen Anregungen aus, die Schiller erfahren hat. Daß auch er, wie viele Söhne aus dem mittleren Bürgertum, vom Vater zur geistlichen Laufbahn bestimmt wurde, entsprach den Gesetzen des Milieus, in dem er aufwuchs.

2. Frühe Erziehung

Bürgerliche Verhältnisse. Perspektiven des Elternhauses

Das äußere Leben eines Menschen unterliegt zwei Kräften, die sich im Wettstreit zu befinden scheinen: innerer Folgerichtigkeit und Zufall. Das Risiko der biographischen Darstellung besteht darin, daß sie das eine im anderen aufhebt; wo sie beharrlich das Zufällige zum Lebensgesetz überhöht, gewinnt sie den Charakter der Mythisierung. Der Gefahr der Verklärung läßt sich entgegenwirken, indem man den Blick auf den intellektuellen Fonds der persönlichen Bildungsgeschichte richtet. Anders als die Beliebigkeit der äußeren Daten gehorcht sie genau zu erfassenden Impulsen durch Lehrer, Lektüren und daraus abgeleiteten Geschmacksvorlieben, Vorbildern und Mustern. In besonderem Maß gilt diese Einsicht für einen Autor wie Schiller, dessen Leben von geistigen Erfahrungen entscheidend beherrscht wird, sich frühzeitig über die Literatur bestimmt und durch sie eigene Kontur gewinnnt. Die Imagination ist der entscheidende Erfahrungsraum, den er sich schreibend erschließt. Ausgedehnte Reisen, bewegende Naturerlebnisse, gewaltige Passionen fehlen hier ebenso wie Momente der Umkehr, der Verwerfung und des Neuaufbruchs. Die größte persönliche Katastrophe dieses Lebens – die frühe Krankheit – hat zwar Schillers Arbeitsökonomie entscheidend gelenkt, aber sein Werk weitaus weniger bestimmt, als es das gern wiederholte Wort vom todgeweihten Klassiker suggerieren möchte. Gerade weil seine äußere Biographie an prägenden Ereignissen arm bleibt, muß sich der Blick auf die lebenslang andauernde Bildungsgeschichte richten, die seine Identität als Autor und das Nervenzentrum seines Werks begründet. Daß zur Rekonstruktion dieser Geschichte die Auseinandersetzung mit jenen «kollektiven Mentalitäten»[58] treten muß, die als Ausdruck gesellschaftlicher und historischer Verhältnisse jede individuelle künstlerische Tätigkeit bestimmen, steht außer Frage. Ein biographisches Interesse ist vor diesem Hintergrund nur dann legitim, wenn es sich durch das Vermögen bekundet, die Stationen eines intellektuellen Lebenslaufs im Zusammenhang sozialer und kultureller Einflußfelder nachzuzeichnen.

Die Spuren von Schillers Familie reichen ins 16. Jahrhundert zurück. Die Vorfahren sind württembergische Bauern, Küfer, Bäcker und Gastwirte; bisweilen haben sie es bis zum Gemeindevorsteher oder Bürgermeister ihres Dorfes gebracht, zumeist jedoch die Beschränkung auf die erlernte Tätigkeit bevorzugt. Die Familien der väterlichen Linie sind – auch nach den Maßstäben der Zeit – überaus kinderreich gewesen. Auffällig ist, daß die Männer sehr früh, oft vor dem 45. Lebensjahr, versterben. Die schwache physische Konstitution scheint Schiller von ihnen geerbt zu haben; sie bleibt noch für mehrere Generationen seiner Nachkommen charakteristisch. Der 1649 geborene Urgroßvater Johann Caspar ist Bäcker im zwischen Stuttgart und Marbach gelegenen Bittenfeld. Seine drei Söhne erlernen nach alter Tradition das väterliche Handwerk; Johannes, der mittlere, wird immerhin zum Schultheiß des Dorfes ernannt. Seine aus Alfdorf bei Schwäbisch Gmünd stammende Ehefrau Eva Margarethe gebiert ihm acht Kinder; Schillers Vater, der am 27. Oktober 1723 geborene Johann Caspar, ist der mittlere von drei Söhnen. Die Familie lebt in beschränkten Verhältnissen, genießt jedoch im Dorf hohe Reputation. Nach dem frühen Tod des Vaters im Jahr 1733 müssen die älteren Kinder die Schule verlassen und selbst für ihren Unterhalt arbeiten. Johann Caspar sieht sich ebenso wie seine Geschwister genötigt, sich mit Feldarbeit durchzuschlagen. Seine allgemeine Ausbildung ist mit dem zehnten Lebensjahr beendet und bleibt entsprechend lückenhaft. Die schulischen Defizite hat er im Laufe seines Lebens mit zäher Energie zu beheben gesucht; seine deutlich um Korrektheit bemühten Briefe an den Sohn zeugen später von einer ungewöhnlichen Stilgewandtheit, die zuweilen durch formelhaften Ernst begleitet wird. Die Korrespondenz enthüllt das Bild eines wissensdurstigen, vielfach interessierten Autodidakten mit unverrückbaren religiösen Überzeugungen, dessen bürgerliches Besitzdenken auch der frühen Erfahrung des Mangels entsprungen sein dürfte. Sein Naturell scheint, wie schon seine Jugendbiographie zeigt, von Tatkraft und Durchsetzungsvermögen geprägt.[59] Dem Sohn vererbt er den Willen zur beständigen Aktivität, die produktive Unruhe des Geistes und, nicht zuletzt, das Streben nach materiellen Sicherheiten, das bei diesem nach Jahren des finanziellen Leichtsinns in der Periode der Eheschließung – ab 1790 – mit Macht durchbricht.

Als Vierzehnjähriger beginnt Caspar Schiller 1738 beim Klosterbarbier Fröschlin in Denkendorf eine Lehre als Wundarzt, durch die er auch Kompetenzen auf dem Feld der Kräuter- und Arzneimittelkunde erwirbt. 1741 besteht er seine Gesellenprüfung, der die obligate Wanderzeit mit Tätigkeiten in Backnang, Lindau am Bodensee und Nördlingen folgt. In diesen Jahren eignet er sich Grundkenntnisse der französischen Sprache an und lernt Fechten; dahinter steht der ehrgeizige Versuch, Elemente einer aristokratischen Bildungssozialisation aufzunehmen. Im September 1745 schließt sich Caspar Schiller einem durchziehenden bayerischen Husarenregiment an, das ihn zum Militärarzt (Feldscher) avancieren läßt. Es gehörte zu den von den Medizinalverordnungen des späten 17. Jahrhunderts – z. B. in Preußen 1685 – offiziell bekräftigten Rechten eines Barbiers, daß er kleinere chirurgische Eingriffe an der Haut vornehmen, Zahnbehandlungen und den (als Allheilmittel geltenden) Aderlaß durchführen konnte. So war es keineswegs ungewöhnlich, wenn Caspar Schiller zum Armeechirurgen aufstieg und in dieser Funktion die medizinische Betreuung der Truppe versah; die ärztliche Ausbildung wurde erst 1825 durch ein preußisches Reformgesetz verbindlich geregelt, das die studierten Mediziner strikt von den einfachen Wundärzten in Stadt- bzw. Landkreisen unterschied. Zu Caspar Schillers Aufgaben rechnete die Bekämpfung von Seuchen ebenso wie die Therapie der berüchtigten Geschlechtskrankheiten im Rahmen sogenannter ‹Galanterie-Kuren›, von deren Wirkung schon Grimmelshausens *Simplicissimus*-Roman (1669) einen anschaulichen Eindruck vermittelt. Als Angehöriger der bayerischen Husaren nahm Caspar Schiller am österreichischen Erbfolgekrieg im heutigen Belgien teil, wurde bei Kämpfen mit holländischen Truppen mehrfach verwundet und für seine Tapferkeit ausgezeichnet. Während des Winters 1748/49 verschlug es ihn nach Amsterdam und Den Haag, von dort nach England, wo das Regiment Quartier machte. In seinen 1789 verfaßten Erinnerungen widmet er den niederländischen Abenteuern den größten Raum und beschreibt sie als äußeren Höhepunkt eines sonst geordneten Lebenslaufs.

Nach dem Aachener Frieden, der das theresianische Österreich zum Arrangement mit Holland, Frankreich und Spanien zwingt, ist Caspar Schillers militärische Bewährungsprobe beendet. Im März 1749 kehrt er in die Heimat zurück. Er läßt sich nach der vor einem Ludwigsburger Kollegium bestandenen Fachprüfung als Wundarzt in Marbach nieder und heiratet am 22. Juli 1749 die 16jährige Gastwirtstochter Elisabeth Dorothea Kodweiß. Die Barschaft, die er in die Ehe einbringt, beläuft sich auf die stattliche Summe von 330 Gulden und 24 Kreuzer – ein Vermögen, das er sich selbst ohne fremde Unterstützung erspart hat. Die Braut entstammt einer gesellschaftlich wohlsituierten Marbacher Familie. Urgroßvater und Großvater Kodweiß, die beide das Bäckerhandwerk erlernt hatten, amtierten jeweils als Bürgermeister der kleinen Stadt.[60] Der Vater Georg Friedrich Kodweiß erwarb 1723 das Gasthaus *Zum goldenen Löwen* und betätigte sich als Inspektor des herzöglichen Floßbauwesens, was die Überwachung des in der Region florierenden Holzhandels einschloß. Sein unternehmerischer Ehrgeiz scheint beträchtlich, sein kaufmännisches Geschick jedoch begrenzt gewesen zu sein; in finanziellen Fragen galt er als nachgiebig und inkonsequent. Die Mutter Anna Maria stammte aus der katholischen Bauernfamilie Munz in Röhrach; sie nahm nach der Eheschließung bereitwillig die evangelische Konfession ihres Mannes an.[61] Ähnlich wie Caspar Schiller hat die am 13. Dezember 1732 geborene Elisabetha Dorothea Kodweiß nur eine knapp bemessene Schulbildung genossen. Ihre Briefe an den Sohn weisen eine stark fehlerhafte Orthographie auf und sind ohne stilistische Geläufigkeit verfaßt. Daß sie erzählerische Talente besaß, geht aus den Erinnerungen von Schillers Schwester hervor. Ihre Lektüre beschränkt sich, gemäß den bürgerlichen Normen der Zeit, auf geistliche Schriften – Romane dürfte sie kaum angerührt haben. Ihre bevorzugten Texte wird der Sohn schon in frühen Jahren kennenlernen: die Kirchenlieder Paul Gerhardts und Christian Fürchtegott Gellerts. Ver-

Johann Caspar Schiller in der Uniform eines württembergischen Offiziers. Gemälde von unbekannter Hand, entstanden vermutlich 1761, anläßlich der Beförderung zum Hauptmann

Elisabetha Dorothea Schiller.
Gemälde von unbekannter Hand, um 1770

ständlich scheint es, daß die Mutter später von einer theologischen Laufbahn des Sprößlings geträumt hat. Ihre pietistisch gefärbte Frömmigkeit bildete den Nährboden für die ersten Bildungserlebnisse des jungen Schiller.

Der Vater Kodweiß galt gemeinhin als wohlhabend, steckte aber tatsächlich in finanziellen Schwierigkeiten, wie Caspar Schiller bald erfahren mußte. Er hatte sich im Holzhandel engagiert, ungedeckte Wechsel der Bauern mit Sicherheiten versehen und auf diese Weise das eigene Geschäft durch erhebliche Schulden belastet. Ende des Jahres 1752 scheint der wirtschaftliche Ruin des Schwiegervaters unumgänglich; Caspar Schiller muß jetzt befürchten, daß er selbst von den drängenden Gläubigern haftbar gemacht wird. Er verkauft überstürzt seinen Anteil an Kodweiß' Haus, gibt die Barbierpraxis auf und tritt am 7. Januar 1753 beim Ludwigsburger Regiment Prinz Louis in die württembergische Armee ein. Da man ihm hier eine Position als Chirurg nicht bieten kann, muß er sich zunächst mit einer Aufgabe im Versorgungsstab begnügen. Am 16. September 1757 avanciert er zum Fähnrich und Adjutanten, am 21. März 1758 wird er Leutnant. Der Schwiegervater hat inzwischen unter dem Druck der Gläubiger seinen Gasthof in Marbach veräußert und eine schlecht bezahlte Stellung als Stadttorwächter angenommen. Der Verlust der gesellschaftlichen Reputation, den der geschäftliche Zusammenbruch herbeiführt, scheint ihn schwer zu treffen. Vom Trauma des wirtschaftlichen Ruins vermag er sich nicht mehr zu erholen. Er stirbt 1771, von seiner ökonomischen Misere gezeichnet; seine Frau folgt ihm zwei Jahre später.

Als der Krieg zwischen Preußen und Österreich ausbricht, wird auch Caspar Schillers Regiment zu den Waffen gerufen. Am 10. August 1757 setzt man die Truppe in Marsch. Über Linz an der Donau gelangt sie nach Böhmen und Schlesien, wo es zu ersten Kampfhandlungen kommt. Im Dezember verliert Caspar Schiller bei der Leuthener Schlacht, die der württembergischen Armee eine vernichtende Niederlage beibringt, das Pferd und muß zu Fuß flüchten, wobei er nur knapp dem Tod in den Sümpfen entkommt. Während der Ehemann im Feld steht, wird Dorothea Schiller am 4. September 1757 von einer gesunden Tochter entbunden, die man auf den Namen Elisabeth Christophine Friederike tauft. Die ältere Schwester ist für Schiller zeitlebens eine wichtige Gesprächspartnerin geblieben, mit der er zumal in seinen Jenaer und späten Weimarer Jahren einen vertrauten Briefwechsel führt. Krisen hat es in ihrem Verhältnis nicht gegeben, vielmehr herrscht stets ein offener und unprätentiöser Ton, frei von Neid oder Konkurrenzdenken. Der Austausch der Geschwister schließt später auch die Erörterung literarischer Fragen ein. Christophine zeigte

Christophine Reinwald, geb. Schiller.
Gemälde von Ludovike Simanowiz, vermutlich 1789

frühzeitig Interesse an der Kunst, entwickelte sich zu einer fähigen Zeichnerin und pflegte intensive Korrespondenzen, die eine solide Allgemeinbildung ausweisen. Ihre unveröffentlichten Jugenderinnerungen, die nach 1805 entstanden, sind durch schnörkellose Diktion und klare Beobachtungsgabe – bei gleichzeitiger Neigung zur Idealisierung des Bruders – gekennzeichnet. Christophines ausgeprägte Sensibilität bedingte, daß sie später unter dem konventionellen Weltbild ihres erheblich älteren Ehemanns, des pedantischen Bibliothekars Reinwald litt. Schiller hat sich mit seiner Schwester auch über die düsteren Momente ihres von bürgerlicher Enge beherrschten Alltags offen verständigt und versucht, ihr durch praktischen Rat zur Seite zu stehen. Körner gesteht er im August 1787, sie wekke in ihm «Gefühle» der «Kindheit und frühen Jugend», wie er sie in den langen Jahren der Trennung von der Familie stets entbehren mußte (NA 24, 135). Christophine überlebte den Bruder um vier Dekaden: sie starb 90jährig 1847.

In den ersten Monaten nach der Geburt der Tochter besitzt Caspar Schiller kaum Gelegenheit, Frau und Tochter zu sehen. Als Dorothea im Herbst 1759 erneut vor einer Entbindung steht, entschließt sie sich dazu, ihren Mann im Ludwigsburger Quartier zu besuchen, wo die Truppen abmarschbereit lagern. Am 28. Oktober muß das Regiment ins Maingebiet aufbrechen, um dort weitere Einsatzbefehle der Kommandozentrale zu empfangen. So bleibt der Vater auch der Geburt des zweiten Kindes fern. Am Sonnabend, dem 10. November 1759 kommt Johann Christoph Friedrich in der kleinen Marbacher Wohnung der Eltern, die im Haus des Ledergerbers Ulrich Schölkopf liegt, zur Welt. Die Taufe findet am folgenden Tag statt; die lange Liste der Paten umfaßt neun Personen, darunter den Kammerherrn Friedrich von der Gabelentz, den Bürgermeister Ferdinand Paul Harttmann, Oberst Rieger und den Vetter des Vaters, Johann Friedrich Schiller. Dieser Vetter, der 1731 geboren ist, gehört zu den interessanteren Charakteren der sonst an Biedermännern reichen Familie. Nach einem in Halle absolvierten Philosophiestudium und dubioser Beratertätigkeit für die württembergische Regierung verließ er 1761 die Heimat und siedelte sich in Holland, später in England an, wo er auch freimaurerischen Kreisen nahetrat. Seinen Unterhalt verdiente er mit Übersetzungen, die er bei namhaften Verlagen unterbrachte. Seine bedeutsamste Arbeit ist die Übertragung von William Robertsons *History of America*, die 1777 in zwei Bänden erschien. 22 Jahre hielt er sich im Ausland auf, ehe er 1783, veranlaßt durch den Tod seiner Eltern, in die Heimat zurückkehrte. Johann Caspar Schiller hat ihn erst 1759 in Steinheim an der Murr persönlich kennengelernt; er suchte, bildungshungrig und neugierig, von den philosophischen Kenntnissen des acht Jahre Jüngeren zu profitieren und sich durch Lektürehinweise anregen zu lassen. Insgesamt entwickelte die Familie zu dem weltläufigen Verwandten kein gutes Verhältnis, weil man ihn für einen unbescheidenen Aufschneider, Projektmacher und Schwadroneur hielt – Eigenschaften, die im pietistischen Klima Württembergs als moralisch bedenklich galten. Seinen weitgereisten Paten hat Schiller nie getroffen; im Juli 1783 plante er, den England-Heimkehrer an der schwäbisch-hessischen Grenze zu besuchen. Zu einer Begegnung kam es jedoch nicht, weil der Mannheimer Theatervertrag seine Pläne in eine andere Richtung lenkte (NA 23, 97f.).

Friedrich bleibt der einzige Sohn der Familie; in größeren Abständen folgen bis zum Jahr 1777 vier Töchter. In Lorch wird am 23. Januar 1766 Louise Dorothea Katharina geboren. Im Gegensatz zu Christophine besitzt sie kaum künstlerische Neigungen, zeigt sich vielmehr handfest und tatkräftig. Als Schiller im Spätsommer 1793 nach elfjähriger Abwesenheit gemeinsam mit seiner hochschwangeren Ehefrau die württembergische Heimat besucht, übernimmt Louise bereitwillig die Führung des Gästehaushalts in Heilbronn (sie «versteht die Wirthschaft sehr gut», heißt es anerkennend in einem Brief an den Freund Körner [NA 26, 278]). Sie heiratet im Oktober 1799 den Vikar Johann Gottlieb Franckh, der später als Geistlicher in Cleversulzbach amtiert. Mit Blick auf den schwierigen Status der Pfarrfrau schreibt Schiller am 8. Oktober illusionslos an seine Mutter, er hoffe, die Schwester werde «alles, was an diesen Stand anhängig ist, zu ertragen wißen.» (NA 30, 100) Ihre biederen Lebensvorstellungen haben es Louise im Gegensatz zur älteren Schwester Christophine ermöglicht, die Rolle der Ehefrau selbst unter mancherlei psychischen Einschränkungen klaglos zu akzeptieren.

Von der zeittypischen hohen Kindersterblichkeit waren auch Caspar und Dorothea Schiller betroffen. Die am 20. November 1768 als dritte Tochter geborene Maria Charlotte wurde fünfjährig, im März 1774, das Opfer einer Lungenentzündung; ihre am 4. Mai 1773 geborene Schwester Beata Friederike verschied im Säuglingsalter – am 22. Dezember – an einer Genickstarre; Schiller, der seit Januar 1773 die Karlsschule besuchte, hat sie nie gesehen. Am 8. September 1777 kam als letztes Kind Karoline Christiane (Nanette) zur Welt; die Mutter war zu diesem Zeitpunkt 44, der Vater 53 Jahre alt. Die jüngste Tochter scheint Interesse an Drama und Theater entwickelt zu haben. Die Schwägerin Caroline von Beulwitz suchte Schiller später auf ihre Talente aufmerksam zu machen und bat ihn, die Möglichkeiten einer Ausbildung an der Weimarer Hofbühne zu sondieren. Über Nanette schreibt er, als sie ihn, begleitet von der Mutter, nach zehnjähriger Trennung im September 1792 in Jena besucht, mit offenkundiger Sympathie an den Freund Christian Körner: «(...) es scheint, daß etwas aus ihr werden könnte. Sie ist noch sehr Kind der Natur, und das ist noch das beßte, da sie doch keine vernünftige Bildung hätte erhalten können.» (NA 26, 152) Die jüngste Schwester stirbt 18jährig, wenige Monate vor dem Vater, im März 1796 an einem Nervenfieber, ehe sie die Erwartungen, die ihr Bruder in ihre künstlerische Begabung setzt, erfüllen kann.

Arkadien am Neckar? Von Marbach nach Ludwigsburg

In den ersten Jahren nach Schillers Geburt kommt es kaum zu einem sonderlich ruhigen Familienleben. Im Januar 1760 besucht die Mutter mit der älteren Schwester und dem Neugeborenen den in Würzburg stationierten Vater. Sie bleibt bis zum 18. Mai bei ihm, dann erfolgt der erneute Abmarsch, der über Vaihingen bei Stuttgart führt, wo die Truppen gesammelt werden. Die Mutter findet mit den Kindern Unterkunft im Elternhaus in Marbach. Am 20. Juli 1760 zieht das Regiment nach Sachsen und Thüringen, wo man auf preußische Regimenter trifft. Es handelt sich um die letzte direkte Kriegsbeteiligung der Armee Carl Eugens. Auch nachdem der Vater im Januar ins heimatliche Winterquartier zurückgekehrt ist, entsteht jedoch kein geregelter Familienalltag. Seine Truppe wechselt nach einem kaum durchdachten Marschplan ständig den Aufenthaltsort; im Laufe des Jahres 1761 wandert sie von Urach nach Cannstatt, wo der Vater zum Hauptmann ernannt wird, 1762 zieht man nach Ludwigsburg, dann weiter nach Stuttgart. Die Mutter folgt mit den kleinen Kindern den irritierenden Truppenbewegungen und siedelt sich jeweils in der Nähe der Armeequartiere an. Es ist ein provisorisches Leben, das man hier führt: arm an Anregungen, von räumlicher Beschränkung, hygienischen Mißständen und äußerer Unsicherheit bestimmt. In regelmäßigen Abständen sucht Dorothea Schiller Zuflucht bei den Eltern in Marbach; auch dort dürfte sie aber kaum Trost gefunden haben, herrschte doch im Haus Kodweiß seit dem geschäftlichen Ruin des Vaters eine gedrückte Stimmung. Wenn Friedrich, wie Christophine berichtet, in frühen Kinderjahren unter Krampfanfällen und regelmäßigen Fieberschüben leidet, so ist das fraglos eine Folge der mißlichen Lebenssituation, die Ruhe und Intimität nie aufkommen läßt.[62] Nach dem Friedensschluß wird der Hauptmann Schiller am 24. Dezember von Ludwigsburg in die Garnisonsstadt Schwäbisch Gmünd versetzt, wo er das Amt des Werbeoffiziers versieht, der die Truppenlisten führt, die Rekrutenaushebung überwacht und den geregelten Ablauf der Ausbildung prüft. Jetzt ist endlich Gelegenheit, seßhaft zu werden; die Familie siedelt sich Anfang des Jahres 1764 mit Erlaubnis des Führungsstabs im zwei Stunden entfernten dörflichen Lorch an, wo die Lebenshaltungskosten niedriger sind als im katholischen Gmünd, dessen Einwohner es durch das Goldschmiedehandwerk und einen florierenden Handel zu beträchtlichem Wohlstand gebracht haben.

Erst als Vierjähriger lernt Schiller damit ein alltägliches Familienleben ohne den Zwang des permanenten Ortswechsels kennen. Die Eltern versehen die traditionellen Rollen, wie sie in den bürgerlichen Lebensentwürfen des 18. Jahrhunderts vorgesehen sind: der Vater zeigt sich im Konfliktfall hart, verhängt strenge Strafen und unterstützt den Ehrgeiz des Jungen, indem er ihn zu Gedächtnisübungen und ersten Schreibversuchen nötigt. Die religiöse Andacht, die man gemeinsam am Morgen abhält, überwacht er ebenso aufmerksam wie später die schulischen Arbeiten seines Sohnes. Als Offizier folgt er einem strikten Anspruch auf Disziplin und Gehorsam, den er als unumschränkt herrschender Patriarch gegen Ehefrau und Kinder gleichermaßen durchsetzt. Welche bedeutende Rolle Ordnungsdenken und Pedanterie in seinem intellektuellen Haushalt spielen, verraten seine schriftstellerischen Versuche über Ökonomie und Landbau, in denen er aufgeklärten Pragmatismus mit dem Willen zur unbedingten Naturbeherrschung verbindet. Zwar mag es übertrieben sein, ihn als «Karl Eugen im Kleinformat»[63] zu kennzeichnen, doch steht außer Zweifel, daß Caspar Schiller seine Vaterrolle kompromißlos und autoritär wahrgenommen hat. Noch in den Briefen, die er dem aus Württemberg geflohenen Sohn nach Mannheim und Leipzig schickt, klingt die Härte an, zu der er bisweilen fähig sein konnte, wenn er fürchtete, man mißachte sein Streben nach materieller Sicherheit und geordneten Lebensverhältnissen (der Umgang mit dem alten Kodweiß zeigt diesen Grundzug bereits sehr deutlich). Die Mutter setzt dagegen ein größeres Maß an Toleranz und jene emotionale Spontaneität, die sich bei ihr mit einer tiefen Frömmigkeit verbindet. Nicht selten scheint sie kleinere Regelverstöße ihres Sohnes gedeckt zu haben, um den Zorn des Vaters nicht zu reizen. Zwar gehört es zum elterlichen Rollenbild der Zeit, Zärtlichkeiten gegenüber den Kindern auf ein Minimum zu beschränken.[64] Dennoch gewinnt man aus den rückblickenden Berichten der Schwester den Eindruck, daß Schiller durch die Mutter eine entspannte, von übermäßigem Disziplinierungszwang entlastete Gefühlswelt kennengelernt hat. Die emotionale Bindung an sie bleibt bei ihm zeitlebens wirksam. Auf vermittelte Weise äußert sie sich in seinen Jugendjahren auch im erotischen Interesse für ältere Frauen wie Dorothea Vischer oder Henriette von Wolzogen.

Schillers spätere Erinnerungen an die Lorcher Kindertage heben Naturgenuß und familiäre Geborgenheit als Grundelemente früher Lebensprägungen hervor. Sie finden sich zuweilen, in literarischen Zusammenhängen, sublim gesteigert, manchmal pathetisch inszeniert: von Karl Moor über Don Karlos bis zu Max Piccolomini und Johanna reicht die Serie der Figuren, die den unschuldig scheinenden Traumbildern der Jugend nachtrauern. Wenn die 1795 entstandene Abhandlung *Ueber naive und sentimentalische Dichtung* das Ideal einer «verlornen Kindheit» ausleuchtet, «die uns ewig das theuerste bleibt» (NA 20, 414), so veranschaulicht das, stellvertretend für zahlreiche andere Texte, die Bedeutung, die diese Lebensphase, jenseits der biographischen Erfahrung, für Schillers Kulturbegriff und seine Ableitung aus dem Modell der als intakt gedachten Natur besitzt. Bestimmend ist in den drei Lorcher Jahren die Begegnung mit einer idyllisch anmutenden Dorfwelt, die dem Kind Raum für Spiele und Exkursionen in der Phantasie gleichermaßen bot. Zuweilen darf der Junge seinen Vater auf dem zweistündigen Weg nach Gmünd begleiten. Caspar Schiller nutzt solche Wanderungen für Beschreibungen der Landschaft und geschichtliche Erzählungen; das Hohenstaufengrab in dem über der Rems aufragenden Kloster, die spätromanischen Kirchen und Gedenksteine dürften die Phantasie des Jungen beflügelt haben. Ohne von strengen häuslichen Vorschriften beengt zu sein, durchstreift er das Remstal, das zwischen Weinhügeln und Bergnadelwäldern liegt; der österreichische Kaiser Joseph II. soll die landschaftlich reizvolle Gegend auf seiner Württemberg-Reise 1777 als «Garten Gottes» bezeichnet haben.[65] Zur wichtigsten Begleiterin solcher Exkursionen, über die zahlreiche Anekdoten umlaufen, wird die ältere Schwester. Daß das Verhältnis inzestuöse Phantasien einschließt, wie eine Erinnerung Christophines nahelegt, wird man angesichts des geringen Altersabstands und der daraus ableitbaren Intensität der Beziehung als normal ansehen dürfen (NA 42, 6). Über persönliche Freundschaften jenseits des engen Geschwisterbündnisses erfährt man wenig. Kontakt pflegen die Schillers vornehmlich mit der Familie des Klosteramtsschreibers Johann Philipp Conz, dessen Sohn Karl Philipp drei Jahre jünger als Friedrich ist. Das freundschaftliche Verhältnis zu ihm bleibt dauerhaft, auch wenn sich die Wege nach dem Eintritt in die Lateinschule trennen. Conz wird später eine theologische Laufbahn einschlagen und nach erfolgreichem Besuch des Stifts zum Professor an der Tübinger Universität aufsteigen, wo Mörike, Uhland und Schwab zu seinen Hörern zählen.

Der Predigersohn Christoph Ferdinand Moser avanciert seit 1765 zum wichtigsten Spielfreund neben der Schwester. Das besondere Interesse Schillers gilt freilich seinem Vater, dem Pfarrer Philipp Ulrich Moser, dessen Sonntagspredigten ihn durch ihre rhetorische Wucht in den Bann ziehen; von vergleichbaren Initiationserlebnissen, die sich mit dem Kirchbesuch verbinden, berichtet Karl Philipp Moritz autobiographisch im *Anton Reiser*. Der 1720 geborene Moser steht fest auf dem Boden der Amtskirche, auch wenn er sich für Elemente des Bengelschen Pietismus offen zeigt. Im Gegensatz zu manchem seiner Kollegen hält er jedoch das frömmelnde Sektierertum der Brüdergemeinden für problematisch; seinem lutherischen Selbstverständnis scheint die pietistische Gefühlsreligion letzthin zu widerstreben.[66] Als aufgeklärter Theologe, den der traditionelle Aufgabenkreis zum regelmäßigen Bibelunterricht der Dorfkinder verpflichtete, hat er sich auch mit pädagogischen Fragen befaßt. Seit 1786 publizierte er ein jährlich erscheinendes *Taschenbuch für teutsche Schulmeister*, in dem er seine vielfältigen praktischen Erfahrungen zusammenfaßte. Er schrieb Abhandlungen über Briefformen und edierte eine in Einzelblättern veröffentlichte Lehrerzeitschrift, die für die damalige Zeit neue Standards setzte, indem sie das bisher kaum beachtete Feld der Elementarpädagogik systematisch durchleuchtete.[67] Die Bewunderung des jungen Schiller galt fraglos auch dem didaktisch geschickten Predigtstil des Pfarrers, der sich von den trockenen Darbietungen seiner Amtsbrüder abhob. Die Begegnung mit dem geistlichen Milieu scheint die religiösen Neigungen des Jungen nachdrücklich gefördert zu haben. Christophine berichtet, daß ihr Bruder das vom Vater im Familienkreis gesprochene Morgengebet mit großer Konzentration gespannt verfolgte. Immer wieder kolportiert wird ihre Erinnerung an den predigenden Friedrich, der, mit einer schwarzen Küchenschürze bekleidet, auf einem Stuhl stehend erbauliche Vorträge gehalten und die liturgischen Handlungen des Gottesdiensts mit rhetorischem Geschick nachgeahmt haben soll.[68] Noch als 35jähriger erklärt Schiller seiner Schwägerin Caroline von Wolzogen: «‹Das Theater (...) und die Kanzel sind die einzigen Plätze für uns, wo die Gewalt der Rede waltet›».[69] Die Eltern haben die Rollenspiele ihres Sohnes fraglos mit Sympathie zur Kenntnis genommen. Caspar Schiller, der für die Hausandacht bisweilen eigene Gebetstexte verfaßte, hegte den festen Vorsatz, den Sohn zum Pfarrer ausbilden zu lassen. Er sollte damit den Weg beschreiten, der ihm selbst durch den frühen Tod seines Vaters versperrt worden war.

Im März 1765 beginnt für den Jungen der regelmäßige Unterricht an der Elementarschule, unter Anleitung des offenbar wenig anregenden Präzeptors Johann Christoph Schmid. Der biedere Lehrer, der bereits auf 40 Berufsjahre zurückblickte, galt bei seinen Amtsvorgesetzten als problematischer Fall. Die notwendigen Ergänzungsprüfungen hatte er nur im zweiten

Versuch bestanden; Hospitationen offenbarten, daß er seine Stunden nachlässig vorbereitete und die Schüler nicht genügend förderte. Bereits die erste Klasse der Elementarschule wurde im Sommer täglich fünf, im Winter sechs Stunden unterrichtet. Allein die Lateinlektionen, die Schiller als besonders begabter Zögling seit 1766 bei Pastor Moser erhielt, bedeuteten eine angenehme Befreiung aus dem dumpfen Alltag unter der Kuratel Schmids. Das Schulsystem war monoton, geprägt durch einen mechanischen Paukbetrieb mit nur spärlichen Auflockerungen. Zwar galt in Württemberg seit 1649 die allgemeine Schulpflicht, doch wurden noch zu Schillers Zeit lediglich knapp 50 Prozent der Kinder amtlich erfaßt und zum Unterrichtsbesuch angehalten. Die Elementarlehrer waren in der Regel Küster, Handwerker oder Dienstleute, die sich hier ein karges Zubrot verdienten, das sich aus den Schulgeldern zusammensetzte, jedoch nur in den seltensten Fällen eine Familie nährte; selbst in Sachsen, wo man am Ende des Jahrhunderts eine aufgeklärte Bildungspolitik trieb, betrug ihr Jahressalär selten mehr als 80 Taler.[70] Zumeist hatten die Lehrer ihrerseits nur die achtjährige Elementarausbildung genossen und verfügten über dürftige pädagogische Kenntnisse. Stumpfsinniges Auswendiglernen, militärischer Drill und Prügelstrafen gehörten zum normalen Schulalltag. Die talentierten Kinder wechselten nach vier Jahren auf die Lateinschule, deren erfolgreicher Abschluß die Voraussetzung für ein (zumeist theologisches) Studium darstellte; erst seit 1780 wurde in Deutschland das Gymnasium als zentraler Schultyp mit Eliteanspruch aufgebaut.

Im Dezember 1766 stellt der Vater den Antrag auf Versetzung in die Residenz. Der Hof hatte ihm seit seinem Wechsel nach Gmünd aufgrund einer Fehlbuchung kein Gehalt bezahlt. Caspar Schiller, ganz treuer Untertan, kam nicht auf den Gedanken, sich, wie es andere Offiziere taten, selbst aus der Regimentskasse zu bedienen. Statt dessen griff er auf seine eigenen Ersparnisse zurück und unterhielt damit über volle drei Jahre seine gesamte Familie sowie die beiden ihm zugeordneten Unteroffiziere, für deren Sold er verantwortlich war. Um diesem fatalen Mißstand zu entkommen, bittet er den Herzog jetzt, er möge ihn mit einer neuen Tätigkeit im näheren Umfeld der Residenz betrauen, wobei er auf kontinuierliche Bezahlung hofft. Der Hof genehmigt seinen Versetzungsantrag und weist ihm eine Stelle als Hauptmann in der Ludwigsburger Garnison an. Das rückständige Gmünder Gehalt soll, wie die verantwortliche Behörde Ende Dezember 1766 erklärt, umgehend erstattet werden; jedoch dauert es neun Jahre, ehe Caspar Schiller auf die ihm amtlich bewilligte Summe zugreifen kann.[71] Ende 1766 zieht die Familie nach Ludwigsburg um, wo man zunächst eine Wohnung im Haus des herzöglichen Leibarztes Reichenbach in der Hinteren Schloßgasse 26 erhält. Ein Jahr später wechselt man in ein Quartier an der Stuttgarter Straße, das im Haus des Hofbuchdruckers Christoph Friedrich Cotta liegt. Erstmals begegnet Schiller jetzt einem städtischen Milieu. In der Garnison leben 15 000 Soldaten, deren regelmäßige Übungen und Appelle den Alltag bestimmen. Leopold Mozart, der 1763 mit seinem Sohn hier Station gemacht hatte, registriert die ständig paradierenden Militärs nicht ohne Befremden: «Wenn sie ausspeyen, so speyen sie einem officier in die tasche oder einem soldaten in die patronentasche. sie hören ohne unterlaß auf der Gasse nichts als: halt! Marche! schwenkt euch etc. sie sehen nichts als Waffen, trommeln und Kriegsgeräthe.»[72] Das ‹schwäbische Potsdam›, wie man Ludwigsburg nannte, besaß freilich auch eine prachtvolle Schauseite, deren glitzernde Schönheit von der rauhen Militärwelt ablenken sollte. Das im italienischen Stil gestaltete Schloß, die schnurgeraden Alleen, der nachts hell erleuchtete Park und die Gartenanlagen zogen auswärtige Besucher rasch in ihren Bann. Besonderen Reiz entfalteten die teuren Anlagen zur Zeit der Hoffeste, die die Kasernenstadt in ein zweites Versailles verwandelten.

In Ludwigsburg macht Schillers Vater endlich sein berufliches Glück. Bereits im September 1770 wird ihm eine eigene Kompanie zugeteilt. Am 5. Dezember 1775 ernennt ihn der Herzog zum Intendanten der Hofgärtnerei auf der Solitude, wo er sich fortan intensiv mit der Obstbaumzucht befaßt. Hier gelingt es ihm, gestützt auf Erfahrungen im eigenen Garten, innerhalb von elf Jahren trotz des zunächst unergiebigen Bodens 22 400 Bäume aufzuziehen; das bedeutete für das Land nicht zuletzt beträchtlichen materiellen Ertrag an Holz und Früchten für den Export.[73] Mit Hilfe eines kleinen Mitarbeiterstabs baut er in den Plantagen ein striktes Regime auf. Zu den von ihm versehenen Aufgaben gehören die ständige Überwachung der Gärtner, Tagelöhner und Handwerker, die Kontrolle von Düngung, Bewässerung und Baumschnitt, die Inspektion der Treibhäuser in der Orangerie, die Prüfung der angelieferten Materialien und Werkzeuge, die genaue Auflistung der verbrauchten Waren und Buchführung über erzielte Verkaufserlöse, schließlich die Abfassung regelmäßiger Berichte an den Herzog oder dessen Behördenvertreter.[74] Bis zu seinem Tod am 7. September 1796 hat der Vater sein Amt mit eiserner Disziplin verwaltet. Sein gewachsenes Selbstbewußtsein, das durch den sozialen Aufstieg genährt wird, bekundet sich in schriftstellerischen Versuchen. Beim Hofbuchdrukker Cotta erscheinen 1767 in drei Teilen seine *Betrachtungen über Landwirtschaftliche Dinge*. Anfang November 1777 publiziert er im *Schwäbischen Magazin von gelehrten Sachen*, das ein Jahr zuvor das Forum für das literarische Debüt seines Sohnes darstellte, die skizzenhaft gehaltenen

Oekonomischen Beiträge, in denen er sich mit Ackerbau, Weinkultur und Viehwirtschaft beschäftigt. 1793 veröffentlicht er eine knappe Denkschrift über Techniken der Baumpflege, die der Sohn in Jena auf eigene Kosten drucken und durch seinen Verleger Göschen in Kommission vertreiben läßt. Zwei Jahre später folgt die systematisch gegliederte Abhandlung *Die Baumzucht im Großen aus zwanzigjährigen Erfahrungen im Kleinen*, die bei Salomo Michaelis in Neustrelitz publiziert wird – wieder auf Vermittlung des Sohnes, der den jungen Verlagsbuchhändler durch die Überlassung des ersten Jahrgangs seines Musenalmanachs in die Pflicht genommen hatte. Die Schrift spiegelt den pedantischen Grundzug wider, mit dem Caspar Schiller Arbeit und Familienleben zu organisieren pflegte. In unerhörter Penibilität beschreibt er die verschiedenen Phasen seiner Obstbaumzucht, die von ihm herangezogenen Sorten an Äpfeln, Birnen, Pflaumen, Pfirsichen und Kirschen, den durch Verkauf erzielten finanziellen Gewinn einzelner Jahre, Düngungs- und Wässerungstechniken, Verfahren des Okulierens, des Winterschutzes und der Schädlingsbekämpfung. So trägt seine Abhandlung Züge eines Lehrbuchs und eines Rechenschaftsberichts gleichermaßen. Ihre intellektuelle Ökonomie bezieht sie aus einem umfassenden Ordnungsanspruch, der den Umgang mit der Natur an wirtschaftlichen Kriterien ausrichtet.

Schiller schließt in Ludwigsburg bereits kurz nach dem Umzug zu Beginn des Jahres 1767 feste Freundschaften. Zu den Nachbarn im Haus Cottas gehört die Familie des Mediziners von Hoven, mit dessen Söhnen Friedrich Wilhelm und Christoph August sich rasch ein vertrauter Umgang anbahnt. Sie werden später seine Kommilitonen in der Karlsschule; besonders zum älteren Bruder Friedrich unterhält Schiller eine langjährige Freundschaft, die er 1793 anläßlich seiner Württembergreise erneuert. Zum Kreis der Ludwigsburger Vertrauten zählt auch der Arztsohn Immanuel Gottlieb Elwert, der bis zum Jahr 1772 mit ihm die Lateinschule besuchte; ab dem Januar 1775 ist er Schillers Kommilitone auf der Akademie, wo er später ebenfalls Medizin studiert. Die Familien scheinen einen engeren Kontakt gepflegt zu haben; Elwerts Schwester Beata Friederike wurde im Mai 1773 die Namenspatin für die vierte (früh verstorbene) Tochter der Schillers. Die Beziehung der annähernd Gleichaltrigen dürfte wenig symmetrisch gewesen sein; Friedrich spielt, wie Elwerts Erinnerungen andeuten, die beherrschende Rolle, zeigt sich als Anreger und planender Kopf mit rasch wechselnden Ideen. Zeitlebens ist Schiller in hohem Maße freundschaftsfähig gewesen, hat enge Verbindungen zu ihn anregenden Menschen entschlossen angestrebt und mit Geschick kultiviert (er solle sich nur an die «grossen Männer» halten, rät ihm noch im April 1785 der Vater in einem Brief nach

Leipzig [NA 33/I, 66]). Auffällig ist zugleich, daß bereits der junge Schiller in privaten Beziehungen selbstbewußt eine Führungsrolle beansprucht, die es ihm erlaubt, seine produktive intellektuelle Energie zur Geltung zu bringen. Die Mitglieder der privaten Zirkel werden auf diese Weise auch zum Publikum, dem er Einblick in seine Gedankenwelten und Projekte eröffnet. Die Erinnerungen der Mitschüler heben seinen Willen zur Dominanz als Charaktermerkmal übereinstimmend hervor.

In Ludwigsburg lebt Schiller mit seinen Eltern bis zum Beginn des Jahres 1773. Hier besucht er ab Januar 1767 die Lateinschule, deren erfolgreicher Abschluß ihn zur Aufnahme ins Predigerseminar mit späterem Theologiestudium befugt hätte. Der Unterricht begann im Sommer um sieben, im Winter um acht Uhr und dauerte täglich sieben Stunden, wobei eine längere Mittagspause das Programm gliederte. Hinzu kam die Verpflichtung zu sonntäglichem Kirchenbesuch und anschließend stattfindender Religionsübung – Katechisation –, welche zumeist stures Auswendiglernen von Bibeltexten, Glaubensbekenntnis, Erbauungssentenzen und Liedern bedeutete. Die Lateinlektionen standen im Vordergrund des Schulpensums; sie schlossen neben Übersetzungsarbeit und Lektüre auch Stilübungen ein, zu denen das Schreiben von Dialogen zur Verbesserung der aktiven Redefertigkeit gehörte. Grammatik, Verslehre und Rhetorik wurden durch die Auseinandersetzung mit den alten Sprachen vermittelt, die nach humanistischem Muster als Universalgegenstand mit weitreichenden Bezugsfeldern galten. Der Griechischunterricht beschränkte sich dagegen auf Vokabeltraining und Syntax; sein Ziel war es, die Schüler zu selbständigen Übersetzungen aus dem Neuen Testament anzuleiten. Religiöse Themen spielten auf diese Weise in die philologischen Fächer hinein; da die Lehrer in der Regel ausgebildete Theologen waren, lag eine solche Verknüpfung nahe. Nur in Rudimenten gelehrt wurde das Hebräische, mit dem sich die angehenden Geistlichen erst im Rahmen des Predigerseminars intensiver befaßten. Moderne Sprachen standen nicht auf dem Programm; für deutschen Stil, Musik und Mathematik blieb jeweils eine Wochenstunde reserviert. Die Unterrichtspraxis war autoritär und repressiv; sie schloß massive Sanktionen bei ausbleibenden Lernerfolgen oder Pflichtvergessenheit ein. Körperliche Strafen und Demütigungen, Einschüchterung, Prügel und Einkerkerung gehörten zum gängigen Instrumentarium einer schwarzen Pädagogik, wie sie nicht nur in Ludwigsburg praktiziert wurde.

Schillers Lateinlehrer war zunächst Abraham Elsässer; ihm folgte in der zweiten Klasse der pietistisch-strenggläubige, aufgrund seiner ruden Methoden gefürchtete Philipp Christian Honold, der auch die Religionsstunden erteilte. Zur prägenden Persönlichkeit der Ludwigsburger Schulzeit wird der Theologe Johann Friedrich Jahn, bei dem Schiller seit dem Herbst 1769 Lateinlektionen erhält.[75] Jahn, der das Amt des Oberpräzeptors versieht, erscheint als Mann mit intellektuellem Weitblick, der über das Wirkungsfeld der Schule hinauszuschauen versteht. Er vermittelte erste Kenntnisse von Vergils *Aeneis*, die Schiller zeitlebens außerordentlich schätzte; in Bruchstücken las man bei ihm auch Horaz' Oden, wobei eine strikte Textauswahl – ähnlich wie im Fall der Ovid-Lektüre – dafür sorgte, daß die Schüler nicht mit frivolen Stellen konfrontiert wurden. Anregend wirkte Jahns Unterricht vor allem, weil er sich nicht auf spröde Sprachübungen beschränkte, sondern auch Themen der antiken Geschichte, Mythologie und Kunsthistorie in seine Lektionen einbezog, was das von christlich-orthodoxen Werten getragene Curriculum nicht vorsah. Auf diese Weise gewannen die Zöglinge jenseits des trockenen Lehrpensums erste Einblicke in eine versunkene Kulturwelt, deren Umrisse der bisherige Unterricht eher verdeckt als freigelegt hatte. Der talentierte Pädagoge Jahn vernachlässigte absichtlich die Grammatiklektionen, weil er der Überzeugung folgte, daß sich seine Schüler die alten Sprachen nur dann erschließen konnten, wenn sie deren geschichtlichen Horizont kennenlernten. Gerade die Begeisterung für Vergil, die Schiller auch später bewahrte, dürfte durch solche Methoden erheblich gefördert worden sein. Die Zeit der Anregungen blieb jedoch begrenzt; bereits Mitte Juni 1771 wechselte Jahn auf Wunsch des Herzogs an die neugegründete Karlsschule (die er schon Ende 1774 im Streit mit dem Landesherrn wieder verließ). Sein Nachfolger wurde Philipp Heinrich Winter, zu dem die Zöglinge kein vergleichbar entspanntes Verhältnis gewannen. Winter kehrte zum traditionellen Paukbetrieb zurück und faßte, wie sich Elwert erinnert, das «Lesen eines Dichters» allein «als Phrasenjagd» auf.[76]

Am Ende jeden Jahres mußte Schiller in Stuttgart bei Prälat Knaus, dem Rektor des städtischen Gymnasiums, das Landexamen ablegen. Die Anforderungen, die die gefürchtete Prüfung stellte, waren beträchtlich. Vor allem das lateinische Übersetzungspensum und die Aufgaben der Stilklausur bewegten sich auf höchstem Niveau. Nur wer hier erfolgreich war, erwarb später die Berechtigung, in die Predigerschule, danach ins Tübinger Stift aufgenommen zu werden, um dort ein Theologiestudium zu absolvieren. Wie lange man in Württemberg an der Praxis der Landexamina festhielt, zeigt Hermann Hesses 1906 veröffentlichter Roman *Unterm Rad*, der authentische Schulerfahrungen des Autors verarbeitet. Schiller hat die Prüfung zwischen 1769 und 1772 viermal bestanden, zuletzt freilich nur mit knapp ausreichendem Erfolg.[77] Als er Mitte Januar 1773 das Ludwigsburger Institut verläßt und in die Militärakademie eintritt, bescheinigt ihm das von Jahn unterzeichnete Aufnahmezeugnis, daß er lateinische Autoren und das Neue Testament in griechischer Sprache «mit ziemlicher Fertigkeit» übersetze, eigene Gedichte geläufig verfasse, jedoch bisweilen die Sorgfalt bei der Ausführung seiner Arbeiten vermissen lasse: die Handschrift sei «sehr mittelmäßig».[78] Über Schillers mangelnden Ordnungssinn haben später auch die Lehrer auf der Akademie geklagt. Sich formalen Regeln bedingungslos zu unterwerfen widersprach seinem Temperament. Gesetze, die allein aus Gründen der Konvention zur Geltung gebracht wurden, hat er zeitlebens verachtet.

Übungsstunden. Leseerfahrungen und Schreibversuche des Schülers

Wilhelm von Humboldt vermerkt 1830 in einem längeren Essay, daß angespannte Reflexionsenergie und unermüdlicher Gestaltungswille zu den besonderen Kennzeichen von Schillers intellektuellem Haushalt gehört hatten.[79] Ähnliche Eindrücke formuliert Goethe in einem Gespräch mit Eckermann am 18. Januar 1825, wenn er erklärt, Schiller habe sich oftmals binnen Wochenfrist auf verblüffende Weise gewandelt und geistig regeneriert. Auch Caroline von Wolzogen betont in ihrer 1830 veröffentlichten Biographie den Grundzug produktiver Unruhe als Merkmal eines dynamischen Charakters.[80] Schon die frühen Schuljahre bezeugen Neugier, Aufgeschlossenheit und Lernlust. Der Ludwigsburger Zögling scheint, wie die Erinnerungen Elwerts und Hovens betonen, kein biederer Musterknabe gewesen zu sein, doch nimmt er die ihm gebotenen intellektuellen Anregungen dankbar und zugleich diszipliniert auf. Sein Leistungswille bleibt, auch wenn er den Zwang zur Subordination haßt, stark ausgeprägt. Entscheidenden Einfluß auf seinen Ehrgeiz nimmt der Vater, der mit der Energie des gesellschaftlichen Aufsteigers am Bildungsweg seines Sohnes arbeitet.

Die Lektüre des Schülers beschränkt sich zunächst auf die spärlichen Bestände, die das Elternhaus bietet. Zur schmalen Bibliothek Johann Caspar Schillers gehört Immanuel Gottlob Brastbergers populäres Evangelien-Predigtbuch (1758), das Erbauungstexte für Sonn- und Feiertage enthält. Hier lernt Schiller eine von der Mutter praktisch vorgelebte Frömmigkeit kennen, die, auch wenn er ihr seit dem Ende der Pubertät skeptischer gegenübersteht, sein frühes literarisches Werk an markanten Punkten prägt. Spuren hinterlassen zumal Gedankenfiguren der Bengelschen Lehre, wie sie bereits durch Mosers Unterricht vermittelt wurden. Bußkampf und Strafgericht gehören zu wesentlichen Motiven der Jugenddramen und der lyrischen Arbeiten, die die 1782 publizierte *Anthologie* versammelt. Das Vertrauen in die moralische Macht des Gewissens, die sich bei Bengel mit einem eschatologischen Ordnungsentwurf verband, wirkt auch dort nach, wo erste Zweifel an der göttlichen Einrichtung der irdischen Wirklichkeit anklingen. Selbst ein provokativer Text wie das 1784 entstandene Gedicht *Resignation*, das gegen Vorstellungsinhalte der christlichen Metaphysik argumentiert, verrät in der Geste trotziger Enttäuschung über die unerfüllten Versprechen der Religion eine emotionale Bindung an deren Inhalte, welche die Glaubensskepsis der Schlußverse im Ansatz aufhebt. Bereits der Lorcher Schüler ist ein begeisterter Kirchgänger, der den wöchentlichen Predigten mit großer Aufmerksamkeit folgt. Die Morgen- und Abendandachten, die der Vater noch in Ludwigsburg abhält, hat er, wie Christophine erzählt, selten versäumt. Gemeinsame Bibellektüre, deren thematische Schwerpunkte – die Perikopen – dem Zyklus des Kirchenjahrs mit seinen Sonn- und Feiertagen unterliegen, bildet in der Familie Schiller ein selbstverständliches Element des Lebensablaufs. Die Mutter macht den Sohn zudem mit den Gesangbuchtexten Luthers, Gerhardts und Gellerts vertraut, die sie seit ihrem 16. Lebensjahr außerordentlich schätzt. Auch die religiös getönten Gedichte des Rokokolyrikers Johann Peter Uz gehören im Hause Schiller zum geistigen Besitzstand. Die 1768 veröffentlichte zweibändige Ausgabe seiner *Poetischen Werke* enthielt freilich nicht nur die christlichen Oden, die der Ansbacher Justizsekretär seit den frühen 50er Jahren verfaßt hatte, sondern auch seine frivolen anakreontischen Lieder, deren anzüglichen Ton die Eltern weniger geschätzt haben dürften. Gelesen wird intensiv, oftmals in gemeinsamer Runde; dann ersetzt das mündliche Rezitieren die stille Lektüre. Charakteristisch für die Zeit ist der Umstand, daß die Familie nur über eine kleine Bibliothek verfügt, deren Bände aber durchgängig in Gebrauch sind. Erst im letzten Drittel des 18. Jahrhunderts kommt es zu einem verbreitet wirksamen Umbruch der Lesekultur, der durch die Expansion des Buchmarkts gefördert wird. An die Stelle der wiederholten, gründlichen Lektüre tritt jetzt die raschere, damit oft oberflächliche Rezeption größerer Textmassen.

Daß sich der Lateinschüler intensiv mit den Werken der klassischen Antike befaßt, ist eine Selbstverständlichkeit, die sich aus dem Unterrichtspensum ergibt. Bei Jahn hatte Schiller neben Vergils *Aeneis* und den horazischen Oden auch die *Tristia* Ovids – das schwermütige, unter dem Eindruck der Verbannung entstandene Gegenstück zur *Ars amatoria* – kennengelernt. Da es im Elternhaus an deutschen Autoren fehlte, verlegte sich der Junge auf die Lektüre der Klassiker. Zumindest die *Aeneis* hat er sich, über den Unterricht hinausgehend, selbst erschlossen. Die Elegien

Ovids scheinen geringeren Eindruck hinterlassen zu haben; Schillers spätere Versuche in dieser Gattung operieren ohne sichtbaren Bezug auf die *Tristien* des römischen Klassikers. Mit modernen Autoren kommt der Lateinschüler kaum in Berührung. Der Unterricht Jahns weckt sein Interesse an Reiseliteratur, jedoch scheint es sich hier um eine vorübergehende Neigung ohne Konstanz gehandelt zu haben. In dieser Periode dürfte er auch auf die deutsche Übersetzung von Fénelons *Les aventures de Télémaque* (1695) gestoßen sein. Die moderne Fortsetzung der homerischen Odyssee, die die abenteuerliche Geschichte vom Sohn des griechischen Helden erzählte, gehörte im 18. Jahrhundert zu den beliebtesten Jugendbüchern. Ob Schiller, ähnlich wie es Goethe über sich berichtet, der Fénelon-Lektüre Daniel Defoes *Robinson Crusoe* und Schnabels *Insel Felsenburg* hat folgen lassen, ist aus seinen späteren Hinweisen nicht eindeutig zu schließen. Das kleinbürgerliche Klima des Elternhauses war kaum geeignet, die Auseinandersetzung mit der schönen Literatur wesentlich zu fördern. Romane galten hier noch als unseriöse Unterhaltungsware, deren Konsumtion den Kopf des Lesers mit unchristlichen Gedanken füllte und den Gläubigen vom Weg der Andacht ablenkte.

Die anspruchsvollen Stilübungen, die zum täglichen Schulpensum zählten, hat Schiller mit großem Geschick absolviert. Das früheste Zeugnis seines Talents bildet ein vom 1. Januar 1769 stammendes Neujahrsgedicht an die Eltern, dem eine lateinische Prosaübersetzung hinzugefügt ist. Solche Arbeiten wurden von den Schülern regelmäßig verlangt, da sie nach Ansicht der Lehrer die sprachliche Geläufigkeit förderten. Zumeist handelt es sich bei derartigen Dedikationsversen freilich um Abschriften oder Variationen von schriftlichen Vorlagen, die man im Unterricht besprach. Neben deutschen verfaßt der zehnjährige Junge erste lateinische Gedichte, die von sicherer Stilbeherrschung zeugen. Als am 15. Juni 1771 Philipp Heinrich Winter die Position des ausscheidenden Oberpräzeptors Jahn übernimmt, schreibt Schiller ein lateinisches Begrüßungsgedicht in Distichen, das den Neuberufenen preist. Vom 28. September 1771 stammen die Verse für den Ludwigsburger Spezialsuperintendenten Georg Sebastian Zilling, der der Schule amtlich vorstand. Der Text, den Schiller als bester Lateiner des Instituts im Namen sämtlicher Zöglinge abfassen durfte, stattet ihm den Dank für die keineswegs obligate Gewährung der Herbstferien ab. Die Fingerübungen des Schülers zeugen von Sprachbegabung und einem raschen, durch die Klassikerlektüre geförderten Auffassungsvermögen. Fähigkeit zur schnellen Adaption stilistischer Muster und bewegliche Formintelligenz treten schon hier als Merkmale von Schillers intellektueller Anatomie hervor.

Der Vater erinnert sich im März 1790 daran, daß sein Sohn als 13jähriger ein erstes Trauerspiel mit dem Titel *Die Christen* verfaßt habe (NA 34/I, 2); ihm scheint ein weiterer Entwurf (*Absalon*) gefolgt zu sein (zum selben Themenkreis gehört das epische Gedicht *Moses*, das 1773 entstand). Die Manuskripte müssen, ähnlich wie die meisten lateinischen Texte, als verloren gelten. Die Ausrichtung an religiösen Sujets verrät den Einfluß Klopstocks, dessen Werk sich Schiller auf der Militärakademie gründlicher erschließen wird. Die biblischen Dramen des bewunderten Autors – den *Tod Adams* (1757), *Salomo* (1764) und *David* (1772) – hat er aber offenkundig bereits während der Ludwigsburger Zeit kennengelernt. Daß in diese Periode die ersten Theaterbesuche fallen, kann man den Berichten der Schwester entnehmen. Die Wohnung der Familie lag in der unmittelbaren Nähe des Schlosses; der Weg zum Opernhaus des Herzogs war von hier nicht weit. Vermutlich hat Schiller Teile des damaligen Standardrepertoires kennengelernt, zu dem Jommellis *Semiramide* und *Fetonte*, aber auch Noverres Ballett *Der Tod des Herkules* gehörten. Erst in den späteren Stuttgarter Jahren, bereits zur Zeit des Akademiestudiums, erlebte er auch Aufführungen deutschsprachiger Dramen; in Ludwigsburg gehörten sie noch nicht zum Programm der höfischen Bühne. Die Theatereindrücke entfachten rasch den Nachahmungstrieb des Lateinschülers; an den Platz der Predigerübungen trat jetzt die Vorführung improvisierter Szenen, die Geschwistern und Freunden in der Küche oder im Garten präsentiert wurden. Christophine erzählt, daß Schiller zuweilen auch mit verteilten Rollen spielen ließ, selbst jedoch dem Hang zur Übertreibung unterlag, was die Wirkung seiner Auftritte deutlich störte.[81]

Am 26. April 1772 wird Schiller in der Ludwigsburger Garnisonskirche vom Pfarrer Heinrich Friedrich Olnhausen konfirmiert. Der feierliche Rahmen veranlaßt ihn zur Niederschrift eines empfindsamen Gedichts nach dem Vorbild Gellerts, dessen gefühlsgeladenen Tonfall der Vater als ‹närrisch› apostrophiert haben soll.[82] Im September besteht er sein viertes Landexamen, ohne dabei an die überzeugenden Leistungen vorangegangener Prüfungen anknüpfen zu können. Der nachlassende Lerneifer mag auch die Folge der Krankheiten gewesen sein, die seit dem Umzug gehäuft bei ihm auftraten. Nicht zuletzt deutet er auf eine Pubertätskrise, in die der knapp 13jährige geraten zu sein scheint. Seiner vorzüglichen Reputation hat das schlechtere Examensergebnis freilich nicht geschadet. Der Herzog, der sich von den Lateinschulen die Namen der besten Absolventen übermitteln läßt, ist längst auf ihn aufmerksam geworden. Schon zwei Versuche hatte er im zurückliegenden Jahr unternommen, den Sohn seines Hauptmanns als Eleven für die neue Militärpflanzschule auf der Solitude zu gewinnen. Der Vater entzog sich dem Ansinnen des Landesherrn jedoch stets mit dem Hinweis auf die geplante Theologenlaufbahn des Jungen; der Weg des künftigen Geistlichen führte notwendig auf eine der Klosterschulen, nicht aber auf die Militärakademie. Als Carl Eugen nach Abschluß der Landexamina im Spätherbst 1772 seine Anfrage wiederholt, muß Caspar Schiller einlenken, will er nicht das Risiko eingehen, den Verdacht des Ungehorsams zu provozieren. Im Dezember 1772 verabredet man, daß der Sohn zu Beginn des folgenden Jahres von der Lateinschule in die Militärakademie wechseln solle. Am 16. Januar 1773 betritt der 13jährige in Begleitung seines Vaters das Gelände der Solitude, wo er neu eingekleidet und mit dem Tagesablauf der Eleven vertraut gemacht wird. Die Kindheit ist vorüber; es beginnt die Zeit der erzwungenen Entfremdung vom Elternhaus, das Leben in einer Bildungskaserne mit eigenen Gesetzen.

3. Die schwierigen Akademiejahre

Sklavenplantage mit Reformanspruch. Aufbau der Karlsschule

Im Blick auf seine Zeit als Eleve erklärt Schiller Ende 1784 in der Ankündigung der von ihm herausgegebenen Zeitschrift *Rheinische Thalia* verbittert: «Ein seltsamer Mißverstand der Natur hat mich in meinem Geburtsort zum Dichter verurteilt. Neigung für Poesie beleidigte die Gesetze des Instituts, worin ich erzogen ward, und widersprach dem Plan seines Stifters. Acht Jahre rang mein Enthusiasmus mit der militärischen Regel; aber Leidenschaft für die Dichtkunst ist feurig und stark, wie die erste Liebe. Was sie ersticken sollte, fachte sie an.» (NA 22, 93) Die kritischen Worte des Publizisten gelten der herzöglichen Karlsschule, von deren strengem Regiment er zwischen Januar 1773 und Dezember 1780 beherrscht worden ist. Die Tonlage verrät, daß Schiller auch aus zeitlichem Abstand keine innere Distanz gegenüber der eigenen Bildungsgeschichte zu gewinnen vermag. Die ambivalente Beziehung, die er zur Militärakademie unterhält, wird spät überwunden. Als er das Stuttgarter Institut im November 1793, wenige Wochen nach dem Tod Carl Eugens, erstmals wieder besucht, bereiten ihm Eleven und Offiziere einen begeisterten Empfang. In solchen Momenten mögen die Erinnerungen an Drill und Unterordnungszwang der ‹Sklavenplantage›, wie Schubart die Schule nannte, in den Hintergrund getreten sein.[83] Daß er dem Lehrbetrieb der Akademie ein gediegenes philosophisches Wissen und vorzügliche Sprachkenntnisse verdankte, hat er nie geleugnet. Andererseits ist ihm die Unterdrückung persönlicher Freiheit, die sich hier vollzog, zumindest in den Mannheimer und Dresdner Jahren schmerzhaft bewußt geblieben.

Die frühe Bildungsgeschichte, die wesentlich durch die Karlsschulerfahrungen gesteuert wird, beeinflußt auf entscheidende Weise Schillers literarische Produktion. Wer seine Arbeitsweise verstehen möchte, muß zunächst den intellektuellen Prägungen nachgehen, die der junge Eleve in Stuttgart erhalten hat. Als mächtige Antriebskraft der künstlerischen Kreativität wirkt das Wissen, das er in den Akademiejahren erwirbt. Das literarische Medium erweist sich noch beim späteren Schiller häufig genug als Ort der Vermittlung von Ideen, deren Nährboden die philosophischen, medizinischen und literarischen Kenntnisse des ehemaligen Karlsschülers darstellen. In einem genau vermeßbaren Raum gelehrter Kultur hat Schiller ausgebildet, was man intellektuelle Identität nennt. Wer deren individuelle Organisation erfaßt, wird den einheitlichen Charakter seines künstlerischen Werkes an den dichten Linien einer reichen Geistesbiographie erschließen können. Sie geht nicht im äußeren Lebenslauf auf, sondern behauptet ihr eigenes Recht als Medium, das Zufall und System, Neigung und Pflicht zusammenspielen läßt.

Die Gründungsgeschichte der Karlsschule ist ein markantes Beispiel für die Fähigkeit des Herzogs, seine Pläne und Projekte mit eiserner Energie in die Praxis umzusetzen. Im Jahr 1769 faßte er den Vorsatz, auf dem Gelände der zwischen Stuttgart und Leonberg angesiedelten Solitude eine Schule für verwaiste Soldatenkinder zu gründen, die das Gärtnerhandwerk erlernen sollten.[84] Ihr Zentrum bildete eine in der Nähe des Hauptschlosses errichtete Gebäudegruppe, die ursprünglich für die Anlage von Gewächshäusern und Werkstätten vorgesehen war. Sie diente seit Februar 1770 als Unterkunft für die 14 Zöglinge, die nach der Gründung aufgenommen wurden. Speise- und Schlafsäle waren bescheiden möbliert, was den Kasernencharakter der Institution unterstrich. Die Eleven entstammten verschiedenen Altersgruppen zwischen dem fünften und zehnten Lebensjahr. Im Vordergrund der Erziehung stand zunächst die handwerkliche Ausbildung. In den ersten 24 Monaten ihres Bestehens weitete sich die Anstalt jedoch zu einer allgemeinen Lateinschule mit angegliedertem Waisenhaus für elternlose Soldatenkinder, die auf eine künftige Aufgabe im württembergischen Heer vorbereitet werden sollten. Unterricht erteilte man seit 1771 in sämtlichen Grundlagenfächern; auf dem Plan standen Schreiben, Rechnen, Lesen, Latein und, abweichend vom gängigen Curriculum, Französisch. Hinzu traten Lektionen im Tanzen, Reiten und Fechten – Fertigkeiten, die zumal für eine Offizierskarriere unabdingbar blieben. Bereits zu

Beginn des Jahres 1771 wies das Institut 100 Zöglinge auf. Im März 1770 gründete der Herzog eigenständige Künstlerklassen, in denen Maler, Bildhauer und Stukkateure für die Hofbaumeister ausgebildet werden sollten. Aufgrund ihrer militärischen Ordnungsstruktur, die Tagesablauf, Essens- und Schlafensrituale sowie den Umgang mit Offizieren und Lehrern genau regelte, ähnelte die ‹Pflanzschule› noch der Ritterakademie alten Typs, wie sie seit dem Ende des 16. Jahrhunderts als Eliteuniversität für adlige Zöglinge eingeführt war. Zu den Musteranstalten gehörten hier das 1589 gegründete Tübinger *Collegium illustre*, die Akademien von Kassel (1599), Lüneburg (1656), Halle (1680), Berlin (1705) und Wien (1746). Von diesen Vorläuferinstituten unterschied sich die Karlsschule dadurch, daß sie auch für Bürgerkinder zugänglich blieb. Von den 1495 Eleven, die die Akademie in den 24 Jahren ihres Bestehens erfolgreich durchliefen, entstammten lediglich 471 aristokratischen Familien.[85] Grundsätzlich besaß die Mittelschicht im Württemberg Carl Eugens bessere Aufstiegschancen als zur selben Zeit in Preußen, wo eine höhere Offiziers- oder Beamtenkarriere zumeist nur dem Adel offenstand.

Im Laufe des Jahres 1772 wurden mehrere neue Professoren berufen, unter ihnen Schillers späterer Lehrer Jakob Friedrich Abel, der zu diesem Zeitpunkt erst 21 Jahre zählte. Das Institut nahm nun auch ältere Eleven auf, die bereits kurz vor dem Abschluß der Lateinschule standen. Herkunftsprivilegien spielten erneut für die Auswahl keine entscheidende Rolle; es zählten allein die Unterrichtsleistungen, so daß auch begabte Kinder unvermögender Eltern Berücksichtigung fanden. Die Eleven erhielten auf öffentliche Kosten Unterkunft, Mahlzeiten, Kleidung und die notwendigen Lehrmaterialien. Im Laufe ihres 14. Lebensjahres wurde ihre Befähigung für die universitätsähnliche Spezialausbildung geprüft; danach erfolgte die Überweisung in eine der vier nach Fächern geordneten Abteilungen, die jeweils die Größe einer Schulklasse besaßen. Durch einen Revers, den man zu Beginn des Jahres 1774 einführte, mußten sich die Eltern verpflichten, ihre Kinder nach abgeschlossener Erziehung in herzögliche Dienste treten zu lassen. Grundsätzlich verstand Carl Eugen seine Schule nicht allein als Rekrutierungsinstitut für Offiziere, sondern auch als Ausbildungsstätte für die künftige Beamtenelite des Landes. Curriculum und Prüfungswesen wurden von ihm mit akribischem Interesse für das Detail überwacht. Nicht zuletzt trug er bereitwillig die erheblichen finanziellen Lasten, die die Akademie ihm auferlegte. Im Jahr 1774/75 verschlang der Betrieb 46785 Gulden, drei Jahre später waren es bereits 70000 Gulden.[86] Im Mai 1773 erfolgte als ergänzende Maßnahme die Gründung der *École des Demoiselles*, die ebenfalls auf dem Gelände der Solitude untergebracht wurde. Hier bildete man Tänzerinnen und Sängerinnen aus, die später dem Opernensemble angehören sollten; zum Unterrichtsprogramm gehörten aber auch die kanonischen Disziplinen wie Latein, Französisch und Religion, da man auf ein gediegenes Allgemeinwissen der künftigen Künstlerinnen Wert legte. Die Betreuung der Mädchenschule, der niemals mehr als 25 Elevinnen angehörten, übernahm zunächst Franziska von Hohenheim.

Der neuen Ausbildungsidee gemäß weitete sich das Fächerangebot der Karlsschule zwischen 1773 und 1776 zügig aus. Am 11. März 1773 verlieh ihr der Herzog den Status der Militärakademie; sie zählte zu diesem Zeitpunkt bereits mehr als 400 Eleven.[87] Das grundlegende Unterrichtsprogramm, das sich kaum von dem der städtischen Lateinschulen unterschied, fand sich in dieser Phase durch universitäre Studienfächer für die höheren Jahrgänge ergänzt; gelehrt wurden auf dem fortgeschrittenen Niveau Kameralwissenschaft, Jurisprudenz, Forst- und Agrarökonomie, später auch Medizin. Zur Spezialausbildung in den einzelnen Disziplinen trat während dieser weiterführenden Phase ein für jeden Eleven obligatorischer Kursus in Philosophie; Griechisch und Italienisch standen bereits seit Januar 1773 auf dem Programm.[88] Die Leistungsbereitschaft der Schüler wurde durch regelmäßige Preisausschreiben und Prüfungsaufgaben gefördert. Die Details dieses Reglements verraten manches über den Geist der Akademie, deren Unterrichtsniveau hoch, deren Erziehungsprogramm jedoch zugleich von militärischer Strenge beherrscht war. Gemütsspionage, ständige Überwachung der Zöglinge durch instruierte Aufseher, spartanische Tageseinteilung ohne private Freiräume und strikt geordnete Organisation der Schulklassen gehörten zur pädagogischen Praxis der Akademie. Die Hierarchie war genau abgestuft und schloß die exakte Verteilung der Kompetenzen ein. Als Leiter – ‹Intendant› – fungierte Christoph von Seeger, ein Patriarch, den die Schüler jedoch wegen seiner Umgänglichkeit schätzten. Der 1778 zum Obristen ernannte Seeger verkörperte keineswegs den unkultivierten Typus des soldatischen Ordnungsfanatikers, sondern zeigte in Konfliktfällen Verständnis und Liberalität. Auch Schiller gegenüber hat er sich später durchaus nobel und, im Rahmen der von seinem Landesherrn zugestandenen Möglichkeiten, tolerant verhalten. Seeger bewohnte die ‹Kavaliersräume› im hinteren Schloßflügel, wo früher der Herzog selbst seine Privatgemächer besaß. Dem Intendanten standen mehrere Offiziere zur Seite, die die Aufsicht über die Eleven führten. Jede der insgesamt vier Abteilungen wurde von einem Hauptmann, das Corps der adligen Schüler von einem Major kontrolliert. Ihnen zugeordnet blieben jeweils ein Leutnant und mehrere Unteroffiziere, von denen wiederum vier die Schildwache am streng gesicherten Schloßtor übernahmen.[89] Hinzu kamen einfaches Dienstpersonal und Hilfslehrer, die gleichfalls für die Einhaltung der notwendigen Disziplin zu sorgen hatten. Die einzelnen Abteilungen gewannen auf diese Weise den Charakter militärischer Regimenter; zum Vorbild dienten dem Herzog hier die Pariser *École militaire*, die preußischen Kadettenschulen und die Wiener Akademie, der seit 1766 der Fürst Colloredo vorstand.[90]

Die uniforme Kleidung der Zöglinge verstärkte den Eindruck, daß hier strikter Drill geübt wurde. Schillers Mitschüler Georg Friedrich Scharffenstein, später General in württembergischen Diensten, erinnert sich: «Die Eleven hatten gestreifte Zwillichkittel, dergleichen Hosen, wollene Kappen, Papilloten ohne Puder. Alles trug sehr lange falsche Zöpfe nach einem bestimmten Maß.»[91] Vor größeren Festtagen, wie sie die Preisverleihungen am Jahresende darstellten, kommandierte der Herzog bis zu 14 Militärfriseure in die Akademie, die schon um drei Uhr morgens damit beginnen mußten, die Haare der Schüler in die gewunschte Façon zu bringen, um sie für den ordnungsgemäßen Ablauf der Frühzeremonie vorzubereiten.[92] In einem gedruckten *Verzeichniß* hatte der Intendant festgelegt, welche Kleidungsstücke die Eleven anschaffen mußten. Zur geforderten Ausstattung gehörten eine Parade- und eine Alltagsuniform aus stahlfarbenem Tuch, acht Hosen aus Leinen bzw. Leder, zwölf Hemden, drei Nachthemden, acht Paar baumwollene Strümpfe, zwei Paar Winterstrümpfe, zwei Garnituren Uniformschnallen, vier Kappen und zwei Hüte.[93] Adlige Karlsschüler trugen zudem silberne Achselschnüre, die sie von den bürgerlichen Eleven unterschieden. Sie aßen in eigenen Speisesälen mit kostbarem Deckenschmuck (er zeigte zwölf Porträts bedeutender Gelehrter), verfügten über gesonderte Schlafräume und durften spezielle Bäder benutzen.[94]

Für persönliche Entfaltung blieb den Eleven kaum Gelegenheit; den gemeinsamen Weg zu den Eßsälen hatten sie im Gleichschritt zu absolvieren, bei der Mahlzeit Uniform zu tragen. Vom morgendlichen Wecken (im Sommer um fünf, im Winter um sechs Uhr) über den vierstündigen Vormittagsunterricht, die Mittagstafel (bei der man zu schweigen hatte), die häuslichen Reinigungsarbeiten und die militärisch geprägte Körperertüchtigung bis zu den erst um 18 Uhr endenden Spätlektionen und dem auf 21 Uhr angesetzten Zapfenstreich war der Tag genau geregelt.[95] Der in kleinen Klassen erfolgende Unterricht, für den vier Lehrsäle bereitstanden, umfaßte auf der fortgeschrittenen Stufe (ab dem 13. Lebensjahr) 47 Wochenstunden, zu denen noch Hausaufgaben, Vorbereitung und Lektüre traten. Ein Privatleben gab es unter solchen Umständen für die Eleven nicht. Die Briefe, die sie nach Hause schrieben, wurden von den Aufsehern gelesen und häufig zensiert. Ihre Habseligkeiten bewahrten sie in kargen Spinden auf; in den sechs Schlafsälen, denen die Schüler nach Alter und Körpergröße zugeordnet waren, brannte auch nachts Licht, das eine Öllampe spendete. Die Betten hatte man durch einfache Verschläge voneinander abgetrennt, die Türen wurden zu Kontrollzwecken offengehalten; tagsüber blieb es den Zöglingen streng untersagt, diese Räume zu betreten. Reisen und Ausflüge durften sie nicht unternehmen; nur im Fall einer schweren Erkrankung der Eltern gestattete man Sonderregelungen, wobei freilich ein Offizier oder Aufseher der Schule während der Heimfahrt den Begleitdienst versah. An Sonntagen konnte man Familienvisiten empfangen; jungen Mädchen war der Zutritt zur Akademie in den ersten Jahren strikt verboten.

Hatte ein Schüler gegen die disziplinarische Ordnung verstoßen, so durfte er nicht durch Lehrer oder Aufseher bestraft werden. Vielmehr stellte man ein Billett über seine Verfehlung aus, das man ihm an die Brust heftete. Während der gemeinsamen Mittagstafel schritt der Herzog von Tisch zu Tisch, las die Zettel, ermahnte die Zöglinge oder verabreichte Ohrfeigen. Schwerere Verstöße wurden durch Essensentzug, Arrest oder, bei jüngeren Schülern, Rutenhiebe geahndet.[96] Das Strafmaß richtete sich nach der Häufigkeit, mit der ein Eleve Fehlverhalten an den Tag gelegt und die Institutsregeln verletzt hatte. Nicht allein die körperliche Züchtigung, sondern auch die Erzeugung psychischen Drucks durch die öffentliche Bloßstellung bildete ein Element der hier praktizierten Pädagogik.[97] Ihr Ziel ist es, wie Michel Foucault im Blick auf die Kadettenschulen des 18. Jahrhunderts beschrieben hat, von der Norm abweichendes Verhalten zu strafen, die Zöglinge zur bedingungslosen Anerkennung der geltenden Regeln anzuhalten und ihnen durch stets wiederholte Akte der Dressur jeglichen Willen zur individuellen Selbstbehauptung zu rauben.[98] Am Ende dieses Programms steht der gedrillte Eleve, der sich, als Element einer Machtmaschine, körperlich und geistig ohne Einschränkung den Gesetzen der Akademie unterworfen hat.

Einen Eindruck von der militärischen Ordnungsstruktur der Karlsschule bieten die Tagebuchnotizen von Schillers späterer Ehefrau Charlotte von Lengefeld, die im April 1783 als 16jährige auf der Zwischenstation während einer Reise in die Schweiz aufgrund des zu diesem Zeitpunkt bereits gelockerten Reglements das Institut besichtigen durfte. «Die Einrichtung der Akademie», so heißt es da, «ist sehr hübsch. Aber es macht einen besonderen Eindruck aufs freie Menschenherz, die jungen Leute alle beim Essen zu sehen. Jede ihrer Bewegungen hängt von dem Winke des Aufsehers ab. Es wird einem nicht wohl zumute, Menschen wie Drahtpuppen behandelt zu sehen.»[99] Friedrich Nicolai, der die Karlsschule im Juli 1781 besucht hat, lobt das ungewöhnliche Niveau der hier gebotenen Ausbildung, tadelt aber ebenfalls den soldatischen Drill, wie er sich im strengen Reglement niederschlägt. Der Berliner Aufklärer, der nie zu den Freunden des preußischen Militärstaates zählte, bemerkt kritisch, daß das glänzende Format der Lehrer innerhalb einer derart strikten Schulordnung kaum zur Geltung komme.[100]

Die fortschreitende Ausweitung der Akademie erfordert rasch organisatorische Konsequenzen. Am 18. November 1775 wird das gesamte Bildungsinstitut nach Stuttgart verlegt, wohin gleichzeitig auch der Hofstaat umzieht, und als *Hohe Karlsschule* zur Universität erklärt. Die Eleven legen den zweistündigen Weg von der Solitude zur Residenz in einem geschlossenen Marsch zurück. Aufnahme finden Schüler und Lehrer in einem Nebenflügel des geräumigen Stadtschlosses, der innerhalb kurzer Zeit unter der Mitarbeit von 680 Handwerkern umgebaut wird. Neben den Unterrichts- und Schlafräumen besaß er einen üppig tapezierten, von Dekkenmalereien verzierten Festsaal, der den jährlichen Preisverleihungen, Konzerten und Theateraufführungen einen angemessenen Rahmen bot. Die unmittelbare räumliche Nachbarschaft gestattet dem Herzog die regelmäßige Überwachung von Schulstunden und Examina: er muß nur wenige Schritte tun, um von seinen Privatgemächern in die Räumlichkeiten der Akademie zu gelangen. Fortan nimmt er häufiger als in den ersten Jahren an den Mahlzeiten der Eleven teil, inspiziert täglich die Schlafsäle, überprüft die Lektionen, kontrolliert die Lehrer, mischt sich regelmäßig durch Einwürfe und Fragen in den Unterrichtsablauf ein. Nur zwei Wochen nach dem Umzug der Akademie wird Schillers Vater an die Solitude versetzt, wo er mit der Familie eine kleine Dienstwohnung bezieht. Es gehörte durchaus zum Kalkül des Herzogs, daß er Caspar Schiller erst zu dem Zeitpunkt in sein neues Amt berief, da der Sohn die Solitude bereits verlassen hatte. Allzu enge private Bindungen der Eleven waren unerwünscht und störten ihre symbolische Adoption durch den Landesherrn.

In Stuttgart genießen die Zöglinge trotz des unmittelbaren Zugriffs des Herzogs größere Freiheiten. Sie dürfen Oper und Schauspiel besuchen, werden auf Bällen als Gäste geduldet, absolvieren Tanzstunden gemeinsam mit den Elevinnen der *École des Demoiselles*. Zugleich erweitert sich das Fächerangebot, das von einer wachsenden Zahl zumeist junger Dozenten sichergestellt wird. Ende des Jahres 1775 beginnt der Aufbau der medizinischen Abteilung, zu der am Schluß der Entwicklungsphase die Teilfächer Chemie, Arzneimittelkunde, Anatomie, Physiologie, Pathologie, Chirurgie, Medizingeschichte, Symptomatologie und allgemeine Therapeutik gehören; 1779 treten auch noch die Gerichtsmedizin und, als selbständige Disziplin, die Handelswissenschaft hinzu. Zur gleichen Zeit erweitert Carl Eugen die juristische Fakultät, die eine besonders hohe Absolventenquote aufwies.[101] In Stuttgart gewinnen die öffentlich unter den Augen des Herzogs stattfindenden Prüfungsgespräche und Disputationen weiteres Gewicht. Sie avancieren jetzt zu wirkungssicher inszenierten Ritualen, mit denen die Akademie ihr geistiges Niveau vorführt. Im philosophischen Fach, das für sämtliche Eleven verbindlich bleibt, präsentieren die Lehrer den Kandidaten gedruckte Thesen, die diese vor größerem Auditorium kontrovers zu diskutieren haben. Im Vorfeld bestimmen die Dozenten, wer zu den Kritikern (Opponenten) und Verteidigern (Respondenten) der Thesen gehören soll. Die Schüler können sich sodann einige Tage auf ihre Aufgabe vorbereiten, ehe sie die jeweiligen Gegenstände im öffentlichen Disput erörtern – ein diskursives Verfahren, das den argumentativen Ansprüchen einer aufgeklärten Streitkultur erstaunlich nahekommt. Während des Prüfungsgesprächs dürfen auch außenstehende Beobachter Fragen stellen und Einwände formulieren. Schubart, der die Akademie überaus kritisch beurteilt, bemerkt in einem Artikel für seine *Deutsche Chronik* im Dezember 1774 anerkennend, daß die Besucher durch die außerordentliche Gelehrsamkeit der Eleven nicht selten beschämt würden.[102]

Den hohen Bildungsstandard, den die Akademie repräsentiert, hat auch Schiller stets wahrgenommen. Als die Schule zu Ostern des Jahres 1794 auf Geheiß des neuen Herzogs Ludwig Eugen aufgehoben wird, schreibt er nachdenklich an Körner: «Außer den beträchtlichen Revenuen, welche Stuttgardt daraus zog, hat dieses Institut ungemein viel Kenntnisse, artistisches und wissenschaftliches Interesse unter den hiesigen Einwohnern verbreitet, da nicht nur die Lehrer der Academie eine sehr beträchtliche Zahl unter denselben ausmachen, sondern auch die mehresten Subalternen und Mittleren Stellen durch academische Zöglinge besetzt sind.» (NA 26, 349) Zu dem Zeitpunkt, da Schiller diese Sätze schreibt, liegt seine Akademiezeit weit hinter ihm. Aus dem Abstand von 20 Jahren hat er, anders als noch 1784, die hohe Qualität des Unterrichts, nicht aber mehr die Rituale der Einkerkerung und Überwachung vor Augen, die das Alltagsleben der Schüler bestimmten.

‹Von feinerem Stoff als viele›. Studienbeginn unter gemischten Vorzeichen

Am 16. Januar 1773 tritt Schiller als 447. Eleve seit dem Gründungsjahr in die Karlsschule ein. In seinem Gepäck führt er, wie das Protokoll pedantisch vermerkt, ein Paar Hosen, einen blauen Rock, ein Hemd, ein Unterhemd, jeweils ein Paar Schuhe bzw. Stiefel, einen Hut und 15 nicht näher bezeichnete Bücher in lateinischer Sprache mit.[103] Das Gutachten über seine «Leibesbeschaffenheit», das der Hofmediziner Storr nach einer Generaluntersuchung verfaßt, bemerkt knapp, daß der Schüler sich mit (auf mangelnde Reinlichkeit hindeutenden) Gesichtsekzemen und «etwas verfrörten Füßen», sonst «aber gesund» eingefunden habe.[104] Schiller erlebt den Einzug in die Karlsschule als tiefgreifenden Schock. Er bedeutet für ihn den Verlust der Familie und die Auflösung seiner vertrauten alltäglichen Bindungen. Der traumatische Charakter dieser Erfahrung konnte auch durch die neuen intellektuellen Abenteuer, die der Schulunterricht vermittelte, nicht verdrängt werden. Das Motiv der verlorenen Kindheit begleitet fortan Schillers Denken; es durchzieht sein literarisches Werk, gewinnt eigene Bedeutung für seine ästhetischen und geschichtstheoretischen Entwürfe. In der systematischen Reflexion der durch den Eintritt in die Akademie erlittenen Verlusterfahrung, wie sie in den Modellen seiner Jenaer Kulturphilosophie zu Gesicht kommt, hat Schiller das biographische Trauma intellektuell verarbeitet, damit aber sicher nicht bewältigt.

Gemildert wird die Ablösung vom Elternhaus zunächst durch den Umstand, daß der Eleve auf alte Bekannte trifft. Die Brüder Hoven, Vertraute der ersten Ludwigsburger Zeit, gehören seit Juni 1771 der Akademie an. Es versteht sich, daß man die frühere Freundschaft rasch erneuert. Johann Friedrich Jahn, der den Unterricht der alten Sprachen, der Philosophie und Geschichte versieht, wird wieder Schillers Lehrer; hier konnte sich der Zögling gleichfalls in gewohnten Gleisen bewegen. Im ersten Akademiejahr beschränkten sich die Lektionen auf die allgemeinbildenden Fächer, zu denen sich ergänzend die Philosophie gesellte. Im Vordergrund stand der Lateinunterricht; daneben waren drei Stunden Griechisch, fünf Stunden Französisch, jeweils vier in Geschichte und Geographie, sechs in Mathematik zu absolvieren. Dazu traten ein sechsstündiges Kolleg in Metaphysik, sechs weitere Stunden Rhetorik und Poetik, was die von Schiller geschätzten Stilübungen einschloß. Das entsprach einem Wochenpensum von knapp 40 Unterrichtsstunden, zu denen die Repetitorien, religiöse Unterweisung und Lektionen im Fechten, Reiten und Tanzen traten. Bedenkt man, daß für Vorbereitung und Hausaufgaben täglich zwei Stunden reserviert waren, so kann man ermessen, welches Arbeitspensum den kaum 14jährigen Schülern abverlangt wurde.

Im ersten Jahr hat Schiller die guten Leistungen, die ihn auf der Lateinschule auszeichneten, durchaus zu wiederholen vermocht. Im Griechischunterricht erreicht er den ersten Rang, in anderen Disziplinen gehört er zum vorderen Leistungsfeld. In den folgenden Jahren sinkt seine Lernbereitschaft jedoch rapide ab. Womöglich wurde dieser Umstand auch durch die Einsicht in eine wenig verheißungsvoll scheinende Zukunft gefördert: am 23. September 1774 hatte Schillers Vater den Revers unterschrieben, der den Sohn für die Zeit nach dem Examen an das herzögliche Militär band. Ende 1775 ist Schiller der schlechteste Schüler seiner Klasse; selbst im Lateinischen, dem früheren Lieblingsfach, erreicht er nur unterdurchschnittliche Ergebnisse. Häufige Krankheiten, melancholische Stimmungen, Lethargie und allgemeines Desinteresse bezeugen eine gewiß auch durch die Pubertät bedingte Krisensituation. Disziplinarische Vergehen, über die man genau Buch geführt hat, verraten, daß Schillers psychische Instabilität wesentlich durch das strenge Reglement der Schule veranlaßt wird. Allein zwischen Oktober 1773 und Februar 1774 erhält er sechs Strafbilletts wegen zumeist banaler Verstöße. Gemaßregelt wird er zumal deshalb, weil er sich private Freiräume zu sichern sucht, die der Herzog den Eleven nicht zugesteht; so hat er versucht, den dürftigen Speiseplan durch den Ankauf von süßen Brötchen und Kaffee zu verfeinern. Solche Vorgänge zeigen, daß Schiller dem Druck, den das Regelwerk der Schule auf ihn ausübt, Widerstand entgegensetzt. Er sucht nach kleinen Nischen, die es ihm erlauben, sich im normierten Tagesablauf zumindest die Rudimente individueller Unabhängigkeit zu sichern.

In die üblichen Ordnungsrituale fügt sich Schiller während der ersten Jahre nur unter stillem Protest. Seine Körperpflege entspricht, wie die Aufseher rügen, nicht den strengen Vorgaben des Instituts. Den Uniformzwang haßt er ebenso wie die vorgeschriebene Puderfrisur, die der älteren preußischen Mode folgt. Der Kommilitone Scharffenstein erinnert sich an Schillers laxen Umgang mit den Kleidungsnormen und Reinlichkeitsvorschriften der Anstalt: «Es gab zum Beispiel eine Parade von geringerem Grade, wo zwar der gewöhnliche Anzug stattfand, aber mit viel Papilloten an jeder Seite in zwei Etagen und Puder. Da sah mein Schiller komisch aus: er war für sein Alter lang, hatte Beine, beinahe durchaus mit den Schenkeln von einem Kaliber, sehr langhalsig, blaß mit kleinen rotumgrenzten Augen. Er war einer der unreinlichen Burschen und wie der Oberaufseher Nies brummte: ein Schweinpelz. Und nun dieser ungeleckte Kopf von Papilloten mit einem enormen Zopf!»[105] Den schlanken, hochgewachsenen Körperbau Schillers heben spätere Berichte ebenso hervor wie den steifen Gang und die eckigen Bewegungen. Die monatlich geführten Rangierlisten, die die Eleven nach ihrer Größe in drei Abteilungen sortieren, weisen ihm zunächst die mittlere Kategorie an. Nach einem pubertätsbedingten Wachstumsschub, der im 15. Lebensjahr einsetzt, überragt er jedoch die meisten seiner Mitschüler um Haupteslänge. Auf sein äußeres Erscheinungsbild hat er auch später wenig Mühe verwendet. Freunde erinnern sich, daß er zu Hause bevorzugt einen Morgenmantel trug, unfrisiert blieb, sich nicht rasierte. Seine Kleidung wählte er nie sonderlich geschmackssicher aus. Als Theaterautor fällt er in Mannheim durch die Vorliebe für graue Jacken aus grobem Stoff auf, die an eine Uniform erinnern. Die Leipziger Bekannten, die er 1785 besucht, vermerken übereinstimmend den nachlässigen Charakter seines Aufzugs. Erst in den Weimarer Hofjahren nach 1800 scheint Eleganz zu den besonderen Merkmalen seiner Garderobe gezählt zu haben.

Zu Beginn des Jahres 1774 beginnt Schiller mit dem Besuch rechtswissenschaftlicher Veranstaltungen. Der Vater erinnert sich, daß Carl Eugen ihn schon Ende 1772 auf dieses Fach festlegte, nachdem er selbst vom Wunsch berichtet hatte, den Jungen zur geistlichen Laufbahn zu führen. «‹Das geht nicht an›», soll die Antwort gelautet haben, «‹in meiner Akademie können keine Theologen gebildet werden, Sein Sohn kann sich die Jurisprudenz wählen.›» (NA 42, 8) Der Fachunterricht, den der Anwalt Johann Friedrich Heyd erteilt, wird im Januar 1774 aufgenommen. Er umfaßt zunächst Vorlesungen über Rechtsgeschichte, Naturrecht und römisches Recht, die jedoch neben den allgemeinbildenden Lektionen der Elementardisziplinen nur vorbereitenden Charakter besitzen. Ein vertieftes juristisches Studium war erst für die höheren Jahrgänge vorgesehen. Schiller hat die 24 Monate, in denen er Heyds Vorlesungen hörte, geduldig ertragen, dem Fach jedoch keinerlei Neigung entgegengebracht. Im Vordergrund stand das Auswendiglernen von lateinischen Formeln, Terminologien und Gesetzestexten; die Einführung in die rechtswissenschaftliche Methodik beschränkte sich auf das Einpauken von Regeln, ohne daß eine systematisch-logische Denkschulung stattfand. Friedrich von Hoven berichtet, daß Schiller und er während der trockenen Vorlesungen heimlich an ihren poetischen Versuchen arbeiteten, um der öden Welt der Paragraphen zu entkommen (NA 42, 9).

Als die Schule im November 1775 nach Stuttgart verlegt wird, durchleuchtet der Herzog die innere Organisation seiner Fachabteilungen. Dabei muß er erkennen, daß die Quote der potentiellen Absolventen des rechtswissenschaftlichen Studiums die Zahl der verfügbaren Stellen im Verwaltungsdienst erheblich übersteigt. Entschlossen veranlaßt er darauf den Wechsel mehrerer Eleven von der juristischen in die neue medizinische Fakultät. Schillers Vater erhält die bündige Auskunft, daß nur auf diese Weise die im Revers festgeschriebene Anstellungsgarantie eingelöst werden könne. So bleibt dem Schüler nichts, als das ungeliebte Jurastudium gegen die ihm völlig fremde Medizin zu vertauschen. Mit ihm gehen sechs weitere Kommilitonen, darunter auch die Freunde Friedrich von Hoven und Immanuel Elwert, zur neuen Disziplin über. Hoven hat später in seinen Erinnerungen hervorgehoben, daß der Wechsel auf freiwilliger Basis erfolgt sei, was jedoch kaum zur dirigistischen Pädagogik des Herzogs paßt, der nichts dem Zufall zu überlassen pflegte (NA 42, 9). Schiller scheint das Medizinstudium weder mit hohen Erwartungen noch unter Leidensdruck begonnen zu haben. Zwar bedeutet das Ende der verhaßten juristischen Lektionen Erleichterung, doch wird ihm bewußt gewesen sein, daß das neue Fach hohen Zeitaufwand verlangte und die Fron des Auswendiglernens nochmals steigerte.

Prägender als das Medizinstudium scheint für Schiller im ersten Jahr nach dem Umzug der Akademie der Sprach- und Philosophieunterricht zu sein, der zugleich das Interesse an der Literatur wachhält. Der wenig kompromißfähige Jahn war Ende 1774 im Streit mit dem Herzog aus der Akademie ausgeschieden und hatte sein Ludwigsburger Amt – unter erweiterten Kompetenzen – neuerlich übernommen. Zu seinem Nachfolger berief man den 23jährigen Johann Jakob Heinrich Nast, der es verstand, den von Jahn gepflegten kulturgeschichtlichen Anschauungsunterricht im Rahmen der altphilologischen Lektionen fortzusetzen. Zu Nast hat Schiller auch nach der Schulzeit sporadisch Kontakt gehalten; seine Euripides-Übertragungen, die er im Frühjahr 1789 veröffentlichte, fanden den ungeteilten Beifall des ehemaligen Lehrers. Zu Ostern 1775 übernimmt der mit Nast gleichaltrige Abel bei Schiller den Philosophieunterricht, der fortan im Lehrplan der Akademie den Status einer Generalwissenschaft behauptet. Das Fach bricht damit die Dominanz der altphilologischen Disziplinen, deren Vorherrschaft Jahn noch verteidigt hatte. Die philosophischen Vorlesungen Abels sollen den Schülern methodische Fähigkeiten, logisches Denken, lernpsychologische Effizienz und allgemeine historische Kenntnisse vermitteln. Die geistigen Entdeckungen, die sich Schiller hier eröffnen, steigern offenbar sein Selbstbewußtsein. Abel erinnert sich, daß der zuvor schüchtern-introvertierte Eleve nach der ersten Begegnung mit den wissenschaftlichen Verfahrensweisen der Logik und Metaphysik aus seiner Latenzperiode erwacht und von intellektuellem Ehrgeiz gepackt worden sei.[106] Ab 1776 steigern sich seine schulischen Leistungen spürbar; auch dem Medizinstudium wendet er nun seine gesamte Aufmerksamkeit zu. In den Vordergrund treten jetzt neue Fächer; während Geschichte, alte Sprachen und Französisch zwischen 1777 und 1779 aus Schillers Unterrichtsplan verschwinden, beanspruchen Chemie, Botanik (je drei Stunden), Pathologie und Therapeutik (neun Stunden), Anatomie und medizinisches Zeichnen (jeweils sechs Stunden) die gesteigerte Konzentration des Eleven.

Obgleich die intellektuelle Energie des Studenten Schiller deutlichen Schwankungen unterliegt, verläuft seine private Bildungsgeschichte in klar überschaubaren Bahnen. Beherrscht wird sie durch die Lektüre moderner Literatur, die seit dem Beginn der Akademiezeit an den Platz antiker Werke tritt. Die griechisch-römische Poesie scheint künftig dem geschlossenen Bezirk des Unterrichts vorbehalten, ohne daß sie Gegenstand der persönlichen Neigungen bleibt. Zu den bevorzugten Texten gehören Klopstocks *Messias*-Epos und seine Hymnen, die den bisher favorisierten Gellert in der Gunst des Eleven verdrängen: Schillers lyrische Produktion wird bis zur Mitte der 80er Jahre maßgeblich von der Sprachkultur dieses Vorbilds beeinflußt. Daneben erschließt sich der Eleve Hallers Lehrgedichte sowie die Oden von Kleist und Uz, dessen geistliches Œuvre er bereits durch die häuslichen Lektionen der Mutter kannte. Von Goethe liest er den *Götz*, *Stella* und *Clavigo*, später auch den *Werther* und dessen bedeutsamste Nachahmung, Johann Martin Millers *Siegwart* (1776). Ein Stammbucheintrag für den Kommilitonen Elwert, der am 4. März 1779 entstand, zitiert frei aus Werthers Brief vom 22. Mai 1771 die Worte über die gesellschaftlichen Schranken, die der Mensch nur überwinden könne, wenn er in sich selbst zurückkehre (NA 1, 26). Auch Lessings Trauerspiele, vor allem *Emilia Galotti* (1772), und Gerstenbergs *Ugolino* (1769) zählen zum festen Kanon der Texte, mit denen er sich frühzeitig befaßt. Durch Abels Anregung gerät er auf die Spur Shakespeares, dessen Dramen er in den damals vorliegenden Übersetzungen Wielands und Eschenburgs studiert. John Miltons *Paradise lost* (1667) dürfte er Ende der 70er Jahre gelesen haben, vermutlich in der deutschen Übertragung Johann Jacob Bodmers. In dieselbe Periode fällt die Lektüre von Klingers 1776 gedrucktem Schauspiel *Die Zwillinge*, das, wie er sich noch im September 1803 erinnert, «mit Kraft» auf seinen «Geist» wirkte (NA 32, 66), und die Begegnung mit Friedrich Müllers *Fausts Leben* (1778), dessen Diktion die zeitgleich entstehenden *Räuber* beeinflußt. Der aktuellen Volksliedmode folgt das Studium der vermeintlich altirischen Ossian-Gedichte, die sich erst im 19. Jahrhundert als freie Bearbeitungen bzw. Fälschungen des Herausgebers James MacPherson erwiesen. Ossian, aber auch Edward Youngs *Night Thoughts* (1742–45) und Rousseaus *Julie*-Roman (1761) hat Schiller in der zweiten Phase seiner Akademiezeit (ab Ende 1776) kennengelernt. Zu seinen herausragenden Lieblingswerken gehört in dieser Periode Johann Anton Leisewitz' Trauerspiel *Julius von Tarent* (1776), aus dem er auf Spaziergängen seinen Mitschülern vorzulesen liebt. In einem vom 26. Oktober 1795 stammenden Brief an Wilhelm von Humboldt räumt Schiller ein, er habe sich «in dem entscheidenden Alter, wo die Gemüthsform vielleicht für das ganze Leben bestimmt wird, von 14 biß 24 ausschließend nur aus modernen Quellen genährt, die griechische Litteratur (soweit sie über das Neue Testament sich erstreckt) völlig verabsäumt, und selbst aus der lateinischen sehr sparsam geschöpft» (NA 28, 84). In der Tat richtet sich die Lektüre des Karlsschülers allein am modernen Bestand aus. Autoren vor Lessing gehören, sieht man von Shakespeare und Milton ab, nicht mehr zu seinem Interessenkreis.[107]

Den Kommilitonen präsentiert sich Schiller in den ersten Jahren zurückhaltend. Er wählt seine Freundschaften mit Bedacht aus, offenbart nur im intimen Zirkel persönliche Ansichten und beschränkt sich sonst auf die Position des Beobachters. Der Beherrschungswille, der ihn auf der Ludwigsburger Lateinschule bestimmte, scheint verschwunden; statt dessen tritt der Eleve vorsichtig, fast diplomatisch auf. Erst in der letzten Periode steigert sich sein Behauptungsdrang erneut; dann erfährt man von verbotenen nächtlichen Ausflügen, Spottversen über mißliebige Lehrer, parodistischen Einlagen, ehrgeizigen literarischen und wissenschaftlichen Projekten. In ihren Erinnerungen beschreiben die Mitschüler die besondere Mischung aus Introvertiertheit und aufflackerndem Redetemperament, die Schillers Charakter regiert zu haben scheint. Scharffenstein porträtiert den Freund als ätherischen Intellektuellen mit unkörperlicher Ausstrahlung und angespannter Geisteskraft: «Seine Stirne war breit, die Nase dünn, knorpelig, weiß von Farbe, in einem merklich scharfen Winkel hervorspringend, sehr gebogen, auf Papageienart und spitzig. Die Augenbraun waren rot, umgebogen nahe über den tiefliegenden, dunkelgrauen Augen [,] inklinierten sich bei der Nasenwurzel nahe zusammen. Diese Partie hatte sehr viel Ausdruck und etwas Pathetisches. Der Mund war ebenfalls voll Ausdruck, die Lippen waren dünn, die untere ragte von Natur hervor, schien aber, wenn Schiller mit Gefühl sprach, als wenn die Begeisterung ihr diese Richtung gegeben hätte, und drückte sehr viel Energie aus.»[108]

Über die literarischen Versuche dieser Jahre besitzt man nur dürftige Informationen. Scharffenstein erinnert sich daran, daß der enge Freundeskreis ein nach Gattungen gegliedertes Großprojekt verfolgt habe, innerhalb dessen Schiller einen tragischen Entwurf erarbeiten wollte, andere sich auf dem Feld von Roman, Ritterdrama und Rührstück hätten versuchen sollen.[109] Hovens Memoiren bleiben ähnlich vage und halten nur die grundsätzliche Bedeutung fest, die die alltäglichen Schreibübungen im Kreis der begabteren Eleven behaupteten (NA 42, 13). Literarische Experimente dieser Art waren keine Seltenheit, besaß doch die Poesie für die zeitgenössische Jugendkultur herausragenden Rang. Wer sich als begabter Autor erwies, genoß in den empfindsam geprägten Freundeszirkeln von Klosterschülern, Gymnasiasten und Studenten höchste Reputation. Die Veröffentlichung eigener Texte glich einem Ritterschlag, der ein junges Talent in den erlauchten Kreis der öffentlich gewürdigten Schriftsteller aufnahm. Man lernte literarische Werke auswendig, übte sich im fremden Stil, imitierte die Modediktion eines Klopstock oder Bürger, eines Lessing, Goethe und Leisewitz. Es war nur folgerichtig, daß Schiller aufgrund seiner weit überdurchschnittlichen Sprachfähigkeiten im Freundeskreis besonderes Renommee besaß. Er hat es in den letzten beiden Akademiejahren verstärkt genutzt und sich eine Führungsrolle erarbeitet, die ihm einen exponierten Status innerhalb der Hierarchie der Eleven verschaffte.

Die früheste überlieferte Abhandlung aus Schillers Feder bildet ein für den Herzog verfaßter Rapport über die Mitschüler und sich selbst vom Herbst 1774. Carl Eugen pflegte solche Berichte regelmäßig in Auftrag zu geben, um die Gesinnungen der Eleven, ihre gruppeninterne Stellung, aber auch die Fähigkeit zu Menschenkenntnis und Selbstkritik zu ergründen. Angeblich soll der am 12. August 1774 erfolgte Karlsschulbesuch des Schweizer Theologen Johann Caspar Lavater der Auslöser für die standardisierte Einführung solcher Essays gewesen sein. Im Gespräch mit Lavater hatte der Herzog einen Einblick in die Bedeutung der Physiognomik als psychologische Wissenschaft gewonnen, deren Erkenntnisleistung er nun seinen Schülern nahezubringen suchte. Nicht immer verriet dabei die Themenwahl sonderliches didaktisches Feingefühl. Bereits Anfang 1774 hatten die älteren Eleven einen Aufsatz über die Frage zu schreiben, wer unter ihnen die geringste moralische Würde besitze; vergleichbare Aufgaben wurden auch in den folgenden Jahren regelmäßig gestellt. Entsprechend den Richtlinien des philosophischen Unterrichts mußten die Zöglinge ihre psychologischen Befunde genau begründen und systematisch an verschiedenen Parametern überprüfen, um neben Beobachtungsfähigkeit und Urteilsvermögen auch die eigene Argumentationslogik zu schulen. Daß solche pädagogischen Absichten von einem aufgeklärten Interesse an erfahrungswissenschaftlichen Methoden zeugen, läßt sich kaum bestreiten. Zugleich aber unterstützten die Berichte ein System der wechselseitigen Gemütsspionage, Überwachung, Denunziation, Kontrolle und Bespitzelung, in dem die Eleven nicht nur Opfer, sondern auch Täter sein konnten. Zu bedenken bleibt hier, daß der Nachweis von Verfehlungen durch einen Bericht strengste Disziplinarstrafen, Einkerkerung und Prügel zur Folge haben konnte. Mißtrauen, Furcht, Verstellung und verstecktes Konkurrenzdenken gehörten zur alltäglichen Stimmung eines Instituts, in dem die Schüler wechselseitig übereinander zu Gericht saßen. Die Ambivalenz des gesamten Verfahrens bleibt charakteristisch für den janusköpfigen Charakter der Akademie; Aufklärung und Disziplinierung, Denkfreiheit und militärisches Reglement liegen hier unmittelbar nebeneinander.[110]

Auch Schillers Bericht über die Mitschüler zeugt vom Ungeist des herzöglichen Überwachungssystems. Betrachtet man ihn allein als intellektuelles Zeugnis, so überraschen Scharfsinn, Urteilssicherheit und das für einen 15jährigen ungewöhnlich sensible Sprachgefühl. Das Schema der flüssig verfaßten Bewertung bleibt nicht frei von Stereotypen: moralische Bindung, Verhältnis zum Landesherrn, Disziplin, Hygiene und Lerneifer bilden die vom Herzog vorgegebenen Indikatoren, nach denen Schiller 45 seiner Mitschüler mustert, beurteilt und zum Zweck der Begründung einer Hierarchie miteinander vergleicht. Nur selten ist ihm eine Abweichung vom festgelegten Argumentationsschema möglich, da es für die Eleven gilt, die im Unterricht erlernten moralischen Wertungsmuster klar und distinkt anzuwenden. Originell ist sein Verfahren, die Kommilitonen in Paaren oder Großgruppen zusammenzufassen, um ihre Fertigkeiten und Anlagen aufeinander zu beziehen. Im Hintergrund mag hier die beziehungsreiche Charakterisierungskunst der *Vitae parallelae* Plutarchs stehen, die Schiller durch Jahns Unterricht kennengelernt, freilich erst später beim Geschichtslehrer Drück vertiefend studiert hat. Ebenso wie Plutarchs Biographien sucht der Bericht die Einheit und Originalität einer Persönlichkeit durch die Technik des Vergleichs zu erschließen; bevorzugt schließt er solche Eleven zu Gruppen zusammen, die sich in zentralen Einstellungen und Verhaltensweisen unterscheiden, was eine pointiertere Beschreibung ihrer individuellen Kennzeichen ermöglicht.

Der Text spart nicht mit schroffen Urteilen. Von intellektuellem Mittelmaß, Egoismus, Grobheit, Neid, Niedertracht und falscher Demut ist ausführlich die Rede (NA 22, 5 ff.). Schiller zeigt keine Bedenken, Intrigantentum und Heuchelei namhaft zu machen, wo immer er sie wahrnimmt. Ein besonders prägnantes Beispiel für diese kompromißlose Rigidität bietet der Bericht über den 1753 geborenen Mitschüler Karl Kempff. Er war bereits wenige Monate zuvor im Rahmen der ersten herzöglichen Umfrage von den Eleven einhellig als der ‹Geringste› unter ihnen bezeichnet worden. Seine geistigen Anlagen scheinen tatsächlich begrenzt gewesen zu sein; nach mühsam bestandenen Prüfungen trat er später in den Stalldienst des Stuttgarter Hofes, wo er subalterne Tätigkeiten verrichtete. Schiller bezeichnet jetzt Pflichtvergessenheit, lügnerisches Verhalten und fehlende Offenheit als hervorstechende Charakterzüge Kempffs. Geradezu erschreckend ist die Unnachgiebigkeit, mit der er den sechs Jahre älteren Kommilitonen bewertet. Rigorose Wendungen, wie sie hier begegnen, bilden das Ergebnis der formellen Zwänge, die auf dem Verfasser lasteten: der Herzog erwartete von den Berichten unbedingte Kompromißlosigkeit des Urteils und tadelte denjenigen, der sich seiner Pflicht durch vage Formeln zu entziehen suchte (NA 22, 6). Vor diesem Hintergrund fällt auf, daß Schiller eine Bewertung der religiösen Gesinnungen, die seine Mitschüler an den Tag legen, konsequent umgeht. Bereits die souverän wirkende Vorrede des Rapports erklärt, der Verfasser sehe sich außerstande, diesen Bereich selbständig einzuschätzen, da eine solche Aufgabe allein göttlicher «Allmacht» eingeräumt werden dürfe (NA 22, 3).

Das Selbstporträt, das Schiller am Schluß des Berichts liefert, hebt eine starke Anfälligkeit für Krankheiten als Ursache seiner Antriebsschwäche hervor. Von Unzufriedenheit und mangelnder Energie ist mehrfach die Rede. Kaum übersehen läßt sich die innere Anspannung des Verfassers, der unter dem hohen Erwartungsdruck leidet, dem er sich selbst aussetzt. Bemerkenswert an der Analyse des eigenen Zustands ist der Umstand, daß Schiller mit großer Offenheit den Grund seines Mißmuts angibt. Zwar unterziehe er sich, so erklärt er gegen jede diplomatische Vorsicht, dem ihm vom Herzog angewiesenen Rechtsstudium, doch hege er weiterhin den alten Traum, künftig eine Laufbahn als «Gottesgelehrter» einzuschlagen (NA 22, 15). Den Landesherrn dürfte diese Bemerkung nicht erbaut haben, sah er doch den Eleven Schiller fest für eine Position in Heer oder Hofverwaltung vor. Da an die Einrichtung eines theologischen Studiengangs im Rahmen der Militärakademie allein aus formalen Gründen kaum zu denken war, konnte man den Hinweis auf die geistliche Karriere als Tadel am bestehenden Unterrichtssystem, womöglich sogar als Reflex eines versteckten Desertionswunschs betrachten. Die ritualisierte Selbstkritik, die der Rapport gemäß den Vorgaben des Verfahrens liefern muß, bricht sich hier in einer Geste der authentischen Auflehnung gegen den herzöglichen Zwang. Die Haltung der Rebellion freilich wird am Schluß im hymnischen Lob des Landesvaters aufgehoben: «Lassen Sie mich, Durchlauchtigster, vor Ihr Leben Weihrauch bringen, lassen Sie meine Eltern vor Ihnen niederknieen und Ihnen vor mein Glück danken (...)» (NA 22, 16). Derartige Floskeln muten befremdlich an, wenn man an den Zwang denkt, den Carl Eugen anwenden mußte, um den Eleven Schiller für das Institut zu gewinnen. Die dithyrambische Feier des Herzogs wird nur sechs Jahre später in einen literarischen Vatermord umschlagen; Schillers erstes Drama, *Die Räuber*, setzt ihn freilich so geschickt in Szene, daß die politische Brisanz der Anklage nicht sofort zutage tritt.

Sucht man nach formalen Einflüssen, die die überraschend facettenreiche Rhetorik von Schillers Bericht bestimmen, so stößt man auf die französischen Kanzelredner des 17. Jahrhunderts. Die Schriften von Jacques-Bénigne Bossuet, Esprit Fléchier, Louis Bourdalou, Jean-Baptiste Massillon, Jules de Mascaron und Charles de La Rue gehörten zum Bestand der Karlsschulbibliothek. Sie spielten im Französischunterricht Uriots eine wichtige Rolle; später zog sie auch Johann Christoph Schwab, der formell für das Fach Logik zuständig war, in seinen Lektionen heran, um mit ihrer Hilfe die Regeln des exakten Redeaufbaus und der Argumentationskunst vorzuführen (er selbst trat 1777 als Übersetzer von Condillacs Studie *De l'art d'écrire* hervor) (NA 15/II, 398). Die hier abgedruckten Beispieltexte erschlossen Schiller nicht nur das Reich der Rhetorik, sondern zudem geschichtliche Kenntnisse, wie sie in den Festreden seiner letzten Akademiejahre aufblitzen. Mit Vorliebe studierte er Bossuets *Discours sur l'histoire universelle* (1681) und die Briefe der Madame de Sévigné. Diese Schriften zählten zu den bevorzugten Werken zahlreicher Eleven, wie die uns überlieferten Ausleihlisten der für den Tagesverkehr geöffneten herzöglichen Bibliothek beweisen. Ihre Lektüre verschaffte Einblicke in die glanzvolle Gesellschaftswelt und wissenschaftliche Kultur des klassischen Zeitalters; sie erschloß die Gesetze des höfischen Lebens, das hier ausführlich beschrieben wurde, aber auch psychologische Einsichten, wie sie die üppig ausgemalten Personenporträts, Anekdoten und Berichte der Sévigné vermittelten (NA 15/II, 404 f.). Der Einfluß, den die französischen Autoren des *grand siècle* auf den jungen Schiller genommen haben, ist nicht zu unterschätzen. Er bekundet sich im schulgerechten rhetorischen Aufbau seiner frühen Texte, aber auch in der zergliedernden Beobachtungskunst, die sie an den Tag legen.[111]

Schillers Berichte verraten nichts über individuelle persönliche Vorlieben; ihr Grundton ist skeptisch gestimmt, so daß Rückschlüsse auf private Zuneigungen und Freundschaften nicht möglich sind. Daraus ist aber kaum abzuleiten, Schiller habe sich selbst isoliert und im Stil des introvertierten Beobachters aus der Gemeinschaft der Mitschüler zurückgezogen. Der ritualisierte Gestus der Kritik verstellt den Blick auf das persönliche Verhältnis, das er zu zahlreichen Eleven aufgebaut hat. Neben Friedrich von Hoven zählt der ein Jahr jüngere Offiziersanwärter Scharffenstein zu den engsten Freunden. Er stammte ebenso wie der ihm nahestehende Georg Friedrich Boigeol aus dem elsässischen Montbéliard (Mömpelgard), das damals zu Württemberg gehörte (Schillers gute Kenntnisse der französischen Sprache dürften durch den persönlichen Einfluß der beiden gefördert worden sein). Mit Scharffenstein folgt er seinen literarischen Vorlieben; man deklamiert lyrische Texte, veranstaltet private Schreibwettbewerbe und diskutiert ehrgeizige Publikationsvorhaben. Dem poetischen

Zirkel gehören bald auch Johann Christoph Friedrich Haug, der Sohn des seit 1776 an der Akademie Stilkunde und Altertumswissenschaft lehrenden Balthasar Haug, sowie der 1758 geborene Wilhelm Petersen an. Scharffenstein charakterisiert den Kreis später als «eine Art von ästhetischer Assoziation», deren Mitglieder sich mit hochfliegenden schriftstellerischen Plänen ohne jeden Wirklichkeitssinn befaßten.[112] Ihr Abgott ist Goethe, dessen *Götz* man begeistert deklamiert; Schillers Klopstock-Begeisterung scheint von der Runde hingegen nicht geteilt worden zu sein: man schätzte hier den subjektiven Enthusiasmus der neuesten Genieprodukte höher als die religiös inspirierte Kunst des *Messias*-Autors.

Vermutlich während des Jahres 1776 kommt es zu einem tiefen Zerwürfnis mit Scharffenstein.[113] Vorausgegangen ist eine Intervention des Offiziersschülers Peter Konrad Masson, der die poetische Begeisterung seiner Kommilitonen in Spottversen der Lächerlichkeit preisgegeben hatte. Unter dem Einfluß des Skeptikers Masson erhebt Scharffenstein den Vorwurf, Schiller artikuliere seine freundschaftlichen Gesinnungen allein im Medium der Dichtkunst, ohne sie wirklich zu durchleben. Er stellt damit die besondere Codierung in Frage, die die privaten Beziehungen des Kreises bestimmt hat. Daß ihr Inszenierungsfeld die Literatur ist, gehört zur rituellen Ordnung, deren Geltung die Mitglieder bisher akzeptierten. Das empfindsame Selbstverständnis des Zirkels folgt poetischen Vorbildern, wie sie durch *Werther* und *Siegwart* bezeichnet werden. Wenn Scharffenstein bei Schiller authentische Gefühle anmahnt, die er durch die künstlichen Bekundungen des Enthusiasmus nicht ausgedrückt findet, so verletzt er die Spielregeln einer ‹ästhetischen Assoziation›, die sich gerade der Welt des Scheins verschrieben hatte. Daß der Kommilitone zudem ein schlichtes Gedicht Kleists – den *Amint* von 1753 – über die Arbeiten Schillers stellte und als Muster der Nachahmung pries, mochte dessen Stolz verletzen, dürfte aber für den Bruch nicht allein verantwortlich gewesen sein. In einem detaillierten Brief, der vermutlich vom Ende des Jahres 1776 stammt (NA 23, 240), hat er ausführlich auf Scharffensteins Vorwürfe geantwortet. Ins Zentrum seiner Überlegungen rückt die Reflexion über den Gegensatz zwischen Literatur und Gefühl, von dem der Freund ausgegangen war. Im Widerspruch zu dessen Überzeugungen betont Schiller, daß auch Emotionen, die die Literatur vermittle, authentischen Charakter besitzen könnten. Die Leidenschaft, die Klopstocks Pathos trägt, habe er sich als intensiver Leser selbst angeeignet und seinem persönlichen Gemütshaushalt zugeführt. Vollends zweifelhaft findet Schiller die Auffassung Scharffensteins, daß Gefühle nur dort in literarischen Texten wirksam seien, wo sie ohne rhetorischen Furor vorgetragen würden. Dieses Urteil trifft seine individuellen Geschmacksvorlieben, vor allem die Neigung zum pathetischen Stil, wie sie sich in der Begeisterung für Klopstocks *Messias* bekundet.

Die Kontroverse mit Scharffenstein, die einen tiefen Bruch im persönlichen Verhältnis bewirkt, findet noch ein Nachspiel. In seinem Brief hatte Schiller behauptet, Scharffensteins Treulosigkeit sei auf eine Intrige seines Freundes Boigeol zurückzuführen. Als Boigeol sich entrüstet gegen den Vorwurf der Einmischung zur Wehr setzt und seinerseits von Illoyalität spricht, antwortet ihm Schiller ebenfalls in großer Ausführlichkeit. Bemerkenswert ist, daß er jetzt Argumente verwendet, deren Evidenz er im ersten Schreiben angezweifelt hatte. Er kritisiert die unechte Leidenschaft, in die sich Boigeol gesteigert habe, und verurteilt dessen «fanatischen Brief» als Zeugnis der überschießenden Imagination. Hinter den «Bildern» und «Metaphern» seiner rhetorischen Kunstübungen stehe, so heißt es, kein authentisches Gefühl, sondern «pure kranke Phantasey» (NA 23, 7). Boigeols Klage, er habe durch seinen Verdacht die Wurzeln einer Freundschaft zerstört, kontert er mit dem kühlen Hinweis auf den förmlichen Charakter ihrer früheren Beziehung. Er selbst sei, so heißt es abschließend, «ein Jüngling von feinerem Stoff als viele», folglich nicht nach den normalen Kriterien zu beurteilen; sein Vertrauen erringe nur, wer dieser Sensibilität Rechnung trage (NA 23, 9). Während sich das Verhältnis zu Scharffenstein nach dessen Akademieaustritt Ende 1778 entspannt, hat sich eine Annäherung an Boigeol nicht mehr vollzogen. Als dieser im Oktober 1795 aus Paris, wo er für das Unterrichtsministerium arbeitet, einen längeren Brief an Schiller schreibt, in dem er die politische Situation unter der Herrschaft des Direktoriums schildert, wird er keiner Antwort gewürdigt (NA 35, 364 ff.).

Den Bruch mit Scharffenstein hat Schiller trotz persönlicher Enttäuschung gut verkraftet. Man gewinnt den Eindruck, daß die Behauptung seines Standpunkts ihm neues Selbstbewußtsein verschafft. Er hat sein literarisches Credo zur Geltung gebracht, seinen Enthusiasmus gegen die Argumente der Skeptiker verteidigt und nicht zuletzt eine argumentative Überlegenheit demonstriert, die die Stimmen der Spötter verstummen läßt. Fortan vertieft sich das Verhältnis zu Hoven und Petersen, mit denen Schiller auch nach den Karlsschuljahren in Kontakt bleibt. Später tritt der dreieinhalb Jahre jüngere Albrecht Friedrich Lempp, der am 3. April 1778 in die Akademie aufgenommen wurde, zum engsten Freundeskreis. Er ist ein Feuerkopf mit starken philosophischen Interessen und analytischen Fähigkeiten. Schiller hat ihn an seinen poetischen Phantasien kaum teilhaben lassen, dafür aber die durch Abels Unterricht vermittelten theoretischen Anregungen in den gemeinsamen Austausch einbezogen. Seinen Respekt findet zumal das scharfsinnige Urteilsvermögen des Freundes, das von überdurchschnittlicher Intelligenz und ungewöhnlicher Denkschulung zeugt. In den heftigen Disputen, die Fragen des Naturrechts, der modernen britischen Moralphilosophie, der Anthropologie und Erfahrungsseelenkunde gelten, erweist er sich als souverän argumentierender Logiker, dessen Neigung zur Kasuistik seine Gesprächspartner, wie Schiller bewundernd bemerkt, in die Enge treiben konnte. Über Lempp habe er daher stets, so erinnert sich Scharffenstein, «mit einer Art von Cult» gesprochen.[114] Daß sich der Freund später dem progressiven Illuminatenbund anschloß und kosmopolitische Visionen verfolgte, wirft nachträglich auch Licht auf die Beziehung zu Schiller. Ihre Grundlage war die gemeinsame Rebellion gegen eine erdrückende Ordnung, deren Grenzen man zumindest in der Welt des Geistes aufzuheben suchte. Seinen literarischen Widerschein findet die Freundschaft in den 1786 veröffentlichten *Philosophischen Briefen*, die mit der Figur des unterkühlten Skeptikers Raphael ein verschattetes Porträt Lempps liefern.

Verordnete Huldigungen.
Die Festreden des Eleven

Schillers allgemeine Reputation wächst während der letzten drei Jahre seines Akademieaufenthalts. Seine schulischen Leistungen verbessern sich seit 1777 kontinuierlich. Bei den Schlußprüfungen im Dezember 1778 erzielt er in zwei medizinischen Teilfächern herausragende Ergebnisse; 1779 schneidet er in fünf Disziplinen, darunter Chirurgie, Praktische Medizin und Pharmakologie, vorzüglich ab und empfängt vier Preismedaillen, die als hohe Auszeichnung gelten. Anerkennung finden auch seine sprachlichen Fähigkeiten, die er im Stilunterricht Haugs entwickeln kann. Mehrfach darf Schiller jetzt die ihm gegebenen Talente öffentlich vorführen. Zum Namenstag der Reichsgräfin Franziska von Hohenheim verfaßt er am 4. Oktober 1778 ein zweigliedriges Würdigungsgedicht, das die Tugend als Schwester der Grazie besingt. Die Tonlage des gefälligen Textes verweist bereits auf die berühmte Ode *An die Freude*, die er im Spätsommer 1785 in Gohlis bei Leipzig schreiben wird («So wandelt Sie dahin auf Rosenpfaden» [NA 1, 12, v. 37]). Aus Anlaß des 31. Geburtstags seiner Lebensgefährtin am 10. Januar 1779 gibt der Herzog 29 fortgeschrittenen Eleven den Auftrag, eine Festrede über das Wesen der Tugend zu verfassen; die Themenstellung wird in sämtlichen Fällen individuell formuliert, wobei aber stets das Problem der Genese und Beschaffenheit moralischer Anlagen im Vordergrund steht. Das von Schiller gelieferte Manuskript befaßt sich mit der Frage *Gehört allzuviel Güte, Leutseeligkeit und grosse Freygebigkeit im engsten Verstande zur Tugend?* Der Entwurf rief den entschiedenen Beifall Carl Eugens hervor. Vermutlich durfte der Schüler ihn im Rahmen der öffentlichen Festveranstaltung am Geburtstag Franziskas offiziell vortragen. Zeugnisse darüber existieren nicht, doch sind Schillers Textvorschläge für den allegorischen Festschmuck – Portalornamente, Wandverzierungen, Säulen – erhalten, mit dessen Hilfe man einen der Schloßsäle zum als ‹Tempel der Tugend› ausgewiesenen Redeschauplatz umgestalten wollte (NA 1, 10). Die Arbeiten sämtlicher Schüler werden in ihrer handschriftlichen Form zu einer großen Prachtausgabe von 225 Seiten Umfang gebunden und der Reichsgräfin feierlich überreicht. Neben diesen Widmungsband treten, wie in jedem Jahr, künstlerische Darbietungen der Eleven. Am 10. Januar 1779 führt man das mit Musik untermalte allegorische Festspiel *Der Preiß der Tugend* vor, in dem Schiller die Rolle des Bauern Görge versieht. Das Libretto bildete vermutlich ein Gemeinschaftsprodukt der Schüler, das im Laufe der vorangehenden Monate entstanden war.[115] Die Inszenierung, für die man den größten Festsaal der Akademie nutzte, trieb gewaltigen Aufwand; insgesamt fanden sich an dem szenenreichen Stück über 200 Darsteller beteiligt.

Ein Jahr später vergibt der Herzog erneut Auftragsreden an die Eleven. Auserkoren werden jetzt nur noch zwölf Schüler, die ein einheitliches Thema – *Die Tugend, in ihren Folgen betrachtet* – zu bearbeiten haben. Wiederum erwählt Carl Eugen Schillers Rede unter den vorliegenden Texten als besten Beitrag. In diesem Fall bestätigen mehrere Augenzeugen, daß er sein Manuskript vor großem Publikum im Rahmen der Festveranstaltung am 10. Januar 1780 verlesen hat. Der Vortrag wurde ergänzt durch die Aufführung eines Theaterstücks, das den Titel *Vorzüge der Einsamkeit* trug. Der Text unterscheidet sich von den älteren Huldigungsdramen durch seine hofkritische Perspektive, die den Spott über die Schauseite aristokratischen Lebens und die leere Eitelkeit seiner Festivitäten einschließt. Schillers Anteil an dieser aufwendigen Produktion ist nicht bekannt; vermutlich hat er sich mit Rücksicht auf die zeitraubende Niederschrift der ersten Dissertation im Frühherbst 1779 der Mitwirkung am dramatischen Gemeinschaftsprojekt entzogen. Eine solche Entscheidung scheint plausibel, wenn man bedenkt, daß die Einstudierung des Bühnenstücks bereits mehrere Monate vor dem Geburtstag der Reichsgräfin beginnen mußte.

Schillers Reden unterliegen strengen Gliederungsprinzipien, wie sie durch die im Unterricht Haugs vermittelten Regeln der antiken Rhetorik – nach dem Muster von Quintilians *Institutio oratoria* – festgelegt waren.[116] Haug selbst hatte 1779 im *Schwäbischen Magazin* seine *Sätze über Teut-*

sche Sprache, Schreibart und Geschmack veröffentlicht, die solche Prinzipien auf faßliche Weise darstellten. Vor allem Schillers erste Abhandlung vom Januar 1779 gehorcht einem strikten Dispositionsschema. Sie beginnt mit einer Eröffnung (*exordium*), die den Sinnhorizont der Frage auszumessen und eine erste Antwort auf die von ihr bezeichnete Problematik – die Genese und Wirkung moralischen Handelns – zu finden sucht. Die grundlegende Definition, mit der die Beweisführung (*probatio*) des Mittelteils beginnt, lautet, daß das Streben nach Glückseligkeit die Triebfeder der Tugend bilde. Dieser Bestimmung folgt als positives Beispiel ein Hinweis auf das Schicksal des Sokrates, der auch in der Stunde seines erzwungenen Freitods eine aus der eigenen moralischen Konsequenz gespeiste innere Zufriedenheit an den Tag gelegt habe; vermutlich liefert Mendelssohns *Phädon*-Schrift (1767), die Abel mit den Eleven besprach, die Anregung für die Ausführungen über das Suizid-Motiv (NA 20, 3 f.). Vom Vorbild des autonom entscheidenden Weisen lassen sich falsche Formen der Tugend abgrenzen, die der Redner dort anzutreffen glaubt, wo die Gesetze der Verstellungskunst regieren. Gestützt wird diese Überzeugung durch Hinweise auf antike Herrscherfiguren wie Julius Cäsar und Octavian (Augustus), deren ostentativ dargebotener Populismus nicht dem Sinn für die Bedürfnisse des Volkes, sondern politischem Kalkül entspringe. Schillers skeptisches Urteil über die Cäsaren, das entschieden vom monumentalen Heroenkult der zeitgenössischen Geschichtsschreibung abweicht, verknüpft sich mit dem Votum für eine gleichsam natürliche Moralität jenseits instrumenteller Zwecke.

Die Anwendung der historischen Beispiele mündet in eine doppelte Beschränkung des Tugendbegriffs. Moralisches Handeln erweist seinen vorbildlichen Charakter einzig dort, wo es zweckfrei bleibt; es muß zudem, soll es Substanz besitzen, im Kampf mit äußeren Widerständen errungen, gegen objektiv gegebene Zwänge zur Geltung gebracht werden. Zur wahren Tugend gehört für Schiller, daß sie nicht nur frei von egoistischen Absichten bleibt, sondern ihren Einfluß auch gegen naheliegende persönliche Interessen ohne Rücksicht auf Bedürfnisse und Sicherheiten behauptet. «Die schönste That ohne Kampf begangen», so heißt es, «hat gar geringen Werth gegen derjenigen die durch großen Kampf errungen ist.» (NA 20, 6) Das furiose Finale des Mittelteils erhöht den pathetischen Druck der Argumentation, indem es das Lob der Tugend auf einer spirituellen Ebene fortführt. Gestützt auf ein Zitat aus dem siebenten Gesang von Klopstocks *Messias* (v. 419 ff.) und eine freie Entlehnung aus dessen Ode *Für den König* (1753), beschwört die Rede gemäß dem Prinzip der rhetorischen Steigerung (*amplificatio*) die ideelle Gemeinschaft zwischen dem tugendhaften

Menschen und Gott. Gleichfalls den Regeln der antiken Redekunst gehorcht die Dramaturgie des Schlusses (*peroratio*), der die gewonnenen Einsichten am konkreten Fall erprobt. Unter Berufung auf die ‹offene Stirn› der «Wahrheit» gelangt der Redner zur Erkenntnis, daß die «Menschenfreundinn» Franziska als «Mutter» der Tugend zu gelten habe. Die nachdrückliche Geste, mit der er sich dabei gegen den möglichen Vorwurf der «Schmeicheley» (NA 20, 9) verwahrt, legt jedoch die Spur eines kritischen Selbstverständnisses frei, die den Text durchzieht: Schiller war sich dessen bewußt, daß seine Rede keineswegs nur das Zeugnis rhetorischer Schulübungen, sondern auch das Dokument einer schalen Huldigungszeremonie mit festgelegten Rollen darstellte.[117] Der heftige Ton, in dem er den Verdacht der Heuchelei von sich weist, spiegelt den Zwang, dem der Rhetor bei seinem öffentlichen Auftritt gehorcht: der da auf dem Podium stand, sprach gleichsam mit gebeugtem Rücken.

Daß Schillers Rede die besondere Anerkennung des Herzogs fand, verdankt sie fraglos dem rhetorischen Furor, der sie regiert. Einschübe, Reihungen, Parallelisierungen, Inversionen, Satzbrüche und auftrumpfende Bildfolgen beherrschen den Text. Der nervöse Duktus steigert sich zuweilen zum Stammeln, das keiner syntaktischen Ordnung mehr unterliegt. Pathetische Ausbrüche und Interjektionen, Appellformeln und Gedankensprünge gehören zu dieser Diktion gleichermaßen. Hier prägt sich der zeitgenössische Stilgeschmack aus, wie er punktuell auch die zur selben Zeit entstandene Rede des Freundes Hoven kennzeichnet.[118] Die kunstvolle Zerrissenheit des Satzgefüges, die man demonstrativ zur Schau stellte, bildete das Erbe Klopstocks, der im literarischen Freundeszirkel des Eleven zwar nicht die allein regierende Autorität, aber doch ein Vorbild von großem Einfluß verkörperte. Offenbar hat Schiller die pathetische Tendenz seiner Ausführungen kurz vor dem Abgabetermin noch geringfügig abgeschwächt. Das frühere Textstadium ist durch eine Abschrift Petersens dokumentiert; sie belegt die ursprünglich massivere Verwendung von appellativen Bildformeln, die dem Verfasser am Ende zu aufdringlich schienen. Nicht zuletzt hat er in der abschließenden Version das Porträt des Herzogs um positive Züge ergänzt und sein Lob stärker gewichtet (NA 21, 106).

Aufmerksamkeit verdient zumal, aus welchen Ideenressourcen Schillers Rede ihre Anregungen bezieht. Die Argumentation stützt sich an zentralen Punkten auf die Moral-sense-Philosophie britischer Prägung, deren Prinzipien der Eleve durch Abels Unterricht kennengelernt hat. Dort begegnete er Francis Hutchesons *System of Moral Philosophy* (1755), von dem seit 1756 Lessings Übersetzung vorlag, und Adam Fergusons *Institutes of*

Moral Philosophy (1769), die 1772 durch Christian Garve mit ergänzenden Kommentaren ins Deutsche übertragen worden waren. Der leitende Gedanke der von Hutcheson und Ferguson entwickelten Moralphilosophie besteht in der Auffassung, daß der Mensch eine gleichsam natürliche, nicht notwendig rational fundierte Anlage zur Tugend aufweise. Als sittliches Wesen ist der Einzelne, so betont Hutcheson, keineswegs nur von der Vernunft gesteuert; vielmehr besitzt er eine naturhafte Disposition zum moralischen Handeln, die wesentlich mit seinem Empfindungsvermögen verknüpft scheint. Nicht der kategorische Imperativ des Verstandes, sondern das Begehren bildet für Ferguson die Voraussetzung ethischen Tuns: «Vortreflich zu seyn, sowohl in sich, als in Vergleichung, ist das höchste Ziel menschlicher Begierden.»[119] Die Fähigkeiten der sensuellen Wahrnehmung begründen ihrerseits die Bereitschaft zur einfühlenden Anteilnahme am Schicksal anderer Menschen und damit eine sittliche Fertigkeit, die nach den Vorstellungen der in Deutschland überaus einflußreichen Leibniz-Wolffschen Schulphilosophie allein das Produkt der Vernunft bildete, von der neuen Lehre aber als synthetisches Vermögen, als Mischung aus sinnlichen und intellektuellen Kräften betrachtet wird. Bestimmend bleibt dabei der Gedanke, daß der Mensch das ihm durch die Geburt zugefallene Recht auf Glück einzig dort praktisch einlöst, wo er Selbstliebe und Pflichterfüllung in Einklang zu bringen versteht. Tugendhaftes Verhalten erscheint vor diesem Hintergrund als Mittel zur Umsetzung persönlicher wie gesellschaftlicher Vollkommenheit, insofern es individuelle und soziale Harmonie aufeinander beziehen kann.

Wichtige Anregungen vermittelten sich für Hutcheson und Ferguson durch Shaftesburys Dialogschrift *The Moralists, a philosophical Rhapsody* (1705), die gleichfalls zum Unterrichtspensum Abels zählte. Shaftesbury entwirft mit knappen Strichen eine Lehre des moralisch Vollkommenen, deren Grundelemente nicht aus abstrakten Vernunftprinzipien, sondern aus der Idee der Naturschönheit – als konkretem Muster für die Tugend des Menschen – abgeleitet werden. In Deutschland nimmt vor allem Gellert das Denkmotiv der natürlichen Moralität auf, wie seine populären Leipziger Vorlesungen zeigen, zu deren begeisterten Zuhörern am Ende der 60er Jahre der junge Goethe gehört. Spuren hinterläßt das Konzept auch in Lessings tragödienästhetischem Mitleidsbegriff, dessen affektpsychologische Fundierung zumal in den 1756 verfaßten Briefen an Mendelssohn und Nicolai zutage tritt. Die von der britischen Moralphilosophie vorgegebene Zielformel, daß der Mensch mit dem Herzen denken solle, umspielt Schillers Rede an zahlreichen Punkten. Bereits zu Beginn heißt es, die Tugend entspringe allein der «Liebe zur Glükseeligkeit» (NA 20, 3).

Immer wieder betont der Text den natürlichen Charakter individueller Güte, die nur dort, wo sie frei von Künstelei und Prätention bleibe, praktische Wirkung erziele. Ausdrücklich wird von der unverstellten Moralität der falsche Charakter einer politisch instrumentalisierten Menschenliebe abgehoben, wie sie Julius Cäsar und Augustus als kaltsinnige Technokraten der Macht im taktischen Interessenspiel einzusetzen pflegten.

Schiller verknüpft den Gedanken der natürlichen Anlage zur Tugendhaftigkeit mit Positionen, die Mendelssohns 1755 auf Initiative Lessings veröffentlichte *Briefe über die Empfindungen* formuliert hatten. Mendelssohn vertritt die These, daß die Anschauung von Vollkommenheit – als Merkmal der nach Leibniz durch göttliche Allmacht perfekt eingerichteten Schöpfung – ein konkretes, sinnlich erfahrbares Vergnügen erzeuge. Die Kategorie der Vollkommenheit, die Mendelssohn, anders als Ferguson, unmittelbar mit Fragen der menschlichen Wahrnehmungskultur verbindet, ist für den jungen Schiller ein Leitbegriff, auf den die Möglichkeiten sittlich konsequenten Handelns folgerichtig bezogen werden. Verarbeitet hat er zumal den Gedanken, daß zwischen moralischem Rationalismus und sensualistischer Begründung sittlicher Fähigkeiten eine Verknüpfung möglich sein müsse. Wenn er mehrfach betont, die Tugend stelle das «harmonische Band von Liebe und Weißheit» (NA 20, 4) dar, so entspricht das sehr genau Mendelssohns umfassender Synthese. Gefühl und Verstand bilden im Idealfall keine Gegensätze, sondern ergänzen einander zum Modellbild menschlicher Perfektion.

Neben die schottische Moralphilosophie und die Vollkommenheitslehre Mendelssohns rückt die stoische Ethik als drittes Gedankenelement in den Horizont der Rede. Auf den römischen Kaiser Marc Aurel, einen der führenden Vertreter des spätantiken Stoizismus, wird ausdrücklich Bezug genommen. Der Text nennt ihn «das Muster der Herrscher» (NA 20, 8) und rühmt seine vorsichtige Politik des Maßes, die sich auffällig von der Verschwendungslust anderer römischer Potentaten abgehoben habe. Stoisch geprägt ist Schillers prinzipielle Bestimmung, daß Tugend einzig an Widerständen Kontur gewinnen könne. Moralische Fertigkeiten bilden zwar ein – durch Erziehung verfeinerbares – Geschenk der Natur, müssen sich jedoch in der spannungsvollen Auseinandersetzung mit den Hindernissen des Lebens erproben und festigen. Es ist offenkundig, daß diese stoische Perspektive in einen gewissen Widerspruch zu den Bemerkungen über die natürliche Dimension der Tugend tritt, wie sie die Rede ostinat durchziehen. Der Hinweis auf die Bedeutung, die «das Gefühl eigener innerer Erhabenheit» (NA 20, 6) für die moralische Selbstbestimmung des Menschen besitzt, läßt freilich ein Gedankenmotiv ahnen, das Schiller zwölf

Jahre später in seiner breit angelegten Theorie der Tragödie systematisch entfalten wird: die Idee einer Willensfreiheit, die sich gegen die Welt der Triebe mächtig und ohne Rücksicht auf die physischen Bedürfnisse des Lebensgesetzes zur Geltung bringt. Man kann vermuten, daß der Karlsschüler seine Auffassung von der ‹inneren Erhabenheit› der Tugend an Gedanken seines Lehrers Abel ausgerichtet hat. Abel trug im Dezember 1777 aus Anlaß der Prüfungsfeiern eine öffentliche Rede über die Seelenstärke vor, die die «Herrschaft über sich Selbst» als entscheidenden Grundsatz moralischer Autonomie bezeichnete.[120] Der Einfluß solcher Überlegungen auf Schillers Tugendbegriff scheint hier offensichtlich. Auch stilistisch hat Abels Rede abgefärbt, arbeitet sie doch mit vergleichbaren Beispielen aus der antiken Welt, um das Prinzip der Seelenstärke zu beleuchten. Sokrates, Cato und Seneca geraten zu mustergültigen Vorbildern, an denen die stoische Großmut des standhaften Menschen eingeschärft wird.

Jenseits der moralphilosophischen Schulübungen, die Schillers Rede am vorgeschriebenen Gegenstand erprobt, meldet sich an einzelnen Punkten ein Enthusiasmus, der von aufgestauten sinnlichen Empfindungen gegenüber der Favoritin des Herzogs zeugt. Die «liebenswürdige Freundinn Carls» wird als «Mutter» der Eleven gepriesen, die «glühend vor Dankbarkeit den Wink erwarten in ein strömendes Lob auszubrechen» (NA 20, 9). Solche Metaphern der Erhitzung und des Verfließens bezeugen eine erotische Intensität, die sich im Furor der rhetorischen Kunst zu erschöpfen hat. Man muß sich dabei vergegenwärtigen, daß Franziska von Hohenheim die Akademie nicht nur aus Anlaß der Geburtstagsfeiern und der Jahresprüfungen betrat, sondern auch im Alltag regelmäßig präsent war. Da das Institut den ‹Frauenzimmern› im ‹interessanten› Alter – so Schillers spätere Formulierung (NA 22, 94) – sonst konsequent verschlossen blieb, bedeuteten die Besuche der jungen herzöglichen Mätresse für die Schar pubertierender Eleven eine sinnliche Stimulation von gewaltiger Intensität. Es scheint mithin kaum verwunderlich, daß Schillers Text die erotische Anregung, die von der Reichsgräfin ausging, in den überschießenden Formeln der Begeisterung nur unvollkommen zu sublimieren vermag.

Schillers zweite Geburtstagsrede über *Die Tugend, in ihren Folgen betrachtet* entstand zu Beginn des Jahres 1780. In seinem *Schwäbischen Magazin* läßt Balthasar Haug eine Notiz einrücken, die auf die offizielle Festveranstaltung verweist: «Hr. Schiller, ein geschickter Zögling der Militär-Akademie, hat am 10. Jan. in dem Examinationssaal vor dem Durchlauchtigsten Herzog und Hof, eine öffentlichte Teutsche Rede gehalten: Von den Folgen der Tugend.» (NA 21, 121) Der Text, von dem wir eine Abschrift Hovens besitzen, greift erneut auf Topoi der sensualistischen Moralphilosophie zurück. Tugend erscheint als natürlicher Zustand, der den inneren Menschen durch Vervollkommnung seiner selbst «glükseelig», die sozialen Verhältnisse wiederum spannungsfrei macht (NA 20, 31). Äußere und innere Folgen der Tugend fallen dort zusammen, wo sie jeweils eine Form der Harmonie ermöglichen, die sich in der Psyche des Individuums ebenso auszubilden vermag wie auf dem öffentlichen Schauplatz der Gesellschaft. Die allgemeine Ordnung hängt ab vom moralischen Anspruch der einzelnen Subjekte, die wiederum verpflichtet bleiben, ihre angeborene Fähigkeit zur Tugend im Prozeß der Selbsterziehung zu verfeinern. Neben die Definition des gleichsam natürlichen ‹moral sense› tritt jetzt die Bestimmung der Liebe als Quelle altruistisch-philanthropischer Handlungen. Hatte Schillers erste Rede noch die Balance von Verstand und Empfindung zur entscheidenden Bedingung moralischen Bewußtseins erklärt, so konzentriert sich der Blick nunmehr auf die Dimension des Gefühls, während das rationale Element keine entscheidende Rolle mehr spielt. Tugend, heißt es, finde sich genährt durch die Liebe zur Vollkommenheit, welche die Liebe Gottes zu seinem Werk, dem Menschen, nachahme. Sie avanciert derart zur kosmischen Universalkraft, deren Folge die nach umfassender Harmonie strebende Moralität bildet: «Nicht geringer, als die allwirkende Kraft der Anziehung in der Körperwelt, die Welten um Welten wendet, und Sonnen in ewigen Ketten hält, nicht geringer, sag ich, ist in der Geisterwelt das Band der allgemeinen Liebe. Liebe ist es, die Seelen an Seelen fesselt; Liebe ist es, die den Unendlichen Schöpfer zum endlichen Geschöpfe herunterneigt, das endliche Geschöpf hinaufhebt zum unendlichen Schöpfer (...)» (NA 20, 32). Zum prominenten Sinnbild dieser Ordnungsvision gerät die Metapher der Wesenskette. Es handelt sich um das bereits in Homers *Ilias* (VIII, v. 18 f.) erscheinende Gedankenmotiv der *catena aurea*, das eine gewaltige ideengeschichtliche Karriere von der Antike über die Scholastik des Mittelalters bis zum aufgeklärten 18. Jahrhundert durchläuft. Bleibt die goldene Kette der Geschöpfe bei Homer Zeichen der Macht des Gottes Zeus, an dessen Thron sie geknüpft ist, so gewinnt das Bild im Zeitalter der Vernunft herausragende Bedeutung als Chiffre für den teleologisch geordneten Aufbau des Kosmos. In Alexander Popes *Essay on Man* (1733/34), dem großen Lehrgedicht der englischen Aufklärung, stellt die *Chain of Being* eine Metapher dar, welche die innere Geschlossenheit des Universums und die subtile Steigerung der Vollkommenheit seiner Wesen von der auf unterster Stufe stehenden Ameise bis zum Engel illustriert (I, v. 267 ff.). Der Mensch befindet sich dabei keineswegs an der Spitze der Wesenskette, sondern in einer prekären Stellung zwischen niedrigsten und himmlischen Geschöpfen, die ihn, wie Hallers Lehrgedicht *Über den Ursprung des Übels* (1734) formuliert, «Halb zu der Ewigkeit, halb aber zum Verwesen»[121] bestimmt. Nicht zuletzt ist es seine von der aufgeklärten Anthropologie stets betonte Doppelveranlagung als Sinnes- und Verstandeswesen, die ihm diese Position anweist: weder reinem Instinkt noch bloßem Geist unterworfen, bleibt er durch Triebkräfte und Intelligenz gleichermaßen beherrscht.

Schillers Rede greift das Bild der *Chain of Being* auf und bereichert es um eine Nuance, die sich schon bei Pope angedeutet findet. Der *Essay on Man* hatte den internen Zusammenhalt der Kettenglieder auf das Wirken der Schwerkraft zurückgeführt, welche die Wesen der Schöpfung durch das mechanische Gesetz der Anziehung verbindet. Pope erhöht damit die Gravitation, deren umfassende Bestimmung Newtons *Philosophiae naturalis principia mathematica* (1687) geliefert hatten, zur organischen Universalerscheinung, die es gestattet, die Schöpfung als teleologische Ordnung von innerer Geschlossenheit zu denken. Der Wirkung der Gravitation entspricht Pope zufolge im sozialen Mikrokosmos der Menschenwelt die Macht der Liebe, durch die sich die Individuen verbunden sehen: «Look round our World; behold the chain of Love | Combining all below and all above.» (III, 7 f.) Vor Pope hatte bereits Hutcheson in seiner für die Geschichte der europäischen Moralphilosophie wegweisenden *Inquiry into the Original of our Ideas of Beauty and Virtue* (1725) die Anziehungskraft, die zwischen den Gestirnen wirkt, auf das Gesetz der Sympathie zurückgeführt. In der 1762 veröffentlichten deutschen Übertragung heißt es: «Das allgemeine Wohlwollen gegen alle Menschen können wir mit dem Grundtriebe der Schwere vergleichen, welche sich vielleicht auf alle Körper in dem Weltgebäude erstreckt; allein, allezeit wächst, so wie die Entfernung vermindert wird, und am stärksten ist, wenn Körper einander berühren.»[122] Auch Ferguson hat in seinen *Grundsätzen der Moralphilosophie* das «Gesetz der Schwere» auf das «Gesetz der Geselligkeit»[123] bezogen, freilich aus diesem Hinweis, anders als Pope und Hutcheson, keinen spekulativen Liebesbegriff abgeleitet. Bei ihm ist die Gravitation lediglich das wenig spektakuläre Indiz für die Bedeutung der Koexistenz der Körper bzw. Wesen, die in Natur und Gesellschaft gleichermaßen wirkt. Ob es allgemeine Wohlfahrt oder Schaden befördert, läßt sich, wie Ferguson skeptisch vermerkt, aus dem Prinzip selbst nicht ableiten, weil allein die praktischen Handlungen der Individuen über die Qualität des sozialen Zusammenlebens entscheiden.

Während Fergusons *Grundsätze* zu den zentralen Examensgegenständen gehörten, hat Schiller Hutchesons Schrift vermutlich erst 1779 über

Umwege kennengelernt. Sie liegt den von Abel in diesem Jahr verfaßten Prüfungsthesen über die *Quellen der Achtung und der Liebe* zugrunde, die die Eleven öffentlich verteidigen mußten. Schiller gehörte zwar, da er kurz vor dem Abschluß stand, nicht zu den Respondenten, dürfte Abels Lehrsätze jedoch näher studiert haben; ihre Druckfassung erschien Anfang Dezember 1780 im *Schwäbischen Magazin*, das er regelmäßig zur Kenntnis zu nehmen pflegte. Popes *Essay* wiederum bildete einen Baustein im Pensum von Abels Unterricht der unteren Klassenstufen. Seine eingängige Versform sowie die Klarheit der Diktion empfahlen ihn für die Zwecke einer Einführung in die Grundlagen der aufgeklärten Naturphilosophie. Ähnlich wie die Schriften Popes und Fergusons betrachtet auch Schillers Rede das Gefühl der Zuneigung als diejenige Energie, die die Geschlossenheit der universellen Wesenskette gewährleistet. «Liebe ist der zweite Lebensodem in der Schöpfung; Liebe das grose Band des Zusammenhangs aller denkenden Naturen.» Das Gesetz des Sympathie, das aus der «gränzenlosen Geisterwelt eine Einzige Familie» macht, findet seine Entsprechung im Prinzip der Gravitation, welches die Ordnung der mechanischen Natur begründet (NA 20, 32). Die menschliche Tugend erscheint vor diesem Hintergrund als Element eines philosophischen Konzepts mit umfassendem Anspruch. Durch ihre praktische Anwendung auf das Feld moralischen Handelns bringt sie das Prinzip der Anziehung zur Geltung, das soziale und natürliche, individuelle und kollektive, intelligible wie physikalische Welt zusammenführt. In den lyrischen Texten der *Anthologie auf das Jahr 1782* und der zur selben Zeit verfaßten *Theosophie des Julius* wird Schiller dieses Gedankenmotiv erneut verarbeiten. «Geisterreich und Körperweltgewüle», so heißt es im Gedicht *Die Freundschaft*, «Wälzet Eines Rades Schwung zum Ziele (...)» (NA 1, 110, v. 4f.).

Deutlicher noch als ein Jahr zuvor greift Schiller an mehreren Punkten auf Gedanken Abels zurück. Besonders stark sichtbar wird das im zweiten Abschnitt der Rede, der den Einfluß der Tugend auf die psychische Substanz des Menschen behandelt. Erneut klingt hier ein stoisches Motiv an, wenn es heißt, daß das moralische Gesetz, dem sich ein Individuum unterstellt, notwendig auch gegen die äußeren Widrigkeiten des Lebens wappne, indem es innere Ruhe als Quelle der Gemütssicherheit verschaffe. Fraglos berührt dieser Hinweis das Ideal der Selbstkontrolle, das Schiller später auch im Rahmen seiner klassischen Tragödientheorie hell beleuchten wird: der Mensch bleibt zur Disziplinierung seiner Leidenschaften angehalten, weil wahre Freiheit nur im sittlich begründeten Widerstand gegen die Welt der Triebe gegeben ist. Im Hintergrund steht das stoische Gebot der Gemütsruhe (‹tranquillitas animi›), wie es besonders Marc Aurel und

Seneca betonen. Auf deren Spur gerät Schiller durch Abels Lehre von der Seelenstärke, die dieser erstmals 1777 im Rahmen der Preisrede vortrug. Ähnliche Gedanken vertreten seine Examensthesen des Jahres 1778, welche unter dem Titel *Philosophische Säze über das höchste Gut* einen Rundgang durch die Psychologie des menschlichen Willens und die Anatomie der Affekte unternehmen. Abel grenzt hier die sinnliche Empfindung, die als Triebbedürfnis nach geistiger Kontrolle verlangt, von der moralischen Empfindung ab, deren Aktivierung, wie es im Anschluß an Mendelssohn heißt, Vergnügen durch die Lust am Vollkommenen freisetzt.[124] Der in den Prüfungsthesen auftretende methodische Dualismus zwischen stoischer Willensphilosophie und sensualistischer Morallehre prägt auch Schillers Rede mit großer Deutlichkeit. Die spannungsvollen Formeln der Schlußkadenz, mit der der Text den Bezug zur herzöglichen Favoritin herzustellen sucht, verraten, daß beide Komponenten gleichermaßen zur Geltung gebracht werden sollen: «Irrdische Belohnungen vergehen – – Sterbliche Kronen flattern dahin – die erhabenste [!] Jubellieder verhallen über dem Sarge. – Aber diese Ruhe der Seele, Franziska, diese himmlische Heiterkeit, jezt ausgegossen über Ihr Angesicht, laut laut verkündet sie mir unendliche innere Belohnung der Tugend (...)» (NA 20, 36). Neben die stoische Großmut tritt das Glück der moralischen Empfindung, wie sie Schiller bei Abel, aus der Optik Fergusons, beschrieben fand. Die Schulrede bietet, so zeigt sich, nicht nur das Indiz für die sichere Beherrschung des rhetorischen Handwerkszeugs, sondern auch eine Demonstration philosophischer Kenntnisse, deren innere Spannungen freilich kaum ausbalanciert werden.

Zur öffentlichen Bewährung in der Rolle des Redners tritt während der letzten beiden Akademiejahre das Theaterspiel. Trotz seines starken Ehrgeizes war Schiller hier geringerer Erfolg beschieden; während er als Rhetor durch Pathos beeindruckte, scheint er als Akteur den Bogen überspannt und die Zuschauer durch exzentrische Manierismen verschreckt zu haben. Das herzögliche Institut folgte dem Vorbild der frühneuzeitlichen Jesuitenschulen und Gymnasien, wenn es das Bühnenspiel der Eleven förderte. Die Aufgabe des humanistischen Laientheaters, dessen Tradition bis ins späte Mittelalter zurückreicht, bestand wesentlich darin, auf möglichst eingängige und unterhaltsame Weise Kenntnisse über antike Mythen, Autoren des Altertums, Geschichte und Religion zu vermitteln. Für die Jesuiten bildete daneben die gegenreformatorische Glaubenspropaganda, die durch die Darstellung von Heiligenviten und Ketzerbiographien umgesetzt wurde, ein wesentliches Ziel des Bühnenbetriebs. Ein übergreifender pädagogischer Zweck blieb jedoch stets die Verbesserung der Sprachsicherheit, zu der nach den Vorgaben Ciceros und Quintilians auch die Übung des Gedächtnisses (*memoria*) bzw. der Vorführungstechnik (*actio*, *pronuntiatio*) gehörten.

Die herzögliche Akademie unterstützte gemäß diesem Muster das Theaterspiel der Eleven, weil es als Bestandteil des Redeunterrichts galt. Aufgeführt wurden gemeinschaftlich verfaßte Stücke zumeist allegorischen Charakters, zu denen musikalische Intermezzi traten. Sofern die Texte nicht frei erfunden waren, entstammten ihre Stoffe bevorzugt der antiken Mythologie und Geschichte; gelegentlich wurden Idyllen oder Schäferspiele verfaßt, deren Handlung sich in einem imaginären Arkadien ohne scharf ausgeleuchteten historischen Hintergrund ansiedelte. Zu den beliebtesten Modellen gehörten moralische Darstellungen, die Personifikationen der Tugend im Kampf gegen die lasterhaften Verführungen der Welt in Szene setzten. Auf solcher Grundlage wurden die Festspiele erarbeitet, die man zu den Geburtstagen des Herzogs bzw. Franziskas in den Dekorationen der Kunstschüler aufführte.[125] Da man die Schreibfertigkeiten der Eleven zu fördern suchte, fanden Dramen fremder Autoren in der Regel keine Berücksichtigung. So blieb es durchaus ungewöhnlich, daß man am 11. Februar 1780 zu Ehren Carl Eugens auf Schillers Initiative eine Aufführung von Goethes *Clavigo* zeigen durfte. Das Stück war erst wenige Jahre zuvor in Stuttgart durch eine professionelle Schauspieltruppe inszeniert worden. Seine Liebesthematik empfahl es nach den strengen Maßstäben der Akademie kaum für eine Präsentation vor Heranwachsenden; um so ungewöhnlicher blieb, daß der Herzog anläßlich seines Geburtstags die Aufführung gestattete. Mit der ihm eigenen Energie sicherte sich Schiller die Titelrolle, obgleich seine darstellerischen Talente begrenzt waren. Der Bericht des Mitschülers Petersen spart nicht mit krassen Charakterisierungen, die das Desaster andeuten, das sich hier auf der Bühne vollzog: «Was rührend und feierlich sein sollte, war kreischend oder strotzend und pochend; Innigkeit und Leidenschaft drückte er durch Brüllen, Schnauben und Stampfen aus, kurz, sein ganzes Spiel war die unvollkommenste Ungebärdigkeit, bald zurückstoßend, bald lachenerregend.»[126] Daß seine Sprache «kreischend, unangenehm» war, betont auch Scharffenstein: «Er konnte sie ebensowenig beherrschen, als Affekt seiner Gesichtszüge; dieses hätte Schiller immer gehindert, ein erträglicher Schauspieler zu werden.»[127] Zu ähnlichen Einschätzungen gelangen zahlreiche Kommilitonen. Der Kunstschüler Victor Peter Heideloff berichtet über eine Lesung aus dem *Räuber*-Manuskript, die vermutlich im Frühjahr 1780 stattfand, Schiller habe durch den «Ausbruch seines Affekts» die Zuhörer in «Bestürzung» versetzt.[128] Auch in späteren Jahren nahmen Freunde diese Neigung zum pathetisch-outrierten Rezitationsstil an ihm wahr. Sie ist Ausdruck eines angespannten Darstellungswillens, der freilich jenseits der geschriebenen Sprache keine zureichenden Mittel fand, um sich Bahn zu brechen.

Bildungshorizonte. Philosophieunterricht an der Karlsschule

Die Geburtstagsreden des Eleven spiegeln, wenngleich im Rahmen eines festgelegten rhetorischen Konzepts, philosophische Ambitionen wider, die durch die Vorlesungen an der Akademie gefördert wurden. Der diesbezügliche Fachunterricht stellte 1773, als man Schiller aufnahm, noch die Domäne der Philologen dar. Der ehrgeizige Jahn versah neben den altsprachlichen Lektionen auch die Ausbildung auf dem Gebiet der theoretischen ‹Weltweisheit›. Sie umfaßte acht Wochenstunden, in denen auf der Grundlage von Christian Wolffs lateinischen Kompendien Definitionen über Gegenstände der Logik, Ontologie und Metaphysik erlernt wurden. Da die Auseinandersetzung mit den Meisterdenkern der griechisch-römischen Antike den Sprachlektionen vorbehalten blieb, wo man Aristoteles, Platon, Cicero, Seneca oder Marc Aurel las, konzentrierte sich Jahns philosophischer Kurs auf die Einübung von Denkmethoden und allgemeinen intellektuellen Fertigkeiten. Das schloß bei ihm den Anspruch ein, den Schülern das Handwerkszeug für eine selbständig entwickelte Verstandeskultur zu vermitteln, das es ihnen gestatten sollte, eigene Urteile begründet vorzutragen.[129] Die philosophischen Fachlektionen bildeten unter diesem Gesichtspunkt auch ein Propädeutikum für andere Disziplinen und verschafften fundamentale Einblicke in wissenschaftliche Arbeitsformen.

Anstelle von Jahn, der das Kollegium der Akademie im Dezember 1774 verlassen hatte, übernahm der erst 23jährige Dozent Jakob Friedrich Abel die beherrschende Rolle bei der Neugestaltung des Philosophieunterrichts. Abel war bereits im November 1772 als vierter Professor an die Karlsschule berufen worden, nachdem er kurz zuvor in Tübingen seinen Magistergrad erworben hatte. Der Herzog folgte konsequent dem Grundsatz, junge Dozenten für die Akademie abzustellen, weil er sein Institut mit Hilfe unverbrauchter Denker aufbauen und sich derart von der zwar renommierten, aber auch konservativ-verstaubten Tübinger Landesuniversität abgrenzen wollte. Lehrer wie der 1752 geborene Historiker Johann Gottlieb Schott, der annähernd gleichaltrige Gräzist Nast und der zwei Jahre jüngere Philologe Friedrich Ferdinand Drück vermochten die Schüler durch das jugendliche Temperament, mit dem sie sich von den vertrockneten Gelehrten ihrer Zunft abhoben, für ihr Fach zu gewinnen. Der hochbegabte

Abel hatte zunächst die Klosterschule in Denkendorf und, ab 1766, das Kandidatenseminar in Maulbronn besucht; 1768 wechselte er ins Tübinger Stift, wo er 1770 das Magisterexamen ablegte und zum Theologiestudium an die beigegliederte Universität überwechselte. Einen wichtigen Anteil machte hier das philosophische Fach aus, das von dem 1716 geborenen Gottfried Ploucquet und dem 23 Jahre jüngeren August Friedrich Böck beherrscht wurde. Als geschworene Adepten Bilfingers, bei dem beide ihre Examina absolviert hatten, folgten sie konsequent der durch Christian Wolff entwickelten Schulphilosophie. Wolffs Lehrgebäude, das seit 1703 im akademischen Unterricht an den Universitäten Leipzig, Halle und Marburg erprobt worden war, stellte die verbindliche Grundlage für das methodische Selbstverständnis der deutschen Frühaufklärung dar. Seine zentralen Elemente bildeten der cartesianische Rationalismus und Leibniz' optimistische Metaphysik mit ihrer vom Vertrauen in die Vollkommenheit der Schöpfung getragenen Botschaft der Theodizee. Im Hintergrund stand dabei die Vermutung, daß das moderne mathematisch-naturwissenschaftliche Denken, dem Descartes durch den *Discours de la méthode* (1637) und die *Meditationes* (1641) ein neues logisches Fundament verschafft hatte, mit der traditionellen christlichen Offenbarungslehre unter dem noch unbeschädigten Dach einer metaphysischen Weltkonstruktion zu verbinden sei. In den mehr als fünf Jahrzehnten seiner publizistischen Tätigkeit bearbeitete Wolff eine enzyklopädische Zahl von Themenfeldern, zu denen Politik, Ethik, Rechts- und Moralphilosophie, Psychologie, Metaphysik, Logik, Mathematik und Naturwissenschaft gehörten. Seine deduktiv ausgerichtete Denkmethode hatte er in der *Deutschen Logik* von 1712 grundlegend entwickelt und exemplarisch vorgeführt. Ihr Prinzip bestand darin, sämtliche Erscheinungen des natürlichen, geistigen und sozialen Lebenszusammenhangs innerhalb folgerichtiger Beweisgänge so zu definieren, daß sie widerspruchsfrei erfaßt und nach den Gesetzen der Ratio sinnvoll aufeinander bezogen werden konnten. Diese Methode der ‹demonstrativischen Vernunftschlüsse› begründete Wolffs gesamtes Lehrgebäude; in seiner verstandesgestützten Ordnung spiegelte sich idealiter die Vollkommenheit einer von Gott unübertroffen eingerichteten Welt.

Das Wolffianische Unterrichtssystem besaß an den meisten deutschen Universitäten mit Ausnahme des für modernere Innovationen offenen Göttingen bis über die Jahrhundertmitte hinaus relativ unangefochtene Autorität. So galt auch bei Ploucquet und Böck in Tübingen der Rationalismus als methodisches Lehrgefüge, zu dem es keine Alternative gab. Für den jungen Studenten Abel bot es freilich kaum mehr als eine propädeutische Grundlage, von der er sich bald abzusetzen suchte. Frühzeitig entwikkelte er jenseits des üblichen Paukbetriebs, der sich auf das Auswendiglernen von Definitionen und Beweisformen beschränkte, Interesse an aktuellen Tendenzen der Moralphilosophie, des Empirismus und der Erfahrungsseelenkunde. Schon in der Denkendorfer Klosterschule war Abel auf psychologische Fragestellungen gestoßen, die ihn fortan in den Bann schlugen. Die Rolle des Vermittlers versah hier Balthasar Sprenger, der als Professor für Philosophie auch ein Kolleg über empirische Psychologie hielt.[130] Durch den 27 Jahre Älteren, der ein Freund seines Vaters war, lernte Abel die Schriften von Charles Bonnet (zumal die von Lavater übertragene *Philosophische Palingenesie*, 1769/70) und Johann George Sulzers psychologische Aufsätze kennen. Wichtig wurde für ihn vornehmlich Sulzers Projekt einer ‹Experimentalphysik der Seele›, das dieser in einer Serie von Essays seit Beginn der 50er Jahre dargestellt hatte. Es zeigte exemplarisch die methodischen Möglichkeiten der neuen Erfahrungswissenschaft, die sich von den Beweiszwängen der Wolffschen Psychologie löste und den unregelmäßigen Prozessen menschlicher Bewußtseinsproduktion verstärkte Aufmerksamkeit schenkte.

Daß auch Leibniz' Werk zum Studienprogramm des ehrgeizigen Tübinger Theologiestudenten zählte, betont Abel selbst in seiner umfänglichen, jedoch nie veröffentlichten Autobiographie.[131] Hinzu trat die Lektüre der Arbeiten Mendelssohns (zumal des *Phädon*) und Thomas Abbts (*Vom Verdienste*, 1765), die ihm den Weg zur Auseinandersetzung mit einer vom Gängelband des Rationalismus befreiten, gleichwohl an metaphysische Prämissen gebundenen Moralphilosophie vorzeichneten (auf beide Autoren wird auch Schiller zurückgreifen). Ästhetische Fragen, die im philosophischen Teil des Theologiestudiums ausgespart wurden, verfolgte er im Rahmen privater Lektüre; er las Charles Batteux' *Les Beaux Arts réduits à un même principe* (1746), deren deutsche Übersetzung Johann Adolf Schlegel 1751 vorlegte, Edmund Burkes *Philosophical Enquiry into the Origin of our Ideas of the Sublime and Beautiful* (1757), Henry Homes *Elements of Criticism* (1762, dt. 1763–66), Friedrich Just Riedels *Theorie der schönen Künste und Wissenschaften* (1767), ferner die Lexikonartikel aus Sulzers *Allgemeiner Theorie der schönen Künste*, die zwischen 1771 und 1774 in vier Bänden veröffentlicht wurde. Betrachtet man diese Liste, wie sie Abels Lebensbericht überliefert,[132] so fällt auf, daß es sich durchgängig um Texte handelt, die auch Schiller später in Fragen der Ästhetik konsultiert hat. Ihre Kenntnis vermittelte sich durch Abels Unterricht, der, anders als die Vorlesungen des üblichen universitären Philosophiebetriebs, eine intensive Auseinandersetzung mit Problemen der modernen Kunsttheorie einschloß. Wie sehr sich Schiller den Kanon des Lehrers zu eigen machte, verrät ein Brief vom 9. Dezember 1782, in dem er den Meininger Bibliothekar Reinwald um die Übersendung der ästhetischen Abhandlungen Batteux' (in Ramlers Übersetzung), Homes und Sulzers bittet (NA 23, 56).

Im November 1772 trat Abel gemeinsam mit dem gleichaltrigen Schott und dem ein Jahr älteren Altertumswissenschaftler Christian Friedrich Kielmann sein Amt auf der Solitude an. Nach der Studienzeit, die er in klösterlich-einfachen Lebensverhältnissen zugebracht hatte, bedeutete der Einzug in die frisch renovierten Zimmer des für die Lehrkräfte vorgesehenen Pavillons den Sprung in eine bisher ungekannte Welt. Das anfängliche Jahressalär von 450 Gulden war für einen Junggesellen passabel, zumal Wohnung und Mahlzeiten auf Kosten des Herzogs gingen; eine Familie ließ sich damit jedoch kaum ernähren, was zur Folge hatte, daß die Akademie ältere Dozenten mit Heiratsplänen nicht mehr an sich zu binden vermochte.[133] Neben dem Unterricht, den er zunächst auch in den Elementardisziplinen der niedrigen Klassen abhalten muß, ist Abel mit der Ausarbeitung eines Reformvorschlags für die Gestaltung des Fachs befaßt. Am 13. Dezember 1773 legt er Carl Eugen seinen *Entwurf zu einer Generalwissenschaft* als Skizze einer *Philosophie des gesunden Verstandes zur Bildung des Geschmacks, des Herzens und der Vernunft* vor.[134] Das Programm scheint durch Distanz gegenüber den großen Systemgebäuden des Rationalismus gekennzeichnet. Auffällig setzt es auf die Methode der Induktion, der exemplarischen Vergegenständlichung der «Geschichte» durch «auserlesene Geschichten».[135] Seine propädeutische Funktion, die ihm den Status der Generalwissenschaft sichern soll, gewinnt das philosophische Fach nach Abels Meinung dann, wenn es anhand konkreter Gegenstände, ausgehend von den Materialien der Erfahrung, Erkenntnisse vermittelt, die zugleich die Aneignung von Schlüsselqualifikationen in den Bereichen der Logik, Metaphysik und Naturwissenschaft ermöglichen. Dieses Verfahren folgt der empiristischen Tradition, wie sie am Ende des 17. Jahrhunderts in Deutschland Christian Thomasius eröffnet hatte. Nicht die vom Wolffianismus bevorzugte Technik des deduktiven Beweises, sondern die am anschaulichen Erfahrungswissen orientierte, beobachtungsgestützte Induktion wird zur zentralen wissenschaftlichen Methode des philosophischen Unterrichts erklärt. Abel wendet sich damit auch gegen seinen Tübinger Lehrer Ploucquet, dessen rationalistische Logik in seinen eigenen Vorlesungen zunehmend von empirischen Ansätzen verdrängt wurde.

Schon nach kurzer Lehrtätigkeit steigt Abel am Anfang des Schuljahrs 1773/1774 zum Philosophieprofessor mit reinem Fachdeputat ohne weitere Verpflichtungen im Bereich des Elementarunterrichts auf. Als offiziellen Nachfolger Jahns ernennt der Herzog im Dezember 1774 jedoch August Friedrich Böck, bei dem Abel in Tübingen selbst studiert hatte. Zu den wesentlichen Initiativen Böcks gehört die Einführung des Disputationswesens mit seiner festen Ordnung von Respondenten und Opponenten, die die von den Lehrern vorgelegten Thesen nach jeweils zugeteilter Rolle öffentlich verteidigen bzw. kritisieren mußten. Die von Abels Entwurf vollzogene Ausweitung des philosophischen Fachs schlug sich jetzt in der Ausdehnung des Pensums auf 15 Wochenstunden nieder. Für Böck rechtfertigte sich der exponierte Status seines Fachs noch primär aus der strengen Orientierung an der logisch-deduktiven Methodik des Wolffianismus, während ihn Fragen der Psychologie und Ästhetik nicht näher beschäftigten. Im Schuljahr 1775/76 hört Schiller bei Böck, scheint seinen Lektionen aber ohne sonderliche Begeisterung gefolgt zu sein. Um die von Jahn nur am Rande behandelten Methodenlehren zu vermitteln, wurde ein von Ploucquet verfaßtes Lehrbuch der Logik zugrunde gelegt, das die Eleven unter die Schraubzwingen eines rationalistischen Ordnungssystems nötigte. Die Erfahrungen, die die Schüler hier sammelten, dürften dem entsprochen haben, was Mephisto in Goethes *Faust* als Wirkung des ‹Collegium Logicum› bezeichnet: «Da wird der Geist Euch wohl dressiert, | In Spanische Stiefeln eingeschnürt, | Daß er bedächtiger so fortan | Hinschleiche die Gedankenbahn | Und nicht etwa, die Kreuz und Quer, | Irrlichteliere hin und her.» (v. 1912 ff.)

Im Frühjahr 1776 kehrt Böck auf seine frühere Tübinger Professur zurück. Trotz seiner abweichenden methodischen Grundsätze scheint er sich mit Abel gut arrangiert zu haben. Davon zeugt die gemeinsame Bemühung um die Etablierung eines pädagogischen Konzepts, aber auch die konkurrenzfreie Arbeitsteilung, die man im Interesse eines möglichst umfassenden Unterrichtsangebots vollzog. Während der folgenden zwölf Monate versah Abel die Lektionen in sämtlichen Klassenstufen allein. Logik und Metaphysik traten jetzt zugunsten von praktischer Moralphilosophie und Ideengeschichte in den Hintergrund. Aufgrund des großen Gewichts, das das Fach nunmehr besaß, wuchs Abels interner Einfluß. Die Versetzung der Schüler, ihre Einstufung im gesamten Leistungsgefüge und die Begutachtung nach den Abschlußprüfungen hingen verstärkt von seinen Voten ab. Abels Position war jedoch nicht unumstritten. Ploucquet, der seit 1775 als Beisitzer und Prüfer an den Jahresexamina teilnahm, kritisierte im Dezember 1777 in einem Schreiben an den Herzog die mangelhaften Metaphysik-Kenntnisse der Eleven und verband damit einen deutlichen Tadel am Aufbau des geltenden Unterrichtsprogramms. Da auch Carl Eugen

Abels undogmatischem Empirismus argwöhnisch gegenüberstand, berief er Ploucquet mit Beginn des Schuljahrs 1778 von der Tübinger Universität an die Akademie. Das Experiment mit dem neuen Dozenten scheiterte freilich, weil Ploucquets didaktische Methode bei den Schülern auf massiven Widerstand stieß. Er las nach seinem eigenen Lehrbuch (*Institutiones philosophiae theoreticae*), was wenig zu einem spannenden Vortragsstil beigetragen haben dürfte. Im Kontrast zu den jüngeren Dozenten wirkte der 60jährige Ploucquet intellektuell ausgebrannt, pedantisch und uninspiriert. Der Versuch des Herzogs, Abel zu entmachten, verärgerte nicht zuletzt das ihm gewogene Kollegium. Vornehmlich die Mediziner, an der Spitze der für theoretische Fragen aufgeschlossene Johann Friedrich Consbruch, sahen in ihm einen anregenden Gesprächspartner, mit dem sie das Interesse an Fragen der empirischen Psychologie und modernen Anthropologie teilten.[136] Der ungehobelt und selbstgefällig auftretende Ploucquet fand hingegen im Kreis der jungen Dozenten keine Resonanz; die Uhr des von ihm dogmatisch verfochtenen Wolffianismus war längst abgelaufen. Nachdem er auch den Herzog durch seinen Starrsinn mehrfach verärgert hatte, fiel er in Ungnade: im beiderseitigen Einvernehmen wechselte Ploucquet Ende des Jahres 1778 wieder auf seinen Lehrstuhl an der Universität Tübingen.

Ab Januar 1779 übernahm es Ploucquets Schüler Johann Christoph Schwab, die Fächer Logik und Metaphysik im Vorlesungsbetrieb zu vermitteln. Der 1743 geborene Schwab erlangte spät Berühmtheit, nachdem ihm die Berliner Akademie der Wissenschaften 1796 den Preis für eine gegen die Transzendentalphilosophie Kants gerichtete Abhandlung über die Fortschritte auf dem Gebiet der Metaphysik zuerkannt hatte. Mit der Berufung des unprätentiös auftretenden Kollegen ergab sich für Abel die Möglichkeit, seinen eigenen Fachinteressen ungehindert zu folgen. Daß diese Arbeitsteilung gut funktionierte, verraten seine Memoiren, wo es nüchtern heißt: «Schiller hörte bei Prof. Schwab, dem berühmten Gegner Kants und Reinholds und Verfasser mehrerer Preisschriften, Logik, Metaphysik und Geschichte der Philosophie, bei mir Psychologie, Ästhetik, Geschichte der Menschheit und Moral.» (NA 42, 10) Seit Ostern 1776 hielt Abel die Philosophielektionen für die Medizinstudenten ab. Schiller hat seine Veranstaltungen bis zum Ende des Schuljahres 1777 besucht. 1778 war das Fach auf seinem Lehrplan nicht vertreten, weil die medizinischen Teildisziplinen in dieser Studienphase besondere Aufmerksamkeit beanspruchten (Ploucquet konnte er mithin als Lehrer nicht persönlich erleben). 1779 nahm er an Schwabs Kurs teil, 1780 zählte er nochmals zu den Hörern von Abels Psychologievorlesung, die er auch deshalb besuchte, weil er von ihr Impulse für die Arbeit an der zeitgleich entstehenden letzten Dissertation erwartete.

Die 15 Wochenstunden, die das Curriculum dem philosophischen Fach einräumte, legten das Fundament für eine auch nach den Maßstäben des zeitgenössischen Universitätssystems glänzende Ausbildung. Noch in der Zeit der Kant-Studien, zu Beginn der 90er Jahre, zehrt Schiller, wie er dankbar bekennt, von der Substanz, die ihm Abels Unterricht verschaffte. Daß weniger die eigene Lektüre als die Erinnerung an den Vorlesungsstoff sein philosophisches Wissen bestimme, betont er im April 1788 in einem Brief an Körner (NA 25, 40). Betrachtet man das Pensum, das in den beiden Jahren zwischen 1776 und 1777 absolviert wurde, ein wenig genauer, so ergeben sich vier methodische Schwerpunkte: sensualistische Moralphilosophie, Empirismus, Materialismus und Psychologie; hinzu kam die Erörterung von ausgewählten Problemen der Ästhetik und der Religionsgeschichte. Auffällig ist, daß moderne Autoren im Vordergrund stehen, während die Auseinandersetzung mit der Denkkultur der Antike auf die philologischen Fächer beschränkt blieb, sofern diese sich für theoretische Fragen offen zeigten. Große Bedeutung maß Abel nur der Philosophie Ciceros bei, über deren Pflichtenlehre (*De officiis*) er eine Vorlesung hielt. Wie stark Ciceros praktische Ethik auf seine eigene Moralkonzeption abfärbt, zeigt vor allem die Theorie der Seelenstärke, die die Jahresabschlußrede vom Dezember 1778 umreißt. Das Ideal des disziplinierten Weisen, der die Leidenschaften in Zaum zu halten versteht, entspricht recht genau dem Ciceronischen *Humanitas*-Gedanken, demzufolge der Mensch zur Beherrschung seiner Triebe aufgefordert bleibt.

Starkes Gewicht besaß in Abels Unterricht das Feld der britischen Moralphilosophie. Mit Sicherheit hat Schiller Fergusons *Institutes of Moral Philosophy* von 1769 in der 1772 vorgelegten Übersetzung Garves studiert. Wie bedeutsam ihre eudämonistische Lehre der menschlichen Zufriedenheit als Fundamentaltheorie sittlichen Handelns für ihn ist, verrät neben der zweiten Geburtstagsrede für Franziska von Hohenheim auch die letzte der medizinischen Dissertationen aus dem Jahr 1780, die auf Fergusons Auffassung der Geselligkeit als Beispiel für das Zusammenwirken von Körper- und Geisterwelt Bezug nimmt. Daß Schiller durch Fergusons Lehre stark ‹angezogen› worden sei, bestätigen Abels Erinnerungen.[137] Größere Aufmerksamkeit fanden in diesem Rahmen auch Garves umfangreiche Kommentare zur deutschen Übersetzung der *Institutes*, die sich nicht auf reine Erläuterungen beschrankten, sondern den Charakter einer selbständigen Abhandlung über Anthropologie, Morallehre und Entwicklungsgeschichte annahmen. Garve, der nach einem kurzen Intermezzo an der Leipziger Universität seit 1772 als Privatgelehrter in Breslau lebte, hatte sich durch seine in Felix Christian Weißes *Neuer Bibliothek der schönen Wissenschaften und der freyen Künste* veröffentlichten Aufsätze zu Fragen der praktischen Philosophie, Psychologie und Literaturgeschichte beim gebildeten Publikum rasch einen Namen gemacht. Neben Fergusons *Institutes* übertrug er später so unterschiedliche Werke wie Ciceros *De officiis*, Edmund Burkes *Philosophical Enquiry* (1757) und Adam Smith' *Enquiry into the Nature and Causes of the Wealth of Nations* (1776) ins Deutsche. Schillers dritte Dissertation greift ausdrücklich auf die entwicklungsphilosophischen Überlegungen zurück, die Garves Kommentar zu Fergusons Morallehre vorträgt. Im Grundsatz beschreiben sie ein Modell, von dem 15 Jahre später auch die Briefe *Ueber die ästhetische Erziehung* ausgehen (um es dann jedoch punktuell abzuändern): humane Zivilisation wird hier begriffen als Produkt einer Sublimierungsgeschichte, deren Logik sich in den Stationen der individuellen Reifung vom Stadium der Kindheit zum Status des Erwachsenen widerspiegelt. Sittliche Kultur bildet das Resultat einer fortschreitenden Verfeinerung menschlicher Bedürfnisse, die durch die Vervollkommnung von Ackerbau, Handel, Verkehr, Wissenschaft und Technik herbeigeführt wird. Weil das Individuum, wie Garve anmerkt, zunehmend bessere Mittel zur Erhaltung seiner Art besitzt, besinnt es sich auf seine geistigen Interessen und moralischen Fertigkeiten.[138] Schiller hat Garves subtiles Urteilsvermögen und seinen Sinn für kulturgeschichtliche Fragen auch in späteren Jahren geschätzt. Als er sich im Sommer 1794 auf die Suche nach geeigneten Beiträgern für die frisch gegründeten *Horen* begibt, gehört der Breslauer Gelehrte rasch zum engsten Kreis der ausgewählten Autoren.

Auch Francis Hutchesons *System of Moral Philosophy* (1755) war im Unterricht gegenwärtig, wurde jedoch weniger stark als Fergusons *Institutes* gewichtet. Ob Schiller Hutchesons *Inquiry into the Original of our Ideas of Beauty and Virtue* (1725), die in einzelnen Punkten die Liebesphilosophie der zweiten Karlsschulrede beeinflußt hat, genauer las, läßt sich nicht mehr erschließen. Vermutlich hat er die für seinen Festbeitrag leitenden Passagen nur oberflächlich zur Kenntnis genommen, wobei die Abelschen Prüfungsthesen des Jahres 1779 den Anstoß gaben. Solche Anregungen durch die Examenssätze sind grundsätzlich in Rechnung zu stellen, da der Lehrer seine Vorlagen stets unter Bezug auf besondere Quellenschriften formulierte. Die gründliche Vorbereitung der Prüfungen verlangte notwendig, daß man die Originaltexte heranzog und die betreffenden Stellen genauer konsultierte. Auf diese Weise erschlossen sich den Eleven selbst solche Werke, die im Unterricht keinen zentralen Platz behaupteten. Kursorisch hat sich Schiller auch mit Shaftesburys *The Moralists* (1705) befaßt, die er 1788 auf Rat Herders nochmals vertiefend studieren wird. Daß Abel diese Gründungsschrift der sensualistischen Moralphilosophie im Unterricht behandelte, steht zu vermuten, da sie durch ihre locker verfugte Gesprächsstruktur auch theoretisch nicht geschulten Lesern leicht zugänglich blieb. Schillers *Anthologie*-Gedichte von 1782 verraten an einigen Punkten den Einfluß Shaftesburys (das gilt vor allem für die experimentelle Form der Auseinandersetzung mit dem Problem der Theodizee, wie sie *Die Pest* versucht). Die gründliche Lektüre der *Moralists*, die 1747 durch den aufgeklärten Theologen Johann Joachim Spalding ins Deutsche übertragen wurden, ist jedoch erst für den Sommer 1788 belegt, als Schiller sich im Rahmen der Arbeit an seinem Drama *Der versöhnte Menschenfeind* intensiver mit den psychologischen Hintergründen des Skeptizismus befaßte.

Bereits am methodischen Credo des generalwissenschaftlichen Entwurfs von 1773 ist abzulesen, welche große Bedeutung der englische Empirismus in Abels Lehrangebot gewinnen würde. Die Daten der Erfahrung bilden für ihn den Ursprungsort der philosophischen Reflexion. Deren Weg muß induktiv verlaufen, ausgehend von den konkreten Beobachtungen eines wachen und unvoreingenommenen Betrachters. Das maßgebliche Muster für die empirische Fundierung der Erkenntnislehre liefert John Locke mit seinem gegen den cartesianischen Begriffs- und Urteilsrationalismus gerichteten *Essay Concerning Human Understanding* (1690, dt. 1757). Sein tragendes Element bildet die Einsicht, daß menschliche Wahrnehmung («sensation») und Gedankentätigkeit («reflection») gleichermaßen auf die Welt der Erfahrung zurückgeführt werden müssen. Während Descartes vom Modell der angeborenen Ideen («ideae innatae») ausging, denkt Locke den menschlichen Sinnes- und Verstandesapparat als System, das sich allein durch äußere Eindrücke arbeitsfähig hält. Zwar bleibt die Erkenntnistheorie darauf angewiesen, mit Hilfskonstruktionen zu operieren, die es uns erlauben, den Abstand zwischen empirischer Wirklichkeit und Bewußtsein zu überbrücken – bei Kant später das «Ding an sich» –, jedoch besteht für Locke kein Zweifel, daß auch die Reflexionstätigkeit des Menschen letzthin aus den Daten der Erfahrung abgeleitet werden müsse. Durch Abels Vorlesung gewinnt Schiller erste Einblicke in Grundzüge des Lockeschen *Essay* von 1690. Am 18. August 1787 teilt er dem Freund Körner aus Weimar mit, er habe in der gut sortierten Hofbibliothek eine französische Übersetzung der Schrift entliehen – vermutlich Pierre Costes Übertragung aus dem Jahr 1700 –, die er nun gründlicher lesen werde (NA 24, 134, 370).

Weiter als die Auseinandersetzung mit Locke reichte zur Karlsschulzeit das Studium David Humes. Wesentlichen Einfluß auf Schillers spätere Beschäftigung mit dem Skeptizismus nimmt dessen Kritik der Metaphysik, wie sie die *Enquiry Concerning Human Understanding* von 1748 vorträgt. Auf den 17jährigen Schüler dürfte die Lektüre Humes ähnlich gewirkt haben wie auf Kant, der in der Vorrede zur *Kritik der reinen Vernunft* (1781) erklärte, die Schriften des Engländers hätten ihn aus seinem dogmatischen Dämmerzustand geweckt und für die wahren Probleme der Erkenntnis sensibilisiert. Humes entschiedenes Votum gegen jeglichen Versuch, das dem Verstand nicht sofort Erklärbare auf übersinnliche Kategorien zurückzuführen, begründet beim Eleven Schiller ein kritisches Verhältnis zu religiösen Fragen. Die pietistische Frömmigkeit, die das Denken des Lateinschülers geprägt hatte, wird Ende der 70er Jahre von zunehmenden Zweifeln an der moralischen Substanz der christlichen Lehre verdrängt. Zwar hält Schillers Jugendphilosophie an metaphysischen Optionen fest, jedoch lassen sie sich nicht mehr aus konfessionellen Grundsätzen ableiten. Genährt werden seine Vorbehalte auch durch die Begegnung mit Humes kühl räsonierender Schrift *The Natural History of Religion* (1757). Die psychologisch fundierte Abhandlung über die Ursachen des Glaubens beeinflußt Schillers spätere Kritik eines dogmatisch verhärteten Christentums auf maßgebliche Weise. Humes Überzeugung, daß religiöse Gesinnungen in unterschiedlichen Abstufungen auf emotionale Beweggründe wie Furcht, Sehnsucht oder Hoffnung zurückgehen, hat er zumal in seinem Gedicht *Resignation* aufgegriffen, das Ende 1784 in Mannheim entstand.

Wenn Abels Unterricht dem Empirismus besondere Bedeutung einräumte, so entsprach das dessen Rang als die Grenzen der Disziplinen überschreitendes wissenschaftliches Verfahren. Seine Methodik beherrschte das gelehrte Denken der gesamten Epoche zwischen 1680 und 1780. Die Experimentalphysik von Newton bis zu Lichtenberg und Coulomb, Lavoisiers Arbeiten zur modernen Chemie, Boerhaaves und Sydenhams empirische Medizin, die astronomischen Forschungen Halleys, Herschels und Laplace', die von Haller, Brendel und Unzer vertretene moderne Nervenphysiologie, die Erfahrungsseelenkunde eines Sulzer, Meiners und Moritz repräsentieren diese Strömung auf beispielhafte Weise. Es bekundete den Sinn für zeitgemäße Herausforderungen, wenn Abel sich im Zusammenhang seines philosophischen Pensums stets auch Grenzfragen jenseits der reinen Fachdisziplin zuwandte. Abweichend vom strikten Kanon der schulphilosophisch ausgerichteten Tübinger Kreise um Ploucquet wagte er sich zudem in die Gefilde des Materialismus vor. Seine Auseinandersetzung mit dessen Theorien, die in Deutschland zumeist wirkungslos blieben, schien von Vorurteilslosigkeit und punktueller Sympathie getragen.[139] Die materialistische Naturlehre, wie sie durch Julien Offray de La Mettries *L'homme machine* (1748) und Claude-Adrien Helvétius' *De l'esprit* (1758) sowie *De l'homme* (1773) repräsentiert wird, stellt die Unabhängigkeit des menschlichen Geistes, mit ihr die Möglichkeit einer aus metaphysischen Prinzipien abgeleiteten Moraltheorie grundlegend in Frage. Ausgehend von den Erkenntnissen des Sensualismus bzw. Empirismus wird der Mensch beschrieben als von Trieben, unbewußten Regungen, Leidenschaften und Ehrgeiz gesteuertes Wesen, dessen intellektuelle Autonomie einzig darin besteht, daß sein Geist die es beherrschenden sinnlichen Regungen zu kontrollieren vermag. Solche Kontrolle ermöglicht wiederum die Bildung eines gerechten sozialen Gemeinwesens, das sich nicht der praktischen Anwendung sittlicher Prinzipien verdankt, sondern durch das freie Zusammenspiel der egoistischen Absichten gesellschaftlich handelnder Individuen entsteht. Der Systemrationalismus dieses Modells beruht darin, daß seine Ordnung gleichsam die Summe der zunächst isolierten Privatinteressen darstellt, die in einem übergreifenden Gebilde verknüpft werden. Moralisches Engagement findet sich nach den Überzeugungen des Materialismus nur dort ermöglicht, wo es mit persönlicher Interessensicherung zur Deckung kommen kann. Die illusionslose Nüchternheit, in der La Mettrie und Helvétius die praktische Sittlichkeit des Menschen aus seinem egoistischen Trieb nach Bedürfnisbefriedigung ableiten, stieß bei deutschen Philosophen auf breiten Widerstand. Nicht zuletzt waren es die skeptische Anthropologie und die von antiklerikalen Tendenzen begleitete Verwerfung der christlichen Metaphysik, die den Materialismus in den Verdacht des Immoralismus brachten.

Schiller hat sich, angeregt durch Abel, vor allem mit Helvétius' nachgelassener Schrift *De l'homme* befaßt, die 1774, bereits ein Jahr nach ihrer Publikation, ins Deutsche übersetzt worden war. Helvétius' scharfe Kritik der aufgeklärten Moralphilosophie, sein heikler Entwurf eines von Selbsterhaltungstrieb und Machtgier regierten Menschen und die daraus gewonnene Idee einer den Egoismus kanalisierenden Organisation des Staates auf der Funktionsgrundlage der Interessenbalance erregen den Widerspruch des jungen Schiller.[140] Die zweite Geburtstagsrede vom Januar 1780 erklärt, der «unvollkommene Geist eines La Metttrie» habe sich durch die fatale, die Grundfesten der öffentlichen Moral erschütternde Wirkung seines Werkes «eine Schandsäule aufgerichtet» (NA 20, 33). Deutlichste Spuren hat diese kritische Lektüre in den *Räubern* hinterlassen, die durch ihre Übertragung materialistischer Philosophie auf das Prinzip des radikal Bösen einen moralistischen Helvétius-Kommentar von eigenem Gepräge liefern. Daß Schiller später einzelne Voraussetzungen der vom Materialismus entwickelten Anthropologie zu teilen vermag, belegt ein Text wie das im Januar 1796 entstandene Distichon *Würde des Menschen*: «Nichts mehr davon, ich bitt euch. Zu essen gebt ihm, zu wohnen, | Habt ihr die Blöße bedeckt, giebt sich die Würde von selbst.» (NA 1, 278) Die entwicklungsgeschichtlichen Passagen des siebenten Briefes *Ueber die ästhetische Erziehung des Menschen* (1795) arbeiten mit dem (freilich von einer teleologischen Sichtweise getragenen) Befund, daß der Mensch erst dann zur wahren Ausbildung seiner moralischen Möglichkeiten gelange, wenn «der Kampf elementarischer Kräfte in den niedrigern Organisationen besänftiget ist» (NA 20, 329). Trotz seiner grundsätzlichen Ablehnung zeigt schon der junge Schiller Einverständnis mit Einzelbefunden von Helvétius' Schrift. So wandert ihre schroffe Kritik an Papismus und Kirchenpolitik in die *Räuber* ein, deren antiklerikale Tendenz der materialistischen Polemik gegen die Macht der kirchlichen Institutionen kaum nachsteht. Die satirische Schärfe, mit der manche der Jugendgedichte die inneren Widersprüche des Theodizeegedankens offenlegen, bekundet gleichfalls die Schulung durch Helvétius.

Zu vermuten bleibt, daß Schiller über Abels Vorlesung auch Paul Henri Thiry d'Holbachs *Système de la Nature* kennenlernte. Von der 1770 veröffentlichten Schrift des Schweizers erschien zwar erst 1783 eine deutsche Übersetzung, jedoch war Schiller aufgrund des soliden Uriotschen Französischunterrichts Ende der 70er Jahre durchaus in der Lage, den Text im Original zu lesen. D'Holbach, der als Autor an d'Alemberts und Diderots *Encyclopédie* (1751–1780) mitwirkte, zeichnet ein durch La Mettrie beeinflußtes Bild des Menschen als seelenloses Maschinenwesen, dessen Organismus einschließlich seines psychischen Haushalts nach den Gesetzen des Naturzusammenhangs funktioniert. Die physikalischen Prinzipien der Trägheit, Anziehung und Abstoßung entsprechen dabei Selbstliebe, Liebe und Haß als Grundempfindungen des Individuums. Moralische Freiheit ist für d'Holbach nur denkbar, wenn sich der Mensch von den Zwängen eines metaphysischen Vorsehungsglaubens löst und zu einem radikalen Atheismus findet, der es ihm gestattet, persönliche Autonomie ohne Rücksicht auf hemmende Glaubensvorstellungen in der Befriedigung seiner Bedürfnisse zu erfahren. Regierung und Verwaltung fällt dabei die Aufgabe zu, Gemeinwohl und Privatinteresse harmonisch abzustimmen. Im Hintergrund steht die Idee, daß eine gesellschaftliche Ordnung, in der der Einzelne die Lizenz besitzt, sein Freiheitsstreben relativ uneingeschränkt auszuleben, das individuelle Verantwortungsbewußtsein stärkt und auf diese Weise die Identifikation des Bürgers mit seinem Staat vertieft. Mag Schiller auch durch d'Holbachs unverblümten Atheismus abgeschreckt worden sein, so dürfte ihn doch die Vision eines auf persönliche Autonomie gegründeten Gemeinwesens angezogen haben; seine Schrift zur ästhetischen Erziehung wird den Entwurf des zwangsfreien Staates später an die Bildungskraft des Schönen und die Erfahrung der Kunst binden. Auf Resonanz stießen beim jungen Schiller nicht zuletzt die dithyrambischen Ausführungen über die Schönheiten der organischen Welt, die das *Système* in deutlicher Abgrenzung von seiner sonst nüchternen Diktion vorträgt. In ihrem Zusammenhang findet man auch jene Programmerklärung formuliert, deren Urheberschaft irrtümlich Rousseau zugeschrieben wird: «Kehre denn zurück, abtrünniges Kind; kehre zurück zur Natur!»[141]

Einen weiteren Bereich, der im Philosophieunterricht der Karlsschule eine wesentliche Rolle spielte, bildete das Feld der Psychologie und Anthropologie. Im Jahr 1772 hatte der Leipziger Mediziner Ernst Platner mit seiner *Anthropologie für Aerzte und Weltweise* das Grundbuch einer schnell expandierenden Forschungsrichtung vorgelegt. ‹Anthropologie› als interdisziplinär arbeitende Wissenschaft vom Menschen avanciert in kurzer Zeit zum Modefach, dessen Ausstrahlung auf die aktuelle Psychologie und Ästhetik kaum überschätzt werden kann. Die ‹philosophischen Ärzte› machen sich anheischig, die in der Geschichte des menschlichen Geistes seit Platon immer wieder gestellte Frage nach dem Verhältnis von Leib und Seele auf der Grundlage physiologischer, seelenkundlicher und medizinischer Erkenntnisse neu zu verhandeln. Begünstigt wird dieser Ansatz durch die Fortschritte auf dem Gebiet der Nervenphysiologie, wie sie vor allem den Forschungen des Schweizer Universalgelehrten Albrecht von Haller (*Primae linae physiologiae*, 1747) zu verdanken waren. Impulse empfängt die Anthropologie nicht zuletzt von der empirischen Psychologie, die die Prozesse der sinnlichen Wahrnehmung und die Ursprünge der seelischen Zustände des Menschen im Rahmen klinischer Beobachtungen anhand individueller Fallbeispiele durchleuchten möchte. Vorrangige Forschungsfelder bilden dabei das Verhältnis von Begabung und Erziehung, die spannungsvolle Verbindung zwischen Anlage und Erfahrung, der Einfluß des Körpers auf den intellektuellen Haushalt, die Bedeutung der Triebstruktur und das Wesen der ‹dunklen›, unbewußten Vorstellungsinhalte, deren Genese bereits die *Psychologia rationalis* der Wolff-Schule zu erfassen gesucht hatte. Zu den Exponenten der anthropologischen Forschungsrichtung zählen Ärzte ebenso wie Philosophen – neben Platner insbesondere Johann Georg Heinrich Feder, Simon-André Tissot, Johann August Unzer, Melchior Adam Weikard, Robert Whytt, Johann Georg Zimmermann und Johann Friedrich Zückert.[142] Vermittelt wurden ihre

Lehren an der Militärakademie nicht nur durch Abel, sondern auch durch den Mediziner Johann Friedrich Consbruch, der seine Schüler mit Problemen der modernen Physiologie und aktuellen Theorien über den psychophysischen Dualismus vertraut machte.

In Abels Vorlesungen besaß die Anthropologie-Schrift Platners den Charakter eines zentralen Lehrbuchs. Schiller dürfte sie erstmals im Jahr 1776 intensiver zur Kenntnis genommen haben, als, wie man den Prüfungsthesen entnehmen kann, das Fach Psychologie auf dem philosophischen Studienplan stand; 1780 hat er seine entsprechenden Kenntnisse nochmals vertieft. Der 1744 geborene Platner zählte damals zu den herausragenden Figuren des akademischen Deutschland. Seit 1770 amtierte er als Professor der Medizin an der Universität Leipzig; 1780 wurde er hausintern auf einen Lehrstuhl für das Fach Physiologie berufen, wo er eine weit über die Grenzen der Hochschule hinausgehende Wirkung entfaltete, die sich nochmals verstärkte, als er zwischen 1783 und 1789 das Rektorat übernahm. Zu seinen Hörern zählten Jean Paul, Johann Gottfried Seume, Andreas Georg Friedrich Rebmann, Karl Leonhard Reinhold, Johann Arnold Ebert, der russische Dichter Nikolaj Michailowitsch Karamsin und der Prinz von Schleswig-Holstein-Augustenburg, der Schiller nach 1791 in den ersten Jahren der schweren Erkrankung als Mäzen gefördert hat.[143] In seiner *Anthropologie* verfolgt Platner das Ziel, Medizin und Philosophie als einander zumeist fremde Disziplinen zusammenzuführen, um aus ihrer wechselseitigen Ergänzung methodischen Gewinn für eine exakte Bestimmung der leiblich-seelischen Doppelnatur des Menschen zu ziehen. In sieben systematisch geordneten Kapiteln erörtert die Schrift zunächst allgemeine Fragen der Anthropologie, wie sie sich aus dem Problem einer näheren Lokalisierung des psychischen Apparates ergeben. Als Sitz der Seele bezeichnet Platner das Gehirnmark, wo das komplizierte Zusammenspiel zwischen mechanischen und geistigen Prozessen der Wahrnehmung, Speicherung und Verknüpfung von äußeren Eindrükken erfolgt.[144] Die Sinnesphysiologie bildet das zentrale Feld, anhand dessen die Schrift die Kooperation des Leibes und der Seele vorführt. Ihr wesentliches Untersuchungsinteresse gilt der Frage, wie sich erfahrbare Sinnesdaten in immaterielle Assoziationsfolgen, Erinnerungen und Einbildungen verwandeln können. Folgerichtig sind die Kapitel des Mittelteils der Ideenproduktion (II), Gedächtnisordnung (III), Phantasie (IV) und dem Vernunftvermögen (V) gewidmet. Am Schluß steht ein Blick auf extreme Formen der intellektuellen Anlage; Krankheiten des Kopfes (VI) und Genialität (VII) werden als Spielarten der Abweichung vom normalen geistigen Ordnungssystem betrachtet, an denen Platner zu zeigen sucht, daß die psychische Ökonomie des Menschen teils angeborenen Fähigkeiten, teils dem Eindruck von äußeren Erfahrungswerten unterliegt. Im methodischen Detail folgt die wegweisende Untersuchung durchaus traditionellen Pfaden. Die antike Humoralpathologie – die Lehre von Zustand und Bewegung der Körpersäfte – dient zur Erklärung intellektueller Defekte. Die Bestimmung des seelischen Apparates als System von Schaltstellen, die Sinnesimpressionen in immaterielle Komplexe verwandeln, entspricht wiederum den von Albrecht von Haller gelieferten physiologischen Forschungsergebnissen. Die Überlegungen zu menschlicher Ideenproduktion und Aktivitäten des Gedächtnisses bzw. Erinnerungsvermögens greifen auf Erkenntnisse der praktischen Philosophie zurück, wie sie der Göttinger Johann Georg Heinrich Feder in seinem Lehrbuch von 1770 vermittelt hatte. Die Thesen über die ‹perceptiones obscurae› – die ‹dunklen Vorstellungsformen› der psychischen Assoziationstätigkeit, des Traums und der schweifenden Einbildung – können hingegen an die Einsichten der empirischen Psychologie, etwa Johann George Sulzers, anschließen.[145] Diese hatte sich seit den 60er Jahren verstärkt mit dem Einfluß körperlicher Zustände auf die Erkenntniskräfte beschäftigt und die durch die *Psychologia rationalis* der Wolff-Schule festgeschriebene cartesianische Unterscheidung von Geist (*res cogitans*) und Körper (*res extensa*) zugunsten der Annahme eines natürlichen Wechselverhältnisses (*influxus physicus*) zwischen beiden Bereichen ersetzt. Jenseits solcher Entlehnungen behauptet Platners Schrift ihre Originalität durch den Versuch, medizinische und philosophische Fragen systematisch aufeinander zu beziehen und dem anthropologischen Interesse dienstbar zu machen. In dieser Funktion nahm Abel seine Schrift wahr und vermittelte sie den Akademieschülern. Besonders handfest wirkt sein Einfluß in den Prüfungsthesen des Jahres 1776 nach, die Schiller als Respondent zu verteidigen hatte.[146] Hier tauchen in Kurzform die Stichworte auf, die Platners Hauptkapitel abhandeln: Logik der Ideenproduktion und Sinneswahrnehmung, Anatomie von Phantasie und Einbildungskraft, Strukturen des Gedächtnisses und der Erinnerung, Ursprünge der Erkenntniskräfte der Vernunft. Es ist daher kein Zufall, wenn Schiller in seinen medizinischen Probeschriften immer wieder auf Axiome Platners zurückgreift. Vor allem die dritte Dissertation von 1780 folgt in ihren Ausführungen über die Stufung des organischen Lebens und dessen Verhältnis zum leibseelischen Bau des Menschen der Systematik seines Lehrbuchs (NA 20, 43 ff.).[147]

Neben Platners Anthropologie spielte auch das Werk des Schweizer Popularphilosophen Johann George Sulzer in Abels Psychologiekurs eine Rolle. Als Vermittler zwischen Rationalismus und Empirismus vertritt der «deutsche Plato»,[148] wie ihn Schubart mit zweifelhaftem Recht nannte, einen sich aus dem Bann der Leibniz-Wolffschen Schultradition lösenden Eklektizismus, der Abel selbst maßgeblich beeinflußt hat. Daß er Sulzer außerordentlich schätzte, erkennt man an seiner Genierede von 1776, die sich auf dessen 19 Jahre älteren Beitrag zum Thema stützt; der Aufsatz über den *Begriff vom Genie* war 1773 im ersten Teil von Sulzers *Vermischten philosophischen Schriften*, die Abels Lektionen zugrunde lagen, nochmals gedruckt worden. Sulzers zunächst französisch verfaßte psychologische Essays erschienen in unregelmäßiger Folge seit Beginn der 50er Jahre in den Annalen der Berliner Akademie der Wissenschaften; die deutschen Fassungen dieser Texte versammelte der erste Band der genannten Schriften von 1773. Sulzers Arbeitsfeld ist die empirische Seelenkunde, die sich mit Fragen der dunklen Vorstellungsinhalte befaßt. Die ‹perceptiones obscurae›, wie sie Leibniz genannt hatte, waren für die Wolffsche Psychologie kein zentrales Thema. Erst Alexander Gottlieb Baumgarten verschaffte diesem Feld in seiner 1739 veröffentlichten *Metaphysica* größere Aufmerksamkeit. Von Wolff übernommen hat er den Gedanken eines sensuell gestützten Erkenntnisvermögens, das er jedoch als grundsätzlich gleichwertiges Korrespondenzphänomen höherer, verstandesbezogener Urteilskräfte, als *analogon rationis* betrachtet. Die *gnoseologia inferior*, die untere Erkenntnisfähigkeit, ist in Prinzipien verankert, die Entsprechungen zu jenen der rationalen Logik aufweisen, ohne daß sie vollends von Willen und Bewußtsein beherrscht zu werden vermag.

Baumgartens Position übernehmen Sulzers Aufsätze für die Berliner Jahrbücher insofern, als sie von der Möglichkeit einer konkreten Beschreibung der ‹dunklen Vorstellungsinhalte› ausgehen. Grundlegend bleibt für sie die Frage nach dem Einfluß des Willens auf die unteren Erkenntniskräfte, wie sie im Bereich von Träumen, Einbildungen, Selbsttäuschungen, Triebbedürfnissen, Ängsten und Fehlleistungen wirksam werden. Im Rahmen einer «Physik der Seele»[149] sucht Sulzer verschiedene Formen unwillkürlicher, nicht kontrollierter Handlungen zu erschließen. Zu ihnen gehören intuitive Reaktionsformen in Schrecksituationen, das Versagen der sprachlichen Artikulation oder die Reizstimulation durch Akte der sinnlichen Wahrnehmung. Während die dunklen Vorstellungen vom Willen unabhängig bleiben, lassen sich die klaren Gedankeninhalte – Gegenstände des Wissens und Urteils – rational steuern. Fraglos ist es für Sulzer, daß das Unbewußte massiven Einfluß auf die Psyche ausübt, weil es aufgrund seiner unvollkommenen, nicht-logischen Organisation im Nervensystem größere Spannungen auslöst als bewußte Gedankeninhalte. An die Stelle dieser Überzeugung, die von der Annahme einer letzthin unteilbaren seelischen Kraft getragen wird, läßt Sulzer in seinen ab Beginn der 60er Jahre publizierten Arbeiten eine dualistische Anthropologie treten, die den Menschen durch Erkenntnis- und Empfindungsvermögen gleichermaßen beherrscht sieht. Ein solcher Ansatz bedeutet auch, daß der für Leibniz und Baumgarten unverzichtbare Vorstellungsbegriff preisgegeben und durch zwei getrennte Kategorien ersetzt wird. Die Empfindungen bewirken, wie Sulzer nun bemerkt, «unwillkürliche Handlungen der Seele», die der Wille nicht beherrscht; dagegen vermag der Mensch den Bereich der Erkenntnis durch sein Bewußtsein zu kontrollieren.[150] Beide Bereiche bilden Teilsektoren der Seele, die damit als Erprobungsfeld für sinnlich-körperliche wie für intellektuelle Kräfte definiert werden kann. Welche Rolle Sulzers psychologische Studien für Abels Unterricht spielen, ersieht man an den Spuren, die sie in den Prüfungsthesen hinterlassen. Die philosophischen Examenssätze vom Dezember 1776, deren 52 Paragraphen Schiller gemeinsam mit 17 Kommilitonen zu verteidigen hatte, berührten ihre Theorie der unwillkürlichen, vom Sinnesapparat gesteuerten Handlungen an mehreren Punkten.[151] Daß auch im Psychologiekurs des Jahres 1780, den Schiller aus reinem Fachinteresse besuchte, über Schriften Sulzers diskutiert wurde, verraten wiederum die *Theses philosophicae* für die ihn abschließende Prüfung. Sie behandeln Fragen des leibseelischen Zusammenhangs, wobei der Funktion des Unbewußten besondere Bedeutung eingeräumt wird. Geradezu modern muten die Hinweise auf die Ökonomie des Traums an, den Abel, unter Bezug auf Sulzers Lehre von der ‹Physik der Seele›, als Entfaltungsraum der dunklen Vorstellungsinhalte begreift.[152] Von hier führt eine direkte Spur zu den psychologischen Befunden der *Räuber*, zum Schreckensszenario des Alptraums, in dem Franz Moor mit den Bildern seiner Schuld konfrontiert wird. Solche Entlehnungen bleiben bezeichnend für die literarische Perspektive, aus der Schiller theoretische Schriften zur Kenntnis nimmt. Im April 1788 räumt er Körner gegenüber ein, er pflege philosophischen Texten stets nur das zu entnehmen, «was sich dichterisch fühlen und behandeln läßt.» (NA 25, 40) Selbst die 1791 einsetzende Beschäftigung mit Kant wird, freilich über größere Umwege, poetisch umgesetzt und, zumal in der klassischen Lyrik, produktiv verarbeitet.

Schiller hat, angeregt durch die Schriften Platners und Sulzers, in späteren Jahren an seinen psychologischen Interessen festgehalten. Karl Philipp Moritz' *Magazin zur Erfahrungsseelenkunde*, das seit 1783 erschien, konsultierte er regelmäßig, auch wenn ihm der pessimistische Ton mißfiel, der die Sammlung grundierte. An Charlotte von Lengefeld und ihre Schwester Caroline schreibt er am 12. Dezember 1788 über die Wirkung, die Moritz'

Magazin bei ihm hinterläßt: «Ich fand, daß man es immer mit einer traurigen, oft widrigen Empfindung weglegt, und dieses darum, weil es uns nur an Gruppen des menschlichen Elends heftet.» Dem Herausgeber rät er daher, seine Erfahrungsberichte über Krankengeschichten, psychische Abirrungen, abweichendes Verhalten, Kriminalität und Wahnsinn in jedem Heft durch einen philosophischen Aufsatz zu ergänzen, der «lichtere Blikke öfnet» und die «Dißonanzen», die die Fallstudien erzeugten, «in Harmonie» auflöse (NA 25, 160). Diese Empfehlung ist charakteristisch für Schillers späteres Verhältnis zur empirischen Psychologie, deren Befunde er nur dann schätzt, wenn sie mit dem Aufweis einer konkreten Heilungsperspektive verbunden sind. Als er sich mit Moritz im Dezember 1788 in Weimar persönlich austauscht, nähert er sich bereits seiner späteren Überzeugung, daß die wahre Therapie des kranken Menschen einzig auf der Bahn der ästhetischen Erfahrung möglich ist, weil nur sie die von seelischen Defekten herbeigeführten Verspannungen löst und den Weg zu einer balancierten Lebensform weist.

Gemäß den eigenen Interessen hat Abel seine Schüler auch mit Problemen der modernen Kunstphilosophie konfrontiert. Bereits die Prüfungsdissertation des Jahres 1776 bezeugt, daß dieses Feld für ihn eng an psychologische Fragestellungen geknüpft ist; ihre Lehrsätze über den Einfluß der Leidenschaften auf die Seelenkräfte und das Urteilsvermögen belegt sie durch Beispiele aus *Macbeth*, *Der Kaufmann von Venedig*, *Othello* sowie *Leben und Tod König Johanns.*[153] Schiller hat sich zu dieser Zeit unter dem Einfluß der Vorlesungen, wie sich Abel erinnert, größere Teile von Shakespeares Bühnenwerk, das in deutscher Sprache noch unvollständig auf der Basis von Wielands Übersetzungen vorlag, mit wachsender Begeisterung erschlossen (NA 42, 11); neben den hier genannten Texten zählten auch *Richard III.* und *Hamlet* zu seinem Lektüreprogramm. 1777 hielt Abel ein Kolleg über Probleme der Ästhetik, wobei erneut psychologische Grenzfragen – im Zusammenhang des Geniegedankens und der Theorie der Einbildungskraft – erörtert wurden. Zum Pensum gehörte die Auseinandersetzung mit Batteux' strikt aristotelischer Nachahmungslehre (*Les beaux arts*, 1746), deren normativen Anspruch Abel skeptisch zu betrachten pflegte. Henry Homes *Elements of Criticism* (1762), die Johann Nikolaus Meinhard zwischen 1763 und 1766 in einer ausführlich erläuterten deutschen Ausgabe ediert hatte, öffneten den Blick auf eine sensualistische Kunsttheorie, welche die in Deutschland durch Baumgarten und seine Schüler (Meier, Brämer, Curtius) vermittelten Impulse aufgriff. Sie ebnete den Weg zu einer Lösung von den starren Ordnungen der Regelästhetik, indem sie die neueren psychologischen Lehren der Wahrnehmung, Urteilsbildung und Phantasie in die Diskussion kunstphilosophischer Themen einbrachte. Die Theorie der unteren Erkenntnisvermögen wird breit entfaltet, um aus ihr grundlegende Einsichten über die Wirkung des Schönen als Stimulans des menschlichen Gemüts abzuleiten. So liefert die Schrift zunächst eine Anatomie der Empfindungen, vor deren Hintergrund sie dann Fragen des Geschmacks, der künstlerischen Produktionsgesetze und der Gattungsordnung erörtern kann. Es lag nahe, daß Abels seelenkundliches Interesse durch Homes psychologische Ästhetik hinreichend befriedigt wurde. Schiller wiederum hat auf die *Elements* zurückgegriffen, als er im Frühsommer 1793 seine Abhandlung *Ueber Anmuth und Würde* ausarbeitete, deren zentrale Termini an Homes Kategorien «grace» und «dignity» orientiert bleiben.

Am Rande zog Abels Vorlesung auch deutschsprachige Lehrbücher heran, so Friedrich Just Riedels *Theorie der Schönen Künste und Wissenschaften* (1767) und Sulzers zweibändiges Lexikon (1771–74). Solche Sammelwerke boten Gelegenheit, den Schülern im Rahmen der Propädeutik leitende kunsttheoretische Begriffe zu vermitteln und sie zugleich in den aktuellen Stand der Diskussion uber umstrittene Kategorien – Nachahmung, Einbildungskraft, Genie, Geschmack – einzuführen. Wie offen sich Abel auch auf schwierige ästhetische Spezialfragen einließ, belegt der Umstand, daß er Lessings *Laokoon* (1766) im Unterricht besprach. Zwar hat diese Schrift, die mit ihrer systematischen Unterscheidung zwischen Poesie und Malerei wesentliche Grundlagen für die moderne Theorie der künstlerischen Illusion schuf, auf Schiller nie einen derart enthusiasmierenden Effekt ausgeübt wie auf Goethe, der sie im zweiten Teil von *Dichtung und Wahrheit* (1812) als Musterbeispiel wahrhaft aufklärender Gelehrsamkeit rühmt; Bedeutung besitzt die Begegnung mit Lessings Abhandlung jedoch, weil sie ihn zu einer ersten Auseinandersetzung mit kategorialen Fragen der ästhetischen Phantasie zwingt, die er später in seiner Rezension von Matthissons Gedichten (1794) im Rahmen einer Lehre von der literarischen Einbildung wieder aufgreifen wird. Auch mit Johann Joachim Winckelmanns *Gedanken über die Nachahmung der antiken Werke* (1755) hat Abel seine Hörer vertraut gemacht. Schiller las den kurzen Text, der das Geburtsprotokoll eines neuen Klassizismus darstellt, vermutlich im Herbst 1777. Ein Jahr später lernt er zudem den ersten Teil von Winckelmanns *Geschichte der Kunst des Alterthums* (1764) kennen, den er in Auszügen studiert. Zwar ist ihm ein tieferer Zugang zur bildenden Kunst zeitlebens verwehrt geblieben, doch hat er Winckelmanns Œuvre stets hoch geschätzt. Anders als im Fall der Moralphilosophie beschränkten sich Abels Ausführungen über ästhetische Fragen auf eine Überblicksdarstellung, ohne daß einzelne Werke herausragend gewürdigt wurden. Das eindrucksvolle Pensum der Vorlesung spiegelt sich in den Prüfungsthesen des Jahres 1777 wider. Sie behandeln die Antike-Rezeption der Moderne, den Begriff der Phantasie, Probleme der Wirkungspoetik, Lessings *Laokoon*, das Verhältnis von Genie und Geschmack, die Differenz zwischen Tradition und Originalität, nicht zuletzt Fragen, die den Zustand der aktuellen Literatur betreffen (wobei Abels Text kritische Töne gegen die outrierten Moden der Empfindsamkeit anschlägt).[154]

Auf modernstem Niveau bewegt sich auch das Repertoire der religionsphilosophischen Schriften, das Abel seinen Schülern vorstellt. An der Spitze stehen hier die Neologen, die mit ihren Abhandlungen eine rational gestützte Theologie und, in deren Gefolge, erste Formen der historisch-kritischen Bibellektüre etablieren. Spaldings *Betrachtung über die Bestimmung des Menschen* (1748), Humes bereits genannte *Natural History*, Jerusalems *Betrachtungen über die vornehmsten Wahrheiten der Religion* (1768/69) und die von Lessing seit 1774 in unregelmäßiger Folge herausgegebenen Fragmente des Hamburger Orientalisten Hermann Samuel Reimarus (*Apologie oder Schutzschrift für die vernünftigen Verehrer Gottes*) gehörten zu Abels Vorlesungsstoff. Schiller wurde auf diese Weise in die aktuellen religionsphilosophischen Dispute der Zeit eingeführt. Er lernte die kontroverse Diskussion über das Offenbarungsdogma und erste Ansätze einer historischen Bibelwissenschaft kennen, die die Berichte der Heiligen Schrift in Übereinstimmung mit den Regeln der Wahrscheinlichkeit zu bringen suchte, ohne dabei die Grundlagen der Inspirationslehre in Zweifel zu ziehen. Die spirituelle Erzählung sollte nicht als Wundergeschichte gelten, sondern den Prinzipien der Vernunft entsprechen, wie sie in den historischen Fakten zur Anschauung kamen. Auch unter dem Einfluß der neologisch-deistischen Bibelkritik gestaltete sich Schillers Verhältnis zur christlichen Lehre in den letzten Akademiejahren zunehmend skeptischer und distanzierter.

Jenseits des Unterrichts hat der junge Schiller sein eigenes Lektürepensum verfolgt. Zu den Autoren, die er vorwiegend neben den Schulstunden las, gehören Rousseau und Herder. Beide werden ihn auch in späteren Jahren beschäftigen, ohne dabei den Status unumschränkter Autoritäten zu gewinnen. An Rousseaus kulturphilosophisches Werk gerät er zunächst über die Auseinandersetzung mit seinem *Julie*-Roman, den er vermutlich schon als 16jähriger liest. Wie genau er sich zur Schulzeit die Akademiediskurse von 1750 und 1755 erschlossen hat, läßt sich kaum klären. Vermutlich hat er ihre Argumente zunächst aus zweiter Hand kennengelernt, durch die Lektüre von Johann Georg Jacobis enthusiastischem Nachruf, der Anfang September 1778 im *Teutschen Merkur* Wielands erschien, und Helfrich Peter Sturz' Erinnerungsbuch *Denkwürdigkeiten von Johann Jakob Rousseau* (1779).[155] Die im Spätsommer 1780 entstandene dritte Dissertation weicht von der negativen Einschätzung der menschlichen Zivilisation als Produkt einseitiger Aufklärung des Kopfes, wie sie Rousseaus *Discours sur l'inégalité* (1755) vorträgt, an entscheidenden Punkten ab. Der kulturkritischen Position des *Discours*, die Jacobis Nachruf knapp gewürdigt hatte, setzt Schiller hier einen intakten Fortschrittsoptimismus entgegen, dem der Sündenfall in den Selbstzweifel noch bevorsteht. Eine skeptisch gefärbte, durch souveräne Sachkenntnis getragene Auseinandersetzung mit Rousseaus Naturbegriff und der ihm zugrundeliegenden Geschichtsauffassung wird er 15 Jahre später im Rahmen der Abhandlung *Ueber naive und sentimentalische Dichtung* führen.

Von Herder dürfte der junge Schiller vornehmlich den Entwurf *Auch eine Philosophie zur Geschichte der Menschheit* (1774) gelesen haben. Nicht auszuschließen ist, daß der für den Geschichtsunterricht zuständige Altphilologe Drück seinen Schüler auf diesen Text aufmerksam gemacht hat. Herders Attacke gegen die «Papierkultur»[156] der Aufklärung, der ein patriarchalisch geordnetes, gleichsam familiär intaktes Frühstadium der humanen Entwicklung in Urzeit und Antike entgegengesetzt wird, nahm der junge Schiller mit großer Reserve zur Kenntnis. Daß sein eigenes Denken noch stark von der linearen Logik einer universalhistorischen Fortschrittsidee geprägt war, verraten sämtliche der uns vorliegenden Karlsschulschriften. Fremd blieb ihm zudem der organologisch-naturphilosophische Geschichtsbegriff der Studie, der keinem teleologischen Evolutionsverständnis folgt, sondern den Weg der Zivilisation als zyklischen Prozeß faßt. Herders Akademieschrift *Vom Erkennen und Empfinden der menschlichen Seele* (1778) scheint Schiller nur am Rande wahrgenommen zu haben; obgleich der Text einen selbständigen Beitrag zu philosophischen Aspekten der modernen Gehirn- und Nervenphysiologie lieferte, wurde er von Abel im Unterricht nicht ausführlich erörtert. Womöglich mißfiel ihm Herders Absicht, die dunklen Vorstellungen radikal aufzuwerten, die psychische Arbeit als Empfindungstätigkeit zu bestimmen und daraus wiederum eine Abhängigkeit der Denkvorgänge von Intuition, Stimmung und Gefühl abzuleiten.[157] Der an Platner geschulte Abel mußte diesen Ansatz als Angriff auf das Ordnungsmodell des natürlichen Gleichgewichts zwischen Emotion und Intellekt auffassen, wie es die *Anthropologie* vertrat. Tiefere Spuren hinterließen in den Vorlesungen hingegen die Beiträge zur Poetik. Herders polemische Batteux-Rezension von 1772 und sein ein Jahr später veröffentlichter Shakespeare-Essay, der das Verständnis der europäischen Dramatik im Spannungsfeld zwischen Antike und Moderne auf ein neues geschichtsphilosophisches Fundament zu stellen sucht, liegen den literaturhistorischen Abschnitten der *Theses philosophicae* des Jahres 1776 zugrunde.[158] Man kann annehmen, daß Schiller in diesem Umfeld zumindest den Shakespeare-Aufsatz genauer zur Kenntnis nahm. Zumal die reservierte Auseinandersetzung mit Aristoteles, dessen poetologische Autorität Herder entschieden auf den Geltungskreis der attischen Tragödie beschränkt, hat seine eigenen dramentheoretischen Positionen bis zum Ende der 80er Jahre bestimmt. Der heftige Affekt, mit dem er in der Vorrede der *Räuber* Aristoteles und Batteux (NA 3, 5) als Schulmeister abqualifiziert, läßt auf Herders direkten Einfluß schließen (die aristotelische Poetik hat Schiller selbst erst 1797 gelesen). Die private Beschäftigung mit Herders Werk scheint jedoch kaum in die Tiefe gegangen zu sein. Als er den 15 Jahre Älteren im Sommer 1787 in Weimar persönlich kennenlernt, zeigt er sich nicht sonderlich gut über seine Arbeiten informiert. Der Dresdner Freund Körner muß ihn brieflich mit Lektürehilfen und Textkommentaren versorgen, damit er sich im Gespräch vor dem empfindlichen Generalsuperintendenten nicht blamiert. Offenkundig hat er zu diesem Zeitpunkt außer der geschichtsphilosophischen Skizze und dem Shakespeare-Essay nur den Aufsatz über *Liebe und Selbstheit* näher studiert, der 1785 in der ersten Sammlung der *Zerstreuten Blätter* erschienen war.

Während der Karlsschulzeit war Schiller ein regelmäßiger Leser des *Schwäbischen Magazins*, das ihm auch in philosophischen Fragen manche Anregung verschaffte. Die Zeitschrift, die durch ihren Herausgeber Haug eng mit der Akademie verbunden blieb, druckte regelmäßig Arbeiten der Karlsschulprofessoren, Prüfungsthesen, Essays zu stiltheoretischen und ästhetischen Fragen, aber auch literarische Texte (vornehmlich der lyrischen Gattung). Der für die Fächer Briefstilistik, Mythologie und Zeichnen zuständige Haug besitzt als Editor eine geschickte Hand; er fördert junge Talente, beweist Sinn für aktuelle literarische und philosophische Strömungen, kombiniert geschickt populäre Beiträge zur württembergischen Landesgeschichte mit theoretisch anspruchsvollen Studien. Knapp gehaltene Berichte aus der gelehrten Welt und über die Abschlußprüfungen an der Militärakademie, Rezensionen, Reiseberichte, kurze Glossen und Übersetzungen, naturwissenschaftliche und agrarökonomische Aufsätze, Debatten zu theologischen Streitfragen und Problemen der Bibelhermeneutik vervollständigen das bunte Bild. Die Anregungskraft, die von Haugs Journal ausging, ist nicht zu unterschätzen. Schiller hat die Beiträge des *Magazins* spätestens seit der Mitte der 70er Jahre aufmerksam zur

Kenntnis genommen. Im Oktober 1776 erschien hier sein erstes Gedicht; daß die ökonomischen Studien seines Vaters ein Jahr später am selben Ort publiziert wurden, dürfte die Loyalität gegenüber der Zeitschrift nochmals verstärkt haben. Das *Magazin* machte dem Eleven die Grundzüge der aktuellen Naturrechtsdiskussion vertraut, stellte Spielarten einer hermetischen Universalphilosophie vor, wie sie die schwäbischen Mystiker Jakob Hermann Obereit und Friedrich Christoph Oetinger vertraten, und bildete nicht zuletzt ein Diskussionsforum für interdisziplinäre Debatten, die in die unmittelbar benachbarten Felder der Medizin, Anthropologie und Psychologie führten. Hier diskutierte man Ende des Jahres 1776 die unter den Karlsschulprofessoren umstrittene Hypothese, daß die Seele ein, wie es hieß, ‹Mittelding› zwischen körperlicher und geistiger Substanz, Materie und Medium darstelle. In seiner ersten Dissertation wird auch der Medizinstudent Schiller dieses brisante Thema ausführlicher erörtern.

4. Persönliche Prägungen. Stuttgart 1774–1780

Ein mächtiger Ersatzvater. Schiller und der Herzog

Mit Schillers Eintritt in die Akademie verloren die Eltern jeglichen Einfluß auf die äußere und innere Biographie ihres Sohnes. Obgleich die zunächst in Ludwigsburg, später auf der Solitude wohnende Familie stets nur wenige Kilometer von ihm entfernt lebte, kam es in den Karlsschuljahren kaum zu persönlichen Begegnungen. Das Reglement sah vor, daß Besuche der Eltern schriftlich beantragt und genau begründet werden mußten, was regelmäßige Visiten zwangsläufig ausschloß. Mit seiner älteren Schwester Christophine hatte Schiller in dieser Zeit keinen Kontakt, da ihr als heranwachsender junger Frau der Zutritt zum Institut untersagt blieb. Vom Tod seiner Schwestern Beata Friederike (am 22. Dezember 1773) und Maria Charlotte (im März 1774) erfuhr er nur brieflich, ohne zur Beerdigung reisen zu dürfen; die im September 1777 geborene Nanette sah er erstmals Mitte Dezember 1780 nach der Entlassung aus der Akademie. Die Auslöschung familiärer Bindungen gehörte zum Erziehungsprogramm des Herzogs. Nicht nur nominell, sondern auch in der alltäglichen Praxis erhob der Landesherr den Anspruch, die Rolle des Vaters seiner Eleven zu übernehmen. Zum Jahresfest des Instituts im Dezember 1773 ließ Carl Eugen seinen Geheimrat Gottfried Daniel Hoffmann, der an der Universität

Carl Eugen, Herzog von Württemberg.
Pastellgemälde von unbekannter Hand

Tübingen Staatsrecht lehrte, eine Festrede über die juristischen Hintergründe der von ihm gepflegten pädagogischen Werte halten (*Von denen Ober-Landesherrlichen Befugnissen über die Jugend eines Staats, sonderlich in Rücksicht auf die Erziehung derselben, als derselben größte und nöthigste Wohltat*).[159] Mit einigem Nachdruck machte Hoffmann geltend, daß die Freiheit des Souveräns, die Bildungswege seiner jüngsten Untertanen zu steuern, mögliche Ansprüche der Eltern aufhob. Gegen die private wird die öffentliche, vom Herzog als Privileg verteidigte Erziehung der Landeskinder gesetzt. Ihre Legitimationsbasis liegt im Gedanken einer staatlichen Vormundschaft, die die Spielräume der Familie massiv beschneidet und sämtliche Untertanen dem unumschränkt geltenden Willen des Herrschers subordiniert. Daß die Pädagogik des Herzogs, für die das Motiv der Fürsorge reklamiert wird, nicht nur Fragen des Fachunterrichts, der Leibesdisziplin, Sittenlehre und Verhaltenspraxis einschloß, sondern sich auch auf Gemütserforschung und psychischen Drill ausdehnte, belegen die von Carl Eugen eingeforderten Berichte der Eleven über ihre Mitschüler in hinreichender Deutlichkeit.

Um frühzeitig den Zugriff auf die begabtesten Söhne des Landes zu gewinnen, ließ sich der Souverän regelmäßig von den Leitern der Lateinschulen die Namen der Jahrgangsbesten nennen. Schiller, der seine ersten drei Landexamina mit überdurchschnittlichem Erfolg bestanden hatte, wurde dem Herzog durch Jahn empfohlen. Daß seine Einschätzung äußerst positiv ausfiel, erkennt man am Nachdruck, mit dem der Landesherr Caspar Schiller seit Beginn des Jahres 1772 mehrfach drängte, seinen Sohn in die Obhut der Akademie zu geben. Die Sympathie, die er dem Eleven nach dessen Eintritt im Januar 1773 entgegenbrachte, mag auch durch das Vertrauen begründet worden sein, das er in Caspar Schiller setzte. Dessen unbedingte Loyalität und Pflichttreue wußte der Herzog zu schätzen; spätestens nach dem Wechsel auf die Solitude im Dezember 1775 zählte er zu den Favoriten Carl Eugens, bedeutete seine erfolgreiche Arbeit in der Baumzucht doch baren Geldgewinn für den notorisch überschuldeten Staatsetat. Obgleich Schiller in den ersten drei Akademiejahren nicht durch überragende Leistungen hervortritt, hält der Herzog an seiner positiven Einschätzung fest. Caroline von Wolzogen berichtet, daß er seinen Zögling nach einer nur mit schwachem Erfolg bestandenen juristischen Prüfung gegen die Vorwürfe eines Lehrers verteidigte. «‹Laßt mir diesen nur gewähren›», so soll er erklärt haben, «‹aus dem wird etwas.›»[160]

Das Vertrauen des Herzogs, das von einer überraschenden Urteilssicherheit zeugt, sollte nicht enttäuscht werden. Befriedigt dürfte er vermerkt haben, daß der mit zahlreichen Vorschußlorbeeren ausgestattete Eleve nach dem Wechsel ins medizinische Fach aus seinem Geistesschlummer erwachte und seine intellektuellen Kapazitäten mit wachsender Energie nutzte. Vor allem die beiden letzten Akademiejahre lassen ihn in den Lichtkreis der herzöglichen Gunst rücken. Bei den öffentlichen Disputationen macht er durch Scharfsinn und rhetorische Brillanz auf sich aufmerksam; die Abschlußnoten, die er seit dem Jahr 1778 erzielt, heben ihn deutlich vom Durchschnitt ab. Das Vertrauen, das der Souverän in seinen Zögling setzt, äußert sich darin, daß er ihn 1779 und 1780 zum offiziellen Geburtstagsredner für Franziska von Hohenheim erwählt. Die im festlichen Rahmen vorgetragenen Dithyramben verschaffen Schiller weiteres Wohlwollen beim eitlen Herzog, der es liebt, sich und sein Haus feiern zu lassen.

Im Gegensatz zu den ersten Jahren fällt Schiller in dieser Phase durch makellose Disziplin auf. Offenbar hat er es gelernt, Aggressionen zu sublimieren, das Reglement in Einzelfällen zu umgehen, ohne dabei Anstoß zu erregen, und sich innerhalb der strikten Ordnung der Akademie schmale Freiräume für die persönliche Entfaltung zu sichern. Daß er seine häufigen Aufenthalte im Hospital, zu denen ihn Erkältungen und Fieberanfälle zwingen, nicht nur zum Zweck der Genesung, sondern auch zur literarischen Arbeit nutzt, dürfte dem Herzog entgangen sein. Wie selbstbewußt er seinem Landesvater begegnet, verraten zahlreiche Anekdoten, die die Nachwelt, nicht immer frei von verklärender Tendenz, überliefert hat. Sie bezeugen übereinstimmend ein geistesgegenwärtiges Gesprächsverhalten, Schlagfertigkeit, Ironie und Witz. Ein Bild des Malerschülers und späteren Kupferstechers Christian Wilhelm Ketterlinus hält eine Szene fest, in der Schiller verkleidet als Carl Eugen mit einem Kommilitonen in der Rolle Franziskas an seinem Arm vor den sich amüsierenden Eleven paradiert, ohne zu bemerken, daß das fürstliche Paar eben den Saal betritt und zum Zeugen der derben Persiflage wird. Solche Einlagen scheint der Landesvater mit überraschender Toleranz hingenommen zu haben; von einer Bestrafung der unbotmäßigen Schüler ist in diesem Fall nichts bekannt.

Die Sympathie des Souveräns bleibt Schiller bis zum Jahr 1782 erhalten, auch wenn sie sich häufig hinter despotischen Eingriffen versteckt. Als die Fachgutachter im Herbst 1779 seine erste Dissertation ablehnen, unterstützt der Herzog ihre Entscheidung durch eine schriftliche Notiz, in der er erklärt, der Eleve müsse ein weiteres Jahr auf der Akademie verbleiben, um sein Temperament zu dämpfen und seine geistigen Anlagen zu verfeinern (NA 3, 262). Diese Einschätzung, die auch die Anerkennung eines überdurchschnittlichen Talents einschließt, folgt freilich keinem objektiven Befund, sondern äußeren Sachzwängen: die 1779 examinierten Mediziner bildeten den ersten Jahrgang, der an der Akademie in diesem Fach zum

Abschluß gelangte; ihre praktische Weiterqualifikation sollte an Spitälern in Stuttgart erfolgen, war jedoch noch nicht hinreichend geregelt, zumal eine formelle Gleichstellung mit den Universitätsabsolventen erforderlich blieb. Das hatte zur Folge, daß sämtliche Kandidaten unabhängig von den individuellen Prüfungsleistungen noch ein weiteres Jahr auf der Akademie verweilen mußten, ehe sie die gebotene Berufspraxis erwerben konnten. Die Stellungnahme des Herzogs ist vor solchem Hintergrund der Versuch, sein organisatorisches Versagen durch pädagogische Argumente zu kaschieren.

Schiller hat es dem Herzog verübelt, daß er auf diese Weise zu einem nochmals zwölf Monate währenden Aufenthalt in den Fängen der eisernen Bildungsmaschinerie verurteilt wurde. Statt offen gegen die Willkür Carl Eugens zu opponieren, zieht er sich jedoch klugerweise in die innere Emigration zurück. Den Dienst auf der selten belegten Krankenstube nutzt er für heimliche Lektüre schöner Literatur, gelegentlich auch für die eigenen poetischen Projekte. Obgleich er unter dem Zeitverlust leidet, den die Zurückstufung bedeutet, erträgt er das Zusatzjahr auf der Karlsschule klaglos und ohne Rebellion. Zu massiven Spannungen zwischen Schiller und dem Herzog kommt es erst 1782 in Stuttgart, nachdem der nunmehr examinierte Mediziner in die ungeliebte Position des Regimentsarztes gewechselt ist; davon wird an späterer Stelle zu berichten sein. Grundsätzlich bleibt jedoch festzuhalten, daß der Herzog selbst dort, wo der Konflikt mit dem früheren Musterschüler machtvoll ausbricht, für seine Verhältnisse moderat reagiert. Als Schiller Ende September 1782 aus Württemberg nach Mannheim flieht, verzichtet der Souverän darauf, ihn unter Mobilisierung seines gewaltigen Personalstabs konsequent zu verfolgen. Während er sonst Spitzel und Geheimagenten einsetzt, um Deserteure zu ergreifen, begnügt er sich hier mit einer vermittelnden Strategie. In seinem Auftrag schreibt der Regimentschef Augé innerhalb weniger Tage vier Briefe an den Flüchtling, in denen er ihm für den Fall seiner Rückkehr Generalpardon zusichert – eine Geste, die für den selbstgefälligen Despoten höchst ungewöhnlich bleibt. Auf Repressalien und Strafaktionen verzichtet er ebenso wie auf Vergeltungsmaßnahmen gegenüber der Familie. Auch nachdem der Sohn das Augésche Angebot im Oktober 1782 ausgeschlagen hat, erfreut sich Caspar Schiller weiterhin der uneingeschränkten Gunst des Herzogs. Sämtliche Indizien sprechen dafür, daß Carl Eugen trotz der Enttäuschung, die ihm Schillers Flucht bereitet zu haben scheint, an privater Rache nicht interessiert war; die frühere Sympathie für seinen Musterschüler mochte hier fortwirken.

Zu einer persönlichen Begegnung mit dem Herzog ist es nicht mehr gekommen. Erst im August 1793 kehrt Schiller nach Württemberg zurück. Als er im September von der Freien Reichsstadt Heilbronn ins benachbarte Ludwigsburg fährt, erkundigt er sich zunächst nach der Gesinnung des Landesherrn und fragt an, ob sein Aufenthalt geduldet werde. Einer Antwort würdigt man ihn nicht, jedoch hört er aus Hofkreisen, daß der Herzog, der zur selben Zeit eine Rheinreise unternimmt, ihn zu ignorieren gedenke. Das ist ein Zeichen der Empfindlichkeit, zugleich aber Zeugnis der Distanz: Ressentiments spielen hier keine Rolle mehr. Bereits Mitte September kehrt Carl Eugen in angegriffenem Gesundheitszustand von seiner Tour zurück; am 24. Oktober stirbt er an den Folgen eines Infarkts auf Schloß Hohenheim. Die Schwester Christophine berichtet später, daß Schiller über den Tod des Herzogs tief betroffen gewesen sei. Vom Fenster aus habe er mit Tränen in den Augen den nächtlichen Leichenzug verfolgt und nachdrücklich seine Dankbarkeit gegenüber dem Verstorbenen bekundet. Friedrich von Hoven glaubt sich zu erinnern, daß man wenige Tage nach der Beerdigung auf einem Spaziergang zur Fürstengruft gelangt sei, wo Schiller, überwältigt vom *Genius loci,* spontan politische Verdienste und moralische Schwächen Carl Eugens gegeneinander aufgerechnet, unter dem Strich jedoch eine positive Bilanz seiner Regierungszeit gezogen habe (NA 42, 176f.).

Solche Reminiszenzen sind freilich mit größter Vorsicht zu betrachten, da ihre Veröffentlichung vornehmlich dazu diente, die Legendenbildung zu befördern. Aussagekräftiger bleiben die schriftlichen Zeugnisse, in denen Schiller über Carl Eugens Tod räsoniert. In einem Brief an Georg Joachim Göschen, der vom 24. Oktober 1793 datiert ist, heißt es zunächst lakonisch: «Eben langt die gewiße Nachricht an, daß der Herzog von Wirtemberg diese Nacht um 12 Uhr gestorben ist. Er ist schon 3 Tage ohne Hofnung darnieder gelegen.» (NA 26, 291) Dem Freund Körner schreibt Schiller am 10. Dezember 1793 unzweideutig im Blick auf die Hoffnungen, die sich an den Thronfolger Ludwig Eugen, den jüngeren Bruder Carl Eugens, knüpfen: «Der Tod des alten Herodes hat weder auf mich noch auf meine Familie Einfluß, außer daß es allen Menschen, die unmittelbar mit dem Herrn zu thun hatten, wie mein Vater, sehr wohl ist, jezt einen Menschen vor sich zu haben.» (NA 26, 336) Man sollte den historischen Vergleich, mit dem Schiller hier arbeitet, nicht unterschätzen.[161] Als ‹Herodes› ist der Herzog ein Mörder, der die Kinder des Landes an Leib und Seele tödlich verletzt hat. Das anklagende Pathos, das diese Metapher trägt, läßt wenig Zweifel an der kritischen Gesinnung, die der frühere Eleve seinem ehemaligen Souverän entgegenbringt. Im Unterschied zu den Gesprächsnotizen von Freunden und Verwandten besitzen solche

Wendungen ihren authentischen Gehalt. Auch wenn Schiller wußte, was er dem Bildungssystem der herzöglichen Akademie verdankte, konnte er dem Souverän den Raub, den dieser an seiner Jugend begangen hatte, nicht verzeihen.

Anreger auf zahlreichen Feldern. Inspiration durch Jakob Friedrich Abel

Unter den Karlsschullehrern hat vor allem Abel Schillers Denken in prägender Weise beeinflußt. Intellektuelle Motive, die auf seinen Unterricht zurückweisen, bestimmen noch das Werk der 80er und 90er Jahre: das Interesse an der Psychologie extremer Leidenschaften, die zum Konzept des Erhabenen abgewandelte Lehre von der Seelenstärke, die Theorie des moralischen Sensoriums und der ethischen Fundamentalausstattung des Menschen, die Skepsis gegenüber einer erfahrungsunabhängig gewonnenen Erkenntnislehre (die letzthin die gesamte Auseinandersetzung mit Kant grundieren wird), die anthropologische Perspektive, welche eine humane Pädagogik allein unter Einbeziehung individueller leibseelischer Anlagen für denkbar hält, die Affinität zur Geschichte als Magazin psychologischen Wissens. In Abels Unterricht lernt Schiller nicht nur die modernsten philosophischen Lehren seiner Zeit kennen; hier durchläuft er auch eine Denkschule, die ihre Spuren in den späteren essayistischen Abhandlungen hinterläßt. Wenn Schiller noch als begeisterter Leser Kants an der Priorität von Erfahrung und Beobachtung im Prozeß wissenschaftlicher Erkenntnis festhält, so wirkt hier die Prägung durch Abel mächtig nach. Die empirischen Optionen seines Lehrers hat er in seine Auseinandersetzung mit der Transzendentalphilosophie stets einzubringen gesucht, auch wenn die daraus hervorgehenden Synthesen, wie ihm selbst bewußt war, beträchtliche methodische Widersprüche aufwiesen. Das Bekenntnis zum Eklektizismus, das ihn von Denkern wie Fichte und Schelling fundamental schied, bildet eine wesentliche Frucht der Vorlesungen Abels. Durch sie lernten die Hörer nicht nur den philosophischen Zeitgeist kennen, sondern zugleich die Kunst der Verbindung einander widerstreitender Ansätze. Gegen die strikte Systemlogik, die man am Ende des aufgeklärten Zeitalters als Relikt des Rationalismus betrachtete, setzte Abel den offenen Denkstil des Empirikers, der sein Wissen allgemeinverständlich zu vermitteln suchte, ohne dabei konsequent einer allein gültigen Schule zu folgen. Erst nach 1790 geriet diese methodische Linie unter den Druckwellen der idealistischen Philosophie ins intellektuelle Abseits.

Abels Einfluß auf die Eleven war beträchtlich, weil er als moderner, aufgeschlossener Lehrer ohne Hang zur akademischen Förmlichkeit galt. Pädagogisches Charisma und geistiges Temperament traten bei ihm auf produktive Weise zusammen. Die Beweglichkeit seiner Argumentationskunst wurde durch eine unprätentiöse Selbstdarstellung ergänzt, der zeremoniöser Ernst und gespreizte Gelehrteneitelkeit gleichermaßen fremd blieben. Seine Vorlesungen pflegte er zwar nach einem vorbereiteten Konzept zu halten, jedoch entfernte er sich häufig von der schriftlichen Vorlage. Dann trat er neben das Podium und entwickelte seine Gedanken in freier Improvisation, während er mit zügigen Schritten den Lehrsaal durchmaß.[162] Das aufgeklärte Ideal des ‹Selbstdenkens› suchte er praktisch umzusetzen, indem er seine Schüler in Streitfragen verwickelte und derart an der Lösung von Problemen beteiligte. Die dialogische Form der Vermittlung trat hier an die Stelle des Kathedermonologs. Schillers Kommilitone Friedrich von Hoven erinnert sich daran, wie stark die jugendliche Erscheinung des noch nicht 30jährigen Dozenten auf die Eleven wirkte.[163] Abel selbst weiß davon zu berichten, daß ihn eine kleinere Schar seiner Zöglinge häufig vor Beginn der Vorlesungen am Akademietor erwartete, weil man auf dem Weg zum Hörsaal mit ihm wissenschaftliche oder «politische Gegenstände» diskutieren wollte.[164] Schiller nutzte solche Gespräche, wie der Lehrer erzählt, um sich über das Werk Shakespeares auszutauschen und sein literarisches Wissen zu erweitern.

Nicht nur durch die Vorlesungen der Jahre 1776 und 1777, sondern auch aufgrund der Prüfungsthesen lernt Schiller den Denkstil Abels detailliert kennen. Im Dezember 1776 ist er im Rahmen der öffentlichen Disputation Respondent der von ihm verfaßten *Theses philosophicae*, die einen knappen Abriß diverser Teildisziplinen des Fachs liefern. Bezeichnend für Abels methodischen Standort ist die Einbeziehung von Problemen der Psychologie, Nervenphysiologie und Ästhetik, die traditionelle Fragen der Metaphysik und Logik in den Hintergrund drängen. Als ausdrückliches Ziel des Unterrichts nennt bereits die zweite These die Ausbildung des philosophischen Geists («formatio ingenii philosophici»),[165] die bedeutsamer sei als die Anhäufung von pedantischem Spezialwissen. Ebenfalls im Dezember 1776 muß Schiller die 52 Paragraphen von Abels *Dissertatio de origine characteris animi* verteidigen, in der sich der Ertrag des vorangehenden Kollegs über Probleme der Erfahrungsseelenkunde und Anthropologie gesammelt findet. Sie behandelt Fragen der Anatomie des Denkens, der Assoziationspsychologie, der Vorstellungslogik, der Nervenphysiologie und der Sprachphilosophie. Von Locke übernimmt Abel die Kritik der angeborenen Ideen, die er durch eine Theorie der empirischen Wahrnehmung ersetzt. Ins Zentrum der Dissertation rückt damit die These, daß

Jakob Friedrich Abel.
Ölgemälde von J. F. Weckherlin

auch die Produktion abstrakter Denkinhalte auf Akte der sinnlichen Erkenntnis zurückgeht, deren Ergebnisse durch die Nervenbahnen dem Gehirn zugespielt und dort in nicht-sinnliche Vorstellungen überführt werden.[166] Am 27. und 28. November 1777 tritt Schiller als Respondent von Abels *Aesthetischen Säzen* auf, welche die Summe seines kunsttheoretischen Kursus darstellen. Behandelt werden Fragen der Differenz zwischen Poesie und Malerei (aus der Optik von Lessings *Laokoon*), der Geschmackslehre (wobei eine streng empiristische, an Hume ausgerichtete Sichtweise die Kritik der normativen Ästhetik stützt), der Stilkunde und Antike-Rezeption. In der Rolle des Respondenten, der sich zum Zweck der Vorbereitung der öffentlichen Diskussion über mehrere Tage intensiv mit den Prüfungsthesen befassen mußte, konnte Schiller das im Kolleg vermittelte kunsttheoretische Grundwissen nochmals vertiefen.

Spätestens nach dem Scheitern Ploucquets war Abels Rang innerhalb der Dozentenhierarchie der Karlsschule unumstritten. Die hohe Anerkennung, die er bald auch beim anfangs skeptischen Herzog genießt, bekundet sich darin, daß ihm mehrfach die öffentliche Hauptrede anläßlich der Prüfungsfeiern am Stiftungstag zum Jahresende übertragen wird. 1776 spricht er über *Entstehung und Kennzeichen grosser Geister*, 1777 über das Phänomen der *Seelenstärke*. Beide Texte werden, wie die Prüfungsdissertationen und die Examensschriften der Eleven, separat bei Christoph Friedrich Cotta in Stuttgart gedruckt. Der Einfluß, den sie auf Schillers Denken nehmen, läßt sich mit Händen greifen; das gilt für die Genieauffassung der 1776 gehaltenen Rede, die das Psychogramm der Helden des dramatischen Frühwerks steuert, aber auch für den Gedanken der Affektdisziplinierung durch ‹Seelenstärke›, den die tragödientheoretischen Abhandlungen der 90er Jahre im Entwurf des autonom sein Leid beherrschenden Individuums fortschreiben. Der Festvortrag vom 14. Dezember 1776 liefert eine psychologische Definition des Genies, dessen intellektuelle Überlegenheit aus einer besonderen seelischen Disposition abgeleitet wird. Sinne, Einbildungskraft, Gedächtnis und Verstand arbeiten, so erklärt Abel, im Normalfall als selbständige Systeme, die nur dort, wo sie reibungsfrei kooperieren, geniale Gedankentätigkeit erzeugen. Neben die entspannte Interaktion der geistig-psychischen Vermögen tritt die Antriebsenergie der Leidenschaft, die die Konzentration des Geistes auf einen Gegenstand als Voraussetzung höchster intellektueller Leistung ermöglicht. Das Genie zeichnet sich durch die Schnelligkeit der Urteilsfindung, durch Ausdauer, Lebhaftigkeit und Klarheit seiner mentalen Vorstellungen aus. Getragen wird diese Diagnose vom Ideal der inneren Harmonie: «Kein Begriff, kein noch so geringfügiges Urteil kann gebildet werden, ohne daß alle Kräfte dazu beitragen; die Sinne geben ursprünglich Materialien, Einbildungskraft und Gedächtniß bringen ähnliche Begriffe hervor, der Verstand sieht die Verhältnisse ein, außerdem, daß die mittelbar und unmittelbar damit verbundene Neigung die Aufmerksamkeit bestimmt.»[167] Nicht allein die Stärke der geistig-seelischen Fertigkeiten, sondern auch deren ausgewogene Balance begründet den Ausnahmemenschen. Fehlt dieses Gleichgewicht, so kommt es zu Exzentrität, Schwärmerei oder, auf pathologischer Stufe, zum Wahnsinn; das Genie überschreitet die Grenze zum Krankhaften, wo es seine Vermögen einseitig ausbildet, ohne daß für ihren inneren Ausgleich gesorgt ist. Gerade die Abgründe, vor denen das geniale Individuum mit seiner labilen Psyche steht, haben Schiller als Dramatiker immer wieder fasziniert. Figuren wie Fiesko und der Marquis Posa treiben ihre politischen Ambitionen mit einer so eindrucksvollen wie rücksichtslosen Energie voran, die ihre herausragende Intelligenz in ein dubioses Licht rückt. An Abels Analyse konnte sich der skeptische Blick des künftigen Autors schulen, der später mit großer Sachkenntnis die Nachtseiten des Genies porträtieren sollte.

Auch Abels 1777 vorgelegter Versuch über die *Seelenstärke* hat Schillers Denken beeinflußt. Die Rede umreißt die Anatomie des seiner selbst mächtigen Charakters, der imstande bleibt, gegen die Flut sinnlicher Eindrücke und physischer Bedürfnisse, gegen die Mächte des Triebs und die Impulse der Wahrnehmung einen Schutzwall zu errichten, hinter dem er seine moralische Unabhängigkeit behaupten kann: «In der edlen Brust des Weisen keimt nie eine Leidenschaft, die seine Vernunft als strafbar erkennt, indem er alle Vorstellungen und Empfindungen, auf die sie sich stüzet, ausrottet oder durch höhere Empfindungen erstickt.»[168] Das hier umrissene Programm der Selbstkontrolle durch Veredelung der emotionalen Kräfte, die den Menschen antreiben, bildet später den anthropologischen Ausgangspunkt für Schillers Modell der Tragödie. Die von ihm beleuchtete Strategie der Leidensabdämpfung ist ohne die folgerichtige Theorie der Seelenstärke, die der Akademielehrer in seiner Rede erläutert, nicht denkbar. Deutlich treten aber auch die Spannungen hervor, die Abels Konzept bestimmen. Zwar geht sein Ansatz von den natürlichen moralischen Anlagen des Menschen aus, die – im Sinne der Überzeugungen Hutchesons und Fergusons – das Vermögen zur sittlichen Autonomie begründen, doch wird zugleich betont, daß das Individuum gewaltige intellektuelle Anstrengungen aufbringen müsse, um die überschießenden Triebenergien zu kontrollieren, die es beherrschen. Gerade die Einsicht in den mächtigen Einfluß, den die sinnlichen Bedürfnisse auf den psychischen Haushalt ausüben, veranlaßt Abel dazu, eine Theorie des Willens zu entwerfen, die es erlaubt, persönliche Freiheit als Produkt der vernunftgestützten Affektregie zu denken. Die Genierede hatte 1776 erklärt, daß «die Seelenkräfte des Menschen auf eine außerordentliche Weise vom Körper abhangen, daß Einbildungskraft, Verstand, Wille, mittelbar oder unmittelbar von ihm bestimmt werden.»[169] Die Verknüpfung der Ideen, die Arbeit der Erinnerung, die Akte der Imagination und Phantasie unterliegen sämtlich der physischen Befindlichkeit des Menschen, seinen Triebregungen und unbewußten Energien. In schroffem Gegensatz zu diesem Szenario steht die Theorie der Seelenstärke, die durch die Überzeugung getragen wird, daß sich das Individuum vermöge der Interventionen des Willens von seinen mannigfachen physischen Abhängigkeiten, wie sie die moderne Anthropologie Platners aufweist, befreien könne. Wenn die Rede vom Dezember 1777 das Ideal der Autonomie als Folge der gelungenen Affektkontrolle beschwört, so tritt ihr ethisches System in massiven Widerspruch zu jener Triebpsychologie, die Abels Geniebeitrag und seine Prüfungsdissertation von 1776 (*De origine characteris animi*) umreißen. Beide Positionen bleiben in seiner Lehre gegenwärtig, ohne daß ihr Gegensatz systematisch aufgehoben wird. Sie spiegeln das gleichmäßig verteilte Interesse an der durch die Arbeiten Sulzers und Platners repräsentierten empirischen Seelenkunde und der spätaufklärerischen Moraltheorie wider, wie sie sich bei Spalding und Mendelssohn entwickelt findet. Abel hat die Thesen seiner Rede von 1777 später in die umfassende *Dissertatio de fortitudine animi* (1800–01) und den *Versuch über die Seelenstärke* (1804) einfließen lassen, ohne jedoch den hier bezeichneten Widerspruch zu beheben.

Ansätze zu einer Erklärung des Verhältnisses von sinnlicher Wahrnehmung und moralischer Freiheit bietet erst die 1786 veröffentlichte *Einleitung in die Seelenlehre*, der Abels Karlsschulvorlesungen zugrunde liegen. Unterschieden werden zwei eigenständige Arbeitsbereiche: die theoretische Psychologie erschließt einen Abriß allgemeiner anthropologischer Fragen, während die praktische Psychologie zu Problemen der Menschenkenntnis Stellung nimmt. Methodische Basis für beide Disziplinen bleibt die empirische Vorgehensweise, die Erfahrungswissen durch Beobachtungen am Detail sammelt. Zentrale Untersuchungsfelder stellen dabei, gemäß der älteren schulphilosophischen Definition der *Psychologia empirica*, die menschlichen Fertigkeiten des Erkennens und Empfindens dar. Die leitende Bedingung der seelenanalytischen Arbeit bildet ein Axiom, das Abel der Leibnizschen Lehre entlehnt hat: die Annahme, daß die Psyche eine aus verschiedenen Kräften zusammengesetzte, im Unterschied zum Körper unteilbare Einheit repräsentiere. Ausgehend von dieser systematisch verbindlichen Bestimmung betrachtet die Schrift die produktiven und rezeptiven Fertigkeiten der menschlichen Seele, die als Schaltstelle bei der Vermittlung zwischen sinnlichen und reflexiven Prozessen aufgefaßt wird. Die Genese der Empfindungen, die Quellen der Leidenschaften, der Einfluß von Gefühl und Verstand auf die Ausdrucksformen des Körpers, das Spiel der sinnlichen Wahrnehmung, die Beziehung zwischen Sprache und Denken, nicht zuletzt die seelischen Ursachen individueller Ideen, Einbildungen und Moralvorstellungen werden dabei, dem Verfahren Platners gemäß, unter Bezug auf den physiologischen Apparat des Menschen erörtert. Hirnzellen und Nervensystem bilden für Abel die Werkzeuge der Seele, deren Vermögen und Absichten sie direkt oder indirekt, durch unmittelbare physische Reaktionen oder Reizübertragung umzusetzen vermögen.[170] Triebpsychologie und Erkenntnistheorie stehen damit im Bann eines medizinischen Begründungszusammenhangs, der Abels Denken in die Nähe des von La Mettrie vertretenen Materialismus rückt. An solchen Punkten hat sich der Examenskandidat Schiller, wie vor allem die erste Dissertation zeigen wird, von seinem überraschend modern argumentierenden Lehrer Abel abgegrenzt. Das Vertrauen in eine jenseits physischer Wirkungsfelder liegende Freiheit des Urteilens und Empfindens sucht er unter Rückgriff auf stärker spekulative Elemente mit methodischem Anspruch zu begründen.

Auch bei Abel ist freilich das Bestreben zu erkennen, den Determinismus einer primär über die Theorie der Sinneswahrnehmung aufgebauten Psychologie strikt zu begrenzen. Der Mensch, so heißt es mehrfach in der *Seelenlehre*, sei dazu befähigt, die ihn erreichenden Eindrücke zu ordnen, in eine Hierarchie zu überführen und ihren Einfluß auf diese Weise aktiv zu steuern. Mit Hilfe des Vermögens der «Aufmerksamkeit» kann die Seele in den Wahrnehmungsprozeß eingreifen, die andrängenden Impressionen streng selektieren und «Selbstmacht» gewinnen.[171] Ihre Fertigkeit zur Ausgliederung und «Willkühr»[172] wiederum bildet die Voraussetzung für die Freiheit des Willens, die darin besteht, eine möglichst große Unabhängigkeit von den Zwängen der sinnlichen Erfahrungswelt zu erreichen. Indem der psychische Apparat sensuelle Eindrücke sortiert, schafft er dem Intellekt den Spielraum, der erforderlich ist, um autonome Urteile und Entscheidungen zu fällen. Seelenstärke bleibt vor dem Hintergrund dieser Theorie ein gemischtes Vermögen, das sich aus der psychischen Selektionsfähigkeit und der durch sie gestützten Unabhängigkeit des Geistes gegenüber sinnlichen Eindrücken zusammensetzt. Die Grundlagen für seine Lehre von der seelischen Aufmerksamkeit, die die Möglichkeit sittlicher Autonomie durch die vom psychischen Mechanismus gewährte Wahrnehmungsfreiheit begründet, fand Abel in Johann Friedrich Zückerts Schrift

Von den Leidenschaften (1764), Charles Bonnets *Analytischem Versuch über die Seelenkräfte* (1770–71) sowie Herders Aufsatz *Vom Erkennen und Empfinden* (1774).[173] Wie bedeutsam die Vorstellung von der autonomen Lenkung sinnlicher Eindrücke für die Popularphilosophie und Psychologie der Spätaufklärung war, verraten nicht zuletzt die Anmerkungen, die Garve zu Fergusons *Institutes* beisteuerte.[174] Auch hier konnte Abel seine Theorie der Aufmerksamkeit bestätigt finden, die das – freilich schmale – Brückenstück zwischen dem Gedanken der Willensfreiheit und der Lehre von der sinnlichen Determination des Menschen bilden sollte. Daß der junge Schiller sich ihren Vorgaben anschloß, bezeugt seine erste medizinische Probeschrift, die in ihrem zehnten Paragraphen das Vermögen der Aufmerksamkeit als «thätigen Einflus» der Psyche auf die «Materiellen Ideen im Denkorgan» – die sinnesphysiologisch begründeten Wahrnehmungsprodukte – zu bestimmen sucht (NA 20, 27).

Als versierter Pädagoge hat Abel Schillers Begabung früh erkannt und gefördert. In seinen ungedruckten Erinnerungen, die Richard Weltrich erstmals im Jahr 1899 einem größeren Publikum zugänglich machte, betont er, daß sein Schüler insbesondere die aus didaktischen Gründen in die Vorlesungen eingestreuten Hinweise auf literarische Werke neugierig aufgegriffen habe. Ausdrücklich hebt er das umfassende Interesse Schillers hervor, das neben Fragen der Ästhetik auch Logik, Metaphysik, Philosophiegeschichte und Ethik, nicht zuletzt historische Themen eingeschlossen habe: «Alle diese Wissenschaften interessierten ihn, denn er hörte nicht nur mit Aufmerksamkeit zu, und las nicht nur die besten Schriften in allen diesen Fächern, die er erhalten konnte, sondern er unterredete sich auch über dieselben, so oft er nur konnte (...)» (NA 42, 10). Neben Haug, der durch sein *Magazin* wichtige Anregungen bot, ist Abel der einzige Akademielehrer geblieben, mit dem Schiller den Kontakt nach dem Austritt aus der Akademie im Dezember 1780 regelmäßig pflegte. Gestützt auf seinen Rat ediert er 1782 in Stuttgart das *Wirtembergische Repertorium der Litteratur*; Abel tritt nicht nur ins Herausgebergremium ein, sondern beteiligt sich zudem mit zwei eigenen Beiträgen an dem kurzlebigen, nach drei Nummern wieder eingestellten Journal (*Die grausame Tugend*, *Gespräche über die Religion*). Auch Schillers *Anthologie auf das Jahr 1782* unterstützt er bereitwillig mit einer Reihe anonym gedruckter lyrischer Texte (*Fluch eines Eifersüchtigen*, *An Fanny*, *An mein Täubchen*, *An Gott*). Als Zeichen seiner Dankbarkeit widmet Schiller dem früheren Lehrer sein zweites Drama, den *Fiesko*, der Ende April 1783 im Verlag Christian Friedrich Schwans erscheint. Mitte November 1783 besucht Abel ihn für einen Tag in Mannheim, was nicht ohne Brisanz scheint, wenn man bedenkt, daß der ehemalige Regimentsarzt seit dem 31. Oktober 1782 in Stuttgart offiziell als Deserteur geführt wird. Das Gespräch kreist um literarische Fragen und Projekte, nicht zuletzt um die Politik. Abel ist gegen Ende des Jahres 1781 unter dem Einfluß seines Akademiekollegen, des Italienischdozenten Friedrich August Clemens Werthes, und des Heidelberger Kirchenrates Johann Friedrich Mieg dem radikalaufklärerischen Illuminatenorden beigetreten, den Adam Weishaupt 1776 als progressiven Ableger der Freimaurerlogen ins Leben gerufen hatte.[175] Sein keineswegs gefahrloser Besuch in Mannheim dürfte zumal dem Versuch gegolten haben, Schiller für den von mysteriösen Umsturzplänen getriebenen Geheimbund zu gewinnen – ein Vorsatz, der, wie noch zu berichten ist, auch späteren Werbern fehlschlug.

Nach dem Herbst 1783 verliert man sich zunächst aus den Augen. Abel lehrt bis zum Jahr 1790 an der Karlsschule; ab 1786 amtiert er als Prorektor und damit als Stellvertreter des Herzogs. 1785 und 1788 erhielt er Rufe an die philosophische Fakultät der Universität Göttingen, die in Feder und Meiners Vertreter jener modernen empirischen Ausrichtung besaß, für die auch er selbst einstand. Der Herzog verhinderte jedoch den Fortgang seines populären Dozenten, indem er ihm Aussichten auf den Tübinger Lehrstuhl des bereits schwer erkrankten Ploucquet eröffnete. Nach dessen Tod wechselte Abel 1790 als Professor der praktischen Philosophie an die Landesuniversität, konnte dort aber eine nur noch eingeschränkte pädagogische Wirkung erzielen. Auf die Herausforderungen, die das Lehrgebäude Kants für die von ihm vertretene Erfahrungswissenschaft darstellte, hat er nicht mehr produktiv zu antworten gewußt. Seine intellektuelle Kreativität versiegte spürbar, was am Standard seiner Publikationen deutlich zu erkennen ist. Veröffentlicht hat Abel, der zeitlebens kein brillanter Autor, sondern ein Mann des mündlichen Vortrags war, in späteren Jahren zumal seine methodisch bereits überholten Akademievorlesungen. Charakteristisch für die verminderte geistige Originalität ist der Umstand, daß er noch 1804 seinen *Versuch über die Seelenstärke* zum Druck gibt, der die Thesen der zu diesem Zeitpunkt 27 Jahre alten Karlsschulrede vom Dezember 1777 systematisch auszuarbeiten sucht.

Im März 1794 trifft Schiller den ehemaligen Lehrer nach zehnjähriger Pause in Tübingen wieder. Man diniert im Kreis der Studenten, die dem inzwischen berühmten Autor die Reverenz erweisen. Wenige Wochen später läßt Abel bei der Universitätsleitung die Chancen für eine Berufung Schillers sondieren; das Rektorat, das unter dem neuen Herzog größere Freiräume besitzt, signalisiert, daß man die Rückkehr des ehemaligen Landesflüchtlings begrüßen werde. Die umständlichen Verhandlungen dehnen sich bis zum Frühling 1795, scheitern jedoch schließlich, weil Schiller trotz des glänzenden württembergischen Angebots die Bindungen, die er sechs Jahre zuvor in Jena eingegangen ist, nicht preisgeben möchte. Gegenüber den intellektuellen Reizen, die die Hochburg des Kantianismus zu dieser Zeit bot, gestaltete sich die Aussicht auf eine Rückkehr in die schwäbische Provinz nicht sonderlich verlockend. Zu einem Wiedersehen zwischen Lehrer und Schüler ist es nach 1794 nie mehr gekommen. Abels Einfluß auf die neue Studentengeneration nahm nach 1800 rapide ab, weil er sich weigerte, eine offene Auseinandersetzung mit den Lehren Fichtes, Hegels und Schellings zu führen. Er teilte damit das Schicksal zahlreicher Popularphilosophen der Aufklärung, die den Provokationen der modernen idealistischen Denksysteme nicht mehr konstruktiv begegnen konnten. 1811 verließ Abel auf Drängen des Kurators Wangenheim die Universität Tübingen und übernahm die Leitung des frisch gegründeten evangelischen Seminars des Klosters Schöntal; 1823 ernannte man ihn zum Generalsuperintendenten von Urach mit Amtssitz in Stuttgart. Als er 1829 starb, hatte er seinen berühmtesten Schüler um 24 Jahre überlebt.

Anatomisch-physiologische Erkundungen. Die Mediziner Consbruch, Klein und Reuß

Ende des Jahres 1775 begann die Akademie mit dem zügigen Aufbau der medizinischen Abteilung. Das Studium war zunächst auf drei Jahre berechnet, was der Dauer einer praktischen Ausbildung zum Wundarzt entsprach. In der Regel dehnte es sich jedoch auf jene fünf Jahre aus, die auch Schiller benötigte, um das Examen zu absolvieren. Im Januar 1776 wurde der Unterricht für den kleinen Kreis der neun Fachstudenten aufgenommen. Medizingeschichte, Physiologie, Pathologie und Therapeutik lehrte der 1736 in Stuttgart geborene Johann Friedrich Consbruch, der über eine reiche Berufserfahrung verfügte. Der fünf Jahre jüngere Christian Klein, der bereits seit 1774 als Wundarzt der Karlsschule amtierte, übernahm die Ausbildung in Anatomie und Chirurgie. Der gleichaltrige Christian Gottlieb Reuß versah die Vorlesungen in Naturgeschichte, Chemie und Arzneimittelkunde.[176] Das Niveau der Fachlektionen entsprach universitären Standards, auch wenn die praktischen Übungsmöglichkeiten eingeschränkt blieben. Den wichtigsten Anschauungsunterricht vermittelte das Spital der Akademie selbst, das freilich nur selten schwere Fälle aufnehmen mußte. Das Präparieren menschlicher Körper erlernten die Eleven im Seziersaal der Karlsschule, wobei die Leichen aus dem Stuttgarter Militärkrankenhaus stammten. Für das chirurgische Fach mußte eine vorwiegend theoretische Ausbildung genügen, die das Hospitieren bei einer Operation nahezu gänzlich ausschloß; bedenkt man jedoch, daß Eingriffe aufgrund fehlender Narkosemöglichkeiten ohnehin selten waren, so spiegelt sich darin nur der Wirkungsradius der zeitgenössischen Heilkunde wider. Obwohl die medizinischen Absolventen der Karlsschule über ein gediegenes Fachwissen verfügten, weigerte sich die konservative Tübinger Universität mehrere Jahre lang, sie mit den eigenen Prüflingen auf eine Stufe zu stellen. Nur in Ausnahmefällen wurde, nach zähen Verhandlungen des Intendanten Seeger, eine an der Akademie verfaßte Dissertation auch von der Tübinger Fakultät als Promotionsschrift, die zur Führung des Doktorgrades berechtigte, anerkannt. Typisch ist der Fall Friedrich von Hovens, der nach dem erfolgreichen Abschluß seines Akademiestudiums 1782 an der Landesuniversität ein Ergänzungsexamen ablegen mußte, um als selbständiger Arzt in Ludwigsburg praktizieren zu dürfen. Auch Schiller wäre zu einer solchen Erweiterungsprüfung verpflichtet gewesen, hätte er die Fortsetzung seiner medizinischen Tätigkeit außerhalb des herzöglichen Militärs angestrebt.

Die wissenschaftlich profilierteste Persönlichkeit unter den drei Akademiemedizinern ist fraglos Consbruch. Er studierte in Tübingen, Göttingen und Straßburg, absolvierte 1759 sein Examen und wurde noch im selben Jahr Kreisphysikus (Landarzt) in Vaihingen. 1772 erwarb er an der Universität Tübingen nach Jahren der praktischen Tätigkeit die Doktorwürde. Neben seiner Lehraktivität veröffentlicht er regelmäßig Arbeiten, die sich vornehmlich mit Problemen der Fachgeschichte, Psychosomatik und Diätetik befassen. Consbruchs Thesen für die medizinischen Abschlußdisputationen gelten bevorzugt dem Leib-Seele-Zusammenhang, verraten mithin auch psychologische Neigungen; kein Zufall ist es, daß er mit Abel zu einer engen, reibungsfreien Zusammenarbeit fand, stieß er doch bei ihm auf vergleichbare Interessen. Psychosomatische Fragestellungen bestimmen auch die Exposés, die Consbruch seit 1776 beim Herzog als Vorschläge für die Jahresabschlußrede einreicht. Sie behandeln Themen wie *Von dem Einfluß der Gesundheit deß Körpers auf die Seelen-Kräffte*, *Daß die Stärcke deß Gedächtnißes von dem guthen Zustand deß Körpers abhange*, *Von dem Einfluß der Organisation deß Hirns auf das Genie.*[177] Erst 1779 jedoch darf Consbruch die reizvolle Aufgabe übernehmen, die akademische Festrede auszuarbeiten und öffentlich vorzutragen. Der Text, der unter dem Titel *Von dem Einfluß der physikalischen Erziehung auf die Bildung der Seelenkräfte* bei Cotta gedruckt wird, weist den Verfasser als Verfechter der von Aristoteles begründeten, durch Platner, Tissot und Zimmermann erneuerten Hypothese vom wechselseitigen Bestimmungsverhältnis zwischen Leib und Psyche (*influxus physicus*) aus. Ihr liegt die Annahme zugrunde, daß der Körper des Menschen durch seelische Zustände – Erregung, Freude, Abspannung, Niedergeschlagenheit, Begeisterung, Trauer – gesteuert, umgekehrt aber auch die psychische Kondition von der physischen Befindlichkeit – Erschöpfung, Schmerz, Hunger, Durst – beherrscht werde. Schiller, der seit 1776 regelmäßig die von Consbruch verfaßten Prüfungsthesen als Respondent verteidigen mußte, stieß durch das Kolleg seines Lehrers auf den anthropologisch wiederbelebten Ansatz des Influxionismus. Er hat ihn konsequent in seinen Dissertationen zur Anwendung gebracht, dabei jedoch mit spekulativen Überlegungen verknüpft, die den Widerspruch der Prüfer erregen mußten.

Im alten Streit über das Verhältnis von Leib und Seele wurde die Medizin zur Mitte des 18. Jahrhunderts in zwei gegensätzliche Lager geteilt, wobei die fruchtbarsten Lösungen aus dem Bestreben resultierten, eine Vermittlung zwischen den widerstreitenden Positionen herbeizuführen. Auf der einen Seite steht der Versuch, in eigenwilliger Neudeutung der cartesianischen Tradition den Leib des Menschen als reine Maschine aufzufassen, die allein physikalisch-physiologischen Prozessen gehorcht; diese Position vertrat, mit schulbildender Prägekraft, der niederländische Arzt Hermann Boerhaave (1668–1738). Während Descartes jedoch auf der Grundlage der Substanzentrennung der Körperwelt mit ihren beliebig häufig teilbaren Elementen eine Sphäre des unteilbaren Geistes entgegensetzte und derart einen radikalen Dualismus schuf, der die Kooperation von Leib und Seele nur im Akt eines göttlichen Eingriffs, also metaphysisch möglich scheinen ließ, folgte die mechanistische Medizin des späten 17. Jahrhunderts der Überzeugung, daß die Seele selbst ein Element des Körpers bilde und von ihm regiert werde. Boerhaave verknüpft diese Ansicht mit der Erneuerung der antiken Humoralpathologie, die das Zusammenwirken der nach Zustand, Temperatur, Farbe und Fließgeschwindigkeit verschiedenen Körpersäfte als Basis der leiblichen Ökonomie des Menschen betrachtete. Den Leidener Mediziner interessierte allein die physische Existenz des *Homo sapiens* jenseits seiner seelischen Aktivitäten. Vollends zur Verneinung psychischer Autonomie führte dieser Ansatz im Denken des französischen Arztes und Boerhaave-Schülers La Mettrie, der in seinem *L'homme machine* (1748) die Vorstellung der Seele als selbständige Substanz verabschiedet; Schiller kannte solche Hypothesen der materialistischen Anthropologie aus den Vorlesungen Abels. Ganz andere Akzente setzte der auf den Hallenser Mediziner Georg Ernst Stahl (1659–1734) zurückgehende Animismus, der sämtliche Erkrankungen monokausal durch Defekte im Seelenhaushalt zu erklären suchte. Die Psyche erscheint bei Stahl, dessen Theorien im pietistischen Milieu Württembergs zu großem Einfluß gelangten, als Baumeisterin des Körpers; von ihren Zuständen hängt die jeweilige Beschaffenheit der Physis ab. Die leibliche Ökonomie des Menschen wird, wie Stahl lehrt, durch die *anima* als dynamisches Lebensprinzip gesteuert. Die Seele beherrscht den Körper, indem sie die physiologischen Vorgänge, die in seinem Inneren ablaufen, so organisiert, daß sie den Menschen biologisch erhalten und, auf der Grundlage streng funktionaler Arbeitsteilung, durch permanente Regeneration seiner Kräfte leistungsfähig machen kann.

Consbruch vertritt weder den von Boerhaave aufgebrachten, im Materialismus radikalisierten Gedanken des Körpers als Maschine noch Stahls aus der Sicht der praktischen Medizin spekulativen Animismus, der bei den Karlsschulärzten generell auf erhebliche Reserven stieß.[178] Durch seinen Göttinger Lehrer Johann Gottfried Brendel wurde er mit der neueren Neuropathologie konfrontiert, deren physiologische Basis am Ende des 17. Jahrhunderts die Arbeiten des in Halle lehrenden Friedrich Hoffmann errichtet hatten (zumal die *Fundamentae medicae*, 1695).[179] Ihr Ansatz, den Consbruch seinen Schülern auf der Grundlage von Brendels Vorlesungen vermittelt, geht davon aus, daß die Nervenwege bei der Erzeugung des Krankheitsbildes eine entscheidendere Rolle spielen als die Körpersäfte (die Boerhaave in den Mittelpunkt seiner Lehre stellte) oder der seelische Einfluß (wie Stahl annahm). Schillers Freund von Hoven betont in seinen Lebenserinnerungen die große Wirkung der durch Consbruch gelehrten Neuropathologie, der er selbst als Mediziner später folgen wird.[180] Sie konnte sich auf prominente Autoritäten stützen: Albrecht von Haller, ursprünglich ein Vertreter der Boerhaave-Schule, hatte in seinen *Elementa physiologiae corporis humani*, deren sieben Bände zwischen 1757 und 1766 erschienen, das Fundament der modernen Neurophysiologie gelegt, die sich mit Fragen der Reizübertragung und -erregung, der Zellstruktur der Nervenbahnen, dem Verhältnis zwischen Wahrnehmungsapparat, Gehirn und neuralem Impuls befaßt. Anhand von 190 eigenen Experimenten gelang es dem Schweizer Universalgelehrten, die Irritabilität der Nerven in einzelnen Körperteilen zu messen und auf diese Weise die unterschiedlichen Abstufungen der Reizempfindlichkeit im physischen System zu erweisen. Der schottische Arzt William Cullen entwickelte seit den 60er Jahren eine diagnostische Lehre, die, ausgehend von Hallers Erkenntnissen, den Nerven eine ähnliche Funktion bei der Krankheitsbildung zuschrieb wie die antike Humoralpathologie den Säften. Daß sein 1775 veröffentlichtes Hauptwerk *Apparates ad nosologiam methodicam* 1778 im *Schwäbischen Magazin* rezensiert wurde, ist ein klares Indiz für das Interesse, das seine Theorien im Karlsschulmilieu auslösten.[181] Cullens eigenwilliger Schüler John Brown baute den Ansatz der *Apparates* weiter aus, indem er im Rahmen seiner Erregungstheorie den Zusammenhang zwischen Nervenphysiologie und Krankheitsursachen auf experimenteller Grundlage zu erforschen suchte. Auch Johann Georg Unzer, dessen Monatsschrift *Der Arzt* (1759–1764) in der Bibliothek der Karlsschule vorlag, folgte in seinen *Ersten Gründen einer Physiologie* (1771) der Lehre von den Nervensäften, um mit ihrer Hilfe gegen den Animismus Stahls zu Felde zu ziehen.[182] Wenn Consbruchs Unterricht die Neuropathologie Hoffmanns, Brendels und Cullens ins Zentrum des Interesses rückte, so bewegte er sich damit auf modernem wissenschaftlichem Niveau. Gerade Schillers erste Dissertation wird die Erkenntnisse, die ihm die Lektüre zumal der einschlägigen Schriften Hallers auf diesem Gebiet verschafft, umzusetzen suchen – in einem kritischen Geist freilich, der polemische Attacken gegen Fachautoritäten einschloß.

Consbruch blieb der *Spiritus rector* des Medizinunterrichts. Durch seine Veröffentlichungen wirkte er über die Grenzen der Karlsschule hinaus; Zeichen des äußeren Erfolgs war der Umstand, daß ihn die St. Petersburger Akademie zu ihrem ordentlichen Mitglied ernannte. Seine theoretische Aufgeschlossenheit machte ihn auch für philosophische Kollegen zum anregenden Gesprächspartner. Daß er sich mit Abel über Fragen der Platnerschen Anthropologie als Grenzwissenschaft zwischen den klassischen Disziplinen ausgetauscht hat, lag nahe. In der Rolle des brillanten akademischen Lehrers, dessen Vorlesungen streng ausgearbeitet waren und hohen Informationswert besaßen, erzielte er beträchtliche Wirkung. Consbruch verfügte über rhetorische Talente, die seinen Vortragsstil von den zumeist spannungsarmen Darbietungen seiner medizinischen Fachkollegen abhob. 1780 ernannte der Herzog ihn aufgrund seiner diagnostischen Fähigkeiten zum Leibmedikus. Diese Position erleichterte es ihm, sich nach der Aufhebung der Karlsschule 1794 als Arzt in Stuttgart zu etablieren und eine erfolgreiche Praxis aufzubauen. Seine wissenschaftlichen Neigungen hat er in dieser Lebensphase nur noch sporadisch verfolgt.

Einen völlig anderen Gelehrtentypus verkörpert der Chirurg Klein. Nach einem fünfjährigen Studium, das er in Straßburg, Paris, Rouen und Havre de Grace absolviert hatte, sammelte er ab 1764 zunächst Erfahrungen als praktischer Arzt. 1774 übernahm er als Nachfolger des dürftig ausgebildeten Philipp Anton Kreppel, der seit 1770 im Dienst der Solitude stand, das Amt des ‹Chirurgien-Majors› an der Militärakademie. Der Herzog beobachtete mit peinlicher Genauigkeit den Gesundheitszustand der Eleven und legte größten Wert auf die Sicherung hygienischer Verhältnisse. Zu den Pflichten des Wundarztes gehörte es daher, die unter strikter Quarantäne stehenden Kranken isoliert zu versorgen, für die Seuchenprävention zu sorgen und die Schüler im Frühjahr einer umfassenden Reinigungskur zu unterziehen, welche die in Kasernen stets drohende Ansteckungsgefahr bei Infekten mindern sollte. Seit dem März 1772 durfte der Stuttgarter Apotheker Walz eine eigene Niederlassung auf der Solitude betreiben, damit ein stets ausreichender Vorrat an Medikamenten vorhanden war. Die gute ärztliche Versorgung hatte zur Folge, daß sich der Anteil der schweren Erkrankungen auf äußerst niedrigem Niveau bewegte. Mit der Eröffnung der medizinischen Abteilung übernahm Klein neben seinen praktischen Aufgaben die Lehrtätigkeit in Anatomie und Chirurgie. Zu seinen Funktionen gehörte es, die Eleven im Präparieren und anatomischen Zeichnen zu unterweisen; die Übungen wurden an Leichen abgehalten, deren Sektion die Studenten regelmäßig in Berichten beschreiben mußten. Auch Schiller hat solche Rapporte verfaßt; überliefert ist sein Protokoll über die Öffnung der Leiche des Malerschülers Johann Christian Hiller, der am 10. Oktober 1778 im Alter von 17 Jahren an Lungentuberkulose und Herzbeutelentzündung verstorben war. Es stellt minutiös die pathologische Untersuchung von Magen, Darm, Leber, Milz, Nieren, Lunge und Herz dar, registriert die Beschaffenheit des Gewebes und notiert nüchtern die Krankheitsbefunde. Der Stil ist sachlich gehalten, emotionslos und wertfrei zugleich; ob dem Protokollanten der Tod des – ihm kaum näher bekannten – Mitschülers naheging, läßt sich aus der Diktion des Textes nicht erschließen (NA 22, 17 f.).

Kleins Domäne blieb der akademische Unterricht, den er nüchtern und unspektakulär versah. An wissenschaftlichem Arbeiten war er dagegen nicht interessiert.[183] Die theoretischen Debatten der zeitgenössischen Medizin dürfte er kaum verfolgt haben. Von ihm existieren weder Prüfungsdissertationen noch externe Veröffentlichungen. Als Praktiker beschränkte er sich auf die alltäglichen Pflichten, ohne Ausflüge in andere Teildisziplinen des Fachs zu wagen. Der Herzog scheint Kleins Wirklichkeitssinn und sein beträchtliches Organisationstalent geschätzt zu haben. Er ließ sich von ihm regelmäßig auf Reisen begleiten, wobei der Arzt nicht nur die medizinische Überwachung, sondern auch das Amt des Quartiermeisters zu versehen hatte.[184] Schillers Verhältnis zu Klein dürfte distanziert geblieben sein, zumal der Dozent jene theoretischen Anregungen, wie sie der Eleve suchte, kaum vermittelte. Das lakonische Gutachten, mit dem Klein Schillers erste Dissertation ablehnte, zeugt von den tiefgreifenden Verständnisschwierigkeiten, die einen intellektuellen Austausch zwischen Lehrer und Schüler verhinderten.

Ein Praktiker mit theoretischen Interessen war Christian Gottlieb Reuß. Er hatte Medizin in Tübingen und Straßburg studiert, wo er sich frühzeitig auf die Gebiete der Botanik und Chemie spezialisierte. 1766 trat er als Hofmedikus in staatliche Dienste; neben der ärztlichen Praxis hielt er fortan in den oberen Klassen des Stuttgarter Gymnasiums den naturkundlichen Unterricht ab. 1774 berief ihn der Herzog auf die Solitude; dort blieb er zunächst für die Behandlung der herzöglichen Pagen, der Schülerinnen der *École des Demoiselles* und der Offiziere der Gardelegion zuständig. Der Lehrauftrag, den er zu Beginn des Jahres 1776 übernahm, bezog sich auf Naturgeschichte, Arzneimittelkunde und Chemie.[185] Nach Hovens Erinnerungen war sein Vortragsstil «trocken», doch informativ.[186] Wissenschaftliche Fragen verfolgte Reuß zurückgezogen, ohne am interdisziplinären Gespräch teilzunehmen. Seine chemischen und metallurgischen Studien veröffentlichte er, der als introvertiert geschildert wird, nur unter dem Druck befreundeter Kollegen. Daß er über Probleme der Anthropologie nachdachte, verrät die Themenliste, mit der er sich 1777 für den Jahresabschlußvortrag bewirbt. Vorgeschlagen wird ein Referat zu Fragen der Diätetik und ihrem Einfluß auf das Gemüt des Menschen, ferner ein Text zum Verhältnis von Lebensalter und Temperament.[187] Stärker fachgebunden sind Reuß' Prüfungssätze vom Dezember 1779, die auch Schiller verteidigen mußte. Die *Theses ad materiam medicam spectantes*, die im Dezemberheft des *Schwäbischen Magazins* veröffentlicht werden, stützen sich auf das Pensum des gesamten Lehrjahrs, wobei Fragen der Pharmakologie und Naturheilkunde im Vordergrund stehen. Schiller schneidet bei der Disputation glänzend ab und erringt in Reuß' Fach ebenso wie bei Klein Preismedaillen für seine vorzüglichen Leistungen. Seine Hoffnung, am Ende dieses Jahres nach bestandenem Examen die Fesseln des Instituts abstreifen zu können, erweist sich jedoch als trügerisch. Mitte Dezember wußte er bereits, daß er weitere zwölf Monate in der Akademie ausharren mußte, weil der wissenschaftlichen Probeschrift, die er vorgelegt hatte, bei den Gutachtern kein Erfolg beschieden war.

5. Die medizinischen Abhandlungen

Spekulative Anthropologie. Philosophie der Physiologie (1779)

Im Herbst 1779 reicht Schiller bei den drei medizinischen Fachprüfern eine Dissertation ein, die den Titel *Philosophie der Physiologie* trägt. Man darf vermuten, daß ihn die Niederschrift seit dem Frühjahr intensiv in Anspruch nahm. Der umfangreiche Originaltext, der in einer für die Gutachter bestimmten lateinischen und einer deutschen Fassung vorlag, ist nicht mehr erhalten. Als Schiller Anfang Februar 1790 seinen Vater bat, ihm die eigenen Jugendarbeiten nach Jena zu schicken, weil er die ‹Geschichte seines Geistes› studieren wolle, ergab sich, daß das Manuskript der Abhandlung von 1779 offenkundig verschollen war (NA 25, 408). Im Nachlaß des ehemaligen Kommilitonen Karl Philipp Conz fand sich 1827 die deutschsprachige Abschrift des ersten Kapitels, das aus elf Paragraphen besteht; die ursprüngliche Arbeit umfaßte, wie Consbruchs Gutachten vom 6. November 1779 andeutet, zumindest 41 auf fünf Kapitel verteilte Paragraphen. Anhand des durch Conz aufbewahrten Manuskripts, das vermutlich im Jahr der Entstehung der Schrift für den zunächst geplanten Druck hergestellt wurde, lassen sich wenigstens einige Leitlinien von Schillers Argumentation erfassen.

Das Zentrum der Untersuchung bildet die Frage nach der Beziehung von Körper und Geist im menschlichen Organismus. Es handelt sich dabei, wie erinnerlich, um ein Thema, das für die theoretische Medizin, die Anthropologie und Psychologie der Zeit von größtem Interesse ist. Wenn Schiller über das Zusammenspiel von psychischen und leiblichen Vorgängen – das ‹commercium mentis et corporis› – nachsinnt, so durchforstet er ein aktuelles Problemgebiet, dem die führenden Gelehrten der Epoche ihre besondere Aufmerksamkeit zuwenden. Anthropologische Fragen im Spannungsfeld von Medizin und Philosophie berührten, unter dem Einfluß von Abels Unterricht, auch andere Abschlußarbeiten: im selben Jahr wie Schiller legte Immanuel Gottlieb Elwert eine *Dissertatio medico-diaetetica* vor, die Problemen der Psychosomatik gewidmet war (ihre verkürzte deutsche Fassung erschien im *Schwäbischen Magazin*), zwölf Monate später folgte Friedrich von Hoven mit seinem *Versuch über die Wichtigkeit der dunkeln Vorstellungen in der Theorie der Empfindungen*. In beiden Fällen konnten die Autoren jenseits von medizinischen Spezialfragen an Abels Vorlesungen anknüpfen, die ausführlich die Begründung des psychophysischen Zusammenhangs in Platners Anthropologie sowie Sulzers Theorie der ‹perceptiones obscurae› behandelt hatten. Hier zeigte sich auf eindrucksvolle Weise die Kooperation der Fächer, die das moderne Methodenbewußtsein der Karlsschuldozenten unter Beweis stellte.

Schillers Abhandlung setzt mit einer allgemein gehaltenen Bestimmung des Menschen ein, die deutlich den Einfluß der aufklärerischen Metaphysik verrät. Die Schöpfung, deren Krone der *Homo sapiens* ist, steht unter dem Gesetz eines durchgreifenden, teleologisch organisierten Plans, der die innere Ordnung und Abstufung ihrer Erscheinungen garantiert. Der Mensch ist das Ebenbild Gottes und damit der Gipfelpunkt seines Werkes.

Eine besondere Vorrangstellung gewinnt er durch die ihn gegenüber anderen Lebewesen auszeichnende Fähigkeit zum Glücksempfinden, die mit seinem Vermögen zur (altruistischen) Liebe verbunden bleibt: eine an der Moralphilosophie Fergusons geschulte These, die auch die zweite Geburtstagsrede für die Reichsgräfin vom Januar 1780 aufgreift (NA 20, 10f.). Vor solchem Hintergrund zeichnet sich der nähere Umriß des Menschen als Doppelwesen ab, das durch die Unsterblichkeit seiner Seele Gott ähnlich, zugleich aber aufgrund seiner körperlichen Existenz dem Tod geweiht ist. Diese dualistische Beschaffenheit stellt, wie es heißt, die Bedingung dafür dar, daß der Einzelne dem mächtigen Vorbild des Schöpfers im Bewußtsein seiner eigenen Mangelhaftigkeit nachzueifern sucht. Ausdruck des Drangs zur göttlichen Vollkommenheit ist die Sehnsucht nach moralischer Freiheit, die ihrerseits durch die Konfrontation mit der unübertrefflichen Schönheit der Natur im Individuum gesteigert hervorgerufen wird. Die sinnliche Erfahrung der Umwelt bildet folgerichtig die Voraussetzung des sittlichen Willens, ohne daß man den einen gegen den anderen Sektor ausspielen darf. Schillers Befund leitet sehr abrupt zur Frage über, wie die Wahrnehmungstätigkeit als Räderwerk der beschränkten physischen Kräfte und die seelische Aktivität als Motor der unverwechselbaren Vollkommenheit des Individuums reibungsfrei ineinandergreifen können. Eine Antwort findet die Schrift in der These, daß eine durch die menschlichen Nervenbahnen wirksame Mittelkraft existiere, die psychische und physische Vorgänge zu koordinieren vermöge. Im Anschluß an Platner, der das Gehirn zum Sitz der Seele erklärt, verzichtet Schiller auf eine nähere Unterscheidung zwischen Geist und Psyche; beide Bereiche werden von ihm auch in späteren medizinischen Studien als immaterielle Zonen menschlichen Denkens und Empfindens aufgefaßt und gemeinsam vom Reich des Körpers abgegrenzt.

Im zweiten Paragraphen diskutiert Schiller zunächst vier zentrale Theorien, die den Zusammenhang zwischen Körper und Geist aus unterschiedlichen Perspektiven zu erfassen suchen. Die erste Hypothese stammt von seinem Lehrer Abel, dessen Namen die Schrift jedoch nicht nennt. Sie findet sich erst 1786 im Rahmen der *Einführung in die Seelenlehre* veröffentlicht, dürfte aber bereits von den psychologischen Vorlesungen des Jahres 1776 ausführlicher erörtert worden sein.[188] Ihr Ansatz besagt, daß die Seele des Menschen ‹undurchdringlich› wie die Materie und aufgrund dieser analogen Eigenschaft den Gesetzen der mechanischen Welt unterworfen sei (NA 20, 12). Schiller sieht in einer solchen Definition eine bedenkliche Angleichung von Psyche und Körper vollzogen, welche die Unsterblichkeit der Seele in Frage stellen, folglich gegen die metaphysischen Voraussetzungen seiner Anthropologie verstoßen müßte. Mit noch entschiedeneren Argumenten weist er eine zweite These zurück, die davon ausgeht, daß alles, was sich im seelischen Erleben des Menschen zuträgt, das Produkt physischer Prozesse bilde. Diese Grundannahme, die sich bei Boerhaave und La Mettrie formuliert findet, beschädigt erneut die für Schiller unbezweifelbare Idee der Unvergänglichkeit der Psyche: «Oder mus der Geist selbst Materie sein. Denken wär also Bewegung. Unsterblichkeit wäre ein Wahn. Der Geist müste vergehen. Diese Meinung mit Gewalt ersonnen, die Erhabenheit des Geistes zu Boden zu drüken, und die Furcht einer kommenden Ewigkeit einzuschläfern, kann nur Thoren und Böswichter bethören; der Weise verhöhnet sie.» (NA 20, 12)

Auch jene Theorien hält Schiller für problematisch, die umgekehrt den Zusammenhang zwischen Leib und Seele nicht durch die Übermacht der materiellen Welt, sondern durch einen metaphysischen Eingriff gewährleistet sehen möchten. Ohne ausdrückliche Erwähnung, aber in der Sache klar umrissen, werden hier die Lösungsmuster der leibnizschen bzw. cartesianischen Philosophie. Nach Leibniz' *Discours de métaphysique* (1686) bleibt die Einheit der Natur garantiert durch eine von Gott vorausentworfene (prästabilierte) Harmonie ihrer Elemente; diese Balance bestimmt auch das Verhältnis zwischen Leib und Seele des Menschen, das der Schöpfer unter das Gesetz eines regelmäßigen Austauschs gestellt hat. Schiller kritisiert an diesem Gedanken zumal, daß er die Möglichkeit persönlicher Freiheit allein auf theologische Prämissen zurückführe, damit aber die Autonomie des Einzelnen tiefgreifend in Zweifel ziehe. Wenn die Kooperation von Leib und Seele, die die Bedingung des vollkommenen Menschen bildet, nur die Folge «eines von Ewigkeit festgesezten Zusammenklangs» ist, dann bleibt auch der Anspruch auf individuelle «Glükseeligkeit» bloßer «Traum», die moralische Selbstbestimmung ein ‹Phantom› (NA 20, 13). Verworfen wird ebenso die Lehre Descartes', die davon ausgeht, daß Körperwelt und Geist auf der Grundlage der in den *Meditationes de prima philosophia* (1641) ausführlich erläuterten Substanzentrennung prinzipiell geschieden bleiben, jedoch von Fall zu Fall (okkasionell) korrespondieren können. Dieser cartesianische Okkasionalismus, wie ihn auch der niederländische Philosoph Arnold Geulincx und die Schule des aufgeklärten Theologen Nicolas Malebranche vertreten, führt, so Schiller, das Zusammenwirken von Leib und Seele auf zufällige, gleichfalls nicht vom Menschen bestimmbare Prozesse zurück. Als theoretisches Erklärungsmodell, das die individuelle Freiheit dem Verfügungsspiel der Metaphysik unterwirft, findet es der in der Rolle des philosophischen Arztes urteilende Verfasser nicht zumutbar.[189]

Schiller strebt eine fünfte Lösung an, die ihm geeignet scheint, die inneren Widersprüche der entschieden zurückgewiesenen älteren Theorien zu überwinden. Körper und Geist besitzen, so heißt es, ihre Schnittstelle in einer Mittelkraft, die weder allein physisch noch rein psychisch angelegt ist. Zur Absicherung seiner Auffassung nimmt Schiller im vierten Paragraphen zunächst eine strenge Unterscheidung zwischen den Begriffen ‹Bau›, ‹Organ› und ‹Geist› vor. Der Bau bildet jenen Bereich, in dem mechanische Kräfte zusammenwirken, vornehmlich also das Feld der Muskeln und Knochen; als Organe gelten die Instanzen der sinnlichen Reizaufnahme, die Werkzeuge der Wahrnehmung wie Auge, Nase und Ohr; der Geist schließlich ist das Medium der Aufarbeitung und Reflexion von aus sensuellen Eindrücken hervorgegangenen Ideen. Die Verbindung zwischen diesen Ebenen stellt in Schillers anthropologischem System eine Mittelkraft her, die äußere Impulse, welche die Sinnesorgane aufgegriffen haben, in materielle (also konkrete) Ideen überführt, die wiederum vom Geist zu abstrakten Informationen umgewandelt werden können. Den Sitz der Mittelkraft bilden die Nervenbahnen, in denen sich der Transfer von physischen Reizen in Vorstellungsinhalte vollzieht (NA 20, 14 f.).

Die Mittelkraft-Hypothese bildet keineswegs Schillers eigene Erfindung, vielmehr ein Gedankenmodell der zeitgenössischen Medizin, das im Vorfeld der Dissertation bereits heftig debattiert worden ist. Zwischen Juli und November 1776 dokumentierte Balthasar Haugs *Schwäbisches Magazin* eine Diskussion über den ‹Mittelding›-Komplex, die Schiller mit Sicherheit zur Kenntnis nahm. Im Hintergrund stand das cartesianische Modell der Substanzentrennung, vor dem sich die Mittelkraft näher auszuweisen hatte; da sie weder Materie noch Geist, sondern eine den anthropologischen Dualismus überschreitende Verknüpfung beider darstellte, ergab sich die Notwendigkeit, ihre besondere Beschaffenheit genau zu erörtern. Die Beiträger des *Magazins* vermochten freilich keine Einigkeit darüber zu erzielen, wie die Mittelkraft-Lehre experimentell erhärtet und zugleich systematisch begründet werden konnte. Erklärten die cartesianisch geschulten Kritiker sie zu einem logischen Skandalon, weil eine Substanz nicht gleichzeitig Körper und Geist, teilbar und unteilbar sein dürfe, so vertrat die Gegenpartei die Auffassung, daß eine Verbindung von materiellen und immateriellen Eigenschaften bei einem Medium durchaus denkmöglich sei.[190] Kontrovers erörterte man nicht nur die Frage nach Struktur und Funktion der Mittelkraft, sondern auch das Problem, wo sie im menschlichen Organismus genau zu lokalisieren wäre. Schon Friedrich Carl Casimir von Creuz vertrat in seinem gegen La Mettrie gerichteten *Versuch über die Seele* (1754) die Ansicht, daß die menschliche Psyche als

Sitz der Mittelkraft aufzufassen sei, während der französische Mediziner Claude-Nicolas Le Cat in seiner von der preußischen Akademie der Wissenschaften preisgekrönten Abhandlung über das Prinzip der Muskelbewegung (1753) behauptete, ihr Wirkungsort könne einzig das System der Nervenbahnen vorstellen. Schiller schließt sich der zweiten Hypothese an, indem er lakonisch zu Beginn des sechsten Paragraphen seiner Dissertation erklärt: «Die Mittelkraft wohnet im Nerven.» (NA 20, 16) Nur konsequent ist es daher, wenn er diese Mittelkraft nachfolgend, im Anschluß an die Terminologie von Hallers physiologischen Vorlesungen, als ‹Nervengeist› bezeichnet. Ungewöhnlich bleibt, daß Schiller die Schnittstelle für die Kooperation von Leib und Seele im nervalen System und nicht, wie die moderne Anthropologie, direkt im Gehirn ansiedelt. Sowohl Platner als auch Abel (in der *Seelenlehre*) fassen das Gehirnmark als Schaltinstanz, die Reize zu abstrakten Ideen verwandelt.[191] Schiller folgt hingegen den älteren Annahmen Hallers, der in seinem *Grundriß der Physiologie für Vorlesungen* (zuerst als *Primae linea physiologiae* 1747) den Nervensaft für ein ‹Werkzeug› hält, welches die Interaktion von Leib und Seele herbeizuführen vermag.[192]

Die fünf Sinnesorgane bilden die Wirkungsstätte des Nervengeists; dort vollzieht er sein Geschäft der Umformung mechanischer Reize in, wie Schiller es ausdrückt, ‹materielle› Ideen, die dem Denkorgan zugespielt werden. Die physiologische Dramaturgie dieses Umwandlungsprozesses gehorcht jeweils gleichen Gesetzen. Auge, Ohr, Mund und Nase nehmen mechanische Reize auf, geben sie an die ihnen zugeordneten Nervenbahnen weiter, wo sie der Nervengeist zu jenen materiellen Ideen gestaltet, die ihrerseits zum Verstand als Medium der Reflexion gelangen und dort in reine Ideen überführt werden. Der Zusammenhang von Leib und Seele wäre damit durch den Akt der Umwandlung der Wahrnehmungsprodukte in Gegenstände des Denkens garantiert, ohne daß dabei die Hypothese von der immateriellen Beschaffenheit der Psyche gefährdet ist. «Vermittelst dieser funf Organe», so heißt es zu Beginn des achten Paragraphen, «hat die ganze Materielle Natur freien offenen Zugang zu der Geistigen Kraft. Die äußern Veränderungen werden durch sie zu innern. Durch sie wirft die äußere Welt ihr Bild in der Seele zurük.» (NA 20, 19)

Besonders gründlich befaßt sich Schiller mit der schwierigen Frage, wie die mechanischen Reize, die die Sinnesorgane aufnehmen, sich innerhalb der Nervenbahnen vermöge der dort wirkenden Mittelkraft in jene materiellen Ideen verwandeln, die später zum Gehirn gelangen. Sie berührt das für die zeitgenössische Neurophysiologie ungelöste Problem der Stimulation, Informationsspeicherung und intranervalen Übertragung. Auch hier werden mehrere konkurrierende Lehrmodelle kritisch geprüft, ehe am Ende eine eigene Lösung zur Sprache kommt. Drei Hypothesen stehen zur engeren Auswahl. Im *Grundriß der Physiologie* hatte Haller die Auffassung formuliert, daß mechanische Reize sich nach physischen Gesetzen in den Nervengeist eindrücken. Schiller hält diese Ansicht für bedenklich, weil sie die Mittelkraft zu einem verformbaren, letzthin materiellen Element macht und deren Aufgabe, Bindeglied zwischen Körper- und Geistwelt zu sein, nur unzureichend berücksichtigt. Eine zweite Erklärung geht auf die Theorie des Nervensafts als Medium der Substanzenumformung zurück, die Le Cat in der Akademiepreisschrift von 1753 vorgelegt hatte. Sie besagt, daß die Bewegungen, die sich im Nervengeist zutragen, Analogieformen der rein mechanischen Bewegungen bilden, ohne mit diesen gänzlich zusammenzufallen. Die Aufnahme der äußeren Reize erfolgt im Medium einer flüssigen Substanz, die sie in Gestalt elektrischer Impulse an das Gehirn weiterleitet, damit sie dort als Informationen erschlossen werden können. Die Selbsttätigkeit des Nervengeistes wäre hier, im Gegensatz zum Modell Hallers, hinreichend gewahrt, jedoch sieht Schiller erneut die Gefahr einer einseitig materiellen Deutung seiner Aktivität gegeben, da diese letzthin aus der traditionellen Lehre von den Körpersäften abgeleitet wird. Die Aufgabe der Mittelkraft, eine Übertragung von Reizen in intellektuelle Informationen zu leisten, scheint damit nicht überzeugend erklärt. Die dritte (von Schiller frei erdachte) Hypothese hält den Nervengeist für eine saitenartige Fiber, die Schwingungen der materiellen Welt aufnimmt und in einen neuen Aggregatzustand überführt. Problematisch ist dabei der Umstand, daß er als nicht-materielle Kraft, wie die Schrift ihn versteht, keine mechanische Elastizität besitzen darf, mithin für den Akt der Schwingungsübertragung untauglich wäre. Unerklärlich bleibt zudem, auf welchem Wege die intranervale Reizverarbeitung die Umwandlung der ursprünglichen sinnlichen Impulse in Gedankeninhalte vollziehen kann. Die Transformationsenergie des Nervengeistes wird auch durch das Schwingungsmodell kaum ausreichend erfaßt (NA 20, 19f.).

Schillers eigene Lösung ist nicht komplett überliefert; das vorliegende Fragment bietet hier nur eine Skizze der ursprünglichen Argumentationslinien. Immerhin werden die Ansätze einer Theorie sichtbar, die den ehrgeizigen Anspruch erhebt, die Unstimmigkeiten der neurologisch-mechanistischen Erklärung des Leib-Seele-Zusammenhangs zu überwinden. Die Umformung der materiellen Reize in Ideen vollzieht sich, so Schiller, innerhalb des Nervengeistes auf der Grundlage von Assoziationen. Die dem Intellekt über die Nervenbahnen zugespielten Daten bilden das Produkt von Verkettungen zwischen sinnlichen Anregungen und immateriellen Vorstellungsinhalten. Die hier wirksame Mittelkraft überführt dabei, wie es heißt, im Zuge eines geschlossenen Arbeitsverfahrens Elemente der Sinneswahrnehmung in den Aggregatzustand der Idee. Dieser Vorgang gestaltet sich als eine Art von Kettenreaktion, an deren Ende die Übertragung des ursprünglichen mechanischen Reizes in die Informationsverarbeitung des Gehirns steht: «Die Materielle Assoziation ist der Grund, auf welchem das Denken ruht. Der Leitfaden des Schaffenden Verstands. Durch sie allein kann er Ideen zusammensezen, und sondern, vergleichen, schließen, und den Willen entweder zum Wollen, oder zum Verwerffen leiten.» (NA 20, 26) Schiller beschreibt hier denselben psychischen Mechanismus, den Abels *Seelenlehre* mit ihrer Theorie der Aufmerksamkeit umreißt. Der Bezug zu den Positionen des Lehrers ist an diesem Punkt offenkundig. Durch die vom Nervengeist besorgte Assoziation verwandeln sich Reize in Gedankeninhalte, die ihrerseits von der Seele beeinflußt werden: «Sie kann die Materielle Ideen stärker machen, und nach Willkühr darauf haften, und so mit macht sie auch die geistigen Ideen stärker. Diß ist das Werk der Aufmerksamkeit.» (NA 20, 26) Schillers Befund entspricht Abels Analyse der Selektionsprozesse, die die Psyche vollzieht, um die ihr von den Sinnesorganen zugespielten Eindrücke zu ordnen und zu kontrollieren. In beiden Fällen stellt die seelische Arbeit die Bedingung der Willensfreiheit dar, die die Selbstbestimmung des Menschen im Urteilen und Handeln ermöglicht.[193]

Schillers Mittelkraft-Theorie besitzt als Beitrag zur Lösung medizinischer Fragen eine spekulative Tendenz, die für die Gutachter unzumutbar war. In methodisch bedenkliches Fahrwasser gerät sie, wo sie bestimmte philosophische Vorentscheidungen trifft, die ihre fachwissenschaftliche Urteilsbildung beeinflussen. Da sie in geradezu panischer Furcht die materialistischen Implikationen der modernen Nervenphysiologie auszuschließen sucht, muß sie eine Autorität wie Haller angreifen, dessen neurologische Untersuchungen sich zumal auf die Beschreibung der mechanisch-physikalischen Prozesse innerhalb der nervalen Reizübertragung konzentrieren. Weil Schiller jedoch eine medizinische Lösung des Leib-Seele-Problems anzubahnen sucht, kann er auch den älteren metaphysischen Deutungsmustern eines Descartes, Malebranche und Leibniz nicht folgen. Unbefriedigend bleiben für ihn schließlich jene Lehren, die seelischen Vorgängen eine rein außerphysiologische Wirksamkeit zuschreiben, wie es in Stahls Animismus geschieht, oder eine Balance zwischen mechanistischen und spirituellen Erklärungsversuchen anstreben, was das vorherrschende Anliegen von Bonnets *Analytischem Versuch uber die Seelenkräfte* darstellte (NA 20, 22). Weder Hallers Ableitung des Nervengeistes aus der physiologischen

Beschaffenheit der Nervenbahnen noch die Annahme einer gleichsam göttlich herbeigeführten Interaktion zwischen Leib und Seele können Schiller als Lösungen befriedigen. Um seinen philosophischen und medizinischen Arbeitsvorgaben gleichermaßen gerecht zu werden, muß er die Mittelkraft als Substanz *und* als Medium bestimmen. Einerseits wird im Nervengeist eine konkrete Energie lokalisiert, die Assoziationen in Gang bringt und derart den ursprünglichen Sinnesreiz intellektuell zugänglich macht; andererseits erfüllt diese Energie eine mediale Aufgabe, insofern sie lediglich den Spielraum für den Prozeß der Kettenbildung vorstellt, der das Wahrnehmungsprodukt in einen abstrakten Gedankeninhalt verwandelt. Die methodische Schwäche von Schillers Theorie liegt darin, daß der Nervengeist als Mittelkraft weder reine Materie noch allein Medium ist, sondern die spannungsvolle Einheit aus beidem zu bilden hat.[194] Unter medizinischen Gesichtspunkten muß diese Definition unbefriedigend wirken, weil sie nur eine vage Beschreibung der in den Nervenbahnen ablaufenden physiologischen Prozesse erlaubt. Die Umwandlung der stimulierenden Reize in Gehirninformationen, die die Abhandlung ‹materielle Assoziation› nennt, findet vor dem Hintergrund der widersprüchlichen Doppelaufgabe des Nervengeists keine medizinisch plausible Erläuterung (sie wäre allein in der bewußt vermiedenen Auseinandersetzung mit den mechanischen Erkenntnissen der Neurologie möglich gewesen). Eingeschränkt bleibt aber auch die philosophische Kompetenz von Schillers Lösungsvorschlag, da die Möglichkeit der menschlichen Freiheit, die die Schrift aus dem Einfluß der Seele auf das ‹Denkorgan› ableitet, an die diffuse Übertragungsarbeit der Mittelkraft gebunden, letzthin also nicht exakt begründet wird. Die fehlende physiologische Stimmigkeit des gesamten Mittelkraftkonzepts begrenzt zugleich seine philosophische Erklärungsleistung.

Die drei zuständigen Fachgutachter lehnen die Annahme der Dissertation Anfang November 1779 einhellig ab. Vor allem Klein und Reuß bemängeln den spekulativen Zuschnitt der Darstellung und den Hang zur riskanten philosophischen Reflexion, der den Verfasser von medizinischen Problemfeldern abführe. Ausdrücklich weist man die schroffe Kritik an Hallers Nervenphysiologie zurück, die als unzulässiger Umgang mit einer wissenschaftlichen Kapazität gewertet wird. Die Einwände gegen die Argumentationskultur der Schrift wiegen, so scheint es, schwerer als die inhaltlich begründete Kritik. Der biedere Praktiker Klein tadelt den ehrgeizigen intellektuellen Anspruch des Autors, der sich hinter einer hermetischen Diktion verberge: «Zweimal habe ich diese weitläuftige und ermüdende Abhandlung gelesen, den Sinn der Verfassers aber nicht erraten können. Sein etwas zu stolzer Geist, dem das Vorurteil für neue Theorien und der gefährliche Hang zum besser wissen allzuviel anklebet, wandelt in so dunkel gelehrten Wildnissen, wo hinein ich ihm zu folgen mir nimmermehr getraue.»[195] Auch Consbruch kritisiert die bildhafte Sprache und den scharfsinnigen Witz als Elemente unwissenschaftlichen Stils, setzt sich aber, anders als seine Kollegen, detaillierter mit den Thesen Schillers auseinander. Er gesteht dem Verfasser zu, daß er fundierte physiologische und philosophische Kenntnisse ausbreite, bezweifelt jedoch die Substanz seiner Mittelkraft-Hypothese. Hinter ihr erkennt er die Schemen eines freien Spekulationsgeists, den man schwerlich auf die Füße stellen konnte. Als Schüler Brendels bemängelt Consbruch die fehlende empirische Basis der Schrift, ohne die jedoch nervenphysiologische Aussagen kaum begründet werden könnten. Weil die Mittelkraft erfahrungswissenschaftlich nicht nachweisbar sei, so erklärt er, müsse man andere Wege beschreiten, um die Interaktion von Leib und Seele zu erschließen. Letzthin ist es die Position der auf Boerhaave und Haller zurückgehenden Experimentalmedizin, die hier das negative Urteil über die methodischen Qualitäten der Schrift bestimmt.[196]

Der Herzog ordnet unter Bezug auf die Gutachten mit Dekret vom 13. November an, der Eleve Schiller müsse «noch Ein Jahr in der Akademie» verbleiben , wo man das «Feuer», das ihn beherrsche, ein wenig zu dämpfen habe, «so daß er alsdann einmal, wenn er fleißig zu seyn fortfährt, gewiß ein recht großes Subjectum werden kann.» (NA 3, 262) Ähnlich ergeht es dem Freund Hoven, der in seiner Abschlußschrift *De causis morborum* Kritik an der Säftelehre Boerhaaves formuliert und, mit Hilfe von Theorien Stahls, einen beherrschenden Einfluß des seelischen Apparates auf die Krankheitsbildung angenommen hatte. Die Gutachter sahen darin ebenso wie im Fall von Schillers Angriffen auf Haller einen fahrlässigen Umgang mit einer medizinischen Fachautorität und gaben den Text zur gründlichen Überarbeitung zurück (Hoven hat im folgenden Jahr ein stärker psychologisch ausgerichtetes Thema, Sulzers Lehre von den dunklen Vorstellungen, behandelt).[197] Die Schärfe des Urteils besaß an solchen Punkten, wie bereits erwähnt, nicht nur sachliche Gründe. Am Ende des Jahres war bekannt geworden, daß für die examinierten Mediziner der Karlsschule keine praktischen Betätigungsfelder in den Krankenhäusern der Residenz bestanden und ihre Überleitung in eine feste Anstellung einstweilen ungesichert blieb. Weil der Herzog im Regiment und in den württembergischen Landkreisen geeignete Positionen für seine Absolventen suchen mußte, verblieb der gesamte Jahrgang, unabhängig vom Prüfungserfolg, für weitere zwölf Monate auf der Akademie.

Dennoch endet das Jahr 1779 für Schiller versöhnlich. Aufgrund seiner besonderen Leistungen in praktischer Medizin, Arzneimittelkunde und Chirurgie erhält er drei silberne Medaillen; der Preis im sprach- und literaturgeschichtlichen Fach, der ihm den Status des Akademiebesten (‹Chevalier›) eingetragen hätte, fällt durch Losentscheid seinem Freund Elwert zu. Die am 14. Dezember stattfindende Abschlußfeier gestaltet sich in Anwesenheit hoher Gäste festlicher als jemals zuvor. Inkognito nehmen der junge Weimarer Herzog Carl August und sein frisch ernannter Geheimrat Johann Wolfgang Goethe, die sich auf der Rückreise von der Schweiz nach Thüringen befinden, an der Zeremonie teil. Zu den illustren Besuchern zählt auch der Freiherr Wolfgang Heribert von Dalberg aus der Kurpfalz, dessen Weg Schiller nur zwei Jahre später unter ganz anderen Umständen erneut kreuzen wird. Der Eleve dürfte die Gäste, die sich, um Aufsehen zu vermeiden, mit falschem Namen vorstellen ließen, kaum näher registriert haben. Goethe hört um elf Uhr vormittags die Predigt in der Akademiekirche und besichtigt anschließend die Schloßanlagen, deren Ausdehnung ihn stark beeindruckt. Die Anwesenheit bei der langwierigen abendlichen Preisverleihung gehört dagegen zu den offiziellen Pflichtübungen, denen er sich als Begleiter Carl Augusts ohne größere Begeisterung unterzieht. An die Weimarer Freundin Charlotte von Stein schreibt er am 20. Dezember 1779 aus Karlsruhe, daß der gesamte Aufenthalt am Stuttgarter Hof «sehr merckwürdig und instructiv» für ihn und den Herzog ausgefallen sei; Carl Eugen habe sich ihnen gegenüber «äußerst galant»[198] gezeigt. Nähere Impressionen liefert sein Schreiben jedoch nicht, so daß man über die genauen Erfahrungswerte des Besuchs nur spekulieren kann. Zu einer persönlichen Begegnung mit Schiller, der für den Beobachter ein Eleve unter anderen blieb, ist es naturgemäß nicht gekommen. Es dauerte noch 15 Jahre, ehe die Lebensbahnen der beiden Autoren, die von unterschiedlichsten Punkten ausgegangen waren, zusammentraten.

Sektion der kranken Seele. Die Grammont-Berichte (1780)

An den medizinischen Lehrveranstaltungen nimmt Schiller im letzten Akademiejahr nicht mehr teil, da seine theoretische Ausbildung formell abgeschlossen ist. Das Augenmerk muß er jetzt auf die Arbeit an einer neuen Dissertation richten, deren positive Bewertung die Bedingung für den Wechsel ins Berufsleben sein wird. Als Hospitant besucht er nochmals Abels Psychologiekolleg, die altphilologischen Vorlesungen Nasts und Drücks, ferner, auf Anweisung des Herzogs, einen Italienischkurs. Da er erst im Sommer über die Themenwahl und die erforderlichen Vorstudien für die Probeschrift nachzudenken beginnt, bleibt in der ersten Jahreshälfte hinreichend Zeit für freie Lektüre und die literarische Tätigkeit. Regelmäßig wird Schiller als Wärter auf der Krankenstation eingesetzt, wo er praktische Erfahrungen auf den Gebieten der Diagnostik und Therapeutik sammeln soll. Die sich monoton dehnenden Nachtstunden im Spital, die vollkommene Ruhe bieten, nutzt er für die Niederschrift der Schlußfassung des *Räuber*-Dramas.

Zu den aufschlußreichsten Zeugnissen des letzten Akademiejahres gehört der Krankenbericht über den an einer schweren Melancholie leidenden Kommilitonen Joseph Friedrich Grammont. Der 1759 geborene Grammont stammte wie Scharffenstein und Boigeol aus Mömpelgard im Elsaß, wo sein Vater ein hohes politisches Verwaltungsamt bekleidete. Ende August 1771 trat er in die Karlsschule ein, um zunächst Jura, dann Medizin zu studieren. Während der ersten Jahre seines Akademieaufenthalts gehörte er zu den herausragenden Schülern des Jahrgangs. Nach dem Tod seines Vaters im November 1779 geriet er jedoch in eine schwere seelische Krise, die sich auch durch körperliche Symptome wie Kopfschmerz, Appetitmangel und Verdauungsstörungen äußerte. Am Abend des 11. Juni 1780 bittet er Schiller, der die Wache auf der Krankenstube hält, in offenkundig bedrückter Stimmung um ein Schlafmittel. Im vertraulichen Gespräch gesteht er, daß er sich mit Selbstmordgedanken trage. Schiller gelingt es während der Nacht unter Einsatz geschicktester Überredungskunst, den Kommilitonen von seinem Suizidplan zunächst abzubringen. Er veranlaßt seine Unterbringung auf der Spitalstation und alarmiert über den diensthabenden Leutnant den Intendanten von Seeger. Nachdem Grammont am folgenden Tag ein Gespräch mit Abel geführt hat, das tiefe Einblicke in seine zerrüttete Gemütsverfassung bot, entschließt sich die Institutsleitung, den Kranken ununterbrochen beobachten zu lassen, um einen drohenden Selbstmordversuch zu verhindern. Mit der Aufgabe der Überwachung werden fortgeschrittene Medizinstudenten betraut: neben Schiller Friedrich von Hoven, Plieninger, Jacobi und Liesching. Sie haben in regelmäßigen Abständen Berichte über Grammont vorzulegen, die die Entwicklung seiner Gemütskrankheit dokumentieren und den behandelnden Ärzten Hinweise auf die notwendigen praktischen Maßnahmen bieten sollen.[199]

Der Beobachtungszeitraum erstreckt sich vom 26. Juni bis zum 31. Juli. In diesen fünf Wochen verfaßt Schiller sieben Berichte und ein ausführliches Schreiben an den Intendanten, das seine therapeutische Gesprächsstrategie gegenüber Grammont zu rechtfertigen sucht. Auch die vier Kommilitonen liefern detaillierte Darstellungen über den Krankheitszustand des Patienten, wobei sich besonders Plieningers Beiträge durch die genaue Kenntnis psychosomatischer Zusammenhänge auszeichnen. Ende Juni legen Abel und die drei Medizindozenten der Akademie auf Befehl des Herzogs ausführliche Gutachten mit konkreten diagnostischen Empfehlungen vor. Am 27. Juni erfolgt eine umfangreiche Untersuchung Grammonts, die in Gegenwart des renommierten Hofarztes Johann Georg Hopfengärtner stattfindet. Carl Eugen besucht den Eleven täglich und erkundigt sich ausführlich nach seinem Befinden. Für die Überwachung der medikamentösen Behandlung werden in wechselndem Turnus Offiziere abgestellt; Tag und Nacht steht der Kranke unter der Aufsicht seiner Kommilitonen. Am 1. August verschickt man ihn nach Bad Teinach zu einer Kur, deren Kosten in Höhe von 65 Gulden der Herzog übernimmt. Der gewaltige Aufwand, den man treibt, um Grammonts Gesundung zu fördern, scheint jedoch vergebens, da es immer wieder zu Rückfällen und schweren Krisen kommt. Erst nach seiner Entlassung aus der Akademie Mitte Dezember 1780 bessert sich sein Zustand allmählich; er verbringt drei Jahre zurückgezogen im Kreis seiner Familie in Mömpelgard, ehe er als geheilt gelten kann. Später tritt er in russische Dienste und etabliert sich als Hauslehrer im fernen Petersburg. 1807 kehrt er nach Stuttgart zurück, wo er die Stelle eines Französischdozenten am städtischen Gymnasium übernimmt. Die aufgeregten Versuche des gesamten Akademiestabs, die Melancholie Grammonts zu kontrollieren, mußten auch deshalb scheitern, weil zu ihren Auslösern wesentlich die Lebenssituation im Institut gehörte, unter der der sensible Kranke in wachsendem Ausmaß litt. Seine Depression bildete den Ausdruck eines verdeckten Protests gegen die monotone Erziehungsmaschinerie Carl Eugens, aus deren Fängen ihn die ärztliche Therapie nicht befreien konnte.

Die Argumentation, die Schillers Berichte durchzieht, bleibt geprägt durch die medizinischen Theorien, die er zumal im Unterricht Consbruchs kennenlernte. Die Krankheit Grammonts habe, so heißt es im ersten Rapport vom 26. Juni 1780, ihren Ausgang von der Psyche genommen und greife nunmehr fortschreitend auf den Körper über. Appetitverlust, Schlafmangel, Konzentrationsschwäche, Unlustgefühle, Kopf- und Nervenschmerzen werden als Folgen der schlechten seelischen Verfassung des Eleven bezeichnet. Im Sinne der prominenten Hypothese, daß der Zusammenhang zwischen Leib und Psyche durch einen wechselseitigen natürlichen Einfluß beider Bereiche aufeinander begründet werde, formuliert Schiller seinen klaren Befund: «Die ganze Krankheit ist meinen Begriffen nach nichts anders als eine wahre Hypochondrie, derjenige unglückliche Zustand eines Menschen, in welchem er das bedaurenswürdige Opfer der genauen Sympathie zwischen dem Unterleib und der Seele ist, die Krankheit tiefdenkender, tiefempfindender Geister und der meisten großen Gelehrten. Das genaue Band zwischen Körper und Seele macht es unendlich schwer, die erste Quelle des Übels ausfindig zu machen, ob es zuerst im Körper oder in der Seele zu suchen sei.» (NA 22, 19) Schillers Bericht stützt sich auf das Instrumentarium einer modern anmutenden medizinischen Diagnostik, die Krankheitsursachen aus dem komplexen Zusammenspiel von Leib und Psyche abzuleiten versteht. Zwar zögert er, über die genaue Dramaturgie des Krisenverlaufs ein verbindliches Urteil abzugeben, jedoch neigt er zu einem bestimmten Erklärungsansatz, der sich mit den Vermutungen deckt, die Abel in seinem Gutachten vom 22. Juni ausbreitet. Am Ursprung der Melancholie steht, so heißt es, eine pietistisch getönte Schwärmerei, die Grammonts Religionsbegriffe verwirrte, seinen Gewissensdruck steigerte, metaphysische Spekulationen veranlaßte und «skeptische Grübeleien» nährte, welche ihn dazu nötigten, an den «Grundpfeilern» des orthodoxen Glaubens zu zweifeln (NA 22, 19). Es bezeichnet Schillers gewachsene Distanz zum Pietismus, daß er dessen Lehren für den schleichenden Wirklichkeitsverlust verantwortlich macht, der den Kranken befällt. Im Gegensatz zu den ersten Akademiejahren hat er jetzt spürbare Reserven gegenüber den in Württemberg verbreiteten Formen eines fundamentalistischen Religionsverständnisses mit schwärmerischen Zügen aufgebaut. Grammonts metaphysische Weltflucht bildet nach seiner Überzeugung die seelische Voraussetzung für eine körperliche «Zerrüttung», die Krämpfe, Unterleibsschmerzen und Schlaflosigkeit einschließt (NA 22, 20). Die physischen Krankheitssymptome, welche die psychische Anspannung mit sich führt, verstärken wiederum, so die Diagnose, die seelische Labilität, die nur überwunden werden könnte, wenn der körperliche Gesamtzustand stabil wäre. Schillers spätere Berichte gehen von diesem Zentralbefund eines *influxus physicus* aus, indem sie die weitere Entwicklung Grammonts als Musterfall einer körperlich-geistigen Krise betrachten.

Schiller folgt in seinem Urteil dem Gutachten Abels, das als Ursachen von Grammonts Melancholie den Hang zur religiösen Schwärmerei und angeborene Hypochondrie hervorgehoben hatte. Auch Abel bedient sich des Beistands der influxionistischen Medizin, indem er aus diesen seelischen Faktoren die den Patienten prägenden körperlichen Symptome – Kopfschmerz, Verdauungsbeschwerden und Lichtempfindlichkeit – ableitet. Da sie wiederum die psychische Anfälligkeit steigern, entsteht ein Kreislauf aus wechselseitig einander bedingenden Krankheitseinflüssen, der kaum zu durchbrechen ist.[200] Abel folgt Beobachtungen der Platnerschen Anthropologie, wenn er versucht, die bei Grammont sichtbare Konzentration auf fixe Ideen als Ursache für seinen auch physischen Verfall zu deuten. Platner hatte erklärt, die einseitige geistige Anstrengung, die zumal bei hypochondrischen Gelehrten, Schwärmern und Phantasten auftrete, störe auch das körperliche Gleichgewicht und führe zu Symptomen wie Nervenschmerz, Schlaflosigkeit, verminderter Wahrnehmungsfähigkeit und eingeschränktem intellektuellem Leistungsvermögen. Es ist erneut ein Erklärungsmuster der modernen Anthropologie, das Abels und Schillers Urteil bestimmt.[201]

Die Karlsschulärzte, die Grammonts Fall am 24. Juni begutachten, arbeiten zwar ebenfalls mit einem influxionistischen Ansatz, betonen jedoch verstärkt die körperlichen Ursachen der schwermütigen Gemütsstimmung. Anders als Schiller gehen sie von einer die Melancholie aktivierenden physischen Krankheitsursache aus. Unter Rückgriff auf das Modell der traditionellen Säftelehre werden Stockungen im Verdauungstrakt und Verstopfungen des Pfortadersystems für die seelische Krise des Patienten verantwortlich gemacht.[202] Nach der mit Hopfengärtner durchgeführten medizinischen Generaluntersuchung vom 27. Juni verschreiben die Karlsschulärzte eine Kur, die aus einem diätetischen und einem psychotherapeutischen Teil besteht, mithin den zwei Gesichtern der Krankheit Rechnung trägt. Der Patient muß regelmäßigen Schlaf suchen und die Mahlzeiten genau einhalten; verordnet werden Bewegung durch Spaziergänge und Reiten, ferner Heilbäder. Seelische Ablenkung soll über anregende Konversation, Geselligkeit, gelegentliche Ortswechsel und maßvolle Lektüre geschaffen werden. Das genau festgelegte diätetische Programm dieser Kur folgt den Vorschlägen des berühmten Schweizer Mediziners Simon-André Tissot, der in seiner Schrift *Von der Krankheit der Gelehrten* (1768) Leibesübungen, geregelte Ernährung und Bäder als Mittel gegen die körperlichen Symptome der Melancholie empfiehlt.[203] Tissot, dessen Werk Abel in seinem Psychologiekurs behandelte, stattete der Karlsschule, wie sich Friedrich von Hoven erinnert, Ende der 70er Jahre einen kurzen Besuch ab, der den Akademieärzten Gelegenheit gab, seine Heilmethoden mit ihm persönlich zu diskutieren; der Herzog interessierte sich für ihn, weil er Praktiken zur Bekämpfung der auch unter den Eleven verbreiteten, nach damaligem Urteil als gesundheitsschädigend geltenden Masturbation ausgearbeitet hatte.[204]

Grammonts Fall ist nicht nur ein medizinisches Lehrstück, an dem Ärzte und Schüler ihre diagnostischen Fähigkeiten erproben können. Das eigentliche Geheimnis (und Skandalon) der Krankengeschichte offenbart, sehr zur Verärgerung der Institutsleitung, Schillers Bericht vom 16. Juli. Der

Patient sah sich selbst keineswegs als Opfer jener pietistischen Schwärmerei, die Abel für die Ursache seiner Melancholie hielt. In Schillers Bericht heißt es unzweideutig, Grammont habe erklärt, «‹daß er schlechterdings nicht in der Akademie genesen könnte. Alles sei ihm hier zuwider. Alles zu einförmig, um ihn zu zerstreuen. Alles wecke seine Melancholie nur desto heftiger›.» (NA 22, 23) Vor diesem Horizont wird Grammonts Depression zum pathologischen Zeichen des Protests, zum Indiz des indirekten Widerstands gegen die Ordnung des Zwangs. Der Schwermütige leidet, so zeigt seine Selbsteinschätzung, unter dem strikten Reglement des militärischen Gefüges, das die Karlsschule beherrscht. Am 21. Juli eröffnet der Patient seinem Kommilitonen, «daß er sehr gern in der Akademie bleiben wolle, wenn ihm nur diejenigen Freiheiten gelassen würden, die sein körperlicher Zustand und die Richtung seiner Seele notwendig machten (...)» (NA 22, 25). Eine solche Bemerkung bedeutet unverhohlene Kritik an der Einschließungspraxis des Herzogs. Schillers offener Bericht, der von deutlichen Sympathien für Grammonts Position getragen wird, stößt folgerichtig auf das Mißtrauen des Intendanten. Ab Mitte Juli hält man ihn von dem schwierigen Patienten fern, weil man befürchtet, daß er konspirative Fluchtpläne mit ihm schmieden könnte. In einem an Seeger gerichteten Brief, der den gesamten Fall nochmals minutiös aufrollt, rechtfertigt Schiller am 23. Juli sein Verhalten. Nicht ohne taktisches Geschick betont er, daß er allein aus strategischen Gründen die Zuneigung Grammonts gesucht habe: «Das Vertrauen eines Kranken kann nur dardurch erschlichen werden, wenn man seine eigene Sprache gebraucht, und diese Generalregel war auch die Richtschnur unserer Behandlung.» (NA 22, 29) Gewiß bedeutet das bloß die halbe Wahrheit; von Grammonts Freiheitsträumen dürfte Schiller nicht unberührt geblieben sein. Im letzten Jahr seines Aufenthalts erträgt er selbst die Enge der Anstalt nur unter großem Leidensdruck. Hinzu kommt, daß er sich seinerseits, wie ein Brief an Christophine vom 19. Juni 1780 verrät, in einer melancholischen Phase befindet. Am 13. Juni war Christoph August von Hoven, der jüngere Bruder Friedrich von Hovens, 19jährig verstorben. Der Todesfall löst bei Schiller wochenlang trübsinnige Stimmungen aus, von denen er sich nur «mit schwerer Mühe» befreien kann: «das Leben war, und ist mir eine Last worden.» (NA 23, 13) Vor diesem Hintergrund scheint die Sympathie, die er Grammonts Anstaltsneurose entgegenbringt, nicht allein die Maske des Therapeuten, der sich das Vertrauen seines Patienten erarbeiten möchte. In ihr bekundet sich auch das Mitleiden desjenigen, der selbst eine seelische Krise durchläuft und in der Gemütskrankheit des Kommilitonen die eigene Stimmung wiedererkennt.

Der unglückliche Grammont wurde am 14. Dezember 1780 aufgrund seiner unheilbaren Melancholie aus der Akademie entlassen. Seine kaum noch verdeckte Opposition gegen die Disziplinierungspraxis des Instituts konnte der Herzog nicht mehr hinnehmen, weil sie das Risiko der Nachahmung barg. Schillers Krankenbericht ist damit in doppelter Hinsicht ein symptomatisches Zeugnis. Er demonstriert diagnostische Fähigkeiten, die der Eleve nicht nur seinen ärztlichen Lehrern, sondern fraglos auch der Unterweisung Abels verdankt. Aber er zeigt auch, daß die hohe Anregungskraft des Fachunterrichts den psychischen Druck, dem die Schüler durch das herzögliche Überwachungssystem ausgesetzt waren, nicht kompensieren konnte. Wieder erscheint an diesem Punkt der Januscharakter der Karlsschule, die Aufklärung und Unfreiheit, Toleranz und Terror zu einem widersprüchlichen Gesamtbild zusammenfügt.

In den Gefilden der Fachdisziplin. Die Fieber-Schrift (1780)

In der zweiten Hälfte des Jahres 1780 treibt Schiller seine Abschlußarbeiten mit beträchtlicher Energie voran. Innerhalb weniger Wochen schreibt er zunächst eine lateinische Abhandlung über den Unterschied entzündlicher und fauliger Fieber (*De discrimine febrium inflammatoriarum et putridarum*);[205] nahezu zeitgleich bereitet er eine vorwiegend philosophisch argumentierende Schrift über den Zusammenhang von Leib und Seele vor, die er gegen die an der Akademie gängigen Gepflogenheiten in deutscher Sprache verfaßt. Diese Aufteilung hat vornehmlich taktische Gründe: die Studie über die Erscheinungsformen des Fiebers soll die ärztliche Kompetenz des Kandidaten unter Beweis stellen, die ergänzende Abhandlung hingegen die Möglichkeit bieten, die anthropologischen Fragestellungen der ersten Dissertation nochmals auf weniger spekulativer Grundlage zu erörtern. Bedenkt man, daß an der Akademie der Studienabschluß mit einer einzelnen Probeschrift üblich war, so verrät Schillers Vorgehen eine gewisse Unsicherheit gegenüber dem eigenen Fachwissen. Wenn sein Verfahren von den Ärzten dennoch gebilligt wird, dann bezeugt das ihre intellektuelle Liberalität. Indem sie die Ergänzung der rein medizinischen Aufgabenstellung durch die Wahl eines anthropologischen Themas akzeptieren, gestehen sie ihrer Disziplin die von Platner vollzogene Öffnung in ein neues methodisches Feld zu. Schiller hat sich später beim Herzog ausdrücklich dafür bedankt, daß die «Hippokratische Kunst» im Unterricht der Akademie zur «philosophischen Lehre erhoben» worden sei (NA 20, 38).

Die lateinische Fieber-Schrift ist in 38 Paragraphen von sehr unterschiedlicher Länge eingeteilt. Nach einer allgemeinen Einleitung, die sich mit grundsätzlichen Fragen des Krankheitsablaufs und den Risiken der körpereigenen Heilkräfte befaßt, erörtert Schiller in den Paragraphen 3–18 zunächst die Symptome des entzündlichen Fiebers, in den Paragraphen 19–30 sodann die Erscheinungsweise des fauligen (kalten) Fiebers. Die acht Schlußabsätze versuchen Zwischenformen zu erfassen, die weder dem einen noch dem anderen Typus folgen; zu ihnen zählen die entzündlich-galligen Fieber, die, wie es heißt, häufig Erkrankungen im Brustfellbereich begleiten («Febris inflammatoria biliosa»), und die damit verwandten faulig-brandigen Entzündungen («Inflammationes putridas gangraenosas») (NA 22, 58, 61). Die Schrift bemüht sich um eine genaue Beschreibung der Krankheitsformen, zu der sich jeweils knappe Ausführungen über mögliche therapeutische Maßnahmen gesellen. Die erforderlichen praktischen Erfahrungen auf diesem Feld hat Schiller während des Spitaldienstes gesammelt, den er seit Januar 1779 regelmäßig versah. Die Beispiele, die er präsentiert, entstammen jedoch mit einer Ausnahme nicht eigener Anschauung, sondern einschlägigen Publikationen. Zu ihnen gehört eine Studie, die der Lehrer Consbruch 1770 als Kreisphysikus in Stuttgart veröffentlicht hatte (*Beschreibung des in der Wirtembergischen Amtsstadt Vayhingen und dasiger Gegend grassirenden faulen Fleckfiebers*). Eine weitere Quelle für die Darstellung von Behandlungsstrategien bildet das Werk Thomas Sydenhams, auf dessen postum veröffentlichte *Opera medica* (1757) die Schrift ausdrücklich Bezug nimmt. Der Londoner Arzt Sydenham, dem das Fach den Ehrentitel eines «English Hippocrates» zugestand, hatte in seiner Schrift *On Epidemics* (1680) aus der reichen Erfahrung des Praktikers verschiedene Formen der Seuchenbekämpfung dargestellt, zu denen auch die Fieberprophylaxe gehörte. Consbruchs Göttinger Lehrer Brendel findet sich mit seinen neuropathologischen Arbeiten erwähnt, wobei Schiller sein Augenmerk zumal auf den Zusammenhang von Fieberkrankheiten und Nervenentzündungen richtet (*Dissertatio de abcessibus per materiam et ad nervos*, 1755). Immer wieder zitiert der Text die antike Autorität Hippokrates (5./4. Jh.v. Chr.); seine grundlegenden *Aphorismen* kommen ebenso zum Zuge wie die Spezialstudien *Über Krankheiten* und *Über Epidemien*, denen Schiller ein Fallbeispiel für das entzündliche Fieber entnimmt. Die hippokratischen Lehren hatten, gerade auf dem Feld der Seuchenbekämpfung, bei englischen und niederländischen Medizinern der frühen Neuzeit – neben Sydenham zumal van Swieten, de Haen und Stoll – eine bemerkenswerte Renaissance erfahren, so daß solche Anleihen keineswegs überraschend wirken.[206] Erwähnt wird zudem der griechische Arzt Aretaeus aus Kappadokien (2. Jh. n. Chr.), dessen Schrift über die Heilkunde 1735 durch Boerhaave neu ediert worden war. Die hier dargestellte Säftelehre und die aus ihr abgeleitete Krankheitstheorie (Humoralpathologie) besaßen für die Medizin des 18. Jahrhunderts noch eine starke diagnostische Bedeutung. Auch Schillers Studie schreibt dem Zustand der körpereigenen Säfte entscheidenden Einfluß auf die Krankheitsbildung zu. Generell zeigt sie die Tendenz zur Ausrichtung an empirisch-praktischen Ansätzen, so daß folgerichtig nicht die Lehre Stahls, sondern die Schule Boerhaaves ihre methodische Grundlage bildet.

Schillers Schrift läßt sich vom grundsätzlichen Gedanken leiten, daß das körperinterne Abwehrsystem zwar in der Lage ist, Erreger zu bekämpfen, dabei aber selbst neue Krankheitsherde hervorzubringen vermag. Im erklärten Gegensatz zu Sydenham deutet sie jede physische Krise als Ausdruck eines zwar organischen, jedoch zugleich pathogenen Immunisierungsprozesses, dessen Verlaufsform durch den behandelnden Arzt gesteuert werden muß, um das innere Gefüge der Kräfte ins Gleichgewicht zu bringen (NA 22, 32f.). Bei der Beschreibung der beiden Fieberformen unterscheidet die Schrift jeweils zwischen angeborenen und zufälligen, also durch die individuelle Anlage bzw. die jeweilige Lebensorganisation geförderten Krankheitsursachen. Das entzündliche (heiße) Fieber erfaßt Menschen mit einer ‹Blutüberfülle› («Plethora»), die ihrerseits den Druck auf die Gefäßwände verstärkt und langfristig zur Stauung in den Adern führt (NA 22, 35).[207] Unterstützt wird das Krankheitsbild durch die Anlage zu engen Gefäßen und üppige Ernährung bzw. exzessiven Alkoholgenuß. Die Studie läßt an späterer Stelle, im 13. Paragraphen, nähere Ausführungen zur Blutzusammensetzung folgen, die auf die Forschungen des englischen Anatomen William Hewson (*Experimental Inquiries into the Properties of the Blood*, 1771, dt. 1780) und des Mailänder Arztes Pietro Conte Moscati (*Osservazioni e esperienze sul sangue*, 1775, dt. 1780) zurückgreifen. Schiller erklärt hier, daß die entzündlichen Fieber eine Verdickung der Flüssigkeit des Blutes mit sich führten, während dessen übrige Bestandteile – nach Hewson «Faserstoff» und «Körperchen» – unverändert blieben. Diese Hypothese führt später auch zu therapeutischen Folgerungen, da die Blutverdickung den Einsatz von lösenden Salzen und die Verordnung einer Gemüsediät verlangt.[208]

Unterstützende Faktoren, die das Fieber hervorrufen, bilden verstärkte Sonneneinstrahlung, Wunden und Abszesse. Auffällig ist, daß Schiller nicht allein den körperlichen Krankheitsverlauf (Erhitzung, stockender Blutfluß, Stauung im Säftesystem, Störung der Verdauung) beschreibt, sondern auch seelische Symptome anführt. Zu ihnen zählen Schlaflosigkeit und beunruhigende Träume, die durch die fehlende Balance des physischen Systems ausgelöst werden. Schillers Therapievorschläge nennen bewährte Mittel der zeitgenössischen Heilkunde, wie sie Consbruch in seinen Vorlesungen zu erläutern pflegte: Abführung und Verdünnung des Blutes, Abkühlung des Leibes, Öffnung des Körpers. Das probate Verfahren für diese Ziele ist der Aderlaß, der den im Blutkreislauf herrschenden Überdruck senkt (NA 22, 40ff.); weitere Methoden stellen das Aufsetzen von Blutegeln und die Anwendung absorbierender Blasenpflaster dar, die die überschüssige Flüssigkeit aus den Gefäßen abziehen.[209] Ergänzend wirken Maßregeln der Ernährung, die darauf zielen muß, das im entzündlichen Fieber eingedickte Blut zu verflüssigen.

Weitaus komplizierter ist die Verlaufsform des kalten Fiebers. Es handelt sich hier um eine eitrige Vergiftung des Körperkreislaufs durch epidemische Infektionen, wie sie noch im 18. Jahrhundert aufgrund mangelhafter Hygiene gerade in größeren Städten, Kasernen und Feldlagern häufig auftraten. Für die von Sydenham erschlossenen Hintergründe des Krankheitsmilieus («Regelwidrigkeit der Luft, der Lebensweise und der Berührung»),[210] die auch Consbruch in seiner Abhandlung *De febribus malignis* (1759) erörtert, interessiert sich Schiller kaum. In Übereinstimmung mit der Humoralpathologie betrachtet er das kalte Fieber vorrangig als Folge von «Entartungen der Säfte» («humorum degenerationes», NA 22, 48), wie sie durch faulige Gallenflüssigkeit, Eiterabfluß aus Geschwüren oder Störungen des Verdauungsapparates (mit der Folge des Eindringens von Exkrementen in die Blutzirkulation) entstehen.[211] Derart erweist es sich als Symptom vorausgehender innerer Erkrankungen, die wiederum aus der Veränderung der Säfte durch pathogene Deformation von Organen (insbesondere Leber, Milz und Galle) bzw. der Mischung von im Normalfall getrennten Säftekreisläufen entstehen. Es ist kein Zufall, daß Schiller erneut die psychischen Wirkungen des körperlichen Zustands mit besonderer Aufmerksamkeit betrachtet. Phantastische Träume, Wasserscheu, Schwermut, krampfhaftes Lachen und Veitstanz rechnen zu den auffälligsten Formen der seelischen Störung, welche das Fieber zu begleiten pflegen. Zur näheren Verdeutlichung dieser Reaktionsmuster beschreibt der Text die Bewußtseinstrübungen, denen August von Hoven im letzten Stadium seiner tödlichen Krankheit ausgesetzt war. Zwar nennt Schiller seinen Namen nicht ausdrücklich, jedoch geht aus der genaueren Darstellung der Symptome hervor, daß es sich um seinen Fall handelt.[212]

Die therapeutischen Möglichkeiten, die den Verlauf dieser zumeist tödlich endenden Fiebererkrankung aufhalten konnten, blieben im 18. Jahrhundert notwendig begrenzt. Ein operativer Eingriff, der das Absaugen des Eiters erlaubt hätte, war nach den damaligen Standards gänzlich undurchführbar. Sydenham und Brendel rieten im Fall des kalten Fiebers zur Verwendung von Brech- und Abführmitteln, mit deren Hilfe die gefährliche Gallenflüssigkeit aus dem Körpersystem ausgeschieden werden sollte. Auch Consbruch betrachtet in seinen Schriften, denen Schiller einen ausführlichen Bericht über einen Fall fauligen Fiebers entnimmt, die Entleerung des Magens als Voraussetzung für die Bereinigung des vergifteten Säftehaushalts (NA 22, 54 ff.). Die Dissertation greift diesen Rat auf und empfiehlt die Verwendung von Brechstein selbst bei fortgeschrittenen Krankheitsstufen. Es gehörte zum therapeutischen Repertoire der damaligen Medizin, daß man den Patienten durch solche Roßkuren quälte, da andere Möglichkeiten des Eingriffs in den Magen nicht möglich waren. Während seiner Zeit als Regimentsarzt hat auch Schiller Vomitive aus Weinstein und Wasser als Universalheilmittel eingesetzt. Die Entleerung des Verdauungstrakts, die die faulig-eitrigen Stoffe austreiben soll, wird der Schrift zufolge gefördert durch die Verwendung von Salmiak und Fieberrinde, die man abgekocht verabreicht.[213] Schiller selbst hat sich vier Jahre später in Mannheim, als er an Malaria erkrankt war, über die exzessive Verwendung von Chinin zu heilen gesucht; die Spätfolge dieser rücksichtslosen Therapie bildete freilich eine chronische Magenentzündung.

Die abschließenden Paragraphen befassen sich mit der schwer zu behandelnden Mischform des ‹gallig-entzündlichen› Fiebers. Sein Ursprung ist nach Schillers Ansicht eine durch den Austritt von Gallensäften entstehende Brustfellentzündung, die ihrerseits zur Blutverdickung und Erhöhung der Körpertemperatur führt. Auf diese Weise zeigt die Pathogenese Merkmale beider Krankheitsformen: die Symptomatik des entzündlichen Fiebers aufgrund der Erhitzung, die Kennzeichen des fauligen Fiebers durch die körperinterne Verbreitung giftiger Flüssigkeiten. Entsprechend muß eine doppelte Therapie entwickelt werden, die Aderlässe zum Zweck der Verminderung des Blutdrucks mit der Verabreichung von Brech- und Abführmitteln im Blick auf die erforderliche Entgiftung des Magens zu kombinieren hat. Problematisch bleibt dieses Verfahren jedoch, weil beide Strategien den Verfall des Patienten im ungünstigen Fall verstärken; die Vomitive können bei dem bestehenden Bluthochdruck zum Platzen von Gefäßen und zur Schädigung des Herzens führen, die Aderlässe die Zirkulation der giftigen Gallenstoffe beschleunigen. Angesichts der therapeutisch kaum überwindbaren Tücken, die das Bild der sich ergänzenden Symptome kennzeichnen, schließt Schillers Dissertation mit einer Feststellung, deren resignativer Ton den praktisch denkenden Akademiemedizinern kaum gefallen haben dürfte: «Was, frage ich, bleibt der heilenden

Kunst bei Krankheiten zu tun, wo sie durch Untätigkeit vernachlässigt und durch Tätigkeit verdirbt?»[214]

Am 1. November 1780 reicht der Kandidat die Fieber-Schrift bei den Karlsschulärzten ein. Zwei Wochen später liegt das von Consbruch, Klein und Reuß gemeinsam verfaßte Gutachten vor. Erneut wiegt die Kritik schwer, wobei ausschließlich fachliche, keine stilistischen Gründe geltend gemacht werden. Die Mediziner bemängeln nachdrücklich, daß Schiller auf die Genese von Fiebererkrankungen zu oberflächlich eingegangen sei. Insbesondere fehle eine Auswertung der bereits von Sydenham in den Blick gerückten epidemischen Ursachen bei fauligen Fiebern, die der Praktiker jedoch genau überschauen müsse, um seine Therapie entsprechend aufzubauen. Zwar bescheinigt man der Schrift gründliche Kenntnisse der Fachliteratur, deutet aber zugleich an, daß die mangelnde praktische Erfahrung des Verfassers bisweilen zu diagnostischen Fehlurteilen führe.[215] Eine endgültige Entscheidung über die Annahme der Dissertation stellen die Gutachter zurück, bis sie Schillers ergänzende (dritte) Probeschrift gelesen haben; von deren Qualität hängt nun das weitere Schicksal des Examenskandidaten ab.

Nochmals über Körper und Geist. Die dritte Dissertation (1780)

Schillers dritte Dissertation, der *Versuch über den Zusammenhang der thierischen Natur des Menschen mit seiner geistigen*, entsteht im Herbst 1780. Sie wird eine Woche nach der Fieber-Schrift, Anfang November, bei den medizinischen Gutachtern eingereicht. Im Sommer hatte der Kandidat ihnen neben dem *Versuch* als zweite mögliche Aufgabe eine Erörterung unter dem Titel *Über die Freiheit und Moralität des Menschen* vorgeschlagen, dabei jedoch aus taktischen Gründen angedeutet, daß dieses Sujet stärker philosophische Akzente trage, während sich das andere «sehr physiologisch abhandeln»[216] lasse. Da die naturwissenschaftliche Gewichtung im Rahmen einer medizinischen Dissertation wünschenswert war, entschieden sich die Gutachter für das erste Thema. Schillers erläuternder Hinweis besaß freilich den Charakter einer Finte, mit deren Hilfe er die Karlsschulärzte für die ihm angenehmere Aufgabe gewinnen wollte. Betrachtet man den *Versuch* genauer, so vermißt man gerade die angekündigte physiologische Seite der Darstellung, die in der Dissertation von 1779 weitaus stärker zutage getreten war.

Die Schrift meidet die spekulativen Tendenzen der ersten Abhandlung und verlegt sich auf die empirische Beobachtung psychophysischer Prozesse im menschlichen Organismus. Der Mittelkraft-Gedanke wird, unter dem Einfluß von Consbruchs Kritik, nicht mehr systematisch verfolgt; statt dessen hält sich Schiller an die Fragestellungen einer erfahrungsgestützten Anthropologie, wie sie, vermittelt durch Platner, auch eine methodisch aufgeschlossene Medizin beeinflussen. Die Dissertation gliedert sich in zwei ungleichgewichtige Teile; der erste Abschnitt (A) erörtert die organischen Grundformen körperlichen Lebens, der zweite (B), der den dreifachen Umfang aufweist, beleuchtet den psychophysischen Apparat des Menschen, dessen Ökonomie durch den Rückgriff auf Beispiele aus Kulturgeschichte, schöner Literatur und Physiognomik näher erschlossen wird. Wegweisend bleibt die These, daß zwischen Körper und Seele ein existentieller, in verschiedenen Formen zutagetretender Zusammenhang bestehe. Weder die stoische Philosophie, die eine vollkommene Kontrolle des Leibes durch den Geist für möglich hält, noch der Epikureismus, der die Priorität körperlicher Erfahrung gegenüber der Sphäre des Intellekts betont, hätten, wie es heißt, die psychophysische Doppelnatur des Menschen zutreffend erfaßt. Gegen den Versuch, Körper und Geist zu isolieren, setzt Schiller das Gedankenmodell des *influxus physicus*, das er durch die Arbeiten Platners, Tissots und Zimmermanns kennt (NA 20, 40f.). Im Gegensatz zur ersten Dissertation wird die *conditio humana* damit nicht aus spekulativen metaphysischen Lehrsätzen abgeleitet, sondern durch die empirische Beobachtung seiner leibseelischen Verfassung begründet. Bezeichnend für diese neue Ausrichtung bleibt, daß die Schrift mit einer Darstellung der körperlichen Organisation des Individuums beginnt, um auf diese Weise die Voraussetzungen zu beschreiben, denen der psychische Apparat unterliegt. Das entspricht dem Vorgehen Platners, der zunächst die mechanischen bzw. physiologischen Formen menschlichen Lebens erörtert, ehe er sich mit den Problemen der intellektuellen Steuerung der Wahrnehmungsakte und den Bedingungen der Denkvorgänge befaßt. Schiller nennt drei zentrale Felder körperlicher Aktivität: den auf die Arbeit der Nerven gegründeten Organismus der «Seelenwirkungen», der Empfindung und Reflexion in physische Zustände überführt; das System der «Ernährung», das der Erhaltung des Leibes (und ebenso des Geistes) dient; schließlich den Mechanismus der «Zeugung», der für die Fortpflanzung des Menschengeschlechts sorgt (NA 20, 42f.). Durch diese drei Grundformen ist die Ökonomie der physischen Existenz notdürftig bezeichnet, so daß Schiller nunmehr die Darstellung des influxionistischen Systems in Angriff nehmen kann.

Begonnen wird mit der Beschreibung des Einflusses, den die ‹tierischen Triebe› auf den geistig-seelischen Haushalt nehmen. Diesem Abschnitt

Friedrich Schiller als Schüler der Militärakademie.
Tuschsilhouette in radiertem Rahmen. Aus der Silhouettensammlung
des Intendanten Christoph Dionysius von Seeger.

schließt sich ein Passus an, der umgekehrt Formen der psychischen Bestimmung körperlicher Zustände diskutiert. Aus dem Befund einer wechselseitigen Determination von Leib und Seele leitet Schiller zwei Elementargesetze ab, die Lust- und Unlustempfindungen des Menschen auf das Zusammenspiel der Kräfte im psychophysischen Apparat zurückführen. Gestützt wird die These von der Interaktion beider Bereiche durch einen Ausblick auf die Physiognomik, deren Beobachtungen zur Bekräftigung der Annahme herangezogen werden, daß der Körper Spuren geistiger Beeinflussung aufweise; im Gesichtsausdruck spiegelt sich der Grad seelischer Anspannung wider, der den Menschen je aktuell bestimmt. Der letzte Abschnitt geht schließlich der Frage nach, welche Möglichkeiten das Individuum besitzt, Leib und Psyche in ein stabiles Gleichgewicht zu bringen. Am Ende der Schrift steht ein kurzer Hinweis auf das Erlöschen des organischen Lebens, das die Trennung von Körper und Seele zur Folge habe: die Aufhebung des Zusammenhangs beider Bereiche ist, wie es resümierend heißt, nur im Tod denkbar.

Im Gegensatz zu den anthropologischen Lehren der Frühaufklärung möchte Schiller in der psychophysischen Doppelnatur des Individuums keine beschwerende Erblast erkennen. In seinem Lehrgedicht *Gedanken über Vernunft, Aberglauben und Unglauben* (1729) hatte Haller den Menschen als «Unselig Mittel-Ding von Engel und Vieh»[217] beschrieben. Schiller greift diese Formulierung im fünften Paragraphen seiner Untersuchung auf, ohne jedoch ihre skeptische Tendenz zu unterstützen. Der Umstand, daß auch der von seiner geistigen Unabhängigkeit überzeugte Gelehrte durch körperliche Zustände beherrscht bleibt, verrät zwar einen mächtigen Einfluß der Physis, bildet aber keine Einschränkung seiner intellektuellen Phantasie. Die leibseelische Doppelnatur des Individuums ist für Schiller nicht ‹unselig›, weil sie die Voraussetzung geistiger Kreativität und seelischer Harmonie ausmacht. Statt beide Bereiche voneinander zu scheiden, wie es stoische und epikureische Lehren anstreben, muß der Mensch an der Herstellung einer sicheren Balance zwischen ihnen arbeiten, da allein ihr Zusammenspiel den internen Ausgleich der Kräfte ermöglicht: «Das System thierischer Empfindungen und Bewegungen erschöpft den Begrif der thierischen Natur. Diese ist der Grund, auf dem die Beschaffenheit der Seelenwerkzeuge beruht, und die Beschaffenheit dieser leztern bestimmt die Leichtigkeit und Fortdauer der Seelenthätigkeit selbst.» (NA 20, 47 f.)

Ausführlich befaßt sich Schiller im Hauptteil seiner Schrift mit der Frage, inwiefern die körperliche Organisation des Individuums die Bedingung seiner geistigen Tätigkeit darstellt. Die Vermutung, von der er ausgeht, lautet, daß der physische Einfluß auf den Intellekt des Menschen zugleich eine kreative Entfaltung der Vernunft ermögliche, deren Ursprünge die unter der Vorherrschaft der Metaphysik stehenden Erklärungsmuster der rationalistischen Psychologie Wolffscher Prägung nicht zu erfassen vermochten. Um diesen Zusammenhang genauer zu erschließen, greift Schiller auf ein zweigliedriges entwicklungstheoretisches Erklärungsmodell zurück. Sowohl die Reifung des einzelnen Menschen vom Kind zum Erwachsenen (Ontogenese) als auch die kulturgeschichtliche Entfaltung des gesamten Menschengeschlechts von der Barbarei zur Zivilisation (Phylogenese) demonstrieren die prägende Bedeutung der ‹tierischen Natur›, ohne deren Regie die Gattung keine höheren intellektuellen Vermögen hätte ausbilden können (NA 20, 50ff.). Sinnliches Vergnügen an der erfreulichen Wirkung moralischer Handlungsweisen und Glücksempfindungen aufgrund des Ertrags intellektueller Anstrengung halten das Kind, so Schiller, zum fortschreitenden Ausbau seiner Verstandesfähigkeiten an. Der Quellpunkt des intellektuellen Ehrgeizes bleibt mithin ein physischer Zustand, wie er im Gefühl des Vergnügens gegeben ist; in ähnlicher Weise leitet die Moralphilosophie Hutchesons, auf die sich auch die literarische Wirkungspsychologie Lessings beruft, den Ursprung moralischer Handlungen aus sinnlichen Lustgefühlen ab. Unter vergleichbaren Gesetzen wie die Bildungsgeschichte des Individuums steht Schiller zufolge die kulturelle Entwicklung des gesamten Menschengeschlechts. Im archaischen Zustand des vorzivilisierten Naturwesens ist der Einzelne vielfältigen physischen Widrigkeiten ausgesetzt, die ihn dazu nötigen, die ihm gegebenen geistigen Möglichkeiten zu nutzen, um den Unbilden der Kälte, des Hungers und Schmerzes zum Zweck der Selbsterhaltung mit geeigneten Maßnahmen zu begegnen. Am Beginn des menschlichen Kulturprozesses steht folglich der Impuls, den unabänderlichen Zwängen der Natur möglichst wirkungsvoll zu begegnen, um bessere Grundlagen für das persönliche Überleben zu schaffen. Wenn sich die instrumentelle Vernunft des Individuums mit stets raffinierter werdenden Vorkehrungen gegen den äußeren Notstand schützt, so beschleunigt das, wie Schiller erklärt, das Ablauftempo der technischen Innovationen, in dem sich die Geschichte des geistigen Fortschritts abzeichnet. Ihren Ausgangspunkt bildet die körperliche Bedürftigkeit des Menschen, der im Status des Mangelwesens den Zwängen der Natur ohne den notwendigen Erfindungsgeist schutzlos ausgeliefert wäre. Als Quelle dieser These führt die Schrift Garves Anmerkungen zu Fergusons *Institutes of Moral Philosophy* an, die Abel detailliert im Unterricht des Schuljahres 1776 behandelt hatte (NA 20, 51). Garve verweist ausdrücklich auf die physischen Bedingungen der menschlichen Geistesevolution, deren Gesetze sich modellhaft in der individuellen Entwicklung erkennen lassen. Der Übergang vom Kind zum Erwachsenen spiegelt jenen Prozeß der Triebverfeinerung wider, der sich auch auf der Ebene der menschlichen Kulturgeschichte vollzieht. Zu den wesentlichen Bedingungen der Zivilisation gehört es, daß die technischen und wirtschaftlichen Voraussetzungen für eine verbesserte Befriedigung der körperlichen Bedürfnisse geschaffen werden. Wenn der Einzelne, notiert Garve, «völlig satt, bekleidet, unter einem guten Dache mit allem Hausgeräthe versehen ist», so bemerkt er, daß «noch etwas für ihn zu thun übrig bleibe.»[218]

Die hier vorgelegte Argumentation steht in auffälligem Gegensatz zu den Gedanken, die Rousseaus *Discours sur l'inégalité* (1755) im Rahmen seiner Kritik der modernen Zivilisation ausgearbeitet hatte.[219] Wie Rousseau bewertet Schiller die menschliche Kulturgeschichte als Prozeß fortschreitender Naturbeherrschung auf der Grundlage ständig sich verfeinernden Vernunftgebrauchs. Während Rousseau jedoch das zivilisierte Entwicklungsstadium des Individuums durch einen tiefgreifenden Verlust elementarer moralischer Anlagen bei zunehmendem Egoismus und wachsender sozialer Kälte geprägt findet, hebt Schillers Skizze den Gewinn geistiger Kreativität als besonderes Merkmal verfeinerter Kultur hervor. Weil der Erfindungsreichtum des Einzelnen mit der Vervollkommnung der Naturbeherrschung gestiegen ist, vermag er sich auch gegen jene dekadenten Verfallsformen der Zivilisation zur Wehr zu setzen, die in regelmäßigen Abständen den Prozeß des Fortschritts aufhalten, ohne ihn vollends unterbinden zu können: «Wie aber nun der Luxus in Weichlichkeit und Schwelgerei ausgeartet, in den Gebeinen des Menschen zu toben anfängt, und Seuchen ausbrütet, und die Atmosphäre verpestet, da eilt der bedrängte Mensch von einem Reich der Natur zum andern, die lindernden Mittel auszuspähen (...)» (NA 20, 55). Abweichend von Rousseau hält Schiller die Krisenperioden der Geschichte für Prüfungssituationen, aus denen die schöpferische Intelligenz des Menschen jeweils gestärkt hervorgeht. Wissenschaftliche Erkenntnis und technische Erfindungen unterliegen zwar keiner bruchlosen Logik des Fortschritts, bewähren sich jedoch gerade in Phasen des Stillstands als Erprobungsfelder geistiger Originalität. Im Gegensatz zu Rousseaus zweitem *Discours*, der das Projekt der Zivilisation als risikobehaftetes Unternehmen mit bedenklichen Folgelasten für das Gleichgewicht der Gesellschaft betrachtet, vertraut Schillers Schrift auf die sozialen Selbstheilungskräfte des Intellekts und die Innovationsfähigkeit seiner kreativen Anlagen, die sich in einer teleologisch gedachten Geschichte folgerichtig entfalten dürfen. Angeregt wird diese Position durch August Ludwig Schlözers *Vorstellung seiner Universalhistorie* (1772), die

Schiller, womöglich auf Empfehlung des zuständigen Fachlehrers Schott, 1779 gelesen hatte. Bei Schlözer konnte er einem ungebrochenen Fortschrittsoptimismus begegnen, der deutlich auf seine eigene Skizze der menschlichen Entwicklungsdynamik abfärbt. Während er die Schrift des einflußreichen Göttinger Historikers gründlich studiert zu haben scheint, ist er mit den theoretischen Arbeiten Rousseaus Ende 1780 noch nicht näher vertraut. Die Thesen des zweiten Akademiediskurses von 1755 kannte er nur durch die oberflächliche Zusammenfassung, die Johann Georg Jacobi 1778 im Rahmen seines Nachrufs für den *Teutschen Merkur* geboten hatte. Zwar las er den *Julie*-Roman des Schweizers bereits 1776, doch zögerte er offenbar, sich intensiver mit seinem philosophischen Werk zu befassen. Die genauere Lektüre der beiden Akademie-Diskurse und des *Contrat social* (1762) erfolgte erst Mitte der 80er Jahre in Dresden, zur Zeit der Arbeit am *Don Karlos*.

Der entwicklungsgeschichtliche Exkurs, der den mächtigen Einfluß körperlicher Zustände auf geistige Energien erweisen sollte, mündet zu Beginn des letzten Drittels der Dissertation erneut ins Fahrwasser einer anthropologischen Argumentation. Schiller formuliert zwei wesentliche Prinzipien des Zusammenspiels von Leib und Seele, die ihrerseits die abschließende Frage nach der den psychophysischen Haushalt stützenden Grundkraft aufwerfen. Das erste Elementargesetz des Influxionismus betont, daß Zustände der intellektuellen bzw. seelischen Lust oder Unlust jeweils Einfluß auf die leibliche Befindlichkeit nehmen: «Die Thätigkeiten des Körpers entsprechen den Thätigkeiten des Geistes; d.h. Jede Ueberspannung von Geistesthätigkeit hat jederzeit eine Ueberspannung gewisser körperlicher Aktionen zur Folge, so wie das Gleichgewicht der erstern, oder die harmonische Thätigkeit der Geisteskräfte mit der vollkommensten Uebereinstimmung der leztern vergesellschaftet ist.» (NA 20, 57) Einen ähnlichen Befund konnte Schiller bei Zimmermann antreffen, der in seiner Studie *Von der Erfahrung in der Arzneikunst* (1763–64) zahlreiche Beispiele für die äußeren Indizien seelischer Erkrankungen bzw. psychischen Gleichgewichts lieferte. Bereits Mendelssohn hatte in den Briefen *Ueber die Empfindungen* einen vergleichbaren Zusammenhang beschrieben, ohne freilich den umgekehrten Einfluß des Körpers auf die psychische Organisation zu berücksichtigen. «Die Vorstellung einer geistigen Vollkommenheit», so heißt es bei ihm, werde im Denkapparat gespeichert, von dort «den Nerven der übrigen Gliedmaßen» mitgeteilt, so daß der Körper «in den Zustand der Behaglichkeit» gerate.[220] Auch Mendelssohn kennt die physischen Symptome, die eine psychische oder intellektuelle Disharmonie auslöst; zu ihnen zählt er nervliche Anspannung, Schmerzreaktionen und

Appetitmangel. Schillers Beispiele, die diese Seite des von ihm formulierten Elementargesetzes veranschaulichen sollen, stammen vorrangig aus der schönen Literatur. Neben Shakespeares Lady Macbeth, deren Schlaflosigkeit der physische Ausdruck ihrer seelischen Notlage ist, führt der Text hier pikanterweise eine einschlägige Passage des eben abgeschlossenen *Räuber*-Dramas an. Schiller zitiert aus der ersten Szene des fünften Akts einen Absatz des Gesprächs zwischen Franz Moor und Daniel, der den Einfluß der Gewissensangst auf den Körper demonstriert; Franz' wüster Traum und die ihn plötzlich befallende Ohnmacht bilden den Spiegel jener moralischen Skrupel, deren Wirksamkeit seine Rede vergeblich zu dementieren sucht. Schiller ist vorsichtig genug, das Selbstzitat zu kaschieren; in der entsprechenden Anmerkung erscheint als Beleg der falsche Titel *Life of Moor. Tragedy by Krake* (NA 20, 60). Wenn die Schrift mehrfach poetische Beispiele für die Geltung ihrer Diagnosen anführt, so bewegt sie sich in den Bahnen Abels, der das Gespür für die psychologisch-medizinische Kompetenz der schönen Literatur gefördert hatte. Daß gerade deren aktuelle Strömungen wiederum die Impulse der neueren Anthropologie aufnehmen, demonstriert vornehmlich der zeitgenössische Roman: Wielands *Geschichte des Agathon* (1767), Johann Carl Wezels *Belphegor* (1776), Friedrich Heinrich Jacobis *Woldemar* (1777), Karl Philipp Moritz' *Anton Reiser* (1785–90), nicht zuletzt Schillers eigenes *Geisterseher*-Fragment (1789) können auch als einschlägige Lehrstücke über die leibseelische Doppelnatur des Menschen gelesen werden.

Im Gegensatz zu den Auffassungen Stahls, von deren dogmatischer Anwendung sich Schiller ausdrücklich abgrenzt (NA 20, 70), behauptet die Dissertation keine einseitige Vorherrschaft der Seele gegenüber dem Leib. Das System des Influxionismus geht vielmehr von einer ausgewogenen Beziehung beider Sektoren aus. Ein weiteres Elementarprinzip erschließt folgerichtig in Ergänzung des ersten den Einfluß des körperlichen Organismus auf den Geist: «So ist es also ein zweites Gesez der gemischten Naturen, daß mit der freien Thätigkeit der Organe auch ein freier Fluß der Empfindungen und Ideen, daß mit der Zerrüttung derselbigen auch eine Zerrüttung des Denkens und Empfindens sollte verbunden seyn.» (NA 20, 63) Die von der Schrift herangezogenen Beispiele beziehen sich zunächst auf die medizinische Praxis, die erweist, daß ein durch Krankheit geschwächter Körper geistige Fehldispositionen, mangelnde Disziplin und die Neigung zu unsittlichen Gedanken fördern kann. Ein Exempel aus der Geschichte, das für Schillers literarisches Werk bald Bedeutung gewinnen wird, soll diesen Zusammenhang stützen: Andreas Doria, der Genua seit 1522 unumschränkt regierte, unterschätzte die von seinem politischen Widersacher Fiesko ausgehende Gefahr, weil er ihn für einen sinnlichen Wollüstling hielt, obwohl er doch hätte wissen müssen, daß gerade der enthemmte Genußmensch zu unkonventionellen, moralisch zweifelhaften Handlungen in der Lage sein kann; die Interaktion körperlicher und geistiger Anlagen bleibt entscheidend für das Urteil über die Beweggründe, die das Tun des Individuums anleiten (NA 20, 65). Das republikanische Trauerspiel, in dem Schiller zwei Jahre später den Fall des Fiesko literarisch aufrollt, macht sich diese Einsicht zunutze, wenn es den Titelhelden als tückischen Intriganten vorführt, dessen dubiose politische Winkelzüge einem zweideutigen Lebensentwurf im Spannungsfeld von Hedonismus und Selbstbetrug entsprechen.

Die Frage nach der geheimen Kraft, die Körper und Geist in wechselvollen Verhältnissen zusammenhält, beantwortet die Schrift am Ende des 18. Paragraphen mit dem Hinweis auf das Gesetz der Anziehung, das zwischen beiden Bereichen wirkt. «Diß ist die wunderbare und merkwürdige Sympathie, die die heterogenen Principien des Menschen gleichsam zu Einem Wesen macht, der Mensch ist nicht Seele und Körper, der Mensch ist die innigste Vermischung dieser beiden Substanzen.» (NA 20, 64) Die Kategorie der Sympathie gemahnt an den Liebesbegriff der zweiten Geburtstagsrede für Franziska von Hohenheim. Als Pendant zu Newtons Modell der Schwerkraft bildet die seelische Attraktion, wie es dort heißt, das Band, das die «denkenden Naturen» zusammenhält (NA 20, 32). Ihr entspricht jetzt die sympathetische Energie, die Leib und Seele in einem zumeist stabilen, einzig im Krankheitsfall gestörten Wechselverhältnis aufeinander bezieht. Auf die Spur des Sympathiekonzepts gerät Schiller durch die für das Jahr 1779 verfaßten Prüfungsschriften Abels. Die *Moralischen Sätze von den Quellen der Achtung und der Liebe*, die als Thesen einer kürzeren Disputation zugrunde lagen, behandeln das Thema noch recht konventionell, indem sie, ähnlich wie Herders Aufsatz *Vom Erkennen und Empfinden der menschlichen Seele* (1778), die Sympathie mit dem Gefühl der Teilnahme am Leiden anderer gleichsetzen.[221] Unter medizinischem Blickwinkel hat Abel den Gegenstand hingegen in einer lateinischen Dissertation vom Dezember 1779 erörtert, die 17 Eleven, darunter Grammont und August von Hoven, verteidigen mußten. Schiller, der von philosophischen Disputationen freigestellt war, dürfte den Text in der Druckfassung kennengelernt haben, die im Dezember in Haugs *Schwäbischem Magazin* erschien (*De phaenomeniis sympathiae in corpore animali conspicuis*). Hier fand er den Gedanken formuliert, daß die Sympathie eine durch die Nerven ausgelöste, vom Gehirn weitergeleitete Kraft darstelle, welche psychische oder körperliche Anziehung begründe. Abels physiologische Bestimmung des sympathetischen Gefühls aus einer Theorie der nervalen Impulse bleibt den Vorarbeiten des berühmten englischen Mediziners Robert Whytt verpflichtet, der 1765 eine rasch zum Standardwerk aufsteigende Abhandlung über nervöse, hypochondrische und hysterische Erkrankungen vorgelegt hatte. Abel, der die 1766 erstmals veröffentlichte deutsche Übersetzung der Studie heranzog, greift zumal dort auf Whytt zurück, wo er die Sympathie als diejenige Energie bestimmt, welche die Nervenimpulse mit dem Gehirn verbindet.[222] Diese Definition bildet wiederum den Anknüpfungspunkt für Schillers Annahme, daß die Zusammenwirkung, die Körper und Geist kennzeichnet, eine Folge sympathetischer Vermittlungsarbeit darstelle. Die nervenphysiologische Bedeutung der Sympathie wird damit auf den gesamten psychophysischen Komplex übertragen. Die Theorie Whytts und Abels, die ihr die Aufgabe der Koordination von Empfinden und Denken zuschreibt, gestattet es dem Autor der Probeschrift, sie als das bisher fehlende Bindeglied zwischen Psyche und Physis zu bezeichnen. Direkt gerechtfertigt fand sich Schillers erweiterte Anwendung des Sympathiebegriffs fraglos durch die anonyme Replik auf Abels *Dissertatio*, die das *Schwäbische Magazin* im März 1780 druckte. Der Verfasser lobt die klare Argumentation Abels, bemängelt aber, daß sein Beitrag zwischen psychischer und intellektueller Aktivität nicht hinreichend unterscheide. Ohne physiologische Detailfragen zu erörtern, erklärt der Autor am Ende sein Einverständnis mit der Kernthese des Textes, derzufolge zwischen sämtlichen über das Nervensystem miteinander verbundenen Körperteilen und dem Denkzentrum beim Menschen ein auf sympathetischen Wirkungen beruhender Zusammenhang bestehe.[223]

Ein letztes Beweisfeld für Schillers Ansatz bildet die Physiognomik, wie sie der Schweizer Theologe Johann Caspar Lavater in seinen zwischen 1775 und 1778 veröffentlichten *Fragmenten zur Beförderung der Menschenkenntniß und der Menschenliebe* unter Bezug auf die Forschungen des Renaissancegelehrten Giambattista della Porta systematisch zu begründen gedachte. Schiller konnte sich einen persönlichen Eindruck von Lavater verschaffen, als dieser am 12. August 1774 die Karlsschule besuchte. Seine Lehre dürfte im philosophischen Unterricht zumindest berührt worden sein; nicht zuletzt druckte auch das *Schwäbische Magazin* bisweilen Beiträge zu Problemen der Physiognomik ab, die der Eleve mit Sicherheit zur Kenntnis nahm. Schiller sieht in dem durch spontane Emotionen oder gewohnte Gemütszustände hervorgerufenen Gesichtsausdruck den körperlichen Spiegel seelischer Verhältnisse. Eine deutliche Abgrenzung gegenüber dem ‹Schwärmer› Lavater nimmt er jedoch dort vor, wo er seine spekulative *Physiognomik organischer Theile* für unwissenschaftlich erklärt (NA 20, 70). Die äußere Form von Nase, Ohren und Mund ist wie der gesamte Körperbau nach Auffassung der Probeschrift angeboren; nur ihr je aktuelles, durch die besondere Situation hervorgerufenes Erscheinungsbild stellt den sichtbaren Reflex der psychischen Befindlichkeit dar. Auch in späteren Jahren hat Schiller deutlichen Abstand zu Lavaters System gehalten, in dem er die Spuren des Determinismus zu erkennen glaubte.

Die Aufhebung des innigen Zusammenhangs zwischen Körper und Geist erfolgt einzig mit der Vernichtung der physischen Existenz im Tod. Auch wenn sie für jeden Menschen unausweichlich bleibt, besitzt das Individuum Schiller zufolge aktive Möglichkeiten, das eigene Leben zu verlängern. Sein Ziel muß es sein, ein sicheres Gleichgewicht zwischen seelischen und körperlichen Kräften herzustellen, um deren Überlastung durch einseitige Nutzung zu verhindern. So wie der Schlaf «krampfichte Ideen und Empfindungen, alle jene überspannte Thätigkeiten, die uns den Tag durch gepeinigt haben», im Stadium körperlicher «Erschlaffung» und seelischer «Harmonie» aufzuheben vermag, sollte das Individuum physische mit geistigen Aktivitäten abstimmen, damit ihr Verhältnis sich ausgewogen gestaltet (NA 20, 74). Der Einzelne hat das rechte Maß von Sinnlichkeit und Intellekt, Wahrnehmung und Tätigkeit, Genuß und Arbeit zu finden, will er dem Gesetz des Gleichgewichts folgen, welches das Ideal seiner natürlichen Bestimmung bildet. Am Horizont erscheint hier das Modell des ‹ganzen Menschen›, das die Rezension von Bürgers gesammelten Gedichten im Jahr 1790 als Zielvision klassischer Ästhetik skizzieren wird – die Vorstellung von der Vereinigung der «getrennten Kräfte der Seele» im Zeichen einer Allianz zwischen «Kopf und Herz» (NA 22, 245). Die anthropologische Konzeption eines Gleichgewichts der psychophysischen Kräfte, welche die medizinische Probeschrift umreißt, wirft bereits ein Licht auf die Kunsttheorie des klassischen Schiller.

Die dritte Dissertation findet endlich das Wohlwollen der strengen Gutachter. Reuß, Consbruch und Klein legen am 16. November eine gemeinsam formulierte Stellungnahme vor, in der sie trotz einiger Einwände im Detail die Annahme der Schrift empfehlen. Gelobt wird die Selbständigkeit der Argumentation und das umfangreiche Fachwissen, das es dem Verfasser gestatte, ein derart schwieriges Thema auf seriöse Weise zu behandeln. Einwände gelten erneut der Form der Darstellung, die zuweilen in eine poetische Diktion verfalle und zum Gebrauch überschießender Bilder ohne klares inhaltliches Profil neige (NA 21, 124f.). Die Gutachter führen mehrere Beispiele für die unsachliche Stillage des Textes an, um ihre Einwände zu verdeutlichen; die hier beanstandeten Partien sollen vor der – insgesamt empfohlenen – Drucklegung gestrichen oder abgemildert werden. Mit offiziellem Schreiben vom 17. November äußern sich die Mediziner jetzt nochmals, auf Wunsch des Herzogs, zur Fieber-Abhandlung. Sie votieren gegen die Überarbeitung der Studie, da eine Publikation aus wissenschaftlichen Gründen, im Hinblick auf ihren unausgereiften Charakter, kaum gerechtfertigt sei. Dieses unfreundliche Urteil scheint angesichts der fachlichen Qualitäten der Schrift recht überzogen;[224] sein lakonischer Tenor erklärt sich aber aus dem Umstand, daß nach der Annahme der dritten Dissertation eine Veröffentlichung für den erfolgreichen Verlauf des Prüfungsverfahrens nicht mehr erforderlich, die Beschäftigung mit strittigen Detailfragen also überflüssig war. Am selben Tag legt Abel ein Sondergutachten über den *Versuch* vor, dessen Thema fraglos auch in seine fachliche Zuständigkeit fällt. Zwar erhebt er im Blick auf die zuweilen spekulative Argumentationsstruktur vorsichtige Einwände gegen den Druck, stellt sie aber später zurück, um seinen Schüler nicht zu brüskieren. Bereits Anfang Dezember 1780 wird der *Versuch* bei Christoph Friedrich Cotta in Stuttgart mit der für Prüfungsschriften obligaten Widmung an den Herzog veröffentlicht. Am 9. und 12. Dezember absolviert Schiller seine letzten Prüfungen in Anatomie, Geschichte der Arzneiwissenschaft und Physiologie. Am 15. Dezember, einen Tag nach dem jährlichen Stiftungsfest und den Preisverleihungen, entläßt man ihn aus der Militärakademie, deren Schüler er sieben Jahre und elf Monate lang war. Der Weg zu neuen Herausforderungen und Aufgaben scheint geebnet; doch die Bahn zum Erfolg bleibt zunächst reich an Hindernissen, steinig und unbequem.

ZWEITES KAPITEL

Probespiele. Frühe Lyrik und Jugendphilosophie (1776–1785)

1. Schillers poetische Anfänge im Rahmen ihrer Zeit

Gängige Ware. Lyrik und literarischer Markt am Ende des 18. Jahrhunderts

Zwischen 1750 und 1800 nahm die schriftstellerische Produktion in Deutschland entscheidend zu. Die Zahl der gedruckten Bücher betrug im gesamten 18. Jahrhundert annähernd 450000. Davon entfielen auf die vier Dekaden seit 1750 jährlich 30000 bis 35000, wobei die Quote stetig wuchs. Nicht zuletzt expandierte der Markt der Neuerscheinungen: im Jahr 1740 wurden zur Ostermesse 1144 Titel vorgestellt, 1800 waren es bereits 2569. Einen gewaltigen Aufschwung erfuhr die Publikation belletristischer Werke (einschließlich der schönen Wissenschaften, also Poetik und Ästhetik), deren Anteil sich von 5,8 Prozent im Jahr 1740 auf 16,4 Prozent im Jahr 1770 erweiterte.[1] Darin spiegelt sich auch die zunehmende Alphabetisierung der Bevölkerung, die nach regelmäßigem Anstieg im Jahr 1770 bei 15 Prozent, 1800 bereits bei 25 Prozent lag. Zu bedenken steht freilich, daß sich die Zahl der aktiven Leser noch am Ende des 18. Jahrhunderts auf kaum mehr als 100000 Menschen belief, was bei einer Gesamtbevölkerung von 20–22 Millionen Einwohnern um 1800 lediglich 0,5 Prozent entspricht (dabei handelt es sich um Schätzwerte ohne feste statistische Basis). Trotz fortschreitender Alphabetisierung blieb regelmäßige Lektüre ein Privileg der oberen Schichten des Bürgertums und des Adels; der Arbeitsalltag der Landbevölkerung und der Handwerker ließ hingegen für eine nähere Beschäftigung mit schöngeistigen Themen keine Zeit.[2]

Im Rahmen einer neuen Lektürekultur wuchs auch der Kreis der Autoren, die für einen zunehmend spezialisierten Buchmarkt produzierten. 1760 lassen sich etwa 2000 Schriftsteller unterschiedlichster Fächer in Deutschland erfassen, 1788 sind es bereits 6200. Ihre Zahl stieg kontinuierlich bis zum Jahr 1800 auf 10650. In der Stadt Leipzig gingen im Jahr 1785 allein 170 Menschen (von insgesamt 29000 Einwohnern) hauptberuflich einer schriftstellerischen Tätigkeit nach.[3] Die Klagen über die inflationäre Buchproduktion gerieten vor diesem Hintergrund zum Leitmotiv der spätaufklärerischen Kulturkritik. Johann Georg Meusel, der seit 1802 ein Lexikon deutscher Autoren herausgab, vermerkte die Expansion des Literaturbetriebs ebenso wie Friedrich Nicolai, der 1790 ein Gutachten für die Gesetzgebungskommission der preußischen Regierung abfaßte, in dem er einen Eindruck von der Lage am Buchmarkt vermitteln sollte. Ein Beitrag über *Ursachen der jetzigen Vielschreiberey in Deutschland*, der 1789/90 im *Journal von und für Deutschland* eine heftige Diskussion entfesselte, bezeichnet das unüberschaubare «Schriftsteller-Heer» als Symptom einer bedrohlichen Ausweitung des Publikationswesens.[4] Zu den Auslösern für die Schreibwut der Zeitgenossen gehörten, so heißt es, die Verdrängung der lateinischen Sprache aus dem innersten Zirkel der Gelehrtenwelt, die es auch Laien erlaube, in Fachdebatten einzugreifen, der enge akademische Stellenmarkt, der gut ausgebildete Autoren zur freien Berufstätigkeit jenseits von Institutionen zwinge, die niedrige Besoldung öffentlicher Positionen, die zahlreiche Beamte zur Übernahme von Nebentätigkeiten nötige, schließlich die allgemeine Verbreitung wissenschaftlicher Erkenntnisse und die fortschreitende Alphabetisierung der Bevölkerung, die den Kreis der Leser ausdehne. Die Erweiterung des Literaturmarkts wurde dabei zumeist als zwiespältiges Phänomen wahrgenommen, in dem sich die Folgen einer breitenwirksamen Aufklärung, aber auch intellektueller und künstlerischer Niveauverlust spiegelten. Selbst ein fortschrittlicher Publizist wie Georg Friedrich Rebmann beobachtete die gesteigerte Buchproduktion mit Sorge: «Die Menschen haben alles», so schreibt er 1793, «als kaufmännische Spekulation zu benützen gelernt, und sogar die Früchte des Genies sind bei uns nur ein Modeartikel, eine Kaufmannsware.»[5]

Mit ähnlich kritischem Tenor beurteilte man zur selben Zeit das gewandelte, auf rasche Informationsaufnahme zielende Leseverhalten insbesondere der Jugendlichen. An die Stelle der gründlichen ist die extensive, große Textmengen erfassende Lektüre getreten. In ihr verrät sich, so scheint es konservativen Beobachtern, das konsumtive Verhältnis zu einem Medium, dessen sprunghafte Nutzung Reizschwellen senkt, intellektuelle Oberflächlichkeit erzeugt und traditionelle Werte zerstört. Nicht ohne skeptischen Unterton erklärt der Freiherr von Knigge 1788: «Unsre Jünglinge werden früher reif, früher klug, früher gelehrt; durch fleißige Lektüre, besonders der reichhaltigen Journale, ersetzen sie, was ihnen an Erfahrung und Fleiß mangeln könnte; dies macht sie so weise, über Dinge entscheiden zu können, wovon man ehemals glaubte, es würde vieljähriges, emsiges Studium dazu erfordert, nur einigermaßen klar darin zu sehen.»[6] Für die Gliederung des belletristischen Buchmarktes spielte das weibliche Publikum eine entscheidende Rolle. Autoren wie Gellert, Klopstock, Rousseau und Richardson stießen bei lesenden Frauen auf besondere Resonanz. Die Erfolgsgeschichte des Romans und die empfindsame Unterwanderung des lyrischen Genres wären, wie man weiß, ohne das weibliche Interesse kaum denkbar gewesen. In der Rolle der Leserin bezeugen Frauen in der zweiten Hälfte des 18. Jahrhunderts ein modernes Kulturbewußtsein, das dem Literaturmarkt sein besonderes Anforderungsprofil verschafft.

Widerstände erwuchsen der Verbreitung des Buches im 18. Jahrhundert durch die Zensur. Sie suchte auf aggressive Weise die Interessen von Staat und Klerus zu vertreten, griff also unverzüglich ein, sobald Ansprüche und Werte kirchlicher oder staatlicher Obrigkeit berührt wurden. 1715 hatte Kaiser Karl VI. ein Edikt erlassen, das die «Untersagung alles Schmähns zwischen denen im Reich gelittenen Religionen» beinhaltete. Es wurde 1746 durch eine neue Regelung verschärft, 1790 und 1791 auf Anordnung von Kaiser Leopold II. nochmals strikter gefaßt. Vorübergehend war es unter Joseph II. während der 80er Jahre zu einer Lockerung der Zensurbestimmungen gekommen, die jedoch keinen dauerhaften Charakter trug. In einer Kabinettsorder vom 10. September 1788 beklagte der preußische König Friedrich Wilhelm II., daß die «Preßfreiheit» in «Preßfrechheit ausgeartet und die Bücherzensur völlig eingeschlafen» sei.[7] An der Schwelle zur napoleonischen Ära erfuhren die staatlichen Verbotsmaßnahmen eine weitere Zuspitzung, unter der auch Schiller – gerade im Feld der Theaterarbeit – zu leiden hatte.

In den einzelnen Territorien wachten Zensurkollegien, die Repräsentanten von Klerus und Staat versammelten, über die Einhaltung der Bestimmungen. Ihre Mitglieder arbeiteten jeweils spartenbezogen; auch in kleineren Fürstentümern waren zumeist unterschiedliche Personen für die Überprüfung theologischer, juristischer und naturwissenschaftlicher Werke zuständig. Zum Druck vorgesehene Manuskripte passierten zunächst eine Vorzensur, ehe sie in Umlauf gebracht wurden. Auch nach der Veröffentlichung konnten die Kollegien einschreiten und die Verbreitung eines Textes verhindern. Zumal die Konfiskation von Journalen erfolgte nicht selten mit Zugriff auf die Privatsphäre der Untertanen; dann wurden Buchhandlungen, Verlagsräume und Wohnungen durchsucht, um indizierte Schriften einziehen und danach vernichten zu können. Auf höherer

Ebene wirkte der Reichshofrat, der in Wien als oberstes Verwaltungs- und Justizorgan die Zensurbehörden der Territorien kontrollierte, in Streitfällen Entscheidungen traf, Präventivmaßnahmen veranlaßte, regelmäßig die Verbotskriterien überprüfte und den untergeordneten Institutionen entsprechende Weisungen erteilte.[8] Auf diese Weise entstand ein dicht gewebtes Netz der Überwachung und Kontrolle, dem man kaum entkommen konnte. Nahezu jeder der führenden Autoren des 18. Jahrhunderts hat in verschiedensten Phasen seiner Laufbahn Konflikte mit der kirchlichen oder staatlichen Obrigkeit austragen müssen.

Die Auflagen einzelner Bücher erreichten in den 70er Jahren selten mehr als 3000 Exemplare; Ausnahmen bildeten Erbauungstexte und Kalender. Von Goethes *Werther* wurden in den ersten beiden Erscheinungsjahren zwischen 1774 und 1775 4500 Stück, von Klopstocks *Gelehrtenrepublik* zur selben Zeit 6000 Exemplare verkauft (darunter 3600 an Subskribenten, die das Vorhaben des berühmten Autors durch ihren Beitrag fördern wollten). Solche Zahlen bildeten auf dem Sektor der schönen Literatur Spitzenwerte, die nur von Schillers klassischen Dramen wieder erreicht wurden. Problematisch, zumal für die freien Autoren, waren die Nachdrucker, deren Aktivitäten sich erst gegen Ende des Jahrhunderts wirksamer kontrollieren ließen. Der Ankauf eines Manuskripts verschaffte dem Verleger kein Publikationsmonopol, so daß ein ungeregelter Wettbewerb entstand. Gerade die Verfasser belletristischer Werke mußten beträchtliche Einkommenseinbußen hinnehmen, weil sie an den nicht-autorisierten Ausgaben ihrer Werke nichts verdienten. Die Folge der juristisch ungeklärten Eigentumsverhältnisse war eine scharfe Konkurrenz zwischen den offiziell eingeführten Verlagen und den Nachdruckern. Zu den unmittelbaren Auswirkungen eines unzureichenden Rechtsschutzes gehörte es, daß der Buchpreis seit den 50er Jahren stetig anstieg, weil die Verleger in relativ kurzer Zeit gute Erlöse erzielen mußten, ehe die Texte von Raubdruckern vertrieben wurden. Kostete ein Buch von 23 Bogen (knapp 190 Seiten) 1750 noch 4–6 Groschen, so mußte man für ein Werk vergleichbaren Umfangs im Jahr 1802 bereits eineinhalb Taler (36 Groschen) aufbringen. Zusammenschlüsse von Verlegern, wie man sie in Leipzig organisierte, richteten gegen den wilden Markt wenig aus. Erst durch das preußische *Allgemeine Landrecht* von 1794 wurde die (in England bereits seit 1710 geschützte) Urheberschaft der Autoren juristisch abgesichert, was zumindest mittelfristig ihren ökonomischen Status verbesserte und die Aktivitäten der Nachdrucker unterbinden half.[9] Ein endgültiges Verbot der nichtlizenzierten Reprints erfolgte erst 1845 durch ein vom Bundestag nach langwierigen Debatten verabschiedetes Reichsgesetz.

Bei der Analyse von Auflagenquoten ist auch zu berücksichtigen, daß Bücher regelmäßig im privaten Kreis verliehen wurden, so daß ein Exemplar mehr Leser erreichte, als sich in Verkaufszahlen niederschlug. Seit 1768 gab es öffentliche Leihbibliotheken, die die Zirkulation aktueller Neuerscheinungen förderten. Ihnen zur Seite traten die privat organisierten Lesegesellschaften, die es sich zum Ziel gesetzt hatten, Bücher unter ihren Mitgliedern zu tauschen, um diese finanziell zu entlasten. Zwischen 1770 und 1780 bestanden in deutschen Territorien, mit Schwerpunkt auf den größeren Städten, 50 solcher Lesegesellschaften, 1790 lag ihre Zahl bereits bei 170; die meisten von ihnen zählten zwischen 50 und 200 Mitglieder.[10] Die hohen Beiträge von etwa zehn Talern jährlich – das entsprach um 1790 dem Monatseinkommen eines Handwerkers – sorgten dafür, daß das wirtschaftlich konsolidierte Bürgertum in den Sozietäten dominierte. Der durch die Lesekabinette bewirkte Verteilungseffekt ist nicht zu unterschätzen. Bedenken muß man vor allem, daß die Mitglieder geliehene Bücher nochmals in ihrem Freundes- und Bekanntenkreis zirkulieren ließen. Auflagenzahlen sagen aus diesem Grund im 18. Jahrhundert wenig über die tatsächliche Verbreitung eines Buches aus. Noch in Goethes *Wanderjahren* (1829) spiegelt sich die Skepsis des Autors gegen die seinen individuellen Ruhm mehrende, die Verdienstmöglichkeiten aber einschränkende Institution wider, wenn es über die Prinzipien einer Sozietät der Emigranten heißt: «Branntweinschenken und Lesebibliotheken werden bei uns nicht geduldet (...)»[11] In einer vom Geist der Gegenaufklärung getragenen Denkschrift für Kaiser Leopold II. bemerkt der Schweizer Arzt und Popularphilosoph Johann Georg Zimmermann 1791 mißmutig, sogar «Domestiken» organisierten inzwischen ihre eigenen Lesegesellschaften.[12]

Ab etwa 1770 kam es in den größeren Städten zum Aufbau von literarischen Clubs, in denen man nach gemeinsamer Lektüre miteinander diskutierte. Häufig wurde den Anwesenden im Rahmen von Soireen vorgetragen, so daß sich die Kenntnis einzelner Werke nicht durch das seit dem Frühhumanismus eingebürgerte stille Lesen, sondern im Rahmen mündlicher Überlieferung vermittelte. Die literarische Geselligkeit, die zu den tragenden Elementen der Aufklärungskultur zählt, enthielt damit ein anachronistisches Element. Modischen Charakter trug wiederum das Lesen in der Natur, in Parklandschaften und englischen Gärten. Das Bild der jungen Frau, die ins Buch vertieft, auf einer Bank unter freiem Himmel sitzt, gehört zu den beliebtesten Motiven zeitgenössischer Malerei. Erst Ende des 18. Jahrhunderts jedoch wurde die stille Lektüre zur allein herrschenden Rezeptionsform – im Vorzeichen eines technischen Zeitalters, das die soziale Isolation des Lesers verfestigte.[13]

Den größten Anteil der Buchproduktion machten auch am Ende des Jahrhunderts die theologischen Schriften aus. Ihre Quote sank jedoch von 38,5 Prozent im Jahr 1740 auf 18,2 Prozent im Jahr 1780. Spitzenreiter im Genre der schönen Literatur war 1780 die Lyrik mit 41 Prozent; 22 Prozent fielen auf das Drama, 16,8 Prozent auf den Roman, dessen Verbreitung gegen Jahrhundertende beständig zunahm.[14] Die Ursache für den hohen Marktanteil lyrischer Texte bildete der Umstand, daß ihre Veröffentlichungsform praktische Bedürfnisse befriedigen konnte. Lyrik erschien nicht nur in Einzelbänden, sondern auch, als Vorstufe der erst um 1800 grassierenden Almanach-Mode, im Rahmen von Kalendarien. Almanach und Kalendarium boten neben dem Textabdruck eine Aufstellung über die Tage und Monate eines Jahres. Lektüreinteressen finden sich hier neben Fragen der Lebensorganisation und Informationsspeicherung gleichermaßen berücksichtigt: Erbauung und Terminplanung treten zusammen. Auch die späteren Almanache werden noch ein Kalendarium enthalten, das ihnen den praktischen Nutzen sichert und den Abdruck lyrischer Beiträge mit einem gewissen Gebrauchswert verbindet.

Erschwingliche Verkaufspreise sicherten den Kalendarien große Verbreitung. In den 70er Jahren kosteten sie zwischen 12 und 15 Groschen – so die Zahlen für die 1776 veröffentlichte Göttinger *Blumenlese* lyrischer Texte und den im selben Jahr erscheinenden Leipziger Musenalmanach Friedrich Traugott Hases. Der Preis stieg jedoch zum Jahrhundertende an: für Schillers Musenalmanach muß man 1800 bereits einen Reichstaler und 18 Groschen aufbringen.[15] Die Ausstattung war zumeist ansprechend und hob sich vom Durchschnitt der Buchproduktion ab. Im Blick auf die unterschiedlichen finanziellen Möglichkeiten des Publikums stellten zahlreiche Verlage ihre Lyrikkalender in zwei Formen her; die gewöhnliche Ausgabe erschien im Papierumschlag, die teurere Luxusvariante in Leder. Die guten Verkaufserlöse der Kalendarien ermöglichten es den Herausgebern, hohe Honorare für die Mitarbeiter auszuschütten. Die lyrische Produktion entwickelte sich damit zu einem recht einträglichen Geschäft auch für Gelegenheitsschreiber.

Erreicht wurde zumal ein bürgerliches Publikum, das gerade den alltäglichen Gebrauchswert des Kalendariums zu schätzen wußte. 83,4 Prozent der Leser gehörten zum gebildeten Bürgertum, 7,2 Prozent rekrutierten sich aus Adel und Offiziersstand, 9,4 Prozent aus anderen Schichten. Theologen und Professoren bildeten mit 15 Prozent der bürgerlichen Konsumenten zwar einen zuverlässigen Stamm innerhalb dieser Zielgruppe, gehörten jedoch nicht zur dominierenden Publikumsschicht. In ihren Kreisen waren Vorbehalte gegen den puren Unterhaltungscharakter lyrischer

Texte ohne religiöse oder didaktische Zweckbindung noch weit verbreitet.[16] Ein Indiz für die beträchtliche Popularität der Almanache und Kalendarien ist der Umstand, daß sie in den Listen der Lesegesellschaften besonders häufig auftauchen. Zudem galten sie als ideales Geschenk zum Jahresende, was wiederum die Verkaufsstrategie der Verlage steuerte: publiziert wurden die Kalendarien pünktlich zur Herbstmesse, weil sich spätere Veröffentlichungstermine ungünstig auf den Vertrieb auswirkten.

Der Markt für lyrische Arbeiten schien in der letzten Hälfte des 18. Jahrhunderts groß genug, um konkurrierende Unternehmen zu verkraften. Seit 1760 hatte sich ein konzeptioneller Wandel der Gattung abgezeichnet. An die Stelle der für die erste Jahrhunderthälfte charakteristischen Lehrdichtung, wie sie Barthold Heinrich Brockes, Albrecht von Haller, Friedrich von Hagedorn, Immanuel Pyra und Samuel Gotthold Lange lieferten, waren lyrisch-empfindsame Stilmuster getreten. Der Lyrikbegriff, der seit Martin Opitz' *Buch von der Deutschen Poeterey* (1624) allein liedhafte, als Vorlagen für den Gesangsvortrag dienende Texte bezeichnet hatte, löste sich allmählich aus dem Bannkreis einer engen gattungstheoretischen Bestimmung. Sulzer erinnert 1775 in der Neuedition seiner *Allgemeinen Theorie der schönen Künste* noch an die musikalische Dimension lyrischer Werke, betont jedoch besonders den subjektiven Charakter ihrer Ausdruckskultur, wenn er sie als Formen des «empfindungsvollen Selbstgespräches» kennzeichnet.[17] Auch im Wortgebrauch Herders setzt sich seit Mitte der 60er Jahre die weiter gefaßte Bedeutung der Kategorie durch; sie bezeichnet eine spontane, gefühlsgestützte Produktivität, unter deren Einfluß Lyrik zum Medium künstlerisch erzeugter Leidenschaft jenseits sturer Regelbeherrschung gerät.

Klopstocks Hymnenwerk hatte seit dem Ende der 40er Jahre eine neue, bis dahin für die deutsche Lyrik unbekannte Tonlage erschlossen. Nach dem Muster der Oden des antiken Lyrikers Pindar (5. Jh. v. Chr.), geschult an der Bildkraft der biblischen Davidspsalmen, inspiriert durch das religiöse Pathos von Miltons *Paradise lost* (1667), anknüpfend an die Naturdichtung Albrecht von Hallers und Jakob Immanuel Pyras ging Klopstock den Weg zu einer neuen literarischen Inszenierungskunst mit originellen Zügen. Formal sind Hymnen wie *Das Landleben*, *Die Welten* oder *Dem Unendlichen* durch parataktische, zumeist freirhythmisch organisierte Satzkonstruktionen, Wiederholungen, Anaphern, Techniken der rhetorischen Steigerung und Überbietung gekennzeichnet. Zum hymnischen Pathos gesellen sich entsprechende Themen: die Darstellung des unendlich weiten Horizonts und Gestirnshimmels, die Reflexion eines durch die Erkenntnisse der modernen Naturwissenschaft zunächst erschütterten Gottvertrauens, die Beschwörung des dem individuellen Unsicherheitsgefühl abgerungenen religiösen Wissens, welches in der artistisch vorgeführten Begeisterung sein poetisches Widerlager findet.

Ode und Hymne entwickelten sich unter dem Einfluß Klopstocks zu allgemein bevorzugten Formen, während das Sonett als Musterstück geometrisch gestalteter Textarchitektur nur noch geringe Anziehungskraft besaß. In der Ode sah der junge Herder 1764 den «Faden der Leidenschaft» ausgesponnen, der es nach seiner Überzeugung ermöglichte, die Gattung durch die «Empfindung», nicht aber unter Bezug auf strikte theoretische Regeln zu bestimmen: «Die Ode der Natur, die nicht Nachahmung ist, ist ein lebendiges Geschöpf, nicht eine Statue, noch ein leeres Gemälde.»[18] Die praktischen Möglichkeiten einer sinnlich wirksamen Form ließen sich auf zahlreichen Feldern erproben: ansatzweise bereits im Bereich der zur Jahrhundertmitte vom bürgerlichen Lesepublikum geschätzten, mit frivolen Elementen spielenden Anakreontik, die neben Hagedorn auch Lessing, Götz und Uz gepflegt hatten, ebenso in der (oft artistisch überformten) Volksliedtradition, wie sie Herder und Bürger seit den 70er Jahren kultivierten; ähnlich plastischen Charakter trugen die populären Gedichte Anna Louisa Karschs (der, nach einem Wort Gleims, ‹deutschen Sappho›), die Oden der Göttinger Autoren um Boie, Voß, Hölty, Miller und die Brüder Stolberg, die Arbeiten des jungen Goethe und Matthias Claudius', bisweilen auch die politisch engagierte Lyrik Schubarts und Gottlieb Conrad Pfeffels. Insgesamt erfuhr das Liedgenre seit der Mitte des 18. Jahrhunderts einen enormen Aufschwung, der sich in der Vermehrung des quantitativen Anteils lyrischer Texte am Literaturmarkt bekundete. Das verbreitete Modephänomen des Versemachens bezeichnet der progressive Pädagoge Joachim Heinrich Campe 1788 im *Braunschweigischen Journal* als «Schnupfenfieber der Schöngeisterei», durch das der pathologische Charakter einer übertriebenen Affektkultur zutage trete.[19]

Nicht zu vergessen ist, daß auch in der zweiten Jahrhunderthälfte die Gelegenheitsdichtung weiterhin eine maßgebliche Rolle spielte. Gerade in studentischen und bürgerlich-akademischen Milieus betrachtete man die Abfassung von Gedichten als sprachliche Übung, die Geschmack und Stil schulte. Auch Schiller hat in frühen Jahren Kasualpoesie geliefert – etwa aus Anlaß des Todes seines ehemaligen Mitschülers Johann Christian Weckherlin im Januar 1781. In gehobenen Schichten entkam man dem Zwang zur Produktion solcher Gelegenheitstexte für Prüfungsfeste, Geburtstage, Hochzeiten, Taufen und Trauerfeiern kaum. Sie hinterließen zwar in der Regel keine tieferen Spuren in der ästhetischen Landschaft der Zeit, gehörten aber zu deren Erscheinungsbild. Nicht nur die arrivierten

Autoren von Lessing bis zu Goethe, sondern auch zahlreiche unbekannt gebliebene Verfasser betätigten sich auf dem Terrain der anlaßgebundenen Verskunst. Die literarische Republik, die sich über die Grenzen der zerklüfteten politischen Topographie des späten 18. Jahrhunderts erstreckt, kennt gerade auf dem Feld der Lyrik zahlreiche Talente. Wer hier mit eigenen Versuchen Erfolg erzielen möchte, benötigt Selbstbewußtsein und einflußreiche Förderer – über beides verfügt der junge Regimentsarzt Schiller, der sich im Dezember 1780 in Stuttgart einmietet, durchaus.

Klopstock und kein Ende. Von der Lektüre zum eigenen Entwurf

Zum lyrischen Themenarsenal der Zeit gehören Ostentationen von Freundschaft, Liebesneigung und Schwermut, die Inszenierung melancholischer Naturschwärmerei, vorromantischer Kirchhof- und Gräberkult, ekstatische Bekundungen überreizter Subjektivität, Darstellung numinoser Landschaften, schwermütig gebrochene Schreckbilder von den Nachtseiten der Psyche, Germanenschwärmerei, Tyrannenhaß und patriotisches Pathos. Sämtliche dieser Modesujets pflegte man im Kreis des Göttinger Hainbunds, einer locker gefügten Sozietät, die am 12. September 1772 ins Leben gerufen worden war. Ihr publizistisches Zentrum bildete der von Heinrich Christian Boie erstmals Ende 1769 herausgegebene Musenalmanach, zu dem auch Klopstock (die bewunderte Leitfigur des Kreises), Bürger, Claudius und Herder Texte beisteuerten. Lehrmeister für die Oden Boies, Millers und Höltys waren aktuelle englische Autoren, vornehmlich Thomas Gray und Oliver Goldsmith, deren Lyrik als nachklassizistisches Muster moderner Naturpoesie galt. Grays *Elegy, Written in a Country Church-Yard*, ihrerseits durch Youngs *Night Thoughts* (1742–45) inspiriert, hatte seit ihrer Erstveröffentlichung im Jahr 1750 eine Serie von Nachahmungen auf den Plan gerufen und das Genre der schwermütig getönten Kirchhofsgedichte begründet, wie es auch die Göttinger mit ihren Arbeiten bedienten. Goldsmith' sozialkritische Elegie *The Deserted Village* (1770) wirkte, vor allem durch ihre 1772 veröffentlichte deutsche Übersetzung, als Muster für eine moderne Form lyrischer Erinnerungskultur mit zuweilen sentimentalen Zügen. Thomas Percys *Reliques of Ancient Poetry* (1765) wiederum erschlossen dem Lesepublikum eine Sammlung von Balladentexten des Mittelalters und der elisabethanischen Zeit, an der sich in Deutschland zumal Bürger und Hölty ausrichteten. Die von Herder angeregte Diskussion über die produktiven Energien des Volksliedes – der *Briefwechsel* zum Thema entstand 1771 – fand ihren Nährboden in James

MacPhersons Edition altirischer Epen (1765), deren Abdruck, wie der Herausgeber erklärte, auf mittelalterlichen Manuskriptfassungen früherer Überlieferungen beruhte. Daß die hier gebotenen Texte nicht ausschließlich vom gälischen Barden Ossian aus dem dritten Jahrhundert stammten, sondern zum Teil Fälschungen MacPhersons darstellten, ließ sich erst 1895 beweisen (das vermeintliche Originalepos *Fingal* hatte er selbst verfaßt). Entscheidender als die Echtheit der Sammlung war ihre inspirierende Wirkung, in deren Sog zahlreiche Nachahmungen gewagt wurden. Herders Volksliedprogramm fand sich gestützt durch die Begeisterung für mythologische und folkloristische Überlieferungen, die nicht nur in England grassierte. In seinem Gefolge entstanden auch lyrische Liedtexte, die ihrerseits den Ton der kunstvollen Simplizität älterer Vorbilder zu treffen suchten: das Einfache geriet zur Zielformel der artistischen Imitation.

Ein maßgebliches Element der im Hainbund getriebenen Geschmackspolitik bildete der Kult der germanischen Mythen. Er führte zumal bei Stolberg und Hölty zu lyrischen Bekundungen patriotischer Begeisterung, deren bisweilen banale Attitüde aufgeklärte Zeitgenossen wie Lichtenberg verärgert zur Kenntnis nahmen. Zu den Vorläufern gehörte hier Johann Elias Schlegel, der 1741 durch sein *Hermann*-Drama einen nationalen Geschichtsheroismus geschürt hatte; Klopstock und Gerstenberg griffen solche Tendenzen in den 60er Jahren mit ihren hymnischen Texten über die Kunst der altnordischen Barden auf. Vorherrschend blieb dabei der Anspruch, die poetische Qualität germanischer Mythen gegenüber einem an der griechisch-römischen Antike geschulten Klassizismus unter Beweis zu stellen, um derart dem bürgerlichen Publikum im Prozeß seiner gesellschaftlichen Selbstbehauptung Anregungen für eine nationale Identitätsbildung zu vermitteln. Neben solchen kulturpolitischen Elementen, die in der Praxis nicht immer geschmackssicher umgesetzt wurden, erschienen in der Lyrik der Göttinger durchaus konventionelle Versatzstücke. Anakreontik, Bukolik, pindarische Odenform und die Elegienkonzeption der römischen Antike fanden sich bei ihnen verarbeitet, ohne daß maßgebliche Unterschiede gegenüber den biederen Texten des Rokoko sichtbar wurden. Diese traditionellen Muster wirken auf Schiller in stärkerem Maße als die modischen Beschwörungen nationaler Mythen, die er 1781 in seiner Rezension von Stäudlins *Aeneis*-Übersetzung als «Bardenruhmsucht» verspottet (NA 22, 185).

Unter den neueren Autoren steigt Klopstock seit Mitte der 60er Jahre zur unübertroffenen Autorität auf, der man in feierlichen Ritualen huldigt. Wenn sich Schiller zur Karlsschulzeit immer wieder an seinem Werk abarbeitet, so entspricht das den Geschmacksvorlieben der kulturell arrivierten

Kreise. Spätestens mit dem Abschluß des zwanzig Gesänge umfassenden *Messias*-Epos, das ihn ein Vierteljahrhundert (1748–1773) beschäftigt hatte, war Klopstock zur Lichtgestalt des deutschen Literaturbetriebs avanciert. Seine künstlerische Vorbildfunktion charakterisiert Herder 1767 mit den Leitvokabeln der Epoche: «Alle seine Oden sind meistens Selbstgespräche des Herzens: sein Psalm läßt Empfindungen, eine nach der andren fortrauschen; wir hören Welle über Welle schlagen: eine wird die höchste, und es erfolgt eine Stille: wir stehen in Gedanken, bis plötzlich eine neue Folge von Ideen uns mit einer süßen Gedankenvollen Betäubung berauscht.»[20] Der Hamburger Jurist Daniel Schiebeler betont 1766 die emotionale Wirkung, die die Oden des gefeierten Autors in ihm freisetzen: «Wie füllst du, Klopstock, mich mit himmlischem Gefühl, | Du, welchen schön're Lorbeern krönen (...)»[21] Schiller beeindrucken vor allem der Ton der frühen Gedichte und das wuchtige Pathos des *Messias*. Die germanophile Phase des späteren Klopstock, der seit Ende der 60er Jahre in seinen Hermannsdramen und Bardenliedern eine ausdrücklich gegenklassische Mythologie beschwört, hat ihn dagegen kaum interessiert. Klopstocks kosmologische Naturansichten prägen die Perspektive seiner eigenen Jugendarbeiten; abzufärben schien auch der Stil der Hymnen mit ihren weit gespannten Perioden, den Hyperbeln und kräftigen Epitheta. Das Programm für die nachempfindende Lektüre, mit der sich Schiller den bewunderten Autor erschloß, hatte Herder in seinem Reisejournal von 1769 ausgegeben, wo er Lesen als begeistertes «Gespräch»[22] mit dem eigenen Ich bestimmte. Petersen weiß zu berichten, daß Schiller schon als 14jähriger mit religiöser Ergriffenheit den *Messias* verschlungen habe (NA 42,7). Die 1771 veröffentlichte Sammlung der Oden, die berühmte Texte wie *Der Zürchersee* (1750), *Das Rosenband* (1753) oder *Das Landleben* (1759) in überarbeiteter Fassung enthielt, hat er zur selben Zeit ausführlich studiert. Noch im Spätsommer 1781 preist er Klopstocks Kunst, den griechischen Hexameter in den «musikalischen Fluß» einer unverwechselbaren Diktion zu überführen (NA 22, 181). Zu Beginn der 80er Jahre wächst jedoch die Distanz gegenüber dem Vorbild. Die eigenen lyrischen Versuche erscheinen Schiller jetzt epigonal; er sei, so erklärt er Conz 1781 in Stuttgart, «ein Sklave von Klopstock» gewesen. Der frühere Kommilitone vermerkt bei einem Besuch verwundert, daß er sein Exemplar der Klopstockschen Oden – die Karlsruher Ausgabe von 1776 – mit «derben Dintenzügen» verunziert und einzelne Gedichte rigoros durchgestrichen hatte (NA 42, 19). Der Erprobung des individuellen Stils geht symbolisch der literarische Vatermord voraus: erst nachdem die fremden Buchstaben von den Zeichen der eigenen Feder zugedeckt worden sind, hat der junge Autor die Aussicht, ästhetische Originalität zu gewinnen. Wenn Schiller sich 1781 in die berühmte Edition der Oden Klopstocks mit ‹derben Tintenzügen› einschreibt, spiegelt dieser Vorgang den Akt der rituellen Distanzierung von der geschätzten Autorität, aus deren Schatten das Talent heraustreten muß, will es sich selbständig behaupten.

Der Karlsschüler hat neben Klopstock mit Sicherheit lyrische Texte von Haller, Kleist, Uz, Gleim, Geßner, Gerstenberg, Bürger und Schubart zur Kenntnis genommen. Die Anakreontik des Kreises um Hagedorn schätzt er ähnlich hoch ein wie die Oden Kleists, wenngleich er sie im artistischen Rang den Texten Klopstocks unterordnet. Schubart und Bürger vererben ihm den drastischen Ton, der neben dem hymnischen Pathos das entscheidende Kennzeichen der frühen Arbeiten ausmacht. Sozialkritische Tendenz, aggressive Fürstensatire, Frivolität und bornierte Beschwörung männlichen Rollenbewußtseins gehören zu den Elementen, die Schiller aus ihrem Repertoire aufgreift. Die Jugendlyrik Goethes, deren berühmteste Produkte im Göttinger Musenalmanach und in Wielands *Teutschem Merkur* erschienen, nahm er vermutlich zur Kenntnis, ohne daß jedoch ein genauer Nachweis seiner Lektüre möglich ist; Spuren hat sie im Frühwerk nicht hinterlassen.[23] Auch die Autoren des Hainbunds scheinen Schiller fremd geblieben zu sein, so intensiv er sich mit ihren Arbeiten auseinandersetzte. Womöglich stieß ihn der melodramatische Gestus ihrer häufig sentimentalen Naturlyrik ab. In einer Anfang 1782 verfaßten Rezension von Gotthold Friedrich Stäudlins *Aeneis*-Übertragung vermutet er, daß die «empfindsamen Tränen» endlich «aus der Mode kommen dörften» (NA 22, 186). Welchen Stellenwert er dem Verhältnis von Poesie und Emotion einräumt, verrät die Kontroverse mit Scharffenstein zur Jahreswende 1776/77. Dessen Vorwurf der Künstelei begegnet er durch den Hinweis auf die enge Verbindung zwischen literarischer Erfahrung und Authentizität. «Freilig hab ich Klopstoken viel zu danken, aber es hat sich tief in meine Seele gesenkt und ist zu meinem nahen Gefühl, Eigenthum worden, was wahr ist, was micht (!) trösten kann im Tode!» (NA 23, 5) Schon der Karlsschüler formuliert damit den Anspruch, Kunst und Leidenschaft in einer sorgfältigen Balance zu halten. Weder dürfen Lektüre oder Schreibtätigkeit allein von Affekten beherrscht werden noch die Gefühle Produkte des Scheins und der Täuschung bilden. Das ‹volle Herz›, von dem der Brief an Scharffenstein spricht, bleibt ein Bereich, der nicht allein durch die Werke der Phantasie besetzt sein soll. Umgekehrt schließt diese Bestimmung Skepsis gegenüber einer von spontanen Emotionen gesteuerten ästhetischen Praxis ein. Zwar betonen die Rezensionen, die Schiller zur Ostermesse 1782 im *Wirtembergischen Repertorium* veröffentlicht, durchgängig die Bedeutung «eines wahrhaftig empfindenden Herzens» (NA 22, 190) für die lyrische Tätigkeit, jedoch wäre es falsch, darin die Rechtfertigung einer allein durch die Leidenschaft begründeten Kreativität zu sehen. Der Hinweis auf die Sprache des Affekts als Organ der wahren Kunst ist ein modischer Topos, mit dessen Hilfe wahre Genialität von routiniertem Mittelmaß abgegrenzt werden soll.[24] Wenn der Rezensent Herder 1773 in Nicolais *Allgemeiner deutscher Bibliothek* die Oden Klopstocks feiert, so führt er deren künstlerischen Rang ausdrücklich auf die Fülle des Herzens zurück, die hier dem lyrischen Ton den notwendigen emotionalen Charakter verliehen habe. Einen «Herzensausguss über Volkspoesie» nennt Bürger seinen Aufsatz über populäre Lieder, der 1776 in Boies *Deutschem Museum* erscheint. Gestützt wird dieser Sprachgebrauch durch die Kritik der Regelpoetik, in der sich seit den 70er Jahren ein verstärkter Vorbehalt gegen den literaturtheoretischen Rationalismus der Aufklärung geltend macht. An den Platz der alten Normen tritt das Herz als Maßstab künstlerischer Originalität. Daß sich Schiller jedoch bewußt ist, welche Rolle auch technische Fertigkeiten bei der Entstehung eines Gedichts spielen, zeigt seine Kritik der Arbeiten Johann Christoph Schwabs, die «gute Lektüre und ein metrisches Ohr» neben der «Empfindung» zu den wesentlichen Voraussetzungen lyrischer Kreativität zählt (NA 22, 193).

Mit Entschiedenheit hat Schiller seine Verachtung gegenüber dem Genre der Gelegenheitsdichtung artikuliert, das von den Bekundungen vorgetäuschter Leidenschaft lebt. In einer Rezension über die lyrischen Texte des Pfarrers Johann Ulrich Schwindrazheim, der als Lehrer an der Ludwigsburger Lateinschule unterrichtete, erklärt er 1782 die Werke der Kasualpoesie zu «Bastardtöchtern der Musen». Im Fall Schwindrazheims, den Schiller persönlich gekannt haben dürfte, fällt das Urteil noch moderat aus; der Kritiker billigt dem Autor zu, daß «seine lebhafte Phantasie» auch «dem unfruchtbaren Stoff der Hochzeiten und Alltagsleichen» durchaus «Interesse» abzugewinnen vermöge (NA 22, 191). Da die Elaborate des dichtenden Pfarrers zur selben Zeit wie seine eigene *Anthologie* – Mitte Februar 1782 – im Metzler-Verlag erschienen waren, mag Schiller seine Einschätzung bewußt zurückhaltend formuliert haben. Dennoch wird die Reserve sichtbar, mit der er der Gattung der Kasualpoesie begegnet. Sein Ideal literarischer Arbeit bleibt bereits zu Beginn der 80er Jahre vom Gebot der künstlerischen Selbstbestimmung beherrscht. Das schließt Vorbehalte gegenüber Werken der Auftragskunst, aber auch Kritik am modischen Kultus der ungehemmten Subjektivität ein. Empfindung und Leidenschaft dürfen einzig als Bausteine der artistischen Inszenierung, nicht jedoch als Materialien der – ohnehin sprachlich vermittelten – Erfahrung in den literarischen Text eingehen. Der Eindruck von Authentizität läßt sich kaum dadurch herstellen, daß Gedichte aus spontanem Antrieb entstehen. Wenn das «Gefühl nur in der Feder» liegt (NA 23, 4), wie 1776 der Brief an Scharffenstein vermerkt, bekundet das nicht nur einen Mangel menschlicher Empfindung, sondern auch ein falsches Verständnis der Kunst. Erst die Balance von Reflexion und Emotion, von Technik und Herz ermöglicht eine lyrische Originalität, die weder der berauschte Kopf noch der berechnende Gelegenheitsdichter mit ihren Arbeiten zu erreichen vermögen.

Aufsteigende Bilder.
Formale Techniken des lyrischen Frühwerks

Schillers Jugendlyrik gehorcht dem Anspruch, Abenteuer des Geistes zur materiellen Anschauung zu bringen. Ihren Ausgangspunkt bilden Abstraktionen, Hypothesen, Theorien, nicht aber Beobachtungen, Wahrnehmungen, Gegenstände der sinnlichen Erfahrung. Sie setzt damit Tendenzen der Aufklärung fort und bereitet einer intellektuell begründeten Gedichtkultur den Boden, deren Produkte in Deutschland bis ins 20. Jahrhundert immer wieder auf Vorbehalte gestoßen sind. Jean Paul kennzeichnet in seiner *Vorschule der Ästhetik* (1804) Schillers «Reflexionspoesie» mit skeptischem Unterton als das «Tageslicht», das «die Welt vor uns und die Welt hinter uns», geschichtliche Dämmerzonen und diffuse Zukunft gleichermaßen erleuchte, dem Augenblick jedoch keine Wärme schenke.[25] Das ist ein kritischer Topos mit Auswirkungen bis in unsere Zeit geworden: Schillers Lyrik spricht den Verstand, nicht aber das Gefühl an.

Der Freund Johann Wilhelm Petersen führt diesen Grundzug auf die Entstehung der frühen Texte zurück: «Statt den Gang der Natur mit Sorgfalt und Bedachtsamkeit zu belauschen, die Erscheinungen darin prüfend zu vergleichen und mit Scharfsinn Folgerungen daraus zu ziehen, trug des Dichters Einbildungskraft Gesetze in Schöpfung und Geschöpfe hinein.»[26] Die gemeinsam mit Kommilitonen und dem Lehrer Abel herausgegebene *Anthologie auf das Jahr 1782* bietet die Summe von Schillers lyrischen Jugendarbeiten. Sie zeigt einen überraschend stilgewandten Autor, der in zahlreichen Gattungen und Formmustern zu Hause ist. Oden und Hymnen tauchen hier ebenso auf wie politische Tendenzgedichte und Epigramme; zur petrarkistischen Liebeslyrik gesellt sich die Satire, zum Lehrgedicht nach dem Muster Albrecht von Hallers tritt die Naturpoesie spätaufklärerischer Prägung. Von Klopstock bezieht Schiller nicht nur die metaphysischen Themen, sondern auch die passenden Modelle: den kunstvollen Apparat pathetischer Formeln, die bibelpoetische Bildsprache, die syntaktische Organisation gedrängter Wahrnehmungsfolgen, das Spiel mit traditionellen metrischen Ordnungen. Auf die frühe Lyrik vor allem trifft zu, was Hugo von Hofmannsthal im Gedenkjahr 1905 über Schillers Stil geschrieben hat: «Sein Adjektiv ist wie in der Hast des Laufes errafft, sein Hauptwort ist der schärfste Umriß des Dinges, von oben her im Fluge gesehen, alle Gewalt seiner Seele ist beim Verbum. Sein Rhythmus ist andringend, fortreißend, weiterstrebend, sein Entwurf kühn und groß wie sein Rhythmus, und der Aufbau harmonisch über dem Entwurf wie ein Haus über dem Grundriß.»[27]

Frühzeitig hat Schiller die Technik entwickelt, Bilder als wiedererkennbare Zeichen für abstrakte Zusammenhänge zu nutzen. Ketten von Metaphern, Allegorien und Personifikationen durchziehen schon die lyrischen Texte des Karlsschülers. Immer wieder erscheinen Beispiele aus der antiken Mythologie, die, häufig mit christlichen Motiven kombiniert, einen gelehrten Horizont umreißen sollen (die Prägung durch das traditionelle Ideal des *poeta doctus* ist hier mit Händen zu greifen). Zur Flut der Bilder treten formale Stilmuster, die dem Zeitgeschmack gehorchen, von Schiller aber besonders massiert verwendet werden: Einschübe (Parenthesen), Satzbrüche (Hyperbata), Häufung des nochmals gesteigerten (superlativischen) Komparativs – eine Technik Klopstocks –, syntaktische Umstellungen und ungewöhnliche Komposita zählen zum festen Sprachrepertoire. Der poetische Grundton ist von Pathos getragen; das lyrische Subjekt, das sich hier ausspricht, unterliegt im ständigen Wechsel seiner Perspektiven einer unerhörten Anspannung und Nervosität. Die Reflexion über den Abstand von Wirklichkeit und Idee wird zum leitenden Thema dieses imaginären Ich. Seine Vorliebe gilt der Abstraktion, nicht dem Gegenständlichen. Wo es sich mit den Objekten der äußeren Natur befaßt, neigt es zum Extremen: bevorzugt richtet sich der Blick auf die Weite des Himmels und die verfließenden Grenzen des Horizonts. Die Wahrnehmung der äußeren Welt mündet, wie es Klopstocks *Frühlingsfeyer* vorführt, zumeist in eine Reise durch die Distrikte der Einbildungskraft.[28] Das Pathos des jungen Schiller lebt aus der Kraft der poetischen Imagination, der wiederum die Unruhe des unbefriedigten Subjekts zugrunde liegt: das Unbehagen an der überschaubaren Wirklichkeit speist seine nervosen Exkursionen. Nichts wäre fataler, als dieses Verfahren für den lyrischen Ausdruck vorab investierter Empfindungen zu halten.[29] Gerade die Stilfiguren des Pathos, die den Abstand zwischen Subjekt und fernem Idealziel bezeichnen, bilden das Ergebnis genauer literarischer Ökonomie. Bereits Schillers Jugendlyrik ist geprägt durch die Tendenz zur Reflexion, auch wenn sie sich hinter Gesten der Leidenschaft verbirgt.[30] Die Bürger-Rezension wird diesem artistischen Anspruch 1791 das klassische Programm der anthropologischen Balance zugrunde legen, das den durchdachten Kult der Emotionen ablöst.

Im Pathos der frühen Lyrik führt sich das Ich als berauschtes Subjekt mit gesteigerter Wahrnehmungsintensität vor. Die enthusiastisch erregte Bildersprache dient der Codierung eines Authentizitätsgebots, das im Ausgang der 70er Jahre sämtliche Formen der Lyrik im breiten Spektrum zwischen Volkslied, empfindsamer Schwärmerei und Drastik gleichermaßen beherrscht. Schillers pathetischer Ton lebt von den Impulsen der seit Mitte des Jahrhunderts vertrauten Geniepoetik, die sich zunächst im Bereich der Verskunst praktisch ausweist. Immanuel Jakob Pyra und Samuel Gotthold Lange hatten bereits zu Beginn der 40er Jahre die antike Vorstellung vom Dichterenthusiasmus erneuert, die zur selben Zeit auch Youngs *Night Thoughts* beeinflußte. In ihren *Freundschaftlichen Liedern* von 1745 suchten sie die Probe auf das Programm einer pathetisch entgrenzten Subjektivität zu liefern, die das Organ verfeinerter künstlerischer Wahrnehmung bilden sollte. Pyra, Lange, aber auch Klopstock und Bürger bieten dem jungen Schiller Muster für die ekstatischen Formen solcher Selbstdarstellung, deren Ursprünge im Bereich der pietistischen Bekenntnis- und Erbauungsliteratur des frühen 18. Jahrhunderts liegen, mithin religiösen, nicht primär artistischen Charakter tragen. Kein Zufall ist es, daß Pyra und Lange ihre Ausbildung in Halle, dem geistigen Zentrum des Pietismus, erhalten hatten, wo das von August Hermann Francke begründete Pädagogium den Erziehungsstil bestimmte. Gottfried Arnold, Gerhard Tersteegen und der Ekstatiker Zinzendorf zumal bildeten in ihren Traktaten und Liedern eine Sprachkultur aus, die sich auf die empfindsame Tonlage der Lyrik seit der Jahrhundertmitte übertrug. Klopstocks Essay *Von der heiligen Poesie*, 1756 dem ersten *Messias*-Band vorangestellt, beschreibt diesen Übergang sehr genau als Prozeß der wechselseitigen Befruchtung von religiösem und literarischem Diskurs.

Die Ausweitung der lyrischen Gattung zum Organon einer neuen Herzenssprache vollzieht sich unter Rückgriff auf die Schreibpraxis der Erbauungsliteratur, ist jedoch von veränderten Gewichtungen begleitet. Der persönliche Ausdruck erscheint jetzt als Reflex einer Empfindung, in der das Individuum nicht nur das Gefäß höherer Wahrheiten (wie im christlichen Bekenntnistext), sondern ganz auf sich selbst bezogen sein soll. Friedrich von Stolbergs Essay *Über die Fülle des Herzens*, der 1777 in Boies *Deutschem Museum* veröffentlicht wird, betont die Bedeutung einer religiös gefärbten Empfindsamkeit für die zeitgenössische Literatur. Das Herz erscheint bei ihm zugleich als Medium der Erkenntnis, ohne dessen Beistand auch wissenschaftliche Tätigkeit unmöglich bleibt. Zu den kalten Organen der Urteilsbildung – Auge und Intellekt – tritt in Stolbergs Skizze das warme Milieu des Gefühls, das nicht allein die literarische Kreativität, sondern generell die Reflexionstätigkeit des Menschen anregen soll.[31] Nur wenn der Lyriker «voll seines Gegenstandes»[32] sei, könne er auch Wirkung erzielen, betont der Librettist Carl Theodor Beck in einer Abhandlung über *Ernst, Gefühl und Laune* (1784). Daß die weiße Glut lyrischer Empfindsamkeit ein «ganzes Herz»[33] erfassen müsse, erklärt auch Daniel Schiebeler in einem 1766 verfaßten Lehrgedicht, das im Ton aufgeklärter Pedanterie über die modische Gefühlskultur predigt.

Die Probleme des neuen Ausdrucksgebots, das die Möglichkeiten des Schriftmediums zu überschätzen drohte, beleuchten Herders Literaturbriefe von 1767. In der dritten Sammlung heißt es über die Belastungen, die aus dem neuen Schreibprogramm erwachsen: «Nun, armer Dichter! und du sollst deine Empfindungen aufs Blatt mahlen, sie durch einen Kanal schwarzen Safts hinströmen, du sollst schreiben, daß man es fühlt, und sollst dem wahren Ausdrucke der Empfindung entsagen; du sollst nicht dein Papier mit Thränen benetzen, daß die Tinte zerfließt, du sollst deine ganze lebendige Seele in todte Buchstaben hinmahlen, und parliren, statt auszudrücken.»[34] Das neue Gebot der Authentizität erzeugt offenkundig eine Überforderungskrise. Daß das Medium der Schrift nur mit Tinte, nicht mit Tränen arbeitet, ist bei Herder der Beweis für die Unüberwindlichkeit der Grenze zwischen Gefühl und Poesie. Das empfindsame Schreibverfahren möchte dem jedoch entgegenwirken, indem es diese Grenze immer wieder neu in Frage stellt. Die «Zerreißung»[35] von Gedanke und Ausdruck, die Herder für ein Merkmal der Aufklärungsliteratur hält, soll auf diese Weise überwunden, zumindest aber in ihren Auswirkungen gemildert werden. Das Medium der Sprache gerät zum Organ des Gefühls; Nachahmung der Natur bedeutet in diesem Programm Gestaltung einer möglichst unmittelbar wirkenden Sinnlichkeit. Die kunstvollen Interjektionen, Satzbrüche, die Vexierspiele der Gedankenstriche und Parenthesen, die bereits die Lyrik des jungen Goethe bestimmen, erfüllen die Aufgabe, die festen Formen der Tradition zu zerschlagen und durch authentisch wirkende Stilmuster zu ersetzen. Auch Schiller nutzt dieses Verfahren in seinen Texten, um eine Spontaneität zu suggerieren, die freilich das Ergebnis kalkulierter Planung bleibt. Unübersehbar scheint, daß die Herzenssprache der Empfindsamkeit und die Ausbrüche des Pathos stets im Bann einer technisch versierten Rhetorik stehen. Ihr Medium ist die Schrift, in der sich emotionale Unmittelbarkeit durch das spielerische

Überschreiten der Grenze zwischen Sprache und Gefühl, Tinte und Tränen als diskursives Ereignis inszenieren läßt.

2. Regimentsarzt mit literarischen Projekten. Stuttgart 1781–1782

Männerfreundschaften, alte Beziehungen. Petersen und von Hoven

Am 15. Dezember 1780, dem Tag seiner Entlassung aus der Karlsschule, wird Schiller durch herzögliches Dekret in den Rang eines Militärarztes versetzt. Seinen Dienst muß er im schlecht beleumdeten Stuttgarter Grenadierregiment Augé versehen, dem 420 Soldaten – vornehmlich subalterne Chargen und ältere Invalide – angehören. Unterkunft findet er zunächst in der Legionskaserne am Wilhelmsbau, wo die Mannschaften und die Unteroffiziere stationiert sind. Anfang Februar 1781 bezieht er gemeinsam mit dem gleichaltrigen Leutnant Franz Joseph Kapf, einem ehemaligen Kommilitonen, in der Wohnung der Hauptmannswitwe Luise Dorothea Vischer am Langen Graben unweit der Altstadt ein Parterrezimmer mit Schlafkammer. Besitzer des Hauses ist der Karlsschullehrer Balthasar Haug, der die Räume des Obergeschosses für seinen Privatunterricht nutzt. Das Salär, das Schiller empfängt – monatlich 23 Gulden[36] –, bleibt dürftig, die Arbeit trägt monotone Züge. Der 82jährige Augé führt das Regiment ohne klare Linie, so daß eine Stimmung allgemeinen Desinteresses herrscht. Zu den Pflichten des Amtsarztes zählen die Überwachung des Spitals, die Kontrolle der Hygiene, diagnostische Untersuchung und Abfassung von Rezepten. Schillers Arbeitsalltag beginnt am frühen Morgen mit der Visite der Kaserne, wo er die Krankmeldungen aufnimmt, um sie wenig später dem diensthabenden Offizier auf der Parade zu melden. Gegen Mittag erfolgt der Besuch im Spital, zu dem auch die regelmäßige Überprüfung der Antisepsis gehört. Das Dekret des Herzogs verlangt das Tragen der Uniform während des Dienstes, was den militärischen Status des Regimentsarztes unterstreichen sollte. Scharffenstein beschreibt in seinen 1837 publizierten Erinnerungen den grotesken Eindruck, den der auf der Parade in offizieller Montur mit falschem Zopf, preußischem Dreispitz, eng anliegenden Hosen und weißen Gamaschen auftretende Freund bei ihm hinterließ: «Dieser ganze, mit der Idee von Schiller so kontrastierende Apparat war oft nachher der Stoff zu tollem Gelächter in unsern kleinen Kreisen.»[37]

Das Gefühl, eine provisorische Existenz zu führen, wird genährt durch das Bewußtsein, daß die bestandenen Examina nur geringen Wert besitzen. Zur Anerkennung der medizinischen Promotion fehlt Schiller noch eine mündliche Prüfung, die an der Tübinger Universität abzulegen war; sie hätte es ihm gestattet, als Arzt in Württemberg zu praktizieren. Erst im Frühjahr 1782 wird die Karlsschule durch kaiserlichen Beschluß in den Rang einer Universität erhoben, so daß derartige Ergänzungsexamina entfallen. Die vorgeschriebene Prüfung hat Schiller nicht mehr absolviert, seine Briefe im Stuttgarter Jahr aber unter Verwendung der zeitüblichen Abkürzung für den Doktorgrad mit «D» vor dem Namenszug unterzeichnet. Bereits am 17. Dezember 1780 hatte sein Vater ein Schreiben an Carl Eugen gerichtet, in dem er darum ersuchte, den Sohn vom strengen Uniformzwang zu befreien und ihm das Führen einer medizinischen Privatpraxis zu gestatten. Der Herzog hielt jedoch an seinen Grundsätzen fest und lehnte den Antrag unverzüglich ab.

Die Monotonie des Dienstalltags verhindert, daß Schiller die medizinischen Pläne, die er ursprünglich hegte, weiter verfolgt. Noch Anfang Dezember 1780 hatte er Petersen nachdrücklich erklärt, er strebe an, «Profeßor in der Physiologie» zu werden und seine Studien auf diesem Gebiet zu intensivieren (NA 23, 16). Als zwei angesehene Journale – die *Göttingischen Anzeigen von gelehrten Sachen* und die *Gothaischen gelehrten Zeitungen* – im Februar 1781 seine Dissertation wohlwollend rezensieren, mag er das als Bestätigung seines Vorhabens betrachtet haben.[38] Angesichts der bedrückenden Atmosphäre der Militärspitäler und Krankenstuben verfliegt der Enthusiasmus des jungen Mediziners jedoch rasch. Wissenschaftliche Fragen haben ihn in Stuttgart, trotz des ursprünglichen Vorsatzes, nicht mehr beschäftigt. Das einzige Fachbuch, das er in seiner eineinhalbjährigen Zeit als Regimentsarzt erwirbt, ist ein Almanach für Apotheker, der ihm helfen soll, seine lückenhaften pharmazeutischen Kenntnisse zu verbessern. Überliefert ist ein von seiner Hand stammendes Rezept, das die Zubereitung eines aus Weinstein und Wasser zu mischenden Brechmittels angibt. Derartige Vomitive soll er häufig, zumeist in hoher Dosierung, verordnet haben. Sein Vorgesetzter, der Leibmedikus Johann Friedrich Elwert (der Vater des früheren Kommilitonen), korrigierte bisweilen stillschweigend die abenteuerlichen Mixturen, die Schiller verabreichen ließ. Um Unheil zu verhindern, beauftragte er die Wundchirurgen, die als medizinische Assistenten amtierten, mit einem regelmäßigen Rapport über die Verschreibungen des Regimentsarztes.[39]

In Stuttgart übernimmt Schiller die Rolle des genialischen Kraftkerls, der sich keinen bürgerlichen Konventionen beugt. Von mehreren Zeitzeu-

Friedrich Schiller als Regimentsmedicus.
Gemälde von Philipp Friedrich Hetsch, 1781/82

gen überliefert ist die Äußerung einer Stuttgarter Wohnungsnachbarin, er trete auf, «als ob der Herzog der geringste seiner Untertanen wäre».[40] In vollen Zügen genießt er die Spielräume, die man ihm nach den Jahren der ununterbrochenen Kasernierung zugesteht. Jenseits der Dienstzeit kann er jetzt ohne Kontrolle eines Vorgesetzten über das eigene Privatleben verfügen. Zwar bleibt seine Freizügigkeit eingeschränkt, weil er als Angehöriger des Militärs jede Reise an Orte außerhalb Württembergs genehmigen lassen muß, doch bedeutet der neue Rang einen spürbaren Fortschritt gegenüber dem Status des Eleven, der sieben Jahre lang unter Daueraufsicht gelebt hatte. Schiller haust betont unordentlich, in kargem Mobiliar, wie ein früher Bohemien, der an Tagen ohne Dienstverpflichtung bis zum Mittag schläft und die Nächte im Wirtshaus durchbummelt. Als er im Februar 1781 nach einem Offiziersbankett vom Wein berauscht in einer Sänfte heimgetragen wird, ereifern sich die braven Stuttgarter Bürger über seine Leichtlebigkeit. Fortan steht er im Verdacht, zu Exzessen aller Art zu neigen. Petersens wenig zuverlässige Erinnerungen nähren später den Eindruck, Schiller habe ein Liebesverhältnis mit seiner Vermieterin unterhalten. Nicht auszuschließen ist, daß er eine amouröse Neigung zu der zehn Jahre älteren Frau verspürte, jedoch scheint sie, wie die meisten Jugendfreunde vermuten, keine praktische Erprobung gefunden zu haben. Auch die Beziehung zu Wilhelmine Andreae, der Nichte der Hauswirtin, dürfte platonisch geblieben sein. Seriösere Beobachter heben übereinstimmend Schillers linkische Scheu im Verhalten gegenüber Frauen hervor. Sie ist verständlich, wenn man bedenkt, daß ihm die Treibhausatmosphäre der Akademie keine Gelegenheit zum unbefangenen gesellschaftlichen Umgang mit dem anderen Geschlecht verschaffte. Regelmäßige sexuelle Abenteuer im Bordell, wie sie Petersen und Scharffenstein andeuten, gehörten dagegen zu den Konventionen des Offiziersmilieus, denen sich auch Schiller unterworfen haben dürfte.

Es steht außer Frage, daß die genialische Attitüde, mit der der Regimentsarzt öffentlich auftritt, einen Akt der Auflehnung gegen die martialischen Rituale der Karlsschule darstellt. Deren Erbe wirkt wiederum in den Umgangsformen fort, die Schiller und seine Freunde pflegen. Kulturelle Unterhaltungen wie der Besuch der Oper oder des seit 1779 gesondert geführten Schauspielhauses sind im schmal bemessenen Etat nicht vorgesehen. Statt dessen trifft man sich im Gasthof *Zum goldenen Ochsen* in der Hauptstädter Straße 30, wo man kegelt oder Karten (zumeist *L'hombre*) spielt. Schiller hält sich an den billigen Burgunder, der hier ausgeschenkt wird, und frönt der Leidenschaft des Pfeiferauchens. Den Tabak hat er auch später, selbst in Perioden der Krankheit, geschätzt, häufig zudem geschnupft, wie zahlreiche Zeugen bestätigen. Insbesondere am Schreibtisch benötigt er zeitlebens neben Kaffee, dessen Aroma er mit Vanille verfeinert, die Stimulation durch Nikotin. Die verqualmte Luft, die sein Arbeitszimmer durchzog, hat noch in Weimar zahlreiche Besucher unangenehm berührt.

Häufig treffen sich die Freunde auch in Schillers Wohnung, wo man gemeinsame Mahlzeiten einnimmt, zu denen Knackwurst, Salat und Kartoffeln aufgetischt werden. Selten fehlt der Wein, für den die Gäste zu sorgen haben; Petersen erinnert sich später daran, daß man zumeist billigste Sorten konsumierte. Es herrscht ein rüder, forciert soldatischer Ton, in dem sich männliches Imponiergehabe und antibürgerlicher Gestus auf oftmals unangenehme Weise mischen. Die nur lückenhaft überlieferten Briefe aus der Stuttgarter Zeit spiegeln diesen Gesprächsstil wider. So heißt es in einem Billett, das Schiller im Wirtshaus hinterließ, nachdem er vergeblich auf seine Freunde gewartet hatte: «Seid mir schöne Kerls. Bin da gewesen und kein Petersen, kein Reichenbach. Tausensakerlot! Wo bleibt die Manille heut? Hol euch alle der Teufel! Bin zu Hauß, wenn ihr mich haben wollt.» (NA 23, 29) Dieser Ton wirkt in manchen Gedichten der *Anthologie* nach, deren bisweilen zum Zotigen neigende Witze an die drastische Diktion der Wirtshauszirkel erinnern, in denen sich Schiller bewegt. Auch in späteren Jahren hat er die intime Exklusivität von Männerrunden geschätzt. «Ein weiblicher Freund ist keiner», schreibt er im Blick auf seine Affäre mit Charlotte von Kalb am 6. Oktober 1787 an Ludwig Ferdinand Huber (NA 24, 160).

Von Scharffenstein stammt ein anschaulicher Bericht über Schillers dürftige Wohnverhältnisse und die genialische Unordnung seines Zimmers. Man befand sich «in einem nach Tabak und sonstwie stinkenden Loche, wo außer einem großen Tisch, zwei Bänken und an der Wand hängenden schmalen Garderobe, angestrichenen Hosen usw. nichts anzutreffen war, als in einem Eck (...) ein Haufen Erdbirnen mit leeren Tellern, Bouteillen u. dgl. untereinander. Eine schüchtern stillschweigende Revue dieser Gegenstände ging jedesmal dem Gespräch voran.»[41] Das karge Mobiliar spiegelt die Attitüde des besitzlosen Genies, aber zugleich die ökonomisch beschränkte Lebenssituation wider. Wie knapp die Geldmittel bemessen sind, erkennt man an der spärlichen Bibliothek, über die Schiller in Stuttgart verfügt. Sie enthält einige Bände mit Shakespeares Dramen in Eschenburgs Übersetzung, Plutarchs Parallelbiographien, Gedichtsammlungen von Haller, Klopstock und Stäudlin; Romane und theoretische Abhandlungen fehlen hingegen, weil sich der Regimentsarzt hier mit Ausleihen im Freundeskreis behilft.[42] In späteren Lebensjahren hat Schiller seine

Buchbestände langsam erweitert, ohne es jedoch wie Goethe oder Wieland zu einer üppig bestückten Sammlung zu bringen. Trotz regelmäßiger Ankäufe blieb die Bibliothek nach 1800 auf dem Niveau von 800 Exemplaren, da er Dubletten und nicht benötigte Bücher regelmäßig auf Auktionen veräußerte. Bei schwierigen historischen Quellenproblemen mußte die glänzend sortierte, unter Herzogin Anna Amalia erheblich erweiterte Weimarer Hofbibliothek konsultiert werden, die Schiller seit 1787 regelmäßig nutzte.

Das dürftige Gehalt, mit dem der Regimentsarzt wirtschaften muß, ist zumeist schon zur Monatsmitte verbraucht. Gesellige Abendvergnügungen und Gasthausaufenthalte strapazieren den Etat rasch über Gebühr. Ab Mai 1781 sucht Schiller daher sein Salär durch die redaktionelle Mitarbeit bei der *Mäntlerischen Zeitung* aufzubessern. Das seit 1775 jeweils Dienstag und Freitag erscheinende Wochenblatt wurde von Christoph Gottfried Mäntler gedruckt. Es übernahm in der Regel Nachrichten aus einflußreicheren Organen wie der *Frankfurter Kaiserlichen Reichs-Oberpostamtszeitung*, dem Frankfurter *Journal* oder der *Erlanger Realzeitung*, später auch von der *Stuttgardischen Privilegierten Zeitung*. Schillers Aufgabe bestand darin, für die Sparte *Nachrichten zum Nutzen und Vergnügen* Beiträge aus diesen Quellen zusammenzustellen und möglichst rasch zu überarbeiten. Die Themenwahl wurde geprägt durch das Unterhaltungsinteresse, das die Zeitung bestimmte. Hofberichte, Sensationsmeldungen, Schauergeschichten und Klatschartikel, deren Abdruck man mit einem ermäßigten Aufklärungsanspruch verband, standen im Zentrum. In den meisten Fällen beschränkte sich Schiller auf stilistische Korrekturen seiner Vorlagen, ohne eigene Originalität zu entfalten. Beiträge über den Magier Cagliostro, die Hutmode der Florentinerinnen und elektrische Heilkuren hat er ebenso redigiert wie Anekdoten und kürzere Dialogtexte. Am 28. Dezember stellte die *Mäntlerische Zeitung* ihr Erscheinen ein, so daß Schiller sich um eine neue Einnahmequelle bemühen mußte. Seine publizistische Tätigkeit setzt er in den folgenden Jahren auf höherem Niveau fort – als Herausgeber und Journalautor mit eigenem Wirkungsanspruch.

Engen Kontakt hält Schiller in Stuttgart zu den früheren Kommilitonen Petersen und von Hoven. Der ein Jahr ältere Petersen war schon im Dezember 1779 aus der Karlsschule entlassen worden und hatte in Stuttgart eine Position als Bibliothekar übernommen. Gemäß dem zeittypischen Klischee des Kraftgenies gibt er sich wild, rebellisch, weinselig. In Tübingen publiziert er 1782 eine Prosa-Übersetzung von MacPhersons Ossian-Sammlung sowie eine schmale Schrift mit dem Titel *Geschichte der teutschen National-Neigung zur Trunksucht*. Das Verhältnis zu Schiller belasteten regelmäßige Krisen, so schon in der Karlsschulzeit, als Petersen ihm mehrfach vorwarf, er pflege einen selbstgefälligen Egoismus. In Stuttgart scheint es jedoch zu vergleichbaren Konflikten nicht gekommen zu sein. Die Freunde kultivieren ihr Wirtshausleben, lesen sich Ossian oder Shakespeare vor, schmieden literarische Pläne und träumen von einem komfortablen Platz auf dem zeitgenössischen Parnaß. Zu einer Anfang 1782 gemeinsam mit Abel gegründeten Zeitschrift – dem *Wirtembergischen Repertorium* – liefert Petersen regelmäßig Beiträge über sprach- und kulturgeschichtliche Themen. In späteren Jahren hat er einen bürgerlichen Weg eingeschlagen: 1790 wird er zum Professor für Urkundenlehre und Münzwesen an der Karlsschule berufen, im August 1794, als die Akademie bereits aufgelöst ist, wegen freidenkerischer Gesinnungen vom herzöglichen Dienst suspendiert, nach 15 Monaten jedoch unter Friedrich Eugen wieder zum Hofbibliothekar ernannt. Zur konzentrierten Arbeit an der geplanten Biographie über Schillers Jugend hat Petersen nicht mehr gefunden; ein Bruchstück erschien 1807 im *Morgenblatt für gebildete Stände*. Zu diesem Zeitpunkt war er, der 1815 starb, bereits dem Alkohol verfallen. Schon am 29. März 1803 hatte der Verleger Cotta Schiller gegenüber geklagt, daß «der durch sein Trinken ganz entmenschte Petersen» kaum mehr zurechnungsfähig sei (NA 40/I, 43).

Dagegen scheint Friedrich von Hoven ein besonnener Charakter mit diplomatischen Fähigkeiten gewesen zu sein. Der Sohn eines Ludwigsburger Offiziers war so alt wie Schiller; bereits die elterlichen Familien pflegten engen nachbarschaftlichen Kontakt, der das Fundament für eine stabile Freundschaft der Söhne legte. Hoven trat schon 1771 auf Drängen des Herzogs in die Militär-Pflanzschule ein. Das Medizinstudium, das er Anfang 1776 begonnen hatte, schloß er 1780 mit einer Schrift zu Fragen der Wahrnehmungspsychologie ab (*Versuch über die Wichtigkeit der dunkeln Vorstellungen in der Theorie der Empfindungen*). In Ludwigsburg arbeitete er zunächst als überdurchschnittlich gut dotierter Assistenzarzt (*Physikus*) am Militärwaisenhaus und präparierte sich für das universitäre Ergänzungsexamen, das er 1782 in Tübingen bestand.[43] Schiller hatte sich mit ihm auf die Akademie-Prüfungen vorbereitet und regelmäßig über psychologische Themen ausgetauscht; zur gemeinsamen Lektüre gehörten zumal die Schriften Garves und Sulzers. Aus freundschaftlicher Verpflichtung steuerte Hoven, dem keine poetische Ader schlug, Texte zur *Anthologie* und zum *Repertorium* bei. In Stuttgart zählte er nicht zum täglichen Freundeskreis Schillers, stieß jedoch an dienstfreien Wochenenden häufiger zum Zirkel. Sein ausgleichendes Temperament bildete das Gegengewicht zum ungestümen Petersen. Abwägend im Urteil, aufgeschlossen für wissenschaftliche Probleme, in literarischen Fragen so neugierig wie ehrgeizlos, scheint er ein berechenbarer Gesprächspartner gewesen zu sein. Schiller, der umtriebige Planer und Projektmacher, hat auch in späteren Jahren enge Beziehungen zu vermittelnden Charakteren ohne drängende künstlerische Ambitionen gesucht: Körner, Wolzogen und Humboldt entsprechen diesem Typus des diplomatischen Freundes mit sensibler Urteilsfähigkeit und Zuhörbereitschaft gleichermaßen.

Hoven erwarb sich nach seiner Tübinger Promotion durch Fachveröffentlichungen akademische Anerkennung. 1789/90 erschien sein zweibändiger *Versuch über das Wechselfieber und seine Heilart*, 1795 seine *Geschichte eines epidemischen Fiebers*. Nachdem die von Schiller gewünschte Berufung nach Jena gescheitert war, wechselte Hoven 1803 auf einen Lehrstuhl an der medizinischen Fakultät der Universität Würzburg. Die theoretischen Forschungen zur Wahrnehmungspsychologie, die ihn an der Akademie beschäftigten, hat er später zugunsten praxisorientierter Studien aufgegeben. Das persönliche Verhältnis lebte im Herbst 1793 wieder auf, als Schiller Ludwigsburg und Stuttgart besuchte. In einem Brief an Körner vom 4. Oktober 1793 heißt es nicht ohne Distanz über den Jugendfreund: «Mit ihm habe ich von meinem 13ten Jahr biß fast zum 21. alle Epochen des Geistes gemeinschaftlich durchwandert. Zusammen dichteten wir, trieben wir Medicin und Philosophie. Ich bestimmte gewöhnlich seine Neigungen. Jetzt haben wir so verschiedene Bahnen genommen, daß wir einander kaum mehr finden würden, wenn ich nicht noch medicinische Reminiscenzen hätte.» (NA 26, 288)

Ein Begleiter für gute und schlechte Tage. Der Musiker Andreas Streicher

«Was ich Gutes haben mag», so schreibt der 41jährige Schiller am 23. November 1800 an Charlotte von Schimmelmann, «ist durch einige wenige Vortrefliche Menschen in mir gepflanzt worden, ein günstiges Schicksal führte mir dieselben in den entscheidenden Perioden meines Lebens entgegen, meine Bekanntschaften sind auch die Geschichte meines Lebens.» (NA 30, 213) In der Tat gehört es zur besonderen Ausprägung von Schillers Biographie, daß er in krisenhaften Situationen immer wieder auf Freunde oder Förderer stößt, die ihm Auswege aus Verstrickungen und Konflikten weisen. Eine solche Rolle versieht in Stuttgart und Mannheim Andreas Streicher, später fällt dieser Part Christian Körner und dem Prinzen von Augustenburg zu. Der Musiker Streicher, handwerklich und künstlerisch gleichermaßen begabter Sohn eines Stuttgarter Steinmetzen, hatte den zwei Jahre älteren Schiller erstmals im Dezember 1780 bei einer öffentlichen medizinischen Disputation erlebt, an der er aus Neugier teilnahm. Die äußere Erscheinung des Eleven prägt sich ihm ebenso ein wie der Umstand, daß er sich der Gunst des Herzogs erfreut, der huldvoll mit ihm spricht: «(...) die rötlichen Haare – die gegeneinander sich neigenden Knie, das schnelle Blinzeln der Augen, wenn er lebhaft opponierte, das öftere Lächeln während dem Sprechen, besonders aber die schön geformte Nase und der tiefe, kühne Adlerblick, der unter einer sehr vollen, breitgewölbten Stirne hervorleuchtete», machten «einen unauslöschlichen Eindruck»[44] auf den jungen Musiker.

Zu einem Gespräch kommt es im Gedränge des Abschlußfestes und bei der anschließenden Tafel nicht; auch der Name des bewunderten Eleven bleibt Streicher unbekannt. Mit Begeisterung liest er ein halbes Jahr später Schillers Debütdrama *Die Räuber*, das eben im Selbstverlag erschienen ist. Durch Vermittlung des Musikers und früheren Karlsschülers Johann Rudolf Zumsteeg, der die Liedtexte des Schauspiels vertont hatte, stellt sich im Juni 1781 ein persönlicher Kontakt zum Autor her, in dem Streicher überrascht den angeschwärmten Disputanten wiedererkennt. Schnell erfolgt eine intensive Annäherung; seit dem Spätsommer trifft man sich mehrfach wöchentlich im Haus am Langen Graben. Streicher, der den Plan hegt, seine musikalische Ausbildung bei Philipp Emanuel Bach in Hamburg fortzusetzen, zeigt sich durch den Verfasser der *Räuber* gefesselt. Erstmals entwickelt sich für Schiller hier ein freundschaftliches Verhältnis, in dem er unangefochten den führenden Part spielen darf. Er findet grenzenlose Bewunderung, die nicht nur dem künstlerischen Talent, sondern auch seinem Enthusiasmus gilt – den Scharffenstein und Boigeol noch für ein Produkt der Künstelei gehalten hatten. Die täglichen Gespräche mit Streicher werden ihm rasch zur angenehmen Gewohnheit. Sie schließen frühzeitig persönliche Themen jenseits literarischer Pläne ein. Während der beiden folgenden Jahre avanciert Streicher zum bevorzugten Intimus, der tiefste Einblicke in Schillers Innenleben gewinnen darf.

Der neugewonnene Freund wird sich in verschiedenen Rollen bewähren: als verschwiegener Vertrauter, dem Schiller im September 1782 seine Fluchtpläne offenbart; als Reisegefährte, der die Strapazen beschwerlicher Tagesmärsche bei Regen und Kälte ohne Klage übersteht; als großzügiger Helfer in der Not, der den mittellosen Exilanten im Rahmen seiner bescheidenen Möglichkeiten finanziell unterstützt und mit ihm den Wechsel, der für seine musikalische Ausbildung in Hamburg bestimmt ist, bedenkenlos teilt; nicht zuletzt als sensibler Gesprächspartner, dem Schiller Alltagssorgen wie Hoffnungen gleichermaßen anvertrauen kann. Zur Seelenfreundschaft gehört rasch die unmittelbare Nähe des Zusammenlebens: in Stuttgart trifft man sich seit dem Sommer 1781 fast täglich, im Herbst 1782 führt man ein unruhiges Reisedasein mit wechselnden Stationen, zwischen Oktober 1783 und April 1785 bezieht man in Mannheim unter einem Dach Logis. Gemeinsame Mahlzeiten gehören ebenso zum geselligen Alltag wie die Arbeit in einem Zimmer (Streichers Klavierspiel zeitigt für den Schreibenden befeuernde Wirkung). Mit keinem seiner späteren Freunde wird Schiller in vergleichbarer Intensität sein Leben teilen, mit niemandem später so freimütig umgehen.

Überraschend wirkt es daher, daß man seit der Trennung Mitte April 1785 keinen Kontakt mehr pflegt. Mit Schillers Reise nach Leipzig scheiden sich die Wege. Streicher bleibt zunächst in Süddeutschland, heiratet Nanette Stein, die Tochter eines renommierten Augsburger Instrumentenherstellers, und versucht, im Klavierbauergewerbe Fuß zu fassen. Schillers wachsenden Theaterruhm hat er aufmerksam verfolgt, ohne den früheren Freund über seinen eigenen Weg ins Bild zu setzen. Eine Korrespondenz kommt zehn Jahre nicht zustande, ehe Streicher sich im August 1795 mit einem kurzen Lebenszeichen zurückmeldet. Er hat zu diesem Zeitpunkt seine Klavier- und Orgelbauerwerkstatt nach Wien verlegt, wo er einen anerkannten Salon führt, in dem später auch Beethoven verkehren wird. Schiller antwortet jovial, aber mit einiger Förmlichkeit. Angesichts der langjährigen Freundschaft, die hier bestand, besitzt seine unterkühlte Reaktion irritierenden Charakter. Womöglich gilt sie einer Episode, die intimere Züge trug, als es die nüchternen Daten verraten. Eine persönliche Begegnung ist auch später nicht mehr erfolgt. In hohem Lebensalter hat sich Streicher entschlossen, seine Erinnerungen an Schiller zu Papier zu bringen. Sie werden 1836, drei Jahre nach seinem Tod, veröffentlicht. Auch in der Rolle des Biographen bleibt der Jugendfreund unprätentiös und bescheiden. Um den Blick auf den bewunderten Künstler nicht zu verstellen, versteckt er sich selbst als Erzähler in der sachlichen «Er»-Form. Hermann Kurz, der wiederum Streichers Biographie kannte, hat ihm in seinem Roman *Schillers Heimatjahre* (1843) in der Gestalt des Heinrich Roller ein biedermeierliches Denkmal gesetzt.

Publizistische Konkurrenz.
Der Streit mit Stäudlin

Gotthold Friedrich Stäudlin, der ein Jahr älter als Schiller war, stand im Ruf, eine der bedeutenden lyrischen Begabungen der Zeit zu sein. Von Schubart wurde er hoch gelobt und «das beste dichterische Genie im

Württembergischen»[45] genannt. Zwischen 1781 und 1786 erschien Stäudlins *Schwäbischer Musenalmanach*, eine ambitionierte Sammlung, die auch ein Forum für junge Autoren bilden sollte. Ende August 1781 druckt Stäudlin Schillers Ode *Die Entzükung an Laura* in seiner Ausgabe für das Jahr 1782. Vom Talent des Autors scheint er nicht sonderlich überzeugt: er kürzt das Manuskript eigenmächtig um zwei Strophen und lehnt die Veröffentlichung weiterer Texte ab. Dieses Verhalten bildet den Auslöser für eine polemische Kontroverse, die erst Ende 1782 ihren Schlußpunkt findet. Schon im Juni 1781 hatte sich Schiller in einer Auftragsrezension für Haugs Journal *Zustand der Wissenschaften und Künste in Schwaben* kritisch mit der von Stäudlin vorgelegten Teilübersetzung der *Aeneis* Vergils befaßt. Die Besprechung wurde durch ein vitales Interesse gespeist: im letzten Karlsschuljahr erarbeitete Schiller eine eigene Übertragung aus dem ersten Buch des Epos, die Anfang November 1780 unter dem Titel *Der Sturm auf dem Tyrrhener Meer* in Haugs *Schwäbischem Magazin* erschienen war. An der Rezension seines Versuchs verärgerte Stäudlin vor allem der herablassende Ton, in dem der Kritiker Lob und Tadel verteilte. Schiller spielte hier seine glänzenden Lateinkenntnisse aus, die es ihm gestatteten, das nicht immer überzeugende philologische Fundament der Übersetzung genau zu durchleuchten.

Wenige Monate später setzt Schiller seinen Feldzug fort. In der Vorrede zur *Anthologie auf das Jahr 1782* greift er Stäudlin noch mit subtilen Mitteln an. Die Polemik versteckt sich hinter einer literarischen Maske, wenn es heißt, der Druckort der Sammlung sei die Stadt Tobolsko in Sibirien (NA 22, 85). Dieser fingierte Hinweis spielt zunächst auf Gellerts Roman *Leben der schwedischen Gräfin von G**** (1747) an, dessen männlicher Held mehrere Jahre als Gefangener im westsibirischen Tobolsk verbringen muß.[46] Zudem aber bezeichnet er das Gegenmotiv zum Titelkupfer von Stäudlins Musenalmanach, der eine über Schwaben aufgehende Sonne zeigt. Schillers Frostmetaphorik soll andeuten, daß die lauwarme Talmikultur lyrischer Sentimentalität in seiner Anthologie nicht zum Zuge kommt: sie wird verdrängt durch die Verve einer direkten Ausdruckskunst, die keinen Raum für empfindsamen Selbstgenuß bietet. Das satirische Gedicht *Die Rache der Musen* führt diese Attacke im Rahmen der Textsammlung fort, indem es beschreibt, wie eine Schar junger «Dintenleker» die Göttin Melpomene überfällt und mit vereinten Kräften verführt. Die derben Schlußverse lassen an den Folgen des naturwidrigen Beischlafs keinen Zweifel: «Die Göttinn abortirt hernach: | Kam 'raus ein neuer – Allmanach.» (NA 1, 83 f.) Den Spott über sein literarisches Unternehmen beantwortet Stäudlin wenige Wochen später in den *Vermischten poetischen*

Stücken mit dem Gedicht *Das Kraftgenie*, das Schiller als selbstherrlichen Autor in bornierter Pose vorführt: «Was soll mir das Kastratenheer | Und all die Zwerge um mich her! Ich stelle nur Kolossen auf | Und drüke Shakespear's Stempel drauf.»[47]

Bereits Ende März 1782 reagiert Schiller seinerseits, indem er im *Wirtembergischen Repertorium* zwei kritische Rezensionen des *Schwäbischen Musenalmanachs* und der *Vermischten poetischen Stücke* veröffentlicht (NA 22, 187 ff.). Sichtbar werden jetzt die ökonomischen und künstlerischen Ursachen für seine polemische Gereiztheit. Stäudlin erscheint ihm als literarischer Konkurrent im Ringen um publizistische Marktanteile und vertritt mit seiner Ausrichtung an den Produkten des Göttinger Hainbundes zudem eine Geschmackstendenz, deren patriotische wie sentimentale Ausprägung Schiller gleichermaßen unerfreulich findet. Der zweifelhafte Charakter seines Rezensionsstils wird dort sichtbar, wo er die grassierende Almanach-Mode tadelt, ohne sein eigenes Engagement in diesem Bereich zu erwähnen. Auch wenn er der Sammlung punktuelles Niveau, «hie und da einen wahren Saitenklang der Melpomene» zugesteht, bleibt sein Urteil unsauber, weil er es mit dem lobenden Hinweis auf sein Laura-Gedicht verbindet (NA 22, 188). Die fehlende Seriosität des Verfahrens steigert sich dadurch, daß Schiller seine Kritik nach zeitüblichem Muster anonym veröffentlicht, mithin die Werbung in eigener Sache nur für Eingeweihte sichtbar ist. Nochmals polemisch zugespitzt scheint der Ton der zweiten Rezension, die, bewußt irreführend, unter dem auf Schillers Jugendfreund Karl Philipp Conz verweisenden Kürzel «C-z» erscheint. Sie verwirft Stäudlins Arbeiten als «Bildwerke einer mittleren Phantasie, welche die Materialien des Gedächtnisses in allerlei wohllautende, aber nicht originelle Formen zu bringen weiß.» (NA 22, 189) Auf diese Weise rückt Schiller die Produkte seines Konkurrenten in die überlebte Tradition der von Brockes und Haller begründeten Gelehrtendichtung der Aufklärung, die die Magazine der Einbildungskraft mit Lektürefrüchten, nicht jedoch mit lebensvoller Anschauung zu füllen pflegt. Wie wenig seine eigene Lyrik freilich der Forderung nach erfahrungsgesättigter Authentizität genügt, zeigt der Bestand der *Anthologie*, deren Texte immer wieder auf die Arsenale der Gedächtniskunst zurückgreifen.

Ende 1782 beantwortet Stäudlins neuer Almanach Schillers Invektiven mit einigen scharfen Spottversen, die unter dem Titel *An Herrn Professor S- in Erlang[en]* lanciert werden. Der Angriff gilt zunächst dem umtriebigen fränkischen Publizisten Schott, einem weiteren Konkurrenten auf dem süddeutschen Lyrikmarkt; jedoch lassen sich zentrale Verse auch auf Schiller beziehen, dessen *Anthologie*-Diktion verhöhnt wird: «Ein Odensturm –

Gotthold Friedrich Stäudlin.
Gemälde von Philipp Friedrich Hetsch

wie tobt er auf mich zu! | Gehäufter Unsinn überall | Und ungeheurer Wörterschwall – | Ha! welch ein Flug! – Das tönt mir allzu lyrisch! | Mich dünkt, ich lese gar sibirisch!» (NA 2/II A, 46) Übellaunig tadelt Städlins Vorrede Schillers Spiel mit falschen Verfassernamen, das letzthin den Ausdruck fehlender Urteilssicherheit bilde: «Was ich ihm übrigens freundschaftlich raten wollen, ist, daß er künftig Satiren etwas schlauer von sich abwälzen und sich hüten möge, seiner eigenen Kritik den Stab zu brechen, wenn er mir in der einen brennendes Dichtergenie und epische Schöpferkraft zuspricht und mich in der anderen zu den schalen Reimern herabsetzt.» (NA 22, 399) Auf diesen Angriff hat Schiller nicht mehr geantwortet, so daß die wenig ersprießliche Kontroverse zum Ausgang des Jahres 1782 ihr Ende nimmt. Sie zeigt Schiller in der dubiosen Rolle des Kritikers mit geschäftlichem Kalkül. Die Seriosität seines Urteils wird entschieden durch ein persönliches Interesse an der Kontrolle des zeitgenössischen Literaturmarkts eingeschränkt. Zwar treten solche Ambitionen später zurück, doch darf man auch dem älteren Schiller unterstellen, daß seine öffentliche Kritik nie frei von pragmatischen Erwägungen bleibt.

Städlin löste seinen Musenalmanach 1786 auf, da er sich inzwischen als Advokat in Stuttgart niedergelassen hatte und seine publizistischen Aktivitäten nurmehr sporadisch betreiben konnte. Zu Beginn des Jahres 1792 übernimmt er gegen die Widerstände der württembergischen Obrigkeit die *Deutsche Chronik*, jenes politisch engagierte Periodikum, das 1774 durch Schubart gegründet und von ihm bis zu seinem Tod im Oktober 1791 mit wachsendem Erfolg – die Auflage lag zuletzt bei 4000 Stück – ediert worden war. Der Versuch, das progressive Journal zu retten, scheitert jedoch wenige Monate später an den Zwängen der vor dem Hintergrund der Revolutionskriege verschärften Zensurpraxis. 1792 und 1793 legt Städlin nochmals den Musenalmanach auf, ohne freilich an einer durchgängigen Fortführung interessiert zu sein. Seine *Poetische Blumenlese* und eine Sammlung seiner Gedichte, die jeweils 1793 erscheinen, können an frühere Erfolge nicht anknüpfen. Daß er dem ehemaligen Gegner nach den Scharmützeln der Jugendjahre verziehen und seinen künstlerischen Rang anerkannt hat, demonstriert Städlin 1791 mit der Elegie *An Schiller. Als eine falsche Nachricht von seinem Tode erschollen war*. Ende September 1793 bittet er den früheren Rivalen in einem zuvorkommend gehaltenen Brief um die Unterstützung eines literarischen Talents, dessen lyrische Arbeiten er selbst nach Kräften zu fördern sucht; es handelt sich um den 23jährigen Friedrich Hölderlin. Schiller greift die Empfehlung auf und vermittelt den jungen Mann als Hofmeister an die Familie von Kalb. Den intellektuellen Werdegang seines Protégés kann Städlin freilich nicht mehr verfolgen. Am 17. September 1796 ertränkt sich der knapp 38jährige in der Ill bei Straßburg; ökonomische Schwierigkeiten und die Enttäuschung über das Scheitern aktueller künstlerischer Vorhaben nach einer glücklich begonnenen Laufbahn bildeten den Hintergrund für seinen Freitod.

3. Die frühen Gedichte (1776–1782)

«Ein Mund, der Großes singen wird.» Talentierte Versuche und Gelegenheitspoesie

Sein literarisches Debüt erlebt Schiller als knapp 17jähriger. Im Oktober 1776 veröffentlicht Balthasar Haug im *Schwäbischen Magazin* seine Ode *Der Abend*. In einer kurzen Anmerkung verweist er darauf, daß der Verfasser des Textes auf dem besten Wege sei, das ihm gegebene Talent weiter auszubauen. Unter Bezug auf einen Vers aus den *Sermones* des Horaz (1,4, v. 43 f.) heißt es, er «habe schon gute Autores gelesen, und bekomme mit der Zeit os magna sonaturum» – einen Mund, von dem man eindrucksvolle Töne erwarten dürfe.[48] Die ersten Verse, mit denen sich Schiller in die Literaturgeschichte einschreibt, können diese zuversichtliche Ankündigung jedoch nur bedingt bestätigen, weil ihr Reim zu deutlich vom schwäbischen Dialekt beherrscht wird: «Die Sonne zeigt», so beginnt der Text, «vollendend gleich dem Helden, | Dem tiefen Thal ihr Abendangesicht, | (Für andre, ach! glücksel'gre Welten | Ist das ein Morgenangesicht) (...)» (NA 1, 3, v. 1 ff.). Daß vor allem Klopstock zu den ‹Autores› zählt, die der junge Verfasser studiert hat, läßt sich unschwer an Themenwahl, Perspektive und Form der hymnischen Ode erkennen. Die Naturbeschreibung des Gedichts ist sogleich als Schöpfungslob angelegt; in der Darstellung des abendlichen Sonnenuntergangs spiegelt sich die Schönheit eines Werkes, dessen poetische Würdigung auch Gott rühmen muß. Die Verknüpfung beider Ebenen verweist auf die physikotheologische Tradition der Aufklärungslyrik, wie sie in Deutschland zu Beginn des 18. Jahrhunderts unter Bezug auf englische Vorbilder zumal durch den Hamburger Barthold Heinrich Brockes vertreten wurde. Indem Schillers Text die Beschreibung des Mikrokosmos, die auch den Blick auf Vögel, Käfer und Blumen einschließt, konsequent in eine hymnische Lobpreisung des Schöpfers einmünden läßt, folgt er dem Muster der Physikotheologie, der die Schönheit der Natur als Zeichen ihrer Abkunft von einem himmlischen Souverän gilt. An Klopstock und dessen Lehrmeister Pyra erinnert wiederum die poetische Selbstreflexion des Textes, der Naturschwärmerei und lyrischen

Enthusiasmus ausdrücklich zusammenführt: «Jezt schwillt des Dichters Geist zu göttlichen Gesängen, | Laß strömen sie, o HErr, aus höherem Gefühl (...)» (v. 9 f.) Die sinnliche Freude über die abendliche Landschaft und der hohe Ton des poetischen Gesangs werden im Rahmen einer genau einstudierten Ordnung als Produkte derselben spirituellen Kraft ausgewiesen. Schiller folgt hier ganz dem hymnischen Pathos Klopstocks, das religiösen und lyrischen Enthusiasmus zu gleichursprünglichen Erscheinungen erklärt.

Im März 1777 erfolgt im selben Journal der Abdruck von Schillers *Der Eroberer*, dem erneut eine Notiz Haugs vorausgeht. Sie bezieht sich auf den Einfluß Klopstocks, den der Verfasser des Gedichts, wie es heißt «lißt, fühlt und beynahe versteht.» (NA 2/II A, 21) Deutlich schwingt hier eine gewisse Reserve mit, die den bedenklichen Seiten der literarischen Imitation gilt. Zwar hat sich Schiller vom Ton des Vorbilds gelöst, doch wirkt die thematische Nähe zum *Messias* und zu bestimmten Oden (*Für den König, Friedrich der Fünfte*) spürbar nach (NA 2/II A, 221). Das Gedicht verurteilt menschliches Expansionsstreben und die Hybris des militärischen Eroberers, deren inhumaner Charakter, wie es der metaphysisch gefärbte Schluß beschwört, vor dem Jüngsten Gericht gerechte Strafe finden wird: «Und du da stehst vor GOtt, vor dem Olympus da, | Nimmer weinen, und nun nimmer Erbarmen flehn, | Reuen nimmer, und nimmer | Gnade finden, Erobrer, kannst (...)» (NA 1, 9, v. 93 ff.). Offenkundig sind hier die Bezüge zum *Messias*, dessen 16. Gesang dasselbe Thema anschlägt: «Der Eroberer Kettengeklirr scholl | Langsam, zuckend; und grauser noch Hohngelächter der Hölle.» (v. 318 f.) Auch in seinem Huldigungsgedicht für den ihn mäzenatisch fördernden Dänenkönig Friedrich V. hat Klopstock seinen Widerwillen gegen den Typus des Eroberers artikuliert, dessen sozialer Egoismus gegen den noblen Charakter des menschenfreundlichen Herrschers absticht. Vom Vorbild entfernt sich Schillers Tyrannenkritik dort, wo sie Töne der Bewunderung für den Größenwahn des Despoten findet, der auf Unsterblichkeit hofft. Das Motiv des erhabenen Verbrechers, das hier anklingt, hat er auch in späteren Jahren immer wieder aufgegriffen; noch im klassischen Dramenwerk lassen sich Spuren dieser Vorliebe antreffen.

Zu Schillers frühesten Veröffentlichungen gehört die Vergil-Übersetzung aus dem ersten Buch der *Aeneis*, die Anfang November 1780 unter dem Titel *Der Sturm auf dem Tyrrhener Meer* (NA 15/I, 107 ff.) von Haug im *Schwäbischen Magazin* gedruckt wird. Es handelt sich um eine Übertragung der Verse 34–156, die mit schülerhaftem Fleiß, aber ohne sprachliche Sensibilität gearbeitet ist. Ganz offenkundig hat man es mit einer Fingerübung des Eleven zu tun, dessen rhetorisch-philologische Begabung

Haug energisch zu fördern sucht. Auch als etablierter Autor ist Schiller immer wieder zu Übersetzungsarbeiten zurückgekehrt. Da seine Griechischkenntnisse bescheiden blieben, besaßen die lateinischen Klassiker hier stets Vorrang; die Begeisterung für Vergil trägt noch die Epenprojekte der frühen 90er Jahre, die sich am Muster der *Aeneis* ausrichten.

Zum Herbstende 1781 veröffentlicht der Stuttgarter Metzler-Verlag als Einzeldruck ohne Verfasserangabe das 260 Verse umfassende Gedicht *Der Venuswagen*. Der Text entstand vermutlich schon während des Winters 1778/79, zur Zeit der Vorbereitung der ersten Dissertation. Der Vertrag über die Publikation dürfte abgeschlossen worden sein, weil Metzler auf die Zukunft des jungen Autors spekulierte. Als nur wenige Monate später im selben Haus Schillers *Anthologie* erschien, brachte man auch vereinzelte Exemplare auf den Markt, denen der *Venuswagen* im Anhang beigebunden war.[49] Nach dem Muster einer humanistischen Narrensatire bietet das Gedicht ein drastisches Panorama der erotischen Liebe. Mit offenem Spott werden ihre derben Spielarten als Zeichen für die Doppelmoral der Zeit bewertet. Das mächtige Mätressenwesen bestimmt die Geschäfte des Staates und bindet dessen Geschick an die Launen einer Hure: «In dem Uhrwerk der Regierung nistern | Oefters Venusfinger um.» (NA 1, 17, v. 87f.) Anregungen für diesen Topos bezog Schiller aus Wielands *Geschichte des Agathon* (1767), wo im sechsten Kapitel des 14. Buchs Aspasia eine Philippika gegen die Verführbarkeit des männlichen Geschlechts vorträgt. Die wahre Widersacherin der Venus-Priesterinnen ist die Klugheit, die sich vom Blendwerk körperlicher Schönheit kaum beeindrucken läßt. Die ex cathedra gesprochene Lehre des Textes erweist sich jedoch als ironische Brechung platter Moraldidaxe, weil, wie am Ende betont wird, selten unbestechliche Tugend, sondern zumeist Erfahrungsmangel die Grundlage für die Verurteilung der erotischen Liebe bildet. Der «weise Venusrichter» (v. 241), der die Vexierspiele der Sinnlichkeit tadelt, ist der Bewohner einer einsamen Insel ohne Kontakt zur Wirklichkeit: sein Rat besitzt keinen Wert, da er nicht im Leben erprobt scheint.

Von den aus dem 15. und 16. Jahrhundert stammenden Narrensatiren Sebastian Brants, Johann Fischarts und Thomas Murners dürfte Schiller kaum Kenntnis besessen haben, galten sie doch zu seiner Zeit als literarisch minderwertige Ware. Um so überraschender muten die Gemeinsamkeiten an, die hier auftreten: der älteren Tradition entspricht das Bild des Wagens, das sich zu einer großen Metapher des weltlichen Narrentreibens weitet; konventionell ist die derbe Zeitenklage, die sich am Ende das moralische Gewand überstreift, dabei jedoch durch ihre Drastik stärker wirkt als in den belehrenden Partien. Es ist nicht auszuschließen, daß Schiller über Bürgers Gedicht *Fortunens Pranger*, das Ende 1778 im Göttinger Musenalmanach erschien, auf das literarische Modell der Narrenschau aufmerksam wurde.[50] Von Bürgers Revue des eitlen Glücks, in der sich auch die autobiographische Erfahrung eines unbeständigen Liebeslebens spiegeln dürfte, hat Schiller das Motiv der Venus als Hure übernommen. Gerade in den drastischen Passagen trägt sein Text einen papiernen Charakter, der ihn als Produkt literarischer Nachahmung zum Zweck der Stilübung ausweist. Die satirische Tonlage wird auch künftig im Formenarsenal des aufstrebenden Autors einen bedeutsamen Platz einnehmen.

Im Widerspruch zu seinen eigenen ästhetischen Überzeugungen hat der junge Schiller bisweilen Gelegenheitsgedichte verfaßt. Zu ihnen gehören zunächst Verse und Sentenzen für die Stammbücher von Mitschülern wie Ferdinand Moser (den Sohn des Lorcher Pfarrers), Immanuel Elwert, Heinrich Friedrich Ludwig Orth, Johann Christian Weckherlin und Karl Philipp Conz, die zwischen 1777 und 1781 entstanden. Im Auftrag des Herzogs schrieb Schiller zum Namenstag Franziskas von Hohenheim am 4. Oktober 1778 zwei Dankgedichte, die den Tenor der ersten Karlsschulrede des Eleven vorwegnehmen. Zu ihrem Geburtstag am 10. Januar 1779 steuerte er mehrere epigrammatische Aufschriften für ein allegorisches Festspiel bei, die den Aufzug der Tugend und ihres Gefolges erläutern sollten. Größere Aufmerksamkeit dürfen die drei Trauergesänge beanspruchen, mit denen der junge Militärarzt aufwartet. Der erste dieser Texte gilt Ende Dezember 1780 dem 41jährig verstorbenen Hauptmann Johann Anton von Wiltmaister, der im Regiment Augé Dienst getan hatte. Vermutlich handelt es sich erneut um ein Auftragswerk, das Schiller im Namen des Offizierkorps schrieb. Der überaus konventionelle Text verrät keine Spuren literarischer Originalität. Anders verhält es sich mit der wenige Wochen später entstandenen *Elegie*, die Schiller ohne äußere Anregung verfaßt hat. Sie beklagt den Tod des am 15. Januar 1781 überraschend verstorbenen Johann Christian Weckherlin, der bis zum Dezember 1778 an der Akademie Medizin studiert hatte, dann aber ins elterliche Geschäft eingetreten war. Der für den Vater Weckherlins bestimmte Text überrascht durch die erdrückende Wucht seiner Bilder und die aufbegehrende Tonlage, in der der frühe Tod des ehemaligen Kommilitonen betrauert wird. Unter dem Patronat der von Haller (aus dem *Unvollkommenen Gedicht über die Ewigkeit* [1736]) übernommenen Widmungsverse führt die Elegie beredte Klage über die Undurchsichtigkeit der Vorsehung. Manche Passagen überschreiten in ihrem aggressiven Gestus die Grenze zur Blasphemie: «O in dieses Meeres wildem Wetter, | Wo Verzweiflung Steur und Ruder ist, | Bitte nur, geschlagenster der Vätter, | Daß dir alles, alles, nur nicht GOtt entwischt!» (NA 1, 34, v. 46) Angesichts der Willkür, mit der das Schicksal zu wirken scheint, bleibt der Mensch zum Protest gegen eine ungerechte Weltordnung aufgerufen. Der Schöpfer ist kein gnädiger Vater, sondern ein «Gott der Grüfte», den man «mit Graun» verehrt (v. 137 f.); das pietistisch getönte Liebesmotiv, mit dem *Der Abend* aufwartet, wird durch eine pessimistisch anmutende Lebenssicht verdrängt, der die Wirklichkeit, wie es die Metapher des *Theatrum mundi* andeutet, als schlechtes Gaukelspiel ohne Sinn und Ziel erscheint.

Die auffällig gehäufte Bildlichkeit des Textes lehnt sich an Traditionen der Emblematik und Allegorik des 17. Jahrhunderts an (Fichte für moralische Stärke, v. 11; Fortuna als blinde Göttin, v. 83),[51] unterliegt jedoch einem Funktionswandel, insofern sie nicht mehr dazu dient, den geistigen Sinn der Erscheinungen zu erweisen, sondern die Verbindlichkeit der christlichen Metaphysik in Frage zu stellen. An die Stelle einer spirituellen Argumentationskultur, wie sie, im Detail unterschiedlich begründet, die Lyrik der frühen Neuzeit von Opitz bis zu Brockes aufweist, tritt die skeptische Reflexion über die vernünftige Evidenz der Vorsehung. Dem gebrochenen Bild des Lebens als Tragikomödie und «Lottospiel» (v. 88 ff.) entspricht der Zweifel am Jüngsten Gericht, dessen «barbarisches» Antlitz das Vertrauen in die Vernunft eines göttlichen Heilsplans mindert (v. 38). Daß auch diese skeptische Position wie die Äußerungen von Pathos und Satire einen experimentellen Grundzug aufweist, bestätigt Schiller selbst in einem an Hoven gerichteten Brief vom 4. Februar 1781, in dem es heißt: «Die Fata meines Carmens verdienen eine mündliche Erzälung, denn sie sind zum Todlachen; ich spahre sie also biß auf Wiedersehn auf. Bruder! ich fange an in Activitaet zu kommen, und das kleine hundsvöttische Ding hat mich in der Gegend herum berüchtigter gemacht als 20 Jahre Praxis.» (NA 23, 17) Der burschikose Tonfall verrät, daß die Bekundungen der Trauer und des Skeptizismus gleichermaßen Bestandteile eines literarischen Probespiels darstellen. Ihnen Authentizität zuzubilligen wäre angesichts solcher Äußerungen verfehlt.

Erneut ein Auftragswerk bildet das Trauergedicht, das Schiller Mitte Mai 1782 aus Anlaß des Todes des Festungskommandanten Philipp Friedrich Rieger verfaßt hat. Er selbst dürfte Rieger, obgleich dieser zu seinen Taufpaten zählte, kaum näher gekannt haben. Erst Ende des Jahres 1781 ist er ihm auf der Festung Hohenasperg persönlich begegnet. Rieger hatte damals Hoven gegenüber den Wunsch nach einem privaten Kontakt mit Schiller geäußert. Im Spätherbst statteten die Freunde dem Kommandanten eine Visite ab und besuchten bei dieser Gelegenheit auch den seit 1777 inhaftierten Schubart in seiner Zelle. Auf Veranlassung Riegers las der Gefangene dem inkognito unter dem Namen «Dr. Fischer» eingeführten Gast eine Rezension seines *Räuber*-Dramas vor. Erst zum Abschied lüftete der Kommandant Schillers wahre Identität, was Schubart die Tränen der Freude hervortrieb: man trennte sich gerührt, unter Bekundungen der Freundschaft. Die keineswegs harmlose Inszenierung dieses Überraschungscoups beleuchtet die Mischung aus väterlicher Fürsorge und Sadismus, die Riegers Persönlichkeit kennzeichnet (NA 42, 21).

Das Trauergedicht über den Kommandanten geht auf eine Initiative der württembergischen Generalität zurück, die Schiller bat, dem Verstorbenen durch einen lyrischen Beitrag die Ehre zu erweisen. Der Tod Riegers, dessen amtliche Reputation umstritten blieb, wird von Schiller mit routinierten, letzthin unehrlichen Formeln beklagt. Wenn der Text dem jähzornigen Machtmenschen, der rücksichtslosen Karrierismus mit intriganter Tücke verband, christliche Toleranz und Milde bescheinigt, so trägt das groteske Züge. Über ihn, der zu den Vollstreckern der herzöglichen Willkürjustiz gehörte und seine Gefangenen brutal quälte, heißt es: «Elende beim Fürsten zu vertreten, | Für die Unschuld an dem Tron zu beten | War Dein Stolz auf Erden hie.» (NA 1, 38, v. 31 ff.) Die Gelegenheitsdichtung wird an solchen Punkten zum Spiegel gesellschaftlicher Zwänge, die jegliche Freiheit der Kunst unterbinden. Schillers Lehrjahre der Poesie schließen nicht nur die Erprobung verschiedener Stilrichtungen, sondern auch Erfahrungen mit den prekären Seiten der Autorenrolle ein.

Vielfalt der Stimmen. Tendenzen der Anthologie auf das Jahr 1782

Wie stark Schillers frühe Lyrik im Bann aufklärerischer Vorbilder steht, erweist die Anfang 1782 veröffentlichte Sammlung, die Texte aus der Karlsschulzeit und dem ersten Stuttgarter Jahr abdruckt. Für das rasch vollendete Vorhaben gewinnt Schiller mehrere seiner früheren Kommilitonen – von Hoven, Haug, Petersen, Scharffenstein und Ludwig Schubart –, daneben auch Abel und, wie man vermutet hat, den älteren, immer noch inhaftierten Schubart als Mitarbeiter. Innerhalb weniger Monate, zwischen November 1781 und Februar 1782, stellt er ohne programmatischen Anspruch eine Anthologie von 83 anonym veröffentlichten Gedichten zusammen, zu denen er selbst unter wechselnden Namenskürzeln den Hauptanteil – 48 Texte – beisteuert. Die Pseudonyme dienen dem Zweck, den Eindruck einer großen Autorenvielfalt zu erwecken. Seine anspruchsvollsten Texte – das lyrische Dramolett *Semele* und die Laura-Oden – hat Schiller mit der Chiffre «Y» unterzeichnet.

Die Anlage der *Anthologie* gehorcht einer geschmackspolitischen Tendenz, die sich aus der Kritik an Stäudlin ableitet.[52] Daß Schiller dessen Sammlung durch ein eigenes Werk zu «zermalmen» gesucht habe, betont Scharffenstein in seinen Erinnerungen.[53] Gegen Stäudlins sentimentale Lieddiktion setzt er einen auftrumpfenden, zuweilen hymnisch gesteigerten, manchmal satirisch pointierten Ton. Bereits die der Einleitung vorgeschaltete Widmung unterstreicht eine Vorliebe für die bildhaft gesteigerte Kraftgeste. Sie gilt «Meinem Prinzipal dem Tod», der als mächtiger «Zar alles Fleisches» seinen Hunger an der großen «Bücherepidemie in Leipzig und Frankfurt» zu stillen pflege – eine Anspielung auf die vergängliche Ware der jährlichen Messen (NA 22, 83 f.). Mit trotziger Verve, die durch wuchtige Bilder getragen wird, findet sich der Tod als Knochenmann charakterisiert, dessen bedrohlichem Zugriff auch die Werke der Kunst nichts entgegenzusetzen vermögen. Der Text ahmt an diesem Punkt Matthias Claudius' Vorrede zum *Wandsbecker Boten* (1774) und deren Monolog über «Freund Hain» nach. Anders als bei Schiller, der den Tod auftrumpfend und selbstbewußt anspricht, heißt es hier jedoch zaghaft: «'s soll Leute geben, heißen starke Geister, die sich in ihrem Leben den Hain nichts anfechten lassen, und hinter seinem Rücken wohl gar über ihn und seine dünnen Beine spotten. Bin nicht starker Geist; 's läuft mir, die Wahrheit zu sagen, jedesmal kalt über'n Rücken wenn ich Sie ansehe.»[54] Wünscht der Mediziner Schiller dem hungrigen Tod am Ende sarkastisch einen «guten Appetit», so bedeutet das auch ein Spiel mit den staatlichen Autoritäten. Angesichts der Tatsache, daß literarische Werke im 18. Jahrhundert häufig dem Landesherrn oder Vertretern der Obrigkeit gewidmet waren, gewinnt der Text seinen kritischen Zuschnitt aus der Verschiebung der Adressaten. An die Stelle des Souveräns tritt der Tod: was wie eine literarische Travestie wirkt, ist eine politische Provokation.

Schiller beeindruckt durch die Souveränität, mit der er auf ein umfangreiches Repertoire unterschiedlichster Tonlagen, Stilmuster und Gattungen zurückgreift. Nahezu sämtliche Formtypen der zeitgenössischen Lyrik sind hier vertreten: Anakreontik und Hymnik, Lehr- und Odendichtung, Satire und Epigramm, Ballade und politische Tendenztexte treten in der Anthologie gleichermaßen auf. Dagegen fehlen das Liedgenre, wie es der junge Goethe kultiviert, und die auf Stimmungseffekte setzende Naturpoesie nach dem Muster des Göttinger Hainbundes. Insgesamt lassen sich fünf große Gruppen ausmachen: die Liebeslyrik, die an Klopstock geschulte Hymnik, Lehrdichtung, zeitkritische Texte und schließlich Satiren.

Als Liebeslyriker gewinnt Schiller vornehmlich in den sechs Laura-Oden Kontur. Daß deren Titelfigur eine Idealisierung der Stuttgarter Vermieterin Luise Dorothea Vischer darstelle, hat er selbst 1786 gegenüber Minna Körner eingeräumt, dabei jedoch zugleich die Differenz von Erfahrung und Literatur hervorgehoben, die seine Texte bestimme; der Enthusiasmus der Liebesgedichte sei «nicht so ernstlich gemeint gewesen», vielmehr dem Reich der Phantasie entsprungen (NA 42, 105).[55] Ihre wesentliche Anregung fanden sie in der Madonna Laura, der Francesco Petrarca seine um 1350 entstandenen, jedoch erst 1470 publizierten Sonette widmete. Der durch diesen Zyklus begründete Petrarkismus, den man das zweite große System europäischer Liebeslyrik nach dem Minnesang genannt hat, bestimmt Schillers *Laura*-Oden auf maßgebliche Weise. Zur petrarkistischen Tradition, die vor allem im 17. Jahrhundert eine gewaltige Blüte erlebt, gehören feste Inszenierungsmuster: die Unterwerfung des männlichen Sprechers unter das bewunderte weibliche Idol, die Klage über die Distanz zwischen Sprache und Wirklichkeit, die streng gegliederte Beschreibung femininer Attribute (mit Konzentration auf das Motiv der Augen), die Unnahbarkeit der schönen Frau, deren sinnlicher Reiz mit der marmornen Kälte streitet, die sie dem schwärmenden Liebhaber entgegenbringt. Beispielhafte Züge trägt hier die Exposition vom *Geheimniss der Reminiszenz*, dem fraglos bedeutendsten Gedicht der Sammlung: «Ewig starr an Deinem Mund zu hangen, | Wer enträzelt dieses Wutverlangen? | Wer die Wollust, Deinen Hauch zu trinken, | In Dein Wesen, wenn sich Blike winken, | Sterbend zu versinken?» (NA 1, 104) In Städlins *Vermischten poetischen Stücken* von 1782 finden sich ähnliche Passagen, deren Tonlage emphatisch gesteigert scheint, ohne daß sie jedoch Schillers Pathos erreichen.

Das *Reminiszenz*-Gedicht beschreibt die Macht einer erotischen Attraktion, deren Geheimnis im Umstand begründet liegt, daß die Liebenden in einem früheren Leben eine identische Person bildeten. Die «sel'gen Augenblike» (v. 31) der Annäherung, die der Text beschwört, ermöglichen es kurzzeitig, den ursprünglichen Zustand der Einheit wiederherzustellen und die «Ahndung jener goldnen Zeiten» (v. 102) momenthaft aufscheinen zu lassen. Schiller übernimmt hier die Lehre vom Eros, die der Komödiendichter Aristophanes in Platons *Symposion* (ca. 347 v. Chr.) als Gast Agathons während eines Streitgesprächs über das Wesen der Liebe vorträgt (189d-194a). Seine Theorie, daß die Menschen anfänglich in einem Zustand der Androgynie gelebt hätten, ehe die Götter zur Strafe für ihre Hybris die körperliche Ganzheit auflösten und jedes Wesen zur Eingeschlechtlichkeit verdammten, führt den erotischen Trieb auf die Sehnsucht nach der verlorenen Identität im Stadium der weiblich männlichen Mischexistenz zurück. Weil der Verlust der natürlichen Einheit durch den Eros aber nie dauerhaft, sondern nur kurzzeitig im Moment der Ekstase behoben werden kann, muß die Erinnerung als zweite identitätsstiftende Kraft hinzutreten. Die Verwandtschaft der Wesen, wie sie das Gedicht beschwört, läßt sich als Nähe der Seelen verstehen, die durch den Vorgang der Reminiszenz erfahrbar werden kann. In diesem Sinne beschreibt schon Platons Dialog *Phaidon* (73a-75c) die Leistung der Anamnesis, die darauf zielt, die Unsterblichkeit der Seelen durch die Macht der Erinnerung jeweils neu zu vergegenwärtigen. Im Gedicht heißt es: «Ihre Heimat suchen meine Geister, | Losgeraft vom Kettenband der Glieder, | Küssen sich die langgetrennten Brüder | Wiederkennend wieder.» (v. 72 ff.)

Schiller greift hier Anregungen auf, die ihm die zeitgenössische Debatte über das Phänomen der Palingenese vermittelte. Im Januar 1782, wenige Wochen vor der Veröffentlichung der *Anthologie*, hatte Herder in Wielands *Teutschem Merkur* drei Gespräche *Ueber die Seelenwandrung* publiziert. Sie erörtern den Gedanken, daß die Psyche des Individuums aus einer identischen Urseele entstanden sei, die sich im Fortgang der anthropologischen Entwicklung nurmehr untergliedert und vervielfältigt habe. Bei Herder bildet die ursprüngliche psychische Einheit der Menschen das Indiz für die innere Ordnung der Schöpfung: «In der Natur ist alles verbunden, Moral und Physik, wie Geist und Körper. Moral ist nur eine höhere Physik des Geistes, so wie unsere künftige Bestimmung ein neues Glied der Kette unsers Daseyns, das sich aufs genaueste, in der subtilsten Progreßion, an das jetzige Glied unsres Daseyns anschließt, wie etwa unsre Erde an die Sonne, wie der Mond an unsre Erde.»[56] Die kosmologische Dimension, die Herders Lehre von der Seelenverwandtschaft der Menschen erschließt, spielt auch bei Schiller eine Rolle. Den Ursprung der Attraktion bildet die psychische Einheit der Wesen; so wie Eros sich dem Streben nach Wiederherstellung der früheren Ganzheit verdankt, verweist auch die seelische Anziehung auf die geheimnisvolle Magie einer verlorenen Identität. In einer überraschenden Wendung vergleicht Schillers Gedicht am Ende den von Aristophanes beschriebenen Zustand des Verlusts der Geschlechtseinheit mit dem christlichen Mythos vom Sündenfall, der den Menschen zum Erkenntnisvermögen geführt, jedoch aus dem Paradies vertrieben hat: «Saftig war der Apfel ihrem Munde – – – | Bald – als sie sich Unschuldsvoll umrollten – | Sieh! – wie Flammen ihr Gesicht vergoldten! –» (v. 142 ff.). Aristophanischer und biblischer Mythos gemahnen jeweils an ein glückliches Stadium menschlicher Geschichte, in dem die Einheit von Subjekt und Natur selbstverständlich gegeben schien. Vor diesem Hintergrund erweisen sich die Versuche des Menschen, die verlorene Identität über den Vollzug der erotischen Vereinigung oder durch die Kraft der Anamnesis wiederherzustellen, als Kompensationsakte im Zeichen des Mangels. Am Horizont erscheint eine Theorie der modernen Kulturentwicklung, wie sie zehn Jahre später Schillers Jenaer Vorlesungen umreißen werden: der Gedanke, daß das neuzeitliche Bewußtsein aus einer Geschichte von Verlusten geboren wird, an die zu erinnern dem Mythos und der Kunst vorbehalten bleibt.

In den gut ausgeschilderten Bahnen der poetischen Konvention bewegt sich die anakreontische Liebeslyrik der Sammlung. Ein Text wie *Meine Blumen* folgt mit seinem maßvollen Genußlob und der Beschreibung einer die Sinne stimulierenden Sommerlandschaft den Vorgaben einer Gattungsform, die seit der Mitte des 18. Jahrhunderts zum Inventar der Aufklärungslyrik gehört. Ihr Muster bildet die Liedersammlung des griechischen Dichters Anakreon (6. Jh. v. Chr.), deren Texte durch den humanistischen Gelehrten Henricus Stephanus wiederentdeckt und 1554 ins Lateinische übersetzt, schließlich auf Umwegen, über Adaptionen des französischen Klassizismus und der galanten Lyrik des Spätbarock, der deutschen Aufklärung zugänglich wurden. Die 1746 von Johann Peter Uz und Johann Nikolaus Götz vorgelegte Übertragung der Anakreonteen inspirierte eine Vielzahl unterschiedlicher Nachahmungen, deren überzeugendste Muster von Hagedorn, Lessing und Gleim stammten. Wenn Schillers *Blumen*-Gedicht die üppige Schönheit einer idyllischen Frühlingslandschaft beschreibt, so handelt es sich dabei um stilistische Übungen eines jungen Autors, der sich der gängigen anakreontischen Topoi bedient, um sie nach festliegender Dramaturgie routiniert durchzuspielen (zumindest Uz' Arbeiten hat er bereits als Schüler kennengelernt). Die Gattung selbst lud zu Stil- und Rollenexperimenten auf überschaubarem Raum ein. Schon die biederen Autoren des Rokoko liebten es, in die Masken erotisch entfesselter Satyrn zu schlüpfen, um ein sinnliches Begehren zu beschwören, das so papiern blieb wie die Diktion ihrer Texte. Immerhin bot die Anakreontik die Möglichkeit einer poetischen Codierung jener intimen Wünsche und Bedürfnisse, die der strenge Tugendkanon des bürgerlichen Alltags in der Mitte des 18. Jahrhunderts unerfüllt ließ. In diesem Sinne sind auch Schillers Ansätze zur erotischen Lyrik als Ausdruck rhetorischer Kompensation realer Mangelerfahrungen im männlich dominierten Medium der Literatur zu bewerten.[57]

Den Charakter von Klopstock-Variationen tragen die hymnischen Gedichte der Sammlung. In Texten wie *Die Gröse der Welt*, *An die Sonne*, *Die Herrlichkeit der Schöpfung* und *Der Triumf der Liebe* dominiert die formale Grundfigur des beschleunigten Aufschwungs, die das lyrische Ich in der Bewegung des Aufstiegs zu einer erhöhten Position mit Aussicht auf den gesamten Kosmos zeigt. Anschaulich tritt diese Tendenz im *Triumf der Liebe* hervor. Die Hymne beschreibt eine Lehre von der menschlichen Zuneigung, deren wesentliche Gedankeninhalte schon die zweite Karlsschulrede behandelte: «Weisheit mit dem Sonnenblik, | Große Göttin tritt zurük, | Weiche vor der Liebe. | Nie Erobrern, Fürsten nie | Beugtest du ein Sklavenknie | Beug es izt der Liebe. | Wer die steile Sternenbahn | Gieng dir Heldenkühn voran | Zu der Gottheit Size?» (NA 1, 80, v. 162 ff.) Aus einer ähnlichen Perspektive stellt Stäudlins *Hymne an die Schönheit*, wenngleich in entspannterem Duktus, die entgrenzende Wirkung des Eros dar: «Schwing' ich zum Himmel kühnern Fluges mich, | Umgibst du rings mich – lächelt dein Stralenblitz | Aus tausend Sternen mir entgegen, | Tauchst du mich tief in dein Glanzmeer unter.»[58] Als geradezu universelle Kraft bildet die Liebe, wie Schillers Refrain betont, das Mittel, das Körperwelt – vermöge des Triebs – und Reich des Geistes – über das Wesen der Sympathie – gleichermaßen zusammenhält: «Seelig durch die Liebe | Götter – durch die Liebe | Menschen Göttern gleich! | Liebe macht den Himmel | Himmlischer – die Erde | Zu dem Himmelreich.» (v. 1 ff.) Mythologische Beispiele sollen die Zeugungs- und Bewahrungskraft der erotischen Attraktion beweisen, die als gewaltiges Band die versprengten Elemente des Mikrokosmos vereint, indem sie sie im Zustand des Begehrens aufeinander bezieht. Ganz unter dem Einfluß Klopstocks steht wiederum der Hinweis auf die religiöse Ebene des Themas: «Liebe Liebe leitet nur | Zu dem Vater der Natur | Liebe nur die Geister.» (v. 178 ff.) Der Gedanke, daß Gott allein über den Akt der liebenden Annäherung erfahrbar ist, bildet den Reflex einer pietistisch geprägten Gefühlsreligion, deren Affektkultur im 18. Jahrhundert auf verschiedenen Feldern literarisch wirksam wird. Es wäre jedoch falsch, in Schillers Hymne nach Spuren intimer Selbstaussprache zu suchen. An den Platz der empfindsamen Rollenbilder, wie sie der junge Goethe im *Werther* modelliert hat, tritt hier nochmals der aufklärerische Anspruch, die Leidenschaften des Individuums auf eine metaphysische Ordnungsstruktur zu beziehen, deren Vollkommenheit letzthin außer Frage steht. Nicht Intimität oder Authentizität, die sich im 18. Jahrhundert einzig durch den Diskurs der Literatur codieren lassen, sondern die Annahme eines verbindlichen Systems der Harmonie von Mensch und Schöpfung begründet die Liebesphilosophie der Sammlung.[59]

Eine dritte Gruppe bildet die Lehrdichtung Schillers, die erneut von Klopstock, aber auch durch Haller und Alexander Pope angeregt wird. Texte wie *Die Pest*, *Rousseau* oder *Die Freundschaft* zeigen Schiller als Autor, der sich mit philosophischen Fragen befaßt – darin ganz Erbe der Aufklärungsliteratur, die in Popes *Essay on Man* (1733/34) ihre gesamteuropäisch gültige Magna Charta gefunden hatte. Zu den bekanntesten Lehrgedichten der *Anthologie* gehört *Die Freundschaft.* Hegel hat den Text so sehr geschätzt, daß er seine Schlußverse am Ende der *Phänomenologie des Geistes* (1807) aus dem Gedächtnis, daher nicht ganz zutreffend, zum Zweck der Illustration seiner bewußtseinsphilosophischen Zukunftsvisionen zitiert: «Aus dem Kelch des ganzen Seelenreiches | Schäumt ihm – die Unendlichkeit.» (NA 1, 111, v. 59f.) Im Zentrum steht erneut das Wesen der Liebe, das wie eine universelle Kraft den Zusammenhalt der gesamten Schöpfung garantiert. In der physischen Welt herrscht es durch die Wirkungen der Schwerkraft, die Newtons *Principia mathematica* (1687) als Elementarprinzip der Mechanik dargestellt hatten. Gravitation bildet gleichsam das physikalische Analogon der liebenden Anziehung, die die Menschen verbindet: «Freund! genügsam ist der Wesenlenker – | Schämen sich kleinmeisterische Denker, | Die so ängstlich nach Gesezen spähn – | Geisterreich und Körperweltgewüle | Wälzet Eines Rades Schwung zum Ziele, | Hier sah es mein Newton gehn.» (NA 1, 110, v. 1ff.)[60] Die universelle Macht der Liebe gerät zum teleologischen Prinzip, das der gesamten Schöpfung Maß, Richtung und Vollkommenheit verschafft. Schiller greift hier auf das schon in der ägyptischen Mythologie auftauchende Bild der Leiter zurück, das die Hierarchie der Wesen als vorherrschendes Naturgesetz bezeichnen soll: «Aufwärts durch die tausendfache Stufen | Zalenloser Geister die nicht schufen | Waltet göttlich dieser Drang.» (v. 46ff.) Das vertraute Symbol der Schöpfungsleiter, das auch Leibniz' Monadenlehre zur Illustration einer teleologischen Ordnung heranzieht, verknüpft Schillers Gedicht mit einem hochspekulativen Liebesbegriff, dessen Quellen im Umfeld der hermetischen Naturphilosophie des 18. Jahrhunderts liegen.[61] In seiner kurzen Abhandlung *Ursprünglicher Geister- und Körperzusammenhang nach Newtonischem Geist* hatte der schwäbische Mediziner Jakob Hermann Obereit 1776 die These entwickelt, daß das Weltgefüge durch die Wirkungen der Attraktion stabil gehalten werde. Die naturwissenschaftliche Theorie der Schwerkraft findet sich auf diese Weise mit der leibnizschen Monadenlehre verbunden: die einzelnen Elemente der Schöpfung ziehen sich im Bann eines kosmischen Gesetzes an, das wiederum als unmittelbare Folge göttlichen Willens zu deuten ist.[62] Hinter diesem Gedanken steht die Lehre von der magischen Sympathie, wie sie bereits die Schule des Hermes Trismegistos (3. Jh. v. Chr.) und, daran anknüpfend, Agrippa von Nettesheim (1486–1535) in Umlauf gebracht hatte. Deren Auffassung von der Liebe als kosmologische Universalkraft, die als geheimes Gesetz des Lebens wirkt, prägt das Denken des jungen Schiller bis zur Mitte der 80er Jahre auf maßgebliche Weise. An Obereit, den «Weltüberwinder», wie ihn Johann Georg

Zimmermann spöttisch nannte[63], geriet er vermutlich, weil Haugs *Schwäbisches Magazin* im zwölften Stück des Jahrgangs 1776 einen Auszug aus dessen naturphilosophischer Schrift veröffentlichte. Der Eleve wird mit Sicherheit zumindest diesen Extrakt, womöglich aber auch die im selben Jahr publizierte Buchausgabe zur Kenntnis genommen haben. Nicht zuletzt stieß Schiller hier auf die Spur Friedrich Christoph Oetingers, dessen hermetische Naturauffassung Obereit als Vorbild seiner eigenen Liebestheorie betrachtet. Oetingers Emanationslehre, derzufolge Gottes Liebe zum Menschen bereits im Akt der Schöpfung manifest wird, hat auch die Philosophie des jungen Schiller beeinflußt. In seiner während des letzten Karlsschuljahrs entworfenen, später vertieften *Theosophie des Julius* findet sich Oetingers Überzeugung, daß die zwischen den Menschen wirkende Neigung ein Abbild der Sympathiegefühle Gottes darstelle, unmittelbar umgesetzt. Ob er in Stuttgart Oetingers Schriften, etwa die *Lehrtafel der Prinzessin Antonia* (1763) oder die zweibändige Abhandlung über Swedenborg (1765) genauer studiert hat, läßt sich nicht ermitteln. Womöglich verschaffte er sich seine Kenntnis erneut aus zweiter Hand, durch die 1776 im *Schwäbischen Magazin* geführte Diskussion über die Mittelkraft, in die auch die *Lehrtafel* des Theologen einbezogen wurde.[64]

Schiller sucht eine Allianz zwischen der aufgeklärten Ordnungsidee, wie sie das von Leibniz übernommene Symbol der Schöpfungsleiter vermittelt, und den hermetischen Spekulationen des ‹Tiefdenkers› Obereit herzustellen. Grundlage seiner Liebesphilosophie bleibt zweifellos der Anspruch, den abgestuften Bau der Natur als Merkmal ihrer gottgewollten Vollkommenheit auszuweisen. Abweichend von Leibniz jedoch, der den Zusammenhang der Wesen nur im Ordnungsrahmen einer vorausentworfenen (prästabilierten) Harmonie gewährleistet findet, hält der junge Schiller die ökonomische Schönheit der Schöpfung für die Folge eines veränderbaren Gefüges mit beweglichen Elementen. Vollkommenheit ist bei ihm gleichbedeutend mit Dynamik, Ordnung identisch mit stetem Wechsel; Triebkraft des Modells bleibt die Liebe als produktives Gesetz des Lebens. Die Schlußverse des Gedichts, die Hegel zur Illustration seiner Lehre vom absoluten Weltgeist heranzog, verleihen diesem Gedanken Ausdruck: «Freundlos war der grose Weltenmeister, | Fühlte Mangel – darum schuf er Geister, | Sel'ge Spiegel seiner Seligkeit! – | Fand das höchste Wesen schon kein Gleiches, | Aus dem Kelch des ganzen Seelenreiches | Schäumt ihm – die Unendlichkeit.» (v. 55 ff.) Eine solche Theologie der Liebe führt weit über die spekulative Gleichsetzung von erotischer und physikalischer Anziehung hinaus, wie sie Schiller bei Pope oder in Fergusons *Grundsätzen der Moralphilosophie* antreffen konnte.[65]

Im Gegensatz zu den theoretisch ambitionierten Lehrgedichten, die sich dem weiten Horizont einer aufgeklärten Metaphysik zuordnen lassen, verrät die politische Tendenzlyrik der *Anthologie* handfesten Wirkungsehrgeiz. Ein eindrucksvolles Beispiel liefert das Gedicht *Die schlimmen Monarchen*, das mit den unterschiedlichen Spielarten des Despotismus abrechnet, wie ihn Schiller selbst in Württemberg unmittelbar kennengelernt hatte. Zu seinen Merkmalen zählt der Text kostspielige Jagden und höfische Feste, die durch Steuererhöhungen finanziert werden, die Veranstaltung von Opern- und Ballettaufführungen, deren geborgter Glanz die Kunstsinnigkeit des Monarchen beleuchten soll, Mätressenwesen und öffentlich anberaumte Lobreden auf die Tugend des Fürsten, alltägliche Willkür und Unrechtsjustiz als Merkmale unkontrollierter Machtausübung. Die Anspielungen auf das Rollenverständnis Carl Eugens sind gerade am Schluß offenkundig, wenn es heißt: «Ihr bezahlt den Bankerott der Jugend | Mit Gelübden, und mit lächerlicher Tugend, | Die – Hanswurst erfand.» (NA 1, 127, v. 100 ff.) Es lag auf der Hand, daß solche Verse zum Schutz des Verfassers nur anonym erscheinen konnten. Vorbild des Textes ist Schubarts Anklagegedicht *Gruft der Fürsten*, das 1780 entstanden war (der Überlieferung zufolge soll es der Gefangene mit Hilfe einer Hosenschnalle in die feuchte Wand seines Kerkers eingeritzt haben). Daß Schiller Schubarts neuere lyrische Arbeiten, vermutlich durch Vermittlung des Sohnes, vor ihrer Veröffentlichung kennenlernte, bestätigt ein Bericht Streichers.[66] Von der Vorlage, die sich ihrerseits auf das bei Brockes, Haller und in Klopstocks *Messias* (XVIII, v. 722 ff.) auftauchende Motiv der Tyrannenverdammnis bezieht,[67] übernimmt der Text die sinnfällige Rahmenerzählung mit der Beschreibung einer Fürstengruft, deren Anblick Gedanken über den Verfall irdischer Macht und die Eitelkeit weltlichen Potentatentums auslöst. Gegen die Formen der Despotie, die das Gedicht auflistet, wird am Ende, anders als bei Schubart, nicht die Aussicht auf eine göttliche Vergeltung, sondern die Wirkung des geschriebenen Wortes gesetzt; vor dem Richterstuhl der Poesie lassen sich die Untaten der ‹schlimmen Monarchen› kaum mehr leugnen: «Aber zittert für des Liedes Sprache, | Kühnlich durch den Purpur bohrt der Pfeil der Rache | Fürstenherzen kalt.» (NA 1, 127, v. 106 f.) Schillers Text mündet hier in eine Vorstellung, die die Rede über die Schaubühne von 1784 präzisieren wird. Daß der Kunst, wo Recht und Gesetz keine Beachtung finden, die Funktion des öffentlichen Richteramtes zufällt, bleibt auch später seine unangefochtene Überzeugung.

Zu den sozialkritischen Texten der Sammlung gehört *Die Kindsmörderin*. Das Rollengedicht präsentiert die Anklagerede einer zum Tode verurteilten jungen Frau, die angesichts des bevorstehenden Gangs zum Schafott in großen Zügen ihre ‹Fallgeschichte› aufrollt. Sichtbar wird dabei, daß nicht Amoral, sondern seelische Verzweiflung vor dem Hintergrund gesellschaftlicher Sanktionsmechanismen das leitende Motiv des Verbrechens darstellt: die von einem gewissenlosen Verführer Geschwängerte tötet ihr Neugeborenes aus Furcht vor der sozialen Ächtung. Schillers Gedicht ist vom Vorsatz geleitet, Einsichten über die psychische Motivation der Tat zu vermitteln – eine Perspektive, wie sie wenige Jahre später auch die Kriminalerzählung *Verbrecher aus Infamie* (1786) bestimmen wird.[68] Das Kindermordsujet behandelt bereits der zu Beginn der 70er Jahre entstandene *Urfaust*, wobei der Fall der Susanna Margaretha Brandt, deren Prozeß der junge Rechtsassessor Goethe im August 1771 in Frankfurt als Zeuge miterlebt hatte, das Muster abgab. Heinrich Leopold Wagner bedient sich des Stoffs in seinem Trauerspiel *Die Kindermörderin* (1778), was ihm später in *Dichtung und Wahrheit* den Plagiatsvorwurf Goethes eintragen wird. Ende 1781 entsteht Bürgers Ballade *Des Pfarrers Tochter von Taubenhain*, die das Sujet aufgreift und, sprachlich zurückhaltender als Schiller, nach dem Muster einer Schauergroteske inszeniert. Auch Stäudlins Musenalmanach auf das Jahr 1782 enthält ein Gedicht zum modisch gewordenen Thema (*Seltha*). Die gesellschaftliche und juristische Problematik des Gegenstands lag offen zutage. Kindermörderinnen wurden noch bis zur Mitte des Jahrhunderts auf barbarische Weise hingerichtet; erst 1740, unmittelbar nach seinem Regierungsantritt, schaffte Friedrich II. das Verfahren des ‹Säckens› ab, das vorsah, daß man die Delinquentinnen in einem zugenähten Sack in einen See warf. Noch das *Allgemeine Landrecht* von 1794 kannte als einzig mögliche Strafe für Kindermörderinnen die Hinrichtung. Eine Liberalisierung erfolgte in diesem Punkt erstmals 1813 im Rahmen des novellierten *Bayerischen Strafgesetzbuchs*, das in Einzelfällen die Verurteilung zu lebenslänglicher Haft ermöglichte.[69] Wie bedeutsam die soziale Problematik des Themas für die Rechtsdiskussionen der Zeit war, zeigte der Umstand, daß 1780 in einem Mannheimer Journal (*Rheinische Beiträge zur Gelehrsamkeit*) die öffentliche Diskussion über Möglichkeiten der Prävention unehelicher Schwangerschaft angeregt wurde. Die Zeitschrift veranstaltete in diesem Zusammenhang ein durch den Regierungsrat Ferdinand Adrian von Lamezan initiiertes Preisausschreiben zur Frage: «Welches sind die besten ausführbarsten Mittel dem Kindermorde abzuhelfen, ohne die Unzucht zu begünstigen?» Bei der Redaktion gingen 385 Antworten aus ganz Europa ein – ein Zeichen dafür, daß nicht nur die schöne Literatur die Brisanz des Themas erkannt hatte.[70]

Die satirisch gefärbten Texte der *Anthologie* schließlich verraten eine Vorliebe für witzig-pointierte Stileinlagen, die Schiller 15 Jahre später in den mit Goethe verfaßten *Xenien* nochmals pflegen wird. Die Spottlust gilt unterschiedlichen Themen; eheliche Untreue und bürgerliche Doppelmoral (*Vergleichung*) kann sie ebenso anprangern wie das Unwesen der zeitgenössischen Zensurpraxis (*Die Journalisten und Minos*), poetische Mittelmäßigkeit (*Die Rache der Musen*) oder biedere Tugendideale (so *Kastraten und Männer*, eine peinlich mißratene Persiflage auf Bürgers *Männerkeuschheit* [1778]). Den realitätsblinden Dogmatismus der Wissenschaft attackiert das Epigramm *Grabschrift eines gewissen – Physiognomen*, das dem Lehrsystem Johann Caspar Lavaters gilt. Die dritte Dissertation hatte bekanntlich auf Erkenntnisse von Lavaters Physiognomik, die 1775–1778 in den *Fragmenten* veröffentlicht worden war, zurückgegriffen, um mit ihrer Hilfe den Zusammenhang von Gesichtsausdruck und Gemütsverfassung des Menschen unter Beweis zu stellen. Die Spottverse schränken die hier bekundete positive Einschätzung nicht ein, sondern beziehen sich lediglich auf Lavaters Ansicht, daß physiognomische Züge auch Urteile über intellektuelle Fähigkeiten zuließen. «Weß Geistes Kind im Kopf gesessen» könne man, wie Schiller betont, gerade nicht «auf jeder Nase lesen», weil der Gesichtsausdruck einzig affektive, nicht aber mentale Anlagen widerspiegele (NA 1, 87).

Die Vielfalt der von der *Anthologie* präsentierten Techniken und Formen erweist den jungen Schiller als poetischen Stimmenimitator hohen Ranges. Gerade darin liegt auch der Defekt der Sammlung; allzu häufig spürt man die Absicht des Autors, sich als bewegliches Talent zu zeigen, das in verschiedensten Genres zu Hause ist. Einheitliche Handschrift und Originalität des Tons mögen sich unter dem Einfluß dieses Profilierungszwangs kaum einstellen. Unverwechselbar wirkt Schiller nur dort, wo er Reflexion und Pathos in eine spannungsvolle Bildersprache überführt, die den Blick auf die intellektuelle Anatomie der hier investierten Gedankenarbeit freilegt. Mit dieser Technik rückt er den Grundlinien der philosophischen Lyrik nahe, die er ab Mitte der 90er Jahre pflegen wird. Daß er seinen frühen literarischen Produkten bald skeptisch gegenüberstand, verraten zahlreiche Briefzeugnisse. Als er im Herbst 1799 Texte für den ersten Band seiner gesammelten Gedichte zusammenstellte, griff er nur auf einen einzigen Beitrag aus der *Anthologie* – *Meine Blumen* – zurück. Zwar wurden der Folgeausgabe zweieinhalb Jahre später auch die unredigierten (bisweilen gekürzten) Jugendarbeiten eingefügt, doch handelte es sich dabei um eine Verlegenheitslösung: da das Material für einen weiteren Band nicht ausreichte, mußten die frühen Gedichte die Lücken schließen. Von ihrem künstlerischen Wert war Schiller schon kurz nach der Veröffentlichung der *Anthologie* nicht mehr ganz überzeugt. In einer Ende März 1782 veröffentlichten Selbstrezension vermerkt er kritisch, eine «strengere Feile wäre indes durchaus nötig gewesen», um die Beiträge auf höheres Niveau zu bringen (NA 22, 134).

Die lyrische Operette als Lehrstück. Semele (1782)

Im letzten Karlsschuljahr, in dem kaum noch Studienverpflichtungen bestanden, hatte Schiller wieder stärker zur literarischen Tätigkeit zurückgefunden. Ein Ergebnis seiner Arbeit bildet das *Semele*-Drama, das er nach den Erinnerungen Streichers zur Zeit der Examensvorbereitungen während des Winters 1779/80 verfaßte.[71] Veröffentlicht wurde der Text im Rahmen der *Anthologie*-Gedichte, mit denen er die lyrische Form teilt. Für eine spätere Ausgabe seiner Dramen im Verlag Cottas hat Schiller die *Semele* zunächst anhand eines Raubdrucks des Frankfurter Buchhändlers Behrens, der 1800 erschienen war, kritisch redigiert (die Erstausgabe lag ihm zu diesem Zeitpunkt nicht mehr vor). Einer Neuveröffentlichung des Werkes mochte er dann aber nicht zustimmen, so daß das Korrekturexemplar ungenutzt in der Schublade zurückblieb. Zwei Jahre nach Schillers Tod hat Körner die überarbeitete Fassung der *Semele* in Cottas *Theater*-Reihe publiziert. Bereits Ende der 80er Jahre beurteilte der Autor sein Opus skeptisch. Als Charlotte von Lengefeld ihm Ende April 1789 ein geliehenes Exemplar der *Anthologie* mit der Bemerkung zurücksendet, die *Semele* habe sie «recht gefreut» (NA 33/I, 342), erklärt er wenige Tage später unwillig über den Text: «Mögen mirs Apoll und seine Neun Musen vergeben, daß ich mich so gröblich an ihnen versündigt habe!» (NA 25, 251 f.)

Inspiriert wurde das Dramolett durch die *Semele*-Episode aus Ovids *Metamorphosen* (III, v. 253 ff.), die Schiller sicherlich gekannt hat. Stoffliche Anregungen boten ferner Passagen aus Wielands Versepen *Idris* (1768) und *Der verklagte Amor* (1774), welche ihm das Sujet spielerisch nahebrachten.[72] Ob er mit dem Hamburger *Semele*-Libretto Johann Philipp Förtschs (1681) oder Händels Oper (1743, nach einer Vorlage Congreves) vertraut war, ist nicht erwiesen.[73] Schubarts Ende 1781 entstandene Adaption des Stoffs, die sich auf einen versifizierten Kommentar der Darstellung Ovids beschränkt, könnte ihm wiederum durch die Vermittlung des Sohnes in der Manuskriptfassung zugespielt worden sein; für einen Einfluß des Gedichts sprechen punktuelle Entlehnungen, insbesondere im Rahmen der zweiten Szene.[74] Das von der *Semele* repräsentierte Genre der lyrischen Operette war durch Wielands *Alceste*, die man 1773 nach der Musik Anton Schweitzers in Weimar gezeigt hatte, Goethes *Erwin und Elmire* (das Schikaneders Truppe 1778 auch in Stuttgart aufführte) und die im italienischen Stil gehaltenen Singspiele des Leipzigers Christian Felix Weiße beim Publikum gut eingeführt. Schillers Text bietet freilich kaum Anknüpfungspunkte für breite Gesangseinlagen, wie es die Gattung verlangt. Lediglich zwischen den beiden Hauptszenen und zur Untermalung von Zeus' Kunststücken vermerken die Regieanweisungen den Einsatz musikalischer Elemente; der Monolog der Juno in der Exposition trägt immerhin Ariencharakter und scheint sich für eine Vertonung anzubieten. Hingegen fehlen Chorpartien ebenso wie effektvolle Massenszenen; auch die pantomimischen Einlagen, die zumal im Gestenspiel des Zeus hervortreten, besitzen keinen üppigen Zuschnitt.[75] Vermutlich war der karge bühnenästhetische Aufwand verantwortlich dafür, daß das Drama zu Lebzeiten des Autors keine Aufführung erfuhr (Streichers Hinweis auf die mechanischen Probleme der *Semele*-Darstellung dürfte angesichts des technischen Standards, den das Stuttgarter Hoftheater bot, in die Irre gehen).[76] Erst im November 1900 wagte das Königliche Schauspielhaus zu Berlin eine Inszenierung, die gute Resonanz fand (NA 5, 246). Daß Schiller seinen Text, wie bisweilen vermutet, als Auftragswerk für den Herzog verfaßt hat, ist auszuschließen, weil in diesem Fall der musikalische Rahmen reicher ausgestaltet worden wäre.

In wesentlichen Punkten hält sich Schiller an die Beschreibung Ovids. Die erste Szene führt vor, wie die eifersüchtige Juno die von Zeus geschwängerte Semele in der Gestalt der Amme Beroe dazu überredet, den Liebhaber aufzufordern, sich ihr, um die Zweifel an seiner Identität zu zerstreuen, ohne Verkleidung zu zeigen, was, wie sie weiß, kein Sterblicher überlebt; das zweite Bild zeigt Zeus' Versuche, Semele vor den verhängnisvollen Folgen ihrer Bitte zu bewahren, sein Scheitern angesichts der vermessenen Neugier der Heldin, schließlich ihre Verurteilung durch den Göttervater. Semeles Vernichtung und die Geburt ihres Sohnes Dionysos, den der Olympier dem Mythos zufolge unter seine Fittiche nimmt, stellt Schiller nicht mehr dar. Wesentlich abgewandelt hat er den Charakter der Titelheldin, die hier nicht williges Werkzeug der rachelüsternen Juno-Hera ist, sondern selbst vom eitlen Wunsch nach Unsterblichkeit beseelt wird. Die Göttermutter kann sie nur deshalb zum Instrument ihrer Intrige machen, weil Semele ewigen Ruhm erträumt: «Ich Glücksel'ge! Vom Olympus neigen | Werden sich die Götter, vor mir niederknien | Sterbliche in demutsvollem Schweigen –» (NA 5, 126). Daß Schillers Heldin nicht willenlos in die Katastrophe taumelt, erkennt man an der Entschiedenheit, mit der sie Zeus' Warnungen vor seiner wahren Erscheinung mißachtet: «Das sind nur leere Schrecken», erklärt sie, «mir bangt | Vor deinem Drohen nicht!» (NA 5, 135) Allein ihr Ehrgeiz, der verhaßten Juno gleichgestellt zu sein, kaum aber der (längst behobene) Zweifel an der wahren Identität des Gottes nötigt sie, von ihm die Verwandlung in seine olympische Gestalt zu verlangen. Deutlich ist hier die Neigung zur Selbstüberschätzung ausgebildet, die auch spätere Dramenhelden des jungen Schiller kennzeichnen wird. Die Liebe zu Zeus erweist sich als Widerschein der Ich-Liebe, die ihre letzte Bestätigung im Akt der Apotheose erfahren möchte, dabei aber scheitern muß.[77] Vor diesem Hintergrund gerät Schillers Semele zum weiblichen Prometheus mit der düsteren Aura des Opfers, das für die Selbstherrlichkeit bestraft wird, in der es seinen Anspruch auf Teilhabe am Glanz der Unsterblichkeit geltend macht. Die Parallele zum Prometheus-Mythos, dessen Bedeutung für die Archäologie moderner Subjektivität Goethes Hymne von 1773 unter Beweis gestellt hatte, tritt am Ende des Dramoletts zutage, wenn Zeus – abweichend von der Überlieferung – ankündigt, er werde seine exzentrische Geliebte «an den schroffsten Felsen Thraziens | Mit diamantnen Ketten» schmieden (NA 5, 136). Spätestens hier ist sichtbar, daß Semeles Schicksal nicht die Folge einer eilfertig ausgesprochenen Bitte, sondern die Strafe für selbstverschuldete Vermessenheit darstellt. Diese Abwandlung findet ihr Pendant in der Umgestaltung des Zeus-Charakters, der keineswegs, wie in den Bearbeitungen des 17. Jahrhunderts, als routinierter Verführer erscheint, vielmehr von empfindsamen Neigungen und menschlichen Liebesbedürfnissen bestimmt ist.[78]

Mag der Text auch durch eine dramaturgisch einfache Grundkonstruktion getragen werden, so hat er doch seinen künstlerischen Reiz. Schiller gelingt es, dem mythischen Stoff eine eigene Handschrift einzuprägen. Die stilistische Diktion ist frei von den Kraftgesten der meisten *Anthologie*-Gedichte, der Rhythmus wirkt flüssig, die Bildersprache trägt keine outrierten Züge, sondern fügt sich, gelöst von gelehrtem Ballast, elegant ins dichte Geflecht des Dialogs ein. Nicht zuletzt aber zeigt sich hier das Talent des Psychologen, der den mythischen Modellfall zum Lehrstück über die Hybris des Menschen werden läßt. Mit der *Semele* hat der junge Schiller sein erstes literarisches Meisterstück vorgelegt, das die anderen Arbeiten der *Anthologie* in den Hintergrund drängt.

4. Bausteine des Weltbildes

Gedankenexperimente.
Philosophische Dialoge für das Wirtembergische Repertorium (1782)

Für das *Wirtembergische Repertorium* verfaßt Schiller zu Beginn des Jahres 1782 den *Spaziergang unter den Linden.* Der kurze Text wird im ersten Heft der Zeitschrift, das am 31. März vorlag, anonym abgedruckt. Er präsentiert einen Disput zwischen dem materialistisch denkenden Skeptiker Wollmar und dem lebensfreudigen Edwin. Wollmar gibt sich als Pessimist zu erkennen, der das Leben für einen Kreislauf der Vergänglichkeit hält: «Auf jeden Punkt im ewigen Universum hat der Tod sein monarchisches Siegel gedrückt.» Weil das «Schicksal der Seele» in «die Materie geschrieben» ist (NA 22, 76 ff.), muß sich die Idee einer unsterblichen Psyche als Fiktion erweisen. Seine düsteren Überzeugungen sucht Wollmar durch Allegorien aus dem Arsenal der abendländischen Tradition zu illustrieren. Wenn er davon spricht, daß «Harlekinsmasken» und «Schellenkappen» (NA 22, 75) das unoriginelle Rollenspiel des Menschen bestimmten, so erinnert das an die barocke Vorstellung des *Theatrum mundi*. Sie verknüpft sich hier mit einer negativen Lebensansicht, die die gesamte Wirklichkeit von der Grundfigur der Wiederholung beherrscht findet. Als Materialist sieht Wollmar im organischen Kreislauf der Natur stets neu das Gesetz des Verfalls gespiegelt. An diesem Punkt der Argumentation schließen Skeptizismus und Metaphysik ein eigentümliches Bündnis. Während Wollmars Hinweis auf die materielle Prägung individueller Erfahrung der Kritik des Unsterblichkeitsgedankens dient, bleibt sein Naturbild von der Vorstellung der Generationenkette bestimmt, die das «unendliche Rund» der Schöpfung als «Grabmal» der «Ahnen» ausweist (NA 22, 75). Es ist auffallend, daß Edwin die Beispiele seines Gesprächspartners nur anders bewerten muß, um seine freundlichere Lebensphilosophie zu veranschaulichen. Ihm erscheint die Natur nicht als Muster ewigen Verfalls, sondern als Medium heiterer Erfahrung im Vorzeichen der ewigen Wiederkehr des Erfreulichen: «Steigt vielleicht der erhabene Pindar in jenem Adler zum blauen Schirmdach des Horizonts, flattert vielleicht in jenem buhlenden Zephir ein Atome Anakreons?» (NA 22, 75)

Auch Wollmars Allegorie der Schiffahrt verdeutlicht, daß die hier vertretenen Positionen eine methodisch vergleichbare Grundlage finden. Das Bild des irrenden Reisenden, der auf dem Ozean des Lebens sein Ziel verpaßt, soll die Krise des aufgeklärten Fortschrittsdenkens verdeutlichen.

Dagegen setzt Edwin die lakonische Wendung: «Ich sage, wenn sie auch die Insel verfehlt, so ist doch die Fahrt nicht verloren.» (NA 22, 78) Beide formulieren damit eine Absage an teleologische Ordnungsmuster, begründen ihre Entscheidung jedoch in unterschiedlicher Weise. Während Wollmar die Möglichkeit einer Entwicklung generell bestreitet, vermutet Edwin, daß die ständige Reflexion über ein fernes Ziel den Menschen um den Weg betrügt, der nicht nur die Aufreihung von Zwischenstationen, sondern selbst Lebensinhalt zu sein scheint. Beiden Positionen gemeinsam bleibt der Zweifel an der Substanz aufgeklärten Fortschrittsglaubens, der das Nervenzentrum der menschlichen Wirklichkeit verfehlt.

Der Schluß des Gesprächs schränkt den Grundsatzcharakter der hier vorgetragenen Überzeugungen ein, indem er sie als Produkte unterschiedlicher Erfahrungen kennzeichnet. Weil Edwin unter der Linde, vor der man steht, erstmals die Freuden des Eros genoß, Wollmar am selben Ort aber seine Geliebte «verloren» (NA 22, 79) hat, gelangen sie zu voneinander abweichenden Lebensansichten. Daß beide zu Beginn des Textes als ‹Freunde› ausgewiesen werden, verdeutlicht den experimentellen Charakter des Disputs. Nicht zu übersehen ist die gemeinsame methodische Grundlage der hier entfalteten Auffassungen. Ebenso wie Edwin zeigt sich auch Wollmar überzeugt von der Analogiebeziehung zwischen Natur und Geist, aus der er lediglich andere Schlüsse als sein Partner ableitet. An die empfindsame Komponente der von ihm vorgetragenen skeptischen Philosophie erinnert sein Name, der auf Jacobis *Woldemar*-Roman (1777) anspielt. Sein Held besitzt die Züge eines Gefühlsmenschen, der in seiner subjektiven Weltsicht zu einem gefährlichen Egoismus neigt. Jacobis Psychogramm des Schwärmers beleuchtet deutlicher noch als Goethes *Werther* die Abgründe des empfindsamen Charakters, dessen Selbstherrlichkeit asoziale Formen annehmen kann. Auf dieses zwielichtige Vorbild, das Schiller kannte, verweist das Porträt Wollmars: letzthin ist er ein enttäuschter Enthusiast, der seine Lebensauffassung nicht aus philosophischen Grundsätzen, sondern aus Erfahrungen der Leidenschaft bezieht.

Ein vergleichbarer Prosadialog – *Der Jüngling und der Greis* – wurde Ende Oktober 1782 im zweiten Heft des *Repertoriums* unter der Verfassersigle «Schstn» veröffentlicht. Die Abkürzung deutet auf Scharffenstein als Autor hin, jedoch darf man vermuten, daß Schiller an der Entstehung maßgeblich beteiligt war. Dafür spricht der Stil des Textes, dessen Mischung aus Lakonismus, Bildhaftigkeit und Ironie deutlich seine Handschrift verrät.[79] Womöglich stammt der Entwurf von Scharffenstein, während Schiller sich auf eine Überarbeitung beschränkt hat. Erneut wird ein Streitgespräch vorgeführt, dessen Rollenverteilung aber weniger eindeutig als im ersten Dialog ausfällt. Die philosophische Einkleidung tritt jetzt völlig hinter die Reflexion unterschiedlicher Lebensgefühle zurück. Der Enthusiast Selim verkörpert die Ungeduld der Jugend, sein Widerpart Almar steht für das moderate Maß gesammelter Alterserfahrung. Ähnlich wie im *Spaziergang* unterstützen psychologische Faktoren den Disput. Von Wollmar übernimmt Selim den radikalen Denkstil und die kompromißlose Streitlust, von Edwin den Optimismus; Almars bürgerlich anmutende Lehre des Ausgleichs der Extreme findet dagegen in keiner der beiden früheren Positionen ein Vorbild. Der Name des Schwärmers Selim verweist auf das Pseudonym, das Schiller sich in Anlehnung an Kleists Verserzählung *Die Freundschaft* (1757) als Eleve im intimen Zirkel zugelegt hatte; er verrät deutlich, welcher Figur seine eigenen Vorlieben gelten.

Gegen Almars philiströse Lehre des kontrollierten Weltgenusses setzt Selim das Gebot, daß der Mensch ein unbedingtes Ziel anpeilen müsse, weil ihn nur die Suche nach dem Absoluten befriedigen könne: «Unaufhaltsames Streben ist das Element der Seele. Beim Worte Genügsamkeit zersplittern die Stufen in der unendlichen Leiter der Wesen.» (NA 22, 80) Die pointierte Schlußwendung, die die epigrammatische Schärfe eines Denkbildes aufweist, verdeutlicht nachdrücklich Schillers Sympathie für die Position des Enthusiasten. «Ich weine», darf Selim erklären, «Elysium zu ahnden und nicht zu finden. Du lächelst noch aus Lust, aber für Lust weinest du nicht mehr.» (NA 22, 81) Am Ende steht damit das Plädoyer für die risikobereite Suche nach dem Vollkommenen, die den erhöhten Einsatz des begeisterten Tatmenschen verlangt. Sein Ziel ist Elysium – das von Schiller gern beschworene antike Sinnbild für die Seligkeit nach dem Tod, die Metapher der absoluten Glückserfahrung unter den Bedingungen der Entgrenzung von Zeit und Raum. Wenn der Gedankentraum des begeisterten Schwärmers sich damit auf einen unerreichbaren Erwartungshorizont bezieht, so muß das Ansätze zur Erfüllung im Diesseits nicht ausschließen. In einem Brief an Ludwig Ferdinand Huber vom 5. Oktober 1785 erläutert Schiller, daß die Bewegungsbahn des idealistischen Denkens selbst schon Momente der gesteigerten Erfahrung bereit halte: «Enthousiasmus ist der kühne kräftige Stoß, der die Kugel in die Luft wirft, aber derjenige hieße ja ein Thor, der von dieser Kugel erwarten wollte, daß sie ewig in dieser Richtung und ewig mit dieser Geschwindigkeit, auslaufen sollte. Die Kugel macht einen Bogen, denn ihre Gewalt bricht sich in der Luft. Aber im süßen Moment der idealischen Entbindung pflegen wir nur die treibende Macht, nicht die Fallkraft, und nicht die widerstehende Materie in Rechnung zu bringen. Ueberblättre diese Allegorie nicht, mein bester, sie ist gewiss mehr, als eine poëtische Beleuchtung, und wenn Du aufmerksam darüber nachgedacht hast, so wirst Du das Schiksal aller menschlichen Plane gleichsam in einem Symbol darinn angedeutet finden. Alle steigen und zielen nach dem Zenith empor, wie die Rakete, aber alle beschreiben diesen Bogen, und fallen rükwärts zu der mütterlichen Erde. Doch auch dieser Bogen ist ja so schön!!» (NA 24, 26) Selbst wenn der Schwärmer dauerhaft von seinem Ziel geschieden bleibt, belohnt ihn zumindest die glückhafte Erfahrung einer in sich wechselvollen Gedankenbewegung für die Bereitschaft zum riskanten intellektuellen Einsatz. Im Licht von Schillers Briefäußerung wäre Selims Suche nach dem Absoluten als Symptom einer besonderen Reflexionskultur zu verstehen. Elysium ist hier kein ‹säkularisiertes Paradies› innerhalb einer konkreten Vision,[80] sondern die Chiffre für ein Transzendenzbewußtsein ohne religiösen Inhalt. Indem das Denken sich auf ein entrücktes Ziel richtet, vollzieht es einen Akt der Entgrenzung, der seine enthusiastische Bewegungsform in eigentümlicher Weise kennzeichnet.

Das Problempensum, dem Schillers philosophische Prosa folgt, ist durch klassische Themenfelder der Aufklärung vorgegeben. Im Mittelpunkt steht die Reflexion über die vernünftige Ordnung von Natur, Geschichte und Gesellschaft, die notwendig die Frage nach dem Verhältnis von Sinnlichkeit und Moralität im Menschen berührt. Die Auseinandersetzung mit diesen Gegenständen läßt sich jedoch nicht mehr durch den Rückgriff auf die gestanzten Programmformeln lösen, die durch die Leibniz-Wolffsche Schulphilosophie in Deutschland seit dem ersten Drittel des 18. Jahrhunderts handelsüblich geworden waren. Wie mißtrauisch Schiller den christlich geprägten Optimismus der Frühaufklärung betrachtet, bestätigt sein *Anthologie*-Gedicht *Die Pest*. Mit satirischer Schärfe geißelt es die Überzeugungen des Leibnizianismus, der noch das Übel als Element des Schöpferwillens begreift. Der Schluß des Textes schränkt diese Kritik freilich wieder ein, indem er, angelehnt an Positionen der aufgeklärten Vollkommenheitslehre (etwa Shaftesburys und Mendelssohns), die Möglichkeit einer von höheren Prinzipien gesteuerten Naturordnung offenhält: «Schröklich preiset Gott die Pest.» (NA 1, 116, v. 18) Solche Schwankungen verraten, daß Schiller am Beginn der 80er Jahre nur gebrochene Lösungen für einen Ausweg aus der Theodizee-Krise parat hat. Der experimentelle Grundzug seiner philosophischen Prosa verbirgt eine auffällige Unsicherheit der weltanschaulichen Orientierung. Zwischen Optimismus und Skepsis führt für Schiller einstweilen kein gerader Weg zum Ziel der Vervollkommnung des Menschen.

Metaphysik der Liebe. Die spekulativen Entwürfe der Theosophie (1780–1786)

Bereits während des letzten Karlsschulabschnitts, zur Zeit der Arbeit an der dritten Dissertation, entstand ein Manuskript, das Schiller bis zur Mitte der 80er Jahre immer wieder revidiert hat. Erstmals veröffentlicht wird es Ende April 1786 im Rahmen eines Romanfragments, das den Titel *Philosophische Briefe* trägt. Innerhalb dieses Bruchstücks bildet der besagte Text, der unter dem Stichwort *Theosophie des Julius* firmiert, zweifellos einen intellektuellen Mittelpunkt von befremdender Anziehungskraft. Er erörtert skizzenhaft ein universelles philosophisches System, dessen leitende Themen durch die Überschriften der fünf Teilabschnitte umrissen werden: «Die Welt und das denkende Wesen», «Idee», «Liebe», «Aufopferung», «Gott». Das hier bezeichnete Programm greift Gedankenmotive der zweiten Karlsschulrede auf und verknüpft sie mit einer Philosophie der Liebe, die bereits im Gedicht *Die Freundschaft* umspielt wurde. Im Rahmen der *Briefe* taucht der Text nochmals an hervorgehobener Stelle auf; umgekehrt trägt die *Anthologie*-Ausgabe den Untertitel «aus den Briefen Julius an Raphael; einem noch ungedruckten Roman», was daran erinnert, daß der Umriß des Erzählfragments schon zu Beginn der 80er Jahre festlag. In einem Schreiben an den Meininger Bibliothekar Reinwald übernimmt Schiller Mitte April 1783 offenkundig Denkmotive der *Theosophie*, wenn er das Verhältnis des Autors zu seinen Figuren durch den Hinweis auf die Macht der Sympathie zu erklären sucht (NA 23, 80).

Die *Theosophie* darf als authentisches Zeugnis für den Denkstil des jungen Schiller gelten. Daß sie 1786 in den *Briefen* bereits kritisch kommentiert wird, schränkt ihre Bedeutung keineswegs ein. Der Anspruch der Skizze ist vermessen: auf wenigen Seiten soll hier ein universell gültiges System beschrieben werden, dessen tragende Säule die Lehre von der Liebe als «Widerschein» der «einzigen Urkraft» bildet (NA 20, 119 f.). Gestützt findet sie sich durch die optimistische Metaphysik leibnizscher Prägung, die freilich eine spekulative Überhöhung erfährt. Mit dem Anspruch, die Vollkommenheit der von Gott geschaffenen Natur zu erweisen, greift der Text Positionen auf, wie sie in Johann Joachim Spaldings *Bestimmung des Menschen* (1748) und Moses Mendelssohns *Phädon* (1767) näher bezeichnet worden waren.[81] Von diesen Schriften, deren Gedankenhaushalt Schiller durch Abels Prüfungsthesen kennengelernt haben dürfte, übernimmt die *Theosophie* die Überzeugung, daß die göttlich gelenkte Natur dem Menschen die Möglichkeit zur Glückseligkeit und moralischen Perfektibilisierung verschaffe. Umreißt die Vollkommenheitslehre in der Leibniz-Tradition den Wertehimmel der Studie, so die an Obereit und Oetinger geschulte Liebesphilosophie das methodische Fundament. Ihr Ziel bleibt es, den aufgeklärten Optimismus gegen den «Angriff des Materialismus» (NA 20, 115) in Schutz zu nehmen. Die Grundlage bildet dabei die Vorstellung, daß Gott im Akt der Schöpfung sich selbst als liebendes Wesen erkannt und in der Erzeugung sympathiefähiger Wesen ausgedrückt habe. Der Mensch wiederum vermag der *Theosophie* zufolge, indem er die ihm geschenkte Kraft der Zuneigung kultiviert, die höchste Stufe seiner moralischen Vollkommenheit zu erlangen. Auf Helvétius' *De l'homme* (1773) und dessen Lehre des sozialen Eigennutzes antwortet Schiller mit dem Gebot der Menschenliebe als Bedingung gesellschaftlicher Toleranz; an den Platz des materialistischen Atheismus tritt eine hermetisch eingefärbte Naturlehre, die Moralphilosophie, Anthropologie und Metaphysik zu verbinden sucht.

Der spekulative Zuschnitt der *Theosophie* zeigt sich vor allem dort, wo sie eine durchgreifende Analogie zwischen Erfahrung und Geisteswelt behauptet: «Jeder Zustand der menschlichen Seele hat irgend eine Parabel in der physischen Schöpfung, wodurch er bezeichnet wird, und nicht allein Künstler und Dichter, auch selbst die abstraktesten Denker haben aus diesem reichen Magazine geschöpft.» (NA 20, 116) Sämtliche Elemente der Natur besitzen den Charakter von Zeichen, die auf einen schaffenden Gott und damit zugleich auf den Menschen verweisen, der ihm nacheifern möchte: «Die große Zusammensezung, die wir Welt nennen, bleibt mir jezo nur merkwürdig, weil sie vorhanden ist, mir die mannigfaltigen Aeußerungen jenes Wesens symbolisch zu bezeichnen. Alles in mir und außer mir ist nur Hieroglyphe einer Kraft die mir ähnlich ist. Die Geseze der Natur sind die Chiffern, welche das denkende Wesen zusammen fügt, sich dem denkenden Wesen verständlich zu machen – das Alphabet, vermittelst dessen alle Geister mit dem vollkommensten Geist und mit sich selbst unterhandeln.» Unter dem Blickwinkel der *Theosophie* verwandeln sich mechanische Naturprinzipien, wie sie die moderne Wissenschaft nach kausalen Gesichtspunkten erschließt, in ‹Symbole› mit immaterieller Bedeutung, die es gestatten, «die Seele des Künstlers in seinem Apollo», den Schöpfer im Werk zu erkennen (NA 20, 115 f.).[82] Die Elemente des Mikro- und Makrokosmos tragen neben ihrem konkreten stets auch einen geistigen Sinn, der für Schiller das markante Merkmal ihrer Vollkommenheit bildet. Es macht die besondere Brisanz der Schrift aus, daß sie der modernen Kritik der aufgeklärten Metaphysik, wie sie zumal vom Materialismus vorgebracht wird, eine Philosophie des Optimismus entgegensetzt, die Auffassungen der Leibniz-Wolffschen Schulphilosophie im Rahmen eines spekulativen Begründungsgefüges wiederholt. Unter dessen Einfluß werden die Naturerscheinungen als Zeichen für das menschliche Vermögen zur Vervollkommnung, ihre internen Verbindungen als Ausdruck der Anziehung gedeutet, die auch zwischen den Individuen wirksam ist; beide Bereiche hält Schiller für Spiegel einer göttlichen Schöpfungsmacht, die ihm die Möglichkeit innerweltlicher Glückserfahrung verbürgt.[83]

Pope, Ferguson und Obereit liefern, ähnlich wie im Fall der zweiten Karlsschulrede und der *Freundschaft*, die Vorbilder für die Liebeslehre der *Theosophie*.[84] Daneben greift der Text auf ein altes Denkmuster zurück, das, seit Platons *Symposion* vertraut, im 18. Jahrhundert eine überraschende Wiedergeburt erlebt. Es handelt sich um Vorstellungsinhalte der ‹Vereinigungsphilosophie›, die das Wesen der Liebe zum Medium einer Erneuerung der ursprünglichen Identität der Geschlechter verklärt. Bereits die italienische Renaissance zeigte sich fasziniert durch die platonische Auffassung des Eros als Stifter der Einheit von Mann und Frau. Marsilio Ficino legte 1531 die erste lateinische Übersetzung des griechischen *Symposion* Dialogs vor und erweiterte den Text um einen ausführlichen Kommentar, der unter dem Titel *De amore* die Hauptzüge der platonischen Liebesauffassung vertiefend erläuterte. Zu den gründlichsten Lesern von Ficinos Versuch gehören im zweiten Drittel des 18. Jahrhunderts der Niederländer Frans Hemsterhuis und, ihm folgend, Johann Gottfried Herder. 1770 veröffentlicht Hemsterhuis seinen *Lettre sur le désire*, den Herder 1781 unter dem Titel *Über das Verlangen* ins Deutsche übersetzt und durch einen eigenen Essay zum Thema *Liebe und Selbstheit* ergänzt. Ob Schiller die Schrift von Hemsterhuis kannte, die später Hölderlins *Hyperion*-Roman ebenso entscheidend anregte wie die Naturphilosophie Schellings, läßt sich kaum verbindlich klären. Herders Abhandlung, die zuerst im November 1781 in Wielands *Teutschem Merkur* erschien, hat er aber mit Sicherheit gelesen: als er dem Verfasser während des Sommers 1787 in Weimar persönlich begegnet, nutzt er die Gelegenheit, auf die «Berührungspunkte» hinzuweisen, die den Text mit seinem eigenen *Theosophie*-Entwurf verbinden (NA 24, 125). Bedeutsam ist Herders Schrift, weil sie an einer wichtigen Position eine Veränderung der ursprünglichen platonischen Eros-Konzeption vornimmt. Noch Hemsterhuis hatte in der Verschmelzung der Geschlechter im Liebesakt die Vorstellung von der erneuerten Einheit des Menschen idealiter verwirklicht gefunden. Herder nun argumentiert vorsichtiger und erklärt entschieden, daß nicht Eros, sondern ‹Freundschaft› das Medium der Vereinigung bilden müsse. Zielpunkt bleibt auch für ihn die Überwindung der Isolation und Einseitigkeit des Subjekts durch die Annäherung an ein fremdes Wesen. Dieser Akt darf jedoch nach Herders Ansicht nicht zum Verlust des Bewußtseins im Zustand erotischer Ekstase führen. Eine solche Aufhebung, die die Auslöschung der Identität in der lustvollen Verbindung der Körper herbeiführt, widerspricht gerade der vereinigungsphilosophischen Überzeugung, daß Identitätsfindung und Erfahrung des Anderen durch die Liebe gleichermaßen gewährt werden können. Diese Balance ist Herder zufolge nur herzustellen, wenn sich der Prozeß der Annäherung der Wesen ohne extreme Leidenschaft vollzieht. Nicht erotischer Rausch, sondern freundschaftliche Begegnung bildet das geeignete Medium der Vereinigung. «Um zu geben», so erläutert die Schrift, «müßen immer Gegenstände seyn, die da nehmen; um zu thun, andre, für die man thue; Freundschaft und Liebe sind nie möglich, als zwischen gegenseitigen freien (...) Geschöpfen.»[85] An das Gefühlsvermögen des Menschen knüpft Herder die Hoffnung auf seine Entwicklungsfähigkeit; wie Schiller sieht er ihn einzig in der Rolle des Liebenden «von Stuffe zu Stuffe»[86] zur Vollkommenheit schreiten. Derartige Ansichten setzt die *Theosophie* unverändert um, wenn sie die Bereitschaft zur ‹Aufopferung› als wesentliches Element ihrer Philosophie der Zuneigung und praktisch-moralisches Pendant der Liebesmetaphysik ausweist. Erst Herders Essay erlaubt es Schiller, die antimaterialistische Linie seiner Überlegungen, die sich gegen Helvétius' Rechtfertigung des sozialen Egoismus richtet, vertieft auszuführen.

Daß die naturphilosophische Begründung des Freundschaftsgefühls, wie sie die *Theosophie* bietet, der Spätaufklärung durchaus vertraut ist, beweist ein Aufsatz des Göttinger Popularphilosophen Johann Georg Feder, der 1776 im *Deutschen Museum* erscheint. Er hebt die Analogie zwischen Schwerkraft und emotionaler Zuneigung hervor, auf die auch Schiller immer wieder hinweist. Erinnert wird dabei an die Übertragung von akustischen Reizen durch Wellenbewegung, ein Beispiel, das bereits die erste Dissertation in anderem Zusammenhang herangezogen hatte: «Fast scheint es, daß eben so mechanisch fremde Empfindungen in uns übergehen, als eine tönende Saite gleiche Schwingungen in gleichartigen Saiten hervorbringt.»[87] Grundlegend für solche Spekulationen bleibt das metaphysisch geprägte Denken in Ähnlichkeiten, das im vorkantischen Zeitalter nochmals eine Brücke zu den Wissensordnungen des 17. Jahrhunderts schlägt.[88] Unter seinem Einfluß ist es möglich, Naturprozesse als Spiegel immaterieller Kräfte zu betrachten; die Allianz von moderner Physik und hermetischen Lehren, wie sie auch die *Theosophie* bestimmt, liefert das charakteristische Beispiel für die Magie solcher Deutungsmuster. Die Erbschaft der traditionellen Metaphysik wirkt sich nicht zuletzt in Schillers frühen lyrischen Arbeiten aus, deren Vexierspiele mit Bildern, Masken und

Rollen von der Auffassung getragen scheinen, daß die äußeren Erscheinungen nur ‹Symbole› und ‹Chiffren› geistiger Mächte vorstellen.[89] Die Triebkraft seiner literarischen Gedankenarbeit bleibt das Denken in Analogien, an dem auch die Gesprächsexperimente der philosophischen Prosa festhalten; ihr Schwungrad aber ist die Begeisterung als Grundfigur einer Selbstinszenierung im Zeichen des *furor poeticus*. Wer dessen angespannte Intellektualität übersieht, verkennt das hier wirksame Künstlertemperament.

Enthusiasmus und Skepsis. Weltanschauungen in der Lyrik der mittleren 80er Jahre

Der optimistische Charakter der Jugendphilosophie läßt sich als Element einer spielerisch ausgefüllten Reflexionskultur ohne strenge Ordnung begreifen. Ihren Nährboden bildet das Vergnügen an Denkversuchen im Grenzbereich zwischen Spekulation und Beweisanspruch. Die Vorliebe für intellektuelle Experimente äußert sich auch in den Gedichten *Resignation* und *Freigeisterei der Leidenschaft*, die vermutlich Ende 1784 in Mannheim entstanden. Sie gilt gleichfalls für die im Spätsommer 1785 in Gohlis bei Leipzig verfaßte Ode *An die Freude*, die gern als authentisches Zeugnis einer heiteren Lebensauffassung mißverstanden wird. Man hat die drei Arbeiten nur selten unter einheitlichen Gesichtspunkten betrachtet, obgleich dieses geboten ist, will man ihren spekulativen Grundzug hinreichend erschließen. Einen gemeinsamen Nenner erzeugt der Rückgriff auf die Liebesphilosophie, die hier noch einmal, jetzt kritisch, reflektiert wird. Schiller selbst hat die Zusammengehörigkeit der Texte dadurch betont, daß er sie Mitte Februar 1786 geschlossen im zweiten Heft der *Thalia* als eine Trilogie der lyrischen Denkversuche veröffentlichte.

Freigeisterei der Leidenschaft verhandelt den Konflikt zwischen Affekt und Selbstdisziplinierung. Der Text beginnt mit der kunstvoll programmierten Aussprache eines lyrischen Ich, das, in unerfüllter Liebe zu einer verheirateten Frau entbrannt, die Gültigkeit moralischer Gesetze ebenso in Zweifel zieht wie deren christliche Rechtfertigung. Das zwischen emotionalem Pathos und Reflexion schwankende Gedicht beschreibt das «elektrisch» geladene «Feuer» (NA 1, 163, v. 17) erotischer Zuneigung, das nur auf Kosten eines Ehebruchs bezwungen werden kann. Das Versprechen der Entsagung, in dem das Ich zunächst Beruhigung suchte, verliert seine Verbindlichkeit, weil es den Sinn des Lebens – «Wonnetrunkenheit» und Glück (v. 23) – zu verfehlen droht. Mit trotzigem Gestus attackiert der Text eine christliche Moraltheologie, die die natürlichen Triebe des Menschen unterdrückt. Ein Gott, der dem Menschen das erotische Verlangen eingab, darf, so heißt es, nicht zugleich dessen Befriedigung verbieten: «Besticht man dich mit blutendem Entsagen? | Durch eine Hölle nur | Kannst du zu deinem Himmel eine Brüke schlagen? | Nur auf der Folter merkt dich die Natur?» (v. 81 ff.) Der Schöpfer als Nero, der sich mit «Tränen» (v. 80) huldigen läßt, bezeichnet das Gegenbild zum Gott der Liebe, wie ihn die *Theosophie* vorführte. Kaum zufällig findet er sich durch die Metaphorik des Warenverkehrs und Tausches charakterisiert. Sie rückt ihn in die Rolle des rechnenden Kaufmanns, der vom Menschen als Preis für sein Werk Verzicht verlangt. Der Schluß des Textes eröffnet die aus theologischer Sicht skandalöse Alternative zwischen dem Schöpfer als geizigem Buchhalter, der dem Menschen den Genuß verbietet, und der Rechtfertigung erotischer Libertinage aus dem Geist einer Liebesauffassung, die in Gegensatz zur kirchlichen Moral treten muß. Weder der latente Atheismus der ersten noch die freigeistige Tendenz der zweiten Lösung ließen sich mit christlichen Normen in Einklang bringen. Gerade die spielerische Offenheit, mit der Schillers Gedicht das theologisch heikle Thema darstellte, mußte herausfordernd auf ein traditionell denkendes Lesepublikum wirken.

Anders als in Großbritannien, wo der Deismus seit dem Ende des 17. Jahrhunderts im Anschluß an Cherburys *Naturalis theologia* starke Resonanz erfuhr, bestand im aufgeklärten Deutschland eine ausgeprägte Reserve gegenüber freidenkerischen Überzeugungen. Eine Schrift wie Anthony Collins' *Discourse of Free-Thinking* (1713), die mit ihrem Angriff auf den theologischen Dogmatismus einer historisch-kritischen Bibelexegese den Boden bereitete, konnte hier auf keine breitere Zustimmung stoßen. Noch die Debatte zwischen Lessing und Goeze (1774–1778), die dem Gehalt des – von deistischer Seite in Frage gestellten – Offenbarungswissens galt, brachte die Unduldsamkeit, mit der kirchliche Kreise den provozierenden Ansichten der Freidenker begegneten, überdeutlich zutage. Schiller ahnte daher, daß er mit seinem Gedicht die engen Grenzen der theologischen Toleranz überschritt. In einem Brief vom 18. Dezember 1785 rät er Göschen mit Rücksicht auf die in Leipzig sehr strenge Überwachungspraxis, die *Thalia* im liberaleren Dessau drucken zu lassen. Zu diesem Zeitpunkt hatte der Verleger jedoch die für das zweite Heft des Journals vorgesehenen Texte bereits dem Leipziger Zensor Friedrich August Wilhelm Wenck zugeleitet. Dieser genehmigte die Veröffentlichung unter der Bedingung, daß der Verfasser dem Abdruck von *Freigeisterei* und *Resignation* einen kurzen Text hinzufügte, dem zu entnehmen war, daß es sich um Beiträge ohne religionskritische Absicht handelte. Der knappe Kommentar, den Schiller am 23. Dezember an Göschen schickte, betont in diesem Sinne unter Bezug auf Milton und Klopstock den literarischen Charakter seiner Darstellung atheistischer Gesinnungen: in ihr bekunde sich «eine Aufwallung der Leidenschaft», kein «philosophisches Sistem» oder ein durch persönliche Erfahrung angereichertes «Glaubensbekenntniß» (NA 1, 163). Das ist mehr als nur eine taktisch klug formulierte Notiz. Die Anmerkung verdeutlicht den experimentellen Ansatz der beiden *Thalia*-Gedichte, nicht zuletzt ihren Rollenspielcharakter jenseits autobiographischer Bezüge. Frühere Kommentatoren haben solche Hinweise gern ignoriert und Schillers Verse als Spiegel seiner spannungsvollen Beziehung zu Charlotte von Kalb mißverstanden, über die im Zusammenhang der Mannheimer Lebensperiode näher zu sprechen ist.[90]

Das ebenfalls Ende 1784 verfaßte Gedicht *Resignation* erörtert den Gegensatz zwischen Weltimmanenz und Metaphysik auf höherem Niveau; es übernimmt zugleich Fragestellungen, die schon für die Prosadialoge des *Repertoriums* höchste Bedeutung gewinnen. Seine Botschaft ist illusionslos: das nach dem Tod auf der «Schauerbrüke» (NA 1, 166, v. 11) zum Jenseits stehende Subjekt des Textes muß am Ende durch eine Geniusgestalt erfahren, daß die Hoffnung auf eine im Paradies erfolgende Belohnung seines weltlichen Verzichts trügerisch war. Nach dem Muster eines Gerichtsdisputs beleuchtet der Dialog der Mittelstrophen zunächst den Konflikt zwischen Religion und aufgeklärtem Weltgenuß, dem das Ich zu Lebzeiten ausgesetzt blieb. Das Versprechen des Glaubens, «‹in einem andern Leben›» (v. 31) für Lasten und Bedrückungen aufzukommen, weist der Chor der Welt höhnisch als Betrugsmanöver zurück, mit dessen Hilfe der Mensch durch den «Balsamgeist» der Erwartung (v. 68) – Marx spricht später vom ‹Opium für das Volk› – von seinen momentanen Bedürfnissen und der ihn beherrschenden sozialen Misere abgelenkt werden soll. Im Streit der Positionen hat sich das Ich gleichwohl für das Entsagungsgebot des Glaubens entschieden, weil es hofft, im Jenseits durch eine metaphysische Gerechtigkeit reich entschädigt und belohnt zu werden. Seine Entscheidung, «fest» auf «den Götterschwur» zu vertrauen (v. 80), entspricht dem Titelbegriff der Resignation, der einen im 18. Jahrhundert noch vertrauten theologischen Sinn bezeichnet, nämlich die freiwillige Auslieferung («resignatio») des Menschen an Wille und Fügungen Gottes.[91] Vor dem «Richtertron» der Ewigkeit muß das Ich jedoch durch einen Genius erfahren, daß «Hofnung» und «Genuß» die einander ausschließenden Optionen des Lebens darstellten: wer verzichtet, darf eine Entschädigung im Paradies erhoffen, wer sich der Befriedigung seiner Wünsche hingibt, gehorcht dem Diktat des Augenblicks, ohne des Glücks der Erwartung teilhaftig zu werden (v. 86ff.). Für beide Varianten gilt, daß sie keinen Bezug auf metaphysische Lösungen unterhalten; selbst die Hoffnung lebt nicht aus der Substanz einer jenseitigen Erfüllung, sondern nur aus deren Möglichkeit. «Die Weltgeschichte», so lautet die berühmte Formel des Genius, «ist das Weltgericht.» (v. 95)

Die Kritik der christlichen Metaphysik, die hier anklingt, schließt die Forderung ein, daß das Individuum seine Kräfte auf das Moment der diesseitigen Erfahrung konzentrieren müsse. Glaube oder Genuß gelten dabei als gleichberechtigte Mittel, dieser Erfahrung ein festes Ziel zu geben. Daß sie unterschiedliche Lösungsmöglichkeiten im Spannungsfeld zwischen religiösem und epikureisch-materialistischem Lebensentwurf vertreten, spielt für die Gedankenarbeit des Gedichts keine Rolle.[92] Entscheidend ist der innerweltliche Charakter ihres Geltungshorizonts, der sie von den Verheißungen der Metaphysik, wie sie noch die *Theosophie* beleuchtet hatte, bereits maßgeblich abrückt. Die Formel vom Weltgericht bezeichnet keine übersinnliche Kraft, sondern eine säkularisierte Instanz, vor der sich der Einzelne wahlweise durch Glaubens- oder Genußfähigkeit auszuweisen hat. Hegels *Grundlinien der Philosophie des Rechts* (1821) haben dieses Programm später in einen geschichtstheologischen Zusammenhang übersetzt, dem es bei Schiller ausdrücklich entzogen bleibt. Für Hegel bildet die Welthistorie als gleichsam metaphysisches Organ des Weltgeists eine richtende Macht, welche die sich vereinzelnden Völker und Individuen mit fortschreitender Zeit zur Einheit in der Vielfalt führen wird.[93] Schillers Geniusfigur hingegen bringt durch den Hinweis auf das diesseitige Gericht die Möglichkeit der menschlichen Selbstbestimmung außerhalb solcher spirituellen Ordnungsmuster zur Geltung. Der Abstand zu einer theologischen Geschichtssicht könnte an diesem Punkt kaum größer sein.

Wesentliche Anregungen dürfte Schillers Gedicht durch David Humes *The Natural History of Religion* (1757) empfangen haben. Die rasch als atheistisch verketzerte Schrift liefert in großen Zügen einen Abriß der Religionsgeschichte seit der Antike, der Glaubensinhalte als Produkte der menschlichen Einbildungskraft und der sie tragenden Leidenschaften kennzeichnet.[94] Humes psychologische Analyse religiöser Gesinnungen, die den heftigen Widerstand der Kirchen hervorrief, könnte zumindest auf indirektem Wege Spuren bei Schiller hinterlassen haben. Bereits seit 1759 lag der Text in einer deutschen Übersetzung aus der Feder von Friedrich Gabriel Resewitz vor. Als Vermittler kommt wiederum Abel in Frage, dessen religionsgeschichtliche Prüfungsthesen des Jahres 1780 (*Philosophische Sätze über die Religionen des Alterthums*) deutlich von Gedanken Humes beeinflußt scheinen, ohne jedoch deren dogmenkritische Tendenz zu übernehmen.[95] Auch Abel räumt ein, daß die Inhalte des Glaubens «vor

Aufklärung der Vernunft»[96] ausgebildet seien, verbindet damit jedoch keine Zweifel an ihrer Evidenz, sondern schreibt ihnen lediglich einen anders beschaffenen Wahrheitscharakter zu, der jenseits genauer Nachprüfbarkeit liege. Es steht zu vermuten, daß Schiller durch Abels Unterricht mit den Kernthesen Humes bekannt wurde. Sein Gedicht lebt unübersehbar aus der Substanz einer Religionspsychologie, die den Glauben als Produkt der Einbildung und Werk wirklichkeitsblinder Affekte entlarven möchte. Durch sein Votum für die diesseitige Erprobung des menschlichen Lebensentwurfs führt es den Weg der skeptischen Auseinandersetzung mit der christlichen Metaphysik fort, den bereits die philosophische Prosa für das *Repertorium* eingeschlagen hatten. Bei der Lektüre von Kants Schrift *Die Religion innerhalb der Grenzen der bloßen Vernunft* (1793) wird Schiller acht Jahre später Argumente seines Gedichts bekräftigt finden. Trotz kritischer Vorbehalte gegen Kants Versuch, das schwierige Verhältnis zwischen Glaubenswahrheit und Vernunfterkenntnis zu entspannen, stimmt er, wie er am 28. Februar 1793 Körner gegenüber betont, im Grundsatz den Auffassungen der Studie zu. Uneingeschränkt bestätigt fühlt er sich fraglos durch ihre Vorbehalte gegenüber einer christlichen Morallehre, die auf dem Gedanken der Belohnung für irdisches Leid im Jenseits beruht. Zumal Kants Auffassung der Erlösung «als philosophische Mythe» (NA 26, 220) entspricht dem im Gedicht formulierten Verdacht, daß die Frömmigkeit des Menschen häufig durch eine fragwürdige Metaphysik der Entschädigung begründet werde. Die Unterscheidung zwischen freiwilliger moralischer Selbstverpflichtung und letzthin egoistischer Gnadenerwartung, die die Abhandlung in ihrem Schlußteil vornimmt, spiegelt sehr genau die Sichtweise in *Resignation* wider.[97]

In einem unter dem Einfluß der Kantschen Schrift verfaßten Kommentar zu einer unveröffentlichten Verteidigung von *Resignation*, die vom Stuttgarter Bankier und Kunstmäzen Gottlieb Heinrich Rapp stammte, betont Schiller im Frühjahr 1794 nachdrücklich, daß seine Kritik zumal der zweifelhaften Tauschlogik des christlichen Erlösungsgedankens gegolten habe. Auf die Würdigung Rapps, die er zufällig bei der Teilnahme an einer geselligen Gesprächsrunde in dessen Haus zu Gesicht bekam, antwortet er pointiert, sein Gedicht greife eine «Religionstugend» an, die nicht, wie es geboten sei, «unbedingt», sondern «kontraktmäßig» gelte, weil der Gläubige «mit dem Weltschöpfer einen Akkord» geschlossen habe, der ihm die paradiesische Belohnung für sein irdisches Wohlverhalten in Aussicht stelle (NA 22, 178).[98] Die Figur des Tauschs bestimmte schon die Kritik der christlichen Moral, die in *Freigeisterei* vorgetragen wurde. Schillers Kommentar vermerkt sehr deutlich, daß das religiöse Ordnungsgefüge selbst

Formen des Mißbrauchs ermögliche, die nicht nur Zeichen individueller Verfehlung, sondern zugleich Indizien für die problematischen Züge der christlichen Metaphysik darstellen. Handfester formuliert solche Vorbehalte ein Epigramm aus dem ersten *Horen*-Jahrgang (1795): «Zeigt sich der Glückliche mir, ich vergesse die Götter des Himmels, | Aber sie stehn vor mir, wenn ich den Leidenden seh.» (NA 1, 269)

Die Ode *An die Freude* bietet scheinbar ein Gegenstück zu den beiden Mannheimer Gedichten, insofern sie eine Einheit zwischen menschlicher Erfahrung und göttlichem Willen annimmt, die durch die Möglichkeit der Glücksoffenbarung verbürgt wird. Mit den früheren Texten teilt sie jedoch die Überzeugung, daß die Verheißungen von Grenzerlebnissen schon im Rahmen der weltlichen Ordnung zugänglich sein müssen, sollen sie nicht einer abstrakten Metaphysik zum Opfer fallen. Ähnlich wie in *Resignation* vertritt Schiller hier die Ansicht, der absolute Sinn, den der Gläubige im Jenseits erwartet, gewinne allein im Akt des Genusses eine greifbare Gestalt. Das Votum für die konkrete Auseinandersetzung mit den innerweltlichen Spielräumen des Menschen läßt auch das Lied über die Freude in spürbaren Abstand zu den metaphysischen Höhenflügen der *Theosophie* treten. Daß der Text im Spätsommer 1785 unter dem Einfluß der beglükkenden Begegnung mit dem späteren Lebensfreund Körner entstand, macht die Wahl des Themas begreiflich, erklärt aber noch nicht das theoretische Interesse des Autors.[99] Es wird erst dann sichtbar, wenn man das Lied als Schlußteil einer lyrischen Trilogie über das Verhältnis von Erfahrung und Transzendenz betrachtet.

Die Ode führt, gestützt von einem ‹Chor›, das Leitmotiv des Enthusiasmus durch verschiedene Stationen und thematische Aspekte. Ihr Muster ist Friedrich von Hagedorns 1747 veröffentlichtes Lied *An die Freude*, das rasch für Furore beim zeitgenössischen Lesepublikum gesorgt hatte. Klopstocks drei Jahre später verfaßte Ode *Der Zürchersee* reflektiert diese Wirkungsgeschichte, wenn sie die «Göttin Freude» beschwört, die bewirkt, daß die Mitglieder der hier beschriebenen Bootspartie «empfanden wie Hagedorn».[100] Lyrische Darstellungen des Themas, die den Stil des Vorbilds nachahmten, legten später auch Johann Peter Uz und der als Autor der *Preußischen Kriegslieder* (1758) berühmtgewordene Johann Wilhelm Ludwig Gleim vor. Von Hagedorn übernimmt Schiller den eingängigen trochäischen Rhythmus, von Uz das Rosenmotiv,[101] das das Wesen der Sympathie umspielen soll; über die aufklärerische Perspektive, welche die Freude als ‹Aufheiterung› der Vernunft begreift, geht seine Ode freilich hinaus.[102] Ähnlich wie in Klopstocks *Zürchersee* wird das seit Platon vertraute Vermögen des Enthusiasmus, das im Leitbegriff des Titels aufgehoben ist, zum Medium universeller Erfahrungen erklärt. Während sich jedoch Klopstock auf die Darstellung gesteigerten Natur- und Freundschaftsgenusses beschränkt, schließt Schillers Darstellung eine soziale Komponente ein. Im Zeichen der Freude werden die durch gesellschaftliche Konventionen festgeschriebenen Standesgrenzen aufgehoben («Deine Zauber binden wieder, | was der Mode Schwerd getheilt» [NA 1, 169, v. 5 f.]), Auswüchse der Fürstenwillkür in Schranken gehalten (der «Männerstolz vor Königstronen» [v. 89] mag bereits auf den Marquis Posa der berühmten Audienzszene verweisen) und Formen der Unrechtsjustiz durch das Programm der Versöhnung überwunden («Rettung von Tirannenketten, | Großmut auch dem Bösewicht» [v. 97 f.]). Vier Jahre vor der französischen Staatsumwälzung skizziert Schillers Ode ein politisch vage bleibendes Hoffnungsbild der sozialen Gleichheit, das getragen wird vom eudämonistischen Vertrauen in die Schranken überwindende Kraft der menschlichen Begeisterung.

Charakteristisch wirkt die schwankende Perspektive, aus der das Leitmotiv der Ode beschrieben wird (Jean Paul hat sie ausdrücklich als Zeichen mangelhafter künstlerischer Geschlossenheit kritisiert).[103] Im Verlauf des Gedichts erscheint die Freude als ‹Götterfunken› (v. 1), Elysiumstochter (v. 2), lebensspendendes Getränk (v. 25), Rosenspur (v. 28), Feder im Laufwerk der Natur (v. 37 f.), Feuerspiegel (v. 49), Traube und Wein (v. 73 ff.). Das heftige Changieren der Vergleiche verrät, daß Schiller kein geschlossenes Bildfeld vorführen möchte. Vielmehr soll die Variationsbreite der Sinnbezüge die Vielfalt des lyrisch besungenen Phänomens beschwören. Dazu paßt, daß, ganz in der Manier der Jugendgedichte, christliche und antike Glaubenswelt ineinanderspielen. Während der liebende «Vater», der «überm Sternenzelt» wohnt (v. 11 f.), die Züge des neutestamentarischen Gottes der Gnade trägt, bleibt die Freude als «Tochter aus Elisium» (v. 2) zunächst dem griechischen Mythos zugeordnet; der gesellige Umtrunk, der zu ihren Ehren veranstaltet wird, verweist auf ein dionysisches Weinfest paganer Prägung, zugleich aber auf den Ritus des Abendmahls, das «in der Traube goldnem Blut» (v. 74) das Leiden Christi symbolisch vergegenwärtigt. Die Überblendung von antiken und christlichen Kulturmustern, die bei Hölderlin, Hegel und Novalis zehn Jahre später programmatische Züge gewinnen wird, dient hier erneut der Emphase der Darstellung. Die Universalität der Freude spiegelt sich in ihrer grenzüberschreitenden, die Epochen übergreifenden Wirkung.

Die gesellschaftliche Utopie einer durch Freundschaft geeinten Brüdergemeinde, die die Zwänge der Konvention beseitigt, teilt die Ode mit zeitgenössischen Freimaurerliedern. Bereits in Mannheim erhalt Schiller Kontakt zu Logenmitgliedern; im September 1783 berichtet er Henriette von Wolzogen, daß ihn ein Ordenswerber besucht und erklärt habe, sein Name stehe bereits «auf verschiedenen Freimäurerlisten» (NA 23, 112). Der im Sommer 1785 in Leipzig gebildete Freundeskreis trägt solche Beziehungen weiter, ohne daß sich Schiller jedoch zum Logenbeitritt durchringen kann. Zahlreiche Mitglieder des Zirkels, darunter der Maler Johann Christian Reinhart, gehörten dem Orden an, so daß Schiller auch mit dessen Liedgut in Verbindung gekommen sein dürfte. Manche der Sammlungen wurden öffentlich verbreitet, darunter Balthasar Ockels *Lieder, zu singen für die Freimäurerlogen* (1782), die auch Hagedorns und Uz' Oden an die Freude enthielten. Möglicherweise hat Schiller solche Kompendien gekannt und für die eigene Arbeit genutzt. Zur erfolgreichen Wirkung seines Textes gehört, daß er später selbst ins Repertoire diverser Maurerverbindungen aufgenommen wurde. Als Vertreter der Glogauer Loge *Zur goldenen Himmelskugel* bedankt sich der Justizassessor Zerboni di Sposetti am 14. Dezember 1792 ausdrücklich für «die erhaben frohen Empfindungen», die «die Absingung» der Ode «bisher in jedem Individuo erweckt hat» und betont, daß dem «Genius» des Autors mit «inniger Bruderliebe» die Reverenz erwiesen werde (NA 34/I, 208).

Insgesamt hat die Ode zu Lebzeiten Schillers annähernd 50 Vertonungen erlebt. Beethoven, der sie in seiner neunten Symphonie (1824) verarbeiten wird, soll sich nach einer Auskunft Fischenichs bereits 1793 mit dem Plan einer musikalischen Adaption getragen haben.[104] Das Projekt wurde zunächst nicht weiter verfolgt, jedoch findet sich im *Fidelio* (1805) ein Reflex der Verehrung, die der Komponist dem Lied entgegenbrachte, wenn Florestan nach seiner Befreiung aus dem Gefängnis mit den leicht abgewandelten Worten Schillers zum Lob der Liebe ansetzt: «Wer ein holdes Weib errungen, stimme in den Jubel ein» (vgl. v. 15 f.). Die unspezifischen Züge des von der Ode beleuchteten Programms haben dazu geführt, daß der Text in späteren Jahren zahlreiche Nachahmungen anregte, die den Begriff der ‹Freude› gegen ‹Freiheit›, ‹Vaterlandsliebe› oder andere Leitvokabeln austauschen. Zu den unerfreulichsten Variationen gehört Kleists chauvinistisches Lied *Germania an ihre Kinder*, das, 1809 in Dresden entstanden, 1813 postum als patriotischer Kommentar zu Preußens weltpolitischer Rolle im militärischen Konflikt mit den Rheinbundstaaten veröffentlicht wurde. In einem Brief vom 21. Oktober 1800 erklärt Schiller sein Unbehagen gegenüber der eigenen Ode, die er als «schlechtes Gedicht» und Widerschein einer überwundenen Bildungsstufe bezeichnet (NA 30, 206).[105] Trotz seiner ungewöhnlichen Erfolgsgeschichte hat er den Text folgerichtig 1800 im ersten Band seiner gesammelten Gedichte nicht mehr neu drucken lassen; erst die vorwiegend mit Jugendarbeiten bestückte zweite Folge von 1803 bietet auch eine – geringfügig veränderte – Fassung der Ode.

Die drei *Thalia*-Gedichte besitzen trotz ihrer unterschiedlichen Themen eine innere Einheit. Gemeinsam ist ihnen die Beschäftigung mit den Möglichkeiten menschlicher Glückserfahrung vor dem Horizont eines verblassenden christlichen Ordnungsentwurfs. Beschreibt *Freigeisterei* den Widerstreit von Leidenschaft und moralischer Bindung, so formuliert *Resignation* das Mißtrauen gegenüber der Tauschlogik des metaphysischen Erlösungsgedankens. Die hier modellhaft beschriebenen Gegensätze zwischen Genuß und Hoffnung, Neigung und Pflicht, Immanenz und Transzendenz gleicht schließlich die Ode durch ihr Loblied auf den Enthusiasmus wieder aus. Daß der geglückte Moment die philosophische Skepsis des Zweiflers zu zerstreuen vermag, bleibt ihre zuversichtliche Botschaft. Mit den beiden anderen Texten vereint sie die Ausrichtung auf die weltliche Erfahrungssubstanz des Menschen und die Reflexion über sein Verhältnis zur Rolle eines göttlichen Schöpfers. Die christliche Metaphysik der Vergebung wird derart durch die Vision einer Liebesordnung verdrängt, deren Gesetzen die gesamte Natur unterworfen bleibt. Künstlerisch darstellbar scheinen die Risiken, die sich mit den hochfliegenden Hoffnungen dieser optimistischen Weltanschauung verbinden, einzig im Zusammenhang lyrischer Gedankenspiele. Ihr beweglicher Charakter erlaubt eine Offenheit der Sinnbezüge, die der geistigen Experimentierfreude des jungen Autors auf angemessene Weise Rechnung trägt.

DRITTES KAPITEL

Die Macht der Bühne. Frühe Dramen und Theaterschriften (1781–1787)

1. Drama und Schaubühne am Ende des 18. Jahrhunderts

Auftritt der Natur. Grundzüge der Dramentheorie von Herder bis Lenz

Gottscheds *Versuch einer Critischen Dichtkunst* aus dem Jahr 1730 hatte das Drama der deutschen Aufklärung auf den Kurs des französischen Klassizismus gebracht. Die methodische Grundlage für die Neubestimmung von Tragödie und Komödie bildete eine strenge Ordnung, die literarische Gattungen im Anschluß an die deduktiven Verfahrensweisen der Philosophie Christian Wolffs nach genau festgelegten Gesetzen unter dem Gesichtspunkt logisch stimmiger Beschreibungskriterien erfassen half. Auch der ästhetische Sensualismus, der, angeregt durch die *Réflexions critiques* des Abbé Dubos (1719), die sinnliche Wahrnehmung zur maßgeblichen Urteilsinstanz für die Einschätzung künstlerischer Werke erhob, wich von den rationalistischen Argumentationsmustern der Gottsched-Schule kaum ab. Erst bei Lessing zeigten sich, zumal in den *Literaturbriefen* (1759–65) und der *Hamburgischen Dramaturgie* (1767–69), Ansätze zur Aufweichung der normativen Gattungsbestimmung. Die Entstehung von bürgerlichem Trauerspiel und Rührkomödie erschütterte die Stabilität des mit klaren Unterscheidungen arbeitenden poetologischen Systems, indem sie die wirkungstechnische Nähe der beiden dramatischen Genres unter Beweis stellte. Tragische Helden aus dem Mittelstand, die ab dem Ende der 50er Jahre die deutschen Bühnen immer häufiger bevölkerten, bedeuteten dabei einen ähnlichen Verstoß gegen die klassizistische Ordnung wie die comédie larmoyante mit ihrer die bürgerliche Gefühlskultur widerspiegelnden Tränenlust. Die endgültige Überwindung der regelgeleiteten Dramenpoetik der Aufklärung vollzog sich aber erst in den 70er Jahren, unter dem Einfluß von Shakespeare-Begeisterung und Geniebewegung; nach dem Titel, den der Schweizer Schöngeist Christoph

Kaufmann einem 1777 veröffentlichten Drama Klingers geliehen hat, nennt man diese Dekade in plakativer Tendenz die Zeit des Sturm und Drang.

Im Vorfeld der neuen Periode etablierte sich das bürgerliche Trauerspiel, dessen Wirkungsgeschichte maßgebliche Folgen für die Dramentheorie des späten 18. Jahrhunderts zeitigte. Eingeführt wird die Gattung bekanntlich durch Lessing, der 1755 nach dem Muster von Lillos *The London Merchant* (1731) und Moores *The Gamester* (1753) mit seiner *Miss Sara Sampson* das erste deutschsprachige Drama des neuen Typs auf den Markt brachte (als Vorläufer gilt hier Martinis *Rhynsolt und Sapphira* von 1753). Zwischen 1756 und 1772 – dem Erscheinungsjahr der *Emilia Galotti* – wurden über 25 bürgerliche Trauerspiele, darunter 13 mit ausdrücklicher Genrezuordnung, veröffentlicht. Nach 1775 wuchs diese Zahl nochmals an und erreichte um 1780 ihren vorläufigen Höhepunkt. Wirkungsbewußte Autoren wie Engel, Gotter, Iffland, Schröder, Weiße und Kotzebue lieferten zu dieser Zeit regelmäßig Stücke des neuen Typs, die dem aktuellen Zuschauergeschmack entsprachen. Das bürgerlich situierte oder doch den Moralvorstellungen des Mittelstandes verpflichtete Personal, die thematische Beschränkung auf innerfamiliäre Konflikte, der feste Umriß der Repertoiregestalten im Spannungsfeld zwischen gefährdeter Tochter, biederem Hausvater, eitler Mutter, skrupellosem Verführer und enttäuschter Mätresse, die leicht zugängliche Prosadiktion, nicht zuletzt die von Lessing in der *Hamburgischen Dramaturgie* penibel durchdachte Technik der dramatischen Mitleidswirkung mit ihren weitreichenden Identifikationsangeboten für ein empfindsam-tränenseliges Publikum bildeten tragende Elemente des Bühnenerfolgs. Durch die starke Verbreitung der neuen Gattung traten die Römertragödien im steifen Habit, wie sie Racine, Corneille, Crébillon und Pradon geliefert hatten, als Muster in den Hintergrund. Die kühle Dramaturgie der Bewunderung, zu deren Selbstverständnis die Präsentation moralisch vorbildlicher, zumeist aber blutleerer Heroengestalten gehörte, wurde durch einen bisher ungekannten Realismus abgelöst. Sein Wirkungsziel blieb die Erweckung von Mitleid als Medium einer spezifisch bürgerlichen Selbsterziehung im Zeichen von Uneigennützigkeit, Sensibilität und Menschenliebe. Vergleichbare Ziele verfolgt die auf dem Theater recht kurzlebige Rührkomödie, wie sie Gellert in den 40er Jahren nach Vorlagen La Chaussées und Voltaires kultivierte. Auch das larmoyante Lustspiel geht von den neuen Idealen gesellschaftlicher Kommunikation aus, die durch Toleranz und Altruismus – also moralisch – begründet werden. Im günstigen Fall sollte das bürgerliche Theater der Spätaufklärung dem Zuschauer gleichermaßen Möglichkeiten der Identifikation und der Persönlichkeitsbildung verschaffen. Dieser Wirkungsanspruch aber mußte mit einer Dramaturgie verknüpft werden, die die unterkühlte Bühnenkultur des Klassizismus überwand, indem sie sich prosaischen Formen und alltäglichen Themen ohne Reserve öffnete.

Zum erneuten Umbruch führt schließlich zu Beginn der 70er Jahre die Auseinandersetzung mit Shakespeare. Der Engländer, dessen Werke erst ab der Mitte der 50er Jahre von Wieland und Eschenburg auf hohem Niveau ins Deutsche übertragen werden, liefert das Modell für einen Dramenstil, der das klassizistische – teilweise schon auf Aristoteles zurückgehende – Prinzip der Einheit von Zeit, Raum und Geschehen durch den Entwurf einer offeneren Form im Zeichen größerer Flexibilität und Variationsbreite ersetzt. Erste Hinweise auf die Begründung einer Dramaturgie der rasanten Ortswechsel, der epischen Ausdehnung und gewagten Handlungssprünge liefern Justus Mösers *Harlequin*-Schrift von 1761, die ihre «Vertheidigung des Grotesk-Komischen» mit einem Bekenntnis zum natürlichen Charakter des Helden verbunden hatte, und Heinrich Wilhelm von Gerstenbergs *Briefe über Merkwürdigkeiten der Litteratur* (1766–67) mit der Werbung für eine am Lebensfeuer des elisabethanischen Theaters ausgerichtete Bühnenkunst. Wie Wetterfahnen zeigen die wenig später verfaßten Shakespeare-Abhandlungen Goethes (1771) und Herders (1773), aber auch Jakob Michael Reinhold Lenz' *Anmerkungen übers Theater* (1774) den gewandelten Geschmack der jungen Autorengeneration an. Als Beiträge zur Dramentheorie sind diese Essays zugleich Zeugnisse eines modernisierten Künstlerbildes. Sie werden getragen von der Überzeugung, daß literarische Tätigkeit allein aus der natürlichen Veranlagung des Autors entspringen müsse. Nicht die Kenntnis normativer Prinzipien und die Beherrschung technischer Verfahrensweisen, wie sie in Deutschland die klassizistische Poetik Gottscheds, die Ästhetiken Alexander Gottlieb Baumgartens (1750–58) und Georg Friedrich Meiers (1749 ff.), aber auch noch Lessings *Hamburgische Dramaturgie* als schriftstellerisches Handwerkszeug zu vermitteln gesucht hatten, sondern Enthusiasmus, Inspiration und Begabung bilden bei ihnen die Bedingungen für die Qualität literarischer Arbeit.[1]

Bereits durch die eigenwillige Form ihrer Versuche setzen Goethe, Herder und Lenz neue Akzente. Der predigtartige Tonfall, die sprunghafte Darstellung und das Spiel der Bilder bekunden die Abkehr von den strikten Begründungsmustern der Normpoetik.[2] Goethes im Oktober 1771 entstandene Rede *Zum Schäkespears Tag*, die erst 1854 veröffentlicht wurde, ist in diesem Sinn als persönliches Bekenntnis mit emphatischem Charakter gehalten. Das Werk des Engländers habe ihn selbst, so heißt es, zum Entschluß geführt, «dem regelmäßigen Theater zu entsagen».[3] Shakespeares Drama lege den Blick auf einen Schauplatz frei, der Begebenheiten universellen und zugleich natürlichen Zuschnitts zeige. Goethe nennt die Bühne des Engländers einen «Raritäten Kasten, in dem die Geschichte der Welt vor unsern Augen an dem unsichtbaren Faden der Zeit vorbeywallt.»[4] Hinzu trete seine besondere Kunst, tragische Kollisionen zwischen individuellem Anspruch und geschichtlicher Wirklichkeit anschaulich vorzuführen: «(...) seine Stücke drehen sich alle um den geheimen Punckt, den noch kein Philosoph gesehen und bestimmt hat: in dem das Eigenthümliche unsres Ich's, die prätendirte Freyheit unsres Wollens, mit dem nothwendigen Gang des Ganzen zusammenstösst.»[5] Für Goethe ist Shakespeares unumschränkte Schöpferkraft mit der Energie jenes griechischen Titanen vergleichbar, der durch seinen Behauptungsdrang zum Sinnbild der anmaßenden Revolte wurde: «Er wetteiferte mit dem Prometheus, bildete ihm Zug vor Zug seine Menschen nach, nur in Colossalischer Grösse (...)»[6] Auch Shakespeare scheint durch das Selbstbewußtsein ausgezeichnet, das Goethes *Prometheus*-Hymne zwei Jahre später trotzig an den Tag legt: «Hier sitz ich forme Menschen | nach meinem Bilde | Ein Geschlecht das mir gleich sey | Zu leiden weinen | Geniessen und zu freuen sich, | Und dein nicht zu achten | Wie ich.»[7] Der Dramatiker wird zum rebellischen Titanen, der, gegen die Zwänge der Konvention, seine eigene Welt gestaltet. Hinter dieser emphatischen Einschätzung zeichnet sich eine neue Form literarischer Wertung ab: an die Stelle der normierenden Regelkunde tritt jetzt der Gedanke, daß Kunst eine zweite Natur mit besonderen Gesetzen hervorbringe. Diese Natur gerät zum Sinnbild der ungebremsten Schaffensenergie; sie stellt nicht mehr den Gegenstand möglichst genauer Nachahmung, sondern das Symbol für Kreativität und Originalität dar (ein Gedanke, der auf Shaftesbury und Young zurückweist).[8] Die Kupferstiche, mit denen der Schweizer Maler Johann Heinrich Füssli seit der Mitte der 60er Jahre die Dramen Shakespeares illustriert, tragen dieser Auffassung Rechnung, indem sie den Bühnenraum als gleichsam naturhafte Landschaft vorführen, in die sich die Figuren ungezwungen einfügen. Die Theaterszene wird hier zum Spiegel der ästhetischen Charakteristik, mit der die Epoche das Werk des Autors zu erfassen sucht.

Durch die lebendige Individualität seiner Figuren und die entspannt anmutende Kunst der Komposition empfiehlt sich Shakespeare auch dem jungen Herder. Seine schon im Sommer 1771 nach der Rückkehr aus Straßburg abgeschlossene Arbeit über das Drama des Engländers erscheint 1773 neben architekturgeschichtlichen Studien Frisis und Goethes sowie einem historischen Essay Mösers im Sammelband *Von deutscher Art und Kunst.* Im Gegensatz zu Goethe stützt Herder seine Lobrede auf eine historische Unterscheidung zwischen antiker und neuer Tragödie, die Gelegenheit bietet, Shakespeares Genius als Widerschein moderner Bewußtseinsstrukturen auszuweisen. Faßlich wird er dort, wo sein Drama anstelle der für die Griechen verbindlichen Schicksalsordnung den Anspruch auf individuelle Autonomie jenseits metaphysischer Mächte zur Geltung bringt. Nicht die Einheit der antiken Welt begegnet laut Herder in seinem von der nordeuropäischen Mythologie geprägten Theaterkosmos, sondern die Vielfalt unterschiedlichster Charaktere. Ihr gebrochenes Temperament hebt sie von den Papierfiguren des französischen Klassizismus und den trivialen Typen des bürgerlichen Dramas gleichermaßen ab. Indem sie die Mehrdeutigkeit der menschlichen Individualität zum Ausdruck bringen, verweisen sie auf die Vorstellungshorizonte einer Zeit, die sich zwar von den Übermächten des Mythos gelöst, dafür jedoch Einblick in die Zerrissenheit der geschichtlichen Wirklichkeit gewonnen hat.[9]

Weil Shakespeares Drama eine gewaltige Vielfalt der Themen vom Mythos über die politische Geschichte bis zum Milieu der Handwerker vorführt, gewinnt es in Herders Sicht den Charakter eines kosmischen Theaters: «(...) so sieht man, die ganze Welt ist zu diesem grossen Geiste allein Körper: alle Auftritte der Natur an diesem Körper Glieder, wie alle Charaktere und Denkarten zu diesem Geiste Züge – und das Ganze mag jener Riesengott des Spinosa ‹Pan! Universum!› heissen.»[10] Die gewagte Metaphorik verdeutlicht, daß der Essay Shakespeares Texte zu göttlich gefügten Kunstwerken der Natur zu verklären sucht. Nicht Goethes Prometheus, sondern Pan bildet Herders Bezugsfigur; als Allgott bezeichnet er das elementarisch-gärende anstelle des kreativen Prinzips: «Wie vor einem Meere von Begebenheit, wo Wogen in Wogen rauschen, so tritt vor seine Bühne. Die Auftritte der Natur rücken vor und ab; würken in einander, so Disparat sie scheinen; bringen sich hervor, und zerstören sich, damit die Absicht des Schöpfers, der alle im Plane der Trunkenheit und Unordnung gesellet zu haben schien, erfüllt werde – dunkle kleine Symbole zum Sonnenriß einer Theodicee Gottes.»[11] Die pantheistisch geprägte Lobrede auf Shakespeares Kunst, die sich gegen den «Regelnkram»[12] der älteren Poetik richtet, schließt jedoch ein feines Bewußtsein für die geschichtlichen Bedingungen literarischer Tätigkeit ein. Weil antike und moderne Bühnenkunst aus ihren unterschiedlichen kulturhistorischen Horizonten erläutert werden müssen, kann es keine ewig gültigen Vorbilder geben. Selbst Shakespeares Œuvre gehorcht einem Alterungsprozeß, den man, wie Herder vermerkt, nicht aufzuhalten vermag. Der Emphase, mit der sich sein Werk zur

Ikone der göttlichen Natur verklärt findet, steht damit eine skeptische Sicht entgegen, die künstlerischen Mustern stets nur eingeschränkte Verbindlichkeit einräumen möchte.

Von Herder übernehmen Lenz' *Anmerkungen übers Theater* das entschiedene Votum für ein modernes Charakterdrama und den Vorbehalt gegenüber der Regelpoetik. Lenz bevorzugt eine Bühnenkunst, die, anders als es Aristoteles empfohlen hatte, nicht die Handlung (Mythos), sondern die Techniken der Figurengestaltung in den Mittelpunkt ihrer Aufmerksamkeit rückt (die Priorität der szenischen Aktion wird nur der Komödie zugestanden). Als Meister psychologischer Finesse gilt erneut Shakespeare, weil er im Gestus des erfahrenen Seelenkenners die inneren Spannungen seiner Gestalten wahrheitsgetreu und zugleich individuell erfaßt.[13] Nachdrücklich verwirft Lenz die idealtypische Darstellung menschlicher Leidenschaften, wie sie durch Lessings homogene Poetik des Mitleids für das bürgerliche Trauerspiel bestimmend wurde. Gegen die lebensferne «Psychologie» des Familiendramas setzt er «Charakterstücke», die spannungsreich gezeichnete Individuen in den Mittelpunkt des Geschehens treten lassen.[14] Diese Gewichtung entspricht dem Emanzipationswunsch des modernen Menschen, der sich aus den Zwängen eines blinden Fatalismus befreit und sein gesellschaftliches Geschick in die eigene Hand genommen hat. Nicht mehr der Mythos, sondern der Behauptungswille des Einzelnen – scheiternd in der Tragödie, erfolgreich in der Komödie – bildet das Maß, an dem sich die szenische Handlung ausrichten muß: «Denn der Held allein ist der Schlüssel zu seinen Schicksalen.»[15] Lenz hat die Forderung nach dem modernen Charakterdrama mit einem engagiert vorgetragenen sozialkritischen Engagement verknüpft. Es wird, wie die Rezension von Goethes *Götz* (1774) andeutet, durch das Bewußtsein gestützt, daß das bürgerliche Individuum unter den Flutwellen gesellschaftlicher Repressionen in den Zwängen eines unfreien Rollendaseins erstickt. Aus dieser Einsicht leitet er den Anspruch ab, mit Hilfe eines breitenwirksamen Theaters bessere Voraussetzungen für die umfassende Emanzipation des Menschen zu schaffen. In einem Brief an Sophie von La Roche schreibt Lenz im Juli 1775 kurz nach dem Abschluß seines *Soldaten*-Dramas über die eigenen künstlerischen Absichten: «Doch bitte ich Sie sehr, zu bedenken, gnädige Frau! daß mein Publikum das ganze Volk ist; daß ich den Pöbel so wenig ausschließen kann, als Personen von Geschmack und Erziehung, und daß der gemeine Mann mit der Häßlichkeit feiner Regungen des Lasters, nicht so bekannt ist, sondern ihm anschaulich gemacht werden muß, wo sie hinausführen.»[16] Diesem Wirkungsziel entspricht bei Lenz eine Erweiterung des dramatischen Personals, dem nun auch Figuren der unteren Schichten angehören: der Plebejer gewinnt im Publikum ebenso wie auf der Bühne bisher ungekannten Kredit.

Die seit Ende der 60er Jahre einsetzende Abkehr von der Normpoetik vollzieht sich im Feld der Dramentheorie mit besonders großem Tempo. Sie wird begleitet von der Besinnung auf die kreativen Vermögen der Literatur, die man zu naturähnlichen Kräften magischen Charakters verklärt. Zur bisweilen outrierten Genieverherrlichung treten neue thematische und formale Tendenzen, die eigene kulturelle Bedeutung gewinnen: die Sprengung der Sprachnormen in der explosiven Darstellung der Leidenschaften; der Bruch mit sexuellen und religiösen Tabus; das Nachsinnen über die körperliche Existenz des Menschen, physische Bedürfnisstrukturen und Wiederholungszwänge; die Rebellion gegen autoritäre Familien- und Gesellschaftsmodelle; die Kritik an einer zweckhaft gewordenen Rationalität; melancholischer Eskapismus im Gestus der Verwerfung überlieferter Rollenerwartungen; die Erprobung spontaner Verhaltensformen in Abgrenzung von den genau geplanten Lebensmustern einer aufgeklärten Vernunftkultur; die Beschwörung der Natur als Fluchtraum jenseits sozialer Regelungsdichte. Derart bringt das neue Drama auf die Bühne, was den Zeitgeist in Atem hält: ein unverwechselbares Außenseitertum, das sich gegen die gesellschaftlichen und künstlerischen Konventionen mit Nachdruck durchzusetzen sucht.

Eruptionen großer Geister.
Das Drama der Genieperiode (1770–1780)

Schillers frühe Bühnenarbeiten stehen im Horizont einer literarischen Jugendbewegung, die ihre Aktivitäten seit Beginn der 70er Jahre entfaltet. Die neue Generation probt den Aufstand gegen die väterlichen Autoritäten in Familie, Gesellschaft, Schule und Kultur. Der Tendenz zur Verwerfung hergebrachter Muster entspricht die intellektuelle Aufwertung von Kindheit und Jugend, die zur selben Zeit durch Wissenschaft und Kunst als Thema entdeckt werden. Ab der Mitte des 18. Jahrhunderts überfluten Denkschriften und Abhandlungen den Markt, die Erziehungsprogramme mit praktischem Anspruch vorzustellen suchen. Aufgeklärte Pädagogen wie Basedow, Campe und Salzmann setzen sich für eine Reform des Bildungswesens und die Ausweitung der höheren Schulen ein. Die menschliche Sozialisation avanciert zu einem herausragenden Forschungsgegenstand der zeitgenössischen Psychologie: man diskutiert über kindlichen Spracherwerb, das Lektüreverhalten Heranwachsender, die Organisation des Elementarunterrichts, die Vereinheitlichung des gymnasialen Systems und die Modernisierung der Lehrpläne; Anthropologen, Mediziner und Theologen befassen sich mit den Problemen der Adoleszenz, mit Geschlechtsreifung, Masturbation und Sexualhygiene; die Orientierungsnöte der Pubertät werden erstmals in ihrer Bedeutung für die Entwicklung des Heranwachsenden erkannt und von der Wissenschaft beleuchtet. Daß die planvollen Überlegungen der akademischen Fächer die Krisen junger Menschen immer nur unvollständig, nämlich ohne Rücksicht auf individuelle Verstrickungen erfassen können, verrät die schöne Literatur: in zunehmenden Maße bildet die Krankheit der Jugend, die Melancholie und Trauer mit sich führen kann, ein gewichtiges Thema ihrer Fallgeschichten.

Im Jahr 1770 haben die meisten Vertreter der neuen Schriftstellergeneration den Eintritt ins Erwachsenenalter eben erst vollzogen: Herder ist 26, Wagner 23, Goethe 21, Müller 21, Lenz 19, Klinger 18, Leisewitz 17 Jahre alt. Wenig später gehören sie zu den berühmtesten Autoren ihrer Zeit, deren Werke öffentliche Debatten entfachen und stilbildend wirken; schon um 1780 jedoch scheint ihr Stern wieder gesunken, sind sie, bis auf Herder und Goethe, vergessen. Mit dem Schmelz der Jugend verliert sich die künstlerische Aura dieser Generation, die aus der Substanz ihres Veränderungswillens lebt. Ernst Bloch bemerkt dazu im *Prinzip Hoffnung* (1959): «Die Stürmer und Dränger insgesamt hatten das Glück, nicht nur subjektiv, auch objektiv so alt zu sein wie ihr Zeitalter und mit den Tendenzen des endlich erwachenden deutschen Bürgertums sich im Einklang zu fühlen.»[17] Eine «Trunkenheit oft noch ohne Begriff»[18] habe, so Bloch, diese Vertreter der Avantgarde befallen, die, geboren in der Jahrhundertmitte, aufgewachsen mit den Erwartungen der aufgeklärten Epoche, am Vorabend der Französischen Revolution gegen Despotismus, gesellschaftliche Disziplinierung, Vorurteile und Privilegien zu Felde zu ziehen suchten. Kritisch mustert man die Leistungen der vorangehenden Autorengeneration, deren künstlerische Erstarrung nicht mehr zu übersehen ist. Satiren wie Goethes *Götter, Helden und Wieland* (1774), Lenz' *Pandaemonium Germanicum* und Wagners *Prometheus, Deukalion und seine Recensenten* (jeweils 1775) verspotten den Biedersinn einer zur Anpassung neigenden Aufklärung, die sich hinter den betulichen Inszenierungen ihrer Rokokoästhetik und dem plakativen Realismus bürgerlicher Trauerspiele versteckt. Die selbstbewußte Geste des Protests, mit der die jugendlichen Rebellen auftreten, verstört die Generation der Etablierten. Gegen den neuen Kult der Originalität, den Autoren wie Goethe, Klinger und Lenz pflegen, richtet sich Johann Georg Zimmermann, der 1785 im zweiten Band seiner umfassenden Studie *Ueber die Einsamkeit* schreibt: «Vielleicht hätte die leidige Genieseuche in Deutschland weniger gewütet, wenn sie nicht am meisten unter rohe junge Leute gekommen wäre, die in der Entfernung von allem Weltumgange lebten, in bacchantischer Einsamkeit jene wilden Anfälle von ihrer Selbstheit hatten, und jene jämmerliche Träume von ihrer Kraft.»[19] In vergleichbarem Tenor polemisiert Preußens König Friedrich II. 1780 in seiner Streitschrift *De la littérature allemande* gegen die Shakespeare-Schwärmerei der neuen Autoren, die er auf besonders unerfreuliche Weise in Goethes *Götz* gespiegelt findet. Daß die Attitüde der modischen Kraftgenies auch den Vertretern der jungen Generation selbst bisweilen verdächtig ist, bezeugt die Zeitsatire, die Klinger in seinem Drama *Sturm und Drang* (1777) liefert.

Es sind Männergruppen, in denen die neue Bewegung sich formiert. Anders als im aufklärerischen Literaturbetrieb, der eine größere Zahl von Autorinnen gefördert hatte, bleiben Frauen in den 70er Jahren auf die Rolle der Muse, Bewunderin oder angeschwärmten Idolgestalt beschränkt. Die Genieperiode hat keine Schriftstellerin von Gewicht hervorgebracht. Frauen wie Caroline Flachsland (die spätere Ehegattin Herders), Caroline von Wolzogen oder Charlotte von Kalb zeigten zwar künstlerische Ambitionen, vermochten sie jedoch nicht mit dem herrschenden Zeitgeist in Übereinstimmung zu bringen. Die Zahl weiblicher Talente, die an fehlenden Erprobungsmöglichkeiten zugrunde gingen, war nicht gering: zu ihnen gehörten Goethes Schwester Cornelia und Agnes Klinger. Die Rolle des Rebellen besetzten im Literaturmarkt des späten 18. Jahrhunderts allein männliche Autoren. Die kraftgenialische Selbstdarstellung der jungen Generation lebte letzthin aus der Erbmasse konventioneller Geschlechterbilder. Angesichts dessen blieb für Frauen nur der Part der umschwärmten ätherischen Schönheit ohne Chance zur eigenen kreativen Entfaltung.

Das Drama des Sturm und Drang wird getragen vom Streben nach einer formalen wie inhaltlichen Überbietung der Aufklärung. Zur Geltung kommt der künstlerische Veränderungswille durch die Technik einer neuen Ausdruckssprache, den trotzig zur Schau gestellten Primitivismus der Emotionen, die Sprengung des regelästhetischen Systems und die Erweiterung der literarischen Zielgruppen.[20] Letzthin bleiben diese Programmpunkte jedoch der Aufklärung verbunden, insofern sie deren Erziehungsanspruch ausdehnen, ohne ihn wirklich anzutasten. Selbst die Leidenschaften vortäuschende Übersteuerung der neuen Dramendiktion läßt sich als Fortsetzung des aufgeklärten Diskurses mit anderen Mitteln betrachten, bildet ihr Pathos doch das Ergebnis raffinierter rhetorischer Techniken, die eingesetzt werden, um dem Zuschauer zur besseren Einsicht ins Innenleben der vorgefühlten Charaktere zu verhelfen. Noch die brütende Schwermut der zeittypischen Bühnenhelden bedeutet keinen Bruch mit der optimistischen Anthropologie der Aufklärung, insofern sie dem Unbehagen an den unveränderten sozialen Verhältnissen entspringt, die bereits die Gesellschaftstheorien der Leibniz-Wolffschen Schulphilosophie kritisch durchleuchtet hatten. Wesentlich für die neue Generation ist jedoch die bisher fremde Erkenntnis, daß politische Widersprüche auch im Subjekt selbst sichtbar hervortreten, mithin ihre individuelle Ausprägung jenseits der öffentlichen Ordnung finden können.[21]

Daher scheint es folgerichtig, wenn die jungen Dramatiker soziale Konflikte im Spiegel persönlicher Erfahrung zeigen.[22] Eindrucksvoll ist die Kette der Werke, die diesen Ansatz mit Hilfe einer an Shakespeare ausgerichteten Bühnenkunst erproben. 1769 bildet Heinrich Wilhelm von Gerstenbergs düsterer *Ugolino* als Lehrstück über menschliche Grenzerlebnisse unter extremem Leidensdruck den Auftakt. 1773 erscheint Goethes historisches Schauspiel *Götz von Berlichingen*, das seinen Ton, neben lyrisch zarten Anklängen, auf handfeste Drastik gestellt hat – ein symptomatischer Text, weil er dieselbe Begeisterung für ein zum Inbegriff natürlicher Lebensformen verklärtes Mittelalter vermittelt, die sich zeitgleich in Herders Studien zum Volkslied und den baugeschichtlichen Essays der Sammlung *Von deutscher Art und Kunst* äußert; Friedrich Maximilian Klingers *Otto* wird zwei Jahre später das Rittersujet des *Götz* im Rahmen einer episch breiten Handlung fortführen und damit die lange Serie der Nachahmungen eröffnen, die bis zu Kleists *Familie Schroffenstein* (1803) reicht. Wie vielseitig das technische Repertoire der jungen Autoren ist, erweist 1774 Goethes *Clavigo*, der, nach einem Stoff aus dem vierten Stück von Beaumarchais' *Mémoires* (1774), die Darbietung einer durchsichtigen Intrigenhandlung mit dem modernen Psychogramm eines nervösen Charakters verknüpft. Im selben Jahr erscheint Jakob Michael Reinhold Lenz' Tragikomödie *Der Hofmeister*, zwei Jahre später folgen seine *Soldaten* – bittere Abrechnungen mit dem Versagen einer gestrandeten Aufklärung, deren Reformvorstellungen an den Zwängen einer hierarchisch geordneten Gesellschaft zerschellten. Ähnlich wirkungsvoll führt Klingers *Das leidende Weib* (1775) die innere Gefährdung der bürgerlichen Familie vor Augen: nicht allein die Kraft der Leidenschaften, sondern auch die soziale Konvention, die Eheschließungen nach wirtschaftlichem oder gesellschaftlichem Nutzen regelt, trägt hier zur Katastrophe bei. Heinrich Leopold Wagners *Die Kindermörderin* (1778) beleuchtet dagegen am Gegensatz von plebejischem und aristokratischem Milieu den unüberbrückbaren Abgrund zwischen Aufstiegsehrgeiz und Doppelmoral, restriktiven Erziehungsprinzipien und Libertinage, Furcht und Skrupellosigkeit. Wagners Drama der verführten Tochter setzt die sozialkritische Linie fort, die Lenz'

Texte vorzeichneten, und bekräftigt damit das Wirkungsprogramm von Merciers großem Essay *Du théâtre* (1773), den er selbst 1776 in deutscher Übersetzung veröffentlicht hatte. «Écrire pour le peuple»,[23] so lautete die kämpferische Formel des Franzosen, der sich auch Wagner verpflichtet zeigt: die Bühne soll, wie es Lenz' Brief an Sophie von La Roche umriß, gerade die ungebildeten Bevölkerungsschichten erreichen und in ihren gesellschaftlichen Erziehungsauftrag einbeziehen. Die Theaterästhetik der Weimarer Klassik wird diese (gewiß illusionäre) Perspektive durch den exklusiven Anspruch ihres Kunstprogramms später wieder einschränken.

Als Schiller Ende der 70er Jahre am Entwurf der *Räuber* arbeitet, kann er auf ein Jahrzehnt zurückblicken, das als Epoche des modernisierten Dramas gelten darf. Eindrucksvolle Züge trägt die Vielfalt der Formen im breiten Spektrum zwischen Familientragödie und Ritterspektakel, Kammerspiel und Groteske, Gegenwartstext und Historienstück. Von besonderer Bedeutung für Schillers Œuvre bleiben die Grundmuster einer an Shakespeare geschulten Dramaturgie, die mit zügigen Schauplatzwechseln, Naturszenen und breiten Landschaftspanoramen aufwartet. Die Vitalisierung des bürgerlichen Trauerspiels, die Klinger im *Leidenden Weib* vorführt, hat ihn ebenso interessiert wie die Wandlung des Geschichtsdramas, die im Anschluß an den *Götz* sichtbar wird. Besonderen Einfluß auf Schillers Theaterverständnis aber nehmen Friedrich Maximilian Klingers *Die Zwillinge* und Johann Anton Leisewitz' *Julius von Tarent*. Die Texte entstanden im Jahr 1775 als Beiträge zu einem Dramenwettbewerb, den das Hamburger Theater unter Leitung der Prinzipalin Sophie Charlotte Ackermann und ihres Sohnes Friedrich Ludwig Schröder ausgeschrieben hatte.[24] Angesichts der Tatsache, daß ihre Verfasser unabhängig voneinander arbeiteten, muß die Ähnlichkeit der Themen überraschen. Beide Autoren führen einen im Brudermord endenden Geschwisterstreit vor, dessen tödlicher Ausgang am Ende vom Vater mit der patriarchalisch begründeten Hinrichtung des schuldigen Sohnes bestraft wird. Der Umstand, daß auch das dritte der eingereichten Dramen einen vergleichbaren Konflikt darstellte, verrät die Anziehungskraft, die das Thema zu dieser Zeit besaß; *Die unglücklichen Brüder* hieß der anonym übersendete Beitrag von Traugott Berger, der später unter dem Titel *Galora von Venedig* veröffentlicht wurde.

Klingers *Zwillingen* erkannte die Hamburger Kommission den ersten Preis zu. Das Drama beeindruckt durch eine rasante Dialogsprache, die den erhitzten Leidenschaften der Figuren Ausdruck zu verleihen sucht. Vermessene Selbstverherrlichung, eitle Größenphantasien und heroische Entwürfe bestimmen die Helden ebenso wie Anflüge von Schwermut, Resignation und Larmoyanz. Bedeutsamer als die Entwicklung einer fortschreitenden Handlung ist für Klinger der Anspruch, Porträts problematischer Charaktere jenseits von moralischer Eindeutigkeit zu entwerfen. Das Trauerspiel folgt hier dem Vorbild des *Ugolino*: worttrunken und redselig, bietet es die ganze Ladung pathetischer Energien auf, zu der die Gattung fähig ist, ohne aber echte dramaturgische Spannung zu entwickeln, wie sie der Konfrontation der Charaktertypen hätte entspringen können. In diesem Punkt wird Klingers Arbeit durch den (sprachlich schwächeren) *Julius von Tarent* übertroffen. Der junge Schiller schätzte Leisewitz' Schauspiel außerordentlich und betrachtete es bis zum Ende seiner Karlsschulzeit als unübertroffenes Meisterwerk. Noch im *Don Karlos* lassen sich Spuren des Textes, Anspielungen und versteckte Zitate entdecken, die Schiller selbst in einem Brief an Reinwald vom 14. April 1783 offenlegt. Fasziniert hat ihn vor allem die Figur des Guido, die das Vorbild für den Karl Moor der *Räuber* abgeben wird: wie Klingers Held Guelfo ist er ein Heros der Einbildungskraft, ein Phantast mit einer zerstörerischen Tatenlust, die sich rasch ins Verbrecherische steigert.

Der Reiz, den das Motiv des Bruderstreits für die Zeit besitzt, verweist letzthin auf einen tiefgreifenden Autoritätskonflikt. Bei Klinger und Leisewitz ringen die Geschwister um die Verfügungsgewalt der Macht. Als Konkurrenten stehen sie sich gegenüber, weil sie beide die herrscherliche Stellung des Vaters erobern möchten. Daß dessen Gewalt am Ende im Akt der Bestrafung des schuldigen Sohnes bekräftigt wird, deutet die Stabilität seiner Rolle als Autoritätsperson an. Die Rebellion der Jugend zielt, zumeist versteckt, auf die Ordnung der Väter.[25] Ihr Scheitern deutet sich jedoch schon in der Melancholie an, die ihre Reden im dichten Zusammenhang von Sinnbildern und Symbolen durchzieht.[26] Mag ihre Schwermut auch dem Handlungsverzicht entspringen, den ihnen ihr Status abverlangt, so bezeugt sie zugleich das Bewußtsein, daß die Akte der Auflehnung nur leere Gesten des Widerstands bedeuten. Am Ende steht nicht der Umsturz der alten Herrschaftsverhältnisse, sondern die Ermächtigung des Vaters, die sich auf den Trümmern der überkommenen Familienordnung vollzieht.

Die wegweisenden Dramen der 70er Jahre wurden zumeist unmittelbar nach ihrer Publikation uraufgeführt, ohne danach jedoch einen festen Platz im zeitgenössischen Theaterrepertoire erobern zu können. In manchen Fällen blieben einschneidende Korrekturen erforderlich, weil man den Zwängen der Zensur Rechnung tragen oder auf begrenzte bühnentechnische Standards Rücksicht nehmen mußte. Für die Frankfurter Inszenierung seiner *Kindermörderin* legte Wagner selbst eine Strichfassung vor, die das Drama zur Tragikomödie verwandelte (noch weitreichender waren die Eingriffe, die Karl Lessing im selben Jahr in Leipzig dem Text zumutete); die Hamburger *Hofmeister*-Premiere, die Friedrich Ludwig Schröder 1778 veranstaltete, verlangte maßgebliche Korrekturen, die vor allem die sexuellen Tabubrüche des Dramas betrafen; Goethes *Götz* konnte im April 1774 in Berlin von der Kochschen Truppe nur nach massiven Kürzungen uraufgeführt werden, weil das Original mit seinen zügigen Szenenwechseln die technischen Möglichkeiten des Theaters überforderte. Klingers in der Anlage mißglückter *Otto* fand aufgrund seines epischen Zuschnitts gar keine Bühnenresonanz, Lenz' *Soldaten* wiederum erlebten, vermutlich aufgrund der Schonungslosigkeit ihrer Sozialkritik, eine komplette und unverfälschte Aufführung erst 1911 in München in der Regie des Wedekind-Intimus Arthur Kutscher. Weniger brisant schienen *Die Zwillinge* und der *Julius von Tarent*, die nach ihrem Bühnendebüt in Hamburg und Berlin auch an anderen Orten mehrfach gezeigt wurden. Den Regelfall bildete eine solche Wirkung kaum; die meisten Stücke der Genieperiode erschlossen sich dem Publikum durch die Lektüre, nicht über das Theater, wo sie zumeist nur ein Schattendasein zwischen bürgerlichem Melodram, Rührkomödie und Oper fristeten.

Die Prosa der Verhältnisse. Theater im Deutschland des späten 18. Jahrhunderts

Die Bühnenwelt, mit der Schiller konfrontiert wurde, als er am Beginn der 80er Jahre seine Laufbahn als Dramatiker begann, besaß kein einheitliches Profil. Die Ausbildung der Schauspieler blieb vielfach mangelhaft, das Niveau der meisten Aufführungen dürftig. Zugleich aber spürte man gerade an den Hofbühnen in Gotha, Mannheim und Weimar einen neuen ästhetischen Zeitgeist, der Programme und Inszenierungsstandards aus dem Bann der Unterhaltungskunst befreien wollte. Seit der Mitte des Jahrhunderts war es in Deutschland zu verbreiteten Bestrebungen gekommen, das Theater auf den Kurs der Aufklärung zu bringen. Im Anschluß an die klassizistische Bühnenreform, die Gottsched gemeinsam mit der Theaterleiterin Caroline Neuber in Leipzig angebahnt hatte, versuchten vor allem norddeutsche Compagnien, Spielpläne und Inszenierungen durch Anpassung an den neuen Literaturgeschmack der Zeit zu modernisieren. Der Verzicht auf komische Improvisation und frivole Intermezzi, das bisher unbekannte Gebot strengerer Stücktreue als Maßstab dramaturgischer Arbeit, die für die Akteure verbindliche Verpflichtung zu möglichst großer Textsicherheit und die im Geist des Klassizismus vollzogene Formalisierung der Ausstattung gehörten zu den wesentlichen Programmpunkten der Bühnenreform. Damit verband sich der Anspruch des Theaters, am Prozeß der Aufklärung durch Erziehung des Publikums tatkräftig mitzuwirken, das soziale Renommee der Schauspieler zu verbessern, die Fundamente der künstlerischen Arbeit durch eine gediegene Ausbildung der Beteiligten zu befestigen. Im Frühjahr 1753 gründete Conrad Ekhof, vor August Wilhelm Iffland der bedeutendste deutschsprachige Charakterdarsteller seiner Zeit, in Schwerin eine Schauspielerakademie, die der wandernden Truppe Johann Friedrich Schönemanns angegliedert war. Im Kreis der Ensemblemitglieder, zu denen Sophie Charlotte Schröder und Konrad Ackermann zählten, diskutierte man Fragen der Stückauswahl und Regie, Probleme der Deklamationstechnik und des Bühnenbildes, nicht zuletzt Aspekte der Theatergeschichte. Mit seiner Initiative wollte Ekhof die Akteure zu einer stärker intellektuell begründeten Auseinandersetzung mit Rollen und Repertoire führen, um auf diese Weise ihr Interesse an der gemeinsamen Arbeit zu steigern.[27] Sein Vorstoß markiert den ersten Versuch einer institutionell abgesicherten Schauspielerausbildung in Deutschland; er zeugt zugleich vom gewachsenen Selbstbewußtsein eines Berufsstandes, der sich nach Jahrhunderten der sozialen Deklassierung um die öffentliche Anerkennung seiner künstlerischen Leistungskraft bemüht. Der Weg zu einer soliden Professionalität, die Spieltechnik und intellektuelles Textverstehen gleichermaßen umfaßte, war jedoch noch weit; nach 14 Monaten mußte Ekhof sein ehrgeiziges Projekt aufgeben, weil die Akteure wachsendes Desinteresse an den Programmpunkten der Akademie zeigten und ihren Sitzungen immer häufiger fernblieben.[28]

Beim Versuch, den Schauspielbetrieb neu zu fundieren, fand Ekhof in der folgenden Dekade tätige Mitstreiter, konnte aber keine dauerhaften Erfolge erzielen. Nach unruhigen Wanderjahren schloß er sich der Gesellschaft Konrad Ackermanns an, der 1764 den glücklosen Heinrich Gottfried Koch in Hamburg mit seiner eigenen Compagnie verdrängte. Unter dem Eindruck erster Erfolge ließ Ackermann am Gänsemarkt ein neues Schauspielhaus errichten, dessen hohe Unterhaltskosten seine finanziellen Möglichkeiten freilich rasch erschöpften und das Theater in eine ökonomische Notlage führten, die schließlich den Rücktritt des Prinzipals verlangte. Die Stelle Ackermanns, der sich nach seinem gescheiterten Projekt mit der Rolle des einfachen Ensemblemitglieds begnügen mußte, übernahm Johann Friedrich Löwen, ein ehrgeiziger Praktiker, der organisatorische Erfahrung mit dem Sinn für programmatische Zielsetzungen verband. Löwen sicherte dem Theater die finanzielle Unterstützung von zwölf Hamburger Kaufleuten, die, in einem Konsortium zusammengeschlossen, auf der Basis ihres privaten Kapitals die materielle Existenz des Bühnenbetriebs garantieren sollten. Erstmals in der Geschichte des deutschen Theaters konnte derart ein Schauspielhaus künstlerisch anspruchsvollere Programmabsichten verwirklichen, ohne unmittelbar auf den Publikumsgeschmack oder das Wohlwollen eines Hofes angewiesen zu sein.

In einer Ende des Jahres 1766 gedruckten Flugschrift, die auf Befunde seiner kurz zuvor erschienenen *Geschichte des deutschen Theaters* zurückgriff, verdeutlichte Löwen, daß er mit seinem Hamburger Projekt ehrgeizige Ziele verfolgte.[29] Im Mittelpunkt des neuen Vorhabens standen organisatorische Maßnahmen, die dem strafferen Aufbau des Hauses, einer besseren Verteilung der Kompetenzen und der Förderung eines ausbalancierten Spielplans mit dem Schwerpunkt auf deutschsprachigen Dramen galten. Zu den wesentlichen Reformideen des Unternehmens gehörten die Einrichtung einer Schauspielerakademie nach dem Muster Ekhofs, die Gründung einer Pensionskasse für ältere Akteure, die Förderung zeitgenössischer Autoren durch ein jährliches Preisausschreiben und die Schaffung einer Dramaturgenstelle, die die reibungsfreie Koordination von Stückauswahl, Aufführungspraxis sowie Öffentlichkeitsarbeit gewähren sollte. Verantwortlich für die nähere Entwicklung des Repertoires wurde Lessing, um dessen Mitarbeit sich Löwen seit Beginn des Jahres 1767 bemüht hatte. Im Vorwort seiner *Hamburgischen Dramaturgie*, die als Programmheft, poetologische Abhandlung, theatergeschichtlicher Abriß und philologische Studie gleichermaßen angelegt war, beleuchtete er die organisatorischen Veränderungen, die das neue Theater von den Wanderbühnen vergangener Tage unterscheiden sollten. Insbesondere betonte er, daß man auf der Grundlage der privaten Finanzierung die Zwänge der «Principalschaft», die «eine freie Kunst zu einem Handwerke herabgesetzt»[30] habe, hinter sich lassen werde, weil nur auf diese Weise die nötige künstlerische Unabhängigkeit zu gewährleisten sei.

Betrachtet man den Spielplan der Hamburger Bühne, so läßt sich erkennen, daß der für die Gottschedära bezeichnende Einfluß französischer Dramen deutlich zurückgegangen ist: Werke von Racine, Crébillon und Pradon fehlen gänzlich, Corneille ist einzig mit der *Rodogune* vertreten; nur das Komödienangebot bleibt mit Arbeiten von Destouches, Marivaux und Molière traditionell geprägt. Im Zeitraum von eineinhalb Jahren kam eine ungewöhnlich hohe Zahl moderner deutschsprachiger Stücke zur Aufführung – Trauerspiele von Cronegk, Schlegel, Lessing, Weiße und Ayrenhoff, Lustspiele von Krüger, Lessing, Löwen, Brandes, Heufeld und Schlosser. Den größten Erfolg erntete Lessings *Minna von Barnhelm*, die nach der Premiere im September 1767 16 Ansetzungen erlebte und damit zum am häufigsten gezeigten Drama unter Löwens Direktorat avancierte. Nur ein geringer Teil der zuvor aufgestellten künstlerisch-organisatorischen Forderungen konnte freilich in die Praxis umgesetzt werden. Das Repertoire blieb keineswegs ausgewogen, sondern zeigte bald ein Schwergewicht im Bereich der Komödie, die zwei Drittel des Spielplans ausmachte; gegenüber den älteren Übertragungen aus dem Französischen konnten sich die deutschsprachigen Originaldramen, von Lessings Arbeiten abgesehen, nur schwer durchsetzen; das Zuschauerinteresse sank nach den ersten Monaten rapide und trieb das Theater in eine wachsende Abhängigkeit von seinen Geldgebern, deren Zahlungen wiederum unregelmäßig erfolgten, bisweilen sogar ganz ausblieben; das ehrgeizige Vorhaben, eine Schauspielerakademie mit Diskussionsrunden und Vortragsveranstaltungen zu gründen, scheiterte (wie schon im Fall Ekhofs) am mangelnden Interesse der Darsteller; das Konsortium der Finanziers nahm verstärkt Einfluß auf die Spielplangestaltung, was Konzessionsentscheidungen erforderte und dazu führte, daß das Ballett – oft als Abschluß einer Drameninszenierung – einen gehobenen Status im Repertoire gewann; hinzu kamen künstlerische Meinungsdifferenzen zwischen Löwen und dem hochkarätig besetzten Ensemble, dessen führende Akteure größere Mitbestimmungsrechte forderten. Angesichts solcher Spannungen schien es folgerichtig, daß das ehrgeizige Projekt des ersten deutschen Nationaltheaters nach nur eineinhalb Jahren und 522 Vorstellungen offiziell für gescheitert erklärt werden mußte. Löwen verließ Hamburg im November 1768 und überantwortete seinem Vorgänger Ackermann erneut die Leitung der Truppe. Im 104. Stück der *Dramaturgie* äußerte sich Lessing bitter über den Provinzialismus der Hansestadt, durch den der «süße Traum»[31] von der Gründung einer neuen Bühne vorerst verflogen sei. Daß es nicht allein lokale Besonderheiten, sondern die Gesetze des Zeitgeschmacks waren, die Löwens Bühnenpläne unerfüllt ließen, erfuhren in späteren Jahren Ekhof und manche seiner jüngeren Kollegen beim Versuch, die Impulse des Nationaltheatergedankens aufzugreifen und im Rahmen eines anspruchsvolleren Spielplans umzusetzen. Fast durchweg stieß man bei diesem Vorhaben auf die skeptische Distanz des Publikums, das sich mit einem Ballett und Oper aussparenden Repertoire nicht dauerhaft anfreunden mochte.

Löwens Nationaltheaterprogramm fand trotz derart gemischter Erfahrungen Nachahmer. Braunschweig, Weimar, Gotha und Mannheim folgten seit dem Ende der 70er Jahre dem Modell des Hamburger Projekts und begründeten feste Bühnen, in deren Repertoire seriöse deutschsprachige Dramen besonderes Gewicht erhalten sollten.[32] Im Gegensatz zu Löwens

Konzeption finanzierten sich diese Schauspielhäuser jedoch nicht durch private Förderer, sondern aus regelmäßigen Zuwendungen der Höfe; so entstand die eigentliche Nationaltheaterbewegung am Ende der 70er Jahre auf der Grundlage des durchaus traditionsreichen, schon für die Renaissancebühne bestimmenden fürstlichen Mäzenatentums.[33] Entscheidender als der Programmanspruch, die Aufführung deutscher Dramen zu unterstützen, schien dabei zunächst die Bindung der ehemaligen Wandertruppen an einen festen Spielort, der die Entwicklung eines variantenreicheren Repertoires erforderte, zugleich aber einen Zuwachs an technischen Möglichkeiten bedeutete. Nationaltheater lassen sich daher jene Bühnen nennen, die, auch wenn sie den Begriff selbst nicht führten, als stehende Häuser unter der Förderung eines privaten Konsortiums oder des Landesfürsten um einen modernen Spielplan mit verstärkter Berücksichtigung heimischer Autoren bemüht waren. Daß gerade die Aristokratie den bürgerlichen Geschmackswandel sehr aufmerksam vermerkte, betonen Ifflands *Fragmente über Menschendarstellung* im Jahr 1785: «So wurden nach und nach an allen Höfen, theils aus Oekonomie, theils aus Patriotismus, oder aus kleinen Nebenursachen (welche aber gewöhnlich mit grossen Nahmen belegt wurden), die französischen Schauspiele abgeschafft und die deutschen eingeführt.»[34]

Daß die Bindung an ein Fürstenhaus künstlerische Selbständigkeit und programmatischen Anspruch nicht ausschließen mußte, bewies bald die praktische Arbeit der einzelnen Hoftheater. Anstelle der wechselnden ausländischen Truppen, die bisher die Bühnen der Residenzstädte bespielt hatten, bildeten sich ab 1770 feste Ensembles mit ortsansässigen Akteuren, deren Mitglieder oft auf Lebensdauer engagiert blieben. Das Privileg, über einen gleichbleibenden Aufführungsort und gesicherte Finanzierung verfügen zu können, schuf erstmals die Voraussetzung für eine begrenzte künstlerische Förderung zeitgenössischer Autoren. Nahezu sämtliche der bedeutenden deutschen Dramatiker des ausgehenden 18. Jahrhunderts wurden durch große Theater gestützt: das gilt für Goethe und Kotzebue in Weimar, Schiller, Gemmingen und Iffland in Mannheim, Plümicke in Berlin, Schröder in Hamburg, Gotter in Gotha, Stephani in Wien. Die restriktive Zensurpraxis der Höfe und die dürftige Honorierung begrenzten andererseits die Freiräume der Autoren erheblich. Wer als Dramatiker arbeitete, mußte sein Auskommen entweder durch ein Verwaltungsamt oder einen Mäzen absichern, weil die Tantiemen, die die Häuser ausschütteten, äußerst knapp bemessen blieben. Nicht selten waren es daher Schauspieler und Regisseure wie Iffland, Schröder oder Plümicke, die aus intimer Kenntnis der bühnentechnischen Möglichkeiten für das Theater schrieben.

Die zeitgenössische Schauspielreform kam nicht zuletzt in publizistischen Arbeiten zur Geltung. Das *Theater-Journal für Deutschland*, das Heinrich August Ottokar Reichard, der Direktor der Gothaischen Hofbühne, 1777 gründete, sollte der Diskussion über die moderne Dramaturgie ein Forum bieten.[35] Lessings *Theatralische Bibliothek* (1754–58) hatte hier bereits Wege gewiesen: sie nahm die aktuellen Inszenierungstendenzen ebenso zur Kenntnis wie Probleme der Textauswahl, Übersetzung, Schauspielkunst und Bühnentechnik. Ihr Ziel war es, «eine kritische Geschichte des Theaters zu allen Zeiten und bei allen Völkern» vorzulegen, die ihrerseits Anregungen für die Gegenwart vermitteln konnte.[36] Schon 1775 hatte Reichard einen *Theater-Kalender* auf den Markt gebracht, der neben Premierenberichten auch ein Verzeichnis der deutschen Schauspielgesellschaften, ihrer Mitglieder und Vorstellungen, ferner Rezensionen neuer Stücke und Übersetzungen abdruckte. Das *Journal* setzte diesen Weg fort, vertrat jedoch einen stärker analytischen Anspruch. Die bis 1784 in 22 Heften aufgelegte Zeitschrift suchte ihrem Publikum die Vorzüge stehender Bühnen mit wechselndem Repertoire zu verdeutlichen, indem sie immer wieder das glorreiche Muster der französischen und englischen Schauspielkunst beschwor. Auch Reichard forderte dabei eine verbesserte Ausbildung der Akteure, größere Freiheiten bei der Stückauswahl und stärkere finanzielle Unabhängigkeit der Intendanten. Ähnliche Bahnen beschritt die zwischen 1778 und 1784 in Berlin erscheinende *Litteratur- und Theaterzeitung* Christian August von Bertrams, der 1785 die *Ephemeriden* und 1788 die *Annalen* folgten. Insbesondere in den Residenzen und Reichsstädten etablierten sich vergleichbare Theaterjournale, die das zeitgenössische Bühnenleben kritisch begleiteten; in Hamburg wurden im Anschluß an Lessings *Dramaturgie* bis zum Beginn des 19. Jahrhunderts 20 unterschiedliche Zeitschriften dieses Typs vertrieben.[37]

Zum Modell des neuen Theaters avanciert ab dem Ende der 70er Jahre die Mannheimer Schaubühne, die auch Schillers Weg wesentlich bestimmen wird. Ihr Leiter ist seit 1780 der Reichsfreiherr von Dalberg, ein wendiger Aristokrat mit bürgerlichem Kunstgeschmack und Sinn für Strömungen der Zeit. Der 1750 geborene Dalberg wirkte zunächst als Diplomat und Geheimer Rat in pfälzischem Staatsdienst, ehe er mit kulturpolitischen Aufgaben in Berührung kam. Im Jahr 1775 hatte der Kurfürst Carl Theodor das frühere Schütthaus der Residenz unter der Leitung des italienischen Architekten Lorenzo Quaglio zu einer vorzüglich ausgerüsteten Bühne umbauen lassen. Mit 16 Metern Raumtiefe und einer kompletten Unterkellerung, die umfassende Stellflächen für Kulissenbauten bot, erfüllte sie modernste technische Standards. Die über vier Etagen sich erstreckenden Logenränge stellten 1200 Zuschauerplätze bereit, wobei das schmale Parkett lediglich einen Durchmesser von 20 Metern aufwies.[38] Nach der Eröffnung zum 1. Januar 1777 firmierte das Haus unter der Leitung des Grafen von Savioli und der Direktion Theodor Marchands als Hof- und Nationaltheater mit hohem künstlerischem Anspruch. Als der Kurfürst 1778 die Residenz nach München verlegte, wo er das Erbe des verstorbenen Maximilian III. antrat, ging es durch die Initiative Dalbergs in die Hand der Stadt über. Zwei Jahre später übernahm er selbst die Intendanz der Bühne, deren Leitung zu diesem Zeitpunkt vor allem kaufmännisches Geschick verlangte. Der Hof beteiligte sich nur noch mit einem jährlichen Zuschuß von 5000 Gulden an den Aufwendungen (das entsprach den Kosten einer einzigen Opernaufführung), der Rest mußte über Abonnements und Tageseinnahmen gedeckt werden. Dalberg selbst schloß einzelne Etatlücken durch großzügige Zahlungen aus sei-nem beträchtlichen Privatvermögen, mußte aber notwendig einen an den Zuschauerbedürfnissen ausgerichteten Spielplan bieten, um dem Haus finanzielle Gestaltungsmoglichkeiten zu sichern.[39] Unter seiner Führung entwickelte sich Mannheim zu einer Theaterhochburg mit überregionaler Ausstrahlungskraft. Weil es an publikumswirksamen deutschen Originaldramen fehlte, beherrschte zunächst das moderne französische Drama das Angebot. Zu den am häufigsten aufgeführten Künstlern zählen Molière, Beaumarchais, Diderot, Mercier und Grétry.[40] Über das Repertoire beriet der Theaterausschuß, dem ausgewählte Schauspieler und Regisseure angehörten, gemeinsam mit dem Intendanten. Dalberg, der seinen Briefwechsel bevorzugt in französischer Sprache führte, war trotz der Vorliebe für die Kultur des *grand siècle* durchaus bemüht, deutsche Schriftsteller zu unterstützen. Zu den von ihm geförderten jüngeren Autoren gehörte Otto Heinrich von Gemmingen, dessen *Teutscher Hausvater*, ein Familiendrama in der Nachfolge von Diderots zwei Dekaden älterem *Le père de famille*, Ende November 1780 in Mannheim uraufgeführt wurde. In späteren Jahren setzte Dalberg auch die dramatischen Arbeiten Ifflands durch, der zu den herausragenden Charakterdarstellern des Ensembles zählte. Wiederholt zeigte der Intendant seine eigenen Shakespeare-Übertragungen, deren biederer Stil jedoch kaum Resonanz fand; daneben trat er als Autor bürgerlicher Trauerspiele hervor (*Walweis und Adelaide*, *Cora*). Die durch ihn aufgebaute *Deutsche Gesellschaft* betrieb seit 1775 in Mannheim nach dem Vorbild der *Académie Française* eine nationale Kulturpolitik, deren sprachkonservatorische Bemühungen nicht frei von provinzieller Engstirnigkeit blieben. Hier suchte Dalberg seine Bemühungen um eine konkurrenzfähige deutschsprachige Bühnenkunst entschlossen fruchtbar zu machen, indem er Preisausschreiben zur Förderung heimischer Autoren und öffentliche Diskussionsrunden zu Fragen des modernen Theaters einführte. Für die Geniebewegung zeigte sich der energische Theaterleiter freilich kaum offen; sein literarisches Werturteil blieb an den festen Rahmen der Konventionen und des herkömmlichen Anstands gebunden. Das erschwerte es provokanten Autoren wie Klinger und Lenz, ihre eigenen Arbeiten bei ihm durchzusetzen. Auch Schiller sollte bald erfahren, daß die Zusammenarbeit mit Dalberg nur um den Preis der Anpassung an die bestehenden Theaternormen möglich war. Die hochfliegenden Erwartungen, mit denen er seine Laufbahn als Dramatiker begann, wurden in Mannheim massiv enttäuscht.

2. Die Räuber (1781)

«Kopie der wirklichen Welt»?
Die Geburt eines Monstrums

«Aus seinem ersten Produkte wies man ihm sein Fach an; man zog daraus den Schluß auf alle folgende, man setzte seinem Genie Regel und Grenze.» (NA 22, 211) Was Schiller im Januar 1789 über Goethes *Götz* schreibt, läßt sich auch auf die Wirkungsgeschichte seines eigenen Debütdramas beziehen. Mit den *Räubern* erzeugt er ein Identifikationsmuster, an dem ihn die Kritik künftig zu messen pflegt. Noch als er im Sommer 1787 nach Weimar kommt, ist er für die dortige literarische Gesellschaft vor allem der Autor eines herausfordernden Jugenddramas mit aggressiven Zügen. In Jena, zwei Jahre später, drängen die Studenten in seine Vorlesung, weil sie den Autor der *Räuber* auf dem Podium erleben möchten. Die leichte Reserve, die der Weimarer Herzog Carl August seinem philosophischen Extraordinarius und Hofrat entgegenbringt, wird durch das Mißtrauen genährt, welches das anarchische Frühwerk in ihm weckte. In der Ankündigung der *Rheinischen Thalia* erklärt Schiller Ende 1784 rückblickend, sein Debütdrama sei einer fehlgeleiteten Erziehung entsprungen: entstanden aus dem Antrieb eines unruhigen Geistes, der gegen die Zwangsordnung der Militärakademie protestiert habe, ohne jedoch das wirkliche Leben zu kennen. Von Erfahrungen im Umgang mit Menschen unberührt, mußte er, wie er selbstkritisch einräumt, «ein Ungeheuer hervorbringen, das zum Glück in der Welt nicht vorhanden war, dem ich nur darum Unsterblichkeit wünschen möchte, um das Beispiel einer Geburt zu verewigen, die der naturwidrige Beischlaf der Subordination und des Genius in die Welt setzte.» (NA 22, 94) Zu diesem Zeitpunkt waren *Die Räuber*, ähnlich wie zehn Jahre zuvor der *Werther*, bereits zum Kultbuch der jungen Generation geworden. Ein anonymer Kritiker berichtet 1785 im Leipziger *Magazin der Philosophie und schönen Literatur*, daß sich in Bayern, Württemberg und Sachsen «gefährlich schwärmende Jünglinge»[41] zu Mordbrenner-Banden zusammengeschlossen hätten, um dem zweifelhaften Vorbild Karl Moors nachzueifern. Angesichts solcher Verirrungen war es verständlich, wenn sich der Autor distanziert über das eigene Frühwerk äußerte und dessen Wirkung mit Reserve betrachtete.

Die Räuber entstanden, wie sich ehemalige Kommilitonen erinnern, in Schillers letzten zwei Karlsschuljahren. Da die im Herbst 1780 eingereichte dritte Doktorschrift in ihrem 15. Paragraphen ein kaschiertes Zitat aus Szene V,1 des Dramas anführt, wird man vermuten dürfen, daß der Text zu diesem Zeitpunkt annähernd fertiggestellt war (NA 20, 60). Nach einem Bericht Petersens wurden Dissertation und Schauspiel fast gleichzeitig im Laufe des Jahres 1780 niedergeschrieben; das entspricht Schillers eigener Erinnerung, wie er sie in einem Brief an Körner vom 2. Februar 1789 formuliert. Erste Entwürfe des Dramas reichen jedoch bis in die Mitte der 70er Jahre zurück; Petersen spricht von zehn verschiedenen Fassungen, die der Text durchlaufen habe.[42] Eine vermutlich 1780 entstandene Handskizze des Mitschülers Victor Peter Heideloff zeigt Schiller, der seinen Kommilitonen – darunter Dannecker, von Hoven, Scharffenstein und Kapf – im Bopserwald bei Stuttgart in malerischer Pose aus dem Manuskript des Dramas vorliest. Dem Abschluß der Arbeit waren, wie Friedrich von Hoven und Christophine Schiller übereinstimmend betonen, mehrere Aufenthalte im Akademiespital förderlich, die das ungestörte Schreiben erlaubten.[43] Zahlreiche Biographen berichten, Schiller habe sich in regelmäßigen Abständen krankgemeldet, um auch bei Tageslicht an seinem Text arbeiten zu können. Normalerweise standen nur die späten Stunden im gemeinschaftlichen Schlafraum für die Auseinandersetzung mit dem Manuskript zur Verfügung. «In solcher Lage», so erinnert sich Caroline von Wolzogen an die Schilderungen ihres Schwagers, «wurden die Räuber zum Theil geschrieben. Manchmal visitirte der Herzog den Saal; dann fuhren die Räuber unter den Tisch; ein unter ihnen liegendes medicinisches Buch erzeugte den Glauben, Schiller benutze die schlaflosen Nächte für seine Wissenschaft.»[44]

Anfang März 1781 entschließt sich Schiller nach längeren Planungen, die erste Fassung seines Schauspiels anonym im Eigenverlag auf den Markt zu bringen. Gedruckt werden 800 Exemplare, vermutlich durch die Ver-

Schiller liest seinen Freunden im Bopserwald aus den ‹Räubern› vor.
Lavierte Federzeichnung von Victor Wilhelm Peter Heideloff

mittlung des Buchhändlers Johann Benedikt Metzler, bei Johann Philipp Erhard in Stuttgart.[45] Noch während der Herstellung tauscht Schiller im April drastische Partien der Szenen I,1–2 gegen eine maßvollere Variante aus (der ursprüngliche Text ist als ‹unterdrückter Bogen B› überliefert). Anfang Mai verfaßt er eine von Publikumsschelte geprägte Vorrede, die er aus Furcht vor möglichen Reaktionen jedoch zurückzieht und durch eine vorsichtiger formulierte zweite Fassung ersetzt. Die Druckkosten in Höhe von 150 Gulden hat Schiller selbst bei Erhard zu hinterlegen. Da er über entsprechende Mittel nicht verfügt, nimmt er ein Darlehen auf, getragen von der Hoffnung, die Schuld nach gutem Verkaufserfolg rasch tilgen zu können. Der Erlös der *Räuber* erfüllt seine Erwartungen jedoch nicht, so daß die geliehene Summe fortlaufend verzinst werden muß. Damit beginnt eine Kette von finanziellen Abhängigkeiten, die Schiller bis zum Ende der 80er Jahre belasten. Noch kurz vor der Übernahme der Jenaer Professur, im Herbst 1788, muß er Gläubiger befriedigen, die auf die Erfüllung weit zurückliegender Verpflichtungen pochen. Schillers bis zum Geiz gesteigerte Sparsamkeit, die ihn später zu einem genau rechnenden Geschäftsmann werden läßt, findet ihre Ursache gewiß auch in solchen unerfreulichen Erfahrungen des finanziellen Zwangs.

Einen Teil der ersten Auflage erwirbt Metzler in Kommission, um das Werk auf den Buchmessen des Jahres 1781 anzubieten; den heimischen Vertrieb besorgt Schiller zunächst in Eigenregie.[46] Zwar sind die 800 Exemplare bis zum Januar 1782 nahezu komplett veräußert, jedoch wurde ein großer Teil von ihnen, anfangs zu Werbezwecken, später aus Mangel an Resonanz, verschenkt oder verramscht. Zumal seine Stuttgarter Freunde, frühere Kommilitonen und Verwandte hat Schiller großzügig mit Freistücken bedacht. In der zweiten Hälfte des Jahres übernimmt der Stuttgarter Antiquar und Buchbinder Johann Christoph Betulius den Verkauf der verbilligten Restexemplare. Zum wirtschaftlichen Mißerfolg tritt eine gedämpfte Presseresonanz. In einer ersten Besprechung, die am 24. Juli 1781 in der *Erfurthischen Gelehrten Zeitung* anonym erscheint, bezeichnet Christian Friedrich Timme den Autor als «teutschen Shakespear», bekundet aber zugleich Unbehagen angesichts der im Schauspiel dargestellten Gefühlsausbrüche: «Ich weis es wol, daß es zum beliebten Scheniewesen gehört, auf Regeln aus Schulgeschwätz zu schimpfen, Aristoteles und Batteux für Dummköpfe zu halten, über Stok und Stein querfeldein zu springen und Zaun und Heken niederzutreten; aber ich weis auch, daß wir nur noch kurze Zeit fortfahren dürfen, um alles, was die besten Köpfe seit Jahrhunderten gebaut haben, niederzureisen, und mit Sturm und Drang, Sing und Sang in das beliebte Zeitalter der Gothen zurückzukehren.»[47]

Timmes Einwand gilt auch Schillers Vorrede mit ihrem Angriff gegen die aristotelische Poetik und Charles Batteux' Schrift *Les Beaux Arts, réduits à un même principe* (1746), deren Regelwerk hier als Ausdruck der Schulmeisterei verworfen wird. In einer gemäßigt gehaltenen Kurzkritik für Friedrich Nicolais *Allgemeine deutsche Bibliothek* lobt der Freiherr von Knigge zumindest die «Charaktere» des Dramas, die er «meisterhaft bearbeitet» findet.[48]

Noch während des Drucks der Erstausgabe prüft Schiller die Möglichkeiten eines besseren geschäftlichen Arrangements. Ende März 1781 sendet er dem Mannheimer Verleger Christian Friedrich Schwan die Bögen der ersten beiden Akte, um sein Interesse zu erkunden. Schwan ist zu diesem Zeitpunkt auf dem süddeutschen Literaturmarkt eine Kapazität von Gewicht. Der Verleger, den eine abenteuerliche Jugend nach abgebrochenem Hallenser Theologiestudium bis an die Küsten Hollands und in russische Dienste geführt hatte, war erst 1765 im Alter von 32 Jahren als Unternehmer seßhaft geworden. In Mannheim gelang es ihm rasch, eine erfolgreiche Verlagsbuchhandlung mit breitem Sortiment aufzubauen. Lessing, Goethe, Schubart und Sophie von La Roche gehörten zu den Gästen seines in großbürgerlichem Stil geführten Hauses. Er pflegte engen Kontakt zur Bühne der früheren Residenz, deren Spielplan er energisch zu beeinflussen suchte. Daß er selbst künstlerisches Gespür besaß, beweist seine literarische Tätigkeit. Für das Mannheimer Theater bearbeitete er französische Dramen, daneben veröffentlichte er Essays und Denkschriften über ästhetische Fragen. Zeitgenossen rühmen den ihn auszeichnenden Geschmack und die weltläufige Urbanität seines Auftretens. Dennoch blieb Schwans Verlagsprogramm von wirtschaftlichen Interessen bestimmt, was zuweilen einen rüden Umgang mit den Autoren einschloß. Rücksichten auf deren oftmals bedrückende ökonomische Lage nahm er nicht; als entschieden auf den eigenen Vorteil bedachter Kaufmann, der vertrieb, was der Markt wünschte, verkörperte er den typischen Verleger seiner Generation.

Schwan lehnt die Veröffentlichung der *Räuber* ab, leitet aber die zur Ansicht übersendeten sieben Druckbögen an den mit ihm befreundeten Dalberg weiter. Der Intendant läßt Ende Juni vernehmen, daß er bereit wäre, das Schauspiel aufzuführen, sofern die Kritik an Obrigkeit und Kirche entschärft würde. Schiller entschließt sich schweren Herzens zu einer Bearbeitung, von deren Notwendigkeit ihn auch Friedrich Nicolai überzeugt haben dürfte, als er ihn am 20. Juli in Stuttgart besuchte. Eine Ruhrepidemie, die das gesamte Regiment erfaßt hat, zwingt ihn jedoch im September zu ärztlichen Überstunden, so daß die literarische Tätigkeit leidet. In einem

Brief an Dalberg vom 6. Oktober 1781 kündigt er endlich die gekürzte Fassung als «der Verlorne Sohn, oder die umgeschmolzenen Räuber» an (NA 23, 20). Der Bühnenchef ist mit Schillers Korrekturen freilich nicht zufrieden und nimmt sich das Manuskript selbst vor. Gegen den Willen des Theaterausschusses verlagert er das Geschehen in die Zeit der Bauernunruhen des sinkenden Mittelalters, obgleich Schiller durch die Hinweise auf den Siebenjährigen Krieg keinen Zweifel am Gegenwartscharakter der Handlung gelassen hatte (NA 3, 24, 46). Dalberg sucht mit seiner historischen Verkleidung die Gesellschaftskritik des Dramas zuzudecken; zum anderen möchte er dem Zeitgeschmack entgegenkommen, der seit Goethes *Götz* eine besondere Vorliebe für Ritterschauspiele hegt. Die Eingriffe des Intendanten, zu denen auch die Streichung der Moser-Figur und die Entschärfung der antiklerikal geprägten Szene II,3 gehören, muß Schiller notwendig hinnehmen, möchte er das Drama zur Aufführung bringen. Gerade die Historisierung der Handlung, die den Angriffen auf Staat und Justiz die Spitze nimmt, erregt jedoch seinen entschiedenen Widerwillen: «Alle Karaktere», so heißt es in einem Brief an Dalberg vom 3. November 1781, «sind zu aufgeklärt zu modern angelegt, daß das ganze Stük untergehen würde, wenn die Zeit, worin es geführt wird, verändert würde.» (NA 23, 24)

Die Mannheimer Uraufführung am 13. Januar 1782 erbringt dennoch einen achtbaren Erfolg. Schiller, der, ohne beim Herzog um Urlaub nachzusuchen, am Tag zuvor in Begleitung Petersens mit der Kutsche über Schwetzingen in die Pfalz gereist ist, erlebt den Abend als Gast des Intendanten auf einem teuren Logenplatz. Weil er am Stadttor freimütig seinen Namen angegeben hat, macht das Gerücht von der Anwesenheit des Autors in kürzester Zeit die Runde. Als die Vorstellung um 17 Uhr beginnt, ist das Theater überfüllt; zahlreiche Interessenten, unter ihnen Besucher aus Darmstadt, Frankfurt, Worms und Speyer, müssen an der Kasse abgewiesen werden. Die über fünfstündige Aufführung zeigt zwar in den ersten Akten deutliche Längen, gewinnt aber gegen Ende zunehmend Tempo. Den Part des Franz spielt der 22jährige Iffland mit leicht outrierter Brillanz, die vor allem im Schlußakt vor der Selbstmordszene das Publikum begeistert. Weniger eindrucksvoll scheint der untersetzte Johann Michael Böck als Karl gewirkt zu haben; dagegen weiß Schiller in seiner späteren Rezension die einfühlsame Gestaltung der Nebenrollen zu loben, die ihre festumrissene Zeichnung erfuhren (NA 22, 310). In seinen Memoiren spricht Iffland nicht ohne Pathos davon, daß Akteure und Statisten durch das Drama wie in einem «allgewaltigen Feuerstrome» fortgerissen worden seien.[49] Bis in die Morgenstunden hinein diskutiert der ausgelassene Schiller beim Bankett mit den Darstellern über die Möglichkeiten einer künftigen Zusammenarbeit. Ein anonymer Augenzeuge berichtet von der tumultuarischen Reaktion des Publikums: «Das Theater glich einem Irrenhause, rollende Augen, geballte Fäuste, stampfende Füße, heisere Aufschreie im Zuschauerraume! Fremde Menschen fielen einander schluchzend in die Arme, Frauen wankten, einer Ohnmacht nahe, zur Türe. Es war eine allgemeine Auflösung wie im Chaos, aus dessen Nebeln eine neue Schöpfung bricht.»[50]

Schiller läßt der Aufführung im Januar 1782 eine bei Tobias Löffler in Stuttgart erscheinende zweite Ausgabe der Schauspielfassung des Dramas folgen. Sie ist ohne größere Sorgfalt überarbeitet und an manchen Punkten sprachlich geglättet. Der nach einer Vorlage Johann Elias Ridingers gestaltete Titel – jetzt mit Verfassernamen – zeigt das Bild eines Löwen, unter dem das Motto «in tirannos» eingerückt ist. Schiller steuert ein knappes, wenig aussagekräftiges Vorwort bei, das sich einzig auf technische Details der Neuausgabe bezieht (NA 3, 9). In einer am 28. Februar in Haugs *Zustand der Wissenschaften und Künste* anonym veröffentlichten Notiz verwirft er die «heillose Edition» und beklagt deren «elendes Kupfer», wobei ungeklärt bleiben muß, ob er das tendenziöse Umschlagbild für den Druck genehmigt hatte (NA 22, 131). Im April erscheint schließlich noch eine weitere Fassung des Dramas, die, nach dem Erfolg der Mannheimer Premiere, der geschäftstüchtige Schwan auf den Markt bringt. Sie bezeichnet den Text jetzt als ‹Trauerspiel›, ohne aber die dramaturgische Konzeption tiefgreifend zu ändern. Schiller übernimmt zahlreiche von Dalbergs Korrekturen – die veränderte Zeitangabe, den Verzicht auf die Moser-Gestalt – und entschärft die erregte Kirchenkritik der älteren Fassung. Deutlich wird diese Tendenz in der veränderten Szene II,3, die an die Stelle des bigotten Paters einen neutraler wirkenden Abgesandten der Stadt treten läßt. Die einzige Abwandlung von Gewicht wagt Schiller im fünften Akt: Franz nimmt sich nicht mehr selbst das Leben, sondern gerät den Räubern in die Hände; Karl vergibt dem Bruder, der seinerseits der Bandenrache anheimfällt – eine auf den Theatercoup zugeschnittene Lösung ohne psychologische Überzeugungskraft. Der Berliner Dramaturg Karl Martin Plümicke hat diese Fassung ein Jahr später seiner *Räuber*-Bearbeitung zugrunde gelegt, sie jedoch dadurch überboten, daß er Karl am Ende zum Opfer seiner empörten Bande werden läßt. Plümickes Einrichtung war nicht nur in Berlin, sondern bis zum Ende der 80er Jahre auch an den Hofbühnen von Stuttgart und München höchst erfolgreich.

Schiller hat sich nicht gescheut, den Erfolg seines literarischen Debüts durch kräftige Eigenwerbung zu unterstützen. In der schon genannten

Vorrede der Erstausgabe gibt er sich als kundiger Psychologe mit Interesse für die extremen Leidenschaften des Menschen. Das Gedicht *Monument Moors des Räubers*, das 1782 in der *Anthologie* erscheint, lenkt die Aufmerksamkeit des Lesers gezielt auf das Drama. Der Mannheimer Premiere schickt er einen in 1500 Exemplaren verbreiteten Theaterzettel voraus, in dem er Anlage und Charaktere des Stücks kurz erläutert.[51] Die Aufführung rezensiert er selbst in einem längeren Beitrag für die Ende März erscheinende Startfolge des *Wirtembergischen Repertoriums*. Im gleichen Heft veröffentlicht er eine ausführliche Besprechung der erst wenige Wochen später auf den Markt gelangenden Trauerspielfassung, die auch kritische Beobachtungen einstreut. Während die Vorrede der Erstausgabe dem Drama den Charakter einer «Kopie der wirklichen Welt» (NA 3, 5) bescheinigt hatte, bemängelt die Rezension einen Hang zur fratzenhaften Übertreibung. Er verrate, so heißt es, «das armselige Bedürfnis des Künstlers, der, um sein Gemälde auszustaffieren, die ganze menschliche Natur in der Person eines Teufels, der ihre Bildung usurpiert, an den Pranger gestellt hat.» (NA 22, 122) Solche Anmerkungen dienen freilich dazu, dem Text einen exzentrischen Anstrich zu verleihen, der seine Wirkung beim Publikum erhöhen soll. Noch dort, wo Schiller das Drama ausdrücklich mit Kritik bedenkt, arbeitet er als geschäftstüchtiger Anwalt in eigener Sache. Bereits der junge Autor zeigt Reklametalent und Gespür für den Markt – Eigenschaften, die ihm auch in späteren Jahren treu bleiben werden.

In der Vorrede zur Erstausgabe erklärt Schiller, sein Werk lasse sich nicht in die «allzuenge(n) Pallisaden des Aristoteles und Batteux einkeilen» (NA 3, 5). Schon das Personenverzeichnis bestätigt den modischen Hinweis, wenn es dort abschließend heißt, die «Zeit des Schauspiels» erstrecke sich über «zwei Jahre» (was die aristotelische Regel von der Beschränkung auf 24 Stunden empfindlich verletzt). Die bei Löffler veröffentlichte Neuausgabe fügt die Anmerkung hinzu, daß das Geschehen sich «um die Mitte des achtzehenden Jahrhunderts» zutrage, und betont damit gegen Dalbergs historisierende Bühnenfassung den aktuellen Charakter der Handlung (NA 3, 3). Auch das – aus der nachantik klassizistischen Poetik ableitbare – Prinzip der Geschlossenheit des szenischen Ortes verletzt Schiller deutlich. Die Technik des ständigen Schauplatzwechsels, wie sie Goethes *Götz von Berlichingen* und Lenz' *Hofmeister* bereits vorgeführt hatten, dient dem Zweck, ein möglichst breites Spektrum der äußeren Wirklichkeit ins Bild zu bringen. Dabei gewinnen die Theaterräume ihre eigene dramaturgische Bedeutung als Chiffren für die innere Verfassung der Figuren: die dürftige Schenke an den Grenzen Sachsens scheint der passende Ort, an dem Karl seine Haßreden auf das ‹tintenklecksende Säkulum› führen kann, die böhmischen Wälder bilden den sprechenden Schauplatz eines tumultuösen Räuberlebens, die herbstliche Landschaft gerät zur symbolträchtigen Szenerie für Moors schwermütige Selbstbeobachtung, die Ansicht der fränkischen Hügel weckt die Sehnsucht nach unschuldiger Kindheit und Jugend. Kaum zufällig darf sich der Rebell Karl mit Ausnahme der Szene I,2 in der offenen Natur bewegen, während der Intrigant Franz auf die Innenräume des Grafenschlosses beschränkt bleibt. Schiller hat solche Zuordnungsformen in späteren Texten verfeinert und noch in seiner klassischen Phase an den dramaturgischen Möglichkeiten einer genau ausgeklügelten Bühnenlandschaft festgehalten. Angewiesen blieb er dabei auf die technischen Standards des höfischen Theaters, wie er sie in Stuttgart kennengelernt hatte; die Enge eines Kammerspiel-Interieurs verträgt keines seiner Stücke.

Offenen Charakter trägt auch die stilistische Ökonomie des Textes. Immer wieder unterbrechen undramatische Elemente die Handlung. Lieder (II,2, III,1, IV,5) und Erzählungen – Spiegelbergs Bericht vom Klosterabenteuer (II,1), die Geschichte Kosinskys (III,2), der Rapport des Vaters (IV,5) – liefern lyrische bzw. epische Muster, die den Ablauf des Geschehens merklich verzögern. Auch diese Technik ist dem großen Vorbild Shakespeare geschuldet, nicht zuletzt aber den Forderungen Herders und Goethes, die eine Verknüpfung vielschichtiger Stilmittel als Kennzeichen moderner Dramaturgie bezeichnet hatten.[52] Schiller selbst erkannte freilich, daß die erzählerischen Einlagen die szenische Wirksamkeit seines Stücks einschränken mußten. Die Rezension der Mannheimer Uraufführung bezweifelt dessen Theatertauglichkeit grundsätzlich: «Nehme ich das Schießen, Sengen, Brennen, Stechen und dergleichen hinweg, so ist es für die Bühne ermüdend und schwer.» (NA 22, 310) Die unterdrückte Vorrede der Erstausgabe nennt den Text sogar «einen dramatischen Roman» (NA 3, 244).

Der Körper des Menschen wird in Schillers erstem Drama zum Schauplatz der Seele. Die Regiebemerkungen, die Haltung, Gesichtsausdruck und Gestik der Figuren beschreiben, erzählen ihre eigenen Geschichten von Hoffnung, Angst, Verdrängung, Schuldbewußtsein und Selbstzweifel. Daß die Bühnenanweisungen mit großer Genauigkeit die körperliche Ausdruckssprache der Akteure steuern, paßt zum Zeitgeist. Das spärliche Gestenrepertoire des Klassizismus findet bereits im bürgerlichen Trauerspiel eine Erweiterung, die es gemäß dem anthropologischen Interesse der Epoche erlaubt, innerseelische Nuancen, aber auch expressive Emotionalität zur Anschauung zu bringen.[53] Die dramatische Gebärdensprache des jungen Schiller wird geprägt von der Begegnung mit höfischer Oper und Ballett (wobei zumal an die Arbeiten Metastasios und Noverres zu denken ist). Nicht der naturalistische Charakter, durch den Lessing die Gestik in den Dienst einer psychologisch plausiblen Bühnenkunst zu stellen suchte,[54] sondern die pantomimische Ausdruckskraft des Körpers steht hier im Vordergrund. Auch für Schiller bleibt zwar das stumme Spiel, ähnlich wie es die *Hamburgische Dramaturgie* gefordert hatte, ein Mittel zur Darstellung innerseelischer Prozesse, jedoch gewinnt ihr artistischer Eigenwert in seinen frühen Arbeiten (bis zu *Kabale und Liebe*) deutliches Übergewicht. Die Sprache der Gesten empfängt hier eine expressive Magie, in der sich «der pathetische Geist der Oper»[55] abzuzeichnen scheint. Sichtbar wird dieser Einfluß dort, wo gleichsam ritualisierte Motive wie das Verhüllen des Kopfes (als Zeichen für Furcht oder Schuldgefühle), Senken des Blicks, Niederknien oder Auf-die-Brust-Schlagen auftauchen, in denen sich das Zeichenrepertoire der Hofbühne spiegeln darf. Modische Züge tragen hingegen die eruptiven Ausdrucksformen des Fäusteschwingens, Augenrollens, Haarraufens, Aufstampfens, Aufspringens und Fortrennens, die Schillers Drama durchqueren. Auch Lenz und Klinger arbeiten mit einem solchen Fundus der gleichsam archaischen Gesten, in denen der Protest gegen die herrschende Ordnung zur Pantomime umgewandelt wird (beim jungen Goethe fehlt das Stilmittel wiederum). Daß die Gebärdensprache zum Ersatz für die ausbleibende praktische Erprobung des Tatwillens geraten kann, verrät die Szene I,2 der *Räuber*, in der Karl im Kreis seiner Gefährten laut Klage über die philiströsen Erscheinungen des «Kastraten-Jahrhundert(s)» führt (NA 3, 21). An keiner anderen Stelle des Dramas begegnet eine vergleichbar große Zahl nonverbaler Ausdrucksformen. Wenn Spiegelberg mit den «Pantomimen eines Projektmachers» und Gesten «wie beym sankt Veits Tanz» (NA 3, 25) aufwartet, so ist der Zusammenhang zwischen Gebärde und Bewußtsein offenkundig: der blinde Aktionismus des Unzufriedenen, der an der Umsetzung seiner rebellischen Antriebe gehindert ist, schlägt sich in der Sprache des Körpers nieder. Das stumme Spiel der Figuren drückt nicht nur seelische Stimmungen, sondern unmittelbare soziale Konflikte aus: die Gestik des Projektmachers verrät das Unbehagen an den bestehenden Verhältnissen.[56]

Auffällig ist die angespannte Rhetorik des Dramas, die nahezu ständig unter Hochdruck zu stehen scheint. Als Elemente der kunstvollen pathetischen Inszenierung wirken die Tiermetaphern, mit denen Karl seinen Ekel vor der bürgerlichen Gesellschaft zum Ausdruck bringt: «Menschen – Menschen! falsche, heuchlerische Krokodilbrut! Ihre Augen sind Wasser! Ihre Herzen sind Erz! Küsse auf den Lippen! Schwerder im Busen!» (NA 3,

31) Dieser Redestil bedeutet hier keinen Rückfall in die Allegorik des 17. Jahrhunderts, wie man gern behauptet hat. Vielmehr veranschaulicht die Sprache im Medium der Bilder einen kritischen Befund, wenn sie darauf hinweist, daß der ‹Krieg aller gegen alle›, den der europäische Machtstaat der frühen Neuzeit durch einen Herrschaftsvertrag stillzulegen gesucht hatte, unter der Oberfläche zivilisierter Verkehrsformen fortdauert. Die Metaphorik des Dramas lebt von einem auftrumpfenden Darstellungswillen, der sich traditioneller Formen bedient, um mit ihrer Hilfe eine möglichst große Anschauungsleistung zu erzielen. Charakteristisch ist hier die Umwandlung ursprünglicher Bildbedeutungen, die in neue Zusammenhänge überführt und derart verfremdet werden. Mit besonders eigenwilliger Wertung verwendet Schiller die Allegorie des Welttheaters. Bezeichnet Karl in Szene III,2 angesichts des Kontrasts zwischen der blühenden Landschaft und seiner eigenen Verbrecherrolle das Leben als «Schauspiel», das «Tränen in deine Augen lockt, wenn es dein Zwerchfell zum Gelächter kizelt», so zeigt sich das *Theatrum mundi* als Tragikomödie mit gebrochener Dramaturgie. Ihr inneres Gesetz folgt der Logik des Zufalls: das «bunte Lotto», in dem vorwiegend «Nieten» versammelt sind, läßt für Plan und Ordnung keinen Raum (NA 3, 78). Bereits die *Anthologie*-Gedichte hatten das Leben wiederholt als «Jahrmarktsdudelei», Glücksspiel und Schmierenbühne bezeichnet (NA 1, 63, 105).[57] Schillers Metaphorik entspricht jedoch keinem durchgehaltenen Pessimismus, sondern umreißt nur die düstere Seite eines in sich spannungsvollen Weltbildes. Gerade weil in Karl Moor die aufklärerische Sehnsucht nach einer vollkommenen sozialen Wirklichkeit brennt, darf ihn der Zweifel an der Geltung seiner Entwürfe überfallen.

Das Drama ist, Lenz' *Hofmeister* vergleichbar, von einem fein gewebten Netz literarischer Anspielungen durchzogen; kein späteres Werk Schillers wird in ähnlichem Ausmaß auf fremde Zitate und Muster zurückgreifen. Eine überaus bedeutsame Vorlage bildet zunächst die Bibel. Im Text selbst kommt der Topos vom verlorenen Sohn zur Sprache (NA 3,22), den Schiller aber maßgeblich abwandelt. An die Stelle der glücklichen Versöhnung, von der das Lukas-Evangelium berichtet (Luk. 15,11), tritt hier der tragische Ausgang: das Finale des Schauspiels erweist sich als düstere Kontrafaktur des glücklich endenden Mythos.[58] Das zweite biblische Leitmotiv bildet die alttestamentarische Erzählung von Kain und Abel, auf die Schiller anspielt, ohne sie folgerichtig zu entfalten: Karl und Franz begegnen einander an keinem Punkt des Dramas, so daß die erwartbare Eskalation im Brudermord unterbleibt; hinter dem nur als Begleitmusik genutzten Streit der Interessen verbirgt sich letzthin eine verwandte Charakteranlage der Geschwister. Die Auseinandersetzung zwischen Vater und Sohn wiederum findet sich gespiegelt in der Geschichte von Jakob und Joseph (1. Mos. 37,31–35), die Amalia dem alten Moor auf dessen Wunsch vorlesen muß (NA 3, 51). Eine Abwandlung des Motivs bietet Karls Lautenlied in IV,5 (NA 3, 107 ff.), das den tödlichen Konflikt zwischen Cäsar und Brutus als Streit der Generationen darstellt.[59]

Eine Vorlage für das Sujet des Bruderzwists lieferte Schubarts Anekdote *Zur Geschichte des menschlichen Herzens*, die 1775 im *Schwäbischen Magazin* erschien.[60] Schiller greift die stofflichen Anregungen auf, die der künstlerisch bescheidene Text vermittelt, übernimmt Motive der Intrigenhandlung, spitzt den Konflikt aber zu, indem er auf das versöhnliche Ende verzichtet, wie es die dem Muster aufgeklärter Moralistik folgende Erzählung ihren bürgerlichen Lesern schuldig zu sein glaubte. Die Brudermord-Dramen Klingers und Leisewitz' inspirieren Schiller vornehmlich zu atmosphärischen Details. Offenkundige Parallelen treten in der Schenkenszene I,2 auf, deren Dialogstil an die Unterhaltung zwischen Guelfo und Grimaldi im Eröffnungsakt der *Zwillinge* erinnert; Franz Moors egoistische Lebensauffassung findet wiederum im Guido des *Julius von Tarent* ein greifbares Vorbild. Die theologischen Horizonte seines Textes hat Schiller durch den Bezug auf Miltons *Paradise lost* (1667) und Klopstocks *Messias* (1748–73) abgesichert. Die Bedeutung des Engländers, dessen Epos der Akademieschüler begeistert studierte, wird in der zurückgezogenen Urfassung der Szene I,2 offen zur Sprache gebracht, wenn Karl zu Spiegelberg sagt: «Ich weis nicht Moriz ob du den Milton gelesen hast – Jener der es nicht dulden konnte daß einer über ihm war, und sich anmaßte den Allmächtigen vor seine Klinge zu fordern, war er nicht ein ausserordentliches Genie?» (NA 3, 248) Zum Ausnahmewesen avanciert Miltons aufsässiger Teufel durch den Geist der Rebellion, der ihn in Widerspruch zur bestehenden Ordnung treten läßt.[61] Die offizielle Ausgabe von 1781 bietet dieses Motiv nur unter erheblichen Abwandlungen. Als «heulender Abbadona» sieht sich Karl in Szene III,2 vor die zerstörerischen Folgen seiner Räuberexistenz gestellt (NA 3, 79). Klopstocks reumütiger Teufel, der das Lesepublikum der Zeit zu Tränen gerührt hat, tritt damit an den Platz von Miltons aufbegehrendem Satan. Das Bild vom diabolischen Aufrührer, mit dem sich der Karl der unterdrückten Fassung schon zu Beginn identifizierte, wird verdrängt durch die Figur des gefallenen Engels, den die Sehnsucht nach Rückkehr in die himmlische Ordnung peinigt. Das Abbadona-Motiv zeigt den Räuber Moor als zweifach Verstoßenen, der vom leiblichen wie vom göttlichen Vater verlassen scheint, «ausgemustert aus den Reihen der Reinen», vertrieben aus Familie und sozialer Gemeinschaft (NA 3, 79). Sichtbar wird damit, daß Schiller das Schauspiel eines doppelten Autoritätskonflikts beleuchtet hat: in der Rolle des Sohnes lehnt sich Karl gegen die väterlichen Werte auf, als Räuber greift er aber zugleich die christliche Weltordnung an, deren Vollkommenheitsversprechen ihm fragwürdig geworden ist.[62]

In der Vorrede zur ersten Auflage verweist Schiller auf Vorbilder für die Franz-Figur. Klopstocks unverbesserlicher Teufel Adramelech, der sogar Satan übertrumpft, Shakespeares Richard III. und Euripides' Medea werden hier zu einer zweifelhaften Ahnenreihe zusammengeschlossen (NA 3, 7). Ihnen gemeinsam bleibt die von ihren verbrecherischen Taten ausgehende Faszinationskraft, die das Publikum notwendig fesseln muß. Daß Karl Moor wiederum dem Vorbild des edelmütigen Räubers Roque Guichard aus Cervantes' *Don Quixote* (1605/15) nachgearbeitet ist, soll Schiller einer Erinnerung des Mitschülers Conz zufolge selbst eingeräumt haben; den Roman lernte er als Eleve in der 1775–77 erschienenen Übersetzung Friedrich Justin Bertuchs kennen. Nicht auszuschließen sind Anregungen durch die Figur des Robin Hood, die in Deutschland über den 1765 veröffentlichten ersten Band von Thomas Percys einflußreichen *Reliques of Ancient English Poetry* ein Begriff geworden war.[63] Weitere Anspielungen erschließen sich erst dem zweiten Blick. Der Name «Graf von Brand», unter dem Karl nach Franken zurückkehrt, erinnert an die Verführergestalt in Klingers *Das leidende Weib* (1775). Die Kosinsky-Erzählung in Szene III,2 folgt einem Stoff, den bereits der *Spectator* Addisons und Steeles im Jahr 1712 in seiner 491. Nummer bot. Schiller dürfte die Geschichte von der zur Untreue erpreßten Braut über die erzählerische Bearbeitung Gellerts (1746) oder Martinis Trauerspiel *Rhynsolt und Sapphira* (1753) kennengelernt haben. Hinter solchen Bezügen verbirgt sich die Maskierungslust des jungen Autors, der sein Publikum durch Andeutungen und Verkleidungen zu unterhalten sucht. Eigene Umrisse gewinnen die *Räuber* erst über ihr Gespräch mit der Literatur, das einen kulturellen Rahmen festlegt, in dem das Drama zu sich selbst finden darf.

‹Universalhaß› statt Liebe.
Psychogramm zweier Außenseiter

Schillers Vorrede und die Selbstrezension richten ihren Blick verstärkt auf die Bewertung der feindlichen Brüder Karl und Franz. Von drei «ausserordentliche(n) Menschen» spricht jedoch die Einleitung und scheint damit Spiegelberg in den Kreis der hervorstechenden Charaktere einzubeziehen (NA 3, 5). Er verkörpert den Einzelgänger, dessen intellektuelle Energie vorwiegend kriminellen Zielen gilt. Wie Franz stellt er seine geistige Originalität in den Dienst egoistischer Ziele, wie Karl zeigt er sich unzufrieden mit der bürgerlichen Ordnung. Sein Ressentiment speist sich auch aus dem Bewußtsein, als Jude am Rande der Gesellschaft zu stehen. Schillers Figurenporträt verdeutlicht den Einfluß der herrschenden Verhältnisse auf das Rollenverhalten des Menschen: weil Spiegelberg die soziale Anerkennung versagt ist, bleibt ihm als möglicher Ausweg nur die brüchige Existenz des Verbrechers. Die messianischen Denkmuster, die er im Gespräch mit Karl zitiert, werden derart einem kriminellen Lebensentwurf unterlegt: das Paris und London der Spitzbuben tritt an die Stelle des gelobten Landes (NA 3, 23).[64] Daß verarmte Juden, denen nur eingeschränkte Erwerbsmöglichkeiten offenstanden, sich zu Räubergruppen zusammenschlossen, kam im 18. Jahrhundert mehrfach vor. So trieb in Bayern und Württemberg während Schillers Kindheit die über 100 Mitglieder zählende Löw-Bande ihr Unwesen, der bis zu seiner Verhaftung im März 1760 auch Friedrich Schwan, einer der berüchtigsten Verbrecher der Zeit angehörte.[65] Antisemitisch ist folglich nicht das Figurenportrait des Dramas, sondern die Gesellschaft, die es zum Abbild der Wirklichkeit macht.

Über den klischeehaften Grundzug, der Amalia und dem alten Moor anhaftet, hat sich Schiller in seiner Selbstrezension kritisch geäußert. Der Vater zeigt sich als urteilsschwacher Charakter, dessen «Passivität» (NA 22, 129) ihn zum willenlos wirkenden Opfer seiner gescheiterten Erziehungspraxis werden läßt. Seine Neigung zur empfindsamen Rührseligkeit ohne Tatbereitschaft grenzt ihn von den autoritären Patriarchen des bürgerlichen Trauerspiels ab, die Lessing, Wagner und Gemmingen in unterschiedlichen Milieus vorgeführt hatten. Die Unfähigkeit, Franz' Intrige rechtzeitig zu erfassen, darf man jedoch nicht als Zeichen für einen unschuldigen Charakter bewerten.[66] Der Mannheimer Theaterzettel nennt den Grafen unzweideutig einen «allzu schwachen, nachgiebigen Verzärtler» (NA 22, 88). Die bürgerlichen Tugenden des empfindsamen Vaters, wie ihn Lessings Sir William Sampson mustergültig verkörperte, sind Schiller zweifelhaft geworden, weil sie den Verzicht auf konsequentes Handeln einschließen. Der alte Moor beglaubigt hier die Kritik der Genieperiode am aufklärerischen Kult einer Rührseligkeit, die jederzeit in moralische Indifferenz umschlagen kann. Die Amalia-Figur wiederum beweist ausgeprägteres Profil, als es Schillers – die Wirkungsgeschichte bis heute bestimmende – Selbstkritik verrät. Im Gegensatz zum Grafen vermag sie Franz' tückische Manöver zu durchschauen. Den Verführungsversuchen des lüsternen Intriganten widersetzt sie sich couragiert; ihren Anspruch auf Selbstbestimmung gibt sie auch dort nicht preis, wo sie unter äußerem Zwang handelt: wenn sie Karl am Ende auffordert, er solle sie angesichts der Hoffnungslosigkeit ihrer Lage töten, bezeugt das den Mut der Verzweiflung.[67] Von den Tochterfiguren des zeitgenössischen Familienstücks erbt auch sie den Hang zur melodramatischen Attitüde, der jedoch zum Schluß durch Bekundungen der Tatkraft zugedeckt wird (in diesem energischen Gestus zeigen sie Daniel Chodowieckis Kupferstich-Illustrationen für Reichards *Theater-Kalender auf das Jahr 1783*). Gerade ihr Wille zur Verteidigung der eigenen Autonomie läßt sich mit traditionellen Rollenerwartungen nicht vereinbaren. In deren Namen argumentiert Schiller seinerseits, wenn er tadelt, die Figur der Amalia biete dem Zuschauer keine Gelegenheit, in einer «sanften weiblichen Seele auszuruhen» (NA 22, 124). Die Selbstkritik unterschreitet damit das Niveau, das der Dramatiker durch sein Bildnis der Frau als Heroine behauptet hatte.

Mit strikter Ökonomie ordnet Schiller Franz und Karl jeweils acht Auftritte zu. Daß die Widersacher an keinem Punkt aufeinanderstoßen, verrät deutlich, wie wenig er an einer oberflächlichen Darstellung des Bruderstreits interessiert ist (die Besetzung beider Rollen mit demselben Schauspieler wäre technisch möglich). Zur Anschauung kommt die «Parallelaktion»[68] zweier Charaktere, die sich ähnlicher sind, als es zunächst scheinen mag. Besondere intellektuelle Aufmerksamkeit hat Schiller seinem Intriganten gewidmet. Franz ist, so erklärt er Dalberg am 6. Oktober 1781, «ein raisonirender Bösewicht» (NA 23, 21), der sich, wie es die Selbstrezension formuliert, aus diversen Vorlagen eine «herzverderbliche Philosophie» zusammenschmiedet (NA 22, 122). Ihre Quellen bilden das aufgeklärte Naturrecht, der französische Materialismus und die für den Karlsschüler so bedeutsame influxionistische Medizin. Franz Moors Reflexionskraft lebt aus der Manövriermasse jener modernen anthropologischen Theorien, denen Schiller selbst in Abels Unterricht begegnet war. Nicht zuletzt durch das hohe intellektuelle Niveau seiner herausfordernden Denkspiele hebt sich das Drama von zeitgenössischen Vorbildern merklich ab. Sein auffallendes Stilmittel ist die Montagetechnik, mit deren Hilfe es philosophische Theorien unterschiedlichster Herkunft zu einer bisweilen abenteuerlichen Mischung verbindet. Thomas De Quincey spricht in seinem 1837 für die *Encyclopaedia Britannica* verfaßten Schiller-Artikel vom «visionären Stadium» der literarischen Einbildungskraft, das, angereichert durch akademisches Wissen, die Charaktere des Debütdramas zu monströsen Gestalten habe werden lassen.[69]

In der Rolle des «metaphysisch-spizfündigen Schurken» (an Dalberg, 12. Dezember 1781, NA 23, 25 f.) beginnt Franz sein Intrigenspiel gegen den älteren Bruder, ähnlich wie Shakespeares Richard und der Betrüger Edmund aus dem *Lear*, im Bewußtsein der Benachteiligung. Er beruft sich dabei auf einen Naturrechtsgedanken jenseits sittlicher Zweckbindung, der es ihm erlaubt, die Zurücksetzung durch den Zufall der Zweitgeburt nach eigenem Vermögen auszugleichen. Gegen soziale Konventionen («Ehrlicher Name»), moralische Kräfte («Gewissen») und kollektive Übereinkünfte («gemeinschaftliche Pakta») bringt er den Anspruch auf eine von egoistischen Zielen geleitete Selbstbestimmung zur Geltung (NA 3, 19). Das System des neueren Naturrechts, das durch Hugo Grotius (*De iure belli et pacis*, 1623) und Samuel von Pufendorf (*De iure naturae et gentium*, 1672) begründet worden war, ging davon aus, daß der Mensch die angeborene Fähigkeit zur Eingliederung in eine auf juristischen Normen beruhende soziale Ordnung besitzt. Während in der modernen Gesellschaftsphilosophie Rousseaus, die eine Fortentwicklung des frühneuzeitlichen Naturrechts bildet, die persönliche Freiheit an die Übereinstimmung mit allgemein anerkannten moralischen Normen gebunden bleibt, löst Franz den Anspruch auf autonomes Handeln vom Bereich des Gemeinwohls rücksichtslos ab. Das Streben des Egoisten, der den Bruder unter falschen Verdacht stellt, um sich selbst das väterliche Erbe zu sichern, findet eine Grenze einzig in der physischen Beschaffenheit seines Durchsetzungsvermögens, nicht in der Geltung moralischer Normen. Der permanente Kampf der Interessen erscheint als Grundmuster eines gesellschaftlichen Lebens, in dem sittliche Verpflichtungen einzig für die sozial Schwächeren bestehen: «Jeder hat gleiches Recht zum Grösten und Kleinsten, Anspruch wird an Anspruch, Trieb an Trieb, und Kraft an Kraft zernichtet. Das Recht wohnet beym Ueberwältiger, und die Schranken unserer Kraft sind unsere Gesetze.» (NA 3, 18f.) Zu Gesicht kommt hier das Produkt einer aus dem Bannkreis der moralischen Selbstverpflichtung des Menschen entlassenen Aufklärung: ein pervertiertes Vernunftdenken ohne ethischen Horizont.[70] Sein Ziel bildet der Erwerb der Macht, die der Vater besitzt. Als ‹regierender› Graf, wie ihn das Personenverzeichnis nennt, hat dieser einen Status inne, der im 18. Jahrhundert weitgehend dem des souveränen Fürsten entsprach. Er verfügt über individuelles Stimmrecht im Reichstag, Grundfreiheit, damit verbundenen wirtschaftlichen Einfluß und eine nicht geringe Zahl an Erbuntertanigen. Auch wenn der alte Moor selbst im Stadium der Senilität vorgeführt wird, darf man nicht unterschätzen, daß Franz' verbrecherische Energie der von ihm verkörperten Herrschaftsfülle gilt.[71] Wie stark sein Ehrgeiz ins politische Feld spielt, zeigen die Vergleiche, mit denen ihn Pastor Moser am Schluß beschreibt: «Euch fehlt zu einem Nero nur das römische Reich, und nur Peru zu einem Pizarro.» (NA 3, 123) Das Familiendesaster bildet offenbar nur das Modell für eine Auseinandersetzung, die vom Streben nach Macht ausgelöst wird.

Zur Perversion des Naturrechts, dessen Grundpositionen Schiller Ende der 70er Jahre durch Beiträge des *Schwäbischen Magazins* kennengelernt haben dürfte,[72] tritt bei Franz ein materialistisch geprägtes Bild des Menschen. Für den Karlsschüler bedeutete der Materialismus den Ursprung einer zynischen Weltanschauung, welche die moralische Selbständigkeit des Individuums in Frage stellte. Franz beglaubigt diese vereinfachende Gleichsetzung, wenn er seine verbrecherischen Handlungen durch eine Abwertung der Geschwister- und Elternliebe stützt, die an Argumente von Helvétius' *De l'homme* (1773) erinnert. Mit einer drastischen Wendung, die spätere Ausgaben fortlassen, heißt es in der Erstfassung: «Wo stickt dann nun das Heilige? Etwa im Aktus selber durch den ich entstund? – Als wenn dieser etwas mehr wäre als viehischer Prozeß zur Stillung viehischer Begierden? Oder stickt es vielleicht im Resultat dieses Aktus, der doch nichts ist als eiserne Notwendigkeit, die man so gern wegwünschte, wenns nicht auf Unkosten von Fleisch und Blut geschehn müßte.»[73] Weil das Leben zufälliges Ergebnis sexueller Begierde ist, besitzt es, wie Franz in Szene IV,2 ausführt, keinen eigenen Wert: «(...) der Mensch entstehet aus Morast, und watet eine Weile im Morast, und macht Morast, und gährt wieder zusammen in Morast, bis er zulezt an den Schuhsohlen seines Uhrenkels unflätig anklebt.» (NA 3, 95) Deutlich wird, daß Franz seine verbrecherischen Pläne – Ausschaltung des Bruders, Tötung des Vaters – nur zu verfolgen wagt, weil er in der materialistischen Widerlegung der moralischen Evidenz der ‹Blutliebe› ein philosophisches Argument findet, das jeglichen Gewissenszweifel unterdrücken hilft. Helvétius hatte in *De l'homme* versucht, das physische Empfindungsvermögen des Individuums als wesentliche Ursache seiner Urteile und Handlungen zu bestimmen. Moralische Kategorien lassen sich für ihn aus sensuellen Antrieben ableiten. Sie verkörpern, heißt es, «keine Idee», sondern bilden das Ergebnis unserer sinnlichen Reaktion auf bestimmte Gegenstände: so ist die Gewissensnot allein die Folge der Furcht vor den Sanktionen, die der Mensch infolge seiner Vergehen zu gewärtigen hat.[74] Schiller hält diese Argumentation, wie bereits die zweite Karlsschulrede andeutet, für einen Beitrag zur Verteidigung verbrecherischer Handlungen (NA 20, 33). Seine moralphilosophisch geprägte Helvétius-Lektüre führt ihn dazu, den Materialismus als Form kriminellen Denkens zu brandmarken.

Zur Manipulation naturrechtlicher und materialistischer Deutungsmuster gesellt sich ein drittes Motiv. Die Art und Weise, wie Franz den Vater, nachdem dieser Karl verstoßen hat, aus der Welt zu schaffen sucht, verrät seine medizinischen Kenntnisse. Auch in der Rolle des philosophischen Arztes verfremdet er jedoch aufklärerische Denkformen, indem er das

Wissen über den Zusammenhang von Leib und Seele zu verbrecherischen Zwecken nutzt: «Wer es verstünde, dem Tod diesen ungebahnten Weg in das Schloß des Lebens zu ebenen! – den Körper vom Geist aus zu verderben – ha! ein Originalwerk! – wer das zu Stand brächte! – Ein Werk ohne gleichen!» (NA 3, 38f.) Franz bedient sich der Einsichten der influxionistischen Medizin, deren Verfahren jetzt umgekehrt wird; nicht die Möglichkeit zur Heilung psychosomatischer Übel, sondern das perfekte Verbrechen soll aus der genauen Kenntnis des Leib-Seele-Systems abgeleitet werden. Ziel ist die Zerstörung des Körpers durch die Erweckung von Leidenschaften (vor allem Angst und Verzweiflung), die sein «Gehäuse» niederdrücken und den Tod der «Maschine» hervorrufen (NA 3, 38). Daß die von Franz intelligent bedachte Intrige mißlingt, liegt in ihrer holzschnittartigen Durchführung begründet.[75] Nicht ohne tragische Ironie ist es dabei, wenn der eigentliche Tod des Vaters nach dem gescheiterten Verbrechen am Ende exakt den zuvor beleuchteten psychophysischen Gesetzen gehorcht. Wie stark die Verzweiflung auf den Menschen einwirken kann, zeigt ebenso der vorangehende Selbstmord des Bösewichts Franz, dessen Handeln zum Schluß allein durch Leidenschaften gesteuert wird. Der bevorstehenden Vergeltung, zu deren Vollstreckung Karls Vertrauter Schweizer bestellt ist, entzieht er sich im Zeichen von Angst und Erregung durch den Freitod. Seine überreizte Einbildungskraft aber läßt ihn schon die «hellen Triller» der Hölle und die «Nattern des Abgrunds» (NA 3, 126) vernehmen, deren Symbolik das Grundmuster einer aus der Furcht geborenen Strafphantasie bezeichnen; in solche Szenen geht das Wissen des Mediziners Schiller ein, der sich mit Schockzuständen, Gemütskrankheiten und Wahnvorstellungen sehr genau auskennt.

Die Spuren der Angst machen Franz' materialistische Weltauffassung am Ende als Philosophie der «Verzweiflung» (NA 3, 122) sichtbar. Unmittelbarer Ausdruck der (zunächst geleugneten) Schuldgefühle ist sein Traum zu Beginn des vierten Akts – ein Motiv, das an Shakespeares *Macbeth* erinnert. Als «leibhaft Konterfey vom jüngsten Tage» (NA 3, 119) bietet sein Bericht eine dicht gedrängte Kette biblischer Topoi (u.a. 1.Sam. 25,36, 2.Mose 19,16–18, Offb. 8,2; 15,7; 20,13), die durch Bezüge auf Klopstocks *Messias* ergänzt werden (IV, 64f., V, 351f., VII, 601f., XI, 1121f., XIII, 187f.).[76] Die Aussage der Traumerzählung, deren virtuoser Charakter sich mit psychologischer Plausibilität kunstvoll verknüpft, liegt offen zutage. Schuldgefühle und Gewissensangst verbinden sich zu einem mächtigen Bild der Selbstbestrafung: «Da hört ich eine Stimme schallen aus dem Rauche des Felsen: Gnade, Gnade dem Sünder der Erde und des Abgrunds! du allein bist verworfen!» (NA 3, 119f.) Man wird vermuten können, daß Schiller hier an Abels Deutung des Traums als Medium der von Sulzer näher erforschten ‹dunklen Vorstellungsinhalte› gedacht hat.[77] Da er die Psychologievorlesung seines Lehrers im Jahr 1780, zur Zeit der Arbeit am *Räuber*-Manuskript, nochmals besuchte, dürften ihm solche Hintergründe gegenwärtig gewesen sein. Die im Dezember 1780 bei Cotta gedruckten *Theses philosophicae*, die der Eleve Schiller genau studierte, befaßten sich mit dem Einfluß unbewußter Kräfte auf die Zustände des Geistes und das leibliche Befinden. Am Rande berührte Abels Schrift auch die bereits von Platner aufgeworfene Frage, inwiefern der Mensch im Traum solchen unbewußten Energien in verschlüsselter Form begegnet.[78] Wenn sich Franz Moors Strafgericht zunächst auf der Ebene des Angsttraums vollzieht, so reflektiert das eine moderne Theorie der ‹dunklen Vorstellungen›, wie sie Schiller aus der Akademie kannte.

Pastor Moser, die Gegenfigur zum obrigkeitshörigen Pater der Szene II,3, gelingt es schließlich, hinter Franz' Materialismus die «Spinnweben von Systemen» aufzudecken (NA 3, 122). Sein Name erinnert nicht nur an Schillers Lorcher Lehrer, sondern auch an den pietistisch orientierten Juristen Johann Jacob Moser, der mit großem Selbstbewußtsein die Rechte der württembergischen Landstände gegen Carl Eugens Willkür verteidigt hatte.[79] Im Stil eines geschulten Psychologen entlarvt er die Verzweiflung als Triebkraft für Franz' Lehre des Egoismus. Mosers Schreckbild der religiösen Vergeltung wird dabei getragen von Elementen eines eschatologischen Geschichtsdenkens, wie es der Denkendorfer Johann Albrecht Bengel vertrat. Schiller hat Elemente seiner auf eine unmittelbare Naherwartung der Wiederkunft Christi gestützten Theologie vermutlich durch den Religionsunterricht Karl Friedrich Harttmanns kennengelernt, der zwischen 1774 und 1777 an der herzöglichen Akademie lehrte. Mosers Vision vom «Gericht», das als «innerer Tribunal» den Schuldigen trifft, bleibt gezeichnet von Bengels Eschatologie, die die Rückkehr des Erlösers und die damit verbundene Bestrafung menschlicher Verfehlung als unmittelbar bevorstehendes Ereignis betrachtete (NA 3, 122). Trotz der theologischen Angriffe auf sein materialistisches Denken vollzieht Franz freilich keine Umkehr. Zwar sucht er unter dem Eindruck aufsteigender Angst Zuflucht bei der Religion, doch bleibt er sich in den Blasphemien seines Gebets selbst treu: «Ich bin kein gemeiner Mörder gewesen mein Herrgott – hab mich nie mit Kleinigkeiten abgegeben mein Herrgott –» (NA 3, 126). Durch den Freitod sichert Franz schließlich die letzte Bastion seiner Autonomie gegen die von Karl angekündigte Vergeltung. Schiller verzichtet damit auf eine Gerichtsszene, wie sie die spätere Trauerspielfassung für Dalbergs Bühne vorsah. Der Selbstmord gewährt Franz kein Mitleid, aber doch jene Bewunderung, die laut Vorrede dem Bösewicht bisweilen zufallen darf. Auch wenn ihn die Furcht als Opfer der eigenen Strafphantasien ausweist, vermag er zu Reue und Einsicht nicht zu finden. Er zeigt sich damit seinen großen Vorbildern – Shakespeares Richard, Miltons Satan – durchaus ebenbürtig.

Seinem unerfreulichen Bruder steht der Rebell Karl näher, als man auf den ersten Blick vermuten mag. Auch er zweifelt an der Substanz der bürgerlichen Gesetze, die zum «Schneckengang» verderben lassen, was, mit einem Lieblingsbild der Genies, «Adlerflug» hätte werden können; wie Franz widerstreben ihm die «abgeschmakten Konvenzionen» (NA 3, 21), gegen die er freilich nicht die Winkelzüge des Betrügers, sondern einen herkulischen Tatwillen setzen möchte. Dieser bekundet sich zunächst in der trotzigen Zeitenklage des Leipziger Studenten, der dem «Tintengleksenden Sekulum» (NA 3, 20) vorhält, daß es den Heroismus zum Gegenstand der akademischen Fachdisziplin verkommen lasse (in deren Bann er als Leser von Plutarchs Parallelbiographien freilich selbst steht). Mit ähnlichen Worten hatte bereits der 25jährige Herder das *Journal meiner Reise im Jahr 1769* eingeleitet: weil er sich als «Tintenfaß von gelehrter Schriftstellerei» und «Wörterbuch von Künsten und Wissenschaften» fühle, müsse er, heißt es dort, «in die freie Natur aufbrechen.»[80] «Der lohe Lichtfunke Prometheus», so weiß Karl, «ist ausgebrannt, dafür nimmt man izt die Flamme von Berlappenmeel – Theaterfeuer, das keine Pfeiffe Tabak anzündet.» (NA 3, 20) Die Metaphern, mit denen Moor sein bissiges Urteil über die akademische Pedanterie würzt, tragen modischen Charakter. In Friedrich Müllers *Fausts Leben*, dessen ersten Teil Schiller 1778 kurz nach seinem Erscheinen gelesen hatte, beklagt der Held, daß die Wissenschaft «von Prometheus Fackel sich Wärme stiehlt»; Lucifer wiederum bedauert im Gespräch der Teufel, daß eine «marklose Erschlaffung» die Menschen daran hindere, «volle Kraft zum sündigen» zu zeigen.[81] Vom «prometheische(n) Funken», der das Gemüt des Menschen heize, spricht auch Lenz in seiner 1774 entstandenen Rezension des *Götz von Berlichingen*.[82]

Daß Karl infolge von Franz' Intrige die Rolle des modischen Zeitkritikers mit dem Part des Verbrechers vertauscht, ist Element einer herausfordernden Dramaturgie, verweist aber zugleich auf die soziale Wirklichkeit der Epoche, die Schillers Stück überraschend genau einfängt. In der zweiten Hälfte des 18. Jahrhunderts hatten sich vor allem in Süddeutschland und am Rhein zahlreiche Räuberbanden gebildet. Das Anwachsen krimineller Umtriebe stellte die Folge von Verarmungstendenzen dar, die sich verstärkt im städtischen Milieu zeigten. Spiegelbergs Hinweis, er rekrutiere seine neuen Räuber dort, wo man «am meisten über die Regierung schimpft», bezieht sich auf die fehlende Bereitschaft des Staates, der fortschreitenden Verelendung der urbanen Bevölkerung wirksam entgegenzutreten (NA 3, 56). Gefördert wurden die Unternehmungen der Verbrecher zudem durch das Vagantenwesen, das ihnen beträchtlichen Zulauf verschaffte. Die professionell arbeitenden Banden konnten auch von einer «abgeschliffenen Polizey» (NA 23, 24f.), deren moderne Ausbildung Schillers Brief an Dalberg vom 12. Dezember 1781 hervorhebt, kaum in Schach gehalten werden. Mit Hilfe geschickter Organisation, die einen regelmäßigen Wechsel der Mitglieder sowie ständige Reisetätigkeit einschloß, gelang es ihnen zumeist, sich dem Zugriff der Obrigkeit zu entziehen. Ein dichtes Hehlernetz, Schaffung eigener Verständigungsformen (Rotwelsch und Zeichensprache), Korruption und Spionage sicherten den vagabundierenden Kriminellen das erfolgreiche Überleben. Erst zur Mitte der 80er Jahre verschärfte der Staat seine Überwachungs- und Verfolgungspraktiken, was rasch zur Zerschlagung der bisweilen 100 Mitglieder umfassenden Großbanden führte.[83] An der Schwelle zum napoleonischen Zeitalter besaßen die großen Territorialstaaten nach französischem Vorbild aufgebaute Polizeiapparate, die die organisierte Kriminalität wirkungsvoll bekämpften.

Als neuer Robin Hood, der in der Räuberrolle für die Umverteilung der Güter, gesellschaftliche Gerechtigkeit und die Bestrafung ständischer Borniertheit einsteht, läßt sich Karl von einer sozialen Utopie leiten. Im Gespräch mit dem als Repräsentant des Staates auftretenden Pater, der ihn gegen die Bande auszuspielen sucht, findet er die knappe Formel für das Engagement gegen die herrschende Ordnung: «Sag ihnen, mein Handwerk ist Wiedervergeltung – Rache ist mein Gewerbe.» (NA 3, 71) Sein Protest gilt der feudalistischen Ständegesellschaft, Ämterpatronage und Pharisäertum, einer korrupten Kirche, höfischer Günstlingswirtschaft, menschenverachtenden Gesetzen und aristokratischer Willkür, wie sie die Geschichte Kosinskys beglaubigt. Die Ringe seiner Opfer, die er an der Hand trägt, bezeichnen das Gegenbild zur Parabel aus Lessings *Nathan*: sie symbolisieren nicht religiöse Eintracht, sondern Opportunismus, Gewinnstreben und Intoleranz derer, die sie besaßen. Karls Kampf für die Benachteiligten wird getragen von jenem aufgeklärten Reformgeist, der in den neueren Staatstheorien des ausgehenden 18. Jahrhunderts zutage getreten war. Vielbeachtete Autoren wie Johann Heinrich Gottlob Justi und Joseph von Sonnenfels formulierten als Leitziel für das vernünftig ausgefüllte Herrscheramt die Sicherung von Glück und Wohlfahrt der Untertanen. Dieser Entwurf schloß auch die obrigkeitliche Verantwortung für materielle Gerechtigkeit ein. Sie wurde, zunächst noch ohne juristische Verankerung, als Element einer aufgeklärten Regierungsarbeit hervorgehoben. «Jeder Bürger», so erklärte von Sonnenfels 1777, habe «ein Recht, von dem Staate den besten, möglichsten Wohlstand zu fordern.»[84] Nicht die Mittel, aber die Zielvorstellungen des Räubers Moor finden in solchen Gesellschaftstheorien der Spätaufklärung ihre Rechtfertigung.

Karls Programm scheint jedoch ohne einheitliche Façon. Der Lobrede auf die Republik, wie sie der erste Monolog anstimmt (NA 3, 21), widerstreitet der despotische Stil, in dem er die Bande führt. Sie bleibt streng hierarchisch organisiert, eingeschworen auf das Oberhaupt, dessen Befehl die Mitglieder blindlings zu folgen haben. Als mündliche Verabredung steht hier der in Szene I,2 geschlossene Treueeid gegen die Schriftform des bürgerlichen Vertragsrechts. Karl erneuert ihn später (III,2) und legt damit den Grund für eine am Ende fatale Abhängigkeit, die den Rückweg in die Ordnung der Familie endgültig ausschließen muß. In der Rolle des Hauptmanns führt er die Bande als straffes Kommandounternehmen mit der Attitüde des unumschränkten Herrschers. «Ich weis nicht», so erklärt der meuternde Spiegelberg seinem Spießgesellen Razmann, «was du oder ich für Begriffe von Freyheit haben, daß wir an einem Karren ziehen, wie Stiere, und dabey wunderviel von Independenz deklamiren (...)» (NA 3, 105). In wachsendem Maße überdecken zudem emotionale Ausbrüche, in denen Moor Weltschmerz, Melancholie und Selbstekel kultiviert, die politischen Linien seines Engagements. Beleuchtet wird an diesen Punkten der Familienkonflikt, den Schillers Drama, den Horizont von Lessings bürgerlichem Trauerspiel überschreitend, als Ausdruck einer dreifachen Krise inszeniert. In ihr bekunden sich die Rebellion gegen die Autorität des Vaters,[85] das Bewußtsein religiöser Entwurzelung[86] und der Verlust des Vertrauens in die Verheißungen der neuzeitlichen Metaphysik. Wer sich der Stationen des Leidensweges versichert, den Schillers Held in den drei letzten Akten des Dramas durchläuft, vermag die Anatomie der hier ausgeleuchteten Katastrophe genauer zu erkennen. Sichtbar wird dann, daß Karl Moor kein «romantischer Narr»[87] ist, wie ihn Erwin Piscator genannt hat, sondern als Opfer an einer überforderten Aufklärung scheitert.

Beschädigte Autonomie.
Finale mit überraschenden Lösungen

Gemäß den Mustern des Geniedramas zeigt sich Karl durch das Schwanken zwischen Tatwunsch und Resignation bestimmt. Freilich gehorcht er einem anderen Gesetz als die Helden Klingers und Leisewitz'. Wo deren

Aktionismus durch andauernde Gedankenarbeit gehemmt scheint, steht Moors intellektuelle Erkenntnis umgekehrt unter dem Bann unaufhörlichen Handlungszwangs, der sich aus den äußeren Lebenslagen des steckbrieflich gesuchten Verbrechers ergibt. Die Rolle des sozialen Außenseiters, in die er sich gedrängt sieht, schafft den Anlaß für die schwermütige Reflexion, bedingt aber zugleich eine gesellschaftliche Isolation, die nicht mehr aufgehoben werden kann. Mit dem Beginn seiner kriminellen Laufbahn hat sich Karl den Rückweg in die Ordnung des Vaters verstellt. Sein Leiden entspringt dem langsam aufsteigenden Bewußtsein, daß er nicht mehr frei über die eigenen Schritte entscheiden darf.

Unter dem Eindruck der barbarischen Verbrechen, die bei der Plünderung der Stadt vorgingen, gewinnt Karl erstmals in Szene II,3 eine Ahnung der ihm gezogenen Grenzen. In der Rolle des Rächers und Richters sieht er sich als «Knabe», der «sich anmaßte mit Jupiters Keile zu spielen, und Pygmeen niederwarf, da er Titanen zerschmettern sollte» (NA 3, 65).[88] Die Krise des Selbstbildes schließt den Abschied von der mythischen Verklärung des Ich ein. Weder die prometheische Schöpfergeste noch das auftrumpfende Machtdenken des antiken Göttervaters bezeichnen im Moment des Zweifels geeignete Rollenbilder. Die Rebellion des Aufrührers und der Ordnungswille des Herrschers versagen gleichermaßen vor der unbezwingbaren Energie menschlicher Triebkräfte. Spätestens an diesem Punkt überführt Schiller das Drama des Räubers Moor von der sozialkritischen Moritat in die Tragödie aufgeklärten Denkens. Zum Leitmotiv gerät dabei der vom Individuum ausgetragene Gegensatz zwischen intellektuellen Phantasien und konkreter Erfahrung. Er wird für Karl spürbar angesichts der Schönheiten der herbstlichen Landschaft, die in ihm das Bewußtsein der eigenen Schuld wecken (III,2). Die Sehnsucht nach den «Elisiums Scenen meiner Kindheit» (NA 3, 80), die ihn fortan in ihren Bann ziehen wird, besitzt Bedeutung auch für die religiöse Krise, die das Schauspiel vorführt. Ist «die ganze Welt Eine Familie und ein Vater dort oben» (NA 3, 79), so drängt sich die Frage nach dem Sinn der Störungen auf, denen die soziale Wirklichkeit unterliegt. Im dritten Akt gelingt es Karl noch nicht, seinen ursprünglichen Glauben an eine göttlich gefügte Ordnung mit den düsteren Bildern jener inhumanen Gewalttätigkeit zu konfrontieren, die die Ausschreitungen der Plünderer offenbaren. Daß er an den Prinzipien der vernünftigen Metaphysik festhält, auch wenn ihr wirklichkeitsferner Charakter entlarvt ist, verrät ihn als verwirrten Aufklärer. Der regressive Wunsch nach Rückkehr «in meiner Mutter Leib» (NA 3, 80) bekundet seine Unfähigkeit zur kritischen Überprüfung der ihn bestimmenden Glaubensartikel.

Mit bezwingender Konsequenz hat Schiller die beiden Schlußakte zum Drama der wachsenden Selbsterkenntnis des Räubers Moor gebildet. Es ist gestützt auf eine Reihe von Szenen der Entdeckung (Anagnorisis), die als Elemente der (von der Vorrede getadelten) aristotelischen Tragödienpoetik die Handlung effektvoll durchziehen; wesentliche Stationen bezeichnen die im Rollenspiel kaschierte Wiederbegegnung zwischen Karl und Amalia (IV,2), sein Zusammentreffen mit Daniel, die Enttarnung durch Franz, die Einsicht in den Mechanismus der Intrige (IV,3) und die Aufdeckung des Verbrechens am Vater (IV,5). Ergänzt wird diese Serie durch Karls innere Erkenntnis im großen Monolog von IV,5 unmittelbar nach dem Tod Spiegelbergs, am dramaturgischen Wendepunkt des Geschehens. Angesichts seiner ausweglosen Lage überkommen ihn Selbstmordgedanken, die er im Zuge einer philosophisch gefärbten Litanei durchleuchtet. Er beginnt mit der Frage nach dem «Ideal einer unerreichten Vollkommenheit», die von seinem unverminderten Willen zum Glück zeugt.[89] Die «göttliche Harmonie in der seelenlosen Natur» (NA 3, 109) müsse sich, vermutet er, auch auf die sittliche Welt und ihre Gesetze übertragen lassen. Zur Debatte steht hier die leibnizsche Theodizee, derzufolge die von Gott entworfene Ordnung einem höchstmöglichen Maß der Vollkommenheit gehorcht, aus welcher sich wiederum – nach den Überzeugungen der Spätaufklärung – die Garantie für die Erfüllung individueller Glücksansprüche ableiten lassen kann. Die Gefahren, die eine unbedingte Ermächtigung des Subjekts mit sich bringt, verdeutlicht Karl im folgenden Schritt, wenn er an die Opfer seiner Verbrechen erinnert: «(...) Euer banges Sterbegewinsel – euer schwarzgewürgtes Gesicht – eure fürchterlich klaffenden Wunden sind ja nur Glieder einer unzerbrechlichen Kette des Schiksals, und hängen zuletzt an meinen Feyerabenden, an den Launen meiner Ammen und Hofmeister, am Temperament meines Vaters, am Blut meiner Mutter (...)» (NA 3, 109). Die ‹unzerbrechliche Kette des Schiksals› – eine Variante von Popes *Chain of Being* – ist hier nicht Werk der göttlichen Fürsorge, sondern bleibt gebunden an die Willkür des vermessenen Einzeltäters. Damit steht die Evidenz des leibnizschen Vollkommenheitsideals auf dem Prüfstand. Wenn es gelingen kann, die Welt durch Willkür und Gewalt aus den Angeln zu heben, ohne daß solche Übergriffe Sanktionen auslösen, muß auch das Vertrauen in ihre innere Balance dau erhaft erschüttert werden.

Ein Gegengewicht zur derangierten Weltordnung bilden die Verheißungen des Todes, die jedoch – ähnlich wie es später das Gedicht *Resignation* betont – keine moralische Freiheit ersetzen. Während er die geladene Pistole gegen die Schläfe richtet, erkennt Moor, daß der Suizid kein Ausweg sein kann, weil er eine zweifelhafte Form der Autonomie begründet. Schillers wirkungssichere Inszenierung, die mit dem Nervenkitzel des Zuschauers spielt, mündet jetzt in den Prozeß der Erkenntnis. Wo die Lösungsmuster der Metaphysik versagen, müssen die Anmaßungen des Individuums durch dessen Selbststeuerung begrenzt werden. Karl berührt damit die Möglichkeit einer innerweltlichen Freiheit, die sich nicht mehr auf Gottes Führung verlassen darf, sondern die persönliche Verantwortung für die aus ihr abgeleiteten Taten einschließen muß: «Sei wie du willt namenloses Jenseits – bleibt mir nur dieses mein Selbst getreu – Sei wie du willt, wenn ich nur mich selbst mit hinübernehme – Außendinge sind nur der Anstrich des Manns – Ich bin mein Himmel und meine Hölle.» (NA 3, 110) Die trotzige Formel, die den Entschluß zum Ausharren bekräftigt, leiht sich Karl vom Satan aus Miltons *Paradise Lost*: «The mind is its own place, and in itself | Can make a Heaven of Hell, a Hell of Heaven. | What matter where, if I be still the same.» (I, v. 254 ff.)[90] Seinen näheren Horizont gewinnt der Anspruch auf Selbstbehauptung durch aufklärerisches Gedankengut, das hier einschneidend abgewandelt wird. Mendelssohns *Phädon* (1767), der auch den Entwurf der *Theosophie* beeinflußt, bezeichnet den für Karls Überlegungen leitenden, am Ende jedoch überschrittenen Ausgangspunkt: «Wir können sagen, dieses unermeßliche Weltgebäude sey hervorgebracht worden, damit es vernünftige Wesen gebe, die von Stufe zu Stufe fortschreiten, an Vollkommenheit allmählig zunehmen, und in dieser Zunahme ihre Glückseligkeit finden mögen.»[91] Der Tod, so heißt es bei Mendelssohn, unterbricht das moralische Streben des Menschen nicht, sondern gestattet seine Fortsetzung im Jenseits. Das Ideal der Vervollkommnung wirkt als Triebfeder für das subjektive Handeln des Einzelnen, zugleich aber bildet sich in ihm die vernünftige Ordnung der Schöpfung ab. Der metaphysische Hintergrund, den Mendelssohn beleuchtet, ist bei Schiller bereits verstellt. Vollkommenheit läßt sich einzig durch autonome Verfügung über das eigene Leben erreichen, gemäß dem Prinzip der inneren Ehre, jener «honestas interna»,[92] wie sie Kant später in der *Metaphysik der Sitten* (1797/98) als Grundgesetz einer selbständigen, von sozialen Zwängen gelösten Steuerung individuellen Handelns beschreiben wird. Der Mensch hat den Schaltplatz im großen Welttheater selbst übernommen; diese neue Rolle führt jedoch neben ihrer unerhörten Freiheit auch eine gewaltige Belastung mit sich, denn zum ‹Himmel› der Autonomie tritt die ‹Hölle› der moralischen Verantwortlichkeit.[93] In diesem Gegensatz ist Karls Tragödie bezeichnet: nachdem er für einen kurzen Wahnmoment das Paradies einer unumschränkten Lebensform mit sozialutopischen Zügen erfahren hat, sieht er sich jetzt den Druckwellen ausgesetzt, die durch ein

Handeln jenseits väterlicher und göttlicher Autorität erzeugt werden. Im Stil eines Gedankenexperiments erweist das Drama die Dialektik von Freiheit und Zwang, die dort entspringt, wo der Mensch, gelöst von den Fesseln der traditionellen Metaphysik, das Wagnis der Selbstbestimmung eingeht.

Schillers Vorrede hatte über die Quintessenz des Stücks lapidar erklärt: «Ich darf meiner Schrift, zufolge ihrer merkwürdigen Katastrophe mit Recht einen Plaz unter den moralischen Büchern versprechen; das Laster nimmt den Ausgang, der seiner würdig ist. Der Verirrte tritt wieder in das Gelaise der Geseze. Die Tugend geht siegend davon.» (NA 3, 8) Die Selbstauslieferung Moors stellt am Ende den Versuch dar, gesellschaftliches Engagement und geltendes Recht, Autonomie des Subjekts und Ordnung der Gesetze im Sinne der Einsichten des Schlußmonologs aufeinander abzustimmen. In Karls Plan, sich der Obrigkeit zu stellen, findet das Prinzip der inneren Ehre seine paradoxe Erfüllung. Moralischer Anspruch und Affirmation des sozialen Status quo fallen hier für einen kurzen Moment zusammen. Moors Absicht, sein Opfer durch die Begünstigung eines Tagelöhners zum Akt der ökonomischen Gerechtigkeit werden zu lassen, wirkt jedoch zweideutig. Sie scheint getragen von der nicht näher reflektierten Annahme, daß der «Bau der sittlichen Welt» (NA 3, 135) mit der bestehenden Gesellschaft gleichzustellen sei: «Aber noch blieb mir etwas übrig, womit ich die beleidigte Geseze versöhnen, und die mißhandelte Ordnung wiederum heilen kann.» (NA 3, 135) Die Mannheimer Trauerspielfassung vertieft diese Perspektive, indem sie Moor zum Anwalt einer bürgerlichen Reformpolitik werden läßt. «Gehet hin», fordert er die Räuber auf, «und opfert eure Gaben dem Staate. Dienet einem Könige, der für die Rechte der Menschheit streitet -» (NA 3, 235). In ihrer Folge bedeutet Karls Selbstpreisgabe notwendig eine Stärkung jenes Rechtssystems, dessen offenbare Inhumanität er zuvor entschieden angeprangert hatte. Deutlich genug sind hier die Worte des Eingangsmonologs, den die Szene I,2 bietet: «Ich soll meinen Leib pressen in eine Schnürbrust, und meinen Willen schnüren in Geseze. Das Gesez hat zum Schneckengang verdorben, was Adlerflug geworden wäre.» (NA 3, 21) In der unterdrückten Fassung lauteten die Formulierungen noch drastischer: «Warum sind Despoten da? Warum sollen sich tausende, und wieder tausende unter die Laune Eines Magens krümmen, und von seinen Blähungen abhängen? – Das Gesetz bringt es so mit sich – « (NA 3, 248). Wenn Karl am Ende das geltende Recht durch sein Opfer stärkt, so bedeutet das auch die Bekräftigung der despotischen Staatsform, die die ursprüngliche Szene I,2 als Widerschein der juristischen Ordnung beschrieb. Die Klage über «die verfluchte Ungleichheit in der Welt» (NA 3, 248) klingt allzu eindeutig, als daß die Lösung der

Selbstauslieferung überzeugen könnte.[94] Sie überwindet weder die Krise der Aufklärung noch jene der Gesellschaft, weil sie die Autonomie des Individuums in der Freiheit zum Tode, die herrschende soziale Ungerechtigkeit wiederum als göttlich legitimiert zu behaupten sucht.

Der Verzicht auf eine folgerichtige Lösung gehört freilich zum intellektuellen Grundzug des Dramas. Er offenbart Schillers früh ausgebildete Vorliebe für eine experimentelle Darstellung menschlicher Grenzsituationen, die durch den Anspruch getragen wird, Funktionen und Gesetzmäßigkeiten sozialer Ordnung im Rahmen ihrer äußersten Belastung zu prüfen. So sind die *Räuber* weniger, wie Ernst Bloch vermutet hat, «eine Art poetischer Mordbrennerei mit schlechtem Gewissen»,[95] als ein literarischer Versuch über gesellschaftliche Autonomie unter erschwerten Bedingungen. Dieser Ansatz schloß für Schiller die Darstellung der öffentlichen Rolle des Individuums ein. Wer daher im Debütdrama allein den Konflikt aufklärerischen Denkens ohne den sozialkritischen Hintergrund wahrnimmt, verfehlt seine intellektuelle Ökonomie. Scharffenstein erinnert sich 1810 in einem Beitrag für Cottas *Morgenblatt*, Schiller habe die *Räuber* auch als bewußte Herausforderung der staatlichen Autorität begriffen: «Wir wollen ein Buch machen», erklärte er, «das aber durch den Schinder absolut verbrannt werden muß!» (NA 42, 16) Vor allem in Bayern und Österreich setzte die Zensur der Aufführung des Dramas massiven Widerstand entgegen. Aus Rücksicht auf die Obrigkeit wurde es zu Lebzeiten Schillers niemals in seiner ursprünglichen Gestalt gespielt – auch das konnte im Deutschland des Ancien Régime ein Zeichen des künstlerischen Erfolgs sein.

3. Der ruhelose Exilant. Bauerbach, Mannheim 1782–1784

Ende einer Dienstzeit. Flucht aus Stuttgart

Am 25. Mai 1782 gegen halb zwei Uhr mittags bricht Schiller, erneut ohne Urlaubsbewilligung, in einem viersitzigen Wagen zu einer Reise nach Mannheim auf, um eine weitere Aufführung der *Räuber* zu sehen. Er nutzt dabei den Umstand aus, daß der Herzog zu einem zehntägigen Besuch in Wien beim Kaiser weilt, um ihm für die Erhebung der Karlsschule in den Universitätsrang zu danken. Der Kommandant des Regiments Augé, Obrist von Rau, deckt das Vorhaben und gestattet ihm unter der Bedingung äußerster Verschwiegenheit die Reise in Zivilkleidern; offiziell erfolgt eine Krankmeldung, die die kurzfristige Abwesenheit des Medikus erklären soll. In Schillers Begleitung befinden sich die Vermieterin Luise Dorothea Vischer und Henriette von Wolzogen, eine thüringische Aristokratin, die er über ihren ältesten Sohn Wilhelm, einen früheren Kommilitonen, kannte; der Freund von Hoven, der seine Teilnahme zunächst zugesagt hatte, muß aus dienstlichen Gründen fernbleiben. Nach dem befeuernden Premierenbesuch im Januar hatte Schiller nur unter Mühen zu seiner prosaischen Alltagsarbeit im Lazarett zurückzukehren vermocht. Die Eindrücke, die der lebhafte Theaterbetrieb hinterließ, machten ihm den dürftigen Rang schmerzhaft bewußt, den er seit mehr als einem Jahr in Stuttgart bekleidete. Die zweite Mannheimer Visite steht zunächst unter einem ungünstigen Stern: die von Schiller erbetene *Räuber*-Aufführung kann kurzfristig nicht auf die Beine gestellt werden, weil einige der beteiligten Schauspieler sich bereits im Urlaub befinden. Immerhin ergibt sich Gelegenheit zum Austausch mit Dalberg, der dem unzufriedenen Regimentsarzt verspricht, ihm eine Position am Theater zu verschaffen. Man unterhält sich näher über die Perspektiven der gemeinsamen Arbeit und denkbare Projekte; Dalberg macht ihn auf den Carlos-Stoff aufmerksam, den er für eine reizvolle Dramenvorlage hält, bekräftigt Interesse an seinen künftigen Bühnenbeiträgen und gibt sich in diplomatischem Stil freundlich. So nährt die Reise Schillers Hoffnung, er könne den beengten Stuttgarter Verhältnissen in nicht zu ferner Zeit entkommen. Beschwingt, den Kopf voller Pläne, reist er am späten Abend des 29. Mai nach Stuttgart zurück. Noch ahnt er nicht, daß ihm höchst unangenehme Wochen und Monate bevorstehen, die seine Widerstandskraft empfindlich auf die Probe stellen.

Durch bisher ungeklärte Indiskretionen erfährt Carl Eugen Ende Juni von Schillers unerlaubtem Ausflug. Am 28. Juni schickt er ihm durch Boten ein Pferd und fordert ihn auf, unverzüglich zur Audienz nach Hohenheim zu reiten. Im Gespräch bleibt er zunächst konziliant, redet über die Parkanlagen und erkundigt sich nach dem Befinden seines Gastes, ehe er zu einem peinlichen Verhör übergeht. Schiller gesteht seine unerlaubte Entfernung aus Stuttgart, weigert sich aber beharrlich, die vom Herzog vermutete Unterstützung des Obristen von Rau einzuräumen, obwohl ihm mit Festungshaft und Amtsenthebung seines Vaters gedroht wird. Der Landesvater entläßt ihn übellaunig und kündigt ihm nicht näher genannte Sanktionen an. In einem durch den Obristen von Klinckhowström übermittelten Schreiben weist er General Augé noch am selben Nachmittag an, ihn für die Dauer von 14 Tagen in Arrest zu nehmen. Auslöser für diese Maßnahme dürfte nicht allein die unerlaubte Mannheimer Reise des Regimentsarzts, sondern auch dessen Verstocktheit im Verhör gewesen sein (Raus unerlaubte Helferrolle blieb unbewiesen und konnte daher nicht bestraft werden). Schiller tritt seine Haft vermutlich noch am Abend des 28. Juni an. Bis zum 12. Juli darf er die Hauptwache nicht verlassen und sich nur unter Aufsicht bewegen. Die Zeit vertreibt er sich durch Lektüre und das Kartenspiel mit den Offizieren, bei dem er 15 Gulden – zwei Drittel seines Monatssalärs – verliert. Da ihm Schreibzeug zur Verfügung steht, kann er zumindest die Arbeit am *Fiesko*-Drama fördern, die ihn seit Januar beschäftigt. Die Situation ist nicht ohne Pikanterie: der Gefangene des Herzogs redigiert in der Haft sein Trauerspiel über einen Staatsstreich und die Gefährdungen des Republikanismus durch die Winkelzüge der Despotie.

Nach der Entlassung aus dem Arrest bittet Schiller Dalberg am 15. Juli um eine möglichst rasche Entscheidung über sein Mannheimer Engagement, erhält jedoch keine Antwort. Unterdessen braut sich neues Unheil gegen ihn zusammen. Ende August hatte den Herzog durch Vermittlung seines Garteninspektors Johann Jakob Walter ein Protest der *Bündnerischen ökonomischen Gesellschaft* erreicht, der sich auf eine Formulierung aus der Szene II,3 der *Räuber* bezog, in der es hieß, der Landstrich Graubünden sei das «Athen der heutigen Jauner» (NA 3, 55). Die satirisch gemeinte Passage löste in der Region beträchtliche Verärgerung aus und nötigte den Arzt Johann Georg Amstein bereits Ende April zu einer heftigen öffentlichen Attacke. Auf seine in der Churer Zeitschrift *Der Sammler* abgedruckte *Apologie* hatte Schiller jedoch nicht geantwortet, obwohl er durch den Verfasser um seine Stellungnahme gebeten worden war. Der Herzog nimmt den Protest der Bündner jetzt zum Anlaß, ihn unverzüglich zu sich nach Hohenheim zu zitieren. Er rügt in scharfer Form die betreffende Stelle, untersagt ihm ohne Einschränkung die Publikation weiterer literarischer Arbeiten und entläßt ihn ungnädig, ohne ihm Gelegenheit zur Verteidigung zu geben. Nur wenige Tage später, am 1. September, bittet Schiller brieflich um die Aufhebung des Verbots, das ihn, wie es heißt, erheblicher Gewinnmöglichkeiten beraube (wobei er eine Summe von Jahreseinnahmen über 550 Gulden ansetzt, die dem Wunschdenken, kaum der Wirklichkeit entsprach). Trotz seiner devoten Formeln ist der Stil des Schreibens von Selbstbewußtsein getragen. Nicht ohne Eitelkeit vermerkt Schiller, er sei «von allen bisherigen Zöglingen der grosen Karlsacademie der erste und einzige gewesen, der die Aufmerksamkeit der großen Welt angezogen, und ihr wenigstens einige Achtung abgedrungen» habe (NA 23, 39). Der Herzog verweigert jedoch eine sachliche Antwort auf den Brief und untersagt in derbem Ton bei Strafe des Arrests die Übersendung weiterer Bittgesuche.

Unter dem Eindruck dieser Reaktion faßt Schiller den Entschluß zur Flucht nach Mannheim. In seinen Plan weiht er zunächst nur den Freund Streicher ein, der die Bereitschaft bekundet, ihn auf der riskanten Reise zu begleiten. Streicher sollte im Frühjahr 1783 ein Musikstudium bei Karl Philipp Emanuel Bach in Hamburg aufnehmen, verlegt nun aber den Zeitpunkt seiner Abfahrt vor. Mitte September setzt Schiller die Mutter und Christophine über sein Vorhaben ins Bild, verschweigt es jedoch dem Vater, damit dieser später als Offizier sein Ehrenwort geben darf, von der Flucht nichts geahnt zu haben. Auch Dalberg, der zur selben Zeit als Gast des Herzogs nach Stuttgart gekommen ist, weiht er nicht in seine Absichten ein; der Besuch bei ihm trägt förmlichen Charakter und erschließt vorerst keine neuen Zukunftschancen. In den folgenden Tagen werden Wäsche und Bücher in Streichers Wohnung verbracht, um einen schnellen Aufbruch zu ermöglichen. Als Reisetermin wählt man den 22. September. Am Abend dieses Tages ist ein Feuerwerk zu Ehren des Staatsbesuchs angesetzt, den der russische Großfürst und spätere Zar Paul I. mit seiner Gemahlin Maria Feodorowna, einer Nichte Carl Eugens, in Stuttgart absolviert (zur Hochzeit ihrer gemeinsamen Tochter Maria Paulowna mit dem weimarischen Erbprinzen Carl Friedrich wird Schiller 22 Jahre später sein allegorisches Festspiel *Die Huldigung der Künste* verfassen). Man geht davon aus, daß die Residenz abends unter dem Eindruck der großen Illumination steht, was die geplante Abreise begünstigen könnte. Am 22. September ist zudem Schillers Regiment vom Wachdienst vor dem Stadttor freigestellt, also eine Durchfahrt ohne persönliche Identifizierung möglich.

In den Morgenstunden des festgesetzten Tages stattet Schiller zunächst, wie vorgeschrieben, seinen dienstlichen Lazarettbesuch ab. Während des anschließenden Kofferpackens strapaziert er die Nerven des angespannten Streicher, weil er ohne sonderliche Eile einen Gedichtentwurf zu Papier bringt, der durch die Lektüre einer Klopstock-Ode angeregt wird. Gegen 21 Uhr trifft man sich in der Wohnung des Freundes, um gemeinsam aufzubrechen. Schiller bringt zwei alte Pistolen mit, die jedoch nur einen Abschreckungszweck erfüllen, weil Abzugshahn und Feuerstein defekt sind. Um nicht aufzufallen, hat er seine Uniform gegen Zivilkleidung eingetauscht. Da man keine Hinweise auf das eigentliche Fahrtziel geben möchte, verläßt man die Stadt durch das südöstliche Tor, obgleich der direkte Weg nach Mannheim über den Norden geführt hätte. An der Grenzstation, die um 22 Uhr erreicht wird, gibt sich Schiller als «Dr. Ritter», Streicher als «Dr. Wolf» aus. Dem diensthabenden Unteroffizier täuscht man vor, man wolle ins nahe Eßlingen reisen. Eine Paßkontrolle, die die Gefahr der Entdeckung bedeutet hätte, unterbleibt. Der Wagen, auf dem sich neben Wäsche und Büchern auch Streichers kleines Klavier befindet, wird nicht näher durchsucht. Der langjährige Freund Scharffenstein, der zu dieser Stunde, wie Schiller weiß, zum Wachpersonal gehört, ist hinreichend beschäftigt und übersieht die durchfahrenden Reisenden. Gegen Mitternacht passiert man auf der geraden Ludwigsburger Ausfallstraße die Solitude, wo eben das Feuerwerk begonnen hat. Die gesamte Umgebung ist gleißend hell erleuchtet, so daß Schiller auch sein Elternhaus zu erkennen vermag.[96] Kein Dramatiker hätte diese Szene wirkungsvoller inszenieren können, in der der mittellose Flüchtling an den imposanten Lichtfiguren höfischer Prachtinszenierung vorbei auf die Dunkelheit der Neckarebene zufährt.

Nach einer kurzen Kaffeepause in Enzweihingen erreichen die Reisenden gegen acht Uhr morgens die kurpfälzische Grenze. Am Abend desselben Tages ist man in Schwetzingen, wo man übernachtet, am folgenden Morgen schließlich in Mannheim. Zuerst sucht Schiller Christian Dietrich Meyer, den Hausregisseur Dalbergs auf, der den Ankömmlingen eine preiswerte Unterkunft in seiner Nachbarschaft verschafft. Da sich der Intendant noch in Stuttgart befindet, können Theaterprojekte vorerst nicht erörtert werden. Meyer, der durch seine aus Württemberg gebürtige Ehefrau über die Landesverhältnisse gut unterrichtet ist, rät Schiller jedoch, so rasch wie möglich eine Aussöhnung mit dem Herzog herbeizuführen. Er ahnt dabei, daß der diplomatisch denkende Dalberg einen Autor, der sich den ihm selbst wohlwollend gesonnenen Herzog zum Feind gemacht hat, schwerlich an seinem Theater anstellen würde. Am Tag seiner Ankunft schreibt Schiller daher Briefe an Carl Eugen und den Karlsschulintendanten Seeger, in denen er sich für seine unerlaubte Abreise entschuldigt, zugleich aber um die Rücknahme des ihn bedrückenden Schreibverbots bittet. Der Landesherr antwortet bereits am 27. September über Vermittlung des Regimentschefs Augé, der Flüchtling solle sich in Erwartung herzöglicher Gnade nach Stuttgart begeben, ohne daß er aber näher auf die präzisen Fragen des Bittschreibens eingeht. Am selben Tag liest Schiller, den solche vagen Angebote kaum befriedigen können, im Kreis der Schauspieler aus dem annähernd vollendeten *Fiesko*-Manuskript vor. Der gewünschte Erfolg bleibt jedoch aus, weil seine schwäbische Aussprache und die unglückliche Neigung zur pathetischen Deklamation die Zuhörer abschrekken. Allein Meyer, der sich das Manuskript zur nächtlichen Lektüre ausbittet, gelangt zu einem positiven Urteil; im Gespräch mit Streicher bezeichnet er das Drama am folgenden Morgen als «Meisterstück»,[97] das auch die *Räuber* übertreffe.

Da Dalbergs Rückkehr ausbleibt und die Furcht vor der Entdeckung durch Geheimagenten des Herzogs steigt, reist Schiller in Begleitung Streichers auf Rat Meyers am 3. Oktober nach Frankfurt ab. Einen Tag zuvor hatte er eine zweite Antwort Augés erhalten, deren Ton jedoch erneut unverbindlich blieb. Immerhin bemüht man sich in Stuttgart, wo seine Flucht für Aufsehen gesorgt hat, um eine konstruktive Lösung. Am 6. Oktober übersendet Augé einen dritten Brief, der die nähere Erörterung des Gesuchs um Schreibfreiheit für den Fall der Rückkehr in Aussicht stellt. Schiller möchte sich auf ein Arrangement ohne feste Zusagen in Erinnerung an das Schicksal Schubarts freilich nicht einlassen. Am 17. Oktober teilt Augé wiederum mit, der Herzog werde keine Sanktionen gegen den Flüchtling verhängen, sofern er sich unverzüglich dazu verstehe, seine Stuttgarter Dienstpflichten wieder aufzunehmen. Trotz dieses Angebots, das Carl Eugen einige Überwindung gekostet haben dürfte, beharrt Schiller in einem Schreiben vom 17. Oktober auf einer schriftlichen Bewilligung seines Gesuchs. Damit ist der Punkt erreicht, an dem der Landesvater Härte zeigen muß, weil jedes weitere Einlenken seinem autoritären Rollenverständnis widersprochen hätte. Am 27. Oktober verbietet er Augé die Fortführung der Korrespondenz mit Schiller, am 31. Oktober wird der ehemalige Medikus von der Regimentsliste gestrichen. Neben seinem Namen erscheint das Stichwort ‹ausgewichen›; es bezeichnet den Tatbestand der Fahnenflucht, der juristische Konsequenzen – Festungshaft und Degradierung – nach sich zu ziehen pflegte. Schiller wußte jetzt, was ihm drohte, wenn er nach Stuttgart zurückgekehrt wäre. Die Zeit des Exils hatte begonnen.

Nach ihrem Aufbruch aus Mannheim lassen sich die beiden Reisenden ziellos treiben. Zu Fuß wandert man über Darmstadt nach Frankfurt, wo man im Anschluß an eine kurze Stadtbesichtigung die Buchläden durchkämmt, um den Absatz der *Räuber* zu erkunden. Das bunte Leben der Handelsmetropole beeindruckt den niedergeschlagenen Flüchtling und lenkt ihn für einige Tage ab. Da seine finanziellen Reserven zur Neige gehen, bittet er Dalberg am 6. Oktober brieflich um einen Vorschuß von 300 Gulden. Der Intendant lehnt dieses Ansinnen wenige Tage später mit dem Hinweis ab, daß der *Fiesko* in der vorliegenden Form für die Bühne untauglich sei und einer Überarbeitung bedürfe. In Frankfurt versucht Schiller einen Buchhändler für die Veröffentlichung seines im Sommer entstandenen Gedichts *Teufel Amor* zu interessieren, kann sich aber nicht mit ihm über das Honorar einigen, da er statt der angebotenen 18 Gulden 25 verlangt (das Manuskript gilt heute als verschollen). Am 10. Oktober erhält Streicher einen neuen Wechsel über 30 Gulden, der ihm die Weiterfahrt nach Hamburg ermöglichen soll. Um den mittellosen Freund nicht im Stich zu lassen, verschiebt er seine Abreise jedoch und stellt die Summe für den gemeinsamen Bedarf zur Verfügung. Schiller beschließt, die erforderliche Revision des *Fiesko* in der ländlichen Umgebung Mannheims voranzutreiben. Über Mainz, wo man nach der Ankunft mit dem Marktschiff den Dom besichtigt, und über Nierstein und Worms erreicht man am 13. Oktober Oggersheim, das Meyer dem Flüchtling als sicheren Aufenthaltsort empfohlen hat. Unter dem Namen «Dr. Schmidt» bezieht Schiller hier bis zum 22. November im «Viehhof» beim Wirt Johann Heinrich Schick Logis. Zu seiner großen Bestürzung gelingt es ihm aber nicht, Dalberg mit der zügig erstellten Neufassung des Trauerspiels zu einem Vertragsangebot zu bewegen. Der Intendant gibt sich weiterhin distanziert und zeigt keine Neigung, seine früheren Versprechen einzulösen. Offenkundig fürchtet er die politischen Verwicklungen, die sich aus einer Verpflichtung des württembergischen Flüchtlings ergeben könnten. Auch wenn der Herzog auf die inneren Angelegenheiten der Kurpfalz keinen direkten Einfluß nehmen durfte, suchte der wendige Bühnenchef diplomatische Verstimmungen zu vermeiden; eine Anstellung des unbotmäßigen Autors schien ihm in dieser Lage allzu brisant. Immerhin glückt es Schiller Ende November, das *Fiesko*-Manuskript an Schwan zu verkaufen. Das bescheidene Honorar von zehn Louisdor (knapp 50 Taler), das ihm unverzüglich ausgezahlt wird, reicht für die Erstattung der Quartierkosten und die Vorbereitung der nächsten Schritte, die die Weichen für die Zukunft stellen sollen. Bereits im Sommer hatte Henriette von Wolzogen Schiller angeboten, er könne, falls seine Stuttgarter Lage unerträglich werde, Unterkunft auf ihrem Landgut bei Bauerbach im thüringischen Meiningen finden. Nachdem sich die Mannheimer Theaterhoffnungen zerschlagen haben, erinnert er sich dankbar an diesen Vorschlag. Die Meininger Lösung bietet ihm manche Vorteile: in Bauerbach findet er die nötige Arbeitsruhe, Sicherheit vor möglichen Spionen des Herzogs, nicht zuletzt ein kostenloses Quartier, was Gelegenheit bietet, bei sparsamer Lebensführung mit dem Honorar Schwans die Zeit bis zum Sommer zu überstehen.

Am 22. November reitet Schiller zu später Stunde, weil er nicht beobachtet werden möchte, von Oggersheim an die württembergische Grenze nach Bretten, um heimlich seine Mutter und Christophine zu treffen. Zum Ort der mitternächtlichen Begegnung hat man einen Gasthof bestimmt, wo man sich bis zum frühen Morgen ungestört über die Ereignisse der vergangenen zwei Monate austauschen kann. Die drei folgenden Tage bleibt man zusammen und genießt die lange entbehrte familiäre Gemeinschaft. Angesichts der ungewissen Zukunft fällt der Abschied schwer: man ahnt, daß die Gelegenheit zum gründlichen Gespräch so rasch nicht zurückkehrt. Seine Mutter wird Schiller erst zehn Jahre später, Mitte September

1792 wiedersehen, als sie ihn in Jena besucht. Bedrückt reitet er am 26. November zurück nach Mannheim. Wenige Tage danach übermittelt ihm Dalberg die endgültige Ablehnung des *Fiesko*. Jetzt ist der Weg zur stets verschobenen Reise nach Bauerbach frei. Am 30. November bricht er zu Fuß, den Mantelsack auf dem Rücken, in Begleitung Meyers und Streichers von Oggersheim nach Worms auf. Es herrscht eine klirrende Kälte, gegen die Schiller unzureichend geschützt ist, weil er nur über leichte Sommerkleidung verfügt. Abends sieht man gemeinsam die Aufführung von Georg Bendas *Ariadne auf Naxos*, die durch eine Wandertruppe präsentiert wird. Nach dem Abschied von den Freunden, die in Mannheim zurückbleiben werden, setzt Schiller seine Reise am folgenden Tag allein fort. Die Postkutsche führt ihn durch eine märchenhaft verschneite Winterlandschaft. Am Morgen des 7. Dezember kommt er, übermüdet und frierend, in Meiningen an. Er weist ein Empfehlungsschreiben Henriette von Wolzogens vor und wird darauf von Dorfbewohnern ins benachbarte Bauerbach geführt. Sein neues Domizil zeigt sich ihm von der freundlichsten Seite: die Stube ist geheizt, die Zimmer wirken aufgeräumt, das Bettzeug liegt schon bereit. Nach mehr als zweimonatiger Odyssee hat Schiller endlich einen Ruhepunkt gefunden.

Gebrochene Idylle. Auf dem Gut Henriette von Wolzogens

Das in reizvoller Umgebung gelegene, durch Baumalleen gesäumte Bauerbacher Anwesen, das eine Wegstunde von der 3500 Einwohner zählenden Residenz Meiningen entfernt ist, bietet dem Flüchtling ein Exil der ungestörten Arbeitsruhe. Entspannung braucht er dringender denn je; nach den Wochen des unsteten Reiselebens findet er nur unter Schwierigkeiten zu seinen literarischen Vorhaben zurück. Mit einigen Mühen wird das in Stuttgart entworfene Trauerspiel *Louise Millerin* zum Abschluß gebracht; daneben entstehen die ersten Entwürfe des *Don Karlos*, Quellenstudien für eine *Maria Stuart*, das Projekt eines Dramas über die Zeit der Inquisition (*Friedrich Imhof*), eine erweiterte Fassung des älteren *Theosophie*-Manuskripts und Gelegenheitsgedichte. Es ist das Verdienst Henriette von Wolzogens, daß sie den jungen Autor in einer Situation, da andere Gönner versagen, selbstlos unterstützt. Die 1745 geborene Freifrau, Mutter von vier Söhnen und einer Tochter, war bereits im Alter von knapp 30 Jahren Witwe geworden. Sie führte ihre Familie couragiert und zeigte sich zeitlebens kulturell interessiert, besaß jedoch nur eine durchschnittliche Bildung (ihr Briefstil blieb unsicher, die Orthographie höchst fehlerhaft). Ihre fi-

Henriette von Wolzogen.
Lithographie nach einem verschollenen Gemälde

nanzielle Lage war solide, ohne daß sie beliebig über Barmittel verfügen konnte. Das Familienvermögen hatte der als Legationsrat tätige Ehemann kaum vermehrt; wie die meisten Adligen der Zeit hielt sie einen stattlichen Grundbesitz, der die wesentliche Grundlage ihrer finanziellen Unabhängigkeit bildete. Aus Überzeugung ließ Frau von Wolzogen ihre Söhne auf der Karlsschule erziehen. Während des Sommers 1780 entstand in Stuttgart, wo sie vorübergehend Wohnung genommen hatte, der persönliche Kontakt mit Schiller. Hergestellt wurde er durch den 1762 geborenen ältesten Sohn Wilhelm von Wolzogen, der an der Akademie Finanzwissenschaften studierte. Wilhelm infizierte seine Mutter mit der Begeisterung für die *Räuber*, deren Erstausgabe ihm bereits frühzeitig in die Hände kam; am 28. April 1781, wenige Tage nach dem Abschluß des Drucks, notiert er seine Lektüreeindrücke und vermerkt: «Man sieht sein junges, feuriges, ungebildete [!] Genie ganz und gar darinn; er kann noch einer von den schönen Geistern Deutschlands werden, wenn er es nicht schon ist.» (NA 3, 289) So schien es verständlich, daß auch die Mutter geneigt war, den vielversprechenden jungen Autor näher kennenzulernen. Die Mannheim-Reise Ende Mai 1782 verstärkte einen Kontakt, der für Schiller bald lebensbestimmend werden sollte.

Eine engere Beziehung verband Henriette von Wolzogen mit der thüringischen Aristokratin Louise von Lengefeld, einer geborenen von Wurmb, deren entfernte Verwandte sie war. Schiller lernt Louise von Lengefelds ältesten Bruder Wilhelm Christian Ludwig von Wurmb Mitte Januar 1783 in Meiningen kennen. Rasch kommt es zu einem temperamentvollen Gespräch, in dessen Verlauf sich der 19 Jahre ältere Wurmb als begeisterter Leser der *Räuber* entpuppt. In einem Brief an Streicher vom 14. Januar 1783 schreibt Schiller emphatisch: «Er war beim ersten Anblik mein Busenfreund. Seine Seele schmolz in die Meinige.» (NA 23, 62) Gemeinsam schmiedet man Pläne: Wurmb möchte eine Fortsetzung der *Räuber* verfassen, Schiller wiederum soll auf seinem Gut den Umgang mit dem Gewehr lernen und an den aristokratischen Vergnügungsjagden teilnehmen. Solche Vorhaben wirken freilich forciert und tragen den Charakter hektischer Betriebsamkeit. Hinter der nervösen Tonlage des Briefs läßt sich die zerrissene Stimmung wahrnehmen, in der sich der Exilant während der ersten Wochen seines Bauerbacher Aufenthalts befindet. Bezeichnend ist, daß der Kontakt zu Wurmb keine Fortsetzung erfährt. Schillers Verhältnis zur Familie wird jedoch seine eigene Geschichte haben: Wurmbs Schwester Louise ist seit dem Februar 1790 seine Schwiegermutter.

Bauerbach zählt knapp 300 Einwohner, unter ihnen 100 Juden, die sich mit Abschlagszahlungen mühsam allgemeine Pachtfreiheit erkauft haben, vorwiegend jedoch erbuntertänige Bauern, die in bescheidenen Verhältnissen leben. Sie betrachten den als «Dr. Ritter» einquartierten, eremitisch hausenden Schiller mit Argwohn. Die Dorfjugendlichen beobachten, daß er nachts arbeitet, am Morgen aber bereits früh auf den Beinen ist; über die Art seiner Tätigkeit zirkulieren die unterschiedlichsten Gerüchte. Auf ihn selbst wirkt die winterliche Idylle in beheizten Zimmern mit angenehmer Aussicht nicht nur beruhigend. Immer wieder begegnen ihm die Schatten der Vergangenheit. Weil Henriette von Wolzogen am württembergischen Hof verkehrt, muß er auf ihren ausdrücklichen Wunsch sein Inkognito wahren, um einen Skandal zu vermeiden. In einem Brief an Streicher vom 14. Januar 1783 heißt es: «Meine gnädige Donna versicherte mich zwar, wie sehr sie gewünscht hätte, ein Werkzeug in dem Plan meines künftigen Glükes zu seyn – aber – ich werde selbst soviel Einsicht haben, daß ihre Pflichten gegen ihre Kinder vorgingen, und diese müßten es ohnstrittig entgelten, wenn der Herzog von Wirtemberg Wind bekäme.» (NA 23, 62) Wie groß Schillers Sorge vor Entdeckung auch in Bauerbach ist, erkennt man daran, daß er in seinen Briefen falsche Spuren legt. Um Frau von Wolzogen offiziell zu schützen, schickt er ihr am 8. Januar ein fingiertes Schreiben, in dem er mitteilt, er habe Meiningen verlassen und befinde sich jetzt in Hannover. Dasselbe behauptet er wenige Tage später gegenüber Streicher, ohne sich näher über die Gründe seiner vermeintlichen Abreise zu äußern. Ernst gemeint wirkt hingegen der Hinweis auf die Verstimmung, die ihn angesichts der Ängstlichkeit seiner Mäzenin befallen hat: «So schröklich es mir auch ist mich wiederum in einem Menschen geirrt zu haben, so angenehm ist mir wiederum dieser Zuwachs an Kenntniß des menschlichen Herzens.» (NA 23, 62) Die Störung scheint jedoch nur vorübergehenden Charakter besessen zu haben. Schon Mitte Januar räumt Frau von Wolzogen sämtliche Zweifel an ihrer Loyalität beiseite, indem sie Schiller den unbefristeten Aufenthalt in Bauerbach anbietet. Ihr Vorschlag zeugt von persönlichem Mut und bekundet die Fähigkeit, die eigenen Hofinteressen zurückzustellen. Wenn Reinwald sie in einem Brief an Christophine Schiller vom 25. Mai 1783 als launisch und «unbeständig» schildert (NA 23, 286), so bezeichnet das vornehmlich die Spuren einer angespannten Lebenssituation, die die Nerven der Beteiligten strapaziert, kaum aber einen ausgeprägten Wesenszug der freimütigen Gönnerin. Nachdem das Schwansche Honorar für den *Fiesko* verbraucht ist, leiht Frau von Wolzogen Schiller regelmäßig Geldsummen, die er zur Deckung seines Monatsbedarfs benötigt. Bis zum März 1788 war der Schuldenbetrag, den er ihr zurückzuzahlen hatte, auf 540 Gulden angewachsen. Da sie selbst nur über begrenzte Barmittel verfügt, nimmt sie Darlehen beim jüdischen Bankier Israel in Bauerbach auf, der jährlich 5 % Zinsen verlangt. Ihre großzügige Unterstützung bewahrt Schiller zu Beginn des Jahres 1783 vor dem finanziellen Ruin und ermöglicht es ihm, die Monate des thüringischen Exils gesichert zu überstehen.

Zu Neujahr stattet Frau von Wolzogen, begleitet von ihrer 16jährigen Tochter Charlotte, dem Bauerbacher Gut einen Kurzbesuch ab, um ihren Gast näher in Augenschein zu nehmen. Am 3. Januar unternimmt sie gemeinsam mit ihm einen Abstecher nach Walldorf, wo ihr Bruder lebt. Nur zwei Tage später absolviert Schiller dort eine erneute Visite. Bereits zu diesem Zeitpunkt bindet ihn eine starke Neigung an Charlotte, die dem Autor der *Räuber* nicht ohne Bewunderung begegnet zu sein scheint. Seit 1782 ist sie Schülerin einer von der Herzogin zu Sachsen-Gotha eingerichteten Pension in Hildburghausen an der hessischen Grenze, wo sie die persönliche Förderung der Landesmutter erfährt. Ein Spiegel seiner empfindsamen Stimmung wird Schillers Hochzeitsgedicht für Henriette Sturm, eine Pflegetochter der Wolzogen, die am 2. Februar 1783 in Walldorf bei Meiningen den Gutsverwalter Johann Nikolaus Schmidt heiratete. Der Text entstand bereits am 4. Januar, kurz nach der Abreise der Wolzogens; er läßt die aufkeimende Leidenschaft für Charlotte ahnen, auch wenn sie hinter den Rollenspielen der Gelegenheitsdichtung versteckt wird («Die Schäferstunde schlägt mir wieder – | Vom Herzen strömen warme Lieder», NA 1, 137). Als man sich Mitte Januar nochmals in Maßfeld trifft, scheint Schiller fahrig und nervös, von seinen eigenen Gefühlen verunsichert. Nach den Stuttgarter Männerrunden bedeutet der gesellschaftliche Verkehr mit der jungen, offenbar koketten Aristokratin eine irritierende Erfahrung. Daß er auch der erst 37jährigen Mutter nicht frei von erotischen Sehnsüchten begegnet, verraten die emotional aufgeladenen Briefe, die er in diesen Wochen an sie richtet.

Für vier Monate bleibt der persönliche Austausch unterbrochen, ehe Mutter und Tochter Mitte Mai erneut nach Bauerbach reisen. Schiller bereitet ihnen einen festlichen Empfang, indem er die gesamte Allee vom Ortseingang bis zum Gut mit Blüten schmücken, das Hoftor von einer Ehrenpforte aus Tannenzweigen zieren, eine Blaskapelle spielen und durch den Dorfpfarrer eine Einzugsrede halten läßt. Nach einem kurzen Abstecher zur Herzogin von Gotha, die man dazu bewegen möchte, die Erziehung der Tochter weiter zu fördern, nehmen Mutter und Tochter Anfang Juni für zwei Wochen ihren Aufenthalt in Bauerbach. Schon am 30. Mai 1783 gesteht Schiller Frau von Wolzogen in einem konfus wirkenden Schreiben seine Neigung zu Charlotte ein, ohne jedoch offiziell um ihre Hand anzuhalten. Ihm bleibt hinreichend bewußt, daß er als vermögensloser bürgerlicher Künstler kein Bewerber nach dem Geschmack seiner Mäzenin sein kann. Schon seit März steht Charlotte in enger Verbindung zu dem württembergischen Leutnant und früheren Karlsschüler Franz Carl Philipp von Winkelmann, der sie jetzt auch nach Bauerbach begleitet. Schiller kannte seinen Konkurrenten persönlich; Ende November 1777 nahm man gemeinsam an einer öffentlichen Disputation über die kunstgeschichtlichen Thesen teil, die Abel zum Abschluß seiner Ästhetikvorlesung aufgestellt hatte.[98] In die Eifersucht, mit der er jetzt auf seine Ankunft reagiert, mag sich auch die Furcht vor Entdeckung mischen, weiß er doch, daß Winkelmann als Angehöriger des herzöglichen Militärs ihn durchaus hätte denunzieren können. Während der gemeinsamen Bauerbacher Wochen wahrt er mühsam die Contenance gegenüber dem dünkelhaft auftretenden Nebenbuhler. Nach der Abreise der Gäste offenbart er Mitte Juni in einem Brief Wilhelm von Wolzogen seine tiefsitzende Abneigung, welche der «Impertinenz jenes Herrn» gilt, der «das Herz» Charlottes «erst noch verdienen lernen» müsse (NA 23, 97). Wolzogen teilt zwar Schillers Widerwillen, kann aber dessen eigene Interessen kaum fördern. Ein Jahr später, Mitte Juni 1784, richtet er aus Mannheim nochmals ein ausschweifendes Schreiben an seine Gönnerin, in dem er andeutet, daß er die «thörigte» Hoffnung auf eine Ehe mit Charlotte nicht vollends aufgegeben habe (NA 23, 148). Henriette von Wolzogen verfolgt ihre statusbewußten Verheiratungspläne jedoch unbeirrt weiter. Nach dem Scheitern der Beziehung zu Winkelmann, der sich durch Indiskretionen disqualifiziert hatte, verbindet sich Charlotte vier Jahre später, im September 1788, standesgemäß mit dem Hildburghauser Regierungsrat Franz Friedrich Rühle von Lilienstern (einer seiner jüngeren Verwandten, der 1780 geborene Otto August, wird in Potsdam zu den Regimentskameraden und engsten Vertrauten Heinrich von Kleists gehören).

Daß Henriette von Wolzogen trotz dieser Enttäuschung für Schiller nicht nur die Mäzenin in schwieriger Zeit, sondern auch eine vertrauenswürdige Freundin geblieben ist, beweisen seine späteren Briefe. Als sie am 5. August 1788 erst 43jährig an den Spätfolgen einer Geschwulstoperation stirbt, zeigt er sich tief bewegt. «Ach! sie war mir alles», schreibt er Wilhelm von Wolzogen, «was nur eine Mutter mir hätte seyn können!» (NA 25, 92) Acht Monate zuvor hatte er Bauerbach nach langer Pause einen erneuten Besuch abgestattet und die Stimmung vergangener Tage auf sich wirken lassen. Nur mühevoll vermag er sich jetzt an die Zeit seines einsiedlerischen Lebens zu erinnern. Die Reminiszenz vermengt sich mit der Einsicht in die eigene Entwicklung, die gewachsene Weltkenntnis und größere Erfahrung einschließt. Vor den Augen des Betrachters liegt nurmehr eine tote Winterlandschaft, die ihren früheren Zauber verloren hat: «Jene Magie war wie weggeblasen. Ich fühlte nichts. Keine [!] von allen Plätzen, die ehmals meine Einsamkeit intereßant machte, sagte mir jetzt etwas mehr. Alles hat seine Sprache an mich verloren.» (NA 24, 180) In die trübe Erinnerung mag sich auch der Gedanke an die Sorgen der Vergangenheit gemischt haben. Bauerbach blieb für Schiller im Rückblick eine gefährdete Insel der Ruhe, nicht zuletzt aber eine Zwischenstation, die keine dauerhafte Sicherheit gewährte.

Gesprächspartner in einsamen Tagen. Der Bibliothekar Reinwald

In den ersten Wochen nach der Ankunft stellt sich Schiller nur langsam auf die neue Lebensform ein. Aufgrund des starken Schneefalls sind die Dorfstraßen unwegsam, so daß ausgedehnte Spaziergänge unterbleiben müssen. Weiterhin fehlt es dem Flüchtling an warmer Kleidung, die ihn gegen die Kälte schützen könnte; noch fünf Jahre später, im ersten Weimarer Winter, muß er sich einen geeigneten Mantel leihen, weil er selbst nicht ausreichend versorgt ist. Erst im Februar wagt er sich häufiger ins Freie und erkundet die umliegenden Wälder. Auf seinen Wanderungen führt er bisweilen ein Gewehr mit sich, um, unter Anleitung des Gutsverwalters Voigt, Raubvögel schießen zu können. Ein treffsicherer Schütze dürfte er freilich nicht gewesen sein, da ihm die nötige Erfahrung fehlte; auch in künftigen Briefen gibt es keine Hinweise auf eine ausgeprägte Jagdleidenschaft (das Beispiel des herzöglichen Frevels wirkte hier fraglos abschrekkend). Um der Einsamkeit seines Alltags zu entkommen, sucht er Kontakt zum betagten Dorfpfarrer Christian Erasmus Freißlich, mit dem er über die Modernisierung der Liturgie und die Erneuerung des Liederkanons diskutiert. Er verfolgt regelmäßig den Gottesdienst, dessen Ablauf ihm freilich allzu konventionell erscheint. In der Gemeinde gewinnt er rasch den Geruch des aufgeklärten Freigeists, der die Texte Gellerts und Lessings gegen die verstaubte Orthodoxie der thüringischen Geistlichen verteidigt. Mit dem starrsinnigen Meininger Hofprediger Johann Georg Pfranger streitet er über die josephinische Reformpolitik und die – von ihm befürwortete – Assimilation der europäischen Juden. Selbst die Alltagssorgen der Dorfbewohner erwecken seine Neugier; aufmerksam beobachtet er die Konflikte zwischen den Gutsverwaltern und den erbuntertänigen Bauern, die dem Weiderecht der Schafe, aber auch Fragen der Zinsabgaben gelten.

Zum beständigsten Gesprächspartner der Bauerbacher Monate entwikkelt sich der Hofbibliothekar Wilhelm Friedrich Hermann Reinwald. Er

Wilhelm Friedrich Hermann Reinwald.
Miniatur, Gouache auf Pappe

ist 22 Jahre älter als Schiller und besitzt die Ausstrahlung eines kauzigen Sonderlings. Nach einem gründlichen Studium der Rechtswissenschaften, der Sprachen und Literatur wurde er 1762 von seinem Förderer, dem Meininger Herzog Anton Ulrich, als geheimer Kanzlist nach Wien geschickt. Die wenig später erfolgende Rückberufung auf einen subalternen Verwaltungsposten in der Residenz durchkreuzte jedoch seine Karrierehoffnungen. 1776 betraute ihn der junge Weimarer Herzog Carl August mit der Aufgabe, die Bestände der herzöglichen Bibliothek neu zu ordnen und die Anschaffungspraxis zu überwachen. Im selben Jahr veröffentlichte Reinwald seine *Briefe über die Elemente der germanischen Sprache*, denen in späteren Jahren Studien auf dem Feld der Wortgeschichte (insbesondere des Gotischen), der Grammatik, Editionskunde und vergleichenden Linguistik folgten. Mit geringerem Erfolg versuchte er sich im Bereich der schönen Literatur; seine Operette *Milton und Elmire* wurde zwar Mitte der 70er Jahre in Frankfurt und Weimar aufgeführt, was ihm den persönlichen Kontakt zu Johann August Leisewitz eintrug, doch erkannte er rasch die Grenzen seiner poetischen Begabung. Die von ihm stammenden Gelegenheitsgedichte, die Ende 1786 in der *Thalia* erschienen, hat schon die zeitgenössische Leserschaft als überlebte Produkte bieder-aufgeklärter Moralistik betrachtet. Größeren Wert besitzen die historischen Arbeiten Reinwalds, die Schiller mehrfach in eigenen Sammelwerken oder Zeitschriften abdruckt.

Noch am Tag seiner Ankunft schickt Schiller vom Meininger Gasthof *Zum Hirsch* ein Billett an Reinwald, in dem er ihn um eine erste Unterredung bittet. Der Bibliothekar ist seinerseits durch Henriette von Wolzogen auf den seltsamen Gast vorbereitet worden. Dankbar nutzt er die Gelegenheit zum Austausch mit einem gebildeten jungen Mann, der die erstarrte Honoratiorengesellschaft des Ortes auf anregende Weise in Bewegung bringt. Nach dem ersten Treffen im Wirtshaus bleibt man zunächst brieflich in Kontakt, weil die verschneiten Wege keine Besuche zulassen. Reinwald verspricht, ihn aus den Beständen der Hofbibliothek mit geeigneten Büchern für seine historischen Quellenstudien zu versorgen. Am 9. Dezember schickt Schiller eine Liste, die 18 Titel vor allem belletristischer Werke und ästhetischer Schriften versammelt, zur Unterhaltung erbittet er ferner eine geeignete Auswahl aktueller Reisebeschreibungen. Das jüdische Mädchen Judith, das im Dorf wohnt, wird beauftragt, die dickleibigen Bände in Meiningen abzuholen und nach Bauerbach zu schaffen. Über die Weihnachtstage ist der Eremit hinreichend mit Lektüre versorgt, um seine Vorstudien für das *Karlos* Projekt voranzutreiben. Auch in den folgenden Wochen des neuen Jahres erweist sich Reinwald als zuverlässiger

Helfer. Er übersendet Schiller Zeitschriften, die Rezensionen der *Räuber* enthalten, verleiht belletristische Werke, liefert ihm Schreibwerkzeug und versorgt ihn mit Schnupftabak (Marke *Marocco*). Ab Mitte Februar trifft man sich trotz der nochmals einsetzenden Schneeperiode häufiger in Maßfeld oder Meiningen, um Gespräche über die historische Entwicklung der Inquisition und die Geschichte der «Religionsveränderungen» (NA 23, 69) zu führen – Themen, die Schiller im Zusammenhang mit seinen Projekten stark anziehen.

Gegenstand der Unterredungen ist auch die thüringische Tagespolitik. Im Dezember war der erst 21jährige kinderlose Herzog von Sachsen-Meiningen lebensgefährlich erkrankt. Sein älterer Vetter, der Herzog von Sachsen-Coburg-Saalfeld, spekulierte auf eine mögliche Nachfolge, die ihn von seiner drückenden Schuldenlast befreit hätte. Um seine Ansprüche wirksam geltend machen zu können, erhöhte er die militärische Alarmbereitschaft und zog Truppen an der Landesgrenze zusammen. Überraschend genas der Meininger jedoch Ende Januar von der schweren Krankheit. Als man am 4. Februar 1783 in der Residenz seinen Geburtstag pompös feierte, mußte der ehrgeizige Vetter, der sich als politischer Spekulant ohne Fortüne bloßgestellt hatte, widerwillig seine Glückwünsche entrichten. Bereits in der Nacht vom 28. zum 29. Januar schreibt Schiller unter dem Eindruck dieser Ereignisse sein parodistisches Gedicht *Wunderseltsame Historia*, das Reinwald am 1. Februar mit leichten Veränderungen anonym in den *Meiningischen wöchentlichen Nachrichten* drucken läßt (NA 1, 142 ff.) Die Satire stützt sich auf die biblische Erzählung von der Belagerung Jerusalems durch den Assyrerkönig Sanherib (2. Kön. 19,32 ff.). Die geschichtlich entrückte Begebenheit aus dem achten vorchristlichen Jahrhundert soll auf komische Weise den dynastischen Konflikt in Thüringen spiegeln: während der historische Sanherib durch die aufziehende Pest vertrieben wird, gibt er bei Schiller sein Unternehmen auf, weil sein todkranker Widersacher, der (eigentlich früher regierende) König Josaphat, unerwartet gesundet. Die durchsichtige Invektive ruft sogleich den Protest eines ungenannt bleibenden Höflings hervor, der sich in einem eigenen Gedicht gegen die Angriffe auf den Coburger Herzog verwahrt. Für den Verfasser der Satire hält er den Meininger Hofprediger Pfranger, der die Politik seines Fürsten öffentlich mit großem Nachdruck zu rechtfertigen pflegte (NA 2 II A, 131). Schiller hat das kleine Scharmützel mit Amüsement zur Kenntnis genommen, ohne der Versuchung nachzugeben, seinen satirischen Beitrag durch eine öffentliche Erklärung zu verteidigen.

Das persönliche Verhältnis zu Reinwald vertieft sich am Beginn des

Frühjahrs, das Schillers Lebensgeister, wie er selbst gesteht, mit Macht weckt. Er läßt den Freund die abgeschlossenen Akte der *Louise Millerin* begutachten, berät sich mit ihm über das *Karlos*-Vorhaben und entwickelt weitläufige Zukunftspläne. Ein enthusiastisch getönter Brief, den er am Morgen des 14. April in der Bauerbacher Gartenhütte schreibt, entwirft mit Motiven der *Theosophie* eine Theorie der literarischen Einbildungskraft, die auf dem Gedanken beruht, daß der Autor ähnliche Zuneigung für seine Figuren empfinde wie Gott zu den ihm gleich geschaffenen Menschen. Diese liebende Begeisterung bildet jedoch, so heißt es einschränkend, nur *ein* Element innerhalb des hier skizzierten Schreibprogramms. Die «Fähigkeit zur Freundschaft» muß noch nicht die poetische Phantasie «nach sich ziehen», die erforderlich ist, um fesselnde Charaktere zu erfinden (NA 23, 80). Die im Brief atemlos umrissene Einfühlungsästhetik findet sich durch solche Wendungen auf festeren Boden gestellt. Zugleich erfaßt das Schreiben die Summe einer viermonatigen Eremitenexistenz, unter deren Bedingungen die Kunst zum Organ der Selbstverständigung wird. In späterer Zeit hat Schiller Lebensumstände angestrebt, die einen gleichmäßigen Austausch über seine Arbeitsvorhaben ermöglichten. Völlige Einsamkeit sucht er dann nur in Ausnahmefällen, für begrenzte Zeit, im Bewußtsein, stets zu geselligen Verhältnissen zurückkehren zu können.

In den Bauerbacher Frühjahrswochen ist Reinwald das Medium, dem Schiller seine hochfliegenden Entwürfe anvertrauen darf. Einer tieferen Freundschaft setzen die Unterschiede in Alter und Temperament deutliche Grenzen. Als der Bibliothekar Ende Mai eine Fahrt nach Gotha und Weimar plant, ist Schiller zunächst entschlossen, ihn zu begleiten, verwirft diese Idee jedoch rasch wieder. Es hat den Anschein, als meide er jetzt Reinwalds Nähe; zugleich mag er eine gewisse Furcht vor der Begegnung mit den Weimarer Literaturgrößen hegen. Ohne persönlichen Abschied bricht der Freund in der ersten Juniwoche zu seiner mehrwöchigen Reise auf. Womöglich wäre der Kontakt später abgebrochen, hätte der Zufall nicht sein eigenes Spiel getrieben. Nach einem Besuch vergaß Schiller am 11. Mai bei Reinwald das Manuskript des *Fiesko* und mehrere private Briefe, darunter ein Schreiben Christophines. Der Bibliothekar scheint es voller Sympathie gelesen und Interesse an der Person der Verfasserin entwickelt zu haben. Mit Erlaubnis des Bruders wendet er sich schriftlich an Christophine, die ohne Vorbehalte antwortet. Im Sommer 1784, kurz nach seiner Ernennung zum Hofrat, reist Reinwald erstmals nach Stuttgart, um die Familie des Freundes zu besuchen. Mit Christophine spinnt sich rasch eine engere Verbindung an, die Schiller deutlich mißbilligt, weil er in dem 20 Jahre älteren Bibliothekar keinen geeigneten Partner für seine

Schwester sieht. Die Heiratspläne des Paares hat er mit großer Reserve aufgenommen, die am 22. Juni 1786 geschlossene Ehe jedoch nicht verhindern können. Wie sehr er sich dem pedantischen Naturell des Schwagers entfremdet weiß, verrät ein späterer Brief an Goethe vom 25. Juni 1799, in dem es heißt, Reinwald sei «ein fleißiger nicht ganz ungeschickter Philister, sechzig Jahr alt, aus einem kleinstädtischen Ort, durch Verhältniße gedrückt und beschränkt, durch hipochondrische Kränklichkeit noch mehr danieder gebeugt; sonst in neuern Sprachen und in der deutschen Sprachforschung, auch in gewißen Litteraturfächern nicht unbewandert.» (NA 30, 63) Die Bauerbacher Gesprächsfreundschaft mit Reinwald gehört zu diesem Zeitpunkt einer entrückt wirkenden Vergangenheit an, auf die Schiller nur ungern zurückblicken mag.

Fremdes Milieu. Als Bühnenautor in Mannheim

Ende März 1783 fragt Dalberg bei Schiller nach dem Stand seiner Arbeit am neuen Trauerspiel *Louise Millerin*. Aufgrund der Mannheimer Gespräche vermutet er, daß der melodramatische Charakter des hier bearbeiteten Stoffs dem zeitgenössischen Geschmack entsprechen könnte. Schiller antwortet bewußt verhalten, indem er auf die tragikomischen Elemente des Dramas verweist, die nach konventionellem Verständnis einen Bruch mit dem Gebot der Gattungsreinheit darstellen. Es scheint, als suche er Abstand zum Intendanten, um nicht erneut ein Opfer seiner unzuverlässigen Gesinnung zu werden (sein Temperament sei wie «Pulverfeuer», das «schnell wieder verpuft», heißt es später [NA 23, 105]). Bis Anfang Juli ist er mit dem Abschluß des Trauerspiels befaßt, ohne innerlich zur Ruhe zu finden. In den folgenden Wochen wächst freilich der Wunsch nach einem anregenden Ortswechsel. Mitte Juli erwägt er, seinem aus London nach Württemberg zurückgekehrten Vetter Johann Friedrich, der der väterlichen Familie entstammte, einen Besuch an der württembergischen Grenze abzustatten, verwirft dieses Projekt jedoch wieder. Wenig später schreibt er Reinwald vom Plan einer Reise nach Frankfurt, der ebenfalls unverwirklicht bleibt. Am 24. Juli verläßt er schließlich Bauerbach, um ohne direkte Einladung nach Mannheim zu fahren und dort seine Aussichten auf eine feste Anstellung zu erkunden. Das notwendige Reisegeld schießt ihm Henriette von Wolzogen durch die Kasse des Bankiers Israel vor. Über Gelnhausen erreicht er am 26. Juli Frankfurt; dort besteigt er eine Kutsche der Extrapost, die teurer, aber schneller ist und ihm eine kostspielige Übernachtung im Gasthof einsparen hilft. Am Abend des 27. Juli steht er wieder vor den Stadttoren Mannheims; eingerichtet hat er sich auf einen mehrwöchigen Besuch, ohne zu ahnen, daß sein Aufenthalt 20 Monate währen wird.

Am Theater herrscht Ferienbetrieb mit nur unregelmäßigem Repertoire. Unter Rücksicht auf die Anwesenheit der Kurfürstin werden vorwiegend seichte Komödien gespielt, die Schiller keinen klaren Eindruck von der aktuellen Leistungsfähigkeit der Nationalbühne vermitteln. Beim Regisseur Meyer trifft er Streicher wieder, der auf seine geplante Reise nach Hamburg endgültig verzichtet und sich in Mannheim als Klavierlehrer mit bescheidenem Auskommen niedergelassen hat. Dalberg weilt noch in Holland und kehrt erst am 11. August zurück. Zwei Tage später liest Schiller im großen Kreis einige Szenen der *Louise Millerin* vor. Unter dem Eindruck der mächtigen Wirkung, die diese Textprobe erzielt, offeriert ihm Dalberg einige Tage später eine zunächst auf zwölf Monate begrenzte Anstellung als Bühnenautor, die ihn dazu verpflichtet, innerhalb eines Jahres drei Stücke für den Spielplan zu liefern; im Gegenzug gewährt man ihm das Mitspracherecht bei den Beratungen des Theaterausschusses, der über das Repertoire entscheidet. Ende August kommt es zum Entwurf eines Kontrakts, der Schiller ein Jahresgehalt von 300 Gulden, dazu Beteiligung am Gewinn je eines Theaterabends pro Monat garantiert (sie wird später zumeist in Pauschalen abgegolten). Der mit dem 1. September in Kraft tretende Vertrag sichert ihm erstmals nach der Flucht regelmäßige Einkünfte. Zwar verdient er weniger, als er zunächst erwartet hatte, jedoch übersteigt die Summe das jährliche Salär, das er als Regimentsarzt erhielt, um 24 Gulden (sein Vater bezieht zur selben Zeit in Stuttgart eine Besoldung über 390 Gulden). Einen Vorschuß von 200 Gulden nutzt er bereits Anfang September dafür, sich eine standesgemäße Privatgarderobe zuzulegen. Da er auch sonst, im Gegensatz zu späteren Jahren, wenig haushälterisch mit seinen Geldmitteln umgeht, kann er keine Rücklagen bilden. Die Erstattung der Stuttgarter und Bauerbacher Darlehen muß, entgegen den ursprünglichen Absichten, zunächst verschoben werden, auch wenn die Gläubiger drängen: Henriette von Wolzogen erbittet im Februar 1784 die Tilgung der bei Israel stehenden Summe, der Vater ermahnt ihn einen Monat später, die Stuttgarter Schulden zu begleichen. Erst eineinhalb Jahre später gelingt es ihm, mit Hilfe seines Freundes Körner einen Finanzplan zu entwerfen, der es erlauben soll, die alten Lasten abzuwerfen. Wie beengt die Mannheimer Lebensverhältnisse trotz regelmäßiger Einkünfte sind, verrät ein Brief an Henriette von Wolzogen vom 13. November 1783, in dem Schiller seine dem Sparzwang unterworfenen Aufwendungen beschreibt: «In einem Wek wird mein Frühstük bestehen, um 12 g. habe ich aus einem hiesigen Wirthshauß ein Mittageßen zu 4 Schüßeln, wovon ich noch auf den Abend aufheben kann. Notabene ich habe mir einen zinnernen Einsaz gekauft. Abends eße ich allenfalls Kartoffel in Salz oder ein Ey oder so etwas zu einer Bouteille Bier. Dem ohnerachtet sind meine Ausgaben sehr gros. Wenn ich auch Monats nicht über 11 Gulden fürs Maul aufgehen laße, so kostet mich mein neues Logis 5 Gulden, das Holz 2 fl. 30. und darüber, Lichter 1 Gulden, Friseur einen Thaler, Bedienung von einem Tambour einen Thaler, Wasche einen Thaler, Bader 30 g. Postgeld 1–2 Gulden, Tabak, Papier und tausend Kleinigkeiten ungerechnet.» (NA 23, 117f.) Zwar steht zu bedenken, daß Schiller der Gläubigerin gegenüber die Bescheidenheit seines Lebensstils auch aus taktischen Gründen betont haben dürfte; gerade durch ihre Pedanterie aber bezeugt die Liste die finanziellen Zwänge, denen sein Mannheimer Alltag unterworfen bleibt.

In der Residenz erlebt Schiller eine urbane Stimmung, die ihm Stuttgart nicht geboten hatte. Die innere Stadt ist geometrisch nach dem Muster eines Schachbretts gegliedert. Das Schloß, unbestrittenes Zentrum der Anlage, gehört zu den prächtigsten Rokokogebäuden Deutschlands. Unter den 20000 Einwohnern sind bürgerliche Kaufleute besonders stark vertreten; ihre wirtschaftliche Kraft gewinnen sie durch Mannheims Nähe zu wichtigen Verkehrsknotenpunkten und den von der Rheinschiffahrt begünstigten Warenhandel. Der Umzug des Kurfürsten, der 1778 seine Residenz nach München verlegt hatte, mindert zwar den überregionalen Glanz der Stadt, läßt aber ihr kulturelles Leben nicht verarmen. Theater, Oper und Ballett werden auf hohem Niveau fortgeführt, so daß Mannheim weiterhin einen musischen Anziehungspunkt darstellt. Zwischen Ende Juli und Oktober bewohnt Schiller zwei Zimmer im Hubertushaus gegenüber dem Schloß. Die Miete ist günstig und beläuft sich auf einen Gulden wöchentlich. Aus Kostengründen verzichtet er meist auf das Frühstück; von der Zimmerwirtin erhält er, wie er auch der Gönnerin nach Stuttgart meldet, Mittag- und Abendessen, dazu einen Krug Bier, der billiger als der pfälzische Wein ist. In der zweiten Oktoberhälfte bezieht er mit Streicher eine geräumige Wohnung beim Maurermeister Hölzel, der sich später als rücksichtsvoller Helfer in der größten Schuldennot erweisen wird. Der gemeinsame Hausstand, der bis zum April 1785 besteht, trägt idyllische Züge. Man vermeidet die ständige Nähe, die das Stuttgarter Verhältnis bestimmt hatte, findet jedoch regelmäßig zusammen, um sich über Alltagssorgen auszutauschen. Schiller schätzt es außerordentlich, wenn Streicher auf dem Piano phantasiert, während er am Schreibtisch arbeitet. Auch später hat er solche Formen der musikalischen Anregung geliebt; das Klavierspiel seiner Ehefrau Charlotte förderte er nach Kräften, weil er wußte, wie stark es ihn bei der literarischen Tätigkeit inspirierte.

Trotz solcher günstigen Lebensverhältnisse steht Schillers Mannheimer Arbeitsbeginn unter einem Unglücksstern. Bereits in den ersten Wochen hat er mit äußeren Widrigkeiten zu kämpfen, die es ihm kaum erlauben, die gestellten Aufgaben zu erfüllen. Gegen Ende des Sommers war in Mannheim eine Malaria-Epidemie ausgebrochen, die innerhalb weniger Wochen 6000 Einwohner erfaßte. Ihren Auslöser bildete die große Hitze, durch die das mit Morast versetzte Wasser in den Festungsgräben zu faulen begann. Begünstigt wurde die Ausbreitung der Krankheit von der schwachen Luftströmung und einem veralteten Kanalisationssystem, dessen schlechte Druckverhältnisse die Vergiftung des Trinkwassers förderten.[99] Zu den Opfern der Epidemie gehört auch der Regisseur Meyer, der am 2. September den Folgen einer zunächst harmlos wirkenden Infektion erliegt (zu seinem Nachfolger ernennt Dalberg den Schauspieler Johann Ludwig Rennschüb). Schiller steckt sich zur selben Zeit an und findet erst zu Beginn des neuen Jahres völlige Genesung. Er therapiert sich ohne weitere ärztliche Beratung unter Rückgriff auf die praktischen Empfehlungen, die er aus Consbruchs Vorlesungen kannte, durch eine rigorose Fastenkur, in deren Verlauf er wochenlang ausschließlich Wassersuppen, Rüben und Kartoffeln zu sich nimmt. Um das Fieber zu senken, ißt er eine aus Frankfurt bezogene Chinarinde, deren Anwendung zwar die Körpertemperatur senken hilft, zugleich jedoch eine Entzündung des Magens herbeiführt, an deren chronischen Folgen er noch Jahre später laborieren wird. Trotz der schweren Krankheit zwingt er sich regelmäßig an den Schreibtisch. Louisa Schwan weiß zu berichten, daß er im Oktober bei hohem Fieber bis in den Morgen hinein an der letzten Revision des *Fiesko* gearbeitet habe (NA 42, 63 f.).

Während Schiller in Bauerbach zuweilen schon um fünf Uhr früh am Schreibtisch saß, pflegt er in Mannheim seine literarische Tätigkeit der Nacht vorzubehalten. Er steht spät auf, besucht tagsüber die Proben, ißt mit den Schauspielern, verbringt abends einige Zeit mit ihnen beim Wein und setzt sich häufig erst nach Mitternacht an seine Manuskripte. Arbeitet er zu früheren Stunden, so schließt er häufig die Vorhänge, um nicht vom Licht geblendet zu werden. Sein Zimmer zeigt, so berichtet Streicher, das selbe genialische Chaos, das er schon in Stuttgart um sich zu verbreiten pflegte.[100] Einzig der Schreibtisch bleibt zumeist geordnet und aufgeräumt. Auf die besondere Qualität von Tinte, Federn und Papier legt er, wie er Reinwald verrät, größten Wert (NA 23, 66). Daß ihn der Geruch überreifer Äpfel, die er in der Schublade verwahrte, stimuliert haben soll, wird von Goethe gegenüber Eckermann (7. Oktober 1827) berichtet; später hat man aus dieser Vorliebe den Mythos vom schreibenden Sonderling geformt, der Schiller niemals war.[101] Zu den Aufputschmitteln, die seine Schreiblust befördern, gehören starker Kaffee, Tabak, Likör und, gelegentlich, ungarischer Wein, den er noch in Weimar während der nächtlichen Arbeit zur Anregung getrunken hat.

Die Mannheimer Schauspieler vertraten, dem Vorbild des 1778 verstorbenen Ekhof folgend, den Anspruch auf eine intellektuelle Bühnenkunst, die die gründliche Auseinandersetzung mit den vorgeführten Texten einschloß. Der von Dalberg eingerichtete Theaterausschuß, den Schiller zwischen Oktober 1783 und Mai 1784 in sieben Sitzungen erlebte, suchte dieses Programm durch seine dramaturgische Beratungstätigkeit zu unterstützen. Hier prüfte man neu eingereichte Manuskripte, besprach Bühnenfassungen und erörterte aktuelle Regiekonzepte. In Einzelfällen verfaßten die Mitglieder schriftliche Gutachten über die Tauglichkeit aktueller Stücke (überliefert ist Schillers knappe Stellungnahme zu Schröders Monvel-Bearbeitung *Kronau und Albertine* [1783], NA 22, 195). Das Diskussionsklima war nicht frei von Druck und Anpassungszwängen, zumal Dalberg als Vorsitzender die Unterredungen autoritär steuerte. Besonders enge Zusammenarbeit sucht Schiller mit den Akteuren Iffland, Beck, Beil und Böck. Louisa Schwan erinnert sich, daß sie zu den Leitfiguren des Ensembles zählten: «Die beiden ersteren zeichneten sich durch eine geordnete Lebensweise aus, was damals unter den Schauspielern nicht gewöhnlich war. Beil, ebenso leichtsinnig als gutmütig, stand eigentlich unter der Vormundschaft der beiden anderen.»[102] Über Böck äußert Schiller selbst im November 1783, er sei unter den Darstellern «der beste an Kopf und Herz» (NA 23, 119).[103] Künstlerisch bedeutsamer blieb fraglos der ehrgeizige, bisweilen zum Exzentrischen neigende Iffland. Sein Schulfreund Karl Philipp Moritz hat ihn in seinem autobiographischen Roman *Anton Reiser* (1785–90) als schauspielerische Naturbegabung mit intellektueller Zielstrebigkeit porträtiert. Nach ersten Versuchen in verschiedenen Wandertruppen schloß sich der 18jährige 1777 dem berühmten Hofensemble in Gotha an und wechselte 1779 an die Mannheimer Nationalbühne. In einer Ende August 1784 verfaßten Charakteristik bezeichnet ihn Schiller als herausragenden Darsteller, der sogar dem berühmtesten Akteur der englischen Bühne, dem fünf Jahre zuvor verstorbenen David Garrick, ebenbürtig sei (NA 22, 315). Frühzeitig begann Iffland, Texte für das Theater zu schreiben, die durch Gespür für szenische Wirksamkeit, überraschende Effekte und psychologische Details ausgezeichnet bleiben; eines seiner bedeutsamsten Dramen ist das bürgerliche Trauerspiel *Verbrechen aus Ehr-*

sucht, das seit 1784 regelmäßige Aufführungen in ganz Deutschland erlebte. Iffland verließ das Mannheimer Ensemble erst 1796, als er eine bevorstehende Besatzung der Stadt durch die französischen Revolutionsarmeen befürchtete. Nach einer kurzen Wanderzeit mit Gastspielen, die ihn auch nach Weimar führte, folgte er noch im selben Jahr einem finanziell lukrativen Angebot des preußischen Königs und übernahm das weitreichende Kompetenzen einschließende Direktorat des Berliner Nationaltheaters, das er über zwei Dekaden hinweg künstlerisch prägte. In Mannheim bleibt Ifflands Verhältnis zu Schiller nicht frei von Konkurrenzgefühlen, die sein Verhalten bisweilen zwielichtig erscheinen lassen. Bereits im Herbst 1782 setzt er sich entschieden für die erste Fassung des *Fiesko* ein und sucht Dalberg von der Bühnentauglichkeit des Dramas zu überzeugen. In den ersten Monaten nach Schillers Anstellung entwickelt sich ein offener Austausch, der vom gemeinsamen Vertrauen in die intellektuellen Möglichkeiten des Theaters getragen wird. Als die Stimmung während des Sommers 1784 jedoch gegen den erfolglosen Hausautor umschlägt, schwenkt Iffland auf die Seite seiner Widersacher über. Er übernimmt die Titelrolle in einem aus der Feder des Gothaer Schriftstellers Friedrich Wilhelm Gotter stammenden Schwank (*Der schwarze Mann*), der eine Persiflage auf Schiller bietet. Bei internen Auseinandersetzungen entzieht er dem früheren Gesprächsfreund die Loyalität und unterstützt ihn auch dann nicht, als Dalberg ihm die weitere Förderung seiner dramaturgischen Projekte verweigert. Iffland hat solche Winkelzüge später bereut und ab der Mitte der 90er Jahre zu Schiller, der ihm großzügig verzieh, eine ertragreiche Arbeitsbeziehung entwickelt.

Nicht frei von erotischen Spannungen gestalten sich die Kontakte mit den unverheirateten Schauspielerinnen. Für die 17jährige Karoline Ziegler, das überragende Talent des Ensembles, und die wenig ältere Katharina Baumann empfindet Schiller eine spürbare Leidenschaft, die ihn auch dazu veranlaßt, seine männerbündischen Neigungen preiszugeben. Frau von Wolzogen gesteht er am 13. November 1783, er genieße das Gespräch mit den beiden anziehenden Akteurinnen: «Diese und einige andre machen mir zuweilen eine angenehme Stunde, denn ich bekenne gern, daß mir das schöne Geschlecht von Seiten des Umgangs gar nicht zuwider ist.» (NA 23, 119) Nachdem Karoline Ziegler am 8. Januar die Ehe mit Beck geschlossen hat (sie wird bereits Ende Juni an den Folgen eines Bühnenunfalls sterben), richtet sich Schillers Interesse verstärkt auf Katharina Baumann, die als Amalia ebenso überzeugend agiert wie später in der Rolle der Louise Miller. In Stuttgart kursieren rasch Gerüchte, er habe sich mit der Schauspielerin verheiratet. Seine aufflammende Neigung wird von ihr jedoch nicht erwidert (auch die zur selben Zeit vorgetragenen Werbungsversuche Ifflands hat sie abgewehrt). Als Schiller ihr im Januar 1785 zum Beweis der Zuneigung sein Miniaturbild überreicht, reagiert sie mit schroffer Ablehnung. Verständlich ist es, daß er nach solchen Erfahrungen später nur ungern an die Herzensverwicklungen dieser Zeit zurückdenken mag. In einem Brief an Goethe vom 9. Dezember 1794 erklärt er unter Bezug auf die Schauspieler-Handlung des eben entstehenden *Wilhelm Meister*-Romans: «Von der Treue des Gemähldes einer Theatralischen Wirthschaft und Liebschaft kann ich mit vieler Competenz urtheilen, indem ich mit beydem beßer bekannt bin, als ich zu wünschen Ursache habe.» (NA 27, 103)

Das Mannheimer Jahr vermittelt Schiller eine Vielzahl von Eindrücken und Gesprächskontakten. Bereits am 13. August, dem Tag der Lesung der *Louise Millerin*, lernt er durch Dalberg den kurpfälzischen Hofmaler Ferdinand Kobell und den Kammerrat Otto von Gemmingen, Verfasser des von ihm hochgeschätzten *Teutschen Hausvaters*, kennen. Am 2. Oktober begegnet er bei einem Ausflug nach Speyer in Begleitung Schwans Sophie von La Roche, die seit der Veröffentlichung ihres Romans *Geschichte des Fräuleins von Sternheim* (1771) zu den literarischen Berühmtheiten Deutschlands gehört. Er diniert in ihrem Hause, zeigt im Gespräch seine gediegene Bildung und darf die 52jährige Gastgeberin acht Tage später nochmals besuchen. Am 13. November stattet ihm überraschend Abel aus Stuttgart eine Kurzvisite ab. Obwohl Schiller durch das Malaria-Fieber geschwächt ist, kommt es zu einer denkwürdigen Unterredung, in deren Verlauf man sich über württembergische Kriminalfälle austauscht; Abel berichtet seinem Lieblingsschüler Details aus dem Leben des Banditen Friedrich Schwan, die später in die Erzählung *Verbrecher aus Infamie* einfließen werden (NA 42, 64 f.). Anfang März 1784 trifft Schiller in Mannheim mit dem Regisseur Gustav Wilhelm Friedrich Großmann zusammen, der in diesen Jahren eine der besten Wandertruppen Deutschlands leitet. Unter seiner Regie war neun Monate zuvor in Bonn erstmals der *Fiesko* gezeigt worden; im Frühjahr erarbeitete er eine Inszenierung der *Louise Millerin*, die Mitte April, noch vor der Mannheimer Premiere, in Frankfurt über die Bühne gehen sollte. Schiller sieht dort am 3. Mai eine spätere Aufführung, in der Iffland (als Kammerdiener) und Beil (als Miller) Gastrollen im Ensemble Großmanns versehen. Nach der bejubelten Vorstellung macht er sich mit der Louise-Darstellerin Sophie Albrecht und ihrem Ehemann, einem literarisch ambitionierten Mediziner, bekannt. Vermutlich trifft er in diesen Tagen auch den Freiherrn von Knigge, der in Nentersdorf bei Frankfurt ein kleines Anwesen besitzt. Er hatte sowohl die *Räuber* als auch den *Fiesko* trotz einiger Vorbehalte gegen das überschießende

Sprachtemperament der Texte wohlwollend rezensiert und suchte nun durch Vermittlung des ihm bekannten Großmann die Gelegenheit, den jungen Autor persönlich kennenzulernen. Aus vollen Zügen genießt Schiller die Bewunderung, die ihm auf den Frankfurter Empfängen und Banketts entgegenschlägt; er werde, so schreibt er Rennschüb bereits am 1. Mai, «von Freßerei zu Freßerei herumgerißen» (NA 23, 135).

Im Laufe der nächsten Wochen unternimmt Schiller Ausflüge ins benachbarte Waldheim und nach Heidelberg. Erst Ende des Monats kehrt in Mannheim größere Ruhe ein, nachdem sich Dalberg für eine bis zum Oktober währende Sommerpause auf sein Stammgut Schloß Hernsheim bei Worms zurückgezogen hat. Für kurze Zeit nimmt Schiller während der heißen Tage im ländlichen Schwetzingen Quartier, wo er den Gasthof *Zu den drei Königen* zum Domizil wählt, reist jedoch in regelmäßigen Abständen nach Mannheim zurück. Anstelle des Intendanten begrüßt er dort Anfang Juli den dänischen Autor Knud Lyne Rahbek, der als Vertreter des Hamburger Bühnenchefs Schröder die süddeutschen Theater bereist, um sich einen Eindruck von ihrem Repertoire zu verschaffen. Am 20. Juli wird, zu Ehren des Besuchers, Rahbeks Dramolett *Die Vertrauten* als Nachspiel zu einer Komödie Arthur Murphys gegeben. Schiller zeigt sich von der unverstellten Freundlichkeit seines Gastes, mit dem er manchen Abend im *Pfälzerhof* beim Wein verbringt, angenehm berührt. Der im Frühjahr 1785 in der *Rheinischen Thalia* gedruckte *Brief eines reisenden Dänen*, der Impressionen vom Besuch des Mannheimer Antikensaals beschreibt, dürfte auch eine Reminiszenz an Rahbek darstellen.

Nach der Bauerbacher Einöde nimmt Schiller die Gelegenheiten zu Gespräch und Zerstreuung dankbar wahr. Das Mannheimer Jahr hält jedoch zugleich Mißerfolge und Enttäuschungen bereit. Zum 19. November 1783, dem Namenstag der Kurfürstin, verfaßt er im Auftrag des Theaters ein (verschollenes) Widmungsgedicht, dessen satirischer Unterton Dalberg derart mißfällt, daß er die geplante Feierlichkeit streicht. Der langwierig überarbeitete *Fiesko* fällt am 11. Januar 1784 beim Publikum durch und wird nach zwei weiteren Aufführungen abgesetzt. Die im Februar beginnenden Proben für die *Louise Millerin*, die auf Vorschlag Ifflands den modischen Titel *Kabale und Liebe* erhält, führen rasch zu einer unerfreulichen Nervenbelastung. Schiller beklagt mehrfach die mangelnde Textsicherheit der Darsteller und ihre starke Neigung zur Improvisation. Die Akteure wiederum fühlen sich durch seinen belehrenden Ton abgestoßen und verweigern eine ernsthafte Zusammenarbeit. Mitte April, wenige Tage vor der Premiere, kommt es zum offenen Streit mit Beil, der den Musiker Miller chargenhaft überzeichnet und den Autor durch sein hölzernes

Spiel verärgert. Nach dem Premierenerfolg am 15. April bessert sich Schillers Stimmung zwar vorübergehend, doch stehen ihm weitere Enttäuschungen bevor. Anfang Juli unterbreitet er dem Intendanten das Projekt, eine dramaturgische Zeitschrift als monatlich erscheinendes Journal des Nationaltheaters zu begründen. Die Finanzierung einer solchen *Mannheimer Dramaturgie*, die nach Lessings Hamburger Muster Berichte über das aktuelle Repertoire mit theoretisch ausgerichteten Artikeln, Essays, Anekdoten und Preisaufgaben verbinden soll, lehnt Dalberg jedoch entschieden ab, weil ihm der wirtschaftliche Erfolg des Vorhabens ungesichert scheint. Der erneute Fehlschlag paßt zum Gesamtbild; im Hochsommer 1784 sieht Schillers Bilanz außerordentlich schlecht aus. Von den versprochenen drei Dramen hat er nur zwei geliefert, wobei der *Fiesko* erfolglos blieb; das *Karlos*-Projekt ist über vage Entwürfe nicht hinausgelangt; die dramaturgische Tätigkeit im Theaterausschuß zeitigt keine prägende Wirkung; das Verhältnis zu den Schauspielern unterliegt wachsenden Spannungen. Die Vorzeichen für die im August 1784 erforderliche Verlängerung des Vertrags stehen denkbar schlecht.

4. Die Verschwörung des Fiesko zu Genua (1783)

Schreiben im Schatten der Existenzkrise. Annäherung an einen historischen Stoff

Seit Beginn des Jahres 1782 arbeitete Schiller in Stuttgart an seinem zweiten Drama. Ende Januar nahm er das Studium der Quellenschriften auf, wobei die aus dem Jahr 1665 stammende Darstellung des Kardinals de Retz über die Rebellion des Fiesko von Lavagna im Vordergrund stand. Die Niederschrift setzte, nachdem Anfang Februar ein knappes Szenar umrissen worden war, im März unter beschleunigtem Tempo ein. Am 1. April 1782 berichtet er Dalberg, er habe «schon einen grosen Theil vorausgearbeitet» und hoffe, das Trauerspiel zum Jahresende vorlegen zu können (NA 23, 32). Den Abschluß kann er im Juli und August trotz seiner spannungsvollen Lebensumstände fördern. Die Fassung, die er am 27. September den Mannheimer Schauspielern vorliest, ist jedoch nicht komplett, denn sie entbehrt der szenischen Ordnung und eines eindeutigen Schlusses. Schiller hatte die unterschiedlichen Blöcke der Handlung gesondert ausgeführt, ohne sich um eine nähere Abstimmung der Teile zu bemühen. Es entsprach seinem systematischen Interesse, zunächst einzelne Motive genau zu entwickeln, ehe er sie in eine festere dramaturgische Struktur einfügte (dasselbe Verfahren wird er auch bei späteren Arbeiten anwenden). Dalberg, der kurz nach Schillers Abreise am 3. Oktober in Mannheim eintrifft, lehnt eine Aufführung vorerst ab, da er das Stück mit seinen raschen Ortswechseln nicht bühnenkonform, die politische Thematik allzu gewagt findet. Auch die Interventionen Meyers und Ifflands, die sich für Schiller einsetzen, können ihn nicht umstimmen. Über Meyer läßt er am 9. Oktober verlauten, daß er eine Überarbeitung für erforderlich halte, die den Möglichkeiten des Theaters stärker entgegenkomme. In Oggersheim beginnt Schiller unverzüglich mit einer Revision, die in der ersten Novemberwoche abgeschlossen ist. Sie bietet nun einen ausgeführten Schluß, der zeigt, wie Verrina Fiesko als potentiellen Despoten tötet, um die bestehende politische Ordnung zu retten. In der zweiten Monatshälfte teilt Dalberg jedoch mit, daß er auch für die neue Fassung des Stücks im Rahmen seines Repertoires keine Verwendung finde. Wenige Tage nach dieser enttäuschenden Absage veräußert Schiller das Manuskript für zehn Louisdor an Schwans Verlag, weil er mit einer Bühnenaufführung, die ihm ein solideres Honorar hätte einbringen können, nicht mehr rechnen kann.

Der *Fiesko* erscheint mit einer Widmung an den Lehrer Abel unter der Bezeichnung «republikanisches Trauerspiel» Ende April 1783 zur Frühjahrsmesse im Druck. Als Schwan im Sommer 1784 eine zweite Auflage des Textes veranstaltet, erhält Schiller zu seiner Verärgerung kein weiteres Honorar und muß die für den eigenen Gebrauch bestimmten Exemplare aus eigener Tasche bezahlen. Das entsprach den geschäftlichen Gepflogenheiten des zeitgenössischen Verlagswesens, nach denen Autoren Vergütungsansprüche nur bei der Erstveröffentlichung besaßen. Der Verkauf des Manuskripts bedeutete eine unumschränkte Veräußerung der Publikationsrechte an den Verlag, die nur mit beiderseitigem Einverständnis durch neue Vereinbarungen aufgehoben werden konnte. Erst Ende der 70er Jahre kam es bisweilen zum Abschluß von Verträgen, die den Schriftstellern eine Honorierung auch bei Neuauflagen gewährten. Es gehörte zu den Errungenschaften des *Allgemeinen Preußischen Landrechts* von 1794, daß es diese Praxis als verbindliches Verfahren festschrieb.[104]

Eine erste Inszenierung des *Fiesko* veranstaltet Großmanns Truppe am 20. Juli 1783 in Bonn, stößt jedoch nur auf mäßiges Interesse; am 8. Oktober wird die Aufführung in Frankfurt wiederholt. Der Prinzipal selbst klagt in einem an Schwan gerichteten Brief vom 26. August über die dramaturgischen Freiheiten, die sich Schiller ohne Ansehen der technischen Möglichkeiten zeitgenössischer Bühnen gestattet habe: «Wenn der liebe, feurige Mann nur mehr Rücksicht auf Theater-Konvenienz nehmen, und besonders vom Maschinisten, bey dem gewöhnlichen Gang unserer Dekorationen nicht schier unmögliche Dinge verlangen wollte. Ein Schloßhof mit Mauern und Gitterwerk und Nacht und illuminirter Saal mit einer Spanischen Wand in einem Nu, und dergleichen Verwandlungen mehr, gehen sonst nie ohne Unordnung und gewaltiges Geräusch ab; wie sehr das dem Dialog und der Handlung schadet, hab ich bey der Vorstellung des Fiesko gesehen.» (NA 4, 265) Mitte August zeigt sich nun auch Dalberg bereit, das zuvor geschmähte Trauerspiel zur Aufführung zu bringen. Die Bedingung bleibt, daß Schiller sein Drama nochmals bearbeitet und, ähnlich wie *Die Räuber*, entschärft. Die in den Herbstmonaten 1783 entstandene Mannheimer Bühnenfassung ist das Produkt des Zwangs, den der Intendant auf seinen Autor ausübt. Schiller schwächt drastische Motive ab, verknappt die oft überladen wirkende Sprachdiktion und schränkt die in der Druckfassung überaus zahlreichen Schauplatzwechsel ein; aus Anstandsgründen entfallen die Vergewaltigung Berthas durch Gianettino Doria, die derbe Demütigung Julias und der gräßliche Tod Leonores. Gravierend fällt die Korrektur des Schlusses aus, der nicht mehr die Ermordung des gefährlichen Machtmenschen Fiesko zeigt, sondern den Titelhelden als «glücklichsten Bürger» Genuas (NA 4, 230) mit republikanischer Überzeugung auf die in Aussicht gestellte Herzogswürde Verzicht leisten läßt. Daß der Autor gründlich an der szenischen Wirksamkeit der Dialoge gefeilt hat, geht aus den Erinnerungen Louisa Schwans hervor, die ihn bei einem abendlichen Besuch im Oktober 1783 laut deklamierend antraf: «Schiller war allein und rannte in Hemdärmeln auf und ab, gestikulierte und krakeelte ganz barbarisch. Zwei brennende Lichter standen auf einem Tisch mit Papieren mitten im Saal, und alle Läden waren geschlossen.» (NA 42, 63) Die Niederschrift des Dialogs, im abgedunkelten Zimmer bei künstlichem Licht, vollzieht sich unter Rückgriff auf die theatralische Einbildungskraft. Gebärdensprache und Pantomime müssen die Suche nach dem passenden Wort unterstützen: der Prozeß der dramatischen Arbeit steht im Zeichen der engen Verbindung von Schrift und Bühnenkunst.

Die Mannheimer *Fiesko*-Aufführung findet am 11. Januar 1784 statt. Bewußt hat Schiller sein ‹republikanisches Trauerspiel› vor der Premiere von *Kabale und Liebe* angesetzt, weil ihm zur Eröffnung der Karnevalssaison ein farbenprächtiges Tableau angemessener erschien als das bürgerliche Melodram. Um so überraschender ist die geringe Resonanz bei den Zuschauern, die dem opulent dargebotenen Verschwörungsspektakel wenig abzugewinnen wissen. An Reinwald schreibt Schiller am 5. Mai 1784 so lakonisch wie enttäuscht: «Den Fiesko verstand das Publikum nicht. Republikanische Freiheit ist hier zu Lande ein Schall ohne Bedeutung, ein leerer Name – in den Adern der Pfälzer fließt kein römisches Blut.» (NA

23, 137) Der Mißerfolg der Inszenierung, der für den am Gewinn beteiligten Autor finanzielle Einbußen bedeutete, wurde auch durch ungünstige äußere Umstände bedingt. Mit Beginn der Tauwetterperiode war Anfang Februar der Rhein über das Ufer getreten, was zu bedrohlichen Überschwemmungen führte. Die Keller zahlreicher Stadthäuser standen unter Wasser und die Straßen blieben unbefahrbar, so daß das normale Alltagsleben erheblich eingeschränkt stattfand. Zwischen dem 22. und 29. Februar mußte man deshalb das Theater für mehrere Tage schließen; der *Fiesko*, der bis zum 15. Februar drei Vorführungen erlebte, wurde danach nicht mehr ins Repertoire aufgenommen. Seiner Gönnerin Wolzogen meldet Schiller bereits am 11. des Monats, der Karneval sei «ganz unfruchtbar und tod, weil kein Fremder hieher kam, und Furcht und Mangel jederman niederschlagen» (NA 23, 132).

Mit dem *Fiesko* versucht sich Schiller erstmals an der dramatischen Bearbeitung eines historisch verbürgten Stoffs. Eine frühe Anregung, die vermutlich Abel vermittelt hat, verschafft ihm ein Hinweis in Helfrich Peter Sturz' *Denkwürdigkeiten von Johann Jakob Rousseau* (1779). Bei Sturz, dessen Sammlung den Anspruch erhebt, authentische Gesprächsäußerungen des im Jahr zuvor verstorbenen Rousseau zu dokumentieren, heißt es über den genuesischen Grafen Fiesco von Lavagna (1523–1547): «Plutarch hat darum so herrliche Biographien geschrieben, weil er keine halb großen Menschen wählte, wie es in ruhigen Staaten tausende giebt, sondern große Tugendhafte, und erhabene Verbrecher. In der neuen Geschichte gab es einen Mann, der seinen Pinsel verdient, und das ist der Graf von Fiesque, der eigentlich dazu erzogen wurde, um sein Vaterland von der Herrschaft der Doria zu befreien.»[105] Schiller nimmt die vermeintlich von Rousseau stammende Bemerkung ernst und prüft die Dramentauglichkeit des Fiesko-Stoffs. Er konsultiert zunächst die einschlägigen Quellenwerke, die ihn über die näheren Umstände der gescheiterten Verschwörung des Genueser Grafen ins Bild setzten. Er selbst gibt die von ihm mit künstlerischer Freiheit genutzten Quellen in der Vorrede seines Dramas freimütig an. Zuerst nennt er die 1682 in neuer Bearbeitung erschienene, bereits 1631 entstandene *Histoire de la conjuration de comte Jean-Louis de Fiesque* des Kardinals Jean de Retz – das ganz auf die Figur des Grafen bezogene Geschichtswerk eines 18jährigen Autors, der später eine exponierte Rolle als politischer Frondeur gegen die absolutistische Bourbonenherrschaft und deren Statthalter Richelieu spielen wird; danach führt er den dritten Teil von François-Joachim Du Port du Tertres im französischen Original schon 1763 gedruckter, 1765 übersetzter *Geschichte der sowohl alten als neuern Verschwörungen, Meutereyen und merkwürdigen*

Revolutionen (1765) an, die er in künftigen Phasen seines Lebens immer wieder zu Quellenstudien hinzugezogen hat; schließlich die weiter ausgreifende *Histoire de la république de Gênes* (1697) des Chevalier de Mailly, eine umfangreiche Geschichte der Stadtrepublik Genua, die im zweiten Teil auch Fieskos Verschwörung behandelt, und die aus der Feder des berühmten schottischen Hofchronisten William Robertson stammende *History of the Reign of the Emperor Charles V.* (1769), eine 1770/71 in deutscher Übersetzung publizierte dreibändige Darstellung der Regierungszeit des spanischen Kaisers Karl V., der enge Beziehungen zum italienischen Stadtstaat unterhielt. Nicht genannt, aber sporadisch verwendet hat Schiller Franz Dominicus Häberlins *Gründliche Historisch-Politische Nachricht von der Republik Genua* (1747), ein Quellenwerk, das vor allem atmosphärische Details des Dramas prägte.[106]

Die geschichtlichen Hintergründe des wenig bekannten Stoffs sind rasch beleuchtet. In der Stadtrepublik Genua regiert seit 1522 Andrea Doria, zunächst durch Unterstützung Frankreichs, später als Verbündeter des Habsburger Kaiserhauses. Mit diplomatischem Geschick gelingt es ihm, seine prekäre Alleinherrschaft zu sichern; er lehnt es ab, sich zum Dogen auf Lebenszeit wählen zu lassen, garantiert dem Adel weiterhin republikanische Freiheiten – politische Selbstbestimmung im Senat, Finanzautonomie und Gesetzgebungsrechte –, verschafft sich jedoch durch Ausnahmeverordnungen die Möglichkeit, die entscheidenden Staatsämter souverän zu kontrollieren. Anders als Schillers Personenverzeichnis es vermerkt, ist Andrea nicht «Doge», geschweige «Herzog» Genuas, vielmehr ein Potentat ohne Titel, der es raffiniert versteht, seine Machtposition auszubauen, ohne dabei den republikanischen Stolz der Aristokratie zu verletzen. Zu politischen Unruhen kommt es in Genua erst, als sein Neffe Gianettino, der designierte Amtsnachfolger, die Rechte der Senatoren beleidigt und unverhohlen seinen Anspruch auf die Herzogswürde zur Geltung bringt. An die Spitze des gegen die Dorias gerichteten, von französischen Truppen gestützten Aufstands setzt sich der 23jährige Graf Fiesko von Lavagna. Die Anfang Januar 1547 ausbrechende Revolte, hinter der nicht zuletzt die habsburgfeindlichen Großmachtinteressen Frankreichs stehen, zeitigt zunächst Erfolge: Gianettino wird im Zuge nächtlicher Unruhen getötet, Andrea flüchtet mit seiner deutschen Leibwache, Fiesko ergreift die Macht und trifft erste Maßnahmen für die Vorbereitung seiner Wahl zum Dogen. Am Abend des 3. Januar, dem Tag vor dem Urnengang im Senat, stürzt er jedoch während der Inspektion des Hafens von einer Schiffsplanke und ertrinkt, behindert durch seine schwere Rüstung, in den Fluten. Das darauf entstehende Machtvakuum nutzt Andrea Doria zu seinen Gunsten, indem er den Oberbefehl über die Truppen übernimmt und die Alleinherrschaft neuerlich an sich zieht.

Weniger der Stoff einer gescheiterten Verschwörung als der widerspruchsvolle Umriß des Hauptakteurs scheint Schiller gefesselt zu haben. An zahlreichen Punkten bietet er andere Gewichtungen als die Quellen: er wertet den Status des alten Andreas auf, verzeichnet Gianettino zum brutalen Machtmenschen, verleiht dem Tod Fieskos politischen Hintergrund (in der späteren Bühnenfassung verschafft er ihm sogar einen glanzvollen Abgang), erfindet Figuren wie den Maler Romano und den Spitzbuben Muley Hassan hinzu oder vertieft ihre ungenau überlieferten Züge, so im Fall von Leonore Cibo, der Gattin des Titelhelden, und Dorias Schwester Julia. Das nach dem Vorbild von Gemmingens *Hausvater* angelegte Personenverzeichnis unterstreicht durch seine einfallsreichen Charakteristiken physiognomische und habituelle Eigenheiten der bunt gezeichneten Figuren. Seine Aufgabe besteht nicht zuletzt darin, dem Theater die Darstellung individueller Gestalten zu ermöglichen, deren Umrisse durch die historischen Quellen kaum genauer beschrieben sind. Daß das Drama die geschichtliche Wahrheit kassiert habe, gesteht Schillers auftrumpfend klingender Theaterzettel für die Mannheimer Uraufführung am 11. Januar 1784 offenherzig ein. Bedeutsamer als die getreue Wiedergabe der Fakten scheint die emotionale Wirkung der Figuren, die, «in der Brust» der «Zuschauer» ausgelöst, «die strengste historische Genauigkeit» aufwiegen darf (NA 22, 90). Übereinstimmend mit den Urteilen seiner Quellenautoren zeichnet Schiller hingegen das Charakterbild Fieskos. Seine charismatische Ausstrahlung, das ihn bestimmende politisch-taktische Geschick, die Neigung zu luxuriöser Prachtentfaltung, nicht zuletzt aber die Durchtriebenheit des laut Personenverzeichnis «höfischgeschmeidig, und eben so tükisch» vorgehenden Machtmenschen (NA 4, 11) finden sich ähnlich bei Retz und Robertson hervorgehoben. Als zweideutiger Charakter zwischen Größe und Intrigantentum ist Fiesko ein Held ganz nach Schillers Geschmack. Dem Dramatiker gibt er freilich auch Probleme auf, die nicht befriedigend gelöst werden können. Sein historisch überliefertes Ende bleibt die Folge beliebiger Umstände, ohne daß man es politisch-moralisch eindeutig zu bewerten vermag. Wollte Schiller den Eindruck vermeiden, er liefere seinen Helden dem Spiel des Zufalls aus, so mußte er dessen Untergang in Abweichung von den Quellen als Konsequenz eines persönlichen Fehlers darstellen. Der attraktive Stoff zeigte hier gewaltige Tücken, an deren Überwindung sich die Originalität des jungen Dramatikers zu erproben hatte.

Vexierbilder des Staatsstreichs. Ästhetik und Politik

Das republikanische Trauerspiel erweist sich als facettenreiches Drama der Macht, das vor bunten Hintergrundkulissen abrollt. Maskenbälle, Theateraufführungen und geheime Versammlungen, weitläufige Säle, düstere Verließe, Boudoir und Hafen, stimmungsstarkes Meerespanorama und erhabene Naturszenerie folgen unter einer druckvollen Regie in treibendem Tempo aufeinander. Ein «Rakketenspiel» nennt, mit skeptischem Tonfall, Friedrich Leopold Graf zu Stolberg den *Fiesko* in einem an seinen Bruder Christian gerichteten Brief vom 20. September 1785.[107] Schiller peitscht die Handlung mit schwer überbietbarer Dynamik durch immerfort wechselnde Stationen, so daß kaum Gelegenheit zum klärenden Urteil bleibt. Wie die gebrochenen Lichtfiguren eines Kaleidoskops blendet er die Wirren der Verschwörung und die Winkelzüge der Machtkunst, kalte Intrige und überhitzte Erotik, höfische Manöver und amouröse Ränke ineinander. Die Szenerie gerät zum Schauplatz der echten und falschen Gefühle im Spannungsfeld von Emotion und Politik. So entsteht ein Drama nach dem Geschmack der Genieperiode, das freilich von einem nüchtern-berechnenden Spielleiter in Szene gesetzt scheint. Der Hamburger Regisseur Friedrich Ludwig Schröder klagt Ende Mai 1784 in einem Brief an Dalberg darüber, daß der *Fiesko* den schon überwundenen Geist des Sturm und Drang erneuere, indem er einen «Raritätenkasten» der «aufs höchste» gespannten «Leidenschaften» vorführe (NA 4, 278). Er übersieht dabei die durchdachte Ökonomie des Stücks und seine konzise Darstellung politischen Handelns, die man vergleichbar bei Goethe, Klinger oder Lenz nicht antreffen konnte.

Herrschendes Muster für Schillers Gestaltungskunst ist das Prinzip des atmosphärischen Wechsels, das Großmann Schwan gegenüber als Zumutung für die Theaterpraktiker bezeichnet hatte. Dem grellen Maskenfest der Exposition (I,1–9) folgt die bedrückende Szene im Hause Verrinas, wo die empörten Verschwörer nach der Vergewaltigung Berthas durch Gianettino ihr Bündnis schließen (I,10–13). Der zweite Akt präsentiert Fiesko, geschützt durch die Mauern seines Palasts, in der Rolle des politischen Taktikers, der den von Gianettino gedungenen ‹Mohren› Muley Hassan zum Informanten in eigener Sache macht, nicht zuletzt als geschickten Volksredner, dem es gelingt, die aufgebrachten Genueser mit der Kunst des Demagogen für sich zu gewinnen (II,1–11); kontrastierend dazu erscheint Andreas Doria, eingesponnen im Kokon der Macht, souverän, aber ohne letzte Autorität (II,12–13). Gemäß der Funktion eines Bindeglieds liefert der dritte Aufzug Bilder der Ruhe vor dem Sturm. In parallel zu denkenden Szenen bereiten sich die Protagonisten auf ihren jeweiligen Part im politischen Intrigenspiel vor: Verrina unterrichtet Bourgognino von seiner geheimen Absicht, Fiesko als wahren Feind der Republik nach erfolgreichem Umsturz zu beseitigen (III,1); der Titelheld selbst faßt den Entschluß, sich der Herzogswürde zu versichern, ohne daß er seinen Plan im inneren Zirkel offenbart (III,2-III,6); Gianettino schließlich setzt die Hebel in Bewegung, um mit Hilfe spanischer Truppen alleinige Kontrolle über die Stadt zu gewinnen (III,8–11). Der vierte Akt führt, wiederum im Palast, die von Fiesko kunstvoll angebahnte Mobilisierung der Rebellen vor, zu der sich die öffentlich inszenierte Entlarvung Julias gesellt (IV,6–13): Schein und Realität, bereits im Maskenfest der Exposition ineinander geschlungen, lassen sich kaum mehr entwirren. Der letzte Aufzug verlegt die Handlung auf Genuas Straßen unter freien Himmel, wo die Abfolge der Ereignisse dem hektischen Pulsschlag der Rebellion gehorcht. Die Ermordung Gianettinos und Leonores geschieht ebenso wie die Hinrichtung Hassans im tumultuösen Gedränge sich überstürzender Aktionen (V,3; V,10–11). Bilder der kollektiven Verstörung zeigen in den Volksszenen die Logik des kaum noch beherrschbaren Aufstands, ehe am Ende die unheimliche Ruhe des Hafentableaus die Begegnung zwischen Verrina und Fiesko als tödliches Kammerspiel der Politik vorführt. Trotz des problematisch bleibenden Schlusses zeigt der *Fiesko* eine beachtliche dramatische Ökonomie, die zeitgenössischen Lesern nicht entgangen ist. Noch Hölderlin rühmt in einem Brief an Schiller vom September 1799 den «innern Bau» des Dramas als Musterstück der szenischen Komposition (NA 38/I, 155).

Die theatralischen Einlagen, die das Drama vom Maskenball über die Fabelerzählung bis zur effektvollen Vorbereitung des Umsturzes im nächtlichen Palais durchziehen, bilden nicht nur atmosphärische Details, sondern berühren die Kernzone des Konflikts. Unter dem Gesetz des Scheins, wie es hier ausgeleuchtet wird, stehen die Handlungen zahlreicher Figuren. Wer politisch agiert, bleibt von strategischem Denken geprägt, ohne daß er die Triebfedern seines Tuns offenlegt. Täuschung, Lüge und Betrug bestimmen nicht allein die Winkelzüge Fieskos; sie zählen zu den maßgeblichen Elementen der Machtkunst, die Schillers Drama mit eindringlicher Präzision darstellt. «Im Ablauf des politischen Geschehens», so hat Walter Benjamin bemerkt, «schlägt die Intrige den Sekundentakt, der es bannt und fixiert.»[108] Die Maskenspiele der Verstellung verleihen dem *Fiesko* das Air einer Haupt- und Staatsaktion im Grenzbereich von Wirklichkeit und Schein. Daß beide sich kaum trennen lassen, gehört zu den besonderen Merkmalen der neuzeitlichen Herrschaftstechnik, wie Schiller sie erfaßt.

Fiesko führt sich in der Rolle des mondänen Lebemanns ins Drama ein. Als Gastgeber und Regisseur eines großen Maskenballs bewegt er sich mit dem Selbstverständnis des reichen Aristokraten auf dem Parkett der gehobenen Gesellschaft. Souverän greift er auf die Möglichkeiten seines Hauses zurück, in dem Tanz, Musik, Theaterspiel, Wein und exotische Früchte zu den selbstverständlich verfügbaren Ingredienzen üppiger Prachtentfaltung zählen. Schillers Exposition verbindet hohe Anschaulichkeit, die durch die filmähnliche Beschleunigung ihrer Bilderfolge entsteht, mit einem geradezu symbolischen Grundelement: wenn sämtliche Figuren gemäß dem Rahmen des Festes verlarvt auftreten, so berührt das die Motive der Täuschung und des Mißverstehens, die das künftige Geschehen bestimmen werden. Verrina und seine Mitverschworenen können inkognito das Gespräch zwischen Gianettino und Lomellino belauschen, das Dorias Umsturzpläne in grelles Licht taucht (I,5). Bourgognino, der Fiesko als Verteidiger der Ehre Leonores zum Duell fordert, bleibt für seinen früheren Nebenbuhler hinter der Gesichtsbedeckung zunächst unerkannt (I,8). Sacco und Calcagno, die sich aus rein privaten, letzthin unlauteren Motiven am Aufstand gegen das Haus Doria beteiligen, verfolgen einander argwöhnisch, ehe sie am Rande des Balltreibens zum offenen Gespräch finden (I,3); der (selbst unverlarvte) Hassan, den Gianettino zum Mord an Fiesko dingt, muß genaue Instruktionen erhalten, damit er begreift, an wen er sich zu halten hat (I,2): «Ich sage – die weiße Maske!» (NA 4, 15) Das undurchsichtige Spiel der politischen Mächte findet sich in Schillers rasanten Einleitungsszenen durch das Sinnbild des Verkleidungsfestes bezeichnend illustriert.

In der vorgetäuschten Rolle des hedonistischen Lebenskünstlers, der nur für die Welt des Luxus und der Moden Interesse zeigt, verfolgt Fiesko heimlich seine ehrgeizigen Ziele. Hinweise auf Lavagnas irreführende Selbstdarstellung bot neben de Retz zumal die Beschreibung des schottischen Historikers Robertson, dessen Geschichte der Regierung Karls V. Schiller vermutlich in der 1770/71 veröffentlichten deutschen Ausgabe gelesen hat. Die Inszenierung, die der Held Zug um Zug als Spiel des Strategen offenlegt, trägt freilich selbst zwiespältigen Charakter. Wenn die republikanischen Verschwörer im zweiten Akt erfahren, daß er den Part des Lebemanns übernahm, um in Ruhe den Umsturz zu planen, so entspricht das nur der halben Wahrheit, verschweigt er doch seine eigenen Absichten auf die Alleinherrschaft. Noch der Flirt mit Gianettinos Schwester Julia, der vom öffentlich praktizierten Ehebruch nicht weit entfernt ist, bleibt zweideutig, weil er zwar taktischem Kalkül entspringt, zugleich aber durch Lust am erotischen Spiel geprägt wird. Wenn Fiesko schließlich die «stolze

Kokette» (NA 4, 12), nachdem er deren Mordkomplott gegen Leonore aufgedeckt hat, vor den Augen der bisher gedemütigten Ehefrau als Opfer ihrer eigenen Sinnlichkeit bloßstellt (IV,12–13), dann erweist sich sein Vorgehen zwar als Werk der politisch motivierten Intrige, doch steht die gesamte Aktion im Geruch der Geschmacklosigkeit, insofern sie unter dem grellen Licht der Öffentlichkeit zum Theaterspektakel jenseits eines moralischen Strafgerichts verkommt (die psychologischen Mängel der Szene dürften auch Aufschlüsse über die Angst des Autors vor den erotischen Ansprüchen einer *Femme fatale* bieten). Bis zum Schluß bleibt die mangelnde Offenheit gegenüber Leonore und den Verschwörern kennzeichnend für Fieskos Verhalten. Bemerkenswert scheint, daß er sich einzig Hassan, seinem kriminellen Helfer, unverstellt anzuvertrauen wagt. Solche Züge, die den zweifelhaften Charakter des Helden unterstreichen, mag Schiller kaum ganz frei erdacht haben. Vermutlich hat er neben der *Conjuration* des Kardinal de Retz auch dessen *Mémoires* (1665) gelesen, in denen sich der Gegenspieler Richelieus, nicht ohne eitle Selbstherrlichkeit, als weltkundiger Kopf von ungewöhnlichem Ehrgeiz, umtriebiger Politiker und raffinierter Verschwörer im Kampf gegen das Bourbonen-Régime präsentierte. Daß der Machtmensch Fiesko mit seinem Biographen de Retz das Vergnügen an Verstellungsspiel und Maskerade teilt, dürfte Schiller bei näherem Studium der Memoiren (denen die von ihm sporadisch genutzte Erstausgabe der *Conjuration* beigebunden war) kaum übersehen haben.[109]

Als Spieler, dem Wirklichkeit und Illusion unter der Hand verschmelzen, läßt Schiller seinen Helden in eine Zone der Ambivalenz eintreten, die durch Metaphern und Motive der Kunst bezeichnet wird.[110] Wenn Fiesko dem über Gianettinos Manipulation der Prokuratorwahl aufgebrachten Senator Zibo eine florentinische Venusstatue seines Palastes zeigt und ihn auffordert, eine lebende Gestalt von vergleichbarer Schönheit zu suchen, so bezweckt er damit nicht, wie er selbst behauptet, «den verjährten Prozeß der Natur mit den Künstlern» (NA 4, 47) neu aufzurollen. Der Held interessiert sich einzig für die Mehrdeutigkeit des Artefakts selbst, das, gerade weil es die Wirklichkeit abgewandelt darstellt, das Gemüt des Betrachters fesselt. Wer sich mit den Schönheiten der Skulptur befaßt, kann «vergessen zu sehen, daß Genuas Freiheit zu Trümmern geht!» (NA 4, 47) Die Botschaft dieses Gleichnisses ist so zweideutig wie das Bild, dessen es sich bedient; ob Fiesko zum reinen Kunstgenuß auffordern, seine Rolle als Epikuräer folgerichtig spielen oder nur das Vergnügen an der Täuschung kultivieren möchte, bleibt hier offen.

Nicht weniger zwielichtig wirkt die berühmte Tierfabel, die Fiesko den empörten Bürgern Genuas vorträgt, nachdem Gianettino den Senat brüskiert und das Ansehen der Republik verletzt hat. Ihr dramatisches Vorbild findet sie in der Eröffnungsszene von Shakespeares *Coriolan*, wo Menenius Agrippa – nach der Überlieferung des römischen Historikers Livius (59 v. Chr.–17 n. Chr.) – den aufgebrachten Plebejern das Gleichnis vom Streit der Glieder mit dem Magen erzählt; einzelne Partien des Textes sind inhaltlich durch Magnus Gottfried Lichtwers Fabel *Das Reichsgericht der Thiere* (1748) angeregt, die die Risiken der Volksherrschaft zu veranschaulichen sucht.[111] Die empörten Bürger, die Fiesko zur Verteidigung der republikanischen Ordnung aufrufen, werden mit einer Geschichte beruhigt, die am Ende die politische Überlegenheit der Monarchie illustrieren soll: der triumphierende Löwe erweist sich als der wahre Souverän, den die Gemeinschaft nach dem Scheitern der demokratischen Machtteilung freiwillig zum Alleinherrscher bestimmt (NA 4, 47 ff.). Schon in Szene I,7 hatte Fiesko die Republik als ‹vielbeinigtes Thier› (NA 4, 23) bezeichnet und damit ein Bild verwendet, das an Thomas Hobbes' *Leviathan* (1651) erinnert (bezogen auf den im 16. Jahrhundert angesiedelten Stoff ein Anachronismus). Hobbes' große Schrift, die auch auf die deutsche Frühaufklärung (zumal Pufendorf und Thomasius) wirkte, entwirft unter dem Eindruck der englischen Bürgerkriege der Cromwell-Ära die verbindliche Souveränitätstheorie des absolutistischen Zeitalters, derzufolge ein einzelnes Haupt – der König – dem ausgedehnten Staatskörper, welcher dem fabelhaften Ungeheuer Leviathan gleicht, unumschränkte Befehle zu erteilen hat. Auf der Grundlage eines mündlich geschlossenen Vertrags gewährt der Regent dem Volk die unbedingte innere und äußere Sicherheit, empfängt aber umgekehrt eine zuverlässige Garantie dafür, daß seine Macht nicht durch Revolution oder Usurpation gefährdet wird. Fieskos Geschichte und sein an Hobbes gemahnender Tiervergleich verweisen freilich nur zum Schein auf die monarchische Ordnung souveräner Herrschaftspraxis. Nicht als Löwe, der seine Ziele offen verfolgt, sondern als tückischer Fuchs mit der Vorliebe für Listen und Winkelzüge agiert der Held; ein Löwe, so hat man treffend vermerkt, «erzählt keine Fabeln».[112] Gerade die Durchtriebenheit, mit der Fiesko dem Volk begegnet, macht zweifelhaft, ob er tatsächlich die Regierungsform der Monarchie anstrebt, die sein Gleichnis feiert. Hinter den betrügerischen Manövern des Helden zeichnet sich vielmehr der Vorschein der Despotie ab: der Überwachungsstaat des Fuchses, nicht die Herrschaft des Löwen.

Zweideutig bleibt auch die Kunstmetaphorik der Szene II,17, die Fieskos Reaktion auf Romanos Gemälde über die «Geschichte der Virginia, und des Appius Klaudius» vorführt (NA 4, 60). Das brisante Motiv, das den früheren Feuerkopf Lavagna nach den Wünschen der Verschwörer zu revolutionärem Tatgeist anregen soll, ist von Schillers Drama bereits im Zusammenhang der Bertha-Szenen (I, 10–12) beleuchtet worden. In *Ab urbe condita* (III, 44) erzählt Livius vom Plebejer Virginius, der seine Tochter Virginia tötete, um sie vor den Verführungsabsichten des patrizischen Ratsmitglieds Appius Claudius zu schützen (5. Jh. v. Chr.). Das Ereignis führte zu einem Volksaufstand gegen den Adel, zeitigte mithin jene politischen Folgen, auf die auch Verrina anspielt, wenn er sich selbst, nachdem Bertha ihm von Gianettinos Tat berichtet hat, als Nachfolger des römischen Bürgers bezeichnet (NA 4, 31). Die dramatischen Qualitäten der Virginia-Episode waren im 18. Jahrhundert nicht zuletzt durch Lessings *Emilia Galotti* sichtbar geworden, die ihrerseits von zwei weniger bekannten Vorlagen aus der Feder Agustín de Montiano y Luyandos (1750) und Samuel Patzkes (1755) Anregungen empfing.

Fieskos Antwort auf die Präsentation des Bildes überrascht die Verschwörer nicht wenig. Ausdrücklich betont er jetzt, daß die Kunst keine Bedeutung für seine politische Phantasie besitze und die Selbstinszenierung des Epikuräers nur das feine Gewebe bilde, unter dem er seine revolutionären Pläne verfolgen könne. Gegen die «Poetenhize», die ohne wirkliche «Kraft» in Ketten liegende «Republiken mit einem Pinsel» befreit, setzt er die handfeste Aktion, die nicht nur «Gaukelwerk» bleibt, sondern unmittelbare Wirkung erzeugt: «Ich habe gethan, was du – nur mahltest.» (NA 4, 61 f.) Fieskos auf Effekt berechnete Rede bildet erneut ein Element der Verstellung, zumal sie die Verschwörer über das genaue Stadium der Umsturzvorbereitungen täuscht. Die Widerlegung der Kunst durch das Leben erfolgt im Zeichen der rhetorischen Übertreibung, die selbst wieder artifiziellen Charakter trägt.[113] Wie eng Schein und Wirklichkeit in der Welt des Helden verknüpft bleiben, erweist der Fortgang der Ereignisse. Im vierten Akt lädt er den erweiterten Kreis der Verschwörer unter dem Vorwand einer Theatervorführung in sein Haus, wo er den Gästen selbstbewußt erklärt: «Ich bin so frei gewesen, Sie zu einem Schauspiel bitten zu lassen – Nicht aber, Sie zu unterhalten, sondern Ihnen Rollen darinn aufzutragen.» (NA 4, 88) Die Grenze zwischen Schein und Realität verschwimmt an diesem Punkt. Die Komödie scheint zur Weltgeschichte geworden, wie es das auf den Staatsstreich des Louis Bonaparte (2. Dezember 1851) bezogene Wort aus Karl Marx' *Brumaire*-Schrift besagt.[114] Daß an ihrem Ende schließlich ein republikanisches Trauerspiel steht, gehört zu den ironischen Pointen des Dramas. Wenn der Regisseur Fiesko den Verschwörern ihre Rollen zuweist, unterliegt er dem Irrglauben, er könne die Ereignisse frei und ungehindert steuern. Die selbstbewußte Annahme, der Umsturz lasse sich als Theaterstück inszenieren, zeugt von einer Hybris, für die Fiesko durch die Geschichte bestraft wird. Die Vermessenheit des Spielers schließt die Überschätzung der eigenen Aktionsmöglichkeiten ein: der Wahn, die Politik zur Komödie verwandeln zu können, führt zur Katastrophe.

Der ästhetisch gebrochene Lebensentwurf weist den Genußmenschen Fiesko als Vertreter eines aristokratischen Rollenmusters aus, das auch sein politisches Denken bestimmt.[115] Das Spiel mit den Idealen republikanischer Machtteilung bedeutet nur den Vorwand für die Verwirklichung eigener Herrschaftsinteressen. Fieskos taktisches Verhalten folgt den Gesetzen der geheimen Kabinettspolitik, die ein tragendes Element des absolutistischen Staates bildet. Dessen Souverän ahmt als Stellvertreter Gottes auf Erden den undurchsichtigen Charakter der Vorsehung nach, indem er seine Entscheidungen ohne öffentlichen Ausweis der sie leitenden Beweggründe fällt. Er schafft derart ein Ordnungsgefüge, dessen Rationalität darin begründet liegt, daß es den stets drohenden Zufällen der Geschichte eine auf festen Abstufungen und Regeln beruhende Technik der Regierungskunst entgegensetzt. Die unumschränkte Herrschaft des Souveräns bekundet sich, wie die frühneuzeitlichen Staatslehren von Jean Bodin und Johannes Althusius über Justus Lipsius bis zu Thomas Hobbes betonen, im Geheimwesen seiner Ratschlüsse und Entscheidungen.[116] Die strikte Trennung von Politik und Öffentlichkeit bringt auch Fiesko in seiner verschleiernden Inszenierung der Rebellion zur Geltung. Neben die Zeichen eines aristokratischen Machtverständnisses, das die Souveränitätsauffassung des Absolutismus spiegelt, tritt jedoch bei ihm zugleich das Streben nach Selbstdarstellung, wie es für die Genieära charakteristisch scheint. Besonders markant äußert es sich in den beiden großen Monologen von II,19 und III,2, deren innere Einheit trotz widerspruchsvoller Aussagen durch die Identität der machtbewußten Persönlichkeit bezeichnet wird.

Die Selbstgespräche beleuchten verschiedene Möglichkeiten der unumschränkten Ich-Inszenierung. Die moralische Würde des auf die Alleinherrschaft verzichtenden Republikaners und die kriminelle Triebkraft des nach der Herzogswürde greifenden Usurpators erscheinen als zwei politisch konträre Lösungen, die aber jeweils der Bestätigung der eigenen Überlegenheit dienen sollen. In Szene II,19 heißt es zunächst: «Ein Diadem erkämpfen ist gros. Es wegwerfen ist göttlich. Geh unter Tyrann! Sei frei Genua, und ich dein glüklichster Bürger!» (NA 4, 64) Nur wenig später drängt sich, unter dem Eindruck des erhabenen Sonnenaufgangs über dem gewaltigen Meeresprospekt von Genua, eine völlig andere Sichtweise auf: «Ein Augenblik: Fürst: hat das Mark des ganzen Daseins verschlungen. Nicht der Tummelplatz des Lebens – sein Gehalt bestimmt seinen Werth.

Zerstüke den Donner in seine einfache Sylben, und du wirst Kinder damit in den Schlummer singen; schmelze sie zusammen in einen plözlichen Schall, und der Monarchische Laut wird den ewigen Himmel bewegen – Ich bin entschlossen!» (NA 4, 67f.) Fieskos Monologe beleuchten keinen politischen Interessengegensatz, sondern lediglich eine strategische Gemengelage. Sie gelten der Frage, wie die äußere Souveränität des nach heroischer Überlegenheit dürstenden Individuums unter den Bedingungen öffentlichen Handelns zu erlangen sei. Die Anpassung an die republikanische Ordnung oder deren Überwindung im Staatsstreich bilden dabei nur verschiedene Techniken der unbeschränkten Verwirklichung des Ich. Ihr gemeinsames Merkmal scheint der Verzicht auf eine moralische Bindung des politischen Verhaltens. Noch die freiwillige Entsagung wird von Fiesko nicht als sittlicher Akt, sondern als Element der heroischen Selbstdarstellung aufgefaßt. Letzthin schafft sie nur eine andere Form der Alleinherrschaft, denn der ‹glücklichste Bürger› Genuas bliebe, was auch der Herzog sein möchte: eine Ausnahmeerscheinung.[117]

Als brillanter Kopf mit glänzendem Gedächtnis, rascher Auffassungsgabe und lebhaftem Erfindungsgeist erfüllt Fiesko wie kein anderer Held des Frühwerks die Kriterien, die Abel in seiner am 14. Dezember 1776 vor dem Herzog und den Eleven gehaltenen *Rede, über die Entstehung und die Kennzeichnung grosser Geister* für die nähere Bestimmung des Genies ausgebreitet hat. Bewegliche Intelligenz, rasch entzündbare Einbildungskraft und tiefdringender Verstand rücken ihn in die Nähe jenes herausragenden Menschen, dessen Ideal Abel hier beschreibt. Besondere Bedeutung besitzt dabei die «Schnelligkeit» der Gedankenarbeit als Merkmal des herausragenden Intellekts; sie findet sich ähnlich von Sulzers Genieschrift hervorgehoben, die Schiller in der 1773 veröffentlichten Fassung kennengelernt haben dürfte.[118] Auch Fiesko zeichnet sich durch rasche Auffassungsgabe, Entscheidungsfähigkeit und Umsicht aus; sein geistiger Haushalt entspricht dem des Genies, wie Abel es faßt. Mit den Bestimmungen der Rede teilt sein Charakterbild nicht zuletzt die Abwesenheit moralischer Maßstäbe. Das Genie bringt sich durch intellektuelle Originalität zur Geltung, ohne dabei notwendig sittlichen Zwecken zu folgen.[119] Als souveräner Kenner der menschlichen Seele, der Menschen manipuliert, um sie für seine Sache zu mißbrauchen, zeigt Fiesko den scharfen Verstand des gewissenlosen Verbrechers, der sich auf dem Weg zum Erfolg bedenklichster Mittel bedient. Die moralisch zweifelhaften Züge des aristokratischen Genies treten vor allem im Verhältnis zu seiner Ehefrau ans Licht. Fern jeder bürgerlichen Empfindsamkeit begegnet er ihr als kaltsinniger Stratege, der seine wahren Absichten selbst im privaten Milieu zu kaschieren pflegt.

Fiesko betrügt Leonore nicht mit Julia Imperiali, sondern mit der Macht, deren Erotik er dauerhaft verfallen ist. Die seelische Zerrüttung, die die Gräfin im fünften Akt erfaßt, bildet die Folge der Einsicht, daß sie ihren Ehemann endgültig an die Rankünen der Politik verloren hat. Fiesko wiederum bleibt seinem Selbstbild noch vor der Leiche der ermordeten Leonore treu, wenn er sich durch den Gedanken an die «Größe» seines Plans aus der Trauer emporreißt und zu einer wiederum ästhetisch gebrochenen Vision findet: «Ich will Genua einen Fürsten schenken, wie ihn noch kein Europäer sah – Kommt! – dieser unglüklichen Fürstin will ich eine Todtenfeier halten, daß das Leben seine Anbeter verlieren, und die Verwesung wie eine Braut glänzen soll – Izt folgt euerm Herzog.» (NA 4, 116)[120]

Fiesko ist die erste Figur in einem bis zu Wallenstein reichenden Reigen dramatischer Gestalten, die Schiller auf tragende Elemente der Staatsphilosophie Niccolò Machiavellis zurückgreifen läßt.[121] Deren Lehren finden sich formuliert im berühmten *Principe* (1513 entstanden, 1532 gedruckt) und in den stärker historisch argumentierenden *Discorsi* (1531). Machiavelli, ein florentinischer Staatsbeamter und Diplomat, der 1512 unter Hochverratsvorwürfen aus dem Amt vertrieben wurde, weil der Stern seines Gönners gesunken war, schrieb den *Principe* in der Absicht, künftigen inländischen Herrschern Regeln der Regierkunst an die Hand zu geben. Das immer wieder betonte Skandalon seiner Lehren bleibt die strikte Trennung von Politik und Moral. Der Fürst agiert nach seiner Auffassung außerhalb ethischer Normen im Raum der Macht, wo der Mensch niedrigsten Antrieben zu folgen pflegt. Folgerichtig gehören Lüge, Betrug, Verstellung und Täuschung zum Inventar eines politischen Verhaltens, das allein auf den Gewinn und die Sicherung von Herrschaft durch persönliche Stärke (‹virtù›) zielt. Herder hat in den *Humanitätsbriefen* zu Recht den historischen Charakter von Machiavellis Grundsätzen betont; wer in der aufgeklärten Epoche den Gedanken des Florentiners folge, werde «gesteinigt», vermerkt er bereits 1774, hebt jedoch zugleich hervor, daß die Scheidung von Ethik und Politik für die frühe Neuzeit keineswegs ungewöhnlich blieb.[122]

Besonderes Augenmerk gilt bei Machiavelli der Kunst des Taktierens und dem Geschäft des intriganten Ränkespiels. Findet der Fürst die angemessene Mischung aus Täuschung und Schmeichelei, Brutalität und Konzilianz, so vermag ihm auch die Macht der Vorsehung in Gestalt der launenhaften Göttin Fortuna nicht gefährlich zu werden. Immer wieder gerühmtes Werkzeug des politischen Erfolgs ist die List, deren nähere Beschreibung wie auf Fieskos Fall zugeschnitten scheint: «Wenn sich also ein Herrscher gut darauf verstehen muß, die Natur des Tieres anzunehmen, soll er sich den Fuchs und den Löwen wählen; denn der Löwe ist wehrlos gegen Schlingen, der Fuchs ist wehrlos gegen Wölfe. Man muß also Fuchs sein, um die Schlingen zu wittern, und Löwe, um die Wölfe zu schrecken. Wer nur Löwe sein will, versteht seine Sache schlecht. Ein kluger Machthaber kann und darf daher sein Wort nicht halten, wenn ihm dies zum Schaden gereichen würde und wenn die Gründe weggefallen sind, die ihn zu seinem Versprechen veranlaßt haben.»[123] Schillers Held hat Machiavellis Lehren gründlich studiert. Sein Verhalten stellt er ganz auf die hier umrissene Taktik der Verschleierungskunst ab. Fiesko ist ein Fuchs, der dem Volk Fabeln erzählt, in denen er selbst als Löwe erscheint. Als Stratege nach dem Modell machiavellistischer Machtpolitik wirkt er wie eine Figur aus dem Beispielarsenal des *Principe*. Die Gemeinsamkeiten sind so verblüffend, daß sie kaum auf Zufall beruhen können. Schiller dürfte den Traktat des Florentiners, der 1714 erstmals in deutscher Sprache erschien, zunächst aus zweiter Hand kennengelernt haben. Als Schaltstelle wirkte vermutlich der französische Materialismus, dessen Schriften sich mit Machiavelli intensiver zu befassen pflegten. Das gilt vornehmlich für Helvétius' *De l'homme* (1773), der, bereits 1774 übersetzt, von Abel mit den Eleven gelesen wurde. Anders als etwa der Baron d'Holbach, der in seiner Abhandlung *La Politique naturelle* (1773) entschieden mit der Machtphilosophie des Florentiners abrechnet, formuliert Helvétius deutliche Sympathien für die machiavellistische Lehre. Seine eigene Theorie des menschlichen Egoismus als Antriebsenergie sozialen Handelns fand er in der illusionslosen Anthropologie des *Principe* gespiegelt; bevorzugt zitiert er jedoch die *Discorsi*, deren Konzept der ‹virtù› er auf seine Bestimmung des Intellekts als Kontrollwerkzeug der das Individuum beeinflussenden sinnlichen Kräfte übertragen hat.[124] Schiller, der sich Ende der 70er Jahre, im Vorfeld der Arbeit an seiner ersten Dissertation, gründlich mit Helvétius' Schrift befaßt, können die Hinweise auf die politische Doktrin des Florentiners kaum entgangen sein, berührten sie doch sein eigenes historisches Interesse, wie es in den Karlsschuljahren vor allem durch das Studium Plutarchs, Schlözers und Herders belegt ist. Ob die über Helvétius vermittelten Anregungen den Schritt zur gründlichen Machiavelli-Lektüre veranlaßten, läßt sich nicht genau erschließen. Den einzigen direkten Hinweis bietet die große Geschichtsschrift zur niederländischen Rebellion von 1788, die den *Principe* kurz erwähnt (NA 17, 70); während des Sommers 1801 scheint er sich intensiver mit dem Text befaßt zu haben, wie zwei Briefe an Schelling und den pfälzischen Hugenotten Johann Philipp Le Pique nahelegen (NA 31, 34, 42). Im Frühjahr 1802 vermerkt sein Kalender ohne Titelnennung den Ankauf einer Machiavelli-Ausgabe (der *Historia Florentina*) aus dem

8900 Bände umfassenden Bibliotheksnachlaß Johann Ludwig von Ekkardts, des Schwiegervaters von Friedrich Immanuel Niethammer, der zu dieser Zeit in Jena als Privatdozent Philosophie lehrte.[125] Daß Schiller bereits in den frühen 80er Jahren mit den Gedankenwelten Machiavellis näher vertraut war, kann jedoch als wahrscheinlich gelten. Sie bilden das Magazin, aus dem er schöpft, um die Machtspiele seiner Helden in Szene setzen zu können; Franz Moor, später der Präsident Walter und sogar der zwiespältige Idealist Posa erweisen sich als kundige Leser des *Principe*.

Schillers Trauerspiel der Macht bewegt sich in den Spuren jener an Machiavelli geschulten Theorien der Regierungskunst, die die frühe Neuzeit im breiten Bogen von Jean Bodins *Six livres de la République* (1583) bis zu Hobbes *Leviathan* hervorgebracht hat. Zur Anschauung kommen nicht nur die Schachzüge des Taktikers Fiesko, sondern auch die äußeren Erscheinungsformen politischer Herrschaft. Tragendes Element der Souveränität ist die Unterstützung durch das Militär; versichert sich Gianettino der Dienste spanischer und deutscher Truppen, so greift Fiesko auf Soldaten aus dem benachbarten Herzogtümern Parma und Piacenza zurück (Details seiner Zurüstungen fand Schiller bei Retz und Mailly beschrieben). Der Vorbereitung des Umsturzes dienen nicht zuletzt Informationen über die öffentliche Meinung, die Muley Hassan unermüdlich liefert. Er soll «die Witterung des Staats» ergründen und Nachrichten über die allgemeine Stimmungslage zusammentragen; seine Aufmerksamkeit gilt den «Kaffeehäusern, Billiardtischen, Gasthöfen, Promenaden», dem «Markt» und der «Börse», wo er sich mit seinen siebzig Gehilfen auf die Lauer legt, um den Puls der Zeit zu erkunden (NA 4, 29; 43). Als Spion von geradezu übermenschlicher Ausdauer fängt er Kassiber ab, besticht Diener und Huren, belauscht die intimen Geständnisse der Nobili und ergründet geheime Mordpläne. Mit Fiesko teilt der ‹Mohr›, dessen komische Wirkung man gern überschätzt hat,[126] die Fähigkeit zur Manipulation und die Kunst des Betrugs, auch wenn seine Mittel grober wirken als die seines Herren. Erst in dem Moment, da sich Lavagna seines Helfers entledigt, brechen bei Hassan jene brutalen Energien hervor, die seine bisherige Rolle zugedeckt hatte. Zunächst als Verräter, später als Plünderer, der den Ausbruch der Straßenunruhen für seine kriminellen Interessen nutzt, zeigt er sein wahres Gesicht. Der ‹Mohr› verkörpert nicht nur das Instrument einer auf Informationsgewinn gestützten Politik, sondern auch die zerstörerischen Kräfte naturhafter Gewalt, wie sie das gesellschaftliche Chaos entbindet.

Als Überläufer ohne Gewissen spiegelt Hassan den Wankelmut des Volkes wider, das im Ausnahmezustand seine Fronten ständig wechselt. Noch kurz vor dem Ende Fieskos erfährt der Zuschauer, daß die Bürger, die zunächst den Umsturz begrüßt haben, massenweise ins Lager Andreas Dorias umschwenken. Der fünfte Akt zeigt mit schonungsloser Klarheit die Spuren einer kollektiven Entfesselung ohne politische Konturen. Schon gegenüber Zibo hatte Fiesko abfällig erklärt, das Volk sei ein «Koloß, der mit plumpen Knochen anfangs Gepolter macht, Hohes und Niedres, Nahes und Fernes mit gähnendem Rachen zu verschlingen droht, und zulezt – über Zwirnsfäden stolpert» (NA 4, 46).[127] Anders als Goethe im *Götz*, wo auch die Dienerfiguren individuelle Nuancen aufweisen, hat Schiller den Vertretern der unteren Bevölkerungsschichten keine besonderen Züge verliehen. Die triebhafte Masse scheint dem Wind der Geschichte preisgegeben, ohne daß sie über ein politisches Bewußtsein verfügt. In diesem Bild, das der Dramenschluß nachdrücklich bekräftigt, verrät sich der Cäsarismus des jungen Autors. Das Experiment mit der Freiheit mag er nur dem intellektuell wie gesellschaftlich privilegierten Charakter zugestehen. Sein Scheitern bedeutet eine Auszeichnung, die er einzig dem herausragenden Individuum zuteil werden läßt.

Drama ohne Ende.
Geschichte als Trauerspiel

Als Gegenspieler Fieskos operieren, offen oder verdeckt, Gianettino Doria und der Republikaner Verrina. Gianettino verkörpert den unbedingten Willen zur Usurpation auf Kosten der republikanischen Idee, die er bereitwillig verletzt, wenn sie seinen Interessen widerstreitet. Im Gegensatz zum staatsklugen Kopf Andreas, den Schiller gemäß den historischen Quellen als beherrschten Charakter mit politischem Instinkt zeichnet, gewinnt Gianettino die Züge des rücksichtslosen Gewaltmenschen, der seine Ziele ohne Skrupel auf geraden Wegen verfolgt. Von Fiesko unterscheidet er sich zwar durch die offene Brutalität seiner Mittel, jedoch läßt sich nicht übersehen, daß er von vergleichbarem Kalkül geleitet wird. Den eigentlichen Widerpart Lavagnas stellt Verrina dar. Überzeugt vom Ideal der Machtteilung, bürgerlich im Denken und Auftreten, steht er für Werte, die Fiesko fremd bleiben. Schon der Mißmut, den er während des Maskenfests an den Tag legt, verrät deutlich sein Unbehagen gegenüber der Prachtentfaltung höfischer Festkultur. Als konsequenter Moralist bleibt Verrina gegenüber Fiesko stets skeptisch, weil er dessen republikanischer Gesinnung nicht zu trauen vermag. «Den Tyrannen», so erklärt er Bourgognino, «wird Fiesko stürzen, das ist gewis! Fiesko wird Genuas gefährlichster Tyrann werden, das ist gewisser!» (NA 4, 66) Der Titel der Schwanschen Buchausgabe zitiert in diesem Sinne einen Satz von Sallust, der die Verschwörung des

Catilina als denkwürdiges Unternehmen mit bisher nicht bekanntem politischem Anspruch beschreibt (*De coniuratione Catilinae*, IV, § 4). Die mehrsinnige Charakteristik des römischen Historikers, dessen Schriften der Eleve Schiller außerordentlich geschätzt hat, läßt sich auch auf den zweideutigen Zug übertragen, der Fieskos Vorhaben anhaftet.[128]

Anders als der Titelheld verfolgt Verrina politische Inhalte, die er unmittelbar mit seinem moralischen Selbstverständnis als Rächer seiner geschändeten Tochter verknüpft. Sein Republikanismus besitzt fest umrissene Konturen, die man keinesfalls übersehen sollte. Der Begriff findet sich in den Staatslehren des 17. und 18. Jahrhunderts selten genauer definiert, weil ihm die klassische Literatur zum Thema kaum Aufmerksamkeit schenkt. Bereits Bodins *Six livres de la République* kennen allein die Unterscheidung zwischen Monarchie, Aristokratie und Demokratie, wie sie aus der Antike geläufig ist; Hobbes' *Leviathan* folgt dieser Dreiteilung uneingeschränkt. Adam Ferguson hat dagegen in seinem *Essay on the History of Civil Society* (1767), dessen deutsche Übersetzung 1768 erschien, den Terminus «Republik» als Oberbegriff für aristokratische und demokratische Regierungsformen bestimmt; beide Modelle sehen die Verteilung der Herrschaft auf mehrere Personen vor, wobei im ersten Fall nur eine einzelne Schicht, im zweiten das gesamte Volk Souveränität genießt.[129] Montesquieu setzt in seiner für das Rechtsverständnis der aufgeklärten Staatsphilosophie grundlegenden Schrift *De l'esprit des lois* (1748) die republikanische Ordnung mit der Demokratie gleich; Rousseau wiederum erklärt im *Contrat social* (1762) jeden auf eine verbindliche Gesetzesbasis gestützten Staat zur Republik.[130] Betrachtet man die genuesischen Verhältnisse, wie Schillers Drama sie im Rückgriff auf die Darstellung Häberlins zeigt, so wird sichtbar, daß Andreas Doria innerhalb einer festen juristischen Ordnung fast unumschränkt und ohne zeitliche Befristung regiert. Öffentliche Positionen, denen legislative Aufgaben (Governatoren) und die Verwaltung der Finanzen (Prokuratoren) zufallen, werden zwar weiterhin von Vertretern verschiedener Stände – Bürgern wie Aristokra-ten – nach Entscheidung durch den Großen Rat besetzt, jedoch entfällt das Recht zur Wahl des Staatsoberhaupts, dessen Amtszeit ursprünglich auf zwei Jahre festgelegt war. Verrinas Verschwörung erstrebt die Wiederherstellung des alten Dogensystems, das der Ausbildung asymmetrischer Machtverhältnisse durch beständigen Wechsel an der Regierungsspitze entgegenwirken sollte. In Andreas' unbegrenzter Alleinherrschaft sieht er einen Bruch mit den Prinzipien der republikanischen Ordnung, als deren kompromißloser Anwalt er auftritt.

Das Virginia-Motiv, das in Szene I,10 angestimmt wird, verweist auf das Selbstverständnis des Republikaners, der private Moralität und öffentliche Wirksamkeit nicht voneinander scheiden möchte. Bezeichnend ist hier der Schwur, mit dem er gelobt, seine Tochter müsse, bis das «Herzblut» Gianettinos vergossen sei, im lichtlosen Kellergefängnis schmachten: «Genuas Los ist auf meine Bertha geworfen. Mein Vaterherz meiner Bürgerpflicht überantwortet.» (NA 4, 35) Die Sittenstrenge Verrinas bildet das unerbittliche Gesetz, unter dessen Regie private Sittlichkeit und öffentliches Handeln zusammentreten. Sein Rigorismus spiegelt die Annäherung von moralischem und politischem Diskurs, wie sie im Rahmen der europäischen Aufklärung des späten 18. Jahrhunderts erfolgte.[131] Jenseits einer traditionellen metaphysischen Bindung steigt die bürgerliche Ethik im Schatten der Legitimationskrise des Absolutismus zum Erprobungsfeld eines neuen Souveränitätsverständnisses empor. Hatte sich der Machtstaat der frühen Neuzeit über die bei Hobbes beschriebenen Schutzgarantien für seine Untertanen bestimmt, so reicht im Zeitalter der Aufklärung die Gewährleistung inneren Friedens als Rechtfertigungsbasis der öffentlichen Ordnung nicht mehr aus. Am Vorabend der Französischen Revolution vollzieht sich in Mitteleuropa eine Vertrauenskrise des Absolutismus, die unmittelbar verbunden scheint mit dem neu erwachten moralischen Selbstverständnis des politisch ohnmächtigen Bürgertums.[132] Schiller überträgt die Logik dieses Prozesses auf seinen historisch älteren Stoff und verleiht ihm dadurch eine aufklärerische Dimension. Verrina steht beispielhaft für die Annäherung zwischen Ethik und Politik, die am Ende des 18. Jahrhunderts den Zerfall des Ancien Régime vorbereiten wird. Indem er die Ehre seiner Tochter mit der Freiheit Genuas gleichschaltet, verschafft er der privaten Tugend eine öffentliche Geltung, die Montesquieus Schrift *De l'esprit des lois* als Kennzeichen der demokratischen Ordnung beschreibt, in deren Einflußbereich auch die Vertreter der Regierung Moral und Gesetz unterworfen bleiben. «Car il est clair encore», so heißt es im dritten Kapitel des dritten Buchs, «que dans une monarchie, où celui qui fait exécuter les lois se juge au-dessus des lois, on a besoin de moins de vertu que dans un gouvernement populaire, où celui qui fait exécuter les lois sent qu'il y est soumis lui-même et qu'il en portera le poids.» («Denn es ist offenkundig, daß in einer Monarchie, wo derjenige, der die Gesetze ausführen läßt, sich für den Gesetzen übergeordnet hält, weniger Tugend nötig ist als in einer Volksregierung, wo derjenige, der die Gesetze ausführen läßt, fühlt, daß er ihnen unterworfen ist und sie in ihrem ganzen Gewicht zu tragen hat.»)[133] Schiller, der Montesquieus Abhandlung auf der Akademie kennengelernt, jedoch erst in den mittleren 80er Jahren gründlicher studiert hat, folgt dieser Zuordnung sehr genau, wenn er den Republikaner Verrina als Anwalt einer strikten Annäherung von Ethik und Politik auftreten läßt. Sein Porträt zeigt aber auch bedenkliche Züge, die dort zu Gesicht kommen, wo der Rigorismus des tugendstrengen Vaters in Wort und Handlung martialischen Charakter entfaltet: «(...) ich hab einen Eid gethan, und werde mich meines Kindes nicht erbarmen, bis ein Doria am Boden zukt, und sollt ich auf Martern raffinieren, wie ein Henkersknecht, und sollt ich dieses unschuldige Lamm auf kannibalischer Folterbank zerknirschen – « (NA 4, 35). Die Einkerkerung Berthas wird zum Indiz einer bürgerlichen Verfügungslust, die vergleichbar auch bei Lessings Odoardo Galotti begegnet. An dem Punkt, da Verrina die Freiheit seiner Tochter mit den eigenen politischen Absichten verbindet, schlägt der moralische Anspruch in schuldhafte Vermessenheit um. Sie bildet das Kainszeichen jener Vernunftdespotie, deren inhumanen Charakter nicht erst die Kulturkritik des 20. Jahrhunderts erschloß. Bereits Schiller nimmt sie mit großer Sensibilität wahr und rückt die Tragödie der bürgerlichen Selbstbestimmung ins Zentrum seines politischen Trauerspiels.[134]

Zu einem gewichtigen Problem gerät nach der mißlungenen Mannheimer Lesung die nähere Gestaltung des Dramenendes. Die Vorrede der Buchausgabe erklärt den Umstand, daß «noch kein tragischer Dichter in diesem Stoffe gearbeitet hat», aus dem Zufallscharakter, dem der Tod des historischen Fiesko gehorcht (NA 4, 9). Schiller hat um eine passende Schlußszene gerungen, sie aber nie gefunden. Die Veränderungen, denen das Stück zwischen 1783 und 1785 unterworfen wird, lassen eine klare Linie vermissen; nicht zuletzt bekunden sie einen tiefsitzenden Zweifel an der tragischen Substanz des Sujets. Unter den Jugenddramen sei der *Fiesko*, so urteilt August Wilhelm Schlegel 1809, «im Entwurf das verkehrteste, in der Wirkung das schwächste.»[135] Zumindest die psychologischen Unstimmigkeiten der einzelnen Schlußvarianten hat Schiller selbstkritisch zur Kenntnis genommen, ohne sie jedoch überwinden zu können.

Die bei Schwan verlegte Druckfassung von 1783 sucht historische Quellentreue mit einem effektvollen Finale zu verbinden. Um die Republik Genua gegen den Usurpator zu schützen, stürzt Verrina hier Fiesko von einer Planke ins Meer. Der geschichtlich verbürgte Tod des Helden findet damit eine theatralische Deutung, die nicht ohne innere Plausibilität scheint, aber der letzten tragischen Konsequenz enträt. Weil Lavagna die Idee der Freiheit verraten hat, wird er durch die Geschichte bestraft, zu deren Werkzeug sich Verrina aufschwingt: «Das fürstliche Schelmenstük drükt wohl die Goldwaage menschlicher Sünden entzwei, aber du hast den Himmel genekt, und den Prozeß wird das Weltgericht führen.» (NA 4, 119) Daß der überzeugte Republikaner sein Geschick am Ende dem alten Machthaber Doria überantwortet, ist häufig als Zeichen der Resignation verstanden, damit aber fehlgedeutet worden.[136] Verrinas Schlußwort – «Ich geh zum Andreas» (NA 4, 121) – gehorcht der Überzeugung, daß die staatliche Ordnung in den Händen eines maßvollen Herrschers besser aufgehoben ist als bei Verrätern wie Gianettino und Fiesko. Das bleibt eine pragmatische Erkenntnis, die nicht die Preisgabe republikanischer Freiheitsansprüche, wohl aber ihre Vertagung einzuschließen scheint.[137]

Schiller hat das Finale der Buchedition als unbefriedigend empfunden, weil es den Eindruck erweckt, als vollziehe sich die Geschichte nach einem zyklischen Gesetz, das der Mensch nicht steuern kann. Im Sinne der Unterscheidung Walter Benjamins ist die Erstfassung des *Fiesko* keine klassische Tragödie der Werte, die nach Hegels Worten auf die «Kollision von Zwecken und Charakteren»[138] zutreibt, sondern ein Trauerspiel, das die zerstörerische Folgerichtigkeit historischer Vorgänge als gleichsam naturgesetzlichen Mechanismus abbildet.[139] Triumphiert die bestehende Ordnung über die Kräfte des Umsturzes, so gehorcht dieser Sachverhalt weder einem vernünftigen Weltgesetz noch den Plänen einer übermächtigen Vorsehung. Fiesko gerät in keinen moralischen Konflikt, wie ihn Karl Moor erfährt; er scheitert am Widerstand seines Gegenspielers, ohne daß er einen Prozeß der Einsicht durchläuft, der ihn am Ende als geläuterten Charakter hätte zeigen können. So haftet seinem Untergang wiederum jener Makel des Zufälligen an, den bereits der Stoff aufweist. Schiller hat daher im Herbst 1783 anläßlich der Arbeit an der Mannheimer Bühnenfassung die letzte Szene entscheidend verändert. Er vermeidet nun ein tragisches Finale, indem er Fiesko mit den Worten seines ersten Monologs (II,19) den Verzicht auf die Alleinherrschaft verkünden und als Genuas ‹glücklichsten Bürger› unter die jubelnde Menge treten läßt (NA 4, 230). Nachdem das Drama den Helden zuvor in der zwielichtigen Rolle des Machiavellisten gezeigt hat, vermag man einem solchen Gesinnungswandel am Ende freilich kaum Überzeugungskraft abzugewinnen. Als geläuterter Republikaner gibt Fiesko eine zweifelhafte Figur ab, zumal der Umschwung durch die nur geringfügig geänderte Handlung unzureichend vorbereitet wird.

Daß Schiller die Mannheimer Schauspielfassung im Gegensatz zur Bühnenbearbeitung der *Räuber* selbst nicht veröffentlicht hat – ein 1789 in Augsburg erschienener Druck ist unautorisiert – , verrät deutlich seinen Zweifel an der Evidenz der hier gebotenen Lösung. Als das Drama im Herbst 1785 unter der Leitung von Pasquale Bondini in Leipzig zur Aufführung kommen soll, entschließt er sich daher zu einer letzten Änderung. Geboten wird jetzt eine Variation des Trauerspielfinales: Verrina ersticht Fiesko, liefert sich aber nicht Andreas Doria, sondern dem Volk Genuas aus, das über ihn selbstbestimmt richten darf. Dieser Eingriff sucht die Idee der republikanischen Freiheit stärker zur Geltung zu bringen und jene resignativen Züge zu unterdrücken, die auch zeitgenössische Leser am Schluß der Buchfassung wahrzunehmen glaubten. Die (nicht unbedingt authentische) Überarbeitung scheint jedoch ein Bruchstück geblieben zu sein, da die geplante Leipziger Aufführung aufgrund interner Querelen abgesagt werden mußte. Das Projekt scheiterte, nachdem der Fiesko-Darsteller Johann Friedrich Reinecke seine Rolle unter Protest zurückgab, weil er das von Schiller vorgesehene Finale für unstimmig hielt. Der Bericht, den Ludwig Ferdinand Huber am 3. Oktober 1785 über die Streitigkeiten am Leipziger Theater liefert, beweist sehr deutlich, daß man sich Mitte der 80er Jahre an den Mannheimer Schauspielschluß gewöhnt hatte und einen politisch besiegten Fiesko nicht mehr überzeugend fand (NA 33/I, 78). Noch in seinen Weimarer Jahren, nach 1799, scheint Schiller, wie sich Karl August Böttiger erinnert, eine Neubearbeitung des Dramas erwogen zu haben. Am Ende der damals geplanten Fassung sollte der Sieg Andreas Dorias über Fiesko und Gianettino stehen – der Triumph der Staatsraison im Kampf gegen die Kräfte der Veränderung (NA 4, 297).

Trotz des Mißerfolgs der Mannheimer Premiere wurde das Drama bis zum Ende der 80er Jahre von annähernd 50 Bühnen inszeniert. Aufführungen fanden etwa in Aachen, Bayreuth, Berlin, Braunschweig, Dresden, Düsseldorf, Hamburg, Hannover, Innsbruck, Köln, München, Osnabrück, Riga, Stettin und Wien statt (NA 4, 309 ff.). Eine solche Resonanz hatte bis zu diesem Zeitpunkt kaum ein zweites Originaldrama deutscher Sprache erzielen können. Besonderen Anklang fand die erstmals am 8. März 1784 gezeigte Berliner Inszenierung mit einer von Karl Martin Plümicke vorgelegten Texteinrichtung, welche die für damalige Verhältnisse hohe Zahl von 16 Aufführungen erreichte und bis Ende der 80er Jahre im Repertoire blieb.[140] Diese Bearbeitung, die am 25. Januar 1784 in Wien ihre Premiere erlebt hatte, zeigt Fiesko am Ende als verzweifelt Leidenden, der sich dem Konflikt zwischen Machtanspruch und Entsagung durch den Freitod entzieht.[141] Schiller hat Plümickes Fassung als «Verhunzung» (NA 24, 10) betrachtet, wie er Körner gegenüber am 3. Juli 1785 erklärt, ohne aber verhindern zu können, daß sie von anderen Bühnen nachgespielt wurde. Aus dem Theatererfolg seines Stücks, den er nach den Querelen mit Dalberg voller Genugtuung zur Kenntnis nahm, zog er keine finanziellen Vorteile, weil eine Honorierung über Tantiemen Ende des 18. Jahrhunderts noch unbekannt war. Die einzige Gelegenheit, von der Aufführung eines eigenen Werkes zu profitieren, bestand darin, das ungedruckte Manuskript an die Bühnen zu verkaufen; Schiller begab sich dieser Chance, als er seinen Text im November 1783 unter größter Geldnot an Schwan veräußerte.

Erst nach 1789 wahrten deutsche und österreichische Theater gegenüber dem *Fiesko* merkliche Zurückhaltung. Sie wurde durch den gesteigerten Druck einer verschärften Zensur veranlaßt, die vor dem Hintergrund der Staatsumwälzung in Frankreich die künstlerische Darstellung politischer Rebellionen untersagte. Im Dezember 1793 rief eine Inszenierung am Wiener Kärntnertor-Theater Akklamationen revolutionärer Begeisterung beim jugendlichen Publikum hervor; im nachjosephinischen Österreich gestattete die Obrigkeit fortan nur noch die Aufführung einer verstümmelten Variante des Textes, die am Schluß Verrinas Gang zu Andreas Doria zum Triumph einer autokratischen Ordnung verfälschte. Gegen Ende der 90er Jahre fand der *Fiesko* seinen Weg zurück in das zeitgenössische Repertoire, mit wechselnden Fassungen freilich und ohne verbindliche Textgestalt. Sämtliche Versuche, Schillers zweites Drama auf eine klare Linie festzulegen, brachen sich an dem bunten und zugleich zweideutigen Farbenspiel, das es überzieht.

5. Kabale und Liebe (1784)

Neues in altem Gewand. Elemente eines Erfolgsstücks

Den ersten Plan zu *Louise Millerin* faßt Schiller noch in Stuttgart während des vierzehntägigen Arrests im Juli 1782. Nach der Flucht nimmt der Entwurf in Oggersheim, parallel zur *Fiesko*-Überarbeitung, und in Bauerbach klarere Konturen an. Eine Rohfassung scheint Mitte Februar abgeschlossen, ohne daß sie ihn jedoch befriedigt. Bis zum Juli 1783 hindurch bleibt er, während er sich schon dem *Don Karlos*-Projekt nähert, mit seinem neuen Stück beschäftigt. Erste Versuche, den renommierten Leipziger Goethe-Verleger Weygand für das Drama zu interessieren, scheitern bereits im März. Anfang August, wenige Tage nach Schillers Ankunft in Mannheim, liest Schwan das Manuskript und entschließt sich rasch zur Veröffentlichung. Der Druck läuft Mitte Januar an, am 15. März 1784 erscheint das Trauerspiel pünktlich zur Ostermesse unter dem suggestiven Titel *Kabale und Liebe*. Der Vorschlag zur Umbenennung stammte von Iffland, der Ende Februar nach seiner Probelektüre – mit Bezug auf ähnliche Überschriften bei Engel und Plümicke – eine wirkungsvollere Formulierung empfohlen hatte. Das Honorar liegt geringfügig höher als im Fall des *Fiesko*; es beträgt zehn Carolin (60 Taler), die Schiller, bedingt durch seine alltäglichen Finanznöte, rasch verbraucht. Die ersten Aufführungen finden am 13. bzw. 15. April in Frankfurt und Mannheim statt. Bis zum Jahresende erscheinen fünf Anzeigen der Buchausgabe (der *Fiesko* hatte wie *Die Räuber* nur zwei Rezensionen erlebt). Zu den schärfsten Kritikern zählt Karl Philipp Moritz, der am 20. Juli 1784 in der *Berlinischen Staats- und gelehrten Zeitung* erklärt, das Trauerspiel sei «voll ekelhafter Wiederholungen gotteslästerlicher Ausdrücke» sowie «crassen, pöbelhaften Witzes». Sechs Wochen später wiederholt er seinen Verriß mit genauerer Begründung am selben Ort und äußert verärgert, daß der Autor sein Publikum «durch falschen Schimmer» blende, um «auf solche Weise den Beifall zu erschleichen», den sein mangelnder «Kunstfleiß» nicht verdiene.[142] Andere Stimmen klangen maßvoller und lobten den sparsameren Umgang mit pathetischen Stilmitteln, der das Stück von den beiden vorangehenden Arbeiten des Autors abhebe.[143]

Dem modischen Erfolgsgenre des ‹bürgerlichen Trauerspiels› ordnet sich Schillers Stück ausdrücklich durch seinen Untertitel zu. Bühnenerfolge erzielten seit der Mitte der 70er Jahre nicht mehr die heroisch-klassizistischen Tragödien Gottscheds, Hirzels, Schlegels oder Patzkes, sondern zumeist in Prosa verfaßte Dramen, deren Themen der Welt oder dem Wertbewußtsein des Mittelstandes entstammten. Engels *Eid und Pflicht*, Gotters *Mariane*, Wagners *Kindermörderin* (je 1776), Gemmingens *Teutscher Hausvater*, Weißes *Die Flucht* (je 1780) und Ifflands *Albert von Thurneisen* (1781) variierten das durch Lessing eingeführte Grundmodell des tragischen Konfliks stets nur geringfügig. Im Zentrum des Geschehens stand zumeist die Bedrohung der moralischen Integrität einer bürgerlichen Familie, die sich den skrupellosen Manövern aristokratischer Intriganten ausgesetzt sieht, dabei aber nicht allein aufgrund äußerer Gefährdung, sondern auch bedingt durch mangelndes Vertrauen in die eigene Wertwelt unterzugehen droht. Spätestens am Beginn der 80er Jahre war das bürgerliche Trauerspiel fest in den Händen der Epigonen, die den Anspruch auf künstlerische Originalität bereitwillig einem handfesten Wirkungsinteresse opferten. Mit *Louise Millerin* sucht Schiller populären Geschmacksbedürfnissen Rechnung zu tragen, zugleich aber den theaterpraktischen Möglichkeiten der Zeit entgegenzukommen. An den leidgeprüften Großmann schreibt er am 8. Februar 1784 über sein Stück: «Ich darf hoffen, daß es der teutschen Bühne keine unwillkommene Acquisition seyn werde, weil es durch die Einfachheit der Vorstellung, den wenigen Aufwand von Maschinerei und Statisten, und durch die leichte Faßlichkeit des Plans, für die Direction bequemer, und für das Publikum genießbarer ist als die Räuber und der Fiesko.» (NA 23, 131 f.)

In der Tat sollten sich Schillers Erwartungen bestätigen. Zwar scheint die zur Ostermesse in Frankfurt gezeigte Darbietung der Großmannschen Truppe künstlerisch wenig überzeugend ausgefallen zu sein, doch wird die Mannheimer Premiere des Trauerspiels, wie er Reinwald am 5. Mai meldet, «unter lautem Beifall, und den heftigsten Bewegungen der Zuschauer gegeben.» (NA 23, 137) Bereits nach dem zweiten Akt muß sich Schiller während der Umbaupause dem jubelnden Publikum in seiner Loge zeigen. Die Hauptrolle spielt die 18jährige Karoline Beck, die ihm, wie sich Schwans jüngere Tochter erinnert, zum äußeren Vorbild für die Louise-Figur gedient hatte.[144] Die Darstellerin, die zum Zeitpunkt der Premiere bereits schwanger war, starb drei Monate später an den Folgen eines Sturzes, den sie bei einer Aufführung der *Emilia Galotti* erlitt; ihr Part wurde danach von Katharina Baumann übernommen. Die Mannheimer Inszenierung hielt sich, auf schwankendem Niveau, immerhin bis 1792 im Repertoire. Das vom Theaterschreiber Johann Daniel Trinkle mehrfach geänderte Soufflierbuch beweist, daß Schiller den Text aus technischen Gründen, aber auch mit Rücksicht auf die politische Zensur, für die Bühne an mehreren Stellen gekürzt hatte.[145] Bei nahezu sämtlichen zeitgenössischen Aufführungen verzichtete man auf die brisante Kammerdiener-Szene (II, 2), deren unverhüllte Kritik absolutistischer Herrscherwillkür gerade durch ihre aktuellen Bezüge die Grenzen der staatlichen Toleranz überschritt. Erst zu Beginn der 90er Jahre wagte das Berliner Hoftheater eine annähernd komplette Darbietung; in Frankfurt zeigte Großmann am 3. Mai 1784 eine Fassung, in der Iffland die freilich abgemilderte Rolle des Kammerdieners versah. Besonders eindrucksvoll scheint die Frankfurter Louise in der Gestaltung Sophie Albrechts ausgefallen zu sein, deren kultivierte Interpretation die Berliner *Litteratur- und Theaterzeitung* anläßlich eines Göttinger Gastspiels am 28. August 1784 nachdrücklich rühmt. Erfolgreicher noch waren im Herbst 1784 die Leipziger Aufführung (12. Oktober) und die Berliner Darbietung der Döbbelinschen Truppe (22. November), bei der Johann Friedrich Fleck, der bis zum seinem Tod (1801) führende Akteur des Preußischen Nationaltheaters, den Part des Ferdinand übernahm.[146] Nach dem Modell dieser Inszenierung sind die zwölf kleinen Kupfer gestaltet, die Daniel Chodowiecki im *Königlich Großbritannischen Genealogischen Kalender* auf das Jahr 1786 veröffentlichte. Die berühmt gewordene Bildserie überzeugt vor allem durch die Illustration von Szenen im bürgerlichen Interieur; den Eindrücken der Berliner Aufführung folgt die authentische Darstellung Ferdinands, der die Züge Flecks aufweist.

Kabale und Liebe lebt aus der Erbmasse des bürgerlichen Trauerspiels, das mit seinen genau gezirkelten Rollencharakteren klaren Vorgaben ohne größere Variationsbreite zu gehorchen pflegt (in ihnen spiegele sich die wirklichkeitsferne Modellwelt der «Leihbibliotheken», hat Eichendorff später spöttisch vermerkt).[147] Prägend bleibt zumal das Muster der *Emilia Galotti*, deren Figurenkonstellation Einfluß auf Schillers psychologischen Grundriß nimmt: Louise ist mit ihrer Mischung aus Empfindsamkeit, Furcht und Tatkraft fraglos eine Wahlverwandte von Lessings Titelheldin; in der aufgeklärten Mätresse Lady Milford läßt das Drama die Gräfin Orsina aufleben; daß der Musiker Miller dem biederen Hausvater Odoardo Galotti, seine Frau wiederum der ehrgeizigen, aber naiven Claudia nachgearbeitet ist, bleibt ebenso offenkundig wie die Nähe zwischen den windigen Intrigantengestalten Marinelli und Wurm. Im Gegensatz zu Lessing scheinen die kleinbürgerlichen Züge der Figuren freilich ausgeprägter; das gilt für die Familie Miller, die einem ökonomisch schwächeren Milieu zugeordnet bleibt als das Haus Galotti, aber auch für Wurm, der die abgefeimte Glätte des amoralischen Höflings Marinelli auf einem biederen Niveau widerspiegelt. Der Präsident besitzt trotz einflußreicher Stellung kaum die Machtfülle des Prinzen von Guastalla, die Milford wiederum trägt als Überläuferin ins bürgerliche Lager am Ende jene empfindsamen Züge, die Lessing der kühlen Intelligenz der Gräfin Orsina vorenthalten hat. Die von Schiller vollzogene Abtönung der Charaktere fördert den zielbewußt kalkulierten Effekt eines Dramas, das nach dem eklatanten Mißerfolg der im tristen Mannheimer Karneval untergegangenen *Fiesko*-Inszenierung auf möglichst breite Publikumsresonanz zugeschnitten ist.

Zum markanten Einfluß der *Emilia Galotti* treten Anregungen durch Gemmingens *Teutschen Hausvater*, der, seinerseits stark von Diderots *Père de famille* (1760) geprägt, Schiller mit dem Motiv des Konflikts zwischen Standeszugehörigkeit und Liebesanspruch versorgt hat. Goethes *Clavigo* (1774) und Wagners *Kindermörderin* (1776) liefern entferntere Vorbilder für die Intrigenhandlung und das Sujet der Verführung; Shakespeares Tragödie *Romeo and Juliet* (1597), die Schiller ebenso wie den *Othello* (1603) während der Niederschrift seines Trauerspiels genauer studiert hat, beeinflußt die Grundkonstellation des Dramas: auch Ferdinand und Louise suchen ihre Herzensneigung gegen eine Ordnung des Hasses durchzusetzen, scheitern aber am Ende an der Macht der sozialen Konventionen. Spuren hinterläßt ferner Abels Brieferzählung *Beitrag zur Geschichte der Liebe*, die 1778 anonym bei Weygand in Leipzig erschienen war. Abel, den das Publikum rasch als Autor identifizierte, stellt hier, geschult an der literarischen Phantasie Shakespeares, die Verstrickungen zweier Liebender dar, die durch heiratspolitische Winkelzüge getrennt und schließlich in den Untergang getrieben werden; verkörpert Louise die empfindsame Bürgerstochter ohne Tatkraft, so ist Sontheim der sinnliche

Verführer, dessen an Werther gemahnende Impulsivität sich mit dem ungebremsten Egoismus der Romanhelden Jacobis mischt (das Muster bildet hier der *Allwill* von 1776).[148] Abels Interesse gilt der Pathogenese individueller Leidenschaften, weniger deren gesellschaftlichen Bedingungen, die die Erzählung nur knapp beleuchtet. In den Vordergrund rückt das Triebschicksal des Menschen, der als Gefangener seiner Affekte in die Katastrophe stürzen muß. Trotz solcher abweichenden Gewichtung haben Abels psychologisch geprägte Porträts die Darstellung des Liebespaars in Schillers Drama beeinflußt.[149] Gerade der gefühlsbetonte Egoismus Ferdinands erinnert an die unkontrollierte Sinnlichkeit des teuflisch-unschuldigen Verführers Sontheim. Beide Gestalten vertreten mit ihrer zerstörerischen Emotionalität einen Typus des Zeitgeists, wie er sich bereits bei Goethe, Klinger und Jacobi zeigt; Jean Pauls *Titan*-Roman (1800–03) wird ihm zum Ende des Jahrhunderts in der Figur des dekadenten Spielers Roquairol ein letztes Denkmal setzen. Abels Erzählung mag Schiller beim Entwurf des Dramas auch an die Akademiezeit erinnert haben, was seine literarische Phantasie in eigener Weise anregte. Wer das Respondentenverzeichnis einer im Jahr 1777 durchgeführten Prüfung über Fragen der empirischen Bewußtseinsphilosophie betrachtet, sieht dort die Eleven Friedrich Carl von Bock und Christian Carl Friedrich Miller erwähnt. Die ehemaligen Kommilitonen dürfte es nicht wenig irritiert haben, daß sie ihre Namen jetzt im Personenstab eines bürgerlichen Trauerspiels wiederfanden.[150]

Kabale und Liebe unterscheidet sich von Schillers früheren Bühnenarbeiten durch eine fast symmetrische Bauform. Die Einheit der Handlung bleibt ebenso gewahrt wie die der Zeit, der gelegentliche Wechsel des Ortes unterliegt einem geometrischen Ordnungsprinzip. Anders als im *Fiesko* verzichtet Schiller nach aristotelischen Normen auf die Darstellung von Nebenereignissen, die vom tragischen Hauptgeschehen ablenken könnten. Das Trauerspiel beginnt am Morgen (die Millerin sitzt in der ersten Szene «noch im Nachtgewand») und endet in den letzten Stunden desselben Tages («Abends zwischen Licht», so lautet die Regieanweisung am Anfang des fünften Akts). Die Handlung trägt sich, variierend, in der Stube der Familie Miller, dem weitläufigen Saal des Präsidenten und den Gemächern der Lady Milford zu, wobei Szenen im bürgerlichen Milieu zumeist unmittelbar durch Bilder der Hofwelt abgelöst werden. Mit Ausnahme des Schlußaufzugs findet jeweils in der Mitte des Akts ein Ortswechsel statt, was für Auflockerung sorgt, ohne daß es zur Störung des ausgewogenen Baus kommt. Diese strikte Balance der Form, die der Dramaturgie Lessings eher als dem Theater Shakespeares folgt, ermöglicht es Schiller, die zügig fortschreitende Aktion wie auf dem Reißbrett vorzuführen.[151] Die temperierte Ordnung, welche die Struktur des Trauerspiels kennzeichnet, besitzt freilich im szenischen Geschehen ihr Widerlager: der entspannten Harmonie der Form kontrastiert die von sozialen Zerreißkräften geprägte, sich durch Gewalt, Betrug und Intrige ausbildende Handlung. Ihren angemessenen Ausdruck findet diese Dissonanz in Ferdinands wütendem Angriff auf die Violine Millers, deren Saiten er, als ihm Louise ihren Entschluß zur Entsagung verkündet, erregt zerreißt, ehe er sie auf dem Boden «zerschmettert» (NA 5, 58). Hinter dem Glanz des Hofes und der intimen Harmonie der bürgerlichen Familie lauern gleichermaßen die Abgründe des Hasses.

Bemerkenswert wirkt das reiche Spiel der Regiebemerkungen, das Hinweise auf Physiognomie, Haltung und Gestik der Figuren bietet.[152] Schiller knüpft hier wie schon in den *Räubern* an die von Klingers *Zwillingen* inspirierte Dramaturgie der Körpersprache an, die den Leib des Menschen, gestützt auf Erkenntnisse der zeitgenössischen Physiognomik und Erfahrungsseelenkunde, zum Schauplatz seiner psychischen Kräfte werden läßt. *Kabale und Liebe* führt freilich eine feiner abgestimmte, weniger explosive Ausdruckskunst als das Debütdrama vor. Wenn Ferdinand in Wut «rasend auffährt», an seiner Unterlippe nagt (eine Gewohnheit schon Karl Moors), wie «betäubt» zuhört und «unter heftigen Bewegungen» spricht, so verrät das eine körperlich sichtbare Erregung, die gegenüber dem wilden Gebärdentaumel der *Räuber* kontrollierter wirkt (NA 5, 36, 57f., 103). Eine Ausnahme bildet hier der Schluß des zweiten Akts, wo sämtliche Personen unter dem Eindruck der unmittelbaren Konfrontation zwischen bürgerlicher Familie und höfischer Macht ein hektisches Gesten- und Mienenspiel entfalten, das innere Spannungen in exaltierter Form zum Ausdruck bringt.[153] Grundsätzlich steht im gesamten Drama der Körpersprache der Leidenschaften, wie sie zumal Ferdinand an den Tag legt, die unechte Selbstdarstellung der Intriganten entgegen. Die Lady redet im Ton der Mätresse, den sie erst zum Schluß ablegen wird, «schmeichelhaft» mit Ferdinand, der Präsident befragt Louise unter «beißendem Lachen» über ihr «Handwerk», Wurm wiederum kommentiert «überlaut» ihre Ankündigung, beim Herzog die Freiheit der zu Unrecht verhafteten Eltern zu erwirken (NA 5, 31, 42, 61). Zeigt sich Ferdinands Gestik als Abbild authentischer Gefühle im weit gefächerten Spektrum zwischen Begeisterung und Eifersucht, so bleiben die Gebärden seiner Widersacher Zeichen der (nicht nur höfischen) Verstellungskunst. Zum vollends natürlichen Indiz des unkontrollierbaren Affekts gerät der Vorgang des Erbleichens, wie ihn Schiller an sechs Stellen der ersten beiden Akte seinen Figuren zuschreibt.

Solche Ausdrucksfacetten, die sich schauspielerischer Technik entziehen, nehmen bereits die physiognomische Dramaturgie Kleists vorweg, die den Körper als Erprobungsfeld für die Kräfte des Unbewußten ausweist.

Weiterhin geprägt vom Geschmack der Geniezeit bleibt die bildhafte, oftmals atemlose Sprache des Trauerspiels. Schiller bedient sich einer Vielzahl von rhetorischen Stilmitteln, Metaphern und Allegorien, um ein Höchstmaß an Ausdruckskraft freizusetzen. Im Vordergrund steht hier nicht die psychologische Nuancierungskunst Lessings, die die Motive der Figuren für den Zuschauer möglichst durchsichtig machen wollte, sondern das Streben nach Anschaulichkeit, Wucht und emotionalen Effekten. Pathetische Überhöhung und lyrisch-gedämpfte Abtönung, Ironie und Gleichnis, Wortwiederholungen, Satzbrüche, Interjektionen und Reihungen gehören zum sprachlichen Repertoire vor allem Ferdinands. Ein besonders charakteristisches Exempel liefert die Schlußszene, in der sich die Enttäuschung des Protagonisten über den vermeintlichen Liebesverrat Louises auf eindringliche Weise entlädt: «Fort! Fort! Diese sanfte schmelzende Augen weg! Ich erliege. Komm in deiner ungeheuren Furchtbarkeit, Schlange, spring an mir auf, Wurm – krame vor mir deine gräßliche Knoten aus, bäume deine Wirbel zum Himmel – So abscheulich als dich jemals der Abgrund sah – Nur keinen Engel mehr – Nur jetzt keinen Engel mehr – es ist zu spät – Ich muß dich zertreten, wie eine Natter, oder verzweifeln – Erbarme dich!» (NA 5, 101) Die Tiermetaphorik, auf die Schiller auch in den *Räubern* bevorzugt zurückgriff, verdeutlicht die irrationalen Bedürfnisse und ungezügelten Triebe des Menschen. Als Mittelwesen zwischen Engel und Vieh charakterisierte ihn bereits Haller, im Anschluß an Popes *Essay on Man* (1733/34).[154] Ferdinands Metaphern leuchten die geistig-körperliche Doppelnatur des Individuums aus, mit der sich der Mediziner Schiller so ausführlich befaßt hatte: wo der Mensch seinen nackten Instinkten folgt, wird er zu ‹Wurm› und ‹Schlange›, verschenkt also jene intellektuellen Anlagen, die ihn allein zum Paradies der Freiheit führen können. Auf einer zweiten Ebene verdeutlichen die Tierbilder die Abgrenzung von Zwang und Autonomie. Wenn Ferdinand erklärt, er wolle «wie ein Mann wählen», so «daß diese Insektenseelen am Riesenwerk meiner Liebe hinaufschwindeln» (NA 5, 40), dann stellt er sich als ein geistiges Ausnahmewesen dar, das Abels Rede von 1776 mit demselben Bild beschreibt: «Das Genie voll Gefühl seiner Kraft voll edlen Stolzes, wirft die entehrende Fesseln weg (...) und fliegt gleich dem königlichen Adler weit über die kleine niedre Erde hinweg, und wandelt in der Sonne. Ihr schimpft, daß er nicht im Gleise bleibt, daß er aus den Schranken der Weißheit und Tugend getretten, Insekten, er flog zur Sonne.»[155]

Neben dem hohen Stil des Ferdinand vorbehaltenen Geniepathos bietet Schillers Drama eine überraschend breite Palette verschiedener Tonlagen. Zu ihr gehören die drastische Diktion Millers («Halt du dein Maul, sag ich») und die Bildungsschnitzer seiner Frau («Herr Sekertare»; NA 5, 8 f.); die zweideutige Redeweise Wurms («Die schöne Supplikantin ist Preises genug»; NA 5, 62) und das zynische Raisonnement des Präsidenten («bei uns wird selten eine Mariage geschlossen, wo nicht wenigstens ein halb Dutzend der Gäste – oder der Aufwärter – das Paradies des Bräutigams geometrisch ermessen kann»; NA 5, 16 f.); die entleerten Floskeln des Hofmarschalls von Kalb («Seine Durchleucht haben heute einen Merde d'Oye-Biber an»; NA 5, 19) und die sich von den Phrasen der Mätresse emanzipierende Sprache der Lady Milford («Großmut allein sei jetzt meine Führerin!»; NA 5, 80). Dem abgestuften Gefälle der Töne korrespondiert eine Mischung aus komödiantischen und pathetischen Stilmitteln, die, wie Walter Benjamin vermerkt, an den Einfluß Shakespeares erinnert.[156] Bereits am 3. April 1783 hatte Schiller den konservativen Dalberg vorsorglich darauf hingewiesen, daß in seinem neuen Trauerspiel «Laune mit Schreken wechselt, und, ob schon die Entwiklung tragisch genug ist, doch einige lustige Karaktere und Situationen hervorragen.» (NA 23, 77) Die Gesellschaftssatire, die das Drama durchdringt, erfaßt wiederum bürgerliches wie höfisches Milieu. Die entlarvende Exposition, die auf komische Weise Engstirnigkeit und Ehrgeiz des deklassierten Mittelstandes bloßstellt, findet sich durch die Karikatur des aristokratischen Günstlings in der Gestalt Kalbs ergänzt. Auch hier zeigt Schiller einen Ausgleich der Perspektiven, der auf die genaue Zergliederung sozialer Verhältnisse zielt. Das Trauerspiel gerät zum Kaleidoskop, in dem die Verzerrungen gesellschaftlicher Rollenexistenz sichtbar werden.

Kopf und Herz. Höfische Intrige gegen bürgerliche Moral

Im Gegensatz zu Lessings *Emilia Galotti* bietet Schillers Drama ein detailgetreues Bild der Zustände, wie sie in einem deutschen Duodezfürstentum am Vorabend der Französischen Revolution herrschten. Bürgerliches wie höfisch-aristokratisches Milieu besitzt hier schärferes Profil als bei Lessing; in seinem kunstvollen Realismus folgt das Stück den scharf gezeichneten Gesellschaftsbildern, die Lenz und Wagner geliefert hatten. Die zeittypische Neigung zur Antithetik, wie man sie insbesondere im Werk Klingers antrifft, führt gelegentlich zu plakativen Wirkungen und Überpointierungen, gewährt jedoch einen machtvollen theatralischen Effekt.

Durch die Kontrastierung sozialer Lebenssphären gelingt Schiller eine facettenreiche Darstellung, die die Abgründe der Hofwelt, aber auch die kleinbürgerliche Enge im Hause Millers illusionslos zur Anschauung bringt.

Daß die Beleuchtung unterschiedlicher Gesellschaftsfelder nicht nur dramaturgischem Kalkül gehorcht, erweist die für die deutsche Literatur des 18. Jahrhunderts einzigartige politische Anklage der Kammerdienerszene (II,2). Die Juwelen, die der Fürst seiner Mätresse als Geschenk überreichen läßt, sind mit dem Kopfgeld bezahlt, das er aus dem Verkauf von Soldaten an die britische Kolonialmacht in Amerika empfängt. Zu den Zwangsmaßnahmen gegen die eigenen Bürger gesellt sich, wie der Diener berichtet, die Unterdrückung der öffentlichen Meinung: «Es traten wohl so etliche vorlaute Bursch vor die Front heraus, und fragten den Obersten, wie teuer der Fürst das Joch Menschen verkaufe? – aber unser gnädigster Landesherr ließ alle Regimenter auf dem Paradeplatz aufmarschieren, und die Maulaffen niederschießen.» (NA 5, 28) Schiller spielt hier auf die in zahlreichen Territorien gängige Praxis an, auswärtigen Regierungen im Rahmen von Subsidienverträgen gegen nicht unbeträchtliche Summen Soldaten für militärische Unternehmungen zur Verfügung zu stellen. Deutsche Fürsten vermieteten während des nordamerikanischen Unabhängigkeitskrieges mehr als 30000 Untertanen an die englische Krone, die sie auf dem fremden Kontinent bei Auseinandersetzungen mit den gut ausgerüsteten Siedlerheeren ins Feuer schickte; von ihnen kehrten nur knapp 12000 lebend in ihre Heimat zurück. Zu den zynischen Seiten solcher Geschäfte mit Menschen gehörte, daß der Landesherr für jeden toten oder schwer verletzten Soldaten eine Abfindung bezog, die er in der Regel der eigenen Kasse zuführte. Anders als der berüchtigte Landgraf von Hessen, der am Verkauf von 17000 Söldnern zwölf Millionen Taler verdiente, beteiligte sich Herzog Carl Eugen zwar nicht an der Ausrüstung der englischen Truppen im Konflikt mit den nordamerikanischen Bundesstaaten, doch hatte er unter vergleichbaren Bedingungen während des Siebenjährigen Krieges fast 12000 Landeskinder an Frankreich veräußert, um sein notorisch überzogenes Haushaltsbudget aufzubessern.[157] Noch im Jahr 1786 stellte er der holländisch-ostindischen Compagnie gegen eine beträchtliche Summe ein vollzähliges Infanterieregiment sowie Artillerietruppen zur Verfügung. Die Finanzierung des barock anmutenden Potentatentums wurde derart durch eine inhumane Herrscherpraxis gesichert, die den Untertan zum Sklaven herzöglicher Willkür bestimmte. Auch Goethe war in seiner Rolle als Vorsitzender der weimarischen Kriegskommission mit unsauberen Werbungsgeschäften befaßt. Aus dem Konvolut seiner amtlichen

Schriften stammt ein Bericht vom 30. November 1784, in dem er dem Herzog die Bedingungen für den Verkauf von Söldnern an die Republik der Vereinigten Niederlande erläutert.[158] Zwar vermeidet die Aktenvorlage eine eigene Empfehlung, doch formuliert sie zumindest keine Einwände gegen das unmoralische Unternehmen. Daß deutsche Fürsten durch unlautere Einnahmen aus Subsidienverträgen ihre Kassen zu füllen pflegten, war ein offenes Geheimnis. Bereits Ende März 1776 hatte Schubart in seiner *Deutschen Chronik* unter der Ankündigung *Probe der neuesten Menschenschatzung* Zahlen über die Söldnerpolitik in Hessen, Braunschweig, Mecklenburg und Bayern veröffentlicht.[159] Um die Zensur nicht zu verärgern, verzichteten die ersten *Kabale*-Inszenierungen zumeist auf die herausfordernde Szene II,2. Als Großmann am 3. Mai 1784 in Frankfurt eine durch Mannheimer Schauspieler ergänzte Aufführung zeigt, bittet Schiller jedoch, die Rede des Kammerdieners, anders als sonst, mit nur geringfügigen Kürzungen zu integrieren. Dem ängstlichen Dalberg erklärt er beruhigend, er habe die betreffende Stelle unter Verzicht auf aktuelle Andeutungen – «mit Wegwerfung aller amerikanischen Beziehungen» – so stark abgeschwächt, daß ihr die Spitze genommen worden sei (NA 23, 134). Wer freilich die Augen vor der Wirklichkeit nicht verschloß, verstand die kritische Botschaft der Szene auch ohne ihren tagespolitischen Gehalt.

Streicher erinnert sich daran, daß Schiller sein Trauerspiel als Medium aufgefaßt habe, mit dessen Hilfe «er sich auch in die bürgerliche Sphäre herablassen» wollte.[160] Ein Musterstück des neu erprobten Realismus bietet der plastische Eröffnungsdialog zwischen Miller und seiner Frau, die anschaulich das Selbstverständnis einer politisch und ökonomisch abhängigen Gesellschaftsschicht darstellt. Wie eng sein Rollenbewußtsein gefaßt ist, verrät Millers erbitterte Rede über Louises Romanlektüre. Die Attacke gegen die «Schlaraffenwelt» der «Bellatristen», an die sie durch Ferdinand geraten ist (NA 5, 6), findet ihr dramaturgisches Vorbild in der Strafpredigt des Magisters aus der Exposition von Klingers Trauerspiel *Das leidende Weib*, wo es zu vergleichbaren Angriffen auf das Leseverhalten der kleinbürgerlichen Tochter kommt. Als praktisch denkendes Familienoberhaupt ist der alte Miller ein standesbewußter Hausvater, der Biedersinn und moralische Grundsätze zu verbinden sucht.[161] Daß seine sittlichen Prinzipien anfechtbar sind, beweist er am Schluß durch die Reaktion auf das Geldgeschenk Ferdinands, das ihm zumindest vorübergehend den gesunden Menschenverstand raubt (V,5). Wenn er dem Präsidenten entschlossen die Tür weist, so ist das zwar Indiz eines (teuer bezahlten) bürgerlichen Selbstbewußtseins, sollte aber nicht als Zeugnis planvoller

Rebellion begriffen werden (II,6). Zwar findet der rücksichtslos-despotische Zugriff des Adels auf die bürgerliche Privatsphäre im Auftritt des Präsidenten seinen bedrohlichsten Ausdruck, doch steht es dem biederen Hausvater fern, hier mehr zu schützen als die moralische Integrität seiner Tochter und die Ruhe des eigenen Hauses. Miller ist kein Vertreter aufklärerischer Gesinnungen, sondern einzig ein Kleinbürger, den die Sorge um die Sicherheit seiner Familie bewegt. Daß er gerade sie durch seine mutige Intervention entscheidend gefährdet, beleuchtet dann höchst signifikant die bestehenden Machtverhältnisse, hinter denen die ungezügelte Gewalt des Despotismus aufscheint.

Louises Stellung im Personengefüge des Trauerspiels ergibt sich aus einer doppelten Herzensbindung, die sie mit der patriarchalisch gesicherten Ordnung des Glaubens und der Gefühlswelt der Liebe gleichermaßen verknüpft: «Ich habe keine Andacht mehr, Vater – der Himmel und Ferdinand reißen an meiner blutenden Seele» (NA 5, 11 f.).[162] Der Konflikt, den diese zweifache Orientierung hervorruft, trägt vor allem religiöse Züge; sein Nährboden bleibt eine, wie Moritz' Rezension es betont, «durch Lectüre» gestützte Erziehung aufklärerischen Zuschnitts, die ihr Ferdinand vermittelt zu haben scheint.[163] Der Himmel Louises ist nicht das verweltlichte Liebesparadies ohne Standesunterschiede, von dem der Sohn des Präsidenten träumt, sondern der Leitbegriff für ein orthodoxes Christentum. Aus ihrer Sicht besteht zwischen dem Willen Gottes und dem Zustand der Schöpfung kein Gegensatz, der geeignet wäre, den sie lenkenden Gedanken der Theodizee in Frage zu stellen. Zwar sieht auch sie zunächst in Gott den «Vater der Liebenden» (NA 5,12), jedoch wird diese Position im Fortgang des Dramas von ihr selbst entscheidend eingeschränkt. Der Anspruch auf Ferdinand erscheint ihr bald als «Kirchenraub», eine gemeinsame Flucht wäre «Frevel», weil sie «die Fugen der Bürgerwelt auseinander treiben, und die allgemeine ewige Ordnung zu Grund stürzen würde» (NA 5, 57). Die «Pflicht» (NA 5, 58), auf die sich Louise nachdrücklich beruft, bindet sie nicht allein an den Vater, sondern, im übergeordneten Zusammenhang ihrer religiösen Überzeugung, an einen sozialen Status quo, den sie als gottgewollt und unveränderlich betrachtet. Die einzige Konsequenz, die aus dieser Perspektive zu ziehen ist, muß das moralische Gebot des Verzichts und die Vertagung aller Hoffnungen auf das Jenseits sein: «Ich entsag ihm für dieses Leben.» An die Stelle von Ferdinands weltlicher Gefühlsreligion tritt bei Louise die vom Vater vermittelte Hoffnung auf die Liebeserfüllung im himmlischen Reich Gottes, wo «die prächtigen Titel wohlfeil werden (...) und die Herzen im Preise steigen» (NA 5, 13).

Louises (und Millers) religiöses Denken zeigt sich hier geprägt von einer ökonomisch anmutenden Logik des Tauschs, die das ein Jahr nach dem Abschluß des Trauerspiels in Mannheim entstandene Gedicht *Resignation* als Ausdruck moralisch bedenklicher Glaubensauffassungen verwerfen wird. Auch Louises Jenseitsbild gehorcht der Vorstellung, daß dem weltlichen Verzicht eine Belohnung im Himmel Entschädigung verschaffe. Die wirtschaftliche Verkehrsform des Tauschs setzt einander unähnliche Gegenstände in Beziehung, indem sie ein materiell bestimmtes Wertverhältnis zwischen ihnen schafft.[164] In diesem Sinne bewegt sich Louises Metaphysik auf der Grundlage einer Ökonomie, nach deren Regeln der Eintritt ins Jenseits als ständeloses Paradies der Liebenden den Lohn für irdische Entsagung bildet. Die Metaphorik des ‹Preises› erinnert an die große Bedeutung, die Formen des Tausches im gesamten Drama einnehmen.[165] Beispiele liefern der unter dem Gesetz des Zwangs stehende Verkauf der Landeskinder durch den Herzog, Lady Milfords Angebot, Louise als Gegenleistung für einen Verzicht auf den Geliebten den eigenen «Schmuck» zu überlassen, aber auch das Geschenk der Börse, das Miller aus den Händen des lebensmüden Ferdinand empfängt, weil dieser den «drei Monat langen glücklichen Traum von Seiner Tochter» am Ende mit Bargeld bezahlen möchte (NA 5, 79, 96). Louise wiederum muß unter dem Druck der Ereignisse Wurm auf ihren Eid versichern, daß sie das Geheimnis der von ihm gesponnenen Briefintrige, die sie der vermeintlichen Untreue überführen soll, nicht verraten werde: auch das bildet eine Form des Tausches, entrichtet sie doch die Wahrheit als Preis für die Freilassung der Eltern; statt Ferdinand die Hintergründe der höfischen Kabale zu offenbaren, weiß sie sich durch das «Sakrament» verpflichtet, das ihr Stillschweigen über die Manöver der Gegenseite abverlangt (NA 5, 65). Daß ein Schwur bei der bürgerlichen «Menschenart» zuverlässig wirke, während der Adel sich durch einen Eid nicht gebunden fühle, betont Wurm voller Zynismus im Gespräch mit dem Präsidenten (NA 5, 50). Der anonyme Kritiker einer Mannheimer Aufführung vom 20. September 1787 tadelt in zweideutigem Ton die Freimütigkeit, mit der Schiller an diesem Punkt die «Grundsätze» höfischer Politik «auf die Bühne» bringe.[166] Abweichend von Engels *Eid und Pflicht* und Ifflands *Verbrechen aus Ehrsucht*, die Familienkatastrophen im Adelsmilieu beleuchten, behandelt *Kabale und Liebe* die moralische Bindung durch einen Schwur als Produkt eines rein bürgerlichen Selbstverständnisses jenseits aristokratischer Rollenvorstellungen.

Zum Instrument des Betrugs, den Wurm Louise abnötigt, gerät der Brief. Repräsentiert er im zeitgenössischen Roman von Richardson über

Gellert bis zu Rousseau und Goethe ein Medium empfindsamer Selbstaussprache, so wirkt er hier wie das Organ des Zwangs. Anders als in der Erzählliteratur der Zeit, die durch die Ordnung der Schrift jene des Herzens abzubilden vorgibt, entspringt Louises Brief dem fremdbestimmten Diktat, insofern er nur die Worte wiederholt, die Wurm ihr unter ironischer Abwandlung seiner Sekretärsrolle vorschreibt. Die Intrige, die das Drama an diesem Punkt zeigt, läßt sich als Beispiel für die Manipulation eines Mediums auffassen. Der Mißbrauch des Briefes, der zum Werkzeug der Täuschung gerät, verletzt das Selbstverständnis der zeitgenössischen Affektkultur, die die Schrift als Code des authentischen Ausdrucks betrachtet. Indem Wurm den Buchstaben unter das Gesetz der Lüge stellt, verfremdet er die Prinzipien empfindsamer Kommunikation, deren Grundlage Vertrauen und Aufrichtigkeit darstellen. Das Schreiben im Schatten des Zwangs bezeichnet den Gegensatz zur freizügigen Rede des Herzens, welche die Genieperiode als Form gesteigerter Subjektivität beschwört. Der erpreßte Brief bildet das Indiz der unterdrückten Gefühlssprache, das Dokument der zerstörten Authentizität.

Das äußere Zeichen für den im Eid erzwungenen Betrug ist Louises Sprachlosigkeit. Ihr ‹stummes Drama› vollzieht sich im fünften Akt, als der Zeitpunkt für offene Worte gekommen ist, ohne daß sie ihn nutzen darf.[167] Louises Vorschlag, Ferdinand auf dem Klavier zu begleiten, trägt dem Zwang zum Schweigen Rechnung: er ist der Preis für das Leben der Eltern, das mit dem Verzicht auf die Offenbarung der in der Intrige Wurms gefälschten Wahrheit erkauft wird. Im Schlußakt gewinnt Louise die Züge einer Märtyrerin des bürgerlichen Gewissens, die den ihr abverlangten Eid nicht zu brechen wagt, weil sie neue Repressalien gegen ihre Familie fürchtet. Wenn sie am Ende noch unter dem Druck von Ferdinands Zynismus der Versuchung widersteht, ihre Unschuld zu beweisen, so zeigt sie «Seelenstärke», die sie – mit einer Formulierung aus Szene V,7 der *Emilia Galotti* – «so gut wie eine» besitzt (NA 5, 102).[168] Der Begriff verweist ohne Zweifel auf die (in Grundzügen während einer Karlsschulrede 1777 vorgetragene) Lehre Abels, derzufolge «Seelenstärke» die Fähigkeit bedeutet, «unter zwey kämpfenden Leidenschaften stets die bessere zu erheben», was wiederum das Vermögen einschließt, ein aus Verzicht oder Zwang resultierendes Unglück «in vernünftiger Erduldung gegenwärtiger und zukünftiger Schmerzen» zu ertragen.[169] Abels Kategorie erschließt nicht zuletzt die Widersprüche, in die sich die Heldin am Ende verwickelt. Daß Louise erst angesichts des Todes ihren Schwur bricht, mag zwar durch die Furcht vor der Macht des Hofes erklärbar sein, verrät aber auch die problematischen Züge einer Metaphysik, die in der himmlischen Erlösung die

Belohnung individueller Leidensbereitschaft erblickt. Ihre Opferwilligkeit bleibt an diesem Punkt vernunftwidrig und kommt daher mit Abels Begriff der ‹Seelenstärke› nicht mehr zur Deckung. Sie bildet das Produkt einer bürgerlichen Ohnmacht, die sich durch die Hoffnung auf das Jenseits nach der Logik des wirtschaftlichen Tausches entschädigt sieht für den Mangel, den sie in einer gesellschaftlichen Realität ohne Gerechtigkeit ertragen zu müssen glaubt.

Hat Schiller die Familie Miller gegenüber den Galottis um einige Nuancen herabgestimmt, so zeichnet er in der Lady Milford eine Mätressenfigur, die ihren Vorläuferinnen moralisch deutlich überlegen scheint. Anders als Lessings Gräfin Orsina, deren Handlungsweise noch ganz von subjektivem Rachebedürfnis geprägt scheint, findet die Lady zumindest am Schluß zu einer menschlich überlegenen Haltung, die irrationale Motive und egoistische Neigungen ausschließt. In Lady Milford haben sich die bürgerlich-empfindsamen Züge, die man bei der Gräfin nur ahnen kann, bereits deutlich ausgeprägt.[170] Ihre Verbindung mit Ferdinand wäre kein Resultat der Hofkabale, sondern die Konsequenz echter Neigung (II,1); im Gespräch mit dem Kammerdiener zeigt sie Mitleidsvermögen und Hilfsbereitschaft (II,2), gegenüber dem Hofmarschall demonstriert sie scharfen Verstand und aufgeklärte Vorurteilslosigkeit (IV,9). Einzig in der Auseinandersetzung mit Louise sucht sie die Maske aristokratischer Überlegenheit aufzuziehen, um die bürgerliche Rivalin in ihre Schranken zu weisen (IV, 7). Hier blitzen noch Elemente der höfischen Verstellungskunst auf, wie sie zum Verhaltensrepertoire der adligen Mätresse gehören mögen. Es ist jedoch kein Zufall, daß die Milford gerade in dieser Szene auf ganzer Linie scheitert und am Ende ihre moralische Inferiorität erkennen muß. Die Entscheidung, die privilegierte Position am Hof preiszugeben und in die ‹Arme der Tugend› zurückzukehren, ist auch das Ergebnis der Lektion, die ihr Louise erteilt hat: «Groß, wie eine fallende Sonne, will ich heut vom Gipfel meiner Hoheit heruntersinken, meine Herrlichkeit sterbe mit meiner Liebe, und nichts als mein Herz begleite mich in diese stolze Verweisung.» (NA 5, 80) Daß der vierte Akt unter der Regie der Milford steht, erinnert erneut an *Emilia Galotti*, wo das Erscheinen der Gräfin im vorletzten Aufzug die Wende im Geschehen herbeiführt.

Bleibt die rachlüsterne Gräfin Orsina noch eine Verwandte Marwoods, der amoralischen Mätressenfigur der *Miss Sara Sampson*, so hat Schillers Lady die Rolle der «neue(n) Medea»[171] bereits abgelegt. Mit ihrem empfindsamen Selbstbild durchkreuzt sie die Kabale des Hofes, die darauf abzielt, sie einem Aristokraten von Reputation anzutrauen, damit der seinerseits vor einer Eheschließung stehende Landesherr die alte Liaison künftig, ohne Verdacht zu erwecken, fortsetzen kann. Solche Gepflogenheiten gehörten an deutschen Fürstenhäusern zur gängigen Praxis. Reinwald berichtet Schiller in einem Brief vom 26. April 1786, daß der Herzog von Meiningen ihm einige Jahre zuvor den Vorschlag unterbreitet habe, eine seiner Mätressen zu heiraten, woran er die Bedingung knüpfte, mit ihr gelegentlich eine Nacht verbringen zu dürfen (NA 33/I, 90). Ob Reinwald von diesem Ansinnen bereits 1783 in Bauerbach erzählt hat, ist nicht zu klären; in jedem Fall dürfte Schiller die Formen des Konkubinats gekannt haben, wie sie in deutschen Duodezfürstentümern üblich waren.

Die Konversion zu bürgerlichen Tugenden, die die Milford vollzieht, scheint durch die näheren Umstände ihrer Lebensgeschichte plausibel motiviert. Gerade die Tatsache, daß der Zuschauer Einblick ins frühere Schicksal der Lady gewinnt, ermöglicht von vornherein ein gewisses Maß an Identifikation. Schiller hat die biographische Erzählung, die sie Ferdinand vorträgt (II,2), mit melodramatischen Einlagen versehen: die Herkunft aus der Familie des Herzogs von Norfolk, der als Sympathisant Maria Stuarts auf dem Schafott endete (Details berichtete Robertsons bei Reinwald entliehene *Geschichte von Schottland* [1762]), die durch die Anklage des Vaters erzwungene Flucht, der finanzielle Ruin, der Zwang zur Kurtisanenexistenz und, schließlich, die edelmütige Rollenauffassung der menschenfreundlichen Mätresse bilden die klischeeartigen Bestandteile einer wirkungsträchtig dargestellten Lebensgeschichte. Auch wenn die Milford-Handlung nicht frei von rührseligen Elementen bleibt, die Schillers Konzession an den sentimentalen Publikumsgeschmack bildeten, sollte man ihre Botschaft ernstnehmen. Als aristokratische Überläuferin ins bürgerliche Lager ist die Lady, ähnlich wie der rousseauistische Ideale verkündende Graf Appiani Lessings, eine Figur mit programmatischem Profil. Schillers Vision wurde einige Jahre später historisch auf ganz andere Weise beglaubigt: nicht wenige der radikalen Freigeister, die in Paris Ludwig XVI. stürzten, stammten aus den Kreisen der Aristokratie.

Kaum zu Unrecht hielten schon zeitgenössische Rezensenten dem jungen Schiller eine gewisse Neigung zur Darstellung extremer Charaktere vor.[172] Sophie von La Roche klagt Ende Januar 1786 nach dem Besuch einer Mannheimer *Kabale*-Aufführung in einem Brief an Johann Georg Jacobi über die outrierten Figurenporträts des Dramas, die nur von «Wahnsinnigen vorgestellt werden» dürften.[173] Kontrasttechnik und Übertreibung gehören sicher zu Schillers bevorzugten Stilmitteln, die, gelegentlich ohne die nötige Disziplin verwendet, Kolportageeffekte und melodramatische Wirkungen erzeugen können.[174] So bleibt der Intrigant Wurm im Gegensatz zu Lessings Marinelli, dessen Bosheit durch Ironie und Witz gebrochen wird, ein eindimensionaler Charakter ohne Tiefenschärfe – eine Figur, die kein psychologisches Interesse auf sich zieht, sondern allein dramaturgischen Zwecken gehorcht. Der Marschall von Kalb erscheint als scharf gezeichnete Karikatur einer Hofcharge, die die oberflächliche Geistlosigkeit aristokratischer Konventionen decouvrieren darf, jenseits dieser Funktion aber kaum individuelles Profil gewinnt. Vorherrschend bleibt hier die Technik der Gesellschaftssatire, die Schiller mit hoher Virtuosität vorführt: eine Form, zu der er später nicht mehr zurückkehrt.

Die Gestalt des Präsidenten dürfte durch das Vorbild des württembergischen Ministers Graf Montmartin angeregt worden sein, der im Jahr 1762 seinen Nebenbuhler Rieger mit einer raffinierten Verleumdungskampagne ausgeschaltet hatte. Wurms Hinweis, daß eine Intrige die Voraussetzung seines Aufstiegs bildete, verrät solche Bezüge deutlich genug (NA 5, 106). In die Figur des Präsidenten mischen sich jedoch ambivalente Züge, die man gern übersehen hat, weil sie nicht ins Bild des machiavellistisch geschulten Technokraten der Macht passen, der die eigene Karriere ohne Skrupel vorantreibt. Sein scharfer Verstand erlaubt es ihm, die banalen Seiten des Hoflebens genau zu durchleuchten; für die gespreizte Selbstdarstellung Kalbs kennt er nur Spott und Verachtung; dem Mätressenwesen des Fürsten begegnet er mit der Ironie des erfahrenen Lebemanns. Auch wenn er gemäß aristokratischem Rollenverständnis jenseits moralischer Normen zu handeln pflegt – Ferdinands Beziehung zum Bürgermädchen Louise kann er nur für eine Spielart der käuflichen Liebe halten –, wird sein gesellschaftlicher Ehrgeiz von Schuldgefühlen begleitet, die der unwillige Kritiker Karl Philipp Moritz übersah, als er ihn als «Ungeheuer» ohne menschliche Züge beschrieb.[175] Bereits im ersten Gespräch mit Ferdinand läßt sich ahnen, daß er keineswegs frei von inneren Rechtfertigungszwängen und seelischen Nöten ist: «Lohnst du mir also für meine schlaflosen Nächte? Also für meine rastlose Sorge? Also für den ewigen Skorpion meines Gewissens? – Auf mich fällt die Last der Verantwortung – auf mich der Fluch, der Donner des Richters – Du empfängst dein Glück von der zweiten Hand – das Verbrechen klebt nicht am Erbe.» (NA 5, 21) Wenn sich der Präsident am Ende, nachdem er die tödlichen Konsequenzen der durch ihn verantworteten Intrige erkannt hat, als «zerschmetterten Vater» (NA 5, 107) bezeichnet, so bedeutet das mithin keinen Widerspruch zu seinem früheren Charakter. Seine späte Bitte um Vergebung durch den «Schöpfer» (NA 5, 107), die häufig als unmotivierter Ausdruck dramaturgischen Kalküls ohne psychologische Grundlage gewertet wird, findet ihren Ursprung in jenen Gewissensnöten, die der Präsident angesichts seiner Intrigen und Verbrechen bereits frühzeitig zu empfinden scheint. In Gestalten wie Wallenstein und Leicester hat Schiller später die Ambivalenz von Charakteren, die ‹krumme Wege› bevorzugen, mit noch größerer Feinheit gezeichnet.

Unbefriedigte Aufklärung. Der Fall Ferdinands

Schillers Trauerspiel zeigt den gescheiterten Versuch zweier Individuen, die Neigung des Herzens gegen eine gesellschaftliche Realität zu behaupten, die keine Möglichkeiten für die Erfüllung emotionaler Bedürfnisse bereitstellt. Die Tragödie des Gefühls[176] ist jedoch weniger durch den Standesgegensatz bestimmt, der die Liebenden trennt, als vielmehr durch die Tatsache, daß bürgerliche und aristokratische Sozialordnung ihrer Leidenschaft gleichermaßen die Verwirklichung versagen; das unterscheidet Schillers Drama von späteren Bearbeitungen des großen Themas, wie sie Fontanes *Irrungen, Wirrungen* (1888) und Schnitzlers *Liebelei* (1895) unter stärkerer psychologischer Brechung geboten haben. Weder die enge Stube des Musikers Miller noch die weitläufigen Säle des Hofes bieten den Protagonisten den Raum, in dem sie ihre Leidenschaften ausleben könnten. Schillers Darstellung folgt hier dem *Werther*-Roman Goethes, dessen Held den «Unterschied der Stände»[177] ganz subjektiv als Barriere wahrnimmt, die das eigene Glückserleben einschränkt und die freie Entfaltung natürlicher Emotionalität unterbindet. Während jedoch Louise schon frühzeitig den Verzicht auf ihren Liebesanspruch äußert, weil sie die soziale Ordnung als gottgewollt begreift, hält Ferdinand die bestehenden Verhältnisse für veränderlich, insofern sie nach seiner Überzeugung mit dem Vollkommenheitsideal einer von höheren Mächten eingerichteten Schöpfung nicht übereinstimmen. Die Dynamisierung aufgeklärten Denkens, wie sie der Protagonist vollzieht, zeugt von einer Aufbruchsstimmung, die ihre Wirkung selten verfehlt. Thomas Mann erinnert sich noch 1955, als er seinen *Versuch über Schiller* verfaßt, an eine 36 Jahre zurückliegende Münchner Aufführung von *Kabale und Liebe*, die, kurz nach der Zerschlagung der Räterepublik, das konservative Publikum «in eine Art von revolutionärer Rage versetzt» habe.[178]

Den Unternehmungen des Helden bleibt freilich der Makel des Scheiterns eingeschrieben. Zeigt sich an Louise die fehlende Mißbrauchssicherheit bürgerlichen Wertdenkens, so führt Ferdinand die Überforderungskrise einer empfindsam gebrochenen, in der Sache radikalisierten Aufklärung vor Augen. Einerseits trägt er die Züge eines Enthusiasten, der im Namen des Naturrechts gegen verfestigte Konventionen und die Torheiten der

Ständetrennung zu Felde zieht; andererseits erweist er sich als Schwärmer und Verblendeter, der leicht zu täuschen ist und einer maßlosen Hybris unterliegt, wo er seine eigenen Interessen berührt sieht.[179] Daß die Intrige, die Wurm gegen ihn inszeniert, höchst durchsichtig wirkt, sollte man nicht für einen Kunstfehler Schillers halten; gerade ihre banale Dramaturgie verdeutlicht, in welchem Maße der Leidenschaftsmensch Ferdinand zu Selbsttäuschung und Einbildungen neigt. Ausgerechnet er, der den Scheincharakter gesellschaftlicher Normen entlarven möchte, wird vom Schein der Intrige in die Irre geführt. Durch einen «Absolutismus der Liebe»[180] gerät Ferdinand am Ende zum Mitschuldigen, der seine eigene Verantwortung für den katastrophalen Ausgang des Geschehens trägt. Bürgerlich im Denken, aristokratisch in der Maßlosigkeit seiner Ansprüche, verkörpert er wie seine adligen Brüder Karl von Moor und Fiesko von Lavagna Glanz und Elend jener Überläuferfiguren, die nur fünf Jahre nach der Veröffentlichung von Schillers Trauerspiel in Paris Weltgeschichte machen werden. Als gemäßigte Girondisten oder Radikaldemokraten – Jakobiner – sind es, wie man weiß, vor allem französische Aristokraten, die die Gunst der Stunde nutzen und die Weichen der Politik neu stellen. Auch ihren Unternehmungen haftet die zweideutige Aura der maßlosen Verfügungslust an, die Ferdinand ausstrahlt. In seinem Kopf stößt das Denken einer bürgerlichen Aufklärung mit dem Rigorismus eines feudalen Selbstverständnisses zusammen.

Anders als die Dramen Klingers und Leisewitz' bietet Schillers Trauerspiel keine trotzige Verklärung individueller Leidenschaften, sondern ein genau ausgeleuchtetes Psychogramm des Enthusiasmus, das den Wunschbildern der Genieperiode, genuin aufklärerisch, eine nüchtern-diagnostische Sichtweise entgegensetzt. Mit spürbar skeptischem Vorbehalt hat Schiller den überspannten Charakter der zeitgenössischen Affektkultur zergliedert. Als Nachfolger von Goethes Werther, Millers Kronhelm (im *Siegwart* von 1776) und Klingers Brandt (aus dem *Leidenden Weib*) trägt Ferdinand die Züge des Gefühlsmenschen, der ausschließlich dem Diktat der Emotionen folgen möchte.[181] Bezeichnend für die ihn bestimmende Haltung ist die spirituelle Metaphorik, mit der er seine Herzensneigung veranschaulicht. Der «Thron» des «Weltrichters» (NA 5, 40) wird zur Instanz, die über das Recht auf eine ständeübergreifende Liebe entscheidet; der «Teufel» im «Himmelreich» zerstört die Hoffnung auf die Erfüllung der Leidenschaft, das «Rad der Verdammnis» straft die Untreue, enttäuschtes Vertrauen sorgt dafür, daß «Paradiese verloren werden» (NA 5, 67, 71, 102). Die metaphysische Dimension, die hier berührt wird, ist aufs engste mit dem geistigen Selbstverständnis des Helden verknüpft. Gegen die gefühlsfeindliche gesellschaftliche Realität setzt Ferdinand ein «Liebesevangelium»,[182] in dem sich weltliche und spirituelle Elemente zu einer eigentümlichen Mischung verbinden. Ähnlich wie vor ihm Goethes Werther betrachtet er seine Neigung als Religion des Herzens im Zeichen gesteigerter Empfindsamkeit. Dabei spielen die erotischen Antriebe eine nachgeordnete Rolle. Anders als Abels Sontheim, der sich vom empfindsamen Schwärmer zum rücksichtslosen Verführer wandelt, zeigt sich Ferdinand frei von sinnlicher Impulsivität. Hinter der von ihm betriebenen Verklärung der Leidenschaft werden vielmehr die Spuren einer verweltlichten Konfession mit sozialkritischem Hintergrund sichtbar.[183] An die Stelle des Glaubens tritt der Affekt, an den Platz des himmlischen Erlösers die Geliebte; das zumal vom schwäbischen Pietismus kultivierte Gefühlschristentum, das dem Ideal eines allein in der Emotion aufgehobenen Glaubens huldigt, übersetzt sich hier in eine schwärmerische Liebesreligion, wie sie vergleichbar die *Theosophie des Julius* formuliert. Wenn Ferdinand in Louises Augen die «Handschrift des Himmels» (NA 5, 14) erkennt und dem bürgerlichen Mädchen bescheinigt, es werde durch ihn erst vollkommen, so korrespondiert das der Botschaft der *Theosophie*, die die Liebe als diejenige Kraft bezeichnet, welche vermögend ist, «alle Schönheit, Größe, Vortreflichkeit im Kleinen und Großen der Natur aufzulesen, und zu dieser Mannichfaltigkeit die große Einheit zu finden (...)» (NA 20, 121). Die Sprache des Herzens verbindet das, was in der Vielfalt der sozialen Ordnungen zerstreut scheint. Die Liebesidee, die der Julius der *Theosophie* ebenso wie Ferdinand vertritt, hat ihre Grundlage im Gedanken der Vereinigung der Gegensätze, der Auflösung des Widerstreitenden durch die Macht des Gefühls.[184] Zwar bleibt die Verbindung der Liebenden in der bestehenden Gesellschaft ein bloßer Traum, doch hegt zumindest Ferdinand keinen Zweifel daran, daß seine Neigung zu Louise von einer höheren Macht gerechtfertigt wird: «Ich will sie führen vor des Weltrichters Thron, und ob meine Liebe Verbrechen ist, soll der Ewige sagen.» (NA 5, 40)

Die Vorstellung, daß Gott der «Vater der Liebenden» (NA 5, 12) sei, wirft jedoch die Frage nach seiner Verantwortung für eine gesellschaftliche Ordnung auf, die unkonventionellen Leidenschaften keinen Platz zur Entfaltung läßt. Zwischen dem Willen des himmlischen ‹Richters› und dem gegebenen Zustand der von ihm geschaffenen Wirklichkeit klafft offenkundig ein Gegensatz. Genießen die Liebenden den Schutz einer höheren Macht, dann müßte, sofern Gott noch Herr seiner Schöpfung ist, die Welt derart eingerichtet sein, daß die Erfüllung ihrer Neigung auf Erden möglich bleibt. Da die repressiven gesellschaftlichen Verhältnisse jedoch den

Erwartungen und Wünschen des Paares entgegenstehen, muß man daran zweifeln, ob Gott tatsächlich als Souverän seiner eigenen Schöpfung gelten kann. Gemmingens *Teutscher Hausvater* hatte, unter Einsatz wenig plausibler Motive, am Ende die Machtposition des Patriarchen bestätigt, indem er einen Ausgleich zwischen Privatinteresse und sozialer Ordnung herbeiführte. Diese Balance der Kräfte schloß notwendig die Rechtfertigung der bestehenden Ordnung als Werk des göttlichen Souveräns ein. Das Scheitern von Ferdinands Liebesutopie scheint dagegen geeignet, auch die Stringenz des Theodizee-Gedankens in Frage zu stellen. Hinter dem durch die gesellschaftlichen Zustände zugespitzten Leidenschaftskonflikt, den Schillers Trauerspiel zeigt, tritt das Problem zutage, wie sich der Mensch in einer Welt behaupten soll, der Gott seinen Schutz entzogen hat.

Während Louise die Erfüllung ihrer Bedürfnisse einzig im Jenseits erwartet, wo «die Schranken des Unterschieds einstürzen» (NA 5, 13), folgt Ferdinand dem Anspruch, sein Schicksal in die eigene Hand zu nehmen. Wenn Gott nicht mehr der Souverän seiner Schöpfung ist, dann bleibt der Mensch aufgerufen, den vakant gewordenen Schaltplatz der Macht selbst zu besetzen. Hinter dieser Sichtweise steht eine dynamisierte Theodizee-Vorstellung, wie sie auch Schillers *Anthologie*-Gedichte beleuchten. Gerade weil die bestehende nicht die beste aller möglichen Welten, sondern nur deren Vorstufe bildet, muß das autonome Individuum sie unter eigener Verantwortung umbauen und vervollkommnen. Ferdinands Ankündigung, er werde seine Liebesideale gegen die durch den Präsidenten verkörperte soziale Konvention verwirklichen, entspricht eben diesem Auftrag: «Aber ich will seine Kabalen durchbohren – durchreißen will ich alle diese eiserne Ketten des Vorurteils – Frei wie ein Mann will ich wählen, daß diese Insektenseelen am Riesenwerk meiner Liebe hinaufschwindeln.» (NA 5, 40)

Daß die veränderte Rolle des zur autonomen Durchsetzung seiner Interessen aufgerufenen Individuums freilich auch Widersprüche und Belastungen mit sich bringt, hatte Schiller bereits in den *Räubern* gezeigt. In dem Moment, da der Mensch zum Herren seines Geschicks avanciert, muß er die volle moralische Verantwortung für sein Handeln tragen. Wie Karl Moor wird Ferdinand an den Punkt getrieben, an dem sich das legitime Streben nach Selbstbestimmung in schuldhafte Anmaßung verwandelt. Verrät er anfänglich nur durch seine Sprache unbedingte Besitzansprüche, so schlägt der Traum vom irdischen Liebesparadies in hemmungslose Despotie um, nachdem er sich, durch Wurms Intrige irregeführt, von Louise betrogen wähnt. Wenn Ferdinand in rasender Eifersucht verlangt, der «Schöpfer» (NA 5, 71) möge ihm das Amt des Richters übertragen, und sich derart zum Herrn fremden Schicksals ernennt, dann erinnert das an die Vermessenheit, mit der Karl Moor sein Bedürfnis nach einer tiefgreifenden Korrektur der weltlichen Ordnung zur Geltung brachte. Erklärt Ferdinand Louise zunächst, er wolle sich zwischen sie «und das Schicksal werfen» (NA 5, 15), so heißt es nach der Entdeckung des von Wurm erpreßten Briefes: «- mich laß allein machen, Richter der Welt! (...) Sollte der reiche vermögende Schöpfer mit einer Seele geizen, die noch dazu die schlechteste seiner Schöpfung ist? – Das Mädchen ist mein! Ich einst ihr Gott, jetzt ihr Teufel!» (NA 5, 71) Die Autonomieforderung des Liebenden, die von vornherein nicht frei von Machtdenken war, schlägt hier in das Streben nach Herrschaft über Leben und Tod um. Wie Karl Moor, der sich selbst ‹Himmel und Hölle› ist, erscheint Ferdinand als ‹Gott› und ‹Teufel› zugleich. Aus dem säkularisierten Liebesevangelium und der Vision vom Paradies auf Erden ist die Hybris des Verblendeten geworden, der sich anmaßt, Gottes Richteramt im Diesseits auszuüben, und dabei zwangsläufig scheitern muß.[185] Anders als Karl nimmt Ferdinand jedoch niemals Abschied von der mythischen Verklärung des eigenen Ich: er bleibt ein Prometheus der Liebe, ohne die riskante Selbstinszenierung in Frage zu stellen.

Während das Motiv der gesellschaftlich verbotenen Herzensneigung die Sozialkritik des Trauerspiels trägt, wie sie ähnlich scharf auch von Goethes *Werther*, Lenz' *Hofmeister* und Klingers *Leidendem Weib* konturiert wird, berührt die Selbstbestimmungsproblematik die im Bühnengeschehen grell aufflammenden Widersprüche der Aufklärung.[186] Odo Marquard hat daran erinnert, daß das Autonomiepostulat der idealistischen Philosophie seit Kant auch als Versuch zu verstehen sei, die Mängel der leibnizschen Theodizee im Gedanken der Verantwortlichkeit des Menschen für seine Welt zu überwinden.[187] Die Theodizee-Vorstellung wird am Ende des 18. Jahrhunderts nicht als Beschreibung der bestehenden Wirklichkeit, sondern als Auftrag zur Verbesserung ihrer Ordnung ausgelegt: die beste aller möglichen Welten muß das Individuum durch die Arbeit der Vernunft im Prozeß seiner sozialen wie kulturellen Selbstorganisation erst hervorzubringen suchen. Das ist die Botschaft, die Kants ab 1784 in unregelmäßiger Folge veröffentlichte Beiträge zur *Berlinischen Monatsschrift* ihren Lesern offenbaren. Sie bleibt getragen von der Erwartung, daß der Einzelne befähigt sei, sich «durch die bestmögliche Anordnung der bürgerlichen Verfassung»[188] eine gesellschaftliche Freiheit zuzueignen, die allein das Produkt seiner Autonomie darstellt. Indem die späte Aufklärung die Ablösung von den bei Leibniz noch gültigen Deutungsmustern der Metaphysik vollzieht, belastet sie jedoch den Menschen, der sich zuvor als

Werkzeug eines göttlichen Souveräns sah, durch neue Aufgaben und Verantwortungszwänge. *Kabale und Liebe* führt die Risiken dieses individuellen Selbstbestimmungsanspruchs mit Deutlichkeit vor Augen: Freiheitsstreben und Hybris sind bei Ferdinand, ähnlich wie bei seinen Vorgängern Karl Moor und Fiesko, aufs engste verknüpft. Im Medium des sozialen Dramas liefert Schiller einen Beitrag zur dialektischen Wirkung jener ‹unbefriedigten Aufklärung›, die schon das späte 18. Jahrhundert, vor Hegel, wahrzunehmen vermocht hat.[189]

6. Dramentheoretische Entwürfe

Skeptische Bilanz, verhaltener Optimismus. *Ueber das gegenwärtige teutsche Theater (1782)*

Die ersten Mannheimer Bühneneindrücke, die Schiller Mitte Januar 1782 aus Anlaß der *Räuber*-Premiere gewinnt, hinterlassen bleibende Spuren. Seine Beobachtungen fließen, wenige Wochen nachdem er zu den Stuttgarter Alltagspflichten zurückgekehrt ist, in einen kritischen Essay ein, der unter dem Titel *Ueber das gegenwärtige teutsche Theater* Ende März 1782 im ersten Heft des *Wirtembergischen Repertoriums* erscheint. Intimere Kenntnis seines Gegenstands hat er zum Zeitpunkt, da er die kleine Studie verfaßte, kaum besessen; zu kurz waren die mit Iffland, Dalberg und Böck geführten Gespräche, zu flüchtig die Impressionen, die er von Dramaturgie, Probentätigkeit und Arbeit hinter den Kulissen gewann. Der Befund, den der Aufsatz liefert, bleibt überraschend negativ. Ohne ausdrücklichen Bezug auf die Mannheimer Verhältnisse umreißt Schiller die engen Wirkungsgrenzen, die der zeitgenössischen Bühnenkunst gesetzt scheinen. Unmoralische Lebensführung der Darsteller und mangelnder intellektueller Anspruch eines einzig von Unterhaltungsgier geleiteten Publikums wirken sich nachteilig auf das Niveau des deutschen Theaters aus: «So lang die Schlachtopfer der Wollust durch die Töchter der Wollust gespielt werden, so lang die Scenen des Jammers, der Furcht und des Schreckens, mehr dazu dienen den schlanken Wuchs, die netten Füsse, die Grazienwendungen der Spielerin zu Markte zu tragen (...): so lange mögen immer unsere Theaterschriftsteller der patriotischen Eitelkeit entsagen, Lehrer des Volks zu seyn. Bevor das Publikum für seine Bühne gebildet ist, dörfte wohl schwerlich die Bühne ihr Publikum bilden.» (NA 20, 81 f.) Die heftige Entrüstung, mit der Schiller hier den unmoralischen Lebenswandel der Darstellerinnen geißelt, wirkt nicht eben überzeugend, wenn man daran denkt, daß er selbst eineinhalb Jahre später in Mannheim den ‹Töchtern der Wollust› den Hof macht. Seine Überlegungen folgen der traditionellen Kritik am unseriösen Charakter des Schauspielerlebens, wie sie im gesamten 18. Jahrhundert gängig ist. Noch 1788 zählt der Freiherr von Knigge zu den Mitgliedern der deutschen Compagnien vorwiegend «Leute ohne Sitten, ohne Erziehung, ohne Grundsätze, ohne Kenntnisse, Abenteurer, Leute aus den niedrigsten Ständen, freche Buhlerinnen».[190]

Erst am Schluß kommt der Essay erneut auf Fragen der Theaterpraxis zurück. Geboten wird jetzt ein knapper Abriß der Risiken und Möglichkeiten der Schauspielkunst. Der Akteur hat die schwierige Balance zwischen Einfühlung und Verfremdung zu erzeugen, die seine Rollengestaltung als artifizielles Produkt mit Elementen persönlicher Anteilnahme ausweisen muß. Während die dritte Dissertation unter Bezug auf den berühmten Shakespeare-Darsteller David Garrick betonte, daß ein vorbildlicher Schauspieler von seinen künstlich erzeugten Affekten wie durch natürliche Leidenschaften gefangen werde (NA 20, 61), bezeichnet der Aufsatz jetzt das Gebot eines maßvollen Abstands gegenüber der Figur als leitendes Prinzip seiner Kunst. Um die ideale Technik des Akteurs zu kennzeichnen, verwendet Schiller das (nicht recht passende) Bild des Schlafwandlers, der seinen Weg mit halbwachem Bewußtsein geht, ohne dabei gegen äußere Hindernisse zu stoßen. Keineswegs jedoch plädiert er mit diesem Vergleich für eine Bühnenästhetik der vernunftfernen Intuition, wie sie Kleists Dialog *Über das Marionettentheater* (1810) in paradoxen Formeln beschreiben wird. Wenn er die durch nachahmende Einfühlung eingeschränkte Geistesgegenwart als Bedingung anspruchsvoller Schauspielkunst hervorhebt, so dient das der Abgrenzung gegenüber einer allein auf Effekte bedachten Darstellungsroutine, die an Hof- und Wanderbühnen gleichermaßen anzutreffen war. Der ideale Akteur kontrolliert die von ihm verwendeten Mittel, ohne dabei seine Körpersprache in konventionellen Gesten erstarren zu lassen. Statt «für jedes Genus von Leidenschaft» eine «aparte Leibesbewegung» einzustudieren, sollten die Schauspieler, wie Schiller rät, an einer genauen Nuancierung ihrer Technik arbeiten (NA 20, 84). In Sulzers *Allgemeiner Theorie der schönen Künste*, die er während der Niederschrift seines Aufsatzes heranzog, konnte er lesen, daß Gebärden eine «lebhafte Abbildung des inneren Zustandes des Menschen»[191] vorstellen. Der betreffende Artikel über Gestik sucht zu verdeutlichen, welche gewaltige Ausdruckskapazität eine natürliche Körpersprache Rednern und Schauspielern erschließt. Wesentliche Bedeutung gewinnt hier die Einsicht in die psychologische Verweisungskraft der Gebärden, die Gewicht für die moderne Theaterästhetik besitzt, weil sie die seit der Mitte

Friedrich Schiller.
Radierung von Friedrich Kirschner, vor 1785.
Unter dem Porträt eine Szene aus den ‹Räubern›

des Jahrhunderts im Anschluß an Gottscheds Reform vollzogene Abkehr vom Darstellungsstil der barocken Hofbühne unterstützt.[192]

Beraten läßt sich Schiller nicht nur durch Sulzer, sondern erneut von der *Hamburgischen Dramaturgie*, die im dritten und vierten Stück ausführlich über Gestik und Mimik gehandelt hatte. Er folgt Lessings Überzeugung, daß die üblichen Formen von «Affektation und Grimase»[193] durch individuelle Gebärden abgelöst werden müßten, die das Innenleben der vorgestellten Figuren sichtbar machten. Getrennt hat sich Schiller jedoch vom lehrhaften Schematismus, der die Ausführungen der *Dramaturgie* bestimmt. Nicht die Illustration moralischer Grundsätze bleibt für ihn das Ziel der Gestensprache, sondern die prägnante Verdeutlichung der inneren Spannungen, die einen Charakter regieren. Elf Jahre später wird er im Essay *Ueber Anmuth und Würde* das Problem des natürlichen Körperausdrucks nochmals erörtern, dann jedoch im Rahmen einer ambitionierteren Begrifflichkeit unter dem Einfluß Kants.

Unzweideutig fällt Schillers Urteil über das vorherrschende Stückrepertoire deutscher Bühnen aus, das nach seiner Ansicht keine reizvollen Alternativen bietet. Während die klassizistische Tragödie der Franzosen Helden vorführt, die «frostige Behorcher ihrer Leidenschaft» bleiben, schulen sich einheimische Autoren an Shakespeares Vorbild und bevorzugen den «Goliath auf alten Tapeten, grob und gigantisch, für die Entfernung gemalt.» (NA 20, 82) In Anlehnung an den Rat Lessings, der dem Bühnenautor eine auswählende, die soziale Wirklichkeit modellhaft verknappende Gestaltungstechnik empfohlen hatte, sieht auch Schiller das Kunstwerk als, wie es im 79. Stück der *Hamburgischen Dramaturgie* hieß, «Schattenriß» vom Muster «des ewigen Schöpfers».[194] Ziel der szenischen Darstellung ist die Belehrung über den vernünftigen Bauplan der menschlichen Geschichte, die es dem Zuschauer erlaubt, «von der Symmetrie des Theils auf die Symmetrie des Ganzen» zu schließen (NA 20, 83).

Trotz grundsätzlicher Skepsis gegenüber den Möglichkeiten der Bühne umschreibt der Aufsatz ein weit ausgespanntes Wirkungsideal, hinter dem sich traditionelle Auffassungen vom Theater verbergen. «Verdienst genug», so heißt es am Ende, «wenn hie und da ein Freund der Wahrheit und gesunden Natur hier seine Welt wieder findet, sein eigen Schicksal in fremdem Schicksal verträumt, seinen Muth an Szenen des Leidens erhärtet, und seine Empfindung an Situationen des Unglücks übet (...)» (NA 20, 86). Die Begegnung mit den Nöten der Bühnenhelden setzt den Zuschauer in den Stand, eigene Niederlagen künftig besser zu ertragen. Hier meldet sich ein stoisches Denkmuster, das später auch in Schillers Theorie des Erhabenen, freilich abgewandelt, wieder auftauchen wird. Besondere Bedeutung besitzt es für die deutsche Trauerspieltheorie des 17. Jahrhunderts, wie sie bei Martin Opitz, Georg Philipp Harsdörffer, Siegmund von Birken und Albrecht Christian Rotth begegnet. Das szenische Geschehen erscheint hier als Schule des Lebens, die den Zuschauer, indem sie ihm die Leiden und Nöte gekrönter Häupter vorführt, gegen die Übel dieser Welt abhärtet. Die Poetiken des Barock, die seit Gottsched auf dem Index einer vernunftgestützten Geschmackspolitik standen, hat Schiller nicht gekannt. Die Quelle für die stoizistisch anmutenden Gedankenfiguren seines Aufsatzes bildet in diesem Fall Merciers Essay *Du théâtre* (1773), mit dessen von Wagner stammender deutscher Übersetzung er vertraut gewesen sein wird. Bei Mercier heißt es, der Dramenautor müsse «uns alle Leiden, die unsrer harren, entdecken, unsern Muth gegen die bevorstehenden Übel, die uns umringen, stählen» und den Zuschauer «mit den dunklen Tinten, aus welchen das jämmerliche Gemälde des menschlichen Zustands zusammengesetzt ist», vertrauter machen.[195] Anknüpfen konnte Schiller freilich auch an Abels Rede über die Seelenstärke (1777), deren Leitmotivik am Ende des Essays aufblitzt, wenn es heißt, der Zuschauer solle durch die Konfrontation mit dem Leiden des Helden innerlich gekräftigt und zu gesteigerter Widerstandsfähigkeit geführt werden. Die neostoizistisch getönte Theorie der Abhärtung ergänzt schließlich, als Erbschaft der Lessingschen *Dramaturgie*, der Gedanke, daß die (tragische) Bühnenhandlung die «Empfindung» des Zuschauers schule und seine moralische Sensibilität verfeinere (NA 20, 86).[196] Schiller hat hier die Wirkung des Mitleids im Auge, auch wenn der Begriff nicht ausdrücklich genannt wird. Durch die Anteilnahme am Schicksal der Helden soll das Publikum, so auch die Überzeugung Lessings, die Fähigkeit zu Mitgefühl und Anteilnahme entwickeln. Daß das Ideal des altruistischen Menschen, wie er der Aufklärung als Produkt einer Erziehung durch die Schaubühne vorschwebt, wenig mit dem abgekühlten Stoiker gemein hat, den die Formel von der ‹Erhärtung› umspielt, hat Schiller offenkundig nicht gestört. Seine klassische Dramentheorie wird das Gefälle dieser beiden Wirkungskonzepte später durch die Lehre vom Pathetischerhabenen zu überbrücken suchen.

Nicht nur die «merkwürdige Oekonomie der obersten Fürsicht», sondern auch die «Winkelzüge des Herzens» (NA 20, 79) können, wie es heißt, durch das Theater veranschaulicht werden. Bereits die ein dreiviertel Jahr früher verfaßte Vorrede der *Räuber* hatte die Technik «der dramatischen Methode» an die Aufgabe gebunden, «die Seele gleichsam bei ihren geheimsten Operationen zu ertappen» (NA 3, 5). Die psychologische Kompetenz einer Bühnenkunst, die Gemütsspionage zu moralischen Zwecken betreibt, beschäftigt Schiller zeitlebens.[197] Anregungen fand sein

Essay hier durch einen 1770 entstandenen Aufsatz Christian Garves, der 1779 in Nicolais *Bibliothek der schönen Wissenschaften* veröffentlicht wurde. Er befaßt sich mit der Frage nach den maßgeblichen Unterschieden zwischen antiker und neuer Poesie, wobei er zu der Erkenntnis gelangt, daß moderne Autoren ihre Originalität zumal durch ausgeprägte psychologische Sachkunde empfangen: «Sie sondern in dem Gemälde der menschlichen Seele die Züge, die in eines verlaufen waren, voneinander ab, und lassen die geheimen kleinern Triebfedern einzeln vor unsern Augen spielen, die die Natur uns nicht anders als in ihrer vereinigten Wirkung zeiget.»[198] Was Garve hier beschreibt, entspricht sehr genau dem Verfahren, das die *Räuber*-Vorrede ausmißt. Moderne Literatur muß sich auf die Kunst der Seelenzergliederung verstehen, wie sie gerade das Schauspiel, unterstützt durch die Bühne als Seziersaal der Psyche, umzusetzen weiß. Schillers frühe Dramen zeigen, daß dieser Anspruch keineswegs akademischen Charakter trug, sondern von einem nervösen Drang zur praktischen Erprobung getragen wurde.

Die Szene als Tribunal. Überlegungen der Schaubühnenrede (1784)

Im Jahr seiner festen Anstellung am Nationaltheater befaßt sich Schiller nochmals gründlicher mit Wirkungsprogramm und Möglichkeiten eines modernen Bühnenbetriebs. Auf Betreiben Dalbergs war er am 10. Januar 1784 in die Mannheimer *Deutsche Gesellschaft* aufgenommen und damit zum Bürger der Kurpfalz erklärt worden; der Münchner Hof bestätigte den Akt offiziell am 12. Februar. Seinen neuen Status, der den Schutz des Landesherrn gegen mögliche Willkürakte des württembergischen Herzogs einschloß, genießt Schiller spürbar, wie bereits die Briefe an Wolzogen und Zumsteeg vom 18./19. Januar verraten. In den folgenden Monaten nimmt er regelmäßig an den Sitzungen der Sozietät teil, die zumeist von knapp 20 der 30 Mitglieder besucht werden (zu deren auswärtigem Kreis gehören auch Klopstock und Wieland). Ende Juni amtiert er im Rahmen eines Preisausschreibens zur deutschen Sprachgeschichte in der Funktion des Gutachters. Durch Zufall muß er dabei einen anonym eingesendeten Beitrag bewerten, als dessen Verfasser er anhand der vertrauten Schriftzüge den Freund Petersen erkennt. Er schlägt den früheren Kommilitonen erfolgreich für den – immerhin mit 25 Dukaten dotierten – zweiten Platz vor, gesteht ihm aber wenig später freimütig, daß er den Aufsatz des Zürcher Sprachforschers Leonhard Meister bevorzugt habe, dem die Jury schließlich auch den Sieg zuerkannte. Am 26. Juni 1784 hält Schiller vor den Mitgliedern der Gesellschaft seine Antrittsrede; sie trägt den Titel *Vom Wirken der Schaubühne auf das Volk* und wird ein Jahr später in der *Rheinischen Thalia*, der frisch gegründeten eigenen Zeitschrift, abgedruckt (*Was kann eine gute stehende Schaubühne eigentlich wirken?*). Als Schiller den Text Anfang des Jahres 1802 in den vierten Band seiner *Kleineren prosaischen Schriften* aufnimmt, kürzt er ihn punktuell, streicht die Einleitung und gibt ihm den wirkungsvollen Titel *Die Schaubühne als moralische Anstalt betrachtet*.

Schillers Aufsatz ist ein verspäteter Beitrag zu dem seit Beginn des Jahrhunderts erbittert geführten Streit über die Leistungskraft des Theaters. Sein nicht ausdrücklich genannter Gegner scheint Rousseau, der in seinem *Lettre à M. d'Alembert sur les spectacles* (1758) einen Feldzug gegen die moralisch verderbliche Wirkung der Bühne geführt hatte. Unterstützung findet Schillers Rechtfertigungsversuch durch Sulzers *Betrachtungen über die Nützlichkeit der dramatischen Dichtkunst* (1760), die er in der Ausgabe der *Vermischten philosophischen Schriften* (1773) kennenlernte, Lessings *Hamburgische Dramaturgie* und Merciers *Du théâtre*. Den methodischen Ausgangspunkt der Rede bildet ein anthropologischer Befund, der wiederum auf Sulzers *Schauspiel*-Artikel aus der *Allgemeinen Theorie der schönen Künste* zurückverweist, dessen Überlegungen jedoch maßgeblich abwandelt.[199] Während Sulzer der Theaterkunst die vage Aufgabe zuschreibt, den Zuschauer auf einem intellektuell ansprechenden Niveau zu unterhalten und seine sinnlichen Bedürfnisse zu verfeinern, geht Schillers Rede von einer genau begründeten psychologisch-therapeutischen Sichtweise aus. Der moderne Mensch wird als Wesen beschrieben, das zwischen Lustbefriedigung und geistiger Anspannung nur selten die angemessene Mitte findet. Die Verantwortung dafür tragen die «oft niederdrükkenden» Geschäfte «des Berufs», die häufig ‹einförmig› bleiben, ohne anregende Wirkung zu entfalten (NA 20, 90). Zu Gesicht kommt hier bereits eine Kritik der Arbeitsteilung, wie sie elf Jahre später auch die Briefe über die ästhetische Erziehung (1795) prägt. Weil das moderne Individuum keine unentfremdete Tätigkeit mehr kennt, kann es die Totalität seiner geistig-sinnlichen Anlagen im alltäglichen Leben nicht mehr erfahren. Dem Theater fällt es zu, durch die genaue Dosierung von Sinnesreizung und Verstandesstimulation den Menschen in einen mittleren Zustand zu versetzen, der den Ausgleich zwischen geistigen und sensuellen Neigungen ebenso einschließt wie die Harmonie von Erregung und Entspannung. Im Hintergrund steht hier das auch für die klassische Ästhetik leitende Ideal eines wohltemperierten Charakters, der Vernunft und Sinnlichkeit souverän zu synchronisieren weiß. Die Bühne erfüllt dabei im doppelten Sinn des Wortes die Aufgabe eines Mediums, indem sie Stoffe in ästhetischem Kostüm vermittelt, zugleich aber durch ihre Wirkung eine Balance verschiedener menschlicher Anlagen und Impulse herbeiführt. Das erste Argument für das Theater liefert folglich die Anthropologie, deren Bestimmung des Leib-Seele-Verhältnisses, im Anschluß an die Überlegungen der medizinischen Dissertationen, zur Begründung einer verknappten Theorie der dramatischen Kunst herangezogen wird.

Schillers Diagnose über die fehlende innere Harmonie des modernen Menschen stimmt auffällig mit Formulierungen überein, die sich in einer zu Ostern 1784 bei Schwan veröffentlichten Schrift des Juristen und Gelegenheitsautors Johann Gottlob Benjamin Pfeil finden. Es handelt sich um einen Essay, der 1780 als Beitrag zur Mannheimer Preisfrage über mögliche Strategien einer wirksamen Bekämpfung des Kindermords entstanden war. Pfeil untersucht zunächst die Ursachen, die die zerstörerischen Kräfte im Haushalt der menschlichen Emotionen entbinden, um daraus Folgerungen für eine Erziehung der Leidenschaften zu gewinnen: «Von allen Lastern, welche den Sittenverfall eines Volks zu beschleunigen und zu vergrößern vermögend sind, werden keine gefährlicher für die Nation seyn, als diejenigen die unmittelbar aus Weichlichkeit, aus Hang zum üppigen, wollüstigen, unthätigen Leben entstehen, welche den letzten Funken des Feuers, das noch den Geist zur Ausübung einer edlen That zu entzünden fähig war, ganz auslöschen, welche ihn ganz zum Thier und nach nichts als dem Genuß thierischer Triebe lüstern machen. Laster dieser Art vergiften eben so wie sie durch gemißbrauchten Genuß den Körper ihrer Sklaven bis in die ersten Quellen des Lebens vergiften, auch den gesunden Körper des Staats.»[200] Es ist nicht auszuschließen, daß Schiller Pfeils Schrift in Mannheim kennenlernte und genauer durcharbeitete. Wie stark ihn die hier berührte Debatte über den Kindermord interessierte, zeigte bereits die *Anthologie* von 1782. Als Vermittler könnte Schwan in Frage kommen, zu dem seit Herbst 1783 ein engerer persönlicher Kontakt bestand. Die in der Rede bekundete Auffassung, daß die Theaterkunst die Balance zwischen Leidenschaft und Vernunft beim Menschen freizusetzen vermöge, bekräftigt den Befund der Preisschrift, auch wenn im Detail bezeichnende Abweichungen zutage treten. Wie Pfeil, der hier den Linien einer rationalistischen Anthropologie folgt, verweist Schiller auf die bedenkliche Wirkung unbeherrschter Triebe, deren zerstörerischen Charakter er durch die Bühne «entwaffnet» und in geregelte Kanäle überführt sehen möchte (NA 20, 90). Andererseits betont er, daß das Theater sich der Affekte seiner Zuschauer bedient, weil die Arbeit der Vernunft ohne sie einförmig und ermüdend wirkte. An diesem Punkt geht Schiller über Pfeils Ansatz hinaus, insofern er die Leidenschaften als bewegliche Verfügungsmasse in den Prozeß der ästhetischen Aufklärung einbringt.

Neben die harmoniestiftende Funktion der Überwindung des Leib-Seele-Dualismus tritt bei Schiller eine Reihe weiterer Leistungen, die das Theater erfüllt. Auf verschiedenen Feldern greift es in moralische, religiöse und staatliche Ordnungsfunktionen ein und versieht derart seinen wegweisenden Beitrag zur Etablierung jener aufgeklärten Gesellschaft jenseits von Zwängen und Ungerechtigkeiten, wie sie dem jungen Autor vorschwebt.[201] Anregend dürften hier Sulzers *Betrachtungen über die Nützlichkeit der dramatischen Dichtkunst* gewirkt haben. Sie formulieren eine entschiedene Verteidigung des Theaters, die von der Überzeugung gestützt wird, daß die Kunst generell imstande sei, dem Menschen durch die Verbindung von sinnlicher Stimulation und moralischer Konditionierung das Vergnügen am sittlichen Handeln einzupflanzen.[202] Aufgrund seiner anthropologischen Wirkung, die Schiller mit Sulzer in der Fluchtlinie der Moral-sense-Philosophie beschreibt, gewinnt das Theater zugleich eine gesellschaftliche Bedeutung. Sie besteht in einer ethischen Erziehung von Staat und Obrigkeit, wie sie, wenngleich mit schwächerer Wirkung, auch das aufgeklärte Christentum anstrebt. Entscheidend bleibt hier jeweils die Beeinflussung des Gewissens, die durch die Inszenierung abschreckender Lehrstücke vonstatten geht. Zur «Verstärkung für Religion und Geseze» wird die Bühne, weil sie «Laster und Tugend» ohne «Larven» und «Schminke» ganz «unbestechlich» vorführt (NA 20, 91). Schiller sucht diese Funktion durch den Hinweis zu erläutern, daß das Toleranzpatent des österreichischen Kaisers Joseph II., das den Protestanten seit 1781 Glaubensfreiheit einräumte, die älteren Ideale des aufklärerischen Theaters (wie sie Lessings *Nathan* in einer souveränen Summe vorführt) praktisch umgesetzt habe. Wenn der christliche Erziehungsgedanke der Unterstützung durch die Kunst bedarf, so bedeutet dieses freilich auch eine Beschränkung seiner ethischen Autorität. Fällt der Bühne im Wettstreit mit der Religion der Auftrag einer moralischen Verbesserung des Menschen zu, dann bildet das den Widerschein eines Säkularisationsprozesses, der in die Aufhebung konfessioneller Bindungen münden muß (daß sich dieser Vorgang bereits am Vorabend der Französischen Revolution auf politischer Ebene abzeichnet, zeigen gerade die von der Rede erwähnten josephinischen Reformmaßnahmen sehr genau). Wo Schiller die Leistung des Theaters über seinen Beitrag zur Stärkung sittlicher Überzeugungen bestimmt, hat sich ein Rollenwechsel vollzogen, der die Bühne an den Platz der Kanzel treten läßt. Ihr Erziehungsanspruch verdeutlicht die Krise religiöser Denkinhalte, deren moralischer Monopolismus durch die Kunst in

Frage gestellt wird.[203] Schillers Skepsis gilt dabei der resignativen Metaphysik des Christentums, wie sie die Mannheimer Gedichte vom Herbst 1784 beleuchten, aber auch der fehlenden sinnlichen Wärme einer aufgeklärten Vernunftkonfession, deren Sterilität vier Jahre später die *Götter Griechenlandes* geißeln werden. In einem Brief an Goethe vom 17. August 1795 heißt es, der christliche Glaube besitze nur dort Bedeutung, wo er als «aesthetische Religion» eine gefühlsgestützte Verinnerlichung moralischer Haltungen herbeiführe (NA 28, 28). Solche Wendungen umreißen dasselbe Bild vom Wettstreit zwischen Kunst und Kanzel, das bereits den Schaubühnenessay trägt.

Nicht zu unterschätzen ist der politische Hintergrund der Rede. Ihr Ziel bleibt es, den noch unerfüllten Anspruch auf die Verwirklichung eines sittlich fundierten Staatsgebildes zur Geltung zu bringen: «Wenn die Gerechtigkeit für Gold verblindet, und im Solde der Laster schwelgt, wenn die Frevel der Mächtigen ihrer Ohnmacht spotten, und Menschenfurcht den Arm der Obrigkeit bindet, übernimmt die Schaubühne Schwerd und Waage, und reißt die Laster vor einen schrecklichen Richterstuhl.» (NA 20, 92) Mit ähnlichen Wendungen hieß es in Wagners acht Jahre älterer Mercier-Übersetzung über die Komödie, sie wirke wie «der oberste Gerichtshof, vor welchen der Feind des Vaterlandes citirt und der öffentlichen Schande blos gestellt würde (...)»[204] Die Forderung, das Theater solle als «Kanal» allgemeiner Bildung auf die Häupter des Staates einwirken, schließt die Einsicht in deren moralische Inferiorität ein (NA 20, 97). Sie umschreibt keineswegs den Rückzug in den Elfenbeinturm einer selbstgenügsamen Artistik, lebt vielmehr aus dem Bewußtsein, daß die dramatische Kunst dort ihre Rechtfertigung findet, wo sie einem politischen Erziehungsauftrag folgt.[205] Das öffentliche Bildungsziel des Schauspiels aber bleibt gebunden an die Mangelhaftigkeit der bestehenden sozialen Verhältnisse. Die Brisanz dieser Position besteht nicht in der Überschätzung der Bühne, sondern in der Geringschätzung der herrschenden gesellschaftlichen Ordnung.

Neben der politischen Aufgabe des Theaters, die das Mannheimer Auditorium kaum als selbstverständlich betrachtet haben dürfte, nennt die Rede weitere Wirkungsfelder im breiten Spektrum zwischen Pädagogik und Psychologie. Die ideale Bühne vermittelt den Geist der Toleranz, beleuchtet Erziehungsirrtümer (ein Hinweis auf das bürgerliche Familiendrama der Lessing-Tradition), konfrontiert die «Großen der Welt» (NA 20, 97) mit abschreckenden Beispielen des Machtmißbrauchs aus dem Arsenal der politischen Geschichte, muntert Unglückliche auf, erinnert Leichtsinnige an die Grenzen irdischen Glücks, härtet empfindsame Charaktere ab und vermittelt kulturlosen Barbaren gesteigerte Sensibilität. Schiller verzichtet an diesem Punkt darauf, die poetischen Mechanismen zu beschreiben, die einen derart weitgesteckten Wirkungsanspruch umsetzen helfen. Sein Verständnis der Tragödie scheint aber den Vorgaben Lessings zu folgen, der ihr im 78. Stück der *Hamburgischen Dramaturgie* den Auftrag zuschrieb, je nach Ausgangslage die Mitleidsfähigkeit des abgestumpften oder die moralische Widerstandskraft des überfeinerten Zuschauers anzuregen.[206] Schiller greift diese Ästhetik der Balance auf, indem er, ohne besondere Gattungsfragen zu erörtern, das Theater auf eine anthropologische wie sittliche Zwecke umfassende Ausgleichsfunktion verpflichtet. Sein vorzügliches Ziel hat es dann erfüllt, wenn es dem Zuschauer moralisches Bewußtsein, zugleich aber eine – von Lessing kaum bedachte – Harmonisierung der ihn bestimmenden leibseelischen Doppelnatur verschafft. Erst vor diesem Hintergrund kann die Bühne Schiller zufolge die kulturelle Selbstverständigung der Deutschen und damit die Bildung ihrer politischen Identität fördern: «Nationalgeist eines Volks nenne ich die Aehnlichkeit und Uebereinstimmung seiner Meinungen und Neigungen bei Gegenständen, worüber eine andere Nation anders meint und empfindet. Nur der Schaubühne ist es möglich, diese Uebereinstimmung in einem hohen Grad zu bewirken, weil sie das ganze Gebieth des menschlichen Wissens durchwandert, alle Situationen des Lebens erschöpft, und in alle Winkel des Herzens hinunter leuchtet (...)» (NA 20, 99). Aus der Einsicht in die kompakte Darstellungskraft der Kunst leitet Schiller die Überzeugung ab, daß erst die ästhetische Erziehung die umfassende Umgestaltung des Staates ermöglichen könne. Gegen Lessings resignatives Urteil, die in Deutschland fehlende politische Einheit unterbinde überragende Theaterleistungen, setzt seine Rede am Schluß die Forderung nach dem Aufbau einer Nationalbühne, welcher der Bildung der Nation als Medium ihrer kulturellen Identität vorangehen müsse.[207]

Nie zuvor ist dem Theater eine so mächtige Wirkung zugetraut, sein Anspruch derart weit gefaßt worden wie hier. Der durchgreifende Optimismus der Rede muß überraschen, wenn man bedenkt, wie wenig Grund zur Hoffnung die praktischen Bühnenerfahrungen boten, die Schiller in Mannheim sammelte. Daß er an seinem hohen Ideal, der widrigen Realität zum Trotz, dennoch festhielt, mag auch durch taktisches Kalkül bedingt worden sein. Die Situation, in der er sein Manuskript verfaßt, bleibt nicht frei von äußerem Zwang. Er steht in finanzieller Abhängigkeit von einem menschlich schwierigen Intendanten, ohne dessen Unterstützung er den Zugang zu jener Honoratiorengesellschaft, vor der er seine Rede hält, niemals gewonnen hätte. Die rhetorische Wucht seines Vortrags ist auch dem

Anlaß geschuldet, der Dankbarkeit gegenüber dem Mäzen verlangte. Gerade hier tritt der strategische Grundzug der Argumentation klar zutage: Schillers wirkungspoetischer Optimismus ist kaum der Ausdruck praktischer Erfahrung, vielmehr das Element einer öffentlichen Selbstdarstellung des Mannheimer Hausautors, der sich vor den kurpfälzischen Honoratioren als Anwalt des Theaters in Szene setzen möchte. Der Vortrag bildete folglich den Versuch, die eigene Tätigkeit im Licht ihrer moralischen Würde zu nobilitieren. Nicht die Klage über die Mängel des deutschen Bühnenbetriebs, wie sie der ältere Stuttgarter Essay anstimmte, sondern allein die Vision einer ästhetischen Erziehung durch die dramatische Kunst konnte diesem Anspruch gerecht werden. Größere Anerkennung scheint Schiller freilich kaum gefunden zu haben. Der Beifall, den man ihm spendete, muß bescheiden gewesen zu sein, jedenfalls unterließ er einen näheren brieflichen Bericht an die württembergischen Freunde, wie er ihn im Fall äußerer Erfolge zu liefern pflegte. Die pedantische Sozietät verzichtete darauf, die Rede in ihre Schriftensammlung aufzunehmen, was Schiller nach den Gepflogenheiten hätte erwarten dürfen. Fraglos mißfielen den Mitgliedern die politisch-kritischen Töne des Vortrags, die man kaum überhören konnte.

Authentischer als der auftrumpfende Optimismus der Schaubühnenrede wirken die Wendungen, mit denen Schillers Theaterzettel im Januar 1784 das Publikum auf die Mannheimer Bühnenfassung des *Fiesko* einzustimmen sucht. In den Vordergrund tritt hier das Bekenntnis zur Technik der psychologischen Beeinflussung des Zuschauers, wie sie bereits die *Räuber*-Vorrede umrissen hatte. Ihr bleiben die einzelnen Elemente der dramatischen Verfahrensweise untergeordnet, so die Verfügung über die Geschichte, die Auswahl herausragender Stoffe bzw. Charaktere mit «moralische(r) Beziehung» und die Stimulation der Handlungsbereitschaft, die im «Spiegel unserer ganzen Kraft» (NA 22, 90) beim Betrachter entfaltet werden soll. Die Zurüstungen der dramatischen Kunst bieten reizvolle Möglichkeiten zur Manipulation des Publikums, ohne daß die moralische Wirkung zunächst auf die Rechnung kommt. «Heilig und feierlich», gesteht Schiller, «war immer der stille, der große Augenblick in dem Schauspielhaus, wo die Herzen so vieler Hunderte, wie auf den allmächtigen Schlag einer magischen Rute, nach der Phantasie eines Dichters beben – wo, herausgerissen aus allen Masken und Winkeln, der natürliche Mensch mit offenen Sinnen horcht – wo ich des Zuschauers Seele am Zügel führe und nach meinem Gefallen, einem Ball gleich dem Himmel oder der Hölle zuwerfen kann (...)» (NA 22, 90 f.). Das ideale Drama soll den Willen zum eingreifenden Handeln, der durch die kulturelle Überfeinerung des Menschen zugedeckt scheint, neu zu wecken suchen. Indem der Zuschauer mit den hochfliegenden Plänen und Unternehmungen der Protagonisten konfrontiert wird, kann er «den sterbenden Funken des Heldenmuts» in sich selbst empfinden und «aus dem engen, dumpfen Kreise unsers alltäglichen Lebens in eine höhere Sphäre» (NA 22, 90) emporsteigen. Die Quelle für diesen Gedanken fand Schiller in Lenz' zehn Jahre zuvor veröffentlichten *Anmerkungen übers Theater*,[208] die einem vergleichbaren Aktionsprogramm das Wort redeten. Vom gesteigerten Moralismus der nur wenige Monate später verfaßten Schaubühnenrede ist im Mannheimer Avertissement des *Fiesko* nichts zu spüren. Statt dessen blickt man in die Werkstatt eines Dramatikers, der als geschickter Psychagoge auf der Klaviatur der Leidenschaften zu spielen und die Emotionen des Publikums zu lenken versteht. Das Theater wird zum Auslöser seelischer Spannungen, die der Zuschauer selbst in gesteigerter Tatbereitschaft aufheben und durch engagiertes soziales Handeln überwinden soll. Die moralische Anstalt ist in diese handfeste Wirkungslehre, bezeichnend genug, nicht eingeschlossen.

Pläne und Projekte.
Mannheimer Dramaturgie und Repertorium (1783–1785)

Schon in Bauerbach verfolgt Schiller den Gedanken, ein regelmäßig erscheinendes Theaterjournal zu begründen. Seine wesentliche Aufgabe sollte darin bestehen, aktuelle Aufführungskritiken, aber auch dramengeschichtliche Studien, Essays zur Schauspielkunst und Spielplanberichte zu veröffentlichen. Einem ähnlichen Muster gehorchten bereits Lessings einschlägige Zeitschriften zum Thema, die *Theatralische Bibliothek* (1754–58) und die *Hamburgische Dramaturgie*. Am 14. Juni 1783 deutet Schiller dem nach Weimar aufbrechenden Reinwald an, daß er einen fähigen Mitarbeiter für sein publizistisches Vorhaben suche. Am 5. Mai 1784 kennzeichnet er das Projekt in einem längeren Brief an den Freund näher und spricht vom Entwurf eines Journals, «worinn alle Aufsäze, welche mittelbar oder unmittelbar an das Geschlecht des Dramas oder an die Critik deßelben gränzen, Plaz haben sollen.» (NA 23, 139) Zur selben Zeit stellt er Dalberg seinen Plan detailliert vor, weil er von ihm finanzielle Unterstützung erhofft. Sein Ziel ist es, die Zeitschrift als Mannheimer Hausorgan mit eigenem intellektuellem Profil zu gestalten. Im Frühsommer 1784 muß ihn der Intendant jedoch darauf hinweisen, daß die mit begrenzten Mitteln ausgestattete kurfürstliche Theaterkasse die Unkosten für ein solches Periodikum nicht tragen kann.

Gleichwohl läßt Schiller sich von seinem Plan nicht abbringen. Zunächst ändert er die Strategie; Anfang Juni schlägt er Dalberg vor, innerhalb der *Deutschen Gesellschaft* ein Kollegium für Theaterfragen ins Leben zu rufen, das unter dem Vorsitz des Intendanten, unterstützt von sechs Mitgliedern, parallel zum Bühnenausschuß des Mannheimer Ensembles Gesichtspunkte der Spielplangestaltung, die Qualität der Aufführungen, aber auch aktuelle Probleme der dramatischen Kunst diskutieren soll. In den Rahmen dieses Projekts gehört die Empfehlung, ein aus den Mitteln der *Gesellschaft* finanziertes, jährlich erscheinendes Journal zu gründen, das kritische Essays zur Lage des deutschen Theaters abdruckt. Schillers Entwurf sieht außerdem die Einrichtung eines Sekretärspostens vor, dessen Aufgabe darin besteht, eine genauere Abstimmung mit dem Mannheimer Ausschuß herzustellen. Dalberg ersucht er darum, daß man ihn selbst für die Besetzung dieses Amtes ins Auge fassen möge. Auf einer für den 5. Juni anberaumten Sitzung der *Gesellschaft*, die ohne den in der Sommerfrische weilenden Intendanten stattfindet, erläutert Schiller seinen Vorschlag näher. Die Mehrheit der Mitglieder scheint das Projekt zu begrüßen und reagiert mit spürbarem Wohlwollen. Der Vorstoß scheitert jedoch an den Intrigen Anton Kleins, der als Geschäftsführer der *Gesellschaft* fürchtete, daß seine eigenen Kompetenzen durch die Schaffung eines zusätzlichen Postens beschnitten würden. Nicht zuletzt suchte Klein einen Wettbewerb zwischen Schillers Unternehmen und seiner eigenen Zeitschrift, dem *Pfälzischen Museum*, zu vermeiden. Das bis 1783 als *Rheinische Beiträge zur Gelehrsamkeit* firmierende Journal bot in der Rubrik *Tagebuch der Mannheimer Schaubühne* regelmäßig Repertoireberichte, so daß hier das Risiko der publizistischen Konkurrenz bestand. Der undurchsichtige Klein, ein scharfsinniger Jesuitenschüler mit vielseitigen Begabungen, teilt Schiller seine Einwände freilich nicht offen mit, sondern operiert auf Nebenwegen, um das Vorhaben zu durchkreuzen. Die Sozietät folgt schließlich dem Rat ihres Geschäftsführers und legt den Vorschlag zu den Akten.

Schiller gibt jedoch seine Hoffnungen nicht auf. Am 2. Juli schickt er Dalberg den Plan einer *Mannheimer Dramaturgie*, der an das ältere Journalprojekt anknüpft. Es handelt sich um die Skizze einer Monatsschrift, die er selbst, so sein Wunsch, gegen eine Jahresgratifikation von 50 Dukaten ab August herausgeben möchte. Der Entwurf bezeichnet acht thematisch unterschiedliche Sparten. Das Journal will demnach in chronologischer Folge eine Geschichte des Mannheimer Theaters liefern, Ensemble und Repertoire vorstellen, Berichte von den Beratungen des Theaterausschusses präsentieren, Preisaufgaben für Schauspieler abdrucken, Aufführungen besprechen, Essays zur Dramen- und Schauspielkunst bieten, nicht zuletzt mit kurzweiligen Anekdoten und Gedichten aufwarten. Unterhaltung und Belehrung sollen dabei, so verrät die knapp zweiseitige Skizze, gleichermaßen auf die Rechnung kommen, um ein möglichst breites Lesepublikum zu erfassen. Äußerst ambitioniert wirkt die Ankündigung, die theoretischen Aufsätze würden «in wenigen Jahren das ganze System» der Theaterkunst erschließen (NA 22, 313). Hier tritt der für Schillers Mannheimer Lebensphase charakteristische Hang zur Selbstüberschätzung hervor, der einem mangelnden Realitätssinn entspringt, wie er sich bisweilen auch im Umgang mit Freunden und Bekannten bekundet. Besonderen Nachdruck legt die Dalberg übersendete Programmerklärung auf die sichere Finanzierung des Journals durch die Intendanz, die möglichst große Unabhängigkeit «von dem Eigennutz eines Verlegers und den Zufällen des Buchhandels» (NA 22, 314) zu gewähren hat (die Formulierung bedeutet auch eine Spitze gegen Schwan, in dessen Haus das Blatt erscheinen soll). Angelegt ist die Zeitschrift zwar als selbständiges Organ, jedoch schließt das Werbungszwecke nicht aus: mit Hilfe der *Dramaturgie* kann, so glaubt Schiller, das Mannheimer Theater in seiner künstlerischen Bedeutung angemessen gewürdigt und einem überregionalen Publikum näher vorgestellt werden. Dalberg lehnt die Finanzierung des Vorhabens freilich ab, weil er dem geplanten Journal kaum zutraut, daß es eine größere Zahl von Lesern erreicht. Schon fünf Jahre zuvor hatte der Freiherr von Gemmingen eine mit Aufführungskritiken aufwartende *Mannheimer Dramaturgie* vertrieben, die aus wirtschaftlichen Gründen nicht fortgesetzt werden konnte. Wenn Dalberg Schiller Mitte Juli empfiehlt, seine Zeitschrift ohne Hilfe des Theaters auf dem freien Markt bei Schwan zu verlegen, so ist das, vor dem Hintergrund von Gemmingens Fiasko, ein tückischer Rat. Schiller hat ihn, klug genug, in den Wind geschlagen und sein unglücklich bestirntes Vorhaben nicht weiter verfolgt.

Immerhin findet der Wunsch, das laufende Repertoire der Dalberg-Bühne öffentlich vorzustellen und, wo erforderlich, kritisch zu mustern, einige Monate später seine praktische Umsetzung. In der von ihm zum Jahresende 1784 selbständig gegründeten *Rheinischen Thalia*, deren erstes (und einziges) Heft im März 1785 erscheint, würdigt Schiller den Mannheimer Spielplan der zurückliegenden Monate. Nachdrücklich heißt es schon in der Ankündigung der eigenen Zeitschrift: «In einer schwankenden Kunst, wie die dramatische und mimische ist, wo des Schauspielers Eitelkeit den beschimpfenden Beifall des rohen Haufens oft so hungrig verschlingt, so gerne mit der Stimme der Wahrheit verwechselt, kann die Kritik nicht streng genug sein.» (NA 22, 96 f.) Diesen richterlichen Anspruch hat Schiller in seinem *Mannheimer Repertorium* mit einiger Konsequenz erfüllt.

Zwischen dem 2. Januar und dem 3. März besucht er 17 Aufführungen des Nationalthaters, die er jeweils knapp würdigt (bei vier Inszenierungen erwähnt er nur den Stücktitel, ohne daß er sie gesehen zu haben scheint). Trotz bemühten Lobs herrschen die mit einiger Schärfe gewürzten kritischen Töne vor. Mißfallen erregt die auf durchschnittliche Unterhaltungsware setzende Stückauswahl, die vornehmlich «Theaterflitter» bietet (so die Charakteristik des Lustspiels *Oda*, das aus der Feder des jungen Franz Marius von Boba stammt). Unerfreulich findet Schiller die «schülerhafte Vorstellung» mancher Singspiele – etwa des beim Publikum beliebten *Günther von Schwarzburg* nach einem Libretto Kleins; die schwachen mimischen Fähigkeiten der Sängerinnen werden ebenso gerügt wie die befremdlichen Textunsicherheiten zahlreicher Akteure, die sich den «Dialog» mühsam «aus der Soufleurgrube» hervorholen müßten (NA 22, 316 ff.).

Besonders unnachgiebig fällt die Kritik der *Kabale*-Aufführung vom 18. Januar aus. Bereits einen Tag nach dem Besuch der Vorstellung hatte sich Schiller in einem Brief an Dalberg über mangelhafte Spielgenauigkeit, unsaubere Sprechweise und nachlässige Rollenauffassung der Darsteller beklagt. Statt des originalen Wortlautes habe er häufig «Unsinn anhören müssen», weil die Akteure «ihrer Bequemlichkeit mit Extemporieren zu Hilfe» kamen (NA 23, 173). Stellvertretend für den Intendanten antwortete Iffland am 19. Januar auf die heftigen Vorwürfe dieses Schreibens. Die Unregelmäßigkeit des Spiels entschuldigt er damit, daß Schillers Dialoge «nicht leicht» einzustudieren seien, weil ihre Diktion «Verwiklungen» liebe. Gereizt betont er, wie deutlich gerade die beanstandete *Kabale*-Aufführung die vorangehenden im Niveau übertroffen habe. Die Einwände gegen die dürftige Textkenntnis des Ensembles wertet er, nicht ohne beleidigenden Unterton, als Ausdruck der Autoreneitelkeit ab, versichert aber zugleich, daß er «Tadel», sofern er ohne «Bitterkeit» vorgebracht werde, gern zur Kenntnis nehme (NA 33/I, 58 f.). Die Einzelkritik des *Repertoriums* schwächt nun die polemischen Angriffe des an Dalberg gerichteten Briefes ab, ohne freilich zu einer positiven Bewertung zu gelangen. Zwar findet Katharina Baumann als Louise hohes Lob, doch bemängelt Schiller das schwankende Niveau der übrigen Darsteller. In der Rolle Ferdinands überrascht ihn Beck zwar «einigemal durch Größe», doch beschränkt sich dieser Eindruck auf Einzelmomente; Karoline Rennschüb, die Frau des Hausregisseurs, tadelt er für ihre outrierten Ausbrüche, Beil für sein mangelhaftes Textstudium, das ihn zur Improvisation zwinge (NA 22, 317). Betrachtet man die Würdigungen des *Repertoriums* abschließend, so gewinnt man den Eindruck, als habe Schiller hier die tiefsitzende Enttäuschung über das seichte Mittelmaß des aktuellen Spielbetriebs zur Sprache gebracht. Seine zumeist skeptischen Porträts, von denen sich nur das üppige Lob Ifflands abhebt, spiegeln auch die Frustration eines Autors, der zusehen muß, wie seine Theaterträume unter den künstlerisch dürftigen Verhältnissen der Zeit begraben werden.

Die Reaktion der Mannheimer Schauspieler, die in Deutschland als führende Kräfte ihres Fachs galten, fällt heftig aus. Böck, der sich durch Schillers Kritik an seiner Darstellung des Edgar aus Shakespeares *Lear* zurückgesetzt fühlt, äußert während der Probenarbeit in drastischen Formulierungen seine Verärgerung; Karoline Rennschüb beschwert sich beim Intendanten persönlich über die unfreundlichen Worte, die das *Repertorium* für ihre Präsentation der Lady Milford gefunden hatte. Selbst Iffland, den Schiller durchgängig gelobt hatte, zeigt kein Verständnis für die harte Linie des Rezensenten. Dalberg wiederum stellt sich ostentativ hinter sein Ensemble, möchte aber das Verhältnis zu Schiller nicht dauerhaft gestört wissen. In einem persönlichen Gespräch erläutert er ihm Ende März die Position der Schauspieler und wirbt um Nachsicht für ihre empfindliche Reaktion. Am 27. März bittet er Schiller mit werbenden Worten, er möge künftig eine vergleichbar deftige Kritik vermeiden, da sie «zerrüttungen und endlich gar den zerfall eines theater Instituts bewürken» müßte (NA 33/I, 63). Zur geplanten Fortsetzung des *Repertoriums* ist es in den folgenden Monaten nicht mehr gekommen. Schillers Beziehungen zum Mannheimer Theater blieben jedoch gestört; die Auseinandersetzungen vom Frühjahr 1785 hatten dabei ihre Vorgeschichte, die im Sommer 1784 begann.

7. Wege aus der Krise. Mannheim, Leipzig, Dresden 1784–1787

Am Theater gescheitert. Aktivitäten im Zeichen der Enttäuschung

In der letzten Augustwoche des Jahres 1784 läuft Schillers Vertrag mit der Mannheimer Nationalbühne aus. Bereits zwei Monate zuvor hatte ihm der kurpfälzische Hofarzt Franz Anton May im Auftrag Dalbergs empfohlen, nach Ende des Kontrakts sein Medizinstudium in Heidelberg abzuschließen, um sich die Grundlage für eine bürgerliche Existenz zu schaffen. Schiller scheint sich mit dieser Möglichkeit, die den Wünschen seines Vaters entsprach, vorübergehend anzufreunden. Aufgrund seiner Stuttgarter Examina hätte er in Heidelberg lediglich zwei Semester zu absolvieren, die ihn zur angestrebten Promotion führen könnten. Ende Juni bittet er Dalberg, seinen Vertrag mit Blick auf künftige Beiträge für die Mannheimer Bühne um ein Jahr zu verlängern, ihn aber zugleich zum Zweck des Studiums von seinen alltäglichen Verpflichtungen zu befreien. Im Laufe der folgenden Wochen dürfte er freilich von seinem Vorhaben wieder abgekommen sein. Am 24. August beschreibt er Dalberg mit feurigen Worten das *Karlos*-Projekt, das er im Herbst zum Abschluß bringen möchte. Zu diesem Zeitpunkt rechnet er fest mit der Verlängerung seines Vertrags.

Nur wenige Tage später läßt ihm Dalberg mitteilen, daß er den Kontrakt nicht fortzuführen gedenke. Er trägt damit den atmosphärischen Verstimmungen Rechnung, die Schillers Verhältnis zu den Schauspielern belasten. Ausdruck der Spannungen war bereits Anfang August die Aufführung einer von dem Gothaer Autor Friedrich Wilhelm Gotter stammenden Posse mit dem Titel *Der schwarze Mann*, die Schiller in der Gestalt des redseligen Theaterdichters Flickwort persifliert. Es handelt sich um die Bearbeitung eines 1778 gedruckten französischen Schwanks in zwei Akten, der aus der Feder des Boulevardautors Gernevalde stammte (*L'Homme noir, ou le spleen*). Gotter gehörte 1768 zu den Begründern des Göttinger Musenalmanachs, war im Sommer 1772 in Wetzlar mit Goethe bekannt geworden und hatte 1773 am Hof in Gotha eine neue Schauspieltruppe aufgebaut, als deren Chefdramaturg er amtierte. Literarische Kontakte pflegte er in der Art des geltungssüchtigen Strategen, der die eigene Wirkung so genau wie möglich steuerte. Seine Dramen, die Dutzendware für den Markt boten, erzielten auch außerhalb Gothas nicht unbeträchtliche Bühnenerfolge. Da Gotter mit eigenen Werken im Mannheimer Repertoire vertreten war, sah er in dem 13 Jahre jüngeren Schiller einen bedrohlichen Konkurrenten. Bereits die *Räuber* hatte er in einem Brief an Dalberg vom 24. März 1782 abfällig beurteilt («Aber der Himmel bewahre uns vor mehr Stücken dieser Gattung»), was wiederum am Theater rasch die Runde machte (NA 23, 283). Obgleich die Figur Flickworts deutlich auf Schiller gemünzt war, dessen Schwierigkeiten mit dem Finale des *Fiesko* Gotter in einer Szene sarkastisch bespöttelt, scheinen die Mannheimer Schauspieler keine Einwände gegen die – in Abwesenheit Dalbergs – geprobte Aufführung gehegt zu haben. In der am 3. August erstmals gezeigten Inszenierung versah Iffland die Rolle Flickworts. Sein Mitwirken ist der Ausdruck der zwiespältigen Beziehung, die er seit Frühjahr 1784 zu Schiller unterhält; wie Gotter bestimmt auch ihn die Sorge, durch den mit *Kabale und Liebe* reüssierenden Bühnenautor in den Schatten gestellt, als Hausdramatiker verdrängt zu werden. Es scheint freilich, als habe Iffland seine Beteiligung wenige Wochen später schon bereut. In einem Brief an Dalberg empfiehlt er am 19. September 1784, Gotters Posse aus dem Repertoire zu nehmen, um Schiller nicht weiter zu brüskieren; zugleich rät er jedoch tükkisch, die *Räuber* und den *Fiesko* ebenfalls abzusetzen, weil deren Genre durch die im Spielplan geführten Shakespeare-Stücke hinreichend abgedeckt sei (NA 4, 279 f.).

Dalbergs Entscheidung, den Vertrag des Hausautors nicht zu verlängern, wurde durch die Intrige Gotters zweifellos gestützt. Die Bereitwilligkeit, mit der die Akteure an der Demontage Schillers mitwirkten, zeigte, daß sie sich durch seinen hohen intellektuellen Anspruch überfordert fühlten. Am Rande dürften auch politische Erwägungen eine Rolle gespielt haben. Im Sommer 1784 ging beim pfälzischen Kurfürsten in München ein anonymer Bericht über Schiller ein, der ihn als württembergischen Deserteur mit subversiven Absichten kennzeichnete. Aufgrund dieses Rapports richtete der Hof im Oktober ein Schreiben an die Intendanz, das um genaue Aufklärung über Funktion und Besoldung des Verdächtigen ersuchte. Es ist kaum auszuschließen, daß Dalberg bereits im August von der Münchner Denunziation wußte und Schillers Entlassung betrieb, um beim Kurfürsten nicht in Ungnade zu fallen. Die Anfrage des Hofes konnte man nun mit dem Hinweis beantworten, der württembergische Flüchtling befinde sich nicht mehr in den Diensten des Theaters.[209]

Nach dem Fortfall der regelmäßigen Einkünfte gerät Schiller im Frühherbst des Jahres 1784 erneut in eine prekäre Situation, die dadurch verschärft wird, daß Henriette von Wolzogen auf die Erstattung der in Bauerbach vorgestreckten Summen drängt. Bereits Ende Juli hatte sich seine Lage dramatisch zugespitzt. Die schlecht beleumdete Stuttgarter Korporalsgattin Fricke, die für eine auf 200 Gulden angelaufene Schuld Schillers die Bürgschaft übernommen hatte, war vor den drängenden Gläubigern nach Mannheim geflohen und dort von der Polizei in Haft genommen worden. Nur die Intervention von Schillers Vermieter Anton Hölzel, der seine Ersparnisse als Sicherheit anbot, verhinderte einen drohenden Prozeß. Schiller hat sich Jahre später auf seine Weise für Hölzels Loyalität bedankt, indem er dessen Sohn Adolph im Januar 1802 durch Vermittlung Becks eine feste Anstellung als Dekorateur am Mannheimer Theater verschaffen ließ. Der peinliche Vorfall sorgt für öffentliches Aufsehen. In Stuttgart verbreitet sich das Gerücht, Schiller habe gemeinsam mit der unseriösen Fricke Wechsel gefälscht und betrügerische Bürgschaften ausgestellt. Höchst besorgt zeigt sich jetzt auch der Vater, der die Stuttgarter Gläubiger befriedigen und dabei mit einem Jahresgehalt von knapp 400 Gulden bis an die Grenzen seiner Möglichkeiten gehen muß. Am 23. September 1784 schreibt er erbost, er könne an die «Aussichten, Hofnungen,

Plane, Versprechungen» des Sohnes nicht mehr glauben, nachdem er so oft schon enttäuscht worden sei (NA 33/I, 41). Es scheint, als habe Schiller nun auch die Rückendeckung der Familie verloren; im Mannheimer Herbst verdüstern sich seine Lebensverhältnisse um deutliche Grade: ohne Geld, Helfer und Amt steht er vor den Trümmern erwartungsvoll begonnener Projekte.

Angesichts seiner finanziellen Notlage entschließt sich Schiller im Herbst, eine eigene Zeitschrift zu gründen, aus deren Verkaufserlös er feste Einnahmen beziehen möchte. Das unter dem Arbeitstitel *Rheinisches Museum* firmierende Journal soll in unregelmäßiger Folge erscheinen und neben literarischen Beiträgen auch Essays zur Theater- und Kunsttheorie abdrukken. Die materiellen Erwartungen, die er an das Vorhaben knüpft, lassen freilich jeden Wirklichkeitssinn vermissen. Henriette von Wolzogen erklärt er am 8. Oktober 1784, gewiß auch aus taktischen Gründen, er erhoffe nach Abzug der Unkosten einen baren Gewinn von 1000 Gulden jährlich, wobei er von 500 Subskribenten ausgeht. Der Vater, dem er im Herbst ähnliche Zahlen unterbreitet, zieht in einem Brief vom 12. Januar 1785 die gesamte Kalkulation zu Recht in Zweifel und warnt ihn davor, mit künftigen Einnahmen zu rechnen, als seien sie bereits geflossen.

Die zweite Hälfte des Jahres 1784 ist für Schiller durch äußere Rückschläge und innere Unruhe geprägt. Nie zuvor hat er sich in vergleichbarer Weise von ständig wechselnden Zukunftsplänen, Projekten und Entwürfen treiben lassen. Die dramatische Arbeit stockt: das *Karlos*-Manuskript schreitet kaum voran, die lyrische Produktion ist zum Erliegen gekommen. Selbst die journalistische Tätigkeit, die er im Herbst aus finanziellen Gründen verstärken möchte, zeitigt kaum Früchte. Ende August 1784 bietet er dem Freiherrn von Göckingk, dem Herausgeber des *Journals von und für Deutschland* und früheren Redakteur des Göttinger Musenalmanachs, einen kurzen Artikel über Ifflands Interpretation des *Lear* in einer am 19. August gezeigten Shakespeare-Inszenierung der Mannheimer Bühne an, den dieser gegen geringes Honorar im Oktoberheft seiner Zeitschrift abdruckt. Ein Mitte November verfaßter Bericht über einen banalen Schauspielerstreit, der aus Rollenneid entsprungen war (*Wallensteinischer Theaterkrieg*), läßt sich offenbar nicht verkaufen; Schiller hat ihn im März 1785 in der – mittlerweile neu getauften – *Rheinischen Thalia* untergebracht.

Der wenig erfolgreiche Journalist entfaltet seine hektische Betriebsamkeit vor dem Hintergrund eines unruhigen Privatlebens. Das Verhältnis zu den Mannheimer Schauspielern bleibt nach der Aufführung der Gotterschen Posse gespannt. Lediglich der seit dem Tod seiner jungen Frau vereinsamte Beck wirbt in den Herbstmonaten um Schillers Gunst; er scheint jedoch nicht das intellektuelle Format besessen zu haben, das für eine beiderseits anregende Gesprächsfreundschaft erforderlich gewesen wäre. Sporadische Visiten im Haus Sophie von La Roches, die den Winter 1783/84 in Mannheim verbringt, erschließen Schiller keine neuen literarischen Kontakte. Eine Herzensbindung bahnt sich im Verhältnis zu Margaretha Schwan, der Tochter des Mannheimer Verlegers an, ohne daß die Entwicklung aber harmonisch verläuft. Die persönliche Beziehung vertieft sich seit dem Frühsommer 1784. Schiller besucht jetzt regelmäßig das Haus Schwans, wo er der 18jährigen Margaretha und ihrer kleinen Schwester Louisa an den Abenden gern vorliest. Bereits frühzeitig taucht in Stuttgart das Gerücht auf, er habe mit der älteren Tochter Schwans die Ehe geschlossen. Tatsächlich scheut er sich jedoch, ihr seine Neigung offen zu gestehen. Erst nach der Abreise aus Mannheim unternimmt er den entscheidenden Schritt und hält, in einem Brief vom 24. April 1785, bei Schwan um die Hand Margarethas an. Wie im Fall Henriette von Wolzogens wagt er sein Bekenntnis nur unter Wahrung räumlichen Abstands – ein Zeichen für die Unsicherheit, die ihn in amourösen Fragen rasch befällt. Schwan scheint Schiller ausweichend geantwortet und ihm zunächst zur Aussprache mit seiner Tochter geraten zu haben. Daß der freischwebende Autor mit dürftigem finanziellen Hintergrund kaum ein Schwiegersohn nach seinen Wünschen war, liegt auf der Hand. Der 51jährige Schwan mußte an die wirtschaftliche Zukunft seines Verlages denken und suchte daher einen Kandidaten, der solidere Aussichten eröffnete. Unterstützt wurde er in dieser Haltung von seinem ehrgeizigen Kompagnon Gottlieb Christian Götz, der eine Verbindung Margarethas mit Schiller hintertrieb, weil er sie für eine geschäftlich ruinöse Mesalliance hielt. Schiller hat aus Leipzig weitere Schritte nicht unternommen und darauf verzichtet, dem Mädchen selbst seine Gefühle zu offenbaren. In Herzensfragen versagte ihm schnell die Sprache, über die er sonst meisterhaft zu gebieten verstand.

Zur wichtigen Gesprächsfreundin der durch Schwermut geprägten Mannheimer Herbstmonate wird die 23jährige Charlotte von Kalb. Wie Henriette von Wolzogen stammte sie aus der weitläufigen Familie der reichsfreien Ritter Marschalk von Ostheim (Jean Paul wird sie in seinen Briefen an den Freund Christian Otto mit ihrem Mädchennnamen nur «die Ostheim» nennen). Nach dem frühen Tod der Eltern wuchs Charlotte unter dem Einfluß wechselnder Vormünder in Meiningen und Nordheim auf, wo sie Zugang zur fürstlichen Familie erhielt und sich dem gleichaltrigen Erbprinzen Georg, dem späteren Herzog, vertrauensvoll anschloß.[210] Die von Einsamkeit und fehlender Zuwendung beherrschte Kinder- und

Jugendzeit ertrug sie, indem sie in die Welt der Literatur emigrierte. Das Arsenal dafür bot die Meininger Bibliothek, mit deren Geheimnissen sie Reinwald und der Hofprediger Pranger vertraut machten. Im Oktober 1783 heiratete sie ohne Neigung, aus Gründen der Konvenienz, den zehn Jahre älteren Heinrich Julius Alexander von Kalb, einen Hauptmann in französischen Diensten, der der Bruder ihres Schwagers, des ehemaligen Weimarer Kammerpräsidenten Johann August von Kalb war (den Schiller später als ‹Schurken mit verwahrlostem Weltmannsgewißen› bezeichnet [NA 25, 28]). Mit dem Ehemann zog sie im Winter 1783/84 in die pfälzische Garnisonsstadt Landau, wo sie quälende Monate der Isolation verbrachte. Anfang Mai unternahm das Ehepaar bei winterlich anmutendem Wetter eine ausgedehnte Erholungsreise, die sie auch in das von Landau nur sechs Poststunden entfernte Mannheim führte. Hier kommt es am 9. Mai zur ersten Begegnung zwischen Charlotte und Schiller. Eine Annäherung wäre schon eineinhalb Jahre früher möglich gewesen, als man in der nachbarschaftlichen Nähe von Bauerbach und Nordheim lebte. Es ist zu vermuten, daß die junge Charlotte von Ostheim damals durch die ihr gut vertraute Henriette von Wolzogen über Schillers Anwesenheit Kenntnis erhielt. Jedoch scheint sie aus persönlichen Gründen keinen Kontakt mit dem Autor der *Räuber* gesucht zu haben: am 20. November war ihr Bruder Friedrich, am 6. Januar ihre jüngere Schwester Wilhelmine verstorben, so daß in Nordheim Familientrauer herrschte. Bereits Anfang Januar brach Charlotte gemeinsam mit ihrer Schwester Eleonore zu einer ausgedehnten Reise nach Süddeutschland auf, um ihrer düsteren Stimmung zu entkommen. Der Lorbeerkranz, den sie Ende des Jahres 1782 gemeinsam mit Eleonore und zwei Freundinnen nach Meiningen geschickt hatte, galt, anders als es der Mythos will, nicht Schiller, sondern Reinwald.[211]

Charlotte und Schiller finden schon bei der ersten Begegnung am 9. Mai einen gemeinsamen Ton. Ihren kunstsinnigen Gesprächen dürfte der wenig kultivierte Ehemann verständnislos gefolgt sein. Für den Abend plant das Paar einen Besuch des Schauspielhauses, wo *Kabale und Liebe* auf dem Spielplan steht. Um den Stolz des eitlen Offiziers nicht zu verletzen, eilt Schiller am späten Nachmittag ins Theater und ordnet an, daß bei der Vorstellung der Name des Hofmarschalls von Kalb fortgelassen werden müsse. Gemeinsam besucht man einen Tag später den 1769 gegründeten Antikensaal der früheren Residenz, dessen Sammlung mit mehr als 60 Gipsabgüssen berühmter Skulpturen des Altertums überregionale Anziehungskraft besitzt. Auch unter dem Eindruck der kultivierten Atmosphäre, die ihr im Theatermilieu Schillers begegnet, verlegt die hochschwangere Charlotte von Kalb Anfang August den Wohnsitz nach Mannheim. Hier wird sie am 8. September von einem gesunden Sohn entbunden (zu seinen Erziehern zählt zehn Jahre später der junge Friedrich Hölderlin). Schiller steht ihr in den Tagen nach der Geburt zur Seite, da der wenig einfühlsame Ehemann zumeist die Gesellschaft seiner Männerrunden sucht. Als sie am 10. September einen Ohnmachtsanfall mit bedrohlichem Schockzustand erleidet, leistet er erste Hilfe und läßt unverzüglich einen Arzt rufen, der die Wöchnerin erfolgreich reanimiert. In den Herbst- und Wintermonaten wird Schiller zum Dauergast des Hauses. Er diniert mit Charlotte und verbringt häufig auch die Abendstunden bei ihr. Erstmals begegnet er hier einer selbständig denkenden Frau von intellektuellem Format und verfeinertem Kunstverstand, die er als gleichberechtigte Gesprächspartnerin anzuerkennen vermag. Ihre Neigung zu zyklisch wiederkehrenden Depressionen, nervösen Einbildungen und gesteigerter Empfindlichkeit scheint er in Mannheim kaum wahrzunehmen; später hat er sich ihr in Phasen, da sie von seelischen Nöten heimgesucht wurde, wenig feinfühlig entzogen. Daß das Verhältnis schon im Herbst 1784 erotisch gefärbt ist, läßt sich im Hinblick auf Charlottes unglückliche Ehe zumindest vermuten.

Schiller liest der neuen Freundin regelmäßig aus dem nur langsam anwachsenden *Karlos*-Manuskript vor und holt in psychologischen Detailfragen ihren Rat ein. Charlotte von Kalb wiederum sucht ihre weitgespannten Beziehungen zur Hocharistokratie spielen zu lassen, um dem in Mannheim isolierten Schiller zur gebührenden Wirkung zu verhelfen. Einen Tag vor Heiligabend reist er auf ihre Initiative ins benachbarte Darmstadt, wo er am 26. Dezember vor komplett versammeltem Hof aus dem *Karlos* lesen darf. Das Tor zur landgräflichen Familie öffnet ein Empfehlungsschreiben Charlottes an die in Darmstadt lebende Erzieherin der Prinzessin Luise von Mecklenburg, der späteren Königin Preußens und Gemahlin Friedrich Wilhelms III. Unter den Zuhörern befindet sich auch der Weimarer Herzog Carl August, der seit Anfang Dezember als Gast in Darmstadt weilt. Schiller scheint aus den Fehlern der Vergangenheit gelernt und zurückhaltend vorgetragen zu haben, so daß sein Auftritt gute Resonanz findet. Am Morgen des folgenden Tages lädt ihn Carl August zu einer kurzen Audienz und ernennt ihn, seiner «leisen Bitte» entsprechend, als Zeichen der Anerkennung zum «Weimarischen Rat».[212] Zwar ist der Titel nicht mit finanziellen Vorteilen verbunden, doch bedeutet er das Symbol öffentlicher Würdigung, wie sie der gescheiterte Mannheimer Bühnenautor dringend benötigt. Die publizistische Reaktion bleibt nicht aus: am 11. Januar 1785 erwähnt der Darmstädter Korrespondent der *Königlich Berlinischen privilegirten Zeitung von Staats- und gelehrten Sachen* Lesung und Ernennung in einer kurzen Notiz (NA 7/II, 502). Als Schiller

Charlotte von Kalb.
Gemälde von Johann Friedrich August Tischbein (?)

am Morgen des 29. Dezember nach Mannheim zurückreist, ahnt er, daß der Erfolg beim Herzog ein Vorzeichen glücklicherer Tage sein könnte.

Eintritt in andere Lebenskreise. Huber, Körner und die Schwestern Stock

Der Ausweg aus der Mannheimer Misere wird freilich nicht durch die Gunst der Höfe eröffnet. Anfang Juni 1784 hatten vier ungenannt bleibende Verehrer aus Leipzig dem jungen Autor über die Vermittlung von Schwans Kompagnon Götz zwei enthusiastische Huldigungsbriefe mitsamt ihren auf Gips gezeichneten Porträts, einer gestickten Brieftasche und der Vertonung eines Liedes der Amalia aus den *Räubern* zugestellt. Es handelt sich um die Geste schwärmerisch-begeisterter Leser, die, dem empfindsamen Zeitgeist folgend, ihre Bewunderung vorbehaltlos offenbaren. Die anonym bleibenden Absender, deren Namen der Beschenkte durch Götz ermittelt, sind der knapp 28jährige Dresdner Oberkonsistorialrat Christian Gottfried Körner, dessen sechs Jahre jüngere Verlobte Minna Stock, ihre zwei Jahre ältere Schwester Dora sowie deren Freund, der 20jährige Übersetzer Ludwig Ferdinand Huber. Erst am 7. Dezember 1784 reagiert Schiller mit einem ausführlichen Antwortbrief auf die liebenswürdige Geste der Bewunderung. Eine solche Verspätung ist charakteristisch für seine frühen Jahre, in denen er kein sonderlich fleißiger Briefschreiber war. Bekannte und Verwandte klagen in der Mannheimer Zeit regelmäßig über sein Schweigen. Auch in Leipzig und Dresden hat er nur eine sparsame Korrespondenz ohne größeren Zeitaufwand geführt – ein Umstand, der sich erst Ende der 80er Jahre während seines Weimar-Aufenthalts ändert.

Huber, die Stock-Schwestern und Körner antworten Anfang Januar jeweils getrennt auf die verzögerte Danksagung. Zügig kommt jetzt ein Briefwechsel in Gang, der auf beiden Seiten den Wunsch nach persönlicher Begegnung entfacht. Im März 1785 beschließt Schiller, nach Leipzig zur Buchmesse zu reisen, um dort die neuen Freunde zu treffen. Am 8. April nimmt er schweren Herzens Abschied von Streicher, mit dem er seit drei Jahren seinen Alltag geteilt hat. Bis Mitternacht sitzt man im Haus Hölzels zusammen und schmiedet Pläne für eine glanzvolle Zukunft. Beschlossen wird, daß man sich erst wieder schreiben dürfe, wenn Schiller Minister oder Streicher Kapellmeister geworden sei. Es ist ein Abschied auf Lebensdauer: die beiden Freunde sahen sich nicht mehr wieder.[213]

Schiller, dem sich die Tage bis zum Aufbruch «wie eine Kriminalakte ausgedehnt» haben (NA 23, 183), reist am 9. April 1785 in Begleitung von

Schwans Teilhaber Götz nach Leipzig. Die Wege sind durch das Tauwetter des Frühjahrs aufgeweicht und gestatten der Postkutsche nur langsames Fortkommen. Erst am 17. April erfolgt die Ankunft in der Messestadt, wo Schiller im Gasthof *Zum blauen Engel* absteigt. Für ein ausgedehntes Abendessen trifft er sich mit Huber, der ihn am nächsten Tag bei den im Hause des Großverlegers Breitkopf wohnenden Schwestern Stock einführt (Körner hält sich bereits in Dresden auf). Der Bericht Minnas spiegelt die Enttäuschung wider, die die gehemmte Erscheinung des Reisenden in ihnen auslöst: «Wie sehr waren wir überrascht, als uns Huber einen blonden, blauäugigen, schüchternen jungen Mann vorstellte, dem die Tränen in den Augen standen, und der kaum wagte uns anzureden. Doch schon bei diesem ersten Besuche legte sich die Befangenheit, und er konnte uns nicht oft genug wiederholen, wie dankbar er es anerkenne, daß wir ihn zum glücklichsten Menschen unter der Sonne gemacht hätten.» (NA 42, 93)

Als Hochburg der deutschen Aufklärung war Leipzig eine Metropole, deren Glanz zur Zeit von Schillers Aufenthalt bereits zu verblassen begann. An der Universität hatte sich zu Beginn der 30er Jahre die Schulphilosophie Wolffs etabliert, die die geistige Avantgarde dieser Periode darstellte. Die junge literarische Intelligenz scharte sich um Gottsched, der seit 1734 auf einem Lehrstuhl für Logik bzw. Metaphysik wirkte und nach 1739 mehrfach das Rektorat übernahm. Gellert brillierte ab dem Beginn der 50er Jahre als außerordentlicher Professor für Rhetorik mit seinen Vorlesungen zur Morallehre, die noch der junge Goethe voller Begeisterung hörte. Als Messestadt und zentraler Umschlagplatz des Buchhandels besaß Leipzig bis zum Ende des 18. Jahrhunderts große wirtschaftliche Bedeutung für den deutschen Literaturmarkt. Hier waren die wichtigsten inländischen Verlagshäuser angesiedelt: Breitkopf, Dyck, Weidmann, Wendler, Schwickert, später Weygand und Reich. Deren Renommee stieg, seit sich ab der Mitte der 60er Jahre der Sortimentsbuchhandel als Branche verselbständigt hatte. Verleger, die zuvor in der Rolle von Kaufleuten zur Messe gekommen waren, um ihre gedruckten Manuskripte zu veräußern oder einzutauschen, konzentrierten sich jetzt auf das Lektorat und die Betreuung der Autoren. Das führte dazu, daß größere Häuser, die den Vertrieb den ‹Sortimentern› überließen, stärker als zuvor intellektuelles Profil ausbilden konnten. Nur folgerichtig blieb es, wenn die Messestadt neben Frankfurt am Main zum bevorzugten Standort deutscher Verleger avancierte. Trotz einer keineswegs großen Einwohnerzahl – sie belief sich zu Beginn der 80er Jahre auf knapp 30000 – besaß Leipzig ein starkes urbanes Flair. «Die Unbemerktheit», so schreibt Georg Friedrich Rebmann

1793, «in der man sich hier unter der Menge verliert, verstärkt das Vergnügen jedes einzelnen, eben weil er es unbemerkt genießen kann» (...)[214]

Auf Vermittlung Hubers bezieht Schiller ein einfach möbliertes Zimmer in der Hainstraße. Vergnügt nimmt er in den folgenden zwei Wochen am städtischen Leben Anteil. In Richters Kaffeehaus am Markt, wo sich seit Beginn der 80er Jahre ein lebhafter Künstlerzirkel gebildet hat, begegnet er, wie er Schwan nicht ohne Stolz meldet, dem Dramatiker (und früheren Lessing-Freund) Christian Felix Weiße, dem auch von Goethe geschätzten Maler und Kunstakademie-Direktor Adam Friedrich Oeser, dem Kapellmeister Johann Adam Hiller und dem jovial auftretenden Schriftsteller Johann Friedrich Jünger, der später am Wiener Hoftheater reüssieren wird (NA 24, 2). Überraschend trifft er Sophie und Ernst Albrecht wieder, die die Messe besuchen, um literarische Beziehungen zu pflegen. Durch Huber lernt er Ende April auch den Meininger Maler Johann Christian Reinhart, den künstlerisch gebildeten Steinguthändler Friedrich Kunze und den jungen Verleger Georg Joachim Göschen kennen, mit denen bald ein enger Kontakt entsteht. Anfang Mai siedelt sich Schiller im nordwestlich von Leipzig gelegenen Dorf Gohlis an, wo er für mehrere Wochen ein Dachstubenzimmer mietet. Gemeinsam mit Huber, Jünger und Göschen bildet er einen lebhaften Männerzirkel, der sich bevorzugt im Haus der geistreichen Sophie Albrecht versammelt. Man debattiert über Politik und Theater, verfaßt Gedichtparodien und treibt gelegentlich derbe Scherze miteinander. Schiller, der rasch zum *Spiritus rector* aufsteigt, hat als Anredeform das friderizianische ‹Er› eingeführt, was den männerbündischen Charakter der Runde verstärkt. Daß es nicht nur schöngeistig, sondern oft auch lärmend und drastisch zugeht, zeigen die Erinnerungen des Malers Reinhart, der Mitte des Monats zu den Freunden stößt.[215] Wie Sophie Albrecht zu berichten weiß, gibt sich der Kopf des Zirkels betont derb und handfest: «Schillers gewöhnliche Kleidung bestand in einem dürftigen grauen Rock, und der Zubehör entsprach in Stoff und Anordnung keineswegs auch nur den bescheidensten Anforderungen des Schönheitssinnes. Neben diesen Mängeln der Toilette machte seine reizlose Gestalt und der häufige Gebrauch des Spanioltabaks einen ungünstigen Eindruck.»[216]

Besonders enge Bindungen entwickelt Schiller zu Huber, der in den folgenden beiden Jahren neben Körner zum wichtigsten Gesprächspartner aufsteigt. Der Bildungsweg des viereinhalb Jahre jüngeren Freundes ist maßgeblich durch die romanische Kultur beeinflußt worden. Seine französische Mutter und der vielgereiste Vater, der in späteren Jahren als Literaturprofessor an der Universität Leipzig wirkte, vermittelten ihm exzellente Fremdsprachenkenntnisse. Nach dem rasch abgebrochenen Studium versucht sich Huber an Übersetzungen französischer und englischer Dramen. Eine seiner ersten Arbeiten auf diesem Feld ist die Übertragung des Renaissanceschauspiels *King and no King* (1611) von Francis Beaumont und John Fletcher, den Nachahmern Shakespeares, die er 1785 anonym bei Göschen publiziert. Zum Zeitpunkt der Begegnung mit Schiller sitzt er an einer französischen Fassung des ersten Teilbandes der *Fragmente, über die Aufklärung*, deren Verfasser Goethes Schwager Johann Georg Schlosser ist. Über die Freundschaft zu Körner, den er während des Leipziger Studiums kennenlernte, wurde er bei den Stock-Schwestern eingeführt. Seine Verlobung mit Dora Stock bedeutete freilich eine Allianz, die zwei höchst unterschiedliche Charaktere verband. Während Huber verschlossen und wortkarg wirkte, scheint die vier Jahre ältere Dora temperamentvollen Charme besessen zu haben, der sich in Wortwitz, Ironie und Spottlust äußern konnte. Das künstlerische Talent erbte sie von ihrem Vater, dem aus Nürnberg stammenden Kupferstecher Johann Michael Stock, zu dessen Schülern im Winter 1767/68 der junge Leipziger Student Goethe gehört hatte. Doras eigene Radierungen und Zeichnungen (darunter ein von 1787 stammendes Schiller-Porträt), aber auch die Kopien, die sie nach Vorlagen aus den großen Dresdner Gemäldegalerien fertigte, beweisen eine überdurchschnittliche Begabung. Die Verbindung mit Huber wurde im September 1792 nach achtjähriger Verlobungszeit gelöst; sie scheiterte am unüberbrückbaren Abstand der Charaktere, den Schiller bereits bei den ersten Begegnungen wahrgenommen hat.

Einen Grund für die spätere Trennung bildete gewiß auch Hubers notorische Antriebsschwäche, der die agile Dora verständnislos begegnen mußte. Seine literarischen Projekte wählt er ohne Plan und System; Hoffnungen auf eine feste amtliche Bestallung zerbrechen immer wieder an der eigenen Lethargie (die Übernahme eines Postens als Sekretär des kursächsischen Gesandten in Mainz bleibt 1788 kurze Episode). Die freie publizistische Arbeit für wechselnde Blätter und Verlage verschafft Huber zwar ein Auskommen, bietet aber keine Sicherheiten. Redaktionstätigkeiten – so 1788 für Cottas *Allgemeine Zeitung* –, Rezensionen, Übersetzungen französischer Reiseberichte und Memoiren, dramatische Versuche und historische Essays bestimmen seit der Mitte der 80er Jahre sein unstetes Autorenleben. Nur unter Schillers massivem Druck beendet er sein Trauerspiel *Das heimliche Gericht*, das 1790, kurz nach der Publikation in der *Thalia*, vom Mannheimer Theater mit Iffland in der Hauptrolle uraufgeführt, von der Kritik jedoch verrissen wird; weitere Dramen, darunter *Juliane*, finden kaum öffentlichen Anklang und bleiben ohne jede Wirkung. Auch Hubers frühzeitig erwachendes Interesse an geschichtlichen

Ludwig Ferdinand Huber.
Silberstiftzeichnung von Dora Stock, 1784

Johanna Dorothea (Dora) Stock: Selbstbildnis.
Silberstiftzeichnung, 1784

Studien gewinnt keinen systematischen Charakter. Typisch für ihn schien der Wankelmut der intellektuellen Neigungen, der nicht zuletzt seine Freundschaften belastete.

Am 1. Juli 1785 begegnet Schiller bei einem Kurzbesuch im südlich von Leipzig gelegenen Borna auf dem Landgut des Leipziger Rhetorikprofessors August Wilhelm Ernesti erstmals auch Körner, mit dem er sich zuvor nur brieflich austauschen konnte. Als weitläufiger Verwandter der Ernestis hatte er die Leipziger Freunde eingeladen, hier gemeinsam den Vorabend seines 29. Geburtstags zu begehen. Die große Runde der Gäste verhindert jedoch an diesem Abend ein tieferes Gespräch. Am 3. Juli, einen Tag nach der Rückkehr, schreibt Schiller aus Gohlis einen siebenseitigen Brief an Körner, in dem er mit feierlichen Worten den Wunsch vorträgt, die bisher aus der Distanz gepflegte Freundschaft zu einem fortdauernden Gespräch der verwandten Geister auszubauen. «In meinen Gebeinen», so schließt er mit einer Wendung von Leisewitz, «ist Mark für Jahrhunderte.» (NA 24, 12)[217] Körner antwortet ihm postwendend und unterbreitet den Vorschlag, ihn ein Jahr lang finanziell zu unterstützen, damit er ohne Rücksicht auf materielle Zwänge seine literarischen Projekte vorantreiben könne. Schiller akzeptiert dieses großzügige Angebot im Gestus unverstellter Begeisterung: «Für Dein schönes und edles Anerbieten», schreibt er am 11. Juli, «habe ich nur einen einzigen Dank, dieser ist die Freimütigkeit und Freude, womit ich es annehme.» (NA 24, 13)

In diesen Tagen beginnt eine feste Freundschaft, die ohne Krisen bis zu Schillers Tod Bestand haben wird. Der kunstsinnige Jurist Körner, dessen Vater in Leipzig als Superintendent und Prediger an der Thomaskirche wirkte, bleibt für ihn auch nach 1794, parallel zum Arbeitsbündnis mit Goethe, ein unersetzlicher Vertrauter, der in literarischen wie alltagspraktischen Fragen über ein unbestechliches Urteil verfügt. Seinen keineswegs spannungsfreien Bildungsweg erläutert der neue Freund in einem Brief vom 2. Mai 1785: «Meine ersten jugendlichen Plane giengen auf schriftstellerische Thätigkeit. Aber immer war mein Hang mich dahin zu stellen, wo es gerade an Arbeitern fehlte. Die interessanteste Beschäftigung hatte für mich nichts anziehendes mehr, sobald mir eine dringendere aufstieß. So flog ich von einer Gattung Wissenschaften zur andern.» (NA 33/I, 66 f.) Das in Göttingen begonnene, in Leipzig fortgesetzte Jurastudium betreibt Körner zunächst widerwillig, weil es seine philosophischen Interessen nicht zureichend befriedigt. Nach dem Magisterexamen erfolgt 1779 die Promotion über ein naturrechtliches Thema; einer kurzen Phase als Privatdozent an der Universität Leipzig schließt sich eine längere Reiseperiode an, die den 25jährigen in Begleitung des gleichaltrigen Grafen Karl von

Schönburg zu Forderglauchau nach Holland, England, Frankreich und in die Schweiz führt. Die 1781 begonnene berufliche Laufbahn verschafft ihm ansehnliche Ämter mit verantwortungsvollen Aufgaben. Zunächst wird er Konsistorialadvokat bei der evangelischen Kirche in Leipzig; zwei Jahre danach versetzt man ihn an das Oberkonsistorium in Dresden, wo er wenig später auch als Assessor der Deputation für das Manufaktur- und Kommerzienwesen der Stadt wirkt (das entspricht der Stellung eines Ministerialreferenten mit wirtschafts- und finanzpolitischen Aufgaben). Erst zehn Jahre nach Schillers Tod, im Mai 1815, legt er seine Dresdner Ämter nieder und wechselt auf eine hochdotierte Position in der preußischen Staatsverwaltung. In Berlin beendet er seine Laufbahn schließlich als Oberregierungsrat im neugebildeten Unterrichtsministerium unter den Nachwehen der von Humboldt eingeleiteten Universitätsreform. Den Freund hat er, als er am 13. Mai 1831 starb, um 26 Jahre überlebt.

Nach dem Tod seiner Eltern im Januar bzw. Mai 1785 erbt Körner ein beträchtliches Vermögen, das ihn finanziell unabhängig macht und die Eheschließung mit der kaum ganz standesgemäßen Minna Stock erlaubt. Die jüngere der beiden Schwestern verfügt, anders als Dora, über keine künstlerische Begabung; sie wirkt im persönlichen Auftreten zurückhaltender, bisweilen preziös und kokett. In künftigen Jahren erweist sie sich als vollendete Gastgeberin, die ihr Dresdner Haus zu einem Treffpunkt junger Künstler und Intellektueller des romantischen Deutschland werden läßt; zu ihren Besuchern gehören die Schlegel-Brüder, Schleiermacher, Friedrich von Hardenberg, Henrik Steffens, Tieck und Kleist, aber auch Goethe, Zelter und Mozart. Die klassische Rolle der großbürgerlichen Ehefrau, die einen gewissen Standesdünkel einschloß, scheint ihr behagt zu haben. Welches Gewicht Schiller ihr als Freundin zuerkennt, kann man den Andeutungen seiner Briefe an Körner entnehmen. Minna bleibt für ihn stets eine enge Vertraute, selbst wenn der persönliche Kontakt in den 90er Jahren nur noch sporadisch zustande kommt.

Körners musische Neigungen, seine gediegene philosophische Bildung, sein Kunstverstand und die ihm eigene Einfühlungsgabe lassen ihn zum idealen Partner Schillers werden («Wir sind Bruder durch Wahl», erklärt er am 14. Mai 1785, noch ehe man sich in Borna getroffen hat [NA 33/I, 71]). Publizistische Aktivitäten entfaltet er trotz Drängen des Freundes nur zurückhaltend; die vertiefte Kompositionstätigkeit, zu der er Neigung verspürt, wird zumeist durch die amtlichen Geschäfte unterbunden. Für die *Horen* steuert er später immerhin einen Beitrag *Ueber Charakterdarstellung in der Musik* (1795) und Betrachtungen *Ueber Wilhelm Meisters Lehrjahre* (1796) bei. Erst 1808 erscheinen seine *Ästhetischen Ansichten*,

Christian Gottfried Körner.
Silberstiftzeichnung von Dora Stock, 1784

Anna Maria Jakobine (Minna) Stock.
Silberstiftzeichnung von Dora Stock, 1784

eine Sammlung kunsttheoretischer Essays, im Verlag Göschens. Schiller hat ihn zeitlebens zur stärkeren Entfaltung seiner künstlerischen Anlagen zu ermuntern gesucht, blieb dabei jedoch erfolglos. In einem Brief an die Lengefeld-Schwestern vom 4. Dezember 1788 betont er Körners Neigung zur Passivität, die seine kreativen Fähigkeiten einschränke: «(...) er braucht einen Freund, der ihn seinen eignen Werth kennen lehrt, um ihm die so nöthige Zuversicht zu sich selbst, das was die Freude am Leben und die Kraft zum Handeln ausmacht, zu geben.» (NA 25, 152) Gerade der rezeptive Zug, der Körners geistigen Haushalt bestimmt, begründet freilich das harmonische Verhältnis zu Schiller, dessen unternehmend-unruhiger Intellekt einer gewissen Zügelung bedurfte. «Nie habe ich einen Kunstrichter gefunden», schreibt dieser am 19. Februar 1795 an Goethe, «der sich durch die NebenWerke an einem poetischen Produkt so wenig von dem Hauptwerke abziehen ließe.» (NA 27, 146) Die ‹Urfreundschaft›, die im Sommer 1785 mit feierlichen Formeln geschlossen wird, beruht auf dem Prinzip der produktiven Ergänzung. Schillers heftiges Künstlernaturell und Körners entspannte Urteilskraft bildeten fruchtbare Ergänzungen im Rahmen einer für beide Seiten beglückenden Allianz.

Florenz an der Elbe.
Arbeit und Müßiggang in ruhigen Zeiten

Am 7. August 1785 heiratet Körner Minna Stock in Leipzig. Schiller schreibt dem Paar ein Hochzeitsgedicht und eine allegorische Szene über die Freundschaft (NA 1, 153 ff.). Am 12. August reisen die Frischvermählten nach Dresden, wo sie eine geräumige Stadtwohnung beziehen werden. Schiller begleitet die Kutsche gemeinsam mit Huber bis Hubertusburg. Auf dem Rückweg stürzt er vom Pferd und zieht sich dabei eine Verletzung an der rechten Hand zu, die ihn für einen Monat am Schreiben hindert. Als Reiter macht er zeitlebens keine glückliche Figur, weil ihm das Gespür für Zügel und Sporen fehlt. Noch in Jena soll er ohne Rücksicht auf Passanten in hohem Tempo durch die Gassen gesprengt sein. Ein harmonisches Körpergefühl scheint Schiller nicht besessen zu haben, wie die verbreiteten Berichte über sein unelegantes, eckiges Auftreten belegen. Seine physische Erscheinung zeigte, auch aufgrund der für damalige Verhältnisse ungewöhnlichen Körpergröße, wenig Geschmeidigkeit; daß er sich steif und hölzern bewegt habe, betonen Freunde und Beobachter übereinstimmend in ihren Erinnerungen.

Anfang September wird der in Gohlis vereinsamte Schiller von Körner zu einem ausgedehnten Besuch im neuen Haushalt geladen. Am 11. September bricht er um vier Uhr früh, begleitet von Ernst Albrecht, mit der Extrapost nach Dresden auf. Bereits einen Tag später siedelt man ins benachbarte Dorf Loschwitz über, wo Körner eigenes Land mit einem kleinen Weinberghaus besitzt, von dem man, wie Charlotte Schiller später schreibt, «die Thürme von Dresden sich in der Elbe spiegeln sah».[218] Der Ankömmling ist entzückt über die Schönheit der hügeligen Landschaft, die jener Württembergs gleicht. Unmittelbar nach der Ankunft in Loschwitz meldet er dem in Leipzig zurückgebliebenen Huber, die Gegend erinnere ihn an «die Familie meiner vaterländischen Fluren.» Das attraktive Anwesen der Freunde befindet sich, so berichtet er, «eine Stunde vor der Stadt, ist beträchtlich, und hat Terrain genug, Körners Erfindungsgeist zu allerlei Ideen zu verführen. Am Fuße des Berges ligt das Wohnhauß, welches weit geräumiger ist als das Endnerische zu Golis. Am Hauß ist ein niedlicher kleiner Garten, und oben auf der Höhe des Weinbergs steht noch ein artiges Gartenhäußgen.» (NA 24, 19 f.)

Zum Auftakt des gemeinsamen Lebens frühstückt man am Morgen nach der Ankunft unter einem alten Nußbaum im Freien. Schiller stößt dabei voller Überschwang so heftig gegen Minnas Glas, daß es zersplittert und der Rotwein auf die weiße Tischdecke aus Damast rinnt. Die Freunde werten die Scherben als gutes Zeichen, werfen die übrigen Gläser über die Gartenmauer auf das Steinpflaster und schwören sich Treue in dauernder Sympathie: eine Szene, die wie ein Kommentar zur kurz zuvor entstandenen Ode *An die Freude* wirkt (NA 42, 102 f.). Schiller bezieht ein einfaches Zimmer zu ebener Erde, das unmittelbar neben der Waschkammer liegt. Zur fruchtbaren Arbeit am *Karlos*, dessen zweiten Akt er in Angriff nehmen möchte, kommt er jedoch nur selten, weil ihn die Dienstboten im Nebenzimmer durch lautstarke Unterhaltungen zu stören pflegen. Die Lärmbelästigung wird auf launige Weise in einem satirischen Gedicht, dem *Unterthänigsten Pro Memoria an die Consistorialrath Körnerische weibliche Waschdeputation in Loschwiz* thematisiert: «Die Wäsche klatscht vor meiner Thür, | es scharrt die Küchenzofe – | und mich – mich ruft das Flügelthier | nach König Philipps Hofe.» (NA 1, 159, v. 13 ff.) Da in der Kammer ein Ofen fehlt, leidet Schiller erheblich unter der kühlen Luft. Die Enge des Schreibzimmers lähmt seine Arbeitslust vollends. Am 20. Oktober, mit Einbruch des kalten Herbstes, kehrt er daher in Begleitung der Körners nach Dresden zurück. Gemeinsam mit Huber, der sein Leipziger Quartier aufgegeben hat, bezieht er eine Unterkunft im Haus des Hofgärtners Johann Martin Fleischmann am Neustädter Kohlmarkt, das der Wohnung der Freunde schräg gegenüberliegt. Ohne größere Unterbrechungen bleibt sie Schillers Domizil bis Ende Juli 1787; hier entsteht der langsam fortschreitende *Karlos*, werden Beiträge für die *Thalia* redigiert, Erzählungen und historische Studien vorbereitet.

Der Aufenthalt in Loschwitz und Dresden ist für Schiller mit einer bisher unbekannten materiellen Sicherheit verbunden. So dezent wie großzügig lindert der vermögende Körner in den beiden folgenden Jahren seine finanzielle Not und erleichtert ihm das Überleben als freier Autor ohne feste Stellung. Er zahlt nicht nur seinen alltäglichen Unterhalt, sondern legt auch einen Entschuldungsplan fest, der es ihm erlauben soll, die Stuttgarter Bürgschaften zu erstatten. In späteren Jahren wird Schiller es verstehen, seine ökonomischen Verhältnisse mit zähem Geschäftssinn selbst zu regeln; in Dresden bedarf er hingegen der Hilfe des lebenskundigeren Freundes, der ihm manchen Engpaß überbrücken hilft. Eine kurzfristige Tilgung der Schulden kann deshalb nicht gelingen, weil Schillers Honorare bescheiden bleiben, zudem der publizistische Ertrag der Zeit zwischen 1785 und 1787 äußerst gering ausfällt. Noch im März 1788 muß er Henriette von Wolzogen offenbaren, daß er für die Einlösung seiner Bauerbacher Wechsel weitere zwei Jahre benötige (NA 25, 26). Trotz Körners Unterstützung scheint er auch in Dresden regelmäßig Kredite aufgenommen zu haben, um seine Unkosten zu decken. Ein Grund dafür mag darin liegen, daß er wie in Mannheim ständig mit Einnahmen rechnet, über die er noch nicht verfügt, und daher zu Ausgaben neigt, die seine aktuellen Möglichkeiten überfordern (sie gelten meist ausländischem Tabak oder teuren Weinen, selten kostspieligen Büchern).

Schiller hat seinen Aufenthalt in Dresden während der ersten Monate außerordentlich genossen. Die kurfürstlich sächsische Residenz zählt zu dieser Zeit 55 000 Einwohner, ist also erheblich dichter besiedelt als Stuttgart oder Mannheim. Allgemein lobt man ihren atmosphärischen Reiz und die südliche Stimmung, die sie entfalten kann. Schon 1718 schrieb Goethes Großonkel, der preußische Diplomat und Romancier Johann Michael von Loen: «Ein Fremder hat fast ein paar Monate zu tun, wenn er alles, was dieser Ort Schönes und Prächtiges hat, in Augenschein nehmen will.»[219] Auch nachdem der Siebenjährige Krieg zahlreiche Werke der barocken Hofarchitektur aus der Ära Augusts des Starken zerstört hat, bewahrt Dresden seine Strahlkraft. Der vielgereiste Johann Kaspar Riesbeck bemerkt 1783: «Es ist ohne Vergleich die schönste Stadt, die ich noch in Deutschland gesehen. Die Bauart der Häuser hat viel mehr Geschmack als die von Wien. Auf der langen und prächtigen Elbbrücke ist die Aussicht bezaubernd. (...) Das Gebirge gegen die Lausitz zu bietet einen majestätischen Anblick, und die teils wilden, teils mit Weinreben bepflanzten Berge längs dem Fluß hinab bilden eine ungemein schöne Perspektive.»[220] Gerühmt werden nicht nur die Reize der landschaftlichen Umgebung zwischen Sächsischer Schweiz, Tharandt und Meißen, sondern auch die geschmackvollen Züge der von barockem wie klassizistischem Stil geprägten Hofarchitektur mit Residenzschloß, Elbterrassen und Zwinger. Herder nennt Dresden unter Bezug auf seine Kunstschätze im Jahr 1802 ein «deutsches Florenz»,[221] dessen Museen den Betrachter durch die Vielzahl ihrer Exponate verwöhnten. Gewaltig ist die Fülle des kulturellen Angebots im breiten Spektrum von Museen, Münz- und Porzellansammlungen über Lesekabinette (in der Arnoldischen Buchhandlung am Altmarkt), königliche Bibliothek, Oper und Schauspiel (im seit 1769 bestehenden Morettischen Theater) bis zu den Freiluftkonzerten am malerisch gelegenen Elbufer. Auch wenn Mitte der 80er Jahre die Schäden des 1763 beendeten Krieges, der 20000 Einwohnern das Leben gekostet hatte, noch nicht vollends behoben waren, spürte man deutlich das kulturelle Flair einer Stadt, deren Reizen sich kein auswärtiger Besucher entziehen konnte.

Schillers Aufenthalt in der sächsischen Residenz währt knapp zwei Jahre, bis zum 20. Juli 1787. Geselliger Austausch, schriftstellerische Arbeit und Organisation des eigenen Journals bestimmen den Alltag. Der konkrete literarische Ertrag bleibt jedoch begrenzt, wenn man ihn an Veröffentlichungen mißt. Die gesamte Dresdner Zeit steht unter dem fatalen Gesetz einer Zerstreuung der Kräfte; Schiller gehorcht der Neigung, die für ihn notwendige künstlerische Konzentration dem Vergnügen an der Projektmacherei zu opfern. Noch Ende August 1787 spricht er gegenüber Körner von der Flucht vor den Forderungen des Tages: «Ganz glücklich kann ich nirgends und nie seyn, das weißt Du, weil ich nirgends die Zukunft über der Gegenwart vergeßen kann.» (NA 24, 144) Im Vertrauen auf die Grenzenlosigkeit der eigenen Kräfte gibt Schiller seine künstlerische Geistesgegenwart dem ausschwingenden Spiel der Pläne preis. Anders als in späteren Lebensphasen, da ihn ein schlechter Gesundheitszustand zum haushälterischen Umgang mit den eigenen Ressourcen nötigt, läßt er sich von seinen aktuellen Geschäften rasch ablenken. Die Zusammenstellung des Journals wird durch historische Studien, die Tätigkeit am *Karlos* durch die Abfassung von Gelegenheitsgedichten und Libretto-Skizzen unterbrochen. Er schläft lange, beginnt erst gegen Mittag mit der Arbeit, von der er sich gern durch ausgedehnte Spaziergänge erholt. Vor Beginn der Nachtruhe steht zumeist der Besuch in der benachbarten Wohnung Körners. An Sonn- und Feiertagen nimmt er dort auch sein Mittagesssen ein, dem in der Regel anregende Unterhaltungen über Kunst und Literatur folgen. Schiller liebt es, sich an diesen Gesprächen mit geistreichen Bemerkungen zu beteiligen, während er auf dem Sofa liegt und die Freunde aufmerksam beobachtet. Inmitten des jungen Eheglücks dürfte sein Status als Junggeselle nicht ganz unproblematisch geblieben sein. Huber gesteht er schon im Herbst 1785 eine aufkeimende Neigung zu Dora, die er nur mit Mühe unterdrückt zu haben scheint. Seine behagliche Rolle «im Schooße einer Familie» (NA 24, 72) möchte er gleichwohl nicht aufgeben. Als der Hamburger Intendant Friedrich Ludwig Schröder ihm am 18. Oktober 1786 für die Zeit nach dem Abschluß des *Karlos* eine Stellung am Theater anbietet, lehnt er mit dem Hinweis darauf ab, daß ihn die trivialen Seiten des Bühnenbetriebs in seiner literarischen Phantasie einschränkten. Es ist gewiß nicht nur die abschreckende Mannheimer Erfahrung, die solche Zurückhaltung begründet, sondern auch die unterschwellige Furcht, die sichere Existenz des zurückgezogen arbeitenden Autors gegen ein öffentliches Amt einzutauschen.

Außerhalb des Körnerschen Hauses pflegt Schiller in Dresden kaum persönliche Beziehungen. Mitte März 1786 erhält er Besuch von Friedrich Kunze, der sein Andenken im Leipziger Freundeskreis lebendig hält, indem er Abschriften der Ode *An die Freude* zirkulieren läßt. Einen Monat später trifft er den durchreisenden Oeser, der ihn im Salon des an der Dresdner Ritterakademie lehrenden Kunstschriftstellers Wilhelm Gottlieb Becker einführt. Ende April, als Körner mit Minna in Zerbst bei Leipzig im Haus seiner Tante Christiane Sophie Ayrer weilt, lernt er den weltläufigen Historiker Johann Wilhelm von Archenholtz kennen. Mit ihm, dem Herausgeber der seit 1782 bestehenden Zeitschrift *Litteratur und Völkerkunde*, tauscht er sich über die Risiken publizistischer Arbeit aus; acht Jahre später wird er ihn als Zeichen seiner hohen Wertschätzung zur Mitarbeit an den *Horen* einladen. Mitte Mai begegnet er Schwan wieder, der, begleitet von seinen Töchtern, einige Tage in Dresden Station macht. Im November trifft er den Jenaer Theologiestudenten Karl Graß, der in der sächsischen Residenz seine zeichnerischen Talente verfeinern möchte. Zumeist sind es jedoch Vertraute Körners wie der Kapellmeister Johann Gottlieb Naumann, der Finanzrat Thomas von Wagner, der literarisch tätige Verwaltungsbeamte Friedrich Traugott Hase oder der Übersetzer Johann Leopold Neumann, mit denen Schiller verkehrt. Durch den Freund lernt er auch den Maler Anton Graff kennen, dem er im Mai 1786 zu einem Porträt sitzt. Sporadisch besucht er das gastfreie Haus der jetzt in Dresden bei der Bondinischen Truppe engagierten Sophie Albrecht, wo er im Herbst und Winter 1786 gelegentlich Whist spielt (eine Leidenschaft, die er in Weimar vertiefen wird).

Im Frühwinter 1786 gerät Schiller in eine spürbare Stimmungskrise, die durch die Unzufriedenheit mit der erfahrungsarmen Existenzform des mä-

Friedrich Schiller.
Radierung von Johann Gotthard Müller, 1793,
nach dem zwischen 1786 und 1791 entstandenen Gemälde von Anton Graff

zenatisch geförderten Privatiers genährt wird. Hinzu kommen äußere Ereignisse, die ihn belasten. Am 24. Juli war Minna von einem auf den Namen Johann Eduard getauften Jungen entbunden worden, zu dessen Paten die Freunde Schiller ernannten (dem Erstgeborenen folgten 1788 die Tochter Emma, 1791 der Sohn Theodor). Anfang Dezember erkrankte das Kind gefährlich am damals noch nicht diagnostizierbaren Scharlach. Nach für die Eltern zermürbenden Schwankungen seines Zustands starb es am späten Abend des 10. Dezember. Schiller berichtet der Leipziger Buchhändlersgattin Wilhelmina Friederika Schneider einen Tag später in anrührender Weise von der Krankengeschichte des Jungen, deren tragischer Ausgang ihn schwer trifft. Die Kindersterblichkeit blieb am Ende des 18. Jahrhunderts noch immer außerordentlich hoch, was durch die mangelnde Vorbeugung gegen infektiöse Erkrankungen bedingt wurde. In Preußen starben zwischen 1790 und 1798 durchschnittlich 17 Prozent der Säuglinge im ersten Lebensjahr.[222] Als sachkundiger Mediziner hat Schiller bei seinen Söhnen später auf einen entsprechenden Schutz geachtet und sie impfen lassen. Im Gegensatz zu Lessing und Goethe ist ihm die Erfahrung vieler Eltern dieser Zeit, der Tod eines Kindes, erspart geblieben.

Im Herbst 1786 beginnt die Beziehung zu Huber brüchig zu werden. Schiller ahnt, daß er die Substanz ihrer Freundschaft in der Vergangenheit überschätzt hat. Als Körner und Minna Mitte Dezember 1786 nach Leipzig reisen, um dort die Feiertage zu verbringen, siedelt er mit Huber in deren geräumigere Wohnung über. Den Weihnachtsabend verbringt man bei Punsch und Christstollen zu Hause, ohne jedoch die anregende Gesprächsatmosphäre früherer Zeiten erneuern zu können. Der Spannungsverlust, den Schiller bereits im Sommer wahrgenommen hatte, bestätigt sich jetzt: «Ich bin Hubern nichts und er mir wenig.» (NA 24, 78) Veranlaßt wird die düstere Laune auch durch die Irritation über die eigene Lethargie, die die künstlerische Arbeit hemmt. Schon Anfang Mai 1786 hatte er selbstkritisch festgestellt: «Ich bin mürrisch, und sehr unzufrieden. Kein Pulsschlag der vorigen Begeisterung. Mein Herz ist zusammengezogen, und die Lichter meiner Phantasie sind ausgelöscht.» Die Einsicht in den zyklischen Charakter seelischer Stimmungen schließt das Bewußtsein ein, daß dem Tal der Schwermut der Aufstieg zum entspannteren Lebensgefühl folgen muß: «Ich bedarf einer Krisis – die Natur bereitet eine Zerstörung, um neu zu gebähren.» (NA 24, 51) Erst nach dem Abschluß des *Karlos* im Mai 1787 gelingt Schiller jedoch die Freisetzung jener kreativen Kräfte, die sich in Dresden nur phasenweise gezeigt hatten.

Ertragreiche Verlagskontakte. Kooperation mit Göschen und Crusius

Durch Hubers Vermittlung lernt Schiller Ende April 1785 in Leipzig den 32jährigen Georg Joachim Göschen kennen. Zügig entwickelt sich hier ein freundschaftliches Verhältnis, das erst ab 1794, nach der Bekanntschaft mit Cotta, unter dem Einfluß geschäftlicher Meinungsunterschiede, in eine Krise gerät.[223] Göschen hatte seine entbehrungsreiche Jugend elternlos in Pension bei einem Schulmeister zugebracht und mit 15 Jahren in Bremen eine Ausbildung als Buchhändler begonnen. Nach erfolgreich absolvierter Lehrzeit trat er 1772 in das Leipziger Unternehmen von Siegfried Lebrecht Crusius ein. 1781 wechselte er zur neu gegründeten *Buchhandlung der Gelehrten* in Dessau, zu deren Geschäftszweigen auch der preisgünstige Druck und Vertrieb wissenschaftlicher Originalschriften zählte. Das finanziell solide ausgestattete Dessauer Kontor suchte auf diese Weise unbemittelte Autoren zu unterstützen und, abweichend von den Gepflogenheiten des damaligen Verlagswesens, auch die Veröffentlichung wirtschaftlich weniger verheißungsvoller Projekte zu fördern. Dieses Unternehmensverständnis, das freilich nur auf der Basis gesicherter ökonomischer Verhältnisse gedeihen konnte, sollte später auch Göschens eigene Verlagskonzeption beeinflussen. Mit Hilfe seines Freundes Körner beginnt er im Jahr 1785, nachdem er sich von seinem Dessauer Kompagnon Reiche getrennt hatte, in Leipzig selbständig ein Geschäft aufzubauen. In der Gründungsphase steuert Körner die Geschicke des Verlages, indem er aus seinem ererbten Vermögen regelmäßige Zuschüsse für Göschens Kasse bereitstellt. Diese Zuwendungen dienen der Bezahlung der in Sachsen sehr hohen Druckkosten und der Finanzierung des Vertriebs. Erst nach Abzug sämtlicher Kommissionsgebühren und Honorare deckt Körner seine eigenen Rechnungen. Er trägt damit das Risiko des geschäftlichen Mißerfolgs in Alleinverantwortung, ohne feste Gewinnaussichten zu besitzen. Diese generöse Förderung ermöglicht es Göschen wiederum, die Interessen seiner Autoren in für damalige Verhältnisse ungewöhnlicher Weise zu schützen. Gängig war es noch am Ende des 18. Jahrhunderts, daß der Verleger mit dem Ankauf eines Manuskripts das Recht für sämtliche Auflagen erwarb, ohne weitere Honorarzahlungen gewährleisten zu müssen. Schiller selbst hatte in seinen Geschäftsbeziehungen zu Schwan darunter gelitten, daß er sämtliche Ansprüche auf seinen Text mit dessen Veröffentlichung abtrat, vom Erlös aber nicht profitierte. Diese Praxis war für die meisten Schriftsteller ruinöser als der Wettbewerb mit den Raubdruckern, der in der Regel den persönlichen Gewinn einschränkte, zugleich jedoch Wer-

Georg Joachim Göschen.
Lithographie von Johann Samuel Graenicher

beeffekte zeitigte, welche den Verkauf regulärer Ausgaben steigern konnten. Neun Jahre vor den Neuerungen des *Preußischen Allgemeinen Landrechts* garantierte Göschen jetzt sämtlichen Autoren, ohne durch Gesetz dazu verpflichtet zu sein, die Honorierung von Neuauflagen und erarbeitete damit die Basis für ein Verlagsgeschäft seriösen Charakters. Seine wegweisenden Prinzipien hat er 1802 in einer Denkschrift festgehalten, die die Branche an ihre Verpflichtung zur Bildung des Geschmacks in Kunst und Wissenschaften erinnert. Auch hier zeigt sich Göschen als aufgeklärter Unternehmer, der nicht allein wirtschaftliche Vorteile verfolgt, sondern auch auf die öffentliche Meinung und das kulturelle Bewußtsein seiner Zeit einzuwirken sucht.

Durch Göschens unermüdlichen Arbeitseinsatz gewinnt der Verlag bald Einfluß und Gewicht. 1786 gelingt es ihm, die Rechte für die erste Gesamtausgabe von Goethes Schriften zu erwerben, die, mit einer äußerst sparsamen Ausstattung, zwischen 1787 und 1790 in acht Bänden erscheint (aufgrund der zahlreichen Raubdrucke erleidet er hier einen Verlust von 1500 Talern). 1791 verkauft ihm Wieland seinen neuen Roman, den *Peregrinus Proteus*, und den Folgeband der *Göttergespräche*. Die hier begründete Kooperation mündete schließlich in das Projekt der von 1794 bis 1811 veröffentlichten umfassenden Edition der Werke Wielands. Göschens gewinnträchtigstes Produkt ist das *Noth- und Hülfs-Büchlein für Bauersleute*, eine populäre Sammlung von Erbauungstexten, die zwischen 1788 und 1811 eine Verkaufsauflage von einer Million Exemplaren erzielt. Der wirtschaftliche Erfolg ließ angesichts solcher Quoten nicht auf sich warten; im Jahr 1795 konnte Göschen ein prächtiges Landgut in Hohenstädt bei Grimma erwerben, wo er 1797 auch die hauseigene Druckerei ansiedelte. Als der Verleger 1828 im Alter von 75 Jahren starb, gehörte er zu den bekanntesten Vertretern seiner Branche. Sein Sohn Hermann Julius verkaufte das Unternehmen 1838 an das Haus Cotta, ehe es 1868 erneut selbständig wurde; die 1889 eröffnete *Sammlung Göschen* erinnerte bis in unsere Zeit an den Namen des Gründers.

Noch vor der ersten persönlichen Begegnung, die auf Hubers Vermittlung Ende April 1785 erfolgt, kommt es zu einer geschäftlichen Annäherung zwischen Göschen und Schiller. Bereits am 6. März 1785 ebnet Körner dafür die Wege, indem er Göschen anweist, dem noch in Mannheim weilenden Freund aus seiner Kasse die stattliche Summe von 300 Talern als Vorschuß für die Übernahme der *Thalia* zu zahlen. Göschen erwirbt damit nicht nur die *Rheinische Thalia*, deren zunächst im Selbstverlag veröffentlichte erste Nummer er unverzüglich nachdrucken läßt, sondern auch alle Ausgaben des folgenden Journals. Schiller selbst hatte Ende Februar in einem Brief an Huber die Erwartung ausgesprochen, daß die Zeitschrift ihm Jahreseinnahmen von 800–900 Talern bescheren werde, und damit seine frühere Schätzung vorsichtig korrigiert. Die von Göschen zur Verfügung gestellte Summe, über deren Quelle man ihn zunächst nicht informierte, nutzte er vor der Abreise nach Leipzig zur Tilgung seiner Mannheimer Schulden (vor allem bei seinem Vermieter Hölzel stand eine beträchtliche Bürgschaft an).

Göschens genaue Zahlungen für die *Thalia* lassen sich nur schwer ermitteln, weil die Geldflüsse unübersichtlich bleiben. Vorschüsse und Anleihen sind kaum von normalen Vergütungen zu trennen; die Barmittel, die Schiller erhielt, stammen zunächst aus der Kasse Körners, erst seit dem Ende der 80er Jahre vom Verleger selbst. Das für die *Thalia* verabredete Honorar, aus dessen Summe der Herausgeber nach eigener Abstufung die Beiträge seiner Mitarbeiter entlohnte, betrug fünf Louisdor pro Bogen. Häufig kommt es jedoch zu vorgezogenen Zahlungen, die seine regelmäßigen Engpässe überbrücken müssen. So bittet er am 16. Dezember 1785 um einen Vorschuß für das zweite *Thalia*-Heft, das erst im Februar erscheinen soll. Während sich Göschen in solchen Phasen als zuverlässiger Partner erweist, der, abgesichert durch Körner, den finanziellen Wünschen seines Autors bereitwillig nachkommt, trägt Schillers Geschäftsgebaren während der Dresdner Zeit zwiespältige Züge. Nur selten hält er seine Terminversprechen; Manuskripte werden unregelmäßig oder verspätet geliefert; angekündigte Vorhaben bleiben Wechsel auf eine ferne Zukunft; künstlerische Konzepte unterliegen dauerndem Wandel, ohne daß eine klare Linie erkennbar scheint. Göschen hat solche Kursschwankungen stets mit großer Geduld ertragen. Dem wankelmütigen Schiller setzt er eine berechenbare Verlagspolitik entgegen, die Stabilität in Zeiten der Unruhe bedeutet.

Neben die *Thalia* tritt rasch das *Karlos*-Projekt. Am 5. Dezember 1786 beginnen Verhandlungen über die Buchausgabe des Dramas, die auch der äußeren Ausstattung gelten. Schiller möchte Einband, Satztype, Format und Papierqualität genau bestimmen, nachdem er bei seinen ersten Publikationen kaum Einfluß auf die Gestaltung des Werkes hatte ausüben können. Auch in den späteren Geschäftsbriefen an Cotta fällt seine professionelle Kenntnis drucktechnischer Details auf, die ihn zu einem kompetenten, oft schwer zu befriedigenden Verhandlungspartner macht. Göschen nimmt seine Forderung, ihm zwölf Taler pro Bogen oder, nach Wahl, 50 Louisdor für das Gesamtwerk zu zahlen, bereitwillig an; die Überweisung erfolgt in mehreren Raten zwischen Ende Februar und Mitte Mai 1787. Immerhin liegt diese Summe fünffach höher als das von Schwan für den *Fiesko* gezahlte Honorar. Es ist verständlich, daß Schiller angesichts derart großzügiger Bedingungen den Versuch unternimmt, die Rechte für seine drei veröffentlichten Dramen an Göschen zu übertragen. Schon am 3. Juli 1785 spielt er mit dem Gedanken, die geplante Theaterfassung des *Fiesko* und eine durch abgewandelte Schlußszenen ergänzte Ausgabe der *Räuber* auf den Markt zu bringen, deren Verlag der Partner übernehmen soll. Noch Ende Mai 1787 zeigt er sich verärgert über einen ohne seine Einwilligung durch Götz bei Schwan veranstalteten Nachdruck von *Kabale und Liebe*, dem 1786 bereits mehrere unautorisierte Neuauflagen vorausgegangen waren; in sämtlichen Fällen hatte man ihm ein Honorar vorenthalten und auf die Übersendung von Freistücken verzichtet. Der geplante Wechsel scheitert schließlich an den bestehenden Rechtsverhältnissen, die einen erneuten Verkauf der Texte nicht erlauben. Auf der Leipziger Frühjahrsmesse scheint es 1788 durch Vermittlung des Weimarer Unternehmers Friedrich Justin Bertuch zu einem Gespräch zwischen Göschen und Götz gekommen zu sein, das jedoch kein Ergebnis erbrachte. Göschen lag an einem reibungsfreien Verhältnis zur Konkurrenz, so daß er zurückhaltend operierte und die gegebenen Besitzrechte grundsätzlich anerkannte. Mit letzter Konsequenz hat auch Schiller seine Verhandlungen nicht geführt. Trotz geschäftlicher Enttäuschungen bestand eine alte Loyalität gegenüber Schwan, die er nicht preisgab. Am 17. Mai 1786 erklärt er Huber, der Mannheimer Verleger habe ihm in schwierigen Zeiten Vertrauen in die eigene «Schriftstellerei» vermittelt und ihn dazu veranlaßt, seine literarische Arbeit fortzusetzen: «Von meinen eigenen Landsleuten ignoriert empfieng ich von ihm die erste Opferung, und die erste ist so süß, so unvergeßlich.» (NA 24, 54)

Die Geschäftsbeziehung zu Göschen bleibt durch persönliche Wertschätzung bestimmt. Im Gegensatz zu Schwan trägt der neue Partner keine patriarchalische Attitüde zur Schau, sondern begegnet Schiller als annähernd gleichaltriger Generationsgenosse ohne autoritäres Gebaren. In Gohlis hatte man zwischen Mai und September das Dachzimmer geteilt, wenn Göschen, der in der Stadt arbeitete, an Abenden oder Wochenenden zum Freundeskreis stieß. Als Schiller im Herbst zu den Dresdner Freunden reist, trauert der Zurückgebliebene den gemeinsamen Tagen nach, in denen die jetzt verblaßte ländliche Idylle ihren eigenen Reiz besaß: «Das übrige», schreibt er am 17. September 1785, «ist fast alles Stoppel das die Blüthe des Lebens und die schöne Frucht verlohren hat» (NA 33/I, 77). Wie feinfühlig der Verleger seinen Autor beurteilt, belegt ein Brief an Bertuch vom 28. Februar 1786, in dem es heißt: «Es ist mir sein sanftes Betragen und die sanfte Stimmung seiner Seele im geselligen Zirkel, verglichen mit den Produkten seines Geistes ein großes Rätsel. Ich kann Ihnen nicht sagen, wie nachgebend und dankbar er gegen jede Kritik ist, wie sehr er an seiner moralischen Vollkommenheit arbeitet, und wieviel Hang er zum anhaltenden Denken hat.»[224] Umgekehrt nimmt Schiller Göschens wachsende Reputation mit Befriedigung zur Kenntnis. Ende Januar 1788 berichtet er ihm aus Weimar, er habe in der literarischen Hauptstadt Deutschlands «mehr Freunde als mancher Mensch in seinem ganzen Leben nicht zusammen gezählt hat.» (NA 25, 10) Neben dem *Karlos* und der *Thalia* veröffentlicht Göschen später Schillers Abhandlung über die Geschichte des Dreißigjährigen Krieges, deren Konzeption er selbst anregte. Die großen Dramen der Weimarer Periode erscheinen dann wie die *Horen* und der Musenalmanach (ab Dezember 1795) bevorzugt im Haus Cottas. Nach Schillers Wechsel zum Tübinger Konkurrenten trübt sich das Verhältnis zu Göschen Mitte der 90er Jahre vorübergehend, doch geraten die Beziehungen bald wieder ins Lot. Als man sich Mitte September 1801 nach langjähriger Pause in Hohenstädt unweit von Leipzig, wohin Schiller mit Körner reist, erstmals wiedersieht, stellt sich schnell der vertraute Ton früherer Tage ein. Weil Schiller im Spätwinter 1802 für den geplanten Weimarer Hauskauf dringend Bargeld benötigt, schießt Göschen ihm bereitwillig das Honorar für die zweite Auflage der *Geschichte des Dreyßigjährigen Kriegs* vor. Er wiederholt damit die Geste des großzügigen Unternehmers, der seinem Autor in schwierigen Zeiten als Förderer zur Seite stand.

Zum zweiten wichtigen Geschäftspartner neben Göschen avanciert vor der Bekanntschaft mit Cotta der Leipziger Verleger Siegfried Lebrecht Crusius. Vermutlich war es Huber, der im Herbst 1786 den Kontakt zu ihm herstellte. Er ist 21 Jahre älter als Schiller und verfügt über beträchtliche merkantile Erfahrung. 1766 hatte er die von Johann Michael Teubner 1730 gegründete Verlagsbuchhandlung in Leipzig gekauft, die er bis zum Jahr 1808 führte. In dieser Zeit brachte er 1150 Werke auf den Markt, neben schöner Literatur – darunter Arbeiten des Dramatikers Christian Felix Weiße – pädagogische Schriften aus der Feder Johann Bernhard Basedows und Christian Gotthilf Salzmanns, naturwissenschaftliche Enzyklopädien und Lexika (NA 24, 296f.). Auf den geschäftlich wegweisenden Frühjahrsmessen war er zumeist mit mehr als 50 Büchern vertreten; mit derartigen Produktionszahlen gehörte er zu den einflußreichsten Großverlegern der Zeit. Als Crusius sein Unternehmen nach 43jähriger Tätigkeit an seinen früheren Mitarbeiter Friedrich Christian Wilhelm Vogel verkaufte, konnte er auf ein überaus erfolgreiches Geschäftsleben zurückblicken, das ihn zu einem vermögenden Mann hatte werden lassen; seinen Lebensabend verbrachte er auf eigenen Rittergütern bei Sahlis und Rüdigsdorf südöstlich von Leipzig.

Erste Geschäftsbeziehungen zu Crusius kommen im Herbst 1786 zustande. Es bleibt zu vermuten, daß Huber, mit dem Schiller die Veröffentlichung einer zwei Bände umfassenden *Geschichte der merkwürdigsten Rebellionen* plante, den Verleger aus seiner eigenen Zeit in Leipzig kannte und den persönlichen Kontakt während des Messebesuchs zu Ostern 1786 vertiefte. Als die Freunde im August erste Grundrisse ihrer Geschichtsschrift fixierten, bot es sich an, Crusius, zu dessen Schwerpunkten ein populärwissenschaftliches Sachbuchprogramm gehörte, für den Verlag ins Auge zu fassen. Der Vertrag dürfte bereits zu Beginn des Herbstes 1786 abgeschlossen worden sein, denn am 18. Oktober kündigt Schiller den ersten Band der Abhandlung in den *Gothaischen gelehrten Anzeigen* als bei Crusius erscheinendes Werk an. Zwei Jahre später, Ende Oktober 1788, bringt der Verleger nicht nur die Sammlung über denkwürdige Rebellionen, sondern auch Schillers daraus hervorgegangene Schrift zur niederländischen Geschichte auf den Markt. Crusius gewinnt durch Zuverlässigkeit und solide Zahlungsmoral rasch Schillers Vertrauen. Bereits Ende der 80er Jahre erwägt er daher, in seinem Haus eine Gesamtausgabe mit älteren Werken zu veröffentlichen. Göschen mochte er das Projekt zu diesem Zeitpunkt nicht anvertrauen, weil er befürchtet, den Freund Körner als potentiellen Geldgeber zu überfordern. Das Motiv für den Plan einer solchen Edition ist finanzieller Natur; am 27. Juli 1785 hatte Schiller beim Leipziger Geldverleiher Beit mit Bürgschaft Körners einen Kredit in Höhe von 300 Talern zu fünf Prozent Zinsen aufgenommen. Die Tilgung dieser Summe soll aus dem Verkauf einer dreibändigen Werkausgabe bestritten werden, deren Aufbau er im Frühjahr zu durchdenken beginnt. Crusius bietet er das Projekt Mitte März 1789 an; einen Monat später erläutert er die Gliederung der Sammlung, die in jeweils einem Band die Prosaschriften, Theatertexte und Gedichte enthalten soll (NA 25, 242). Für die komplette Edition verabredet man ein Honorar von 350 Talern, das es Schiller gestatten könnte, die bei Beit stehende Schuld abzulösen.

Die Werkausgabe läßt sich jedoch in der ursprünglich geplanten Form nicht verwirklichen (den Leipziger Bankier hat Körner später aus eigener Tasche bezahlt). Nach einer durch die Übernahme der Jenaer Professur und die schwere Erkrankung des Jahres 1791 bedingten Verzögerung entschließt sich Schiller zu einer Teilung der Edition. Anfang Oktober 1791 überträgt er Crusius die Rechte an der Veröffentlichung seiner *Kleineren prosaischen Schriften*. Sie werden zwischen 1792 und 1802 in vier Teilen bei Göpferdt in Jena gedruckt und enthalten die versprengt publizierten Erzählungen sowie Zeitschriftenaufsätze früherer Jahre. Erst 1800 und 1803 erscheinen schließlich die zwei Bände seiner gesammelten Lyrik, die der Leipziger Verleger in geschmackvoller Ausstattung auf den Markt bringt. Die Theaterschriften freilich, die das Mittelstück der ursprünglich geplanten Ausgabe bilden sollten, überläßt Schiller dem wirtschaftlich mächtigen Cotta, dessen Honorarangebote die Konkurrenz nach 1800 nicht mehr übertreffen kann.

Die wenigen überlieferten Briefe aus Crusius' Feder legen einen devoten Tonfall an den Tag, der Verehrung bis zur Unterwürfigkeit verrät. Schiller wiederum scheint aus dieser Einstellung wahrhaft Kapital geschlagen zu haben. Mit großer Selbstverständlichkeit nutzt er Crusius als Bankier, der Vorschüsse gewähren und finanzielle Notlagen überbrücken muß. So geschieht es im November 1787, als er 15 Louisdor für das noch nicht gedruckte Manuskript der Schrift zur niederländischen Geschichte vorstreckt, und nochmals im Mai 1802, als er seinem Autor 50 Carolin (300 Taler) in Erwartung der noch anstehenden Veröffentlichung des zweiten Bandes der Gedichtausgabe überweist. In mehreren Fällen scheint sich Schiller selbst Abschlagszahlungen genehmigt zu haben, ohne Crusius zuvor um Erlaubnis zu fragen. Im Januar 1788 läßt er bei Bertuch in Weimar 60 Taler Vorschuß aus seiner Kasse durch einen Wechsel gegenzeichnen, den der Gläubiger über Vermittlung Göschens beim Leipziger Verleger einlösen soll. Mitte April 1789 wiederholt er diesen Vorgang, indem er auf Crusius' Namen einen Schuldschein über 200 Taler ausfertigt, der das Honorar für die geplante Werkausgabe beleiht; als der erste Band der Prosaschriften dreieinhalb Jahre später erscheint, bezieht er gleichwohl ein Honorar in Höhe von 90 Talern, ohne daß der Verleger Abzüge in Rechnung stellt. Crusius hat Schillers eigenmächtiges Vorgehen klaglos hingenommen und seinem Autor die beanspruchten Summen ohne Protest erstattet.

Eine engere menschliche Beziehung scheint jenseits der unternehmerischen Kontakte nicht entstanden zu sein. Erstmals dürfte man sich Mitte April 1792 in Leipzig getroffen haben, wo Schiller auf der Reise zu Körner kurz Station machte, um den alten Kontakt mit Göschen zu erneuern. Es steht zu vermuten, daß dieser ihm seinen früheren Vorgesetzten Crusius, in dessen Geschäft er eine Dekade lang arbeitete, persönlich vorgestellt hat. Eine zweite Begegnung erfolgte, ebenfalls in der sächsischen Metropole, fast zehn Jahre später, am 18. September 1801, als sich Schiller auf dem Rückweg von Dresden befand. Letztmals hat man sich Ende April 1804 in Leipzig gesehen, für wenige Stunden nur, im Trubel der Buchmesse. Das Verhältnis zu Crusius blieb eine Geschäftsverbindung, aus der Schiller finanzielle Vorteile zog, ohne daß es ihn nach vertiefender Annäherung verlangte.

8. Kleine Dramen und Versuche

Etüden der Freundschaft. Körners Vormittag (1787)

In Leipzig und Dresden hat Schiller mehrfach Gelegenheitsarbeiten mit eingeschränktem Wirkungsanspruch verfaßt. Sie bilden das Indiz für die Zerstreuung der Kräfte, die ihn während der *Karlos*-Zeit bestimmt, dürfen jedoch in ihrer künstlerischen Eigenart nicht unterschätzt werden. Die Reihe dieser Produkte eröffnet das pathetische Geburtstagsgedicht für Körner vom Juli 1785. Angeregt wird es durch die enthusiastische Stimmung während eines ländlichen Weinfrühstücks am Morgen des 2. Juli, als Schiller, Huber und Göschen auf dem Rückweg von Borna, wo man den Abend mit dem Freund verbracht hat, in einer Dorfschenke Rast machen und den abwesenden Jubiliar hingebungsvoll feiern. Die Hochzeitsode zum 7. August 1785 trägt ebenso den Charakter der Gelegenheitsdichtung wie die allegorische Darstellung der Freundschaft, welche die Zeichnungen auf den beiden Krügen erläutert, die Schiller dem Ehepaar zum Vermählungstag schenkt. Die Satire über den vom Geschwätz der Waschfrauen abgelenkten Trauerspielautor (*Unterthänigstes Pro Memoria*) beleuchtet Schillers Loschwitzer Lebenssituation mit komischem Talent. Dagegen ist das Ende des Jahres 1785 entstandene Gedicht *Die unüberwindliche Flotte*, das im zweiten *Thalia*-Stück vom Februar 1786 gedruckt wird, durch einen getragen-pathetischen Ton ausgezeichnet. Der Text, der die Niederlage der spanischen Armada (1588) beschreibt, bildet die umgestaltete versifizierte Fassung eines Abschnitts aus dem historischen Vorwort, das Mercier den Szenen seines *Portrait de Philippe second, roi d'Espagne* (1785) vorangestellt hat. Die routinierte Präsentation des geschichtlichen Stoffs verrät technische Fertigkeiten, ohne daß das Gedicht jedoch originellen Charakter gewinnt.

Mitte Mai 1786 entwirft Schiller in kurzer Zeit zwei Lieder und eine Arie. Diese Arbeiten stehen unter Umständen im Zusammenhang eines Operettenplans, für den der Dresdner Komponist und Dirigent Johann Gottlieb Naumann, ein Freund des Hauses Körner, einen Textdichter suchte. Nicht auszuschließen ist zudem, daß Schiller die längerfristige Kooperation mit dem Mannheimer Konzertmeister Ignaz Fränzl anstrebte. Dieser hatte ihn im Mai in Begleitung seines Sohnes, von dem Ouvertüre und Zwischenmusik für die Mannheimer *Fiesko*-Aufführung stammten, mehrfach besucht; womöglich besprach man hier auch Opernpläne und geeignete Stoffe für ein Libretto. Bei der Arie handelt es sich um einen mehrstimmigen «Wechselgesang» zwischen einer männlichen und einer weiblichen Rolle. Hinter den Repertoirefiguren Leontes und Delia verbirgt sich fraglos eine Anspielung auf das Ehepaar Körner; der Text könnte den Beitrag für eines jener Kammerkonzerte darstellen, wie sie im Salon des musischen Dresdner Konsistorialrats regelmäßig geboten wurden (NA 1, 177 ff.). Die im Mai entstandenen Lieder wiederum tragen konventionelle Züge; sie scheinen ganz dem Rahmen eines Singspiels mit zentraler Liebeshandlung eingepaßt, ohne daß sie Hinweise auf szenische Details bieten (NA 2/I, 464 f.). Schiller hat die Arbeit an seinen lyrischen Arien, wie er Huber am 17. Mai 1786 verrät, nur als Übung aufgefaßt, um «schmieren zu lernen.» (NA 24, 55) Das Interesse am Genre des Singspiels packt ihn freilich auch in späteren Jahren. Noch im Dezember 1787 hegt er in Weimar den Plan, eine Operette nach Wielands Versepos *Oberon* (1780) zu schreiben. Der Freund Zumsteeg bittet ihn im Frühjahr 1794 ausdrücklich um die Lieferung eines Librettos. Im Februar 1800 erneuert er seinen Wunsch nach einer Zusammenarbeit für die Opernbühne und ersucht um eine Vorlage, die ihren Stoff «Heroisch-komisch» in Szene setzt (NA 38/I, 229). Trotz seiner früheren Neigungen hat Schiller sich niemals zu einer solchen Kooperation durchgerungen, weil sie das Risiko der Auslieferung an eine ihm zwar sympathische, letzthin aber fremde Kunst barg. Dem Zwang, den literarischen Text unter das Diktat der Musik zu stellen, hat er sich konsequent entzogen.

Körners 30. Geburtstag gab Ende Juni 1786 Anlaß für eine durchaus originelle Huldigung, die Schiller mit Huber vorbereitete. Ohne professionellen Ehrgeiz, aber mit gehörigem Witz entwarf er 13 Federskizzen, die Situationen aus dem Alltagsleben des Freundes darstellten (ihre Echtheit ist freilich nicht vollkommen erwiesen). Sie wurden ergänzt durch Kommentare Hubers und unter dem Titel *Avanturen des neuen Telemachs oder Exsertionen Körners* am 2. Juli 1786 in einer gebundenen Festzeitung überreicht. Eine der Zeichnungen zeigt den bei der Kant-Lektüre eingeschlafenen Körner, den auf dem Kopf stehenden Schiller als «adoptiven Sohn» des Freundes, Huber und Dora in zärtlicher Umarmung, Minna als indignierte Beobachterin und die Köchin mit einer Klistierspritze, die die Hausherrin «an ihre Sterblichkeit erinnert».[225] Ein anderes Bild erzählt eine Stationengeschichte, in der Göschen einen Brief Körners druckt, weil dieser keinen seiner für die *Thalia* versprochenen Beiträge abzuschließen vermag; der Text wird von einem Kritiker rezensiert, offenkundig gelobt und als Muster empfohlen. Die letzte Szene zeigt hier, in bewußter Verkehrung des normalen Zeitablaufs, den schreibenden Körner, der im Begriff

Friedrich Schiller.
Silberstiftzeichnung von Dora Stock, 1787

steht, seine Epistel abzuschließen. Die witzigen Skizzen nehmen die moderne Form der *Comic strips* vorweg, indem sie Bild und lakonischen Text im Rahmen von gedrängten Erzählfolgen aufeinander beziehen.

Ein Jahr später verfaßt Schiller zu Körners 31. Geburtstag eine kurze Posse, die satirische Szenen aus einem imaginären Vormittag des notorisch abgelenkten, mit Familienpflichten und Amtslasten überhäuften Freundes zeigt. Das Stück, das im Juni 1787 entstand, wurde vermutlich am 2. Juli im Haus Körners aufgeführt. Schiller spielte dabei, wie es das Manuskript festlegt, zunächst sich selbst, trat danach aber auch noch als «Seifenbekannter», Dienerin, Schuhmacher und theologischer Kandidat auf (NA 5, 160). Körner, Huber, Minna und Dora wirkten als Darsteller ihrer eigenen Person mit. Ob die restlichen Rollen, die Menschen aus dem Lebensumkreis der Familie persiflieren, von Freunden übernommen wurden, läßt sich nicht ermitteln. Der Text, dem ein Titel fehlt, ist zu Lebzeiten Schillers unpubliziert geblieben. Der Autographenhändler Carl Künzel erwarb das Manuskript am 2. Januar 1837 in Berlin aus den Händen Minna Körners unter der – sehr unspezifischen – Bedingung, daß er später diejenigen Passagen vernichte, die das Andenken Schillers und seines Freundes verletzten. Aufgrund allgemeinen Drucks entschloß sich Künzel 1862, 19 Jahre nach Minnas Tod, den Text trotz persönlicher Skrupel ungekürzt zu publizieren. Der inzwischen gängige Titel *Körners Vormittag* stammt von Karl Goedeke, der die Szenen 1868 im vierten Band seiner Gesamtausgabe veröffentlichte.

Nicht nur als Reflex der Dresdner Verhältnisse, sondern auch als einziger Beitrag Schillers zum Genre der Komödie darf die Posse eine gewisse Aufmerksamkeit beanspruchen. Das Stück führt innerhalb eines gedrängten Ablaufs 16 Rollenfiguren vor. Im Mittelpunkt des hektischen Geschehens steht Körner, der sich, ehe er zur amtlichen Konsistoriumssitzung aufbricht, rasieren lassen möchte, dabei aber nicht zur Ruhe kommt, weil Bekannte und Bedienstete ihn unaufhörlich mit Forderungen, Bitten, Aufträgen und Fragen überhäufen. Die Schlußpointe des Textes zielt folgerichtig auf die Unfähigkeit des Freundes, solchen Zerstreuungen diszipliniert und entschlossen zu begegnen. Auf die Frage, wie er «den ganzen Vormittag hingebracht» habe, antwortet er am Ende «in wichtiger Stellung», er sei rasiert worden (NA 5, 167). Vordergründig spielt die Handlung auf die von Schiller immer wieder gerügte Passivität Körners an. Bereits in der ersten Szene streiten die Freunde über seine mangelnde Arbeitsdisziplin, die dazu führt, daß der für die *Thalia* verabredete Beitrag nicht abgeschlossen wird. Der Text bezieht sich hier auf die geplante Fortsetzung der *Philosophischen Briefe*, an der sich Körner beteiligen sollte. Im

Spiel betrachtet Schiller das Manuskript, das auf dem Schreibtisch des Freundes liegt, und erkennt, daß der Verfasser über einen einzigen Satz nicht hinausgelangt ist: «‹Ein Glück wie das unsrige, Julius, ohne Unterbrechung, wäre zu viel für ein menschliches› (...)» (NA 5, 161). Es handelt sich hier um ein wörtliches Zitat aus Raphaels Schreiben an Julius im ersten Teil der *Briefe*, die Schiller Ende April 1786 im dritten *Thalia*-Heft als Bruchstück abgedruckt hatte (NA 20, 113). Ein Fragment des von Körner versprochenen Textes konnte Anfang Mai 1789 im siebenten Heft der Zeitschrift erscheinen, eine Fortsetzung unterblieb jedoch. Die durch die Posse bespöttelte Trägheit des Freundes war Ausdruck seiner intellektuellen Mentalität, der kreative Energien nur eingeschränkt zur Verfügung standen. Körner hat diese Anlage zur «Trödeley», wie er das Phänomen am 12. September 1791 nennt, selbst beklagt und als belastend empfunden. «Mit meiner Schriftstellerey», erklärt er am 9. August 1793, «geht es betrübt.» (NA 34/I, 86, 299) Daß es sich um eine massive Schreibhemmung handelte, läßt Friedrich Schlegels spöttischer Bericht aus der *Horen*-Zeit ahnen. «Körner», so meldet er seinem Bruder August Wilhelm am 27. Februar 1796, «hat noch immer Verstopfung. Der hartleibige Mensch würgt schon seit neun Monden an einem Aufsatz über den Tanz. Ohne Zwang würde ihm auch ein Sokrates maientichos nichts entreißen. Sobald er Öffnung gehabt haben wird, melde ich Euch davon.»[226]

Schillers Stück zeigt Körner umgeben von einer Reihe zweifelhafter Trabanten, die seine Kräfte zerstreuen. Porträtiert sind hier Freunde der Familie: der Akademieprofessor Becker möchte seine Sammlung erlesener Zeichnungen bewundert sehen, Johann Leopold Neumann, der neben seiner Tätigkeit als Sekretär beim Geheimen Kriegsratskollegium schriftstellerisch arbeitet, bittet um die Übersendung von Journalen, der frühere Studienfreund Hase, ein dichtender Verwaltungsjurist, tauscht sich mit ihm über die aktuellen politischen Neuigkeiten aus, der junge Graf Schönburg, Kammerherr am Dresdner Hof, möchte ihm einen Schimmel verkaufen, ein theologischer Kandidat schließlich seine Dissertation über die Abendmahlslehre vorstellen. In den recht authentisch wirkenden Bildern der Freunde spiegelt sich Körners prekäres Verhältnis zur Kunst wider. Neumann und Hase sind dilettierende Schriftsteller, die ihre Nebenstunden der Literatur opfern, ohne jedoch Originalität zu entfalten; Becker trägt die Attitüde des Sammlers, dem die Kraft zur wahren Kreativität fehlt; der Kandidat spiegelt die Pedanterie des akademischen Betriebs, der ebenfalls keine verheißungsvollen Perspektiven eröffnet. Zerrieben zwischen unterschiedlichen Neigungen und Impulsen, zeigt sich der Freund Körner als Ästhet, dessen produktive Energie der beständigen Kontemplation geopfert wird.

Seiner Struktur gemäß folgt Schillers kurzes Spiel dem Muster der *Proverbes dramatiques,* wie sie in Frankreich zur Zeit Ludwigs XIV. aufkamen. Es handelt sich dabei um Einakter mit pointiert-witzigem Stil, die ein Sprichwort, eine These oder Lebenshaltung im Rahmen einer Intrigenhandlung auf die Probe stellen. Die *Proverbes* wurden seit der Mitte des 18. Jahrhunderts bevorzugt in aristokratischen Salons, später auch in öffentlichen Theatern am Boulevard aufgeführt. Ihre Themen bezogen sie aus der Moralistik, nicht selten aber auch aus aktuellen politischen Begebenheiten, Zeitungsmeldungen oder Klatschgeschichten. Der junge Hugo von Hofmannsthal hat diesem Genre später mit seinen durch die Einakter Alfred de Mussets angeregten Debütdramen *Gestern* (1891) und *Der Tor und der Tod* (1893) nochmals Auftrieb verschafft. Schillers Text zeigt die formalen Qualitäten eines gelungenen *Proverbe.* Sein hohes Ablauftempo, der im Stakkato gehaltene Dialog, nicht zuletzt die prägnante Darstellung der Hauptfigur, deren Lethargie als Lebenshaltung mit zuweilen problematischen Zügen in kritischer Sympathie porträtiert wird, erweisen den kleinen Beitrag als intelligent gebautes Thesenstück. Daß Schiller in dieser stilsicher komponierten Gelegenheitsarbeit sein komisches Talent, das bereits die *Louise Millerin* prägte, erneut unter Beweis zu stellen vermag, ist offenkundig. Obwohl er später das gelungene Lustspiel als Gipfel der dramatischen Kunst preisen wird, ist er jedoch auf dieses Terrain nicht wieder zurückgekehrt (NA 20, 446).

Erziehung des Misanthropen. Der versöhnte Menschenfeind (1786–1790)

Im Umfeld des *Karlos* verfolgt Schiller eine überschaubare Reihe anderer Dramenvorhaben, die ihn bis in die 90er Jahre hinein beschäftigen. Schon in der Mannheimer Zeit erwägt er eine Fortsetzung der *Räuber*, die er Dalberg Ende August 1784 ausdrücklich ankündigt. Anfang Juli 1785 hat sich das Projekt bereits auf den Entwurf eines ergänzenden Akts reduziert, der den Titel «Räuber Moors leztes Schiksal» (NA 24, 11) tragen soll. Im Vordergrund steht dabei eine finanzielle Spekulation: da Schiller die Rechte für seine frühen Dramen an Göschen übertragen möchte, ein zweiter Verkauf des bei Schwan liegenden Manuskripts aber unmöglich ist, sucht er eine überarbeitete Fassung herzustellen, die ihm den Vorwand für einen Verlagswechsel schaffen kann. Aus Mangel an Interesse hat er das Projekt in Dresden nicht weiter verfolgt. Erst Ende der 90er Jahre wird der Plan wieder aufgegriffen und in eine Neukonzeption überführt, die die Fortsetzung der Geschichte Moors im Rahmen eines spektakulären Inzestdramas nach dem stofflichen Vorbild von Horace Walpoles Schauerroman *The Castle of Otranto* (1765) vorsieht.

Gründlicher hat sich Schiller in Dresden mit der Idee befaßt, ein Schauspiel über den Typus des belehrten Misanthropen zu schreiben, das zunächst den Titel *Der Menschenfeind* tragen soll. Am 12. Oktober 1786 bezeichnet ein Brief an den Hamburger Intendanten Schröder die Grundlinien dieses vermutlich schon in Bauerbach erwogenen Dramenplans, dessen Held «mit dem Shakespearischen Timon keinen Berührungspunkt als den Namen» aufweise (NA 24, 63).[227] Am 18. Dezember kündigt er an, er werde den *Menschenfeind* spätestens im April des folgenden Jahres abschließen. Am 5. März 1787 teilt er Göschen die Vollendung des ersten Akts mit und formuliert die Hoffnung, daß das Drama seine älteren Arbeiten übertreffen könne (NA 24, 84). Noch Ende Mai erwartet er ein zügiges Fortschreiten des Manuskripts; am 13. Juni verspricht er Schröder, er werde ihm den fertigen Text im folgenden Monat in Hamburg vorstellen. Als sich der nur als Zwischenstation auf dem Weg in den Norden gedachte Weimar-Aufenthalt ausdehnt, bleibt auch das *Menschenfeind*-Projekt unter den historischen Studien und der Arbeit am *Geisterseher* liegen. Im Frühjahr 1788 flackern zwar die alten Pläne wieder auf, doch muß Schiller bereits im Juli erkennen, daß sein Entwurf keinen überzeugenden Grundriß aufweist, er folglich eine veränderte Gliederung in Angriff nehmen muß (NA 25, 75). Unklar bleibt während dieses Stadiums die Vorgeschichte der szenischen Handlung, die die Misanthropie des Helden hätte erklären können. Womöglich sollte ihre Quelle eine enttäuschte Herzensneigung bilden, ähnlich wie es Goethes *Harzreise im Winter* (1777) mit dem Wort vom Menschenhaß, der aus «der Fülle der Liebe»[228] aufsteigt, anzudeuten sucht. Schiller scheint hier mehrere kompliziert verflochtene Motive erwogen, sich aber für keine Lösung entschieden zu haben.

Auch im Winter 1788/89 bleibt das Projekt aktuell, ohne daß es das Hauptgeschäft darstellt. Während der organisatorischen Tätigkeit für die *Thalia* und der Fortsetzung des *Geisterseher*-Fragments sucht sich Schiller Klarheit über sein Selbstverständnis als Dramatiker zu verschaffen. Erstmals entwickelt er in diesen Monaten Kategorien für seine literarische Arbeit, die es ihm erlauben sollen, überprüfbare Maßstäbe bei Stoffwahl und szenischer Ausgestaltung zu gewinnen. Das Nachdenken über die Grundlagen der dramaturgischen Technik, das ihn auch in künftigen Jahren immer wieder gefangen hält, macht ihm die fehlende Ökonomie seiner älteren Produkte deutlich. Weil er, so bemerkt er am 25. Februar 1789 gegenüber Körner, ohne genaues Konzept zu schreiben gewohnt war, mußte in der Regel «die Composition zu weitlauftig und zu kühn» ausfallen. Gerade der *Menschenfeind* bietet jedoch, so scheint es, keine Gelegenheit, jenen «simpeln Plan» zu erproben, an dem er die Kunst der klaren szenischen Linienführung erlernen möchte (NA 25, 212). So war es nur folgerichtig, daß Schiller das Manuskript in der Schublade verschlossen hielt.[229] Erst im Februar 1790 scheint er wieder auf die alte Idee aufmerksam geworden zu sein. Er beginnt die ursprüngliche Fassung Szene für Szene zu überarbeiten und entscheidet sich, einen Teilabdruck in der *Thalia* zu wagen. Nach manchen Verzögerungen werden schließlich acht Szenen unter dem Titel *Der versöhnte Menschenfeind* Mitte November 1790 im elften Stück der Zeitschrift publiziert. Die Veröffentlichung des Fragments betrachtet Schiller jedoch als Zeichen für den endgültigen Abschluß seines Vorhabens. Gerade weil ihn der Stoff nicht mehr fesselte, sah er sich imstande, Bruchstücke abzudrucken, die als Teile für das geplante Ganze stehen konnten.

Angesichts dieses Fragmentcharakters gewinnt der Titel seine eigene Widersprüchlichkeit. Hutten, der aufgeklärte Misanthrop, wird im Rahmen des unbeendeten Entwurfs nicht zur ‹Versöhnung› mit der Gesellschaft geführt, sondern bleibt sich selbst in seiner versteinerten Skepsis treu. Der Held besitzt, so betonte Schiller schon im Oktober 1786 gegenüber Schröder, keineswegs die Züge des Menschenfeindes, wie man ihn aus Lukians *Misanthropos*-Dialogen (2. Jahrhundert) kennt, die ihrerseits Shakespeares um 1607 entstandenes Drama über den athenischen Timon angeregt haben (NA 24, 63). Hutten bleibt ein philosophisch gebildeter Rationalist, ein finsterer Aufklärer, der den Menschen nach eigenen Worten «Ehrfurcht», aber keine Liebe entgegenbringen kann (NA 5, 157). Seine jetzt erwachsene Tochter Angelika hat er in Abgeschiedenheit und Stille fern vom Treiben der Stadt erzogen. Schiller spielt an diesem Punkt deutlich auf Rousseaus *Emile* (1762) an, wo die soziale Isolation des Heranwachsenden als Element einer natürlichen Pädagogik gepriesen wird. Wenn Hutten inmitten der Landidylle für Angelika ein künstliches «Paradies» (NA 5, 140) jenseits des Hoflebens errichtet, folgt er damit den Maximen Rousseaus, der seinen Emile zum zweiten Robinson Crusoe machen möchte, um ihn vor den erstickenden Konventionen einer verlogenen Gesellschaft zu schützen.[230] Als Edelmann mit beträchtlichem Gutsbesitz zeigt Hutten die Tugenden eines humanen Herrn, der seine Untertanen aus der Leibeigenschaft befreit, die Zins- und Abgabenlasten gesenkt und sich in Notzeiten als großzügiger Helfer erwiesen hat. In eigentümlichem Widerspruch dazu weigert er sich jedoch beharrlich, an die moralischen Fertigkeiten des Individuums zu glauben. Seine Bediensteten möchte er finanziell unterstützen, ohne ihre Zuneigung, die er für Heuchelei hält, erwidern zu können. Zwar hält er das «Maß der Vollendung» (NA 5, 150) für das von Gott vorgezeichnete Ziel, dem jegliche Tätigkeit zu folgen hat, doch findet er die Vollkommenheit der Natur in den Unternehmungen des Menschen stets nur verzerrt gespiegelt.

Aus dieser gespannten Charakteranlage Huttens, der die meist gegensätzlichen Rollen des Aufklärers und des Misanthropen verknüpft, leitet sich die nur schematisch umrissene Intrigenhandlung des Entwurfs ab. Angelika liebt Rosenberg, der sich – ähnlich wie der Graf Appiani aus Lessings *Emilia Galotti* – «freiwillig in die traurige Einöde seiner Güter verbannte», um den Vergnügungen des Hofes zu entsagen und seiner Herzensneigung zu leben (NA 5, 140). Das heimlich verbundene Paar fürchtet zu Recht, daß der Vater die Einwilligung in eine Heirat verweigern werde. Angelika, die Hutten selbst als ‹schöne Seele› kennzeichnet (NA 5, 153), muß rasch erkennen, wie berechtigt ihre Sorge ist. Die letzte Szene zeigt den Helden als verbitterten Rigoristen, der seine Tochter durch einen Schwur dazu verpflichten möchte, zeitlebens ungebunden zu bleiben, weil er sie vor Enttäuschungen bewahren möchte. Hutten mißtraut der Macht der Gefühle aus einer tiefen Skepsis gegenüber der menschlichen Fähigkeit zur Anteilnahme.[231] Er verkörpert das Gegenbild zum Menschenfreund Julius, den Schiller in der während der Bauerbacher Frühjahrsmonate 1783 überarbeiteten *Theosophie* als Anwalt einer Lebenslehre mit eudämonistischem Anspruch darstellte. Unter dem Stichwort «Aufopferung» heißt es dort: «Liebe ist die mitherrschende Bürgerin eines blühenden Freistaats, Egoismus ein Despot in einer verwüsteten Schöpfung.» (NA 20, 123) Huttens Misanthropie bildet eine andere Form des krankhaften Selbstbezugs, die zu Einsamkeit und Schwermut führen muß. Vermutlich sah Schillers Plan vor, den Helden durch eine ‹éducation sentimentale› zu führen, an deren Schlußpunkt die Versöhnung mit der von Rosenberg und Angelika beglaubigten Idee der Liebe stehen sollte.

Die letzte Szene des Fragments legt es nahe, den Konflikt zwischen Vater und Tochter als Streit zweier konträrer Prinzipien aufzufassen. Gegen die schwarzgallige Misanthropie des enttäuschten Aufklärers tritt das Ideal der schönen Seele, deren besondere Ausprägung die «Anmut» bildet (NA 5, 158).[232] Ehe er drei Jahre später in einem Essay für die *Thalia* mit dem Schwung des an Kant geschulten Theoretikers Bedingung und Wirkung der Grazie erörtert, sucht Schiller hier erstmals die schwer zu erfassenden Erscheinungsformen des Phänomens auszuleuchten. Angelikas Charakter beruht auf jener Balance von Tugend und Gefühl, welche die in Abels Akademieunterricht allgegenwärtige Moralphilosophie Hutchesons zum Modell wahrer Sittlichkeit erklärt hatte. Hutten hingegen vermag in seiner pessimistischen Grundstimmung einzig jene Würde an den Tag zu legen, die der spätere Aufsatz als ‹männliches› Prinzip der ‹weiblichen› Anmut entgegenhält (NA 20, 288 f.). In ihr dokumentiert sich der Wille zur Beherrschung der Leidenschaften, dem jedoch die innere Freiheit des Gemüts, wie sie Angelika bekundet, notwendig fehlen muß. Bereits an diesem Punkt erweist das Fragment seine Überlegenheit gegenüber der älteren Typendramaturgie, die den Menscheinfeind schematisch als verdüsterten Sonderling ohne Nuancen darzustellen pflegte.

Schillers Interesse am Stoff des Dramas besitzt unterschiedliche Quellen. Die immer wieder bemühten biographischen Motive sollte man hier nicht überschätzen.[233] Fraglos treten bei ihm in den letzten Mannheimer Monaten, später auch in Dresden wiederholt misanthropische Stimmungen auf, die weniger durch konkrete Enttäuschungen gespeist als vielmehr von Gefühlen des Spannungsverlusts und dem Bedürfnis nach stärkerer intellektueller Anregung bestimmt sind. In einem Brief an Huber vom 28. Februar 1785 betont er vor dem Hintergrund der Mannheimer Misere, daß er unter ungünstigen Lebensumständen Gefahr laufe, ein «Timon zu werden» (NA 23, 180). Das Bewußtsein, vor Anwandlungen von Misanthropie nicht vollends geschützt zu sein, mag seine Neugier gegenüber dem Sujet geschärft haben, jedoch wäre es falsch, das Fragment als Widerschein einer persönlichen Krise aufzufassen. Nicht individuelle Betroffenheit, sondern intellektuelle Neugier führt ihn Mitte der 80er Jahre zum *Timon*-Stoff. Von biographischen Einflüssen hat Schiller seine künstlerischen Arbeiten stets zu reinigen gesucht. Wer sie, mit dem auf das eigene Werk gemünzten Wort Goethes, als «Bruchstücke einer großen Konfession»[234] betrachtet, verfehlt ihre geistige Ökonomie.

Schillers Fragment zeigt sich durch literarische Anregungen aus dem Dunstkreis jener Moralistik geprägt, wie sie die aktuelleren Bearbeitungen des Stoffs in der Nachfolge Shakespeares und Molières (*Le Misanthrope*, 1666) beherrschte. Noch die Schaubühnenrede lobt den *Timon* des bewunderten Engländers als Musterstück der dramatischen Kunst und «Goldader», der es «nachzugraben» gelte (NA 20, 93 f.). Kurz vor seiner Entlassung schlägt Schiller Dalberg Ende August 1784 vor, Shakespeares Drama, das auf deutschen Bühnen noch nicht aufgeführt worden ist, ins Repertoire zu übernehmen (NA 23, 155). Immerhin handelte es sich um ein Thema, das seit der Gottsched-Ära hohen Aufmerksamkeitswert besaß. Der schwarzgallige Zweifler, der sich selbst und seine Mitmenschen verachtet, zählte neben dem Hypochonder zu den beliebtesten Figuren des aufgeklärten Theaters, bot er doch Gelegenheit zur Demonstration jener Vernunftmacht, die am Ende auch den Außenseiter in die Ordnung der

Gesellschaft zurückführt. Ein besonders prominentes Beispiel für diese Perspektive lieferte Kotzebues Erfolgsstück *Menschenhaß und Reue*, das erstmals 1789 von Engel in Berlin gezeigt wurde. Es steht zu vermuten, daß Schiller das (bald in 16 Sprachen übersetzte) Drama kannte, da es kurz nach der Uraufführung eine rasante Verbreitung erfuhr und an sämtlichen größeren Bühnen Deutschlands von Hamburg bis Mannheim reüssierte.[235] Eine konventionelle Behandlung, die die pädagogischen Vorzüge des Stoffs ausspielte, indem sie den Menschenfeind als enttäuschten Optimisten mit konkreten Heilungsaussichten vorstellte, war jedoch nicht nach seinem Geschmack. Vor allem in der Schlußphase seines Projekts hat er das Thema aus einem philosophischen Blickwinkel betrachtet, der es ihm gestattet, die eingefahrenen Gleise der aufgeklärten Lehrstücke zu verlassen.

Im Sommer 1788 stößt Schiller, angeregt durch Wieland und Herder, erneut auf Shaftesburys *The Moralists* (1705), über deren eudämonistische Grundpositionen ihn bereits während der Karlsschulzeit Abels Vorlesung zum Werk Fergusons in Kenntnis gesetzt hatte. Sein Interesse weckt vor allem die Figur des zurückhaltenden Palemon, der als scharfsinnig argumentierender Menschenfeind den Widersacher des Skeptikers Philokles und des Philosophen Theokles verkörpert. Shaftesburys Dialog, den Schiller vermutlich in Spaldings Übersetzung von 1745 las, zeigt den Misanthropen als aufgeklärten Kopf, dessen Lebenslehre nicht von schwarzgalliger Weltabkehr getragen wird, sondern Rationalität und Wirklichkeitssinn einschließt.[236] Die Verbindung zwischen Vernunftdenken und Menschenhaß, die Palemon bestimmt, prägt auch den intellektuellen Haushalt Huttens. Sein Monolog in der siebenten Szene beleuchtet ein merkwürdiges Schwanken zwischen dem Vertrauen in die göttliche Ordnung der Welt und dem Zweifel an der Bildungsfähigkeit des Individuums, wie es auch Palemon beherrscht.[237] Selbst wenn man bedenkt, daß Schiller die Dialoge Shaftesburys nur flüchtig zur Kenntnis genommen hat, läßt sich ihre Bedeutung für die stärker theoretische Konzeption des Fragments nicht unterschätzen.

Daneben scheint ein früher Text Wielands, der wiederum durch die *Moralists* inspiriert wurde, den letzten Entwurf des dramatischen Bruchstücks beeinflußt zu haben.[238] In seinem Fragment *Theages oder Unterredungen von Schönheit und Liebe* (1758), das Schiller vermutlich im Sommer 1788 las, führt er einen Vater vor, der seine Tochter nach dem Tod der Ehefrau vor dem Welttreiben schützen und in der Isolation aufziehen möchte. Anders als Hutten plant Wielands Held jedoch nicht, am eigenen Kind eine Philosophie des Mißtrauens zu vollstrecken, vielmehr bleibt er ein aufgeklärter Philantrop und «vollkommner Platonist»,[239] der sich von vernünftigen Grundsätzen leiten läßt. Immerhin deutet auch Wielands Text an, daß Theages' Weltflucht für die Tochter das Risiko des Erfahrungsverlusts mit sich bringt. Die zeitgenössische Diskussion über die von Rousseaus *Emile* beschriebene ‹natürliche Pädagogik›, die ihren literarisch wirksamsten Ausdruck in Jean Pauls Romanerstling *Die unsichtbare Loge* (1793) findet, kreiste nicht zuletzt um die Frage, ob Kindererziehung unter den Bedingungen äußerer Abgeschiedenheit vonstatten gehen oder gesellschaftliche Kontakte zum Zweck der freien Urteilsbildung vermitteln sollte. Bezeichnend für die Problematik des Themas ist die Position des mit Wieland persönlich bekannten Mediziners Johann Georg Zimmermann, der in seinem vierbändigen Monumentalwerk *Ueber die Einsamkeit* (1784/85) soziale Isolation als notwendige Bedingung harmonischer Gemütsbildung preist, andererseits aber vor den Risiken einer durch Schwermut und Hypochondrie veranlaßten Weltflucht warnt. Der Rückzug aus der Gemeinschaft kann nur dort heilsam wirken, wo er nicht mit Menschenhaß, pathologischen Einbildungen oder Wahnvorstellungen verbunden ist.[240] Schillers Fragment vertritt an diesem Punkt eine eindeutige Auffassung. Die letzte Szene zeigt, daß nicht die gesellschaftsferne Erziehung verwerflich ist, sondern Huttens Plan, die Tochter mit dem Versprechen eines dauerhaften Eheverzichts an sich zu binden.[241] Indem er Angelika zum Werkzeug einer gegen die Glücksbedürfnisse des Menschen gerichteten «Rache» (NA 5, 159) macht, beweist der Vater am Ende seinen krankhaften Egoismus. Die Vernunft des Misanthropen gerät zum Skandalon, weil sie sadistische Phantasien ausbrüten hilft.

Die ambitionierte Darstellung des Stoffs bereitet Schiller so große Probleme, daß er einen Abschluß Ende 1790 für unwahrscheinlich hält. An Körner schreibt er am 26. November, kurz nach der Veröffentlichung des Fragments, er erwäge keine Fortsetzung mehr, da die intellektuelle Konzeption der Hutten-Figur das Sujet überlaste und einen klaren Aufbau mit folgerichtiger Entwicklung bis zum versöhnlichen Finale verhindere: «Für die tragische Behandlung ist diese Art Menschenhaß viel zu allgemein und philosophisch. Ich würde einen äußerst mühseligen und fruchtlosen Kampf mit dem Stoffe zu kämpfen haben, und bei aller Anstrengung doch verunglücken.» (NA 26, 58)[242] Schiller gibt sein ehrgeizig begonnenes Vorhaben auf, weil er sich in einem Labyrinth der Motive verirrt hat, aus dem weder die Katharsis der Tragödie noch die banalen Lösungsmuster des Lustspiels Befreiung versprechen. Auch formal ist der *Menschenfeind*-Entwurf ein Bruchstück ohne Zukunft geblieben; nach der *Louise Millerin* hat Schiller kein Drama in Prosa mehr abgeschlossen.

9. Don Karlos (1787)

Vom Familienstück zur Tragödie der Macht. Fünf Arbeitsjahre für ein Drama neuen Typs

Thomas Manns junger Tonio Kröger ist ein begeisterter Schiller-Leser mit eindeutig markierten Vorlieben: «Was aber ‹Don Carlos› betrifft», erklärt er seinem Mitschüler Hans Hansen, «so geht das über alle Begriffe. Es sind Stellen darin, du sollst sehen, die so schön sind, daß es einem einen Ruck gibt, daß es gleichsam knallt ...»[243] Das enthusiastische Bekenntnis bleibt bezeichnend für die Verehrung, die man zwischen Vormärz und Jahrhundertwende Schillers letztem Jugenddrama entgegengebracht hat. Seine schwungvolle Mischung aus revolutionärem Pathos und psychologischer Porträtkunst sichert ihm noch heute einen festen Platz im Repertoire der deutschsprachigen Theater, obgleich die Geste der Bewunderung längst einem nüchternen Urteil gewichen ist. Dazu gehört, daß man den Text nicht nur als Zeugnis idealistischen Denkens, sondern auch als illusionsloses Lehrstück über die Ordnungen der Macht zu lesen sich angewöhnt hat. Eine solche Lektüre schließt das kritische Bild der Figur des Marquis Posa ein, wie es der Autor selbst im Jahr nach der Publikation des Trauerspiels in Umrissen geliefert hat (NA 22, 137ff.).

Der *Don Karlos* bündelt nochmals Leitmotive und Themen, die Schillers dramatisches Frühwerk bestimmen. Unverkennbar ist erneut die Vorliebe für herausragende Charaktere, die sich in einer – hier durch die Geschichte vorgezeichneten – Extremsituation bewähren müssen. Zu ihr tritt das psychologische Interesse an mehrdeutigen Figuren im Spannungsfeld zwischen Idealismus, Leidenschaft, Menschenliebe und Machtgier, das die Anatomie des widerspruchsvollen Individuums freizulegen sucht. Wie in den ersten Arbeiten erklingt eine nervöse Diktion, die, dauernd unter Hochdruck stehend, Kunstcharakter, Bildmagie und Gedankenschwung auf suggestive Weise zu verbinden sucht. Erstmals findet sich diese Sprache im *Karlos* jedoch durch die neue Form des freirhythmischen Blankverses kontrolliert, die auch Schillers spätere Dramen bestimmen wird. Die Inszenierung pathetischer Selbstdarstellung vollzieht sich damit im Medium einer genau balancierten Form, deren Zuschnitt klassizistische Prägung verrät.[244]

Der Carlos-Stoff, den erstmals Dalberg beim zweiten Mannheimer Treffen ins Gespräch gebracht hatte, beschäftigt Schiller seit dem Spätherbst 1782. Im winterlich verschneiten Bauerbach setzt sich der vom

Mannheimer Theater so ungnädig empfangene Exilant mit der spanischen Geschichte des 16. Jahrhunderts auseinander. Am 9. Dezember 1782 bittet er Reinwald um die Übersendung philosophischer, literaturtheoretischer und historischer Abhandlungen aus den Beständen der Meininger Bibliothek. Die Liste, die er dem neuen Bekannten schickt, nennt neben Lessing, Mendelssohn, Garve, Hume und Home auch den Namen des Abbé Saint-Réal, auf dessen *Histoire de Dom Carlos* ihn Dalberg Ende Mai in Mannheim verwiesen hatte (NA 23, 56). Es handelt sich um eine 1672 erstmals publizierte Erzählung, die in sehr freier Form die Geschichte des 1545 geborenen spanischen Infanten darstellt. Saint-Réal beschreibt die eskalierende Auseinandersetzung zwischen dem Thronfolger Carlos und seinem mächtigen Vater König Philipp II., dem Sohn Karls V., als abgründigen Eifersuchtskonflikt. Dem despotischen Souverän, in dessen Weltreich die Sonne niemals untergeht, gilt der Sohn als Nebenbuhler, der seine gleichaltrige Stiefmutter, die Französin Elisabeth von Valois, erotisch begehrt. Aus diesem Motiv entwickelt Saint-Réal, der die spanienkritische Position der offiziösen Geschichtsschreibung Frankreichs vertritt, eine Schauergroteske von tragischem Charakter. Philipp, der als dogmatischer Katholik ohne menschliche Regung erscheint, läßt am Ende aus Eifersucht den eigenen Sohn durch die Inquisition töten und die seit acht Jahren mit ihm vermählte Ehefrau vergiften, weil er in ihrer gegenseitigen Zuneigung nicht nur eine Beleidigung seiner männlichen Ehre, sondern zudem drohende Gefahr für die Sicherheit des Staates zu erkennen meint. Die historische Wahrheit, die Saint-Réal wenig interessiert, dürfte aber anders ausgesehen haben: der als launisch, debil und sadistisch geltende, nach einem im April 1562 erlittenen Treppensturz offenbar hirngeschädigte Carlos plante zuverlässigen Quellenberichten zufolge mehrfach Attentate auf seinen Vater und stand daher seit dem Januar 1568 unter dauerhafter Bewachung. Nachdem er im Sommer zeitweilig die Nahrungsaufnahme verweigert hatte, erlitt der Infant eine schwere Magen- und Darminfektion, an der er am 24. Juli 1568 auf natürliche Weise starb; Elisabeth von Valois folgte ihm nur drei Monate später, im Oktober 1568, ins Grab. Angesichts der von sämtlichen Quellen hervorgehobenen Konflikte zwischen Philipp und seinem Erben schienen freilich die Mordhypothesen, die den Tod des Prinzen umrankten, keineswegs ganz abwegig. Nicht nur bei Saint-Réal, sondern auch bei seriösen Vertretern der französischen Geschichtsschreibung konnte Schiller der Auffassung begegnen, daß Carlos und Elisabeth das Opfer der Inquisition geworden seien. Auf diesem Boden gediehen seine literarischen Phantasien, die er während der Bauerbacher Zeit in einer knappen Skizze niederlegte, welche den geplanten Gang der Handlung auf der Basis von fünf Akten (‹Schritten›) näher umriß.

Das Familiendrama, das sich hier abzeichnet, scheint zunächst von den Gesetzen des bürgerlichen Trauerspiels regiert, obgleich seine Helden fürstlicher Herkunft bleiben. Im Zentrum des Bauerbacher Plans steht eine vor höfischer Kulisse ablaufende Liebesverwicklung, die durch den Konflikt der Generationen verstärkt wird; einen Seitentrieb bildet das Motiv der Freundschaft zwischen Karlos und dem (erfundenen) Marquis Posa, das noch kein größeres Gewicht besitzt. An einem markanten Punkt des Entwurfs läßt sich immerhin ein Widerschein der Haupt- und Staatsaktion erkennen, deren Elemente während der späteren Ausarbeitung deutlicher zutage treten. Über den Höhepunkt der dramatischen Verwirrung heißt es im überlieferten Entwurf unter den Stichworten für die Architektur des vierten Akts: «König entdekt eine Rebellion seines Sohnes.» (NA 7/II, 184) Auch wenn die Skizze keine näheren Auskünfte über dieses Motiv bietet, dürfte Schiller seine politischen Hintergründe bereits in Bauerbach näher bedacht haben. Zu erinnern ist daran, daß er mit Reinwald Fragen der spanischen Geschichte erörterte und ein Theaterstück über die Zeit der Ketzerverfolgung plante. In einem Brief vom 14. April 1783 betont er ausdrücklich, sein neues Drama suche durch die «Darstellung der Inquisition» die «prostituirte Menschheit zu rächen» (NA 23, 81).[245] Das historische Interesse, das sich hier bekundet, schließt eine Konzentration auf die privaten Aspekte des Carlos-Stoffs, die der erste Entwurf nahezulegen scheint, vollkommen aus. Vermutlich hat Schiller schon in Bauerbach eine genauere Gestaltung des Machtkonflikts erwogen, wie sie die in Mannheim begonnene *Thalia*-Fassung zwei Jahre später bieten wird. Sie deutet an, daß sich der Infant zum Fürsprecher des Aufstands erheben wird, den die flandrischen Provinzen, geleitet durch Oranien, Egmont und Hoorne, in offenem Protest gegen das Mutterland organisieren. Die Geschichte weiß von dieser Rolle des Thronfolgers nichts: 1567 schlägt der mit königlichen Generalvollmachten ausgestattete Herzog Alba die Revolte blutig nieder, läßt ihre führenden Vertreter verhaften und öffentlich exekutieren. Schiller ernennt seinen Helden hingegen zum Anwalt von Menschenrechten, die der historische Carlos als pathologischer Gewaltmensch wenig geachtet haben dürfte.

Während der ersten Monate seiner Mannheimer Tätigkeit, die ihm kaum Ruhe zur literarischen Arbeit läßt, hat Schiller seinen Dramenstoff ausführlicher durchdacht. Am 27. Oktober 1783 schickt Reinwald ihm eine Abschrift des Bauerbacher Entwurfs, den er selbst Ende Juni erhalten hatte, um ihn Gotter in Gotha vorzustellen. Es ist nicht anzunehmen, daß

Schiller das brisante Potential des Sujets unterschätzte, auch wenn er sich zunächst auf dessen private Konfliktelemente zu verlegen schien. In einem Brief vom 7. Juni 1784 erklärt er Dalberg abschwächend: «Carlos würde nichts weniger seyn, als ein politisches Stük – sondern eigentlich ein Familiengemählde in einem fürstlichen Hauße, und die schrekliche Situazion eines Vaters, der mit seinem eigenen Sohn so unglüklich eifert, die schreklichere Situazion eines Sohns, der bei allen Ansprüchen auf das gröste Königreich der Welt ohne Hoffnung liebt, und endlich aufgeopfert wird, müßten denke ich höchst intereßant ausfallen.» (NA 23, 144) Solche Wendungen verraten das Bestreben, den in Geschmacksfragen heiklen Intendanten für den neuen Stoff zu gewinnen. Nach dem Debakel der *Fiesko*-Aufführung mußte Schiller den Eindruck vermeiden, er sei wieder auf ein politisches Sujet mit subversivem Inhalt gestoßen. Es ist nicht unwahrscheinlich, daß er zu diesem Zweck Dalberg später auch den knapp drei Seiten umfassenden Bauerbacher Entwurf vorgestellt hat, der, oberflächlich betrachtet, ein Familiendrama ohne größere Sprengkraft skizziert. Der taktische Antrieb, der den Brief an den Intendanten steuert, darf also keinesfalls unterschätzt werden. Hinter dem Tableau des Familiengemäldes steht schon während der Bauerbacher und Mannheimer Arbeitsphase das Drama der Politik.[246]

Im Sommer 1784 entschließt sich Schiller, abweichend vom ursprünglichen Plan, zu einer versifizierten Fassung des Textes. Die Entscheidung erfolgt, wie auch die Vorrede zum Abdruck des ersten Akts in der *Rheinischen Thalia* verrät, unter dem Einfluß von Wielands *Briefen an einen jungen Dichter* (NA 6, 345). Dieser längere Aufsatz, der in drei Teilen zwischen August 1782 und März 1784 im *Teutschen Merkur* erschien, knüpfte an die lockere Form des poetologischen Essays an, die Shaftesburys *Advice to an Author* (1710) kultiviert hatte. Ausgelöst wurde er durch die Abhandlung *De la littérature allemande* (1780), in der Friedrich II. eine entschiedene Kritik der zeitgenössischen deutschen Poesie vorgetragen hatte. Mit doppelter Stoßrichtung gegen die Regelkunde Gottscheds und das entgrenzte Formkonzept der Genieperiode empfehlen die *Briefe* einen maßvollen Klassizismus, der psychologische Geschmeidigkeit und urbane Stilkultur zu verbinden weiß. Im Fall der Tragödie rät Wieland zum Rückgriff auf eine metrisch organisierte Verssprache und die Technik des Reims, wie sie die *tragédie classique* des 17. und frühen 18. Jahrhunderts pflegte (Lessings *Nathan* bleibt hier unerwähnt).[247] Die im März 1785 gedruckte Einleitung zum *Thalia*-Fragment unterstützt solche Vorgaben, meldet jedoch Einwände gegen den Reim an, den sie als «einen unnatürlichen Luxus des französischen Trauerspiels» abwertet (NA 6, 345). Wielands Rezension vom September 1787 wird die Druckfassung des *Karlos* wiederum als ersten Schritt auf dem Weg zu jenem neuen Klassizismus betrachten, den er selbst gefordert hatte, zugleich aber eine deutliche Kritik an dessen exzentrischer Bildsprache formulieren.[248]

Wielands Position stützt auch Karl Philipp Moritz, der in seinem 1786 veröffentlichten *Versuch einer deutschen Prosodie* das Wesen des Verses nicht nur durch seine metrische Ordnung, sondern über die ihm zugrunde liegenden Ausdrucksqualitäten zu erfassen sucht. Versrede und Tanz besitzen für Moritz vergleichbare Qualitäten, weil sie ähnlichen rhythmischen Gesetzen gehorchen.[249] Avanciert der Vers derart zur Sprache der – freilich regelhaften – Empfindung, so empfiehlt er sich notwendig einem dramatischen Wirkungsprogramm, das Affekte auf möglichst kultivierte Weise zum Ausdruck bringen möchte. Daß Schiller sich als einer der ersten deutschen Autoren, noch vor Goethes versifizierter *Iphigenie auf Tauris* (1787) und dem *Torquato Tasso* (1790), die von Wieland und Moritz formulierten Ratschläge aneignet, bekundet den Geschmackswandel, den er selbst binnen weniger Jahre durchlaufen hat. Von den vorsätzlichen Verstößen gegen die sprachliche Ordnung, wie sie gerade die *Räuber* kennzeichnen, führt der Weg zum Blankvers, der zwar individuelle Redenuancen zuläßt, aber keine Freiräume für die rasante Diktion des Frühwerks mehr offenhält. Nur gelegentlich bricht hier ein expressiver Ton durch, in dessen Gefolge sich jene Metaphernketten einstellen, welche die ersten Arbeiten so auffällig bestimmt hatten.

Die knapp fünfjährige Inkubationszeit, die der *Don Karlos* durchläuft, bleibt geprägt von intensiver Quellenlektüre.[250] Schiller studiert die historische Fachliteratur zur Geschichte des spanischen Imperiums und erschließt sich die widersprüchlichen Facetten, die die Regierungszeit Philipps II. bestimmen. In Bauerbach befriedigt er sein Informationsbedürfnis durch die Bestände der gut bestückten Meininger Hofbibliothek. Neben der Erzählung Saint-Réals liest er die aus dem Jahr 1589 stammenden, 1740 neu edierten Memoiren des französischen Glücksritters Pierre de Bourdeilles Seigneur de Brantôme, die Studien zu Philipp II. und Königin Elisabeth enthalten. Außerdem stößt er auf Johann von Ferreras *Allgemeine Historie von Spanien*, die Johann Salomo Semler 1758/60 in zehnter Auflage herausgegeben hatte. Im Herbst 1785 gerät er in Dresden, vermittelt durch Huber, an Merciers frisch veröffentlichtes *Portrait de Philippe second, roi d'Espagne*, dessen Vorwort er Mitte Februar 1786 im zweiten Heft der *Thalia* in deutscher Übersetzung abdruckt. Merciers locker verfugte Szenenfolge bot Anregungen für das berühmte Audienzgespräch (III,10), in dem Posa das Selbstverständnis von Philipps autokratischem

Regime mit aufgeklärten Argumenten zu erschüttern sucht (im *Portrait* fällt dieser Part der Prinzessin Eboli zu); nicht zuletzt führte sie die (bei Saint-Réal fehlende) Figur des Großinquisitors ein, die später in die große Beratungsszene des letzten Akts (V,10) einbezogen wird. Im Oktober 1785 liest Schiller schließlich die französische Ausgabe von Robert Watsons *The History of the Reign of Philip the Second, King of Spain* (1777). Der Text entwirft in einem nuancierten Porträt den zwischen Machtgier und Furchtsamkeit, Despotismus und Schwäche schwankenden Charakter des Monarchen, dessen gewalttätige Züge, anders als bei Mercier, von Merkmalen der Unsicherheit überlagert scheinen. Erst im Oktober 1786 studiert Schiller vertieft William Robertsons dreibändige, seit 1770/71 in deutscher Sprache vorliegende *Geschichte der Regierung Kaiser Carls V.* (1769), die ihm Göschen in Leipzig ausgeliehen hatte. Die Schrift, die er sporadisch schon bei der Arbeit am *Fiesko* nutzte, lieferte bedeutsame Anregungen für die historischen Hintergründe der Handlung, da sie die spanische Monarchie im Zusammenhang der europäischen Staatengeschichte der frühen Neuzeit und der sie bestimmenden geostrategischen Spannungsfelder betrachtete (NA 7/II, 119 ff.).

Die einzelnen Stationen der Niederschrift lassen sich recht genau bezeichnen, auch wenn man bedenken muß, daß Schiller nicht linear gearbeitet, sondern regelmäßig Revisionen älterer Partien zwischengeschaltet hat. In Mannheim dürfte allein die Exposition abgeschlossen worden sein. Im Loschwitzer Frühherbst 1785 nimmt er den zweiten Akt in Angriff; in Dresden entsteht während der durch Schreibstörungen geprägten Frühjahrsmonate des folgenden Jahres der dritte Aufzug. Ende Dezember 1786 meldet ein Brief an Körner die bevorstehende Vollendung des vierten Akts, äußert jedoch zugleich Bedenken gegenüber der szenischen Organisation, die nur einen flachen «Pulsschlag» beim Leser freisetze (NA 24, 79). Ausschnitte des Dramas druckt Schiller parallel zum laufenden Arbeitsprozeß in seiner eigenen Zeitschrift ab. Die *Rheinische Thalia* bietet Mitte März 1785 den 1349 Verse umfassenden ersten Akt; es folgen im Februar 1786 die drei ersten Szenen des zweiten Aufzugs, im April dessen Schlußsequenzen, im Januar 1787 neun Szenen des dritten Akts. Die enthusiastische Widmungsrede, mit der Schiller im März 1785 die Publikation eröffnet, gilt dem Weimarer Herzog, der Ende Dezember 1784 in Darmstadt so aufmerksam die Lesung des frühen Entwurfs verfolgt hatte: «Wie teuer ist mir zugleich der jetzige Augenblick, wo ich es laut und öffentlich sagen darf, daß Carl August, der edelste von Deutschlands Fürsten und der gefühlvolle Freund der Musen, jetzt auch der meinige sein will, daß Er mir erlaubt hat, Ihm anzugehören, daß ich Denjenigen, den ich lange schon als den edelsten Menschen schätzte, als meinen Fürsten jetzt auch lieben darf.»[251]

Im April 1787 zieht sich Schiller nach Tharandt bei Dresden zurück, um die Schlußszenen des Dramas zu fixieren. In der Zwischenzeit bezahlt Körner drei Schreiber, die das kaum lesbare Manuskript in eine ansprechende Druckvorlage überführen. Ende Juni 1787 erscheint die insgesamt 6282 Verse umfassende Buchausgabe des *Karlos* bei Göschen in Leipzig. Im selben Jahr bearbeitet Schiller sein Drama mehrfach für die Bühne, was ihm zusätzliche Einnahmen einbringt. Zeitgenössische Aufführungen scheinen nicht ohne erhebliche Kürzungen möglich, da die über fünf Stunden beanspruchende Langfassung die Aufmerksamkeit des Publikums überfordert. Erneut verlangt auch die Zensur ihren Tribut: die vorletzte Szene, die eine unüberhörbare Kritik der Inquisition formuliert, wird unter Rücksicht auf die katholische Kirche zumeist gestrichen, die Figur des königlichen Beichtvaters Domingo mehrfach in einen Staatssekretär verwandelt, da zahlreiche Höfe – zumal in Süddeutschland – die Darstellung geistlicher Personen auf dem Theater untersagen. Die erste Inszenierung findet am 29. August 1787 in Hamburg unter der Regie Schroders statt, der selbst die Rolle des Philipp übernimmt. Stark verknappte Prosafassungen werden am 14. September in Leipzig durch die Truppe Pasquale Bondinis und am 9. November von Siegfried Gotthelf Kochs Compagnie in Riga vorgeführt (Schiller bezieht für die Einrichtung des Manuskripts jeweils ein Honorar von 100 Talern). In den beiden nächsten Jahren schließen sich weitere Inszenierungen bekannter Bühnen an: am 6. April 1788 folgt Mannheim, wo Dalberg eine selbst überarbeitete Jambenfassung zeigt, am 16. April 1788 Frankfurt, am 22. November 1788 das Berliner Nationaltheater, am 18. Februar 1789 Dresden. Mit wenigen Ausnahmen fällt die öffentliche Resonanz durchaus eindrucksvoll aus, auch wenn das Drama die Aufführungsquoten des *Fiesko* nicht wiederholen kann. Die *Göttingischen Anzeigen von gelehrten Sachen* betonen im Februar 1788, Schiller habe mit Saint-Réal und Mercier «zwey Nebenbuhler hinter sich zurückgelassen», deren Bearbeitungen des Stoffs hier meisterhaft übertroffen worden seien.[252] Der Freiherr von Knigge rühmt den *Karlos* kurz nach der Veröffentlichung als Werk, dessen «Feuer nicht aus der Champagnerflasche ist gezogen worden.»[253]

Trotz solchen Lobes zeigt Schiller ein nüchternes Verhältnis zu seinem Text. In den folgenden Jahren nimmt er regelmäßig Dialogänderungen, Kürzungen und szenische Umstellungen vor, die durch die Wünsche der Theaterdirektionen veranlaßt werden. Im September 1791 überarbeitet er den *Karlos* für eine Erfurter Aufführung, im Februar 1792 für Carl Augusts Residenzbühne (wobei er die Szene IV,24, in der Posa Elisabeth die

Gründe für seine Selbstbezichtigung darlegt, um erläuternde Verse erweitert). Die Weimarer Fassung revidiert er auf Betreiben Goethes nochmals im März 1802, weil man für die Gastspiele in Lauchstädt einen Kassenmagneten benötigt. Im Herbst des vorangehenden Jahres hatte Göschen einen um 834 Verse gekürzten Neudruck veröffentlicht, der wiederum die Grundlage für eine im November 1802 auf Velinpapier gearbeitete Prachtausgabe mit sechs Kupfern in komfortabler Ausstattung bildete. Bis zum Ende der 90er Jahre waren 1500 Exemplare der Erstedition verkauft worden; die Zahl der Raubdrucke bezifferte Göschen später auf annähernd 20000.[254] Noch im Winter 1804/05, wenige Monate vor seinem Tod, ist Schiller mit einer *Karlos*-Neueinrichtung für Cottas Verlag beschäftigt. Die Veröffentlichung der um weitere 912 Verse gekürzten Fassung erfolgt postum Ende des Jahres 1805 im Rahmen des ersten Bandes seiner gesammelten Theaterschriften.

«Schlangenbiß des Argwohns». Erscheinungsformen der Politik

Als Schiller Ende April 1787 in Tharandt an der letzten Redaktion des Dramenmanuskripts arbeitet, muß er seine neuen Ideen unterdrücken, um den Abschluß des Textes nicht zu gefährden. «Der Carlos», so schreibt er Körner, «ist bereits schon überladen und diese andere Keime sollen mir schrecklich aufgehen in den Zeiten reifender Vollendung.» (NA 24, 93) Tatsächlich zeigt sich das Trauerspiel durch zahllose Konfliktlinien bestimmt, die auf verschiedene intellektuelle Ausgangspunkte zurückweisen. Ihr gemeinsames Kennzeichen bleibt jedoch, daß sie das Feld der Politik kreuzen oder zumindest berühren. Die individuellen Verstrickungen, denen Karlos, Posa, Philipp, Elisabeth und die Eboli unterliegen, entstehen aus der Ordnung der Macht, die Schiller als unverrückbares Gefüge mit massivem Einfluß auf den Menschen darstellt. Politisch eingefärbt zeigt sich das bereits von Saint-Réal beschriebene Liebesdrama des zwischen Handlungshemmung und Enthusiasmus schwankenden Infanten, der die Leidenschaft für seine Stiefmutter nicht zu unterdrücken vermag, damit aber die Rolle des souveränen Monarchen gefährdet (historisch stützt sich das Motiv auf den Umstand, daß die junge Elisabeth von Valois, Tochter Heinrichs II. und Katharinas von Medici, zunächst mit Karlos verlobt, im Jahr 1560 jedoch aus Gründen der Staatsraison Philipp angetraut wurde). Bestimmt durch die Zwänge der Regierungskunst bleibt auch die Tragödie der couragierten Königin, die, im liberalen Geist Frankreichs erzogen, vom strengen spanischen Hofzeremoniell erdrückt, ihre Sympathien für die niederländischen Freiheitskämpfer verbergen muß, um nicht der Inquisition in die Hände zu fallen. Daß Posa als strategisch denkender Kopf, dessen gefährliches Spiel auf den Umbau des Staates zielt, an die Geschicke der Politik gebunden bleibt, erweist nicht nur die berühmte Audienzszene III,10. Philipp wiederum, der mit wachsender Spieldauer zunehmend ins Zentrum rückt, bleibt das Opfer einer von ihm selbst geschaffenen Hofwelt des Mißtrauens, die ihn als Souverän ohne Souveränität an einen Abgrund von Verrat, Heuchelei und Betrug führt. Der Autor, so bemerkt Schiller während der Niederschrift des Bauerbacher Entwurfs am 14. April 1783 gegenüber Reinwald, müsse seinen Geschöpfen als «Busenfreund» begegnen, um sie nach der Natur darstellen zu können (NA 23, 81). Diese Formel bezeichnet keineswegs eine Haltung der vorbehaltlosen Identifikation, sondern das psychologische Interesse des Dramatikers, der nur dort wirkungsvoll arbeiten kann, wo er das imaginäre Seelenleben seiner Figuren sachkundig auszuleuchten versteht.

Schiller gelingt es, das Interesse für sämtliche Individualkonflikte wachzuhalten, ohne daß sich die szenische Aktion selbst blockiert. Dazu verhilft ihm das Verfahren des durch Diderot in seiner Studie *De la poésie dramatique* (1758) begründeten Tableau-Prinzips, bei dem eine locker verbundene Folge von Szenen mit jeweils spezifischer Aussagekraft geboten wird. Die einzelnen «Gemälde» – so Lessings Übersetzung von 1760 – gestatten es, jede Bühnensituation als in sich geschlossene Sinneinheit auszuweisen.[255] Die dadurch gewonnene Konzentration auf die Individualität der Charaktere, wie sie auch Merciers *Portrait de Philippe second* anstrebt, nutzt Schiller im Interesse einer abgetönten Figurenpsychologie. Abweichend von der Kontrasttechnik früherer Dramen arbeitet er mit feineren Formen der Schattierung, die es ihm gestatten, noch den dunkler gezeichneten Gestalten – Herzog Alba, Pater Domingo, Prinzessin Eboli – gebrochene Züge zu verleihen. Auf Diderots Tableaubegriff dürfte sich auch die oft mißverstandene Anmerkung zum Ende April 1786 erfolgten *Thalia*-Abdruck der zentralen Szenen des zweiten Akts (II,4–16) beziehen, die den *Karlos* mit einer Wendung des 22 Monate älteren Dalberg-Briefes als «Familiengemählde aus einem königlichen Hause» bezeichnet hatte (NA 6, 495). Es wäre gewiß falsch, diese Formulierung als Hinweis auf die inhaltliche Anlage des Entwurfs zu deuten. Sie erfaßt vor allem die an Diderot und Mercier ausgerichtete Technik der dramatischen Porträtkunst, die jede Szene in ein geschlossenes Bild verwandelt. An eine Beschränkung auf den im Stoff beschlossenen Privatkonflikt dürfte Schiller auch im Frühjahr 1786 kaum gedacht haben.[256]

Der abgestuften Figurenpsychologie entspricht der nicht völlig symmetrische, die Konfliktfelder jedoch exakt gliedernde Aufbau des Trauerspiels. Der erste und zweite Akt präsentieren das Liebesdrama inmitten der kalten Atmosphäre des Hofs; der dritte Aufzug zeigt, gebündelt in Szene III,10, die Welt der Ideen, die den Marquis umtreiben, der vierte Akt inszeniert die Ansätze zu einer Verschwörung, in deren Fäden sich Posa selbst verstrickt, der fünfte stellt die Katastrophe dar, aus der, nach Karlos' praktisch folgenloser Wandlung zum politisch mündigen Kopf, allein die Macht der Institutionen unbeschädigt hervorgeht. Der familiäre Konflikt, den die Exposition ahnen läßt, erweist sich rasch als Machtkampf mit psychologischem Hintergrund. Die Architektur des *Karlos* zeichnet derart den Weg zum Geschichtsdrama vor, den Schiller nach der Phase der Kant-Studien ab der Mitte der 90er Jahre als Bühnenautor beschreiten wird.

Das Drama beginnt im Zeichen großer Gefühle. Karlos' Neigung zu Elisabeth und sein Freundschaftsbund mit Posa bilden den Kontrast zu einer sozialen Ordnung, die unter dem Gesetz der dauernden Überwachung steht. Von der offenen Sprache der Leidenschaften, die den Titelhelden bestimmt, heben sich Verstellung und Betrug als Elemente der durch Domingo und Alba verkörperten politischen Machtkunst ab. Karlos spricht vom «Schlangenbiß des Argwohns» (v. 127), der im höfischen Milieu jeden bedrohe.[257] Das «Gespenst des Mißtrauens»[258] wird später Kleists *Familie Schroffenstein* aus der Perspektive einer obsessiven Geschichtstheologie des Sündenfalls als Folge zivilisierter Inhumanität beschwören. Schillers düsteres Bild der vom Zeremoniell erstickten Hofwelt, das ein seit dem Humanismus vertrautes Motiv neu arrangiert, mag nicht zuletzt durch die Sozialkritik Rousseaus angeregt worden sein. Besonders einprägsam findet sie sich vorgetragen in der Akademieschrift von 1750, dem *Discours sur les sciences et les arts*, den Schiller auf Empfehlung Hubers in Dresden gründlicher studiert hat. Über Argwohn und Verstellung als Elemente moderner Gesellschaftswirklichkeit heißt es bei Rousseau: «On ne vantera pas son propre mérite, mais on rabaissera celui d'autrui. On n'outragera point grossièrement son ennemi, mais on le calomniera avec adresse.» («Man wird nicht mehr seine eigenen Vorzüge loben, aber man wird die der anderen herabsetzen. Man wird seinen Feind nicht mehr offen zur Wut reizen, aber man wird ihn mit Geschick verleumden.»)[259] Mit der Souveränität des sachkundigen Autors, der sich nach Belieben im Arsenal der Geschichte bedient, hat Schiller die Diagnose Rousseaus auf das spanische Milieu des 16. Jahrhunderts übertragen. Wer hier erfolgreich operieren möchte, muß mit verdeckten Karten spielen, weil niemandem zu trauen ist. Gemäß Rousseaus Befund steht hinter solchen Verhaltensmustern der Egoismus als Triebfeder sozialen Handelns. Auch in der von Schiller dargestellten Hofwelt herrschen das Prinzip der Selbstliebe und das Gebot der Rücksichtslosigkeit. Sogar der altruistisch wirkende Marquis Posa bleibt, wie sich im Fortgang des Geschehens zeigt, nicht völlig frei von diesem Gesetz. Daß Graf Lerma, der als einzige Figur des Dramas uneigennützig denkt, in seinem naiven Streben nach Redlichkeit die Katastrophe nur beschleunigt, trägt schließlich Züge tragischer Ironie.

Posas Mission zielt auf die politische Erziehung des Infanten. Daß er die Absicht hegt, Karlos an die Spitze der niederländischen Autonomiebestrebungen zu stellen, deutet er schon in Szene I,2 an. Der Thronfolger soll, so sein Plan, das spanische Kriegsheer in die Provinz führen, um dort den König durch die Androhung einer Revolte zu einem Kompromiß zu zwingen, der die Rechte der Aufständischen stärkt und ihnen den Weg in die Unabhängigkeit ebnet (v. 4157ff.). Karlos, dem er nur eingeschränktes politisches Urteilsvermögen zutraut, beschreibt er seine Vorstellungen zunächst zurückhaltend (während er Elisabeth rasch in sein Vertrauen zieht). «Die Zeit ist da», erklärt er dem Freund, «die schreckenvolle Zeit, | die ohne Hoffnung ihre Freiheit endigt. | Tirannisch wühlt Dom Philipp in dem Herzen | des freigeborenen Brabants. Es ist | gethan um Ihr geliebtes Land, wenn Alba, | des Fanatismus rauher Henkersknecht, | vor Brüssel rückt mit Spanischen Gesetzen. | Auf Kaiser Karls glorwürd'gem Enkel ruht | die letzte Hoffnung dieser edeln Lande. | Sie stürzt dahin, wenn sein erhabnes Herz | vergessen hat für Menschlichkeit zu schlagen.» (v. 169ff.) Posas Plädoyer gilt dem moralischen Gefühl des Infanten, der in seiner maßlosen Liebe zu Elisabeth den Sinn für die Forderungen des Tages eingebüßt hat. Deutlich tritt schon hier das Gefälle hervor, das die beiden Charaktere trennt. Karlos bleibt als narzißtischer Enthusiast wie Hamlet ein Schwärmer ohne Bodenhaftung, der sehnsüchtig an die Träume der gemeinsamen Schulzeit zurückdenkt, sie aber mit der Gegenwart nicht zu verknüpfen weiß;[260] «mehr Genie als Cultur, mehr Leidenschaft als Welt» bestimme ihn, so schreibt Schiller am 13. Juni 1787 an Schröder, als dieser in Hamburg seine Besetzungsliste für die Uraufführung erstellt (NA 24, 100). Das politische Bewußtsein, das Karlos fehlt, weist Posa hingegen im Übermaß auf; sein planender Verstand kennt einzig Epochendimensionen, seine Projekte umspannen das gesamte Staatengefüge Europas (das entspricht dem Selbstverständnis des als Ableger des Johanniterbundes gegründeten Malteserordens, dem der Marquis angehört). Posa, der trotz seiner katholischen Konfession gegen Auswüchse des «Pfaffenthums» und «Priesterblitze» (v. 188ff.) zu Felde zieht, ist ein spanischer Grande des 16. Jahrhunderts, den Schiller, wie es vor allem der dritte Akt demonstriert, mit dem Ideenmaterial der französischen Aufklärung ausgerüstet hat: ein Kosmopolit, dessen Visionen aus dem Arsenal der modernsten Gesellschaftstheorien stammen, welche die europäische Gedankenwelt am Vorabend der großen Revolution zu bieten vermag.

Die Tragödie beginnt an dem Punkt, da Karlos' überstürzt vorgetragene Mission scheitert. Von der Königin hatte er, ganz in Übereinstimmung mit den Plänen Posas, den Rat erhalten, seine Leidenschaft in politisches Verantwortungsbewußtsein zu überführen: «Elisabeth», so erklärte sie, «war Ihre erste Liebe. Ihre zwote | sei Spanien. Wie gerne, guter Karl, | will ich der besseren Geliebten weichen!» (v. 899 ff.) Zwar zeigt sich der Prinz bereit, den Rollentausch zwischen Gefühlsmensch und Staatslenker ernsthaft zu betreiben, doch stößt er sogleich auf äußersten Widerstand. Das Ansinnen, ihm die zur Unterdrückung der niederländischen Rebellion bereitgestellten Truppen anzuvertrauen (II, 2), quittiert Philipp mit eisiger Ablehnung, weil er fürchtet, sein «bestes Kriegsheer» einzig der «Herrschbegierde» (v. 1383) des Infanten preiszugeben. Karlos scheitert jedoch nicht nur in der Rolle des nach Bewährung dürstenden Thronfolgers, sondern auch als Sohn, dessen fußfällig vorgetragene Bitte um «Versöhnung» (v. 1228) den Widerwillen des Königs erregt (mit dem unglücklichen Helden Orest vergleicht ihn, nicht ganz unzutreffend, eine Rezension in den *Hallischen Neuen Gelehrten Zeitungen* vom 22. Oktober 1787).[261] Die persönliche Annäherung unterbleibt, weil die Gesetze der Politik die Bande der Natur zerstören. Ihre Zweckrationalität erdrückt die ursprünglichen menschlichen Empfindungen unter einem dichten Netz von Angst, Mißtrauen und Verdacht. Schillers Befund mag erneut durch Rousseaus Zivilisationskritik angeregt worden sein, wie sie nicht nur die Schrift von 1750, sondern auch der *Discours sur l'inégalité* aus dem Jahr 1755 formuliert. Spuren der Auseinandersetzung mit Rousseaus Hypothese, daß der Aufbau einer vernunftgestützten Weltordnung und die damit verbundene Verfeinerung der Lebenszusammenhänge den Verlust natürlicher Moralität befördere, lassen sich auch in Schillers späteren ästhetischen Schriften entdecken. Skeptisch bleibt er jedoch gegenüber dem naiven Optimismus des Genfer Gelehrten, der eine Überwindung des Status quo durch das Modell eines die ursprüngliche Gleichheit der Individuen und die Notwendigkeit sozialer Ordnungsprinzipien miteinander verbindenden Gesellschaftsvertrags für möglich hielt.

Die Gegenaktion, die Posas Pläne gefährdet, setzt in der Mitte des zweiten Akts ein. Angestoßen wird sie durch die Prinzessin Eboli, die sich, in der erotischen Neigung für den Infanten grausam enttäuscht, zum Werkzeug der um ihre Autorität fürchtenden Intriganten Alba und Domingo machen läßt. Die Prinzessin, eine «auf Tugend dressierte»[262] Nachfolgerin von Lessings rachsüchtigen Mätressenfiguren, spielt dem König, der schon seit längerem um sie geworben hatte, während eines nächtlichen tête à tête Briefe zu, die Elisabeth des mit Karlos begangenen Ehebruchs bezichtigen und den Infanten wie seine Stiefmutter ins Verderben stürzen sollen. «Jene Lilien | von Valois», hatte Domingo prophezeit, «zerknickt ein Span'sches Mädchen | vielleicht in Einer Mitternacht -» (v. 2518 ff.). Das Manöver der ‹Falken›, die ihren Einfluß auf die auswärtige Politik der Krone durch Elisabeths Sympathien für die Niederlande gefährdet sehen, scheitert jedoch, weil es Philipps Leidenschaften nicht zu steuern vermag. Die großartige Exposition des dritten Aufzugs zeigt einen von den Menschen verlassenen Souverän, der Macht und Ehre zu verlieren fürchtet: «So lange | der König schläft, ist er um seine Krone, | der Mann um seines Weibes Herz.» (v. 2975 ff.) Die an ältere Vorbilder – Marlowe, Shakespeare und Gryphius – gemahnende Akteröffnung präsentiert den Herrscher zunächst als Opfer seiner Rolle, der die bedrohliche Logik des permanenten Machtwechsels eingezeichnet scheint. Hinzu tritt jedoch die moderne Ordnung des Gefühls, die die politische Abhängigkeit durch die Zwänge der Leidenschaft ergänzt. Der eifersüchtige Monarch, der sich dort getroffen fühlt, wo er «sterblich» ist (v. 989), entzieht sich im Bewußtsein seiner Schwäche den kaltsinnigen Hofleuten und sucht entschlossen nach einem neuen Verbündeten: «Jetzt gieb mir einen Menschen, gute Vorsicht – | Du hast mir viel gegeben. Schenke mir | jetzt einen Menschen ...» (v. 3300 ff.).

In der sorgfältig gehüteten Personalkartei seiner Granden stößt Philipp auf den Namen des Marquis Posa (Novalis vermerkt in den *Blüthenstaub*-Fragmenten von 1798, dazu passend, die «Archive» seien das «Gedächtniß» eines Staates).[263] Der Monarch erinnert sich, daß Posa in der Vergangenheit hohe Verdienste erworben hat, ohne jemals um seine Gunst zu buhlen: als Malteserritter verteidigte er, wie man jetzt erfährt, die Ordensburg St. Elmo im Jahr 1565 energisch gegen die Übermacht des türkischen Heeres (Schiller verknüpft hier das Schicksal seines fiktiven Helden mit einer tatsächlichen historischen Begebenheit, die ihn nach 1788 zum Entwurf eines *Maltheser*-Dramas anregte). Das große Gespräch der Szene III,10, in dem der König den ungewöhnlichen Untertan prüfen möchte, bildet den Angelpunkt des Dramas. Der Marquis tritt mit der Sicherheit des belesenen Intellektuellen auf, der, scheinbar ohne taktische Vorsicht, tiefe Einblicke in die ihn umtreibenden Ideenwelten offeriert (daß er über ein festes politisches Programm verfügt, unterscheidet ihn von seinen Vorgängern Fiesko und Verrina). Selbstbewußt erläutert er dem Souverän, er habe auf ein Staatsamt verzichtet, weil er sein Handeln an moralischen Begriffen ausrichte, die im höfischen Milieu nicht in Anschlag kämen: «Die Schönheit meines Werks, | das Selbstgefühl, die Wollust des Erfinders |

fließt in den königlichen Schatz. Von diesem | werd' ich besoldet mit Maschinenglück | und, wie Maschienen brauchen, unterhalten. | Nicht meine Thaten – ihr Empfang am Throne | soll meiner Thaten Endzweck sein. Mir aber, | mir hat die Tugend eignen Werth. Das Glück, | das der Monarch mit meinen Händen pflanzte, | erschüf' ich selbst, und Freude wäre mir | und eigne Wahl, was mir nur Pflicht sein sollte.» (v. 3558 ff.) Im Hintergrund des hier entfalteten Gegensatzes von öffentlicher Anerkennung (Ehre) und innerer Tugend als einander widerstreitenden Leitbegriffen individuellen Tuns steht Montesquieus Abhandlung *De l'esprit des lois* (1748), deren Einfluß auf Schillers politisches Denken unumstritten ist. Das Werk, das bereits im Philosophieunterricht der Karlsschule zum Pensum zählte, hat ihn während der Arbeit am *Karlos* lebhaft beschäftigt. Mit Körner diskutiert er 1785 in Loschwitz ausführlich über die Schrift. Im Freundeskreis verabredet man eine nähere Erörterung für die Periode des Herbstes. Am 3. Oktober kündigt ein Brief Hubers aus Leipzig die gemeinsame Lektüre an, die man nach der Ankunft in Dresden beginnen möchte: «Montesquieu hat mich diese Zeit her auf die angenehmste Art beschäftigt. Es ist ein grosses Werk, und ich habe schon oft die Freude vorausempfunden, die wir zusammen daran haben werden.» (NA 33/I, 78) Die Schrift liefert eine gleichermaßen rechts- und ideengeschichtlich fundierte Systematik politischer Ordnungsentwürfe und Staatsmodelle. Montesquieu unterscheidet in der Tradition der seit Jean Bodin vertrauten Schemata frühneuzeitlicher Sozialphilosophie zwischen republikanischen, monarchischen und despotischen Regierungsformen, denen jeweils besondere Wertvorstellungen bzw. Affekte (Tugend, Ehre, Furcht) zugewiesen werden. Hinzu tritt ein klimatheoretischer Ansatz, der Regionalzonen zu Bezugsgrößen politischer Konzeptionen erklärt (wobei dem Nord-Süd-Gefälle die Abgrenzung zwischen Republik und Despotie entspricht), nicht zuletzt die Korrespondenz von Rechtspraxis und Staatsformen, die ein weiteres Merkmal für die systematische Einordnung unterschiedlicher Machtstrukturen liefert.[264]

Posas Argumentation zeigt sich bestimmt durch die weitreichende Unterscheidung von Ehre («honneur») als Prinzip der Monarchie und Tugend («vertu») als genuin republikanischem Wert. Bei Montesquieu heißt es über den Abstand, der die rechtlose Alleinherrschaft von der zur moralischen Selbstverpflichtung der Individuen führenden Volkssouveränität trennt: «Il ne faut beaucoup de probité pour qu'un gouvernement monarchique ou un gouvernement despotique se maintienne ou se soutienne. La force des lois dans l'un, le bras des principes toujours levé dans l'autre, règlent ou contiennent tout. Mais, dans un état populaire, il faut un ressort de plus, qui est la vertu.» («Es ist keine große Tüchtigkeit für den Fortbestand oder die Stützung einer monarchischen oder despotischen Regierung erforderlich. Die eine sieht sich durch die Kraft der Gesetze geordnet bzw. erhalten, die andere durch den stets erhobenen Arm ihres Oberhaupts. In einem Volksstaat aber ist eine zusätzliche Triebfeder nötig: die Tugend.»)[265] Montesquieus Systematik findet sich wiederum in Merciers Roman *L'An 2440* (1771) gespiegelt, der von Christian Felix Weiße 1772 ins Deutsche übersetzt worden war. Schiller, der Merciers utopischen Entwurf durch Huber kennenlernte, konnte hier lesen, daß die Monarchie stets an der Schwelle zum Despotismus stehe, wenn sie es nicht vermöge, sich freiwillig moralischen Prinzipien zu unterwerfen. Merciers Programm erstrebt keineswegs die Installation einer republikanischen Staatsform, sondern umschreibt eine vage skizzierte ‹menschliche› Ordnung, in der das Individuum hinreichende Freiheitsrechte erringen und bewahren kann.[266] Posas Argumentation greift solche Positionen auf, wenn sie vom ‹Maschinenglück› spricht, das die Monarchie für ihre Untertanen bereithalte; Ehre könne sie als äußeren Nachweis herausragender Tätigkeit stiften, nicht jedoch die innere Befriedigung, die allein menschenfreundliches Handeln verschafft. Daß tatsächlich Montesquieus Schrift die Hauptquelle für die Ausführungen des Marquis darstellt, hat Schiller selbst in den 1788 veröffentlichten *Briefen über Don Karlos* unumwunden eingeräumt (NA 22, 168).

Neben der Staatsphilosophie Montesquieus dürfte auch Thomas Abbts Theorie sozialen Handelns auf die Konzeption des Dialogs Einfluß genommen haben. In seiner Schrift *Vom Verdienste* (1762–64), an die Schiller Mitte April 1786 in Körners Privatbibliothek geraten war (NA 24, 44), entwirft er, angeregt durch Montesquieu, ein System politischer Ordnungen und Wertvorstellungen auf moralphilosophischer wie psychologischer Grundlage, das den einzelnen Staatsformen individuelle Handlungsimpulse zuschreibt. Während unter despotischen Regierungen Leistungen nicht gewürdigt, lediglich Akte der Insubordination bestraft, in Monarchien wiederum Verdienste nur dem Adel zugestanden werden, bildet allein der republikanische «Freystaat» ein soziales Gefüge aus, das die angemessene Entlohnung von Aktivitäten im Dienste des Gemeinwohls ohne Rücksicht auf Stand und Herkunft gewährt.[267] Die Vorbehalte gegen das aristokratische Wertsystem, wie sie der Marquis formuliert, scheinen aber auch durch Abbts kurzen Aufsatz *Vom Tode fürs Vaterland* (1761) angeregt, den Schiller im zweiten Band der *Vermischten Werke* finden konnte. Dort heißt es bildhaft über die entseelte Logik des höfischen Verhaltenscodes: «Die Ehre ist mit einem künstlichen Hohlspiegel zu vergleichen, der die zerstreuten Strahlen der Sonne in einen Punkt zusammen dränget. Die

Körper, die sich nahe um diesen Punkte befinden, werden in Flammen gesetzt, aber die entfernte [!] Gegenstände bleiben unerwärmt.»[268]

Hinter Posas Kritik des höfischen ‹Maschinenglücks› steht ein aufklärerisches Programm, das Schiller hier einspielt, obwohl es die historische Situation des 16. Jahrhunderts nicht angemessen zu erfassen vermag. Der Marquis vertritt die Überzeugung, daß die von Hobbes entwickelte Vertragsidee durch die Selbstherrlichkeit des Souveräns notwendig beschädigt werde: «Ehmals | gab's einen Herrn, weil ihn Gesetze brauchten; | jetzt giebt's Gesetze, weil der Herr sie braucht.» (v. 3615 ff.) Die im *Leviathan* (1651) entworfene Konstruktion, derzufolge der Monarch die äußere wie innere Sicherheit seiner Untertanen im Tausch gegen deren Loyalität gewährt, betrachtet Posa als nicht hinreichende Garantie für die freie Entfaltung dessen, was er des «Willens hohes Vorrecht» (v. 3634) nennt. Philipps Replik, in seinem Staat blühe «des Bürgers Glück in nie bewölktem Frieden» (v. 3800), zeigt den Monarchen als versierten Kenner des *Leviathan*, der die Ordnungsutopie der frühneuzeitlichen Staatslehre, wie sie Hobbes vor dem Hintergrund des englischen Bürgerkrieges (1642–1649) verfolgte, mit Überzeugung vertritt. Posas Hinweis, daß die Politik der inneren Sicherheit die «Ruhe eines Kirchhofs» (v. 3802) hervorbringe, bezeichnet dagegen den Abstand, den das aufgeklärte Staatsdenken von Hobbes' Modell trennt.[269] Mit ähnlichen Worten hat Rousseau in seiner Schrift über den Gesellschaftsvertrag (*Du contrat social*, 1762), die Schiller in der 1763 veröffentlichten deutschen Übersetzung des Marburger Ordinarius Christoph Friedrich Geiger kennenlernte, das Souveränitätsmodell des *Leviathan* kritisiert: «Man wird sagen, daß der Despot seinen Untertanen die bürgerliche Ruhe sichert. Mag sein; aber was gewinnen sie dabei, wenn die Kriege, die sein Ehrgeiz ihnen zuzieht, wenn seine unersättliche Gier, wenn die Mißhandlungen unter seiner Regierung sie elender machen als gegebenenfalls ihre eigenen Zerwürfnisse? Was gewinnen sie, wenn diese Ruhe gerade eines ihrer Leiden ist? Auch in den Verliesen lebt man in Ruhe, genügt das, um sich dort wohl zu fühlen?»[270]

Vor dem Hintergrund einer modernisierten Vertragstheorie, die sich ihrerseits auf Rousseau stützt, entwirft Posa seine Vision für «sanftere Jahrhunderte» (v. 3790). Im Mittelpunkt steht der Gedanke, daß die Harmonie zwischen den Ständen nur dort gegeben ist, wo die Zurüstungen der Obrigkeit nicht die Freiheit der Untertanen verletzen: «(...) Bürgerglück | wird dann versöhnt mit Fürstengröße wandeln, | der karge Staat mit seinen Kindern geitzen, | und die Nothwendigkeit wird menschlich sein.» (v. 3792 ff.) Posa beschreibt hier eine verfassungsgestützte Regierungsform, in der integrierte Kontrollmechanismen – durch Rat oder Parlament – der unbedingten Machtentfaltung eines einzelnen Herrschers entgegenwirken. Wesentliche Voraussetzung für eine solche Ordnung, die humane Lösungen politischer Sachzwänge garantieren soll, bleibt jene intellektuelle Toleranz, die der Marquis im berühmtesten Passus seiner Rede zum Mittelpunkt einer neuen gesellschaftlichen Kultur erklärt: «Geben Sie | Gedankenfreiheit –» (v. 3861 f.). Die Formel selbst hat ihre eigene aufklärerische Vorgeschichte. Voltaire behandelt in seinem *Dictionnaire philosophique* (1765) das Stichwort «Liberté de penser» in einer besonderen Rubrik;[271] ebenso verfahren d'Alembert und Diderot im neunten Band ihrer *Encyclopédie*, der zur selben Zeit wie Voltaires Lexikon erscheint. Mit Wendungen, die wiederum an Schillers Diktion erinnern, wird Johann Gottlieb Fichte 1793 in seiner anonym veröffentlichten Schrift *Zurückforderung der Denkfreiheit von den Fürsten Europens* ein ähnliches Postulat zur Sprache bringen. Es zielt auf die Möglichkeit zum ungehinderten intellektuellen Austausch ohne Zensur und Überwachung, den Fichte durch die als Antwort auf die französische Staatsumwälzung beschlossenen öffentlichen Restriktionen in den meisten Territorien Deutschlands, aber auch in Österreich und Rußland gefährdet sieht: «Wollt ihr das schönste Band, das Menschen an Menschen kettet, das Geister in Geister überfließen macht, zerschneiden? Wollt ihr das süßeste Kommerzium der Menschheit, das freie und frohe Geben und Nehmen des Edelsten, was sie haben, vernichten?»[272]

Bekräftigen möchte Posa die Forderung nach Gedankenfreiheit, die in Fichtes Schrift ihre aktuelle Anwendung auf den deutschen Feudalstaat findet, durch eine juristische Argumentation mit brisanten gesellschaftstheoretischen Ableitungen. Die organologische Metaphorik, die seine gesamte Rede durchzieht, verweist auf das Vorbild der von Gott großzügig entworfenen Weltordnung: «Sehen Sie Sich um | in seiner herrlichen Natur. Auf Freiheit | ist sie gegründet – und wie reich ist sie | durch Freiheit! Er, der große Schöpfer, wirft | in einen Tropfen Thau den Wurm, und läßt | noch in den todten Räumen der Verwesung | die Willkühr sich ergötzen – « (v. 3863 ff.).[273] Als wahrer Souverän verschafft Gott seinen Kreaturen Spielräume, die der Despot Philipp den eigenen Untertanen aus Mißtrauen vorenthält. Am Modell der Schöpfung gemessen, muß der Staat die Gleichheit aller Menschen anerkennen, der Regent Freiheit zum obersten Prinzip der sozialen Ordnung erheben. Es steht außer Frage, daß hier der Geist Rousseaus Posas Rede befeuert. In der Schrift über den Gesellschaftsvertrag findet man eine ähnliche naturrechtliche Begründung für das Gebot der Selbstbestimmung: «Der Mensch», so heißt es in der Exposition des ersten Kapitels, «ist frei geboren und liegt doch überall in Ketten.»[274] Schiller hat diese Formulierung aus Geigers deutscher Übersetzung später in seinem Gedicht *Die Worte des Glaubens* (1797) aufgegriffen und bezeichnend abgewandelt («Der Mensch ist frey geschaffen, ist frey, | Und würd er in Ketten gebohren», NA 1, 379, v. 7f.). Die Garantie für die Überwindung künstlich geschaffener Abhängigkeiten bietet bei Rousseau ein soziales Gefüge, das die Vorzüge des Naturzustandes mit Sicherungsfunktionen verbindet, welche seine Risiken – Rechtlosigkeit, Gewalt und Triebenthemmung – zuverlässig unterdrücken helfen. Grundlage dieses Programms ist ein Gesellschaftsvertrag, der die Gemeinschaft der Bürger eines Staates als «sittliche Gesamtkörperschaft»[275] faßt, die öffentliche Wohlfahrt und Privatinteresse harmonisiert. Bedingung der politischen Ordnung bleibt ein juristisches Regelwerk, das vom Einzelnen verbindliche Leistungen für die Kommune verlangen und derart soziale Gerechtigkeit ermöglichen soll. Von Rousseau leiht sich Posa zumal das naturrechtliche Argumentationsmuster, das die Gleichheit aller Menschen als Merkmal ihres ursprünglichen Schöpfungszustands begreift. Vom Gesellschaftsvertrag hingegen ist nicht die Rede, was den Vorbehalten entspricht, die Schiller hier Rousseau gegenüber an den Tag legt. Ihm fehlte, wie 1795 die Briefe über die ästhetische Erziehung erkennen lassen, im *Contrat social* eine nähere Darstellung der Kontrollinstrumente, mit deren Hilfe der Umschlag von Naturfreiheit in soziale Anarchie unterbunden werden kann (NA 20, 315).

Daß der politische Aufklärer Posa auch in den praktischen Kategorien von Macht und Gewalt zu denken vermag, erweist der Schluß seiner schwungvollen Rede. Das unbedingte Vertrauen in das moralische Gewicht der eigenen Ideen gebiert hier einen Herrschaftsanspruch, der offen zutage tritt: «Wenn nun der Mensch, sich selbst zurückgegeben, | zu seines Werths Gefühl erwacht – der Freiheit | erhabne, stolze Tugenden gedeihen – | wenn in dem Herzen wieder sich empört | die Römerwallung, Nationenstolz, | das Vaterland in jedem Bürger prangt, | dem Vaterlande jeder Bürger stirbt – | dann, Sire, wenn Sie zum glücklichsten der Welt | Ihr eignes Königreich gemacht – dann reift | Ihr großer Plan – dann müssen Sie – dann ist | es Ihre Pflicht, die Welt zu unterwerfen.» (v. 3906ff.) In Posas Skizze eines Eroberungskriegs der Freiheit tritt deutlich die Sympathie mit dem Kalkül der Macht zutage. Die Attitüde des Herrschers, der sich nicht auf Siege im Reich des Geistes beschränken mag, bestimmt auch die späteren Unternehmungen des Marquis. Die Aufrüstung des Ideals trägt freilich zweifelhafte Züge, weil sie jenen Despotismus fortzuzeugen droht, dem der politische Visionär zuvor den Kampf ansagte.

Am Ende seiner Rede hat der Marquis in Gedanken die Rolle des Souveräns übernommen. Den geistigen Mechanismus, der diesen Akt der Einfühlung begleitet, konnte Schiller bei Sulzer beschrieben finden. Besondere

Bedeutung für sein Porträt des Machtdenkers Posa besitzen die erstmals 1769 veröffentlichten *Psychologischen Betrachtungen über den sittlichen Menschen*, die er in der späteren Druckfassung der *Vermischten philosophischen Schriften* von 1773 kennengelernt hat. Sulzer führt darin aus, daß das Individuum sich im Vorgang der Einbildung nur das vorstellen könne, was ihm nahestehe und als verfügbar erscheine. Das Medium seiner sinnlichen Phantasie verarbeite allein solche Anschauungsmaterialien, die nicht entlegen, sondern im unmittelbaren Wahrnehmungskreis des Subjekts eingeschlossen seien. Das Beispiel, das Sulzer in diesem Zusammenhang anführt, legt eine Spur zu Posas Visionen moralisch gegründeter Fürstengröße: «Eine niedrige Privatperson, die den unermeßlichen Abstand, der zwischen ihr und dem Throne ist, empfindet, sieht die Größe und Majestät, die den Selbstbeherrscher umgeben; es ist für sie ein Gegenstand der Neugierde, oder auch der Bewunderung. Allein, da es nicht möglich ist, daß sie sich etwas von diesem allen zu eigen mache, indem alles ausser ihrer Sphäre ist, so wird sie gar nicht eifersüchtig darauf. Ein kleinerer Fürst hingegen kann sich sehr wohl in die Gemüthsfassung setzen, die ihn fähig machet, die Wirkung alles dessen, was zu dieser Hoheit und Größe gehöret, in sich selbst zu empfinden; und dieß kann sehr leicht seinen Ehrgeiz aufbringen.»[276] Der Bezug zu Posas imaginärem Entwurf politischer Souveränität bleibt unübersehbar. Was den Marquis antreibt, ist das versteckte Streben nach Macht, das sich durch die moralische Überlegenheit des sittlich sanktionierten Ordnungsdenkens gerechtfertigt glaubt. Vergleiche mit den Helden des Frühwerks drängen sich auf, Bezüge zu Karl Moors Selbsthelferanspruch, Fieskos Despotismus, Ferdinands Schöpferhybris. Gestützt auf Sulzers Theorie der moralischen Empfindung kann Schillers Porträt an einem markanten Punkt des Dialogs jene Überführung des Idealismus in Herrschaftskalkül andeuten, die Posa wenig später praktisch vollziehen wird. Ihren psychologischen Hintergrund bildet ein Sektor, den Alexander Gottlieb Baumgarten noch als Reich der ‹dunklen Vorstellungsinhalte› («perceptiones obscurae») bezeichnet hatte.[277] Sulzers Leistung besteht darin, daß er die hier wirksamen ‹unteren Seelenvermögen› – so der durch Wolffs Schulphilosophie eingebürgerte Terminus – im Licht einer empirischen Perspektive genauer zergliedert und damit wissenschaftlich aufwertet. Was Posas imaginärer Rollenwechsel vor Augen führt, entspricht der von Sulzer hervorgehobenen Fähigkeit der affektiv gesteuerten Einfühlung. Das Spiel der Einbildungskraft, dem der Marquis folgt, bezeugt die Existenz eines unkontrollierbaren, nicht durch Vernunft zu steuernden Herrschaftswillens. Im inneren Gehäuse der politischen Aufklärung schlummert die Gewalt.

Der Tod des Helden.
Marquis Posa und seine Strategien

Mit dem Ausgang des großen Gedankenduells, das die Szene III,10 vorführt, wechselt das Drama vollends auf psychologisches Terrain über. Zunächst zeigt Schiller in fast ironischer Konsequenz die Abgründe von Philipps Herrscherseele. Der König, der einen Menschen ohne Mißtrauen gesucht hatte, macht jetzt Posa zum Werkzeug seines eigenen Argwohns, indem er ihm den Auftrag erteilt, umfassende Gemütsspionage im höfischen Milieu zu betreiben: «Drängen Sie Sich zu dem Prinzen. | Erforschen Sie die Königinn. Ich selbst | will Ihnen Vollmacht senden, sie zu sprechen.» (v. 4032 ff.) Philipp verfährt an diesem Punkt nach den Regeln der staatsklugen Hofkunst, wie sie die Verhaltenstheorien der frühen Neuzeit als Produkt der instrumentellen Vernunft auszuweisen suchen. Wer nach den geistigen Ratgebern sucht, die Schillers Souverän prägen, stößt unweigerlich auf die spanischen Klugheitslehren des 17. Jahrhunderts (und damit erneut auf ein Moment der Ungleichzeitigkeit). Diego Saavedra Fajardos emblematischer Fürstenspiegel *Idea de un principe politico christiano* (1640) und Balthasar Graciáns *Oraculo manual* (1647) entwickeln die wirksamsten Modelle der politischen Weltklugheit, die dem Hofmann vorzeichnen, auf welche Weise er sich im Machtspiel der Kabinettsintrigen durchzusetzen hat. Zu seinen Techniken gehören die Kunst der Verstellung und gezielten Desinformation, das Prinzip der Verschwiegenheit und die Strategie der Gemütsüberwachung. Wohlinformiert und undurchsichtig, stets kontrolliert, mit messerscharfem Spürsinn begabt, weltkundig und erfahren, durch unbestechliches Urteilsvermögen und elegantes Auftreten gleichermaßen geprägt, präsentiert sich der ideale Vertreter der *prudentia*, der Hof- und Staatsklugheit, als Repräsentant der kalten Machtlust. Gracián zufolge muß das politische Handeln des Individuums ausschließlich interessegeleitet bleiben, soll es Wirkung zeitigen. Das verlangt die geschmeidige Anpassung an wechselnde Verhältnisse ebenso wie die Bereitschaft zur Instrumentalisierung fremder Absichten im Dienste der eigenen Ziele. Mit Nachdruck betont Gracián, daß man sich unter seinen Helfern «guter Werkzeuge bedienen» müsse, um zum Erfolg zu gelangen; unabdingbar ist es für den politischen Kopf, die «Gemütsarten» derer, die ihn umgeben, genau «zu ergründen», möchte er ihre Ziele und Gesinnungen kennenlernen.[278] Die Verhaltenslehre des Jesuiten Gracián wird getragen von einem Machtkalkül, dessen Logik gerade im Milieu des Hofes unüberwindbar scheint. Aus dieser Sichtweise bleibt es folgerichtig, wenn Schillers König den Marquis zum Instrument seines Argwohns degradieren und als Fürstendiener unter das Diktat der Zwecke zwingen möchte.

Ähnlich wie im Fall Machiavellis dürfte Schiller sich die Kenntnis Graciáns über Umwege vermittelt haben. Wesentliche Schaltstelle für die deutsche Rezeption des *Oraculo manual* ist die Vorlesung, die Christian Thomasius 1687 in Leipzig über dessen Lehre hielt. Die Handlungstheorie des Spaniers wird dabei als mustergültiges System zur Ausbildung gesellschaftlicher Umgangsformen (‹conduite›) aufgefaßt und in ihrer politischen Brisanz entschärft.[279] Der Text des Vortrags – mit dem Untertitel *Collegium über des Gratians Grund=Reguln, vernünfftig, klug und artig zu leben* – erschien im Jahr 1701 auch in Thomasius' *Kleinen Teutschen Schriften*, die bis zum Ende des 18. Jahrhunderts weite Verbreitung fanden. Sie bildeten das methodische Fundament für Abels *Entwurf zu einer Generalwissenschaft*, in dem er Carl Eugen 1773 als frisch berufener Dozent für Philosophie die leitenden Gesichtspunkte seines künftigen Unterrichts vorgestellt hatte.[280] Daß die deutschen Abhandlungen des Leipziger Philosophen in Abels Lehrveranstaltungen besprochen wurden, auch wenn sie gegen Ende des 18. Jahrhunderts nicht mehr zur intellektuellen Avantgarde zählten, kann man mit einiger Sicherheit vermuten. Der Maler Johann Jakob Atzel, der bis zum Jahr 1778 Schillers Kommilitone an der Karlsschule war, bezeugt zudem das Studium von Thomasius' Schriften im Kreis der Eleven.[281] Auf diese Weise erklärt sich die offenkundige Kenntnis von Graciáns politischer Verhaltenslehre, deren Grundelemente der junge Schiller durch die Auseinandersetzung mit dem Leipziger Frühaufklärer erschloß. Ob die aus zweiter Hand vermittelten Eindrücke den Schritt zur Lektüre des Originals veranlaßten, ist nicht mehr aufzuhellen. Bereits 1686 war eine erste deutsche Übersetzung des *Oraculo* erschienen, die sich freilich an der französischen Übertragung von Amelot de la Houssaye ausrichtete. Thomasius' Vorlesung sorgte dann am Beginn des 18. Jahrhunderts für ein verstärktes öffentliches Interesse an den Lehren des Spaniers. Bis 1717 kamen vier unterschiedliche deutsche Ausgaben auf den Markt, so daß es für Schiller keine Mühe bedeutet hätte, sich intensiver mit dem Text des *Handorakels* auseinanderzusetzen.

Die Audienzszene endet mit einem Triumph Posas. «Der Maltheser», so verkündet Philipp, «wird künftig ungemeldet vorgelassen.» (v. 4041 f.) Die Gunst der Stunde sucht der Marquis nun auf zweifelhafteste Weise zu nutzen. Der vierte Akt, der in raschem Tempo beginnt, steht ganz unter der Regie des Doppelspiels, das er inszeniert. Seine Verschwörungspläne enthüllt er einzig der Königin, der er jene politische Intelligenz zutraut, die er bei Karlos vermißt. «Rebellion», so erkennt Elisabeth schnell, lautet der

«Name», der dem riskanten Unternehmen ansteht: Karlos «soll | dem König ungehorsam werden, soll | nach Brüssel heimlich sich begeben, wo | mit offnen Armen die Flamänder ihn | erwarten. (...) Er mache | den Span'schen Thron durch seine Waffen zittern. | Was in Madrid der Vater ihm verweigert, | wird er in Brüssel ihm bewilligen.» (v. 4156 ff.) Daß der Marquis hier nur die halbe Wahrheit über seine Umsturzvisionen preisgibt, offenbart der fünfte Akt, in dem der Zuschauer erfährt, daß er mit türkischen Truppen im Einvernehmen stand, die Spanien auf seinen geheimen Befehl von einer strategisch günstigen Position an der Mittelmeerküste attackieren sollten (v. 5826 ff.). Posas Pläne, mit deren Hilfe man die Freiheitsrechte der Niederländer durch Erpressung ertrotzen möchte, scheitern am Ende nicht nur an ihrer mangelnden politischen Substanz, sondern auch an der Verschlagenheit des Malteserritters. Sein Anspruch, allein zu handeln, ohne Karlos in seine Überlegungen einzuweihen, steigert jenen Argwohn, der sich als Leitmotiv durch das gesamte Drama zieht. Posas Vorhaben muß in die Katastrophe führen, weil es ein Vertrauen aufs Spiel setzt, das inmitten der höfischen Welt Belastungsproben nicht aushält. «Und kann», so fragt die Königin, «die gute Sache schlimme Mittel adeln?» (v. 4095 f.)

Posa bedient sich als Hochverräter mit imperatorischem Ehrgeiz jener Methoden der politischen Intrige, die er zuvor als unmoralisch verworfen hat. «Menschen», so klagte er Philipp an, «sind Ihnen brauchbar, weiter nichts; so wenig | als Ohr und Auge für sich selbst vorhanden.» (v. 3629 ff.) Karlos gegenüber arbeitet er nun selbst mit der Strategie der Verstellung, wenn er seine Audienz beim König als belanglos bezeichnet, deren Inhalt verschweigt, seine Pläne verheimlicht. Die Bitte, er möge ihm die Brieftasche mit seinen privaten Dokumenten aushändigen, erklärt er aus Sicherheitsbedenken, ohne das heikle Kalkül zu offenbaren, das sein Unternehmen trägt. Daß er den König auf die Spur der Eboli setzen, den Verdacht der Untreue Elisabeths zerstreuen möchte, verrät er Karlos nicht. Die Undurchsichtigkeit des taktischen Konzepts avanciert zum obersten Grundsatz politischen Handelns. Der Marquis bewegt sich hier, Fiesko vergleichbar, im Fahrwasser einer Täuschungsstrategie, wie sie Machiavellis *Il principe* für das wesentliche Gebot der Herrscherkunst gehalten hatte. Der Technik der Verstellung, die der *Principe* als Verhaltensideal beschreibt, folgt auch Posa: «Jeder sieht, was du scheinst, und nur wenige fühlen, was du bist.»[282] Es ist das Gesetz der ‹desinvoltura›, der Undurchschaubarkeit des Machtmenschen, dem der Marquis wie ein gelehriger Schüler Machiavellis gehorcht.

Auch das Selbstopfer, mit dem Posa den Verdacht von Karlos abzulenken sucht, rückt derart ins Zwielicht (IV,24). In späteren Bühnenfassungen hat Schiller an diesem Punkt Ergänzungen vorgenommen, die das Verhalten des Marquis genauer bezeichnen und seine moralischen Absichten verdeutlichen sollen. Ähnlich wie sein taktisches Vorgehen erzeugt jedoch die schnell beschlossene Märtyrertat den Eindruck der Zweideutigkeit. Die Königin, der Posa seine letzten Schritte erklärt, zweifelt zu Recht an der vollkommenen Lauterkeit seiner Absichten: «Mögen tausend Herzen brechen, | was kümmert Sie's, wenn sich Ihr Stolz nur weidet! | O jetzt – jetzt lern' ich Sie verstehn: Sie haben | nur um Bewunderung gebuhlt.» (v. 5185 ff.) Der Vorwurf, der hier zur Sprache kommt, gilt nicht allein dem grellen Pathos von Posas Selbstbezichtigung, vielmehr auch den Antrieben, die sein früheres Handeln bestimmten. Nicht Idealismus, sondern Machtlust erscheint jetzt als Feder, die sein Vorhaben auf das große Ziel spannte.[283] Vergleichbare psychologische Befunde lieferten schon die *Räuber* und der *Fiesko*. «Groß Mann Sucht» und das Streben nach «Bewunderung» treibe ihn zum Selbstopfer, so erklärt verbittert einer von Karl Moors Männern, nachdem der Held angekündigt hat, er werde sich der Justiz ausliefern (NA 3, 135). Auch Fieskos Monologe verrieten die Verwandtschaft zwischen machtlüsternem Geltungsdrang und sublimem Freiheitsstreben, wie sie sich in Posas zweideutiger Politik spiegelt. Das Bewußtsein für diesen Zusammenhang hat Schiller durch die Psychologie Abels gewonnen. In seiner 1777 gehaltenen Karlsschulrede über die Seelenstärke vermerkt der Lehrer, daß ein schwacher Charakter nicht durch den Mangel an moralischem Bewußtsein, sondern durch die Unfähigkeit zur klaren Umsetzung der aus ihm folgenden Maximen gekennzeichnet sei. Das verweist auf die Situation Posas, der im Moment der Bewährung versagt, weil er seine politische Ethik dem Machtspiel des über seine Verbündeten verfügenden Strategen opfert. «Alle Handlungen», so hatte Abels Rede erklärt, «die der starke Geist um seinen Entschluß aufzuführen vornimmt, sind durchdacht, und richtig, schnell oder langsam, einförmig oder veränderlich, mehr oder weniger feurig, wie seine Vernunft heischt.»[284]

In vergleichbarer Tendenz bestimmt schon Abbts Schrift *Vom Verdienste*, die Schiller im Frühjahr 1786 so gründlich studiert hatte, das Vermögen der «Seelenstärke» als die «Leichtigkeit», mit der die Psyche die «zum Vortheile wichtiger Ideen nöthige Herrschaft über den Willen»[285] gewinnt. Anders als Abel integriert Abbt den Begriff jedoch nicht in eine anthropologische Ordnung, sondern verknüpft ihn mit klimatheoretischen und staatsphilosophischen Fragen (was in die These mündet, daß die republikanische Verfassung die ‹Seelenstärke› des bürgerlichen Individuums steigere).[286] Moralische Autonomie finden Abel und Abbt verbürgt durch die Fertigkeit des Menschen, sich gegen sinnliche Eindrücke abzuschirmen und das Streben nach kurzzeitiger Befriedigung egoistischer Bedürfnisse durch die Geistesgegenwart des klaren Bewußtseins zu bändigen. Vor dem Hintergrund dieser psychologischen Lehre, die sich ihrerseits auf Charles Bonnets *Analytischen Versuch über die Seelenkräfte* (1770–71) stützt, erscheint Posas politisches Scheitern als Folge fehlender moralischer Selbständigkeit. Indem er sich den Gesetzen des machiavellistischen Strategiedenkens anpaßt, verspielt der Marquis seine Option auf eine freie Steuerung seines Vorhabens. Nicht charakterliche Stärke, sondern fehlende innere Konsequenz zeichnet Schillers Helden aus.

Die Verhaftung des Infanten und der Schuß, der Posa durch Befehl des Königs niederstreckt, entfesseln auf den Straßen Madrids den Aufruhr (V, 5). Die Absichten des Marquis, der sich opferte, um Karlos zu schützen, werden damit erneut durchkreuzt. Weil die Unruhe anwächst und das Volk einen starken Souverän fordert, sieht sich Philipp gezwungen, den Rat der geistlichen Autorität einzuholen. Der Großinquisitor, der schon Kaiser Karl die Beichte abnahm, demonstriert in der eindrucksvollen vorletzten Szene, wem die eigentliche Macht im spanischen Staat zufällt. Längst, so erfährt man, hat die Inquisition den Freigeist Posa an der langen Leine einer subtilen Überwachungskunst geführt. Daß gedungene Heckenschützen und nicht die Folterwerkzeuge kirchlicher Schergen ihn zur Strecke brachten, wird jetzt ausdrücklich Philipp vorgeworfen: «Der Mensch | war unser – Was berechtigt Sie | des Ordens heil'ge Güter anzutasten? | Durch uns zu sterben war er da.» (v. 6066ff.) Am Ende triumphiert die Autorität des Apparates über jene der Person. Das berühmte Wort des Königs, mit dem Karlos der Inquisition überantwortet wird, besiegelt diesen Erfolg: «Kardinal! Ich habe | das Meinige gethan. Thun Sie das Ihre.» (v. 6281f.)

Siegt hier die im Kollektiv versteckte geistliche Macht, so verdeutlicht das auch, daß weder Personen noch Ideen am Ende bei Schiller eine Chance zur Behauptung haben. Die «Liebe für die Zukunft»,[287] in der Heine das besondere Ethos des Marquis Posa gespiegelt fand, bleibt damit auf eine weltferne Vision beschränkt. Die Versöhnung zwischen ‹Bürgerglück› und ‹Fürstengröße› steht aus, solange Mißtrauen und Angst zur massiven Sicherung ungeteilter politischer Herrschaft veranlassen. Daß sich hinter den Zurüstungen des Machtmenschen Philipp, dessen Ordnungspolitik auf die Kirchhofsruhe des stabilen Status quo zielt, ein unsicherer Charakter verbirgt, hat Schiller, übereinstimmend mit den meisten Historikern seiner Zeit, in der 1788 publizierten Schrift über den niederländischen

Aufstand sehr klar beschrieben (NA 17, 54f.). Das Drama öffnet am Ende den Blick auf eine moderne Dialektik der Geschichte, indem es die persönliche Katastrophe, die der König erfährt, im Sieg der institutionellen Autorität spiegelt. Aus dem Versagen der Personen geht die anonyme Ordnung der Macht, repräsentiert durch die Gerichte der Inquisition und ihr weitverzweigtes Überwachungskartell, gestärkt hervor.[288] Daß der Ehrgeiz des Idealisten Posa aber nicht allein an einem wirksam organisierten Herrschaftsapparat zerschellt, hat Schiller selbst ein Jahr nach der Veröffentlichung des Dramas fast beiläufig betont (NA 22, 170ff.). Sein Scheitern verdeutlicht die Dialektik des in machiavellistisches Kalkül überführten Idealdenkens ebenso wie die Macht der Politik, in deren Geltungsbereich jede Aktivität zur Politik der Macht gerät.

Freimaurer, Illuminaten und Despoten. Spuren der Zeitgeschichte

In den zwölf *Briefen über Don Karlos*, die 1788 verteilt auf zwei Folgen im Juli- und Dezemberheft von Wielands *Teutschem Merkur* erscheinen, hat Schiller die Fragwürdigkeit der Posa-Figur unterstrichen. Grundsätzlich erklärt er zum Wandel des Entwurfs, der sich während der mehrjährigen Arbeit am Stoff vollzog: «Was mich zu Anfang vorzüglich in demselben gefesselt hatte, tat diese Wirkung in der Folge schon schwächer und am Ende nur kaum noch. Neue Ideen, die indes bei mir aufkamen, verdrängten die frühern; Karlos selbst war in meiner Gunst gefallen, vielleicht aus keinem andern Grunde, als weil ich ihm in Jahren zu weit vorausgesprungen war, und aus der entgegengesetzten Ursache hatte Marquis Posa seinen Platz eingenommen.» (NA 22, 138) Schiller betrachtet die Spannungen, die Posas Politik bestimmen, im Zusammenhang einer aktuellen Debatte, ohne freilich über knappe Andeutungen hinauszugehen. Am Beginn des zehnten Briefes heißt es in geheimnisvollem Ton: «Ich bin weder I- noch M-, aber wenn beide Verbrüderungen einen moralischen Zweck mit einander gemein haben, und wenn dieser Zweck für die menschliche Gesellschaft der wichtigste ist, so muß er mit denjenigen [!], den Marquis Posa sich vorsetzte, sehr nahe verwandt sein.»[289] Die beiden Abkürzungen löste Schiller selbst auf, als er den Text der *Briefe* 1792 nochmals im ersten Band seiner *Kleineren prosaischen Schriften* veröffentlichte: ‹I› steht für ‹Illuminat›, ‹M› für ‹Maurer› bzw. ‹Freimaurer› (NA 22, 168).[290] Der Marquis Posa wird hier in die Nähe einer politischen Geheimbewegung gerückt, die man martialisch als die «Kerntruppe der Aufklärung»[291] zu charakterisieren suchte. Mit den Illuminaten teilt er freilich nicht nur das fortschrittliche Gedankengut, sondern auch die Neigung zu Verstellungskunst und versteckter Despotie.[292] Schiller hat in das Porträt seiner Figur eigene Erfahrungen einfließen lassen, die ihm aus intensiven persönlichen Kontakten zu Mitgliedern des Zirkels erwuchsen.

Der in seinem Erscheinungsbild überaus dubiose Bund der Illuminaten bildete einen Ableger der Freimaurerlogen. Diese waren 1717 in England gegründet worden und erhielten seit dem Ende der 30er Jahre auch in Deutschland (wie im übrigen Mitteleuropa) verstärkt Zulauf; in Frankreich gab es 1789 bereits 629 verschiedene Freimaurervereinigungen.[293] Die Logen galten als aufgeklärt, kosmopolitisch und kirchenkritisch, liberal in ihren Staatsideen, unabhängig von Dogmen theologischer wie wissenschaftlicher Herkunft. Vor dem Hintergrund der fortschreitenden Erosion des Ancien Régime wuchs jedoch unter einzelnen Mitgliedern das Unbehagen am fehlenden politischen Anspruch der Bewegung. Lessing, der selbst seit dem Oktober 1771 der Hamburger Loge *Zu den drei Rosen* angehörte, artikulierte diese Stimmung in seinem philosophischen Gespräch *Ernst und Falk* (1778–80), ohne dabei den Boden des Ordensverständnisses zu verlassen. Mit Unterstützung von Freimaurern, aber auf eigener Programmbasis, rief der 28jährige bayerische Rechtsprofessor Adam Weishaupt am 1. Mai 1776 in Ingolstadt den Illuminatenbund ins Leben. Die Vereinigung, der liberal denkende Verwaltungsbeamte, Juristen, Professoren, Offiziere und Schriftsteller angehörten, trug zunächst den Namen *Perfektibilisten*, was auf das aufklärerische Prinzip der Vervollkommnung des Menschen durch Bildung seiner geistigen Kräfte verwies. Sie verfolgte im Gegensatz zu den Logen politische Ziele, die weitreichenden Charakter trugen, ohne jedoch genauer ausgeführten Praxisvorgaben zu gehorchen. Angestrebt wurde die Reform des Staates von oben, sein Umbau durch aufgeklärte Fürstenerziehung; kein Zufall war es, daß die diesem Thema gewidmeten Romane Wielands, vor allem der *Agathon* (1767) und *Der goldne Spiegel* (1772), zum Lektürekanon des Ordens zählten. Entscheidendes Ziel blieb für Weishaupt die Aufhebung des Ancien Régime und dessen Ersetzung durch einen Verfassungsentwurf, der zunächst keine egalitäre Gesellschaftsform begründen, sondern die Herrschaft einer selbsternannten Elite festschreiben sollte.[294] Am Horizont stand die Vision eines auf sozialer Gerechtigkeit beruhenden, die Völkergrenzen überschreitenden Vernunftstaates, dessen geistige Führungsschicht die herausragenden Vertreter des Ordens bilden sollten. In neun Jahren ungehinderter Wirksamkeit entwickelten die Illuminaten jedoch kaum pragmatische Konzepte, die die Verwirklichung ihrer politischen Pläne hätten näher umreißen können. Ein gewichtiges Vorhaben blieb es, den Staat über einen ‹langen Marsch durch die Institutionen› zu unterwandern, um derart seinen Verwaltungsapparat kontrollieren und Einfluß auf bürokratische Schlüsselpositionen gewinnen zu können.[295] Weder das theoretische Programm noch die in den Ordensschriften festgehaltenen Strategiemodelle gewannen aber klare Konturen. Der Bund, der zu Beginn der 80er Jahre knapp 2000 Mitglieder zählte,[296] verlegte sich frühzeitig, statt genaue politische Zielsetzungen auszuarbeiten, auf den Ausbau seiner inneren Strukturen. Man trug Geheimnamen, kultivierte symbolische Einweihungsrituale, zu denen auch die Unterzeichnung eines zur Verschwiegenheit verpflichtenden Revers gehörte, wechselte verschlüsselte Briefe, führte Sondierungsgespräche über Mitgliederwerbung an Universitäten und Akademien, pflegte eine ausgedehnte Reisetätigkeit, die die diplomatischen Verbindungen des Ordens fördern sollte. Daß die Illuminaten keine gefährliche Verschwörerclique, sondern eine intellektuelle Elite mit unübersehbarer Sympathie für den aufgeklärten Reformabsolutismus dar stellten, wurde durch solche von Freimaurern und Jesuiten übernommenen Rituale verdeckt.

Die Tätigkeit des Ordens blieb zunächst auf Bayern beschränkt. Erst unter der Ägide des 1780 aufgenommenen Popularschriftstellers Adolph von Knigge, der hinter Weishaupt zum zweiten Mann des Bundes avancierte, weitete man seine Wirkung auf größere Teile der Kurpfalz und der Rheingebiete aus. Knigges Beitrag bestand darin, daß er die Effektivität der Organisation ausbaute, indem er gemäß dem Vorbild der Logen eine nach Graden geschiedene interne Hierarchie schuf. Durch ausgedehnte Werbungsreisen gewann er neue Mitglieder aus Adelskreisen, für die er den Orden attraktiv machte, indem er seine politisch radikale Tendenz, gegen den Willen Weishaupts, einzuschränken und die kirchenfeindlichen Positionen des progressiven Flügels zu unterdrücken suchte. Es gehörte zu den Resultaten der von Knigge betriebenen Kampagne, daß bald auch regierende Fürsten und Hocharistokraten zum geheimen Zirkel der Illuminaten zählten – der weimarische Herzog Carl August ebenso wie Herzog Ernst II. von Gotha, Herzog Ferdinand von Braunschweig, Prinz Karl von Hessen-Kassel und Friedrich Christian von Schleswig-Holstein-Sonderburg-Augustenburg. Ihre Mitgliedschaft dürfte kaum subversiven Zwecken – der Unterwanderung oder Spionage – gedient haben, sie bildete vielmehr den symptomatischen Ausdruck für die inhaltlich vagen Zielsetzungen der Illuminaten, die ihre politischen Reformansprüche in der diffusen Dämmerzone zwischen Strategiespiel und Ritual verkümmern ließen.[297]

Anziehungskraft besaß der Bund vor allem für Künstler und Intellektuelle. Zu den Mitgliedern zählten Goethe, dessen Schwager Schlosser, Herder, Friedrich Nicolai, Friedrich Heinrich Jacobi und Gottlieb Hufeland. Bemerkenswert ist, daß zahlreiche Vertraute und Bekannte Schillers zum Kreis des Ordens rechneten. Auf den verwickelten Wegen von Stuttgart über Mannheim nach Dresden und Weimar haben Illuminaten immer wieder seine Lebensbahn gekreuzt. Die früheren Kommilitonen Petersen und Lempp gehörten ebenso zum Zirkel wie die Akademielehrer Abel und Drück, der Schauspieler Böck (der in Mannheim den Posa gegeben hatte) und der Frankfurter Regisseur Großmann, durch dessen Vermittlung Schiller im Frühjahr 1784 Knigge begegnet sein dürfte.[298] Auch Dalbergs zehn Jahre jüngerer Bruder Johann Friedrich Hugo, den er während seiner Theaterzeit kennengelernt hatte, rechnete dem inneren Kreis der Illuminaten zu. In Weimar sind es Wielands Schwiegersohn Karl Leonhard Reinhold und der seit dem Freimaurerkonvent in Wilhelmsbad (1782) zu den einflußreichsten Mitgliedern zählende Übersetzer Johann Joachim Christoph Bode, die die vitalen Interessen des Ordens in Schillers Privatsphäre tragen. Man muß vermuten, daß bereits in Stuttgart und Mannheim eifrig um ihn geworben wurde, galt er doch als rebellischer Kopf, dessen geistiges Profil vorzüglich zu den Illuminaten zu passen schien. Lempp, der ihn während der letzten Aprilwoche 1784 in der Kurpfalz besuchte, spricht emphatisch von einem «neuen FreundschafftsBund», zu dem er sich mit ihm unter dem Dach des Ordens vereinen wolle (NA 33/I, 28). Durch Körner und Huber, die zwar Freimaurer, aber keine Illuminaten waren, gewann er in Dresden weitere Einblicke ins Milieu der Logen.[299] Noch im Frühherbst 1787 hat Bode in Weimar Sondierungsgespräche mit ihm geführt, wie ein Brief an Körner berichtet (NA 24, 153). Trotz solcher Verbindungen ist Schiller nie Illuminat geworden. Über die Gründe für seinen Widerstand kann man nur spekulieren. Womöglich war es die hinter Geheimritualen sich verbergende illiberale Tendenz des Ordens, die ihn abstieß. Spätestens seit Mitte der 80er Jahre durfte sich Schiller in seinen Vorbehalten bestärkt fühlen, wußte man doch jetzt Näheres über die befremdlichen Mittel, die Weishaupt einsetzte, um seine Umsturzpläne voranzutreiben.

Durch ein Edikt vom 2. März 1785, das am 16. August nochmals bestätigt wurde, hatte die bayerische Landesregierung ein Verbot der Illuminaten ausgesprochen und dieses mit dem akuten Verdacht des staatsfeindlichen Hochverrats begründet. Bereits im Februar 1785 mußte Weishaupt unter dem Druck der Obrigkeit seine Professur aufgeben. Der offiziellen Maßnahme schlossen sich Hausdurchsuchungen an, in deren Folge man geheime Schriften aus der Feder des Ordensgründers sicherstellte, die die Regierung im Jahr 1787 zu Dokumentationszwecken drucken ließ. Der kompromittierende Charakter der Texte war geeignet, die Reputation des Bundes und den persönlichen Ruf Weishaupts schwer zu schädigen. Sie vermittelten der Öffentlichkeit ein düsteres Bild von den verbrecherischen Strategien der Illuminatenpolitik, zu denen offenkundig die Bespitzelung der Mitglieder, Nötigung und Erpressung, großangelegte Betrugsmanöver, Mordpläne und Attentatsvorhaben zählten. Hinter den Unternehmungen der Bewegung, die sich als Haupt einer humanen Aufklärung dargestellt hatte, traten Elemente des politischen Terrors zutage. Ähnlich wie die Jesuiten, die durch Edikt des Papstes seit 1773 im katholischen Europa verboten waren, hielt man die Illuminaten fortan für eine kriminelle Verschwörerclique mit maßlosem Ehrgeiz und weltweiten Verbindungen. Dieses Bild schloß massive Übertreibungen ein; sah sich die politische Reformbewegung durch die vermeintlichen Hochverratspläne der Jesuiten bedroht, so schürten gerade kirchliche Kreise den Verdacht, die Illuminaten schmiedeten im Verborgenen staatsfeindliche Umsturzpläne von gefährlicher Brisanz. Genährt wurden solche Urteile durch die Aussagen früherer Mitglieder; die Rolle des eifernden Renegaten versah vor allem Knigge, der den Bund nach einem Zerwürfnis mit Weishaupt bereits am 1. Juli 1784 verlassen hatte und jetzt den öffentlichen Feldzug gegen den Gründer kräftig anzutreiben suchte.[300] Schiller hat die erregte Diskussion über den Orden, die in die Zeit seiner Arbeit an den beiden Schlußakten des *Karlos* fällt, aufmerksam verfolgt. Als er Ende Juli 1787 in Weimar eintrifft, vermerkt er überrascht die unverminderte Aktualität, die der Illuminatenstreit hier besitzt. «Weishaupt», so schreibt er Körner am 10. September, «ist jezt sehr das Gespräch der Welt.» Befremdet stellt er jedoch fest, daß man bereits dazu überging, die Verbrechen des Gründers unter Hinweis auf die gute Sache der Staatsreform zu rechtfertigen. Gegen die Stimme der Ordensfreunde setzt er ein entschiedenes Bekenntnis zur politischen Ethik: «Ich habe nur einen Maaßstab für Moralität und ich glaube den strengsten: Ist die That, die ich begehe von guten oder schlimmen Folgen für die Welt – wenn sie allgemein ist?» (NA 24, 153)

Eine der abgeklärtesten Äußerungen zur Illuminatendebatte bildet Wielands Aufsatz *Das Geheimnis des Kosmopolitenordens*. Sein erster Teil erschien im August 1788, nur einen Monat nach dem Beginn des Abdrucks der *Karlos* Briefe, im *Teutschen Merkur*, so daß Schiller ihn mit Sicherheit zur Kenntnis genommen hat. Wieland, selbst kein Illuminat, jedoch heftig umworben, formuliert eine ironisch gefärbte Kritik der rituellen Verhaltenspraktiken, mit deren Hilfe die gesamte Bewegung nach seiner Auffassung zu kaschieren suchte, daß ihr eine klar umrissene politische Idee fehlte. In Gegensatz zu den «geheimen Gesellschaften», die unter dem Schein weltläufiger Toleranz düstere Machtphantasien kultivieren, treten bei Wieland die Kosmopoliten als freie Vereinigung aller Weltbürger. Sie verzichten auf feste Regeln, nach denen «Aufnahme und Unterricht»[301] erfolgen, stehen aber im Rahmen einer lockeren Verbindung ihrer Mitglieder selbstbewußt für die Abschaffung von Despotismus und Zensurpraxis, für die Errichtung einer konstitutionellen Ordnung und die Überwindung nationaler Grenzen ein. Während die Geheimbünde Zweifel an der «Rechtmäßigkeit» ihrer Ziele und der «Lauterkeit»[302] der sie antreibenden politischen Ideen nähren, weil sie das verdächtige Dunkel der Arkanpolitik suchen, stellen sich die Kosmopoliten dem Licht der öffentlichen Debatte und dem Urteil publizistischer Organe. Es ist offenkundig, daß die scharfsinnig vorgetragene Kritik des Aufsatzes den Machtvisionen der Illuminaten gilt, die ihrerseits Schillers aktuelles Muster für die Darstellung Posas gebildet haben dürften.

Wielands Beitrag verdeutlicht, welche großen Wirkungen die Illuminatendebatte auf die intellektuelle Öffentlichkeit der Zeit genommen hat. Im unmittelbaren Vorfeld der Französischen Revolution legt er Zeugnis davon ab, wie genau man am Ende des 18. Jahrhunderts die Gefahren einer dogmatisch betriebenen Aufklärung einzuschätzen wußte. Das von den Illuminaten unfreiwillig gelieferte Lehrstück führt ihm die Risiken einer elitären Herrschaft vor Augen, die dort entsteht, wo Reformbestrebungen nicht von demokratischen Kontrollmechanismen unterstützt werden. Es ist anzunehmen, daß Schiller, als er im Herbst 1788 an der Fortsetzung seiner *Karlos*-Briefe arbeitete, durch Wielands Essay zu einem ausdrücklichen Vergleich zwischen Posas Diplomatie und den sinistren Winkelzügen der Illuminaten angeregt wurde. «Nennen Sie mir», so fragt der im November entstandene elfte Brief diesbezüglich, «den Ordensstifter oder auch die Ordensverbrüderung selbst, die sich – bei den reinsten Zwecken und bei den edelsten Trieben – von Willkürlichkeit in der Anwendung, von Gewalttätigkeit gegen fremde Freiheit, von dem Geiste der Heimlichkeit und der Herrschsucht immer rein erhalten hätte?» Die Ungeduld des politischen Kopfes, dessen Vernunft den Weg zum Ziel «abzukürzen» sucht, erzeugt einen Terror des Denkens, der, von neuem «Despotismus» getragen, gefährliche Folgen zu zeitigen droht (NA 22, 171 f.).

Es gehört zu den markantesten Zügen von Schillers Analyse, daß sie wiederum auf eine psychologische Methode zurückgreift, mit deren Hilfe die «Herrschbegierde» (NA 22, 172) des Idealisten Posa als Ausfluß leidenschaftlicher Überspanntheit gedeutet wird. Die mangelnde Beharrlichkeit des Rebellen, der seine politischen Ideen dem Vabanquespiel eines riskanten Staatsstreichs opfert, entlarvt einen innerseelischen Defekt. Nicht

Affektkontrolle, sondern exzentrische Unruhe kennzeichnet seinen Gemütszustand. Schiller findet es folgerichtig, wenn Posas Eingriffe ins Netz der Ordnung neue Gewaltverhältnisse erzeugen. Wo sich der Mensch vom «individuellen Gefühle» entfernt und «zu allgemeinen Abstraktionen» erhebt, lauert auch die Gefahr der politischen Verirrung: «denn nichts führt zum Guten, was nicht natürlich ist.» (NA 22, 172) Man mag hier einen späten Reflex von Abels Konzept der Seelenstärke wiederfinden, deren neostoizistisch eingefärbtes Programm der Gefühlsbeherrschung aus moralischen Prinzipien die *Karlos*-Briefe ihrem Urteil über den scheiternden Idealisten zugrunde legen. Die Irrwege der revolutionären Ungeduld beleuchtet auch ein Epigramm aus dem Frühjahr 1796, in dem der «falsche» Eifer als diejenige Kraft bezeichnet wird, welche «stets» will, «daß das Vollkommene sey.» (NA 1, 278) Gegen «gekünstelte Geburten der theoretischen Vernunft» setzt Schiller die «praktische(n) Gesetze» (NA 22, 171) einer ursprünglichen ethischen Empfindung, die, organisch im Individuum aufgebaut, die Gewähr für die Fähigkeit zu Toleranz und Offenheit bieten. Der Schwung, mit dem die *Briefe* die Überspanntheit des politischen Idealisten angreifen, wird nicht zuletzt getragen von den Optionen der britischen Moral-sense-Philosophie – vor allem Hutchesons –, die dem Menschen eine natürliche Anlage zur Sittlichkeit zuschreibt, welche es im Prozeß seiner fortschreitenden Ausbildung zu kultivieren gilt. Vor dem Hintergrund der späteren Ereignisse im revolutionären Frankreich muß man Schillers Hoffnungen auf eine durch psychologisches Erfahrungswissen gestützte Erziehung zur neuen Ethik des vernünftigen Staatsdenkens freilich naiv nennen. Daß ein politischer Gestaltungswille nicht selten mit der Bereitschaft zum Verstoß gegen Gesetze der Humanität verbunden ist, zeigte nur wenige Jahre nach der Veröffentlichung des *Karlos* das Geschehen in Paris. «Bei dieser Revolution», vermerkt der Göttinger Historiker August Ludwig Schlözer im Spätsommer 1789 lakonisch, «gingen Exzesse vor: und wo läßt sich eine Revolution ohne Exzesse denken! Krebsschäden heilt man nicht mit Rosenwasser.»[303]

Neben die Dialektik eines idealistischen Denkens, das beim verkappten Illuminaten Posa in menschenverachtendes Handeln umschlägt, rückt Schillers Drama die Anatomie der politischen Welt selbst, die allein das Kalkül der Macht kennt. Den besonderen Mechanismus, der hier wirkt, hat Max Kommerell am Spannungsverhältnis von Theorie und Praxis abzulesen gesucht: «Denn keine Tat verwirklicht die Idee, ohne sie zugleich zu verleugnen. Mensch sein ist nicht nur Handelnkönnen, sondern Handelnmüssen, Handelnmüssen im Stoff der Welt mit sinnlichen Mitteln, und also handelnde Untreue an der Idee. Menschsein ist die Tragödie der

Mittel. Was aber ist Politik anders?»[304] Die Deformation des Ideals, wie sie die frühen Dramen sämtlich darstellen, ist damit jedoch kaum hinreichend begründet. Schillers Helden scheitern nicht, weil sie ihre Gedanken beim Eintritt in die rauhe Welt der Staatsintrigen beschmutzen. Sie verändern vielmehr im Moment, da sie tätig werden, die Substanz der von ihnen verfolgten Projekte selbst. Politische Aktivität, so der Befund, bewirkt die Transformation der Idee in das immer gleiche Gesetz der Macht. Bemerkenswert nüchtern erklärt Schiller dazu im elften *Karlos*-Brief: «Unstreitig! der Charakter des Marquis von Posa hätte an Schönheit und Reinigkeit gewonnen, wenn er durchaus gerader gehandelt hätte und über die unedeln Hülfsmittel der Intrige immer erhaben geblieben wäre. Auch gestehe ich, dieser Charakter ging mir nahe, aber, was ich für Wahrheit hielt, ging mir näher.» (NA 22, 170) Es ist die ‹Wahrheit› des Systemzwangs und der Apparate, von der Schiller hier spricht. Wer seine Idee politisch verwirklichen möchte, muß sie in die Ordnung der Macht überführen, ohne die Gewähr zu besitzen, daß dieser Vorgang ihre ursprüngliche Gestalt unberührt läßt. Deshalb agiert Posa als Diplomat so, wie es die höfischen Verhaltenslehren der frühen Neuzeit mit ihrem Gebot der persönlichen Undurchdringbarkeit und ‹desinvoltura› von ihm verlangen.[305] Indem er denselben Prinzipien folgt, denen auch die absolutistische Arkanpolitik der geheimen Kabinettsbefehle gehorcht, vollzieht er freilich die Annäherung an jenen Despotismus, den er gerade zu bekämpfen suchte.[306]

In seiner Schrift *Zum ewigen Frieden* wird Kant acht Jahre nach dem *Don Karlos* die «Publizität» – das öffentliche Handeln gemäß rechtlichen Prinzipien – zur entscheidenden innenpolitischen Maxime des aufgeklärten Gemeinwesens erheben. Mit großem Nachdruck betont Kant, daß die Arkanpraxis diplomatischer Verstellungskunst, wie sie die Lehre Machiavellis und der spanische Prudentismus des 17. Jahrhunderts vertreten, aus seiner Sicht illegitim ist, weil sie gegen moralische Grundsätze verstößt: «‹Alle auf das Recht anderer Menschen bezogene Handlungen, deren Maxime sich nicht mit der Publizität verträgt, sind unrecht›.»[307] Allein die Transparenz staatlicher Entscheidungsprozesse gewährt innere Sicherheit und gewaltfreie Völkerverständigung, weil dauerhafter Frieden nur möglich scheint, wo Vertrauen durch Offenheit entsteht. Im Horizont der Kantschen Schrift, die zumal Schillers *Wallenstein*-Entwurf bestimmen wird, treten die bedenklichen Züge von Posas Diplomatie in helleres Licht. Wenn der Held einer Strategie der Verschleierung und Täuschung folgt, so beschmutzt er durch die Wahl seiner Mittel notwendig die Motive, die sein Engagement ursprünglich leiten. Die moralische Autorität des Kosmopoliten zerbricht unter dem Diktat der Geheimpolitik, die am Idealisten den

Machtmenschen hervortreten läßt. Nicht die von Kant skizzierte aufgeklärte Ordnungsethik des öffentlichen Rechts bildet den Leitfaden für Posas Handeln, sondern die staatskluge Verhaltenstechnik des Verstellungskünstlers. In den Pflanzungen des göttlichen Souveräns gedeiht wieder nur die Willkür eines weltlichen Despoten.

Unübersehbar bleibt, daß in Schillers Jugenddramen die leitenden Themen des Machiavellismus – Staatsraison und Herrscherkunst – höchste Aufmerksamkeit beanspruchen. Jenseits der prunkvollen Gedankenarchitektur, die die frühen Arbeiten zu Zeugnissen des politischen Idealismus im Vorfeld der Französischen Revolution erhebt, kommt eine Welt der Macht zur Darstellung, die mit erstaunlicher Sachkunde ausgeleuchtet wird. Festzuhalten bleibt dabei, daß fortschrittliche und machiavellistische Politik keineswegs als streng geschiedene Distrikte erscheinen, sondern, wie das Beispiel Posas zeigt, auf bedenklichste Weise ineinanderspielen können.[308] Schiller hat diese befremdliche Verwandtschaft mit Hilfe seines psychologisch geschulten Urteilsvermögens erschlossen. Der elfte *Karlos*-Brief betont zusammenfassend, «‹daß der uneigennützigste, reinste und edelste Mensch aus enthusiastischer Anhänglichkeit an seine Vorstellung von Tugend und hervorzubringendem Glück sehr oft ausgesetzt ist, ebenso willkürlich mit den Individuen zu schalten, als nur immer der selbstsüchtigste Despot, weil der Gegenstand von beider Bestrebungen in ihnen, nicht außer ihnen wohnt, und weil jener, der seine Handlungen nach einem innern Geistesbilde modelt, mit der Freiheit anderer beinahe ebenso im Streit liegt als dieser, dessen letztes Ziel sein eigenes Ich ist.›» (NA 22, 170) Schiller liefert hier eine illusionslose Darstellung des verstörenden Umschlags moralischer Ansprüche in diktatorische Praxis, die auch für die Moderne ihre Geltung besitzen dürfte. Maßstab für seine Diagnose bleibt die Welt der Erfahrung und mit ihr jene politische Praxis, die den Idealisten der Dialektik seiner eigenen Gedankenwelten aussetzt – jenem «Despotismus», den Körner in einem Brief vom 18. September 1787 für das Merkmal der von den Illuminaten betriebenen Geheimdiplomatie gehalten hat (NA 33/I, 145). Die Anatomie politischen Handelns offenbart damit als allgemeines Prinzip die ununterdrückbare Begierde nach Macht. Bezahlen müssen die von der Herrschlust korrumpierten Idealisten bei Schiller freilich mit dem Makel des Scheiterns, der ihre Vorhaben eintönig überzieht. Die psychologische Schulung des Dramatikers schließt das Interesse an den Verlierern ein, die als Opfer ihrer hochfliegenden Ansprüche vom reißenden Strom der Geschichte fortgespült werden.

VIERTES KAPITEL

Ein freier Autor. Prosa, Erzählungen und Zeitschriftenbeiträge (1782–1791)

1. Zum historischen Standort von Schillers Erzählkunst

Fallgeschichten. Eine neue Prosa im Bann der Psychologie

Schiller verfaßt seine Erzählungen in den sieben Jahren zwischen 1782 und 1789. Die gewichtigsten unter ihnen bilden die Frucht der Dresdner Zeit. Sie entstehen vor dem Hintergrund des Austauschs mit Körner und Huber, in einer kultivierten Atmosphäre entspannter literarischer Geselligkeit, die der künstlerischen Phantasie förderlich ist. Daß sich Schiller in Dresden auf die erzählerische Gattung besinnt, mag nicht zuletzt in publizistischen Erfordernissen begründet sein: die *Thalia* verlangt nach Beiträgen, die das Interesse der Leser fesseln und das Unterhaltungsbedürfnis möglichst breiter Kreise befriedigen. Das schließt tiefgründige theoretische Abhandlungen ebenso wie spröde Lehrdichtung aus. Dringend geboten bleibt die Veröffentlichung spannungshaltiger Texte, die durch Kürze und Prägnanz zu wirken vermögen. Ähnlich wie im Fall der von Dalberg verlangten Überarbeitung der frühen Dramen zeigt sich Schiller hier als praktisch denkender Autor, der sich bereitwillig den Vorlieben des Publikums anzupassen weiß.[1]

Das vielschichtige formale Erscheinungsbild, das Schillers Erzählungen zeigen, ist angesiedelt zwischen philosophischem Gespräch, Novelle, Biographie, psychologischer Fallstudie und historischer Anekdote. Das liegt im literarischen Profil der spätaufklärerischen Erzählung selbst begründet, die unscharfe Konturen aufweist. Das Genre gilt den Zeitgenossen als moderne Spielart der seit Beginn des Jahrhunderts in Deutschland beliebten Verserzählung, wie sie Wielands *Musarion*, *Idris und Zenide* (jeweils 1768), *Der neue Amadis* (1771) und *Oberon* (1780) im Spätstadium ihrer literarischen Wirkungsgeschichte letztmals souverän vorführen. Erzählerisch-anekdotisch gehaltene Prosatexte gehörten schon zum Repertoire der Moralischen Wochenschriften, für die Gottscheds *Vernünftige Tadle-*

rinnen (1725–1726) und sein *Biedermann* (1727–1728) sowie der in Hamburg publizierte *Patriot* (1724–1726) das herausragende Muster abgaben; Vorläufer sind hier die englischen Zeitschriften, der *Tatler*, *Spectator* und *Guardian* Joseph Addisons und Richard Steeles (1711–1713). Die erzählerischen Beiträge solcher Journale blieben zumeist Mittel zum pädagogischen Zweck. Als Beispielgeschichten, die sich in der Regel aus französischen, spanischen oder italienischen Quellen speisten (Boccaccio, Cervantes, de Bergerac, Boileau, de Fontenelle), versahen sie die Aufgabe, die abstrakten Maximen von Essays oder theoretischen Abhandlungen möglichst prägnant zu veranschaulichen. Die Gattung besaß damit keine eigenständige Funktion, sondern lediglich eine untergeordnete Stellung, die sich aus den erzieherischen Zielsetzungen der Wochenschriften ableitete. Erst in der Mitte des Jahrhunderts kommt es häufiger zu selbständigen Veröffentlichungen erzählerischer Arbeiten, die sich aus dem Bannkreis solcher Wirkungsaufgaben lösen. 1757 erscheint Johann Gottlieb Benjamin Pfeils *Versuch in moralischen Erzählungen.* Nach dem Vorbild von Jean François Marmontels seit 1755 im *Mercure de France* gedruckten *Contes moreaux* (dt. 1766) verbindet seine Sammlung die unterhaltsame Darstellung prägnanter menschlicher Schicksale mit der Vermittlung von sittlich grundierten Verhaltensmaximen. Diese Mischung erweist sich auch für nachfolgende Autoren als Erfolgsrezept. Bis zum Ende des Jahrhunderts bleibt die moralische Erzählung eine beim Publikum höchst erfolgreiche Gattung. Die satirisch gefärbten Prosaarbeiten Johann Carl Wezels (1777–78), Johann Heinrich Mercks seit Ende der 70er Jahre in Wielands *Teutschem Merkur* veröffentlichte Kurztexte, die an Marmontel geschulte Sammlung Sophie von La Roches (1782–84), Christian Lebecht Heynes *Bagatellen* (1783) und August Lafontaines *Die Geschichte der Liebe, in Erzählungen* (1792) belegen, daß es sich um ein Genre handelt, das eine feste Stellung auf dem Literaturmarkt errungen und langfristig behauptet hat.[2] Daneben treten Gattungsformen auf, die sich jenseits der von Marmontel vorgegebenen Muster bewegen, ohne breiten Erfolg zu erzielen: Friedrich (Maler) Müllers idyllische Erzählungen, Matthias Claudius' fiktive Reiseberichte im *Wandsbecker Bothen* (1771–1775) und die ab 1744 in der *Deutschen Chronik* gedruckten Anekdoten Schubarts folgen künstlerisch anspruchsvolleren Wegen als die populäre Moralistik, gewinnen aber keinen maßgeblichen Einfluß auf spätere Autorengenerationen.[3]

In den aufklärerischen Poetiken besaß die Erzählung zunächst keine Bedeutung, da sie als moderne Gattung im System der klassizistischen Literaturtheorie nicht vorkam.[4] Erst recht spät setzen die Versuche ein, sie genauer zu bestimmen, wobei die Skepsis auffällt, mit der die Autoren ihre poetischen Qualitäten beschreiben. In seiner Studie *Über Handlung, Gespräch und Erzählung* (1774) empfiehlt Johann Jakob Engel der Gattung Knappheit, Vermeidung ausufernder Detailbeschreibung, Erörterung repräsentativer Begebenheiten und konzentrierende Darstellung ohne umständliche Arabesken: «Der Erzehler kann mehr, als der Dialogist, auf einen bestimmten Gesichtspunkt, auf eine gewisse festgelegte Absicht arbeiten.»[5] Gegen die von üppigen Stoffmassen beherrschte Romankunst des 17. Jahrhunderts setzt Engel die Forderung nach Verknappung und Beschränkung, die der psychologischen Kompetenz der Erzählung förderlich sei. Die Ansicht, daß Literatur nur dort Leser finde, wo sie die Sache des Menschen in möglichst fesselnder Weise verhandle, verrät das neue anthropologische Interesse der spätaufklärerischen Poetik. Es wird begleitet durch eine Verlagerung der theoretischen Perspektive von der Wirkungskonzeption auf Gesichtspunkte des literarischen Gehalts. Das psychologische Programm, dem sich Engel zufolge die Erzählkunst zu verschreiben hat, löst die Literatur aus der didaktischen Zweckbindung, wie sie noch die Prosa der Moralischen Wochenschriften bestimmt hatte. An ihre Stelle tritt der Blick auf die Vielfalt menschlicher Schicksale im Rahmen authentisch anmutender Fallgeschichten.

Einem vergleichbaren Weg folgt auch Christian Garve, mit dessen Beiträgen zu Engels Zeitschrift *Philosoph für die Welt* und Felix Christian Weißers einflußreicher *Neuer Bibliothek der schönen Wissenschaften und der freyen Künste* der junge Schiller durch Abels Vermittlung gut vertraut war. In den *Gedanken über das Interessirende* (1779) macht Garve die Hypothese von der leibseelischen Doppelnatur des Menschen zur Grundlage einer Theorie der intellektuellen Wahrnehmung, die ihrerseits Schillers Erzählprogramm prägen konnte. Die Aufmerksamkeit des Individuums, so Garve, entspringe dort, wo entweder seine sinnliche oder seine geistige Neugier, idealiter aber das Zusammenspiel beider Impulse angeregt würde.[6] Garves Überzeugung, daß sensuelle und moralische Antriebe den Menschen gleichermaßen steuern, leitet ihn zu der Forderung, die schöne Literatur müsse vorzüglich packende, aus dem Leben gegriffene Schicksale gestalten und vorführen, wolle sie sich das Interesse der Leserinnen und Leser sichern.[7] In solchen Zuordnungen verrät sich die anthropologische Perspektive der Spätaufklärung, die auch Schillers frühe Erzählungen beherrschen wird. Ihre Überzeugung bleibt, daß erst der genaue Blick auf das Zusammenwirken von Leib und Seele die Anatomie des Individuums erschließt, die Alexander Pope in seinem *Essay on Man* (1733) der Epoche als Leitgegenstand des Denkens vorgeschrieben hatte.

In den *Unterredungen mit dem Pfarrer von **** gibt Wieland 1775 das Programm der psychologischen Fallgeschichte aus, das Schiller zehn Jahre später im *Verbrecher aus Infamie* praktisch einlöst. Schon Wieland erklärt, daß die Erzählung ungewöhnliche Einzelschicksale und Lebensläufe zur Darstellung bringen müsse, um die Menschenkenntnis der Leser zu verfeinern. Die «Beförderung» einer durch Erfahrungswissen gestützten «Lebensklugheit» betrachtet er als ihr wesentliches Ziel; umgesetzt wird es dort, wo die Erscheinungsformen menschlicher Fehlhaltungen – «Schattierungen der Leidenschaften», «Eigenliebe», «Täuschungen» – zum Gegenstand der erzählerischen Sezierkunst geraten.[8] Die zeitgenössische Literatur hat solche Vorschläge ernstgenommen und systematisch erprobt. Besondere Bedeutung besitzen in diesem Zusammenhang die literarisch aufgearbeiteten Fallstudien, mit denen August Gottlieb Meißners *Skizzen* (1778–1796), Karl Philipp Moritz' *Magazin zur Erfahrungsseelenkunde* (1783–1793), Christian Heinrich Spieß' *Biographien der Selbstmörder* (1785) und die *Sammlung und Erklärung merkwürdiger Erscheinungen aus dem menschlichen Leben* (1784–1790) von Schillers Lehrer Abel ihre Leser beschäftigen. Dem Interesse an der unmittelbaren Beobachtung authentischer Begebenheiten entsprungen, befriedigen sie wissenschaftliche Neugier ebenso wie oberflächliche Sensationslust und Unterhaltungsbedürfnis. Die Autoren beschränken sich zumeist auf die knappe Präsentation ihrer düsteren Fallgeschichten, ohne ein verfeinertes Instrumentarium literarischer Mittel zu nutzen. Wesentlicher als der künstlerische Wert ist hier der Materialcharakter von Texten, die ihre Leser durch den Eindruck biographischer Authentizität in den Bann schlagen.

Die Schreibmotivation der Verfasser speist sich dabei aus gemischten Quellen. Während Moritz als Anwalt der empirischen Psychologie sein besonderes Augenmerk auf die Ursprünge seelischer Krankheiten, ihren Ablauf und die Symptome individueller Lebenskrisen richtet, setzt sich der Jurist und Unterhaltungsschriftsteller Meißner vorrangig mit dem pädagogischen Abschreckungscharakter der von ihm dargestellten Außenseiterbiographien auseinander. Ins Zentrum rücken dabei Kriminalfälle, die Meißner mit Akribie und Sinn für Details in zumeist nüchterner Diktion beschreibt. Über den Zeitraum von 18 Jahren veröffentlicht er in den 14 Bänden seiner *Skizzen* eine Serie denkwürdiger Anekdoten, Biographien, Erfahrungsberichte, Fabeln und moralischer Erzählungen, die das zeitgenössische Interesse an der Psychologie des Verbrechens auf besondere Weise dokumentiert. Schon der französische Jurist und studierte Theologe François Gayot de Pitaval hatte zwischen 1734 und 1743 auf der Grundlage von Prozeßakten 20 Bände mit der Schilderung bemerkenswerter Kriminalfälle veröffentlicht. Die *Causes célèbres et intéressantes*, deren deutsche Ausgabe 1747–1768 erschien, boten ein gewaltiges Quellenarsenal, aus dessen Stoffen sich auch literarisch ambitionierte Autoren bedienen konnten. Neben die erzählerische Darstellung, die der minuziösen Aufarbeitung sämtlicher Fakten diente, trat bei Pitaval die Dokumentation und Kommentierung der jeweiligen Gerichtsurteile, auf die der Untertitel der Sammlung ausdrücklich verweist («avec les jugements qui les ont decidées»). In den Mittelpunkt der Aufmerksamkeit rückte hier, stärker als im Fall Meißners, die Kritik an einer unmenschlich verfahrenden Rechtsprechung, die zu unsensibler Anwendung abstrakter Prinzipien ohne Berücksichtigung der individuellen Hintergründe einer Straftat neigte. Pitaval setzte auf diese Weise die humanistische Tradition des Jesuitenpaters Friedrich von Spee fort, der in seiner *Cautio criminalis* (1631) mit der Entschlossenheit eines couragierten Moralisten gegen die Unrechtsurteile der Hexenprozesse zu Feld gezogen war.[9] Zugleich aber bietet seine Sammlung ein Sittenbild des dekadenten Aristokratenmilieus zur Zeit Ludwigs XV., in dem sich Zynismus und Zügellosigkeit als Merkmale einer moralisch zerrütteten Oberschicht abzeichnen.

Obgleich Pitaval und Meißner ihre Fallgeschichten vornehmlich als Beiträge zur aufgeklärten Rechtskritik betrachteten, konnte man die Textsammlungen unter literarischem Blickwinkel lesen.[10] Die spannende Dramaturgie der hier gebotenen Beispiele verband sich mit einem klar gehaltenen, bisweilen trockenen Stil, dessen lakonischer Zuschnitt die Konzentration auf den Stoff förderte; Schiller bescheinigt den «Meissnerischen Dialogen» gerade aufgrund ihrer Knappheit künstlerische Meisterschaft (NA 25, 70). Auch Moritz' *Magazin* lieferte zahlreiche Beschreibungen authentischer Straftaten und Verbrecherbiographien, welche die Beispiele Pitavals und Meißners um zumeist pathologische Fälle ergänzten. Zwischen 1783 und 1789 erschienen hier annähernd 20 Einzeldarstellungen mit kriminalpsychologischer Tendenz: Berichte von Kindermörderinnen, Totschlägern, Betrügern, Dieben, jugendlichen Straftätern und Amokläufern. Im Vordergrund stand dabei nicht die Kritik einer inhumanen Rechtsprechung, sondern der Blick auf die Ursprünge des Verbrechens aus der individuellen seelischen Erkrankung oder der biographischen Krisensituation. Ähnlich wie bei Pitaval zeigt sich hier die praktische Konsequenz einer Aufklärungskultur, die durch ihre literarischen Medien das Wissen über den Menschen mehrt, indem sie Einsichten in seine seelischen Tiefen ermöglicht. Daß authentische Kriminalfälle ab der Mitte des Jahrhunderts häufiger als früher von Zeitungsberichten und Wochenschriften öffentlich erschlossen, Prozeßakten publiziert und Gerichtsurteile zugänglich gemacht wurden, bildete die Grundlage für die psychologische Aufbereitung der Verbrecherbiographien in Moritz' *Magazin.*[11]

Schillers Erzählungen bewegen sich in der Linie von Meißners und Moritz' Sammlungen. Ihr Interesse an den Leidenschaften, Trieben, Bedürfnissen und Gemütsverfassungen des Menschen scheint nicht mehr allein auf moralische Prinzipien zurückführbar. Die Darstellung individueller Schicksale gehorcht zwar ausdrücklich dem aufgeklärten Anspruch, durch poetische Beispiele die Erfahrung und Einsicht des Lesers zu mehren, jedoch emanzipiert sie sich von der für die Moralistik Marmontels oder Pfeils gültigen Zweckbindung, indem sie die psychologischen Facetten ihres Gegenstandes vertiefend hervortreten läßt. Die empirische Neugier des medizinisch gebildeten Erzählers Schiller schließt den Sinn für die inneren Widersprüche seiner Figuren ein. Auch das Abseitige, von der Norm Abweichende findet hier literarisch Beachtung, ohne daß seine Beschreibung sogleich in den Dienst einer pädagogischen Absicht treten müßte. Zum bevorzugten Stoff werden wie im Fall Meißners und Moritz' authentische Lebensgeschichten mit ungewöhnlichem Verlauf, deren Dramaturgie das spannungsvolle Wechselspiel von individueller Charakterbildung und Erfahrungseinflüssen beleuchtet. In den Vordergrund tritt die Darstellung von biographischen Extremsituationen, Schicksalsschlägen und Wendepunkten, unter deren Diktat der Held seinen Weg ändern, neue Entscheidungen fällen oder zumindest Korrekturen der ursprünglich verfolgten Ziele vornehmen muß. Damit nähern sich einzelne Erzählungen Schillers bereits der Gattung der Novelle, die, gemäß Goethes berühmter Definition aus dem Gespräch mit Eckermann vom 29. Januar 1827, eine «sich ereignete, unerhörte Begebenheit» vergegenwärtigen muß.[12] Die von Boccaccios *Decamerone* (1470) eingeführte Novellengattung etabliert sich in Deutschland endgültig erst durch die *Unterhaltungen deutscher Ausgewanderten*, die Goethe 1795 in den *Horen* veröffentlicht, jedoch wird man Schillers Erzählungen neben den in den 80er Jahren erscheinenden Arbeiten von Wezel, Lenz und Merck eine wesentliche Vorläuferrolle bescheinigen dürfen.[13] In der Verknüpfung von außergewöhnlichem Stoff und prägnanter Darstellung finden sie eine Balance, wie sie auch die novellistische Technik späterer Autorengenerationen seit Kleist bestimmt.

Mit den frühen Dramen teilen die Erzählungen Schillers das Interesse an Erprobungssituationen, in denen der Mensch unter dem Druck seelischer Belastung die Grenzen seiner Autonomie erfährt.[14] Bühnenarbeiten und Prosa verbindet die Lust an der Inszenierung von literarischen Experimenten, die das Individuum auf den Prüfstand heben. Ihre Versuchsanordnungen gehorchen der Frage, inwiefern die Option auf freie Selbstbestimmung, die die Aufklärung für den Einzelnen geltend gemacht hatte, auch dort eingelöst werden kann, wo innere und äußere Zwänge die Spielräume des Handelns einschränken. Die Neigung zur psychologischen Darstellung einer theoretischen Problemlage erbt der Prosaautor Schiller an diesem Punkt von der ihm gut vertrauten französischen Erzählkunst des 18. Jahrhunderts. Bereits der Karlsschüler verschafft sich hier erste Kenntnisse, wenn er Rousseaus *Julie, ou La Nouvelle Héloise* (1761), später auch Honoré d'Urfés *L'Astrée* (1607–1627), La Fontaines *Contes et Nouvelles* (1665) sowie dessen berühmte *Fables* (1668) liest. Voltaires *Candide* (1759) studiert Schiller vermutlich in seiner Dresdner Zeit; Diderots *Jacques le fataliste* lernt er während des Sommers 1784, wenige Wochen nach dem Tod des Verfassers, durch Vermittlung Dalbergs im Manuskript kennen; auf ähnlich verschlungenen Wegen gerät er 19 Jahre später, im Juli 1803, über seinen in Petersburg tätigen Schwager Wolzogen an die ursprünglich in russischem Besitz befindliche Handschrift von Diderots *Le Neveu de Rameau*, den er begeistert liest und schließlich Goethe Ende des Jahres 1804 im Auftrag Göschens zur Übersetzung vorschlägt. Wie sehr Diderots *Jacques* mit seiner urbanen Ironie Schillers Geschmack trifft, erkennt man daran, daß er im Spätherbst 1784 eine Episode des Romans selbst ins Deutsche überträgt und seinen Text der Mitte März 1785 erscheinenden *Rheinischen Thalia* einfügt. Prägende Lektüreerfahrungen vermitteln während der Dresdner Zeit zwei psychologische Liebesromane von europäischem Rang, die *Manon Lescaut* (1731) des Abbé Prévost und, im April 1786, Laclos' *Liaisons dangereuses* (1782). Das seit der Jugendzeit immer wieder aufflackernde Interesse an Reiseliteratur schließt ebenfalls französische Autoren ein.[15] So studiert Schiller im Herbst 1789 ausführlich Barthélemys *Le Voyage du jeune Anacharsis en Grèce* (1788), einen wissenschaftlich fundierten Roman über eine fiktive Tour durch Griechenland. Es versteht sich, daß solche Lektüren auch die eigene Schreibtätigkeit anregen. Von den französischen Erzählern der Zeit, deren Texte er im Original zu lesen pflegt, übernimmt Schiller die nüchtern-sezierende Betrachterperspektive, die den Redefluten der Dramen so sonderbar entgegenstehende Nüchternheit der Diktion, die Vorliebe für die skizzenhafte Darstellung von delikaten Konfliktfällen, nicht zuletzt die psychologisch gefärbte Demonstration von Erfahrungsgrundsätzen der Menschenbeobachtung.

Frühzeitig entfaltete Schiller auch ein verstärktes Interesse an der deutschen Erzählliteratur seiner Zeit. Bereits der Karlsschüler ist ein begeisterter Romanleser, der sich ohne strenge Systematik den Reizen des Genres überläßt. Goethes *Werther* (1774) und Millers *Siegwart* (1776) hat er kurz nach ihrem Erscheinen kennengelernt; Wielands seit 1774 in regelmäßigen Folgen vom *Teutschen Merkur* abgedruckte *Abderiten* liest er auf Empfehlung Friedrich von Hovens. Während der Stuttgarter Periode, die dem Regimentsarzt genügend Raum für Mußestunden ließ, dürften Gellerts *Leben der schwedischen Gräfin von G**** (1747/48) und Sophie von La Roches *Geschichte des Fräuleins von Sternheim* (1771) hinzugetreten sein; Wielands *Agathon* (1766/67) erbittet er sich Anfang Dezember 1782 in Bauerbach ausdrücklich von Reinwald (NA 23, 56). Zur selben Zeit ist er vermutlich auch mit den modernen Romanen Englands vertraut geworden; Sternes *Tristram Shandy* (1759–1767), Richardsons *Pamela* (1740) und *Clarissa* (1748), die das Genre des Briefromans neu prägen, schließlich Fieldings *Tom Jones* (1749) haben mit Sicherheit auf seinem Lektüreplan gestanden. Die vier Bände von Karl Philipp Moritz' *Anton Reiser* (1785–1790), an dem er die Kunst der subtilen Seelenanalyse schätzt (NA 25, 155), nimmt er jeweils kurz nach ihrem Erscheinen zur Kenntnis. Zum Roman gesellen sich ältere Gattungen: Märchen, Ritterepen und Romanzen liebt Schiller zeitlebens; Ariosts *Orlando furioso* (1532) liest er mehrfach mit großer Bewunderung, zuletzt im Winter 1801. Die ursprünglich von der *Bibliothèque des Romans* veröffentlichten Feenmärchen des Grafen Tressan gehören in der nach dem Tod des Autors zwischen 1787 und 1791 erschienenen Werkausgabe zu den immer wieder konsultierten Texten. Daß er keine Berührungsscheu gegenüber handfester Trivialliteratur besitzt, zeigt noch Ende der 90er Jahre seine begeisterte Beschäftigung mit Horace Walpoles Schauerroman *The Castle of Otranto* (1765), der das Genre der *Gothic novel* begründet. Bevorzugt verlegt sich Schiller auf die Lektüre erzählerischer Werke, wenn ihn Krankheitsperioden von zusammenhängender Arbeit abhalten. Sein Interesse an der Gattung schließt keine poetologischen Neigungen ein, sondern entspringt reinen Unterhaltungsbedürfnissen; so erklären sich auch die zumeist geringschätzigen Äußerungen, mit denen er zeitlebens die jeweils aktuelle Romanproduktion bedenkt. Eine Theorie der Prosa hat Schiller, dieser Gewichtung gemäß, nie entwickelt. Wenn er seine persönlichen literarischen Vorhaben auf diesem Feld fördern möchte, sucht er keine umständliche intellektuelle Klärung ästhetischer Fragen, sondern vorwiegend praktische Erfahrungen. Die Lektüre fremder Prosaarbeiten nutzt er als Möglichkeit, einen Blick in die Werkstatt anderer Autoren zu werfen. Das Lesen ist, wie im Fall der Lyrik, auch ein Mittel zur Schulung der eigenen Technik.

Für Schiller gehört diese pragmatische Sichtweise zum Selbstverständnis seiner erzählerischen Tätigkeit. In einem Brief an Körner vom 28. November 1791 bemerkt er unter Bezug auf den Plan, ein modernes Epos über den Schwedenkönig Gustav Adolf zu verfassen: «Von den Requisiten, die den Epischen Dichter machen, glaube ich alle, eine einzige ausgenommen, zu besitzen: Darstellung, Schwung, Fülle, philosophischen Geist und Anordnung. Nur die Kenntniße fehlen mir, die ein homerisirender Dichter nothwendig brauchte, ein lebendiges Ganze seiner Zeit zu umfassen und darzustellen, der allgemeine über alles sich verbreitende Blick des Beobachters.» (NA 26, 113)[16] Die selbstbewußte Einschätzung der eigenen Fähigkeiten ist zwar auf das – nie verwirklichte – Epenprojekt bezogen, läßt sich aber auch in ein Verhältnis zu den früheren Prosaarbeiten rücken. Schiller weiß, daß er erzählerische Talente besitzt, die er mit Gewinn zur Geltung bringen möchte. Dieser unverstellte Wirkungswille schließt die Bereitschaft ein, im Interesse des Marktes bisweilen grobere Kunstmittel zu verwenden. Das ‹Genie der Kolportage›,[17] das Ernst Bloch am dramatischen Frühwerk abgelesen hat, läßt sich gerade in den Erzählungen mit Händen greifen.

Das geheimnisvolle Räderwerk der Seele. Schillers Erzählungen im Überblick (1782–1789)

In der 1792 verfaßten Vorrede zur dritten Neuauflage der *Skizzen* lobt August Gottlieb Meißner Schiller als jüngeren Prosaautor, der durch Originalität seiner Erfindungen und souveräne Anordnung der von ihm gewählten Stoffe herausrage.[18] Zu diesem Zeitpunkt ist Schillers narratives Werk bereits abgeschlossen; nach 1789 hat er seine Laufbahn als Erzähler nicht fortgesetzt. An ihrem Beginn stehen zwei Dialogerzählungen mit intellektuellem Anspruch; es handelt sich um die bereits erwähnten Texte *Der Spaziergang unter den Linden* und *Der Jüngling und der Greis*, die im April bzw. Oktober 1782 in den ersten beiden Folgen des *Wirtembergischen Repertoriums* gedruckt werden. Auch wenn bei ihnen das philosophische Interesse vorherrscht, lassen sie sich als erzählerische Formexperimente betrachten, deren offene Anlage sie von theoretischen Schriften wie dem Schaubühnenessay abhebt. Im Vordergrund steht hier die durch eine Gesprächsfiktion vermittelte Erörterung abstrakter Lehren im Spannungsfeld von Optimismus und Skepsis, Theodizeemodell und materialistischer Naturauffassung. Die Dialogpartner vertreten dabei einander widerstreitende philosophische Entwürfe, die unter Bezug auf ihr je unterschiedliches Lebensgefühl beglaubigt werden sollen.[19] Der erzählerische Kunstgriff Schillers besteht darin, daß der Ablauf des geistigen Disputs zum Schluß in die private Bezugsebene überführt wird. Die theoretischen Positionen der Sprecher erweisen sich damit als Ausdruck ihrer voneinander abweichenden Welterfahrung: Wollmars Skepsis speist sich, wie am Ende des *Spaziergangs* sichtbar wird, nicht zuletzt aus enttäuschter Liebe, Edwins Optimismus entspringt dem Gefühl erotischer Erfüllung; der ‹Jüngling› Selim vertritt eine Philosophie des Glücks, weil sein kurzes Leben ihm noch keine desillusionierenden Erlebnisse bescherte, der ‹Greis› Almar muß aus Altersvorsicht den naiven Visionen des Schwärmers mißtrauen (NA 22, 79ff.). Die Regie des Erzählers führt den philosophischen Streit auf biographische Grundlagen zurück und nimmt ihm derart das geistige Gewicht. Eine durchgreifende literarische Gestaltung ist jedoch nicht zu erkennen; beide Texte bilden nur Formübungen im Umgang mit Stoffen, die nach erzählerischer Bearbeitung verlangten. Eine vergleichbar spröde Präsentation theoretischer Fragen bieten vier Jahre später die *Philosophischen Briefe*, mit denen Schiller die metaphysischen Überzeugungen seiner Jugendperiode skeptisch verabschiedet; auch hier bleibt der Einsatz künstlerischer Mittel streng begrenzt durch den intellektuellen Ehrgeiz des Verfassers, der seine literarische Fiktion in den Dienst eines Gedankenexperiments stellt.

Im zweiten Heft des *Repertoriums* erscheint Ende Oktober 1782 die auf authentische Begebenheiten gestützte Erzählung *Eine großmütige Handlung, aus der neusten Geschichte.*[20] Dargestellt wird ein Herzenskonflikt zweier Brüder, die dasselbe Mädchen lieben. Da die Umschwärmte die Neigung beider Werber erwidert und keine Entscheidung zu treffen wagt, droht ein Familiendesaster mit tragischem Ausgang. Die Konkurrenten zeigen sich jedoch gewillt, ihre Neigung zu kontrollieren, um den fatalen Wettstreit der Leidenschaften zu vermeiden. Der jüngere Bruder liefert schließlich ein Musterbeispiel asketischer Disziplin, indem er nach Batavia auswandert und dem Älteren freimütig die Verbindung mit dem Mädchen gestattet. Bereits ein Jahr nach der Hochzeit stirbt die Braut und gesteht auf dem Totenbett, daß sie «den Entflohenen stärker geliebt» habe (NA 16, 6). Schiller nutzt hier die Technik der Meißnerschen Kriminalerzählung, indem er seinem Publikum die Gefühle des Mädchens vorenthält und erst am Schluß die wahren Herzensverhältnisse aufdeckt. Die möglichen moralischen Folgerungen, die das Finale nahelegt, werden jedoch nicht erörtert. Die Erzählung bietet ein offenes Ende, indem sie den Leser in die Ungewißheit darüber entläßt, welche Lösungen eine andere Bereinigung des Konflikts erlaubt hätten.[21] Insgesamt verzichtet Schiller auf eine vertiefende literarische Darstellung, was wiederum Element seiner Wirkungsabsicht ist. Die betonte Nüchternheit der Präsentation, die nur sporadisch vom Einsatz pathetischer Stilmittel durchbrochen wird, soll den ‹wahren› Eindruck der effektvollen Geschichte unterstützen. Ihr authentischer Charakter hebe sie, wie es zu Beginn heißt, von den erfundenen Romansujets des berühmten Richardson ab und könne den Leser «wärmer zurücklassen (...) als alle Bände des ‹Grandison› und der ‹Pamela›.» (NA 16, 3) Schiller lernte den Stoff im Sommer 1782 durch einen Bericht Henriette von Wolzogens kennen. Ihr zufolge hatten Ludwig und Karl Friedrich von Wurmb, die Brüder Louise von Lengefelds (seiner späteren Schwiegermutter) Jahre zuvor um dieselbe Frau – Christiane von Werthern – geworben und ihren Wettstreit dadurch beigelegt, daß der Jüngere freiwillig Verzicht leistete, indem er nach Ostindien auswanderte. Henriette von Wolzogen konnte die anrührende Geschichte aus intimer Kenntnis übermitteln, weil sie, wie man vermutet, das Geheimnis der unglücklichen Neigung als engste Familienvertraute am Sterbebett der Frau von Wurmb selbst erfuhr; deren hinterbliebenen Ehemann Ludwig, den älteren Bruder, hatte Schiller persönlich Mitte Januar 1783 in Meiningen getroffen.

Vergleichbar authentische Züge trägt die Erzählung *Verbrecher aus Infamie*, die das Schicksal des berüchtigten württembergischen Kriminellen Friedrich Schwan darstellt, wie es Abel Schiller detailliert während seines Mannheimer Besuchs am 13. November 1783 beschrieben hatte. Der Text erschien nach längeren Vorstudien Mitte Februar 1786 in der *Thalia*; als Schiller ihn 1792 in seine *Kleineren prosaischen Schriften* aufnahm, gab er ihm den prägnanteren – inhaltlich gleichbedeutenden – Titel *Der Verbrecher aus verlorener Ehre*. Bereits die Vorrede der *Rheinischen Thalia* hatte im März 1785 das Programm für die psychologische Tendenz der Erzählung formuliert, als sie erklärte, sie werde Arbeiten drucken, die Einsichten über «neugefundene Räder in dem unbegreiflichen Uhrwerk der Seele» vermittelten (NA 22, 95). Mit seiner knappen Einleitung kennzeichnet der Text selbst dieses analytische Interesse näher, indem er es an ein poetologisches Konzept knüpft. Die innere und äußere Dramaturgie einer authentischen Verbrecherlaufbahn soll in gebotener Nüchternheit dargestellt werden, weil allein der kühle Kopf des Lesers jene Urteilsfreiheit behaupten kann, die erforderlich scheint, um Menschen angemessen zu bewerten. Als Karl Philipp Moritz Schiller Mitte Dezember 1788 in Weimar besucht, berichtet er ihm begeistert, daß ihn die Geschichte vom Verbrecher aus verlorener Ehre, die er in Rom las, an die Konstruktion seines eigenen *Anton Reiser* erinnert habe (NA 25, 159). Ein derartiger Vergleich bedeutete nicht zuletzt hohes Lob für den psychologischen Facettenreichtum der Erzählung, die rasch zu den erfolgreichsten Mustern ihrer Gattung aufsteigen sollte.

Im direkten Umfeld von Schillers historischen Schriften entstand die Anekdote *Herzog von Alba bey einem Frühstück auf dem Schlosse zu Rudol-*

stadt. Im Jahr 1547. Der Text wurde unter dem Eindruck der Besichtigung des Rudolstädter Schlosses verfaßt, die Schiller am 7. Juli 1788 in Begleitung Wilhelm von Wolzogens und der Lengefeld-Schwestern unternommen hatte. Als Quelle diente eine von 1670 stammende Chronik des thüringischen Theologen Söffing, die Schiller in der glänzend sortierten Bibliothek des Rudolstädter Geheimrats Carl Gerd von Ketelhodt einsehen konnte. Die im Oktober 1788 in Wielands *Teutschem Merkur* veröffentlichte Alba-Geschichte nimmt Stilzüge der später vor allem durch Heinrich von Kleist kultivierten anekdotisch gehaltenen Kurzerzählung auf, die, spannend und prägnant dargeboten, auf Überraschungswirkung zugeschnitten bleibt, ohne dabei die ausführlichere Ausgestaltung der ihr sonst verwandten Novelle aufzuweisen. Schillers Text liefert ein Porträt der Gräfin von Schwarzburg, die im Jahr 1547 den durchreisenden Troß der spanischen Truppen couragiert an der Plünderung des Landes hinderte, indem sie deren Befehlshaber, den Herzog Alba, als Gast auf ihrem Schloß festhielt, bis der friedliche Abzug der Soldaten gewährleistet war. Der kurze Gelegenheitsbeitrag formuliert nicht zuletzt ein Lob des thüringischen Herrscherhauses, dessen jüngsten Vertreter, den Erbprinzen Ludwig Friedrich von Schwarzburg-Rudolstadt, Schiller am 29. Mai 1788 persönlich in Kumbach kennengelernt hatte. Da er die Alba-Anekdote aufgrund ihres Huldigungscharakters später kritisch einschätzte, verzichtete er darauf, sie an anderer Stelle erneut zu veröffentlichen.

Mit der Erzählung *Spiel des Schicksals*, die zu Beginn des Jahres 1789 im *Teutschen Merkur* erscheint, schließt Schiller die Reihe seiner auf authentischen Begebenheiten beruhenden Arbeiten ab. Sie beschreibt in großen Zügen, kaum verschlüsselt, die Biographie des Stuttgarter Festungskommandanten Philipp Friedrich Rieger, der, am höchsten Punkt seiner politischen Karriere durch Intrigen kaltgestellt, auf Veranlassung Carl Eugens eingekerkert, später begnadigt und zum obersten Gefängnisaufseher auf dem Hohenasperg, wo auch Schubart einsaß, ernannt wurde. Schillers Prosastück verknüpft die spannende Darbietung des Stoffs erneut mit dem leitenden Anspruch, einen Beitrag zur Erkundung der Geschichte des menschlichen Herzens zu leisten. Dieses Programm findet sich jedoch nicht mehr ausdrücklich erläutert; vielmehr beschränkt sich der Text auf die Entwicklung der mit raschem Pulsschlag vorantreibenden Geschichte, so daß der belehrende Charakter der seelenkundlichen Autopsie, die der *Verbrecher aus Infamie* offen diskutiert, hinter der abwechslungsreichen literarischen Inszenierung selbst verschwindet. Schiller nähert sich damit schon dem atemlosen Stil des *Geistersehers*, der, weniger Erzählung als Romanfragment, zwischen Mai 1786 und Oktober 1789 als Fortsetzungsgeschichte für die *Thalia* geschrieben wurde. Auch er sollte Einblicke ins ‹Uhrwerk› der Psyche vermitteln, ohne dabei das Unterhaltungsbedürfnis der Leserschaft zu vernachlässigen. Schiller gelang es hier wie in keiner seiner kürzeren Erzählungen, beide Wirkungszwecke miteinander zu verknüpfen. Der ungeheure Sensationserfolg, den der Abdruck des ersten Stücks im Januar 1787 erzielte, bestätigte diesen Eindruck. Zunächst gegen seine eigenen künstlerischen Ambitionen sah sich Schiller, gedrängt durch den Verleger Göschen, genötigt, den Text fortzuführen, um die Lesererwartungen nicht zu enttäuschen. Im Mai 1788 publizierte die *Thalia* ein weiteres Stück, zwischen März und Oktober 1789 folgten drei restliche Teile. Anfang November 1789 ließ Schiller den unabgeschlossenen Text, der nunmehr den Charakter eines Romanfragments trug, mit einigen ergänzenden Abschnitten in einer geschmackvoll illustrierten Buchausgabe bei Göschen erscheinen. Auf diese Weise begegnete er sämtlichen Spekulationen neugieriger Leser, die eine Fortsetzung erhofften: die Arbeit blieb auch später, trotz lukrativer Angebote des Verlegers Unger, unvollendet. Mit dem *Geisterseher* gelang es Schiller, Schauergeschichte und Detektiverzählung als in Deutschland zuvor kaum bekannte neue Prosaformen zu etablieren. Die romantische Literatur hat sie, wie die Arbeiten Arnims und Hoffmanns zeigen, produktiv aufgegriffen und um jene phantastischen Elemente bereichert, die in Schillers Fragment zwar auftreten, aber ausschließlich aus vernünftigen Ursachen abgeleitet werden. Der *Geisterseher* stößt auch deshalb auf überwältigendes Publikumsinteresse, weil er Themen behandelt, die die Epoche am Vorabend der Französischen Revolution in Atem halten. Zum Zeitroman gerät er durch die Darstellung von Magie, Hellseherei, dynastischen Intrigen, Geheimbundzirkeln und Verschwörungsaktivitäten. Sämtliche dieser Sujets finden, wie noch zu erörtern ist, aus unterschiedlichen Gründen die besondere Aufmerksamkeit eines Lesepublikums, in dessen Interessen sich die gesellschaftliche Legitimationskrise des alten Staates abzeichnet.[22]

Auch nach dem Abschluß seiner erzählerischen Periode bewahrt sich Schiller eine Vorliebe für Kriminalgeschichten. Im Oktober 1792 veröffentlicht er den ersten Band einer von Immanuel Niethammer besorgten deutschen Ausgabe der Sammlung Pitavals unter dem Titel *Merkwürdige Rechtsfälle als ein Beitrag zur Geschichte der Menschheit* beim Jenaer Verlag *Cuno's Erben*. Die Mitte April während eines Besuchs bei Körner in Dresden verfaßte Einleitung betont die erzählerischen Qualitäten der einzelnen Studien, die sich «an künstlerischer Verwicklung und Mannigfaltigkeit der Gegenstände bis zum Roman erheben», zugleich aber den «Vorzug der historischen Wahrheit»[23] besitzen. Niethammers Textbearbeitung, die ohnehin nur einen Auszug des umfangreichen Originals bietet, trägt dem Rechnung, indem sie auf die rechtswissenschaftlichen Kommentare zu den einzelnen Fällen verzichtet und allein die Beschreibung der Fälle zum Druck bringt (dem ersten Teil folgen bis 1795 drei weitere Bände). Das zeitgenössische Interesse an dieser Sammlung bezeugt der Umstand, daß im selben Verlag bereits zwischen 1782 und 1792 unter der Verantwortung des Geraer Juristen Carl Wilhelm Franz eine Teilübersetzung in vier Bänden ediert worden war, welche die 1768 abgeschlossene erste deutsche Gesamtausgabe ergänzen sollte.

Schillers Auseinandersetzung mit der modernen französischen Erzählliteratur prägte nicht nur sein eigenes Werk, sondern führte auch zu freien Bearbeitungen fremder Vorlagen. Ende 1784 versucht er sich in Mannheim an der Übersetzung einer aus Denis Diderots damals unpubliziertem Roman *Jacques le fataliste et son maître* stammenden Episodenerzählung, die unter dem Titel *Merkwürdiges Beispiel einer weiblichen Rache* zum Frühjahr 1785 im ersten *Thalia*-Heft erschien. Der delikat-frivole Stoff fand später zahlreiche Adaptionen, deren Bogen bis zu Carl Sternheims 1918 veröffentlicher Dramenfassung (*Die Marquise von Arcis*) reicht. Im Mittelpunkt steht die Intrige einer gekränkten Mätresse, der Madame de La Pommeraye, die ihrem gleichgültig und uncharmant gewordenen Liebhaber, dem Marquis von Arcis, eine unter falscher Identität in der Rolle der bigotten Tochter auftretende Prostituierte zuführt, deren fatale Vergangenheit ihm erst bekannt gemacht wird, nachdem er sich, in rasender Liebe zu dem vermeintlich engelsreinen Bürgermädchen, mit ihr verehelicht hat. Eine besondere Pointe findet die Erzählung am Schluß, der, nicht ohne Ironie, davon berichtet, daß der Marquis die ihm vermählte ehemalige Hure zu schätzen lernt und beide «das glücklichste Ehepaar ihrer Zeiten» werden (NA 16, 222). Schillers Nachwort verteidigt ausdrücklich die Intrige der Pommeraye als begreifbare Folge der Kränkung, die ihr der gefühllose, nach stets neuen Abenteuern strebende Liebhaber bereitet habe. Die Geschichte vermittelt aber nicht nur einen genauen Einblick in die Anatomie eines (fast) perfekten Racheplans, sondern zudem das Sittengemälde einer dekadenten aristokratischen Gesellschaftswelt im Schatten von Ritualen, Routine und Genußgier. Diderots Roman erschien erst 1796, zwölf Jahre nach dem Tod des Autors, in Frankreich als Buch. Zu den merkwürdigen Details seiner Wirkungsgeschichte gehört es, daß Schillers deutsche Fassung der Pommeraye-Episode bereits 1793 ins Französische zurückübersetzt und gesondert publiziert wurde.

Die auf ein breites Publikum zugeschnittene Übertragung hält sich nicht wörtlich an die Vorlage Diderots. Schiller zeigt sich um möglichst flüssige

Diktion bemüht, was den Einsatz umgangssprachlicher Wendungen und eine Verknappung des Dialogs einschließt. An einzelnen Punkten hat er Vereinfachungen vorgenommen, die dem Selbstverständnis der deutschen Leserschaft entgegenkommen sollten. So umgeht er die exakte Wiedergabe der höfischen Formeln der Galanterie, die bei Diderot von ironischen Signalen durchsetzt sind. Der Verzicht auf die feine Abtönung der aristokratischen Redemuster folgt aus der Erkenntnis, daß in Deutschland keine vergleichbar einheitliche Sprachkultur existierte, die ihrerseits literarisch dargestellt werden konnte. Wenn Madame de La Pommeraye – bei Schiller Frau von P*** – dem ehemaligen Freudenmädchen und seiner Mutter Anweisungen erteilt, wie sie, um die Aufmerksamkeit des Marquis zu wekken, ihre Rolle als bigotte Bürgersfrauen zu spielen haben, vermeidet die Übertragung die Präsentation des gesamten Repertoires katholischer Frömmigkeitsformen, das im Original mit feiner Ironie durchgespielt wird. Auf diese Weise büßt Schillers Text die bewegliche Sprachintelligenz von Diderots Vorlage ein, gewinnt jedoch den handfesteren Charakter einer satirisch gefärbten Farce, die den Geschmack des deutschen Publikums genau getroffen zu haben scheint (NA 15/II, 444 ff.).

Erst eineinhalb Dekaden später hat Schiller nochmals an seine Diderot-Bearbeitung angeknüpft. Gemeinsam mit seiner Ehefrau Charlotte überträgt er Ende der 90er Jahre mehrere französische Erzählungen für die Zeitschrift *Flora.* Das Journal, das sich, wie es im Titel hieß, «Teutschlands Töchtern geweiht» hatte, erschien im Verlag Cottas unter der Verantwortung seines Kompagnons Christian Jakob Zahn und des für Redaktionsaufgaben zuständigen alten Dresdner Freundes Huber. Die Zeitschrift hielt sich bis 1803 mit großem Erfolg am Markt, weil sie offenbar die Erwartungen ihres vorwiegend weiblichen Lesepublikums erfüllte. Bereits am 2. Mai 1799 hatte Cotta bei einem persönlichen Besuch in Weimar angefragt, ob Schiller Beiträge für die *Flora* liefern könne. Zu Beginn des folgenden Jahres übersendet er daher zwei Manuskripte Charlottes, die von ihm selbst stilkritisch überprüft worden waren. Es handelt sich um die Erzählungen *Die Nonne* und *Die neue Pamela*, die im März bzw. Mai 1800 in der *Flora* veröffentlicht werden. Beide Arbeiten beschreiben ohne sonderliche künstlerische Individualität Liebesverwicklungen im aristokratischen Milieu Frankreichs. Der Stil der Übertragungen wirkt routiniert und variabel, was die vorzüglichen Französischkenntnisse Charlottes, aber auch literarische Talente bekundet. Ihr Manko bildet der stockende Sprachfluß, der die Ausprägung eines klaren Erzählrhythmus verhindert. Schillers Eingriffe beschränken sich auf punktuelle Änderungen insbesondere im Bereich des Dialogs, wo er, ähnlich wie im Fall der Diderot-Bearbeitung, ein möglichst hohes Maß an Knappheit anzustreben scheint. Cotta gegenüber gibt er die Verfasserschaft Charlottes nicht preis; die Erzählungen werden anonym gedruckt, so daß das Publikum gleichfalls ahnungslos bleibt.

Zwei weitere Arbeiten der Ehefrau erscheinen wenig später in Johann Friedrich Ungers *Journal der Romane.* Im Frühjahr 1799 hatte der Berliner Verleger bei Schiller anfragen lassen, ob er von ihm Texte für sein Periodikum erhalten könne und, über Vermittlung des Jenaer Geschichtsprofessors Karl Ludwig Woltmann, Anfang Mai eine positive Antwort erfahren. Im dritten Stück des *Journals* erscheint zum Sommer 1801 die Erzählung *Autun und Manon*, drei Monate später folgt *Der Prozeß*. Beide Übertragungen entstanden vermutlich schon während des Sommers 1799; Schiller dürfte hier kaum Korrekturen vorgenommen haben, weil ihn zur selben Zeit die Niederschrift der ersten Akte der *Maria Stuart* beschäftigte. Im Fall der *Prozeß*-Erzählung ist eine genaue Analyse jedoch unmöglich, da das Manuskript nicht mehr vorliegt (NA 16, 457f.). Beide Texte bieten Liebesgeschichten gehobenen Stils, ohne den vorgeschriebenen Rahmen der zeitgenössischen Unterhaltungsliteratur zu verlassen. Ihre konventionelle Figurenpsychologie vermeidet individuelle Abstufungen und Überraschungseffekte. Zum festen Repertoire zählen die unschuldige Tochter, der zögernde Liebhaber, der skrupellose Mitgiftjäger und der autoritäre Hausvater, deren klar festgelegte Rollen durch das Geschehen nicht aufgelöst, sondern entschieden bekräftigt werden. Schiller verschaffte sich mit dem Druck der soliden Arbeiten eine willkommene Einnahme, zumal Unger hohe Honorare zu zahlen pflegte; für *Autun und Manon* entrichtete er die stattliche Summe von 50 Goldtalern (NA 38/I, 257). Daß Schiller diese Texte erneut anonym veröffentlichen ließ, entsprach den merkwürdigen Gepflogenheiten der Zeit. Auch erfolgreiche Schriftstellerinnen wie Caroline von Wolzogen, Sophie Schubert (Mereau) und Caroline Schlegel druckten ihre Werke ohne Namensnennung oder unter einem männlichen Pseudonym. Der in diesem Punkt nur mäßig aufgeklärte deutsche Literaturbetrieb kultivierte das Vorurteil, daß Autorinnen über geringere künstlerische Kompetenz verfügten; so waren selbst die Herausgeber von Frauenjournalen daran interessiert, die Beiträge ihrer Mitarbeiterinnen zu tarnen, weil sie bei offenen Namensangaben Umsatzeinbußen befürchteten.

Im Zusammenhang mit Ungers Bitte um Manuskripte für sein Romanjournal plant Schiller im Spätsommer 1800 zudem die Beschäftigung mit einem höchst exotischen Sujet. Im Juli 1794 hatte ihm der Nürnberger Historiker Christoph Gottlieb von Murr seine 1766 veröffentlichte deutsche

Übersetzung des chinesischen Romans *Haoh-Kiöh-Tschuen* (*Geschichte einer guten Heirat*) nach Jena geschickt. Der Originaltext, der vermutlich am Ende der Ming-Periode (1368–1644) entstand, wurde bereits im Jahr 1719 ins Englische übertragen; auf diese Fassung stützte sich Murrs Ausgabe, die Schiller mit großem Interesse las. Am 29. August 1800 schlägt er Unger eine freie Bearbeitung der Murrschen Edition vor, weil der Roman «viel Vortrefliches» besitze und es daher verdiene, beim Publikum «wieder aufzuleben» (NA 30, 190). Erzählt wird die Geschichte des jungen T'ieh Chung-yü, der, nachdem er auf seiner Reise in die Hauptstadt im Kampf um soziale Gerechtigkeit zahlreiche Gefahren überstanden hat, mit kaiserlichem Segen ein gesellschaftlich höherstehendes Mädchen heiraten darf. Als erster chinesischer Roman, der in den europäischen Kulturkreis vordrang, fand *Haoh-Kiöh-Tschuen* auch deshalb Aufmerksamkeit, weil er das seit Beginn der Aufklärung wachsende Interesse an exotischen Sujets befriedigte. Insbesondere französische und englische Autoren lieferten Beispiele für diese Geschmackstendenz; Reiseberichte, Liebesgeschichten und Abenteuererzählungen aus der Welt Asiens gehörten seit der Mitte des 18. Jahrhunderts zum festen Repertoire der modernen Unterhaltungsliteratur. Schillers Manuskript der Bearbeitung gedieh freilich über drei Folio-Blätter nicht hinaus. Nachdem Unger am 14. März 1801 um eine baldige Veröffentlichung gebeten hat, muß er ihn mit vagen Formeln vertrösten und gestehen, daß er den Zeitpunkt des Abschlusses «nicht genau bestimmen» könne (NA 31, 28). Das gesamte Vorhaben hat er niemals aufgegeben, sondern, wie sein Kalender verrät, mit den Einnahmen aus der Veröffentlichung fest gerechnet. Die intensive Arbeit an den großen Dramenprojekten verhindert jedoch nach 1800 eine intensivere Beschäftigung mit Murrs Übersetzung.

Zu bedenken bleibt, daß Schiller erzählerische Prosaformen zeitlebens gegenüber anderen Genres entschieden abwertete. Das Ende 1795 formulierte Wort vom Romancier als «Halbbruder» des Dichters (NA 20, 462) ist dabei nur der besonders pointierte Ausdruck seines Denkens in poetologischen Hierarchien.[24] Daß er bereits während der 80er Jahre skeptisch über seine eigene Erzählproduktion urteilte, verraten die selbstkritischen Bemerkungen, welche die Entstehung des *Geistersehers* begleiten. Als sich die persönliche Finanzlage aufgrund der hohen Honorare für seine Geschichtsschriften zu bessern beginnt, zieht er aus dieser Einschätzung die Konsequenzen. Lediglich den *Verbrecher aus Infamie* und *Spiel des Schicksals* nimmt er 1792 in den ersten Band seiner bei Crusius in Leipzig veröffentlichten *Kleineren prosaischen Schriften* auf; andere erzählerische Arbeiten hat er nicht mehr drucken lassen. Die Buchausgabe des *Geister-*

sehers erlebt zwar 1792 und 1798 zwei Neuauflagen, jedoch interessiert ihn das Werk unter künstlerischen Gesichtspunkten kaum noch. Mit großer Passion verfolgt Schiller hingegen ein anderes Projekt, das am Geist der Antike ausgerichtet ist. Im Frühjahr 1789 befaßt er sich mit dem Plan, ein Epos über Friedrich II. von Preußen zu schreiben. Den näheren Entwurf der ‹Fridericiade› umreißt er detailliert am 10. März 1789 in einem Brief an Körner, auf den die ursprüngliche Idee des Vorhabens zurückgeht. Die entscheidende Schwierigkeit sieht Schiller darin, die antike Gattung unter den kulturellen Voraussetzungen der Moderne so abzuwandeln, daß sie zum Medium gerät, in dem «unsere Sitten, der feinste Duft unserer Philosophieen, unsre Verfassungen, Häußlichkeit, Künste» vermittelt werden können. Zugleich unterwirft er sich dabei dem Gebot der «Classicität» (NA 25, 225), das in der technisch souveränen Umsetzung der metrischen und strukturellen Prinzipien der antiken Gattungsform zur Geltung kommen muß. Unter dem Druck dieser hohen Ansprüche bleibt das Projekt jedoch in der Entwurfsphase stecken. Die Gründe für das Scheitern des ehrgeizigen Plans scheinen Schiller selbst zunächst unklar zu sein. Ende November 1791 schreibt er entschuldigend an Körner, er könne die ‹Fridericiade› nicht in Angriff nehmen, weil ihm der «Karakter» des 1786 verstorbenen Preußenkönigs zu fremd bleibe, er andererseits die für das Genre erforderliche «Riesenarbeit der Idealisirung» aus Mangel an Enthusiasmus scheue (NA 26, 114). Um dem Zwang zur Verklärung eines politisch nicht makellosen Charakters zu entgehen, verlegt er sich im Herbst 1791 auf den Gedanken, ein Heldenepos über den Schwedenkönig Gustav Adolf zu verfassen, dessen historisches Schicksal ihm im Zusammenhang der zeitgleich erfolgenden Arbeit an der *Geschichte des Dreyßigjährigen Kriegs* plastisch gegenwärtig ist. Obgleich es in diesem Fall nicht an persönlicher Sympathie fehlt, bleibt auch dieses Vorhaben auf vage Absichtserklärungen beschränkt. Schiller dürfte rasch erkannt haben, daß die ursprüngliche Absicht, ein Panorama der eigenen Epoche zu entwerfen, mit dem starren Formapparat des Epos nicht zu bewältigen war. Wenn er das Projekt schließlich in der Mitte der 90er Jahre abbricht, so folgt er damit der Einsicht in den anachronistischen Charakter einer Gattung, deren Struktur sich den Zielsetzungen einer psychologisch geschulten Erzählkunst versperrte. Trotz seiner immer wieder formulierten Bewunderung für die antike Epik wird Schiller bewußt gewesen sein, daß die Probleme des modernen Individuums im Roman angemessener zur Darstellung kommen konnten.

Dienst am Leser. Versuche mit wechselnden Formen

Einen umfassenden Einblick in die Strukturen der spätaufklärerischen Erzählliteratur bietet die zweite Auflage von Sulzers *Allgemeiner Theorie der schönen Künste* (1786–87). Wie die meisten Artikel weist auch jener zur Erzählung einen literaturgeschichtlichen Anhang auf, der aus der Feder des ehemaligen preußischen Offiziers und Kunstliebhabers Friedrich von Blanckenburg stammt. Im europäischen Querschnitt werden hier, geordnet nach einzelnen Ländern, auf der Grundlage chronologischer Abfolge, die wichtigsten Werke des Genres angeführt, bisweilen kurz erläutert und derart in eine historische Systematik eingebunden. Besonders aufschlußreich ist der Ordnungsversuch, mit dem Blanckenburg die französische Gattungsgeschichte zu erfassen trachtet. Nähere Erwähnung finden fünf narrative Hauptformen, die sich nicht immer genau gegeneinander abgrenzen lassen: die Schwankerzählung nach dem Muster von Boccaccios *Decamerone* (1), die Novelle (die in Deutschland erst seit dem Ende des 18. Jahrhunderts gepflegt wird) (2), das Feenmärchen (das bereits vor Antoine Gallands zwischen 1704 und 1717 publizierter Fassung der *Märchen aus Tausendundeiner Nacht* vornehmlich durch die Werke Charles Perraults in Frankreich zur Modegattung avanciert) (3), die moralische Erzählung (als deren moderner Begründer Jean François Marmontel mit seinen *Contes moraux* gelten darf) (4) und die freie Form neuerer Gattungsmuster (wie sie zumal die Werke d'Arnauds und Voltaires abbilden) (5).[25] Betrachtet man Schillers erzählerische Arbeiten, so stellt man fest, daß sie den von Blanckenburg angeführten Typus der Novelle ebenso wie die freie Form der philosophisch ausgerichteten Dialogprosa ausfüllen. Nicht durch das Schema erfaßt wird die Gattung der Brieferzählung, die Schiller zumal nach englisch-französischen Vorlagen kultiviert.

Mit seiner Dialogtechnik, wie sie die beiden frühen Arbeiten aus dem *Repertorium* pflegen, folgt Schiller aktuellen Modeströmungen. Johann Jakob Engel fordert in seinem Essay *Über Handlung, Gespräch und Erzählung* (1774), daß auch die Prosakunst verstärkt mit der Technik der direkten Rede arbeiten müsse, um die psychologische Subtilität des Dramas zu erreichen.[26] In der Praxis führt das zur Ausbildung des für die Spätaufklärung charakteristischen Dialogromans, dessen auffälligste Muster neben Engel selbst (*Herr Lorenz Stark*, 1795/96 bzw. 1801) der ältere Wieland geliefert hat (*Geheime Geschichte des Philosophen Peregrinus Proteus*, 1788–91, *Agathodämon*, 1796–99). Als geübter Dramatiker achtet Schiller auch in seinen späteren Erzählungen auf stimmige Gesprächssequenzen, mit deren Hilfe er Plastizität und Spannung gleichermaßen zu erzeugen sucht. Zum vorherrschenden Strukturmuster seiner Prosa wird jedoch nicht der Dialog, sondern die novellistische Grundanlage. Zu ihr gehören der Hinweis auf den authentischen Charakter des Geschehens, die vorwärtstreibende Erzähldynamik, die Vermeidung ausschmückender Details, die Inszenierung eines markanten (durchaus verschieden plazierten) Höhepunkts und die kunstvolle Verschleierung von Ereignisursachen zum Zweck der Spannungssteigerung. Wenn Schiller Motive einzelner Figuren oder ganze Handlungsfolgen zunächst verdeckt, um sie verspätet offenzulegen, so verrät das eine Prägung durch das Schema der Kriminalerzählung nach dem Vorbild Meißners. In der Pitaval-Vorrede von 1792 erklärt er zu diesem Muster: «Man erblickt hier den Menschen in den verwickeltsten Lagen, welche die Erwartung spannen, und deren Auflösung der Divinationsgabe des Lesers eine angenehme Beschäftigung gibt.»[27] Bereits im *Spaziergang unter den Linden* nutzt Schiller die Technik der überraschenden Rekonstruktion zuvor verschwiegener Zusammenhänge, wenn er am Ende den Skeptizismus Wollmars aus dessen privater Lebenslage ableitet und damit biographisch erklärt. Auch in der *Großmütigen Handlung* werden die wahren Verhältnisse erst zum Schluß offenbart, um die Aufmerksamkeit des Lesers hinreichend zu fesseln. Der *Verbrecher aus Infamie* und *Spiel des Schicksals* bieten eine Dramaturgie, die zwar kein überraschendes Finale, aber durchaus irritierende Umschlagpunkte aufweist. Erneut folgt der Ablauf des Geschehens novellistischen Mustern, wobei das analytische Interesse des Erzählers nicht auf die Rekonstruktion äußerer Ereignisse beschränkt bleibt, sondern, zumal im Fall der Geschichte Friedrich Schwans, die verwickelten sozialen Hintergründe menschlicher Lebenswege zu erschließen sucht. Auch die Alba-Anekdote gehorcht dem Novellenschema, insofern sie eine authentische Geschichte mit unerwarteter Wendung serviert; ihr fehlt lediglich der breiter gespannte Handlungsbogen der umfangreicheren Texte. Der *Geisterseher* weist zwar eine beträchtliche Vielfalt narrativer Kunstgriffe auf, zeigt sich aber im Aufbau gleichfalls dem Muster der Kriminalgeschichte mit überraschendem Ausgang verpflichtet. Novellistischen Charakter trägt vornehmlich die Episodenerzählung vom Brudermörder Lorenzo, die kaum in die Romanhandlung integriert scheint (NA 16, 77 ff.).[28]

Besondere Bedeutung gewinnt im *Geisterseher* die Briefform, mit deren Hilfe Schiller eine oftmals verwirrende Brechung des Geschehens erreicht. Den Effekt des Kriminalschemas vermag sie zu fördern, weil sie stets nur subjektiv gefärbte Informationen vermittelt, ohne einen umfassenden Blick auf die Ereignisse zu bieten. Da nicht die Hauptfiguren der Geschichte – der Prinz, der Armenier, der Kardinal und sein Neffe –, sondern einzig am Rande stehende Beobachter den Ablauf der Handlung wiedergeben, kann der Leser über die Motive der Protagonisten lediglich vage Mutmaßungen anstellen. Daß gerade die Briefform als Medium psychologischer Spannung zu den erfolgreichsten Erzählmustern der Zeit zählt, zeigt der Blick auf den europäischen Roman der Aufklärung, wie ihn Richardson, Rousseau, de Laclos, Gellert, Hermes und Sophie von La Roche vorgelegt haben. Auch kleinere Erzählgattungen arbeiten mit der Technik des fiktiven Briefs. Im Rahmen ihrer kurzlebigen Frauenzeitschrift *Pomona* (1783–84) erprobt Sophie von La Roche dieses Stilmittel zu didaktischen Zwecken. In kurzen Episteln, die unter dem Titel *Briefe an Lina* erscheinen, vermittelt die Autorin ihrem weiblichen Publikum Alltagswissen, Verhaltensgebote und bescheidene Lebenslehren. Ausdrücklich grenzt sie sich dabei vom Anspruch auf wissenschaftliche Belehrung ab: die Leserinnen sollen keine akademische Bildung, sondern praktisch verwertbare Kenntnisse gewinnen. Auch andere Journale der Zeit, so Boies *Deutsches Museum*, bieten ein reiches Arsenal vergleichbarer Kunstbriefe, in denen sich literarische Phantasie und pädagogisches Kalkül mischen. Wenn Schiller im *Geisterseher* mit der gut eingeführten Form arbeitet, so grenzt er sich jedoch deutlich von den praktischen Interessen der aufklärerischen Literaturpolitik ab. Als Element der novellistisch strukturierten Kriminalgeschichte gewinnt der Brief hier die Aufgabe, den verwirrenden Ablauf einer außergewöhnlichen Begebenheit aus verengter Perspektive zu beleuchten. Die Irritation des Lesers geht dabei der Aufdeckung von Intrigen und Verbrechen stets voraus. Zuweilen scheinen das Verwischen von Spuren und die durch das Briefmedium lancierte Desinformation sogar zum Selbstzweck zu geraten. In einem Schreiben an die Lengefeld-Schwestern hat Schiller im Februar 1789 eingeräumt, daß er durch den *Geisterseher* zwar die Einbildungskraft seines Publikums «wunderbar in Bewegung» setze, gleichzeitig aber den Anspruch auf «Wahrheit» des Geschehens in den Hintergrund treten lasse (NA 25, 203).

Anders als die Helden seiner Dramen bleiben die Figuren in Schillers Erzählungen eng an das Geflecht sozialer Normen geknüpft und direkt mit ihrer gesellschaftlichen Umwelt verbunden. Nicht entspannte Selbstbeobachtung, sondern Prägung durch die Situation bestimmt die Lebensökonomie der hier vorgeführten Gestalten. Das hohe Erzähltempo, das die zumeist stoffreichen Prosatexte auszeichnet, sucht diese Macht des Faktischen wirksam zur Geltung zu bringen. Das dynamische Fortschreiten der Ereignisse gestattet den Individuen keine Ruhepunkte, an denen sie zur Besinnung kämen. Weil sie vom Geschehen überrollt werden, erscheinen sie sämtlich als Opfer, nicht als Täter. Das gilt selbst für die Frau von P*** in der Diderot-Bearbeitung, die zwar ihre Intrige souverän zu Ende führt, mit ihr aber das Gegenteil dessen erreicht, was sie ursprünglich anstrebte. Zugleich scheint die Bevorzugung aktionsreicher Stoffe auch den Forderungen des Literaturmarkts zu gehorchen. «Immer mehr Handlung», soll Schiller seiner Schwägerin Caroline von Wolzogen im Herbst 1796 geraten haben, als sie an ihrem Roman *Agnes von Lilien* zu arbeiten begann (NA 42, 215).[29] Eine solche Empfehlung verrät, wie wirkungssicher er selbst auf dem Feld der Prosa zu operieren pflegt. In einem Brief an Körner vom 12. Juni 1788 führt er die erzählerischen Formen und Techniken an, die seiner Meinung nach die Neugier des Publikums fesseln; zu ihnen gehören «leicht und elegant behandelte Situationen, Karaktere usw aus der Geschichte, erdichtete moralische Erzählungen, Sittengemählde» und «Satyrische Schilderungen» (NA 25, 70). Schiller hat sämtliche dieser Muster in seinem schmalen Prosawerk mit Eleganz durchgespielt. Darin zeigt sich der professionelle Ehrgeiz des Zeitungsautors, der dem Markt gibt, was er verlangt, ohne deshalb ein Opfer des Opportunismus zu werden.

2. Publizistische Tätigkeit und Prosaschriften der 80er Jahre

Wege des Journalisten. Vom Wirtembergischen Repertorium (1782) zur Rheinischen Thalia (1785)

Ende des Jahres 1781 entschließt sich Schiller in Stuttgart, gemeinsam mit Abel, Petersen und Johann Jakob Atzel eine Zeitschrift herauszugeben, die das weite Feld der Literatur, Philosophie, populären Wissenschaften und Kritik gleichermaßen abdecken soll. Ihre Konzeption folgt dem Muster von Haugs *Schwäbischem Magazin*, das seit 1781 unter dem neuen Namen *Zustand der Wissenschaften und Künste in Schwaben* firmiert. Angestrebt wird eine möglichst leserfreundliche Melange der Themen im breiten Spannungsfeld zwischen Gesellschaftsbericht, Lyrik, Rezension und Essay. Das Journal trägt den Titel *Wirtembergisches Repertorium der Litteratur*, was eine Beschränkung auf regionale Themen signalisiert. Ähnlich wie Haugs Zeitschrift sollte es ausschließlich in Schwaben Verbreitung finden. Das erste Heft erscheint im Umfang von 216 Seiten zu Ostern 1782. Unter den 24 ausschließlich anonymen Beiträgen stammen elf von Schiller. Den größten Anteil bilden die am Schluß abgedruckten Rezensionen, zu denen Schiller wiederum sieben Texte beisteuert. Bereits das Vergils *Aeneis* (VI, 557) entlehnte Motto, mit dem die Rubrik der Kritiken eröffnet wird, verrät, daß man es an Polemik nicht fehlen lassen möchte: «Hinc exaudivi gemitus ac saeva sonare verbera» («Hier werden Seufzer vernehmlich und grausame Peitschenhiebe erschallen.»).[30] Im allgemeinen Vorbericht, der Schillers stilistische Handschrift trägt, heißt es schroff: «In den Beurteilungen werden wir immer mehr die Fehler rügen als die Schönheiten preisen, und das aus dem besten Vorsatz. Ein Schriftsteller, der weniger auf die Nutzbarkeit und innre Fürtrefflichkeit seines Werkes als auf die Lobeserhebungen der gewöhnlichen Zeitungsklitterer achtet, ist in unsern Augen ein verächtliches Geschöpf, den Apoll samt allen Musen aus ihrem Reiche stoßen sollten.» (NA 22, 73)

Schillers Rezensionen gelten vorwiegend dem lyrischen Genre. In zuweilen ungnädiger Manier bespricht er Stäudlins *Schwäbischen Musenalmanach* und seine *Vermischten poetischen Stücke*, die Gelegenheitsarbeiten des Pfarrers Johann Ulrich Schwindrazheim (*Kasualgedichte eines Wirtembergers*), die literarischen Versuche seines ehemaligen Akademielehrers Johann Christoph Schwab (*Vermischte teutsche und französische Poesien*) und eine Übersetzung von Voltaires *Nanine* (1749), die sein früherer Kommilitone Ferdinand Friedrich Pfeifer vorgelegt hatte. Die kürzeste Anzeige, die Schiller jemals verfaßt hat, lebt aus der ironischen Verweigerung des kritischen Rituals. Der eine Zeile umfassende Text gilt dem Journal Haugs, das nach dem Herbst nicht mehr fortgeführt werden soll und daher von polemischen Angriffen verschont bleibt: «Pardon dem Herausgeber! Er will ja aufhören.» (NA 22, 195) Hinzu kommen zwei Selbstrezensionen über die *Anthologie* und die *Räuber*, mit deren Hilfe Schiller für seine eigene Produktion zu werben sucht. Kaum zufällig scheint, daß diese beiden Anzeigen erheblich umfangreicher ausfallen als die lakonischen Rezensionen der fremden Arbeiten: die Tätigkeit des Kritikers dient zumal der Reklame, was wiederum die polemische Tendenz seiner gegen den Konkurrenten Stäudlin gerichteten Beiträge in fragwürdiges Licht rückt. Ergänzt wird die Reihe von Schillers Texten um den Essay *Ueber das gegenwärtige teutsche Theater*, den *Spaziergang unter den Linden*, eine Kritik der Mannheimer *Räuber*-Premiere und den (durch ihn nur redigierten) Abdruck eines Briefes, in dem ein württembergischer Pfarrer die Wirkung eines Amuletts erläutert (NA 22, 367).

Geringer fällt Schillers Anteil am insgesamt schmaleren zweiten Heft aus, das im Oktober 1782 erscheint. Neben der kurzen Erzählung vom Schicksal der Brüder Wurmb liefert er den unter Mithilfe Scharffensteins verfaßten Dialog *Der Jüngling und der Greis* sowie vier lateinische Inschriften für einen Artikel über Grabmalentwürfe, den Atzel beigesteuert hatte (sie beziehen sich auf Luther, Kepler, Haller und den noch lebenden Klopstock) (NA 22, 367f.). Bereits das zweite Heft zeigt sich bestimmt durch eine deutliche Konzentration essayistischer Beiträge, denen gegenüber literarische Arbeiten in den Hintergrund treten. Diese Tendenz nimmt in der dritten, zugleich letzten Nummer zu, die im Frühjahr 1783 erscheint. Das Themenfeld erstreckt sich von Gartenkunst über Phonetik, Musikgeschichte, Pädagogik und Malerei bis zu Moralistik und Alchemie. Schiller, der seit sechs Monaten in der Pfalz lebt, ist mit Artikeln nicht mehr vertreten. Nachdem Haug Ende 1782 seine Zeitschrift eingestellt hatte, konnte man auf größeren Leserzulauf rechnen; in der Vorrede zum dritten Heft kündigten die Herausgeber an, daß das Journal fortan keine regionale Färbung tragen und seinen Themenkreis entsprechend erweitern werde. Zu einer Fortführung der Zeitschrift ist es gleichwohl nicht gekommen. Das Ausscheiden Schillers, der die treibende Kraft des Unternehmens war, dürfte dabei kaum der alleinige Grund für das Scheitern des Projekts gewesen sein. Aufgrund des heftig tobenden Wettbewerbs lag die durchschnittliche Lebensdauer eines Journals zu dieser Zeit generell bei knapp zwei Jahren. Vor einem solchen Hintergrund war die kurze Karriere des *Repertoriums* kein ungewöhnlicher Fall.

Trotz der wenig verheißungsvollen Erfahrungen, die sein Debüt als Herausgeber ihm beschert hatte, trug sich Schiller auch in Mannheim mit Journalplänen. Als er Ende des Jahres 1784 die *Rheinische Thalia* ins Leben ruft, folgt er jedoch nicht allein seinen Neigungen. Das neue Periodikum soll vornehmlich die bedrückende finanzielle Situation mildern helfen, in der er sich nach dem Auslaufen seines Theatervertrags befindet. Als freier Schriftsteller, der über keine feste Anstellung verfügt, bleibt Schiller auf regelmäßige Einkünfte aus publizistischer Tätigkeit angewiesen.[31] Diese wirtschaftliche Abhängigkeit vom Buchmarkt ist typisch für eine soziale Gruppe, die sich in Deutschland sehr spät herausgebildet hatte.[32] Zu den ersten Autoren, die von der literarischen Tätigkeit ohne mäzenatische Unterstützung oder bürgerlichen Beruf leben mußten, zählte am Beginn des Jahrhunderts Johann Christian Günther. Männer wie Gottsched, Gellert, Hagedorn, Uz, Wieland, Klopstock, Bürger und Goethe waren durch Ämter bzw. Stiftungen finanziell abgesichert. Nur eingeschränkt galt das für Lessing, der die Existenz des freischwebenden Intellektuellen ohne feste materielle Versorgungsbasis über längere Zeit erprobt hatte, ehe er 1770 in Wolfenbüttel die solide dotierte Position des Bibliothekars übernahm.[33] Nicht selten führte der schwierige Status des ungesicherten Schriftstellers zu schwersten Lebenskrisen wie im Fall von Johann Carl

Wezel oder Jakob Michael Reinhold Lenz. Selbst Adolph von Knigge, der freiwillig die Rolle des durch kein Amt gebundenen Publizisten gewählt hatte, verspürte bisweilen den Druck des permanenten Schreibzwangs schwer auf sich lasten. Der neue Typus des ökonomisch vom Markt abhängigen Autors, der ab 1750 häufiger in Erscheinung trat, beeinflußte zwangsläufig auch die Entwicklung des zeitgenössischen Literaturbetriebs. In der zweiten Jahrhunderthälfte nahm die Zeitschriftenproduktion auf unterschiedlichsten Feldern rapide zu. Zwischen 1770 und 1795 kam es in Deutschland zur Gründung von annähernd 2000 neuen Journalen; der Anteil literarischer Periodika lag hier bei knapp zehn Prozent. Ihre Vorläufer bildeten die Moralischen Wochenschriften, die sich erstmals auch ein weibliches Lesepublikum erschlossen. In der Spanne von 1713 bis 1761 wurden 182 verschiedene Zeitungen dieses Typs ins Leben gerufen, wobei die Mehrzahl nur wenige Jahre bestehen konnte.[34] Zwischen 1765 und 1790 gelangten 224 literarische, 217 historisch-politische, 186 allgemeinwissenschaftliche, 159 theologische, 119 medizinische, 109 pädagogische, 107 naturwissenschaftliche und 87 kameralistische Journale auf den Markt – ein kaum vorstellbarer Boom, der freilich nicht darüber täuschen darf, daß die meisten dieser Zeitschriften nur kurzfristig existieren konnten.[35]

Schillers Unternehmen sah sich also starkem Konkurrenzdruck ausgesetzt, dem er durch gezielte Werbeaktivitäten zu begegnen suchte. Im Herbst 1785 verfaßt er eine vierseitige Ankündigung seines Projekts, die er mit der Bitte um öffentliche Bekanntgabe an eine Reihe renommierter Autoren und Publizisten schickt. Zu den Adressaten gehören der Gründer des Göttinger Musenalmanachs Heinrich Christian Boie, der Freiherr von Göckingk, der Weimarer Literaturzar Friedrich Justin Bertuch, Johann Georg Jacobi, der gemeinsam mit Wilhelm Heinse seit 1774 die empfindsam-kunstsinnige Zeitschrift *Iris* leitete, der Braunschweiger Popularphilosoph Johann Arnold Ebert, der Schweizer Lavater und der alte Gleim in Halberstadt. Die große Werbungsaktion müssen nicht zuletzt Schillers Freunde – darunter Lempp und Reinwald – ankurbeln, indem sie Subskribenten anwerben. Anfang Dezember erscheint die Ankündigung in Boies Leipziger *Deutschen Museum*, aber auch in lokalen Journalen wie Kleins *Pfälzischem Museum*. «Die Rheinische Thalia», so heißt es, «wird jedem Gegenstand offen stehen, der den Menschen im allgemeinen interessieret und unmittelbar mit seiner Glückseligkeit zusammenhängt. Also alles, was fähig ist, den sittlichen Sinn zu verfeinern, was im Gebiete des Schönen liegt, alles, was Herz und Geschmack veredeln, Leidenschaften reinigen und allgemeine Volksbildung wirken kann, ist in ihrem Plane begriffen.»

(NA 22, 95) Ausdrücklich verspricht Schiller die Behandlung weit gestreuter Themenbereiche: «Gemälde merkwürdiger Menschen und Handlungen», «Philosophie für das handelnde Leben», «Schöne Natur und schöne Kunst in der Pfalz», nicht zuletzt «Deutsches Theater» (NA 22, 95 f.). Mit diesem gemischten Programm unterscheidet sich das neue Projekt kaum von anderen Journalen der Zeit. Zu den besonderen Mustern, denen Schiller nacheifert, gehört neben Wielands *Teutschem Merkur* und Boies *Deutschem Museum* auch Johann Jakob Engels seit 1775 in unregelmäßiger Folge publizierte Sammlung *Der Philosoph für die Welt*, die ein Brief an Göckingk vom 16. November 1784 als Vorbild der *Rheinischen Thalia* bezeichnet (NA 23, 162).

Schillers Ankündigung nennt das Publikum den «Souverain», vor dessen «Tribunal» die neue Zeitschrift zu bestehen habe (NA 22, 94). Diese Formulierung bezieht sich ausdrücklich auf die Situation des vaterlandslosen Exilanten, der, im Herbst 1784 sämtlicher Bindungen ledig, der Vormundschaft eines Landesherren entronnen ist. In merkwürdigem Gegensatz zu Schillers Selbstporträt als «Weltbürger, der keinem Fürsten dient» (NA 22, 93), steht die Widmung an Carl August von Sachsen-Weimar, die das erste Heft schmückt. Sie verrät, daß der Herausgeber seine Talente gern einem kunstsinnigen Mäzen anvertraut hätte, wenn ihm dazu Gelegenheit geboten worden wäre. Der Hinweis auf das Publikum als Souverän bleibt vor diesem Hintergrund zweideutig, bekundet er doch nicht allein die Freude an der künstlerischen Arbeit, sondern auch das Bewußtsein der Abhängigkeit vom aktuellen Geschmack. Schiller gibt sich keinen Illusionen darüber hin, daß die Leserschaft, wie er Huber am 7. Dezember 1784 schreibt, vorwiegend «nach Speculazionen des Handels» bedient zu werden wünscht (NA 23, 170). Konsequent bemüht er sich daher um eine möglichst farbige Gestaltung seines Programms. Das erste Heft der Zeitschrift, das im März 1785 auf den Markt kommt, enthält ausschließlich seine eigenen Arbeiten, da das Anwerben fremder Mitarbeiter ihm Honorarverpflichtungen auferlegt hätte, die er nicht erfüllen konnte. Neben der Schaubühnenrede, die als einziger Beitrag namentlich gekennzeichnet ist, bietet das Heft den Abdruck des ersten *Karlos*-Akts, die Übersetzung von Diderots Pommeraye-Episode, einen kunstgeschichtlichen Beitrag (*Brief eines reisenden Dänen*) sowie drei kleinere Artikel über das Mannheimer Theater. Diese Mischung aus Essay, Drama, Salonerzählung, populärer ästhetischer Abhandlung und Bühnenklatsch soll möglichst breite Leserschichten anlocken. Der wirtschaftliche Erfolg des Unternehmens ist auch deshalb dringend geboten, weil Schiller zunächst ohne Verleger arbeitet und in der Startphase die finanziellen Lasten allein trägt. Der Druck erfolgt zum Selbstkostenpreis, den Vertrieb überwachen, gegen entsprechenden Vorschuß, die Mannheimer Post und die Buchhandlung Schwans. Trotz des beträchtlichen Werbeaufwands gehen bis zum März kaum Subskriptionen ein, so daß die Ausgaben nur durch den schleppend anlaufenden Verkauf der Einzelexemplare gedeckt werden können. In dieser schwierigen Situation hilft im März 1785 Göschen, indem er Schiller gegen die aus Körners Privatschatulle stammende Summe von 300 Talern die Rechte an der *Thalia* abkauft. Fortan übernimmt sein Verlag Druck, Werbung und Vertrieb des Journals. Obwohl die Zeitschrift damit ein festeres finanzielles Fundament erhielt, dauerte es bis zum Februar 1786, bis eine weitere Folge erscheinen konnte.

Das Publikum als Mäzen? Anspruch und Wirkung der Thalia (1786–1791)

Erst nachdem sich Schiller in Dresden etabliert hat, beginnt er mit der Zusammenstellung eines zweiten Heftes seiner Zeitschrift, die fortan ohne das Attribut ‹Rheinisch› im Titel erscheint. Als Grund für den verzögerten Veröffentlichungsrhythmus nennt er in einer kurzen Notiz am Beginn der neuen Nummer seine ablenkende Reisetätigkeit (NA 22, 99). Pünktlich nach der Auslieferung schickt er Ende Februar ein Exemplar an Herzog Carl August in Weimar. Mit dem hier versammelten literarischen Ertrag kann er zufrieden sein. Erstmals bietet er auch fremde Arbeiten, einen Essay Hubers und einen lyrischen Versuch aus der Feder der Schauspielerin Sophie Albrecht. Für die beträchtliche Qualität des Heftes sorgen jedoch seine eigenen Texte. Abgedruckt werden das in Dresden entstandene *Lied an die Freude*, das den Band eröffnet, die beiden Mannheimer Gedichte *Freigeisterei der Leidenschaft* und *Resignation*, die Erzählung *Verbrecher aus Infamie* und die Bearbeitung einer Mercier-Übersetzung Hubers (*Philipp der Zweite, König von Spanien*). Die hier gebotene Vielfalt der Tonlagen, Themen und Formen ist eindrucksvoll. Ein vergleichbares literarisches Niveau haben spätere Hefte nie wieder erreicht.

Die *Thalia* wird Schiller für die Dauer von sechs Jahren, zwischen Herbst 1785 und Ende 1791, als Herausgeber beschäftigen. Kein anderes Zeitschriftenprojekt hat ihn über einen derart langen Zeitraum begleitet: weder die 1792 aufgelegte *Neue Thalia* noch die ihr 1795 folgenden *Horen* erleben mehr als drei Jahrgänge. Die *Thalia* nutzt Schiller als Forum für die Publikation seiner jeweils aktuellen Arbeiten. Neben das *Karlos*-Fragment, die *Philosophischen Briefe* und den *Geisterseher* treten Ende der 80er Jahre die Euripides-Übersetzungen und kleinere historische Abhandlungen. Mit Ausnahme des *Karlos* und der für Vorlesungszwecke erarbeiteten Geschichtsstudien verfaßt Schiller sämtliche der hier genannten Texte eigens für seine Zeitschrift. Auch wenn die editorische Tätigkeit auf diese Weise zu einem produktiven Element gerät, das Schreibenergie und Kreativität zu fördern scheint, hat er jedoch bald unter der Last gelitten, die die Redaktion der *Thalia* für ihn bedeutete.

Die Triebfeder der Planungen, die den Herausgeber Schiller bewegen, bleibt das finanzielle Kalkül des freien Autors ohne feste Besoldung. Sein ökonomisches Vorbild stellt die Jenaer *Allgemeine Literaturzeitung* (*ALZ*) dar, die seit ihrer 1775 erfolgten Gründung unter der Herausgeberschaft des geschäftstüchtigen Legationsrats Friedrich Justin Bertuch und des Rhetorikprofessors Christian Gottfried Schütz zum einflußreichsten Rezensionsorgan der Zeit aufstieg. Ende August 1787 besucht Schiller in Jena die Redaktionsräume der *ALZ* und verschafft sich einen Eindruck von der minuziösen Planung, die das professionell geführte Unternehmen beherrscht. «An der Zeitung arbeiten gegen 120 Schriftsteller», erklärt er Körner am 29. August. «Schütz und Bertuch stehen sich, durch sie, jeder auf 2500 Thaler, den Mitarbeitern werden 15 Thaler pro Bogen bezahlt. Das Hauß heißt in Jena schlechtweg die Litteratur und ist sehr schön und bequem gebaut. Ich habe mich in dem Bureau herumführen laßen, wo eine ungeheure Quantität Verlagsbücher nach dem Nahmen der Buchhändler geordnet auf seinen Richterspruch wartet.» (NA 24, 147) Die *ALZ*, der Bertuch 1786 das breitenwirksamere *Journal des Luxus und der Moden* zur Seite stellt, trägt den Charakter eines modernen Medienunternehmens mit marktbeherrschender Stellung. Ihre hohen Auflagen ernähren einen gewaltigen Stab von freien Mitarbeitern und bescheren den beiden Herausgebern Einkünfte, die dem Jahressalär eines thüringischen Geheimrats entsprechen. 1787 besaß die Zeitschrift die für damalige Verhältnisse stattliche Zahl von 2000, später sogar 2500 Abonnenten. Karl August Böttiger, seit 1791 Weimarer Gymnasialdirektor und umtriebiger Kolporteur der alltäglichen Gesellschaftsnachrichten, spricht davon, daß das Journal jährlich knapp 12000 Taler Umsatz «circuliren»[36] lasse. Solche Quoten vermag in Deutschland zur selben Zeit kein anderes Periodikum auch nur annähernd zu erreichen. Dem Jenabesucher Schiller dürfte im Sommer 1787 bewußt gewesen sein, wie weit seine eigene Zeitschrift von den professionellen Standards der *ALZ* entfernt blieb. Freilich zeigte er wenig Neigung, seine gesamte Energie in die *Thalia* zu stecken. Der Enthusiasmus, mit dem er sein Projekt noch während der ersten Dresdner Monate vorantrieb, erstickt rasch im prosaischen Arbeitsalltag des Herausgebers. Diese Entwicklung bleibt charakteristisch auch für Schillers spätere publizistische Unternehmungen; zwar träumt er von höchsten programmatischen Standards und gewaltigen Umsätzen, jedoch schreckt er vor der monotonen Routine der editorischen Pflichten zurück, weil sie seine literarische Phantasie lähmt und die kreativen Kräfte einschränkt.

Die zwiespältige Beziehung, die Schiller zur *Thalia* unterhält, äußert sich im unregelmäßigen Rhythmus ihres Erscheinens. Der Zwang, pausenlos Beiträge in ausreichender Zahl zu sammeln, belastet ihn außerordentlich. Auf dem Umschlag des zweiten *Thalia*-Hefts druckt er im Februar 1786 eine kurze Erklärung ab, in der er ausdrücklich betont, daß das Journal ohne feste Frequenz erscheinen werde (NA 22, 99). Mit dieser Notiz sucht sich Schiller frühzeitig vom Erwartungsdruck zu befreien, den ein gleichmäßiger Publikationsrhythmus erzeugt hätte. Die Abstände, in denen die Nummern veröffentlicht werden, unterscheiden sich stark voneinander. Nachdem das zweite und dritte Heft im Februar bzw. April 1786 auf den Markt gelangt ist, entsteht eine mehrmonatige Pause, bis der Herausgeber die Reihe im Januar 1787 fortsetzt. In den folgenden beiden Jahren kommt die Zeitschriftenarbeit fast zum Erliegen; lediglich im Mai 1788 erscheint eine neue Nummer, die wesentlich von der Fortsetzung des *Geistersehers* getragen wird. Da der Absatz der *Thalia* kontinuierlich gesunken ist, denkt Schiller in dieser Phase über neue Lösungen zur Überwindung seiner Finanzmisere nach. Im Herbst 1787 plant er mit Wieland, das eigene Journal in dessen *Teutschen Merkur* einzubringen, um die mißliche Konkurrenzsituation zu überwinden und gemeinsam einen erweiterten Lesermarkt zu erschließen. Nachdem sich das neue Projekt zu Beginn des Jahres 1788 zerschlagen hat, erwägt Schiller eine veränderte Konzeption der *Thalia*. Ende Mai 1788 rät Körner, das Periodikum künftig in verringertem Umfang als thematisch exklusive, gehobene Kreise ansprechende Monatsschrift auf den Markt zu bringen. Die Beiträger sollten nach seinem Vorschlag vorwiegend dem engsten Freundeskreis entstammen, zu dem er Huber und sich selbst rechnet (NA 33/I, 189f.). Aufgrund seiner eigenen Erfahrungen mit den Gesetzen des Literaturmarktes möchte Schiller den Vorschlag des Freundes jedoch nicht aufgreifen. Eine ambitionierte Zeitschrift finde, so erklärt er am 12. Juni, kein breites Publikum, weil ihr die unterhaltenden Züge fehlten. Das finanzielle Überleben sicherten, wie er betont, allein Beiträge, die dem Geschmack der Zeit entsprächen: «geheime Chronicken, Reiseberichte, allenfalls piquante Erzählungen, flüchtige Wanderungen durch die jetzige politische und in die alte Geschichtswelt» (NA 25, 70). Das ausführliche Moratorium, das sich Schiller gönnt, bringt den Publikationsfluß vollends ins Stocken. Erst im März 1789 spinnt er auf Drängen Göschens den Faden wieder an, ohne jedoch die Grundstruktur der *Thalia* sichtbar zu verändern. Innerhalb von drei Monaten erscheinen jetzt zwei Hefte, denen sich Ende des Jahres ein weiteres Stück – die achte Folge – anschließt. Auch 1790 arbeitet Schiller trotz starker Ablenkung durch die Jenaer Professur am eigenen Journal; zwischen Januar und November kommen drei Nummern auf den Markt, die neben anderem seine kleinen historischen Aufsätze enthalten, welche aus der universitären Vorlesungstätigkeit hervorgegangen sind. Die neunte Folge, zu der Schiller keinen Beitrag liefert, stellt – auf Vorschlag Körners – der Freund Huber zusammen, um den von akademischen Pflichten beanspruchten Herausgeber zu entlasten. Bedingt durch die schwere Krankheit, die Schiller seit Jahresbeginn in regelmäßigen Abständen ans Bett fesselt, kann das letzte (zwölfte) Heft des *Thalia*-Zyklus erst im Herbst 1791 erscheinen, obgleich die Manuskripte bereits im April komplett vorliegen.

Auch in der thematischen Zusammenstellung der Beiträge zeigt die *Thalia* einen uneinheitlichen Charakter. Das Angebot der Genres reicht vom theoretischen bzw. tagespolitischen Essay über die Anekdote und den Reisebericht bis zu längerer Erzählprosa, Geschichtsstudien, Lyrik und dramatischen Szenen. Während die ersten drei Jahrgänge bis zum fünften Heft vom Mai 1788 ausschließlich literarische Arbeiten präsentieren, treten in der mittleren Periode Übersetzungen hinzu (sie bestimmen vor allem die drei Nummern, die während des Jahres 1789 erscheinen). Die vier letzten Hefte, die zwischen Januar 1790 und Herbst 1791 publiziert werden, nehmen an mehreren Punkten ausdrücklich auf die Revolution in Frankreich Bezug. Kritische Essays und Augenzeugenberichte blenden jetzt tagespolitische Fragen ein, wie sie das deutsche Publikum bewegen. Der Herausgeber trägt derart auch der eigenen Interessenlage Rechnung, verfolgt er doch als Zeitungsleser die Vorgänge im Nachbarland mit gespannter Aufmerksamkeit. Gemäß den damaligen Gepflogenheiten erscheinen die meisten Beiträge der *Thalia* anonym oder unter Buchstabenkürzeln, die zumindest informierten Lesern die Identifikation des Autors erleichtern. Mit Ausnahme der Studie über den Grafen Egmont im achten Heft (Oktober 1789) druckt auch Schiller selbst seine Arbeiten ohne Namensnennung. In den meisten Fällen entdeckte das Publikum jedoch durch die Verbreitung von Gerüchten rasch seine Verfasserschaft; das gilt vor allem für den *Don Karlos* und den *Geisterseher*, die Erfolgstexte der *Thalia*.

Die Auswahl der Mitarbeiter bestimmt Schiller spontan, ohne langfristige Planung. Maßstab für seine Entscheidungen bleibt die Frage, inwiefern er genügend eigenes Material zum Aufbau eines Heftes beisteuern kann. Einzelne Nummern werden annähernd von ihm allein getragen, so das zweite Stück vom Februar 1786. Während die achte Folge, die im Herbst

1789 erscheint, ausschließlich Texte Schillers versammelt, ist er in der neunten, die wenige Wochen später auf den Markt kommt, überhaupt nicht vertreten. Solche Asymmetrie verrät, daß der Herausgeber ohne festes redaktionelles Konzept arbeitet und seine Druckentscheidungen intuitiv fällt. Die Gemeinschaft der Beiträger, die Schiller seit dem Herbst 1785 aufbaut, wirkt wenig einheitlich. An den ersten Heften arbeiten vorwiegend Freunde und nähere Bekannte mit. Zu ihnen gehören Huber, Reinwald, Sophie Albrecht und der Schriftsteller Johann Friedrich Jünger, den Schiller im Literatenzirkel von Richters Leipziger Kaffeehaus kennengelernt hatte. Gering ist der Anteil prominenter Beiträger; neben Schiller zählen allein Schubart (der als württembergischer Staatsgefangener seine Artikel namentlich kennzeichnen muß) und die ‹deutsche Sappho› Anna Louisa Karsch zu den bekannteren Autoren. Nach 1789 erweitert sich der Kreis der Mitarbeiter um eine Reihe jüngerer Schriftsteller. Unter ihnen befinden sich der Dresdner Lyriker (und spätere Erfolgsromancier) Friedrich Gustav Schilling, der durch Huber vermittelte Wiener Dramatiker Friedrich Julius Wilhelm Ziegler, die hochbegabte Sophie Schubert, der kritische Publizist Karl Friedrich Reinhard und der philosophisch geschulte Mediziner Johann Benjamin Erhard. Daneben wird der Freundeskreis verstärkt aktiviert. Der wenig schreibfreudige Körner überrascht Schiller mit einem Beitrag zur Verteidigung seines öffentlich getadelten Gedichts *Die Götter Griechenlandes* (März 1789) und steuert wenig später zum siebenten Heft eine kurze Fortsetzung der *Philosophischen Briefe* vom April 1786 bei; Wilhelm von Wolzogen, der sich seit dem Herbst 1788 in Paris aufhält, liefert im November 1790 einen Lagebericht über die heftig diskutierte Politik der Nationalversammlung, ferner zwei Übertragungen aus dem Französischen; Schillers ehemaliger Stuttgarter Griechischlehrer Nast ist im letzten Heft mit dem Extrakt einer Übersetzung aus Euripides' *Elektra* vertreten.

Der einzige Autor von Reputation, den Schiller, wiederum durch Vermittlung Hubers, für die *Thalia* gewinnt, bleibt Georg Forster. Literarische Berühmtheit erlangte der weltgewandte, universell gebildete Publizist bereits als 23jähriger durch seinen (zunächst englischsprachig veröffentlichten) Bericht über die Reise, die er zwischen 1772 und 1775 gemeinsam mit seinem Vater als Angehöriger der Mannschaft von James Cook nach Neuseeland und Tahiti unternommen hatte (*A voyage towards the South Pole and round the world*, 1777). Die gelehrte Laufbahn führte Forster am Ende der 70er Jahre nach Kassel, später nach Wilna, wo er Professuren für das naturkundliche Fach bekleidete, ehe er 1788 vom pfälzischen Kurfürsten zum Bibliothekar der Universität Mainz berufen wurde (hier schloß er

Bekanntschaft mit Huber). Bereits im Vorfeld seines praktischen politischen Engagements für die französischen Jakobiner, das ihm 1794 ein kurzes, durch seinen frühen Tod tragisch beendetes Pariser Exil aufnötigte, äußerte Forster in zahlreichen Zeitungsbeiträgen republikanische Gesinnungen mit radikaldemokratischer Tendenz. Der *Thalia* lieferte er zwischen 1790 und 1791 zwei Essays über die gesellschaftlichen Aufgaben des Künstlers und eine kleine Szenensammlung im Stil eines exotischen Mysterienspiels. Es ist bezeichnend für Schillers zunächst stark ausgeprägte Revolutionssympathie, daß er dem Zeitkritiker Forster ein Forum für seine progressiven Ansichten verschafft. Mit der wachsenden Distanz zu den Ereignissen in Paris verliert sich bei ihm jedoch nach 1792 das Interesse an der Diskussion tagespolitischer Probleme. Bereits die *Neue Thalia* wird ihnen systematisch ausweichen und sich auf eine ästhetische Linie jenseits sozialer Fragen verlegen.

Neben Schiller ist Huber fraglos der aktivste Mitarbeiter des Journals. Zwischen Februar 1786 und Herbst 1791 druckt die *Thalia* in acht Heften Beiträge aus seiner Feder, darunter zwei Theaterstücke, die über mehrere Folgen fortgesetzt erscheinen. Hubers Arbeiten spiegeln deutlich den zeitgenössischen Geschmack wider, den Schillers Brief an Körner vom Juni 1788 nicht ohne Sarkasmus beschrieben hatte. In ökonomischer Dosierung bieten sie essayistische Zeitenklage (*Ueber moderne Größe*, Februar 1786), gefällige Satire (*Hoangti, oder der unglückliche Prinz*, Dezember 1786), Salonkomödie (*Juliane*, Januar 1790) und dramatische Kolportage über Verschwörungscliquen (*Das heimliche Gericht*, Mai 1788 – Januar 1790). Der moderate Kurs, den das Journal mit solchen Texten steuert, bildet jedoch nicht nur die Folge der Anpassung an verbreitete Unterhaltungsbedürfnisse, sondern dürfte auch der in Leipzig höchst unduldsamen Zensur geschuldet sein. Im Februar 1786 mußte Schiller, wie erinnerlich, den Abdruck von *Freigeisterei* und *Resignation* mit Rücksicht auf die Empfindlichkeit der Landeskirche durch eine entlastende Fußnote verteidigen, die den moralischen Libertinismus der beiden Texte als Produkt des literarischen Rollenspiels auszuweisen suchte (NA 1, 163). Der Leipziger Zensor Wenck zeigte sich in weltanschaulichen Fragen wenig tolerant, so daß hier größte Vorsicht geboten schien. Zwar kam es in späteren Jahren niemals zu Kollisionen mit der Obrigkeit, doch fühlte sich Schiller in seiner Herausgeberfreiheit erheblich eingeschränkt. Erst als Göschen den Druck der *Thalia* zu Johann Michael Maucke nach Jena verlegte, änderte sich das Bild. Die Überwachung der Zeitschrift unterstand fortan den liberaleren thüringischen Behörden, was es Schiller erlaubte, auch progressive Beiträge über das revolutionäre Paris in seinem Journal zu veröffentlichen.

Göschen hält konsequent zur *Thalia*, obgleich ihre Verkaufsquoten niedrig bleiben. In einem Brief vom März 1787 erklärt er bedauernd, daß allein die politische «Neugierde» die Neigungen des Publikums lenke, Poesie aber keine Resonanz mehr finde (NA 33/I, 120). Schiller weiß die Loyalität des Verlegers zu schätzen, verfällt jedoch angesichts des geringen Anklangs, den sein Journal findet, in spürbare Resignation. Der Anspruch auf die Erziehung der Leserschaft wird ihm selbst zweifelhaft, weil er erkennen muß, wie wenig er als Herausgeber festgelegte Lektüregewohnheiten beeinflussen kann. Ein Brief an Körner vom 7. Januar 1788 konstatiert, daß der «Pöbel» schriftstellerische Arbeiten grundsätzlich nicht nach ihrem ästhetischen Reiz zu beurteilen vermöge (NA 25, 2). Zehn Jahre später betont er unter dem Eindruck der Arbeit am *Wallenstein*, seine literarische Produktion sei nur noch an wenige Freunde adressiert, «denn das Publicum, so wie es ist, nimmt einem alle Freude.» (NA 29, 262) Solche Äußerungen darf man freilich nicht als Hinweise auf den Rückzug ins private Exil deuten. Sie verdecken einen trotz gelegentlicher Frustration unverminderten Willen zur öffentlichen Wirkung, der Schillers literarische Unternehmungen als mächtiges Schwungrad antreibt.

Erkundungen über Kunst und Welt. Literarische Briefe (1785–1786)

In der *Rheinischen Thalia* veröffentlicht Schiller Anfang März 1785 unter dem Titel *Brief eines reisenden Dänen* einen poetisch gefärbten Aufsatz mit kunstgeschichtlicher Perspektive. Seine Sichtweise bleibt bestimmt durch Positionen Winckelmanns, dessen Klassizismus den Blick auf die antike Ästhetik steuert. Die literarische Leistung des Textes besteht darin, daß er die Urteile über die Werke der griechisch-römischen Kunst einem fiktiven Briefautor zuweist, der sich auf der Durchreise von Italien nach Dänemark befindet; sein Vorbild ist der Bühnenschriftsteller Knud Lyne Rahbek, mit dem Schiller während des Sommers 1784 zwei anregende Wochen in Mannheim verbracht hatte. Der Verzicht auf eine freie essayistische Form ermöglicht es, die kunstphilosophischen Überlegungen des Beitrags als subjektiv gebrochene Aussagen eines imaginären Ich zu kennzeichnen, dessen seelische Befindlichkeit wesentlich auf die hier formulierten Urteile abfärbt. Ende April 1786 publiziert die *Thalia* einen ähnlich gearbeiteten Text, der den Titel *Philosophische Briefe* trägt. Erneut werden jetzt theoretische Äußerungen im Schutz der literarischen Fiktion vorgetragen und auf diese Weise wie in einem Kaleidoskop gebrochen. Die Korrespondenz zwischen dem Schwärmer Julius und dem Vernunftdenker

Raphael, die an das Freundespaar Karlos und Posa erinnern, bietet Gelegenheit, weltanschauliche Denkmuster in den Rahmen eines Streitgesprächs mit verteilten Rollen zu integrieren und derart der Leserschaft zur Diskussion zu stellen. Die beliebte Form der Brieffiktion, die beide Texte trägt, erweist sich folglich als Medium, das Schiller nutzt, um Gedankenspiele auf ungesichertem Boden zu wagen. Neues Terrain betritt er zumal mit dem *Brief eines reisenden Dänen*, der ihn in der ungewohnten Rolle des Kunstbetrachters zeigt.

Am 10. Mai 1784 hatte Schiller in Begleitung des Ehepaars von Kalb den Antikensaal des Mannheimer Schlosses besucht. Der Saal war im Jahr 1769 auf Anordnung des schöngeistigen Kurfürsten Karl Theodor durch den Hofbildhauer und Architekten Peter Anton von Verschaffelt eingerichtet worden. Ursprünglich sollte er als Lehr- und Unterrichtsraum für die Schüler der Zeichenakademie dienen; jedoch entschloß man sich nach kurzer Zeit, ihn dem neugierigen Publikum zu öffnen und seine Exponate allgemein zugänglich zu machen.[37] Die berühmtesten Bildwerke der Antike, die Winckelmanns *Geschichte der Kunst des Alterthums* (1764) ihren Lesern genau beschrieben hatte, konnte man hier in aus Italien importierten, originalgetreu gearbeiteten Abgüssen studieren. Neben Goethe und Schiller gehörten auch Lessing, Lavater, Herder, Schubart, Heinse und Wilhelm von Humboldt zu den Besuchern der Sammlung. Goethe, der in Mannheim Ende Oktober 1769 und Mitte August 1771 (auf der Rückreise von Straßburg) Station machte, rühmt die Schönheit des lichtdurchfluteten, dank seiner gewaltigen Deckenhöhe kubisch wirkenden Saals.[38] Insgesamt hatte man 63 Abgüsse verschiedener plastischer Kunstwerke – Köpfe, Büsten, Skulpturen – ausgestellt.[39] Zu den berühmtesten Exponaten gehörten die *Laokoon*-Gruppe, der «vatikanische Apoll» (NA 20, 103), der borghesische Fechter, die Aphrodite Medici, der Dornauszieher, eine Antinous-Darstellung, die sterbende Niobide und der farnesische Herkules (an dessen Bild sich Schiller im August 1795 bei der Niederschrift der Schlußverse seines Lehrgedichts *Das Reich der Schatten* erinnert haben dürfte). Ergänzt wurden die mythologischen Figurengruppen durch die Büsten herausragender Gestalten der griechisch-römischen Geschichte; die berühmten Potentaten sollten die Macht des pfälzischen Kurfürsten, der sich gern cäsarisch gab, möglichst eindrucksvoll widerspiegeln.

Schiller stellt die Impressionen, die ihm der Besuch des Antikensaals bot, im Rahmen seiner Brieffiktion, gebrochen durch ein Rollenspiel, vor. Der reisende Däne, der eben Italien verlassen hat, umreißt in einem Schreiben an seinen Freund zunächst die düstere Stimmung, die ihn beherrscht.

Der Schönheit des Südens entrissen, begegnet er auf deutschem Boden vorwiegend Armut, Hunger und Elend. Den Bildern des Schreckens, die der Text mit anklagender Wucht ausmalt, tritt im zweiten Teil die emphatische, von feierlicher Verklärung getragene Darstellung des Kunstgenusses entgegen, die der Betrachter beim Gang durch den Antikensaal empfinden darf. Der Hinweis auf die Leiden der unteren Stände ist gewiß mehr als nur eine Floskel; er soll daran erinnern, daß in unmittelbarer Nachbarschaft des höfischen Mäzenatentums die Fratzen des sozialen Unrechts lauern. Andererseits vermeidet der Text eine direkte Anklage des Landesherrn. Dessen «warme Kunstliebe» findet ebenso Lob wie die Bereitschaft, seine seltene Sammlung öffentlich zugänglich zu machen. Ausdrücklich wird die Schönheit des Saals hervorgehoben, die sich von den schlecht ausgeleuchteten (Schiller unbekannten) Originalstandorten deutlich unterscheidet; auch Lessing habe, wie es heißt, nach seinem Besuch (der 1777 erfolgte) die Plazierung der Abgüsse der unzureichenden Präsentation der echten Stücke in Rom vorgezogen (NA 20, 102). In den Mittelpunkt der Aufmerksamkeit rücken drei Figuren – Herkules, Laokoon, Apoll –, an denen beispielhaft eine durch Winckelmann geprägte, punktuell jedoch abgewandelte Idee der antiken Schönheit entwickelt wird. Schiller erprobt hier die Kenntnisse, die ihm Abels Ästhetik-Vorlesung des Jahres 1777 vermittelt hatte; unter ihrem Eindruck las er 1778 auszugsweise den ersten Band der *Geschichte der Kunst des Alterthums*, deren Beschreibung der drei Plastiken der *Brief* fast wörtlich übernimmt.[40] Zuerst richtet sich der Blick auf den belvederischen Torso, den Winckelmann, darin seinen wissenschaftlichen Vorgängern folgend, irrtümlich für eine Herkules-Figur hielt. Erscheint die «koloßalische Figur» als «ungeheuerschöne Darstellung männlicher Kraft», die den Stein wie weiche «Fleischmassen» wirken läßt, so gilt die Laokoon-Gruppe als eindrucksvolles Sinnbild eines ‹hohen Schmerzes›, bei dem sich Leid mit Würde mischt (der Faszination des Motivs hat sich kein Kunstschriftsteller des späten 18. Jahrhunderts entziehen können). Zum Gipfelpunkt vollkommener Gestaltung erklärt der *Brief* den vatikanischen Apoll, dessen ganz für das «Gefühl» gearbeitete Schönheit unübertrefflich scheint (NA 20, 103 ff.). Die drei Beispiele, die auch Winckelmann zu einer Reihe zusammengeschlossen hatte,[41] verkörpern zwar unterschiedliche Formen griechischer Plastik, zeugen aber von einer jeweils identischen Tendenz zur Idealisierung: der für seine Erdentaten mit der Apotheose belohnte Herkules, der leidende Mensch und der schöne Gott verdeutlichen jeweils den Willen zum Absoluten, an dem sich Künstler und Bildbetrachter gleichermaßen auszurichten haben.[42]

Zwar sind, wie es skeptisch heißt, Philosophie und Glaubenswelt der Griechen «trostlos», weil sie der metaphysischen Verheißungen des Christentums entraten, doch tritt an ihre Stelle, wenn es um die letzten Dinge des Menschen geht, die Kunst (NA 20, 105). Indem Schiller sie zum Medium erklärt, das dem Individuum die göttliche Schönheit als Vorbild veranschaulicht, ersetzt er den ästhetischen Sensualismus Winckelmanns, der an den Werken der Antike vor allem die sinnliche Perfektion wahrnahm, durch eine stärker geschichtsphilosophische Sichtweise. Ihr gültiger Maßstab bleibt die griechische Kunst, die dem Betrachter einschärft, daß der Mensch nicht «nur Mensch bleiben sollte» (NA 20, 105), sondern zur Annäherung an den Gott, wie sie die Herkules-Episode zeigt, aufgerufen bleibt.[43] Das bedeutet nicht zuletzt die Ersetzung des Glaubens durch die Schönheit; indem das ästhetische Werk dem Individuum den Weg zur eigenen, im Begriff des ‹Göttlichen› codierten Vervollkommnung vorzeichnet, tritt es an den Platz einer religiösen Metaphysik. Zur besonderen Signatur des Textes gehört es nun, daß er diese Funktion, die ursprünglich aus der kultischen Aufgabe der Kunst im alten Griechenland hervorgeht, mit einer innerweltlichen Perspektive verbindet. Die ästhetische Erfahrung soll den Menschen nicht auf ein fernes Jenseits vertrösten, sondern für seine eigenen Anlagen und Fähigkeiten empfänglich machen. Am Ende des *Briefs* steht folgerichtig der Appell zur Aktivität: die Werke der Antike verlangen Nachahmung durch eine «schöne That», in der sich ihre Vollkommenheit wiederholt (NA 20, 106).[44] Spätestens hier tritt sichtbar zutage, daß der Text die Kunst nur als Vehikel für sein anthropologisches Programm nutzt. Während Winckelmann die Schönheit des göttlichen Apoll als reines, letzthin unerreichbares Ideal betrachtet, sieht Schiller in ihr das Ziel bezeichnet, das der einzelne Mensch auf dem Weg der Selbsterziehung anzustreben hat.[45] Auch in den ästhetischen Schriften der klassischen Periode wird er auf Beispiele aus der antiken Plastik zurückgreifen, um mit ihrer Hilfe bildhaft zu verdeutlichen, was der sprachliche Diskurs nur mühsam umreißen kann: die Idee der Vervollkommnung des Individuums durch die Begegnung mit der Kunst.

Schillers Verhältnis zur griechischen Plastik wirkt auch später, trotz mancher Äußerung des Lobes, unterkühlt und akademisch. Eine unmittelbare sinnliche Erfahrung menschlicher Körperschönheit scheint ihm die Begegnung mit den Exponaten klassischer Bildhauerkunst nicht vermittelt zu haben. Seine eigenen Kenntnisse auf diesem Feld blieben begrenzt. Mitte August 1801 hat er beim letzten Besuch in Dresden die aus dem Nachlaß von Raphael Mengs stammenden, seit 1792 im Erdgeschoß des Stallhofs aufgestellten Gipsabgüsse antiker Figuren gesehen, ohne daß ihn das zu einer literarischen Auseinandersetzung reizte. Eine Italienreise mochte Schiller nie unternehmen; in späteren Jahren scheute er vor allem die Mühen der Fahrt und das heiße Klima, von dem er vermutete, daß es seiner angeschlagenen Gesundheit abträglich sein würde. Die antiken Bildkunstwerke, die er in seinen theoretischen Essays der Jenaer Zeit näher beschreibt, waren ihm aus den Schriften Winckelmanns und Lessings oder durch persönliche Berichte Goethes vertraut. Für die ästhetischen Abhandlungen der klassischen Periode gilt, daß die Plastik «das Andere der diskursiven Sprache»[46] bedeutet – die Verheißung einer begriffsjenseitigen Übereinstimmung von Sinnlichem und Intelligiblem in der schönen Gestalt. Vorrangig erfüllt hier der Rekurs auf die Muster bildender Kunst freilich eine beispielgebende Funktion, aus der keine grundlegende Hierarchie ästhetischer Werturteile abgeleitet werden darf. Ergriffene Andacht, wie sie Winckelmann angesichts antiker Werke beschwört, hat Schiller weder in Mannheim noch in Dresden überfallen. Sein literarisches Temperament bleibt gebunden an Sprachintelligenz, psychologische Neugier und historisches Interesse; das wortreiche Lob der plastischen Künste, das er 1785 anstimmt, kann diese Prägung nicht verdecken.

Ein Jahr nach dem Beitrag zur Plastik erscheinen im dritten *Thalia*-Heft vom April 1786 die *Philosophischen Briefe*, deren Herzstück die vermutlich schon während der Akademiezeit entworfene *Theosophie des Julius* bildet. Der Text ist uneinheitlich gegliedert, was durch seinen fragmentarischen Charakter bedingt scheint. Er beginnt mit einer Einleitung des Erzählers, die dem nachfolgend dokumentierten Fall des melancholischen Schwärmers Julius den Status einer Krankengeschichte zuweist. Die umfassende Kur des Schwermütigen werde, so heißt es, durch die Erkenntnis der geistigen Ursachen seiner Verwirrung angebahnt. Sogleich gerät das Prosastück damit auf das Gleis des psychologischen Romans nach dem Muster des *Anton Reiser*. Die Charakterstudie, die es im Medium des Briefes liefert, bleibt dem therapeutischen Zweck verpflichtet: die Heilung des Julius dient zumal der Krankheitsprävention des Lesers, der, nachdem er die Lektüre des Textes abgeschlossen hat, die geeigneten Vorkehrungen gegen die ihm selbst womöglich drohenden Gefahren der Melancholie wird treffen können. Der Vorrede folgen zwei Briefe des Julius, in denen dieser knapp die Geschichte seines Geistes erzählt. Auf die gelassene Antwort Raphaels reagiert Julius schließlich mit der Übersendung eines älteren Manuskripts aus den «glüklichen Stunden» seiner «stolzen Begeisterung» (NA 20, 115), das den spekulativen Entwurf einer metaphysischen Naturlehre – die *Theosophie* – liefert. Mit Julius' knappem Selbstkommentar, der die eigene Krise durch suggestive Argumente zu bezwingen sucht, schließt die vorliegende Fassung ab. Die Fortsetzung, die Raphaels Bemühungen um seinen gemütskranken Freund darstellen sollte, ist über ein in der siebenten *Thalia*-Folge (1789) veröffentlichtes Bruchstück Körners nicht hinausgelangt.[47]

Die Lebenskrise des Enthusiasten hat ihre eigene Dramaturgie. Zu ihr gehört wesentlich die knapp erzählte Bildungsgeschichte, die Julius von der Stufe religiöser Zuversicht im Zeichen naiven Glaubens zu einer durch den reiferen Freund Raphael vermittelten Vernunftphilosophie führte. Die Erziehung zur Aufklärung schloß metaphysische Elemente ein, suchte den jungen Mann aber auf den Kurs der Ratio zu bringen; an den Platz des voraussetzungslosen Gottvertrauens trat nun die Fähigkeit zu Unterscheidung und logischer Begründung. Nach der Trennung vom Freund, noch unter dem «traurige(n) Rauschen» des fortfahrenden Wagens, beginnt Julius jedoch an der Überzeugungskraft der ihm vermittelten Philosophie zu zweifeln. Schwermut und innere Leere bestimmen sein Gemüt, weil die Lehren der Vernunft ohne seinen Mentor steril und leblos auf ihn wirken. «Du hast mir», klagt er ihm im ersten Brief, «den Glauben gestohlen, der mir Frieden gab.» (NA 20, 109 f.) Raphael beantwortet solche Vorwürfe mit der Ruhe des philosophischen Arztes, der weiß, daß Krisen auch Vorzeichen dauerhafter Heilung bilden können. Die aktuelle Schwermut des Freundes erscheint ihm als Folge der von ihm vorgenommenen «Einimpfung» eines skeptischen Geistes, mit deren Hilfe das Gift der Schwärmerei langfristig «unschädlich» gemacht worden sei, auch wenn die «Krisis» zunächst «beschleunigt» hervortreten müsse (NA 20, 113 f.). Die nüchternen Ratschläge des aufgeklärten Anthropologen Raphael vermögen Julius freilich kaum zu trösten. Als Dokument jener optimistischen Phase, die er unter seinem Einfluß durchlebte, schickt er ihm das Manuskript der *Theosophie*, das ein Zeugnis des inzwischen verlorenen intellektuellen Optimismus bildet. Schiller vollzieht an diesem Punkt eine Distanzierung von der eigenen Jugendphilosophie, die in Julius' theosophischem Entwurf zwar nicht der Schwärmerei überführt, aber doch aus spürbarem Abstand dargestellt wird.[48] Der Text beleuchtet nochmals Denkmotive, die die Karlsschulreden und die frühe Lyrik bestimmten: die an Pope, Ferguson und Obereit geschulte Idee einer durch die Universalkraft der Liebe stabilisierten Schöpfung, das über Herder und Hemsterhuis vermittelte, im hymnischen Lob der Freundschaft artikulierte Konzept der Vereinigungsphilosophie, die durch Mendelssohn und Spalding angeregte Lehre von der Vollkommenheit des Menschen, den an der ciceronischen Pflichtethik ausgerichteten, von Abels Theorie der Seelenstärke erneuerten Gedanken der Aufopferung.

In einem Postskriptum zur *Theosophie* sucht Julius selbst einen Ausweg aus der ihn befallenden Glaubenskrise zu umreißen. Weil seine Schwermut – ähnlich wie im wirklichen Fall des Eleven Grammont – freidenkerischen und materialistischen Überzeugungen als «Fieberparoxysmen des menschlichen Geistes» (NA 20, 108) wachsenden Einfluß auf seinen intellektuellen Haushalt verschafft, sucht er sich selbst aus den Fängen der Melancholie zu befreien. Die medizinische Sichtweise verrät erneut den besonderen Charakter des hier unternommenen Experiments, das eine geistige Krise als klinische Aufgabe behandelt.[49] Julius räumt ein, daß er «keine philosophische Schule gehört, und wenig gedrukte Schriften gelesen» habe (NA 20, 128), unternimmt aber gleichwohl den Versuch, seine schwermütigen Weltzweifel, die ihm die Visionen der *Theosophie* nurmehr zum bestandlosen «Traumbild» (NA 20, 126) zerrinnen lassen, mit intellektuellen Mitteln zu bekämpfen, weil sie auch die Fundamente jener aufgeklärten Metaphysik beschädigen, deren Grundsätze ihm sein Freund Raphael nahegebracht hatte. Ausgangspunkt der vernünftigen Selbsttherapie ist die schon für die dritte Dissertation leitende Frage, wie die Seele als unsterblich gedacht werden könne, wenn sie zugleich von materiellen Einflüssen abhängt. Sie zielt auf das Nervenzentrum des von Julius durchlittenen Zweifels an der aufgeklärten Metaphysik. Die Lösung wird nur über Umwege gefunden, wobei am Anfang eine Reflexion über das Wesen der Sprache steht. Wort und Wirklichkeit besitzen, so heißt es unter verstecktem Bezug auf die Moralphilosophie Fergusons, keine natürliche, sondern eine allein künstlich geschaffene Ähnlichkeit.[50] Unsere Begriffe sind den Dingen «coexistirende Zeichen», ohne das, was sie darstellen, genau zu erfassen (NA 20, 126f.). Die Wahrheit liegt nicht in ihnen selbst, sondern in ihrer Verbindung mit unserem logischen Denksystem. Verstandesgemäße Stimmigkeit gewinnen sie dann, wenn man sie auf die Ordnung der Vernunft beziehen und an deren klarem Aufbau messen kann. Die sprachliche Darstellung metaphysischer Fragen hat aber notwendig spekulativ zu bleiben, weil deren Inhalte der Ratio nicht über die Brücke des Erfahrungswissens, sondern freischwebend zugeführt werden müssen. Vermöge dieser Gedankenkette möchte Julius sich selbst beweisen, daß der Gegensatz zwischen materieller und immaterieller Welt nur scheinhaft ist, da beide Bereiche eine allein im Medium der Sprache abgebildete rationale Evidenz besitzen. Letzthin handelt es sich um den Versuch, die vernünftige Ordnung der Erscheinungen gegen die labile Beschaffenheit des menschlichen Wahrnehmungsapparates zu verteidigen. Der philosophierende Dilettant Julius folgt damit Argumenten, wie sie die Anthropologie Platners auf der Grundlage von Lockes Empirismus[51] entfaltet: weil unsere Wirklichkeit zunächst subjektiv erschlossen und nur indirekt, nämlich durch die Zeichen der Sprache allgemein verbindlich gegliedert werden kann, funktioniert intellektuelle Erkenntnis einzig über die Zwischenstufe der Begriffe, mit denen wir uns über die äußere Welt verständigen. Vor diesem Hintergrund bleibt es einsichtig, daß die Wahrheiten der Metaphysik nicht gegen den bloßen Augenschein ausgespielt werden dürfen, weil beide gleichermaßen das Ergebnis von Denkfiktionen darstellen.

Ein zweites Argument, das den Glauben an den idealen Weltentwurf stützen soll, stammt aus dem bewährten Repertoire der Aufklärungsphilosophie. Die persönliche Krise hält Julius jetzt für den Zwischenakt einer Entwicklungsgeschichte, die von höherer Hand gesteuert wird. Die Skepsis bildet nur eine Station auf dem Weg zur abgeklärten Weltsicht des geistig souveränen Denkers. Als «Haushalter», der sein Werk mit kluger Ökonomie geschaffen habe, könne Gott den Zweifel der Menschen zulassen, weil dieser letzthin den Sieg der klaren Erkenntnis über die Verirrungen der Spekulation fördere: «Jede Fertigkeit der Vernunft, auch im Irrthum, vermehrt ihre Fertigkeit zu Empfängniß der Wahrheit.» (NA 20, 128 f.) Träume und Visionen bilden ebenso wie die Skepsis Erprobungsstufen des Verstandes, die am Ende die geistige Gesundung befestigen. Schwärmerei und Zweifelsucht, die im *Spaziergang unter den Linden* noch unterschiedlichen Charakteren zugeordnet blieben, muß Julius gleichermaßen kennenlernen, um schließlich die «Vollkommenheit» einer «vollständigen Welt» zu erfahren (NA 20, 128). Die betont optimistische Haltung, die der Held der *Philosophischen Briefe* am Ende des Fragments einnimmt, bleibt freilich das Ergebnis einer entschlossen durchgeführten Selbsttherapie, die gewaltsamen Charakter trägt. Daß Julius an diesem Punkt auf die in ihrer Strahlkraft längst verblaßten Argumente des leibnizschen Theodizee-Konzepts zurückgreift, steigert kaum das Vertrauen in seine Ausführungen. Die Verteidigung des aufgeklärten Optimismus, die den Fieberwellen des Skeptizismus entgegenzuwirken sucht, arbeitet mit konservativen Strategien ohne jede Brillanz.[52]

Man unterschätzt jedoch den Radius des Textes, wenn man seine Überzeugungskraft allein aus der Stimmigkeit der philosophischen Argumentation ableitet. Nicht zuletzt ist es die in der *Theosophie* beredt beschriebene Liebe zu Raphael, die Julius heilen soll. Gemäß dem Programm empfindsam gefärbter Aufklärung bildet sie ein «vortrefliches Mittel zur Besserung des Herzens»,[53] wie es 1755 ein anonym in der Zeitschrift *Der Freund* erschienener Artikel (*Gedanken von der Zärtlichkeit*) formuliert hatte. Körners Fortsetzung der *Briefe*, die 1789 in der *Thalia* erscheint, deutet dieses Ideal nochmals an. Zwar ist die philosophische Lehre, die Raphael seinem

Schüler nun vermittelt, von äußerst spröder Natur, doch wird sie durch den Geist der Sympathie getragen. Julius, so heißt es dort, solle sich den «Werth des Selbstdenkens» erschließen, die urteilsbildende Macht der Vernunft als allein gültiges Instrument wissenschaftlicher Erkenntnis akzeptieren und die «Taschenspielerkünste» der Spekulation durchschauen lernen, die sein eigenes Lehrgebäude der *Theosophie* bestimmten (NA 21, 157f.). Es ist die – von Schiller bis zu diesem Zeitpunkt ignorierte – Metaphysikkritik Kants, die Raphaels Position eine neue, seiner ursprünglichen Rolle kaum mehr entsprechende Richtung gibt. Mit ihrer Hilfe soll Julius gegen die geistigen Verführungskräfte eines begrifflich ungesicherten Denksystems geimpft werden. An die Stelle des aufgeklärten Theodizeemodells, das in Schillers Darstellung von Raphaels Erziehungskonzept größtes Gewicht besaß, tritt nun die Lehre der transzendentalen, erfahrungsjenseitigen Erkenntnis, die sich vom Empirismus ebenso abgrenzt wie von den metaphysischen Höhenflügen des Rationalismus. Der in die Krise geratene Zweifler muß den Weg, der ihm am Ende die intellektuelle Balance seiner Kräfte eröffnet, unter der Führung Kantscher Maximen fortsetzen. Die Erziehung zur Mündigkeit, welche das Romanfragment als Reise durch die Niederungen der Schwermut ausgewiesen hatte, gewinnt mit Körners Nachtrag eine neue Note, läßt sich doch Raphaels letzter Brief auch als Aufforderung zum vertieften Studium Kants lesen. Fiktion und Wirklichkeit überlagern sich hier auf eigentümliche Weise; Schiller hat den Wink des Freundes begriffen, wie er in seinem Schreiben vom 15. April 1788, das Körners Manuskript kommentiert, hinreichend klar zu verstehen gibt: «Ich müßte mich sehr irren, wenn das, was Du von trocknen Untersuchungen über menschliche Erkenntniß und demüthigenden Gränzen des menschlichen Wißens fallen ließest, nicht eine entfernte Drohung – mit dem Kant in sich faßt.» (NA 25, 40) Freilich dauert es noch drei Jahre, ehe Schiller den Rat Körners aufnimmt und sich vorbehaltlos auf das Systemdenken des Königsberger Philosophen einläßt. Die Biographie des enttäuschten Schwärmers Julius mündet so in eine Station von Schillers persönlichem Bildungsweg; der Briefroman bleibt auch deshalb Bruchstück, weil sich nach Körners Beitrag die Geschichte seines Helden nicht ohne gründliches Studium der Transzendentalphilosophie hätte fortspinnen lassen können.[54] Am Ende der Reise durch die ‹Epochen der Vernunft›, die das Vorwort angekündigt hatte, steht damit der Ausblick auf die spät begonnene Auseinandersetzung mit der Erkenntniskritik Kants.

Gelegenheitsarbeiten. Rezensionen und Anzeigen (1787–1789)

Als Rezensent trat Schiller, wie berichtet, zunächst in Haugs *Schwäbischem Magazin* und im *Repertorium* auf. Seine kritischen Beiträge über die lyrischen Arbeiten von Stäudlin, Schwindrazheim und Schwab besaßen auch den Charakter einer Selbstverständigung, welche die eigenen poetischen Anspruchshorizonte auszumessen suchte. Hinzu kam die Beschäftigung mit Übersetzungen; der skeptischen Würdigung von Stäudlins Vergil-Übertragung, die im September 1781 in Haugs *Magazin* erschien, folgte ein halbes Jahr später im *Repertorium* eine kurze Notiz über Ferdinand Friedrich Pfeifers deutsche Fassung der Voltaireschen Tragikomödie *Nanine* (1749). Die frühen Besprechungen, zu denen sich auch die Selbstanzeigen der *Anthologie* und der *Räuber* gesellen, bleiben von auftrumpfendem Gestus, derben Tönen und kraftgenialischer Polemik geprägt.[55] Wer den Weg des Rezensenten bis in die frühen 90er Jahre beobachtet, kann feststellen, daß sich an der Kompromißlosigkeit des Urteils wenig ändert, auch wenn die Stillage kultivierter wirkt. Noch in Jena pflegt Schiller mit scharfer Klinge zu fechten, wie der Angriff auf Bürgers Gedichte zeigt. Daß er seine Kritiken anonym veröffentlicht, entspricht den Gepflogenheiten des Literaturbetriebs. Nicht mangelnde Courage, sondern der Wunsch nach einer sachbezogenen Auseinandersetzung leitet ihn hier. Im Rahmen der Bürger-Kontroverse erklärt er Anfang April 1791: «Wo mit Vernunftgründen und aus lauterm Interesse an der Wahrheit gestritten wird, streitet man niemals im Dunkeln; das Dunkel tritt nur ein, wenn die Personen die Sache verdrängen.» (NA 22, 264)

Schillers eigentliche Rezensionsperiode fällt in das Jahr 1788; danach hat er Kritiken nur sporadisch verfaßt. Der 1790 entstandene Verriß der Gedichte Bürgers und die 1794 verfaßte Würdigung der lyrischen Arbeiten Friedrich Matthissons überschreiten bereits den Rahmen der Zeitungsbesprechung, insofern sie den Charakter poetologischer Manifeste tragen. Grundsätzlich muß man die für den Tagesbetrieb geschriebenen kurzen Anzeigen von den programmatisch gehaltenen Kritiken abgrenzen. Die Texte der zweiten Gruppe erfüllen die Standards von theoretischen Abhandlungen, ohne dabei abstrakten Charakter zu tragen. Sie lösen sich derart von den formalen Zwängen, denen die zumeist routiniert wirkenden Kurzrezensionen unterliegen, und gewinnen das Format eigenständiger poetologischer Essays. Daß Schiller Ende der 80er Jahre zur Zeitungskritik zurückkehrt, hat finanzielle Gründe. Im Herbst 1787 bemüht er sich in Weimar um Anschluß an die lokale Literaturszene, weil er Auftragsarbeiten erhofft, deren Honorierung seine spärlichen *Thalia*-Einkünfte ergänzen könnte. Bei einem Abendessen im Haus Bertuchs signalisiert er am 9. September sein Interesse an einer regelmäßigen Rezensionstätigkeit für die *ALZ*. Am 12. Oktober 1787 wird er förmlich in deren Redaktionskreis aufgenommen. Huber gegenüber äußert er die Erwartung, durch kritische Journalarbeiten die prekäre Finanzsituation erheblich aufzubessern, auch wenn ihm der literarische Frondienst für das «verfluchte Geld» im Grunde zuwider ist (NA 24, 171, 159). Es dauert ein halbes Jahr, ehe sich die verwöhnten *ALZ*-Herausgeber an ihn erinnern. Vermutlich Ende April erhält er mit der Post aus Jena 20 Bücher zur Besprechung, darunter Goethes *Egmont* (NA 25, 56). Zunächst rezensiert er am 29. April 1788 den aus der Feder des österreichischen Offiziers Friedrich Wilhelm von Meyern stammenden Geheimbundroman *Dya-Na-Sore oder: Die Wanderer* (1787), den er aufgrund seines Hangs zur ermüdenden philosophischen Reflexion als «Zwitter von Abhandlung und Erzählung» (NA 22, 197) wenig erbaulich findet. Am folgenden Tag erscheinen drei kurze Notizen über Joachim Christoph Friedrich Schulz' Biographie Friedrichs II. (*Versuch eines historischen Gemäldes*), Karl von Eckartshausens *Beyträge und Sammlungen zur Sittenlehre für alle Menschen* und Heinrich Georg Hoffs *Historisch-kritische Encyklopädie*. Auch die am 8. Mai veröffentlichte Rezension über Ewald Friedrich Graf von Hertzbergs *Historische Nachricht von dem letzten Lebensjahre Königs Friedrich II. von Preußen* trägt nur den Charakter einer knappen Anzeige. Vermutlich hat Schiller in diesen Wochen weitere Werke aus dem ihm zugeschickten Bücherkonvolut kurz besprochen, ohne daß die Herausgeber seine Manuskripte jedoch zum Druck gaben. Er selbst befürchtet bereits Anfang Mai, man werde die Beiträge nicht veröffentlichen, weil sie vorwiegend älteren Werken galten, die ihm die Redaktion irrtümlich übersendet hatte, obgleich sie nicht mehr aktuell waren (NA 25, 56).

Die Zusammenarbeit mit der *ALZ* gerät in den folgenden Monaten ins Stocken. Im Juni veröffentlicht Schiller in Wielands *Merkur* eine knappe Anzeige des ersten Bandes der von Georg Schatz stammenden deutschen Übersetzung der Memoiren Goldonis, die 1787 in französischer Sprache erschienen waren. Eine Besprechung des dreibändigen Gesamtwerks publiziert er im Januar 1789 in der *ALZ*. Ein solches Vorgehen, das auch damals ungewöhnlichen Charakter trug, war offenbar dem Bemühen um regelmäßige Honorarzahlungen geschuldet. Im Sommer 1788 arbeitet Schiller an der *Egmont*-Rezension, die die *ALZ* am 20. September druckt. Den Abschluß der Rezensionsphase bildet die während des Sommers entworfene, ein halbes Jahr später niedergeschriebene Anzeige der *Iphigenie*, die zur Ostermesse 1789 in der von Göschen edierten *Kritischen Übersicht der neusten schönen Litteratur der Deutschen* erscheint. Die akademische Tätigkeit an der Universität Jena sorgt dafür, daß Schiller während der zweiten Hälfte des Jahres 1789 keine Zeit für Journalarbeiten findet. Auch später hat er unter dem Druck der Tagesgeschäfte die Abfassung von Gelegenheitskritiken verweigert, weil sie ihm weder hinreichend lukrativ noch geistig anregend schien.

Ähnlich wie zweieinhalb Jahre später im Fall der berühmt gewordenen Auseinandersetzung mit Bürgers Lyrik entwickelt die Rezension von Goethes *Egmont* eigene, jenseits der überholten Normpoetik angesiedelte Maßstäbe für ein literarisches Urteil.[56] Das Verfahren, das Schiller hier wählt, wird in einem Anfang September 1794 verfaßten Brief an Goethe nachträglich gerechtfertigt: «Bey der Anarchie, welche noch immer in der poetischen Critik herrscht und bey dem gänzlichen Mangel objectiver Geschmacksgesetze befindet sich der Kunstrichter immer in großer Verlegenheit, wenn er seine Behauptung durch Gründe unterstützen will; denn kein Gesetzbuch ist da, worauf er sich berufen könnte.» (NA 27, 40) Die *Egmont*-Rezension entwirft zunächst ein Grundmuster für die Ökonomie der Tragödie, das die Basis ihrer kritischen Arbeit bilden soll. Demnach können wahlweise Handlungen, Leidenschaften oder Personen ins Zentrum des Trauerspiels treten. Während die attischen Tragiker ihr Augenmerk auf die Inszenierung eines zwingenden, die Affekte des Zuschauers bewegenden Geschehens legten, rücken, wie Schiller betont, bei neueren Autoren die Emotionen der Figuren selbst in den Mittelpunkt des Interesses; von diesem Typus, dem Lessings Trauerspiele zugehören, führt eine Verbindungslinie zum – von Shakespeare kultivierten – Charakterdrama, das die Anatomie menschlicher Seelenzustände und Geisteshaltungen zu beleuchten pflegt. Da der von Goethe gewählte Stoff – die Geschichte des niederländischen Aufstands gegen die spanische Fremdherrschaft aus dem Jahr 1567 – aufgrund seiner Unübersichtlichkeit nur geringe tragische Qualitäten aufweist, mußte entweder freie Erfindung oder die Konzentration auf einzelne Charaktere zur erforderlichen Aufwertung des Materials beitragen. Daß Goethe sich für die zweite Lösung entschieden hat, entspricht keineswegs Schillers eigenem Ideal der Tragödie, das vom Vorrang der Aktion gegenüber der Person ausgeht. Seine früheren Arbeiten zeigen diese Priorität deutlich: Karl Moor, Fiesko, Ferdinand und Karlos bleiben jeweils geprägt von einem sie überrollenden, nicht mehr kontrollierbaren Geschehensablauf, der sie wie ein Wasserstrudel fortreißt und untergehen läßt. Mit spürbarer Reserve heißt es dagegen über den Aufbau des *Egmont* und die Rolle des Titelhelden: «Hier ist keine hervorstechende Begebenheit, keine vorwaltende Leidenschaft, keine Verwickelung, kein dramatischer Plan, nichts von dem allem; – eine bloße Aneinanderstellung mehrerer einzelner Handlungen und Gemälde, die beinahe durch nichts als durch den Charakter zusammengehalten werden, der an allem Anteil nimmt, und auf den sich alle beziehen.» (NA 22, 200)

Die besondere Problematik des Dramas liegt für Schiller darin, daß der Titelheld nicht die erforderliche Größe besitzt, um die Möglichkeiten der Charaktertragödie überzeugend zur Entfaltung zu bringen. Bereits die historischen Quellen beschreiben den charismatischen Sympathisanten des Aufstands als «fröhliches Weltkind» ohne politisches Bewußtsein, als Patrioten, Genußmenschen und «Prahler» (NA 22, 201).[57] Daß Goethe nun jedoch die unheroischen Züge des geschichtlichen Egmont vertieft, erregt Schillers Mißfallen. Statt ihn in der überlieferten Rolle des Familienvaters vorzuführen, der bis zur Verhaftung in der Heimat bleibt, um Frau und Kinder nicht zu gefährden, zeige der Text den empfindsamen Liebhaber einer Bürgertochter, dessen beharrliche Weigerung, das Land zu verlassen, ohne äußere Rechtfertigung, folglich unmotiviert bleibe. Weil der Autor seine gesamte Erfindungsgabe auf die Architektur des Charakterdramas gerichtet habe, müsse die fehlende Größe Egmonts doppelt unerfreulich wirken. Schillers Ideal des tragischen Helden ist ein politischer Denker wie Marquis Posa, nicht aber der schattiger gezeichnete Protagonist Goethes, dessen moralische Würde durch die Empfindungskraft seines sinnlichen Naturells auffällig verdeckt wird.

Uneingeschränkt gelungen findet die Kritik dagegen die Volksszenen, in denen «viele zerstreute Züge» in ein «lebendiges Bild» einer «Nation» überführt worden seien, welche keine Einheit darstelle, sondern die Vielfalt unterschiedlicher Mentalitäten vereinige (NA 22, 205). Grundsätzlich attestiert Schiller dem Trauerspiel ein hohes Maß der Übereinstimmung mit den Geschichtsquellen. Nicht ohne Bewunderung beschreibt er die Kunstfertigkeit, in der der Autor, gestützt auf seine historischen Kenntnisse, das technisch schwierige Problem der szenischen Darstellung kollektiver Bewußtseinsprozesse bewältigt habe. Solche am Detail gewonnenen Einsichten entschädigen für die geringe Sensibilität, die Schiller, aus der Perspektive einer abweichenden Konzeption der Tragödie, dem grundsätzlichen Dramenverständnis Goethes entgegenbringt. Die versöhnliche Tendenz des Mittelstücks wird freilich eingeschränkt durch die polemische Schlußbemerkung, mit der die Kritik das allegorische Finale des *Egmont* – die Traumvision der Freiheit – als «Salto mortale in eine Opernwelt» abqualifiziert (NA 22, 208). Angesichts dieser eigenen Mischung aus Lob und Tadel fühlte sich Goethe nach der Lektüre der Rezension recht unbehaglich. An Carl August schreibt er am 1. Oktober 1788, die Besprechung zergliedere «den sittlichen Theil» des Stücks «gar gut», jedoch habe der Verfasser in Bezug auf «den poetischen Theil» anderen Kritikern «noch etwas zurückgelaßen».[58] Zu diesem Zeitpunkt dürfte er schwerlich geahnt haben, daß Schiller der Autor des Textes war.

Der erste Teil der Rezension von Goethes *Iphigenie auf Tauris* erschien zum Frühjahr 1789 im zweiten Band der *Kritischen Übersicht*, die Göschen zur Ostermesse 1788 erstmals auf den Markt gebracht hatte. Da das Periodikum mit diesem Stück eingestellt wurde, mußte Schiller auf die Ausarbeitung einer Fortsetzung verzichten. Der Tenor der Besprechung ist freundlicher als im Fall des *Egmont*. Zu bedenken bleibt freilich, daß die *Iphigenie* innerhalb der von Göschen veranstalteten Werkausgabe – als dritter Band Anfang April 1787 – erschienen war, der Rezensent folglich im hauseigenen Journal des Verlegers eine positive Würdigung liefern mußte, wollte er nicht dessen Gunst verspielen. Getragen wird der mißraten wirkende Text vom Vergleich mit der euripideischen *Iphigenie in Aulis*, die Schiller im Spätsommer 1788 intensiv studiert hatte. Die ermüdend ausführliche Inhaltsangabe der griechischen Tragödie unterstützt der Kritiker durch längere Zitate, die er als eigene Übersetzung des Originals in Prosaform bietet. Die Rezension stellt hier das Vorstadium der späteren Euripides-Übertragung dar, an der er im Herbst 1788 gründlicher feilen wird. Erst die zweite Hälfte der Anzeige widmet sich Goethes Drama, wobei erneut eine uninspirierte Inhaltsangabe mit langen Zitatreihen im Vordergrund steht. Grundsätzlich bescheinigt die Kritik Goethe bereits zu Beginn, er habe mit seinem Drama erfolgreich das seit dem *Götz* unausrottbare Vorurteil bekämpft, er sei ein Autor ohne den Willen zum Regelmaß, ein wilder Shakespeare-Nachahmer und Genieapostel (NA 22, 199 f.). Dieser Einschätzung folgend, richtet Schiller sein Augenmerk vorrangig auf Fragen der sprachlichen Ordnung des Textes, während wirkungsästhetische und psychologische Probleme, wie sie sich im Zusammenhang der Mythos-Rezeption stellen, nicht näher erörtert werden. Sie sollten vermutlich im zweiten Teil zur Sprache kommen; da er fehlt, erscheint die *Iphigenie*-Rezension als Torso, dem man lediglich die Tendenz zu einer positiven Würdigung von Goethes Drama, kaum aber programmatische Substanz attestieren kann.

3. Verbrecher aus Infamie (1786) und Spiel des Schicksals (1789)

Lebensgeschichten. Biographie als Medium

Schillers erste größere Erzählung stützt sich auf einen authentischen Kriminalstoff, dessen nähere Hintergründe dem zeitgenössischen Lesepublikum noch bestens vertraut waren. Der *Verbrecher aus Infamie* stellt die gegenüber den Quellen nur geringfügig veränderte Geschichte des berüchtigten Sonnenwirts Friedrich Schwan dar. Es handelte sich um einen wegen Mordes und Raubes im Juli 1760 in Mergentheim öffentlich geräderten Kriminellen, der auch jenseits der Grenzen Schwabens als berüchtigt galt. Schiller lernte Schwans Biographie durch Abel kennen, dessen Vater, der in Vaihingen die Funktion des Oberamtmanns versah, den steckbrieflich gesuchten Banditen am 6. März 1760 hatte festnehmen konnen. Abel selbst publizierte 1787, ein Jahr nach der Veröffentlichung von Schillers Erzählung, im zweiten Teil seiner *Sammlung und Erklärung merkwürdiger Erscheinungen aus dem menschlichen Leben* eine eigene Darstellung der Schwanschen Biographie, die sich auf die durch seinen Vater überlieferten Verhörprotokolle stützte. Mit Schiller teilt Abel den Anspruch, am Extremfall des kriminellen Individuums die verwirrenden Kräfte der Psyche sichtbar werden zu lassen; dabei folgt er jedoch einer stärker moralischen Wirkungsabsicht, die, wie die Arbeiten Meißners, vornehmlich auf den abschreckenden Charakter der Verbrecherbiographie setzt. Während Schillers Erzähler eine kühle Beobachterhaltung wahrt, tritt hier ein belehrender Berichterstatter mit pädagogischem Ehrgeiz auf.[59]

Unabhängig von solchen unterschiedlichen Ambitionen bleibt ein biographisches Interesse für die gesamte Epoche der Spätaufklärung charakteristisch. In seiner psychologischen Preisschrift aus dem Jahr 1778 erklärt Herder, daß das Modell der «Lebensbeschreibungen» handfesten «Stoff zur wahren Seelenlehre»[60] schaffen könne. Karl Philipp Moritz betont im *Vorschlag zu einem Magazin einer Erfahrungs Seelenkunde*, der 1782 von Boies *Deutschem Museum* gedruckt wird, daß «wahrhafte Lebensbeschreibungen oder Beobachtungen über sich selber» eine unersetzliche Quelle zur Verfeinerung der Menschen- und Weltkenntnis bildeten. Vor allem gelten dabei außergewöhnliche Biographien, bei denen nicht die Normalität des seelischen Mittelmaßes, sondern der pathologische Extremfall ins Zentrum rückt, als aufschlußreiche Untersuchungsgegenstände, welche den analytischen Blick des Lesers schulen können: «Schon die Geschichte der Missetäter und der Selbstmörder, was für einen reichen Stoff bietet sie dar?»[61] Beeinflußt wird eine solche Perspektive, die der individuellen Vita exemplarischen Charakter zuweist, von der pietistischen Autobiographik, deren quälenden moralischen Rigorismus Adam Bernds *Eigene Lebens=Beschreibung* (1738) beispielhaft verdeutlicht. Ihr Vorbild stellten wiederum die kurzen Fallstudien dar, die Johann Henrich Reitz ab 1698 in seiner mehrbändigen *Historie der Wiedergebohrnen* dokumentiert hatte. Die hier gedruckten Berichte über Bekehrungserlebnisse, Bußwege, Leidensgeschichten, religiöse und weltliche Verirrungen, Visionen und Träume wirkten schulbildend; autobiographische Arbeiten gehörten bald zum Repertoire der reich entfalteten pietistischen Publizistik, die auf diese Weise auch den literarischen Markt mit Anregungen versorgte.[62] Das Herrnhuter Archiv bewahrt heute 20000 solcher Lebensbeschreibungen auf.[63] Die Tagebücher und autobiographischen Berichte, wie wir sie von Haller, Gellert, Lavater, Herder, Jung-Stilling, Moritz und Seume besitzen, wären ohne die Vorläufertexte der Frömmigkeitsbewegung kaum denkbar gewesen. Ihr zentrales Anliegen ist die genaue Selbsterforschung, die im Rahmen ständiger Beobachtung, Überwachung und Kontrolle erfolgt. Da nur die reine Seele Zugang zu Gott findet, gehört die Zergliederung psychischer Vorgänge zum tragenden Element pietistischer Autobiographik. Es versteht sich, daß derartige Formen der religiös motivierten Gewissensergründung bereits ein festes Untersuchungsinstrumentarium entwickeln, das in der zeitgenössischen Erfahrungsseelenkunde weiter verfeinert und ausgebaut werden konnte.

Das biographische Interesse, das die Lebensberichte der Pietisten nähren, verbindet sich wiederum in den Sammlungen von Moritz, Meißner, Spieß und Abel mit modernen kriminalpsychologischen Fragen. Dem hier vorgegebenen analytischen Verfahren, das die möglichst genaue Aufhellung der individuellen Hintergründe einer Straftat anstrebt, folgt auch Schillers Erzählung über den Lebensweg Friedrich Schwans. Sein literarisch codierter Name lautet jetzt Christian Wolf, was die Doppelnatur des Menschen zwischen moralischen und animalischen Antrieben beleuchten soll.[64] Der Text verlegt sich vornehmlich auf die Darstellung von Kindheit und Jugend des Verbrechers, während die von ihm verübten Delikte nur am Rande zur Sprache kommen. Die programmatische Vorrede legt Rechenschaft über das hier wirkende psychologische Interesse ab, das den Ursachen, nicht den Erscheinungsformen der kriminellen Verirrung gilt. Mit einem drastisch anmutenden Vergleich, auf den die 1792 in den *Pro-*

saischen Schriften gedruckte Zweitausgabe der Erzählung verzichtet, wird ein direkter Bezug zum Erfahrungswissen der Medizin hergestellt: «Die Heilkunst und Diätetik, wenn die Aerzte aufrichtig seyn wollen, haben ihre besten Entdekungen und heilsamen Vorschriften vor Kranken- und Sterbe-Betten gesammelt.»[65] Die «Annalen» menschlicher «Verirrungen» bieten lehrreichere Untersuchungsgegenstände als die Normalbiographie, weil hier das ungezügelte Spiel der Affekte, die Gewaltsamkeit der Leidenschaft und die Brutalität der Begierden jenseits moralischer Kontrolle als ungehemmte Auslöser menschlicher Handlungen zur Erscheinung kommen (NA 16, 7). Mit ganz ähnlichen Worten wird Schiller sechs Jahre später am *Pitaval* loben, daß seine Fallstudien die «Triebfedern» einer Straftat in ihrer subtilen Wirksamkeit vorführen; weil der «Kriminalrichter» befähigt ist, «tiefere Blicke in das Menschenherz» zu tun als jeder andere Sterbliche, vermitteln seine Erfahrungen unschätzbare Kenntnisse über die seelischen Tiefenschichten des Individuums.[66] Ausdrücklich betont der Erzähler jedoch, daß die individuelle Ausprägung der «Begierde», die den Einzelnen antreibt, abhängig von äußeren Einflüssen bleibe. In einer «engen bürgerlichen Sphäre», wo dank «der schmalen Umzäunung der Gesetze» eine strenge Ordnung herrscht, kann sich eine verbrecherische Energie der Leidenschaften weniger stark entfalten als in Milieus, wo die Grenzen der moralischen Selbstbindung aufgehoben sind. Persönliche Anlage und gesellschaftlicher Einfluß wirken jeweils zusammen; am Schicksal des Kriminellen läßt sich folgerichtig die Anatomie von Leidenschaften in ihrer umweltabhängigen Entwicklung studieren (NA 16, 7).[67]

Die Erörterung der äußeren und inneren Voraussetzungen, die den Lebensweg eines Straftäters bestimmen können, mündet im zweiten Teil der Einleitung in wirkungsästhetische Überlegungen grundsätzlicher Natur. Die Literatur müsse, so der Erzähler, den «Kontrast» zwischen der «heftigen Gemütsbewegung des handelnden Menschen und der ruhigen Stimmung des Lesers» überwinden, um ein atmosphärisches Gleichgewicht im Verhältnis von Held und Publikum herzustellen, das wiederum die Bedingung für Interesse und Identifikation bildet. Die beiden Techniken, die diese Balance herbeizuführen vermögen, gehen notwendig von entgegengesetzten Punkten aus: «Entweder der Leser muß warm werden wie der Held, oder der Held wie der Leser erkalten.» Der Versuch, das Publikum in die erregte Gemütslage der handelnden Figuren zu versetzen, bleibt stets bedenklich, denn er «beleidigt» zwangsläufig seine «republikanische Freiheit» und verhindert, daß es «selbst zu Gericht» sitzen kann. Das zweite Verfahren scheint dagegen redlicher, weil es ohne das Mittel der Manipulation arbeitet: «Der Held muß kalt werden wie der Leser, oder, was hier ebensoviel sagt, wir müssen mit ihm bekannt werden, eh' er handelt; wir müssen ihn seine Handlung nicht bloß vollbringen sondern auch wollen sehen.» (NA 16, 8) Schiller greift hier auf Positionen zurück, die bereits die Vorrede zu den *Räubern* und der Theaterzettel für die Mannheimer *Fiesko*-Aufführung im Rahmen dramenpoetischer Fragestellungen entwickelt hatten. Eine literarische Methode, die, wie es 1781 in der Ankündigung der *Räuber* hieß, «die Seele gleichsam bei ihren geheimsten Operationen zu ertappen» vermag, indem sie deren Wirkungsformen mit größter Genauigkeit zergliedert, kann den Leser stärker zur Anteilnahme bewegen als eine Technik, die auf die Erhitzung seiner Leidenschaften zielt (NA 3, 5). Das Verfahren der distanzierten Darstellung der inneren Geschichte des Helden konnte Schiller bereits in Friedrich von Blanckenburgs 1774 publiziertem *Versuch über den Roman* beschrieben finden. Mit Blanckenburg, dem ersten deutschen Theoretiker der modernen Prosaform, teilt Schiller die Überzeugung, daß die psychische Biographie des Menschen die besondere Aufmerksamkeit des Erzählers zu beanspruchen habe.[68] Eine ähnliche Auffassung vertritt auch Christian Garves 1770 veröffentlichte *Betrachtung einiger Verschiedenheiten in den Werken der ältesten und neuern Schriftsteller*, wenn sie betont, daß ein wesentliches Verfahren moderner Literatur darauf beruhe, die «Empfindung» der Figuren zu «zergliedern» und die «dunkel» im Inneren liegenden Seelenkräfte zu entwirren, um sie dem Leser en détail vorführen zu können.[69]

Das introspektive Erzählverfahren besitzt, wie Schillers Vorrede abschließend vermerkt, auch pädagogische Vorzüge. Der Leser, der die innere Biographie eines lasterhaften Helden kennenlernt, dürfte weniger rasch zu pauschalen Verurteilungen moralisch verwerflicher Verhaltensweisen neigen. Wenn er durch das Medium der Literatur Einblicke in die Ursachen verbrecherischen Handelns gewonnen hat, wird er künftig dem «sanften Geist der Duldung» folgen, der ihn zu Toleranz gegenüber den Außenseitern dieser Gesellschaft verpflichtet. Zur «Leichenöffnung» des «Lasters» (NA 16, 9), die sich in der nüchternen Sektion der Verbrecherbiographie vollzieht, tritt damit auch ein sozialkritischer Anspruch. Die Erzählung versteht sich nicht zuletzt als Plädoyer für eine Rechtsprechung, die, gerade weil sie die psychische Geschichte des Straftäters in die Begründung ihres Urteils einbezieht, den Geboten der Menschlichkeit gehorcht. An diesem Punkt deutet sich im Ansatz jene moralische Perspektive an, die Schiller absichtsvoll hinter seinem kühlen Darstellungsstil versteckt. Sie rückt den Text zumindest vorübergehend in die Nähe von Abels ein Jahr später veröffentlichtem Bericht über das Schicksal Friedrich Schwans. Daß die Erzählung sich aber nicht auf das Wirkungsziel einer Erziehung zur sozialen Toleranz beschränken läßt, erweist die genauere Untersuchung ihrer vielschichtigen Befunde.

Kriminalität und Gesellschaft. Irrwege eines Straftäters

Der spannungsreiche Hauptteil des Textes beginnt mit einem knappen Abriß der Jugendbiographie Christian Wolfs. Abweichend von den Quellen, die Abels Fassung sehr viel getreuer umsetzt, läßt Schiller seinen Helden vaterlos in bescheidenen Verhältnissen aufwachsen. Tatsächlich war Schwan der Sohn eines der reichsten Männer am Ort, dessen Gasthaus – die ‹Sonnenwirtschaft› – beträchtliche Gewinne abwarf; Abel betont, daß seine Eltern ihm bürgerliche Werte und eine christliche Erziehung im Geist des Katechismus vermittelten.[70] Die dürftigen Lebensumstände, die Schiller in freier Erfindung ausmalt, bilden jedoch nicht die maßgeblichen Auslöser für Wolfs Verbrecherlaufbahn. Entscheidender bleibt das unheilvolle Geflecht von Häßlichkeit und Anerkennungsdrang, das den Helden bestimmt. Der physiognomisch benachteiligte Junge sucht erfolglos zu «ertrotzen», was ihm die von seinem Äußeren abgestoßene Gesellschaft «verweigert»; Sympathie, Zuneigung und Liebe, die man ihm vorenthält, sucht er durch Geschenke zu erkaufen. Der Entschluß, als Wilddieb «honett zu stehlen», bedeutet den ersten Schritt in die kriminelle Karriere (NA 16, 10). Wolfs gesamter Lebensweg steht fortan unter dem Vorzeichen eines Geltungswunsches, der stets neu enttäuscht und damit zur Ursache weiterer verbrecherischer Taten wird.

Der Leitbegriff der ‹Infamie›, den die Fassung von 1792 als ‹verlorene Ehre› übersetzt, bezeichnet das entscheidende Motiv für Wolfs Abkehr von den gültigen Normen der Gesellschaft. Seine kriminelle Laufbahn beschreibt Schiller als unumkehrbar scheinende Abfolge von strafbaren Reaktionen auf soziale Kränkungserfahrungen. Mit innerer Schlüssigkeit erzählt er eine Geschichte, deren Elemente wie Räder ineinander greifen; die fortschreitende Steigerung der verbrecherischen Intensität, mit der Wolf seine Taten begeht, bildet dabei das Strukturmuster, das die Biographie bestimmt: dem Wilddiebstahl, der ihm den Ankauf kostbarer Geschenke für seine spröde Geliebte ermöglichen soll, folgt aufgrund der Denunziation durch einen Nebenbuhler die erste Verurteilung zu einer Geldstrafe; die Rückfälligkeit mit anschließender Zuchthausstrafe steigert die soziale Ausgrenzung, so daß ihm nach der Entlassung selbst das Amt des Schweinehirten im Dorf verschlossen bleibt; die Ausweitung des kriminellen Tätigkeitsfeldes führt zur Festungshaft, bei deren Antritt ihm das Galgenzeichen als Sinnbild gesellschaftlicher Ächtung auf den Rücken gebrannt wird; der in halbbewußtem Zustand verübte Mord am früheren Nebenbuhler zwingt ihn schließlich zu Flucht und Eintritt in eine organisierte Räuberbande. Hier liegt der Wendepunkt, der Schillers Erzählung auf neue Bahnen lenkt. Zwar findet Wolf im Kreis der Verbrecher jene Anerkennung, die er stets erfolglos begehrte, doch nährt die Existenz des gesellschaftlichen Außenseiters rasch die Sehnsucht nach Rückkehr in eine sichere soziale Ordnung, deren Grundlage die bürgerlichen Lebensnormen darstellen. Nachdem der Landesherr sein Gnadengesuch, das mit der Bitte um Aufnahme in militärische Dienste verbunden ist, ohne Antwort gelassen hat, führt der Zufall schließlich zu seiner Verhaftung beim Grenzübertritt. Das umfassende Geständnis, das er im Verhör mit einem menschlich denkenden Justizbeamten ablegt, steht am Schluß der Erzählung. Von Todesurteil und öffentlicher Exekution des Verbrechers berichtet Schiller, anders als Abel, nicht mehr.

Die in der Vorrede angekündigte ‹Leichenöffnung des Lasters› schließt die Auseinandersetzung mit psychischen und gesellschaftlichen Auslösern der Verbrecherlaufbahn gleichermaßen ein. Bilden Wolfs ehrgeiziger Geltungsdrang und das Feuer seiner Sinnlichkeit die seelischen Voraussetzungen der äußeren Biographie, so rufen Unverständnis und Feindseligkeit der Gesellschaft die verheerende Abfolge krimineller Taten hervor. Daß die psychischen Anlagen des Helden bei anderen Lebenserfahrungen weniger gefährliche Konsequenzen gezeitigt hätten, gehört zu den leitenden Befunden der Erzählung. Besonders deutlich tritt das Wechselspiel von seelischer Neigung und Sozialisation am Motiv der Ehre zutage, das auch im bürgerlichen Trauerspiel der Zeit eine prominente Rolle besitzt, wie Brawes *Freigeist* (1758) oder Ifflands *Verbrechen aus Ehrsucht* (1784) zeigen. Die Motivation des inneren Konflikts, in den Wolf frühzeitig gerät, scheint Schiller unter Rückgriff auf die empirische Psychologie Abels gestützt zu haben. Ihre durch La Mettries *L'homme machine* beeinflußte Trieblehre bestimmt auch die mechanistische Auffassung vom menschlichen Willen, die den Befunden der Erzählung zugrunde liegt. In der *Einleitung in die Seelenlehre* (1786), welche die Karlsschulvorlesungen der 70er Jahre verarbeitet, erörtert Abel ausführlich die Frage nach den Begehrenskräften, die den Menschen bestimmen. Vermutet wird dabei, daß mäßige Vorstellungen angenehm, heftig ersehnte Wunschbilder aber unangenehm auf den seelischen Haushalt wirken. Der Wille strebt nach der Wiederholung positiv besetzter Empfindungen; er bleibt frei, sofern er eigenen Gesetzen gehorcht, zeigt sich aber zugleich gebunden, da er bei der Befriedigung seines Drangs von äußeren Umständen abhängig bleibt. Er versieht die Funktion eines dienenden Werkzeugs, das Gefühle, körperliche Bewegungen und moralische Vorstellungen gleichermaßen beeinflußt.[71] Machtgier, Freiheitsliebe und Ehrsucht, aber auch Verachtung, Neid, Freundschaft, Liebe und Erotik bilden Bezugsfelder, auf die sich Willensäußerungen des Menschen richten können.[72] Wenn Schiller aus der Sicht einer mechanistischen Psychologie von Wolfs ‹Trotz› als Ausdruck seines entschlossenen Glücksstrebens berichtet, so berührt das notwendig Abels Lehre von der Funktion des Willens als moralisch indifferentes Werkzeug für Affekte, Gedanken, Absichten und Taten. Besonders deutlich wird der Einfluß dieser Theorie in der Einleitung der Erzählung, die betont, daß die Begehrenskraft des Menschen und das soziale Milieu, in dem er aufwächst, gleichermaßen über seine sittliche Würde entscheiden (NA 16, 9).

An diesem Punkt wird deutlich, daß Schiller mit seiner Studie abweichenden Verhaltens neben der psychologischen Kompetenz des Lesers auch dessen Gespür für gesellschaftliche Problemkonstellationen zu verfeinern trachtet. Hegel hat in einem Paragraphen seiner *Grundlinien der Philosophie des Rechts* (1821) Schillers Erzählung vom Sonnenwirt als Beispiel für die Einheit von öffentlicher Meinung und Identitätsbildung herangezogen. «Die umfassende Totalität der äußerlichen Tätigkeit, das Leben, ist gegen die Persönlichkeit», so heißt es, «kein Äußerliches».[73] Eine Fußnote belegt diese formelhafte Aussage über den Zusammenhang zwischen Subjekt und sozialem System mit der Geschichte vom *Verbrecher aus Infamie*, deren «psychologische Schilderung» die «Ansicht» des durch die Außenwelt zurückgestoßenen Individuums vermittle und derart das Kräftespiel von öffentlichen Normen und persönlicher Erfahrung vor Augen führe.[74] Aus der doppelten Bindung an das Geflecht gesellschaftlicher Regeln und die Triebstrukturen des seelischen Haushalts ergibt sich im Fall Christian Wolfs das unaufhebbare Spannungsgefüge, das die Erzählung illusionslos beleuchtet. Zum freien Subjekt könnte der Held nur werden, wenn es ihm gelänge, die Ansprüche, die mit dieser doppelten Bindung verknüpft scheinen, dauerhaft und zwanglos zu harmonisieren.[75]

Ins Zentrum des von Schiller dargestellten Gesellschaftsbildes führt der Begriff der Gnade, der theologische und juristische Bedeutungen gleichermaßen aufweist.[76] Als Wolf auf dem dunklen Höhepunkt seiner Verbrecherlaufbahn, getrieben von der Sehnsucht nach einem Leben in den Grenzen der bürgerlichen Gesetzestreue, einen Brief an seinen Landesherrn schreibt, in dem er um eine Chance zur sozialen Reintegration bittet, erklärt er ausdrücklich: «‹Es ist Gnade, um was ich flehe. Einen Anspruch auf Gerechtigkeit, wenn ich auch einen hätte, wage ich nicht mehr geltend zu machen.›» (NA 16, 25) Anders als im biblischen Gleichnis vom verlorenen Sohn kommt es jedoch zu keiner versöhnlichen Lösung; der Landesherr schweigt und zeigt sich damit als Souverän ohne die Bereitschaft zum Gnadenerweis. Darf der verstoßene Sohn in der Parabel des Lukasevangeliums (15,11ff.) zumindest die Rolle des Schweinehirten versehen, so bleibt dem Sonnenwirt selbst diese untergeordnete gesellschaftliche Position versagt. Die Vertreter der bürgerlichen Ordnung urteilen allein nach dem Buchstaben des Gesetzes, ohne Berücksichtigung der persönlichen Hintergründe, die das kriminelle Verhalten des Einzelnen bestimmten. Kenntlich ist so, daß dem Straftäter ‹Gnade› im Rahmen der von der Erzählung beschriebenen Rechtsstrukturen nicht gewährt werden kann. Schiller bietet damit, ähnlich wie in den *Räubern*, ein Gegenbild zum biblischen Gleichnis vom verlorenen Sohn. In einer Gesellschaft ohne die Bereitschaft zur Toleranz darf auch dem Verbrecher kein Mitleid zufallen.

Eine Ausnahme bildet hier der – nach dem Vorbild von Abels Vater gezeichnete – Amtmann, dem der Sonnenwirt am Ende sein Geständnis ablegt. Ausdrücklich erklärt Wolf, er liefere sich aus freien Stücken in die Hände der Justiz, weil er seinen Untersuchungsrichter als ‹edlen Mann› (NA 16, 29) kennengelernt habe, der ihm vorbehaltfrei und menschlich begegnet sei. Wenn er den Bericht über seine Untaten mit der Bitte eröffnet, daß eine Träne des Mitleids die Schrift des amtlichen Protokolls benetzen möge, so besitzt das eine für die Erzählung höchst bedeutsame metaphorische Dimension. Das Gegenbild zum Weinen, dem direkten Ausdruck der Empathie, stellt das Galgenzeichen dar, das Wolf auf der Festung eingebrannt wurde. Während sich die archaische Schrift des Gesetzes dem Leib eingräbt, geht die aufgeklärte Rechtspraxis, der der Amtmann zu folgen scheint, vom seelischen Zustand des Delinquenten aus, um seine Motive individuell erfassen zu können. An die Stelle der sichtbaren Verletzung des Körpers, die der Vergeltung dient, tritt das um Verständnis bemühte Verfahren der Einfühlung, das sich auf das Protokoll der persönlichen Lebensgeschichte stützt. In seinen *Ideen zu einer Kriminalpsychologie* schreibt Johann Christian Schaumann 1792, ein Richter, der Menschenfreundlichkeit besitze, könne «selbst am Abend des Tages, an welchem er ein Bluthurtheil aussprechen musste, mit ruhigem Gewissen sein Haupt niederlegen – und die Thränen des Mitleids weinen.»[77] Daß Schillers Erzählung das Medium der Schrift, wie es durch das Protokoll bezeichnet ist, mit den spätaufklärerischen Idealen der Anteilnahme und Sensibilität in Verbindung bringt, gehört zum Repertoire zeitgenössischer Literatur. Tinte und Tränen, die Metaphern des Schreibens und der Empfindsamkeit, treten in der autobiographisch gefärbten Leidensdarstellung des späten 18. Jahrhunderts zusammen, wie man an den berühmtesten Briefromanen der Epoche, Rousseaus *Julie* und Goethes *Werther*, erkennen kann.[78]

Den im Titel erhobenen Anspruch, eine ‹wahre Geschichte› zu berichten, bringt die Erzählung zur Geltung, indem sie ihre psychologische Fallstudie mit der Kritik an einer Gesellschaftswirklichkeit verbindet, die Gerechtigkeit, aber keine Gnade kennt. Christian Wolfs Lebensweg beleuchtet auch die inhumanen Methoden eines Strafvollzugs, der sich weitgehend an den Normen der 1532 verabschiedeten Gerichtsordnung Kaiser Karls V. (*Constitutio Criminalis Carolina*) und deren Novellierung durch Benedikt Carpzovs *Sächsisches Kriminalrecht* von 1638 orientiert. Johann Kaspar Riesbeck schreibt 1783 über die württembergische Justiz: «Man foltert noch und köpft und hängt und rädert und spießt wohl auch noch pünktlich nach der Karolina.»[79] Während die berüchtigte Halsgerichtsordnung Karls V. in Preußen von Friedrich II. bereits im Jahr seiner Thronbesteigung (1740) außer Kraft gesetzt wurde, hielten andere Territorien bis zum Anfang des 19. Jahrhunderts an ihr fest; in Sachsen-Weimar wurde sie erst 1819, in Gotha 1828 aufgehoben. Maßgebliche Novellierungen wie das *Bayerische Strafgesetzbuch* von 1751 und die theresianische Kriminalordnung von 1769 übernahmen tragende Prinzipien der älteren Bestimmungen, so den Anspruch auf alleinige Feststellung des jeweiligen verbrecherischen Tatbestands unter Vernachlässigung genauer Ursachenforschung.[80] Eine öffentliche Diskussion über die dringend gebotene Rechtsreform begann, unter dem Einfluß führender Juristen aus Italien und der Schweiz, erst gegen Ende der 70er Jahre.[81] Neben die rigorose Strafpraxis trat bald ein am Vorbild Frankreichs ausgerichteter Polizeiapparat, der es gestattete, das anwachsende Räuber- und Vagantenwesen verstärkt zu kontrollieren.[82] Eigens für ihre Aufgaben ausgebildete Spitzel und Spione versahen dabei die Funktion, die Aktivitäten der Banden zu überwachen, um sie langfristig ausschalten zu können. 1778 schreibt Herder, immerhin höchster Kirchenmann des Herzogtums Sachsen-Weimar, in bemerkenswerter Ironie über die Strategien eines zunehmend perfekter organisierten Ordnungs- und Überwachungsstaates: «Unsre Länder sind so wohl policirt, mit Landstraßen verhauen, mit Besatzungen verpfropft, Äcker weislich vertheilt, die weise Justiz so wachsam – wo soll der arme Spitzbube, wenn er auch Muth und Kraft zu dem rauhen Handwerke hätte, es treiben?»[83]

Ihre besondere Wirkung entfaltet Schillers ‹wahre Geschichte› zumal durch die Technik des Perspektivwechsels, die es gestattet, neben der Stimme des Erzählers auch jene Christian Wolfs zu Gehör zu bringen. Nach der knappen Darstellung seiner Jugendbiographie läßt Schiller den Helden selbst, angeblich auf der Grundlage der späteren Protokollaussagen, über seinen weiteren Lebensweg berichten. Kein Zufall ist es, daß diese formale Zäsur dort erfolgt, wo die Geschichte des Verbrechers ihre katastrophale Wendung nimmt und ihn zum Mörder werden läßt. Nicht nur die Technik der Spannungssteigerung, vielmehr auch das Streben nach authentischer Wirkung veranlaßt hier den Wechsel der Stimmen. Der Erzähler meldet sich erst an dem Punkt zurück, wo die Details der Biographie «nichts Unterrichtendes für den Leser» mehr besitzen, weil sie die ‹Abscheulichkeit› des Verbrechens enthüllen, ohne weitere Einblicke in seelische Vorgänge zu eröffnen (NA 16, 23). Das Interesse gilt nicht den von Wolf verübten Taten, sondern ihren Triebfedern. Folgerichtig ist es daher, wenn der Text ausführlich die Argumente jenes Briefes wiedergibt, in dem der Sonnenwirt sein Gnadengesuch vorträgt. Erneut erklingt jetzt die (fiktive) Stimme des Helden, der dem Leser das eigene Innenleben transparent macht, indem er sein Bittschreiben durch ein knappes Selbstporträt ergänzt. Verdrängt in den Schlußpassagen der Erzählung, die die Auseinandersetzung zwischen Wolf und dem Amtmann dokumentiert, der Dialog den epischen Bericht, so bedeutet das auch, daß das psychologische Interesse an der Figur des Verbrechers nunmehr befriedigt ist. Am Ende der Geschichte liegt sein Bild fest und bedarf keiner Ergänzung mehr; nicht die Sektion des psychischen Zustands, sondern die pointierte Darstellung der überraschenden Selbstauslieferung des Täters bestimmt das Finale. Sichtbar wird damit, daß Schillers Text zwei verschiedene, einander punktuell ergänzende Aufgaben erfüllt: als aus authentischen Quellen geschöpfte Schilderung einer Verbrecherbiographie möchte er, ähnlich wie die Arbeiten Meißners, die seelischen und gesellschaftlichen Ursprünge abweichenden Verhaltens sichtbar machen, um die Menschenkenntnis seiner Leser zu mehren, als Kriminalerzählung sucht er die Neugier des Publikums zu fesseln und Interesse an der Lösung des kühl dargestellten Falls zu wecken. Beide Modelle werden später von den Autoren der Romantik aufgegriffen; insbesondere die Prosaarbeiten E. T. A. Hoffmanns übernehmen hier die von Schiller ausgehenden Anregungen, indem sie, beispielhaft im *Fräulein von Scuderi* (1819), Fallgeschichte und Detektiverzählung, psychologische Studie und Novelle zu verbinden trachten.[84]

Württembergische Erinnerungen. Die merkwürdige Karriere des Generals von Rieger

Das Prosastück *Spiel des Schicksals* entstand Mitte Dezember 1788 ohne ausführliche Planung innerhalb weniger Tage. Es erschien bereits zwei Wochen später anonym im Januarheft von Wielands *Teutschem Merkur*.

Der mit Schillers Stil vertraute Körner errät rasch den Verfasser. Am 30. Dezember 1788 schreibt er unter dem Eindruck der ersten Lektüre über die zuweilen forcierte Diktion: «Der Ton der Erzählung ist Dir meines Erachtens sehr gelungen. Lebhafte Darstellung ohne Prätension ist eine Manier, die ich mir schwer vorstelle.» (NA 33/I, 284) Schiller selbst hat *Spiel des Schicksals* als Gelegenheitsarbeit ohne größeren künstlerischen Anspruch betrachtet. In einem Brief an Charlotte von Lengefeld rechnet er die Erzählung Anfang Februar 1789 zu seinen «unbedeutenden Produkten», räumt jedoch ein, daß sie einen persönlich gefärbten Duktus aufweise (NA 25, 198).

Auffälligstes Merkmal des Textes ist das hohe Tempo, in dem er seine Geschichte abrollen läßt. Einer klassischen Tragödie gleich, weist die Handlung fünf aktähnliche Teile auf, die eine klare Abfolge von Exposition, Steigerung, Höhepunkt, Umschwung und bereinigendem Schluß ermöglichen.[85] In konzentrierter Knappheit stellt Schiller zunächst den Charakter seines Helden Aloysius von G*** dar. Körperliche und geistige Anlagen prädestinieren den jungen Mann zum Günstling der Fortuna, dem, wie es in der Ende Juli 1798 entstandenen Elegie *Das Glück* heißt, «das Siegel der Macht Zeus auf die Stirne gedrückt» hat (NA 1, 409, v. 4). Das «volle Bild blühender Gesundheit und herkulischer Stärke» wird ergänzt durch eine Vielzahl intellektueller Vorzüge, eine «Fülle von Wissenschaft», «Beharrlichkeit», Tatkraft und Willensenergie, die bei gleichzeitig ausgeprägter «Bescheidenheit» seinen Handlungen stets den «Anstrich von Größe» verleihen (NA 16, 33). Der Liebling der Götter steigt folgerichtig zum engsten Vertrauten des Landesherrn auf, erobert innerhalb weniger Jahre politische Schlüsselpositionen und gilt bald als mächtigster Mann am Hof. In der Rolle des einflußreichen Ministers verliert G*** jedoch seine frühere Selbstdisziplin; an ihre Stelle treten «Hochmut» und «Härte», die «ein hochfahrendes gebieterisches Wesen» zur Geltung bringen (NA 16, 34f.).

Den beiden kurzen Expositionsteilen, die Charakter und Karriere des Helden darstellen, folgt ein dritter Akt, der die Intrige seines Gegenspielers Joseph Martinengo beschreibt. Dieser, ein aus dem Piemont stammender Graf, schleicht sich in das Vertrauen des Fürsten ein, streut herabsetzende Gerüchte über G*** aus und bewirkt schließlich durch die Dokumentation einer «sehr verdächtigen Korrespondenz», die den Minister als Hochverräter decouvrieren soll, dessen Absetzung und Einkerkerung (NA 16, 37). Gefördert wird der Erfolg der Winkelzüge, die Martinengo von langer Hand geplant hat, durch die ‹Sorglosigkeit› (NA 16, 38), mit der G*** im Vertrauen auf seine sichere Stellung den Intriganten am Hof gewähren läßt. Schiller greift hier ein Leitmotiv aus Goethes *Egmont* auf, der ihm aus der intimen Textkenntnis des Rezensenten vertraut war. Auch der Titelheld des Trauerspiels zeigt einen gefährlichen Mangel an Gefahrenbewußtsein, der ihn schließlich in den Untergang treibt. Mit der naiven Überzeugung des Schlafwandlers, der sein Schicksal durch die «Sonnenpferde der Zeit»[86] gelenkt sieht, verzichtet er auf die von Oranien empfohlene Flucht und gerät folgerichtig in die Fänge seines Henkers Alba. Wenn Schiller berichtet, daß der bereits abgesetzte Minister «sorglos» (NA 16, 38) die morgendliche Parade betritt, ehe man ihn verhaftet und öffentlich degradiert, so verwendet er dieselbe Charakteristik, mit der Goethe arbeitet, um das gefährliche Urvertrauen Egmonts zu kennzeichnen.

Der vierte Teil markiert den Wendepunkt der Erzählung: er zeigt den Sturz des Helden vom Gipfel der Macht in die Tiefe der entwürdigenden Existenz, die er fortan als Gefangener in einem unterirdischen Verließ führen muß. Aufstieg und Fall bilden die Extreme, zwischen denen die Biographie des Aloysius von G*** schwankt.[87] Befand er sich früher auf einer sozialen «Höhe», die seinen Ehrgeiz «schwindeln» ließ (NA 16, 34), so gerät er jetzt in die Tiefe eines Kerkers, wo er, «von keinem warmen Lichtstrahl erquickt, von keinem gesunden Lüftgen erfrischt, aller Hülfe unerreichbar und vom allgemeinen Mitleid vergessen», als ein neuer Hiob, der sein Glück verloren hat, knapp eineinhalb Jahre zubringen muß (NA 16, 40).[88] Die besondere Perfidie seiner Lage besteht darin, daß er selbst dieses inhumane Gefängnis als Verwahrungsort für einen vermeintlich unbotmäßigen Offizier hatte errichten lassen, der ihn jetzt seinerseits in der Rolle des Kerkermeisters streng bewacht.[89] Franz Kafka, der Schillers Erzählung vermutlich nicht kannte, wird die hier dargestellte Konstellation auf bizarre Weise überbieten; der Mitte Oktober 1914, kurz nach dem Ausbruch des Ersten Weltkriegs entstandene Prosatext *In der Strafkolonie* beschreibt den Selbstmord eines Offiziers, der sich unter der eigens von ihm konstruierten Exekutionsmaschine den Tod gibt, während der Delinquent, dem dieses Schicksal ursprünglich zugedacht war, das Geschehen als regloser Zeuge aus kürzester Entfernung beobachtet.

Allein die Intervention eines mitfühlenden Garnisonspredigers bewirkt, daß Schillers Held seine Haft nach 16 Monaten unter menschlicheren Bedingungen fortsetzen darf. Erst neun Jahre später erfolgt seine Entlassung, über deren Gründe er so wenig erfährt wie über die Ursachen der Verhaftung. Ein Prozeß mit rechtskräftigem Urteil wird niemals gegen ihn angestrengt; die Erzählung greift hier deutlich genug auf die Lebensgeschichte Schubarts zurück, der zwischen 1777 und 1787 ohne juristische Grundlage auf dem Hohenasperg eingekerkert war. Die verbleibenden Haftjahre,

Begnadigung und weitere Stationen der Biographie des ehemaligen Günstlings G*** werden vom fünften Teil der Erzählung nur in dürren Worten beschrieben. Der Held sucht Dienste im Ausland, ersteigt neuerlich die Leiter des Erfolgs bis zum Gipfel, kehrt 20 Jahre später auf Geheiß des gealterten, von sentimentalen Stimmungen beherrschten Souveräns in seine Heimat zurück und übernimmt, nachdem er seine inneren Vorbehalte gegen den Landesherrn unterdrückt hat, die Position des Festungskommandanten, die er, trotz seiner eigenen Erfahrungen als Sträfling, mit unerbittlicher Strenge ausfüllt. Zumindest am Schluß des Textes, der knapp vom strikten Amtsverständnis des rehabilitierten Offiziers, seiner Härte gegenüber den Gefangenen, den launischen Schwankungen seines Charakters und seinem plötzlichen Tod nach einer «Aufwallung des Zorns» (NA 16, 44) berichtet, dürften zahlreiche Leser durchschaut haben, daß der General Philipp Friedrich Rieger das Vorbild für Schillers Helden abgab. Fast detailgetreu spiegelt sich im *Spiel des Schicksals* der wechselvolle Lebenslauf dieses Hofpolitikers, der zu den fragwürdigsten Figuren der württembergischen Landesgeschichte zählte. An ihn mag sich Schiller während der Niederschrift auch deshalb erinnert haben, weil ihn Ludwig Schubart, dessen Vater eine besondere Beziehung zu Rieger unterhielt, im Dezember 1788 in Weimar besuchte.

Der 1722 geborene Rieger avancierte als Schützling Carl Eugens in den 50er Jahren zum Chef des herzöglichen Militärstabs. Berüchtigt waren seine aggressiven Werbungsmethoden, mit denen er während des Krieges die schwäbischen Truppenzahlen zu vergrößern suchte. 1762 wurde er infolge von undurchsichtigen Intrigen des Ministers Graf Montmartin unter dem Verdacht des Hochverrats seines Amtes enthoben, wobei ungeklärt bleiben muß, inwiefern die gegen ihn erhobenen Vorwürfe substantiellen Charakter besaßen; Schillers Erzählung trägt den dubiosen Hintergründen der Anklage Rechnung, wenn sie betont, man habe nicht prüfen können, ob die belastenden Dokumente «echt oder unterschoben» waren (NA 16, 37). Der degradierte Rieger verbrachte vier Jahre als Gefangener auf der Festung Hohentwiel, ehe er seine Rehabilitierung erlebte. Nach einer kürzeren Dienstzeit im Ausland berief ihn der Herzog 1771 zum Kommandanten der Hohenasperger Festung, was sich mit der Erhebung in den Generalsrang verband. Beim Besuch Schubarts hat Schiller ihn im Dezember 1781 persönlich kennengelernt; daß Riegers Name auch im Patenverzeichnis seines Taufregisters stand, blieb ein Akt der Reverenz gegenüber dem Hof, der keine persönliche Bedeutung besaß. Der General starb am 15. Mai 1782 an einem Schlaganfall, der, wie man vermutet, durch den heftigen Streit mit einem krankgemeldeten Soldaten ausgelöst wurde.

Schubart, der als Gefangener unter seinem Regiment bitter leiden mußte, hat ihm ebenso wie der junge Schiller ein Trauergedicht gewidmet, das, als offizielles Auftragswerk, das kritische Urteil über den Verstorbenen unterdrückt. Zurückhaltender fällt das Porträt Riegers im zweiten Teil von Schubarts Autobiographie *Leben und Gesinnungen* aus, der 1793 kurz vor dem Tod Carl Eugens erschien.[90] Der aufmerksame Friedrich Nicolai erfaßte, als er im Juli 1781 Stuttgart besuchte, den schwankenden Charakter des Generals mit großer Klarheit und beschrieb ihn als scharfsinnigen Kopf ohne menschliche Wärme.[91]

Anders als das Trauergedicht vom Mai 1782 zeichnet Schillers Erzählung im Schutz der literarischen Fiktion ein negatives Bild Riegers. Härte, Intoleranz und Ehrgeiz treten als markante Züge eines Menschen zutage, dessen gute Anlagen unter politischem Karrierismus begraben werden. Daß auch die Erfahrung des Elends den Helden (anders als Hiob) letzthin nicht läutert, beweist eine unumkehrbare Prägung durch die Welt der Macht. In Gestalt des Landesherrn bildet sie die entscheidende Kraft, die seinen verwirrenden Lebensweg steuert. Der im Titel auftauchende Begriff des Schicksals verstellt daher den Blick auf die wahren Ursachen für die gewaltigen Schwankungen, denen die hier beschriebene Biographie gehorcht.[92] Das große Rad, das sie bewegt, ist keine metaphysische Instanz, sondern die Willkür des Fürsten, der in guten wie schlechten Zeiten die Spielräume des Individuums festlegt. Zur entscheidenden Determinante des Menschen wird die politische Ordnung des Absolutismus, in deren mechanischem Getriebe selbst der einflußreiche Günstling nur ein untergeordnetes Element mit dienender Funktion ausmacht. Fälle fürstlicher Willkürjustiz, wie sie Schillers Erzählung schildert, traten nicht allein in Württemberg auf. Der bayerisch-pfälzische Kurfürst Karl Theodor galt als ähnlich unberechenbar wie Herzog Carl Eugen; von ihm wird berichtet, daß er ein gegen den Freiherrn von Bettschart wegen Veruntreuung verhängtes Todesurteil nach der Intervention einflußreicher Höflinge ausgesetzt, den Begnadigten wenig später durch ein hohes Justizamt ausgezeichnet und mit einer seiner Mätressen verheiratet, in einem Moment der Unzufriedenheit jedoch ohne jede Rechtsgrundlage die Vollstreckung der früheren Strafe erneut angeordnet habe.[93] Schiller mochte seine Erzählung zu Recht als künstlerisch zweitrangiges Produkt einstufen. Ihre Bedeutung liegt jedoch darin, daß sie mit großer Präzision das Bild einer staatlichen Ordnung zeichnet, die den Souverän zum ‹Schicksal› seiner Untertanen werden ließ.

4. Auf der Bahn des Ruhms. Dresden, Weimar 1786–1789

Gefährliche Liebschaften. Verwicklungen in den letzten Dresdner Monaten

Am 22. Juni 1786 heirateten Reinwald und Christophine in Stuttgart. Für den ehemaligen Deserteur Schiller bedeutete die Reise nach Württemberg ein allzu großes Risiko, so daß er der Hochzeitsfeier fernblieb. Noch in Mannheim hatte er, unterstützt durch Charlotte von Kalb, die Verbindung zu hintertreiben gesucht, weil er sie für eine Mesalliance hielt. Nach der Verlobung des ungleichen Paares stellt er jedoch seine Bedenken zurück und gibt, wie er der Schwester am 28. September 1785 schreibt, seinen «brüderlichen Seegen» (NA 24, 23). Ausschlaggebend für die Zustimmung des Vaters blieb nicht zuletzt die dienstliche Position Reinwalds, der als Hofbeamter finanzielle Sicherheiten, wenngleich in bescheidenem Rahmen, bieten konnte. Schillers frühe Skepsis hat sich während der folgenden Jahre bestätigt, denn die Ehe stand unter einem unglücklichen Stern. Der pedantische Reinwald entwickelt sich rasch zum mürrischen Haustyrann, der die Bewegungsfreiheit der lebenslustigen Christophine einschränkt, ihr Reisen untersagt, überaus geizig wirtschaftet und seinen Mißmut über das auf Dauer unbefriedigende, nur mäßig besoldete Bibliothekarsamt kultiviert. Illusionslos beschreibt Schillers Schwester im April 1799 das Verhältnis zu ihrem Ehemann: «Im ganzen habe ich nicht Ursache mich über mein Schiksaal zu beklagen; da ich mich entlich nach manchem harten Kampf gewöhnt habe mich ganz in seine Launen zu schiken, und meine Zufriedenheit blos in der Erfüllung meiner Pflichten zu suchen (...)» (NA 38/I, 81 f.).

Die letzten Wochen des Jahres 1786 verbringt Schiller in spürbarer Niedergeschlagenheit, ohne Antrieb zu literarischer Arbeit. Die winterliche Tristesse schlägt sich ihm auf das Gemüt; auch in späteren Jahren wird er immer wieder über die dunkle Jahreszeit klagen, die ihm die Stimmung raubt und seine Schreiblust hemmt. Die zunächst so geschätzte Intimität des Körnerkreises erweist sich jetzt als beklemmend, weil sie keine neuen Anregungen bietet. Auch die Reize der Kunststadt Dresden können auf Schiller nicht mehr wirken. Über den gespannten Ehrgeiz ihrer statusbewußten Bürger äußert er sich zwei Jahre später, im Dezember 1788, sogar höchst unfreundlich: «Die Cursachsen sind nicht die liebenswürdigsten von unsern Landsleuten, aber die Dresdner sind vollends ein seichtes, zusammengeschrumpftes, unleidliches Volk, bei dem es einem nie wohl wird. Sie schleppen sich in eigennützigen Verhältnißen herum, und der freie edle Mensch geht unter dem hungrigen Staatsbürger ganz verloren, wenn er anders je da gewesen ist.» (NA 25, 152) Um den düsteren Stimmungen des Winters zu entkommen, begleitet Schiller die Freunde Anfang Februar 1787 auf einen Faschingsball. Minna, die das Fest nach wenigen Stunden mit Körner und Dora wieder verläßt, erinnert sich, er habe dabei «sehr ungenierten Gebrauch» von der «Maskenfreiheit» gemacht und «Bekanntschaft» mit einem ihn faszinierenden jungen Mädchen geschlossen (NA 42, 106). Die fesselnde Gesprächspartnerin des Abends ist die 19jährige Henriette von Arnim, die Tochter einer Gardedame des Dresdner Hofs. Man beschreibt sie als schön, kokett und selbstbewußt; kapriziöse Züge, Standesdünkel und romantische Outriertheit mischen sich auf eigenwillige Weise in ihrem Wesen. Schiller zeigt sich von ihr rasch gefangen. In einem Anfang Mai geschriebenen Gedicht, das an die Umschwärmte adressiert ist, heißt es rückblickend: «Ein treffend Bild von diesem Leben, | Ein Maskenball hat Dich zur Freundin mir gegeben.» (NA 1, 179) Mitte Februar sieht Schiller Henriette bei Sophie Albrecht wieder. Bald besucht er regelmäßig die Teegesellschaften im Haus der Arnims. Die Mutter, die die Rolle der umtriebigen Gelegenheitsmacherin spielt, möchte sich offenkundig mit dem Namen des aufstrebenden Autors schmücken. Zugleich scheint sie, die drei ungebundene Töchter zu versorgen hat, auf eine finanziell vorteilhafte Verheiratung Henriettes bedacht. Da der bereits 1772 verstorbene Vater nur ein beschränktes Geldvermögen hinterlassen hat, ist dieses materielle Interesse durchaus begreiflich. Daß bei den Arnims zahlreiche Bewerber verkehren, die den Töchtern den Hof machen, hebt jedoch kaum den Ruf der Familie. Die prüde Minna Körner warnt Schiller entschieden vor einem allzu engen Kontakt mit Henriette, den sie für unschicklich hält.

Die Ratschläge der Freunde, die auch von Eifersucht und Dünkel bestimmt scheinen, richten wenig aus. In den beiden Frühjahrsmonaten bleibt Schiller ein regelmäßiger Gast im Haus der Arnims. Die aufkeimende Leidenschaft für Henriette sucht er, anders als im Verhältnis zu Dora Stock, nicht zu sublimieren. Eineinhalb Jahre lang hat er ohne eigene Bindung in der engen Nachbarschaft eines jungen Ehepaars gelebt, konfrontiert mit den Gesten der Verliebtheit und den Zeichen erotischer Intimität. Daß er sich jetzt den sinnlichen Gefühlen, die Henriette in ihm weckt, vorbehaltlos hingibt, ist verständlich. Seine Zuneigung wird jedoch auf zahlreiche Bewährungsproben gestellt. Die Freundin verwirrt ihn durch kapriziöse Launen und neigt offenkundig dazu, ihre Bewerber gegeneinander auszuspielen. Als aussichtsreichster Kandidat gilt der Graf Waldstein-Wartenberg, den die Mutter aufgrund seiner glänzenden Vermögensverhältnisse zu bevorzugen scheint. Schiller zeigt sich eifersüchtig; er verlangt von Henriette Beweise ihrer Unschuld, wirft ihr Treulosigkeit vor, gerät in eine zunehmende Abhängigkeit von ihren Stimmungen. Die äußere Ruhe, die für die Arbeit an der letzten Fassung des *Karlos* erforderlich wäre, kann sich auf diese Weise kaum einstellen.

Als Henriette und ihre Mutter Mitte April für einige Tage verreisen, unternimmt Schiller mit Körners einen Ausflug ins südwestlich von Dresden gelegene Tharandt. Gemeinsam durchwandert man die noch verschneite Berglandschaft, von deren Erhebungen man einen guten Ausblick auf das Elbtal gewinnt. Es wird beschlossen, daß Schiller hier für längere Zeit Quartier beziehen solle, um nach dem Winter des Mißvergnügens zur nötigen inneren Ruhe zu finden. Er mietet sich im Gasthof *Zum Hirsch* ein und verabschiedet sich von den Freunden, die mit der Kutsche zurück in die Stadt fahren. Vom 17. April bis Mitte Mai arbeitet er hier in ländlicher Zurückgezogenheit am Abschluß des *Karlos*-Manuskripts. Vermutlich entstehen zu dieser Zeit auch die ersten Entwürfe für die Szenenfolge von *Körners Vormittag*. In den ersten Tagen leidet Schiller unter dem von Schnee und Hagel bestimmten Wetter, das ihn an das enge Zimmer fesselt. Weil er schlecht schläft, steht er bereits zwischen fünf und halb sechs Uhr in der Frühe auf; nach ausgedehnter Lektüre beginnt er um neun Uhr mit der Arbeit am Schreibtisch. Um seine Verdauungsbeschwerden zu bekämpfen, unternimmt er während der folgenden Tage bei besserer Witterung ausgedehnte Spaziergänge in der gebirgigen Landschaft. Körner schickt dem Einsiedler aus Dresden englisches Bier und Bücher, die ihm die Zeit verkürzen sollen. Zu ihnen gehört Choderlos de Laclos' Roman *Liaisons dangereuses* (1782), den ihm die Freunde in der 1787 veröffentlichten Neuauflage übersenden. Schiller, der des Französischen hinreichend mächtig ist, um den ironischen Stil des Textes zu goutieren, äußert sich am 22. April begeistert über die Lektüre (NA 24, 93). Daß die von de Laclos geschilderte Liebesintrige durch ihren frivolen Charakter an die Winkelzüge der Arnims erinnern konnte, dürfte ihm kaum entgangen sein.

Am 24. April besuchen Henriette und ihre Mutter den Eremiten; begleitet werden sie vom Grafen Waldstein-Wartenberg, den offenkundig die Sorge quält, er könne seinen Status als aussichtsreichster Heiratskandidat einbüßen. Schiller wird die Visite mit gemischten Gefühlen aufgenommen haben, weil sie seine innere Ruhe störte. In einem Brief vom 28. April bringt Henriette ihre Neigung unverhohlen zur Sprache, ohne dabei zu den zweideutigen Formulierungen der Koketterie zu greifen: «Der Gedancke an Sie ist jezt der Einzige der mir wichtig ist.» (NA 33/I, 125) Die räumliche Distanz, die der Tharandter Aufenthalt schafft, scheint jedoch Schillers eigene Gefühle gedämpft zu haben. Auf Henriettes Avancen antwortet er kühl, im Ton des Zweifels und unter unfreundlicher Anspielung auf ihre Launenhaftigkeit. In einem verärgert klingenden Schreiben, das vom 5. Mai stammt, beteuert die Freundin, sie sei nicht «der Flattergeist, oder das schaale Geschöpfe», für das Schiller sie halte (NA 33/I, 130). Den Hinweisen auf den ernsthaften Charakter ihrer Gefühle mag er freilich keinen Glauben mehr schenken. Die Strategie der Freunde zeigt Erfolg, Henriettes Wirkung scheint dauerhaft gebannt. Ihr Auslöser blieb vorwiegend der physische Reiz erotischer Anziehung, für deren Kräfte sich Schiller, wie er Körner ein halbes Jahr nach der Affäre gesteht, überaus empfänglich zeigt: «Es ist sonderbar, ich verehre ich liebe die herzliche empfindende Natur und eine Kokette, jede Kokette, kann mich feßeln. Jede hat eine unfehlbare Macht auf mich durch meine Eitelkeit und Sinnlichkeit, entzünden kann mich keine, aber beunruhigen genug.» (NA 24, 178)

Mitte Mai 1787 kehrt Schiller ins Haus der Freunde nach Dresden zurück. In den Tagen, da der Enthusiasmus für Henriette von Arnim abklingt, erreicht ihn eine Einladung Charlotte von Kalbs nach Weimar. Das ist ein Lockruf, dem er sich, obgleich er gerade einer Versuchung widerstanden hat, nicht entziehen mag. Ehe er sich zur Abreise entscheidet, vergehen freilich noch einige Wochen. Sie sind bestimmt durch Verhandlungen über die Bühnenaufführung des *Karlos*, die mit dem Rigaer Intendanten Koch und Schröder in Hamburg geführt werden. Mitte Juni faßt Schiller den Entschluß, Schröder am Ende des Sommers persönlich zu besuchen, um mit ihm die Möglichkeiten einer weiteren Zusammenarbeit zu erörtern. Die Visite wird jedoch schon Anfang Juli auf den Herbst verschoben. Nach Hamburg ist Schiller schließlich nie gelangt. Schröder hat er erst im Sommer 1800 persönlich kennengelernt, als dieser einen privaten Besuch in Weimar absolvierte. Mitte Juli bereitet Schiller seine Abreise aus Dresden vor. Nicht ohne Leidensdruck vollzieht sich sein Abschied von den Freunden. Am 19. Juli unternimmt er gemeinsam mit Körners und dem Ehepaar Kunze einen ausgedehnten Spaziergang zum Wald bei Loschwitz, um alte Erinnerungen aufzufrischen. Als man sich am Morgen des folgenden Tages trennt, geht Schiller davon aus, daß er bereits im Herbst nach Dresden zurückkehren werde. Es dauert jedoch zwei Jahre, ehe sich die Freunde wiedersehen können.

Annäherung an die höfische Welt. Mit Charlotte von Kalb in Weimar

Am Abend des 21. Juli 1787 trifft Schiller nach zweitägiger Fahrt in der Residenz des Herzogtums Sachsen-Weimar ein. Der Zeitpunkt des Besuchs ist ungünstig gewählt; nicht nur der seit September 1786 in Italien weilende Goethe, sondern auch der Herzog, den er nach der Darmstädter Begegnung im Dezember 1784 gern wiedergetroffen hätte, befindet sich auf Reisen. In Naumburg muß er beim Pferdewechsel zu seiner Enttäuschung vernehmen, daß die Kutsche Carl Augusts, der zu einem Manöver in Potsdam erwartet wird, eine Stunde zuvor am selben Ort Halt gemacht hat, inzwischen aber abgefahren ist. Die Zeichen scheinen also nicht glücklich zu stehen, als Schiller zu später Stunde in Weimar ankommt. Nach zwei Tagen ohne Schlaf fühlt er sich ‹betäubt› und ausgebrannt (NA 24, 104). Er nimmt Logis im an der Südseite des Marktplatzes gelegenen Gasthof *Zum Erbprinzen* und verzichtet für diesen Abend auf weitere Unternehmungen. Am folgenden Tag beginnt er jedoch mit der ausgiebigen Erkundung seiner neuen Umgebung.

Weimar besaß Ende der 80er Jahre dörflich-bescheidenen Charakter. Die Residenz Carl Augusts hatte 6300 Einwohner; die Zahl der Gesamtbevölkerung des Herzogtums lag 1785 immerhin bei 106400. Die sächsisch-ernestinischen Staaten bildeten eine politisch verbundene Einheit aus vier formal selbständigen Territorien. Zu ihr gehörten neben Sachsen-Weimar-Eisenach das südlich gelegene Sachsen-Coburg-Saalfeld, im Westen Sachsen-Gotha-Altenburg, an der südwestlichen Grenze zu Hessen schließlich Sachsen-Meiningen. 63 Prozent der Einwohner Weimars rechneten zur bäuerlichen Schicht, nochmals 13 Prozent waren Handwerker oder Tagelöhner; der Adel repräsentierte 1 Prozent, das Bürgertum 23 Prozent der Stadtbevölkerung.[94] In der Residenz standen annähernd 750 Häuser, zumeist einfachen Charakters; noch 1802, als Schiller sein Domizil an der Esplanade bezog, waren es erst 763 (NA 31, 405). Handwerk, Gewerbe und höfische Verwaltung bildeten die zentralen Berufsfelder, während der Handel, nicht zuletzt aufgrund der katastrophalen thüringischen Straßenverhältnisse, um 1790 kaum eine Rolle spielte. Ungünstig wirkte sich hier aus, daß Weimar keine eigene Poststation besaß. Der nächste Ort, an dem die Kutschen hielten, war das 15 Kilometer entfernte Buttelstedt an der Strecke nach Leipzig.[95] Entsprechend dürftig blieb auch das Angebot an Luxusgütern, die man nur über umständliche Wege aus Erfurt, Gotha oder Jena beziehen konnte. Auf dem kleinen Marktplatz fanden sich lediglich zwei Geschäfte mit urbanem Anstrich, ein Stoff-Magazin und eine von einem Franzosen betriebene Parfümerie. Ansonsten beherrschten Werkstätten und Gewerbeläden das Bild. Die modernsten Unternehmungen lagen in der Hand des umtriebigen Organisationskünstlers Bertuch, der 1782 eine Fabrik für die Produktion von Papier, Farben und Kunstblumen gegründet hatte, wo auch Goethes spätere Ehefrau Christiane Vulpius als Arbeiterin angestellt war. Ein knappes Jahrzehnt später rief er das vergrößerte *Industrie-Comptoir* ins Leben, das als modernes Dienstleistungsunternehmen mit über 50 Angestellten Gewerbetreibende beriet, Handelskontakte koordinierte, Kommissionsgeschäfte tätigte und, nicht zuletzt, einen gewinnbringenden Verlag mit eigener Druckerei beherbergte. Seinem Vermögen gemäß besaß der erfinderische Bertuch, wie Schiller bereits kurz nach seiner Ankunft bemerkte, «in ganz Weimar das schönste Haus» (NA 24, 136).[96]

Die Stadtanlage trug am Ende des Jahrhunderts überschaubaren Charakter. Eine gewisse Aufmerksamkeit erregten der Ende der 70er Jahre auf Anordnung Carl Augusts geschaffene Park sowie die unter seinem Vater Ernst August gebaute innere Flanierstraße – Esplanade –, welche mit ihrer großzügigen Lindenbepflanzung, Spalieren und Rasenflächen für reizvolles Flair sorgte. Ein chinesischer Pavillon und ein künstlich angelegter Teich säumten den für Fuhrwerke und Kutschen gesperrten Fußweg. An seinen beiden Enden hatte man eiserne Tore errichten lassen, die die Spaziergänger unter Aufsicht von Wachposten durchqueren mußten. Das strenge Reglement legte fest, daß neben den Adligen auch Bürger, nicht aber Dienstleute über die Esplanade flanieren durften. Die städtische Architektur zeigte keinen individuell ausgeprägten Stil. Lediglich die aus dem 13. Jahrhundert stammende Stadtkirche St. Peter und Paul, in der bereits Martin Luther gepredigt und Johann Sebastian Bach die Orgel gespielt hatte, überragte die geduckten Häuser der Residenz. Sie war zwischen 1735 und 1745 umgebaut und durch barocke Stilelemente ergänzt worden; neu traten damals die Seitenschiffe mit ihren zweigeschossigen Emporen, die Treppenaufgänge an den vier Ecken des Kirchenschiffs und die Verzierung der Fenster hinzu.[97] Den besonderen Blickfang bildete das von Lucas Cranach begonnene, 1555 von seinem Sohn vollendete Altargemälde, das Luther unter dem Kreuz Christi zeigt. Herder, der hier seit 1776 als Oberpfarrer wirkte, logierte in der angrenzenden Dienstwohnung, die freilich kaum Licht bot, weil sie im Schatten des hoch aufragenden Hauptgebäudes lag.

Das kulturelle Leben der Stadt war eng mit dem Hoftheater verbunden. Seit 1771 spielte die anerkannte Seylersche Truppe in der Wilhelmsburg, der Weimarer Fürstenresidenz. Nachdem ein verheerender Brand im Mai

1774 das ganze Gebäude mitsamt den Bühnenräumen des Ostflügels zerstört hatte, wanderte die Compagnie zum Herzog von Gotha ab. Auf Schloß Ettersburg, wo die Herzogin Anna Amalia zwischen 1776 und 1781 die Sommermonate zubrachte, entwickelte sich zunächst ein Liebhabertheater, an dem sich die Mitglieder des Hofes engagiert beteiligten. Ende der 70er Jahre wurden hier auch einige der frühen Dramen Goethes aufgeführt, etwa das derbe *Jahrmarktsfest zu Plundersweilern*, *Die Mitschuldigen* und *Die Laune des Verliebten*; 1779 trat der Autor selbst im Rahmen einer Inszenierung seiner noch in Prosa gehaltenen *Iphigenie* als Orest vor das Publikum. 1780 eröffnete man das neue Komödienhaus gegenüber dem herzöglichen Stadtpalais, in dem zwischen 1784 und 1791 die Truppe des Italieners Giuseppe Bellomo ihr – auch für das bürgerliche Publikum offenes – Repertoire vorführte. Im Frühjahr 1791 übernahm Goethe auf Wunsch des mit Bellomo unzufriedenen Herzogs die Direktion der Bühne und stellte in den folgenden Jahren ein professionelles Hofensemble zusammen. Ein größerer Opernbetrieb hat in Weimar zunächst nicht existiert. Aus Kostengründen beschränkte sich der Hof während der 70er Jahre auf die Aufführung privater Gesangsabende und kleiner Kammerkonzerte; da ausgebildete Künstler nur selten zur Verfügung standen, regierte hier zumeist der Dilettantismus kunstsinniger Aristokraten. Zwar hatte die Seylersche Truppe gelegentlich auch Musikdramen – nach Vorlagen von Weiße und Wieland – gezeigt, jedoch leitete sich daraus keine eigene Theatertradition ab. Während der Ettersburger Interimsperiode führte die Liebhaberbühne mehrere Singspiele Goethes vor, darunter *Erwin und Elmire*, *Jery und Bätely* und *Die Fischerin*. Nach dem Wechsel ins Komödienhaus kam, im Rahmen des Bellomoschen Repertoires, auch die italienische Oper gelegentlich zum Zuge. Unter Goethes Direktorat trat dann die Pflege der Arbeiten Mozarts in den Vordergrund, ohne daß aber die Weimarer Bühne jemals den Glanz der großen Opernhäuser in Dresden, Stuttgart und Wien erreichte.

Die drei Sommerpaläste der herzöglichen Familie begrenzten Weimar nach Norden (Ettersburg), Süden (Belvedere) und Osten (Tiefurt). Das Stadtschloß, die Wilhelmsburg, war am 6. Mai 1774, ein Jahr vor dem Regierungsantritt Carl Augusts, völlig abgebrannt und wurde aufgrund der desolaten Finanzsituation nur zögerlich rekonstruiert. Der Abschluß des von Goethe geleiteten Bauvorhabens erfolgte erst im August 1803. Die herzögliche Familie residierte während der langen Karenzzeit im umgewandelten alten Landschaftskassengebäude, dem Fürstenhaus, das 1770 nach Plänen Johann Gottfried Schlegels unter der Leitung des Weimarer Bauunternehmers Anton Georg Hauptmann errichtet worden war; die

Herzoginmutter Anna Amalia wiederum wohnte seit dem Schloßbrand mit ihrem kleinen Dienerstab im 1767 durch Jakob Friedrich von Fritsch gestalteten ‹Wittumspalais› am Ende der Esplanade. Das öffentliche Leben orientierte sich an den Aktivitäten des Hofs, dessen Feste, Maskenbälle und Theaterveranstaltungen die Höhepunkte im eintönigen Jahresverlauf bildeten. Die aufmerksame Besucherin Germaine de Staël, die aus dem urbanen Paris nach Thüringen kam, hat die Stadt noch 1810 als großes Schloß bezeichnet, «wo eine ausgesuchte Gesellschaft sich interessiert über jedes neue Kunstprodukt unterhielt.»[98]

Schiller zeigt sich vom dörflichen Eindruck der Residenz zunächst überrascht. Als er Ende August das benachbarte Jena besucht, registriert er erfreut, daß es «ansehnlicher» als Weimar wirkt: «längere Gaßen und höhere Häuser erinnern einen, daß man doch wenigstens in einer Stadt ist.» (NA 24, 142) Das öffentliche Erscheinungsbild der Residenz nahm sich hingegen unfreundlich und provinziell aus. Die Straßen starrten vor Schmutz, so daß, wer unbehelligt vorwärtskommen wollte, Pferd oder Kutsche nutzen mußte. Da das Kanalisationssystem aus veralteten Abflußkanälen bestand, bildeten sich bei ungünstiger Windrichtung schnell üble Gerüche. Das Flanieren bot angesichts solcher Umstände nur ein eingeschränktes Vergnügen. Zudem herrschte ein empfindlicher Mangel an geräumigen Wohnungen; die meisten Häuser waren düster, klein und unkomfortabel. Gleichwohl lagen die Lebenshaltungskosten in der Residenz erheblich höher als an anderen Orten Deutschlands. Das ergab sich vor allem daraus, daß man seltenere Nahrungsmittel und Luxusgüter wie Kaffee oder Tee nicht in Weimar kaufen konnte, sondern aus Erfurt bzw. Jena einführen mußte; da der Verbraucher in diesem Fall die Transportkosten zu tragen hatte, stiegen die individuellen Ausgaben für jeden, der einen besseren Lebensstil gewohnt war, empfindlich an. Schiller klagt auch in späteren Jahren immer wieder über die hohen Preise, die seinen alltäglichen Etat entscheidend belasten. Weltläufige Gäste wie Friedrich von Sekkendorff, der erstmals Ende Dezember 1775 nach Weimar kam, zeigten sich entsetzt über die Mischung aus Provinzialität und Unbequemlichkeit, die das Leben in der Residenz bestimmte.

Schiller zieht schon nach einer Woche, am 28. Juli, vom Gasthof in die frühere Wohnung Charlotte von Kalbs, die im Haus der Hofdame Luise von Imhof an der Esplanade liegt. Gegen wenige Taler Monatssalär stellt er einen Diener ein, der nicht nur die Haushaltsführung, sondern auch gelegentliche Schreibarbeiten übernehmen soll; er wird zunächst für ein Vierteljahr angeworben, bleibt aber bis zur Übersiedlung nach Jena im Mai 1789 bei ihm (NA 24, 114). Warme Mahlzeiten bezieht er, wie stets, aus dem Wirtshaus, wobei er sich als anspruchsloser Esser zumeist mit Wurst und einer Salatbeilage begnügt. Der Kontakt zu Charlotte, die seit Ende Juni mit ihrem zweieinhalbjährigen Sohn in der Residenz lebt, intensiviert sich rasch. Während der zurückliegenden Jahre hatte sie ein wechselvolles Reiseleben geführt, das sie nach Dresden, Kalbsrieth in der Pfalz und Gotha verschlug. Mit der bereits in Mannheim bewiesenen Tatkraft kündigt sie Schiller an, daß sie ihm den Weg zu den gesellschaftlich einflußreichen Hofkreisen bahnen werde. Da der ungeliebte Ehemann bei seinem Regiment in Lothringen stationiert ist und Weimar nur sporadisch besucht, entsteht, anders als während der Mannheimer Monate, eine Situation, die erotische Freiheiten erlaubt. Wenige Tage nach seiner Ankunft schreibt Schiller an Körner: «Unser erstes Wiedersehen hatte soviel gepreßtes, betäubendes, daß mirs unmöglich fällt, es euch zu beschreiben. Charlotte ist sich ganz gleich geblieben, biß auf wenige Spuren von Kränklichkeit, die der Paroxysmus der Erwartung und des Wiedersehens für diesen Abend aber verlöschte und die ich erst heute bemerken kann. Sonderbar war es, daß ich mich schon in der ersten Stunde unsers Beisammenseins nicht anders fühlte als hätt ich sie erst gestern verlassen.» (NA 24, 106) Auch spätere Bemerkungen über die Freundin verraten, daß der ‹Paroxysmus der Erwartung› von erotischen Spannungen bestimmt bleibt. «Mit jedem Fortschritt unsers Umgangs», so heißt es, «entdecke ich neue Erscheinungen in ihr, die mich, wie schöne Parthien in einer weiten Landschaft überraschen, und entzücken.» (NA 24, 107)

Bisweilen erweist sich jedoch gerade der alltägliche Umgang mit Charlotte als problematisch. Bereits in Mannheim konnte Schiller an ihr eine psychische Labilität wahrnehmen, die fraglos die Folge von Rollenzwängen darstellte. Weil ihr die Möglichkeit zur Entfaltung ihrer künstlerischen Anlagen verwehrt blieb, geriet Charlotte immer wieder in schwere seelische Krisen. Die Neigung zu Ohnmachten, Erregungszuständen und somnambulen Anwandlungen, die sie lebenslang beherrschte, bildete nur die äußere Symptomatik der unaufgelösten Identitätskonflikte, wie sie sich aus ihrer privaten Alltagssituation ergaben. Schiller hat sich seiner Freundin, wenn sie Krankheitsphasen durchlebte, meist konsequent entzogen. Er sah in ihr eine geistig anregende Gesprächspartnerin mit sinnlichen Reizen, nicht zuletzt die tatkräftige Helferin, die ihm bedeutende gesellschaftliche Kontakte erschließen konnte. Geriet sie jedoch unter den Einfluß ihrer nach dem Muster manisch-depressiver Zyklen wiederkehrenden Gemütskrisen, so wahrte Schiller auffälligen Abstand. Das Schicksal der Muse, die nur geliebt wird, wenn sie selbst heiter ist, blieb Charlotte von Kalb auch in späteren Jahren nicht erspart. Der aufstrebende Autor Jean

Anna Amalia, Herzogin von Sachsen-Weimar-Eisenach.
Radierung von August Weger nach dem 1788/89 entstandenen Gemälde
von Angelica Kauffmann

Paul hat sie, als er im Juni 1796 nach Weimar kam, auf ähnlich egoistische Weise für seine Interessen eingespannt, am entscheidenden Punkt des gemeinsamen Weges aber die Verbindung gelöst und die biedere Karoline Mayer geehelicht.

Mit Anerkennung registriert Schiller die noble Toleranz, die der nur kurzzeitig nach Weimar kommende Ehemann der illegitimen Affäre entgegenbringt: «Seine Freundschaft für mich ist unverändert, welches zu bewundern ist, da er seine Frau liebt und mein Verhältniß mit ihr nothwendig durchsehen muß.» (NA 24, 135) Auch die aristokratische Gesellschaft zeigt sich aufgeschlossen, ohne jene provinzielle Borniertheit an den Tag zu legen, mit der Goethe in den ersten Jahren seines Weimarer Aufenthalts zu kämpfen hatte. Schon Ende Juli kann Schiller den besorgten Dresdner Freunden, die strengen Moralvorstellungen folgen, gelassen versichern: «Mein Verhältniß mit Charlotten fängt an, hier ziemlich laut zu werden und wird mit sehr viel Achtung für uns beide behandelt.» (NA 24, 114) Wie selbstverständlich ihm die Verbindung bereits nach wenigen Monaten geworden ist, verrät ein Brief an Körner vom 8. Dezember 1787, in dem er erklärt, daß ihn eine kurze Reise der Freundin in einen «Interims-Wittwerstand» versetzt habe (NA 24, 179). Die Toleranz, die die adlige Gesellschaft Schillers Liaison entgegenbringt, läßt erkennen, wie wenig ihr ein Trauschein bedeutet. Tatsächlich gehörte es in den Weimarer Hofkreisen zur Normalität, wenn die emotional unausgelasteten Ehefrauen schwärmerische Liebesverbindungen mit Kavalieren eingingen, die bereit waren, die Rolle des Hausfreundes zu übernehmen. Daß die Grenzen zwischen platonischer und sinnlicher Neigung hier fließend blieben, bekräftigt Schillers sarkastische Beschreibung der allgemein vorherrschenden erotischen Libertinage: «Die hiesigen Damen sind ganz erstaunlich empfindsam. Da ist beinahe keine, die nicht eine Geschichte hätte oder gehabt hätte. (...) Man kann hier sehr leicht zu einer Angelegenheit des Herzens kommen, welche aber freilich bald genug ihren ersten Wohnplaz verändert.» (NA 24, 149f.)

Auf Geheiß seiner Freundin stattet Schiller den führenden Adels- und Bürgerfamilien «CeremonienBesuche» (NA 24, 118) ab, um sich bekannt zu machen. Zumeist beschränkt er sich den Gepflogenheiten gemäß auf die Übersendung seiner Visitenkarte, die signalisiert, daß man, sofern Interesse besteht, mit ihm in gesellschaftlichen Kontakt treten kann. Besonders beeindruckt zeigt er sich von Charlotte von Stein, die er am 11. August aus Anlaß eines Spaziergangs in größerer Runde näher kennenlernt. Sein Interesse an ihr entspringt auch dem Wissen, daß sie Goethes engste Vertraute in Weimar ist. Die 44jährige, die, im Geist eines streng lutherischen Protestantismus erzogen, nicht frei von Prüderie, seit 1764 in einer klaglos ertragenen Konvenienzehe mit dem herzöglichen Stallmeister Josias von Stein lebt, wirkt auf ihn zumal durch die Präsenz ihres Intellekts, welche die gesamte Gesprächsrunde beeindruckt. «Schön kann sie nie gewesen seyn», heißt es in einem Brief an Körner, «aber ihr Gesicht hat einen sanften Ernst und eine ganz eigene Offenheit. Ein gesunder Verstand, Gefühl und Wahrheit ligen in ihrem Wesen.» (NA 24, 131) Vergleichbar persönliche Eindrücke kann Schiller auch im innersten höfischen Zirkel sammeln. Bereits am 27. Juli bittet ihn die Herzoginmutter Anna Amalia zu sich nach Tiefurt; dem zweistündigen Antrittsbesuch folgt am nächsten Tag eine Einladung zu Tee, Konzert und Abendessen, die er in Begleitung Charlottes absolvieren darf, was ihrem Verhältnis nach dem strengen Hofzeremoniell einen eheähnlichen Status verleiht.

Tiefurt bildete seit 1781 die Sommerresidenz der Herzogin. Das 1775 für den Prinzen Constantin errichtete Schloß trug bescheidenere Züge als der Sitz in Ettersburg. Der kleine Hofstaat führte hier ein beschauliches Landleben ohne größeren Aufwand. Das entsprach der modischen Naturbegeisterung, die man, unter dem Einfluß empfindsamer Romane und stilisierter Landschaftsbilder, in aristokratischen Kreisen im Zeichen Rousseaus und Lorrains zu kultivieren pflegte. Die kunstsinnige Anna Amalia stammte als Tochter des Herzogs Carl von Braunschweig-Lüneburg und der Herzogin Philippine, einer Schwester Friedrichs des Großen, aus der welfischen Dynastie. 16jährig hatte sie im März 1756 den Weimarer Herzog Ernst August geheiratet, der nur zwei Jahre später, wenige Monate vor der Geburt des Prinzen Constantin, starb. Tatkräftig übernahm die junge Witwe die Regierungsgeschäfte, die sie bis zum 18. Geburtstag des Thronfolgers Carl August am 3. September 1775 über knapp zwei Dekaden mit Weitblick und diplomatischem Geschick führte.[99] In dieser Zeit gelang es ihr, das intellektuelle Niveau des zuvor provinziellen Weimarer Hofes deutlich zu heben. Unter ihrer Ägide traten fähige junge Männer wie Friedrich von Seckendorff, Friedrich von Einsiedel und Carl Ludwig von Knebel in den Staatsdienst. Sie beschränkten sich nicht auf die ihnen zugeordneten Organisations- und Verwaltungspflichten, sondern beteiligten sich auch mit eigenen künstlerischen Beiträgen am höfischen Kulturleben; Einsiedel lieferte kleinere Bühnenstücke, Operntexte und Travestien für die Ettersburger Bühne, Seckendorff arrangierte Ballette, Maskenaufzüge und Ballchoreographien, vertonte zahlreiche von Goethes frühen Dramen (darunter *Lila*, *Die Laune des Verliebten* und *Der Triumph der Empfindsamkeit*), inszenierte Pantomimen und Schattenspiele. Insbesondere der 1744 geborene Knebel, der nach einem Studium der Jurisprudenz in Halle und

Dienstjahren im königlichen Potsdamer Garderegiment zwischen 1774 und 1780 die Position des Erziehers des Prinzen Constantin übernahm, avancierte bald zu einer einflußreichen Persönlichkeit des Weimarer Gesellschaftslebens. Der eng mit Goethe befreundete Knebel, der, seit 1784 im Majorsrang, nach dem Bruch mit dem Prinzen eine Pension von 800 Talern jährlich bezog, ohne dafür ein offizielles Amt zu versehen, verkörperte aufgrund seiner vielfältigen literarischen und philologischen Fähigkeiten in charakteristischer Weise jene kulturelle Urbanität, die den Weimarer Musenhof bald überregional bekannt werden ließ.

Die Herzogin förderte sämtliche Künste mit gleicher Neigung, auch wenn der schmale Etat ihr keine größeren Ausgaben gestattete. Sie verpflichtete den stilgewandten Johann Carl August Musäus als Autor für die Liebhaberbühne, stellte 1761 die Komponisten Ernst Wilhelm Wolf und Franz von Benda in die Dienste des Herzogtums, band 1772 den berühmten Wieland als Lehrer ihres ältesten Sohnes an die Residenz, ernannte Johann Ernst Heinsius und Georg Melchior Kraus, der 1776 Direktor der neugegrundeten Zeichenakademie werden sollte, zu Hofmalern. Noch im Frühsommer 1776, als sie die Regierungsgeschäfte bereits ihrem Sohn übergeben hatte, setzte sie Goethes Berufung zum Geheimen Legationsrat gegen den Widerstand der älteren Minister durch. Sie trat jedoch nicht nur als Mäzenin in Erscheinung, sondern versuchte sich auch selbst mit Erfolg in den verschiedensten künstlerischen Sparten. Sie spielte geläufig Klavier, komponierte, zeichnete und entwarf Bühnendekorationen; von ihr stammte die Musik zu Goethes Gesangsdrama *Erwin und Elmire*, das man am 1. März 1777 in Ettersburg uraufgeführt hatte. Daß ihr ästhetischer Geschmack konventionelle Züge trug, sollte dabei nicht vergessen werden. Die Herzoginmutter, die ihren Musenhof kaum planvoll, sondern der Intuition folgend aufgebaut hatte, besaß vielfältige Talente, ohne ihre Kräfte jedoch konzentrieren zu können. Die Neigung zur Zerstreuung ihrer kreativen Anlagen hat auch Goethe, der ein gutes Verhältnis zu ihr pflegte, offenkundig wahrgenommen.

Bei Schiller hinterläßt Anna Amalia zunächst keinen positiven Eindruck, weil sie preziös und oberflächlich auf ihn wirkt: «Sie selbst hat mich nicht erobert. Ihre Physiognomie will mir nicht gefallen. Ihr Geist ist äuserst borniert, nichts interessiert sie als was mit Sinnlichkeit zusammenhängt, diese gibt ihr den Geschmack den sie für Musik und Mahlerei und dgl. hat oder haben will.» (NA 24, 113) Schon während des ersten Besuchs am Nachmittag des 27. Juli findet man Zeit zum ausführlicheren Gespräch. Schiller begleitet Anna Amalia durch den Park und läßt sich von ihr die Gartenarchitektur vorführen, über die er, als guter Kenner der Anlagen auf der württembergischen Solitude, sachkundig urteilen kann. Gemeinsam betrachtet man die hier aufgestellte Büste Wielands und das gewaltige Monument, das Anna Amalias Bruder, den Herzog Leopold von Braunschweig, zeigt; in der Galerie mustert man später eine Auswahl von Landschaftsbildern des Mannheimer Malers Ferdinand Kobell, die der Hof im Dezember 1780 durch Vermittlung Goethes erworben hatte. Am frühen Abend fährt Schiller in einem mehrspännigen Wagen, den ihm seine Gastgeberin generös zur Verfügung stellt, ins nahe Weimar zurück.

Durch Charlotte von Kalb schließt Schiller in rascher Folge Bekanntschaft mit den wichtigsten Hofleuten und Künstlern der Residenz. Die ersten vier Wochen seines Aufenthalts vergehen unter unaufhörlichen Gesellschaftsverpflichtungen, ohne daß er Zeit zu literarischer Arbeit findet. Bereits am 22. Juli lernt er in Charlottes Wohnung Luise von Imhof und den auf der Durchreise befindlichen Grafen Solms kennen. Drei Tage später ist er Gast des Kammerherrn Einsiedel; am 28. Juli trifft er bei einer abendlichen Punschpartie den Mannheimer Intimfeind Gotter wieder, dem er mit begreifbarer Reserve begegnet; in Einsiedels Haus wird ihm am 9. August die gefeierte Schauspielerin und Sängerin Corona Schröter vorgestellt (deren Geistesgaben ihn wenig zu überzeugen scheinen). Am folgenden Tag besucht er den kauzigen, nicht sonderlich einnehmenden Knebel, mit dem er sich Goethes Gartendomizil ansieht. Eine Woche später läßt er sich von Georg Melchior Kraus durch die Weimarer Zeichenakademie führen; am 17. August besichtigt er die Hofbibliothek, die damals die drittgrößte Büchersammlung Deutschlands aufwies. Ihre ständig wachsenden Bestände hatte man bereits 1766, vor dem Schloßbrand, aus der Wilhelmsburg ausquartiert und in einem geräumigeren Gebäude untergebracht, das malerisch am Ufer der Ilm lag. Schiller konsultiert die herzögliche Bibliothek später regelmäßig und leiht sich hier historische Schriften, aber auch Romane und Reiseberichte. Das pedantisch geführte Benutzerverzeichnis weist aus, daß er manche Bände über Jahre nicht zurückgab.

Mitte August begegnet Schiller bei Charlotte von Kalb dem Großunternehmer und Verleger Bertuch, zu dem er in den folgenden Jahren lockeren Kontakt pflegen wird. Bereits am 11. August 1787 macht er dem einflußreichen Christian Gottlieb Voigt seine Aufwartung. Der 16 Jahre ältere Regierungsrat, der in Jena Jurisprudenz studiert hatte, gehört bereits zu diesem Zeitpunkt zu den Stützen der herzöglichen Politik, auch wenn er erst 1791 offiziell ins Consilium berufen wird. Energisch und umsichtig zieht er rasch die unterschiedlichsten Aufgabenbereiche an sich. Seit 1783 wirkt er in der Ilmenauer Bergwerkskommission, die das Ziel verfolgt, den brachliegenden Erzabbau zu reaktivieren. Mit Goethe arbeitet er, anders als die alternden Geheimräte Schmidt, Fritsch und Schnauß, reibungsfrei zusammen. Gemeinsam widmet man sich der Gestaltung der Bibliothek, dem Erhalt von Bildersammlungen und der Förderung wissenschaftlicher Institutionen. Der nicht sonderlich kunstsinnige Voigt ist weltläufig, gewandt, wo nötig aber auch pragmatisch und entscheidungsfreudig; daß er wie zahlreiche Köpfe der Weimarer Gesellschaft dem Illuminatenorden angehört, scheint ein offenes Geheimnis.[100] Nach 1789 hat er einen konservativen Kurs verfolgt, der Überwachungskampagnen ebenso wie rigide Strafmaßnahmen gegen progressive Untertanen einschloß, und damit die Machtinteressen des von Carl August vertretenen Absolutismus zur Geltung gebracht.[101] Er bleibt während der ersten Weimarer Monate Schillers enger Gesprächspartner, der ihn über die Gepflogenheiten der Hofwelt und Fragen der Kunstförderung unterrichtet. Mehrfach lädt er ihn zu seinen Soupers ein, bei denen sich die geistreichsten Köpfe Weimars zu versammeln pflegen. Auch in späteren Jahren gestaltet sich Schillers Verhältnis zu Voigt stets harmonisch. Der mächtige Politiker wird sein tatkräftiger Förderer, der seine Interessen beim Herzog nachdrücklich und geschickt zu vertreten weiß.

Lediglich dem Herzog und seiner Ehefrau Louise kann sich Schiller während der ersten Monate nicht vorstellen. Carl August kehrt zwar Ende September in die Residenz zurück, jedoch findet er keine Gelegenheit, die durch Knebel vorgebrachte Bitte um Audienz zu erfüllen. Schon kurze Zeit später bricht er erneut auf, um sich dem preußischen Feldzug gegen die österreichischen Niederlande anzuschließen. Die Politik des noch von Friedrich II. begründeten Fürstenbundes führt ihn im Winter zu Verhandlungen nach Mainz, so daß er erst Mitte Februar 1788 wieder in Weimar ankommt. Der regierenden Herzogin begegnet Schiller zwar zuweilen im Stadtpark *Am Stern* bei Spaziergängen, ohne jedoch um eine Audienz zu ersuchen; zu ihr, die im persönlichen Umgang ängstlich und zurückhaltend wirkt, hat er erst spät Kontakt gefunden. Trotz des freundlichen Empfangs, den ihm die Hofkreise bereiten, gewinnt er einen zwiespältigen Eindruck von den Weimarer Zirkeln. Zwar zeigt er sich auf dem ungewohnten Parkett außerordentlich souverän, doch bringt er der zeremoniösen Förmlichkeit des Adels starke innere Vorbehalte entgegen. Caroline von Wolzogen bemerkt rückblickend, auch aus eigener Erfahrung: «Die Weimarische Welt wirkte im Ganzen mehr bildend als belebend auf Schiller. Der Ton der Gesellschaft war kritisierend, mehr abweichend als entgegenkommend. Von rheinländischer Liberalität und schwäbischer Herzlichkeit war wenig zu finden.»[102] Rasch muß der kritische Besucher erkennen, daß die kulturellen Interessen der Aristokratie auch in der Stadt der Musen auf schwachen Fundamenten ruhen. Häufig genug verdeckt gezierte Förmlichkeit dürftiges Wissen und konventionellen Geschmack. Daß am Hof «viel schaales Zeug geschwazt» wird, stellt Schiller bereits beim ersten Besuch in Tiefurt fest (NA 24, 113). Auch Goethe hatte, als er 1775 nach Weimar kam, die Grenzen der höfischen Bildung sehr deutlich wahrgenommen. Im Schema zur Fortsetzung seiner Autobiographie *Dichtung und Wahrheit* vermerkt er am 31. Mai 1810 über die gesellschaftlichen Verhältnisse während seiner ersten Amtsjahre lakonisch: «Guthmüthige Beschränktheit, die sich zur wissenschaftl. und literarischen Cultur emporzuheben sucht.»[103]

Lehrstunden bei den Altmeistern. Kontakt zu Wieland und Herder

Der Weimarer Hof konzentrierte seine Geschmacksvorlieben vorwiegend auf den französischen Klassizismus. Literatur, Malerei, Musik, Bildhauerei und Tanz blieben jeweils vergleichbaren Wertungsnormen unterworfen; Maß und Harmonie, geometrische Regelhaftigkeit und Balance, galante Grazie und Würde bildeten die Leitbegriffe, die sich diesem ästhetischen Programm zuordneten. Schiller, der bereits in Mannheim unter einem klassizistischen Theatergeschmack gelitten hatte, begegnete der Frankophilie der Zirkel um Anna Amalia mit Widerwillen. Noch im Mai 1800 beklagt er sich gegenüber Goethe, er habe «bei einem Thee und Souper im Palais» fast eine Stunde lang «französische Verse anhören» müssen (NA 30, 155). Bereits nach den ersten Weimarer Wochen wahrt er Distanz zum sterilen Hofklassizismus, dessen steif-zeremoniöse Tanz- und Theaterkultur ihm überholt erscheint. Andererseits verdeutlichen ihm die neuen Eindrücke, die er in den intimen Gesprächsrunden der Residenz gewinnt, daß er seine ästhetische Bildung vervollkommnen muß. «Ich habe viel Arbeit vor mir», schreibt er Huber am 28. August 1787, «um zu meinem Ziele zu gelangen aber ich scheue sie nicht mehr. Mich dahin zu führen soll kein Weg zu ausserordentlich zu seltsam für mich seyn.» (NA 24, 140f.) Vor allem ist es die Lektüre antiker Autoren, die sich Schiller im folgenden Jahr zur Pflicht macht. Die Bedeutung, die der literarische Kanon des klassischen Altertums für die moderne Bildung besitzt, verdeutlicht ihm bereits kurz nach seiner Ankunft der neue Mentor Wieland.

Die erste Begegnung mit dem 26 Jahre Älteren findet am 23. Juli statt. Wieland empfängt ihn freundlich, inmitten seines häuslichen Chaos, das, wie Schiller berichtet, durch «ein Gedränge kleiner und immer kleinerer Kreaturen von lieben Kinderchen» erzeugt wird (NA 24, 108). Wieland hat sich großbürgerlich-komfortabel im Kreis einer auch für damalige Verhältnisse ungewöhnlich vielzähligen Familie eingerichtet. Von den 13 Kindern, die seine Frau Anna Dorothea geboren hatte, lebten 1787 noch fünf Töchter und vier Söhne mit ihm in Weimar. Der 54jährige Autor kann befriedigt auf eine eindrucksvolle literarische Laufbahn zurückblicken. Seine Biographie legte freilich zunächst Weichenstellungen außerhalb künstlerischer Aufgabenfelder nahe.[104] Aufgewachsen war er als Sohn eines protestantischen Pfarrers in der schwäbischen Reichsstadt Biberach. Der Besuch der Internatsschule Klosterbergen bei Magdeburg vermittelte ihm den strengen Geist des Pietismus, schuf jedoch zugleich breite Fundamente für seine vorzüglichen Antikekenntnisse; die frühe Auseinandersetzung mit Livius, Terenz, Horaz und Vergil, die der Schüler fließend im Original las, sollte auch dem späteren Versepiker und Romancier von Nutzen sein. Heimlich, gegen das Verbot der puristischen Schulleitung, studierte er Autoren der europäischen Aufklärung Brockes, Haller, Bayle, Fontenelle und Voltaire zumal. Zwischen 1749 und 1750 erhielt er in Erfurt Privatlektionen bei Johann Wilhelm Baumer, einem Verwandten der Mutter, der ihm das Werk Christian Wolffs erschloß, ohne jedoch seine aus pietistischen Glaubensmeinungen geborenen Zweifel gegenüber dem Rationalismus zerstreuen zu können. Das 1750 in Tübingen begonnene Jurastudium brach er nach wenigen Monaten ab und wandte sich statt dessen konsequent der Literatur zu. Die Jahre zwischen 1752 und 1760 verbrachte er in der Schweiz, zunächst in Zürich als Gast Johann Jacob Bodmers, schließlich in Bern, wo er sich in der Rolle des Hauslehrers versuchte. Der hier durchlebten Periode einer mystisch-asketischen Weltsicht, deren literarischen Ertrag insbesondere die *Sympathien* (1756) und die *Empfindungen eines Christen* (1757) bildeten, folgte im Anschluß an die Rückkehr nach Biberach ab 1760 eine Phase des tiefgreifenden Zweifels an der Evidenz der religiösen Erfahrung. Nach kurzzeitiger Amtstätigkeit als Senator und Kanzleiverwalter entfaltete Wieland jetzt eine produktive literarische Wirksamkeit, die sich wesentlich aus dem neu erprobten, zur lebensprägenden Geisteshaltung geratenden Skeptizismus speiste. In Biberach entstanden die Shakespeare-Übersetzungen, die bis 1768 in acht Bänden veröffentlicht wurden und am Ende 22 Dramen umfaßten, die *Comischen Erzählungen* (1765), das Versepos *Musarion* (1768), der satirische Roman *Der Sieg der Natur über die Schwärmerey oder die Abentheuer des Don Sylvio von Rosalva* (1764), schließlich die seinen breiten Ruhm begründende *Geschichte des Agathon* (1766/67).

Nach einer Zwischenstation auf einer philosophischen Professur in Erfurt (1769) siedelte Wieland Ende September 1772 nach Weimar über, wo

Christoph Martin Wieland.
Kohlezeichnung von Anton Graff, 1794

er die Ausbildung des Erbprinzen Carl August übernahm. Das neue Amt verschaffte ihm ein Jahresgehalt von 1000 Talern, das er sich in zäh geführten Verhandlungen hatte garantieren lassen. Weimar war nicht Wielands erste Wahl; mit der Veröffentlichung seines Romans *Der goldne Spiegel* (1772), der die Geschichte des klugen Fürstenerziehers Danischmend erzählt, hatte er sich dem Wiener Hof für ein pädagogisches Amt zu empfehlen gesucht, jedoch scheiterten seine Absichten, weil die streng katholische Königin Maria Theresia den Autor der frivolen *Musarion* und des skeptischen *Agathon* für einen Freigeist hielt, den sie in ihren Zirkeln nicht dulden mochte. Erst nachdem die Wiener Pläne fehlgeschlagen waren, folgte Wieland im August 1772 dem Ruf Anna Amalias. Seine innere Reserve gegenüber dem Hof bekundete er dadurch, daß er den üblichen Diensteid auf das Herzogtum verweigerte (anders als Goethe und Schiller ließ er sich später auch nicht in den Adelsstand erheben). Die Erziehung des Erbprinzen stützte sich auf einen soliden Sprachunterricht, der Übersetzungen antiker Autoren sowie deutsche Stilkunde einschloß. Hinzu kamen, keineswegs systematisch aufgebaut, Moralphilosophie, Kosmologie, Psychologie, Naturrecht und Staatsökonomie.[105] Wieland mußte jedoch rasch erkennen, daß der am literarischen Vorbild des weisen Danischmend ausgerichtete Anspruch auf eine solide Ausbildung des Thronfolgers angesichts der zerstreuenden, geistig oberflächlichen Hofatmosphäre kaum zu verwirklichen war. Bereits 1775 zog er sich, mit einer Pension vom Fürstenhaus unterstützt, ins Privatleben zurück, um ausschließlich seine literarischen Projekte betreiben zu können. Allein die stattlichen Honorare, die seine Romane abwarfen, sicherten der großen Familie eine komfortable Existenz. Vom Leipziger Buchhändler Reich, der den berühmten Verlag *Weidemanns Erben* übernommen hatte, erhielt Wieland in den 80er Jahren beachtliche 6700 Taler Tantiemen für die Manuskripte der *Abderiten* (1773–81) und des *Peregrinus Proteus* (1788–91). Auch der seit 1773 bestehende *Teutsche Merkur* verschaffte beträchtliche Einnahmen; die Jahreseinkünfte, die Wieland in der Anfangsperiode aus seiner Zeitschrift bezog, überstiegen das amtliche Salär um ein Dreifaches. Zwar sanken die Gewinne nach 1780 erheblich, da er selbst kaum noch Beitrage verfaßte und hohe Summen für Mitarbeiterhonorare bereitstellen mußte, jedoch blieb er auch in dieser Phase aufgrund der hohen Umsätze aus dem Verkauf seiner Romane ein glänzend verdienender Autor.[106] Johann Kaspar Riesbeck bescheinigte ihm, als er 1783 die deutsche Literaturszene charakterisierte, Sinn für die «Industrie», also gesunden Geschäftsinstinkt: «Keiner der deutschen Schriftsteller kennt sein Publikum so gut als Wieland.»[107]

Schiller entwickelt zu seinem württembergischen Landsmann rasch ein entspanntes Verhältnis. Am 27. Juli begleitet ihn Wieland nach Tiefurt zur ersten Audienz bei der Herzogin und erläutert ihm während der Fahrt die Charaktereigentümlichkeiten seiner berühmten Gastgeberin. Drei Tage später verbringt man mehrere Stunden gemeinsam beim Spaziergang im herzöglichen Stadtpark, in dessen Verlauf sich die Gesprächspartner wechselseitig ihre persönliche Lebensgeschichte erzählen. Während sich Wieland zu späterer Stunde frisieren läßt, darf Schiller seine umfassende Bibliothek studieren, die eine üppige Sammlung französischer und englischer Romane enthält. Am Abend besucht man den Weimarer Club, wo sich nach englischem Vorbild Herren der besseren Gesellschaft trafen, um die aktuellen Journale (häufig auch des Auslands) zu lesen, Karten oder Billard zu spielen und sich bei Tisch mit ihren Gästen über Fragen der Hofpolitik auszutauschen. Das besondere Kennzeichen des Weimarer Clubs bestand darin, daß er nicht nur Aristokraten, sondern auch Bürgern mit guter «Cultur des Geistes» und «feinen Sitten» offenstand.[108] Nachdem Wieland ihn hier eingeführt hat, vertieft Schiller während der folgenden Wochen seinen Kontakt zu den wichtigsten Hofleuten, zu Voigt und Einsiedel zumal. Seit seiner Zeit als Regimentsarzt schätzt er das Kartenspiel, wie er es im Weimarer Herrenzirkel pflegen darf. Bevorzugt werden *L'hombre*, *Taroc-Hombre* und *Baccarat*, wobei die Einsätze freilich niedrig bleiben. Anders als Lessing, der in Breslau beim *Pharao* zuweilen ein kleines Vermögen verschleuderte, pflegt Schiller sich am Spieltisch stets kühl zu kontrollieren. Die Leidenschaft für die Karten bleibt ihm aber auch in späteren Jahren treu. Noch auf den großen Redouten, die er als geadelter Hofrat besucht, findet man ihn meist beim *Baccarat*. Im ersten Weimarer Herbst frequentiert er neben dem Club zudem die neugegründete Mittwochsgesellschaft, wo gemischte Runden mit Damen und Herren gehobener bürgerlicher Kreise das Whistspiel pflegen.

Auch Wieland faßt schnell Vertrauen zu Schiller. Er weiht ihn in seine persönlichen Sorgen ein, beklagt das (angebliche) Schwinden seiner literarischen Bekanntheit, die Mühen des familiären Alltagslebens, die Widerstände, denen sich seine publizistische Arbeit ausgesetzt sieht (NA 24, 116ff.). Selbst über finanzielle Fragen spricht man in größter Offenheit. Wielands Pension liegt nach dem Ausscheiden aus dem aktiven Hofdienst bei 600 Talern jährlich, was, vergleicht man es mit den 1800 bzw. 2000 Talern, die Goethe und Herder für ihre aktiven Dienste erhalten, reichlich bemessen scheint; die Einkünfte, die aus diversen Verlagsverträgen fließen, bleiben gleichfalls erheblich. Dennoch klagt Wieland fortwährend über schlechte Verdienstmöglichkeiten. Sein Sorgenkind ist der *Merkur*, dessen

Auflage, wie er Schiller im Herbst verrät, ständig sinkt (sie war von 2000 auf mittlerweile 1500 Verkaufsexemplare gefallen).[109] Spontan schlägt Wieland Schiller am 12. Oktober vor, die Rolle des Mitherausgebers zu übernehmen und die Manövriermasse der *Thalia*, um Konkurrenz zu vermeiden, in den *Merkur* einzubringen. Man ist sich rasch handelseinig, obwohl Fragen der inhaltlichen Gestaltung und des Beiträgerrahmens zunächst offenbleiben. Die Ankündigung der neuen Zeitschrift soll zur Ostermesse erscheinen, weil man das Publikum rechtzeitig einstimmen möchte. Schiller hofft auf einen langfristigen Verkauf von 2000 Exemplaren im Monat (Wielands Subskriptionsquote liegt bei 1400 Stück), was ihm selbst, wie er vermutet, einen Jahresprofit von 1000 Talern bescheren würde (NA 24, 171).

Der verheißungsvoll anmutende Plan wird zunächst nicht weiter verfolgt, weil Schiller sich ab Oktober verstärkt in seine historischen Projekte einspinnt. Das Vorhaben bleibt aber für Wieland aktuell; ein Jahr später ergreift er nochmals die Initiative und erörtert mit Schiller die Möglichkeiten einer naheren Kooperation. Am 13. November 1788 trifft man sich zu einem Arbeitsgespräch, in dessen Verlauf die genaue finanzielle Kalkulation des Projekts durchgespielt wird. Die aktuelle Verkaufsauflage des *Merkur* liegt inzwischen bei 1200 Exemplaren; sie wirft 2000 Reichstaler Umsatz, nach Abzug der hohen Druck- und Papierkosten sowie der Autorenhonorare jedoch nur 200 Taler Reingewinn für den Herausgeber ab. Um die Profitrate zu steigern, verständigt man sich darauf, das Journal nur noch mit den Beiträgen dreier fest beschäftigter Verfasser zu bestücken. Jeder der Mitarbeiter soll im Jahr knapp 370 Seiten (23 Bogen) Manuskript liefern, was, auf zwölf Hefte verteilt, einen hinreichenden Umfang gewährleistet hätte. Schiller errechnet, daß die drei Autoren bei dieser Konstruktion jeweils einen persönlichen Gewinn von jährlich 100 Carolin (600 Talern) erzielten, da die Unkosten für weitere Honorare entfallen. Unklar ist den beiden Verhandlungspartnern lediglich, wer neben ihnen selbst als dritter Mitarbeiter in das Leitungsgremium eintreten soll. Am 14. November meldet Schiller das neue Arrangement nicht ohne Stolz nach Dresden, scheint aber in den folgenden Wochen keinen weiteren Gedanken darauf verwendet zu haben, das Vorhaben voranzutreiben (NA 25, 132ff.). Schon am Jahresende zeichnet sich ab, daß es das gemeinsam edierte Journal niemals geben wird. Schiller sei, so vermerkt Wieland unwillig, «nicht dazu gemacht, lange an einem Faden zu spinnen»; man könne ihn rasch begeistern, doch fehle ihm die Ausdauer.[110] Es sind zumal die von Wieland argwöhnisch verfolgten Geschichtsstudien, die ihn daran hindern, den Journalplan aktiv aufzugreifen. Mit Schillers

Berufung auf die außerordentliche Professur in Jena im Frühjahr 1789 zerschlug sich der Plan einer gemeinsamen *Merkur*-Herausgeberschaft endgültig.

Daß Wieland Schillers frühere literarische Laufbahn kritisch verfolgt hat, verschweigt er seinem Gast im Spätsommer 1787. Auf einen um Unterstützung werbenden Brief des jungen Autors hatte er zu Beginn des Jahres 1782 ausweichend geantwortet. In den frühen Dramen glaubte er die Spuren eines undisziplinierten Talents zu erkennen, das seine kraftgenialische Selbstherrlichkeit ungezügelt auslebte. Die *Räuber* kennzeichnet er Schwan gegenüber als Produkt ‹rohen Geschmacks›, das durch Genie und Willkür gleichermaßen bestimmt sei; ähnlichem Tenor folgt Anfang März 1782 ein Brief an den Italianisten Friedrich August Clemens Werthes, der am Debütwerk ein entfesseltes Bühnentemperament wahrnimmt.[111] Selbst den *Karlos*, dessen *Thalia*-Fassung er mit gespannter Aufmerksamkeit liest, kann er nicht für das Zeugnis klassisch geläuterter Bildung halten, obgleich der hier genutzte Blankvers seinen eigenen Vorgaben aus den *Briefen an einen jungen Dichter* (1782–84) bereits punktuell genügt. Über die Buchfassung möchte er daher zunächst, wie er im Mai 1787 seinem Schwiegersohn Reinhold verrät, keine Besprechung verfassen, weil er fürchtet, Schiller durch seine Ablehnung zu brüskieren.[112] Daß er an anderer Stelle längst ein Urteil formuliert hat, gibt er zu diesem Zeitpunkt nicht preis. Schon am 8. Mai 1785 legte er dem Weimarer Herzog auf dessen Geheiß ein vertrauliches Gutachten über den ersten Akt der *Thalia*-Fassung des *Karlos* vor, in dem er die Vorzüge des Fragments kritisch abwägt. Carl August suchte damals nähere Informationen über den eigentümlichen Enthusiasten zu gewinnen, den er in Darmstadt zum Weimarischen Rat ernannt hatte, ohne ihn genauer zu kennen. Wielands detailliert begründete Einschätzung fällt nicht unfreundlich aus, betont jedoch die formalen Mängel des Textes, die allein durch eine gediegene «Ausbildung» des Autors behoben werden könnten.[113] Schiller selbst hat von dieser Expertise und ihrem möglichen Einfluß auf das Urteil des Herzogs nie etwas erfahren. Daß Wieland im Herbst 1787, seiner früheren Weigerung zum Trotz, doch eine (durchweg noble) Rezension des *Karlos* für den *Merkur* schrieb, mag Ausdruck persönlicher Verpflichtung gewesen sein. Die knappe Kritik lobt die dramaturgischen Qualitäten des Stücks, spricht ihm aber aufgrund seines Umfangs jegliche Bühnentauglichkeit ab und empfiehlt dem Verfasser, er solle sich verstärkt «den Gesetzen des Aristoteles und Horaz» unterwerfen.[114] Schiller hat diese Einwände akzeptiert; in einer ausführlichen Aussprache, die Anfang Oktober stattfindet, erläutert Wieland ihm die Gründe für seine skeptischen Anmerkungen, bescheinigt ihm aber wohlwollend, daß er im dramatischen Fach über eine einzigartige Begabung verfüge (NA 24, 164).

In den ersten Weimarer Monaten vertieft sich der Respekt, den Schiller Wielands Geschmacksurteil entgegenbringt. Sein urbaner Klassizismus, der sichere Stil seiner Essays, die souveräne Formkultur seiner Epik, das glänzende Rhythmusgefühl seiner Verssprache und der treibende Puls seiner ironischen Prosa hatten den Karlsschüler zwar beeindruckt, aber kaum in ihren Bann geschlagen. Zeugnisse der Begeisterung über Wielands Romanwerk fehlen; auch zu den Versepen hat er sich nicht detailliert geäußert, obgleich er neben der populären *Musarion* zumal *Idris und Zenide* (1768) sowie den *Oberon* (1780) genauer kannte. Im Herbst 1787 betrachtet Schiller Wieland jedoch als Lehrmeister, der seine klassische Bildung mehren und seinen literarischen Geschmack verfeinern kann. Angeregt diskutiert man Shaftesburys *Moralists* und Homes *Elements of Criticism*, Sulzers *Allgemeine Theorie der schönen Künste* und Lessings *Laokoon*.[115] Insbesondere die Spur Shaftesburys, dessen Lehren Wieland in seinem *Theages*-Fragment von 1758 verarbeitet, wird Schiller im Sommer 1788 gründlicher verfolgen; Homes Lehre der ästhetischen Grazie, die auch Wielands Ideal einer anmutigen Schönheit prägt, greift er sechs Jahre später unter dem Einfluß Kants nochmals auf. Der im August 1788 erklärte Vorsatz, am Werk Homers die eigene «Classicität» (NA 25, 97) zu bilden, dürfte ebenso von Wieland angeregt worden sein wie der neun Monate später gefaßte Plan, ein der antiken Formkultur folgendes Epos über Friedrich den Großen zu schreiben. Die mit dem Weimarer Mentor unternommenen Erkundungen alter Texte gewinnen für Schiller eigenen Reiz, weil sie nicht von papiernem Philologenverstand, sondern vom lebendigen Temperament eines weltoffenen Künstlers getragen werden. «An Wieland ist das vorzüglich merkwürdig», so heißt es im Oktober 1787, «daß er einen noch so jugendlichen Geist hat in einem alten Körper.» (NA 24, 164 f.)

Wielands Einfluß wirkt bis zum Sommer 1789 mit starker Intensität auf Schillers schriftstellerischen Alltag. Regelmäßig liest er ihm aus den in dieser Zeit entstehenden Manuskripten der historischen Arbeiten vor und sucht seinen Rat bei Stilfragen; Probleme des Metrums und der Komposition diskutiert er mit ihm im Rahmen des Plans einer Euripides-Übertragung; die beiden für den *Merkur* verfaßten Lehrgedichte *Die Götter Griechenlandes* und *Die Künstler* gewinnen ihr näheres Profil auch durch die Anregungen, die Wieland in zahlreichen Disputen vermittelt. Erbittert streitet man über den Rang der französischen Tragödie, deren strikter Formkunst Schiller die moderne Psychologie seines *Karlos* entgegensetzt (NA 25, 16 f.). Wielands Skeptizismus, wie er sich in seinem Essay über

Enthusiasmus und Schwärmerei (1775) beispielhaft äußert, steuert trotz solcher Kontroversen die gemeinsame Erörterung einer modernen Künstlerpsychologie, deren Grundlage die entspannte Harmonie der Geisteskräfte bilden sollte; «Ergetzen ist der Musen Pflicht», hieß es in *Idris und Zenide*, «Doch spielend geben sie den besten Unterricht.»[116] Schiller, der sich aus dem metaphysischen Bann seiner Jugendphilosophie zu lösen sucht, läßt sich durch Wielands ironisch gebrochenen Realismus auf ähnlich starke Weise anregen wie vom Formbewußtsein seines ästhetischen Denkens.[117] Beide Impulse wirken in der anthropologisch begründeten Kunsttheorie der späteren Jenaer Periode nach. Wie bedeutsam Wielands Beitrag zum neuen Klassizismus war, wußte bereits Goethe, der ihm 1795 bescheinigt, sein Werk bilde «die ganze Lehre des Geschmacks»[118] auf mustergültige Weise ab.

Im Mai 1789, als Schiller nach Jena umzieht, reißt der Kontakt jäh ab; in den folgenden Jahren hört man nur sporadisch voneinander. Die Kant-Studien führen Schiller bald auf neue Wege, denen Wieland nicht mehr folgen mag; sein theoretischer Ehrgeiz blieb stets begrenzt, seine Neigung zum philosophischen Systemdenken gering. Wie Klopstock, Nicolai, Abel und Garve hat er die Herausforderungen, die von der Transzendentalphilosophie ausgingen, nicht mehr angenommen. Auch nachdem Schiller 1799 in die Residenz zurückgekehrt ist, findet die frühere Freundschaft keine Fortsetzung. Wieland zieht in dieser Zeit die ländliche Ruhe dem oberflächlichen Hoftreiben vor. Zwischen 1797 und 1803 lebt er abgeschieden auf seinem Gut im zehn Kilometer nördlich von Tiefurt gelegenen Oßmannstedt. Erst nach dem Tod seiner Frau siedelt er sich im Jahr 1803 wieder in Weimar an, wo er in regelmäßigen Abständen als Gast im Wittumspalais erscheint, an den Spielrunden teilnimmt und die alte Freiheit genießt, neben der Herzogin «auf dem Sopha zu schlafen.» (NA 24, 145) Zu diesem Zeitpunkt ist Schillers Bündnis mit Goethe, trotz gelegentlicher Erschöpfungsphasen, so stark gefestigt, daß es andere persönliche Allianzen von vergleichbarer Intensität ausschließt. Zudem steigern sich seine Zweifel an Wielands ästhetischer Originalität seit der Mitte der 90er Jahre rapide. Den späten Romanen – *Agathodämon* (1796–1799) und *Aristipp* (1800–1802) – bringt er starke Reserven entgegen, weil er in ihnen die literarisch spröden Zeugnisse einer überholten Geisteskultur erblickt. Zu den künstlerisch bedeutsamen Autoren, so bemerkt er am 1. Mai 1797 knapp in einem Brief an Körner, könne man Wieland nicht mehr zählen: «Er gehört in die löbliche Zeit, wo man die Werke des Witzes und des poetischen Genies für Synonima hielt.» (NA 29, 71)

Der Weimarer Neuankömmling weiß, daß er auch zu Herder rasch

Kontakt gewinnen muß, will er seine Sondierungen nicht einseitig auf den Bereich der schönen Künste beschränken. Bereits am 24. Juli 1787, einen Tag nach der Antrittsvisite bei Wieland, besucht Schiller den Generalsuperintendenten in seiner Dienstwohnung. Der 15 Jahre Ältere empfängt ihn höflich, zeigt sich jedoch über seine Werke auffallend schlecht informiert; im Laufe des Gesprächs erweist sich, daß er nichts von ihm gelesen hat. Das Porträt, das der für Körner geschriebene Bericht entwirft, zeichnet einen energischen Charakter: «Seine Unterhaltung ist voll Geist, voll Stärke und Feuer, aber seine Empfindungen bestehen in Hass oder Liebe.» Die gereizte Empfindlichkeit, mit der Herder über die Welt der Politik spricht, schafft erste Anknüpfungspunkte. Befriedigt stellt Schiller fest, daß Carl Augusts oberster Kirchenmann den Herzog von Württemberg als Despoten ohne Menschlichkeit betrachtet: «Er haßt ihn mit Tirannenhass.» (NA 24, 110) Offenherzig spricht Herder auch über die Größen Weimars; daß er Wieland wenig schätzt, weil er seine Antikebegeisterung unchristlich findet, aber seinem Jugendfreund Goethe weiterhin Respekt entgegenbringt, erfährt Schiller bereits nach kurzer Zeit. Insgesamt vermittelt Herder freilich den Eindruck, als sei er mit seiner Stellung in der Residenz höchst unzufrieden. Er beklagt die Last der Amtsgeschäfte, die ihm wenig Raum für seine schriftstellerischen Arbeiten lassen, die oberflächlichen Unterhaltungen der höfischen Zirkel und die Banalität der Vergnügungen, denen man im Club frönt. Das misanthropische Bild, das er hinterläßt, steht in deutlichem Gegensatz zu der optimistischen Aufbruchsstimmung, die Schiller während seiner ersten Weimarer Wochen gepackt hat. Bereits nach der ersten Begegnung kann er ahnen, daß Herders mißmutige Empfindlichkeit eine engere Verbindung ausschließt, auch wenn ihm seine Offenheit «sehr behagt» (NA 24, 110).

Herders Unzufriedenheit speiste sich aus Rollenkonflikten, die frühzeitig bei ihm aufgebrochen waren. Als Sohn eines Küsters wuchs er im ostpreußischen Mohrungen auf, wo er zunächst die öffentliche Stadtschule besuchte. 16jährig übernahm er 1761 die Stelle eines Schreibers im Haus des Diakons Sebastian Friedrich Trescho, wechselte 15 Monate später aber bereits zum Studium nach Königsberg. Da er für das ursprünglich angestrebte medizinische Fach keine Eignung besaß (er fiel bereits bei der ersten Leichensektion in Ohnmacht), schrieb er sich, ohne Zustimmung der Eltern, in der theologischen Fakultät ein. Seine glänzenden Griechisch- und Hebräischkenntnisse halfen ihm, das komplexe Pensum fast spielerisch zu absolvieren, so daß er während der freien Stunden philosophische und naturwissenschaftliche Vorlesungen bei Kant hören konnte. Die in Königsberg geschlossene Freundschaft mit dem vielseitig gebildeten, durch

Johann Gottfried Herder.
Stahlstich von Lazarus Gottlieb Sichling
nach dem 1785 entstandenen Gemälde von Anton Graff

seine *Sokratischen Denkwürdigkeiten* (1759) bereits als Autor hervorgetretenen Privatgelehrten Johann Georg Hamann und dem jungen Verleger Johann Friedrich Hartknoch gewannen lebensprägende Bedeutung. Im November 1764 wechselte Herder ohne Studienabschluß ins livländische Riga, wo er zunächst eine Lehrerstelle an der Domschule, ab April 1767 ein Predigeramt versah. Hier betrieb er eine intensive Auseinandersetzung mit neuerer Philosophie und Ästhetik, las Lessing, Winckelmann, Montesquieu, Shaftesbury und Hume. Während der Nebenstunden entstanden die Fragmente *Ueber die neuere Deutsche Litteratur* und die *Kritischen Wälder*. Diese anonym veröffentlichten Arbeiten, die dem Geist Lessings folgen wollten, zeigten eine in Deutschland bisher ungekannte Argumentationskultur; das hier praktizierte Denken in Bruchstücken und Gedankensplittern, in Abschweifungen und Assoziationsketten sollte zeigen, daß ästhetische Urteile niemals systematische Strenge, sondern stets nur vorläufigen Charakter besitzen. Die temperamentvolle Darstellungsform, mit der Herder sein Publikum begeisterte, schloß einen erfrischend unbefangenen Blick auf die kanonisch gewordenen Werke der Vergangenheit ein. Hermeneutik bedeutete für ihn, den gelehrten Theologen, die Auslegung von Texten als Akt ihrer Erneuerung zu begreifen, ohne dabei das historische Bewußtsein zu opfern, das den Verstehensvorgang begleiten muß. Schon in seinen frühen Schriften sucht Herder stets die Vielfalt der europäischen Literaturgeschichte zu betonen, die nach seiner Ansicht allein unter Einbeziehung der zuvor meist vernachlässigten keltisch-skandinavischen Mythologie und der Literatur des Mittelalters erfaßt werden kann. Herders Ästhetik bleibt dabei vom Anspruch bestimmt, geschichtliche und metaphysische Betrachtung des Schönen möglichst spannungsfrei zu verknüpfen, was einerseits zur Kritik überzeitlich-normativer, die kulturhistorische Entwicklung vernachlässigender Regelgesetze, andererseits zu einer letzthin spirituellen Grundlegung der Kunst führt, die es erlauben soll, ihre vollkommenen Werke als Ausdruck göttlicher Offenbarung aufzufassen.

Bereits in Riga brach Herders Konflikt zwischen amtlicher Pflicht und schriftstellerischer Neigung, hinter dem sich die Konkurrenz zwischen theologischen und kunstphilosophischen Interessen verbarg, mit Macht aus. Die im Juni 1769 begonnene Seereise, die ihn am Ende nach Nantes, Paris und Straßburg führte, bildete auch den Versuch, der bedrückenden Orientierungsnot des frei publizierenden Predigers zu entkommen. In Straßburg, wo er den fünf Jahre jüngeren Goethe kennenlernte, schrieb Herder seine berühmt gewordene, von der Berliner Akademie der Wissenschaften preisgekrönte Abhandlung *Über den Ursprung der Sprache*. Sie mehrte sein öffentliches Ansehen, erlaubte aber noch nicht den ersehnten Absprung in die akademische Karriere. Am 28. April 1771 trat er das Amt des Konsistorialrats im niedersächsischen Bückeburg am Hof des Grafen von Schaumburg-Lippe an. Die über dem normalen Predigersalär liegende Besoldung erlaubte ihm die seit der Straßburger Zeit angestrebte Gründung einer Familie; im Mai 1773 heiratete er Caroline Flachsland, die ihm bis zum Jahr 1790 sieben Söhne und eine Tochter gebar. Während der folgenden Jahre veröffentlichte er neben seiner Volksliedstudie und dem Shakespeare-Essay die rasch Aufsehen erregende Streitschrift *Auch eine Philosophie der Geschichte zur Bildung der Menschheit* (1774), in der er entschieden gegen das teleologische Ordnungsdenken der Aufklärung Front machte. Maßstab für Herders Blick auf die Entwicklung des *Homo sapiens* ist die Natur, deren Ganzheit in der zyklisch sich entfaltenden Vielfalt ihrer Formen, Kräfte und energetischen Anlagen aufgehoben bleibt. Die Abhandlung versucht das Kunststück zu verwirklichen, die Geschichte des Menschen als organischen, bisweilen auch von Rückschritt und Verfall bestimmten Prozeß zu deuten, ohne dabei jedoch das Vertrauen in eine wachsende zivilisatorische Verfeinerung und kulturelle Evolution vollends preiszugeben. Die Erkenntnis, daß die Gattung ähnlich stark wechselnden Entwicklungseinflüssen unterliegt wie das Geschick des Individuums, schafft die Einsicht in den zyklischen Charakter der Menschheitsgeschichte. Schiller, der die Schrift bereits während seines vorletzten Akademiejahres las, wird später in seiner Jenaer Antrittsvorlesung von Herder abweichende historische Vorstellungsmodelle heranziehen, um die Idee geschichtlichen Fortschritts theoretisch zu begründen.

Im Sommer 1776 setzte Goethe mit Wielands Hilfe gegen den Protest orthodoxer Kirchenleute durch, daß Herder auf die Position des Generalsuperintendenten und *Pastor primarius* nach Weimar berufen wurde. Dem Wechsel in das lukrative Amt folgte 1789 auch die Ernennung zum Vizepräsidenten des Oberkonsistoriums. Die Widerstände, die die biederen Weimarer Kirchenleute ihrem aufgeklärten Chef entgegenbrachten, belasteten freilich den Beginn der neuen Tätigkeit. Erbost sprach Goethe bereits Mitte Januar 1776 angesichts der erzkonservativen Tendenzen des Dekanats von den «Scheiskerlen», die «überall auf dem Fasse» sitzen.[119] Herder war unaufhörlich mit den bisweilen zermürbenden Geschäften des um gemäßigte Reformen bemühten Superintendenten beschäftigt, der neben den Pflichten des Predigers, Beichtvaters und Katecheten auch die Aufgabe versah, die Finanzabrechnungen der gesamten Diözese zu überprüfen, das Schulwesen zu kontrollieren, junge Geistliche auszubilden und bei Streitfragen in den Gemeinden vermittelnd einzugreifen. Ehrgeizig verfolgte er zugleich seine schriftstellerischen Arbeiten, die ihn in die weitläufigen Gefilde der Literarhistorie, Mythologie, Religions- und Geschichtsphilosophie, der vergleichenden Sprachwissenschaften und Kunsttheorie führten. Die Doppelbelastung des stark eingespannten Kirchenmanns und Publizisten, nicht zuletzt die Sorge um die ständig anwachsende Familie veranlaßten, daß sich Herders angeborene Neigung zur Misanthropie in Weimar rasch steigerte. Ein schwieriges Verhältnis zum Herzog, in dem er einen unkultivierten Atheisten sah, erschwerte nicht selten die Regelung der amtlichen Konflikte. Auch die Beziehung zu Goethe unterlag periodischen Spannungen und Entfremdungsschüben; dem wenig geschätzten Wieland mochte sich Herder erst annähern, als der Jugendfreund nach 1794 das Bündnis mit Schiller suchte. Trotz seiner hohen Reputation in der deutschen Gelehrtenrepublik blieb der ehrgeizige Weimarer Hofprediger unzufrieden auch mit der öffentlichen Wirkung, die seine publizistischen Arbeiten erzielten. Seine späteren Angriffe gegen den ehemaligen Lehrer Kant dürften nicht allein aus methodischen Einwänden gegen dessen scharfe Metaphysikkritik gespeist, sondern auch durch Konkurrenzdenken und Enttäuschung motiviert worden sein.

Schiller war, als er nach Weimar kam, mit Herders Werk nur in Ansätzen vertraut. Neben der genannten Geschichtsschrift kannte er den Shakespeare-Essay aus der Sammlung *Von deutscher Art und Kunst* (1773), den auch für die *Theosophie* leitenden Aufsatz *Liebe und Selbstheit* (1781) sowie die Akademiestudie *Vom Erkennen und Empfinden der menschlichen Seele* (1778), die Abels Psychologiekolleg zumindest am Rande erörtert hatte. So lag es nahe, daß Schiller seine Lücken rasch schließen mußte, wenn er mit Herder gründlicher ins Gespräch kommen wollte. Nach der ersten Begegnung liest er Ende Juli den *Nemesis*-Aufsatz aus der zweiten Sammlung der *Zerstreuten Blätter* (1786), der die antike Göttin der strafenden Gerechtigkeit als Sinnbild einer geschichtsimmanenten Ordnungskraft deutet, und die eben erschienene Abhandlung *Gott*, die den riskanten Versuch unternimmt, Spinozas Pantheismus mit einer modernisierten, nicht-orthodoxen Theodizee-Vorstellung in Einklang zu bringen. Als man sich am 1. August zufällig bei einem Spaziergang im Wald vor der Stadt trifft, findet sich Gelegenheit zum ersten tieferen Gespräch. Man tauscht sich über Probleme der literarischen Arbeit aus, erörtert Fragen des schriftstellerischen Alltags und stößt schließlich auch auf ergiebige Sachthemen. Herder zeigt sich erfreut über Schillers anregende Anmerkungen zu seinen neueren Produkten. Schwierigkeiten entstehen jedoch dadurch, daß er die Arbeiten des Jüngeren nicht kennt. Wie stark die Sympathielehre der *Philosophischen Briefe* durch die wiederum von Hemsterhuis inspirierten

Überzeugungen des Aufsatzes über *Liebe und Selbstheit* angeregt worden ist, muß ihm Schiller, der die Gelegenheit für Reklame in eigener Sache nutzt, wortreich auseinandersetzen. Seine erzählerischen *Thalia*-Beiträge hat Herder sowenig gelesen wie den *Karlos*, den er ihm zur Prüfung zu übersenden verspricht.

Unsicher zeigt sich Schiller bei der Diskussion der im April veröffentlichten Studie *Gott*, die die Nervenpunkte von Herders keineswegs orthodoxer Religionsauffassung berührt. Im Zentrum steht hier das Unterfangen, die Ethik Spinozas (1677) mit Leibniz' Theodizee zu verbinden und auf diese Weise ihren radikalen Pantheismus in eine an Shaftesburys *Moralists* geschulte Metaphysik zu überführen, die es erlaubt, Gott als «Begriff innerer Vollkommenheit»[120] zu deuten, dessen Macht sich in den Werken der äußeren Natur spiegelt, aber nicht verkörpert. Spinozas Denken soll auf diese Weise vom Verdacht des Atheismus gereinigt und mit einer freilich eigenwilligen Schöpfungslehre verknüpft werden. Methodische Grundlage für diese Deutungsoperation ist die Auffassung der Natur als Spielfeld unterschiedlicher energetischer Kräfte, in denen ein höheres Wesen seinen Einfluß entfaltet. Gegen die – von Spinoza vertretene – Interpretation Gottes als materielle Idee setzt die Studie den Versuch, die Präsenz des Schöpfers in seinem Werk nur indirekt, gleichsam medial zu bestimmen; der in der aufgeklärten Neologie verbreiteten Tendenz, ihn auf ein abstraktes, der Welt äußerliches Prinzip zu beschränken, kontrastiert sie wiederum das Bild eines gegenwärtigen, durch die Vielfalt der endlichen Kräfte seines Werkes als unendlich erfahrbaren Gottes.[121] Schiller scheint bei der mündlichen Erörterung von Herders Abhandlung keine gute Figur abgegeben zu haben; in seinem Brief vom 8./9. August bittet er Körner um ein kundiges Urteil über die Schrift, die aus seiner Sicht «zu viel metaphysisches» enthalte (NA 24, 125). Herders Naturphilosophie, der er im Mai 1788 irrigerweise als ‹materialistisch› bezeichnet, hat er sich nicht zu erschließen vermocht (NA 25, 58). Ihr latenter Pantheismus bildet ein Denkmuster, das ihm fremd bleiben wird. Es gehört zu den Merkmalen von Schillers intellektueller Biographie, daß er die Ethik Spinozas, die so viele Köpfe der Zeit in Aufruhr versetzt hat, niemals genauer zur Kenntnis nimmt. Selbst in späteren Jahren gibt es keine Hinweise auf eine gründlichere Lektüre, obwohl gerade das Jenaer Universitätsmilieu hier vielfältige Anregungen bot. Den Spinoza-Debatten, die Fichte, Schelling und Goethe im Anschluß an das große Streitgespräch zwischen Jacobi und Mendelssohn führten, hat er sich systematisch entzogen. Eine Ursache für dieses Desinteresse war seine Überzeugung, daß der Weg zur Befreiung des modernen Individuums nicht über die Theologie führen konnte, selbst wenn diese, wie bei Spinoza, mit heterodoxen Methoden in Stellung gebracht wurde.

Am 5. August besucht Schiller Herders Gottesdienst, von dessen Ablauf er sich beeindruckt zeigt. Der unpathetische Redestil des Superintendenten, der ohne theatralische Mittel auskommt, findet sein Lob. Freilich spürt er, während er der Liturgie beiwohnt, mit ganzer Deutlichkeit die innere Entfremdung, die ihn vom Kirchenalltag trennt. Körner gegenüber offenbart er am 12. August: «Herders Predigt hat mir besser als jede andre die ich in meinem Leben zu hören bekommen habe, gefallen – aber ich muß dir aufrichtig gestehen, daß mir überhaupt keine Predigt gefällt.» (NA 24, 128) Es mögen auch solche Vorbehalte gegen Herders Kirchenamt sein, die verhindern, daß sich der Kontakt ähnlich intensiv wie im Fall Wielands entwickelt. Ein Brief an Huber vom 14. September äußert die Vermutung, eine Freundschaft mit ihm sei nicht möglich, weil er keine nähere Bindung suche (NA 24, 156). Einen Monat später nennt er ihn «eine wahre Sirene», die «bezaubernd» und «gefährlich» zugleich wirke (NA 24, 172). Solche zweischneidigen Urteile dürften auch auf den Einfluß Wielands zurückgehen, der in Herder einen sittenstrengen Moralisten ohne Toleranz sah und sich über die Abneigung ärgerte, die Weimars oberster Kirchenmann seinen literarischen Arbeiten entgegenbrachte. Daß auf beiden Seiten Vorbehalte bestanden, erkennt man an den nurmehr sporadischen Besuchen, die man sich im folgenden Jahr abstattet. Nachdem während des Herbstes ein oberflächlicher Austausch fortdauerte, versiegt der Kontakt über den Winter. Aus eigener Initiative unternimmt Herder keine Anstrengung, die Beziehung auszubauen, da er mit Argwohn Wielands wachsenden Einfluß auf Schiller beobachtet.[122] Am 6. März und am 14. Mai 1788 trifft man sich im Rahmen von größeren Weimarer Gesellschaften wieder, ohne daß es zu regen Gesprächen kommt. Auch nach Schillers Rückkehr aus Rudolstadt Mitte November 1788 spinnt sich der Faden nicht mehr an.

Zwar erfolgt im Sommer 1794 eine kurzzeitige Annäherung, weil Schiller den erfahrenen Herder als Mitarbeiter für die *Horen* zu gewinnen sucht, doch bleibt sie nicht von Dauer. Nachdem Herder immerhin zehn (vorwiegend leichtgewichtige) Beiträge für den ersten Jahrgang der Zeitschrift beigesteuert hat, findet die Kooperation bereits im Spätherbst 1795 ihr Ende. Der niemals offen eingestandene Bruch wird veranlaßt durch den Disput über den nationalen Mythologiebegriff, den Herders *Iduna*-Aufsatz beleuchtete. Der für das Januarheft der *Horen* verfaßte Dialog entwirft ein ästhetisches Programm der Erneuerung des Mythos aus dem Geist der germanischen Kulturtradition, dem Schiller in einem Brief vom

4. November 1795 energisch seinen eigenen Anspruch auf ‹Classicität› entgegensetzt.[123] Daß sich die Wege beider Autoren fortan trennten, hat freilich verschiedene Gründe, die sich nicht allein aus dem *Iduna*-Streit ableiten lassen. Herder verübelt Schiller den Abdruck von Goethes aus seiner Sicht frivolen *Römischen Elegien*, mißbilligt seine Annäherung an Kant, verschanzt sich grämlich hinter theologisch-metaphysischen Vorbehalten gegenüber seiner Kunstphilosophie, sucht eigenwillige Bündnisse mit Jacobi und dem ihn verehrenden Jean Paul, dessen literarische Grundsätze deutlich von jenen der *Horen* abstechen. Schiller wiederum kann den *Ideen zur Philosophie der Geschichte der Menschheit*, die zwischen 1784 und 1791 erscheinen, wenig abgewinnen, weil sie seinem eigenen historischen Systemdenken ebenso widerstreiten wie den erzählerischen Neigungen, die er in den großen Studien über die niederländische Rebellion und den Dreißigjährigen Krieg praktisch erprobt hat. Den Haß auf Kant, den Herders Spätwerk mit neurotischer Gründlichkeit kultiviert, vermag er nicht nachzuvollziehen. Vor allem mißfällt ihm, daß er seine methodischen Einwände gegen die Transzendentalphilosophie in einer kleinlich-pedantischen Manier vorträgt, die der Kritik den Charakter eines von persönlicher Eitelkeit gefärbten akademischen Schautanzes verleiht. «Herder ist jetzt», heißt es im Mai 1797, «eine ganz pathologische Natur, und was er schreibt, kommt mir bloß vor, wie ein KrankheitsStoff, den diese auswirft, ohne dadurch gesund zu werden.» (NA 29, 71) Wie wenig Berührungspunkte in den letzten Lebensjahren bestehen, bezeugt das abschätzige Urteil über das umständliche Spätwerk *Adrastea* in einem Brief an Goethe vom 20. März 1801: «Herder verfällt wirklich zusehends und man möchte sich zuweilen im Ernst fragen, ob einer der sich jezt so unendlich trivial, schwach und hohl zeigt, wirklich jemals außerordentlich gewesen seyn kann.» (NA 31, 20)

Austausch unter freien Denkern. Reinhold, Bode, Moritz

Die ursprünglich geplante Reise nach Hamburg verschiebt Schiller Ende Okober 1787 auf unbestimmte Zeit, weil er Weimar vorerst nicht verlassen möchte. Zu Beginn des Novembers mietet er eine neue Wohnung im Haus des Kaufmanns Keil an der Frauentorstraße 21. Auch wenn er unter den hohen Lebenshaltungskosten leidet, die der Aufenthalt hier mit sich bringt, scheint die Rückkehr nach Dresden für ihn in weite Ferne gerückt zu sein. Nachdem sich die Turbulenzen der ersten Begrüßungswochen gelegt haben, bietet der Alltag größere Ruhe für die Schreibtätigkeit. Schiller bemüht sich um eine philiströse Arbeitsorganisation, um nicht erneut jener Antriebsschwäche zu verfallen, die ihn während der vergangenen 24 Monate so häufig befallen hatte. Er steht für seine Verhältnisse ungewöhnlich früh auf und beginnt, anders als in Dresden, bereits gegen acht Uhr mit der Tätigkeit am Schreibtisch. Im Vordergrund steht die Quellenlektüre für die Abhandlung zur niederländischen Rebellion, deren Entwurf ihn nahezu pausenlos beschäftigt. Erst am frühen Abend verläßt er die Wohnung, um sich mit Charlotte von Kalb zu treffen, die er regelmäßig sieht. Gelegentlich führt ihn sein Weg auch zu Wieland, mit dem er zu später Stunde den Club oder die Mittwochsgesellschaft aufsucht. Nach abgeschlossenem Tagewerk verbringt er seine Stunden selten allein und genießt es, wie er Körner am 19. Dezember 1787 verrät, daß er «weniger Zeit als gute Freunde» hat (NA 24, 184).

Auch die auswärtigen Nachrichten, die man ihm übermittelt, tragen erfreulichen Charakter. Aus Mannheim hört er, daß am 16. Oktober der berühmte Louis-Sébastien Mercier als Gast des Intendanten die *Räuber*-Inszenierung mit Iffland in der Rolle des Franz gesehen und sie enthusiastisch gepriesen habe. Offenkundig hegt er den Plan, Schillers Dramen ins Französische zu übersetzen, wobei ihn Dalberg nach Kräften unterstützen möchte (das Projekt wird nie verwirklicht). Am 20. Oktober erscheint im renommierten *Mercure de France* eine ausführliche Rezension der *Räuber*, aus der Feder von Barthélemy Imbert. Der lobende Tenor der Besprechung sorgt dafür, daß Schiller in Frankreich rasch bekannter wird. Mercier wiederum berichtet im *Journal de Paris* vom 7. November über seine positiven Mannheimer Theatereindrücke; das *Braunschweigische Magazin* publiziert am 2. Februar 1788 eine deutsche Übersetzung des Artikels, die dem einheimischen Publikum verdeutlicht, daß Schiller ein im Ausland hochgeschätzter Autor geworden ist (NA 24, 430). Unter dem Eindruck solcher Zeichen der Anerkennung übernimmt er bereitwillig auch höfische Auftragswerke, obgleich sie ihm Unbehagen bereiten, weil sie ihn an die Zwänge der Karlsschule erinnern. Zur Wiedereröffnung des Weimarischen Theaters, die Anfang November 1787 die Truppe Giuseppe Bellomos mit einer Aufführung des neuen Iffland-Dramas *Bewustseyn!* bestreitet, verfaßt er einen anspruchslos-graziösen Prolog in Versen. Den Text spricht die neunjährige Christiane Neumann, die in späteren Jahren eine durch ihren frühen Tod im September 1797 abrupt beendete Karriere als – auch von Goethe bewunderte – Hofschauspielerin absolvieren wird. Zum Geburtstag der Herzogin Louise am 30. Januar 1788 schreibt er ein Huldigungsgedicht (*Die Priesterinnen der Sonne*), das einen allegorischen Festaufzug kommentiert, welcher am Abend auf der Redoute zu Ehren der

Jubilarin stattfinden sollte (NA 1, 186ff.). Die anregende Lebenssituation steigert Schillers Sicherheit und fördert das Bewußtsein des eigenen künstlerischen Rangs. Bereits Ende Juli erklärt er Körner, «die nähere Bekanntschaft mit diesen Weimarischen Riesen» habe seine Meinung über sich selbst «verbeßert.» (NA 24, 114)

Ende August 1787 unternimmt Schiller mit Charlotte von Kalb eine Kurzreise nach Jena und lernt dort auch Wielands Schwiegersohn Karl Leonhard Reinhold kennen, bei dem er für sechs Tage Logis bezieht. Der 1758 geborene Reinhold, der seit 1785 mit Wielands ältester Tochter Katharine Susanne verheiratet war, stammte aus Wien, wo er zunächst als Novize im Jesuitengymnasium erzogen wurde. Bereits im Oktober 1778 ernannte man ihn zum Lehrer der Philosophie am Barnabitenkollegium, das seinen Mitgliedern ein strenges Keuschheitsgelübde und getreue Erfüllung der Satzungen abverlangte. Unter dem Einfluß freimaurerischer Verbindungen, die sich in Österreich nach dem Regierungsantritt Josephs II. ungehinderter entfalten konnten, entzog sich der knapp 25jährige jedoch im Sommer 1783 den Jesuiten und reiste Mitte November illegal nach Leipzig, wo er bei Platner philosophische Vorlesungen zu hören begann. Um den Nachstellungen des Ordens zu entkommen, begab er sich ein Jahr später nach Weimar unter die Obhut Wielands, der ihn als regelmäßigen Mitarbeiter des *Merkur* beschäftigte. Dort erschienen Reinholds frühe Arbeiten über Lavaters religiöse Schriften, Herders *Ideen* und die Geschichte der Reformation, die sein Ansehen in der Fachwelt begründeten. Im Herbst 1787 erhielt er auf Antrag des für die Belange des Unterrichtswesens zuständigen Regierungsrats Voigt den Ruf auf eine außerordentliche philosophische Professur in Jena. Als Schiller ihn Ende August besucht, hat er sich eben in der Universitätsstadt etabliert. Sein Vorlesungsprogramm stellt er neben einem Kursus zur Ästhetik ausschließlich auf die Auseinandersetzung mit Kant ab, dessen Erkenntnistheorie er auch in den folgenden Jahren zum Hauptgegenstand seiner Studien erhebt. Das Gespräch mit Schiller, der sich bei seinem Jenaer Gastgeber und dessen Frau behaglich fühlt, kreist folgerichtig um Fragen der Transzendentalphilosophie. Reinhold empfiehlt ihm nachdrücklich, wie bereits Körner, das Studium Kants, den er für einen neuen Messias hält, und rät ihm für den Beginn zur Beschäftigung mit den geschichtsphilosophischen Aufsätzen aus der *Berlinischen Monatsschrift* (NA 24, 143). Wenn Schiller in den folgenden Wochen zur Unterstützung seiner eigenen historischen Arbeiten gegen frühere Widerstände Kant zu lesen beginnt, so geht das wesentlich auf Reinholds Einfluß zurück.

Das Urteil über den neuen Bekannten fällt gleichwohl skeptisch-gebrochen aus. Ein Brief an Körner beschreibt ihn als entlaufenen Jesuiten, der zwar die katholischen Konventikel hinter sich gelassen, seine ursprüngliche Neigung zum abstrakten Dogmatismus jedoch nur auf andere Gegenstände übertragen hat. Nicht auszuschließen ist, daß Schiller auch an Reinholds Verbindung zu den Illuminaten denkt, wenn er ihn als kühlen Strategen ohne Gefühlswärme kennzeichnet: «Wir sind sehr entgegengesetzte Wesen. Er hat einen kalten klar sehenden tiefen Verstand, den ich nicht habe und nicht würdigen kann; aber seine Phantasie ist arm und enge und sein Geist begränzter als der meinige. Die lebhafte Empfindung, die er im Umgang über alle Gegenstände des Schönen und Sittlichen ergiebig und verschwenderisch verbreitet, ist aus einem fast vertrokneten ausgesognen Kopfe und Herzen unnatürlich hervorgepreßt.» (NA 24, 144)[124] Während Reinhold seinen Gast nach Kräften umwirbt, stellt Schiller frühzeitig fest, daß für ihn eine engere Freundschaft aufgrund ihres unterschiedlichen Temperaments nicht in Frage kommt. Weil das «Reich der Phantasie» Reinhold «eine fremde Zone» zu bleiben scheint, beschränkt sich der Austausch auf philosophische Fragen, ohne die heiklen Distrikte der Kunst zu berühren (NA 24, 144). Die Anregungen, die der Besuch vermittelt hat, wirken freilich spürbar nach. Mitte Oktober trifft man sich in Weimar wieder, einen Monat später reist Schiller, in Begleitung von Wielands Frau, nach Jena, wo er dem erkrankten Reinhold einige Tage Gesellschaft leistet. Während der folgenden eineinhalb Jahre versiegt zwar das gemeinsame Gespräch, doch wird es nach Schillers Umzug in die Universitätsstadt ab dem Frühsommer 1789 erneuert. Der Kontakt mit Wielands Schwiegersohn verschafft ihm jetzt wichtige persönliche Beziehungen, die für sein eigenes Fortkommen bedeutsam scheinen. Reinhold hatte in der kurzen Zeit seit seiner Berufung beträchtliches Renommee bei den Studenten gewonnen; in seinem Kolleg saßen bisweilen zwischen 400 und 600 Hörer. Als er Ende März 1794, ehe er nach Kiel wechselte, seine Abschiedsvorlesung hielt, geriet dieser akademische Akt zu einer triumphalen Bestätigung seines universitären Erfolgs. Begeisterte Schüler erwiesen ihm mit einem Fackelzug die Reverenz und folgten wenige Tage später seiner Kutsche bis zum Stadttor.

In Jena begegnet Schiller bereits Ende August 1787, beim ersten Besuch Reinholds, einer Reihe von renommierten Professoren: dem Theologen Döderlein, dem Juristen Hufeland (auch er Illuminat) und dem Philologen Schütz. Ihre intellektuelle Souveränität, die frei von Standesdünkel bleibt, verdeutlicht ihm das hohe Niveau, auf dem sich die Landesuniversität befindet. Die beflügelnden Unterredungen im Kreis der gelehrten Welt wekken erstmals sein Interesse an einem akademischen Amt, dessen Pflichten freilich, wie er weiß, die Freiräume für seine «Schriftstellerei» einzuschrän-

Karl Leonhard Reinhold.
Radierung von Johann Heinrich Lips, 1794

ken drohten (NA 24, 149). Während Jena vom Geist eines modernen wissenschaftlichen Denkstils bestimmt wurde, den man in diversen Zirkeln unmittelbar erleben konnte, schien es in Weimar schwieriger, Männer von herausragendem Intellekt kennenzulernen. Zu den interessantesten Köpfen der dortigen Gesellschaft zählte fraglos der zur Generation Lessings gehörende Johann Joachim Bode, eines der führenden Mitglieder des Illuminatenordens und auch nach dessen Krisenjahren Werber von Gleichgesinnten im Interesse der kosmopolitischen Idee.[125] Der wendige Bode hatte veranlaßt, daß Goethe der Weimarer Loge nähertrat und schließlich, am 23. Juni 1780, ihr Mitglied wurde. Er kannte wie kaum ein zweiter die Verhältnisse in der Residenz, war ein agiler Diplomat und *Homo politicus*, ausgestattet mit Welterfahrung und vorzüglichen Sprachkenntnissen, die ihm bei seinen zahlreichen Übersetzungsarbeiten zustatten kamen. Bode blickte, als er in der Funktion des Privatsekretärs der verwitweten Gräfin Emilie von Bernstorf 1778 nach Weimar übersiedelte, bereits auf ein bewegtes Leben zurück. Nach einer in ärmsten Verhältnissen verbrachten Jugend und Lehrjahren im Militärdienst trat er zunächst mit Übertragungen englischer und französischer Literatur hervor, gründete 1766 in Hamburg einen eigenen Verlag und betätigte sich in der Rolle des geheimen Werbers, der anfänglich für die Loge *Absalon*, später für die Illuminaten Mitglieder zu requirieren suchte. Im Sommer 1787 hatte Bode in Begleitung des hessischen Obristleutnants Christian Wilhelm von dem Bussche Paris besucht. Zweck der Mission war es, Kontakte zu französischen Freimaurerkreisen herzustellen und Ansätze für eine gemeinsame Ordenspolitik zu diskutieren. Bodes Reise nährte abenteuerliche Spekulationen; dubiose Informanten wußten in der durch Leopold II. gesteuerten *Wiener Zeitung* von konspirativen Treffen in Verschwörerzirkeln, subversiver Unterwanderung der Logen, okkulten Experimenten und lasterhaften Ausschweifungen in Pariser Luxusbordellen zu berichten. Ein im Jahr 1796 von der konservativen Zeitschrift *Eudämonia* anonym publizierter Beitrag formuliert nachträglich die Überzeugung, daß Bodes Reise der Vorbereitung politischer Aktionen gegen Ludwig XVI. gedient habe: die französische Revolution sei das Werk deutscher Illuminaten gewesen.[126]

Nachdem Bode Ende August aus Paris zurückgekehrt ist, tritt Schiller enger mit ihm in Kontakt. Man war sich bereits im Juni 1784 in Mannheim begegnet, wo Bode während einer ausgedehnteren Reise durch die Kurpfalz und das Rheinland Station machte.[127] Damals besuchte er die *Räuber*-Aufführung des Schauspielhauses und dinierte anschließend gemeinsam mit Schiller und Schwan. In Weimar scheint er seine schon in Mannheim unternommenen Bemühungen verstärkt zu haben, Schiller für die Illuminaten zu gewinnen. Am 2. September verbringt man einen langen Abend bei ausgiebigem Weinkonsum, in dessen Verlauf auch von den Verhältnissen im vorrevolutionären Frankreich die Rede ist. Eine Woche später kommt es während eines Soupers bei Bertuch zu einem ausführlichen Gespräch über den offiziell verbotenen Orden, Weishaupts Strategieschriften und die Gefahr einer von Jesuiten gesteuerten Großverschwörung gegen die aufgeklärten Fürsten Deutschlands. Schiller, der sich ungern in politische Händel verstricken möchte, schreibt am folgenden Tag besorgt an Körner: «Bode hat mich sondiert ob ich nicht Maurer werden wolle. Hier hält man ihn für einen der wichtigsten Menschen im ganzen Orden. Was weißt Du von ihm?» (NA 24, 153) Die Antwort des Freundes, der Logenmitglied, aber Gegner Weishaupts ist, fällt zwiespältig aus. Die Verhandlungen, die Bode in Paris unternahm, galten offenbar der Absicht, die jesuitische Unterwanderungspolitik aufzudecken und den progressiven Flügel des Ordens zu stärken: «Wenn er Dich zum Proselyten machen will, so ist es für die Illuminaten, welche einige Freymaurer Logen in Besitz genommen haben. Wenn er aber wider Anarchie der Aufklärung eifert, so möchte man ihn fragen, ob denn durch Despotismus der Aufklärung viel mehr gewonnen seyn würde.» (NA 33/I, 145) Auch ohne die Warnungen Körners begegnet Schiller Bodes Winkelzügen äußerst zurückhaltend; daß er ihm nicht traue, verrät er Huber bereits am 14. September (NA 24, 156). Regelmäßig trifft er ihn während der folgenden Monate im Club, ohne ihm, wie er Schwan Anfang Mai 1788 gesteht, «Freund seyn» zu können (NA 25, 52).[128] Zu solcher inneren Distanz gehört gleichwohl die genaue Beobachtung seines Gesprächspartners. Einzelne Informationen über die geheimen Verbindungen, die er aus den Unterredungen mit Bode zieht, fließen wenig später in die Fortsetzung des *Geistersehers* ein.

Im Weimarer Winter 1787/88 arbeitet Schiller vor allem an seiner großen Studie über die niederländische Erhebung gegen Spanien. Nachdem Charlotte von Kalb Mitte März nach Waltershausen abgereist ist, beschränkt er seine gesellschaftlichen Kontakte auf Besuche bei Wieland. Erst der Rudolstädter Landaufenthalt, von dem noch ausführlich zu berichten ist, führt ihn in neue Kreise. Als er Mitte November 1788 aus einer erfüllten Sommerfrische ins grau wirkende Weimar zurückkehrt, findet er veränderte Konstellationen vor. Goethe hat sein italienisches Abenteuer abgeschlossen und wohnt seit Juni wieder im Haus am Frauenplan; auch der sonst reisefreudige Herzog scheint darauf eingestellt, den Winter in der Residenz zu verbringen. Schiller jedoch sucht zu beiden vorerst keinen Kontakt, sondern zieht sich auf seine Arbeitspflichten zurück, die ihm den Abschluß der Euripides-Übersetzung für die *Thalia* abverlangen. Abwechslung im eintönigen Tagesablauf bietet während dieser Periode einzig die Begegnung mit Karl Philipp Moritz, der am 4. Dezember 1788 in Weimar ankommt. Moritz hatte im November 1786 in Rom die Bekanntschaft Goethes geschlossen und in den folgenden Monaten vertieft. Auch er gehörte, wie der Weimarer Geheimrat, zur Compagnie deutscher Künstler und Intellektueller, die aus einer persönlich schwierigen Lebenssituation unter den italienischen Himmel geflohen waren. Nach bedrückender Kindheit und Jugend, die er im *Anton Reiser* mit quälender Authentizität beschrieb, hatte der 1756 geborene Moritz am Ende der 70er Jahre eine Lehrerlaufbahn eingeschlagen, welche ihm lange entbehrte bürgerliche Sicherheiten, aber keine innere Befriedigung verschaffte. Seit dem November 1778 unterrichtete er an der Berliner Eliteschule *Zum grauen Kloster*, erwarb Anfang 1784 den gut dotierten Rang des Gymnasialprofessors und erschloß sich aufgrund der wachsenden Reputation, die ihm die Veröffentlichung seiner kleineren pädagogischen Abhandlungen einbrachte, persönliche Beziehungen zu den führenden Vertretern der preußischen Aufklärung um Biester, Gedike und Büsching. Nachdem er bereits 1782 eine (später auch literarisch beschriebene) England-Tour und im Sommer 1785 eine dem poetischen Vorbild von Sternes *Sentimental Journey* (1768) folgende Fußwanderung durch Deutschland unternommen hatte, brach Moritz im August 1786 unter dem Eindruck einer unglücklichen Liebesaffäre, seine amtliche Stellung spontan kündigend, zu einer ausgedehnten Italienreise auf, deren persönlicher Höhepunkt für ihn, den begeisterten *Werther*-Leser, die Freundschaft mit Goethe darstellte.

Schiller hatte Moritz schon Anfang Juli 1785 flüchtig in Gohlis kennengelernt, wo dieser gemeinsam mit seinem Schüler Karl Friedrich Klischnig im Rahmen der genannten Deutschlandwanderung Station machte. Als man sich am 8. Dezember in Weimar wiedersieht, entsteht erstmals Gelegenheit zu einem vertiefenden Gespräch. Daß Moritz' verletzende Rezension von *Kabale und Liebe* bei Schiller noch immer schmerzlich nachwirkt, ist dem reservierten Ton zu entnehmen, in dem er den Lengefeld-Schwestern seinen Besuch ankündigt: «Ich kenne ihn schon aus einer Zusammenkunft in Leipzig, ich schätze sein Genie, sein Herz kenne ich nicht; sonst sind wir übrigens keine Freunde.» (NA 25, 151) Klischnig und Göschen wissen jedoch übereinstimmend zu berichten, daß Schiller bereits in Gohlis die bestehenden Barrieren ungewöhnlich rasch überwunden und zu einem freimütigen Gespräch mit Moritz gefunden habe.[129] Das zentrale Thema der Weimarer Unterhaltungen, die schnell auf freundschaftliches Terrain geführt werden, bilden Fragen der Ästhetik und der Psychologie. Anders als Herder zeigt sich Moritz über Schillers neuere Arbeiten blendend informiert; das zweite und dritte Heft der *Thalia* hat er während seines Rom-Aufenthalts gründlich gelesen. Schiller wiederum erweist sich als exzellenter Kenner des noch unabgeschlossenen *Anton Reiser* und des *Magazins*, dessen Beiträge er seit geraumer Zeit mit kritischer Aufmerksamkeit studiert. Schiller entgeht nicht, daß Moritz' Kunsttheorie stark von Goethes Ideal der Objektivität des Schönen beeinflußt wird, das am Muster der antiken Plastik ausgerichtet ist. Goethe habe ihm, so heißt es, «seinen Stempel mächtig aufgedrückt» und in Italien den Sinn für die Reize der Kunst eingepflanzt (NA 25, 159). Die arrivierten Weimarer Kreise diskutieren zur Jahreswende 1788/89 Moritz' Schrift *Über die bildende Nachahmung des Schönen*, die kurz zuvor im Braunschweiger Schulbuchverlag des Pädagogen Joachim Heinrich Campe erschienen ist. Schiller leiht sich in den ersten Januartagen ein Exemplar aus der Bibliothek der Frau von Stein und unterzieht es einer kursorischen Durchsicht. Der Lektürebericht, den er Caroline von Beulwitz liefert, bezeugt, daß ihn der Text beeindruckt hat, obwohl er Einwände gegen den verwirrenden Wechsel zwischen «philosophischer abstraction» und «Bildersprache» geltend machen muß, der die Argumentationsform der Schrift regiert. Moritz' Versuch, den Wert des Schönen aus einem autonomen Wert jenseits externer Zwecke abzuleiten, findet seine gespannte Aufmerksamkeit. Mit Interesse verfolgt er zumal die Begründung einer neuen Nachahmungstheorie, die den kreativen Charakter der Mimesis stärker in den Vordergrund rückt.[130] Die entschiedene Energie, mit der die Abhandlung die Selbständigkeit der Kunst gegen die unterschiedlichsten Formen ihres Mißbrauchs im Namen außerästhetischer Funktionen verteidigt, ist ihm durchaus sympathisch. Die hier verhandelten Fragen selbst zu verfolgen muß er sich zwar einstweilen versagen, weil er im Bann seiner historischen Arbeiten steht. «Aber einmal», so ahnt er bereits, «nehme ich sie doch vor, wäre es auch nur, um meine eigene Ideen darüber zu berichtigen.» (NA 25, 177 f.) Die ästhetischen Studien, die Schiller seit dem Herbst 1792 betreibt, stützen sich dann tatsächlich auf Moritz' Schrift, welche neben Kants *Kritik der Urteilskraft* zur entscheidenden Quelle seiner Kunsttheorie wird.

Schiller findet Moritz von Tag zu Tag «interessanter» und fühlt sich durch ihn bereichert, weil er, dessen «ganze Existenz» auf «Schönheitsgefühlen» ruht, seine Themen «scharf anfaßt» (NA 25, 166, 193). Als «Philosoph und Weltbürger» entwickelt er eine «Aesthetik», die «aus einem Faden gesponnen» scheint, ohne dabei dogmatische Tendenzen aufzuweisen (NA 25, 175, 193). Schon am 11. Dezember 1788 heißt es anerkennend: «Moriz hat viel Tiefe des Geists und Tiefe der Empfindung, er arbeitet stark in sich, wie schon sein Reiser beweist, der einen Menschen voraussetzt, der sich gut zu ergründen weiß.» (NA 25, 155) Eine unbefangene freundschaftliche Annäherung jenseits des intellektuellen Respekts ist Schiller nur deshalb nicht möglich, weil ihn die «Abgötterei», die Moritz «mit Goethe treibt», abstößt (NA 25, 193). Die gesteigerte Bewunderung, die der Weimar-Besucher seinem italienischen Reisebekannten entgegenbringt, findet er höchst verdächtig, zeugt sie doch von einer Unterwerfungsbereitschaft, die dem selbständigen Kopf schlecht ansteht. Als Moritz am 1. Februar mit dem Herzog nach Berlin aufbricht, wo er an der Akademie eine von Carl August vermittelte Professur für die Theorie der schönen Künste und Altertumskunde übernimmt, ahnt Schiller gleichwohl, daß er einen Anreger wie ihn, der ihm vergleichbares «Vergnügen» im «Umgang» beschert, nicht sogleich wird wiederfinden können (NA 25, 155). Zu einer erneuten persönlichen Begegnung ist es danach niemals gekommen; Moritz starb, erst 36jährig, am 26. Juni 1793 an einem Lungenleiden, ehe er den produktiven Einfluß, den seine Ästhetik auf die Kunsttheorie der Weimarer Klassik nahm, selbst wahrnehmen konnte.

5. Der Geisterseher (1789)

Erfolgsschriftsteller wider Willen. Die Gesetze des Literaturbetriebs

Ähnlich wie der *Verbrecher aus Infamie* beeinflußt Schillers *Geisterseher* die Erzählformen künftiger Autorengenerationen. Weder das Genre der romantischen Schauernovelle noch die deutschsprachige Kriminalliteratur wären ohne sein Vorbild denkbar. Ludwig Tiecks düstere *Geschichte des Herrn William Lovell* (1795/96) stützt sich auf Schillers Fragment ebenso wie Hoffmanns *Die Elixiere des Teufels* (1815/16) und Achim von Arnims Erzählung *Die Majoratsherren* (1819). Wegweisende Bedeutung besitzt *Der Geisterseher* auch für den Typus des Geheimbundromans, der sich seit dem Beginn der 90er Jahre als Produkt einer durch die Französische Revolution beherrschten Zeitstimmung breitenwirksam etabliert.[131] Zu seinen wichtigsten (teils schon satirisch gefärbten) Vertretern zählen Wielands *Geheime Geschichte des Philosophen Peregrinus Proteus* (1788–91), Karl Philipp Moritz' *Andreas Hartknopf* (1785, 1790), Karl Grosses *Genius* (1791–94), Jean Pauls *Unsichtbare Loge* (1793), Theodor Gottlieb von Hippels *Kreuz- und Querzüge des Ritters A bis Z* (1793–94) und Goethes *Wilhelm Meisters Lehrjahre* (1796). Das einflußreichste europäische Vorbild der Gattung, die bald auch von der Trivialliteratur erobert wird, stellt Jean Terrassons *Sethos* (1731) dar, der 1777/78 von Matthias Claudius ins Deutsche übersetzt wurde.[132] Der Geheimbundroman suchte dem verbreiteten Interesse an Verschwörungen und Rebellionen Rechnung zu tragen, das nicht zuletzt vor dem Hintergrund der revolutionären Ereignisse in Paris seine eigene politische Brisanz besaß. Wenn Schiller dieses Genre bereits Ende der 80er Jahre für seine *Thalia*-Erzählung nutzt, so scheint das sicheren literarischen Instinkt zu bezeugen. Der Sensationserfolg, den ihm der *Geisterseher* beschert, ist jedoch zunächst, wie er glaubwürdig behauptet, ein Produkt des Zufalls und keineswegs Indiz der kühlen Kalkulation mit Blick auf den Markt. Erst die Reaktionen der Leser öffnen ihm die Augen für die geschäftlichen Vorzüge, die eine Fortführung der Erzählung bieten kann.

Die Exposition des Textes – später die erste Hälfte des ersten Teils –, welche die Handlung bis zur magischen Séance unter der Regie des Sizilianers darstellt, war zwischen Mai und Oktober 1786 entstanden. Die Flucht ins erzählerische Genre bildete zu diesem Zeitpunkt den Versuch, die durch das stockende Fortschreiten des *Karlos* veranlaßte Schreibkrise zu überwinden. Schiller begann den *Geisterseher* unbefangen und spielerisch, bewußt ohne den Druck einer umfassenden Konzeption, die die Arbeit am Drama so massiv belastete. Das erste Stück der Erzählung erschien im vierten *Thalia*-Heft zu Beginn des Jahres 1787. An eine Fortsetzung war zunächst nicht zu denken, weil der Abschluß des *Karlos* während der letzten Dresdner Monate unumgänglich blieb. Nach der Ankunft in Weimar ließ wiederum die geschichtswissenschaftliche Arbeit keinen Raum für andere Verpflichtungen. In dieser Phase mahnte Göschen unter Hinweis auf die Bedürfnisse der Leserschaft zur möglichst raschen Fortsetzung des *Geistersehers*. Der erste Teilabdruck schloß an jenem spannenden Punkt, da der Sizilianer inmitten seiner mysteriösen Totenbeschwörung den bedrohlich wirkenden russischen Offizier erblickt und ohnmächtig vor dessen Füßen zusammenbricht. Es lag nahe, daß Verleger und Publikum eine Fortsetzung des Fragments verlangten, die Aufklärung über die geheimnisvollen Ereignisse des ersten Teils versprach.

Schiller, der seinen Text als psychologische Fallstudie über Scharlatane, okkulte Experimente und politische Intrigen begonnen hatte, ohne von einer einheitlichen Anlage auszugehen, zögert zunächst noch, diesem Wunsch nachzugeben. Die planlos geschriebene Erzählung benötigt jetzt eine strengere Ordnung ihrer üppig wuchernden Motive, die herzustellen er sich außerstande fühlt. Andererseits locken die finanziellen Gewinnaussichten, die sich mit der für die *Thalia* lukrativen Fortsetzung verbinden. Weil er weiß, daß er die Geduld der Leser nicht über Gebühr beanspruchen darf, entschließt er sich Anfang März 1788 widerwillig zur weiteren Arbeit am ersten Teil. Zunächst leidet er spürbar unter der Schwierigkeit, in den verwickelten Stoff zurückzufinden; unlustig schreibt er Körner am 17. März: «(…) es gibt wenige Beschäftigungen, die Correspondenz mit dem Fräulein von Arnim nicht ausgenommen, bei denen ich mir eines sündlichen Zeitaufwands so bewußt war, als bei dieser Schmiererei.» (NA 25, 30) Das rasche Arbeitstempo, in das er seit Ende des Monats gerät, zeigt jedoch, daß die alte Fabulierlust bald wieder geweckt ist. Anfang Mai 1788 erscheint der Schluß des ersten Teils im fünften *Thalia*-Heft, das, wie Schiller befriedigt vermerkt, in Weimar «schrecklich viel Aufsehen» erregt und «durch alle Häuser» wandert. Unter dem Eindruck der begeisterten Reaktion plant er nun eine weitere Ausarbeitung des Textes: «Soviel ist indessen gewiß, daß ich mir diesen Geschmack des Publicums zu Nutzen machen und soviel Geld davon ziehen werde, als nur immer möglich ist.» (NA 25, 59) Am 12. Juni 1788 erklärt er Körner nicht ohne vordergründige Selbstironie: «Jezt dank ich dem guten Zufall, der mir den Geisterseher zuführte. Lache mich aus, soviel Du willst, ich arbeite ihn ins Weite und unter 30 Bogen kommt er nicht weg. Ich wär ein Narr, wenn ich das Lob der Thoren, und Weisen so in den Wind schlüge.» (NA 25, 68) Während des Rudolstädter Sommers läßt er das Projekt jedoch ruhen; erst Mitte November beginnt er in Weimar die weitere Niederschrift. Bis zum März 1789 entsteht, unterbrochen von der mühsamen Ausarbeitung der *Künstler*, der gesamte zweite Teil einschließlich des zunächst in den vierten Brief integrierten ‹philosophischen Gesprächs›. Das Konvolut erscheint, auf zwei Stücke verteilt, in der sechsten und siebenten *Thalia*-Folge im Frühjahr 1789. Wieder hält sich Schillers Enthusiasmus während der Entstehung in engen Grenzen. Der *Geisterseher* gehöre, schreibt er den Lengefelds am 20. November 1788, zu denjenigen Vorhaben, die sein «Herz nur flach rühren» (NA 25, 140). Allein das ‹philosophische Gespräch›, in dem er sich Fragen der materialistischen Morallehre nähert, findet, wie er Körner Ende Januar erklärt, seine gesammelte Aufmerksamkeit (NA 25, 188); die spannungsreiche Abenteuergeschichte erscheint ihm hingegen als Sujet ohne intellektuelle Substanz.

Das kompositionelle Ungleichgewicht des zweiten Teils bildet die Folge ökonomischer Interessen, die den Schreibprozeß machtvoll regieren. Die unübersichtliche Verflechtung der Handlung wird bedingt durch die Tatsache, daß Schiller seinen Stoff unter dem Druck von Verleger und Publikum in großen Zeitsprüngen schubweise bearbeitete, ohne ihn organisch ordnen zu können. Er selbst bezeichnet das so entstandene Konglomerat der Formen und Themen im Februar 1789 gegenüber den Lengefeld-

Schwestern als «Farce» und deutet damit an, daß ihn die Gebote einer klassischen Gliederungskunst hier wenig interessieren (NA 25, 203).[133] Der Wechsel nach Jena bringt die ursprünglich geplante Fortführung des Textes gänzlich zum Stocken. Das Oktoberheft der *Thalia* bietet als Postskriptum das Bruchstück *Der Abschied*, das den Charakter einer unvollendeten Novelle trägt. Anfang November publiziert Schiller die zuvor getrennt veröffentlichten Stücke geschlossen als Roman in Buchform. Zur selben Zeit erscheint, auf der Grundlage des *Thalia*-Drucks, eine französische Übertragung des ersten Teils, die vom Historiker und Erzähler Jean Nicolas Etienne Baron de Bock stammt. Daß der Übersetzer sich selbst für den Verfasser des Textes ausgab, hat Schiller außerordentlich verärgert. Caroline von Beulwitz, die über exzellente Französischkenntnisse verfügt, läßt er am 5. November 1789 bitten, dem Betrüger einen ironischen Dankesbrief zu übersenden, der ihn moralisch bloßstellen soll (NA 25, 319f.).

Spätere Druckfassungen des Fragments hat Schiller nicht ohne Änderungen auf den Markt gebracht. Die 1792 erschienene zweite Ausgabe enthält nur eine um die Hälfte gekürzte Fassung des ‹philosophischen Gesprächs›; die dritte Auflage von 1798 verknappt sie nochmals entscheidend, bietet jedoch die fragmentarische Binnenerzählung *Der Abschied*, die zuvor in der Buchform fehlte. Einen Abschluß des Textes hat Schiller mehrfach erwogen, aber nie vorgelegt. Die ästhetischen Optionen seiner klassischen Periode, die 1791 in Jena mit den Kant-Studien eröffnet wird, lassen sich durch die wenig geschätzte Gattung des Romans nicht zur Geltung bringen.[134] Am 26. Juli 1800 schreibt er an den Verleger Unger, der ihn höflich um eine Fortsetzung gebeten hatte: «Zur Vollendung des Geistersehers fällt [!] mir leider die Stimmung gänzlich. Es ist eine zu lange Zeit, daß ich den ersten Theil verfertigt habe, ich wollte eben so gut einen ganz neuen Roman schreiben als diesen alten beendigen.» (NA 30, 178) Mit Bezug auf das Drängen des Publikums, in einer Fortsetzung den finsteren Intriganten der Geschichte zu entlarven, formuliert Schiller schon 1797 lakonisch im 138. Xenion unter dem Stichwort *Frivole Neugier*: «Das verlohnte sich auch den delphischen Gott zu bemühen, | Daß er dir sage, mein Freund, wer der Armenier war.» (NA 1, 326)

In düsteren Kulissen.
Wunderheiler, Agenten und Verschwörer

Schillers Romanerzählung gewinnt ihr besonderes Profil zunächst durch das rasante Tempo, das sie anschlägt. Vor allem im ersten der beiden Bücher überstürzen sich die Ereignisse, so daß der Leser kaum zur Ruhe kommt. Die wirkungssichere Konstruktion der Fabel arbeitet deutlich mit den Kolportageelementen der Trivialliteratur. Täuschungseffekte, Andeutungen oder Anspielungen, falsche Zeichen, irreführende Spuren und geheimnisvolle Symbole wecken die Neugier des Publikums.[135] Ein nervös pulsierender Erzählstil sorgt für den treibenden Rhythmus der Darstellung. Zu dieser Technik gehört auch die knappe Umrißzeichnung der Nebenfiguren, die zumeist als Typen Kontur gewinnen, ohne individuelle Züge zu entfalten. Ähnlich wie in den kürzeren Prosaarbeiten verleiht Schiller seiner Geschichte den Schein einer authentischen Begebenheit; das unheimliche Schicksal des deutschen Prinzen in Venedig, das im Mittelpunkt der Erzählung steht, wird dem Leser als wahre Episode aus den nachgelassenen Memoiren des Grafen von O** mitgeteilt. Dieser berichtet im ersten Buch aufgrund eigener Anschauung über die Anbahnung einer unerhörten Intrige, die gegen den Prinzen vorbereitet wird. Im zweiten Buch erfährt man durch die Briefe, die der junge Baron von F*** an den aus Venedig abgereisten Grafen schickt, den Fortgang der Geschichte, in dessen Verlauf der Held, gelenkt von der Regie eines dubiosen Armeniers, unter den Einfluß einer katholischen Geheimgesellschaft gerät, die ihn zur Konversion veranlassen und künftig seine politischen Handlungen auf unheilvolle Weise steuern wird. Das ursprünglich geplante dritte Buch sollte, wie skizzenhafte Hinweise des Grafen von O** andeuten, die Ermordung des regierenden Fürsten durch den Prinzen, dessen Thronbesteigung, womöglich seine Entlarvung und Bestrafung darstellen.

Die kunstvolle Verknüpfung von psychologischer Fallstudie, Abenteuerroman und Verschwörungsgeschichte bewirkte den Sensationserfolg des Fragments.[136] Schiller greift hier zwei für die Spätaufklärung charakteristische Themen auf, die den Zeitgeist fesselten: das Interesse an Geistervisionen, magischen Ritualen und alchimistischen Versuchen sowie die öffentlich diskutierten, von unterschiedlichsten politischen Lagern entworfenen Verschwörungsszenarien, in denen sich die gesellschaftliche Verunsicherung angesichts der fortgeschrittenen Erosion der absolutistischen Staatenordnung am Vorabend der Französischen Revolution spiegelt. Schillers zwiespältiger Armenier, der das Geschehen auf undurchsichtige Weise voranzutreiben scheint, verkörpert beide Gesichtspunkte gleichermaßen: als proteische Gestalt mit zahlreichen Masken steht er für das dubiose Reich der Magie, in der Rolle des politischen Intriganten repräsentiert er aber auch die undurchsichtige Welt der Geheimgesellschaften und Verschwörercliquen. Sein historisches Vorbild dürfte ein Mann gewesen sein, dessen Schicksal am Ende des 18. Jahrhunderts ganz Europa faszinierte: der Sizilianer Giuseppe Balsamo, der sich Alexander Graf von Cagliostro nannte.

Cagliostros magische Séancen, seine alchimistischen Experimente und mysteriösen Prophezeiungen waren seit den 70er Jahren Gegenstände des Tagesgesprächs. Der bei Palermo auf Sizilien geborene Balsamo absolvierte zunächst eine Lehre als Apothekergehilfe, die ihm genaue Kenntnisse über chemische Mixturen und Kräuterheilmittel verschaffte. In der Funktion des Wundertherapeuten, der angeblich magische Fähigkeiten besaß, bereiste er große Teile Europas, Ägyptens und Vorderasiens. Sein Charisma verschaffte ihm rasch Zugang zu führenden Adelskreisen; vor allem an den Höfen Frankreichs und Rußlands reüssierte der Sizilianer mit Heilkuren, spiritistischen Sitzungen und alchimistischen Versuchen. Bereits der junge Schiller widmet Cagliostro 1781 in einem kurzen Beitrag für die Stuttgarter *Nachrichten zum Nutzen und Vergnügen* seine Aufmerksamkeit, hält jedoch kritische Distanz zu seinen vermeintlichen Wundertaten (NA 22, 65 f.). Der Stern des Magiers sank, als 1785 im Zusammenhang mit der Pariser ‹Halsbandaffäre› der Vorwurf des Betrugs und der kriminellen Hochstapelei gegen ihn erhoben wurde. Gemeinsam mit einer Komplizin hatte Balsamo den bei Marie Antoinette in Ungnade gefallenen Kardinal Rohan zu dem Versuch überredet, die verlorene Gunst der Königin durch ein Schmuckgeschenk von beträchtlichem Wert wiederzugewinnen. Das aufgrund seiner Vermittlung mit Rohans Geld erworbene Halsband wurde jedoch nicht Marie Antoinette überreicht, sondern auf dunklen Kanälen zum Vorteil der Betrüger nach England verkauft. Dank eines verkappten Geständnisses der Haupttäterin Jeanne de la Motte konnte man den Fall rasch aufdecken; während die übrigen Beteiligten hohe Strafen erhielten, erreichte Balsamo, dessen Rolle letzthin undurchsichtig blieb, nach längerem Prozeß einen Freispruch, der jedoch mit einer Landesverweisung verbunden war. Die Skandalaffäre, die durch die detaillierte Berichterstattung der Zeitungen zum «Medienprodukt» geriet,[137] schädigte nicht nur das Ansehen Cagliostros, sondern ebenso die Reputation des Hofes, dessen Günstlingswirtschaft peinlich genau ans Licht trat. Die scharfe Mißbilligung, mit der die Pariser Öffentlichkeit 1785 den luxuriösen Stil von Marie Antoinettes Hofhaltung verurteilte, läßt sich als Indiz für die fundamentale Erschütterung des absolutistischen Staates betrachten, dessen Stabilität bereits vier Jahre vor dem Ausbruch der Revolution erheblich gefährdet schien.

Im Jahr 1791 verhaftete man den Abenteurer Cagliostro in Rom auf Veranlassung des Papstes unter dem Verdacht des Hochverrats. Auslöser seiner Festnahme war die Vermutung, daß er mit geheimen Logen kooperierte und eine Verschwörung gegen die Kurie plante. In einem Indizienprozeß wurde er zunächst zum Tode verurteilt, später zu lebenslänglicher

Kerkerhaft begnadigt; 1795 starb er in einem päpstlichen Gefängnis. Nicht nur in Frankreich und Italien hatte sein Ruf aufgrund der zahlreichen Affären, die man mit seinem Namen verband, erheblich gelitten. In Deutschland veröffentlichte die Schriftstellerin Elisa von der Recke, die Tochter des Reichsgrafen Friedrich von Medem, Anfang 1787 ihr Buch *Nachricht von des berühmten Cagliostro Aufenthalt in Mitau*, in dem sie den Sizilianer, dessen Verehrerin sie ursprünglich war, der verbrecherischen Hochstapelei bezichtigte. Ein Jahr zuvor, im Mai 1786, hatte die Autorin in einem kritischen Artikel für die *Berlinische Monatsschrift* dagegen Einspruch erhoben, daß sich Cagliostro während des Pariser Halsbandprozesses apologetisch auf den angesehenen Namen ihres Vaters berief, den er als Kronzeugen für seine gute Reputation benannte. Der Sizilianer sei «ein schlauer Betrüger», der die Leichtgläubigkeit der Menschen nutze, um finstere Manipulationsabsichten zum Zweck persönlicher Bereicherung zu verfolgen. Seine Beteiligung an den Pariser Vorgängen, die zur selben Zeit vor Gericht verhandelt wurde, bleibe dabei nebensächlich: «Ob er in der bekannten Halsband=Geschichte unschuldig ist, oder nicht, lasse ich dahin gestellt.»[138]

Daß Cagliostros schillernder Charakter auch die literarische Phantasie seiner Zeitgenossen anregte, ist bekannt.[139] Als Goethe im Frühjahr 1787 von Rom nach Sizilien reist, besucht er unter falschem Namen Balsamos Familie, um sich über die Herkunft des Abenteurers genauer in Kenntnis zu setzen. Seine 1817 publizierten Reisenotizen beweisen, daß er sich schon vorher mit der Figur Cagliostros intensiver beschäftigt hatte. 1791 entwirft er in seiner Komödie *Der Gross-Cophta* ein ironisch gebrochenes Porträt des Sizilianers, das ihn als Scharlatan mit eigener Aura vorführt. Ein Diktum von 1822 bezeugt, welche Bedeutung Goethe zumal der Affäre um Rohan und Marie Antoinette beimaß: «Schon im Jahre 1785 erschreckte mich die Halsbandsgeschichte wie das Haupt der Gorgone. Durch dieses unerhört frevelhafte Beginnen sah ich die Würde der Majestät untergraben, schon im voraus vernichtet, und alle Folgeschritte von dieser Zeit an bestätigten leider allzusehr die furchtbaren Ahnungen.»[140] Auch Schillers Armenier, Cagliostros literarischer Bruder, laßt als kalt sinniger Emissär einer geheimen Sozietät den politischen Verfall ahnen, der dem maroden Fürstenstaat in der Abenddämmerung seiner Macht drohte.[141]

Ein weiteres Indiz für die gesellschaftliche Krise der Zeit bildete die Debatte über Geisterbeschwörer, Wunderheiler und Okkultisten, die am Ende des Jahrhunderts durch die öffentlichen Auftritte von Scharlatanen unterschiedlichster Provenienz genährt wurde. Der Freiherr von Knigge äußert 1788 die Überzeugung, «daß in den Zeiten der größten Aufklärung ein blinder Glaube an Ammenmärchen gerade am stärksten einreißt.»[142] In Österreich entfaltete Johann Joseph Gassner seine Tätigkeit als Teufelsaustreiber und Therapeut. Johann Georg Schrepfer trat in Leipzig in der Rolle des okkulten Magiers auf. Die magnetischen Kuren Franz Anton Mesmers, der seine Anhänger in einer obskuren *Gesellschaft der Harmonie* um sich scharte, schlugen ganz Europa in ihren Bann. Über die Praktiken solcher Wunderheiler hatte sich bereits der Eleve Schiller durch einen einschlägigen Aufsatz informiert, der zu Beginn des Jahres 1776 im *Schwäbischen Magazin* erschienen war.[143] Während der Dresdner Zeit nahm er auch Johann Salomo Semlers *Sammlungen von Briefen und Aufsätzen über die Gaßnerischen und Schröpferischen Geisterbeschwörungen* (1775), Christlieb Benedikt Funks *Natürliche Magie* (1783) und Gotthard Hafners *Onomatologia curiosa, artificiosa et magica oder Gantz natürliches Zauberlexicon* (1764/1784) näher zur Kenntnis (NA 16, 429). Als Vermittler wirkte hier Körner, der sich zeitlebens für Fragen des Spiritismus und der okkulten Wissenschaften interessierte.

Seit dem Ende der 80er Jahre sieht sich Schiller immer wieder in Diskussionen über Magie, Mesmerismus und elektromagnetische Therapieverfahren verwickelt, bei denen er konsequent den Part des Skeptikers übernimmt. Der eben aus Paris zurückgekehrte Bode erörtert mit ihm im September 1787 in Weimar nicht nur Fragen der freimaurerischen Politik, sondern ebenso Gesichtspunkte magnetischer Heiltechniken, von denen er, wie auch Körner weiß, genaue Kenntnisse besitzt (NA 33/I, 145). Im Mai 1788 verwickelt Herder Schiller, der eben die erste Fortsetzung des *Geistersehers* abgeschlossen hat, in ein Gespräch über vom Menschen ausstrahlende Magnetkräfte als Medien der Übertragung von Sympathie und Antipathie. Herders Glauben an die Existenz solcher Energieformen kann Schiller freilich, wie er in seinem Bericht an Körner durchblicken läßt, nicht teilen (NA 25, 58). Im August 1793, während seines Heilbronner Aufenthalts, lernt er mit Eberhard Gmelin einen der wichtigsten Adepten magnetischer Heilmethoden aus dem Kreis der zeitgenössischen Medizin persönlich kennen. Auch nach einer ausführlichen Unterredung mit Gmelin, die Caroline von Wolzogen in ihrer Biographie bezeugt, bleibt er jedoch gegenüber dessen therapeutischen Erfolgen reserviert.[144] Schon am 31. August 1792 verweist ihn Körner auf den bevorstehenden Besuch des Grafen Brühl, der sich mit magnetischen Kuren einen Namen erworben hatte; Schiller bittet ihn Mitte September in Jena zu sich, verzichtet aber darauf, die vertiefende Bekanntschaft des Wunderheilers zu suchen, da er seiner medizinischen Kompetenz mißtraut. Daß er Gmelins zweibändige

Hauptschrift *Materialien für die Anthropologie* (1791–93), die sich mit der heilkundlichen Anwendung des tierischen Magnetismus befaßt, näher studiert hat, ist nicht auszuschließen, jedoch dürfte sein Interesse an den spekulativen Strömungen der neuen Naturwissenschaft, anders als bei Goethe und Schelling, kaum übermäßig stark ausgeprägt gewesen sein. Zurückhaltung wahrt er auch gegenüber den experimentalpsychologischen Ansätzen der Lehre vom Unbewußten, die Gmelin, in Anlehnung an seine ältere Abhandlung *Ueber Thierischen Magnetismus* (1787), insbesondere auf dem Feld einer Theorie des Somnambulismus ausgearbeitet hatte. Zu den naturphilosophischen Neigungen des jungen Karlsschulmediziners führt für Schiller um 1790 aus Mangel an systematischem Interesse und aus prinzipiellen Vorbehalten kein Weg mehr zurück. Zwar hat er im April 1792 mit dem vom Thema faszinierten Körner ausführlich über elektromagnetische Versuche diskutiert und sich später auch von Goethe wie Schelling in entsprechende Debatten verstricken lassen, doch behaup tet er hier stets deutliche Vorbehalte, weil er die Grenze zwischen Wissenschaft und Scharlatanerie nicht hinreichend gewahrt sieht (NA 26, 604).[145]

Auch Wieland, der Schillers Skepsis stützt, erblickt im verbreiteten öffentlichen Interesse an Magnetismus, okkulten Therapiemethoden und magischen Praktiken ein Indiz dafür, daß «unsre Zeit, aller ihrer gerühmten Aufklärung zu Trotz, auf einmahl in die dickste Verfinsterung der barbarischen Jahrhunderte zu stürzen scheint.»[146] Gerade die Auseinandersetzung mit der Figur Cagliostros zeigt, wie eng diese zeittypische Konjunktur der Wunderheiler mit der Diskussion über Verschwörerzirkel und geheime Sozietäten verbunden ist.[147] In den 80er Jahren kursieren in ganz Europa unterschiedlichste Theorien, die den bevorstehenden Sturz des Ancien Régime prophezeien. Als Dunkelmänner mit Umsturzplänen betrachtet man die gegen den aufgeklärten Staatsgedanken agitierenden Jesuiten, deren Orden, nicht zuletzt aus politischen Gründen, von Papst Clemens XIV. im Jahr 1773 verboten worden war, ohne daß dies jedoch ihre Tätigkeit in den protestantischen Territorien Deutschlands und in Österreich unterbinden konnte. Subversive Winkelzüge traut man ebenso den Illuminaten und Freimaurerverbindungen zu, die als Vertreter einer gesamteuropäischen Gesellschaftsvision mit Stoßrichtung gegen den Absolutismus auftreten. Das für die gesamte Debatte meinungsbildende Forum ist die von Biester und Gedike herausgegebene *Berlinische Monatsschrift*, die Schiller, angeregt durch Körner, seit dem Sommer 1785 gründlich zu studieren pflegt. Im Januar 1785 erscheint hier ein anonymer Aufsatz über die politischen Ziele, die sich angeblich hinter den Aktivitäten des französischen Wunderheilers Saint-Germain und des Magnetiseurs Mesmer verbargen. Im selben Heft findet sich ein ungezeichneter *Beitrag zur Geschichte itziger geheimer Proselytenmacherei*, der die protestantischen Herrscherhäuser Deutschlands durch katholische Umtriebe gefährdet sieht; mit ähnlicher Tendenz wird ein Jahr später der Freiherr von Knigge in einer selbständig veröffentlichten Abhandlung vor der Unterwanderung der Freimaurerorden durch die Jesuiten warnen.[148] Im Februar 1785 stellt ein Artikel Mendelssohns die Frage, ob «man der einreißenden Schwärmerei durch Satyre oder durch äußerliche Verbindung entgegenarbeiten» solle. In der Julinummer diskutieren Garve und Biester wiederum die Gefahr einer politisch motivierten Gegenreformation (*Ueber die Besorgnisse der Protestanten in Ansehung der Verbreitung des Katholicismus*). Im Oktober 1785 folgt ein *Neuer Beitrag zu einiger Kenntniß verschiedener jetzt existirenden Geheimen Gesellschaften*, im November jeweils ein Bericht über die russischen Jesuiten und die Illuminaten in München. Eine Miszelle derselben Nummer liefert unter dem Titel *Itziger Hang zu Geheimnissen* eine Liste frisch publizierter Schriften, die sich des Themas in offenkundig spekulativer Absicht annehmen.

Ihr vorläufiges Ende findet die Diskussion im Juli 1786, zwei Monate nach Elisa von der Reckes Angriff auf Cagliostro, mit einem anonymen Artikel, der unter dem Titel *Noch etwas über geheime Gesellschaften im protestantischen Deutschland* die Frage des überkonfessionellen Einflusses jesuitischer Politik und Diplomatie erörtert.[149] In seiner polemisch gehaltenen Generalattacke, deren Stoßrichtung der Herausgeber Biester bereits durch seine Antwort auf Garves Beitrag vorgezeichnet hatte, umgeht der Verfasser dabei eine (politisch gebotene) Unterscheidung zwischen Jesuiten und Logen; vielmehr betrachtet er beide Gruppen als Repräsentanten letzthin vergleichbaren Machtdenkens, die den Interessen des aufgeklärten Deutschland jeweils massiv schaden, weil sie dessen Errungenschaften entweder bekämpfen oder radikal überbieten möchten. In derselben Nummer der *Monatsschrift* meldet sich der Neffe des württembergischen Herzogs Carl Eugen, Prinz Friedrich Heinrich Eugen, mit einem Beitrag zu Wort, der die empirische Evidenz von Geisterbeschwörungen verteidigt, die Wahrscheinlichkeit übersinnlicher Vorgänge betont und ein Bekenntnis für die «spekulative Philosophie» ablegt.[150] Durch den ihm eigentümlichen Ton religiösen Eifers befestigt der Artikel in weiten Kreisen des lesenden Publikums die Meinung, der Verfasser stünde kurz vor der Konversion zum Katholizismus, was in Württemberg, das auf eine protestantische Nachfolge Carl Eugens hoffte, für große Unruhe sorgte.[151] Es steht außer Frage, daß sich Schiller als Leser der *Monatsschrift* von der Debatte über die Umtriebe der geheimen Gesellschaften anregen und durch das Votum des württembergischen Prinzen zur Erfindung des Helden seiner Erzählung inspirieren ließ; als er Johann Erich Biester, den Herausgeber des Journals, Anfang Oktober 1787 in Weimar kennenlernte, dürfte er mit ihm auch diese Themen erörtert haben (NA 24, 161). Wie breitenwirksam die gesamte Diskussion verlief, verrät der Umstand, daß Wieland in seiner 1786 verfaßten Abhandlung *Über den Hang der Menschen an Magie und Geistererscheinungen zu glauben* ausdrücklich auf die von der *Monatsschrift* publizierten Beiträge zur «neuesten Geschichte der Verirrungen» des Verstandes verweisen konnte.[152] Die bedrängende Aktualität der Schillerschen Erzählung haben schon die Rezensionen der Buchausgabe vermerkt. «Zu einer Zeit», erklären die *Tübingischen gelehrten Anzeigen* in ihrer Besprechung vom 18. Februar 1790, «wo von geheimen Gesellschaften so viel geredet und geschrieben wird (...), wo die Cagliostros und Philidors mit ihren taschenspielerischen Geisterbeschwörungen selbst in Zirkeln, wo der Nahme Aufklärung am lautesten tönt, oft noch ihr Glück machen, müßten Schriften, die darauf hinarbeiten, das feinere oder plumpere Gewebe solcher oft von weitergreifenden Absichten geleiteten Betrügereyen aufzulösen, dem Menschenfreunde immer willkommen seyn.»[153]

Angesichts der zahlreichen Anspielungen auf das brisante Geheimbundthema war es nicht verwunderlich, daß Schiller Zusammenstöße mit der Zensur befürchtete. Göschen, der in Leipzig drucken ließ, hatte vor der Publikation der *Thalia* regelmäßig gegen kleinliche Widerstände der Obrigkeit zu kämpfen. Die sächsische Zensurbehörde galt zumal in religiösen Fragen als intolerant und strikt. Das Leipziger Untersuchungsgremium wurde von einem Vertreter des städtischen Rates und einem durch das Oberkonsistorium ernannten, mithin den Richtlinien der Landeskirche verpflichteten Repräsentanten der Universität gebildet. Ende der 80er Jahre versah dieses Amt der Rhetorikprofessor August Wilhelm Ernesti, den Körner persönlich kannte und im Notfall zu einem maßvollen Urteil zu bewegen wußte. Trotz solcher Verbindungen mußte Schiller erwarten, daß seine Auseinandersetzung mit dem Logenthema von der Behörde mißbilligt wurde. Noch am 26. Januar 1789, wenige Wochen vor dem Erscheinen des sechsten *Thalia*-Heftes mit dem Beginn des zweiten *Geisterseher*-Teils, versucht er Göschen daher zu bewegen, künftig in Thüringen zu drucken, wo die Zensurpraxis liberalere Züge trägt (und zudem die Produktionskosten weniger hoch ausfallen als in der kostspieligen Messestadt Leipzig). Auch später ist es ihm jedoch nicht gelungen, den Freund dauerhaft zum Wechsel seines Herstellungsortes zu bewegen. Die 1794 begonnene Zusammenarbeit mit Cotta verläuft gerade deshalb spannungsärmer, weil der neue Verleger in Württemberg nach dem Tod Carl Eugens durch die Obrigkeit kaum in seiner Publikationsfreiheit eingeschränkt wird. Die Leipziger Behörde erhob schließlich, den pessimistischen Erwartungen des Autors zum Trotz, gegen die Veröffentlichung des *Geistersehers* keine Bedenken, obgleich das ‹philosophische Gespräch› eine heikle Tendenz zum Atheismus aufwies. Fast scheint es, als hätten die Zensoren in diesem Fall Schillers eigene Lektüreanweisung beherzigt, wie er sie am 12. Februar 1789 den Lengefeld-Schwestern übermittelt: «Der Leser des Geistersehers muß gleichsam einen still schweigenden Vertrag mit dem Verfaßer machen, wodurch der leztere sich anheischig macht, seine Imagination wunderbar in Bewegung zu setzen, der Leser aber wechselseitig verspricht, es in der Delikateße und Wahrheit nicht so genau zu nehmen.» (NA 25, 203)

Der Prinz. Geschichte einer psychischen Manipulation

Wie die Vorrede des Herausgebers verrät, ist die Erzählung als «Beitrag zur Geschichte des Betrugs und der Verirrungen des menschlichen Geistes» gefaßt. Ihr Ziel bleibt es, dem Leser eine politische Intrige vorzuführen, bei der «die Kühnheit des Zwecks» und die «Seltsamkeit der Mittel» gleichermaßen ins Auge fallen (NA 16, 45). Im Rahmen seiner doppelten Strategie möchte Schillers Text die Verwicklungen eines Ränkespiels mit phantastischen Elementen darstellen, zugleich aber den psychologischen Hintergrund aufhellen, der das Geschehen wesentlich bestimmt. Auch der *Geisterseher* ist folglich eine Erzählung aus dem Geist der Erfahrungsseelenkunde, die das Innenleben des Menschen unter wechselnden äußeren Bedingungen durchleuchtet. Die Bühne für dieses experimentelle Verfahren bildet die Stadt Venedig mit ihrer geheimnisumwitterten Atmosphäre, den dunklen Gassen und Kanälen, dem Dunst der Lagune und jener eigenen Mischung aus Lebenslust und Dekadenz, die auch Goethe und, knapp 45 Jahre nach ihm, sein Sohn August in ihren Reisenotizen zu erfassen gesucht haben.

Die Geschichte setzt zur Zeit des Karnevals ein; das bunte Maskentreiben mit seinem phantastischen Verwandlungsspiel und burlesken Flair bezeichnet – ähnlich wie in der *Fiesko*-Exposition – eine Stimmung der Verunsicherung, Undurchsichtigkeit und Angst. Ein Mann in armenischer Maske verfolgt den Prinzen und den Grafen von O** beim Spaziergang auf dem Markusplatz, um ihnen eine zweideutig formulierte Todesbotschaft zu übermitteln. Rasch häufen sich die unheimlichen Ereignisse: der Prinz vermißt seine Uhr und den Schlüssel für eine wichtige Schatulle, gewinnt aber beides auf merkwürdige Weise zurück; wenige Tage nach der sonderbaren Begebenheit auf der Piazza erfährt er, daß sein Cousin, wie es der Armenier prophezeite, verstorben und er selbst in der Thronfolge seiner mächtigen Dynastie hinter einem älteren Onkel an die zweite Stelle gerückt ist; als untätiger Zuschauer beim Kartenspiel einiger Caféhausbesucher findet sich der Prinz am folgenden Abend in einen Ehrenhandel mit einem Venezianer verwickelt, der, offenbar gekränkt, ein Mordkomplott gegen ihn anstiftet, von der Staatsinquisition jedoch dingfest gemacht und in einem unterirdischen Gewölbe vor den Augen seiner Richter im Schnellverfahren enthauptet wird. Ablenkung von diesen turbulenten Ereignissen sucht der Held im Kreis einer weltläufigen Gesellschaft, zu der auch ein sinister wirkender russischer Offizier gehört, hinter dessen Maske sich erneut der Armenier verbirgt. Der Zirkel streitet über den Erfahrungsgehalt okkulter Versuche und veranlaßt schließlich einen mit spiritistischen Praktiken vertrauten Sizilianer dazu, gleichsam als Probestück eine Totenbeschwörung vorzuführen. Das unheimliche Ritual, das Schiller mit Hilfe von Informationen aus Johann Christian Wieglebs Abhandlung über *Natürliche Magie* (1779ff.) beschreibt, wird auf Intervention des russischen Offiziers unterbrochen, der den Geisterseher durch die Staatspolizei verhaften läßt und die Runde auflöst.[154] Der Prinz und sein Begleiter erfahren wenig später vom eingekerkerten Sizilianer, daß die gesamte Séance das Werk raffinierter technischer Vorkehrungen, die vermeintliche Beschwörung nur Blendwerk war. Als eigentlichen Regisseur des Geschehens bezeichnet auch der betrügerische Magier den Armenier, dessen Schachzüge aber vorerst so undurchschaubar wie seine Absichten bleiben. Zwar hat es den Anschein, als arbeite er für geheime Kreise, die aus politischen Gründen Einfluß auf den als Thronprätendenten geltenden Prinzen zu nehmen suchen, jedoch treten am Ende des ersten Teils lediglich die Schemen einer Verschwörung ans Licht, ohne deutliche Züge zu gewinnen. Offenkundig ist nur, daß das Spiel mit dem Irrationalen nicht den Zweifel an der Tragfähigkeit der vernünftig geregelten Alltagswelt nähren soll, sondern als dramaturgisches Element einer von kaltem Verstand gesteuerten Intrige eingesetzt wird.[155] Das Experiment mit dem Phantastischen, das Schillers Erzählung wagt, bleibt eingebunden in eine stabile Ordnung der Vernunft; Tiecks Briefroman *William Lovell* wird diese Allianz zehn Jahre später an der Schwelle zur romantischen Epoche letztmals zu erproben suchen, ehe sie bei Hoffmann, Arnim, Poe und Mary Shelley im Zuge der Entgrenzung literarischer Einbildungskraft aufgekündigt wird.

Zu Beginn des zweiten Teils gerät der Prinz, der fortan auf den Schutz des abgereisten Grafen von O** verzichten muß, unter den wachsenden Einfluß der Geheimgesellschaft *Bucentauro*, die katholisch beherrscht, doch nach den Organisationsformen einer Freimaurerverbindung (NA 16, 106) aufgebaut zu sein scheint. Schiller hat bei ihrer Beschreibung auf das Wissen über Logen und Illuminaten zurückgegriffen, das ihm neben Körner auch Reinhold, Hufeland und Bode vermitteln konnten. Der Prinz, der als protestantisch-asketischer Charakter eingeführt wurde, gewinnt jetzt wachsendes Vergnügen am venezianischen Festtreiben. Er bezweifelt die Wahrheit religiöser Überzeugungen, wandelt sich zum lebemännischen Freigeist und überantwortet sich einem ungehemmten Weltgenuß. Zu seinem *Maître de plaisir* gerät der Marchese von Civitella, ein charmanter, innerlich jedoch ausgebrannter Lüstling, der als Neffe eines einflußreichen Kardinals über erhebliche Geldmittel zu verfügen scheint. Unter Civitellas abgefeimter Regie erliegt der Prinz der Spielleidenschaft, häuft Schulden an und gerät schließlich in eine massive finanzielle Abhängigkeit vom Marchese, der ihm großzügig Wechsel ausschreibt, nachdem ihn sein eigener Hof nicht mehr zu unterstützen bereit ist. Die Berichte, die der ohnmächtige Baron von F*** an den abwesenden Grafen schickt, lassen deutlich erkennen, daß der Prinz an diesem Punkt des Geschehens von Intriganten umstellt ist, ohne seine prekäre Lage zu durchschauen. Sein gesamtes venezianisches Schicksal bildet das Produkt einer Verschwörung, deren Fäden der im Hintergrund agierende Armenier zieht. Seiner Regie gehorcht schließlich auch die Dramaturgie der Liebesgeschichte, in die sich der Prinz verwickelt, nachdem er – ähnlich wie Hettore Gonzaga in Lessings *Emilia Galotti* – beim Kirchenbesuch eine junge Frau erblickt, deren Schönheit ihn fortan gefangenhält. Die Unbekannte, angeblich eine Griechin, steht, wie in einer eingeschobenen Novelle angedeutet wird, mit dem Armenier im Einvernehmen. Als Lockvogel versieht sie die Aufgabe, dem unerfahrenen Prinzen die Verheißungen der Erotik zu offenbaren, um seinen asketischen Protestantismus zu unterminieren und eine breite Basis für die weiteren Manipulationen der Verschwörer zu schaffen (NA 16, 141 ff.).

An diesem Punkt bricht die detaillierte Erzählung ab. Am Schluß steht eine knappe Notiz über den überraschenden Tod der Griechin, den Zusammenbruch und die mühsame Genesung des Prinzen. Die düstere Geheimmacht, die mit unterschiedlichsten Mitteln auf das Gemüt des Helden einwirkte, um es ihren dynastischen Interessen gefügig zu machen, hat jetzt den Sieg davongetragen. «‹Der Prinz›», so berichtet der Baron von F*** resigniert dem Grafen, «‹bedarf Ihrer nicht mehr, auch nicht meiner. Seine Schulden sind bezahlt, der Kardinal versöhnt, der Marchese wieder hergestellt. Erinnern Sie sich des Armeniers, der uns voriges Jahr so zu verwirren wußte? In seinen Armen finden Sie den Prinzen, der seit fünf Tagen – die erste Messe hörte.›» (NA 16, 158f.) Der Fortgang der Romanerzählung sollte die weitere Steuerung des Helden durch die katholische Geheimgesellschaft, seine Erziehung zum verbrecherischen Usurpator und Mörder seines Onkels darstellen. Daß dieser Handlungsentwurf aktuelle politische Brisanz besaß, geht aus den erwähnten Diskussionsbeiträgen der *Berlinischen Monatsschrift* deutlich hervor. Gerade in Württemberg zirkulierten vergleichbare Verschwörungsszenarien, seit der Neffe des regierenden Herzogs 1786 sein öffentliches Bekenntnis zur religiösen Schwärmerei abgelegt hatte, in dem man das Vorzeichen einer dem Muster seiner beiden Schwestern entsprechenden Konversion zum katholischen Glauben erblickte. Die Berührungspunkte mit Schillers Erzählung blieben zu offenkundig, als daß man sie übersehen konnte: die Konstellation der Erbfolge, die zunächst protestantische Konfession des Prinzen und seine unter dem Einfluß des *Bucentauro* vollzogene Wandlung bildeten Elemente einer Dramaturgie, bei der Fiktion und Wirklichkeit zusammenspielten. Daß in die Bearbeitung des Stoffs zugleich Erfahrungen mit den Illuminaten eingingen, ist aufmerksamen Lesern frühzeitig aufgefallen. Der progressive Publizist und ehemalige Tübinger Stiftler Karl Friedrich Reinhard, der Schiller Ende September 1781 während eines Stuttgart-Besuchs persönlich begegnet war, spekuliert in einem aus dem revolutionären Paris geschriebenen Brief vom 16. November 1791 ganz unverhohlen über den «politischen Zwek» des *Geistersehers*: «Wolten Sie blos den dummen Teufeleien unserer geheimen, jesuitischen Gesellschaften entgegenarbeiten, oder hatten Sie, wie ich beinahe glaube, einen bestimmtern, individuellern Augenmerk? Ich fühle daß es indiskret ist, Sie um Ihr Geheimnis zu fragen; aber sicher haben Sie eines.» (NA 34/I, 106) Schiller antwortet darauf nicht direkt, weil er die aktuellen Bezüge seines Romans und dessen versteckte Auseinandersetzung mit den Illuminaten, die Reinhard scharfsinnig wahrnahm, keiner ausdrücklichen Erörterung unterwerfen möchte.

Solche Zurückhaltung mag auch darin begründet sein, daß Schiller weder den reißerischen Verschwörungsstoff noch die mit ihm verbundene religiöse Thematik als geistiges Zentrum des *Geistersehers* betrachten konnte. Im Mittelpunkt steht für ihn der unglückliche Bildungsweg des Helden, den das Fragment als Fallbeispiel einer psychischen Verirrung unter den Bedingungen der Politik nachzeichnet. Sieben Jahre vor Goethes *Lehrjahren* (1796), dem Muster des deutschen Erziehungsromans, erzählt Schiller eine Entwicklungsgeschichte, die vom machtvollen Gesetz des Scheiterns beherrscht bleibt.[156] Anders als Wilhelm Meister gerät der Prinz nicht in die Hände einer Sozietät der Menschenfreunde, sondern unter das Diktat eines Verschwörerzirkels, der ihn für seine obskuren politischen Absichten mißbraucht. Im Gegensatz zum Helden Goethes durchläuft er keinen Weg der zunehmenden Selbsterfahrung, der ihm ein harmonisches Lebensprogramm der sozialen Verantwortung erschließt, vielmehr ein Stationendrama der Verirrungen, in dessen Schlußakt er seine persönliche Freiheit vollends zu verlieren droht. Die Ursachen für die Manipulation seines Charakters beleuchtet die Jugendgeschichte, die der Graf von O** zu Beginn des zweiten Teils knapp beschreibt. Der Held wächst im Klima protestantischer Weltferne unter dem dunklen Himmel eines asketischen Lebensverständnisses auf. Religiöse Praxis begegnet ihm zumal in Gestalt von Verboten und Drohungen; eine «bigotte, knechtische Erziehung» durch pädagogisch ungeeignete «Schwärmer oder Heuchler» erstickt die «Lebhaftigkeit des Knaben in einem dumpfen Geisteszwange» und vernachlässigt notwendig die Ausbildung freien Urteilsvermögens auf der Grundlage umfassender Weltkenntnis. Die Folge dieser *Éducation ascétique* ist die Neigung zu religiöser «Melancholie», die der Prinz auch in Venedig zunächst pflegt (NA 16, 103). «Er floh die Vergnügungen», so vermerkt der sachkundige Graf von O**; «in einem Alter von fünfunddreißig Jahren hatte er allen Reizungen dieser wollüstigen Stadt widerstanden. Das schöne Geschlecht war ihm bis jetzt gleichgültig gewesen.» (NA 16, 46) Ohne die Genüsse der erotischen Erfüllung zu kennen, lebt der Prinz im Habitus des Schwermütigen, der keine Sensorien für die äußere Welt besitzt. Hinzu treten jene gravierenden Bildungsmängel, die bereits die *Philosophischen Briefe* als besonderes Merkmal des Schwärmers hervorheben; dem Prinzen fehlt der aufgeklärte Verstand, den die Epoche vom mündigen Individuum verlangt: «Er las viel, doch ohne Wahl; eine vernachlässigte Erziehung und frühe Kriegsdienste hatten seinen Geist nicht zur Reife kommen lassen. Alle Kenntnisse, die er nachher schöpfte, vermehrten nur die Verwirrung seiner Begriffe, weil sie auf keinen festen Grund gebauet waren.» (NA 16, 46)

Von der Weltdistanz des protestantischen Melancholikers im Hamlet-Gewand führt der Gang der Ereignisse den Prinzen zum freigeistigen Lebensgenuß, schließlich zu erneutem Schwärmertum und Konversion. Skeptischer Libertinismus und religiöser Enthusiasmus bilden hier keine markanten Gegensätze, weil sie gleichermaßen durch Intoleranz und wirklichkeitsferne Abstraktion gekennzeichnet scheinen.[157] In beiden Entwicklungsstadien verfehlt der Prinz den Idealtypus des Selbstdenkers, der seinen Weg autonom bestimmt. Der Übergang vom religiösen Zwang der Jugendjahre zum Skeptizismus des Libertins, den man im 18. Jahrhundert als Vorstufe atheistischer Gesinnungen betrachtet, erzeugt nur andere Formen der Abhängigkeit: «Kein Wunder, daß er die erste Gelegenheit ergriff, einem so strengen Joche zu entfliehen – aber er entlief ihm wie ein leibeigner Sklave seinem harten Herrn, der auch mitten in der Freiheit das Gefühl seiner Knechtschaft herumträgt.» (NA 16, 104) Schiller hat die skeptische Weltsicht des Prinzen, die seinem Geist neue Systemzwänge aufnötigt, in einem ausführlichen Gespräch darzustellen gesucht, das der Held mit dem Baron von F*** führt. Der Text, der das Gedankenexperiment der *Philosophischen Briefe* auf radikalerer Stufe wiederholt, entstand zu Beginn des Jahres 1789. Seine fehlende erzählerische Durchformung, die Körner in einer Kritik vom 4. März 1789 beklagt, bleibt das Indiz für das vorwiegend intellektuelle Interesse, das Schiller zum weitschweifigen Exkurs über freigeistige Moralphilosophie und die Grenzen der Metaphysik bewegte (NA 33/I, 313).

Im Gespräch mit dem Baron vertritt der Prinz die Auffassung, daß sämtliche Erscheinungen der Natur allein aus ihrem Selbstbezug jenseits möglicher Zwecke verstanden werden müßten. Aus dieser Einsicht ist die Folgerung zu ziehen, daß das Individuum Glück und Schönheit im konkreten Augenblick genießen sollte, ohne seine Welterfahrung durch die beständige Reflexion über ein spekulativ angenommenes Reich der Metaphysik abzuwerten. Weil der Prinz die Existenz übersinnlicher Zwecke grundlegend verneint, muß er die Moralität des Menschen aus seinen materiellen Antrieben ableiten. Der Einzelne handelt sittlich gut, da ihm das Gefühl seiner ethischen Würde Lust und Genuß verschafft. Die Ausrichtung an übergeordneten Prinzipien metaphysischer Prägung kann nicht zum Leitfaden individuellen Tuns werden, weil sie keinen Bezug zur sinnlichen Erfahrungswelt des Menschen unterhält, folglich ohne Auswirkung auf seine Handlungsimpulse bleibt. Einzig die naturhafte Anlage des Individuums setzt die Fähigkeit zur sittlichen Leistung frei: «‹Das moralische Wesen ist also in sich selbst vollendet und beschlossen, wie das, welches wir zum Unterschied davon das organische nennen, beschlossen durch seine Moralität, wie dieses durch seinen Bau, und diese Moralität ist eine Beziehung, die von dem, was außer ihm vorgeht, durchaus unabhängig ist.›» (NA 16, 178) Es liegt auf der Hand, daß Schiller den Prinzen hier mit Argumenten ausstattet, die aus dem Denkarsenal des französischen Materialismus stammen. Insbesondere Helvétius' *De l'esprit* (1758) und d'Holbachs *Système de la nature* (1770) verschaffen seiner Moralphilosophie ihre metaphysikkritische Grundlage. Mit Helvétius verteidigt der Prinz den auf sinnliche Bedürfnisbefriedigung drängenden Eigennutz des Menschen als Quelle seines sittlichen Handelns, von d'Holbach übernimmt er den Gedanken, daß die Ausrichtung an religiösen Erlösungsvorstellungen dem Individuum die Entfaltung seiner ihm gleichsam organisch innewohnenden Tugend verwehrt (NA 16, 165 ff.).

Schillers eigenes Verhältnis zu den hier entwickelten Überzeugungen bleibt distanziert, aber nicht frei von Sympathie. In einem Brief an die Lengefeld-Schwestern versichert er Ende Januar 1789, er selbst denke zwar anders als «der Prinz in der Verfinsterung seines Gemüthes», doch habe die Beschäftigung mit der materialistischen Moraltheorie, die der Held vertritt, fast sein «Christentum wankend gemacht» (NA 25, 190). Schon die *Philosophischen Briefe*, die Schiller in einem Schreiben an Körner vom 9. März 1789 als Vorstufe des ‹Gesprächs› bezeichnet, hoben bekanntlich die traditionelle Metaphysik auf den Prüfstand und verrieten damit eine gewisse Affinität zum Skeptizismus, die das frühe Werk in dieser Form nicht kannte (NA 25, 221). Schiller bleibt jedoch vorsichtig gegenüber einer allzu sorglosen Abfertigung metaphysischer Denkmotive. Die moralische Anlage des Menschen kann nach seiner Ansicht nur dort zu tugendhaftem Handeln führen, wo sie nicht allein aus sich selbst begründet, sondern höheren Zwecken unterstellt wird. Die Überzeugung, daß persönliches Bedürfnis und Prinzipienbewußtsein zusammenwirken müssen, um die Sittlichkeit des Menschen dauerhaft zu fundieren, hat er stets entschieden verteidigt. Sie trennt ihn nicht nur von den Positionen der Materialisten, sondern auch vom ethischen Rigorismus Kants, dessen *Kritik der praktischen Vernunft* die individuelle Moral allein als Abbild allgemeingültiger Grundsätze bestimmen möchte.

Die freidenkerische Phase des Helden bezeichnet nur ein Übergangsstadium im Prozeß seiner durch unsichtbare Hand gesteuerten Seelenveränderung.[158] Ihr äußerliches Symptom ist die gleichzeitig aufkeimende Neigung zum Glücksspiel, die den Prinzen in die finanzielle Abhängigkeit von Civitella treibt; oberflächlicher Weltgenuß und Libertinismus bilden hier eine Einheit, hinter der ein deformierter Charakter sichtbar wird. Die erotische Leidenschaft, die den Prinzen nach der Begegnung mit der Griechin befällt, macht sein Gemüt schließlich weiteren Manipulationen zugänglich und stellt die Voraussetzung für jene Wendung zur Frömmigkeit dar, die ihn am Ende in die Arme der katholischen Kirche führt. Freigeisterei, Spiellust und Liebesneigung bleiben damit nur die Elemente einer kunstvoll aufgereihten Kette, deren letztes Glied das Verbrechen aus Machttrieb bilden wird. Meisterhafter Arrangeur des Geschehens ist der Armenier, der seinen Zögling – ähnlich wie der Raphael der *Philosophischen Briefe* – absichtsvoll in die Fieberwellen des Skeptizismus treibt, damit er auf dem Grund einer atheistischen Weltsicht einen neuen Glauben pflanzen kann.

Mißbraucht sein Geistesbruder Franz Moor die Kenntnisse der modernen Medizin, um ein perfektes Verbrechen zu verüben, so operiert er als perverser Seelenarzt, der die eigene psychologische Kompetenz nutzt, um vollständige Verfügungsgewalt über sein Opfer zu gewinnen.[159] Der Armenier gehört derart zur Klasse der abgründigen Schurken mit intellektuellem Genie, die schon in Schillers Frühwerk reich vertreten sind.

In der Funktion eines Entwicklungsromans mit negativem Ausgang führt der *Geisterseher* die psychische Anfälligkeit eines lückenhaft gebildeten, schwärmerisch veranlagten Charakters vor Augen. Dem kritischen Leser Körner erläutert Schiller am 9. März 1789, der Prinz scheitere an der «Unzulänglichkeit» eines «Vernunftgebäudes», dem die erforderliche «Consequenz» fehle, weil es sich nicht folgerichtig auf die persönliche Lebenssituation übertragen lasse (NA 25, 221). Symptomatisch für die mangelnde geistige Freiheit des Helden ist dessen Unfähigkeit, Wahrheit und Schein streng voneinander zu trennen. Zwar erkennt er nach dem Geständnis des Sizilianers, daß die eindrucksvoll in Szene gesetzte Geisterbeschwörung ein Produkt des Betrugs war, doch gelingt es ihm nicht, die Hintergründe der gegen ihn geführten Intrige zu durchschauen. Der Begriff des Scheins, den bereits der Romantitel umspielt, gewinnt im Laufe des Geschehens eine bezeichnende Mehrdeutigkeit.[160] Mit ihm läßt sich das triviale Betrugsmanöver des Sizilianers ebenso charakterisieren wie die geschickte Manipulationskunst der Geheimgesellschaft. Scheinhaft bleibt aber auch der Sieg des Verstandes über die Zurüstungen der Scharlatanerie, weil er nicht gegen die feinsinnige Verführungstechnik schützt, die der Armenier im politischen Spiel des *Bucentauro* entfaltet. Hier setzt der psychologische Befund an, den Schillers negativer Bildungsroman formuliert. Die unberechenbaren Verlockungen der Täuschung und des Betrugs verlangen eine souveräne Haltung, wie sie einzig der Kopf des geschulten Menschenkenners, nicht aber der mangelhaft geübte Intellekt des Prinzen zu gewähren vermag. Den Gefahren des Scheins entgeht nur, wer mit ihm spielt: das ist die Vision der klassischen Anthropologie, die sechs Jahre später die Briefe *Ueber die ästhetische Erziehung des Menschen* umreißen werden.[161]

FÜNFTES KAPITEL

Der Geschichtsdenker. Historische Studien und akademische Abhandlungen (1786–1793)

1. Schillers geschichtliches Weltbild

Das Magazin des Wissens. Historiker und außerordentlicher Professor

Bereits als Karlsschüler zeigt Schiller Interesse an geschichtlichen Themen, das sich in intensiver Lektüre historischer Darstellungen jenseits des akademischen Pflichtpensums bekundet. Zu den bevorzugten Autoren gehört der griechische Autor Plutarch (50–125 n. Chr.), dessen Biographien herausragender Gestalten der antiken Geschichte Schiller durch den Unterricht des Altphilologen Friedrich Ferdinand Drück kennenlernt. Eine vertiefende Auseinandersetzung mit Plutarch findet 1779, im vorletzten Akademiejahr statt. Benutzt hat Schiller dabei die seit 1777 erschienene (erst 1780 abgeschlossene) deutsche Übertragung, die aus der Feder von Gottlob Benedikt Schirach stammte. Annähernd zur selben Zeit liest er die 1772/73 publizierte *Universal-Historie* des Göttinger Geschichtstheoretikers August Ludwig Schlözer, der fraglos als Kopf der aufklärerischen Historiographie gelten darf. Ergänzend studiert er Herders Abriß *Auch eine Philosophie der Geschichte zur Bildung der Menschheit* (1774), den Gegenentwurf zum strikten Systemdenken der akademischen Fachwissenschaft. Die dritte medizinische Dissertation führt im elften Paragraphen einen Passus aus Schlözers *Universalhistorie* an, mit dessen Hilfe die durch Garve angeregte These vom kulturgeschichtlichen Fortschritt der Menschheit gestützt werden soll (NA 20, 55).

Seit 1782 sind es die Vorarbeiten für den *Fiesko*, wenig später die Studien zum *Don Karlos*, die Schiller dazu veranlassen, historische Werke über die neuere europäische Geschichte zumal des 16. Jahrhunderts zu konsultieren. Noch steht die Auseinandersetzung mit den Quellen allein im Dienst der dramatischen Entwürfe. Die *Erinnerung an das Publikum*, die Schiller für das Programmheft zur Mannheimer Uraufführung des

Fiesko am 11. Januar 1784 verfaßt hat, erklärt handfest, eine «einzige große Aufwallung», die «in der Brust» der Zuschauer bewirkt werde, wiege «die strengste historische Genauigkeit auf.» (NA 22, 90) Erst in den beiden Dresdner Jahren entfaltet sich bei Schiller ein eigenständiges Interesse an geschichtlichen Fragen, das unabhängig von literarischen Plänen bleibt. Im Februar 1786 veröffentlicht er eine freie Übersetzung von Merciers Vorwort (*Précis historique*) zu den Szenen des *Portrait de Philippe second, roi d'Espagne* (1785), die sich, wie man vermuten kann, auf eine zur selben Zeit entstandene Übertragung Hubers stützt. Am 15. April 1786 schreibt er unter dem Eindruck von Guillaume-Hyacinthe Bougeants Darstellung des Dreißigjährigen Krieges (1727) an den nach Leipzig gereisten Körner: «Ich wollte daß ich zehen Jahre hintereinander nichts als Geschichte studiert hätte. Ich glaube ich würde ein ganz anderer Kerl sein.» (NA 24, 45) Die ein halbes Jahr später einsetzenden publizistischen Aktivitäten des Historikers Schiller entspringen jedoch nicht allein dem ungebundenen Spiel der Neigungen. Die Arbeitsvorhaben, die er bis 1793 verfolgt, stehen weiterhin unter dem Gesetz der ökonomischen Interessen des freien Autors ohne festes Amt. Ebenso wie Dramen, Erzählungen und Romane geschichtlichen Inhalts finden in den 80er Jahren historische Abhandlungen, sofern sie fesselnden Gegenständen gewidmet sind, eine ständig wachsende Zahl von Lesern. «Mode und Waare für den Plaz» nennt sie Schiller am 6. Oktober 1787 in einem Brief an Crusius (NA 24, 160). Selbst die geschichtswissenschaftlichen Schriften eines Gibbon, Iselin, Gatterer, Abbt, Schlözer, Lessing, Herder, Adelung und Kant erreichen zwischen 1765 und 1785 ein großes Publikum, obgleich sie keineswegs durch einen populären Stil ausgezeichnet scheinen.[1] Der Rollenwechsel ins historische Fach, den Schiller 1786 vollzieht, bleibt wie seine erzählerische Produktion den Gesetzen des Marktes geschuldet. Ein nicht unbeträchtlicher Teil der von ihm vorgelegten Beiträge zu geschichtlichen Themen besitzt den Charakter von Auftragsarbeiten, deren Konturen nicht allein durch intellektuelle Neigung, sondern auch durch finanziellen Zwang bestimmt werden.

Im August 1786 faßt Schiller mit Huber den ersten Plan zu einer historischen Veröffentlichung. Man erwägt, gemeinsam eine *Geschichte der merkwürdigsten Rebellionen* bei Crusius in Leipzig herauszugeben. Die einzelnen Bände sollen möglichst authentische Berichte über bedeutsame Revolten von der Verschwörung des Catilina bis zum Krieg der Puritaner gegen Karl I. (1642–49) versammeln. Mit Crusius einigt man sich rasch auf die Publikation einer zweibändigen Ausgabe von je 400 Seiten Umfang, deren Teile zur Oster- und Herbstmesse erscheinen sollen. Am

18. Oktober 1786 kündigt Schiller das Werk in den *Gothaischen gelehrten Anzeigen* an. Ausdrücklich hebt er hervor, daß «politische Revolutionen», deren Darstellung gegen die Zensurgesetze verstößt, «ausgeschlossen» werden. Generell ist der Bericht über «Details» der «Rücksicht auf ihren universalischen Einfluß» übergeordnet, was bedeutet, daß die systematische Einordnung einzelner Ereignisse hinter die unterhaltsame Darbietung zurücktritt.[2] Huber übernimmt es, Beiträge zum römischen Putsch des Nicolaus Rienzi (1347) und zur Verschwörung des Marquis von Bedemar (1618) vorzubereiten; Schiller wiederum befaßt sich mit der Geschichte des Aufstands der niederländischen Provinzen gegen die spanischen Erblande, der 1567 von den Truppen Albas blutig unterdrückt wurde. Die Anziehungskraft des Stoffs erweist sich jedoch als so groß, daß er schnell über eine Ausweitung zu einer selbständigen Darstellung nachdenkt. Schon am 5. März 1787 bittet er Crusius, die Publikation des ersten Bandes «biß nach der Meße zurückzuschieben», weil angesichts seines umfassenden Beitrags eine Teilung in zwei einzelne Bücher erforderlich werde (NA 24, 85). Zu diesem Zeitpunkt liegen Hubers Texte bereits fertig gesetzt in der Druckerei, so daß die Unterbrechung des Vorhabens den Verleger in einige Schwierigkeiten bringt.

Nach der Ende Juni erfolgten Veröffentlichung des *Karlos* gilt die gesamte Konzentration dem Quellenstudium. In Weimar beginnt Schiller ab August 1787 parallel dazu mit der vertiefenden Ausarbeitung des Manuskripts. Am 5. November bittet er Crusius, das entstehende Werk endgültig aus dem Sammelband auszugliedern und einzeln zu verlegen. Erstrebt wird von ihm ein Buch, das auch äußerlich «ein mehr solides und wißenschaftliches Ansehen» zeigen soll (NA 24, 175). An die Stelle des alten Plans, der mit der zeitgenössischen Mode spekuliert, ist ein ernsthaftes gelehrtes Projekt getreten. Um die durch den Fortfall des eigenen Beitrags entstehende Lücke zu schließen, bittet Schiller Reinwald während eines Besuchs in Meiningen Ende November, mit einem Aufsatz einzuspringen. Nach manchen Verzögerungen liefert der Schwager am 23. Juni 1788 eine knappe Darstellung der Erhebung der Pazzis gegen die Medici-Familie aus dem Jahr 1478. Der erste Band der *Geschichte der merkwürdigsten Rebellionen* erscheint im Herbst 1788, ergänzt um den Zusatz «aus den mittlern und neuen Zeiten», mit den beiden Beiträgen Hubers und Reinwalds Einlage. Schiller, der als Herausgeber firmiert, steuert nur die kurz geratene Einleitung bei; die angekündigte Fortführung unterbleibt, weil auch der unstete Huber seine Verpflichtungen nicht erfüllen kann.

Daß Schiller seine Tätigkeit durchaus als Brotarbeit empfindet, erkennt man an den Briefen, die er dem skeptischen Körner aus Weimar schreibt.

Auf dessen deutliche Warnungen vor dem prosaischen Charakter der Geschichtswissenschaft antwortet er am 7. Januar 1788 mit dem Hinweis auf die Breitenwirkung seiner historischen Schriften: «Für meinen Carlos – das Werk dreijähriger Anstrengung bin ich mit Unlust belohnt worden. Meine Niederländische Geschichte, das Werk von 5 höchstens 6 Monaten, wird mich vielleicht zum angesehenen Manne machen.» (NA 25, 2f.) Einen besonderen Reiz der Quellenstudien erblickt Schiller darin, daß sie seine Phantasie entlasten, weil ihre Gegenstände literarisch nur geringfügig aufbereitet werden müssen, um Wirkung zu zeitigen: «Du wirst es für keine stolze Demuth halten, wenn ich Dir sage, daß ich zu erschöpfen bin. Meiner Kenntniße sind wenig. Was ich bin, bin ich durch eine, oft unnatürliche Spannung meiner Kraft. Täglich arbeite ich schwerer – weil ich viel schreibe: Was ich von mir gebe steht nicht in proportion mit dem, was ich empfange. Ich bin in Gefahr mich auf diesem Weg auszuschreiben.» (NA 25, 5f.) Bleibt die poetische Arbeit der «Laune» (NA 25, 5) unterworfen, so die historische Tätigkeit dem exakten Studium, das die Schatzkammern der Phantasie auffüllt und damit künftigen literarischen Vorhaben zugute kommt. Erst später, nach dem Abschluß des *Wallenstein*, wird es Schiller möglich sein, auch die Dramenproduktion aus jenem nüchternen Blickwinkel zu betrachten, den er Ende der 80er Jahre im Verhältnis zur Geschichtsschreibung bezieht.

Nach der Ankunft in Weimar steht Schiller unter starkem finanziellem Druck. Die fehlende Unterstützung Körners, der in Dresden die entstehenden Engpässe zumeist ausglich, macht sich empfindlich bemerkbar. Die von Göschen für den *Karlos* und das im Januar veröffentlichte vierte *Thalia*-Heft gezahlten Honorare sind rasch aufgebraucht. Die Mitarbeit am *Merkur* Wielands kommt nur zögerlich in Gang. Die Jenaer *ALZ*, deren Redaktion Schiller seit dem 12. Oktober angehört, liefert zunächst keine Aufträge. Das Geld für halbwegs reputierliche Kleidung, die er für höfische Audienzen benötigt, muß er beim Bankier Ulmann leihen.[3] Einen Wintermantel borgt er von Huber, der ihn jedoch schon im November auf dem Postweg zurückerhält, da er selbst nicht angemessen versorgt ist. Am 6. Oktober 1787 bittet Schiller Crusius um einen Vorschuß von 12 Louisdor (60 Taler), der ihm über die drei folgenden Monate helfen soll («Das verfluchte Geld!» heißt es am selben Tag in einem Brief an Huber [NA 24, 159]). Das finanzielle Dilemma wird dadurch gesteigert, daß längst noch nicht sämtliche Schulden der Vergangenheit getilgt sind. Bei Bertuch hat er 60 Taler auf Crusius' Namen geliehen, um deren Auslösung er den Verleger bittet, als er am 24. Januar 1788 12 Bögen Manuskript nach Leipzig schickt. Am 6. März 1788 entwirft er Henriette von Wolzogen einen genauen Plan für die Rückzahlung der nunmehr fünf Jahre alten Bürgschaften. Zu diesem Zeitpunkt betrug die Summe, die bei ihr anstand, immerhin 540 Taler, die zu fünf Prozent jährlich zu verzinsen waren, da die Gläubigerin das Geld ihrerseits beim Bankier Israel in Bauerbach geliehen hatte. (Nach ihrem Tod im August 1788 hat die Familie, wie es scheint, die Schuld großzügig erlassen). Noch am 20. Oktober 1788 muß Schiller zwei seiner früheren Gläubiger, den Leipziger Wucherer Beit und den Dresdner Schneidermeister Müller, durch Vermittlung Körners vertrösten, weil er auf das Abschlußhonorar der Geschichtsschrift wartet. Angesichts dieser drückenden Lasten ist es verständlich, wenn er bei der Wahl seiner historischen Themen auf Marktgängigkeit achtet.

Nachdem er am 24. Januar 1788 mehr als die Hälfte des Manuskripts zum Verleger geschickt hat, läßt er in den ersten beiden Monatsheften von Wielands *Merkur* das Vorwort und einen Teil der Einleitung der *Niederländischen Rebellion* abdrucken. Unterbrochen durch die Arbeit am *Geisterseher*, fördert Schiller im Sommer 1788 zunächst nur zögerlich die Fortsetzung seiner Schrift. Am 19. Juli kann er Crusius aus dem ländlichen Volkstädt bei Weimar, in das er sich Mitte Mai zurückgezogen hat, das abgeschlossene Manuskript übersenden. Ende Oktober erscheint, pünktlich zur Leipziger Herbstmesse, die Buchfassung. Der ursprünglich geplante zweite Teil, der Philipps restliche Regierungszeit von der Unterdrückung des Aufstands 1567 bis zu seinem Tod im Jahr 1598 darstellen sollte, wird nicht mehr in Angriff genommen. Als Schiller den Text im Januar 1801 für eine Neuauflage überarbeitet, kürzt er die ältere Fassung an einigen Punkten, glättet sie stilistisch und verzichtet auf die Vorrede, deren Ankündigung einer Fortsetzung mittlerweile hinfällig geworden war.

Kurz nach dem Abschluß der Geschichtsschrift entstehen im Juni und Juli 1788 drei kürzere Versuche über historische Themen. Die Erzählung zu Herzog Alba und die Skizze *Jesuitenregierung in Paraguay* erscheinen im Oktoberheft des *Merkur*. Beide Beiträge besitzen anekdotischen Charakter, ohne Anspruch auf sonderliche Quellentreue zu erheben. Während das Alba-Porträt aus dem Umfeld der niederländischen Historie stammt, verwertet die zweite Studie einen Stoff, den Schiller in Johann Christoph Harenbergs *Pragmatischer Geschichte des Ordens der Jesuiten* (1760) fand. Dort stieß er auf eine Beschreibung des indianischen Kriegsrechts, das er in seiner Skizze als exotische Kuriosität wiedergab. Im achten Heft der *Thalia* erschien Ende Oktober 1789 die Lebensschilderung des Grafen Egmont, der, als Anführer der niederländischen Rebellion zum Tode verurteilt, im Juni 1568 öffentlich exekutiert worden war. Der ursprünglich als Auftakt der Fortsetzung geplante Bericht über die Hinrichtung, der im

Juli 1788 in Volkstädt entstand, wurde ohne den biographischen Abriß der 1801 erschienenen Zweitauflage der niederländischen Geschichte als Anhang hinzugefügt.

Schillers historische Abhandlung findet rasch ein interessiertes Publikum. Am 12. Dezember 1788 heißt es in einem Brief an Körner voller Genugtuung: «Meine Geschichte circulirt hier stark. Göthe hat sie jezt. Auch in Berlin spückt sie.» (NA 25, 159) In Weimar möchte man ihn plötzlich, unter dem Eindruck seiner vielfältigen Fähigkeiten, längerfristig binden. Nachdem Voigt Schillers Bereitschaft zur Übernahme eines akademischen Amtes hat sondieren lassen, präsentiert Goethe am 9. Dezember im *Geheimen Consilium*, dem Kabinett des herzöglichen Hofes, eine Denkschrift (*Promemoria*), worin vorgeschlagen wird, ihm den Ruf auf eine außerordentliche Professur für Philosophie an der Universität Jena zu erteilen. Zwei Tage später empfiehlt der Weimarer Hof den übrigen drei Landesregierungen in Coburg, Gotha und Meiningen, die als sogenannte *Erhalter* die Finanzierung der Hochschule tragen, offiziell Schillers Ernennung zum Extraordinarius (Sachsen-Hildburghausen gehörte seit 1767 nicht mehr zu den Förderern der Universität). Der Weimarer Antrag wird von der Absicht gelenkt, den Studenten einen neuen, überregional wirksamen Anziehungspunkt zu verschaffen. Nachdem der von fakultätsinternen Kollegialfehden (zumal mit dem Theologen Döderlein) aufgeriebene Orientalist Eichhorn im Herbst an die Universität Göttingen gewechselt war, befürchtete man zudem im *Consilium* die qualitative Einbuße eines breiten geschichtswissenschaftlichen Lehrangebots. Eichhorn, der als Schüler Schlözers auch historische Gegenstände behandelt hatte, fand in dem württembergischen Theologen Heinrich Eberhard Gottlob Paulus wenige Monate später einen Nachfolger, der vornehmlich orientalistische Themen abdeckte. Der seit 1782 offiziell für die historische Disziplin zuständige Christian Gottlieb Heinrich galt als trockener Pedant ohne übergreifende Ausstrahlung; der Hochburg des Fachs in Göttingen, wo Johann Christoph Gatterer 1764 eine *Academia historica* gegründet hatte, suchte man in Jena ein eigenständiges Studienprofil entgegenzusetzen.[4] Von Schiller wurde in dieser Situation erwartet, daß er als philosophischer Extraordinarius, wie Goethes Antragsschreiben andeutete, die allgemeinen Grundlagen der Geschichte lehrte und Ausblicke auf die benachbarten Disziplinen eröffnete. Die gesamte Aktion trug aufgrund des Tempos, in dem sie vonstatten ging, den Charakter eines Handstreichs, auch wenn man bedenken muß, daß universitäre Berufungsprozesse damals nicht so umständlich abliefen wie in heutiger Zeit.

Schiller selbst betrachtet den bevorstehenden Wechsel in die akademische Laufbahn mit gemischten Gefühlen. Schon Ende August 1787 mußte er, nachdem ihm Reinhold einen baldigen Ruf prophezeit hatte, gegenüber Körner einräumen, daß ihn an einer Universitätskarriere die Einschränkung seiner literarischen Freiheiten schrecke. Nicht zuletzt zeigt er sich unsicher darüber, ob er den fachlichen Anforderungen der neuen Position genügen kann. Seit dem Sommer hat er an einer Übertragung von Euripides' *Iphigenie in Aulis* gearbeitet, gründlich Homer (in Voß' deutscher Ausgabe) gelesen, die Erzählung *Spiel des Schicksals* geschrieben, ein wenig lustlos den *Geisterseher* fortgesetzt, aber nichts für seine historische Bildung getan. Seine Kenntnisse sind, so weiß er, begrenzt, seine methodischen Fertigkeiten noch unausgereift. Am 15. Dezember 1788, unmittelbar nachdem ihm die Regierung die bevorstehende Ernennung angekündigt hat, stattet er Goethe in Weimar einen Dankesbesuch ab, bei dem er seinen Zweifel an der Befähigung zum akademischen Lehramt vorträgt. Der freundliche, aber doch distanzierte Förderer antwortet darauf nur lapidar, daß das Lehren selbst schule: «docendo discitur» (NA 25, 163). Goethes Interesse an Schillers Geschichtsschrift, das den Anstoß zum Berufungsverfahren gab, lag nahe: im selben Jahr hatte er sein *Egmont*-Drama publiziert, das sich ebenfalls auf die Ereignisse von 1567/68 bezieht; trotz abweichender Einschätzung in Details gelangt es zu einem vergleichbaren Bild der politischen Gemengelage im Spannungsfeld zwischen spanischem Imperium und belgischen Erblanden, wie es in der Krisensituation des Aufstands markant zutage trat. Schillers Rezension wiederum bescheinigte dem Trauerspiel unter dem Eindruck dieser auffälligen Übereinstimmung der Perspektiven eine bestechende Quellentreue und hob lobend das kunstvolle Porträt hervor, das Goethes Eröffnungsakt von den gärenden Volksmassen gezeichnet hatte.

Am 15. Dezember erreicht Schiller die im Auftrag des Weimarer Herzogs verfaßte Aufforderung, er solle sich zur Übernahme einer außerordentlichen Professur bereithalten. Nachdem die Höfe in Coburg und Gotha am 23. Dezember bzw. 12. Januar der Berufung zugestimmt haben (Meiningen folgt erst am 13. Februar), wird ihm am 21. Januar das offizielle Ernennungsschreiben übersendet. Auch die nächsten Schritte vollziehen sich sehr rasch. Am 13. März wandert er von Weimar ins 20 Kilometer entfernte Jena und begibt sich auf Wohnungssuche. Zwei Tage später mietet er bei den Schwestern Schramm in der Jenergasse 26 drei geräumige hohe Zimmer, die sich in frisch renoviertem Zustand befinden. Noch nie hat er so komfortabel und repräsentativ wie hier logiert. Zur Einrichtung gehören zwei Sofas, ein eleganter Spieltisch und 18 mit rotem Plüsch ausgeschlagene Sessel. Das Zentrum der Wohnung bildet eine große Schreibkommode, die er sich nach eigenen Vorstellungen hat anfertigen lassen. Mahlzeiten, Wäsche, Friseur und ein für die Alltagsbedürfnisse zuständiger Diener werden von den Schwestern Schramm gestellt und über die Miete abgerechnet. Befriedigt vermerkt Schiller, daß die den Möglichkeiten der Studenten angepaßten Jenaer Lebenshaltungskosten annähernd um die Hälfte niedriger liegen als in der kostspieligen Residenz.

Am 28. April stellt er beim Dekan der Fakultät, dem Mathematiker Lorenz Johann Daniel Succow, den für die Übernahme der Professur erforderlichen Antrag auf Verleihung des philosophischen Doktorgrades. Am 30. April wird ihm das Diplom zugesendet – eine reine Formalität, die ihn jedoch, wie er in einem Brief an Körner verärgert vermerkt, 44 Taler Amtsgebühren kostet. Am 13. Mai besucht er den Prorektor der Universität, den Staatsrechtler Justus Christian Ludwig von Schellwitz, um sich ihm persönlich vorzustellen. Da das Rektorat aus formalen Gründen von einem Herzog der Fördererstaaten (zu dieser Zeit Carl August) wahrgenommen wurde, erfüllte der Prorektor die eigentliche akademische Leitungsfunktion. In einem kurzen Vorlesungskommentar präsentiert Schiller Mitte Mai die Themen seiner Lehrveranstaltungen: «Das mir an dieser berühmten Hochschule durch die Gunst ihrer gnädigsten Erhalter anvertraute Amt eines Professors beginne ich so Gott will am nächsten Dienstag mit öffentlichen Vorlesungen, in denen ich mich der Einführung in die Weltgeschichte widmen werde.»[5]

Am 26. und 27. Mai hält Schiller in zwei Teilen seine Antrittsvorlesung, deren Thema als *Introductio in historiam universalem* angekündigt wird. Die Druckfassung der wenige Monate später in Wielands *Teutschem Merkur* publizierten deutschsprachigen Rede trägt den berühmtgewordenen Titel *Was heißt und zu welchem Ende studiert man Universalgeschichte.* Die Zeit zur Vorbereitung blieb knapp genug bemessen. Noch bis Ende April hatte Schiller am philosophischen Gespräch des *Geistersehers* gearbeitet und das siebente *Thalia*-Heft für den Druck eingerichtet. Der Umzug im Mai, die förmlichen Visiten und die Ankündigung des Lehrprogramms kosteten mehrere Tage. Der Text der Vorlesung, kein Zweifel, war mit heißer Nadel genäht, erreichte aber dennoch sein Publikum. Über den Erfolg seines ersten akademischen Auftritts berichtet Schiller mit Stolz dem immer noch skeptischen Körner: «Vorgestern als den 26sten habe ich endlich das Abentheuer auf dem Katheder rühmlich und tapfer bestanden, und gleich gestern wiederhohlt.» (NA 25, 256) Angesichts des gewaltigen Andrangs von mehr als 500 Zuhörern erwies sich der ursprünglich vorgesehene Saal, in dem sonst Reinhold las, als zu klein. Kurz vor Beginn der Veranstaltung wechselte man daher in das platzreichste Auditorium der

Universität, das im Haus des Theologen Johann Jakob Griesbach am anderen Ende der Stadt lag. Der imposante Zug der Studenten, dem Schiller und einige seiner neuen Fakultätskollegen folgten, erregte allgemeines Aufsehen. Die Wirkung des Vortrags im eng besetzten Saal war beträchtlich. «Meine Vorlesung», heißt es am 28. Mai, «machte Eindruck, den ganzen Abend hörte man in der Stadt davon reden und mir wiederfuhr eine Aufmerksamkeit von den Studenten, die bey einem neuen Profeßor das erste Beispiel war. Ich bekam eine Nachtmusik und Vivat wurde 3mal gerufen.» (NA 25, 257)

Jena ist am Ende des 18. Jahrhunderts, nicht zuletzt durch die tatkräftige Initiative der Minister Goethe und Voigt, zur neben Göttingen und Leipzig führenden deutschen Universität avanciert. Nach einem vorübergehenden Rückgang der Studentenzahlen (1730 lagen sie bei der stattlichen Quote von 1800) erlebte die Universität in den 80er Jahren einen neuen Aufschwung, der im Zeichen der methodischen Modernisierung der geisteswissenschaftlichen Fächer stand. Zur Zeit von Schillers Amtsantritt waren hier 860 Studenten immatrikuliert, davon 400 in der – auch die Philosophie einschließenden – theologischen Fakultät. Die erst 1737 gegründete, bald hoch renommierte Universität Göttingen zählte zum Vergleich Anfang der 90er Jahre 720 Studenten, Halle wiederum 900 (gegenüber 1250 Anfang der 30er Jahre). Besondere Anziehungskraft gewann Jena durch seine niedrigen Hörergebühren – zwischen 200 und 300 Reichstaler im Jahr –, die auch sozial schwächeren, mit dem *Testimonium paupertatis* versehenen Studenten den Zugang zum akademischen Betrieb eröffneten.[6] Bereits Ende August 1787 konnte Schiller bei seinem ersten Besuch Jenas einen günstigen Eindruck vom allgemeinen geistigen Klima gewinnen. Die Professoren seien, so hatte ihm der joviale Griesbach versichert, «fast unabhängige Leute», die sich «um keine Fürstlichkeit bekümmern.» Insgesamt herrschte eine recht ungezwungene akademische Atmosphäre, zu der auch die zivilisierten «Sitten» der früher als besonders duellfreudig geltenden, häufig in Burschenschaften organisierten Studenten beitrugen (NA 24, 146 ff.). Die große Universitätsbibliothek mit ihren 50000 Bänden, sieben gut sortierte Buchhandlungen sowie das auf einen umfassenden Leihverkehr eingerichtete *Voigtsche Akademische Lese-Institut* schaffen günstige Arbeitsbedingungen.[7] Erfreut vermerkt Schiller die gegenüber Weimar ausgeprägtere Urbanität Jenas. Architektur, Anordnung und Länge der Straßen wirken weniger dörflich auf ihn, obgleich die Einwohnerzahl – um 1790 4300 – noch unter jener der Residenz liegt. Die großen Bürgerhäuser, deren geräumige Wohnungen die Professoren nicht selten an mehrere Studenten vermieten oder als Hörsäle nutzen, erwecken einen gediegenen Eindruck. Die Gassen werden, anders als in Weimar, regelmäßig gereinigt, indem man die Schleusen des Leutrastroms öffnet und das Wasser durch die innere Stadt leitet. Beklagenswert finden die meisten Zugereisten einzig die Qualität des Essens, das die Gasthäuser anbieten; wer, wie Goethe, auf gepflegte Küche Wert legte, ließ sich, während er hier logierte, mit importierten Vorräten versorgen.[8]

Der Publizist Andreas Georg Friedrich Rebmann lobt in seinen *Briefen über Jena* den liberalen Geist der Stadt. Die Theologen dürften, so betont er, freidenkerische Vorlesungen anbieten, die Zensur halte sich zurück, die akademischen Spielräume seien beträchtlich, weil der Herzog Toleranz walten lasse.[9] Da in sämtlichen Hochschulangelegenheiten die vier Erhalterstaaten gleichermaßen Entscheidungsbefugnis besaßen, kam es häufig zu Abstimmungsproblemen, die einen strengen Dirigismus verhinderten. Ihr modernes Profil empfing die Universität vornehmlich als Hochburg der Philosophie Kants, die in verschiedensten Fächern rezipiert und weitergetragen wurde. Der Jurist Gottlieb Hufeland bemühte sich um eine Vermittlung von Naturrechtspositionen mit den Prinzipien der Kantschen Ethik; Reinhold richtete seine beim Publikum äußerst erfolgreichen philosophischen Vorlesungen gänzlich am Ordnungsmodell der transzendentalen Methodik aus. Selbst ein einflußreicher Theologe wie Griesbach näherte sich Auffassungen Kants, zumal im Zusammenhang mit anthropologischen oder geschichtsphilosophischen Fragestellungen. Auch der junge Paulus, der im April 1789 auf den orientalistischen Lehrstuhl berufen wurde, zeigte sich fasziniert von den Möglichkeiten des Kritizismus. Er gehörte mit seiner musisch interessierten Frau neben Griesbach und dem *ALZ*-Herausgeber Schütz zu denjenigen, deren Nähe Schiller im ersten Jenaer Jahr bevorzugt suchte. Geschätzt hat er an dem aus Württemberg stammenden Paulus vor allem die unbedingte Berechenbarkeit eines von überspanntem akademischem Ehrgeiz freien Charakters. Daß er ihn später in seine historischen Arbeitsvorhaben einbezog, war ein Vertrauensbeweis, wie er ihn in diesen Jahren nur noch guten Freunden zukommen ließ. Regelmäßig verkehrt Schiller auch im Haus Reinholds, der ihn mit den Honoratioren der Stadt bekannt macht. Bälle zählen, ähnlich wie schon in Weimar, zum gängigen Gesellschaftsprogramm, dem er sich bereitwillig, aber ohne Begeisterung unterwirft. Statt zu tanzen und die Damen zu unterhalten, nimmt er dort zumeist, wie er Körner gesteht, seine «Zuflucht zum Spielen» (NA 25, 262).

Auf Formen eines bornierten akademischen Ständebewußtseins stößt Schiller nur im historischen Fach. Als er Ende Oktober neben der im *Merkur* erscheinenden Fassung seiner Antrittsvorlesung einen separaten Druck über die Jenaer Universitätsbuchhandlung vertreibt, nennt er sich auf dem Titelblatt irrtümlich «Professor der Geschichte», obgleich er offiziell Extraordinarius für das Fach Philosophie ist («Prof. Philos. Publico design.» lautet die Formulierung des Magisterdiploms vom 28. April). Auf Intervention des historischen Ordinarius Christian Gottlieb Heinrich fordert der Dekan Schiller am 11. November auf, sich künftig «dieses Titels» zu «enthalten» (NA 25, 716) und bei ähnlichen Gelegenheiten seinen echten Status anzugeben. Vermutlich fühlte sich Heinrich, der Universalhistorie nach Schlözers Schule trieb, bereits durch die Thematik der Antrittsvorlesung provoziert. Schiller wiederum ärgert, wie er Körner am 10. November schreibt, daß der Universitätsdiener den Aushängebogen der Schrift mit dem Federmesser von der Ladentür der akademischen Buchhandlung gelöst und als *Corpus delicti* dem Dekan vorgeführt hatte.

Zwischen dem 9. Juni und dem Semesterende am 15. September hält Schiller eine *Einführung in die Universalgeschichte*, die sich auf die Antike bis zur Zeit Alexanders des Großen konzentriert. Die zweistündige Vorlesung leidet nach wenigen Wochen unter deutlichem Hörerschwund; von den zunächst knapp 500 Teilnehmern, die über die Hälfte sämtlicher Jenaer Studenten ausmachen, bleiben am Schluß knapp 30 übrig. Aus dem Stoff des Kollegs gehen drei kürzere Aufsätze hervor, die Schiller Anfang 1790 überarbeitet und im Herbst des Jahres im zehnten bzw. elften Heft der *Thalia* veröffentlicht: *Etwas über die erste Menschengesellschaft nach dem Leitfaden der mosaischen Urkunde*, *Die Sendung Moses* und *Die Gesetzgebung des Lykurgus und Solon*. Es handelt sich um Studien mit systematischem Anspruch, die Themen im Grenzfeld von Mythos, Religion und Kulturanthropologie erörtern. Sie folgen damit Herders zwischen 1784 und 1791 publizierten *Ideen zur Philosophie der Geschichte der Menschheit* und Kants in den 80er Jahren für die *Berlinische Monatsschrift* geschriebenen Abhandlungen, die Schiller mit großem Interesse studiert hatte.

Die universalhistorische Einführung des Sommersemesters fand öffentlich statt, war also für Hörer sämtlicher Fakultäten zugänglich, ohne daß sie Kollegeelder zahlen mußten. Da Schiller als außerordentlicher Professor, dem kein staatliches Salär zusteht, auf Einnahmen angewiesen ist, bietet er in den folgenden Semestern seine fünfstündigen Vorlesungen «privatim» an. Zugang hatten hier nur diejenigen Studenten, welche die am Umfang der Veranstaltung bemessenen Hörergebühren – in der Regel drei Taler pro Halbjahr – erlegten. Die öffentlich («publice») abgehaltenen Kollegs beschränkt er dagegen auf eine Wochenstunde, um seine Kräfte zu schonen. Im Wintersemester 1789/90 doziert er privatim über *Universal-*

geschichte vom Zeitalter Karls des Großen bis auf Friedrich den II. von Preußen, publice über die Geschichte der Römer. Erstmals spricht er jetzt frei, ohne sich, wie am Beginn der akademischen Laufbahn, fest an ein ausformuliertes Manuskript zu binden. Als Grundlage des Vortrags dient ein detailliertes Gliederungsschema, das Exkurse und Improvisationen gestattet. Im Sommersemester 1790 bietet er eine fünfstündige Vorlesung von den Anfängen bis zur Gründung des fränkischen Reichs sowie ein einstündiges Kolleg zur Theorie der Tragödie an. Im Wintersemester 1790/91 liest er, letztmals vor der krankheitsbedingten Beurlaubung, öffentlich über *Europäische Staatengeschichte*, privatim über die Geschichte der Kreuzzüge. Bevorzugt legt Schiller seine Veranstaltungen auf den fortgeschrittenen Nachmittag, die Zeit ab 16 Uhr; bisweilen spricht er erst nach 18 Uhr, dann in den beginnenden Abend hinein. Auch in den folgenden Jahren, da ihm die Krankheit längere Ruhepausen aufzwang, hat er die Arbeit zu später Stunde geschätzt und sich bis tief in die Nacht an seinen Schreibtisch fesseln lassen.

Im ganz von der Geschichtswissenschaft geprägten Jahr 1789 entwickelt sich der Plan zur Publikation sogenannter historischer *Memoires*, einer enzyklopädischen Sammlung von authentischen Augenzeugenberichten und Erinnerungen unterschiedlichster Autoren aus Spätantike, Mittelalter und Neuzeit. Das Vorhaben orientiert sich am Vorbild der französischen *Collection universelle des mémoires particuliers relatifs à l'histoire de France*, die seit 1785, verteilt auf 67 Bände, in London veröffentlicht wurde. Schiller hat sich bereits Anfang August 1787 mit einem deutschen Memoirenprojekt beschäftigt, ohne es zunächst voranzutreiben. Als Göschen ihn im Februar 1788 für eine Woche in Weimar besucht, erörtert man den Plan, kommt aber noch nicht zum Vertragsabschluß. Körner, dem Schiller das Vorhaben nach der Rückkehr aus Rudolstadt Mitte November schmackhaft zu machen sucht, zeigt kein sonderliches Interesse. Am 1. Januar 1789 stellt Bertuch ihm anläßlich einer Neujahrsvisite in Aussicht, daß er einen Verleger für das nach seiner Auffassung verheißungsvolle Projekt gewinnen werde. Durch Bertuchs Vermittlung tritt Schiller zwei Wochen später in Kontakt zu dessen Kompagnon Johann Michael Maucke in Jena, der sich bereit erklärt, die *Memoires* zu veröffentlichen. Am 17. Februar wird der schon einen Monat zuvor fixierte Vertrag geschlossen. Man plant zwei Abteilungen (zur älteren und neueren Geschichte), die jeweils auf knapp 30 Bände berechnet sind. Der Kontrakt sieht einen vierteljährlichen Erscheinungszyklus vor, wobei jeder Band 25 Bogen umfassen soll. Die *Allgemeine Sammlung historischer Memoires* beginnt wunschgemäß Ende 1789 (datiert auf 1790) zu erscheinen. Größten Wert legt Schiller, wie er bereits am 5. Januar gegenüber Bertuch betont, auf die Einheit von Information und Unterhaltung. Eine strenge Redaktion hat dafür zu sorgen, daß die Memoires systematisch eingeordnet und kommentiert werden, damit der Leser ihre historischen Hintergründe durchschauen kann. Die strikte «Auswahl des Interessanten» soll den einzelnen Quellentexten, die grundsätzlich in deutscher Übersetzung gedruckt werden, einen auch für das Laienpublikum anziehenden Charakter verleihen (NA 25, 181).

Schiller betreut ab Herbst 1789 zunächst drei Bände der ersten Abteilung, die zeitlich bis zum Ende des 16. Jahrhunderts reicht. Zur neuen Abteilung, die mit der Regierungsperiode Heinrichs IV. von Frankreich (1589–1610) beginnt, hat er später noch einen weiteren Band beigesteuert. Er beschränkt sich auf die Auswahl der Quellenmaterialien und verfaßt allgemein gehaltene Einführungen, die die Einzeltexte in einen größeren Rahmen einordnen sollen. Zwischen 18. September und 22. Oktober 1789 entsteht während der vorlesungsfreien Zeit in Rudolstadt die universalhistorische Übersicht zur Periode der Kreuzzüge. Sie bezieht sich auf die von dem Jenaer Studenten Thomas Berling übersetzte, in den Bänden I, 1–2 abgedruckte Biographie des griechischen Kaisers Alexios Komnenes (1048–1118), deren allgemeiner Zusammenhang mit der europäischen und asiatischen Geschichte des Hochmittelalters durch Schillers Überblick aufgehellt wird. Die Darstellung, die das Fundament für die Vorlesung des Wintersemesters 1789/90 bildet, entwirft ein düster gefärbtes Epochenbild, bei dem das Schwergewicht auf der Beschreibung von Invasionsbewegungen, dynastischen Unruhen, Spannungen zwischen Klerus und Politik liegt. Wesentlich bleibt hier der bereits in der Antrittsvorlesung formulierte Gedanke, daß Phasen der Unterdrückung menschlicher Freiheit aufgrund ungünstiger Verknüpfungen zwischen sozialen, wirtschaftlichen und konfessionellen Zeitumständen einzig Durchgangsstationen der Menschheitsgeschichte auf dem Weg zu ihrer kosmopolitischen Selbstorganisation im Status der Autonomie bildeten. An Caroline von Beulwitz schreibt Schiller am 3. November 1789 zufrieden über den Abschluß des Textes, noch nie habe er «soviel Gehalt des Gedankens in einer so glücklichen Form vereinigt, und nie dem Verstand so schön durch die Einbildungskraft geholfen.» (NA 25, 315)

Eine Brückenfunktion versieht auch die im Frühherbst 1790 abgeschlossene universalhistorische Einführung in die «merkwürdigsten Staatsbegebenheiten zu den Zeiten Kaiser Friedrichs I.», welche die im Band I,3 abgedruckten *Gesta Friderici* des Bischofs Otto von Freising (1114–1158) kommentiert. Der Text erhellt die Vorgeschichte der Herrschaft Barbarossas, der die ottonische Politik in Italien fortführen wird. Er beschreibt die geostrategische Gemengelage im Spannungsfeld zwischen normannischer und staufischer Politik, die Winkelzüge der römischen Kurie und die unterschiedlichen Interessen der Invasoren, die am Beginn des 12. Jahrhunderts Sizilien in Besitz zu nehmen suchen. Die detailbezogene Perspektive der *Gesta Friderici* wird auf diese Weise durch eine Übersicht ergänzt, die Individual- und Universalgeschichte möglichst leserfreundlich verbinden möchte. Ein vergleichbares Ziel verfolgt auch die im Winter 1790/91 verfaßte *Geschichte der französischen Unruhen, welche der Regierung Heinrichs IV. vorangingen*. Sie wird zwischen 1791 und 1793, auf fünf Folgen verteilt, als historischer Kommentar zu den in den ersten fünf Bänden der zweiten Abteilung abgedruckten Memoiren des hugenottischen Herzogs von Sully (1560–1641) publiziert. Ihr Gegenstand sind die *Bürgerkriege in Frankreich* zwischen 1562 und 1572, auf die ab der dritten Folge (1792) auch die Überschrift ausdrücklich verweist. Schiller behandelt hier die konfessionspolitischen Konflikte, die zum Blutbad der Bartholomäusnacht vom 23./24. August 1572 führten, als Katharina von Medici in Paris die brutale Abschlachtung der Hugenottenführer befahl. In atemlos vorantreibender Prosa führt der Text die Anatomie einer höchst bedenklichen Staatskrise vor Augen, an deren Ende das Opfer von annähernd 10000 Menschenleben steht. Die Herrschaft der Guisen, die für den Massenmord vom August 1572 verantwortlich zeichnen, wird kenntlich als Symptom politischen Wertverfalls unter dem Diktat purer Machtinstinkte. Zu den besonderen Merkmalen des Konflikts zählt aber auch die Schwäche der hugenottischen Gegenpartei, die ihre Hoffnungen allein auf den zweideutigen Prinzen von Condé und den letzthin naiven Admiral Coligny setzt. In Heinrich von Navarra erwächst ihr ein profilierter Vertreter, dessen geschichtliche Stunde freilich zu dem Zeitpunkt, da der Abriß endet, noch nicht gekommen ist. Mit seinem gedrängten Stil, der sicheren Porträtkunst und klaren Linienführung ist der Text ein Musterbeispiel für die außergewöhnlichen Qualitäten des Historikers Schiller.

Im September 1790 entsteht zudem für die *Memoires* das Vorwort zu einer Biographie des Sultans Saladin (1173 bis 1193) in der lateinischen Bearbeitung von Albert Schultens (*Vita et res gestae Sultani Almalichi Alnasini Saladini*, 1732) (Bd. I, 3). Im März 1791 folgt abschließend der Vorbericht zum Abdruck der Erinnerungen Sullys (Bd. II, 1). Beide Beiträge bieten keine historischen Details, sondern nur einführende Informationen über Stillage und Wirkungsabsicht der von ihnen eingeleiteten Darstellungen. Schillers Interesse an dem gesamten Unternehmen, das ohnehin primär finanzieller Natur war, erlischt rasch. Bereits am 14. November 1788 hatte er Körner gestanden, daß er keinen großen Aufwand treiben wolle: «Die Sache ist bloß ein langsameres Lesen, das einem bezahlt wird.» (NA 25, 136). Nach 1791 betreut er die Memoirensammlung, für die er anfänglich noch selbst Übersetzer und Kommentatoren angeworben hatte, nurmehr sporadisch. Die angekündigte Fortsetzung der Geschichte der französischen Unruhen bis zum zwölften Band der zweiten Abteilung besorgt der zuverlässige Paulus. Im Frühjahr 1794 tritt der Historiker Karl Ludwig Woltmann offiziell in den Herausgeberkreis ein. Schillers Name wird fortan nur aus Formgründen – auch mit Blick auf das Publikum – im Titel geführt. Dank des organisatorischen Geschicks von Paulus gelingt es später trotz großer Schwierigkeiten, das arbeitsaufwendige Unternehmen erfolgreich zu beenden. Die weniger umfangreiche erste Abteilung zur älteren Geschichte wird nach sechs Jahren, 1795, abgeschlossen, die zweite Abteilung, die stattliche 29 Bände versammelt, liegt 1806, zwölf Monate nach Schillers Tod, vollständig vor.

Die letzte größere Arbeit, die Schiller im Geschichtsfach verfaßt, ist ein Auftragswerk. Ende Dezember 1789 fragt Göschen bei ihm an, ob er bereit wäre, gegen das Honorar von 400 Talern für den von ihm vorbereiteten *Historischen Calender fur Damen* einen auf ein Laienpublikum zugeschnittenen Beitrag zu Hintergründen und Ablauf des Dreißigjährigen Krieges zu liefern. Es handelt sich um ein finanziell höchst lukratives Angebot, das ein freier Schriftsteller zu dieser Zeit kaum ausschlagen konnte. Zum Vergleich wäre zu bedenken, daß auch ein renommierter Autor wie Goethe für seine seit 1787 im selben Haus erscheinende achtbändige Werkausgabe nur ein Honorar von 2000 Talern bezog; um ein Drittel höher lag das Salär beim berühmten Klopstock, dessen Œuvre Ende 1795 durch Göschen aufgekauft wurde (wobei man bedenken muß, daß die Sammlung ein voluminöses Lebenswerk wie den *Messias* enthielt). Am 6. Januar 1790 erklärt Schiller in einem gutgelaunten Brief die Annahme der reizvollen Offerte und stellt seinen Beitrag für Anfang August in Aussicht. Rasch zeigen sich jedoch die Tücken des Vorhabens. Neben die mühsamen Quellenstudien, die Schiller im Frühjahr 1790 in die schwierigen konfessionsgeschichtlichtlichen Verhältnisse des frühen 17. Jahrhunderts einführen, tritt das Problem der Gliederung des sperrigen Stoffs. Die zunächst als knappes Kompendium geplante Darstellung weitet sich unter der Feder rasch aus. Im Sommer sitzt er bei gleichzeitigem Vorlesungsbetrieb 14 Stunden täglich über dem Manuskript. Am 26. Juli teilt er Göschen mit, daß es ihm angesichts der komplizierten Materie unmöglich sei, das Thema im vorgesehenen Rahmen erschopfend zu behandeln. Mit Blick auf die historisch nur mäßig gebildete Leserschaft empfiehlt er, das Unternehmen als Fortsetzungspublikation über mehrere Jahrgänge zu verteilen, damit die Darstellung weitläufiger angelegt werden kann. Um geschäftliche Fehlspekulationen zu vermeiden, möchte er vor definitiven Planungen freilich die Wirkung der ersten Folge abwarten.

Im Oktober 1790 erscheint Göschens *Calender* in der ungewöhnlich hohen Auflage von 7000 Exemplaren mit den ersten beiden Büchern der Schrift, die die Ereignisse bis zur Belagerung der Stadt Magdeburg durch die Kaiserlichen unter Tilly im Jahr 1631 beschreiben. Der Text findet reißenden Absatz: bereits innerhalb von zwei Monaten ist die Startauflage komplett ausverkauft. Angesichts dieses Erfolgs wird die Fortsetzung des Projekts zur Selbstverständlichkeit. Unter der Last der schweren Krankheit, die im Januar 1791 erste Vorboten schickt und vier Monate später mit ganzer Macht ausbricht, quält sich Schiller ab dem Spätsommer mühsam durch sein Manuskript. Wieland rät ihm, den Vertrag aufzuheben, um Kräfte für die Genesung zu sammeln. Das aber widerspricht Schillers Pflichtbewußtsein und dem protestantischen Ethos seiner Arbeitsauffassung. Im September diktiert er Passagen des umfangreichen Mittelstücks während der Erholungskur in Erfurt. Da angesichts verminderter Kräfte ein Abschluß vorerst nicht gelingen kann, publiziert Göschen Ende 1791 die fertigen Teile des dritten Buchs, das die militärische Kollision von Wallenstein und Gustav Adolf behandelt. Nach der Rückkehr aus Dresden, wo er einen Monat lang Gast im Haus Körners war, beginnt Schiller am 20. Mai 1792 recht lustlos mit der Fortsetzung des Manuskripts. Unter forciertem Tempo gelingt es ihm, innerhalb weniger Wochen das dritte Buch zu vollenden. Am 21. September liegen auch die beiden letzten Teile vor, in denen gedrängt die Ereignisse von Gustav Adolfs Tod bis zum Westfälischen Frieden beschrieben werden. Mitte November erscheinen die betreffenden Stücke im Damenkalender für 1793. Bereits ein Jahr später publiziert Göschen die geschlossene Buchausgabe der *Geschichte des Dreyßigjährigen Kriegs*, die Schillers Ruhm als Historiker weiter mehrt. Im Sommer 1802 kommt nochmals eine vom Autor penibel überarbeitete Neufassung auf den Markt.

Die bedrohliche Lungenerkrankung vom Januar 1791 und die anschließend chronisch gewordene Rippenfellentzündung, die ihn im Mai an den Rand des Todes bringt, veranlassen Schiller zu durchgreifenden Lebenskorrekturen. Die universitäre Lehrtätigkeit stellt er mit Ende des Wintersemesters ein; an den Platz der historischen Neigungen rücken philosophische Interessen. Die *Geschichte des Dreyßigjährigen Kriegs*, die eher überstürzt als systematisch vollendet worden ist, bezeichnet damit auch den eindrucksvollen Abschluß von Schillers akademischer Periode. Ein passionierter Dozent ist er nie gewesen; den Vorlesungsbetrieb empfindet er frühzeitig als Last. Die Abhängigkeit von den Kolleggeldern erscheint ihm entwürdigend, die regelmäßige Verpflichtung zur Vorbereitung des Unterrichts gerät zum unerfreulichen Zwang. Schon Mitte Dezember 1789, in seinem zweiten Jenaer Semester, trägt er sich mit dem Gedanken, einen zwölfmonatigen Urlaub zu beantragen, um wieder mehr Zeit für die literarische Produktion zu gewinnen. Die Krankheit liefert nun den äußeren Anlaß für den Rückzug aus dem akademischen Betrieb. Von Routine und Monotonie sucht sich Schiller auch in späteren Jahren fernzuhalten. Die ihm angemessene Arbeitsform bleibt die freie schriftstellerische Tätigkeit, die er, selbst wenn sie Risiken birgt, nur ungern gegen die Last eines Amtes eintauscht.

Eine der letzten fachgebundenen Arbeiten ist die im April 1792 während eines Besuchs in Dresden geschriebene Vorrede zu Friedrich Immanuel Niethammers *Geschichte des Malteserordens* (1792/93). Mitte März 1795 entsteht die *Merkwürdige Belagerung von Antwerpen durch den Prinzen von Parma*, eine erzählerisch gefärbte Studie, die kaum mehr den Charakter der historischen Quellendarstellung trägt. Sie beschreibt die mühevolle Eroberung der niederländischen Stadt durch spanische Truppen als eine blutige Militäraktion, deren gräßliche Details mit schonungsloser Deutlichkeit veranschaulicht werden. Schiller verfaßt den Beitrag ohne Enthusiasmus als Gelegenheitsarbeit für das vierte und fünfte Stück der *Horen*, weil Mangel an druckfähigen Manuskripten herrschte; kaum von der Hand zu weisen ist die Vermutung, er habe mit seiner Darstellung an die Belagerung des jakobinischen Mainz durch die österreichisch-preußischen Armeen zu erinnern gesucht, die im Spätsommer 1793 das politische Europa bewegte.[10] Abgeschlossen wird die Reihe seiner historischen Veröffentlichungen mit der am 18. Juni 1797 geschriebenen Würdigung der Memoiren des Marschalls de Vieilleville, aus denen Wilhelm von Wolzogen im 6.–9. und 11. Stück des *Horen*-Jahrgangs 1797 Auszüge in eigener (von Schiller wiederum geprüfter) Bearbeitung publizierte. Der Text gilt einem französischen Hofmann aus der Zeit Franz' I. und Heinrichs II. (1515–1459), einer historischen Randfigur ohne auffällige Verdienste, deren Anpassungsfähigkeit und Staatstreue von früheren Quellen häufig als Symptom der Charakterschwäche gedeutet wurde. Zu Gesicht kommt keine Lichtgestalt der Geschichte, sondern ein «kluger Loyaler»,[11] wie Thomas Mann in anderem Zusammenhang Octavio Piccolomini genannt hat. Die Tendenz der kurzen Vorrede bezeugt auf markante Weise Schillers gewandelten historischen Blick. Die Vorliebe für Rebellen und Gewaltherrscher ist durch das Interesse an den Diplomaten und Strategen verdrängt worden, mit denen ein stabiler Staat, aber keine Revolution zu organisieren ist. Zum Erprobungsfeld dieses Charaktertyps gerät beim späteren Schiller freilich das Theater, nicht die akademische Öffentlichkeit. Nach dem Abschluß des fünften Buchs der Schrift zum Dreißigjährigen Krieg erklärt er Körner am 21. September 1792 erleichtert: «Eben schike ich den letzten Bogen Mscrpt fort. Jetzt bin ich frey und ich will es für immer bleiben. Keine Arbeit mehr, die mir ein anderer auflegt oder die einen andern Ursprung hat als Liebhaberey und Neigung.» (NA 26, 151)

Geballte Ordnungskraft.
Die Jenaer Antrittsvorlesung über Universalgeschichte

Die Frage nach dem methodischen Selbstverständnis einer aufgeklärten Geschichtsforschung steht im Zentrum der Jenaer Antrittsvorlesung vom 26. und 27. Mai 1789, mit der sich Schiller öffentlich als akademischer Lehrer vorstellt. Anregungen bezieht der Text vornehmlich aus Schlözers berühmter *Universalhistorie*; weitere Quellen bilden Herders *Ideen zur Philosophie der Geschichte der Menschheit*, die seit 1784 in drei (von später vier) Teilen erschienen, und Kants *Idee zu einer allgemeinen Geschichte in weltbürgerlicher Absicht*, die, ebenfalls 1784, in der *Berlinischen Monatsschrift* Biesters und Gedikes publiziert wurde.

Schiller beginnt seinen Vortrag mit einer Unterscheidung zwischen dem pedantischen «Brodgelehrten» und dem philosophischen Kopf. Sie dient der Klärung methodischer Gegensätze und intellektueller Mentalitäten, aber auch der Bestimmung der eigenen Rolle im universitären Betrieb. Die Skizze des allein um seine Karriere besorgten Pedanten, der nicht Erkenntnis, sondern materielle Sicherheit sucht, zeichnet das Zerrbild eines Schulfuchses ohne geistiges Format. Noch in einem Xenion von 1796 findet sich diese Charaktercharge der Gelehrtenwelt persifliert: «Breiter wird immer die Welt und immer mehr neues geschiehet, | Ach! die Geschichte wird stets länger und kürzer das Brod!» (NA 1, 345, Nr. 299) Dem Pedanten ist der philosophische Kopf entgegengesetzt, der befähigt bleibt, durch Offenheit für Neuerungen und intellektuelle Experimente wissenschaftliche Innovationen jenseits fachlicher Engstirnigkeit anzubahnen. Das Vermögen zum Denken in größeren Zusammenhängen gestattet es allein ihm, im Feld der Geschichtswissenschaft jene universalhistorischen Methoden zu erproben, die der zweite Teil der Antrittsvorlesung genauer erläutert. Die Ende November 1780 verfaßte Vorrede der dritten Dissertation hatte eine ähnliche Unterscheidung für die Heilkunst vorgenommen, indem sie die Medizin im «höhern Rang einer philosophischen Lehre» von der «mechanischen Brodwissenschaft» unterschied (NA 20, 38).

‹Universalgeschichte› ist ein im Zeitalter der Aufklärung exakt festgelegter Fachbegriff. Bereits in Johann Christoph Gatterers *Handbuch der Universalhistorie* (1761) und Schlözers Systementwurf von 1772/73 bezeichnet er eine methodische Perspektive, aus der vergangene Begebenheiten geordnet und in einen übergreifenden Rahmen eingebaut werden können. Leitend bleibt dabei die Vermutung, daß sich die Bedeutung historischer Verhältnisse einzig dann erhellen läßt, wenn man sie als Faktoren betrachtet, die den jeweils aktuellen Zeitzustand bestimmen. Die Gegenwart bildet das veränderliche Ergebnis zurückliegender Vorgänge, deren Zusammenhang den Fortschritt der Menschheit ermöglicht. Damit ist eine Ordnungsstruktur gegeben, welche der wissenschaftlichen Erkenntnis klare Linien vorzeichnet. Der Blick in die Quellen, die über die Fakten entfernter Perioden unterrichten, erschließt stets auch ein besseres Verständnis der feinen Verknüpfungen, die das Gewebe der aufeinanderfolgenden Zeitereignisse zusammenhält. Indem der Historiker den entwicklungslogischen Stellenwert vergangener Umstände ergründet, öffnet er den Blick auf das gewaltige Schwungrad, das die Geschichte treibt.

Größte Bedeutung für Schlözers universalhistorischen Ansatz besitzen die Begriffe ‹Aggregat› und ‹System›, die Schiller wiederum mit eigenen Nuancen versieht. Die geschichtlichen Einzelereignisse bilden einen von Zufällen bestimmten Aggregatzustand, dessen Einfluß auf den Gesamtprozeß erst im Rückblick einsichtig werden kann. Indem der Historiker die aus seiner Sicht bedeutsamen von den nachrangigen Fakten trennt, erzeugt er ein System, in dem jeder Vorgang als Element einer Entwicklungsordnung erscheint. «Man kann sich», schreibt Schlözer, «die Weltgeschichte aus einem doppelten Gesichtspuncte vorstellen: entweder als ein Aggregat aller Specialhistorien, deren Sammlung, falls sie nur vollständig ist, deren bloße Nebeneinanderstellung, auch schon in seiner Art ein Ganzes ausmacht; oder als ein System, in welchem Welt und Menschheit die Einheit ist, und aus allen Theilen des Aggregats einige, in Beziehung auf diesen Gegenstand, vorzüglich ausgewählt, und zweckmäßig geordnet werden.»[12] Geschichte muß auf solche Weise zweifach erzählt werden: zunächst erschließt sich der «Realzusammenhang» der unverbunden bleibenden Fakten, die zu einer detailreichen, aber kaum strukturierten «Specialhistorie» verknüpft werden; danach erst erfolgt die Einbettung der unterschiedlichen Ereignisformen in das universalhistorische Ordnungsgefüge, mit dessen Hilfe der bedeutungshafte Charakter geschichtlicher Vorgänge sichtbar werden kann. Ein durchgreifender Sinn bekundet sich dort, wo der Historiker die vergangenen Vorkommnisse «zweckmäßig», d.h. als Elemente eines in sich folgerichtigen Fortschrittsprozesses gliedert.[13]

Indem die Geschichtsschreibung das teleologische Muster der Fakten erschließt, erweist sie wiederum ihren Charakter als vernünftige Wissenschaft. Schlözers methodisches Selbstverständnis teilt auch Reinhold, wenn er in seinen ab 1786 im *Merkur* publizierten *Briefen über die Kantische Philosophie* erklärt, die kritisch geschulte Historiographie der Gegenwart müsse «ein Aggregat unbestimmter durchgängig unzusammenhängender Bemerkungen zu sein aufhören, und sich mehr der systematischen Form nähern».[14] Der aufklärerische Charakter der universalhistorischen Methodik besteht nicht zuletzt darin, daß der Metaphysik kein Einfluß auf die Geschichte mehr eingeräumt wird. Da sie eine eigene Verlaufsform mit immanenten Gesetzmäßigkeiten ausbildet, darf der Mensch selbsttätig das Gefüge der seinen augenblicklichen Zustand bestimmenden Faktoren zu verändern suchen.

Die universalhistorische Konzeption zeitigte, ausgehend von Großbritannien, in der europäischen Geschichtswissenschaft der zweiten Hälfte des 18. Jahrhunderts den Hang zu Monumentalwerken. Ihr erklärtes Ziel war es, die Verlaufsgesetze unterschiedlicher kultureller Perioden möglichst exakt nachzuweisen, um mit ihnen die Fortschrittsdynamik der Geschichte selbst begründen zu können. Zwischen 1736 und 1765 erschien in England die umfassende *General History of the World from the Creation to the Present Time*. Ab 1764 veröffentlichten John Grey und William Guthry einen auf zwölf Bände beschränkten Auszug dieses Werkes. Die deutsche Bearbeitung des Projekts führte jedoch erneut zu einer Ausweitung in zahlreiche Spezialvorhaben. Eines davon bildete die neunbändige *Deutsche Reichsgeschichte*, die Christian Gottlieb Heinrich, Schillers Jenaer Konkurrent, seit 1788 veröffentlichte. Bereits zehn Jahre zuvor hatte Michael Ignaz Schmidt mit der Arbeit an seiner umfassenden *Geschichte der Deutschen* begonnen, die erst eine Dekade später mit dem 24. Band abgeschlossen werden konnte. Angesichts wachsender Materialberge beschränkten sich die meisten Historiker ab Beginn der 80er Jahre wieder auf die Darstellung überschaubarer Zeitverhältnisse mit regionalem Schwerpunkt. So kam es zur akademischen Arbeitsteilung zwischen den stoffreichen Einzeldarstellungen und jenen Schriften, die den Gedanken einer systematischen Ordnung des Wissens im Rahmen von geschichtstheoretischen Entwürfen durchleuchteten. Grundlegend blieb hier Jakob Daniel Wegelins Berliner Akademiebeitrag *Plan raisonné d'une histoire universelle* (1769), auf den sich Schlözers Studie stützte. Johann Christoph Gatterers mehrfach neu aufgelegtes *Handbuch der Universalhistorie* (1761) vermittelte ebenso Impulse wie Christoph Meiners *Grundriß der Geschichte der Menschheit* (1785). Einen eigenen Weg zur Ordnung des Materials beschritt die aufgeklärte Geschichtsphilosophie, die verstärkt anthropologische Spekulationen in ihre Hypothesen einbrachte. Vorgezeichnet schien ihr Umriß schon in Voltaires durch Bossuets *Discours sur l'histoire universelle* (1681) angeregtem *Essai sur les mœurs et l'esprit des nations* (1748–56), der zur Lieblingslektüre Friedrichs II. gehörte. Isaak Iselins *Muthmassungen über die Geschichte der Menschheit* (1764), Lessings *Erziehung des Menschengeschlechts* (1780), Herders *Ideen* (1784–91) und Kants Mitte der 80er Jahre veröffentlichte Beiträge für die *Berlinische Monatsschrift* stellen die gewichtigsten Arbeiten auf diesem Feld dar. Zu einer wechselseitigen Befruchtung der unterschiedlichen Positionen und Meinungen kam es freilich selten. Noch im Jahr 1803 beklagt Schelling in seinen *Vorlesungen über die Methode des academischen Studiums* das fehlende methodische Bewußtsein der meisten Fachvertreter, die Universalhistorien veröffentlichten, sich aber kaum hinreichend über deren theoretische Fundierung austauschten.

Schillers Vorlesung greift auf Schlözers universalgeschichtliche Konzeption zurück, ohne dieses näher zu begründen. Eine Voraussetzung ihres eigenen Methodenverständnisses bildet die Annahme, daß die Menschheit einen Prozeß der Ablösung von barbarischen Zuständen durchlaufen habe, an dessen Ende sie das bisher letzte Stadium ihrer kulturellen Selbstorganisation erreichen konnte. Der Universalhistoriker muß das teleologische Prinzip erschließen, das diesen Umbruch leitet, indem er Ursachen und Bedingungen zurückliegender Entwicklungen aus der Perspektive der Gegenwart überprüft. Universalhistorie ist bei Schiller zunächst umgekehrte Zivilisationsgeschichte, insofern sie vergangene Ereignisse im Licht einer am gegenwärtigen Kulturzustand des Menschen gewonnenen Entwicklungshypothese aufzuhellen sucht: «Die Weltgeschichte geht also von einem Princip aus, das dem Anfang der Welt gerade entgegenstehet. Die wirkliche Folge der Begebenheiten steigt von dem Ursprung der Dinge zu ihrer neuesten Ordnung herab, der Universalhistoriker rückt von der neuesten Weltlage aufwärts dem Ursprung der Dinge entgegen.» (NA 17, 372)[15] Im Gegensatz zu Schlözer betrachtet Schiller das Verhältnis zwischen ‹Aggregat› und ‹System› nicht mehr als gestufte Beziehung von ‹Spezial- und Universalhistorie›. Vielmehr erfaßt sein Begriffsverständnis das Gefälle, das zwischen den beliebigen historischen Einzelereignissen und ihrem sinnhaften Zusammenhang in einem vom Wissen der Gegenwart getragenen Systemmodell besteht.[16]

Die Leistung universalhistorischer Erkenntnis sieht Schiller darin, daß sie der Geschichte einen Sinn stiftet, den die konkreten Vorgänge, anders als im Denken Schlözers und Gatterers, außerhalb des entwicklungslogischen Zusammenhangs nicht besitzen. Der Universalhistoriker rettet die geschichtlichen Fakten aus ihrer zufälligen Erscheinungsform, indem er sie in das Sinngefüge seines Systems eingliedert. Geschichtsstudium wird damit zur Geschichtsauslegung durch Überführung von Beliebigkeit in Ordnung. Diese Ordnung ist dort gegeben, wo die kulturhistorische Bedeutung des Einzelereignisses sichtbar hervortritt. Der wissenschaftliche Betrachter, so formuliert Schiller, «bringt einen vernünftigen Zweck in den Gang der Welt, und ein teleologisches Prinzip in die Weltgeschichte.» (NA 17, 374) Leitend für diese methodische Option bleibt der von Lessing entlehnte Gedanke, daß Geschichte einen Prozeß der fortschreitenden Erziehung des Menschengeschlechts darstelle. Das Verfahren, das die systematische Ordnung der Fakten ermöglicht, ist dabei jenes der Analogiebildung. Der Historiker muß die Lücken, die die Überlieferung hinterläßt, durch vernünftige Hypothesen über menschliche Verhaltensformen auszugleichen und auf diese Weise die innere Folgerichtigkeit des geschichtlichen Prozesses zu erweisen suchen. Die Psychologie avanciert zur maßgeblichen Hilfswissenschaft des Fachs, ohne die es kaum möglich scheint, die teleologische Struktur von Entwicklungsprozessen überzeugend zu begründen. Eine zweite Möglichkeit besteht darin, die ästhetische Erfahrung der Symmetrie, wie sie der Umgang mit der Kunst erschließt, auf die Darstellung historischer Gegenstände zu übertragen. In einem Brief an Körner vom 30. März 1789 verteidigt Schiller diesen Weg ausdrücklich als Mittel, die «Disproportionen» des geschichtlichen Lebens durch die schöne Form zu überwinden und in einem höheren Prinzip der intellektuellen Balance «aufzulösen» (NA 25, 238).

Neben Schlözers Universalhistorie hat auch Kants *Idee zu einer allgemeinen Geschichte in weltbürgerlicher Absicht* die Thesen der Vorlesung beeinflußt. Auf die kleine Studie war Schiller bei seinem ersten Jena-Besuch von Reinhold hingewiesen worden. Er liest sie Ende August 1787 und vermerkt gegenüber Körner, daß die Lektüre ihn «ausserordentlich befriedigt» habe (NA 24, 143). Von Kant übernimmt er den Entwurf einer idealen kosmopolitischen Republik, die das vernünftige Endstadium des geschichtlichen Fortschritts verkörpert. Den Ausgangspunkt der Schrift bildet die Frage, inwiefern die im einzelnen oft chaotisch und ungeordnet erscheinende Geschichte des Menschen unter einer teleologischen Perspektive gedeutet werden dürfe. Ihr liegt die Vermutung zugrunde, daß die Historiographie ein gewisses Regelmaß entdeckt, «wenn sie das Spiel der Freiheit des menschlichen Willens im großen betrachtet».[17] Kants Vertrauen in die Vernunftkräfte der Geschichte wird durch den Glauben an die autonomen Möglichkeiten des Menschen getragen, den die Natur mit der Fähigkeit begabt habe, die eigenen Anlagen selbstbestimmt «auszuwikkeln».[18] Die Einsicht in die Gleichförmigkeiten und Wiederholungen, die historische Vorgänge aufweisen, führt vor diesem Hintergrund nicht zu Resignation, sondern zur Erwartung, daß das Individuum sich aus Verstrickungen und Krisen stets wieder neu hervorarbeiten kann, um langfristig ein Kultur- und Vernunftniveau anzustreben, auf dem es frei von Zwängen existieren darf. Ist der Mensch als unberechenbarer Egoist auch aus «krummem Holze»[19] geschnitzt, so vermag er sich dennoch, wie Kant betont, in ein harmonisches Verhältnis zum Mitbürger zu setzen. Analog zur Zivilisationsgeschichte, die die Ablösung vom Zustand der Barbarei herbeiführt, verläuft der Prozeß der Staatengeschichte. Das Fortschreiten der Menschheit zu einem friedlichen Zustand kosmopolitischer Ordnung, den auch Schillers Vorlesung avisiert, bleibt das Ergebnis der allgemeinen Kulturevolution, in deren Verlauf ein sicherer Interessenausgleich zwischen Egoismus und Schutzbedürfnis hergestellt wird. Gegen solche zuversichtlichen Prognosen, die historisches Denken fraglos in eine Überforderungskrise treiben, hat Heine später, wiederum unter kritischem Bezug auf Hegel, Front gemacht, wenn er erklärt: «In der Weltgeschichte ist nicht jedes Ereigniß die unmittelbare Folge eines anderen, alle Ereignisse bedingen sich vielmehr wechselseitig.»[20]

Der erwartungsvolle Blick auf die soziale Befreiung der Menschheit schließt bei Kant das Vertrauen in die Möglichkeit einer wissenschaftlichen Historiographie ein. Deren methodische Prinzipien werden mit Hilfe von Schlözers Begriffen, jedoch, ähnlich wie bei Schiller, in abweichender Bedeutung beschrieben: «Ein philosophischer Versuch, die allgemeine Weltgeschichte nach einem Plane der Natur, der auf die vollkommene bürgerliche Vereinigung in der Menschengattung abziele, zu bearbeiten, muß als möglich, und selbst für diese Naturabsicht beförderlich angesehen werden. (...) und, ob wir gleich zu kurzsichtig sind, den geheimen Mechanism ihrer Veranstaltung durchzuschauen, so dürfte diese Idee uns doch zum Leitfaden dienen, ein sonst planloses Aggregat menschlicher Handlungen, wenigstens im großen, als ein System darzustellen.»[21] Während Schlözer das Verhältnis von Aggregat und System als festliegende Beziehung zwischen den wissenschaftlichen Verfahren der Spezial- und der Universalhistorie auffaßt, betrachtet es Kant im Zusammenhang einer geschichtsphilosophischen Ordnung, deren Architektur die praktische Hoffnung auf die künftige kosmopolitische Selbstorganisation des Menschen begründen soll. Auch Reinhold hatte in seinen Kant-Briefen die Vermutung geäußert, die «weltbürgerliche Gesinnung» werde dereinst «die natürliche Sinnesart der Selbstdenker aus dem Mittelstande».[22] Schillers Vorlesung greift nun die Vision eines kosmopolitischen Staatsgebildes auf, hält sich jedoch anders als Kant und Reinhold von sozialen Festlegungen fern. Am Ende der Geschichte steht die Republik der freien Geister ohne administrative und gesellschaftliche Grenzen: «Die Schranken sind durchbrochen, welche Staaten und Nationen in feindseligem Egoismus absonderten. Alle denkenden Köpfe verknüpft jetzt ein weltbürgerliches Band, und alles Licht seines Jahrhunderts kann nunmehr den Geist eines neuern Galilei und Erasmus bescheinen.» (NA 17, 366)

Hatte Kant die Erwartung einer zukunftsfähigen Selbstorganisation der ‹aus krummem Holz geschnitzten› Menschheit der eigenen anthropologischen Skepsis abgerungen, so sieht Schiller gerade in der inneren Einheit des Individuums die Bedingung des geschichtlichen Fortschritts. Dessen Gesetzmäßigkeit erweist sich als Abbild der geistigen Balance im aufgeräumten Kopf des Historikers: «Er nimmt also diese Harmonie aus sich selbst heraus, und verpflanzt sie ausser sich in die Ordnung der Dinge (...)» Das «teleogische Prinzip» bildet ein sinnerzeugendes Konstruktionsgesetz, mit dessen Hilfe die innere Folgerichtigkeit des Geschichtsprozesses zu erschließen ist (NA 17, 374). Fichtes *Beitrag zur Berichtigung der Urteile des Publikums über die französische Revolution* wird vier Jahre nach Schillers Antrittsvorlesung diesen gegen Schlözer formulierten Gedanken im Rahmen einer naturrechtlich begründeten Theorie des politischen Widerstands auf die aktuelle gesellschaftliche Lage der Zeit anwenden. In der Einleitung der Schrift heißt es: «So scheinen mir alle Begebenheiten in der Welt lehrreiche Schildereien, die der große Erzieher der Menschheit aufstellt, damit sie an ihnen lerne, was ihr zu wissen Not ist. Nicht daß sie es *aus* ihnen lerne; sie werden in der ganzen Weltgeschichte nie Etwas finden, was wir nicht selbst erst hineinlegten: sondern daß sie durch Beurteilung wirklicher Begebenheiten auf eine leichtere Art aus sich selbst entwickle, was in ihr selbst liegt: und so scheint mir die französische Revolution ein reiches Gemälde über den großen Text: Menschenrecht und Menschenwert.»[23] Der junge Friedrich Schlegel hat die Sichtweise Fichtes in bezeichnender Weise abgewandelt, indem er die ästhetische Erfahrung zum Medium der kreativen Auseinandersetzung mit der Geschichte erklärt. Ihr Studium erschließt zunächst die Fakten, die der Mensch kennen muß, um seinen künftigen Weg angemessen abschätzen zu können: «Diese Materialien», so heißt es 1795, «gibt uns die alte Geschichte, ihre Richtung lehrt uns die neuere.» Ermöglicht wird das für die Erfassung des teleologischen Prinzips so wesentliche Verständnis der Vergangenheit bei Schlegel durch den «Genuß des Schönen», das deren Kenntnis «echt» macht und «unmittelbar in Leben, Trieb, Willen und Handlung» übergeht.[24] Nicht Schillers anthropologische Perspektive oder Fichtes politischer Optimismus, sondern die Hochschätzung der Kunst bildet hier die Bedingung für den Entwurf einer Geschichtstheorie, die die Zukunft des Menschen systematisch vorzeichnet.[25]

Mit der Ansicht, daß erst der Historiker den vergangenen Ereignissen einen teleologischen Sinn abzuringen vermag, tritt Schiller in scharfen Gegensatz zum metaphysischen Individualismus von Herders Geschichtsphilosophie. Deren in den *Ideen* weitläufig begründete Überzeugung lautet, daß der Mensch während sämtlicher Phasen seiner Evolution aufgrund der naturhaften Bestimmung zur Freiheit die ihm verliehenen Fähigkeiten und Vermögen in lediglich verschieden gewichteter Ausprägung nutze. Zwar betrachtet auch Herder das Prinzip der kulturellen Selbstentfaltung der Gattung als geschichtliches Grundgesetz, jedoch wird dieses nicht wie bei Schiller und Kant als Ausdruck teleologischer Ordnungsmuster aufgefaßt. Seine Verwirklichung vollzieht sich laut Herder in wiederkehrenden Schüben und Sprüngen, die keine verbindliche Zukunftsprognose zulassen. Jedes Individuum trägt die Widersprüche des historischen Prozesses in sich: es stellt Identität (durch Übereinstimmung mit dem geschichtlichen Augenblick) und Differenz (im unabgegoltenen Anspruch auf Freiheit) gleichermaßen dar. Noch in den zwischen 1793 und 1797 publizierten *Briefen zur Beförderung der Humanität* hat Herder den zyklischen Charakter seiner am Modell der Naturprozesse ausgerichteten Geschichtsauffassung betont. An einem zentralen Punkt der siebenten Sammlung von 1796, deren historischem Relativismus der junge Friedrich Schlegel in einer pointierten Rezension später fatalistischen Charakter vorwirft, heißt es exemplarisch: «Wie mir immer eine Furcht ankommt, wenn ich eine ganze Nation oder Zeitfolge durch einige Worte charakterisiren höre: denn welch eine ungeheure Menge von Verschiedenheiten fasset das Wort Nation, oder die mittleren Jahrhunderte, oder die alte und neue Zeit in sich! eben so verlegen werde ich, wenn ich von der Poesie einer Nation oder eines Zeitalters in allgemeinen Ausdrücken reden höre.»[26] Solche Anmerkungen gelten nicht zuletzt der systembildenden Tendenz, mit der Schillers historische Schriften zuweilen die feinen Unterschiede kultureller Mentalitäten durch typisierende Vereinfachungen einebnen. Der Rationalismus aufgeklärten Geschichtsdenkens, aus dessen Erbmasse auch Schiller lebt, läßt sich mit Herders naturphilosophisch begründeten Entwicklungsannahmen nicht zur Deckung bringen. Gegen den einheitlichen Blickwinkel von Schlözers *Universalhistorie*, die er kurz nach ihrer Veröffentlichung am 28. Juni 1772 in den *Frankfurter gelehrten Anzeigen* kritisch besprach, hat er gerade die Vielfalt der kulturellen und nationalen Perspektiven zur

Geltung gebracht.[27] Wenn Goethe 1815 im *Epilog zu Schillers Glocke* bemerkt, dem Freund sei «der Geschichte Flut auf Fluten» geschwollen,[28] so paßt diese Metapher besser zu Herders organologischem Denken als zur intellektuellen Ordnungsliebe des Universalhistorikers. Nach der Überzeugung des Jenaer Antrittskollegs muß der ‹Strom› der Weltereignisse erst in das Licht der vernünftigen Wissenschaft treten, damit er seinen unergründlich-gewaltsamen Charakter verliert. Die unglückliche Charakteristik Goethes verrät hier einen tiefgreifenden Unterschied der Vorstellungen, hat er doch selbst zeitlebens an einer naturphilosophisch gefärbten Geschichtsauffassung festgehalten, die mit den Denkmodellen Schillers kaum Berührungspunkte aufwies.

«Der Mensch», so heißt es am Schluß der Vorlesung, «verwandelt sich und flieht von der Bühne; seine Meynungen fliehen und verwandeln sich mit ihm: die Geschichte allein bleibt unausgesetzt auf dem Schauplatz, eine unsterbliche Bürgerin aller Nationen und Zeiten. Wie der homerische Zeus sieht sie mit gleich heitern Blicke auf die Arbeiten des Kriegs, und auf die friedlichen Völker herab, die sich von der Milch ihrer Heerden schuldlos ernähren. Wie regellos auch die Freyheit des Menschen mit dem Weltlauf zu schalten scheine, ruhig sieht sie dem verworrenen Spiele zu: denn ihr weitreichender Blick entdeckt schon von ferne, wo diese regellos schweifende Freyheit am Bande der Nothwendigkeit geleitet wird.» (NA 17, 375) Zwar steht eine solche Perspektive im Bann der universalgeschichtlichen Fortschrittsidee, doch nähert sie sich bereits den Methoden des 19. Jahrhunderts an, indem sie jene Verklärung der historischen Erkenntnis ahnen läßt, wie sie sich im Quellenpositivismus Niebuhrs, Mommsens oder Droysens vollziehen wird. Nachdrücklich formuliert Schiller dabei die Überzeugung, daß Geschichte auf überschaubare Weise erzählt werden muß, damit sie einen systematischen Zuschnitt empfängt, ohne den man ihre Gesetzmäßigkeiten kaum zu erkennen vermag: «Nicht lange kann sich der philosophische Geist bey dem Stoffe der Weltgeschichte verweilen, so wird ein neuer Trieb in ihm geschäftig werden, der nach Uebereinstimmung strebt – der ihn unwiderstehlich reizt, alles um sich herum seiner eigenen vernünftigen Natur zu assimiliren, und jede ihm vorkommende Erscheinung zu der höchsten Wirkung die er erkannt, zum Gedanken zu erheben.» (NA 17, 373) Eine anschaulich dargebotene Universalgeschichte, so erklärt Schiller, kann den «Geist von der gemeinen und kleinlichen Ansicht moralischer Dinge entwöhnen» und, indem sie «das große Gemählde der Zeiten und Völker auseinander breitet, wird sie die vorschnellen Entscheidungen des Augenblicks, und die beschränkten Urtheile der Selbstsucht verbessern.» (NA 17, 374f.) Die Forderung nach einer erzählerisch packenden Darstellung bleibt gebunden an den aufklärerischen Zweck, der historischer Erkenntnis im Prozeß der Erziehung des Lesers zu gesteigertem Kulturbewußtsein zufällt.[29] Nimmt die Ermahnung zum gefälligen Stil bereits das sprachliche Ethos eines Ranke oder Mommsen vorweg, so führt seine Begründung in die Vergangenheit zurück. Schillers Hinweis auf die Bildungskraft historischen Wissens erinnert noch an das Geschichtsdenken des Späthumanismus, wie es Giambattista Vicos *Principj di una scienza nuova* (1725) im Gegenzug zum Cartesianismus in einer letzten eindrucksvollen Summe zusammenfassen. Mit Vico, dessen Text erst 1822 ins Deutsche übertragen wurde, teilt Schiller die Überzeugung, daß Geschichte nach festliegenden Ordnungsmustern organisiert sei, deren Gesetzescharakter einzig ein genialer Kopf zureichend erfassen und vermitteln dürfe. Vergleichbare Bemerkungen konnte Schiller bereits bei Cicero finden, mit dessen Werk er, anders als im Fall Vicos, durch den Schulunterricht fraglos vertraut war. Bei ihm erscheint der zum Leitmotiv der humanistischen Geschichtslehre aufsteigende Gedanke, daß die Historie «lux veritatis, vita memoriae, magistra vitae» sei (*De oratore*, 2,36). Ihre gesellschaftliche Orientierungsfunktion gewinnt sie, wenn sie nicht nur Archiv des Wissens (‹vita memoriae›), sondern zugleich Muster für die Handlungsmöglichkeiten des Menschen (‹lux veritatis›) wird.[30] Verbunden finden sich beide Perspektiven laut Schiller durch die universalhistorische Methodik, die Faktenkenntnis und aufgeklärte Zukunftserwartung miteinander versöhnt.

Daß ein solcher Ausgleich im Rahmen der akademischen Geschichtswissenschaft kaum reibungsfrei herzustellen war, scheint Schiller frühzeitig geahnt zu haben. An Caroline von Beulwitz schreibt er am 10. Dezember 1788, er ziehe die geprüften Wahrheiten der Historiographie den erfundenen der schönen Literatur keineswegs vor. Die Einengung der Phantasie zumal, die das Quellenstudium mit sich bringe, trage für ihn bisweilen bedrückende Züge. Schon hier, kurz nach der Publikation der niederländischen Geschichte, regen sich bei Schiller erste Zweifel am Sinn seiner wissenschaftlichen Tätigkeit. Das dröhnende Klopfen der Studenten, das er als akademische Beifallsäußerung zu Beginn seiner Antrittsvorlesung verwundert zur Kenntnis nimmt, dürfte diese Skepsis kaum überdeckt haben.

An Modellen lernen. Positionen der Thalia-Schriften

Gestützt auf das Einführungskolleg des Sommersemesters 1789 veröffentlicht Schiller im September und November 1790 in der *Thalia* drei kürzere Schriften, welche historische Darstellung und kulturphilosopische Spekulation miteinander verknüpfen. Gemeinsames Anliegen der Texte ist es, die antike Geschichte an prägnanten Beispielen als Prozeß fortschreitender Vernunftkultur zu beschreiben. Die Grundlage dieses Vorhabens bildet die Überzeugung, daß der Mensch sich zunächst im Vorgang der Vervollkommnung seiner rationalen Vermögen von der eigenen Kreatürlichkeit entfernen müsse, um schließlich, nach Ausbildung seiner Verstandeskräfte, mit gesteigertem Bewußtsein in den Schoß der Natur zurückkehren zu können. Auffällig bleibt der psychologische Blickwinkel, der die drei Studien in eigentümlicher Weise beherrscht. Er gestattet es, die geheimnisvollen Schichten der historischen Vergangenheit einem aufklärerischen Verständnis zuzuführen, das Licht ins Dunkel der Überlieferung bringen soll. Die Entzauberung des Mythos steht im Mittelpunkt von Schillers kleineren kulturgeschichtlichen Versuchen.

Mustergültig ist das psychologische Verfahren in der Schrift *Die Sendung Moses* ausgebildet, die Anfang September 1790 im zehnten *Thalia*-Heft erscheint. Sie betrachtet die mosaische Religionsstiftung als kulturhistorischen Vorgang, dem ein streng rationales Zweckdenken zugrunde liegt.[31] Anschaulich, durchaus noch in Übereinstimmung mit der biblischen Überlieferung im Pentateuch (den fünf Büchern Mose), beschreibt die Studie zunächst das ägyptische Exil der Hebräer, das durch drückende Abhängigkeit und Demütigung gekennzeichnet ist. Zur Lichtfigur in dunkler Zeit avanciert Moses, der erkennt, daß er die Israeliten nur dann zur Freiheit zu führen vermag, wenn er ihnen eine eigene religiöse Identität verschafft. An diesem Punkt setzt Schillers eigenwillige Lesart des Pentateuch ein. Indem Moses den Hebräern in einem Akt von Geheimnisverrat sein exklusives Wissen über die Symbolwelt der ägyptischen Priestergemeinde und die monotheistische Lehre ihrer Mysterien anvertraut, stiftet er ihnen eine neue kulturelle Ordnung, mit deren Hilfe sie das Joch der Sklaverei abwerfen und sich, geleitet durch den Glauben an einen unteilbaren Gott, auf den Weg ins gelobte Land begeben können. In Schillers Sicht gerät Moses zum Demagogen, der das träge Volk durch phantastische Erzählungen von seiner bedeutenden historischen Rolle zu überzeugen und auf die Bahn der Selbstbefreiung zu bringen sucht. Nicht das eigene Erweckungserlebnis, wie es die von Schiller unterschlagene Offenbarung Gottes anbahnt, sondern nüchtern-planerisches Kalkül steuert sein Verhalten: «Wollte also Moses seine Sendung rechtfertigen, so mußte er sie durch Wunderthaten unterstützen. Daß er diese Thaten wirklich verrichtet habe, ist wohl kein Zweifel. Wie er sie verrichtet habe und wie man sie überhaupt zu verstehen habe, überläßt man dem Nachdenken eines jeden.» Moses wird Religionsstifter, weil er den Hebräern ein eigenes Kulturbewußtsein vermitteln möchte, das ihnen die Befreiung von ihren ägyptischen Unterdrückern ermöglicht. Er wirkt aber auch als Gesetzgeber, der weiß, daß eine geregelte gesellschaftliche Ordnung «zur Grundlage des Staats» ebenso dient wie der verbindende Glaube (NA 17, 394ff.). In beiden Rollen zeichnet ihn Schiller säkularisiert, als handfesten Aufklärer mit weltlichen Absichten. Die besondere Leistung des Demagogen ist letzthin, so die These, der Verrat der ägyptischen Mysterien, der die Bedingung für kulturelle Verfeinerung, soziales Selbstbewußtsein und zivilisatorische Entwicklung der Hebräer bildet.[32] Die psychologische Deutung der religiösen Sendung wird Sigmund Freud 140 Jahre später in seiner Schrift *Der Mann Moses* (1939) aufgreifen und nochmals spekulativ zuspitzen. Die Spuren, die Schillers Darstellung in dieser Studie hinterlassen hat, sind kaum zu übersehen.

Schillers Text arbeitet notwendig auf dem eingeschränkten Wissensstand des späten 18. Jahrhunderts. Die Vorstellungen, die seine Deutung des Pentateuch über die frühe Hochkultur der Pharaonen vermittelt, sind durch die Ägyptologie des 19. Jahrhunderts widerlegt worden. So geht er von der damals gängigen Annahme aus, daß die Hieroglyphen allegorische Geheimzeichen bildeten, deren Sinn nur eingeweihten Priestern und Gelehrten zugänglich war. Als Quelle nutzt Schiller dabei, wie eine Anmerkung bezeugt, die 1787 unter dem Namen *Br. Decius* in Leipzig publizierte Studie *Ueber die ältesten hebräischen Mysterien*. Es handelt sich um eine Schrift aus der Feder Reinholds, deren Einzelbeiträge zunächst im Wiener *Journal für Freymaurer* erschienen waren.[33] Mit dem Pseudonym *Bruder Decius* bedient sich Reinhold des Ordensnamens, den er im Kreis der Illuminaten führt. Daß seine Spekulationen über die Geheimwissenschaft der Ägypter und Hebräer auch durch den Ort ihrer Erstpublikation in unmittelbare Berührung mit der Gedankenwelt zeitgenössischer Logenverbindungen tritt, verdeutlicht das spekulative Interesse, das hier regiert. Schiller übernimmt von Reinhold, der die antiken Mysterien als Vorstufe der freimaurerischen Arkanwelt betrachtet, ohne weitere Angaben die Beschreibung des Sphinx- und Isiskults, ferner Hinweise auf die Entwicklung der Hieroglyphenschrift.[34] Deren Rätselcharakter habe sich, heißt es, allmählich von ihren rituellen Bezügen gelöst und schließlich verselbständigt:

«Zuletzt verlohr sich der Schlüssel zu den Hieroglyphen und geheimen Figuren ganz, und nun wurden diese für die Wahrheit selbst genommen, die sie anfänglich nur umhüllen sollten.» (NA 17, 387) Solchen spekulativen Vorstellungen, wie sie auch Reinhold vertrat, wurde erst einige Jahrzehnte später der Boden entzogen. Zu Beginn des Jahres 1799, eine Dekade nach der Entstehung von Schillers Studie, fanden Truppen Napoleons während des ägyptischen Feldzugs den Stein von Rosette, in den eine Inschrift in griechischer und spätägyptischer (demotischer) Sprache eingemeißelt war. Anhand dieses Textes konnte der Altphilologe Jean-François Champollion 1822 die Hieroglyphen als Buchstaben eines Alphabets identifizieren und damit ihre geheimnisumwitterte Aura zerstören. Auch die umstrittene Vorstellung, daß die ägyptische Priesterkultur ein monotheistisches Arkanwissen entfaltet habe, in dem sich die Ablösung vom alten Volksglauben vollzog, übernimmt Schiller aus zeitgenössischen Quellen. Vermutlich hat er sich in diesem Punkt wiederum durch Reinholds *Mysterien*-Schrift kundig gemacht. Die Auffassung, daß Moses in die Lehren der ägyptischen Gottesdiener (Hierophanten) eingeweiht worden sei, konnte er bereits beim spätantiken Philosophen Philo formuliert finden, den die Studie in diesem Zusammenhang ausdrücklich erwähnt (NA 17, 382). Den problematischen Fall einer gescheiterten Initiation in die Geheimnisse des Isiskults, wie ihn Plutarch und Pausanias überliefert haben, wird das Anfang August 1795 entstandene Gedicht *Das verschleierte Bild zu Sais* darstellen, das, gestützt auf die Mysterienbeschreibung Reinholds, die Geschichte eines ehrgeizigen Jünglings erzählt, welcher nach der allein der «Gottheit» zugestandenen Wahrheit strebt und dabei zugrunde geht (NA 1, 255, v. 32).[35]

Auf Widerstände bei zeitgenössischen Lesern stieß vor allem die psychologische Deutung der mosaischen Religionsstiftung, die Schiller vorlegte. Auffällig ist, daß sich Moses Mission ohne Bezug auf die von der Genesis berichtete Offenbarung Gottes dargestellt findet. Ihre Botschaft wird bedenkenlos ausgeblendet und an keinem Punkt näher erörtert – ein Verfahren, das sich ansatzweise bereits bei Reinhold zeigte.[36] Schiller überbietet damit die früheren Versuche einer aufgeklärten Wissenschaft, die Befreiung des Volkes Israel als historischen Vorgang mit säkularem Charakter auszulegen. Zu nennen sind hier William Wartburtons *Göttliche Sendung Mosis* (1751–53), die Schriften des Hallenser Theologen Johann Salomo Semler, die Darstellung des mosaischen Rechts aus der Feder des Göttinger Orientalisten Johann David Michaelis (1775) und die *Einleitung ins Alte Testament*, die Paulus' Jenaer Amtsvorgänger Eichhorn 1787 veröffentlicht hatte.[37] Der Geist der religiösen Toleranz schien freilich um 1790 verbreiteter als in den 70er Jahren, da die Zensur die historischen Genesislektüren der Deisten unnachgiebig verfolgte (das betrüblichste Beispiel dafür bildet Lessings Kontroverse mit Goeze zwischen 1777 und 1778). Schillers *Thalia*-Aufsatz zumindest blieb trotz seiner dogmenkritischen Linie von den Eingriffen der Obrigkeit verschont.

Die zweite Schrift der Reihe trägt den Titel *Etwas über die erste Menschengesellschaft nach dem Leitfaden der mosaischen Urkunde*; sie erscheint im November 1790 im elften *Thalia*-Heft. Die Studie beschreibt die Entwicklung sozialer Verhältnisse in einer frühen Kulturstufe, da der *Homo sapiens* noch unter dem unmittelbaren Diktat der Natur lebte. Deren Gesetze lernt er im Prozeß der Verfeinerung seiner intellektuellen wie moralischen Fertigkeiten gleichermaßen beherrschen. Es sind die Kräfte der Vernunft, die sittliches Selbstverständnis und technische Intelligenz fördern. Nach einer Phase der «Collision» der Interessen, in der allein das Recht des Stärkeren regiert, gliedert sich das soziale Leben durch zunehmend rationale Prinzipien (NA 17, 406). Am Beispiel dieses Vorgangs veranschaulicht Schiller die von der Antrittsvorlesung begründete Auffassung, daß der Aufbruch der Menschen in eine kosmopolitische Ordnung, die unter dem Schutz ewigen Friedens steht, im Schatten der Zerrüttung beginnt.

Ausgangspunkt einer zur Freiheit führenden Gesellschaftsgeschichte ist für die *Thalia*-Studie die Vertreibung der ersten Menschen aus dem Paradies. Sie trägt den Charakter der Emanzipation von göttlicher Bevormundung, mithin durchaus positive Züge: «Aber der Mensch war zu ganz etwas andern bestimmt, und die Kräfte, die in ihm lagen, riefen ihn zu einer ganz andern Glückseligkeit. Was die Natur in seiner Wiegenzeit für ihn übernommen hatte, sollte er jetzt selbst für sich übernehmen, sobald er mündig war. Er selbst sollte der Schöpfer seiner Glückseligkeit werden, und nur der Antheil, den er daran hätte sollte den Grad dieser Glückseligkeit bestimmen. Er sollte den Stand der Unschuld, den er jetzt verlohr, wieder aufsuchen lernen durch seine Vernunft, und als ein freier vernünftiger Geist dahin zurück kommen, wovon er als Pflanze und als eine Kreatur des Instinkts ausgegangen war; aus einem Paradies der Unwissenheit und Knechtschaft sollte er sich, wär es auch nach späten Jahrtausenden zu einem Paradies der Erkenntniß und der Freiheit hinaufarbeiten (...)» (NA 17, 399). In Anlehnung an Rousseau umreißt Schiller hier das Ziel einer Rückkehr zum kreatürlichen Status der Naturnähe. Der Mensch soll den neuen Weg jedoch nicht auf Kosten seiner Vernunftfreiheit, sondern mit deren Unterstützung beschreiten. Bestimmend für diese Position ist, wie Schiller bereits in einer Fußnote zum Titel anmerkt, Kants Abhandlung *Mutmaßlicher Anfang der Menschengeschichte*, die 1786 in der *Berlini-*

schen Monatsschrift erschien. Kant sucht hier zu beweisen, daß die Entwicklung des Individuums unter dem Gesetz der fortschreitenden Verfeinerung seiner Vernunftfertigkeiten vonstatten geht. Die mythische Gesellschaft, wie sie die Genesis-Erzählung beschreibt, zeigt laut Kant, daß der Mensch Zug um Zug zur sittlichen Selbstverpflichtung und Reflexion seiner künftigen Möglichkeiten findet. Der Verlust des Paradieses wird, so heißt es, aufgewogen durch den Gewinn des planvollen Gesetzes, unter dem sich das Individuum fortentwickelt. Mit Rousseau schließt auch Kant, daß eine Wiederherstellung größerer Naturnähe möglich und wünschenswert, jedoch nur als Ergebnis folgerichtiger Vernunftentfaltung denkbar sei. Die biblische Erzählung vom Sündenfall wird bei Kant als Lehrstück über die Befreiung des Menschen aus den Zwängen des Instinkts, nicht aber als Geschichte eines Verlusts gedeutet.[38] Wenn Schiller sie für eine Urszene der kulturhistorischen Entwicklung hält, folgt er genau den Bahnen des Kantschen Aufsatzes.

Andere Schwerpunkte werden später Schellings Schrift *Über das Wesen der menschlichen Freiheit* (1809) und Kleists Essay *Über das Marionettentheater* (1810) setzen. Beide Autoren betrachten den Verlust des Paradieses als Ausgangspunkt einer Kompensationsgeschichte, in deren Verlauf der Mensch sich die Techniken des Vernunftgebrauchs nur deshalb aneignet, weil er die Einheit eines göttlich behüteten Zustands verloren hat. Die Vertreibung aus dem Paradies bezeichnet hier keinen Schritt zur Befreiung aus einer metaphysischen Vormundschaft, wie Kant und Schiller sie deuten, sondern den Sturz in Unfreiheit und Entfremdung. Die bewußtseinsphilosophischen Spekulationen des nachkantischen Idealismus setzen eine vernunftkritische Argumentation fort, die Schiller selbst zu Beginn der 90er Jahre zumal in seinen großen ästhetischen Abhandlungen erproben wird. Um 1790 freilich steht er mit seiner Überzeugung, daß die biblische Geschichte des Menschen als Prozeß der Vervollkommnung seiner Vernunftkultur aufzufassen sei, noch ganz auf dem Boden der Aufklärung.[39]

Die im gleichfalls elften *Thalia*-Heft gedruckte Schrift *Die Gesetzgebung des Lykurgus und Solon* ist aus einem der letzten Vorlesungsabschnitte des Sommersemesters hervorgegangen. Als Körner Mitte August 1789 während seines Jenabesuchs Schillers Ausführungen zur athenisch-spartanischen Gesetzgebung hört, zeigt er sich beeindruckt über die Klarheit der Argumentation. Die Vorlesung des Freundes hat ihn so stark gefesselt, daß er den Text der *Thalia*-Fassung, den Schiller im Gegensatz zu den beiden anderen Abhandlungen 1792 von der Sammlung seiner *Kleineren prosaischen Schriften* ausschloß, 1813 in der ersten postumen Werkausgabe abdruckte. Schillers zurückhaltende Einschätzung des Beitrags hatte freilich gute Gründe, die die fehlende Originalität der Gedankenführung betrafen. Sein Text folgte in wesentlichen Partien der Darstellung von Plutarchs *Vitae parallelae* (nach dem ersten Band der Schirachschen Übertragung), die den unterschiedlichen Gesetzeswerken des Spartaners Solon und des Atheners Lykurg je ein halbes Kapitel gewidmet hatten. Anregungen empfängt der Essay auch durch Millots *Elements d'histoire générale* (1772), die Schiller in der 1777 publizierten deutschen Fassung des Kieler Historikers Wilhelm Ernst Christiani für die Vorbereitung seines Kollegs im Sommersemester heranzieht. Schon in Fergusons *Versuch über die Geschichte der bürgerlichen Gesellschaft* (1767), den er zur Karlsschulzeit kennenlernte, fanden sich aufschlußreiche Bemerkungen über den Abstand, der die spartanische von der griechischen Gesetzeswelt trennt.[40] Eine eigene Nachwirkung erlebt der *Thalia*-Essay wiederum in einem Vortrag, den Schillers früherer Griechischlehrer Johann Jakob Nast 1792 gehalten, jedoch erst 1820 im ersten Teil seiner *Kleinen akademischen und gymnastischen Gelegenheitsschriften* veröffentlichtet hat. Aufgrund der überraschenden thematischen Berührungspunkte, die beide Texte aufweisen, hielt man im 19. Jahrhundert Nast für den Verfasser des ohne Namensnennung gedruckten *Thalia*-Beitrags. Schillers Autorschaft läßt sich jedoch eindeutig belegen, nicht zuletzt durch eine briefliche Äußerung vom 18. Oktober 1790, mit der er Körner auf die Publikation seines abgewandelten Vorlesungstextes in der eigenen Zeitschrift hinweist (NA 26, 51).

Gegenstand des Essays ist der historische Vergleich zwischen unterschiedlichen Prinzipien der Gesetzgebung, denen Beispielcharakter für die kulturgeschichtliche Entwicklung menschlicher Gesellschaften zufällt. Die Abgrenzung von spartanischer und athenischer Rechtsordnung dient primär der Vermittlung kritischer Einsichten in das Aufgabenprofil sozialer Gemeinwesen. Bleibt das juristische Denken Lykurgs durch die Mißachtung individueller Interessen und die Überschätzung des Staates beherrscht, so ist es die Leistung des Solon, daß er die Geltung der von ihm erdachten Gesetzesvorschriften a priori begrenzt und damit den athenischen Bürger vor permanenter öffentlicher Kontrolle schützt. Das Gefälle von Zwang und Freizügigkeit, Entmündigung und Verantwortung verweist zugleich auf die unterschiedlichen Menschenbilder der beiden Rechtsdenker. Der skeptischen Anthropologie Lykurgs, die dem Individuum die Fähigkeit zur freien gesellschaftlichen Selbstbestimmung abspricht, steht Solons Vertrauen in das soziale Verantwortungsbewußtsein des Einzelnen entgegen. Daß Athen unter seiner Ägide im Zeichen einer ungewöhnlichen kulturellen wie ökonomischen Blüte steht, erwähnt Schillers Studie nur beiläufig. Ihr methodisches Selbstverständnis entspricht jedoch erneut dem Ethos, das Ciceros Formel von der ‹magistra vitae› umreißt. Der Blick auf die Vergangenheit bleibt beeinflußt vom Interesse des Zeitgenossen, der im Licht historischer Erkenntnis die Bedingungen erforschen möchte, unter denen der Aufbruch in eine aufgeklärte Gesellschaft gelingen kann. Dieser Methodik hatte sich bereits die Antrittsvorlesung verpflichtet, als sie ihren Zuhörern erklärte: «Unser menschliches Jahrhundert herbey zu führen haben sich – ohne es zu wissen oder zu erzielen – alle vorhergehenden Zeitalter angestrengt. Unser sind alle Schätze, welche Fleiß und Genie, Vernunft und Erfahrung im langen Alter der Welt endlich heimgebracht haben. Aus der Geschichte erst werden Sie lernen, einen Werth auf die Güter legen, denen Gewohnheit und unangefochtener Besitz so gern unsre Dankbarkeit rauben: kostbare theure Güter, an denen das Blut der Besten und Edelsten klebt, die durch die schwere Arbeit so vieler Generationen haben errungen werden müssen!» (NA 17, 375 f.) Schillers Schrift über Lykurg und Solon hat im Sinne der hier formulierten Geschichtspädagogik ihre Nachwirkung erlebt. Das erste Flugblatt der Widerstandsgruppe *Die Weiße Rose* enthielt im Sommer 1942 ein längeres Zitat aus dem Abschnitt über die spartanische Gesetzesordnung. In der Beschreibung der antiken Diktatur fanden die Verfasser das inhumane Erscheinungsbild des Hitler-Staates so treffend gespiegelt, daß sie ihren mutigen Aufruf zum Sturz der nationalsozialistischen Machthaber mit Schillers Worten einleiteten.

2. Geschichte des Abfalls der vereinigten Niederlande von der Spanischen Regierung (1788)

Das Arrangement des Erzählers. Formen der historischen Porträtkunst

Der Beginn der Quellenstudien zur niederländischen Geschichte fällt zusammen mit dem Abschluß des *Don Karlos*. Die zeithistorische Verwandtschaft der hier bearbeiteten Themen ist offenkundig. Behandelt das Drama die Ereignisse im Spanien des Jahres 1567, so erstreckt sich der Darstellungsradius der Monographie vom Regierungsantritt Philipps II. im Jahr 1556 bis zur 1567 erfolgenden Niederschlagung der niederländischen Erhebung durch Herzog Alba. Was im Schauspiel als Hintergrundgeschehen aufleuchtet, bildet das Zentrum der Geschichtsschrift: die von Wilhelm von Oranien und dem Grafen Egmont geführte Erhebung der niederländischen (heute: belgischen) Provinzen gegen die spanische Fremdherrschaft, der Kampf um Religionsfreiheit und die von Philipp aberkannten Privilegien, die Aktionen der protestantisch-calvinistischen Bilderstürmer, schließlich die blutige Unterdrückung des Aufstands durch den aus Madrid entsandten Herzog Alba. Spannungsvolle Bezüge zwischen beiden Texten entstehen auch deshalb, weil die Geschichtsstudie ein genaues Porträt Philipps II. liefert, das die im Schauspiel vermittelte Charakteristik nochmals zuspitzt: die menschliche Gebrochenheit, die der Dramatiker seinem König zubilligt, enthält ihm der Historiker vor. Das düster gefärbte Bild der Schrift entspricht in vielen Zügen der Darstellung Merciers, die Schiller im Februar 1786 in der *Thalia* veröffentlicht hatte.

Die in Dresden begonnenen Quellenstudien werden zu Beginn des Herbstes 1787 in Weimar fortgeführt. Die gut bestückte Hofbibliothek erlaubt es Schiller, die für ihn einschlägigen Untersuchungen gründlicher zur Kenntnis zu nehmen. Er entleiht Watsons Charakteristik der Regierung Philipps II. (1777), die bereits für den *Karlos* gute Dienste geleistet hatte, de Thous und Stradas umfassende (einseitig pro-spanische) Würdigungen der Epoche Karls V. (1614, 1632), die Gesamtdarstellungen der neueren niederländischen Geschichte von Hugo Grotius (1658), Emanuel van Meteren (1627), Everard van Reyd (1633) und Joachim Hopperus (1743) sowie Jan Wagenaars Quellenkompilation zum selben Thema (1756–58). Ferner hat Schiller Andersons und Fischers wirtschaftshistorische Studien (1775, 1785) herangezogen, die über die Geschichte des Handels im Zeitalter Philipps II. informieren; von de Neufvilles Porträt Wilhelms von Oranien (1699) läßt er sich ebenso anregen wie durch die Prozeßakten, die das Gerichtsverfahren gegen Egmont und Hoorne belegen. Das Quellenstudium verschlingt im Herbst 1787 zehn, manchmal zwölf Stunden täglich. Eine erste Lesung, die am 24. Oktober in kleiner Runde stattfindet, findet positive Resonanz. Ein Brief an Huber meldet befriedigt den eindrucksvollen Erfolg: «Vorgestern bat ich Wieland zur Frau von Kalb, um ihm etwas aus meiner Niederländischen Rebellion vorzulesen. Ich muß Dir voraus sagen, daß er nicht mehr unbefangen seyn konnte, weil er mir biß zur Leidenschaft attachiert worden ist. Er war von dem Ding hingerissen und behauptet, daß ich dazu gebohren sei, Geschichte zu schreiben.» (NA 24, 170) Das gesamte Unternehmen ist auf einen großen Umfang angelegt. Noch Ende Juli 1788, als das Manuskript bereits beim Drucker liegt, geht Schiller davon aus, daß die Darstellung, wie er Körner gegenüber bemerkt, zum Schluß sechs Bände umfassen wird. Die akademischen Verpflichtungen und Göschens attraktives Honorarangebot fur den *Calender*-Beitrag verhindern schließlich die geplante Fortsetzung. Bei der Einschätzung der Schrift ist jedoch die ursprüngliche Reihenkonzeption zu bedenken, weil sie Gliederung und Dramaturgie entscheidend bestimmt.

Das als *Einleitung* gekennzeichnete erste Buch beschreibt die Vorgeschichte der Erhebung von der Einführung der Inquisition (1522) über Karls Konflikt mit den Engländern bis zu Philipps niederländischer Machtübernahme (1555). Das zweite Buch analysiert die Ursachen der Unruhen und deren Provokation durch die Politik der Statthalterin Margarete von Parma, wobei die Ereignisse zwischen 1558 und 1565 bis zur Gründung des Geusenbundes – der Allianz der ökonomisch wie rechtlich Benachteiligten – in den Blick rücken. Das dritte Buch erörtert die Teilnahme des Adels an der Verschwörung, Oraniens Demission als Provinzstatthalter, den Zug Albas in die Niederlande und die Abdankung Margaretes im Jahr 1567, mit der die Darstellung schließt. Schillers Absicht besteht darin, die gesellschafts-, wirtschafts- und konfessionsgeschichtlichen Hintergründe der Auseinandersetzung zwischen beiden Ländern genau zu beschreiben, ohne dabei auf eine Würdigung der in den Konflikt verwickelten Hauptpersonen zu verzichten. Im Zuge der Analyse sollen sowohl der «Drang der Umstände» (NA 17, 11) als auch die maßgeblichen Protagonisten, die von ihnen beherrscht werden, ins Licht treten. Schiller geht davon aus, daß die Geschichte durch oftmals zufällige Verhältnisse gesteuert wird, denen freilich die Individuen eigene Gestaltungsansprüche entgegensetzen dürfen. So erklärt sich der Wechsel zwischen psychologischer Charakteristik und faktengestützter Ursachenforschung, der die Schrift methodisch bestimmt. Die Beschäftigung mit den dominierenden Gestalten der niederländischen Ereignisse steht keineswegs im Dienste jener Heroisierung, wie sie Hegels Geschichtsphilosophie und Rankes Völkerhistorie später betreiben werden. Ihre Aufgabe liegt vielmehr darin, den Leser gemäß den Erläuterungen der Vorrede zunächst in ein vertrautes Verhältnis zu den Protagonisten treten zu lassen, damit er danach seinen Sinn für die faktischen Verhältnisse um so besser ausbilden kann. Die plastischen Figurenporträts sind gleichsam die gemeißelten Bilder, die durch den Blick auf den Strom der Geschichte ergänzt werden müssen. Von welchen Kräften dieser Strom getrieben wird, hält die Einleitung offen, wenn sie erklärt, es stehe dem Leser frei, «über die kühne Geburt des Zufalls zu erstaunen, oder einem höhern Verstand unsre Bewunderung zuzutragen.» (NA 17, 21)

Schillers Ausgangspunkt ist gemäß dem universalhistorischem Modell Schlözers die Position des modernen Zeitgenossen, dessen Wissen eine genaue Bewertung der zurückliegenden Vorgänge ermöglicht. Das schließt ein, daß er die niederländischen Ereignisse in ihrer Bedeutung für die Organisation der europäischen Staatenwelt im 17. und 18. Jahrhundert hinreichend erfassen muß, ohne dabei den Anspruch auf Würdigung der Details preiszugeben. Die Vermittlung zwischen systematischer Ordnung und quellengestützter Analyse einzelner Vorgänge, wie sie auch Johannes von Müller in seiner 1780 erstmals publizierten Geschichte der Schweiz anstrebt, bildet einen methodisch schwierigen Balanceakt. Zutreffend hat man die «ständig knisternde Spannung zwischen geschichtsphilosophischer Axiomatik und historischer Empirie» hervorgehoben, die den Text auszeichnet.[41] Besonders auffällig ist dieser Widerspruch dort, wo die Schrift gegen das wissenschaftliche Gebot der Wertfreiheit verstößt, indem sie die flandrische Erhebung als Lehrstück für die Gegenwart behandelt. Unparteiischen Abstand ersetzt Schiller durch regelmäßig eingestreute Urteile, die seine anti-spanischen Gesinnungen in helles Licht tauchen. Verstärkte Aufmerksamkeit beansprucht dabei die Inquisition, deren «unnatürliche Gerichtsbarkeit» als System der permanenten Überwachung, Verfolgung und Kontrolle beschrieben wird. Durch ihre «tote Einförmigkeit», die den Menschen auf das Prokrustesbett des Glaubensdogmas spannt, tritt sie in ausdrücklichen Gegensatz zu sämtlichen Formen der individuellen und gesellschaftlichen Autonomie (NA 17, 59).[42] Mit dem ihm eigenen Sinn für Schauereffekte stellt Schiller die Vollstreckung der Bluturteile als rituellen Vorgang dar, in dem sich die Herrschaft der Priester symbolisch manifestiert. Vor dem Hintergrund der Inquisition gewinnt die Erhebung der Provinzen den Charakter eines Protestakts, der sich auch gegen ein inhumanes Strafsystem richtet, welches massiven Einfluß auf das Leben ganz Europas nimmt.

Wenn Schiller den Freiheitssinn seiner Leser durch die Erinnerung an den heroischen Unabhängigkeitsgeist der Niederländer zu stimulieren sucht, so besitzt das ein Jahr vor dem Ausbruch der Französischen Revolution durchaus aktuelle Brisanz. In einer Formulierung der *Einleitung* heißt es: «Groß und beruhigend ist der Gedanke, daß gegen die trotzigen Anmaßungen der Fürstengewalt endlich noch eine Hülfe vorhanden ist, daß ihre berechnetsten Plane an der menschlichen Freiheit zu Schanden werden, daß ein herzhafter Widerstand auch den gestreckten Arm eines Despoten beugen, heldenmüthige Beharrung seine schrecklichen Hülfsquellen endlich erschöpfen kann.» Als Beispiel dafür, «was Menschen wagen dürfen für die gute Sache», bleibt die niederländische Episode aus der frühneuzeitlichen Staatengeschichte auch ein politisches Schaustück mit aktueller Brisanz. Schillers Hinweis auf das «Denkmal bürgerlicher Stärke» (NA 17, 10), das sich hier abzeichne, ist freilich ein Wechsel auf die geplante Fortsetzung des Textes, der das Gelingen der Revolte hätte beschreiben sollen. Der abgeschlossene Teil der Studie endet zunächst mit der düsteren Aussicht auf das Blutgericht, das Alba als ‹des Fanatismus rauher Henkersknecht› (so der *Karlos*) vollziehen wird. Die Konturen einer die Niederlande zur Sicherung der alten Freiheitsrechte zurückführenden oranischen Herrschaft, die 1572 erstmals etabliert, 1579 durch den Bund von Arras befestigt wird, lassen sich am Schluß des ersten Teils der Abhandlung bestenfalls ahnen.

Wertungen lanciert die Studie vornehmlich über ihre Figurenporträts, die an der psychologischen Gestaltungskunst der Biographien Plutarchs und den Charakteristiken Theophrasts ausgerichtet scheinen.[43] Durchweg negativ beurteilt Schiller die politische Statur des Despoten Philipp II. und seiner schwachen niederländischen Statthalterin Margarete von Parma. In ihnen sieht er die Vertreter eines absoluten Staates, dessen Werkzeug Alba, der Totengräber der Freiheit ist. Der 1556 nach der Abdankung seines Vaters Karl V. zum spanischen König erhobene Philipp hatte bereits 1555 die Oberherrschaft über die Niederlande übernommen; 1559, ein Jahr nach Karls Tod, setzte er seine Halbschwester Margarete von Parma als Regentin der Provinz ein. Philipps Verhältnis zu den Belgiern ist, wie Schiller zeigt, überaus gespalten, zerrissen zwischen Furcht vor den Regungen der fremden protestantischen Frömmigkeit und machtstrategischem Interesse an einer vitalen Verbindung mit den wirtschaftlich prosperierenden Regionen Brabants sowie Flanderns. Im Gegensatz zu seinem Vater verfolgt er einen Kurs des Mißtrauens und der Überwachung. Statt, wie angekündigt, die spanischen Truppen abziehen zu lassen, verstärkt er ihre Präsenz. Das von Karl V. verhängte Religionsedikt, das die calvinistische und protestantische Lehre verbot, wird mit den Methoden der Inquisition gnadenlos umgesetzt. Schiller zeichnet Philipp als «feige(n) Tirann» und bigotten Melancholiker ohne Lebensfreude, als auch geistig nur höchst durchschnittlichen Souverän, dem die menschliche Souveränität fehlt (NA 17, 83). Das Bild, das er hier entwirft, schwärzt das Herrscherporträt des Dramas um deutliche Grade ein. An die Stelle der gemäßigten Sympathie für die Lage des einsamen Monarchen tritt das Verdikt gegen eine menschenverachtende Ordnungspolitik ohne echte Visionen.

Margarete von Parma wiederum gilt Schiller als schwache Regentin, die in Zeiten der Krise überfordert scheint und daher keinen klaren Kurs zu steuern vermag. Das Schlußresümee, das die Schrift ihrer wie eine Wetterfahne im Sturmwind schwankenden Staatskunst widmet, fällt vernichtend aus: «In einem Lande, wo die feinste Staatskunst Redlichkeit war, hatte sie den unglücklichen Einfall, ihre hinterlistige italienische Politik zu üben, und säete dadurch ein verderbliches Mißtrauen in die Gemüther.» Letzthin, so erklärt Schiller, sei sie «ein gemeines Geschöpf» gewesen, «weil ihrem Herzen der Adel fehlte.» (NA 17, 288 f.) Ihren Vertrauten, den seit 1560 im Ministerrang stehenden Kardinal Granvella, einen früheren Günstling Karls V., zeichnet die Schrift als Staatsmann, dessen Talente genau zu der politischen Ordnung passen, die er vertritt. Granvella ist das Werkzeug des Despotismus, weil er einzig in den Mustern der Machtsicherung zu denken vermag: «Zwischen dem Thron und dem Beichtstuhl erzogen, kannte er keine andre Verhältnisse unter Menschen, als Herrschaft und Unterwerfung, und das inwohnende Gefühl seiner eignen Ueberlegenheit gab ihm Menschenverachtung.» (NA 17, 87 f.) Granvellas politische Laufbahn endet im Jahr 1564, als ihn der König unter dem Druck der Volkserhebung opfern und von seinem Amt absetzen muß. Die «Staatskunst des untergehenden Jahrhunderts», so stellt Schiller fest, hat ihre Blütezeit überschritten: in der Morgendämmerung einer vernünftigeren Weltordnung trägt die machiavellistische Politik Granvellas überholte Züge (NA 17, 115).

Von den Vertretern der Tyrannei hebt sich Wilhelm von Oranien ab, der als einziger der ins Geschehen verstrickten Akteure Weitsicht und politischen Verstand an den Tag zu legen vermag. Karl V. hatte ihn im katholischen Glauben auferzogen und ihm 1555 während des Krieges mit England als Beweis seines Vertrauens den Oberbefehl über die kaiserlichen Truppen übertragen. Von hellwachem Verstand, scharfsinnig und umtriebig, erscheint der Provinzstatthalter Oranien, das künftige Oberhaupt der niederländischen Revolution, als vorausschauender Politiker mit Weltklugheit, taktischer Vernunft und stoischer Gemütsverfassung: «Die stille Ruhe eines immer gleichen Gesichts verbarg eine geschäftige feurige Seele, die auch die Hülle, hinter welcher sie schuf, nicht bewegte, und der List und der Liebe gleich unbetretbar war; einen vielfachen, fruchtbaren, nie ermüdenden Geist, weich und bildsam genug, augenblicklich in alle Formen zu schmelzen; bewährt genug, in keiner sich selbst zu verlieren; stark genug, jeden Glückswechsel zu ertragen.» (NA 17, 68 f.) Daß die Lichtfigur Oranien im Verlauf der Darstellung auch schattigere Züge gewinnt, entspricht den Gesetzen der Staatskunst, unter deren Druck der ungetrübte Charakter kaum gedeihen kann. Das beste Beispiel dafür liefert Graf Egmont, der als lebenslustig-naiver Rebell an seiner politischen Instinktlosigkeit scheitert. Schillers Darstellung entspricht hier sehr genau dem Bild, das Goethes im selben Jahr publiziertes *Egmont*-Drama bietet (das hat ihn nicht daran gehindert, im April 1796 seiner Bühnenbearbeitung für das Weimarer Hoftheater eine punktuelle Umgestaltung der Titelfigur zugrunde zu legen). Als besonders brisant hebt Schiller unter Bezug auf seine Gewährsleute Strada und Grotius den Umstand hervor, daß sich mit dem Provinzstatthalter Egmont ein Mann den Rebellen anschließt, der für Karl V. bedeutsame militärische Erfolge errungen hatte. In den Schlachten von St. Quentin (1557) und Gravelingen (1558) waren die Franzosen unter seiner Führung vernichtend besiegt worden, was Heinrich II. nötigte, einen für ihn keineswegs günstigen Friedensvertrag zu akzeptieren. Egmont gilt Schiller ähnlich wie Goethe, dem er 1788 in seiner Rezension punktuelle Abweichungen von der Quellenwahrheit vorhält, als Genußmensch ohne strategische Intelligenz: «Auf einer freien Stirn erschien seine freie Seele; seine Offenherzigkeit verwaltete seine Geheimnisse nicht besser als seine Wohlthätigkeit seine Güter, und ein Gedanke gehörte allen, sobald er sein war.» (NA 17, 72) Die Übereinstimmung mit dem Bild, das Goethes Drama entwirft, ist geradezu verblüffend. Regiert dort der zum Leitmotiv erhobene Grundzug der Sorglosigkeit Egmonts Denken, so bleibt in Schillers Schrift die Spontaneität des nicht uneitlen Weltgenusses sein hervorstechendes Kennzeichen.

Bereits Wieland und Charlotte von Kalb loben nach den ersten Leseproben den flüssigen Stil der Schrift, der gerade in den Porträts zutage tritt. Die Vorrede erklärt entschieden, daß «eine Geschichte historisch treu geschrieben seyn kann, ohne darum eine Geduldprobe für den Leser» (NA 17, 9) zu bilden. Auch die Rezensionen rühmen die hohe Sprachkultur der Darstellung. Die Salzburger *Oberdeutsche allgemeine Litteraturzeitung* vermerkt Ende April 1789, Schiller verbinde die «seltensten Eigenschaften eines Geschichtsschreibers» auf souveräne Weise: «eine große Belesenheit von einem tiefdringenden Scharfsinne begleitet, der nie in unnütze Grübeley ausartet, ertheilt seinen Erzählungen Wahrheit, seinen Raisonnements Gründlichkeit, und macht selbst seine Muthmassungen wichtig, und zu Quellen neuer Wahrheiten (...)»[44] An der erzählerisch eleganten Darstellung des Themas hat Schiller gründlich gefeilt. «Die Quelle aller Geschichte», formuliert die Antrittsvorlesung, «ist Tradition, und das Organ der Tradition ist die Sprache.» (NA 17, 370) Schon Reinhold erklärt in seinen Kant-Briefen unzweideutig, die Historie empfange ihre Ordnung aus «den Begebenheiten, die ihre Triebfedern im Geiste und Herzen der Menschen gehabt haben, und auf deren Darstellung bald die Leidenschaften, bald die Grundsätze jederzeit aber die eigentümliche Vorstellungsart des Erzählers entscheidenden Einfluß haben.»[45] An geeigneten Vorbildern herrscht jedoch Mangel, wie Schiller rasch erkennen muß. Selbst Edward Gibbons umfangreiche *History of the Decline and Fall of the Roman Empire* (1776–88), an der man die erzählerische Geschmeidigkeit zu rühmen wußte, wirkt, so erklärt er im März 1789 gegenüber Körner, in ihrem Willen zum geistreichen Stil oftmals künstlich und geziert (NA 25, 217). Zwar bietet sie eine souveräne Gesamtkonstruktion, die Aufstieg und Untergang des römischen Reichs als Verfallsgeschichte unter dem Gesetz einer besonderen dramaturgischen Logik sichtbar macht, doch fehlt ihren Figurenporträts jene psychologische Spannkraft und Tiefenschärfe, die Schiller anstrebt.[46] Eine Autorität stellt auch Gibbons Werk für ihn nicht dar, obgleich es sich durch seine feiner nuancierte Sprachkultur deutlich von den spröderen Arbeiten der meisten Universalhistoriker abhebt. Den Weg zu eigenen Erzählformen muß Schiller selbständig beschreiten, ohne dabei auf gängige Muster zurückgreifen zu können.

Mit dem Anspruch, den historischen Ereignissinn durch möglichst plastische Details ins Licht zu rücken, nähert sich Schiller bereits dem Historismus des 19. Jahrhunderts. Geschieden bleibt er von dessen methodischem Selbstverständnis durch die Neigung zu quellenunabhängigen Grundannahmen und die damit verbundene Distanz gegenüber einer streng am Gegenstand gewonnenen Beweisführung. Die Darstellung der Geschichte muß nach seiner Auffassung auch deshalb kunstvollen Charakter tragen, weil nur die psychologische Einbildungskraft des Erzählers die Lücken zu schließen vermag, die die Überlieferung hinterläßt. Die geschmeidige Darbietung des Stoffs ermöglicht erst die Integration der Fakten in eine teleologische Ordnung, bildet also ein tragendes Element des theoretischen Selbstverständnisses. Die Normen der unbedingten chronikalischen Treue, des Quellenvergleichs und der positivistischen Exaktheit der Darstellung, die die Fachwissenschaft des 19. Jahrhunderts hervorbringen wird, spielen für Schiller keine maßgebliche Rolle. Sein stilistisches Ethos rückt ihn in die Nähe des Historismus, von dem ihn aber der eigenwillige Wirkungsanspruch grundlegend trennt. In einem Brief an Caroline von Beulwitz vom 10. Dezember 1788 geht er auch auf die formale Disposition seiner Arbeiten ein: «Ich werde immer eine schlechte Quelle für einen künftigen Geschichtsforscher seyn, der das Unglück hat, sich an mich zu wenden. Aber ich werde vielleicht auf Unkosten der historischen Wahrheit Leser und Hörer finden und hie und da mit jener ersten philosophischen zusammentreffen. Die Geschichte ist uberhaupt nur ein Magazin für meine Phantasie, und die Gegenstände müssen sich gefallen laßen, was sie unter meinen Händen werden.» (NA 25, 154)[47]

Schiller umreißt hier das Wesen einer historischen Einbildungskraft, die dem Leser Geschichte mit subjektiver Färbung, im Zusammenhang erzählerischer Inszenierungsformen darbietet. Die Praxis des Fachautors und die ästhetisch gerechtfertigte Quellenmanipulation des Dramatikers scheinen aus dieser Sicht nicht weit voneinander entfernt.[48] In einem Brief an

Goethe vom 18. März 1822 erinnert sich Wilhelm von Humboldt an Schillers Überzeugung, daß der Historiker seinen Gegenstand nach poetischen Gesetzen zu gestalten habe: «‹Und doch muß der Geschichtsschreiber ganz wie der Dichter verfahren. Wenn er den Stoff in sich aufgenommen hat, muß er ihn wieder ganz neu aus sich schaffen.›»[49] Solche Äußerungen sollten aber nicht zu einseitigen Urteilen verführen, wie sie die Historiker des 19. Jahrhunderts von Barthold Georg Niebuhr bis zu Johannes Janssen über Schillers erzählerisches Verfahren gefällt haben. Er selbst legte stets Wert darauf, daß die von ihm gelieferten Arbeiten ein genaues und nachprüfbares Bild vergangener Ereignisse vermittelten. Körner gegenüber betont er am 1. Dezember 1788, seine Untersuchung der niederländischen Rebellion besitze nicht zuletzt wissenschaftliche «Verdienste» (NA 25, 150), die im Vergleich mit älteren Arbeiten zum Thema sichtbar werden könnten. So sehr er sich gegen die Verengung seiner Talente auf die Fachdisziplin wehrt, so nachdrücklich verlangt er, daß man ihn als seriös verfahrenden Autor würdigt. Es ist die eigentümliche Einheit aus aufklärerischem Systemdenken und erzählerisch gestützter Arbeit am Detail, die seine methodische Zwischenposition begründet. Gedanklich dem universalhistorischen Ansatz Gatterers und Schlözers verpflichtet, bahnt Schiller durch seine stilistische Leistung bereits Wege zum Historismus des 19. Jahrhunderts, von dessen methodischem Selbstverständnis ihn jedoch das fehlende Interesse am genauen Quellenvergleich trennt.[50] Schon frühzeitig hat die üppige Einbildungskraft seiner Porträtkunst bei peniblen Lesern kritische Vorbehalte geweckt. 1797 heißt es in einem polemischen Epigramm von Johann Gottfried Dyck und Johann Kaspar Friedrich Manso über die Schrift zur niederländischen Rebellion: «Leere Träume und abgeschmackte Tiraden | Hat ein kecker Phantast hier für Geschichte verkauft.»[51]

Rebellion und Staat.
Bilder der Revolte, politische Logik des Aufstands

Daß Schillers geschichtliches Interesse nicht nur in der Debütschrift einer Umsturzaktion mit folgenreichen Auswirkungen auf die europäische Staatenordnung gilt, hat vornehmlich methodische Gründe.[52] In der 1773 entstandenen Vorrede zu seiner universalhistorischen Einführung erklärt der Göttinger Ordinarius Johann Christoph Gatterer, weshalb sich Umbruchprozesse im besonderen Maße für eine systematische Untersuchung eignen: «Begebenheiten sind der eigentliche Gegenstand der Geschichte: man liest aus der unübersehlichen Menge derselben nur die merkwürdigen aus, beweist ihre Wirklichkeit aus den Quellen, und erzählt sie auf eine gute Art und im Zusammenhang. Alles dieses muß auch in der Universalhistorie geschehen, aber mit einer strengeren Auswahl des Merkwürdigen, und mit ständiger Berücksichtigung des Gleichzeitigen: kurz, sie ist die Historie der größeren Begebenheiten, der Revolutionen; es mögen nun diese die Menschen und Völker selbst, oder ihr Verhältnis gegen die Religion, den Staat, die Wissenschaften, die Künste und Gewerbe betreffen: sie mögen sich nun in den alten, oder mittleren, oder neuen Zeiten zugetragen haben.»[53] Die Ordnung der Universalhistorie tritt gemäß dem Diktum Gatterers, der zu den Lehrern von Paulus' Jenaer Amtsvorgänger Eichhorn zählte, besonders dort zutage, wo markante Vorgänge das Gefüge beleuchten helfen, in dem die einzelnen Fakten stehen. Die Auseinandersetzung mit politischen Unruhen und Rebellionen – den ‹merkwürdigen Begebenheiten› – bleibt daher ein Gebot der universalhistorischen Methodik, die die Entwicklung der modernen Staatengeschichte an ihren entscheidenden Umbruchpunkten studiert. Nicht allein die publizistische Attraktivität des Themas, die das ursprünglich mit Huber geplante Vorhaben anstößt, sondern auch dessen Eignung zum exemplarischen Gegenstand dürfte Schiller zu seiner detaillierten Untersuchung der niederländischen Erhebung bewogen haben.

Je weiter die Darstellung fortschreitet, desto stärker verlegt sie sich auf die Beschreibung der äußeren Umstände, der gegenüber die psychologischen Facetten der Figurenporträts in den Hintergrund treten. Eine Ausnahme bildet hier der mit erzählerischen Mitteln gestaltete Bericht über das letzte Treffen zwischen Egmont und Oranien, der, ähnlich wie die Abschiedsszene in Goethes Drama, den Gegensatz zwischen dem weltkundigen Kopf und dem sorglosen Lebenskünstler betont (NA 17, 250). Solche Momentaufnahmen werden, wie schon die Vorrede ankündigt, in dem Maß seltener, in dem das Ablauftempo der Darstellung mit der Komplexität des politischen Konflikts wächst. Das zweite und dritte Buch beschreiben das ab 1564 zu beobachtende Anwachsen des Widerstands gegen die scharfen Religionsedikte, Egmonts Vermittlungsversuche in Madrid und die Gründung des Geusenbundes, dessen Interessen der Adel stützt. Die Forderungen der Niederländer zielen vorrangig auf die Bewahrung der überlieferten Landrechte, die ein begrenztes Maß an privilegierter Selbstorganisation der Zünfte innerhalb regionaler Grenzen vorsehen. Auch in diesem Punkt kommt Schillers Schrift mit Goethes *Egmont* überein: die Revolution wirkt wie ein konservativer Akt, der die alte ständische Ordnung mit ihrem moderaten Autonomieanspruch wiederherstellen soll. Der gesamte Aufstand bildet kein heroisches Kommandounternehmen, sondern ein «Wagestück», das dem «Drang der Umstände» entspringt (NA 17, 11).

Bestimmend für die grundlegend positive Einschätzung der Rebellion, die Schiller und Goethe hier vermitteln, ist ein aktueller Bezug. In den niederländischen Ereignissen des 16. Jahrhunderts spiegelt sich auch das Geschick Josephs II., der auf ähnliche Weise wie 220 Jahre zuvor der spanische König mit seiner Provinz in Konflikt geriet. Seit 1787 hatte er in Belgien gegen die Interessen der Stände die Provinzialverwaltung aufzuheben und durch eine zentrale Administration nach österreichischem Muster zu ersetzen gesucht. Ein allmächtiger Beamtenapparat sollte dabei an die Stelle der autonomen Organisation von Rechtsprechung und Bürokratie treten, um eine Anpassung der belgischen Verhältnisse an das österreichische System zu ermöglichen. Das Vorhaben des aufgeklärten Souveräns, dessen Außenpolitik in seinen letzten Regierungsjahren deutlich aggressive Züge annahm, scheiterte jedoch ebenso wie seine türkischen Abenteuer; im Herbst 1789 wurden die kaiserlichen Truppen, denen die erforderliche Rückendeckung durch die alten Mächte versagt blieb, von den Belgiern mit Unterstützung eines rasch aufgestellten Emigrantenheers vertrieben. Goethe, der während der Niederschrift des *Egmont* in Italien durch Zeitungsmeldungen vom militärischen Debakel Josephs II. erfahren hatte, sah sich, wie er noch am 10. Januar 1825 gegenüber Eckermann erklärt, von den aktuellen belgischen Ereignissen in seiner Bewertung der oranischen Rebellion bestätigt. Der josephinische Zentralismus, den der *Egmont* über das Porträt Albas kritisch spiegelt, steht auch im Horizont von Schillers Darstellung.[54] Wenn er die Passagen seiner *Einleitung*, die auf den Lehrcharakter der niederländischen Revolte verweisen, in der Zweitausgabe von 1801 mit geringfügigen Ausnahmen beibehalten hat, so ist das keine Sympathiebekundung gegenüber der aktuellen französischen Staatsumwälzung, sondern primär eine Anspielung auf den mutigen Widerstandsgeist, mit dem sich die Belgier 1788/89 gegen die österreichische Okkupationspolitik wehrten. Die Forderungen, die der von Oranien und Egmont unterstützte Geusenbund vorträgt, betreffen die Wiederherstellung der provinzialen Autonomie und die Freiheit der Religionsausübung, bleiben aber auf dem Boden einer überlieferten Rechtsordnung, ohne die Grundlagen des Obrigkeitsstaates anzugreifen. Das erlaubt es Schiller noch 1801, im Licht der problematischen Entwicklung in Frankreich, den Freiheitskampf der Niederländer als Lehrstück für die Gegenwart zu preisen. Daß man der gesamten Darstellung freilich auch einen prophetischen Hinweis auf die Pariser Revolution entnommen hat, bezeugt ein Brief Karl Friedrich Reinhards vom 16. November 1791, in dem er Schiller bescheinigt, seine Schrift habe den «Geist» der «Epoche» vorgezeichnet (NA 34/I, 106).[55]

Die Grenzen der Sympathie für die niederländischen Rebellen liegen bei Schiller dort, wo der Protest in gewalttätige Ausschreitungen umschlägt. Die Bilderstürmer-Bewegung und die mit ihr verbundenen Vorgänge der mutwilligen Zerstörung von Kirchenschätzen tadelt er als Ausdruck eines entfesselten Volkszorns ohne politische Stoßrichtung. Seine Triebfeder, so wird betont, bleibt der destruktive Grundimpuls, der auch Philipps Politik beherrscht. Für die Zügellosigkeit, mit der die Massen die katholischen Gotteshäuser entweihen, kennt die Schrift nur Abscheu. Der «Exzeß der Bilderstürmerei» habe, so heißt es, der Sache der Protestanten «unersetzlichen Schaden gethan.» (NA 17, 218) «Das Interesse für die Niederländer», schreibt Körner dem Freund am 9. November 1788, «wird geschwächt, weil Du Dir nicht erlaubst das Thörigte und Niedrige in ihrem Betragen zu entschuldigen.» (NA 33/I, 244f.) Aus ähnlicher Sicht wird Schiller vier Jahre später die Septemberunruhen in Frankreich, den Auftakt der Jakobinerherrschaft, als Ausdruck einer die Sache der Freiheit ins Zwielicht rückenden Barbarei verwerfen.

Auf dem Höhepunkt der Kirchenschändungen gerät die von Alba dirigierte Gegenaktion, obgleich sie sich aus unsauberen Motiven speist, zum Instrument jener ordnungspolitischen Balance, die die Schrift für die wesentliche Voraussetzung eines evolutionär gedachten Fortschritts hält. Den hier wirkenden Mechanismus umreißt schon der junge Schiller mit dem Begriff der ‹Nemesis›; er verweist auf die antike Göttin der strafenden Gerechtigkeit, wie sie Karl Moor angesichts der Leiche Spiegelbergs in den Sinn kommt. Die Nemesis bezeichnet bei Schiller keine moralische Strafinstanz, sondern ein Ausgleichsprinzip, das dafür sorgt, daß Machtmißbrauch und Gewalt des politisch handelnden Menschen (oder Kollektivs) in der Geschichte zwangsläufig zur Selbstzerstörung führen müssen. Anregungen empfängt er hier durch Herders *Nemesis*-Aufsatz, der 1786 als Teil der lockeren Folge der *Zerstreuten Blätter* erschienen war. Bei Herder heißt es: «Soll die Geschichte der Menschheit je lehrend werden: so weihe sie der Geschichtsschreiber keinem andern als der Nemesis und ihrem Schicksal.»[56] In einem Brief an Körner vom 8. August 1787 berichtet Schiller, daß er sich mit Herder über den Nemesis-Begriff ausgetauscht habe. Dessen Auffassung, hier sei das «Gesetz des Maases» (NA 24, 124) bezeichnet, überträgt er entschieden auf eine historische Bedeutungsebene. Die Schlußwürdigung der politischen Leistungen des Geusenbundes bekundet auch das Vertrauen in die Existenz einer im Geschichtsprozeß wirksamen Gegenkraft, die über die Eindämmung oder Bestrafung politischer Gewalt die Bahn des Fortschritts ebnet. Dabei mag es vorkommen, daß ihr Regelungsanspruch durch zweifelhafte Gestalten wie Herzog Alba oder (im Fall Wallensteins) den Generalleutnant Piccolomini zur Geltung gebracht wird. Die vom spanischen Herzog geführte Ordnungsmacht bezieht ihre Stärke allein aus dem moralischen Versagen des Geusenbundes: «Viele seltne und schöne Tugenden hat er ans Licht gebracht und entwikkelt; aber ihm mangelten die zwo unentbehrlichsten von allen, Mäßigung und Klugheit, ohne welche alle Unternehmungen umschlagen, alle Früchte des mühsamsten Fleißes verderben. Wären seine Zwecke so rein gewesen, als er sie angab, oder auch nur so rein geblieben, als sie bei seiner Gründung wirklich waren, so hätte er den Zufällen getrotzt, die ihn frühzeitig untergruben (...)» (NA 17, 260).

Die ‹Zufälle›, hinter denen die innere Ausgleichskraft der Geschichte steht, durchkreuzen die vermessenen Pläne der Bilderstürmer und verhindern zunächst den Erfolg der moralisch legitimen Rebellion. Daß die Brutalisierung der Massen das Geschäft der Befreiung des Menschen unterbinden muß, gehört zu den Lehren, die der aufgeklärte Historiker seinen Lesern vermitteln möchte. In sie eingeschlossen wird die verdeckte Warnung vor sämtlichen Formen gewalttätigen Widerstands, die der Dynamik des in den Geschichtsprozeß eingezeichneten Fortschritts notwendig entgegenwirken. Wenn am Ende die spanische Reaktion unter Alba siegt, so trägt dieser Triumph freilich schalen Charakter. Der Ausblick auf den erfolgreichen Abschluß der niederländischen Rebellion blieb dem Leser 1788 vorenthalten, weil Schiller ihn in den geplanten Folgebänden ausführlich beschreiben wollte. Dazu ist es unter dem Druck der akademischen Verpflichtungen und der Gesetze des Publikationsmarktes nicht mehr gekommen.

3. Private Veränderungen in unruhigen Zeiten. Weimar, Rudolstadt, Jena 1788–1791

Empfindsame Freundschaft. Begegnung mit den Lengefeld-Schwestern

Am 21. November 1787 reist Schiller nach Meiningen, um Christophine und Reinwald zu besuchen. Am 25. November trifft man sich in Bauerbach, wo Wilhelm von Wolzogens Geburtstag gefeiert wird. Schiller lernt den Herzog Georg Friedrich Karl von Sachsen-Meiningen kennen, begegnet dem Freiherrn von und zu Bibra und der Familie des Kammerherrn von

Stein aus Nordheim; in Meiningen kann er die Bekanntschaft mit dem Maler Reinhart auffrischen, den er seit den Tagen in Gohlis nicht mehr gesehen hat. Über die turbulente Stimmung dieser Wochen schreibt er Körner wenig später, man habe ihn «von einem edelmännischen Gut nach dem andern herumgezogen» (NA 24, 180). Am 5. Dezember reitet er in Begleitung Wolzogens zurück nach Weimar. Man übernachtet in Ilmenau, wo seit 1784 unter Goethes Einfluß der Bergwerksbetrieb wieder aktiviert worden ist, und unternimmt am folgenden Tag einen Abstecher ins südlich von Weimar gelegene Rudolstadt, um Wolzogens Cousinen Charlotte von Lengefeld und Caroline von Beulwitz zu besuchen. Romantisch eingefärbt wirkt Carolines späterer Bericht über die Ankunft der beiden jungen Männer: «An einem trüben Novembertage [!] im Jahr 1787 kamen zwei Reiter die Straße herunter. Sie waren in Mäntel eingehüllt; wir erkannten unsern Vetter Wilhelm von Wolzogen, der sich scherzend das halbe Gesicht mit dem Mantel verbarg; der andere Reiter war uns unbekannt und erregte unsere Neugier. Bald löste sich das Rätsel durch den Besuch des Vetters, der um die Erlaubnis bat seinen Reisegefährten, Schiller, der seine verheiratete Schwester und Frau von Wolzogen in Meinungen besucht, am Abend bei uns einzuführen.»[57]

Die Lebensspuren Schillers und der Lengefeld-Schwestern hatten sich bereits früher auf merkwürdige Weise berührt, ohne daß es zu einer persönlichen Begegnung gekommen wäre. Am 5. Mai 1783, als Schiller sich in Bauerbach aufhielt, besuchten sie gemeinsam mit ihrer Mutter Louise von Lengefeld ihre Vettern in der Stuttgarter Karlsschule. Man befand sich auf der Durchreise in die französische Schweiz, wo ein längerer Aufenthalt zum Zweck des Sprachstudiums geplant war. Charlotte von Lengefeld lernt bei einer Visite auf der Solitude das frühere Lebensumfeld Schillers kennen und trifft auch mit seinen Eltern zusammen. Als die Familie, begleitet von Carolines damaligem Verlobten Wilhelm von Beulwitz, ein Jahr später, am 6. Juni 1784, auf dem Rückweg vom Genfer See nach Thüringen in Mannheim Station macht, begegnet man sich erstmals persönlich. Schiller, dem sich die Besucher sehr kurzfristig durch Übersendung ihrer Visitenkarten angekündigt haben, stößt jedoch verspätet zu der bereits im Aufbruch befindlichen Gesellschaft, so daß es nur zu einem förmlichen Austausch von Höflichkeiten kommt.

Louise von Lengefeld hatte 1761 achtzehnjährig den 28 Jahre älteren Oberforstmeister Carl Christoph von Lengefeld geheiratet. Die glückliche Ehe, der am 3. Februar 1763 Caroline, am 22. November 1766 Charlotte geboren wurden, währte knapp 15 Jahre; bereits 1775 starb der kränkliche Lengefeld an den Spätfolgen eines früh erlittenen Schlaganfalls. Die fi-

Wilhelm Friedrich von Wolzogen.
Aquarell-Minitatur

nanziellen Verhältnisse der Familie waren nach dem Tod des Mannes nur kurzfristig gesichert, so daß Louise, die seit 1789 in Rudolstadt die Position einer Hoferzieherin versah, daran denken mußte, ihren Töchtern eine auskömmliche Heirat zu ermöglichen. Unter dem Zwang ökonomischen Kalküls wurde die Verbindung Carolines mit dem elf Jahre älteren schwarzburg-rudolstädtischen Legationsrat Friedrich Wilhelm Ludwig von Beulwitz angebahnt. Der vielgereiste Beulwitz verfügte über nicht unbeträchtliches Familienvermögen und ein gut dotiertes Hofamt, das ihm weitere Aufstiegsmöglichkeiten bot. Kurz nach der Verlobung übernahm er den Unterhalt der Familie Lengefeld und half damit, die drohende finanzielle Malaise abzuwenden. Die 1785 geschlossene Ehe blieb jedoch unglücklich, weil Carolines überfeinerte Sensibilität und der zupackende Geschäftssinn des uncharmanten Beulwitz keine Berührungspunkte zuließen. Schon 1790 trennte sich das Paar, im August 1794 erfolgte die Scheidung. Die zurückhaltend wirkende Charlotte wurde hingegen von der Mutter frühzeitig auf die Rolle der künftigen Weimarer Hofdame vorbereitet. Den Kontakt zur Herzogin stellte Frau von Stein her, deren sechs Jahre jüngerer Sohn Fritz in vertrautem Umgang mit Charlotte aufwuchs. Zu den ersten größeren Welterfahrungen der Lengefeld-Schwestern gehörte die Schweizreise in den Jahren 1783–84, die wesentlich dem Zweck diente, Charlottes Französisch für den bevorstehenden Hofdienst zu verbessern. In Vevey, am Nordufer des Genfer Sees, übte man unter der Aufsicht eines Hauslehrers fremdsprachige Konversation und pflegte die schöngeistige Lektüre. Charlotte verfügte zeitlebens über eine gediegene literarische Bildung, was insbesondere die Kenntnis französischer Autoren einschloß. Der Grundstock dazu wurde in Vevey gelegt, wo sie mit den Werken Voltaires, Diderots und Rousseaus Bekanntschaft schloß.

Nach der Rückkehr aus der Schweiz und der Verheiratung der Schwester scheint Charlotte in eine vorübergehende Lebenskrise geraten zu sein. Das eintönige Leben im dörflichen Rudolstadt, dessen 23 hochadlige Familien kaum zur repräsentativen Prachtentfaltung neigten, empfindet sie als bedrückend.[58] Eine erste Liebeserfahrung mit einem jungen Schotten namens Heron im Herbst und Winter 1786/87 bleibt glücklos. Der angeschwärmte junge Mann, der aus nobler Familie stammt, muß an einer Regierungsexpedition nach Indien teilnehmen, so daß sich die Hoffnung auf eine Verlobung zerschlägt. Einzig die Aufenthalte im benachbarten Weimar, die kleinen Teezirkel bei der Herzogin, die Bälle, Maskenfeste und Schlittenpartien lockern den monotonen Rudolstädter Alltag auf. Es bleibt freilich ein Leben auf Abruf, das Charlotte hier führt. Sie erwartet den bevorstehenden Wechsel in das Hofamt und leidet unter der drückenden

Caroline von Beulwitz, geb. von Lengefeld.
Pastellgemälde von unbekannter Hand

Charlotte von Lengefeld.
Miniatur, Aquarell und Deckfarben auf Elfenbein,
in ornamentierter Goldfassung

Langeweile ihrer ereignisarmen Existenz. Bei der Begegnung im Dezember 1787 nimmt Schiller ein wenig irritiert ihre zurückhaltenden Umgangsformen zur Kenntnis. Sie beteiligt sich kaum am Gespräch, antwortet nur stockend, wirkt dabei aber ruhig und selbstbewußt. Ein Brief an Körner umreißt den ersten Eindruck, den die Schwestern hinterlassen haben: «Beide Geschöpfe sind, ohne schön zu seyn, anziehend und gefallen mir sehr. Man findet hier viel Bekanntschaft mit der neuen Litteratur, Feinheit, Empfindung und Geist. Das Clavier spielen sie gut, welches mir einen recht schönen Abend machte.» (NA 24, 181f.)

Die dreieinhalb Jahre ältere Caroline ist intellektuell reifer als ihre Schwester, zugleich impulsiver, bisweilen egozentrisch und stimmungsabhängig. Die festgelegten Rollenbilder der Zeit versagen es ihr, die eigenen künstlerischen Talente erschöpfend zur Entfaltung zu bringen. Ihre Liebe zur Literatur wurde früh durch Amalie von Lengefeld, die Nichte ihres Vaters, geweckt. In Mannheim traf Caroline Anfang der 80er Jahre mit Sophie von La Roche zusammen und veröffentlichte anonym erste Erzählungen in deren Zeitschrift *Pomona, für Teutschlands Töchter*. Als Adlige darf sie zwar im privaten Kreis aus selbst verfaßten Texten vortragen, jedoch würde sie mit deren Publikation unter ihrem Namen gegen ein ungeschriebenes gesellschaftliches Gesetz verstoßen. Die schriftstellerische Arbeit führt sie daher in den Jahren nach ihrer Verheiratung zunächst nur sporadisch fort. Durch eine Konvenienzehe ohne Neigung gebunden, an der Verwirklichung ihrer literarischen Fähigkeiten gehindert, steckt auch sie in einer Lebenskrise, als Schiller sie kennenlernt. Erst nach der Scheidung findet Caroline, die in der Familie nur «die Frau» heißt, zur regelmäßigen künstlerischen Tätigkeit zurück. Besonders erfolgreich wird später ihr Roman *Agnes von Lilien*, den Schiller zwischen Oktober 1796 und Mai 1797 in vier Heften der *Horen* publiziert. Die Brüder Schlegel halten den wiederum anonym gedruckten Text zunächst für ein Werk Goethes, was die Verfasserin als beträchtliches Kompliment vermerken darf. Der glänzende Verkauf der 1798 zweibändig bei Unger in Berlin verlegten Buchausgabe bestätigt die positive Resonanz, die der Zeitschriftenabdruck fand. Trotz dieses Erfolgs hat Caroline während ihres langen Lebens – sie stirbt 1847 im Alter von fast 84 Jahren – ihre literarische Arbeit immer nur sporadisch betrieben. Nach dem überraschenden Tod Wilhelm von Wolzogens, mit dem sie seit September 1794 in zweiter Ehe verheiratet war, zog sie sich im Dezember 1809 auf das Familiengut in Bauerbach zurück. Nur zögerlich hat sie ihre Texte veröffentlicht; 1826/27 erscheint eine zweibändige Sammlung von zuvor in Zeitschriften publizierten Erzählungen, 1830 bei Cotta eine lange vorbereitete Darstellung von Schillers Leben, die Zeitgenossen als zuverlässiges Quellenwerk schätzen, 1840 der autobiographische Roman *Cordelia*. Ihre lyrischen Arbeiten mochte sie, selbstkritisch, nie zum Druck geben, obgleich sie in den Damenkalendern der Zeit fraglos reüssiert hätten. Der literarische Nachlaß, der zwischen 1848 und 1849 herausgegeben wird, bezeugt die künstlerische Vielseitigkeit einer durch gesellschaftliche Konventionen in ihrer Wirkung eingeschränkten Autorin.

Die Eindrücke des Rudolstädter Besuchs wecken in Schiller den Gedanken an die Gründung einer eigenen Familie. Am 7. Januar 1788 schreibt er Körner freimütig: «Ich sehne mich nach einer bürgerlichen und häußlichen Existenz, und das ist das Einzige, was ich jezt noch hoffe.» (NA 25, 4) Wenige Wochen später heißt es gegenüber Huber, allein eine Ehe könne seine extremen Stimmungsschwankungen, die «fortgesetzte Kette von Spannung und Ermattung, Opiumsschlummer und Champagnerrausch» (NA 25, 8) beruhigen. Am 5. Februar 1788 trifft Schiller Charlotte, die für zwei Monate das Hofleben genießen möchte, auf einem Maskenball in Weimar wieder. Zwei Wochen später beginnt der Briefwechsel mit ihr, der zu einer weiteren Annäherung führt. Für den Sommer faßt man den Plan eines gemeinsamen Aufenthalts in Rudolstadt, das nur 30 Kilometer von Weimar entfernt im Süden, neben dem Ufer der Saale liegt. Am 22. April 1788 mietet Charlotte für Schiller im benachbarten Volkstedt eine Wohnung beim Kantor Unbehaun. Der Umzug verzögert sich um einige Wochen, weil in Weimar ein abwechslungsreiches Gesellschaftsleben mit mancherlei Reizen lockt. Anfang Mai speist Schiller bei der Herzoginmutter in Tiefurt; gemeinsam mit Herder, Bode, Voigt und Knebel ist er am 14. Mai bei Bertuch, am folgenden Tag im Haus Wielands zu Gast. Er trifft den alten Gleim, den Verfasser der patriotischen *Preußischen Kriegslieder* (1758), der ihn mehrfach zum Souper lädt, unternimmt Ausflüge in die Umgebung, besucht Konzerte und Teerunden. Am 19. Mai erfolgt die Übersiedlung nach Volkstedt, wo ein idyllisches Quartier auf ihn wartet. «Das Haus», so erinnert sich Caroline von Wolzogen, «lag frei vor dem Dorfe, und aus seinem Zimmer übersah er die Ufer der Saale, die sich in einem sanften Bogen durch die Wiesen krümmt, und im Schatten uralter Bäume dahin fließt.»[59] In dieser reizvollen Umgebung, durch einen halbstündigen Fußweg vom Rudolstädter Domizil der Familie Lengefeld getrennt, verlebt Schiller die folgenden drei Monate.

Die dörfliche Ruhe wird zunächst für die gründliche Arbeit am *Geisterseher* und an der niederländischen Geschichte genutzt. Die Nachmittage und Abende verbringt Schiller im Kreis der Familie Lengefeld bei Tee und literarischen Diskussionen. Charlotte und ihre Mutter bewohnen einen kleinen Pavillon, der auf dem Grundstück des von der Familie Beulwitz gemieteten Rühmschen Hauses in der Neuen Gasse liegt, so daß die Wege überschaubar bleiben. Ergänzt wird der Zirkel durch Goethes Freund Knebel, der offenkundig um Charlotte wirbt, jedoch in der von ihm bevorzugten Rolle des schrulligen Sonderlings kaum eine Chance hat, ihre Gunst zu erringen. Gelegentlich stößt der vielbeschäftigte Wilhelm von Beulwitz zu der kleinen Runde; Schiller schätzt das Gespräch mit ihm, obgleich er für Fragen der Kunst wenig Interesse zeigt: Weltläufigkeit und politisches Urteilsvermögen ersetzen hier ästhetische Neigungen. Das Rudolstädter Leben ist arm an äußeren Ereignissen; abgesehen von gelegentlichen Besuchen des mit der Familie befreundeten Kammerherrn von Gleichen und einem Treffen mit dem Erbprinzen von Schwarzburg-Rudolstadt, den man am 29. Mai im benachbarten Kumbach trifft, beschränkt sich Schillers gesellschaftlicher Verkehr auf das Haus der Lengefelds, wo er sich die neuesten Nachrichten über das Weimarer Gesellschaftsleben zutragen läßt. Er bedürfe «eines Mediums», so hatte er bereits am 7. Januar 1788 an Körner geschrieben, mit dessen Hilfe er an der sozialen Existenz fremder Menschen teilhaben könne (NA 25, 4). Schon in Stuttgart und Dresden hat er überschaubare Gesprächsrunden gesucht, die ihm einen Ausgleich für die erfahrungsarme Tätigkeit am Schreibtisch boten, ohne dabei beunruhigend auf seine Phantasie zu wirken. Weder die eintönige Stille Bauerbachs noch die hektische Betriebsamkeit der Mannheimer Theaterwelt entsprachen seinem Bedürfnis nach lebendiger Kommunikation auf gleichbleibendem Niveau. In Rudolstadt findet er hingegen, was er begehrt: einen familiär geprägten Kreis, der ihm die Möglichkeit verschafft, sich vertrauensvoll über seine literarischen Vorhaben auszutauschen; zwei junge Damen, die, anziehend, aber nicht exzentrisch wie Henriette von Arnim oder Charlotte von Kalb, in der Bewunderung für den bekannten Autor wetteifern, ohne dabei ihre Urteilsfähigkeit einzubüßen; eine landschaftlich reizvolle Umgebung, die zu Ausflügen ins Saaletal einlädt und die Einbildungskraft auf sanfte Weise anregt. Dörfliche Gegenden hat er zeitlebens geschätzt und dem Treiben der Großstadt vorgezogen. Als Wilhelm von Wolzogen, der zu Architekturstudien nach Paris gereist war, im November 1788 vom urbanen Leben der Metropole berichtet, schreibt Schiller an Caroline von Beulwitz: «Ich habe einen unendlichen Respekt für diesen großen drängenden Menschenocean, aber es ist mir auch wohl in meiner Haselnußschaale.» (NA 25, 146)

Mitte August gibt Schiller sein Quartier beim Kantor Unbehaun auf und zieht nach Rudolstadt in eine Wohnung in der Neuen Gasse, von deren Zimmern man einen Blick in den Garten des Lengefeldschen Grundstücks werfen kann. Nach dem Abschluß der Geschichtsschrift betreibt er jetzt ernsthafte Antike-Studien. Körner berichtet er am 20. August 1788 über den Vorsatz, in den beiden folgenden Jahren keine modernen Autoren mehr zu lesen. Zur gründlichen Lektüre der homerischen *Odyssee* in der Hexameter-Übertragung von Johann Heinrich Voß (1781) und der *Ilias* in Christian Tobias Damms Prosafassung (1769–1771) treten ab Anfang September eigene Übersetzungsarbeiten. Sie gelten Euripides' *Iphigenie in Aulis* und den *Phönizierinnen*, wobei Schiller jedoch die lateinischen Ausgaben zugrunde legt. Körner gesteht er am 20. August, daß er «die griechischen Originale» erst dann zu lesen wage, wenn er die jeweilige Übertragung «fast auswendig» kenne (NA 25, 97). Sein Ziel bleibt es, langfristig seine auch in der Schulzeit nur dürftigen Griechischkenntnisse zu verbessern, um, wie es in einem Brief an Charlotte von Lengefeld heißt, «die Seele künftig mehr mit den großen Zügen des Alterthums zu nähren.» (NA 25, 99) Im Oktober zwingt er sich zur Fortsetzung des *Geistersehers*; am Ende des Monats tauchen erste Pläne zum späteren Lehrgedicht *Die Künstler* auf. Wenn Schillers Arbeitsvorhaben nach dem Abschluß der Geschichtsschrift sprunghaft wechseln, so zeugt das von einer inneren Unruhe, die auch durch die private Lebenssituation bedingt ist.

Daß sich zwischen ihm und den Lengefeld-Schwestern ein schwieriges Dreiecksverhältnis entwickelte, dürfte Schiller selbst frühzeitig bemerkt haben. Galt seine Vorliebe zunächst Charlotte, deren zurückhaltendes Wesen er zu Beginn des Jahres in Weimar schätzen lernte, so erwacht während des Sommers die Sympathie für Caroline. Ihre stark ausgeprägten literarischen Neigungen qualifizieren sie zur idealen Gesprächspartnerin, mit der Schiller auch die philologisch vertrackten Probleme seiner Antike-Projekte erörtern kann. Louise von Lengefeld beobachtet hingegen nur das wachsende Einverständnis zwischen Charlotte und ihm. Nicht ohne Grund unternimmt sie im Sommer und Herbst 1788 in Begleitung der jüngeren Tochter mehrere Reisen, die sie nach Kochberg auf das Landgut der Frau von Stein führen; die Aussicht auf eine Verbindung zwischen Charlotte und dem fast mittellosen Schriftsteller dürfte den Wünschen der genau rechnenden Mutter zu diesem Zeitpunkt kaum angenehm gewesen sein. Am 12. November 1788 kehrt Schiller nach Weimar zurück, um der eigentümlichen *ménage à trois* ein Ende zu bereiten. Nur mühsam kann er sich in den düsteren Herbst und die ungewohnte Einsamkeit an seinem Schreibtisch finden. Die Übersetzung der *Phönizierinnen*, die *Karlos*-Briefe und die Erzählung *Spiel des Schicksals* entstehen unter dem Einfluß niedergeschlagener Stimmungen, wie sie Schiller sonst nicht kennt.

Der kurze Postweg zwischen Weimar und Rudolstadt fördert den schriftlichen Austausch mit den Schwestern, der ganz im Zeichen empfindsamer Freundschaftsbekundungen steht. Die Briefe überbringen privat bezahlte Botenfrauen zu genau festgelegten Terminen, meist am Donnerstag. Mit Goethe wird Schiller seine Korrespondenz Jahre später ähnlich organisieren, um die umständlichen Wege der staatlichen Post zu meiden. Immerhin dauert am Ende des 18. Jahrhunderts die Beförderung eines Briefs von Berlin nach Frankfurt am Main neun Tage. Innerhalb Thüringens, wo die Entfernungen kürzer, aber die Straßen schlecht ausgebaut sind, kommt es häufig zu Verzögerungen, die man nur durch einen privaten Postdienst vermeiden kann.

Schillers Schreiben bleiben nicht frei von einer bisweilen geziert wirkenden Empfindsamkeit, deren outrierte Züge dem Zeitgeschmack zu entsprechen scheinen. Erinnerungen an Laclos' *Gefährliche Liebschaften* und Goethes *Stella* werden wach, wenn man die zarte Doppelaffäre betrachtet, die sich hier entwickelt. Häufig richtet Schiller seine Briefe an beide Schwestern gleichzeitig, um das Einverständnis zu bekunden, das ihre Freundschaft trägt. Bereits am 12. November 1788, am Tag vor der Rückkehr nach Weimar, heißt es beschwörend: «Ja meine Lieben, Sie gehören zu meiner Seele, und nie werde ich Sie verlieren, als wenn ich mir selbst fremd werde.» (NA 25, 128) Im Spätherbst 1788 ist Schiller nicht in der Lage, sich eindeutig für eine der beiden möglichen Partnerinnen zu entscheiden. Daß Carolines Ehe nur auf dem Papier bestand, war ihm selbst bewußt; eine förmliche Trennung bildete kein unüberwindliches Hindernis: im protestantischen Thüringen gab es eine flexible Amtskirche, die Scheidungsverfahren, sofern sie adlige Paare betrafen, den höheren Segen zu erteilen bereit war. Andererseits scheint ihn Charlotte trotz der zunehmenden Neigung für Caroline auch im Sommer noch in ihren Bann gezogen zu haben. An Körner schreibt er am 27. Juli: «Beide Schwestern haben etwas Schwärmerei was deine Weiber nicht haben, doch ist sie bei beiden dem Verstande subordiniert und durch Geistescultur gemildert. Die jüngere ist nicht ganz frey von einer gewißen Coquetterie d'esprit, die aber durch Bescheidenheit und immer gleiche Lebhaftigkeit mehr Vergnügen gibt als drückt.» (NA 25, 83 f.)

Während des Winters beschränkt sich der Austausch auf die Korrespondenz, ohne daß es zu persönlichen Begegnungen kommt. Als Schiller am 13. März zur Wohnungssuche nach Jena reist, macht er eine kurze Visite in Rudolstadt. Daß ihm zu diesem Zeitpunkt Gedanken an eine einträgliche Heirat als Voraussetzung für materielle Unabhängigkeit nicht fremd sind, verrät ein Brief an Körner vom 9. März, in dem es im drastischen Stil früherer Jahre heißt: «Könntest Du mir innerhalb eines Jahrs eine Frau von

12000 Thl. verschaffen, mit der ich leben, an die ich mich attachieren könnte, so wollte ich Dir in 5 Jahren – eine Fridericiade, eine klassische Tragödie und weil Du doch so darauf versessen bist, ein halb Duzend schöner Oden liefern – und die Academie in Jena möchte mich dann im Asch [!] lecken.» (NA 25, 222) Mitte Juni, während des Sommersemesters, besucht Schiller die Lengefelds für drei Tage in Rudolstadt. Die Tonlage der Korrespondenz deutet an, daß seine Herzensneigungen weiterhin schwankend bleiben. Am 2. August trifft er die Schwestern auf der Durchreise nach Leipzig im vornehmen Bad Lauchstädt, wo die Familie gewöhnlich einen Teil des Sommers verbringt. Hier kommt es am Morgen des 3. August zur Aussprache mit Caroline, die Schiller offenbart, daß die Schwester ungeduldig auf seinen Antrag wartet. Die Unterredung löst die über lange Monate aufgestaute Spannung. Aus Leipzig schreibt Schiller Charlotte 24 Stunden später einen Brief, in dem er um ihre Hand anhält. Die zwei Tage danach verfaßte Antwort fällt so eindeutig wie entschieden aus: «Der Gedanke zu Ihren [!] Glück beitragen zu können steht hell und glänzend vor meiner Seele. Kann es treue, innige liebe und Freundschaft, so ist der warme Wunsch meines Herzens erfüllt sie glücklich zu sehn.» (NA 33/I, 370f.)

In Leipzig trifft Schiller erstmals seit zwei Jahren den Freund Körner. Er offenbart ihm seine Heiratsabsichten und die gewachsene Intensität einer Herzensneigung, die er in den Briefen der zurückliegenden Monate förmlich dementiert hatte. Körner zeigt sich angesichts dieses überraschenden Geständnisses zunächst befremdet, unterdrückt aber die aufsteigende Verstimmung. Immerhin dauert es einige Tage, ehe diese erste Krise der sonst stabilen Freundschaft überwunden scheint. Außer Körner teilt Schiller sein Geheimnis nur der Schwester Christophine mit, der er jedoch den Namen der Braut verschweigt; die Mutter Lengefeld soll erst zu einem späteren Zeitpunkt unterrichtet werden. Am 7. August treffen Charlotte und Caroline in Leipzig ein. Mit dem Ehepaar Körner verbringt man einen gemeinsamen Tag, der einer vorsichtigen Annäherung dient. Schiller reist am 10. August mit Körners nach Jena zurück, wo die Freunde für mehr als eine Woche, unterbrochen nur von einem kurzen Weimar Besuch (bei Voigt und Herder), gastweise in der Schrammei logieren; die Lengefeld-Schwestern kehren über Lauchstädt Ende des Monats nach Rudolstadt zurück.

Unter dem Eindruck der wechselvollen Ereignisse des Spätsommers kommen Schiller im Herbst zunehmend Zweifel an seiner Entscheidung. Er zieht sich auf seine Arbeit zurück und schrankt den Kontakt mit Charlotte ein. Selbst seinen 30. Geburtstag am 10. November 1789 verbringt er einsam, ohne Gäste. Im Schutz der inoffiziellen Verlobung wagt er jetzt in der Korrespondenz mit Caroline einen intimen Ton, der von seiner ungebrochenen Neigung für sie zeugt. Die ältere Schwester hat zwar selbstlos die Verbindung zwischen Charlotte und ihm gefördert, jedoch zugleich gehofft, er würde sie aus ihrer bedrückenden Ehe mit Beulwitz befreien. So drohen im Herbst 1789 neue Verwicklungen, zumal sich auch Charlotte unsicher zeigt, ob Schillers Wahl durch echte Gefühle begründet ist. In dieser Situation schaltet sich Caroline von Dacheröden, eine Jugendfreundin der Schwestern, vermittelnd ein. Daß sie beim Versuch, die vertrackte Lage zu entspannen, kein offenes Spiel treibt, erweist ihr Briefwechsel mit Wilhelm von Humboldt, den sie im Juni 1791 heiraten wird. Noch im Januar 1790, wenige Wochen vor der Eheschließung, vermutet sie, Schillers Zuneigung gelte wahrhaft der temperamentvollen älteren Schwester: «Lotten gibt auch die Liebe kein Interesse; sie war an seiner Seite wie fern von ihm. Er gegen beide? Hast du ihn nie Caroline küssen sehen und dann Lotten?»[60] In ihren Briefen an Charlotte kokettiert die Freundin freilich mit der Rolle der Gelegenheitsmacherin, die der sich anbahnenden Ehe nur gute Aspekte abzugewinnen vermag. Schiller, so erklärt sie am 18. Oktober 1789, habe die Neigung zu Caroline unterdrückt, weil er seine echten Gefühle kenne: «An der heiligen Wahrheit seines Herzens kannst du nicht zweifeln.»[61] Wilhelm von Humboldt verrät sie jedoch, daß sie die Verbindung zwischen Schiller und Charlotte für eine Mesalliance hält; am 14. Februar 1790 schreibt sie entschieden: «Lotte ist aus ihrer Sphäre herausgerissen. Sie war gemacht, in einem engeren Kreis von Empfindungen zu leben, und sie wäre glücklich dabei gewesen und hätte nichts darüber gedacht. Man hat ihr das Höhere gezeigt, und sie hat danach gestrebt, ohne das innere Vermögen zu haben, es zu genießen, das sich nie gibt.»[62] Zu diesem Zeitpunkt freilich hat Schiller die früheren Zweifel bereits überwunden und seinen Entschluß gegenüber Charlotte nochmals bekräftigt. Ein Jahr später erklärt er in einem Gespräch mit Caroline von Dacheröden, eine Verbindung mit Caroline von Beulwitz wäre fraglos gescheitert, weil «einer an den andern zu viele Forderungen» gestellt hätte.[63] Die doppelte Liaison des Herbstes ist damit Vergangenheit: die Geliebte muß sich in die Rolle der Schwägerin finden.

Bürgerliche Perspektiven.
Hofrat und Ehemann

Louise von Lengefeld wird die Verlobung über vier Monate geheimgehalten. Erst am 18. Dezember ersucht Schiller, nachdem die Schwestern ihr während eines Besuchs in Erfurt die Wahrheit offenbart haben, brieflich um das Einverständnis der Mutter. Das Antwortschreiben fällt positiv aus, erbittet aber nähere Informationen über die materielle Situation des künftigen Schwiegersohns. Den idealen Ehemann ihrer Tochter dürfte Frau von Lengefeld in Schiller kaum gesehen haben. Zwar kann er inzwischen einen Professorentitel vorweisen, jedoch besitzt er kein Vermögen, verfügt nur über unregelmäßige Einnahmen und ist bürgerlicher Herkunft, so daß Charlotte bei einer Heirat ihren Adelsstand einbüßen würde. Andererseits hat die Mutter am Beispiel ihrer älteren Tochter die unerquicklichen Folgen einer ohne Neigung geschlossenen Konvenienzehe vor Augen. Das erleichtert es ihr, dem Paar die Zustimmung zu geben; von den Verwicklungen der vorangehenden Monate dürfte sie nichts geahnt haben.

Am 22. Dezember richtet Schiller das Gesuch um Gewährung eines festen Gehaltes an den Herzog. Wenige Tage zuvor hatte Charlotte von Stein Carl August über die bevorstehende Eheschließung unterrichtet und auf Schillers unsichere Vermögensverhältnisse hingewiesen. Der Landesherr bewilligt zum 1. Januar 1790 ein jährliches Einkommen von 200 Talern – kein üppiges, aber ein auskömmliches Salär. Frau von Lengefeld kündigt einen Zuschuß in derselben Höhe an, bei dessen Gewährung vermutlich auf die Finanzen des Schwiegersohns Beulwitz spekuliert wird. Zu addieren sind ferner die erwartbaren Kolleggelder und Einnahmen aus Veröffentlichungen. In einem Brief an Körner vom 24. Dezember 1789 listet Schiller genau auf, welche Summen er jährlich benötigt, und stellt beruhigt fest, daß er das veranschlagte Existenzminimum für die Gründung eines bürgerlichen Hausstands erreicht: «Mit 800 rth. kann ich hier recht artig leben. Gäbe mir der Herzog 200 und ich erwürbe durch 4 Vorlesungen des Jahrs nur 200, das wenigste was ich rechnen kann, so wären es schon 600 mit den 200, die mir die Mutter jährlich zuschießen kann. Durch Schriftstellerey will ich mir wenigstens eben soviel als bisher erwerben, da mir in jeder Woche 2 Tage ganz frey, und zusammen gerechnet 2 Monate Ferien im Jahre bleiben.» (NA 25, 373) Die Liste zeigt freilich, daß Schiller auch künftig auf Einnahmen aus publizistischer Arbeit angewiesen ist, wenn er sich einen soliden Lebensstandard sichern möchte. Der sechzehnjährige Student Goethe erhielt – zum Vergleich – 1765, als er sein Studium in Leipzig begann, vom Vater einen Jahreswechsel in Höhe von 1000 Talern. Solche Summen wird Schiller erst in den letzten Monaten seines Lebens erreichen, unter großen Anstrengungen und unermüdlichem Einsatz angespannter Arbeitskraft.

Bedacht hat Schiller nicht zuletzt die gesellschaftliche Reputation seiner künftigen Ehefrau, die durch die Heirat ihren Adelstitel verliert. Bereits am 16. Dezember schreibt er an den Erbprinzen von Sachsen-Coburg und bittet um die Anhebung seines bisherigen Rangs in den Status eines Hofrats; am 22. Dezember wiederholt er den Antrag gegenüber dem ihm persönlich bekannten Herzog von Sachsen-Meiningen. Da die Zahl der lokalen Anwärter auf diese Würde außerordentlich groß ist, hat ihm die Weimarer Administration im Vorfeld empfohlen, sein Ansinnen bei den thüringischen Nachbarstaaten vorzubringen. Der Brief, mit dem er den Meininger Herzog um die Ernennung ersucht, bezeugt Schillers diplomatische Fähigkeiten, aber auch den handfesten Charakter seines gesellschaftlichen Rollenverständnisses: «Ich bin auf dem Wege, eine Heurath zu thun, die das ganze Glück meines Lebens ausmacht; mit einem Fräulein von Lengefeld, einer Tochter der Oberhofmeisterin in Rudolstädtischen Diensten. Da mir die Güte der Mutter und die Liebe der Tochter das Opfer des Adels bringt, und ich ihr sonst gar keine äußerlichen Vortheile dafür anzubieten habe, so wünschte ich, ihr dieses Opfer durch einen anständigen Rang in etwas zu ersetzen oder weniger fühlbar zu machen.» (NA 25, 372) Der Petition wird stattgegeben, Schiller am 13. Januar durch Veranlassung des Meininger Landesherrn – der ein Sohn des berühmten Barockfürsten Anton Ulrich von Braunschweig-Wolfenbüttel ist – mit sofortiger Wirkung vom Rat zum Hofrat des Herzogtums Sachsen-Weimar-Eisenach befördert. Mitte Januar, wenige Wochen vor der geplanten Hochzeit, zieht Schiller in einem Brief an Körner Bilanz. Der ebenso knappe wie erleichterte Ton bezeugt das Bewußtsein, daß ihm in den letzten Monaten alles geglückt ist: die Verlobung hat ihr offizielles Gesicht erhalten, die Schwiegermutter bietet anstelle einer Aussteuer eine passable finanzielle Unterstützung, die akademische Laufbahn gestaltet sich erfolgreich, Carl August erfüllt sein Pensionsgesuch, die herzögliche Ernennung ist rückwirkend aktenkundig: «(...) ich bin seit einigen Tagen um eine Sylbe gewachsen – wegen meiner vorzüglichen Gelehrsamkeit und schriftstellerischen Ruhms beehrt mich der Meinunger Hof mit dem Diplom.» (NA 25, 394)

Bereits zu Beginn des neuen Jahres beschließen die Verlobten, die ursprünglich für den Frühling festgesetzte Hochzeit auf den Februar vorzuverlegen. Als problematisch erweist sich in dieser Phase die Beziehung zu Charlotte von Kalb, die noch im Herbst gehofft hatte, sich durch die Amtshilfe Herders von ihrem Mann scheiden zu lassen, um den Weg zu einer Verbindung mit Schiller zu ebnen. Erst Anfang Februar 1790 eröffnet er ihr das Geheimnis seiner bevorstehenden Eheschließung, nachdem er ihr über zwei Jahre lang seine Neigung zu Charlotte und Caroline verschwiegen hatte. Die kaltsinnige Manier, mit der er die einstmals leidenschaftliche Affäre beendet, wirkt beklemmend. Die Braut berichtet am 11. Februar nicht ohne triumphierenden Unterton von der Niedergeschlagenheit der ehemaligen Rivalin, der sie im Hause von Stein begegnet ist: «Wir waren ganz kalt gegen einander. Sie sah aus wie ein rasender Mensch, bei dem der Paroxismus vorüber ist, so erschöpft, so zerstört, das Gespräch wollte gar nicht fort (...) Ich fürchte wirklich für ihren Verstand. Sie ist mir sehr aufgefallen, und hätte sie nicht wieder die unverzeihlichen Härten und das ungraciöse in ihren [!] Wesen, sie könnte mein Mitleid erregen.» (NA 33/I, 481) Noch vor der Hochzeit muß Schiller Charlotte von Kalb die intimen Briefe aushändigen, die sie ihm seit den Mannheimer Tagen schrieb; später übergibt sie die gesamte Korrespondenz den Flammen. In den folgenden Jahren haben sich beide wieder angenähert und ein überraschend förmliches Verhältnis kultiviert, das den gesellschaftlichen Konventionen entsprach.

Die Hochzeit findet am Montag, dem 22. Februar 1790 in bescheidenem Rahmen statt. Schiller, der seine Vorlesungen abgesagt hat, fährt am 18. Februar über Weimar nach Erfurt, wo er Charlotte und Caroline trifft. Er reist mit ihnen nach Jena und bringt die Schwestern zunächst in der Wohnung Sophia von Seegners unter, die er Ende Januar für Schwägerin und Schwiegermutter gemietet hat. Am Morgen des Hochzeitstages holt man Frau von Lengefeld in Kahla ab und fährt dann mit der Kutsche ins drei Wegstunden entfernte Wenigenjena, wo gegen 17.30 Uhr, als die Sonne schon sinkt, ohne weitere Gäste in der schmucklosen Dorfkirche die vom Adjunkt Karl Christian Schmid vollzogene Trauung stattfindet. Den Abend verbringt man in Jena bei Tee und Gespräch, «still und ruhig», wie sich Charlotte 16 Jahre später erinnert.[64]

Das junge Ehepaar nimmt seine Wohnung in der Schrammei, wo Schiller bisher logiert hat. Man mietet zwei Zimmer hinzu, schafft sich jedoch mit Ausnahme einiger Sofas, die aus Rudolstadt geliefert werden, keine neuen Möbel an. Neben dem Leibburschen Schultheiß, der Schiller seit Beginn des Jahres bedient, stellt man eine Kammerjungfer für Charlotte an. Ein solcher Personalbestand besitzt nach zeitüblichen Maßstäben bescheidenen Charakter. Zu bedenken ist, daß am Ende des 18. Jahrhunderts großbürgerliche Familien bis zu zehn, vornehme Häuser bis zu 30 Gesindeleute beschäftigten. In Göttingen bildeten zu dieser Zeit die Domestiken 15 Prozent der gesamten Bevölkerung, im reichen Hamburg lag ihr Anteil sogar bei 20 Prozent.[65] Da niedrige Löhne gezahlt wurden – in der Regel kaum mehr als zehn Taler im Monat –, bewegten sich die Kosten für die Bediensteten in engen Grenzen. Bei Schiller freilich, dessen ökonomische Verhältnisse noch nicht zuverlässig gesichert sind, regiert der Geist der Sparsamkeit. Auf die Einstellung von Küchenpersonal verzichtet man aus finanziellen Gründen; Mittag- und Abendessen werden zumeist in größerer Runde bei den Vermieterinnen eingenommen. Hier bildet sich bald ein geselliger Tafelkreis, zu dem regelmäßig Freunde und Bekannte stoßen. Die Schwestern Schramm vermieten ihre preiswerten Zimmer bevorzugt an Universitätsangehörige, so daß für akademischen Gesprächsstoff gesorgt ist. Der Pädagoge Ludwig Friedrich Göritz, die Studenten Bartholomäus Ludwig Fischenich (später Rechtsprofessor in Bonn) und Immanuel Niethammer (ein ehemaliger Stiftler aus Tübingen), Fritz von Stein, gastweise Wilhelm von Humboldt und seine Frau zählen in den folgenden Jahren zur mittäglichen Tischrunde. Häufig sitzt man auch in der Nacht bei einem Glas Wein zusammen, was Schiller an seine Stuttgarter und Mannheimer Zirkel erinnern mag. Als Langschläfer, der oftmals erst gegen zwölf Uhr aus den Federn kommt, entfaltet er in den Abendstunden seine stärkste Gedankenenergie. Augenzeugen erinnern sich später an den unbürgerlichen Charakter der Schillerschen Wirtschaft: der Hausherr trägt auch tagsüber seinen Morgenmantel, zeigt sich Gästen unfrisiert, spielt begeistert Karten oder Schach, teilt seine frugalen Mahlzeiten mit Freunden, scheint keine festen Grenzen zwischen Schreibtisch und Diskussionskreis zu ziehen.

Kontakt pflegt man in Jena auch mit dem Ehepaar Griesbach und mit dem aus Schwaben gebürtigen Paulus, über den Schiller seinen Eltern am 13. Mai 1790 schreibt, er sei in Jena sein «vertrautester und bester Freund» (NA 26, 18). Im März 1791 stößt der Nürnberger Arzt und Publizist Johann Benjamin Erhard zu Schillers kleiner Runde. Er, den Böttiger gehässig als «das bekannte kantische Kraftgenie»[66] charakterisiert, hat für einige Monate in Jena Logis bezogen, um Vorlesungen bei Reinhold zu hören. «Sein Umgang ist geistvoll», vermerkt Schiller am 10. April 1791 in einem Brief an Körner, der die Atmosphäre der Jenaer Gesprächsrunden beschreibt (NA 26, 82). Gelegentlich empfängt man auch Besuch durch Caroline, Charlotte von Stein oder Knebel (der seine Enttäuschung über die ihm widerfahrene Zurücksetzung nur langsam überwindet). Charlotte zeigt sich mit der häuslich-engen Lebensführung, die auch durch finanzielle Rücksichten erzwungen wird, durchaus einverstanden. Zwar schätzt sie in späteren Jahren die zunehmende gesellschaftliche Reputation ihres Mannes und das damit verbundene Hofleben, doch überschreitet sie nie die selbstgesetzten Grenzen. Ihr Rollenverständnis trägt konventionelle Züge; die Versorgung und Unterstützung der Kinder hat sie bis zu ihrem Lebensende – sie stirbt 1826 knapp sechzigjährig – stets als wichtigste Aufgabe betrachtet. Dabei verfügt sie, wie die für Cottas *Flora* gefertigten Übersetzungen zeigen, über künstlerische Talente, die man nicht unterschätzen sollte. Das vom Jenaer Schlegelkreis verbreitete Bild der biederen Hausfrau ohne geistiges Format dürfte ihr kaum gerecht geworden sein.

Ihr Tagebuch verrät ein konservatives, stark religiös geprägtes Lebensbild, das einen gewissen Standesdünkel einschloß, zugleich jedoch intellektuelle Anlagen, weiten Bildungshorizont und künstlerische Sensibilität von hohen Graden. Am literarischen Gespräch der männlich dominierten Zirkel in Jena und Weimar hätte sie, wäre ihr das nicht anmaßend erschienen, jederzeit teilnehmen können, ohne dabei eine schlechte Figur abzugeben. Daß sie ihr literarisches Talent, das die Übersetzungen und Briefe bezeugen, nicht weiter entwickelt hat, ist Folge einer konventionellen Erziehung, gegen die sie sich, anders als ihre Schwester, nie zu wehren suchte.

Im Jahr 1790 hat Schiller, so scheint es, seinen Lebenskreis gefunden. Den Jenaer Standort verläßt er nur selten. Seine Reiselust, die nie sehr ausgeprägt war, zieht ihn einzig in die nähere Umgebung – nach Weimar, Rudolstadt und Erfurt. Daß er sich von Charlotte nicht trennen muß, empfindet er, wie er Körner am 1. März 1790 gesteht, als besonders angenehme Auswirkung seines Ehestands. Auch in späteren Jahren entfernt sich Schiller nur ungern aus dem sicheren Hort der Familie. Von den annähernd 400 Briefen, die die Korrespondenz mit Charlotte umfaßt, stammen 300 aus der Zeit vor 1790. Nach der Heirat haben sich die Partner nur in Ausnahmefällen voneinander gelöst, so daß zum schriftlichen Austausch kein Anlaß mehr bestand.

Anfang Februar, wenige Wochen vor der Hochzeit, trägt sich Schiller mit dem Gedanken, den Plan für eine Autobiographie zu fixieren. Da er seit der Flucht nach Mannheim kaum mit Exemplaren seiner älteren Arbeiten versehen ist, bittet er den Vater um Hilfe. Er möge, so heißt es in einem Brief vom 4. Februar, Manuskript bzw. Druckfassung seiner medizinischen Schriften, die frühen Gedichte aus dem *Schwäbischen Magazin* und versprengte Zeitschriftenbeiträge aus dem *Repertorium* aufzutreiben suchen, die er «als Belege zur Geschichte» seines «Geistes» (NA 25, 408) benötige. Gewiß ist dieses Ansinnen nicht allein dem Umstand geschuldet, daß er mit Crusius seit dem März 1789 eine Veröffentlichung seiner kleineren prosaischen Schriften plant. Dahinter steht auch der Wunsch, am äußeren Wendepunkt des Lebens Bilanz zu ziehen und im Licht gewachsener Erfahrung die eigene Leistung abzuschätzen.

Der begeisterte Schüler.
Friedrich von Hardenberg (Novalis)

Im Wintersemester 1790/91 hält Schiller eine öffentliche Vorlesung über die Geschichte der Kreuzzüge. Zu den Hörern des einstündigen Kollegs gehört auch der 18jährige Friedrich von Hardenberg. Er hat sich im Oktober

1790 in Jena für das juristische Fach eingeschrieben, dessen Übungen er freilich ohne Enthusiasmus belegt. Dem Sohn aus begütertem Haus, der durch die streng pietistische Erziehung des Vaters geprägt worden ist, soll das Studium der Rechtswissenschaft das Entrée zu einer Karriere im Verwaltungsdienst verschaffen. Schon im heimatlichen Weißenfels hat der Gymnasiast Hardenberg jedoch erste literarisch-künstlerische Interessen entfaltet. Als 16jähriger beginnt er 1788 mit lyrischen Versuchen; im Mai 1789 begegnet er in Langendorf dem berühmten Gottfried August Bürger, um dessen Gunst er in huldigenden Briefen geworben hatte. Unter dem Einfluß Bürgers entstehen in den folgenden Jahren zahlreiche Balladen, aber auch Übersetzungen aus dem Griechischen und Lateinischen, das der junge Mann vorzüglich beherrscht. Intensive Lektüre begleitet diese frühen Arbeiten und ermöglicht kleine Fluchten aus den bigotten Verhältnissen des Elternhauses. Als Hardenberg im Oktober 1790 nach Jena aufbricht, reist eine Handbibliothek mit ihm, die 125 Titel umfaßt, darunter Werke von Haller, Klopstock, Lessing, Herder, Wieland, Schiller, Bürger und Hölty.[67] Daß er den berühmten Jenaer Extraordinarius, dessen Lyrik er in besonderem Maße schätzt, unbedingt näher kennenlernen möchte, ist nur folgerichtig.

Hardenberg zeigt sich von Schillers Kolleg rasch beeindruckt. Die Faszination dürfte nicht dem Vortragsstil gegolten haben, der zumeist recht steifleinern blieb, sondern dem mächtigen Gedankenschwung der historischen Ausführungen. «Sein Blick warf mich nieder in den Staub und richtete mich wieder auf», so erklärt er im Oktober 1791 pathetisch.[68] Bereits Mitte Januar 1791 kommt es unter ungewöhnlichen Umständen zu näherer persönlicher Bekanntschaft. Schiller ist zu Beginn des Jahres mit kaum abgeklungenem Fieber von Erfurt nach Jena zurückgekehrt. Der erneute Anfall, den er am 14. Januar erleidet, wirft ihn für Wochen auf das Krankenlager und zwingt ihn, seine Vorlesungen abzubrechen. Hardenberg gehört, wie Caroline von Wolzogen berichtet, zu denjenigen Studenten, die während der schweren Krise nachts am Bett des Fiebernden wachen.[69] Nachdem Schillers Gesundheit Ende des Monats einen stabileren Zustand erreicht hat, kommt es zu längeren Gesprächen über die Zukunft des jungen Mannes, der sich mit literarischen Plänen trägt. Schiller sucht ihn zu bewegen, den Wünschen seines Vaters gemäß das ungeliebte Jurastudium abzuschließen, dessen Bedeutung für eine sichere Berufsperspektive ihm außer Zweifel steht. Er warnt vor einer freien schriftstellerischen Tätigkeit, deren Belastungen er selbst täglich spürt. Wenige Wochen später, im April 1791, debütiert Hardenberg mit dem Gedicht *Klagen eines Jünglings* in Wielands *Merkur*.

Friedrich Leopold von Hardenberg (Novalis),
Radierung von August Weger

Zu einem intensiveren Gedankenaustausch kommt es erst im August 1791 nach Schillers Rückkehr von der Karlsbader Kur. Vorangegangen war ein Besuch von Hardenbergs Vater in Jena, der auch dem renommierten Lehrer galt. Er dürfte Schiller gebeten haben, die schwach ausgebildeten rechtswissenschaftlichen Interessen seines Sohnes zu fördern und ihn weiterhin von der Notwendigkeit eines Brotstudiums zu überzeugen. Am 1. Juli schaltete sich Hardenbergs ehemaliger Hofmeister Karl Christian Schmid, der seit 1784 als Magister an der Philosophischen Fakultät der Universität Jena wirkte, mit einem Empfehlungsschreiben ein. Schmid, der eineinhalb Jahre zuvor Schillers kirchliche Eheschließung vollzogen hatte, bittet nachdrücklich, er möge «das unbedingte Zutrauen, das dieser iunge Mensch einem so würdigen Manne gewidmet hat, durch eine gelegentliche und gleichsam ohngefähre Unterredung» belohnen und ihn dabei von der Notwendigkeit des Rechtsstudiums überzeugen (NA 34/I, 73). Im Sinne dieses Briefes, der nochmals die Wünsche des Vaters wiedergibt, dürfte Schiller Mitte August auf Hardenberg eingewirkt haben. Der Effekt läßt nicht lange auf sich warten. Gegen seine Neigungen beschließt der junge Mann, zum Wintersemester an die Universität Leipzig zu wechseln, wo er sich verstärkt dem juristischen Fach widmen möchte. Am 22. September 1791 schreibt er an den zur Nachkur in Erfurt weilenden Schiller: «Ein Wort von Ihnen wirkte mehr auf mich als die wiederholtesten Ermahnungen und Belehrungen Anderer. Es entzündete tausend andre Funken in mir und ward mir nüzlicher und hülfreicher zu meiner Bildung und Denkungsart als die gründlichsten Deductionen und Beweisgründe.» (NA 34/I, 87)

In einem langen Brief an Reinhold, den er am 5. Oktober 1791 aus dem sächsischen Goseck schreibt, stimmt Hardenberg ein hymnisches Lob Schillers an. Die Natur habe «con amore» die unterschiedlichsten Fertigkeiten in ihm vereint, «so viel Herzensgüte mit so viel Herzensstärke, so viel Einfachheit mit so viel Reichthum, So viel System mit so viel Art, So viel Caracter mit so viel Sinn, so viel Schema mit so viel Anwendung, so viel Transcendentale Einbildungskraft und so viel Methode in der Transcendenten (...)»[70] Mit einer Wendung, die den künftigen Bewunderer nationaler Mythen und Priester mittelalterlich-christlicher Werte ahnen läßt, fügt er hinzu: «Stolzer schlägt mein Herz, denn dieser Mann ist ein Deutscher; ich kannte ihn und er war mein Freund.»[71] Am 7. Oktober 1791 berichtet er Schiller selbst von seinen Homer-Studien, die er, in Werther-Pose, unter freiem Himmel «auf einem Weinberge» sitzend, «mitten zwischen hochaufgeschossen vollen Rebenbüschen» betreibt. In den spätsommerlich temperierten Gosecker Herbsttagen liest er auch den *Don Karlos*, von dem er erklärt, eine «einzige, erhabene, moralische Stelle» darin sei «mehr wehrt als Voltaires Candide» (NA 34/I, 91 f.). Bezeichnend ist der Nachdruck, mit dem der junge Hardenberg immer wieder auf die sittliche Vorbildfunktion der schönen Literatur hinweist. Schiller dürfte sich im Herbst 1791 hingegen andere Vorstellungen von einer selbständigen Leistung der Kunst jenseits ethischer Wertbegriffe bilden. Neun Monate zuvor hatte er mit einem intensiven Studium der Ästhetik Kants begonnen, das seine künftigen Überzeugungen auf diesem Feld maßgeblich bestimmen wird. Daß Hardenberg in späteren Jahren den Weg zu einer originellen Schönheitslehre im Zeichen des Autonomiegedankens findet, verdankt er auch den einschlägigen Vorarbeiten Schillers.

Nach dem Wechsel an die Universität Leipzig begegnet Hardenberg im Januar 1792 dem gleichaltrigen Friedrich Schlegel, der wie er sein Jurastudium ohne Leidenschaft absolviert (und später abbrechen wird). Die sich anbahnende Freundschaft läßt die prägende Gestalt Schillers langsam in den Hintergrund treten. Der Kontakt setzt sich zunächst nicht fort; am 15. Januar und 10. Februar 1792 bittet Schiller Göschen, den ehemaligen Schüler in Leipzig ausdrücklich von ihm grüßen zu lassen; danach scheint die Verbindung gänzlich abgerissen zu sein. Erst im Sommer 1796 kommt es zur erneuten Annäherung. Die 14jährige Sophie von Kühn, inoffiziell Hardenbergs Verlobte, ist an einem Leberabszeß erkrankt und wird am 5. Juli vom Hofarzt Johann Christian Stark in Jena operiert. Hardenberg, der nach dem juristischen Examen im nahegelegenen Weißenfels eine Stellung als Assistent bei der Direktion der Salzwerke übernommen hat, besucht die bettlägerige Sophie regelmäßig. Schiller und Charlotte nehmen lebhaften Anteil am Schicksal des Mädchens, das unter den Folgen der ohne Narkose überaus schmerzhaften Operation zu leiden hat. Trotz eines nochmaligen Eingriffs stirbt die Schwerkranke am 19. März 1797. Hardenberg dankt am 25. Mai für die erwiesene Anteilnahme, indem er Charlotte, die sich liebevoll um Sophie bemüht hatte, eine Haarlocke der Toten übersendet. Zwar kommt es in späteren Jahren zu keinem persönlichen Austausch mehr, jedoch hat der ehemalige Schüler seinem Lehrer stets die alte Loyalität bewahrt. Im Dezember 1798 verlobt sich Hardenberg mit Julie von Charpentier, der 22jährigen Tochter eines Freiberger Bergrats. Dem Vater Charpentier, der als Kapazität auf dem Feld der Geologie galt, war Schiller an einem der ersten Januartage des Jahres 1787 in Dresden bei einem Souper im Hause von Körners Amtskollegen Ernst von Nostitz begegnet. Hardenbergs Tuberkulose-Erkrankung und sein früher Tod am 25. März 1801 verhindern jedoch die Eheschließung mit Julie.

In die literarischen Fehden, die die Schlegel-Brüder ab dem Sommer 1797 mit Schiller führen, mochte sich Hardenberg nicht einmischen. Während er Goethes Werk nach anfänglicher Bewunderung mit scharfer Kritik bedenkt, die zumal der bürgerlichen Lebenslehre des Wilhelm-Meister-Romans (1796) gilt, finden sich in den Notizheften vergleichbare Worte über die Arbeiten des früheren Mentors nicht.[72] Dennoch hat er die Grenzen wahrgenommen, die ihn von Schiller trennten. Im Zusammenhang mit seinen Fichte-Studien tauchen Bemerkungen auf, die Vorbehalte gegenüber den klaren Ordnungsmustern der ästhetischen Schriften verraten: «Schiller geht von einem festen Puncte bey seinen Untersuchungen aus und freylich kann er nachher nie andre Verhältnisse finden, als die Verhältnisse des Maaßes, von dem er zu bestimmen ausgieng.»[73] Hardenbergs unter dem Namen *Novalis* veröffentlichte Beiträge für Schlegels Zeitschrift *Athenäum* (1798–1800), vor allem die *Blüthenstaub*-Fragmente und die *Hymnen an die Nacht*, bezeugen den Einfluß mystisch-hermetischer Denktraditionen aus dem Umfeld von Jacob Böhme und Frans Hemsterhuis, die wiederum dem klassischen Schiller fremd gewesen sein dürften. Ähnliches gilt für die Auseinandersetzung mit der Kreuzzugsära, die Hardenberg in späteren Jahren auf einem völlig anderen Terrain als sein Lehrer führt. In seinem Aufsatz *Die Christenheit oder Europa* (1799) entwirft er ein Bild des Mittelalters, das die verklärten Züge einer rückwärtsgewandten Utopie trägt. Dominiert in Schillers Darstellung, wie sie die Übersicht zum Band I,1 der *Memoires* bietet, der kritische Blick auf eine durch die Aufklärung überwundene Zeit der sozialen Spannungen und kriegerischen Unruhen, so äußert sich bei Hardenberg ein ungebrochener Enthusiasmus für das Papsttum und die streng gegliederte Ordnung einer Feudalgesellschaft hierarchischer Prägung. Auch im nachgelassenen *Ofterdingen*-Roman, den Ludwig Tieck 1802 als Fragment herausgibt, wird die Idee eines idyllischen Mittelalters beschworen, das sich vom düsteren Epochenporträt des Lehrers abhebt. Wie stark Schillers historisches Denken trotz solcher Differenzen auf Hardenberg abgefärbt hat, bezeugt ein Passus aus den *Blüthenstaub*-Fragmenten von 1798, der besagt, daß der Geschichtsschreiber die «Data» durch sprachliche «Belebung» in einem «Kunstgebilde» organisieren müsse, um sie seinen Lesern gegliedert vor Augen führen zu können. Diese ‹Belebung› gilt auch Hardenberg nicht als willkürlicher Akt, sondern als legitimer Vorgang der Sinnstiftung, der das Faktenmaterial aus dem Schatten des Zufälligen in eine künstliche Ordnung der Bedeutungen überführt.[74] Im *Ofterdingen* erklärt der Graf von Hohenzollern übereinstimmend mit dieser Auffassung: «Wenn ich das alles recht bedenke, so scheint es mir, als wenn ein Geschichtsschreiber nothwendig auch ein Dichter seyn müßte, denn nur die Dichter mögen sich auf jene Kunst, Begebenheiten schicklich zu verknüpfen, verstehn.»[75]

Blick auf den Nachbarn. Frankreich im Prozeß der Revolution (1789–1792)

Sieben Wochen nach Schillers Jenaer Antrittsvorlesung stürmt das Volk in Paris die Bastille. Der Angriff auf das Staatsgefängnis bildet den Auftakt einer in raschem Tempo einsetzenden Revolte, an deren vorläufigem Ende die Ausrufung der Republik im September 1792 und die Hinrichtung Ludwigs XVI. am 21. Januar 1793 stehen. Über die Wirkung, die die Nachricht von der Öffnung der Bastille im Rudolstädter Zirkel auslöst, schreibt Caroline von Wolzogen: «Wir erinnerten uns oft in späterer Zeit, als dieser Begebenheit die Umwälzung und Erschütterung von ganz Europa folgte, und die Revolution in jedes einzelne Leben eingriff, wie diese Zertrümmerung eines Monumentes finsterer Despotie unserm jugendlichen Sinne als ein Vorbote des Siegs der Freiheit über die Tyrannei erschien, und wie es uns erfreute, daß sie in das Beginnen schöner Herzensverhältnisse fiel.»[76] Immerhin, so bleibt festzuhalten, handelt es sich um einen Kreis junger Adliger, deren enthusiastische Reaktion auf die französischen Unruhen hier beschrieben wird. Die Begeisterung, mit der man die Befreiung vom Joch des Absolutismus feiert, trägt jedoch naive, damit auch unpolitische Züge, wie sie charakteristisch für die im Deutschland des Jahres 1789 vorherrschende Stimmungslage zu sein scheinen.

Daß Schiller sich neugierig, aber zunächst ohne die Bereitschaft zur Auseinandersetzung mit Detailfragen für die Pariser Vorgänge interessiert hat, läßt sich über die Zeugnisse Dritter erschließen. Demnach muß er die französische Staatsumwälzung begrüßt, ihre möglichen Risiken – Anarchie und Gewaltherrschaft – freilich mit einiger Skepsis im Auge behalten haben. Die verbreitete Auffassung, Schiller sei bis zum September 1792, dem Zeitpunkt der Ausrufung der Republik, ein Parteigänger der Revolution gewesen, anschließend aber in entschiedene Distanz zur Politik der jakobinischen Ausschüsse getreten, besitzt vereinfachenden Charakter. Zu bezweifeln steht, ob er die Vorgänge zwischen dem Bastillesturm am 14. Juli 1789 und der Abschaffung der Monarchie am 21. September 1792 tatsächlich mit ungebrochenem Enthusiasmus verfolgt hat. Wahrscheinlicher ist, daß seine historisch geschulte Sensibilität für die Eigendynamik politischer Umbruchprozesse ihm hier eine gewisse Zurückhaltung auferlegte. In den Jahren zwischen 1789 und 1795 hat er sich zu keinen öffentlichen Stellungnahmen für die Revolution bewegen lassen, wie sie von zahlreichen anderen Autoren – etwa Klopstock, Wieland, Herder, Bürger, Fichte und Forster – überliefert sind.[77]

Die gesellschaftliche Krise, auf deren Boden die Umwälzungen in Frankreich erfolgten, war vornehmlich ökonomisch bedingt (was gerade die deutschen Beobachter zumeist unterschätzten).[78] Die gewaltigen Luxusausgaben des Hofes, der, wie François Furet formuliert hat, den «Mittelpunkt eines ständigen mondänen Ballets»[79] bildete, verschlangen jährlich Unsummen. Das militärische Engagement in Amerika, wo Frankreich den Unabhängigkeitskampf der Kronkolonien durch eigene Truppen unterstützte, bedeutete eine zusätzliche Belastung des Etats. Die Staatsverschuldung erreichte auch durch das Zinsaufkommen enorme Höhen; 1788 betrug es mehr als die Hälfte des Gesamthaushalts. Ende der 80er Jahre lagen die öffentlichen Ausgaben bei 629 Millionen Livres, von denen 36 Millionen auf die kostspielige Hofhaltung entfielen, während die Einnahmen nur 503 Millionen erbrachten. Die prekäre Haushaltskrise bildete das folgerichtige Ergebnis einer fiskalischen Ordnung, die von erheblichen Ungleichgewichten geprägt war. Adel und Klerus hatten sich seit Beginn des Jahrhunderts sämtlichen Reformen des sie bevorteilenden Systems der öffentlichen Finanzen widersetzt. Weder die auf Einnahmen zu leistenden Abgaben (*taille*) noch die 1701 eingeführte Kopfsteuer (*capitation*) wurden von ihnen entrichtet; die Kirche konnte sich mit einmaligen Zahlungen freikaufen, die Nobilität sah sich durch den König von vornherein entlastet. Auch die wirtschaftliche Lage Frankreichs war wenig stabil. Im Frühjahr 1789 kam es zu Versorgungskrisen in bedrohlichem Ausmaß. Manufakturbetriebe im Norden des Landes und in Lyon, wo Ende 1788 20000 Menschen arbeitslos waren, mußten ihre Produktion einstellen, weil Absatzmärkte fehlten. Aufgrund der schlechten Agrarerträge stieg der Brotpreis im Winter 1788/89, so daß besonders die städtische Bevölkerung Hunger leiden mußte.

Vorsichtige Kurskorrekturen der fiskalischen Politik, wie sie der wenig durchsetzungsfähige Finanzminister Jacques Necker empfahl, scheiterten an der Beharrlichkeit, mit der zumal der Klerus an seinen traditionellen Steuerprivilegien festhielt. Seit 1788 kam es immer wieder zu Debatten über die unzeitgemäßen Vorrechte des geistlichen Standes. Das durch Abgaben stark belastete Besitzbürgertum und die reformwilligen Kräfte des Adels verlangten eine Besteuerung der Kirchengüter sowie die Konfiskation jener Klöster, die nicht eindeutig der Förderung karitativer Interessen dienten. Der unentschlossen agierende König zeigte sich jedoch nicht gewillt, in diesem Punkt Entscheidungen auf den Weg zu bringen, die den Haushalt auf Kosten der überholten Privilegien hätten konsolidieren können.[80] Seine geringe innenpolitische Autorität zeigte sich daran, daß er 1776 unter dem Druck des Adels seinen Minister Robert Jacques Turgot entlassen mußte, der eine Modernisierung der überholten Verwaltungsordnung angestrebt hatte. Mit dem Scheitern der von Turgot in Gang gesetzten Finanzreform, die auf die Erhebung einer gerechteren Grundsteuer zielte, war Ludwig XVI. der immer deutlicher werdenden Strukturkrise des Staates preisgegeben. Hinzu kamen außenpolitische Mißerfolge, die das Ansehen des Königs beschädigten, so der seit 1787 offenkundige Verlust jeglichen Einflusses auf die Niederlande, deren oranische Statthalter durch England und Preußen in ihren Unabhängigkeitsbestrebungen gestützt wurden. Die wirtschaftlichen Engpässe provozierten im Frühjahr 1789 die ersten Hungerrevolten. Zur selben Zeit überfluteten zahlreiche Flugschriften, Pamphlete und Programmerklärungen das Land, die die politische Aufwertung des dritten Standes, eine Korrektur der unausgewogenen Steuergesetze und die Aufhebung der Privilegien verlangten.

Angesichts der prekären Finanzsituation hatte der König am 8. August 1788 beschlossen, die Generalstände auf den 1. Mai 1789 zu einer Beratung zu laden. Die Versammlung wurde gebildet aus Vertretern von Adel, Klerus und Bürgern (*Tiers état*), die jeweils über eine einzelne Stimme verfügten, was den Privilegierten die Mehrheit sicherte. Das Gremium, das seit 1614 nicht mehr einberufen worden war, besaß die Vollmacht, gemeinsam mit dem König die Grundzüge der dringend erforderlichen Steuerreform zu erörtern. Bereits im Vorfeld der Beratungen kam es jedoch zu erbitterten Diskussionen über Verfahrensfragen, die vornehmlich die Stimmenverhältnisse der Versammlung betrafen. Die Zahl der Deputierten des dritten Standes sollte, so wurde beschlossen, künftig verdoppelt werden, um den Bürgern stärkeren Einfluß auf die Entscheidungsprozesse zu gewähren. Als die Ständevertreter nach einem langwierigen Nominierungswahlkampf am 5. Mai zur ersten Sitzung zusammenfanden, schien weiterhin unklar, wie man die Stimmenverhältnisse zu regeln hatte. Mit der von König und Hof zugebilligten Verdoppelung seiner Abgeordneten war das Bürgertum, das die Steuerlast allein trug, noch immer nicht angemessen repräsentiert. Am 17. Juni beschlossen die bürgerlichen Deputierten und die reformwilligen Vertreter des Adels, sich zur offiziellen Nationalversammlung mit erweiterten Gesetzgebungsbefugnissen zu ernennen. Ziel des Gremiums, dem die konservativen Kleriker und Teile der Nobilität fernblieben, war zunächst die Aufhebung des Steuersystems und die Erarbeitung einer Verfassung. Am 7. Juli erklärte man sich offiziell zur *Assemblée nationale constituante*; das schloß den Anspruch auf den Status einer repräsentativen Volksvertretung ein, der die Aufgabe zufallen sollte, eine Neuordnung des Staates anzubahnen. Der König bestätigte der Nationalversammlung am 23. Juni die Legitimation zu steuerrechtlichen Entscheidungen, verwarf jedoch ihren verfassungspolitischen Anspruch. Ludwig XVI.

konnte freilich in dieser Phase die revolutionäre Entwicklung nicht mehr aufhalten und auf den fortschreitenden Prozeß der bürgerlichen Selbstorganisation nur noch mit ohnmächtigen Vermittlungsvorschlägen reagieren. Auch die Entlassung des glücklosen Finanzministers Necker, die der König am 11. Juli verkündete, vermochte die von ihrem Souverän bitter enttäuschten Deputierten nicht zu beruhigen.

Bereits Anfang Juli zog Ludwig vor Versailles und Paris seine Truppen zusammen, die die Abgeordneten der Nationalversammlung in Schach halten und öffentliche Aktionen verhindern sollten. Die Wahlmänner antworteten am 12./13. Juli mit der Gründung einer Bürgerwehr, der die Aufgabe zufiel, Schutz gegen mögliche Übergriffe der königlichen Armee zu bieten, gleichzeitig aber auch die unruhigen Volksmengen zu kontrollieren. Am Morgen des folgenden Tages kam es zur Erhebung der Massen. Eine Schar von Bürgern und Landarbeitern stürmte das Heereszeugamt und verschaffte sich Waffen sowie Munition (im Laufe des Tages wurden annähernd 32 000 Gewehre erbeutet). Darauf griff man in einer spontanen Aktion die Bastille an, überfiel die schlecht ausgerüsteten Wärter, befreite die Häftlinge und zog mit ihnen triumphierend durch die Stadt. Die königlichen Truppen sahen fast tatenlos dem Treiben der Menge zu; ihre Loyalität gegenüber dem Souverän war weitgehend erschöpft. Unter dem Druck der Straße erschien Ludwig XVI. am folgenden Tag in Paris, kündigte im Rahmen einer Ansprache vor der Nationalversammlung den Rückzug der Truppen an und schwor dem Volk die Treue. Der Adel reagierte auf dieses Kooperationsangebot des Königs verstört; es kam zu einer ersten Emigrationsbewegung, deren Wellen während der nächsten Jahre kaum abebbten.

In den folgenden zwölf Monaten überstürzen sich die Ereignisse. Im August beschließt die Nationalversammlung die Aufhebung der Leibeigenschaft, die Beseitigung der adligen Grundeigentumsrechte und des damit verbundenen Lehenssystems. Am 26. August erfolgt, als Präambel für einen Verfassungsentwurf, die Erklärung der Menschenrechte, die jedem Individuum denselben Anspruch auf Freiheit und soziale Gleichheit zubilligt. Ihr Vorbild ist die amerikanische *Bill of Rights* vom 12. Juni 1776; der erste Entwurf stammt aus der Feder des Generals La Fayette und wird von Thomas Jefferson, dem Gesandten der USA in Frankreich, kritisch überarbeitet. Am 5. Oktober zieht das Volk, nachdem die Unruhen auch ländliche Regionen erreicht haben, erneut auf die Straße. Die Nationalgarde schließt sich den erregten Demonstranten an; gemeinsam fordert man die Übersiedlung des Königs und der Nationalversammlung von Versailles nach Paris. Ludwig XVI. folgt unter massivem Druck dem Begehren des Volkes und nimmt bereits am 6. Oktober mit der gesamten Familie seine

Residenz in den Tuilerien. Die Deputierten treffen sich am selben Tag erstmals in der Hauptstadt, um ihre Arbeit hier fortzusetzen.

Die Revolution zeigt in den letzten Monaten des Jahres sehr deutlich ihr Janusgesicht. Erstreben die großbürgerlichen Deputierten eine politische Ordnung, die ihnen gemäß ihrem wirtschaftlichen Gewicht verstärkten Einfluß auf die staatlichen Entscheidungen verschaffen soll, so macht der vierte Stand den im Verfassungsentwurf naturrechtlich begründeten Anspruch auf die faktische gesellschaftliche Gleichheit aller Schichten geltend. Die durch die Nationalversammlung vorbereitete Wahlrechtsnovelle vom 22. Dezember 1789 sieht jedoch erneut den Unterschied zwischen besitzenden Aktiv- und besitzlosen Passivbürgern vor, insofern das Gewicht der Stimme an das individuelle Steueraufkommen gebunden bleibt. Die bis zum Herbst 1791 in wechselnder Zusammensetzung tagende *Assemblée nationale* gewinnt daher nur eingeschränkte Akzeptanz beim einfachen Volk. Ihr Kopf ist der Graf Mirabeau, eine schillernde Gestalt mit zweifelhafter Vergangenheit und politischem Wirklichkeitssinn, ein ehrgeiziger Libertin, instinktsicher und von demagogischer Begabung. Der durch seine sexuellen Ausschweifungen berüchtigte Mirabeau war zunächst als dekadenter aristokratischer Lebenskünstler und Verfasser pornographischer Romane, kaum aber in der Rolle des politischen Denkers hervorgetreten. Obgleich er freundschaftliche Verbindungen zum Hof besitzt, stellt er sich im Sommer 1789 an die Spitze der republikanisch gesinnten Adelsfraktion, die den König massiv unter Druck setzt. Getragen vom Bewußtsein, daß die Monarchie nur durch eine Radikalkur gerettet werden könne, sucht er während des Jahres 1790 mit einer Serie von Denkschriften den Weg zu einem maßvollen Staatsumbau zu skizzieren. Der moderate Kurs einer Versöhnung zwischen den unterschiedlichen gesellschaftlichen Kräften ließ sich jedoch in dieser Phase nicht mehr durchhalten. Nachdem Mirabeau am 2. April 1791 erst 42jährig verstorben war, brachen innerhalb der Nationalversammlung unkontrollierbare Grabenkämpfe aus. Bereits im Sommer 1791 kamen die sozialen Spannungen, die das Land bestimmten, zu einer explosiven Entladung.

Am frühen Morgen des 21. Juni 1791 unternahmen der König und seine Familie den Versuch, sich unter Mithilfe des schwedischen Grafen Axel von Fersen in die österreichisch regierten Niederlande abzusetzen, um dort eine militärische Aktion gegen die Revolutionäre vorzubereiten. Das schlecht organisierte Unternehmen scheiterte jedoch rasch; schon einen Tag später wurde die Flucht in Varennes durch den aufmerksamen Postmeister des Örtchens Saint-Menehould aufgehalten. Ludwig XVI. mußte unverzüglich im Geleitschutz der Garde nach Paris zurückkehren, wo er fortan unter schärfster Bewachung stand: den «Leichenzug der Monarchie»[81] hat man diese unfreiwillige Heimreise genannt. Die von gemäßigten Kräften dominierte Nationalversammlung mochte keine härtere Bestrafung des Königs aussprechen, was das Volk wiederum empörte. Am 17. Juli 1791 demonstrierten Landarbeiter und Bauern auf dem Champde-Mars gegen die milde Politik der Deputierten. Die Bourgeoisie ließ die Nationalgarde aufziehen, die blindlings Schüsse auf die unbewaffnete Menge abfeuerte. Dem brutalen Einsatz der Bürgerwehr fielen 50 Menschen zum Opfer.

Vor dem Hintergrund solcher Ereignisse vollzieht sich der weitere Prozeß der Revolution im Zeichen einer spürbaren Radikalisierung. Am 30. September 1791 geht die alte Nationalversammlung auseinander, nachdem sie zuvor einen Verfassungsentwurf präsentiert hat, der die Einführung der konstitutionellen Monarchie, die Aufhebung der kirchlichen Privilegien und eine nach Besitzverhältnissen bemessene Verstärkung des bürgerlichen Einflusses auf die Politik des Staates vorsieht. Am 1. Oktober finden freie Wahlen statt, an denen sich nur knapp 500000 Menschen, etwa 10 Prozent aller Berechtigten, beteiligen. Das neue Parlament umfaßt 745 Abgeordnete, denen weitreichende Kontrollbefugnisse und Gesetzgebungskompetenzen zufallen. Unter ihnen zählen 345 zum gemäßigten Flügel (Feuillants), der die Beschlüsse der alten Versammlung umzusetzen sucht (eine Wiederwahl der früheren Deputierten der Konstituante war auf Initiative des Rechtsanwalts Maximilien de Robespierre für unzulässig erklärt worden); die Feuillants ließen sich wechselnden Positionen zurechnen und blieben in Abstimmungsfällen unberechenbar. 135 Abgeordnete gehören der Linken an, die die Abschaffung der Monarchie und den Aufbau der Republik anstrebt; ihre Unterfraktionen, die Mitglieder des progressiven Jakobinerclubs und die Deputierten aus dem Department der Gironde (Girondisten) bilden hier, im Gegensatz zur Phase ab 1792, noch eine freilich spannungsvolle politische Einheit. Der Konvent erarbeitet während der folgenden zwölf Monate eine Verfassung, die im September 1792 zur Grundlage der künftigen Staatsordnung erklärt wird. Auch unter dem Druck weiterer Straßenunruhen, die am 10. August 1792 nach dem Sturm auf die Tuilerien zur Gefangensetzung des Königs führen, ruft man am 21. September die Republik aus. Die Revolution tritt damit in eine Phase, die durch zunehmende innen- und außenpolitische Konflikte geprägt wird. Zu den mächtigsten Vertretern der neuen Führungselite avancieren die Jakobiner, an der Spitze der 34jährige Maximilien de Robespierre, der das Land in eine mit den Mitteln des modernen Überwachungsstaates organisierte Diktatur führt.

Seit dem Spätsommer 1791 war in Frankreich deutlich geworden, daß nicht nur die inneren Spannungen der vorangehenden Jahre gesteigert fortdauern, sondern bald auch außenpolitische Konflikte das Land belasten würden. Am 27. August hatten Österreich und Preußen unter dem Eindruck der Internierung Ludwigs XVI. in Pillnitz eine Erklärung formuliert, durch die sie ihre Bereitschaft bekundeten, mit militärischen Mitteln gegen eine weitere Bedrohung der französischen Monarchie einzuschreiten. Nachdem Kaiser Franz II., der Leopold II. am 1. März 1792 auf dem Thron gefolgt war, eine ultimative Aufforderung zur Zurücknahme der Pillnitzer Beschlüsse ignoriert hatte, erklärte der Nationalkonvent am 20. April Österreich den Krieg. Damit begann eine lange Serie von blutigen Auseinandersetzungen zwischen der Revolutionsarmee und den alten Mächten, die tief in die ab 1799 hereinbrechende Ära Napoleons reichte.

Trotz der frühzeitig erkennbaren Krisensymptome kam das, was mit dem Sturm auf die Bastille am 14. Juli 1789 in Gang gesetzt wurde, für die meisten europäischen Beobachter überraschend und unerwartet. Vornehmlich das Tempo, mit dem die auf gesellschafts- und rechtstheoretische Prinzipien aufgeklärter Observanz gestützte Staatsumwälzung in die Gründung der Republik mündete, hielt die Menschen in Atem. Schiller bezog seine ersten Informationen über die Vorgänge in Paris aus authentischen Berichten. Wilhelm von Beulwitz war am 4. Mai 1789 als Begleiter der schwarzburg-rudolstädtischen Prinzen Ludwig Friedrich und Carl Günther zu einer Bildungsreise aufgebrochen, die im Herbst auch nach Paris führte. Am 13. November schreibt Charlotte von Lengefeld unter Bezug auf Beulwitz' nicht erhaltene Briefschilderungen an Schiller: «- von den Pariser Frauens erzählt er schöne Geschichten die hoffe ich, nicht so sein sollen, es hätten sich einige bei einem erschlagnen Garde du Corps versammelt, sein Herz heraus gerißen, und sich das Blut in Pokalen zu getrunken.» (NA 33/I, 411) Informationen über die ersten Monate der Revolution lieferte auch Wilhelm von Wolzogen, der sich seit dem Oktober 1788 in der französischen Metropole aufhielt, um dort seine Architekturstudien fortzuführen. Im zehnten Heft der *Thalia* druckte Schiller Anfang September 1790 Wolzogens Übersetzung eines Artikels aus dem *Mercure de France*, der den Sturm auf die Bastille beschrieb; die elfte Folge lieferte zwei Monate später unter dem Titel *Aus einem Briefe* einen Bericht über eine Caféhausszene aus dem Zentrum des revolutionär gärenden Paris, der vermutlich ebenfalls von Wolzogen stammte. Am 30. Oktober 1789 hatte Schiller in Jena den Besuch des Publizisten Joachim Christoph Friedrich Schulz empfangen, der eben aus Frankreich zurückgekehrt war. In einem Brief an die Schwestern Lengefeld gibt er ausführlich die Detailschilderungen wieder, die Schulz ihm über die Pariser Straßenszenen und den drei Wochen zurückliegenden Marsch nach Versailles geliefert hatte. Auffällig ist dabei der kühle Ton, in dem Schiller die Demütigung des Königs durch das Volk beschreibt. Die Massen, so erzählt er, hätten am Morgen des 6. Oktober das Schloß geplündert und die Lebensmittelvorräte requiriert; als Ludwig um eine Mahlzeit bat, sei ihm ein Stück «schwarzes Brod» und ein Glas sauren Weins gebracht worden. «Diese kleine Anekdote», vermerkt der Brief trocken, «hat mich interessirt.» (NA 25, 313) In den ersten Monaten der Revolution dürfte Schillers Sympathie fraglos den Aufständischen, nicht aber der Krone gegolten haben.

Auch im folgenden Jahr ließ er sich durch Augenzeugen über die politische Entwicklung Frankreichs unterrichten. Neben Beulwitz, Wolzogen und Schulz übermittelte zumal Karl Friedrich Reinhard aufschlußreiche Informationen. Der ehemalige Tübinger Stiftler und abtrünnige Theologe, den Schiller bereits Ende September 1781 in Stuttgart kennengelernt hatte, war 1787 nach Frankreich übergesiedelt, wo er von publizistischen Arbeiten lebte und später in den diplomatischen Dienst trat. Sein politischer Instinkt rettete ihn in späteren Jahren mehrfach vor der Guillotine; als Untergebener Talleyrands hat er während der napoleonischen Ära gewichtige Aufgaben im Außenministerium wahrgenommen. Schon 1789 veröffentlichte Reinhard in Hausleutners *Schwäbischem Archiv* seine *Briefe über die Revolution in Frankreich*, die mit authentischen Berichten über die Hungersnöte des Sommers und den Marsch nach Versailles aufwarteten.[82] In der *Thalia* konnte er zwei Jahre später, im Oktober 1791, weitere Impressionen aus dem unruhigen Paris publizieren. Am 16. November 1791 schreibt Reinhard Schiller einen ausführlichen Brief, in dem er unter dem Eindruck der eben erfolgten Konstitution des neuen Nationalkonvents eine Prognose über die politische Zukunft Frankreichs abgibt. «Ich sehe wenigstens», erklärt er, «eine fünffache Gefahr: die noch nicht entwikelte Verwirrung der Finanzen: die Konvulsionen des Fanatismus: das Ungewitter, das von den Kolonien her droht: die Entwürfe der Emigranten: der Mangel des baaren Geldes in Verbindung mit den hohen Getreide-Preisen.» Nicht zuletzt, so schließt er, drohe das Risiko einer «unzuverlässigen Regierung», die die Optionen auf einen erfolgreichen Staatsumbau verspiele. (NA 34/I, 110) Gerade diese Befürchtung wird sich im Zeichen der Diktatur des Wohlfahrtsausschusses rasch bestätigen.

Schiller hat derartige Urteile über die erregenden Vorgänge im Nachbarland aufmerksam zur Kenntnis genommen, dabei aber stets Distanz zu Fragen der Tagespolitik gehalten. Schon am 27. November 1788 erklärt er im Blick auf Wolzogens Impressionen vom öffentlichen Leben der französischen Metropole: «Der Staat ist ein Menschenwerk, der Mensch ist ein Werk der unerreichbaren großen Natur. Der Staat ist ein Geschöpf des Zufalls, aber der Mensch ist ein nothwendiges Wesen, und durch was sonst ist ein Staat groß und ehrwürdig, als durch die Kräfte seiner Individuen?» (NA 25, 146f.) Eine solche Äußerung bestätigte letzthin die Überzeugung Reinholds, der in seinen drei Jahre vor dem Bastillesturm veröffentlichten Kant-Briefen vermerkte, Deutschland sei «unter allen europäischen Staaten am meisten zu Revolutionen des Geistes, am wenigsten zu politischen aufgelegt.»[83] Schillers klassische Ästhetik wird später den hier angedeuteten Prioritäten folgen, ohne damit aber den Anspruch auf eine Umgestaltung des absolutistischen Systems preiszugeben.

4. Geschichte des Dreyßigjährigen Kriegs (1790–1792)

Regie des Historikers. Chronologische Gliederung und systematische Ordnung

Die Geschichtswissenschaft des 19. Jahrhunderts sah in Schillers letzter historischer Monographie einen Stein des Anstoßes. Unerfreulich fand man die Mischung aus Quellenkompilation und Erzählkunst, systematischem Ordnungswillen und psychologischer Spekulation, die der neuen Forderung nach methodischer Genauigkeit im Umgang mit der Überlieferung widersprach. Er hoffe, so erklärt Barthold Georg Niebuhr bereits im Januar 1809, die Zeit werde gegenüber Schillers Buch ihr «Recht üben, und das Ding unter die Bank strecken.»[84] Wie stark jedoch seine historischen Schriften in der Mitte des 19. Jahrhunderts, trotz ihres geringen Ansehens in Fachkreisen, vom bürgerlichen Lesepublikum geschätzt wurden, belegt ein literarischer Reflex. In Kellers *Grünem Heinrich* (1854/55) berichtet der Titelheld über den Freundeszirkel seines Vaters, wo man die Geschichtsabhandlungen studiert, weil sie einen ersten Zugang zum poetischen Œuvre schaffen: «Wenn sie auch Schiller auf die Höhen seiner philosophischen Arbeiten nicht zu folgen vermochten, so erbauten sie sich umso mehr an seinen geschichtlichen Werken, und von diesem Standpunkte aus ergriffen sie auch seine Dichtungen, welche sie auf diese Weise ganz praktisch nachfühlten und genossen, ohne auf die künstlerische Rechenschaft, die der große Schriftsteller sich selber gab, weiter eingehen zu können.»[85]

Schillers letzte historische Arbeit läßt sich nur angemessen erfassen, wenn man sie unter Bezug auf das Publikationsmedium betrachtet, in dem sie erscheint. Göschens *Historischer Calender für Damen* bildete Ende des Jahrhunderts ein Novum für den literarischen Markt. Bereits die Wochenschriften der frühen Aufklärung hatten sich ein weibliches Lesepublikum erschlossen, ohne es jedoch mit längeren Abhandlungen über wissenschaftliche Themen zu versorgen. Die Herausgeber profitierten schon in der ersten Jahrhunderthälfte von der fortschreitenden Alphabetisierung, die es einer wachsenden Zahl von Frauen aus bürgerlichem Hause erlaubte, aufmerksam am öffentlichen Geistes- und Kulturleben der Zeit teilzunehmen. Im Sog der aufklärerischen Bildungsidee bewegt sich das merkantile Interesse Göschens, der mit seinem *Calender* die Finanzmisere des wirtschaftlich angeschlagenen Verlages zu überwinden hofft. Schiller weiß, daß der Erfolg des Unternehmens nicht allein von fachlichen Kenntnissen, sondern auch von seinen schriftstellerischen Qualitäten abhängt. Da er beim Publikum nur geringe Vertrautheit mit der Epoche der Glaubenskämpfe voraussetzen kann, entschließt er sich zu einer weiträumigen Einleitung, die zunächst das nötige Grundwissen über die zum Kriegsausbruch des Jahres 1618 führenden Spannungen vermitteln soll. Am 26. Juli 1790 erläutert er Göschen ausführlich sein didaktisches Konzept, das eine genaue Darstellung der «Reichsgeschichte und Statistik Deutschlands» am Beginn des 17. Jahrhunderts erfordert (NA 26, 30). Besondere Rücksicht wird dabei auf die fachlich nicht vorgebildeten Leserinnen genommen, deren Bedürfnissen der flüssige Stil der Abhandlung entgegenkommen soll. Daß der erste Kalender mit den beiden einführenden Büchern zwischen Oktober und Dezember 1790 für den deutschen Literaturmarkt sensationelle 7000 Käufer fand, bestätigte die Wirkungskraft von Schillers Ansatz.

Die Fortführung des Vorhabens stand ab dem Frühjahr 1791 im Schatten der Krankheit. Das breit angelegte dritte Buch muß auf zwei Kalenderfolgen verteilt werden; der vierte und fünfte Teil, die den Abschluß bilden, entstehen unter massivem Zeitdruck im Sommer 1792. Daß Schiller die Arbeit am Manuskript zur Last geworden ist, merkt man vornehmlich dem letzten Buch an, das die Kriegsereignisse nach Wallensteins Tod beschreibt. Für die beim Ende des vierten Buchs verbleibenden 14 Jahre, annähernd die Hälfte des gesamten Krieges, nimmt er sich kaum noch Zeit; sie werden auf 50 Seiten – das entspricht einem knappen Sechstel des Gesamtumfangs – gehetzt und ohne letzte Sorgfalt dargestellt. Mit Macht treibt es Schiller im Sommer 1792, als er lustlos sein historisches Pflichtpensum abspult, zum Studium Kants. Am Horizont erscheinen zugleich neue literarische Pläne, die aus dem Umfeld der Geschichtsschrift erwachsen: projektiert werden ein Epos über den Schwedenkönig Gustav Adolf und eine Tragödie über die zwiespältige Wallenstein-Figur.

Sucht die Schrift zur niederländischen Rebellion gemäß einem Wort des Schweizer Historikers Johannes von Müller ‹Dolmetscher› zwischen Vergangenheit und Gegenwart zu sein, so beschränkt sich die letzte Monographie auf eine möglichst dichte Darstellung der Fakten, ohne denkbare aktuelle Bezüge zu verfolgen.[86] Das erste Buch widmet sich der Vorgeschichte vom brüchigen Augsburger Religionsfrieden (1555) über die Regierungszeit Maximilians II. bis zum Prager Fenstersturz und dem Beginn der militärischen Konfrontation; ins Augenmerk treten die Erfolge Friedrichs von der Pfalz, die Desaster der katholischen Liga, schließlich die Schlacht am weißen Berge (1620), durch deren Ausgang die Kaiserlichen unter Tilly entscheidende strategische Vorteile gewinnen. Auffällig ist, daß Schiller die konfessionellen Spannungen, die den kriegerischen Konflikt auslösen, ebenso wie im Fall seiner niederländischen Geschichte pflichtschuldig, aber ohne spürbares Engagement darstellt.[87] Stärker als religiöse Fragen interessieren ihn dynastische Gegensätze, territoriale Interessen und strategische Gesichtspunkte militärischer Zusammenstöße, die mit gehöriger Akribie geschildert werden. Das zweite Buch erörtert die gesamteuropäische Machtkonstellation um 1621, richtet den Blick nach Dänemark und Schweden, erzählt vom Aufstieg und Fall des protestantischen Feldherrn Graf Mansfeld (1621–1626) und beschreibt die Erfolge seines kaiserlichen Widersachers Wallenstein, dessen Stern Mitte der 20er Jahre aufgeht. Der Bericht über den Kriegseintritt Gustav Adolfs, Wallensteins Absetzung im Rahmen des Regensburger Reichstags 1630 und den Sieg des Schwedenkönigs im Treffen mit Tilly bei Breitenfeld im September 1631 beschließt den zweiten Teil. Das dritte Buch behandelt in großer Ausführlichkeit Wallensteins Reaktivierung und die wechselvollen Ereignisse des Jahres 1632 bis zu Gustav Adolfs Tod während der Schlacht vor Lützen. Das vierte Buch erzählt von den Bemühungen der Schweden, ihre europäische Position unter dem Grafen Oxenstierna zu befestigen, von Wallensteins Verrat am Kaiser und seiner Ermordung in Eger im Februar 1634. Das letzte Buch beschreibt knapp die Hälfte der noch verbleibenden Kriegszeit, die Jahre von 1634 bis 1648, die durch den Machtgewinn der französischen Kräfte (unter Steuerung Richelieus) und den schwindenden Einfluß der Schweden geprägt werden. Daß sich in der fünfteiligen Gliederung der Schrift die formale Ökonomie einer klassischen Tragödie abbildet, liegt offen zutage. Ihr entspricht der von Schiller klar aufgebaute Spannungsbogen mit der Steigerung im zweiten, dem Höhepunkt im dritten und der durch den Friedensschluß bezeichneten Katharsis im letzten Buch.

Nicht nur durch ihre Struktur zeigt die Abhandlung Ansätze zu einer systematischen Ordnung des kaum überschaubaren Materials. Wiederum regiert die Kunst des plastischen Erzählens, die Personen und Ereignisse mit dramaturgischem Raffinement darzustellen pflegt. Zur bevorzugten Metapher avanciert das Sinnbild der Bühne, unter dessen Perspektive politische und militärische Ereignisse zum schwer durchschaubaren Spiel der Mächte geraten. Aufstieg und Fall, Ruhm und Untergang bilden die Chiffren für die Logik des permanenten Wechsels, der das Geschehen gehorcht. Geschichte soll vorgeführt werden als komplexes Geflecht von Umständen, die das Individuum an der freien Verwirklichung eigener Ziele hindern. Vor diesem Hintergrund scheinen die Ereignisse des sich verselbständigenden Religionskrieges eine teleologische Konstruktion, wie sie die Jenaer Antrittsvorlesung skizziert, ernsthaft auf die Probe zu stellen. Die von Schlözer und Kant übernommene Idee eines permanenten historischen Fortschritts hat Schiller jedoch keineswegs preisgegeben. Aufklärerische Ambitionen verfolgt die Schrift zunächst dort, wo sie die zerstörerische Einwirkung menschlicher Leidenschaften auf politische Entscheidungen als Ursache individuellen Scheiterns in der Geschichte hervorzuheben sucht. Schillers Interesse gilt erneut den herausragenden Charakteren, ohne daß er freilich ihre Rolle überschätzt. Vor der Heroisierung der dominierenden Figuren bewahrt ihn die Einsicht in die unkontrollierbare Eigendynamik historischer Prozesse, die nicht allein von Personen gesteuert, sondern auch durch soziale, dynastische und militärische Zusammenhänge mit vielgestaltiger innerer Verflechtung beherrscht werden. Den mächtigen Feldherren, den Glücksrittern, Eroberern und Demagogen schlägt ohne Ausnahme die Stunde, da ihre Macht abgelaufen, ihr Erfolgsweg vollendet ist. Sie eint der Umstand, daß sie ihre Pläne gegen die verhängnisvollen politischen Konstellationen des großen Krisenjahrhunderts dauerhaft nicht durchzusetzen vermögen. Weder Friedrich von der Pfalz, Mansfeld oder Gustav Adolf auf der Seite der protestantischen Union noch Tilly, Wallenstein oder der habsburgische Kaiser Ferdinand II. als Vertreter der katholischen Interessen operieren langfristig erfolgreich. Ihren Unternehmungen haftet sämtlich der Makel des Scheiterns im Zeichen von dynastischer Instabilität und beständigem Machtwechsel an.

Das Prinzip der Fortuna regiert unerbittlich das Handeln der geschichtlichen Helden. Der Wandel der politisch-militärischen Verhältnisse begründet das Gesetz des Zwangs, unter dessen Diktat der Mensch steht. Schiller betrachtet die Logik des Glückswechsels jedoch keineswegs als Ausdruck einer unbegreiflichen, nicht steuerbaren Vorsehung, welche die neostoizistisch gefärbte Geschichtsmetaphysik des 17. Jahrhunderts für die treibende Weltkraft hielt. Die Schrift erfaßt vielmehr den Zusammenstoß von objektiven Verhältnissen und subjektiven Gestaltungsvorhaben der Individuen als das inkalkulable Prinzip des historischen Ablaufs, dessen Zielpunkt weiterhin die Entfaltung menschlicher Vernunft zum Zweck der Verwirklichung gesellschaftlicher Freiheit bleibt. Katastrophen und Kriege, die Folgen von Terror, Gewalt und Grausamkeit bilden die Opfer, die die Gattung im Prozeß des Fortschritts zur höheren Kultur erbringen muß. So ist es kein Zufall, wenn der Text immer wieder Ausblicke in die Periode des aufgeklärten Absolutismus bietet, die Europa einen relativ sicheren Frieden schenken wird. Geradezu hymnisch fällt in diesem Zusammenhang das Lob der künftigen Herrscher Thüringens aus, deren «patriotische Tugend» den Weg in ein vernünftiges Zeitalter vorzeichnet (NA 18, 92). Fraglos meint Schiller hier die sächsisch-ernestinischen Herzöge, zu deren Linie auch sein eigener Landesherr Carl August zählt: die Zergliederung der vernünftigen Entwicklungslogik, der die Geschichte folgt, mündet an diesem Punkt in einen keineswegs zweckfreien Preisgesang über die politische Klugheit des aktuellen Weimarer Herrscherhauses.

Es gehört zu den besonderen Absichten der Studie, Vorgänge, die scheinbar dem Gesetz des Beliebigen geschuldet bleiben, in ihrer genetischen Bedeutung für den allgemeinen Fortschritt der menschlichen Gesellschaft sichtbar zu machen. Im dritten Buch heißt es über diese eigentümliche Konstellation unter Bezug auf den frühen Tod Gustav Adolfs, die Geschichte kenne gesteigerte Momente, in denen die Kraft der Vernunft das dichte Geflecht des Zufalls durchbreche und den Blick auf eine bessere Zukunft freilege: «Ungern zwar sieht sich der Mensch in seinem beschränkten Maschinengang durch die ungestüme Dazwischenkunft dieser Macht unterbrochen, die ohne Einstimmigkeit mit ihm, ohne Schonung für seine dürftige Schöpfung, ihre eignen Zwecke mit kühner Freyheit verfolgt, und oft mit Einem gigantischen Schritt die mühsame Pflanzung eines Menschenalters unerbittlich verwüstet. Aber indem seine überraschten Sinne unter der Macht eines so unerwarteten Zufalls erliegen, schwingt sich die Vernunft, ihre Würde fühlend, zu den übersinnlichen Quellen desselben auf, und ein anderes System von Gesetzen, worin sich die kleinliche Schätzung der Dinge verliert, erscheint vor ihrem erweiterten Blicke.» (NA 18, 279 f.) Als historische Triebkraft von prägendem Einfluß kann Schiller den Zufall nicht betrachten, weil er die Ordnung der Vernunft nur punktuell, niemals dauerhaft durchkreuzt. Die politischen Zwänge, denen die Akteure unterworfen bleiben, bilden das Ergebnis eines spannungsvollen Wechselspiels der Interessen, die ihrerseits aus zielgerichteten Absichten und Plänen hervorgehen. Ursachen und Wirkungen geschichtlichen Geschehens entziehen sich damit gleichermaßen der Macht des Zufalls; in ihnen bildet sich letzthin die Dynamik einer stetig fortschreitenden, aus Krisen regeneriert hervorgehenden Vernunft ab.[88]

Trotz solcher Hinweise auf die teleologische Ordnung der Geschichte, die den Ausführungen der Antrittsvorlesung folgen, treten systematische Überlegungen in der letzten Monographie gegenüber der reichen Arbeit am Detail in den Hintergrund. Indem Schiller «das Unbegreifliche zum Standpunkt der Beurteilung»[89] erklärt, folgt er der Einsicht in die Unberechenbarkeit historischer Elementarkräfte, wie sie die um 1794 entstandene Schrift *Ueber das Erhabene* formuliert hat. Gerade weil die Geschichte keine mikrologisch strenge Ordnung ausbildet, muß der Betrachter versuchen, das Wirken des Zufalls in einen sinnvollen Bezug zu ihrer insgesamt vernunftgesteuerten Entwicklungsdynamik zu setzen. Den schmalen Grat zwischen Skepsis und Zukunftsoptimismus beschreitet Schiller in seiner letzten großen Geschichtsstudie mit der Konsequenz des Seiltänzers, dem nichts zu tun bleibt, als den eingeschlagenen Weg zu Ende zu gehen.

Kants Essay über die *Idee einer allgemeinen Geschichte* hatte im November 1784 pessimistisch bemerkt, daß die Handlungen des Menschen «auf der großen Weltbühne» aus «kindischer Bosheit und Zerstörungssucht zusammengewebt» seien.[90] Schillers Blick auf die verwüsteten Landschaften des Krieges, die Intrigen der Höfe und die Betrugsmanöver der Diplomaten scheint diesen Befund zu bestätigen. Neben den konfessionellen Konflikten hebt die Schrift als einen wesentlichen Krisenfaktor die fehlende Stabilität der herrschenden Rechtsordnung hervor. Die juristische Praxis der Territorialstaaten dient allein der Sicherung der dynastischen Ordnung, die der Status quo vorgibt: «Dem Namen Kaiser, einem Vermächtniß des despotischen Roms, klebte damals noch ein Begriff von Machtvollkommenheit an, der gegen das übrige Staatsrecht der Deutschen den lächerlichsten Abstich machte, aber nichts desto weniger von den Juristen in Schutz genommen, von den Beförderern des Despotismus verbreitet, und von den Schwachen geglaubt wurde.» (NA 18, 42) Die allgegenwärtige Hofbürokratie verhindert mit ihrem fein gewebten Netz der Normen und Vorschriften die Durchsetzung jener naturrechtlichen Ordnungsvorstellungen, wie sie im 17. Jahrhundert durch die Schriften von Hugo Grotius (*De iure belli et pacis*, 1623) und, ihm nachfolgend, Samuel von Pufendorf (*De iure naturae et gentium*, 1672) zur Geltung gebracht wurden. Noch beherrscht der jesuitisch gesteuerte Beamtenapparat des (von Schiller unterschätzten) Kaisers Ferdinand die juristische Praxis: «Unter dem Schutz eines ungereimten positiven Gesetzes, glaubte man ohne Scheu das Gesetz der Vernunft und Billigkeit verhöhnen zu dürfen.» (NA 18, 73)

Der Krieg bildet nur die letzte Erscheinungsform eines Konflikts, der durch konfessionelle und soziale Spannungen gleichermaßen bestimmt wird. Schillers Schrift bleibt in diesem Punkt unter Rücksicht auf das empfindsame Lesepublikum recht zurückhaltend. Sie erwähnt zwar häufiger die Greuel der Schlachten, vermeidet es jedoch, sie detailliert zu schildern. Eine Ausnahme bildet das zweite Buch mit seinem Bericht über das Blutbad, das Tillys Soldaten nach der Einnahme Magdeburgs veranstalten. Erheblich drastischer wird Schiller fünf Jahre später in seinem *Horen*-Beitrag über die Belagerung von Antwerpen die Schrecken des Krieges charakterisieren. Die Opfer, die die Sprengung einer Mine fordert, beschreibt der Beitrag in schonungsloser Genauigkeit aus unmittelbarer Nähe zum Gegenstand. Die Darstellung überschreitet mehrfach die Grenzen des sonst für Schiller gültigen Maßes, indem sie wirklichkeitsgetreu die Zerstörung des menschlichen Körpers durch die Gewalt der Explosion veranschaulicht. Nicht die Schönheiten der menschlichen Physis, die der *Brief eines reisenden Dänen* gerühmt hatte, sondern die zerstückten Leiber der Opfer treten hier in den Blick. Die gräßlichen Wirkungen einer modernen Heerestechnologie rückte der seit 1792 tobende Krieg der österreichisch-preußischen Allianz gegen die französischen Revolutionstruppen überdeutlich ins Licht. Als Schiller im März 1795 seine letzte historische Abhandlung zu Papier brachte, dürfte ihm diese aktuelle militärische Konfrontation als Modell vor Augen gestanden haben. Goethe, der am 20. September 1792 die Kanonade von Valmy und im Juni 1793 den Kampf um Mainz erlebt hatte, konnte ihm hier das notwendige Anschauungsmaterial vermitteln. Von der illusionslosen Schilderung des modernen Krieges, die die Schrift über die Antwerpener Belagerung bietet, hebt sich die Studie von 1790/92 durch größere Zurückhaltung ab. Sie ist nicht allein das Ergebnis einer bestimmten Wirkungsabsicht, sondern auch Indiz eines Erfahrungsmangels, der erst durch die Berichte über die Koalitionskriege behoben wurde.

Schillers Darstellung einer historischen Krisenperiode bleibt eingebunden in eine systematische Ordnung, die das Ereignis des Dreißigjährigen Krieges als Element der teleologisch fortschreitenden Weltgeschichte sichtbar machen soll. Verweist schon die Einführung im ersten Buch auf die weitreichende Bedeutung, welche die konfessionellen Konflikte des 17. Jahrhunderts für den Sieg der Reformation besitzen, so betont der Schluß der Abhandlung den wegweisenden Charakter des Westfälischen Friedens. Die Vertragsbestimmungen des Jahres 1648 öffnen, wie Schiller hervorhebt, den Weg in eine Zukunft der Vernunft. Sie bilden das «mühsame, theure und dauernde Werk der Staatskunst» (NA 18, 384), mit deren Hilfe die Weichen für eine sichere europäische Machtordnung gestellt werden. Das geheime Fortschrittsprinzip der Geschichte gewinnt nach den Jahrzehnten der Gewalt in einem Friedensabkommen Gestalt, dessen befreiende Wirkung Schiller feierlich beschwört.[91] Daß die durch die Verträge von Münster und Osnabrück geregelten Verhältnisse keineswegs stabil blieben, konnte er 1792 bestenfalls ahnen. Es dauerte nur wenige Jahre, bis Napoleon die alte europäische Ordnung aufzuheben und durch ein neues Imperium zu verdrängen suchte. Spätestens zu diesem Zeitpunkt mußte Schiller den historischen Optimismus in Frage stellen, der seine letzte große Geschichtsschrift trotz skeptischer Elemente immer noch bestimmt hatte.

Wallenstein und Gustav Adolf. Konturen der Machthaber

Im dritten Buch der Abhandlung spitzt Schiller die Darstellung der militärischen Ereignisse zu. In den Mittelpunkt rückt der Kampf zwischen Wallenstein und Gustav Adolf, wie er sich im Jahr 1632 zugetragen hat. Im Gegensatz zur niederländischen Geschichte bietet Schiller dem Leser keine gedrängten Charakterschilderungen mehr, sondern verteilt seine Porträts der in den kriegerischen Konflikt verstrickten Protagonisten auf verschiedene Partien des Textes. Damit trägt er der Dynamik des historischen Geschehens Rechnung, das die Individuen mit Macht bestimmt und ihnen nur beschränkte Möglichkeiten zur freien Gestaltung der bestehenden Lage einräumt. Weil der Mensch von der Geschichte beherrscht wird, kann sein Charakter einzig im Rahmen konkreter Situationen veranschaulicht werden.[92] Der literarischen Vitalität der Schrift kommt dieses methodische Erfordernis zugute; ihr Darstellungstempo scheint im dritten Buch deutlich gesteigert, ihr Spannungsbogen klarer geführt. Die sprachlich nicht immer gleichmäßig gehaltene Studie erreicht hier ihr höchstes stilistisches Niveau. Daß zumal das Finale des Mittelteils den Charakter eines ‹epischen Gedichts› besitze, hat Schiller selbst in einem Brief an Göschen vom 26. Juli 1790 hervorgehoben (NA 26, 30).[93] Dieser Hinweis entspricht der Auffassung Schellings, der 1803 in seinen *Vorlesungen über die Methode des academischen Studiums* das «Epos in seiner ursprünglichen Gestalt»[94] als Grundmuster historischer Schilderungskunst empfiehlt.

Bereits im zweiten Buch findet sich der kaiserliche Feldherr und Friedländer Herzog Wallenstein näher porträtiert. Als aktuelle Quellen nutzt Schiller hier Johann Christian von Herchenhahns *Geschichte Albrecht von Wallensteins* und Christoph Gottlieb von Murrs *Beyträge zur Geschichte des dreyßigjährigen Krieges*, die jeweils 1790 erschienen waren. Ausführlich beschreibt der Text zunächst, wie der Generalissimus mit Hilfe seiner ständig anwachsenden Heeresmacht einen Staat im Staate errichtet. Aus eigenen Finanzmitteln stellt er eine Armee von 30000 Mann auf die Beine, die vom Kaiser nochmals um 20000 Bewaffnete ergänzt wird. Im Zenit seiner Macht, zu Beginn des Sommers 1630, kommandiert Wallenstein 100000 Soldaten, eine für damalige Verhältnisse aberwitzig hohe Zahl. Mit Sinn für die psychologische Nuance kennzeichnet die Schrift den Feldherrn als raffinierten Taktiker, der sich die Gunst seiner Offiziere durch regelmäßige Beförderungen und die Neigung der einfachen Soldaten durch die Bewilligung von Raubzügen erhält, gleichwohl jedoch als Machtmensch mit melancholischer Gemütsverfassung persönliche Distanz zum Heer wahrt (NA 18, 113ff.). Bei Machiavelli heißt es über die von Schiller beschriebenen Strategien: «Der Herrscher, der im Feld mit seinen Truppen von Beute, Plünderungen und Kontributionen lebt, verfügt über fremdes Gut; er muß freigebig sein; sonst verweigern ihm seine Soldaten den Gehorsam.»[95] Mit knappen Strichen skizziert Schiller das prunkvolle Leben, das der Generalissimus inmitten seines Lagers führt. Die nicht unprätentiöse Beschreibung wird von späteren Historikern bekräftigt, so durch Leopold von Ranke, der betont, der Friedländer habe sich in luxuriösen Verhältnissen eingerichtet (NA 18, 134).[96]

Die Karriere Wallensteins sieht Schiller in Übereinstimmung mit den meisten zeitgenössischen Darstellungen durch die im August 1630 erfolgte Absetzung vom Generalat auf irreparable Weise gestört. Der Regensburger Reichstag, wo die mit Ferdinand verbundenen Kurfürsten unter tätiger Hilfe des Wiener Hofes die Suspension des übermächtig gewordenen Befehlshabers erzwingen, wird zum Symbol für einen nicht mehr zu korrigierenden Glückswechsel. Den traumatischen Charakter der Degradierung reflektiert später auch die *Wallenstein*-Tragödie, wenn die Herzogin daran erinnert, daß seit dem «Unglückstag zu Regenspurg» ein «unsteter, ungesellger Geist» über ihren Gemahl gekommen sei (NA 8, 236, v. 1402f.). Ähnliche Auswirkungen der Absetzung beschreibt der Jakobiner Andreas Georg Friedrich Rebmann in seinem Wallenstein-Roman *Albrecht der Friedländer. Hochverräter durch Kabale*, der 1793 erscheint.

Das überdimensionierte dritte Buch der Schrift schildert in satten Farben Wallensteins Rückweg zur Macht, seinen erneuten Eintritt in den Krieg im Frühjahr 1632, die Übernahme des Oberkommandos, den Tod Tillys während der Schlacht am Lech, schließlich die undurchsichtigen Manöver des defensiv agierenden Friedländers, der im Herbst 1632 dem Widersacher Gustav Adolf auszuweichen scheint und sich bei Leipzig ins Winterquartier rettet. Schillers Studie bewertet hier das Zögern des Generals als Ausdruck seiner schwermütigen Gemütsverfassung, deren düstere Züge seit der Regensburger Absetzung gesteigert scheinen – eine Ansicht, die jedoch von der modernen Geschichtsschreibung unter Hinweis auf das taktische Kalkül des Feldherrn entschieden bezweifelt wird (NA 18, 265 ff.).[97] Das vierte Buch durchmißt in raschen Schritten die letzte Lebensspanne des Friedländers. Die Verhandlungen, die er mit den Schweden führt, sind zwar das Werk eines Verräters, werden jedoch auf einen psychologischen Hintergrund zurückgeführt. Erneut ist es das melancholische Gemüt Wallensteins, das hier seine Wirkung entfaltet; unbefriedigte Rachsucht aufgrund der kaum überwundenen Regensburger Kränkung, nicht zuletzt Überschätzung der eigenen diplomatischen Möglichkeiten führen den General zum am Ende für ihn tödlichen Eid- und Vertragsbruch. Die Passagen, die prägnant seine Ermordung in Eger darstellen, gehören zu den erzählerischen Höhepunkten der Schrift (NA 18, 324 ff.). Alfred Döblins bedeutender *Wallenstein*-Roman von 1920 wird dieselben Ereignisse später in einer atemlos-hetzenden Prosa beschreiben, die ihre Abkunft von Schillers Diktion nicht verleugnen kann.

Das Schlußporträt – ein Zeithistoriker nennt es «genial»[98] – mischt in die zuvor düstere Tönung einige hellere Farben. Wallensteins Verhandlungen hätten, so konzediert Schiller, «seine ernstliche Neigung zum Frieden» bestätigt; der Vorwurf der «Verrätherey» sei letzthin schwer beweisbar, da die Rebellion gegen Habsburg vornehmlich das Werk der Enttäuschung über den fortschreitenden Verlust der kaiserlichen Gunst gebildet habe (NA 18, 329). Dieses maßvolle Urteil schließt auch Kritik an der offiziellen Geschichtsschreibung des Wiener Hofs ein, der unmittelbar nach dem Tod des Herzogs juristische und historiographische Abhandlungen in Auftrag gegeben hatte, welche Wallensteins Schuld beleuchten sollten – so den 1634 veröffentlichten *Ausführlichsten und gründlichen Bericht der vorgewesten friedländischen und seiner Adhärenten abscheulichen Prodition*, der aus der Feder der Reichshofräte Prickelmayer und Gebhard stammte. Schiller bemerkt zu derartigen Verfälschungen nüchtern: «Ein Unglück für den Lebenden, daß er eine siegende Partey sich zum Feinde gemacht hatte – ein Unglück für den Todten, daß ihn dieser Feind überlebte und seine Geschichte schrieb.» (NA 18, 329) In den Worten Golo Manns nimmt sich die Schlußsumme ähnlich aus: «Er scheiterte, indem er sich an den äußersten Rand spielen ließ; viele Feinde zuletzt und keine Freunde.»[99] Schillers dramatische Bearbeitung des Stoffs wird die psychologischen Ursachen für den Vorgang der wachsenden Vereinsamung genauer zu ergründen suchen.[100] Solche fein ausgeleuchteten Perspektiven, wie sie die Trilogie mit den Mitteln des Theaters eröffnet, haben Jacob Burckhardt in seinen 1905 postum veröffentlichten *Weltgeschichtlichen Betrachtungen* dazu veranlaßt, dem Historiker die schöne Literatur als Schule seiner Darstellungskunst zu empfehlen.

Gustav Adolf bietet zunächst das strahlende Gegenbild zum düsteren Herzog von Friedland. Er scheint das wahre ‹Joviskind›, der Schützling des Glücksgestirns Jupiter zu sein, für den sich der Wallenstein der Trilogie später in krasser Verkennung der eigenen Gemütsprägung selbst halten wird. Gegen die schwarzen Farben, die das Konterfei Wallensteins bestimmen, tritt nun die Lichtmetaphorik im Porträt des Schwedenkönigs: «Gleich frey von dem rohen Unglauben, der den wilden Begierden des Barbaren ihren nothwendigen Zügel nimmt, und von der kriechenden Andächteley eines Ferdinands, die sich vor der Gottheit zum Wurm erniedrigt, und auf dem Nacken der Menschheit trotzig einher wandelt, blieb er auch in der Trunkenheit seines Glückes noch Mensch und noch Christ, aber auch in seiner Andacht noch Held und noch König. Alles Ungemach des Kriegs ertrug er gleich dem Geringsten aus dem Heere; mitten in dem schwärzesten Dunkel der Schlacht war es Licht in seinem Geiste; allgegenwärtig mit seinem Blicke, vergaß er den Tod, der ihn umringte; stets fand man ihn auf dem Wege der furchtbarsten Gefahr.» (NA 18, 139) Immer wieder ist es das klare Auge, das den Schwedenkönig schon äußerlich als Leitfigur in dunkler Zeit kennzeichnet. Schillers Porträt erfaßt jedoch auch die schattigen Aspekte, die Gustav Adolfs Erscheinungsbild eintrüben. Der Tod, so heißt es, habe ihn in einer Phase ereilt, da er sich anschickte, die ihm zufallende Macht zu mißbrauchen und seine strategischen Möglichkeiten zu überdehnen. Der rigorose Moralismus des Königs schlägt bisweilen in lebensfeindliche Selbstkasteiung, sein politischer Ordnungsgeist in expansive Machtphantasien um. Daß Gustav Adolf rechtzeitig starb, um seinen geschichtlichen Mythos zu bewahren, ist für Schiller zweifellos. Schließt die kritische Wallenstein-Darstellung im Blick auf die fehlende Fortüne des Feldherren versöhnlich, so die von Sympathie getragene Beschreibung des Schwedenkönigs unter Bezug auf dessen diktatorische Anlagen durchaus skeptisch (NA 18, 280).

Das dritte Buch der Schrift zeigt hinreichend, daß Schillers vorrangiges Interesse weiterhin den psychologischen Hintergründen der politisch-militärischen Ereignisse gilt, auch wenn er die Porträtkunst seiner früheren Arbeiten nicht ungebrochen fortführt.[101] Von der neueren Wirtschafts- und Gesellschaftsgeschichte ist sein Werk weiter entfernt als vom Historismus. Schon 1768 hatte Justus Möser, dessen Œuvre der junge Goethe außerordentlich schätzte, eine *Allgemeine Einleitung zur ‹Osnabrückischen Geschichte›* veröffentlicht, in der er seinen Blick verstärkt auf die phasenspezifische Entwicklung von Verbänden, Rechtsformen, dezentralen sozialen Organisationsstrukturen und ökonomischen Verhältnissen richtete. Ausdrücklich forderte Möser, daß die historische Darstellung nicht bei den großen Staatsumwälzungen und dynastischen Konflikten der europäischen Fürstenhäuser, sondern bei den regionalen gesellschaftlichen Lebensbedingungen der Gesamtbevölkerung ansetzen müsse. An die Stelle des Porträts tritt hier bereits die Statistik, an den Platz der Heroisierung die nüchterne Analyse.[102] Solchen methodischen Vorgaben hat sich Schiller auch dort entzogen, wo er selbst bereits von der üppigen Schilderungskunst seiner älteren Arbeiten abweicht.

Gegenüber dem universalhistorischen Optimismus der Antrittsvorlesung meldet sich in der letzten Monographie ein skeptischer Unterton, der auch der Einsicht in die verwirrenden Konflikte des konfessionalistischen Krisenjahrhunderts geschuldet sein dürfte. Bildet für den Schiller des Jenaer Kollegs die harmonische Einheit des Menschen die Garantie gesellschaftlichen Fortschritts, so tritt am Beginn der 90er Jahre eine vorsichtige Distanz zum teleologischen Schwung des aufgeklärten Geschichtsdenkens zutage. Angesichts der bedrückenden Diagnosen, die die Abhandlung im Licht der Kriegsgreuel über den Menschen formulieren muß, fällt es Schiller schwer, ohne Einschränkung am Perspektivplan einer weltbürgerlichen Geschichte nach dem Muster Kants festzuhalten. Wie eine illusionslose Bilanz der universalhistorischen Optionen klingt die grundsätzliche Bemerkung aus dem spätestens 1796 entstandenen Essay *Ueber das Erhabene*: «Alle wohlgemeynte Versuche der Philosophie, das, was die moralische Welt fodert, mit dem, was die wirkliche leistet, in Uebereinstimmung zu bringen, werden durch die Aussagen der Erfahrungen widerlegt, und so gefällig die Natur in ihrem Organischen Reich sich nach den regulativen Grundsätzen der Beurtheilung richtet oder zu richten scheint, so unbändig reißt sie im Reich der Freyheit den Zügel ab, woran der Spekulations-Geist sie gern gefangen führen möchte.» (NA 21, 49 f.) Die Geschichtsschrift von 1792 schließt immerhin mit der Verklärung des Westfälischen Friedens, der als Monument des Aufbruchs in eine vernünftige Zukunft gefeiert wird. Den Zweifel an der Fortschrittskraft des historischen Prozesses kann dieses wuchtige Schlußtableau freilich nicht vollends zerstreuen.

Schillers Abhandlung erlebte eine ungewöhnliche Wirkung. Die drei Jahrgänge des Damenkalenders wurden mit gleichbleibender Aufmerksamkeit durch Journale und Tageszeitungen rezensiert. Keines seiner literarischen Werke hatte je zuvor eine derart breite Presseresonanz erfahren. Einen Höhepunkt bildete die respektvolle Besprechung der ersten Folge durch Wieland im *Teutschen Merkur*. Die Darstellung des schwierigen

Stoffs, die Schiller hier biete, sei, so hieß es, «anziehender» als ein Roman. Der Verfasser habe sich «die höchste Tugend des historischen Styls» angeeignet, die «Vereinigung des Anschaulichen mit einer großen, wiewohl nicht unzierlichen Simplicität».[103] Gegenüber dem *Don Karlos*, dessen Qualität Wieland weiterhin bezweifelt, markiere, so heißt es, diese Annäherung an ein klassisches Formideal im Medium der populären Prosa einen deutlichen Fortschritt. Daß seine Studie mächtige Kreise zog, erfuhr Schiller auch in späteren Jahren. Am 31. August 1803 wird er in Weimar dem durchreisenden schwedischen König vorgestellt, der ihm als Zeichen seiner Dankbarkeit für die wohlwollende Darstellung Gustav Adolfs in der großen Monographie einen kostbaren Ring überreicht. «Wir Poeten», schreibt Schiller mit leiser Ironie an Wolzogen, «sind selten so glücklich, daß die Könige uns lesen, und noch seltener geschieht's, daß sich ihre Diamanten zu uns verirren. Ihr Herren Staats- und Geschäftsleute habt eine große Affinität zu diesen Kostbarkeiten; aber unser Reich ist nicht von dieser Welt.» (NA 32, 65)

Anmerkungen

VORWORT

1 Guthke, 12
2 I Mann, Bd. VI, 297
3 Büchner, 306
4 I Mann, Bd. VI, 368
5 I Adorno, 110f.
6 I Dürrenmatt, 449

ERSTES KAPITEL

1 I Goethe, Abt.III, Bd. 3, 155
2 I v. Pufendorf, 106
3 I Wehler, 69f.
4 Vgl. I Biedermann, 20f.
5 I Bruford, 7, I Biedermann, 34
6 I Perels Hg., 313
7 I Bruford, 166
8 I Engelsing, 128
9 I Wehler, 122
10 Vgl. I Biedermann, 248
11 I Knigge, 270
12 I Biedermann, 253f.
13 I Biedermann, 96ff.
14 I Eichendorff, Bd.V, 401f.
15 I Wehler, 154
16 I [Adam u.a.], 314
17 Vgl. I Wehler, 70
18 I [Adam u.a.], 315ff.
19 Vgl. Wolgast, in: I Aurnhammer u.a Hgg., 6ff.
20 Vgl. I Haug-Moritz, 205ff.
21 I Casanova, Bd.IV, 78
22 Vgl. I Streicher 105f., I Biedermann, 202f.
23 I Lichtenberg, Bd.I, 142 (B 299)
24 I Iffland, 39f.; vgl. FA II, 1455
25 I Casanova, Bd.IV, 76f.
26 I Urlichs Hg., Bd.I, 82
27 I [Adam u.a.], 357
28 I Wieland, Bd.XIX, 193
29 I Herder, Bd.V, 556
30 I [Adam u.a.], 48f.; vgl. I Burschell, 43
31 I Riesbeck, 19
32 Vgl. I Strauß Hg., 342
33 I Schubart, 99
34 I Bruford, 74f.
35 I Hoyer Hg., 41ff.
36 I Kerner, 117
37 I Bloch, 21
38 I [Schubart], I, 83
39 I [Adam u.a.], 503
40 I Noverre, 3; vgl. I Michelsen, 23f.
41 Brandstetter, in: I Aurnhammer u.a. Hgg., 78f.; vgl. I Friedl, 211ff.
42 I Biedermann Hg., 8f.; vgl. I Streicher, 61
43 I [Adam u.a.], 548f.
44 Vgl. I Buchwald, 210f.
45 I [Adam u.a.], 524
46 Stein, in: I Jamme/Pöggeler Hgg., 384
47 I Wehler, 272
48 I Eichendorff, Bd.V, 408
49 Vgl. I v. Wiese, 53ff.
50 Vgl. dazu I Brecht Hg., 225ff.
51 I [Adam u.a.], 365
52 Vgl. I v. Wiese, 47f., I Schulze-Bünte, 45f.
53 I Brecht Hg., 225ff., I Schäfer, 111ff.
54 I Schulze-Bünte, 50f.
55 I [Adam u.a.], 363
56 I Nicolai, Bd.XIX, III, 8, 116
57 Vgl. I Oellers, 103
58 I Barthes, 35
59 Vgl. I v. Wolzogen, I, 2f.

60 Dazu I Streicher, 45 ff.
61 I Müller M, 5 f.
62 I Biedermann Hg., 5
63 I v. Wiese, 4
64 I Rosenbaum, 169
65 I Roeder, 427
66 Vgl. I v. Wiese, 68
67 Vgl. I Hartmann, 14
68 I Biedermann Hg., 7
69 I v. Wolzogen II, 198
70 I Wehler, 288
71 I C. Schiller L, 10
72 Zit. I Roeder, 109
73 I C. Schiller L, 11
74 I C. Schiller B, 312 f.
75 Vgl. I Buchwald, 99 ff.
76 I Biedermann Hg., 12
77 Dazu I Streicher, 54, I Biedermann Hg., 5 ff.
78 I Biedermann Hg., 15
79 I v. Humboldt Hg., 6 f.
80 I Eckermann, 133, I v. Wolzogen, I, 36
81 I Biedermann Hg., 5
82 I Biedermann Hg., 14
83 Dazu I Uhland, 244
84 Vgl. I Uhland, 60 ff.
85 Quarthal, in: I Jamme/Pöggeler Hgg., 39
86 I Müller G, 30
87 I Uhland, 99
88 I Uhland, 111
89 I v. Wolzogen, I, 33
90 I Uhland, 100 ff.
91 I Biedermann Hg., 27 f.
92 I Uhland, 84
93 I Zeller Hg., Nr. 31
94 I Wehler, 145
95 Vgl. I v. Hoven, 38
96 I Uhland, 85
97 I Kittler, 62 ff.
98 I Foucault, 230 ff.
99 I Geiger Hg., 12
100 I Nicolai, Bd.XIX, III,8, 56
101 I Uhland, 142 f.
102 I Schubart, 99
103 I Hoyer Hg., 22
104 I Hoyer Hg., 21
105 I Biedermann Hg., 28
106 I Biedermann Hg., 35 f.
107 I Streicher, 61 f.
108 I Biedermann Hg., 51 f.
109 I Biedermann Hg., 29
110 Vgl. Kittler, in: I Barner u.a. Hgg., 241 ff., I Kittler, 58 ff., I Foucault, 229 ff.
111 Vgl. I Bloch, 33 ff.
112 I Hartmann, 149
113 Vgl. dagegen I Buchwald, 144 f.
114 I Hartmann, 157
115 Vgl. Friedl, in: I Aurnhammer u.a. Hgg., 66 f.
116 Vgl. Eicheldinger, in: I Aurnhammer u.a. Hgg., 94 ff.
117 Reed, in: I Koopmann Hg., 8 f., I Kiesel, 234 f., anders Strack, in: I Aurnhammer u.a. Hgg., 122
118 Vgl. Eicheldinger, in: I Aurnhammer u.a. Hgg., 105
119 I Ferguson, 84
120 I Abel K, 223; vgl. Riedel, in: I Koopmann Hg., 557
121 I Haller, 62 (v. 106)
122 I Hutcheson, 233 f.; vgl. I Riedel, 187
123 I Ferguson, 82
124 I Abel K, 59
125 Friedl, in: I Aurnhammer u.a. Hgg., 66 ff.
126 I Biedermann Hg., 37
127 I Biedermann Hg., 52
128 I Hoyer Hg., 39
129 Vgl. Riedel, in: I Abel K, 390
130 Vgl. dazu Riedel, in: I Abel K, 380 f.
131 I Buchwald, 157
132 Vgl. Riedel, in: I Abel K, 383
133 I Hartmann, 101
134 I Abel K, 15 ff.
135 I Abel K, 18
136 Dazu Riedel, in: I Abel K, 396
137 I Weltrich, Bd.I, 839
138 I Ferguson, 319 ff.
139 I Abel K, 169 ff.
140 I Helvétius, 114 ff., 179 ff., 199 ff.
141 I D'Holbach, 603
142 I Schings, 15 ff., I Riedel, 11 ff.
143 Vgl. I Košenina, 14 f.
144 I Platner, 39 ff.
145 I Platner, 55, 72, 211 ff.
146 I Abel K, 31 f.; vgl. 428 f.
147 Vgl. I Riedel, 107 ff.

148 I [Schubart], I, 281
149 I Sulzer, Bd.I, 100
150 I Sulzer, Bd.I, 242; vgl. Riedel, in: I Schings Hg., 415 f.
151 I Abel K, 172 ff.
152 I Abel K, 80 f.
153 I Abel K, 170 ff.
154 I Abel K, 39 ff.
155 I Liepe, 309
156 I Herder, Bd.V, 545
157 I Herder, Bd.VIII, 234
158 I Abel K, 33
159 Vgl. I Buchwald, 124 f.
160 I v. Wolzogen, Bd.I, 21
161 So I v. Wiese, 11; anders Wolgast, in: I Aurnhammer u. a. Hgg., 11
162 I Uhland, 94
163 I v.Hoven, 44 f.
164 I Biedermann Hg., 31 f.
165 I Abel K, 31
166 I Abel K, 149 f.; vgl. 532 f.
167 I Abel K, 194 f.
168 I Abel K, 230
169 I Abel K, 186
170 I Abel E, 23 ff.
171 I Abel E, 83
172 I Abel E, 299
173 Riedel, in: I Abel K, 572 ff.
174 I Ferguson, 309
175 I Kreutz, 144
176 I Uhland, 142 ff., I Dewhurst/Reeves, 33 f.
177 I Riedel, 22
178 I Dewhurst/Reeves, 95, I Riedel, 7 ff.
179 I Dewhurst/Reeves, 103 ff.
180 I v.Hoven, 55 f.
181 I Haug Hg., Bd.V, 202 f.
182 I Dewhurst/Reeves, 102
183 I Uhland, 330
184 I v. Hoven, 45
185 I Uhland, 140, 329
186 I v. Hoven, 45
187 I Riedel, 21
188 I Abel E, 18 f.
189 I Riedel, 71 ff.; vgl. FA VIII, 1150
190 I Haug Hg., Bd.III, 7.Stück, 443 ff.; 10.Stück, 710 ff., 11.Stück, 757 ff.
191 I Platner, 44, I Abel, 13; vgl. I Riedel, 98 f.
192 Vgl. I Riedel, 95
193 I Abel E, 93 ff.
194 Vgl. I Riedel, 100
195 I Schiller, 60 f.; vgl. I Schuller, 157 f.
196 I Schiller, 60 ff.
197 I Hartmann, 49
198 I Goethe, Abt.IV, Bd. 4, 154
199 I Hartmann, 330 f., I Theopold, 44 ff., I Dewhurst/Reeves, 177 ff.
200 Zit. I Riedel, 44
201 I Platner, 235 ff.; vgl. I Riedel, 51
202 Zit. I Riedel, 46
203 I Tissot, 140 ff.; I Schings, 66
204 I v. Hoven, 71 f.
205 Dt. Text in FA VIII, 1174 ff.
206 I Dewhurst/Reeves, 92
207 FA VIII, 1179 f.
208 FA VIII, 1188 f., 1191
209 FA VIII, 1187 ff.
210 FA VIII, 1196
211 FA VIII, 1197 f.
212 FA VIII, 1200
213 FA VIII, 1202 ff.
214 FA VIII, 1216
215 I Dewhurst/Reeves, 238 f.; vgl. FA VIIII, 1167
216 FA VIII, 118
217 I Haller, 24 (v. 17)
218 I Ferguson, 320 f.
219 I Rousseau, 115 ff.
220 I Mendelssohn, Bd.I, 90
221 I Abel K, 71, I Herder, Bd.VIII, 199 f.
222 I Abel K, 252 f., 581 f.; vgl. I Riedel, 135 ff.
223 I Haug Hg., Bd.VIII, 140
224 I Dewhurst/Reeves, 249

ZWEITES KAPITEL

1 II Schön, 45 f., I Wehler, 303
2 II van Dülmen, Bd.II, 152 ff., 249 ff.
3 I Wehler, 314, II Schmidt, 289
4 Vgl. II Kiesel/Münch, 91 ff.
5 II Rebmann, 54
6 I Knigge, 141

7 II Kiesel/Münch, 123
8 Vgl. II Kiesel/Münch, 114ff.
9 II Kiesel/Münch 138
10 I Wehler, 320, II Engelsing, 226ff.
11 II Goethe, Bd.VIII, 437
12 II Zimmermann M, 36
13 II Schön, 220ff.
14 II Kiesel/Münch, 196
15 II Mix, 26ff.
16 II Mix, 124f.
17 II Sulzer, Bd.II, 189; vgl. II Kemper, 263ff.
18 I Herder, Bd.XXXII, 72, 78
19 Zit. nach II Campe, Vorwort, 35
20 I Herder, Bd.I, 467
21 II Sauder Hg., 188
22 I Herder, Bd.IV, 461
23 I Oellers, 111
24 II Bernauer, 52ff., II Hinderer, 95
25 II Jean Paul, Bd.I,5, 98
26 I Hoyer Hg., 52
27 II Hofmannsthal, 355
28 Vgl. II Keller, 42ff., II Kemper, 487f.
29 Vgl. II Dyck, 12ff., II Keller, 14ff., Bartl, in: I Koopmann Hg., 128f.
30 Vgl. II Staiger, 212f., II Storz, 260, II Bernauer, 51ff.
31 II Loewenthal Hg., 798
32 II Sauder Hg., 109
33 II Sauder Hg., 188
34 I Herder, Bd.I, 395
35 I Herder, Bd.I, 396
36 Hauptstaatsarchiv Stuttgart A 32, Bd. 24, fol. 280 [v] (Hinweis von M. Schalhorn, Bonn)
37 I Biedermann Hg., 47
38 I Dewhurst/Reeves, 61
39 Vgl. I Biedermann Hg., 53
40 I Biedermann Hg., 36
41 I Biedermann Hg., 49
42 II Ortlepp, 376ff.
43 I v. Hoven, 79f.
44 I Streicher, 99f.
45 I Weltrich, 484
46 Vgl. II Fechner, 291ff.
47 II Stäudlin, 52
48 I Haug Hg., Bd.III, 721
49 I Oellers, 154
50 I Oellers, 157ff.
51 II Vosskamp, 388ff.
52 II Koopmann, 230
53 I Biedermann Hg., 49
54 II Claudius, 30
55 Vgl. II Kaiser, Bd.II, 466ff.
56 I Herder, Bd.XV, 275
57 Vgl. II Luhmann, 37
58 II Stäudlin, 65
59 Vgl. Hinderer, in: II Hinderer Hg., 313f.
60 Vgl. II Düsing K, 199
61 I Riedel, 194ff., II Schings, 71ff.
62 II [Obereit], 20ff.
63 II Zimmermann E, Bd.III, 12
64 Vgl. I Riedel, 85ff.
65 I Ferguson, 80ff.; vgl. II Düsing F, 458, I Riedel, 188
66 I Streicher, 114
67 Kurscheidt, in: II Oellers Hg., 36; vgl. I Müller G, 249f.
68 II Bolten, 61f.
69 Jacobs, in: II Fisher Hg., 110
70 II Luserke, 221, II Trumpke, 72f.
71 I Streicher, 64
72 I Wieland, Bd.XVII, 143; Bd.V, 209; vgl. II Sträßner, 201
73 Vgl. Finscher, in: I Aurnhammer u. a Hgg., 152
74 II Vaerst-Pfarr, 294f.; FA II, 1507ff.
75 Anders II Sträßner, 207ff.
76 I Streicher, 64; vgl. I Friedl, 212, II Inasaridse, 44
77 II Vaerst-Pfarr, 304
78 Vgl. II Vaerst-Pfarr, 301
79 Vgl. I Buchwald, 294
80 I v. Wiese, 123
81 I Riedel, 162ff.
82 II Alt, 512ff.
83 I Schulze-Bünte, 58, I Friedl, 41f.
84 I Riedel, 194f.
85 I Herder, Bd.XV, 326; vgl. I Riedel, 195ff.
86 I Herder, Bd.XV, 325
87 II Sauder Hg., 55
88 I Foucault, 46ff.
89 Vgl. II Bolten, 64
90 I v. Wiese, 226ff.; anders I Buchwald, 293
91 Vgl. Riedel, in: II Oellers Hg., 58
92 Vgl. Riedel, in: II Oellers Hg., 57ff.
93 II Hegel, Bd.VII, 503 (§ 340)

94 II Hume, Abs. 13–15
95 Vgl. Riedel, in: II Oellers Hg., 60f.
96 I [Abel] K, 89
97 II Kant, Bd.VIII, 866ff.; vgl. Misch, in: II Knobloch u.a. Hg., 36f.
98 Vgl. I v. Wiese, 235, II Keller, 157
99 II Bernauer, 92f.
100 II Klopstock, 27
101 II Uz, 117
102 Vgl. II Hagedorn, 42; vgl. I Buchwald, 414
103 II Jean Paul, Bd.I,5, 395
104 I Urlichs Hg., Bd.III, 101; II Bruckmann, 100ff.
105 Vgl. I Oellers, 122, II Dau, 51

DRITTES KAPITEL

1 III Schmidt, 121ff.
2 III Martini D, 126
3 II Goethe, Bd.IV, 123
4 II Goethe, Bd.IV, 124
5 II Goethe, Bd.IV, 124
6 II Goethe, Bd.IV, 125
7 II Goethe, Bd.I, 321
8 Vgl. III Pascal, 307ff., III Schmidt, 258ff.
9 I Herder, Bd.V, 211ff.
10 I Herder, Bd.V, 225f.
11 I Herder, Bd.V, 220
12 I Herder, Bd.V, 227
13 III Lenz, Bd.II, 661f.; vgl. III Schmidt, 178
14 III Lenz, Bd.II, 652, 669
15 III Lenz, Bd.II, 669
16 III Lenz, Bd.III, 326
17 III Bloch, Bd.III, 1146
18 III Bloch, Bd.III, 1147
19 II Zimmermann E, Bd.II, 10
20 Dazu III Pascal, 94f.
21 Vgl. III Pascal, 368
22 Dazu II Jean Paul, Bd.I,5, 55f.
23 III Mercier T, X
24 Vgl. III Martini B, 208ff.
25 II Luserke, 199
26 III Mattenklott, 78, 100ff.
27 Dazu Bender, in: III Bender Hg., 20f.
28 III Maurer-Schmoock, 120f., 132f., III Brauneck, 704ff.
29 III Löwen, 86f.
30 III Lessing, Bd.IV, 232
31 III Lessing, Bd.IV, 704
32 III Fischer-Lichte, 107ff.
33 III Meyer N, 126ff.
34 III Iffland F, 19; vgl. III Meyer N,130f.
35 Vgl. III Wilke, 168, III Meyer A, 147, Anm. 6
36 III Lessing, Bd.IV, 10
37 III Wilke, 168f.,
38 III Rudloff-Hille, 14
39 III Meyer N 132f.
40 III Bloch, 44f.
41 III Braun Hg., Bd.I,1, 112
42 FA II, 938
43 Vgl. FA II, 937, 939
44 I Wolzogen, I, 36f.
45 Vgl. NA 3, 292ff., FA II, 892
46 III Wittmann M, 305f.
47 III Braun Hg., Bd.I,1,1f.
48 FA II, 959
49 Zit. III Iffland L, 58
50 FA II, 965f
51 Vgl. III Otto, 27
52 III Wacker, 185, III Mann, 82ff.
53 III Košenina, 188ff.; vgl. III Mattenklott, 67ff.
54 III Lessing, Bd. IV, 247ff.
55 I Michelsen, 20
56 Vgl. III Scherpe, 45f., Brittnacher, in: I Koopmann Hg., 327
57 Vgl. II Alt, 532ff.
58 Vgl. III Weimar, 463f.
59 III Koopmann, 159ff., I v. Wiese, 159
60 FA II 903ff.; vgl. III Mann, 33ff.
61 Vgl. I Michelsen, 97f.
62 Vgl. Borchmeyer, in: III Brandt Hg., 160ff.
63 Vgl. FA II, 910
64 III Mayer S, 269ff., III Best, 277ff.
65 III Veit, 281f.
66 I v. Wiese, 146, III Sørensen, 174f.
67 III Kluge, 205, III Kemper, 244f.

68 Schings, in: III Wittkowski Hg. FS, 9; vgl. Hinderer, in: III Hinderer Hg., 34, III Hofmann, 84 f.; anders III Schlunk, 188
69 III de Quincey, 26
70 Vgl. III Steinhagen, 140, III Riedel, 202 ff., III Guthke, 51 f.
71 Vgl. III Mayer B, 173
72 Vgl. Schings, in: III Wittkowski Hg. FS, 18
73 FA II, 30
74 I Helvétius, 78 ff.
75 Vgl. III Storz, 70 f.
76 Vgl. NA 3, 434, FA II, 1107
77 Vgl. III Riedel, 212 ff.
78 I Abel K, 80 ff.; vgl. I Platner, 55, 72, 211 ff
79 Vgl. FA II, 990
80 I Herder, Bd.IV, 347
81 III Müller, 29, 17
82 III Lenz, Bd.II 639
83 Vgl. I Wehler, 176
84 III Sonnenfels, 91; vgl. I Wehler, 233 f.
85 I Michelsen, 85 ff., Borchmeyer, in: III Brandt Hg., 160 ff.
86 Vgl. III May, 27 ff., I v. Wiese, 148 f.
87 III Piscator, 85
88 Vgl. Golz, in: III Dahnke/Leistner Hgg., 28 ff.
89 III Guthke, 40, III Hofmann, 96 f.
90 Vgl. II Staiger, 52, I Michelsen, 99
91 III Mendelssohn, 114
92 II Kant, Bd.VIII, 553
93 Vgl. Schings, in: III Wittkowski FS Hg., 15
94 Vgl. III Scherpe, 70 f., Brittnacher, in: I Koopmann Hg., 351 f.
95 III Bloch, Bd.III, 1149
96 I Streicher, 113
97 I Streicher, 125
98 I Abel K, 38
99 I Streicher, 181
100 I Streicher, 206
101 I Eckermann, 606 f.
102 I Biedermann Hg., 104
103 Vgl. III Schings I, 75 (gegen NA 23, 317)
104 I Wehler, 316
105 III Sturz, 145 f.
106 Vgl. FA II,1164 ff.
107 III [Stolberg-Klopstock], 104
108 III Benjamin, Bd.I, 1, 77; vgl. III Schunicht, 276
109 Michelsen, in: I Aurnhammer u.a. Hgg., 350 f.
110 III Hinderer F, 251 ff.
111 III Lichtwer, 95
112 Wölfel, in: I Aurnhammer u.a. Hgg., 322
113 Vgl. III Lützeler, 16, Michelsen, in: I Aurnhammer u.a. Hgg., 356 f.
114 III Marx, 161
115 Vgl. III Hinderer F, 258 f., III Graham, 26 f., III Sharpe, 41
116 Vgl. III Luhmann, 97 ff.
117 Vgl. Michelsen, in: I Aurnhammer u.a. Hgg., 344 f.
118 I Abel K, 197, I Sulzer, Bd.I, 315
119 Janz, in: III Hinderer Hg., 88 ff.
120 Vgl. Janz, in: III Hinderer Hg., 92 f.
121 Wölfel, in: I Aurnhammer u.a Hgg., 320 ff.
122 I Herder, Bd.XVII, 322 f., Bd.V, 578
123 III Machiavelli, 72
124 I Helvétius, 266 f., 420 f.
125 III [Schiller], 206
126 III Müller, 126 f.
127 Michelsen, in: I Aurnhammer u.a. Hgg., 343 f.
128 III Phelps, 449
129 III Ferguson, 183 ff.
130 III Montesquieu, Bd.I, 73 f. (V,5); III Rousseau G, 41 (II,6)
131 Janz, in: III Hinderer Hg., 81 f.
132 III Koselleck, 41 ff., 81 ff.
133 III Montesquieu, Bd.I, 24 (III,3)
134 Vgl. Janz, in: III Hinderer Hg., 77 f., Hecht, in: Dahnke/Leistner Hgg., 61
135 III Schlegel, Bd.VI, 281
136 III Storz, 70, III v. Wiese 178, III Kraft, 63 f.
137 III Lützeler, 22 f., III Delinière, 26 f., III Wölfel, 241 f.
138 II Hegel, Bd.XV, 520
139 III Benjamin, Bd.I, 1, 238 ff.
140 Vgl. III Grawe, 11 f.
141 Vgl. III Meier, 119 f.
142 III Fambach, 27, 31
143 FA II, 1381 ff.
144 I Biedermann Hg., 104

145 Dazu III Kraft Hg., 132ff.
146 III Rudloff-Hille, 73ff.
147 I Eichendorff, Bd.V, 411
148 I Abel K, 293ff.
149 Vgl. Riedel, in: I Abel K, 614f.
150 I Abel K, 48
151 III Borchmeyer, 77
152 Kluge, in: III Bender Hg., 260, III Kosenina, 248ff.
153 III Košenina, 260
154 I Haller, 24 (v. 19); 63 (v. 108)
155 I Abel K, 203
156 III Benjamin, Bd.I, 1, 307
157 I Wehler, 245f.; III Gruenter, 217f.
158 III Flach/Dahl Hgg., Bd.I, 323ff.; vgl. dazu III Conrady, 307ff.
159 Vgl. FA II, 1453
160 I Streicher, 138
161 III Janz, 209; vgl. III Graham, 118, III Herrmann, 226
162 Vgl. III Müller-Seidel, 91ff., III Sørensen, 186
163 III Fambach, 28
164 I Foucault, 211ff.
165 III Beyer, 234f.
166 FA II, 1394
167 III Müller-Seidel, 98ff., III Hiebel, 142
168 III Lessing, Bd.II, 202
169 I Abel E, 292 (§ 905), 295 (§ 915); vgl. I Abel K, 219ff.
170 Vgl. III Stephan, 11, III Greis, 118, III Beyer, 280ff.; anders III Huyssen, 122
171 III Lessing, Bd.II, 40
172 Vgl. III Fambach, 30f.
173 III [La Roche], 272
174 Vgl. III Auerbach, 409, II Staiger, 265
175 III Fambach, 27
176 Vgl. III Guthke, 95ff., I v. Wiese, 199
177 II Goethe, Bd.IV, 327
178 I Mann, 310
179 Vgl. Koopmann, in: III Wittkowski Hg. VK, 290ff., III Malsch I., 157ff.
180 III Janz, 219; vgl. III Michelsen, 211f.
181 Dazu III Janz, 220
182 III Guthke, 106
183 III Saße, 276ff.
184 Vgl. III Guthke, 125
185 Anders III May, 44
186 Vgl. III Michelsen, 198ff.
187 III Marquard, 68f.
188 II Kant, Bd.XI, 43
189 II Hegel, Bd.III, 424
190 I Knigge, 352f.
191 II Sulzer, Bd.I, 571
192 III Košenina, 24
193 III Lessing, Bd.IV, 250
194 III Lessing, Bd.IV, 598
195 III [Mercier-Wagner], 328f.
196 II Lessing, Bd.IV, 574ff.
197 Vgl. I Kittler, 88
198 III Garve, Bd.I, 80; vgl. III Košenina, 24
199 II Sulzer, Bd.II, 587f.
200 III Pfeil, 13
201 III Martini D, 156
202 I Sulzer, Bd.I, 152ff.
203 Vgl. III v. Wiese, 409f., Misch, in: II Knobloch u.a. Hg., 32ff.
204 III [Mercier-Wagner], 81
205 III Koselleck, 82ff., anders III Kraft, 79f.
206 III Lessing, Bd.IV, 595
207 III Lessing, Bd.IV, 698
208 III Lenz, Bd.II, 668f.
209 Vgl. I Buchwald, 373
210 III Naumann, 20ff.
211 III Kurscheidt, 31ff.
212 I Streicher, 225
213 I Streicher, 229
214 II Rebmann, 51
215 I Biedermann Hg., 130ff.
216 I Biedermann Hg., 133
217 III Leisewitz, 24 (II,2)
218 I Urlichs Hg., Bd.I, 101
219 III Jäckel Hg., 12
220 I Riesbeck, 171f.
221 I Herder, Bd.XXIII, 434
222 III Wehler, 22
223 III Wittmann B, 157f.
224 I Biedermann Hg., 139
225 III [Pfäfflin/Dambacher], 87
226 III Walzel Hg., 270
227 Vgl. III Marks, 111, anders I Buchwald, 323
228 II Goethe, Bd.I, 310
229 Vgl. FA II 1537ff.
230 III Rousseau E, 180f.
231 III Marks, 113
232 III Hamburger, 380

233 I v. Wiese, 280, III Marks, 111
234 II Goethe, Bd.X, 312
235 III Košenina, 267f., III Hay, 141ff.
236 III Shaftesbury, 46
237 III Hamburger, 373f.
238 III Hinderer W, 368ff., III Marks, 118
239 I Wieland, Supplemente IV,170
240 II Zimmermann E, Bd.I, 68ff., 96ff.; Bd.III, 253ff., 310ff.
241 Vgl. III Marks, 120
242 Vgl. III Storz, 166ff.
243 III Mann, 209f.
244 Vgl. III Borchmeyer, 83ff.
245 Vgl. III Becker-Cantarino, 164ff.
246 So Müller, in: III Brandt Hg., 218ff., III Guthke, 135f.; anders Koopmann, in: III Hinderer Hg., 180ff.
247 III Wieland, 103f.
248 III Fambach, 37f.; dazu Otto, in: III Dahnke/Leistner Hgg., 119f.
249 III Moritz, Bd.III, 484ff.
250 Vgl. III Böckmann, 407ff.
251 III Schiller Hg., Hft.1, 1f.
252 III Braun Hg., Bd.I,2, 190
253 I Knigge, 347
254 Fröhlich, in: I Koopmann Hg., 77
255 III [Diderot-Lessing], 325ff.
256 Vgl. III Böckmann, 380ff., III Pape, 210f.; anders Koopmann, in: III Hinderer Hg., 183ff., I Kittler, 94f.
257 I Kiesel, 24ff., III Schröder, 70f.
258 III Kleist, Bd.I, 99 (III,1, v. 1340)
259 I Rousseau, 12
260 III Cersowsky, 414
261 III Braun Hg., Bd.I,2, 183ff.
262 I v. Wiese, 256
263 III Novalis, Bd.II, 257
264 III Montesquieu, Bd.I, 24ff. (III,3), Bd.I, 244f, (XIV,5), Bd.I, 163ff. (XI,6)
265 III Montesquieu, Bd.I, 24 (III,3); vgl. III Schings F, 68f.
266 III Mercier J, 221
267 III Abbt V, 304ff.; vgl. III Schings I, 110ff.
268 III Abbt T, 80
269 Vgl. Beyer, in: I Aurnhammer u.a. Hgg., 365ff., III Schings I, 112ff.
270 III Rousseau G, 10f. (I,4)
271 Vgl. Johnston, in: I Koopmann Hg., 45
272 III Fichte, 20
273 Vgl. III Blunden, 242f.
274 III Rousseau G, 5 (I,1)
275 III Rousseau G, 18 (I,6); vgl. Böckmann, in: III Wittkowski FS (Hg)., 40f.
276 I Sulzer, Bd.I, 295f.
277 III Baumgarten, III,1, § 511
278 III Gracián, 33 (Nr. 62), 134 (Nr. 273)
279 III [Thomasius], 33f.
280 I Abel K, 17ff.
281 Vgl. I Buchwald, 92
282 III Machiavelli, 74
283 Vgl. Wittkowski, in: I Aurnhammer u.a. Hgg., 390f., Kufner, in: III Wittkowski Hg. VU, 250, III Polheim, 99
284 I Abel K, 234
285 III Abbt V, 99
286 III Abbt V, 312f.
287 III Heine, Bd.VIII/1, 153
288 Ähnlich III Sternberger, 316f., Manger, in: III Maillard Hg., 50
289 FA III, 461
290 Vgl. dazu III Beaujean, 229f.
291 Vgl. III Schings I, 10 (Formulierung von Max Braubach)
292 III Schings I, 101ff.
293 III Koselleck, 64
294 III Koselleck, 76f.
295 Vgl. I Wehler, 324; grundlegend III van Dülmen, 39ff.
296 III Schings I, 19
297 Anders III Wilson, 49ff., 68ff.
298 III Schings I, 34ff, 90ff.
299 III Schings I, 53ff., 107f.; vgl. III Wilson, 163ff.
300 III Wilson, 86ff.
301 III Wieland, 121
302 III Wieland, 120
303 III Träger Hg., 941
304 III Kommerell, 187
305 Anders Malsch, in: III Wittkowski Hg. VU, 218f.; vgl. auch III Malsch K, 69ff., III Bohnen, 29
306 Vgl. III Werber, 211f.
307 II Kant, Bd.XI, 245
308 III Seidlin, 490; anders III Leibfried, 215

VIERTES KAPITEL

1 Vgl. I v. Wiese, 319, IV McCarthy, 33 f.
2 Vgl. Jacobs, in: IV Polheim Hg., 63 ff., IV Herbst, 64 ff.
3 IV Dedert, 7 ff.
4 IV Jacobs, 40
5 IV Engel, 73
6 III Garve, Bd.I, 161 ff.
7 III Garve, Bd.I, 189 f.
8 I Wieland, Bd.XXX, 515 f.
9 Vgl. IV Marsch, 140 f.
10 Vgl. Bürger, in: III Brandt Hg., 34
11 Vgl. IV Marsch, 90
12 I Eckermann, 208
13 IV Herbst, 95 ff.
14 III Storz, 174 ff., IV Martini GD, 230 ff.
15 I Bloch, 33 f.
16 Vgl. IV Martini E, 128 f.
17 IV Bloch, 101 f.
18 Vgl. IV Schönhaar, 75
19 Dazu IV Dedert, 159 ff.
20 I v. Wiese, 302 f., IV Meyer-Krentler, 136 f., IV Dedert, 203 ff.
21 Vgl. IV Rainer, 98
22 III Koselleck, 61 ff., IV Voges, 123 ff.
23 SA 13, 285
24 IV Rainer, 27 ff.
25 IV Blanckenburg Z, Bd.I, 516 ff.
26 IV Engel, 73 f.
27 SA 13, 285
28 IV Schönhaar, 82 f.
29 Vgl. IV Kaiser, 19
30 FA VIII, 1459, 1474 f.
31 IV Karthaus, 151 ff.
32 IV Haferkorn, 164 f.
33 II Schön, 45 f., II Kiesel/Münch, 85 f.
34 II Schmidt, 286
35 I Wehler, 309
36 IV Böttiger, I, 265
37 Vgl. I Buchwald 393; Riedel, in: I Koopmann Hg., 567 f.
38 II Goethe, Bd.X, 548
39 IV Schiering, 261 f.
40 IV Winckelmann, 163 ff.
41 IV Winckelmann, 163 f.
42 Vgl. Riedel, in: I Koopmann Hg., 568
43 Vgl. IV Habel, 283
44 Dazu IV Pfotenhauer, 161
45 Vgl. IV Winckelmann, 149, 159 f.
46 IV Pfotenhauer, 220, Anm. 36
47 Vgl. IV Koopmann, 193 ff.
48 I Riedel, 211; vgl. IV Koopmann, 211
49 Dazu I Riedel, 212 ff.
50 I Ferguson, 75 ff.
51 I Platner, 96; vgl. I Riedel, 218 ff.
52 I Riedel, 229
53 II Sauder Hg., 70
54 Vgl. I Riedel, 239 f.
55 II Koopmann, 230
56 Vgl. Misch, in: I Koopmann Hg., 716 f.
57 Vgl. IV Reed, 53
58 I Goethe, Abt.IV, Bd. 9, 37
59 I Abel E, 334 ff.; vgl. IV Riedel, 45 ff.
60 I Herder, Bd.VIII, 180
61 III Moritz, Bd.III, 89
62 Vgl. I Schings, 97 ff., IV Jacobs, 56 f.
63 IV Jacobs, 53
64 Vgl. Aurnhammer, in: I Aurnhammer u.a. Hgg., 258
65 III Schiller Hg., Hft. 2, 20; vgl. NA 16, 405
66 SA 13, 285
67 Vgl. IV Freund, 12, IV Sharpe, 103
68 IV Blanckenburg V, 32 ff., 79 ff.
69 III Garve, Bd.I, 77 f.
70 I Abel K, 334
71 I Abel E, 298 ff.
72 I Abel E, 303 ff.
73 II Hegel, Bd.VII, 151 (§70)
74 II Hegel, Bd.VII, 151 (§70)
75 Vgl. Neumann, in: I Barner u.a. Hgg., 442 f., IV Denneler, 208 f.
76 Vgl. Aurnhammer, in: I Aurnhammer u.a. Hgg., 265 f.; vgl. IV Nutz, 162
77 II Sauder Hg., 81
78 Neumann, in: I Barner u.a. Hgg., 456; vgl. IV McCarthy, 39
79 I Riesbeck, 25
80 IV Oettinger, 267, IV Köpf, 50
81 Vgl. I Foucault, 93 ff., IV Nutz, 146 f.
82 I Foucault, 97 f.
83 I Herder, Bd.V, 555 f.

84 Vgl. IV Schönhaar, 121ff., IV Marsch, 141ff., IV Voges, 349f.
85 Vgl. IV Herbst, 137f.
86 II Goethe, Bd.VI, 42
87 IV Sallmann, 211f.
88 Vgl. IV Por, 384f.
89 Dazu I v. Wiese, 305
90 I [Schubart], II, 13
91 I Nicolai, Bd.XIX, III,9, 161ff.
92 I v. Wiese, 304, IV Rainer, 116
93 I Biedermann, 96f.
94 Vgl. IV Bruford, 62f., III Conrady, 287, IV Boyle, 272ff.
95 IV Boyle, 273; vgl. IV Oellers/Steegers, 14ff.
96 Vgl. IV Barth, 102f.
97 IV Günther u.a. Hgg., 419
98 IV de Staël, 98
99 Vgl. IV Oellers/Steegers, 20ff.
100 III Wilson, 148f.
101 Vgl. IV Wilson, 188ff.
102 I v. Wolzogen, I, 224
103 II Goethe, Bd. X, 873
104 IV Jørgensen u.a., 21ff.
105 IV Jørgensen u.a., 95
106 IV Sengle, 407ff.; vgl. I Engelsing, 124ff.
107 I Riesbeck, 191
108 IV Biedrzynski, 117
109 IV Sengle, 408f.
110 Zit. Köpke, in: III Wittkowski Hg. FS, 371f.
111 FA II, 959ff.
112 FA III, 1107
113 FA III, 1106
114 III Fambach, 37f.
115 Vgl. III Hinderer W, 350ff., 363ff.
116 I Wieland, Bd.XVII, 16
117 I v. Wiese, 404f., III Hinderer W, 351ff.
118 II Goethe, Bd.XIV, 183
119 I Goethe, Abt.IV, Bd. 3, 17
120 I Herder, Bd.XVI, 471
121 I Herder, Bd.XVI, 477ff.
122 Vgl. IV Fasel, 229
123 I Herder, Bd.XVIII, 483ff.
124 Dazu III Schings I, 17
125 Vgl. III Schings I, 137ff.
126 Vgl. IV Voges, 137ff., IV Eke, 98ff.
127 III Schings I, 94
128 III Schings I, 143
129 I Biedermann Hg., 134, 139
130 Vgl. III Moritz, Bd.II, 560ff.
131 IV Voges, 284ff.
132 IV Nicolai-Haas, 267ff., IV Voges, 296ff.
133 Vgl. IV Rainer, 140
134 IV Oesterle, 45
135 Vgl. I v. Wiese, 319f., IV Voges, 351ff.
136 Vgl. IV Rainer, 137, IV Voges, 376f.
137 IV Kiefer, 211
138 IV [Gedike-Biester], Mai 1786, 397
139 IV Treder, 31ff.
140 II Goethe, Bd. XII, 418
141 IV Müller-Seidel, 63f.
142 I Knigge, 387
143 I Haug, Bd.III, 8ff., 75ff.
144 I v. Wolzogen, II, 103
145 Anders IV Hansen, 200ff.
146 I Wieland, Bd.XXIV, 89
147 Vgl. IV Mayer, 222f.
148 IV Knigge; vgl. IV Mayer, 220
149 IV [Gedike-Biester], Juli 1786, 444–467
150 IV [Gedike-Biester], Juli 1786, 7
151 Vgl. III Beaujean, 219ff.
152 I Wieland, Bd.XXIV, 89f.
153 III Braun Hg., Bd.I,2, 262
154 IV Weizmann, 178ff.
155 Vgl. IV Haslinger, 181ff., IV Denneler, 100
156 Vgl. III Storz, 189, IV Martini E, 149
157 Vgl. I Schings, 211
158 Vgl. IV Voges, 390f., IV Oesterle, 47
159 I Riedel, 244ff.
160 IV Oesterle, 57f., IV Schmitz-Emans, 39f., IV Käuser, 210f.
161 Vgl. IV Ueding, 91ff., IV Weissberg, 121ff.

FÜNFTES KAPITEL

1 Vgl. Frick, in: V Dann u. a. Hgg., 85 f.
2 V Schiller, Bd. XIII, 342
3 V Volke, 469 ff.
4 V Streisand, 79
5 V Lecke Hg., Bd.I, 392
6 Dann, in: V Strack Hg., 17 ff.
7 V Ziolkowski, 30
8 V Ziolkowski, 28 f.
9 V [Rebmann], 34 f.
10 V Ziolkowski, 182 f.
11 I Mann, Bd.VI, 331
12 V Schlözer, 14
13 V Schlözer, 46 ff.; vgl. V Muhlack, 97 ff., Hahn, in: III Brandt Hg., 88 f.
14 V Reinhold, 39
15 Dazu Muhlack bzw. Frick, in: V Dann u. a. Hgg., 20 ff., 84 ff.
16 Vgl. V Fulda, 231
17 II Kant, Bd.XI, 33
18 II Kant, Bd.XI, 35
19 II Kant, Bd.XI, 41
20 III Heine, Bd.VIII/1, 133
21 II Kant, Bd.XI, 48
22 V Reinhold, 627
23 V Fichte, 3
24 V Schlegel, Bd.I, 638
25 Vgl. Bräutigam, in: V Strack Hg., 210 f.
26 I Herder, Bd.XVIII, 56 f.
27 I Herder, Bd.V, 436 ff.; vgl. V Hahn G, 55 ff., V Fulda, 191 ff.
28 II Goethe, Bd.III, 668
29 V Bräutigam 107 ff., vgl. V White, 29 ff., V Rüsen, 182
30 Vgl. Ueding, in: V Strack Hg., 165 ff.
31 Weimar, in: V Dann u. a. Hgg., 191 ff., V Haupt, 409 ff.
32 Otto, in: V Dann u. a. Hgg., 296, V Hartwich, 29, V Assmann, 203 f.
33 III Schings I, 137
34 V [Reinhold], 54 ff.; vgl. V Hartwich, 30 ff.
35 Vgl. V Assmann, 188 ff.
36 V [Reinhold], 110
37 Weimar, in: V Dann u. a. Hgg., 192
38 II Kant, Bd.XI, 85 ff.
39 Vgl. Koopmann, in: V Dann u.a Hgg., 64
40 III Ferguson, 174 f.
41 V Schieder, 68
42 Vgl. Eder, in: I Koopmann Hg., 667 f.
43 Osterkamp, in: V Dann u. a. Hgg., 166 f.
44 III Braun Hg., Bd.I,2, 254
45 V Reinhold, 40
46 V Müller, 232 ff.
47 Dazu V Fulda, 234 ff.
48 Vgl. Seeba, in: I Wittkowski Hg. S, 243 f., V Mann S, 99 ff., V Hart-Nibbrig, 255 ff., V Borchmeyer, 219 f., V White, 76 ff.
49 V v. Humboldt, 412
50 V Fulda, 260 ff.; vgl. Hahn, in: III Brandt Hg., 86 f.
51 V Boas Hg., Bd.II, 78
52 Vgl. Schulin, in: V Dann u. a. Hgg., 137 ff.
53 V Gatterer, 3 f.
54 Vgl. V Borchmeyer, 162 f.
55 V Borchmeyer, 216
56 I Herder, Bd.XV, 426
57 I v. Wolzogen, I, 236
58 V Kiene, 93
59 I v. Wolzogen, I, 262
60 V [v. Humboldt], Bd.I, 61
61 I Geiger Hg., 75 f.
62 V [v. Humboldt], Bd.I, 69
63 V [v. Humboldt], Bd.I, 396
64 I Urlichs, Bd.I, 59
65 I Wehler, 194 f.
66 IV Böttiger, II, 23
67 V Roder, 58
68 III Novalis, Bd.I, 510
69 I v. Wolzogen, II, 97
70 III Novalis, Bd.I, 509 f.
71 III Novalis, Bd.I, 510
72 Vgl. V Janz, 98 ff.
73 III Novalis, Bd.II, 141
74 III Novalis, Bd.II, 271
75 III Novalis, Bd.I, 306
76 I v. Wolzogen, II, 23
77 Vgl. V Karthaus, 212 ff.

78 Dazu V Soboul, 68 ff.
79 V Furet/Richet, 48
80 V Furet/Richet, 56 ff.
81 V Soboul, 194
82 V Eberle/Stammen Hg., 55 f.
83 V Reinhold, 27
84 Zit. Seeba, in: I Wittkowski Hg. S, 233
85 V Keller, Bd.I, 69 f.
86 V Hahn H, 92
87 V Middell, 179 f.
88 V Koselleck, 167 f.
89 V Schieder, 67
90 II Kant, Bd.XI, 34
91 Pestalozzi, in: V Dann u.a. Hgg., 180
92 Osterkamp, in: V Dann u.a. Hgg., 178, V Sharpe, 62 f.
93 Vgl. V Sharpe, 58
94 V Schelling, 546
95 III Machiavelli, 67
96 V v. Ranke, 237 ff.
97 V Diwald, 472, 523
98 V Diwald, 540
99 V Mann W, 945; vgl. V Koopmann, 47 f.
100 V Höyng, 154
101 Vgl. Eder, in: I Koopmann Hg., 682 f.
102 V Hahn H, 94
103 III Braun Hg., Bd.I,2, 305

Bibliographie

Verzeichnis der Abkürzungen

DVjs Deutsche Vierteljahrsschrift für Literaturwissenschaft und Geistesgeschichte
FA Friedrich Schiller: Werke und Briefe in zwölf Bänden. Im Deutschen Klassiker-Verlag hg. v. Otto Dann u. a., Frankfurt/M. 1988 ff.
GRM Germanisch-Romanische Monatsschrift
JDSG Jahrbuch der deutschen Schillergesellschaft
NA Schillers Werke. Nationalausgabe, begr. v. Julius Petersen, fortgeführt v. Lieselotte Blumenthal u. Benno v. Wiese, hg. im Auftrag der Stiftung Weimarer Klassik und des Schiller-Nationalmuseums Marbach v. Norbert Oellers, Weimar 1943 ff.
PMLA Publications of the Modern Language Association of America
SA Schillers sämtliche Werke. Säkular-Ausgabe in 16 Bänden., hg. v. Eduard von der Hellen in Verbindung mit Richard Fester u. a., Stuttgart, Berlin 1904–05
ZfdPh Zeitschrift für deutsche Philologie

Schiller-Werkausgaben (in chronologischer Folge)

Schillers sämmtliche Werke, hg. v. Christian Gottfried Körner. 12 Bde., Stuttgart, Tübingen 1812–1815
Schillers sämmtliche Schriften. Historisch-kritische Ausgabe. 15 Bände in 17 Tln., hg. v. Karl Goedeke im Verein mit A. Ellissen u. a., Stuttgart 1867–1876
Schillers Werke. 6 Bde., mit Lebensbeschreibung, Einleitung u. Anmerkungen hg. v. Robert Boxberger, Berlin 1877
Schillers Werke. Illustriert von ersten deutschen Künstlern. 4 Bde., hg. v. J. G. Fischer, Stuttgart 1879
Schillers sämtliche Werke in 16 Bänden, eingeleitet u. hg. v. Karl Goedecke, Stuttgart 1893 ff.
Schillers sämtliche Werke in 12 Bänden. Mit einer biographischen Einleitung hg. v. Gustav Karpeles, Leipzig 1895
Schillers Werke. Kritisch durchg. u. erl. Ausgabe. 14 Bde., hg. v. Ludwig Bellermann, Leipzig 1895–1897
Schillers sämtliche Werke in 12 Bänden. Mit einer biographischen Einleitung hg. v. Friedrich Düsel, Leipzig 1903
Schillers sämtliche Werke. Säkular-Ausgabe in 16 Bänden, hg. v. Eduard v. der Hellen in Verbindung mit Richard Fester u. a., Stuttgart 1904–05
Schillers Werke. Mit reich illustrierter Biographie. 4 Bde., hg. v. Hans Kraeger, Stuttgart 1905
Schillers sämtliche Werke in 6 Bänden, hg. v. Alfred Walter Heymel, Leipzig 1905 ff.
Schillers Werke. Auf Grund der Hempelschen Ausgabe neu hg. mit Einleitung und Anmerkungen und einer Lebensbeschreibung vers. v. Arthur Kutscher u. Heinrich Zisseler. 10 Teile, Berlin 1908
Schillers sämtliche Werke. Historisch-kritische Ausgabe in 20 Bänden, unter Mitwirkung v. Karl Berger u. a. hg. v. Otto Güntter u. Georg Wittkowski, Leipzig 1909–1911

Schillers sämtliche Werke. Horenausgabe. 22 Bde., hg. v. Conrad Höser, Leipzig 1910
Schillers Werke in 10 Bänden. Mit einer biographischen Einleitung hg. v. Franz Mehring, Berlin 1910–1911
Schillers sämtliche Werke in 12 Bänden, hg. v. Fritz Strich u.a., Leipzig 1910–1912
Schillers sämtliche Werke in 12 Bänden, hg. v. Albert Ludwig, Leipzig 1911
Schillers sämtliche Werke in vier Hauptbänden und zwei Ergänzungsbänden, hg. v. Paul Merker, Leipzig 1911
Schillers sämtliche Werke. 14 Bde., hg. v. Alexander v. Gleichen-Rußwurm, München 1923
Schillers Werke. 14 Bde., hg. v. Philipp Witkopp in Verb. mit Eugen Kühnemann, Berlin 1924
Schillers Werke. Nationalausgabe, begr. v. Julius Petersen, fortgeführt v. Lieselotte Blumenthal u. Benno v. Wiese, hg. im Auftrag der Stiftung Weimarer Klassik und des Schiller-Nationalmuseums Marbach v. Norbert Oellers, Weimar 1943ff.
Schillers Werke. 10 Bde., hg. v. Reinhard Buchwald u. Karl Franz Reinking, unter der Mitwirkung v. Alfred Gottwald, Hamburg 1952
Schillers sämtliche Werke. 5 Bde. Aufgrund der Originaldrucke hg. v. Gerhard Fricke u. Herbert G. Göpfert in Verb. mit Herbert Stubenrauch, München 1958–59
Friedrich Schiller: Werke. 20 Bde. Aufgrund der Originaldrucke hg. v. Gerhard Fricke u. Herbert Göpfert in Verb. mit Herbert Stubenrauch, München 1965–66
Friedrich Schiller: Sämtliche Werke. 5 Bde. Nach den Ausgaben letzter Hand unter Hinzuziehung der Erstdrucke und Handschriften mit einer Einführung v. Benno v. Wiese und Anmerkungen v. Helmut Koopmann, München 1968
[Friedrich] Schiller: Sämtliche Werke. Berliner Ausgabe. 10 Bde., hg. v. Hans-Günther Thalheim u.a., Berlin 1980ff.
Friedrich Schiller: Werke und Briefe in zwölf Bänden. Im Deutschen Klassiker-Verlag hg. v. Otto Dann u.a., Frankfurt/M. 1988ff.

Briefausgaben (systematisch bzw. nach Briefpartnern)

Briefe. In: Schillers Werke. Nationalausgabe. Bd. 23 (1772–1785), Bd. 24 (1785–1787), Bd. 25 (1788–1790), Bd. 26 (1790–1794), Bd. 27 (1794–1795), Bd. 28 (1795–1796), Bd. 29 (1796–1798), Bd. 30 (1798–1800), Bd. 31 (1801–1802), Bd. 32 (1803–1805)
Briefe an Schiller. In: Schillers Werke. Nationalausgabe. Bd. 33/I (1781–1790), Bd. 34/I (1790–1794), Bd. 35 (1794–1795), Bd. 36/I (1795–1797), Bd. 37/I (1797–1798), Bd. 38/I (1798–1800), Bd. 39/I (1801–1802), Bd. 40/I (1803–1805)
Schillers Briefe. Kritische Ausgabe. 7 Bde., hg. v. Fritz Jonas, Stuttgart u.a. 1892–96
Geschäftsbriefe Schillers, hg. v. Karl Goedeke, Leipzig 1875
Schiller's Briefwechsel mit seiner Schwester Christophine und seinem Schwager Reinwald, hg. v. Wendelin v. Maltzahn, Leipzig 1875
Briefwechsel zwischen Schiller und Cotta, hg. v. Wilhelm Vollmer, Stuttgart 1876
Der Briefwechsel zwischen Schiller und Goethe. 3 Bde., im Auftrage der Nationalen Forschungs- und Gedenkstätten der klassischen deutschen Literatur in Weimar hg. v. Siegfried Seidel, Leipzig 1984
Briefwechsel zwischen Schiller und Wilhelm v. Humboldt, hg. v. Wilhelm v. Humboldt, Stuttgart 1876 (2.Aufl., zuerst 1830)
Friedrich Schiller – Wilhelm v. Humboldt, Briefwechsel, hg. v. Siegfried Seidel, Berlin 1962
Briefwechsel zwischen Schiller und Körner. Von 1784 bis zum Tode Schillers. Mit Einleitung v. Ludwig Geiger. 4 Bde., Stuttgart 1892–1896
Briefwechsel zwischen Schiller und Körner, hg. v. Klaus L. Berghahn, München 1973
Schiller und Lotte. Ein Briefwechsel, hg. v. Alexander v. Gleichen-Rußwurm. 2 Bde., Jena 1908

August Wilhelm Schlegel und Friedrich Schlegel im Briefwechsel mit Schiller und Goethe, hg. v. Josef Körner u. Ernst Wieneke, Leipzig 1926
Johann Friedrich Unger im Verkehr mit Goethe und Schiller. Briefe und Nachrichten, hg. v. Flodoard Frhrn. v. Biedermann, Berlin 1927

Lebenszeugnisse, Chroniken und Erinnerungen

Biedermann, Flodoard Freiherr v. (Hg.): Schillers Gespräche, München 1961
Borcherdt, Hans Heinrich (Hg.): Schiller und die Romantiker. Briefe und Dokumente, Stuttgart 1948
Braun, Julius W. (Hg.): Schiller und Goethe im Urtheile ihrer Zeitgenossen. 3 Bde., Leipzig 1882
Conradi-Bleibtreu, Ellen: Im Schatten des Genius. Schillers Familie im Rheinland, Münster 1981
Conradi-Bleibtreu, Ellen: Die Schillers. Der Dichter und seine Familie. Leben, Lieben, Leiden in einer Epoche der Umwälzung, Münster 1986
Freiesleben, Hans: Aus Schillers sächsischem Freundeskreis. Neue Schriftstücke, in: JDSG 25 (1981), S. 1–8
Germann, Dietrich u. Haufe, Eberhard (unter Mitwirkung v. Lieselotte Blumenthal) (Hgg.): Schillers Gespräche, Weimar 1967 (= NA 42)
Germann, Dietrich: Andreas Streicher und sein Schillerbuch. Über den Nachlaß von Schillers Freund und Fluchtgefährten, in: Weimarer Beiträge 14 (1968), S. 1051–1059
Hahn, Karl-Heinz: Arbeits- und Finanzplan Friedrich Schillers für die Jahre 1802–1809, Weimar 1981 (3.Aufl., zuerst 1975)
Hecker, Max u. Petersen, Julius (Hg.): Schillers Persönlichkeit. Urtheile der Zeitgenossen und Documente. 3 Bde., Weimar 1904–09
Hecker, Max: Schillers Tod und Bestattung. Nach Zeugnissen der Zeit, im Auftrag der Goethe-Gesellschaft, Leipzig 1935
Hoven, Friedrich Wilhelm v.: Lebenserinnerungen, mit Anm. hg. v. Hans-Günther Thalheim u. Evelyn Laufer, Berlin 1984 (zuerst 1840)
Hoyer, Walter (Hg.): Schillers Leben. Dokumentarisch in Briefen, zeitgenössischen Berichten und Bildern, Köln, Berlin 1967
Kahn-Wallerstein, Carmen: Die Frau im Schatten. Schillers Schwägerin Karoline von Wolzogen, Bern, München 1970
Kretschmar, Eberhard: Schiller. Sein Leben in Selbstzeugnissen, Briefen und Berichten, Berlin 1938
Lecke, Bodo (Hg.): Friedrich Schiller. 2 Bde. (= Dichter über ihre Dichtungen), München 1969
Lotar, Peter: Schiller. Leben und Werk. Aus seiner Dichtung, aus Briefen und Zeugnissen seiner Zeitgenossen dargestellt, Bern, Stuttgart 1955
Müller, Ernst: Schiller. Intimes aus seinem Leben, nebst Einleitung über seine Bedeutung als Dichter und einer Geschichte der Schillerverehrung, Berlin 1905
Palleske, Emil (Hg.). Charlotte. (Für die Freunde der Verewigten.) Gedenkblätter von Charlotte von Kalb, Stuttgart 1879
Petersen, Julius (Hg.): Schillers Gespräche. Berichte seiner Zeitgenossen über ihn, Leipzig 1911
Streicher, [Johann] Andreas: Schillers Flucht [aus Stuttgart und Aufenthalt in Mannheim], hg. v. Paul Raabe, Stuttgart 1959 (zuerst 1836)
Urlichs, Ludwig (Hg.): Charlotte von Schiller und ihre Freunde. 3 Bde., Stuttgart 1860ff.
Volke, Werner: Schillers erster Besuch in Weimar. Zu einer neuaufgefundenen Aufzeichnung von Johann Daniel Falk, in: Festschrift für Friedrich Beißner, hg. v. Ulrich Gaier u. Werner Volke, Stuttgart 1974, S. 465–477

Wilpert, Gero v.: Schiller-Chronik. Sein Leben und sein Schaffen, Stuttgart 1958

Wolzogen, Caroline v.: Schillers Leben. Verfaßt aus Erinnerungen der Familie, seinen eigenen Briefen und den Nachrichten seines Freundes Körner. Zwei Theile in einem Band (1830), in: Dies.: Gesammelte Schriften, hg. v. Peter Boerner, Bd.II, Hildesheim, Zürich, New York 1990

Wolzogen, Karoline v.: Schillers Jugendjahre in Schwaben, Lorch 1905

Wolzogen, Karoline v.: Aus Schillers letzten Tagen. Eine ungedruckte Aufzeichnung von Karoline v. Wolzogen. Zur Erinnerung an Schillers 100. Todestag, Weimar 1905

Zeller, Bernhard: Schiller. Eine Bildbiographie, München 1958

Zeller, Bernhard (Hg.): Schillers Leben und Werk in Daten und Bildern, Frankfurt/M. 1966

Zeller, Bernhard: Friedrich Schiller in Marbach, in: Ludwigsburger Geschichtsblätter 33 (1981), S. 41–54

Aspekte der Wirkungsgeschichte

Albert, Claudia (Hg.): Klassiker im Nationalsozialismus. Schiller. Hölderlin. Kleist, Stuttgart, Weimar 1994

Fambach, Oscar (Hg.): Schiller und sein Kreis in der Kritik ihrer Zeit. Die wesentlichen Rezensionen aus der periodischen Literatur bis zu Schillers Tod, begleitet von Schillers und seiner Freunde Äußerungen zu deren Gehalt. In Einzeldarstellungen mit einem Vorwort und Anhang: Bibliographie der Schiller-Kritik bis zu Schillers Tod, Berlin 1957 (Ein Jahrhundert deutscher Literaturkritik [1750–1850], Bd.II)

Gerhard, Ute: Schiller als «Religion». Literarische Signaturen des 19. Jahrhunderts, München 1994

Guthke, Karl S.: Lessing-, Goethe-, und Schiller-Rezensionen in den *Göttingischen Gelehrten Anzeigen* 1769–1836, in: Jahrbuch des Freien Deutschen Hochstifts 1965, S. 88–167

Mück, Hans-Dieter: Schiller-Forschung 1933–1945, in: Zeller, Bernhard (Hg.): Klassiker in finsteren Zeiten. 1933–1945, Bd.I, Marbach 1993, S. 299–318

Oellers, Norbert: Schiller. Geschichte seiner Wirkung bis zu Goethes Tod 1805–1832, Bonn 1967

Oellers, Norbert (Hg.): Schiller – Zeitgenosse aller Epochen. Dokumente zur Wirkungsgeschichte Schillers in Deutschland. Teil I 1782–1859, Frankfurt/M. 1970

Oellers, Norbert (Hg.): Schiller – Zeitgenosse aller Epochen. Dokumente zur Wirkungsgeschichte Schillers in Deutschland. Teil II 1860–1966, München 1976

Oellers, Norbert: Zur Schiller-Rezeption in Österreich um 1800, in: Die österreichische Literatur. Ihr Profil an der Wende vom 18. zum 19. Jahrhundert, hg. v. Herbert Zeman, Graz 1979, S. 677–696

Petersen, Julius: Schiller und die Bühne. Ein Beitrag zur Literatur- und Theatergeschichte in der klassischen Zeit, Berlin 1904

Piedmont, Ferdinand (Hg.): Schiller spielen: Stimmen der Theaterkritik 1946–1985. Eine Dokumentation, Darmstadt 1990

Rudloff-Hille, Gertrud: Schiller auf der deutschen Bühne seiner Zeit, Berlin, Weimar 1969

Ruppelt, Georg: Schiller im nationalsozialistischen Deutschland. Der Versuch einer Gleichschaltung, Stuttgart 1979

Utz, Peter: Die ausgehöhlte Gasse. Stationen der Wirkungsgeschichte von Schillers *Wilhelm Tell*, Königstein/Ts. 1984

Waldmann, Bernd: «Schiller ist gut – Schiller muß sein»: Grundlagen und Funktion der Schiller-Rezeption des deutschen Theaters in den fünfziger Jahren, Frankfurt/M. u.a. 1993

Biographien und Gesamtdarstellungen (in chronologischer Folge)

Carlyle, Thomas: The Life of Friedrich Schiller, London 1825
Carlyle, Thomas: Leben Schillers. Aus dem Englischen durch M. v. Teubern, eingeleitet durch Goethe, Frankfurt/M. 1830
Hoffmeister, Karl: Schiller's Leben, Geistesentwicklung und Werke im Zusammenhang. 5 Bde., Stuttgart 1838–42
Döring, Heinrich: Friedrich von Schiller. Ein biographisches Denkmal, Jena 1839
Schwab, Gustav: Schiller's Leben in drei Büchern, Stuttgart 1840
Palleske, Emil: Schillers Leben und Werk. 2 Bde., Berlin 1858–59
Scherr, Johann: Schiller und seine Zeit, Leipzig 1859
Minor, Jakob: Schiller. Sein Leben und seine Werke. 2 Bde., Berlin 1890
Gottschall, Rudolf: Friedrich v. Schiller. Mit Schillers Bildnis, Leipzig 1898
Harnack, Otto: Schiller. 2 Bde., Berlin 1898
Weltrich, Richard: Schiller. Geschichte seines Lebens und Charakteristik seiner Werke. Bd.I, Stuttgart 1899
Bellermann, Ludwig: Friedrich Schiller, Leipzig 1901
Berger, Karl: Schiller. Sein Leben und seine Werke. 2 Bde., München 1905
Kuhnemann, Eugen: Schiller, Munchen 1905
Lienhard, Fritz: Schiller, Berlin, Leipzig 1905
Schmoller, Leo: Friedrich Schiller. Sein Leben und sein Werk, Wien 1905
Strich, Fritz: Schiller. Sein Leben und sein Werk, Leipzig 1912
Güntter, Otto: Friedrich Schiller. Sein Leben und seine Dichtungen, Leipzig 1925
Binder, Hermann: Friedrich Schiller. Wille und Werk, Stuttgart 1927
Schneider, Hermann: Friedrich Schiller: Werk und Erbe, Stuttgart, Berlin, 1934
Cysarz, Herbert: Schiller, Halle 1934
Pongs, Hermann: Schillers Urbilder, Stuttgart 1935
Hohenstein, Lily: Schiller: Der Dichter – der Kämpfer, Berlin 1940
Buerkle, Veit: Schiller, Stuttgart 1941
Müller, Ernst: Der junge Schiller, Tübingen, Stuttgart 1947
Wentzlaff-Eggebert, Friedrich-Wilhelm: Schillers Weg zu Goethe, Tübingen, Stuttgart 1949
Gerhard, Melitta: Schiller, Bern 1950
Benfer, Heinrich: Friedrich v. Schiller. Leben und Werk, Bochum 1955
Hilty, Hans Rudolf: Friedrich Schiller. Abriß seines Lebens, Umriß seines Werks, Bern 1955
Kleinschmidt, Karl: Friedrich Schiller. Leben, Werk und Wirkung, Berlin 1955
Nohl, Hermann: Friedrich Schiller. Eine Vorlesung, Frankfurt/M. 1955
Wiese, Benno v.: Schiller. Eine Einführung in Leben und Werk, Stuttgart 1955
Burschell, Friedrich: Friedrich Schiller in Selbstzeugnissen und Bilddokumenten. Hamburg 1958
Zeller, Bernhard: Schiller. Eine Bildbiographie, München 1958
Buchwald, Reinhard: Schiller, Wiesbaden 1959 (4.Aufl., zuerst 1937)
Heiseler, Bernt v.: Schiller, Gütersloh 1959
Storz, Gerhard. Der Dichter Friedrich Schiller, Stuttgart 1959
Wiese, Benno v.: Friedrich Schiller, Stuttgart 1959
Koopmann, Helmut: Friedrich Schiller. I: 1759–1794; II: 1795–1805, Stuttgart 1966
Staiger, Emil: Friedrich Schiller, Zürich 1967
Burschell, Friedrich: Schiller, Reinbek b. Hamburg 1968
Middell, Eike: Friedrich Schiller. Leben und Werk, Leipzig 1976
Lahnstein, Peter: Schillers Leben, München 1981
Koopmann, Helmut: Friedrich Schiller. Eine Einführung, München, Zürich 1988
Oellers, Norbert. Schiller, Stuttgart 1989
Ueding, Gert: Friedrich Schiller, München 1990

Reed, Terence J.: Schiller, Oxford, New York 1991
Koopmann, Helmut (Hg.): Schiller-Handbuch, Stuttgart 1998
Gellhaus, Axel u. Oellers, Norbert (Hg.): Schiller. Bilder und Texte zu seinem Leben, Köln u.a. 1999

Chronologisch publizierte Bibliographien

Schiller-Bibliographie 1893–1958. Bearbeitet v. Wolfgang Vulpius, Weimar 1959
Schiller-Bibliographie 1959–1963. Bearbeitet v. Wolfgang Vulpius, Berlin, Weimar 1967
Schiller-Bibliographie 1964–1974. Bearbeitet v. Peter Wersig, Berlin, Weimar 1977
Schiller-Bibliographie 1975–1985. Bearbeitet v. Roland Bärwinkel u.a., Berlin, Weimar 1989
Schiller-Bibliographie 1959–1961. Bearbeitet v. Paul Raabe u. Ingrid Bode, in: JDSG 6 (1962), S. 465–553
Schiller-Bibliographie 1962–1965. Bearbeitet v. Ingrid Bode, in: JDSG 10 (1966), S. 465–502
Schiller-Bibliographie 1966–1969. Bearbeitet v. Ingrid Bode, in: JDSG 14 (1970), S. 584–636
Schiller-Bibliographie 1970–1973. Bearbeitet v. Ingrid Bode, in: JDSG 18 (1974), S. 642–701
Schiller-Bibliographie 1974–1978. Bearbeitet v. Ingrid Bode, in: JDSG 23 (1979), S. 549–612
Schiller-Bibliographie 1979–1982. Bearbeitet v. Ingrid Bode, in: JDSG 27 (1983), S. 493–551
Schiller-Bibliographie 1983–1986. Bearbeitet v. Ingrid Hannich-Bode, in: JDSG 31 (1987), S. 432–512
Schiller-Bibliographie 1987–1990. Bearbeitet v. Ingrid Hannich-Bode, in: JDSG 35 (1991), S. 387–459
Schiller-Bibliographie 1991–1994. Bearbeitet v. Ingrid Hannich-Bode, in: JDSG 39 (1995), S. 463–534

Teilbibliographien und Forschungsberichte in chronologischer Folge (seit 1945)

Müller-Seidel, Walter: Zum gegenwärtigen Stand der Schillerforschung, in: Der Deutschunterricht 4 (1952), Hft.5, S. 97–115
Wiese, Benno v.: Schiller-Forschung und Schiller-Deutung von 1937 bis 1953, in: DVjs 27 (1953), S. 452–483
Goerres, Karlheinz: Wege zu einem neuen Schillerbild, in: Die Schulwarte 12 (1959), S. 741–745
Vancsa, Kurt: Die Ernte der Schiller-Jahre 1955–1959, in: ZfdPh 79 (1960), S. 422–441
Paulsen, Wolfgang: Friedrich Schiller 1955–1959. Ein Literaturbericht, in: JDSG 6 (1962), S. 369–464
Wittkowski, Wolfgang: Friedrich Schiller 1962–1965. Ein Literaturbericht, in: JDSG 10 (1966), S. 414–464
Berghahn, Klaus L.: Aus der Schiller-Literatur des Jahres 1967, in: Monatshefte 60 (1968), S. 410–413
Berghahn, Klaus L.: Ästhetik und Politik im Werk Schillers. Zur jüngsten Forschung, in: Monatshefte 66 (1974), S. 401–421
Koopmann, Helmut: Schiller-Forschung 1970–1980. Ein Bericht, Marbach a.N. 1982
Leibfried, Erwin: 225 Jahre Schiller. Rückblicke auf Publikationen zum Schillerjahr, in: Wissenschaftlicher Literaturanzeiger 24 (1985), S. 45–46

Steinberg, Heinz: Sekundärliteratur der letzten Jahre. Zum Beispiel Schiller, in: Buch und Bibliothek 37 (1985), S. 248–251
Martini, Fritz: Schiller-Forschung und Schiller-Kritik im Werke Käte Hamburgers, in: Ders.: Vom Sturm und Drang zur Gegenwart, Frankfurt/M. u.a. 1990 (zuerst 1986), S. 35–42
Koopmann, Helmut: Forschungsgeschichte, in: Schiller-Handbuch, hg. v. Helmut Koopmann, Stuttgart 1998, S. 809–932

Zu Einleitung und Kapitel I
Werke und Quellen

[Abel, Jacob Friedrich]: Eine Quellenedition zum Philosophieunterricht an der Stuttgarter Karlsschule (1773–1782). Mit Einleitung, Übersetzung, Kommentar und Bibliographie hg. v. Wolfgang Riedel, Würzburg 1995 (= K)
Abel, Jacob Friedrich: Einleitung in die Seelenlehre, Stuttgart 1786. Faksimile-Neudruck, Hildesheim u.a. 1985 (= E)
Adorno, Theodor W.: Minima Moralia, Frankfurt/M. 1981 (zuerst 1951)
Biedermann, Flodoard Freiherr v. (Hg.): Schillers Gespräche, München 1961
Büchner, Georg: Werke und Briefe, München 1988
Dürrenmatt, Friedrich: Gesammelte Werke. Bd.VII, Zürich 1996
Eckermann, Johann Peter: Gespräche mit Goethe in den letzten Jahren seines Lebens, hg. v. Fritz Bergmann, Frankfurt/M. 1987 (3.Aufl., zuerst 1955)
Eichendorff, Joseph von: Werke. 6 Bde., hg. v. Wolfgang Frühwald u.a., Frankfurt/M. 1985 ff.
Ferguson, Adam: Grundsätze der Moralphilosophie. Uebersetzt und mit einigen Anmerkungen versehen von Christian Garve, Leipzig 1772
Geiger, Ludwig (Hg.): Charlotte von Schiller und ihre Freunde. Auswahl aus ihrer Korrespondenz, Berlin 1908
Goethe, Johann Wolfgang: Werke, hg. im Auftrag der Großherzogin Sophie von Sachsen. Abt. 1–4. 133 Bde. (in 147 Tln.), Weimar 1887 ff.
Haller, Albrecht v.: Die Alpen und andere Gedichte, hg. v. Adalbert Elschenbroich, Stuttgart 1984
Hartmann, Julius: Schillers Jugendfreunde, Stuttgart, Berlin 1904
Haug, Balthasar (Hg.): Schwäbisches Magazin von gelehrten Sachen. Bd.I-VIII, Stuttgart 1774–1781 (1774 als *Gelehrte Ergötzlichkeiten*)
Helvétius, Claude-Adrien: Vom Menschen, von seinen geistigen Fähigkeiten und von seiner Erziehung. Aus dem Französischen übers. v. Theodor Lücke, Berlin, Weimar 1976 (= De l'homme, 1773)
Herder, Johann Gottfried: Sämmtliche Werke, hg. v. Bernhard Suphan, Berlin 1877 ff.
Holbach, Paul Thiry d': System der Natur oder von den Grenzen der physischen und der moralischen Welt (1770), Frankfurt/M. 1978
Hoven, Friedrich Wilhelm v.: Lebenserinnerungen, mit Anm. hg. v. Hans-Günther Thalheim u. Evelyn Laufer, Berlin 1984 (zuerst 1840)
Hoyer, Walter (Hg.): Schillers Leben. Dokumentarisch in Briefen, zeitgenössischen Berichten und Bildern, Köln, Berlin 1967
Humboldt, Wilhelm v. (Hg.): Briefwechsel zwischen Schiller und Wilhelm v. Humboldt, Stuttgart 1876 (2.Aufl., zuerst 1830)
Hutcheson, Francis: Untersuchung unserer Begriffe von Schönheit und Tugend in zwo Abhandlungen, Frankfurt, Leipzig 1762
Kerner, Justinus: Ausgewählte Werke, hg. v. Gunter E. Grimm, Stuttgart 1981
Knigge, Adolph Freiherr v.: Über den Umgang mit Menschen (1788), hg. v. Gert Ueding, Frankfurt/M. 1977

Lichtenberg, Georg Christoph: Schriften und Briefe, hg. v. Franz Mautner, Frankfurt/M. 1992
Mann, Thomas: Essays, hg. v. Hermann Kurzke u. Stephan Stachorski, Frankfurt/M. 1993 ff.
Mendelssohn, Moses: Gesammelte Schriften. Jubiläumsausgabe, hg. v. Fritz Bamberger u.a. Faksimile-Neudruck der Ausgabe Berlin 1929, Stuttgart-Bad Canstatt 1971
Nicolai, Friedrich: Gesammelte Werke, hg. v. Bernhard Fabian und Marie-Luise Spieckermann, Hildesheim, Zürich, New York 1985 ff.
Noverre, Jean-Georges: Briefe über die Tanzkunst und über die Ballette. Aus dem Französischen übersetzt von Gotthold Ephraim Lessing und Johann Joachim Christoph Bode, Hamburg, Bremen 1769. Reprint, hg. v. Kurt Petermann, München 1977
Platner, Ernst: Anthropologie für Aerzte und Weltweise. Erster Theil (1772). Faksimile-Neudruck, mit einem Nachwort hg. v. Alexander Košenina, Hildesheim u.a. 1998
Pufendorf, Samuel von: Die Verfassung des deutschen Reichs. Übersetzung, Anmerkungen und Nachwort v. Horst Denzer, Stuttgart 1976
Riesbeck, Johann Kaspar: Briefe eines reisenden Franzosen über Deutschland an seinen Bruder zu Paris, hg. u. bearbeitet v. Wolfgang Gerlach, Stuttgart 1967
Rousseau, Jean-Jacques: Schriften zur Kulturkritik. Französisch-Deutsch. Eingel., übers. u. hg. v. Kurt Weigand, Hamburg 1983
Schiller, Friedrich: Medizinische Schriften, Miesbach / Obb. 1959
Schiller, Johann Caspar: Meine Lebens-Geschichte (1789). Mit einem Nachwort hg. v. Ulrich Ott, Marbach a.N. 1993 (= L)
Schiller, Johann Caspar: Die Baumzucht im Grossen aus Zwanzigjährigen Erfahrungen im Kleinen in Rücksicht auf ihre Behandlung, Kosten, Nutzen und Ertrag beurtheilt (1795), hg. v. Gottfried Stolle, Marbach a.N. 1993 (= B)
Schubart, Christian Friedrich Daniel: Gedichte. Aus der *Deutschen Chronik*, hg. v. Ulrich Karthaus, Stuttgart 1978
[Schubart, Christian Friedrich Daniel]: Leben und Gesinnungen. Von ihm selbst im Kerker aufgesetzt. Erster Theil (1791), in: Schubarts gesammelte Schriften und Schicksale, Bd.I, Stuttgart 1839
Strauß, David Friedrich (Hg.): Christian Friedrich Daniel Schubarts Leben in seinen Briefen, Bd.I, Berlin 1849
Streicher, [Johann] Andreas: Schillers Flucht [aus Stuttgart und Aufenthalt in Mannheim], hg. v. Paul Raabe, Stuttgart 1959 (zuerst 1836)
Sulzer, Johann George: Vermischte philosophische Schriften. 2 Bde., Leipzig 1773/81
Tissot, S[imon] A[ndré]: Von der Gesundheit der Gelehrten, Zürich 1768
Urlichs, Ludwig (Hg.): Charlotte von Schiller und ihre Freunde. 3 Bde., Stuttgart 1860ff.
Wieland, Christoph Martin: Sämmtliche Werke in 39 Bänden, Leipzig 1794–1811. Faksimile-Neudruck, Hamburg 1984
Wolzogen, Caroline v.: Schillers Leben. Verfaßt aus Erinnerungen der Familie, seinen eigenen Briefen und den Nachrichten seines Freundes Körner. Zwei Theile in einem Band (1830), in: Dies.: Gesammelte Schriften, hg. v. Peter Boerner, Bd.II, Hildesheim, Zürich, New York 1990
Zeller, Bernhard (Hg.): Schillers Leben und Werk in Daten und Bildern, Frankfurt/M. 1966

Forschung

[Adam, Eugen u.a.]: Herzog Karl Eugen von Württemberg und seine Zeit, hg. v. Württembergischen Geschichts- und Altertums-Verein. Bd.I, Eßlingen 1907
Aurnhammer, Achim u.a. (Hgg.): Schiller und die höfische Welt, Tübingen 1990
Barner, Wilfried u.a. (Hgg.): Unser Commercium. Goethes und Schillers Literaturpolitik, Stuttgart 1984

Barthes, Roland: Literatur oder Geschichte. Aus dem Französischen übers. v. Helmut Scheffel, Frankfurt/M. 1969
Biedermann, Karl: Deutschland im 18. Jahrhundert, hg. v. Wolfgang Emmerich, Frankfurt/M. u.a. 1979
Bloch, Peter André: Schiller und die französische klassische Tragödie, Düsseldorf 1968
Brecht, Martin (Hg.): Geschichte des Pietismus. Bd.II (Der Pietismus im achtzehnten Jahrhundert), Göttingen 1995
Bruford, Walter H.: Die gesellschaftlichen Grundlagen der Goethezeit, Weimar 1936
Buchwald, Reinhard: Schiller, Wiesbaden 1959 (4.Aufl, zuerst 1937)
Burschell, Friedrich: Schiller, Reinbek b. Hamburg 1968
Dewhurst, Kenneth u. Reeves, Nigel: Friedrich Schiller. Medicine, Psychology and Literature, Oxford 1978
Engelsing, Rolf: Wieviel verdienten die Klassiker? In: Neue Rundschau 87 (1976), S. 124–136
Foucault, Michel: Überwachen und Strafen. Die Geburt des Gefängnisses. Aus dem Französischen übers. v. Walter Seitter (= Surveiller et punir. La naissance de la prison, 1975), Frankfurt/M. 1994
Friedl, Gerhard: Verhüllte Wahrheit und entfesselte Phantasie. Die Mythologie in der vorklassischen und klassischen Lyrik Schillers, Würzburg 1987
Haug-Moritz, Gabriele: Württembergischer Ständekonflikt und deutscher Dualismus. Ein Beitrag zur Geschichte des Reichsverbands in der Mitte des 18. Jahrhunderts, Stuttgart 1992
Jamme, Christoph u. Pöggeler, Otto (Hgg.): «O Fürstin der Heimath! Glükliches Stutgard». Politik, Kultur und Gesellschaft im deutschen Südwesten um 1800, Stuttgart 1988.
Kiesel, Hellmuth: ‹Bei Hof, bei Höll›. Untersuchungen zur literarischen Hofkritik von Sebastian Brant bis Friedrich Schiller, Tübingen 1979
Kittler, Friedrich A.: Dichter, Mutter, Kind, München 1991
Koopmann, Helmut (Hg.): Schiller-Handbuch, Stuttgart 1998
Košenina, Alexander: Ernst Platners Anthropologie und Philosophie. Der philosophische Arzt und seine Wirkung auf Johann Karl Wezel und Jean Paul, Würzburg 1989
Kreutz, Wilhelm: Die Illuminaten des rheinisch-pfälzischen Raums und anderer außerbayerischer Territorien. Eine ‹wiederentdeckte› Quelle zur Ausbreitung des radikal aufklärerischen Geheimordens in den Jahren 1781 und 1782, in: Francia 18 (1991), S. 115–149
Liepe, Wolfgang: Der junge Schiller und Rousseau. Eine Nachprüfung der Rousseaulegende um den *Räuber*-Dichter, in: ZfdPh 51 (1926), S. 299–328
Michelsen, Peter: Der Bruch mit der Vater-Welt. Studien zu Schillers *Räubern,* Heidelberg 1979
Müller, Ernst: Schillers Mutter. Ein Lebensbild, Leipzig 1890 (= M)
Müller, Ernst: Der Herzog und das Genie. Friedrich Schillers Jugendjahre, Stuttgart 1955 (= G)
Oellers, Norbert: Friedrich Schiller. Zur Modernität eines Klassikers, hg. v. Michael Hofmann, Frankfurt/M., Leipzig 1996
Perels, Christoph (Hg.): Sturm und Drang, Frankfurt/M. 1988
Riedel, Wolfgang: Die Anthropologie des jungen Schiller. Zur Ideengeschichte der medizinischen Schriften und der *Philosophischen Briefe,* Würzburg 1985
Roeder, Gustav: Württemberg. Vom Neckar bis zur Donau. Landschaft, Geschichte, Kultur, Kunst, Nürnberg 1972
Rosenbaum, Heidi: Formen der Familie. Untersuchungen zum Zusammenhang von Familienverhältnissen, Sozialstruktur und sozialem Wandel in der deutschen Gesellschaft des 19. Jahrhunderts, Frankfurt/M. 1982
Schings, Hans-Jürgen: Melancholie und Aufklärung. Melancholiker und ihre Kritiker in Erfahrungsseelenkunde und Literatur des 18. Jahrhunderts, Stuttgart 1977
Schings, Hans-Jürgen (Hg.): Der ganze Mensch. Anthropologie und Literatur im 18. Jahrhundert, Stuttgart 1994

Schuller, Marianne: Körper. Fieber. Räuber. Medizinischer Diskurs und literarische Figur beim jungen Schiller, in: Physiognomie und Pathognomie. Zur literarischen Darstellung von Individualität, in: Festschrift für Karl Pestalozzi, hg. v. Wolfram Groddeck u. Ulrich Stadler, Berlin, New York 1994, S. 153–168

Schulze-Bünte, Matthias: Die Religionskritik im Werk Friedrich Schillers, Frankfurt/M. u.a. 1993

Theopold, Wilhelm: Schiller. Sein Leben und die Medizin im 18. Jahrhundert, Stuttgart 1964

Uhland, Robert: Geschichte der Hohen Karlsschule in Stuttgart, Stuttgart 1953

Wehler, Hans-Ulrich: Deutsche Gesellschaftsgeschichte. Erster Band. Vom Feudalismus des Alten Reichs bis zur Defensiven Modernisierung der Reformära 1700–1815, München 1987

Weltrich, Richard: Schiller. Geschichte seines Lebens und Charakteristik seiner Werke. Bd.I, Stuttgart, 1899

Wiese, Benno v.: Friedrich Schiller, Stuttgart 1963 (3.Aufl., zuerst 1959)

Zu Kapitel II
Werke und Quellen

Campe, Joachim Heinrich: Briefe aus Paris (1790). Mit einem Vorwort hg. v. Helmut König, Berlin 1961

Claudius, Matthias: Der Wandsbecker Bote (1771–1775). Mit einem Vorwort v. Peter Suhrkamp und einem Nachwort v. Hermann Hesse, Frankfurt/M. 1975

Goethe, Johann Wolfgang: Sämtliche Werke. Artemis-Gedenkausgabe, hg. v. Ernst Beutler, Zürich 1977 (zuerst 1948–54)

Hagedorn, Friedrich v.: Poetische Werke. Dritter Theil, Hamburg 1757

Hegel, Georg Wilhelm Friedrich: Werke, hg. v. Eva Moldenhauer u. Karl Markus Michel, Frankfurt/M. 1986

Hofmannsthal, Hugo v.: Gesammelte Werke. Reden und Aufsätze I (1891–1913), hg. v. Bernd Schoeller, Frankfurt/M. 1979

Hume, David: Die Naturgeschichte der Religion (1757), übers. u. hg. v. Lothar Kreimendahl, Hamburg 1984

Kant, Immanuel: Werke, hg. v. Wilhelm Weischedel, Frankfurt/M. 1977

Klopstock, Friedrich Gottlieb: Ausgewählte Werke, hg. v. Karl August Schleiden, München 1962

Loewenthal, Erich (Hg.): Sturm und Drang. Kritische Schriften, Heidelberg 1972 (3.Aufl.)

[Obereit, Jakob Hermann]: Ursprünglicher Geister= und Körperzusammenhang nach Newtonischem Geist. An die Tiefdenker in der Philosophie, Augsburg 1776

[Paul], Jean Paul: Sämtliche Werke, hg. v. Norbert Miller, München 1959ff.

Rebmann, Georg Friedrich: Kosmopolitische Wanderungen durch einen Teil Deutschlands (1793), hg. v. Hedwig Voegt, Frankfurt/M. 1968

Sauder, Gerhard (Hg.): Empfindsamkeit. Quellen und Dokumente, Stuttgart 1980

Stäudlin, Gotthold Friedrich: Vermischte poetische Stücke [Stuttgart 1782]

Sulzer, Johann George: Allgemeine Theorie der Schönen Künste. Erster/Zweyter Theil, Leipzig 1773–75 (verbesserte Ausgabe, zuerst 1771–74) (zweite, durch Zusätze von Friedrich von Blanckenburg vermehrte Aufl.: 1786–87; nochmals verbessert 1792–94)

Uz, Johann Peter: Sämmtliche poetische Werke. Zweiter Theil, Wien 1790

Zimmermann, Johann Georg: Ueber die Einsamkeit. 4 Theile, Leipzig 1784–85 (= E)

Zimmermann, Johann Georg: Memoire an Seine Kaiserlichkönigliche Majestät Leopold den Zweiten über den Wahnwitz unsers Zeitalters und die Mordbrenner, welche Deutschland und ganz Europa aufklären wollen (1791), mit einem Nachwort hg. v. Christoph Weiß, St. Ingbert 1995 (= M)

Forschung

Alt, Peter-André: Begriffsbilder. Studien zur literarischen Allegorie zwischen Opitz und Schiller, Tübingen 1995

Bernauer, Joachim: «Schöne Welt, wo bist du?» Über das Verhältnis von Lyrik und Poetik bei Schiller, Berlin 1995

Bolten, Jürgen: Friedrich Schiller. Poesie, Reflexion und gesellschaftliche Selbstdeutung, München 1985

Bruckmann, Christoph: «Freude! sangen wir in Thränen, Freude! in dem tiefsten Leid». Zur Interpretation und Rezeption des Gedichts *An die Freude* von Friedrich Schiller, in: JDSG 35 (1991), S. 96–112

Dau, Rudolf: Friedrich Schillers Hymne *An die Freude.* Zu einigen Problemen ihrer Interpretation und aktuellen Rezeption, in: Weimarer Beiträge 24 (1978), Hft.10, S. 38–60

Dülmen, Richard van: Kultur und Alltag in der Frühen Neuzeit. 3 Bde., München 1990ff.

Düsing, Wolfgang: Kosmos und Natur in Schillers Lyrik, in: JDSG 13 (1969), S. 196–221 (= K)

Düsing, Wolfgang: «Aufwärts durch die tausendfachen Stufen». Zu Schillers Gedicht *Die Freundschaft,* in: Gedichte und Interpretationen. Bd.II (Aufklärung und Sturm und Drang), hg. v. Karl Richter, Stuttgart 1983, S. 453–462 (= F)

Dyck, Martin: Die Gedichte Schillers. Figuren der Dynamik des Bildes, Bern, München 1967

Engelsing, Rolf: Der Bürger als Leser. Lesergeschichte in Deutschland 1500–1800, Stuttgart 1974

Fechner, Jörg-Ulrich: Schillers *Anthologie auf das Jahr 1782.* Drei kleine Beiträge, in: JDSG 17 (1973), S. 291–303

Fisher, Richard (Hg.): Ethik und Ästhetik. Werke und Werte in der Literatur vom 18. bis zum 20. Jahrhundert. Festschrift für Wolfgang Wittkowski, Frankfurt/M. 1995

Hinderer, Walter (Hg.): Codierungen von Liebe in der Kunstperiode, Würzburg 1997

Hinderer, Walter: Von der Idee des Menschen. Über Friedrich Schiller, Würzburg 1998

Inasaridse, Ethery: Schiller und die italienische Oper. Das Schillerdrama als Libretto des Belcanto, Frankfurt/M., Bern 1989

Kaiser, Gerhard: Geschichte der deutschen Lyrik von Goethe bis Heine. Ein Grundriß in Interpretationen. 3 Bde., Frankfurt/M. 1988

Keller, Werner: Das Pathos in Schillers Jugendlyrik, Berlin 1964

Kemper, Hans-Georg: Deutsche Lyrik der frühen Neuzeit. Bd. 6/I (Empfindsamkeit), Tübingen 1997

Kiesel, Helmuth u. Münch, Paul: Gesellschaft und Literatur im 18. Jahrhundert. Voraussetzungen und Entstehung des literarischen Markts in Deutschland, München 1977

Knobloch, Hans-Jörg u. Koopmann, Helmut (Hgg.): Schiller heute, Tübingen 1996

Koopmann, Helmut: Der Dichter als Kunstrichter. Zu Schillers Rezensionsstrategie, in: JDSG 20 (1976), S. 229–246

Luhmann, Niklas: Liebe als Passion. Zur Codierung von Intimität, Frankfurt/M. 1982

Luserke, Matthias: Sturm und Drang. Autoren – Texte – Themen, Stuttgart 1997

Mix, York-Gothart: Die deutschen Musen-Almanache des 18. Jahrhunderts, München 1987

Oellers, Norbert (Hg.): Gedichte von Friedrich Schiller. Interpretationen, Stuttgart 1996

Ortlepp, Paul: Schillers Bibliothek und Lektüre, in: Neue Jahrbücher für das klassische Altertum, Geschichte und deutsche Literatur 18 (1915), S. 375–406

Schings, Hans-Jürgen: Philosophie der Liebe und Tragödie des Universalhasses. *Die Räuber* im Kontext von Schillers Jugendphilosophie (I), in: Jahrbuch des Wiener Goethe-Vereins 84/85 (1980–81), S. 71–95

Schmidt, Siegfried J.: Die Selbstorganisation des Sozialsystems Literatur im 18. Jahrhundert, Frankfurt/M. 1989

Schön, Erich: Der Verlust der Sinnlichkeit oder Die Verwandlungen des Lesers. Mentalitätswandel um 1800, Stuttgart 1987
Staiger, Emil: Friedrich Schiller, Zürich 1967
Storz, Gerhard: Gesichtspunkte für die Betrachtung von Schillers Lyrik, in: JDSG 12 (1968), S. 259–274
Sträßner, Matthias: Tanzmeister und Dichter. Literatur-Geschichte(n) im Umkreis von Jean-Georges Noverre, Lessing, Wieland, Goethe, Schiller, Berlin 1994
Trumpke, Ulrike: Balladendichtung um 1770. Ihre soziale und religiöse Thematik, Stuttgart u.a. 1975
Vaerst-Pfarr, Christa: *Semele – Die Huldigung der Künste,* in: Schillers Dramen. Neue Interpretationen, hg. v. Walter Hinderer, Stuttgart 1979, S. 294–315
Vosskamp, Wilhelm: Emblematisches Zitat und emblematische Struktur in Schillers Gedichten, in: JDSG 18 (1974), S. 388–407

Zu Kapitel III
Werke und Quellen

Abbt, Thomas: Vom Tod fürs Vaterland (1761), in: Vermischte Werke. Zweyter Theil, Berlin, Stettin 1781 (= T)
Abbt, Thomas: Vom Verdienste (1762–64), in: Vermischte Werke. Erster Theil, Berlin, Stettin 1772 (= V)
Baumgarten, Alexander Gottlieb: Metaphysica. Halle 1779 (7.Aufl., zuerst 1739)
Benjamin, Walter: Gesammelte Schriften, hg. v. Rolf Tiedemann u. Hermann Schweppenhäuser, Frankfurt/M. 1972ff.
Bloch, Ernst: Das Prinzip Hoffnung. 3 Bde., Frankfurt/M. 1976 (3.Aufl., zuerst 1959)
Braun, Julius W. (Hg.): Schiller und Goethe im Urtheile ihrer Zeitgenossen. 3 Bde., Leipzig 1882
[Diderot-Lessing]: Das Theater des Herrn Diderot. Aus dem Französischen übersetzt von Gotthold Ephraim Lessing, hg. v. Klaus-Detlef Müller, Stuttgart 1986
Fambach, Oscar (Hg.): Schiller und sein Kreis in der Kritik ihrer Zeit. Die wesentlichen Rezensionen aus der periodischen Literatur bis zu Schillers Tod, begleitet von Schillers und seiner Freunde Äußerungen zu deren Gehalt. In Einzeldarstellungen mit einem Vorwort und Anhang: Bibliographie der Schiller-Kritik bis zu Schillers Tod, Berlin 1957 (Ein Jahrhundert deutscher Literaturkritik [1750–1850], Bd.II)
Ferguson, Adam: Versuch über die Geschichte der bürgerlichen Gesellschaft (1767). Übers. v. Hans Medick, Frankfurt/M. 1986
Fichte, Johann Gottlieb: Schriften zur Revolution, hg. v. Bernard Willms, Köln, Opladen 1967
Flach, Willy u. Dahl, Helma (Hgg.): Goethes amtliche Schriften. 4 Bde., Weimar 1950ff.
Garve, Christian: Popularphilosophische Schriften über literarische, aesthetische und gesellschafliche Gegenstände (1792–1802). 2 Bde., Faksimile-Neudruck, hg. v. Kurt Wölfel, Stuttgart 1974
Gracián, Balthasar: Handorakel und Kunst der Weltklugheit (1647), mit einem Nachwort hg. v. Arthur Hübscher, Stuttgart 1990
Heine, Heinrich: Historisch-kritische Gesamtausgabe der Werke, in Verbindung mit dem Heinrich-Heine-Institut hg. v. Manfred Windfuhr, Hamburg 1973ff.
Iffland, Wilhelm August: Fragmente über Menschendarstellung auf den deutschen Bühnen. Erste Sammlung, Gotha 1875 (= F)
Iffland, Wilhelm August: Meine theatralische Laufbahn (1798). Mit Anmerkungen und einer Zeittafel hg. v. Oscar Fambach, Stuttgart 1976 (= L)
Kleist, Heinrich v.: Sämtliche Werke und Briefe, hg. v. Helmut Sembdner, München 1965

Kraft, Herbert (Hg.): Schillers *Kabale und Liebe.* Das Mannheimer Soufflierbuch, Mannheim 1963
[La Roche, Sophie von]: «Ich bin mehr Herz als Kopf.» Ein Lebensbild in Briefen, hg. v. Michael Maurer, München 1973
Leisewitz, Johann Anton: Julius von Tarent. Ein Trauerspiel (1776), hg. v. Werner Keller, Stuttgart 1977
Lenz, Jakob Michael Reinhold: Werke und Briefe in drei Bänden, hg. v. Sigrid Damm, München 1987
Lessing, Gotthold Ephraim: Werke, hg. v. Herbert G. Göpfert u.a., München 1970ff.
Lichtwer, Magnus Gottfried: Fabeln in vier Büchern, Wien 1772 (zuerst 1748)
Löwen, Johann Friedrich: Geschichte des deutschen Theaters (1766). Mit den Flugschriften über das Hamburger Nationaltheater als Neudruck hg. v. Heinrich Stümcke, Berlin 1905
Machiavelli, Niccolò: Der Fürst (= Il principe, 1532). Übers. v. Rudolf Zorn, Stuttgart 1978
Mann, Thomas: Die Erzählungen. Bd.I, Frankfurt/M. 1979
Marx, Karl: Der achtzehnte Brumaire des Louis Bonaparte, in: Marx, Karl u. Engels, Friedrich: Werke, Berlin 1956ff., Bd.VIII, S. 111–207
Mendelssohn, Moses: Phädon oder über die Unsterblichkeit der Seele (1767), mit einem Nachwort hg. v. Dominique Bourel, Hamburg 1979
Mercier, Louis-Sébastien: Das Jahr 2440. Aus dem Französischen übertragen von Christian Felix Weiße (1772), hg. v. Herbert Jaumann, Frankfurt/M. 1989 (= J)
Mercier, Louis-Sébastien: Du Théatre ou Nouvelle Essai sur l'Art dramatique, Amsterdam 1773. Reimpression, Genève 1970 (= T)
[Mercier-Wagner]: Neuer Versuch über die Schauspielkunst. Aus dem Französischen. Mit einem Anhang aus Goethes Brieftasche, Leipzig 1776. Faksimile-Neudruck, mit einem Nachwort hg. v. Peter Pfaff, Heidelberg 1967
Montesquieu, Charles-Louis de Secondat: De l'esprit des lois (1748). 2 Bde., Paris 1961
Moritz, Karl Philipp: Werke. 3 Bde., hg. v. Horst Günther, Frankfurt/M. 1993 (2.Aufl., zuerst 1981)
Müller, Friedrich: Fausts Leben (1778), nach Handschriften und Erstdrucken hg. v. Johannes Mahr, Stuttgart 1979
Novalis (d.i.: Friedrich v. Hardenberg): Werke, Tagebücher und Briefe. 3 Bde., hg. v. Hans-Joachim Mähl u. Richard Samuel, München 1978
[Pfäfflin-Dambacher]: Schiller. Ständige Ausstellung des Schiller-Nationalmuseums und des Deutschen Literaturarchivs Marbach am Neckar. Katalog, hg. v. Friedrich Pfäfflin in Zusammenarbeit mit Eva Dambacher, Stuttgart 1990 (2.Aufl., zuerst 1980)
Pfeil, Johann Gottlob Benjamin: «Boni mores plus quam leges valent», in: Drei Preisschriften über die Frage: Welches sind die besten ausführbaren Mittel dem Kindermorde abzuhelfen, ohne die Unzucht zu begünstigen?, Mannheim 1784, S. 1–77
Piscator, Erwin: Das politische Theater. Faksimiledruck der Erstausgabe 1929, Berlin 1968
Quincey, Thomas de: Literarische Portraits. Schiller, Herder, Lessing, Goethe, hg., übers. u. komm. v. Peter Klandt, Hannover 1998
Rousseau, Jean-Jacques: Vom Gesellschaftsvertrag oder Grundsätze des Staatsrechts (= Du contrat social ou Principes du droit politique, 1762). In Zusammenarbeit mit Eva Pietzcker neu übers. u. hg. v. Hans Brockard, Stuttgart 1986 (= G)
Rousseau, Jean-Jacques: Emil oder Über die Erziehung (= Émile ou De l'éducation, 1762). In neuer deutscher Fassung besorgt v. Ludwig Schmidts, Paderborn u.a. 1993 (11.Aufl., zuerst 1971) (= E)
Schiller, Friedrich (Hg.): Thalia. Hft.1–4 (Bd.I), Leipzig 1787; Hft.5–8 (Bd.II), Leipzig 1789; Hft.9–12 (Bd.III), Leipzig 1790
[Schiller, Friedrich]: Schillers Calender, hg. v. Ernst Müller, Stuttgart 1893
Schlegel, August Wilhelm: Kritische Schriften und Briefe, hg. v. Edgar Lohner, Stuttgart u.a. 1962ff.

Shaftesbury, Anthony Ashley-Cooper, Earl of: Ein Brief über den Enthusiasmus. Die Moralisten, in der Übersetzung v. Max Frischeisen-Köhler hg. v. Wolfgang H. Schrader, Hamburg 1980
Sonnenfels, Joseph v.: Politische Abhandlungen (1777), Aalen 1964
[Stolberg-Klopstock]: Briefwechsel zwischen Klopstock und den Grafen Christian und Friedrich Leopold zu Stolberg, hg. v. Jürgen Behrens, Neumünster 1964
Sturz, Helfrich Peter: Denkwürdigkeiten von Johann Jakob Rousseau. Erste Sammlung, Leipzig 1779
[Thomasius, Christian]: Christian Thomas eröffnet der studirenden Jugend zu Leipzig in einem Discours welcher Gestalt man denen Frantzosen in gemeinem Leben und Wandel nachahmen solle? ein Collegium über des Gratians Grund=Reguln, vernünfftig, klug und artig zu leben, Leipzig 1687. Nachdruck, hg. v. August Sauer, Stuttgart 1894
Träger, Claus (Hg.): Die Französische Revolution im Spiegel der deutschen Literatur, Frankfurt/M. 1975
Walzel, Oskar (Hg.): Friedrich Schlegels Briefe an seinen Bruder August Wilhelm, Berlin 1890
Wieland, Christoph Martin: Aufsätze zu Literatur und Politik, hg. v. Dieter Lohmeier, Reinbek b. Hamburg 1970

Forschung

Auerbach, Erich: Mimesis. Dargestellte Wirklichkeit in der abendländischen Literatur, Bern, München 1982 (7.Aufl., zuerst 1946)
Beaujean, Marion: Zweimal Prinzenerziehung. *Don Carlos* und *Geisterseher*. Schillers Reaktion auf Illuminaten und Rosenkreuzer, in: Poetica 10 (1978), S. 217–235
Becker-Cantarino, Bärbel: Die «schwarze Legende». Ideal und Ideologie in Schillers *Don Carlos*, in: Jahrbuch des Freien Deutschen Hochstifts 1975, S. 153–173
Bender, Wolfgang (Hg.): Schauspielkunst im 18. Jahrhundert, Stuttgart 1992
Best, Otto F.: Gerechtigkeit für Spiegelberg, in: JDSG 22 (1978), S. 277–302
Beyer, Karen: «Schön wie ein Gott und männlich wie ein Held». Zur Rolle des weiblichen Geschlechtscharakters für die Konstituierung des männlichen Aufklärungshelden in den frühen Dramen Schillers, Stuttgart 1993
Blunden, Allan G.: Nature and Politics in Schiller's *Don Carlos*, in: DVjs 52 (1978), S. 241–256
Böckmann, Paul: Schillers *Don Karlos*. Edition der ursprünglichen Fassung und entstehungsgeschichtlicher Kommentar, Stuttgart 1974
Bohnen, Klaus: Politik im Drama. Anmerkungen zu Schillers *Don Carlos*, in: JDSG 24 (1980), S. 15–32
Borchmeyer, Dieter: Tragödie und Öffentlichkeit. Schillers Dramaturgie im Zusammenhang seiner politisch-ästhetischen Theorie und die rhetorische Tradition, München 1973
Brandt, Helmut (Hg.): Friedrich Schiller. Angebot und Diskurs. Zugänge, Dichtung, Zeitgenossenschaft, Berlin, Weimar 1987
Brauneck, Manfred: Die Welt als Bühne. Geschichte des europäischen Theaters. Bd.II, Stuttgart, Weimar 1996
Cersowsky, Peter: Von Shakespeares Hamlet die Seele. Zur anthropologischen Shakespeare-Rezeption in Schillers *Don Karlos*, in: Euphorion 87 (1993), S. 408–419
Conrady, Karl Otto: Goethe. Leben und Werk, München, Zürich 1994 (zuerst 1982/85)
Dahnke, Hans-Dietrich u. Leistner, Bernd (Hgg.): Schiller. Das dramatische Werk in Einzelinterpretationen, Leipzig 1982
Delinière, Jean: Le personnage d'Andreas Doria dans *Die Verschwörung des Fiesco zu Genua*, in: Études Germaniques 40 (1985), S. 21–32
Dülmen, Richard van: Der Geheimbund der Illuminaten. Darstellung, Analyse, Dokumentation, Stuttgart-Bad Canstatt 1977 (2.Aufl., zuerst 1975)
Fischer-Lichte, Erika: Kurze Geschichte des deutschen Theaters, Tübingen, Basel 1993

Graham, Ilse: Schiller's Drama. Talent and Integrity, London 1974
Grawe, Christian: Zu Schillers ***Fiesko***. Eine übersehene frühe Rezension, in: JDSG 26 (1982), S. 9–30
Greis, Jutta: Drama Liebe. Zur Entwicklungsgeschichte der modernen Liebe im Drama des 18. Jahrhunderts, Stuttgart 1991
Gruenter, Rainer: Despotismus und Empfindsamkeit. Zu Schillers *Kabale und Liebe,* in: Jahrbuch des Freien Deutschen Hochstifts 1981, S. 207–227
Guthke, Karl S.: Schillers Dramen. Idealismus und Skepsis, Tübingen, Basel 1994
Hamburger, Käte: Schillers Fragment *Der Menschenfeind* und die Idee der Kalokagathie, in: DVjs 30 (1956), S. 367–400
Hay, Gerhard: Darstellung des Menschenhasses in der deutschen Literatur des 18. und 19. Jahrhunderts, Frankfurt/M. 1970
Herrmann, Hans-Peter: Musikmeister Miller, die Emanzipation der Töchter und der dritte Ort der Liebenden. Schillers bürgerliches Trauerspiel im 18. Jahrhundert, in: JDSG 28 (1984), S. 223–247
Hiebel, Hans-Helmut: Mißverstehen und Sprachlosigkeit im «bürgerlichen Trauerspiel». Zum historischen Wandel dramatischer Motivationsformen, in: JDSG 27 (1983), S. 124–153
Hinderer, Walter: «Ein Augenblick Fürst hat das Mark des ganzen Daseins verschlungen.» Zum Problem der Person und der Existenz in Schillers *Die Verschwörung des Fiesco zu Genua,* in: JDSG 14 (1970), S. 230–274 (= F)
Hinderer, Walter: Beiträge Wielands zu Schillers ästhetischer Erziehung, in: JDSG 18 (1974), S. 348–388 (= W)
Hinderer, Walter (Hg.): Schillers Dramen. Interpretationen, Stuttgart 1992
Hofmann, Michael: Friedrich Schiller: *Die Räuber*. Interpretation, München 1996
Huyssen, Andreas: Drama des Sturm und Drang. Kommentar zu einer Epoche, München 1980
Jäckel, Günter (Hg.): Dresden zur Goethezeit. Die Elbestadt von 1760 bis 1815, Berlin 1990 (2.Aufl., zuerst 1988)
Janz, Rolf-Peter: Schillers *Kabale und Liebe* als bürgerliches Trauerspiel, in: JDSG 20 (1976), S. 208–228
Kemper, Dirk: *Die Räuber* als Seelengemälde der Amalia von Edelreich. Daniel Chodowieckies Interpretation des Schillerschen Dramas im Medium der Kupferstichillustration, in: JDSG 37 (1993), S. 221–247
Kluge, Gerhard: Zwischen Seelenmechanik und Gefühlspathos. Umrisse zum Verständnis der Gestalt Amaliens in *Die Räuber* – Analyse der Szene I,3, in: JDSG 20 (1976), S. 184–207
Kommerell, Max: Schiller als Psychologe, in: Ders.: Geist und Buchstabe der Dichtung. Goethe, Schiller, Kleist, Hölderlin, Frankfurt/M. 1962 (5.Aufl., zuerst 1939), S. 175–242
Koopmann, Helmut: Joseph und sein Vater. Zu den biblischen Anspielungen in Schillers *Räubern,* in: Herkommen und Erneuerung. Essays für Oskar Seidlin, hg. v. Gerald Gillespie u. Edgar Lohner, Tübingen 1976, S. 150–167
Koselleck, Reinhart: Kritik und Krise. Eine Studie zur Pathogenese der bürgerlichen Welt, Frankfurt/M. 1989 (6.Aufl., zuerst 1973)
Košenina, Alexander: Anthropologie und Schauspielkunst. Studien zur ‹eloquentia corporis› im 18. Jahrhundert, Tübingen 1995
Kraft, Herbert: Um Schiller betrogen, Pfullingen 1978
Kurscheidt, Georg: «Als 4.Fraülens mir einen Lorbeerkranz schickten». Zum Entwurf eines Gedichts von Schiller und Reinwald, in: JDSG 34 (1990), S. 24–36
Leibfried, Erwin: Schiller. Notizen zum heutigen Verständnis seiner Dramen, Frankfurt/M. u.a. 1985
Luhmann, Niklas: Gesellschaftsstruktur und Semantik. Studien zur Wissenssoziologie der modernen Gesellschaft. Bd. 3, Frankfurt/M. 1989

Lützeler, Paul Michael: «Die große Linie zu einem Brutuskopfe»: Republikanismus und Cäsarismus in Schillers *Fiesco,* in: Monatshefte 70 (1978), S. 15–28

Maillard, Christine (Hg.): Friedrich Schiller: *Don Carlos.* Théâtre, psychologie et politique, Strasbourg 1998

Malsch, Wilfried: Der betrogene Deus iratus in Schillers Drama *Luise Millerin,* in: Collegium Philosophicum. Studien. Joachim Ritter zum 60. Geburtstag, Basel, Stuttgart 1965, S. 157–208 (= L)

Malsch, Wilfried: Robespierre ad portas? Zur Deutungsgeschichte der *Briefe über Don Karlos* von Schiller, in: The Age of Goethe Today. Critical Reexamination and Literary Reflection, hg. v. Gertrud Bauer Pickar, München 1990, S. 69–103 (= K)

Mann, Michael: Sturm-und-Drang-Drama: Studien und Vorstudien zu Schillers *Räubern,* Bern, München 1974

Marks, Hanna H.: *Der Menschenfeind,* in: Schillers Dramen. Neue Interpretationen, hg. v. Walter Hinderer, Stuttgart 1979, S. 109–125

Marquard, Odo: Schwierigkeiten mit der Geschichtsphilosophie. Aufsätze, Frankfurt/M. 1973

Martini, Fritz: Die Poetik des Dramas im Sturm und Drang. Versuch einer Zusammenfassung, in: Deutsche Dramentheorien, hg. v. Reinhold Grimm, Wiesbaden 1980 (3. Aufl., zuerst 1971), S. 123–156 (= D)

Martini, Fritz: Die feindlichen Brüder. Zum Problem des gesellschaftskritischen Dramas von J. A. Leisewitz, F. M. Klinger und F. Schiller, in: JDSG 16 (1972), S. 208–265 (= B)

Mattenklott, Gert: Melancholie in der Dramatik des Sturm und Drang, Königsstein 1985 (2.Aufl., zuerst 1968)

Maurer-Schmoock, Sybille: Deutsches Theater im 18. Jahrhundert, Tübingen 1982

May, Kurt: Schiller. Idee und Wirklichkeit im Drama, Göttingen 1948

Mayer, Hans: Der weise Nathan und der Räuber Spiegelberg. Antinomien der jüdischen Emanzipation in Deutschland, in: JDSG 17 (1973), S. 253–272 (= S)

Mayer, Hans: Exkurs über Schillers *Räuber,* in: Ders.: Das unglückliche Bewußtsein. Frankfurt 1986, S. 167–187 (= B)

Meier, Albert: Des Zuschauers Seele am Zügel. Die ästhetische Vermittlung des Republikanismus in Schillers *Die Verschwörung des Fiesko zu Genua,* in: JDSG 31 (1987), S. 117–136

Meyer, Reinhart: Das Nationaltheater in Deutschland als höfisches Institut. Versuch einer Funktionsbestimmung, in: Das Ende des Stegreifspiels – Die Geburt des Nationaltheaters. Ein Wendepunkt in der Geschichte des europäischen Dramas, hg. v. Roger Bauer u. Jürgen Wertheimer, München 1983, S. 124–152 (= N)

Meyer, Reinhart: Limitierte Aufklärung. Untersuchungen zum bürgerlichen Kulturbewußtsein im ausgehenden 18. und beginnenden 19. Jahrhundert, in: Über den Prozeß der Aufklärung in Deutschland im 18. Jahrhundert. Personen, Institutionen, Medien, hg. v. Hans Erich Bödeker u. Ulrich Herrmann, Göttingen 1987, S. 139–200 (= A)

Michelsen, Peter: Ordnung und Eigensinn. Über Schillers *Kabale und Liebe,* in: Jahrbuch des Freien Deutschen Hochstifts 1984, S. 198–222

Müller, Joachim: Die Figur des Mohren im *Fiesco*-Stück, in: Ders.: Von Schiller bis Heine, Halle/S. 1972, S. 116–132

Müller-Seidel, Walter: Das stumme Drama der Luise Millerin, in: Goethe-Jahrbuch 17 (Neue Folge) (1955), S. 91–103

Naumann, Ursula: Charlotte von Kalb. Eine Lebensgeschichte (1761–1843), Stuttgart 1985

Otto, Regine: Schiller als Kommentator und Kritiker seiner Dichtungen von den *Räubern* bis zum *Don Carlos,* in: Weimarer Beiträge 22 (1976), Hft.6, S. 24–41

Pape, Walter: «Ein merkwürdiges Beispiel produktiver Kritik». Schillers *Kabale und Liebe* und das zeitgenössische Publikum, in: ZfdPh 107 (1988), S. 190–211

Pascal, Roy: Der Sturm und Drang. Autorisierte deutsche Ausgabe von Dieter Zeitz u. Kurt Mayer, Stuttgart 1977

Phelps, Reginald H.: Schiller's *Fiesco* – a republican tragedy?, in: PMLA 89 (1974), S. 429–453
Polheim, Karl Konrad: Von der Einheit des *Don Karlos,* in: Jahrbuch des Freien Deutschen Hochstifts 1985, S. 64–100
Riedel, Wolfgang: Die Aufklärung und das Unbewußte. Die Inversionen des Franz Moor, in: JDSG 37 (1993), S. 198–220
Rudloff-Hille, Gertrud: Schiller auf der deutschen Bühne seiner Zeit, Berlin, Weimar 1969
Saße, Günter: Die Ordnung der Gefühle. Das Drama der Liebesheirat im 18. Jahrhundert, Darmstadt 1996
Scherpe, Klaus R.: Poesie der Demokratie. Literarische Widersprüche zur deutschen Wirklichkeit vom 18. zum 20. Jahrhundert, Köln 1980
Schings, Hans-Jürgen: Freiheit in der Geschichte. Egmont und Marquis Posa im Vergleich, in: Goethe-Jahrbuch 110 (1993), S. 61–76 (= F)
Schings, Hans-Jürgen: Die Brüder des Marquis Posa. Schiller und der Geheimbund der Illuminaten, Tübingen 1996 (= I)
Schlunk, Jürgen E.: Vertrauen als Ursache und Überwindung tragischer Verstrickungen in Schillers *Räubern.* Zum Verständnis Karl Moors, in: JDSG 27 (1983), S. 185–201
Schmidt, Jochen: Die Geschichte des Genie-Gedankens in der deutschen Literatur, Philosophie und Politik. Bd.I, Darmstadt 1988 (2.Aufl., zuerst 1985)
Schröder, Jürgen: Geschichtsdramen. Die «deutsche Misere» – von Goethes *Götz* bis Heiner Müllers *Germania,* Tübingen 1994
Schunicht, Manfred: Intrigen und Intriganten in Schillers Dramen, in: ZfdPh 82 (1963), S. 271–292
Seidlin, Oskar: Schillers *Don Carlos* – nach 200 Jahren, in: JDSG 27 (1983), S. 477–492
Sharpe, Lesley: Friedrich Schiller: Drama, Thought and Politics, Cambridge 1991
Sørensen, Bengt Algot: Herrschaft und Zärtlichkeit. Der Patriarchalismus und das Drama im 18. Jahrhundert, München 1984
Steinhagen, Harald: Der junge Schiller zwischen Marquis de Sade und Kant. Aufklärung und Idealismus,in: DVjs 56 (1982), S. 135–157
Stephan, Inge: Frauenbild und Tugendbegriff im bürgerlichen Trauerspiel bei Lessing und Schiller, in: Lessing Yearbook 17 (1985), S. 1–20
Sternberger, Dolf: Macht und Herz oder der politische Held bei Schiller, in: Schiller. Reden im Gedenkjahr 1959, hg. v. Bernhard Zeller, Stuttgart 1961, S. 310–329
Storz, Gerhard: Der Dichter Friedrich Schiller, Stuttgart 1959
Veit, Philipp F.: Moritz Spiegelberg. Eine Charakterstudie zu Schillers *Räubern,* in: JDSG (1973), S. 273–290
Wacker, Manfred: Schiller und der Sturm und Drang. Stilkritische und typologische Überprüfung eines Epochenbegriffs, Göppingen 1973
Wehler, Hans-Ulrich: Deutsche Gesellschaftsgeschichte. Zweiter Band. Von der Reformära bis zur industriellen und politischen ‹Deutschen Doppelrevolution› 1815–1845/49, München 1987
Weimar, Klaus: Vom Leben in Texten. Zu Schillers *Räubern,* in: Merkur 42 (1988), S. 461–471
Werber, Niels: Technologien der Macht. System- und medientheoretische Überlegungen zu Schillers Dramatik, in: JDSG 40 (1996), S. 210–243
Wiese, Benno v.: Die Religion Friedrich Schillers, in: Schiller. Reden im Gedenkjahr 1959, hg. v. Bernhard Zeller, Stuttgart 1961, S. 406–428
Wilke, Jürgen: Literarische Zeitschriften des 18. Jahrhunderts (1688–1789). Teil II: Repertorium, Stuttgart 1978
Wilson, Daniel W.: Geheimräte gegen Geheimbünde. Ein unbekanntes Kapitel der klassisch-romantischen Geschichte Weimars, Stuttgart 1991
Wittkowski, Wolfgang (Hg.): Friedrich Schiller. Kunst, Humanität und Politik in der späten Aufklärung. Ein Symposium, Tübingen 1980 (= FS)

Wittkowski, Wolfgang (Hg.): Verlorene Klassik. Ein Symposium, Tübingen 1986 (= VK)
Wittkowski, Wolfgang (Hg.): Verantwortung und Utopie. Zur Literatur der Goethezeit. Ein Symposium, Tübingen 1988 (= VU)
Wittmann, Reinhard: Ein Verlag und seine Geschichte. Dreihundert Jahre J. B. Metzler Stuttgart, Stuttgart 1982 (= M)
Wittmann, Reinhard: Geschichte des deutschen Buchhandels. Ein Überblick, München 1991 (= B)
Wölfel, Kurt: Pathos und Problem. Ein Beitrag zur Stilanalyse von Schillers *Fiesko*, in: GRM 7 (N. F.) (1957), S. 224–244

Zu Kapitel IV
Werke und Quellen

Blanckenburg, Friedrich v.: Versuch über den Roman. Faksimiledruck der Originalausgabe von 1774, mit einem Nachwort hg. v. Eberhard Lämmert, Stuttgart 1965 (= V)
Blanckenburg, Friedrich v.: Litterarische Zusätze zu Johann Georg Sulzers *Allgemeiner Theorie der schönen Künste* (zuerst 1786/87), Leipzig 1796 (= Z)
Bloch, Ernst: Literarische Aufsätze, Frankfurt/M. 1965 (= Gesamtausgabe, Bd.IX)
Böttiger, Karl August: Literarische Zustände und Zeitgenossen, hg. v. K. W. Böttiger (1838), Nachdruck, Frankfurt/M. 1972
Engel, Johann Jakob: Über Handlung, Gespräch und Erzählung. Faksimiledruck der ersten Fassung von 1774, hg. v. Ernst Theodor Voss, Stuttgart 1964
[Gedike-Biester]: Berlinische Monatsschrift, hg. v. Friedrich Gedike u. Johann Erich Biester, Berlin, Jena 1783–1796
Knigge, Adolph Freiherr v.: Beytrag zur neuesten Geschichte des Freymaurerordens in neun Gesprächen, mit Erlaubniß meiner Obern herausgegeben (1786), in: Sämtliche Werke, hg. v. Paul Raabe u. a., München u. a. 1978, Bd.XII
Staël, Anne Germaine de: Über Deutschland. Nach der deutschen Erstübertragung von 1814 hg. v. Monika Bosse, Frankfurt/M. 1985 (= De l' Allemagne, 1813)
Winckelmann, Johann [Joachim]: Geschichte der Kunst des Alterthums. Erster Theil, Dresden 1764

Forschung

Barth, Ilse-Marie: Literarisches Weimar, Stuttgart 1971
Biedrzynski, Effi: Goethes Weimar. Das Lexikon der Personen und Schauplätze, Zürich 1992
Boyle, Nicholas: Goethe. Der Dichter in seiner Zeit. Bd.I 1749–1790. Aus dem Englischen übersetzt v. Holger Fliessbach, München 1995
Bruford, Walter H.: Kultur und Gesellschaft im klassischen Weimar 1775–1806, Göttingen 1966
Dedert, Hartmut: Die Erzählung im Sturm und Drang. Studien zur Prosa des achtzehnten Jahrhunderts, Stuttgart 1990
Denneler, Iris: Die Kehrseite der Vernunft. Zur Widersetzlichkeit der Literatur in Spätaufklärung und Romantik, München 1996
Eke, Norbert Otto: Signaturen der Revolution. Frankreich – Deutschland: deutsche Zeitgenossenschaft und deutsches Drama zur Französischen Revolution um 1800, München 1997
Fasel, Christoph: Herder und das klassische Weimar. Kultur und Gesellschaft 1789–1803, Frankfurt/M. u. a. 1988

Freund, Winfried: Die deutsche Kriminalnovelle von Schiller bis Hauptmann, Paderborn 1975

Günther, Gitta u.a. (Hgg.): Weimar. Lexikon zur Stadtgeschichte, Weimar 1998

Habel, Reinhardt: Schiller und die Tradition des Herakles-Mythos, in: Terror und Spiel. Probleme der Mythenrezeption (= Poetik und Hermeneutik 4), hg. v. Manfred Fuhrmann, München 1971, S. 265–295

Haferkorn, Hans Jürgen: Der freie Schriftsteller. Eine literatursoziologische Studie über seine Entstehung und Lage in Deutschland zwischen 1750 und 1800, in: Archiv für Geschichte des Buchwesens V (1964), S. 523–711

Hansen, Uffe: Schiller und die Persönlichkeitspsychologie des animalischen Magnetismus. Überlegungen zum *Wallenstein*, in: JDSG 39 (1995), S. 195–230

Haslinger, Adolf: Friedrich Schiller und die Kriminalliteratur, in: Sprachkunst 2 (1971), S. 173–187

Herbst, Hildburg: Frühe Formen der deutschen Novelle im 18. Jahrhundert, Berlin 1985

Jacobs, Jürgen: Prosa der Aufklärung. Kommentar zu einer Epoche, München 1976

Kaiser, Gerhard: Von Arkadien nach Elysium. Schiller-Studien, Göttingen 1978

Karthaus, Ulrich: Friedrich Schiller, in: Genie und Geist. Vom Auskommen deutscher Schriftsteller, hg. v. Karl Corino, Nördlingen 1987, S. 151–164

Käuser, Andreas: Physiognomik und Roman im 18. Jahrhundert, Frankfurt/M. 1989

Kiefer, Klaus H.: Okkultismus und Aufklärung aus medienkritischer Sicht. Zur Cagliostro-Rezeption Goethes und Schillers im zeitgenössischen Kontext, in: Klassik und Moderne. Die Weimarer Klassik als historisches Ereignis und Herausforderung im kulturgeschichtlichen Prozeß. Walter Müller-Seidel zum 65. Geburtstag, hg. v. Karl Richter u. Jörg Schönert, Stuttgart 1983, S. 207–227

Koopmann, Helmut: Schillers *Philosophische Briefe* – ein Briefroman?, in: Wissen aus Erfahrungen. Festschrift für Hermann Meyer zum 65. Geburtstag, hg. v. Alexander von Bormann, Tübingen 1976, S. 192–216

Köpf, Gerhard: Friedrich Schiller, *Der Verbrecher aus verlorener Ehre*. Geschichtlichkeit, Erzählstrategie und «republikanische Freiheit» des Lesers, München 1978

Marsch, Edgar: Die Kriminalerzählung. Theorie – Geschichte – Analyse, München 1972

Martini, Fritz: Der Erzähler Friedrich Schiller, in: Schiller. Reden im Gedenkjahr 1959, hg. v. Bernhard Zeller, Stuttgart 1961, S. 124–158 (= E)

Martini, Fritz: Geschichte im Drama – Drama in der Geschichte. Spätbarock, Sturm und Drang, Klassik, Frührealismus, Stuttgart 1979 (= GD)

Mayer, Mathias: Nachwort zu: Friedrich Schiller, *Der Geisterseher. Aus den Memoires des Grafen von O***, hg. v. Mathias Mayer, Stuttgart 1996, S. 219–242

McCarthy, John A.: Die republikanische Freiheit des Lesers. Zum Lesepublikum von Schillers *Der Verbrecher aus verlorener Ehre*, in: Wirkendes Wort 29 (1979), S. 23–43

Meyer-Krentler, Eckhardt: Der Bürger als Freund, München 1984

Müller-Seidel, Walter: Die Geschichtlichkeit der deutschen Klassik. Literatur und Denkformen um 1800, Stuttgart 1983

Nicolai-Haas, Rosemarie: Die Anfänge des deutschen Geheimbundromans, in: Geheime Gesellschaften, hg. v. Peter Christian Ludz, Heidelberg 1979, S. 267–292

Nutz, Thomas: Vergeltung oder Versöhnung? Strafvollzug und Ehre in Schillers *Verbrecher aus Infamie*, in: JDSG 42 (1998), S. 146–165

Oellers, Norbert u. Steegers, Robert: Treffpunkt Weimar. Literatur und Leben zur Zeit Goethes, Stuttgart 1999

Oesterle, Kurt: Taumeleien des Kopfes. Schillers Hemmungen, einen Roman zu beenden, und die Wiedergeburt der Kunst aus dem Geist der Theorie, in: Siegreiche Niederlagen. Scheitern: die Signatur der Moderne, hg. v. Martin Lüdke u. Delf Schmidt. (= Literatur magazin 30), Reinbek b. Hamburg 1992, S. 42–61

Oettinger, Klaus: Schillers Erzählung *Der Verbrecher aus Infamie*. Ein Beitrag zur Rechtsaufklärung der Zeit, in: JDSG 16 (1972), S. 266–277

Pfotenhauer, Helmut: Um 1800. Konfigurationen der Literatur, Kunstliteratur und Ästhetik, Tübingen 1991
Polheim, Karl Konrad (Hg.): Handbuch der deutschen Erzählung, Düsseldorf 1981
Por, Peter: Schillers Spiel des Schicksals oder Spiel der Vernunft, in: Antipodische Aufklärung. Festschrift für Leslie Bodi, hg. v. Walter Veit, Frankfurt, Bern, New York 1987, S. 377–388
Rainer, Ulrike: Schillers Prosa. Poetologie und Praxis, Berlin 1988
Reed, Terence J.: Die klassische Mitte. Goethe und Weimar 1775–1832, Stuttgart u.a. 1982
Riedel, Wolfgang: Influxus physicus und Seelenstärke. Empirische Psychologie und moralische Erzählung in der deutschen Spätaufklärung und bei Jacob Friedrich Abel, in: Anthropologie und Literatur um 1800, hg. v. Jürgen Barkhoff u. Eda Sagarra, München 1992, S. 24–53
Sallmann, Klaus: Schillers Pathos und die poetische Funktion des Pathetischen, in: JDSG 27 (1983), S. 202–221
Schiering, Wolfgang: Der Mannheimer Antikensaal, in: Antikensammlungen im 18. Jahrhundert, hg. v. Herbert Beck u.a., Berlin 1981, S. 257–273
Schmitz-Emans, Monika: Zwischen wahrem und falschem Zauber: Magie und Illusionistik als metapoetische Gleichnisse. Eine Interpretation zu Schillers *Geisterseher,* in: ZfdPh 115 (1996). Sonderheft: Klassik, modern. Für Norbert Oellers zum 60. Geburtstag, hg. v. Georg Guntermann, Jutta Osinski u. Hartmut Steinecke, S. 33–43
Schönhaar, Rainer: Novelle und Kriminalschema. Ein Strukturmodell deutscher Erzählkunst um 1800, Bad Homburg u.a. 1969
Sengle, Friedrich: Wieland, Stuttgart 1949
Sharpe, Lesley: *Der Verbrecher aus verlorener Ehre:* an early exercise in Schillerian psychology, in: German Life & Letters 33 (1980), S. 102–110
Treder, Uta: Wundermann oder Scharlatan? Die Figur Cagliostros bei Schiller und Goethe, in: Monatshefte 79 (1987), S. 30–43
Ueding, Gert: Die Wahrheit lebt in der Täuschung fort. Historische Aspekte der Vor-Schein-Ästhetik, in: Ders. (Hg.): Literatur ist Utopie, Frankfurt/M. 1978, S. 81–102
Voges, Michael: Aufklärung und Geheimnis. Untersuchungen zur Vermittlung von Literatur- und Sozialgeschichte am Beispiel der Aneignung des Geheimbundmaterials im Roman des späten 18. Jahrhunderts, Tübingen 1987
Weissberg, Liliane: Geistersprache. Philosophischer und literarischer Diskurs im späten 18. Jahrhundert, Würzburg 1990
Weizmann, Ernst: Die Geisterbeschwörung in Schillers *Geisterseher,* in: Goethe-Jahrbuch 12 (1926), S. 174–193
Wilson, Daniel W.: Das Goethe-Tabu. Protest und Menschenrechte im klassischen Weimar, München 1999

Zu Kapitel V
Werke und Quellen

Boas, Eduard (Hg.): Schiller und Goethe im Xenienkampf. 2 Bde., Stuttgart, Tübingen 1851
Eberle, Friedrich u. Stammen, Theo (Hgg.): Die Französische Revolution in Deutschland. Zeitgenössische Texte deutscher Autoren, Stuttgart 1989
Fichte, Johann Gottlieb: Beitrag zur Berichtigung der Urteile des Publikums über die französische Revolution (1793), hg. v. Richard Schottky, Hamburg 1973
Gatterer, Johann Christoph: Abriß der Universalhistorie. 2.Aufl., Göttingen 1773
Humboldt, Wilhelm v.: Briefe. Auswahl von Wilhelm Rößle. Mit einer Einleitung von Heinz Gollwitzer, München 1952
[v. Humboldt]: Wilhelm und Caroline v. Humboldt in ihren Briefen. 7 Bde., hg. v. Anna v. Sydow, Berlin 1906ff.

Keller, Gottfried: Der grüne Heinrich. Erste Fassung (1854–55). 2 Bde., Frankfurt/M. 1978
Lecke, Bodo (Hg.): Friedrich Schiller. 2 Bde. (= Dichter über ihre Dichtungen), München 1969
Ranke, Leopold v.: Geschichte Wallensteins, Leipzig 1872 (3.Auflage, zuerst 1869)
[Rebmann, Georg Friedrich]: Briefe über Jena, hg. v. Werner Greiling, Jena 1984
Reinhold, Karl Leonhard: Briefe über die Kantische Philosophie (1790–92; zuerst 1786–87), hg. v. Raymund Schmidt, Leipzig 1923
[Reinhold, Karl Leonhard]: Die Hebräischen Mysterien oder die älteste religiöse Freymaurerey, Leipzig 1788 (recte: 1787)
Schelling, Friedrich Wilhelm Joseph: Vorlesungen über die Methode des academischen Studiums (1803), in: Ausgewählte Werke, Darmstadt 1968, S. 441–587
Schiller, Friedrich: Werke. 20 Bde. Aufgrund der Originaldrucke hg. v. Gerhard Fricke u. Herbert Göpfert in Verb. mit Herbert Stubenrauch, München 1965–66
Schlegel, Friedrich: Werke. Kritische Ausgabe, unter Mitwirkung v. Jean-Jacques Anstett u. Hans Eichner hg. v. Ernst Behler, Paderborn, München, Wien 1958ff.
Schlözer, August Ludwig: Vorstellung seiner Universal-Historie (1772/73). Mit Beilagen hg., eingel. u. komm. v. Horst Walter Blanke, Hagen 1990

Forschung

Assmann, Jan: Moses der Ägypter. Entzifferung einer Gedächtnisspur, München, Wien 1998
Borchmeyer, Dieter: Weimarer Klassik. Portrait einer Epoche, Weinheim 1994
Bräutigam, Bernd: Szientifische, populäre und ästhetische Diktion. Schillers Überlegungen zum Verhältnis von ‹Begriff› und ‹Bild› in theoretischer Prosa, in: Offene Formen. Beiträge zur Literatur, Philosophie und Wissenschaft im 18. Jahrhundert, hg. v. Bernd Bräutigam u. Burghard Damerau, Frankfurt/M. u.a. 1997, S. 96–117
Dann, Otto u.a. (Hgg.): Schiller als Historiker, Stuttgart 1995
Diwald, Hellmut: Wallenstein. Eine Biographie, München, Esslingen 1969
Fulda, Daniel: Wissenschaft aus Kunst. Die Entstehung der modernen deutschen Geschichtsschreibung 1760–1860, Berlin, New York 1996
Furet, François u. Richet, Denis: Die Französische Revolution. Aus dem Französischen übers. v. Ulrich Friedrich Müller, Frankfurt/M. 1968
Hahn, Karl-Heinz: Schiller und die Geschichte, in: Weimarer Beiträge 16 (1970), S. 39–69 (= G)
Hahn, Karl-Heinz: Geschichtsschreibung als Literatur. Zur Theorie deutschsprachiger Historiographie im Zeitalter Goethes, in: Studien zur Goethezeit. Erich Trunz zum 75. Geburtstag, hg. v. Hans-Joachim Mähl u. Eberhard Mannack, Heidelberg 1981 (= H), S. 91–101
Hart-Nibbrig, Christiaan L.: «Die Weltgeschichte ist das Weltgericht». Zur Aktualität von Schillers ästhetischer Geschichtsdeutung, in: JDSG 20 (1976), S. 255–277
Hartwich, Wolf-Daniel: Die Sendung Moses. Von der Aufklärung bis Thomas Mann, München 1997
Haupt, Johannes: Geschichtsperspektive und Griechenverständnis im ästhetischen Programm Schillers, in: JDSG 18 (1974), S. 407–430
Höyng, Peter: Kunst der Wahrheit oder Wahrheit der Kunst? Die Figur Wallenstein bei Schiller, Ranke und Golo Mann, in: Monatshefte 82 (1990), S. 142–156
Janz, Rolf-Peter: Autonomie und soziale Funktion der Kunst. Studien zur Ästhetik von Schiller und Novalis, Stuttgart 1973
Karthaus, Ulrich: Schiller und die Französische Revolution, in: JDSG 33 (1989), S. 210–239
Kiene, Hansjoachim: Schillers Lotte. Portrait einer Frau in ihrer Welt, Frankfurt/M. 1996
Koopmann, Helmut: Freiheitssonne und Revolutionsgewitter. Reflexe der Französischen Revolution im literarischen Deutschland zwischen 1789 und 1840, Tübingen 1989

Koselleck, Reinhart: Vergangene Zukunft. Zur Semantik geschichtlicher Zeiten, Frankfurt/M. 1979

Mann, Golo: Schiller als Historiker, in: JDSG 4 (1960), S. 98–109 (= S)

Mann, Golo: Wallenstein, Frankfurt/M. 1986 (zuerst 1971) (= W)

Middell, Eike: Friedrich Schiller. Leben und Werk, Leipzig 1980 (2.Aufl., zuerst 1976)

Muhlack, Ulrich: Geschichtswissenschaft in Humanismus und Aufklärung. Die Vorgeschichte des Historismus, München 1991

Müller, Harro: Einige Erzählverfahren in Edward Gibbons *The Decline and Fall of the Roman Empire,* in: Geschichtsdiskurs, hg. v. Wolfgang Küttler u.a., Bd.II, Frankfurt/M.1994, S. 229–239

Roder, Florian: Novalis. Die Verwandlung des Menschen. Leben und Werk Friedrich von Hardenbergs, Stuttgart 1992

Rüsen, Jörn: Bürgerliche Identität zwischen Geschichtsbewußtsein und Utopie. Friedrich Schiller, in: Schiller. Vorträge aus Anlaß seines 225. Geburtstages, hg. v. Dirk Grathoff u. Erwin Leibfried, Frankfurt/M. 1991, S. 178–193

Schieder, Theodor: Begegnungen mit der Geschichte, Göttingen 1962

Sharpe, Lesley: Schiller and the Historical Character. Presentation and Interpretation in the Historiographical Works and in the Historical Dramas, Oxford 1982

Soboul, Albert: Die große Französische Revolution, Frankfurt/M. 1973

Strack, Friedrich (Hg.): Evolution des Geistes: Jena um 1800. Natur und Kunst, Philosophie und Wissenschaft im Spannungsfeld der Geschichte, Stuttgart 1994

Streisand, Joachim: Geschichtliches Denken von der Frühaufklärung bis zur Klassik, Berlin 1967

Volke, Werner: Schillers erster Besuch in Weimar. Zu einer neuaufgefundenen Aufzeichnung von Johann Daniel Falk, in: Festschrift für Friedrich Beißner, hg. v. Ulrich Gaier u. Werner Volke, Stuttgart 1974, S. 465–477

White, Hayden: Metahistory. Die historische Einbildungskraft im 19. Jahrhundert in Europa. Aus dem Amerikanischen v. Michael Kohlhaas, Frankfurt/M. 1994

Ziolkowski, Theodore: Das Wunderjahr in Jena. Geist und Gesellschaft 1794/95, Stuttgart 1998

Abbildungsnachweis

Schiller-Nationalmuseum und Deutsches Literaturarchiv, Marbach: S. 62, 63, 65, 99, 136, 208, 218, 278, 310, 316, 374, 395, 400, 401, 404, 405, 411, 414, 423, 536, 544, 552, 562, 634, 636, 637, 651

Bildarchiv der Landesbildstelle Württemberg: S. 145

Zeittafel

1759 Am 10. November Geburt von Johann Christoph Friedrich Schiller in Marbach am Neckar, als zweites Kind der Gastwirtstochter Elisabeth Dorothea Schiller geb. Kodweiß und des Wundarztes Johann Caspar Schiller, Leutnant im Regiment von Herzog Carl Eugen von Württemberg; die ältere Schwester Elisabeth Christophine Friederike am 4. September 1757 geboren

1762 Umsiedlung der Familie Schiller nach Ludwigsburg

1763 Schillers Vater übernimmt Ende Dezember die Stellung eines Werbeoffiziers in Schwäbisch Gmünd

1764 Zum Jahresanfang Umzug der Familie Schiller nach Lorch

1765 Im Frühjahr Beginn des Unterrichts in der Elementarschule und Aufnahme des Lateinunterrichts bei Pfarrer Moser

1766 Im Dezember Umzug nach Ludwigsburg
Geburt von Schillers Schwester Louise Dorothea Katharine
Geburt von Charlotte von Lengefeld, Schillers späterer Frau

1767 Zum Jahresbeginn Wechsel in die Lateinschule von Ludwigsburg zur Vorbereitung auf eine geistliche Laufbahn

1770 Gründung des Militärwaisenhauses durch Herzog Carl Eugen auf der Solitude bei Stuttgart; 1771 zur *Militär-Pflanzschule* mit Gymnasialbetrieb erweitert

1772 Entstehung erster Dramenskizzen

1773 Zum Jahresbeginn Eintritt in die Militärische Pflanzschule (sog. Karlsschule, später Militärakademie) auf Befehl von Herzog Carl Eugen und gegen den Widerstand von Schillers Eltern; Kasernierung auf der Solitude
Beginn der Freundschaft mit Friedrich Scharffenstein

1774 Anfang Januar Aufnahme des Jurastudiums
Ein schriftlicher Revers der Eltern bestätigt im September die lebenslange «Übereignung» ihres Sohnes Friedrich in die Verfügungsgewalt des Herzogs
Lektüre von Goethes *Werther*

1775 Im November Verlegung der Militärakademie nach Stuttgart auf das Gelände hinter dem Neuen Schloß
Schillers Vater übernimmt im Dezember die Leitung der herzöglichen Baumschule

1776 Anfang Januar Beginn des Medizinstudiums
Ab Ostern intensiver Philosophieunterricht bei Jakob Friedrich Abel
Im Herbst Bruch mit Scharffenstein
Lektüre von Wielands Shakespeare-Übersetzungen, Klingers *Zwillingen*, Leisewitz' *Julius von Tarent*
Erste Publikation: *Der Abend* (in Haugs *Schwäbischem Magazin*)

1777 Geburt der Schwester Karoline Christiane (Nanette)

1778 Freundschaft mit Lempp

1779 Festrede anläßlich des Geburtstages von Franziska von Hohenheim: *Gehört allzuviel Güte, Leutseeligkeit und grosse Freygebigkeit im engsten Verstande zur Tugend?*
Dissertation in lateinischer Sprache: *Philosophie der Physiologie*; von den Gutachtern im November abgelehnt
Lektüre von Wieland, Winckelmann, Rousseau, Plutarch, Lessings *Laokoon* und Herders *Auch eine Philosophie der Geschichte zur Bildung der Menschheit*

1780 Festrede anläßlich des Geburtstages von Franziska von Hohenheim (10. Januar) zum Thema *Die Tugend, in ihren Folgen betrachtet*
Im Juni Tod des Freundes August von Hoven
Berichte über die psychische Erkrankung seines Mitschülers Joseph Friedrich Grammont
Abschluß der Dissertationen *Ueber den Zusammenhang der thierischen Natur des Menschen mit seiner geistigen* und *De discrimine febrium inflammatoriarum et putridarum*
Nach erfolgreich bestandenem Examen Mitte Dezember Entlassung aus der Militärakademie und Aufnahme der Tätigkeit als Regimentsarzt in Stuttgart

1781 Im Februar Einmietung bei der Hauptmannswitwe Luise Dorothea Vischer
Im Sommer Bekanntschaft mit Andreas Streicher und Henriette von Wolzogen
Zum Jahresende Begegnung mit Schubart auf der Festung Hohenasperg
Die Räuber. Ein Schauspiel

1782 Am 13. Januar Uraufführung der *Räuber* in Mannheim
Im März Gründung einer Zeitschrift: *Wirtembergisches Repertorium der Litteratur* (mit Abel und Petersen)
Im Mai Reise nach Mannheim ohne Urlaubsantrag; darauf Ende Juni Verurteilung zu zweiwöchigem Arrest und Erteilung eines Schreibverbots durch Herzog Carl Eugen
Am 22. September Flucht aus Stuttgart nach Mannheim in Begleitung von Andreas Streicher
Im Oktober/November abschließende Arbeit an *Die Verschwörung des Fiesko zu Genua* in Oggersheim
Im Dezember Quartier in Bauerbach im Anwesen der Frau von Wolzogen unter dem Pseudonym «Dr. Ritter»
Bekanntschaft mit dem Bibliothekar Reinwald
Anthologie auf das Jahr 1782

1783 Seit Jahresbeginn Entwürfe zum *Don Karlos*
Ende Juli Rückkehr nach Mannheim
Ab September Anstellung als Theaterdichter durch Intendant Dalberg, zunächst für ein Jahr
Im Herbst Erkrankung an Malaria
Die Verschwörung des Fiesko zu Genua. Ein republikanisches Trauerspiel

1784 Uraufführung von *Fiesko* (11. Januar, Mannheim) und *Kabale und Liebe* (13. April, Frankfurt/M.)
Im Mai Bekanntschaft mit Charlotte von Kalb; am 10. Mai in ihrer Begleitung Besuch des Mannheimer Antikensaals
Am 26. Juni Rede *Vom Wirken der Schaubühne auf das Volk* vor der *Deutschen Gesellschaft* in Mannheim
Entwurf einer *Mannheimer Dramaturgie,* die Dalberg ablehnt
Ende August Ablauf des Vertrags als Theaterdichter, nicht verlängert
Ende Dezember in Darmstadt; Vorlesung des ersten *Karlos*-Akts vor dem dortigen Hof in Anwesenheit des weimarischen Herzogs Carl August
Carl August verleiht Schiller am folgenden Tag auf dessen Bitte den Titel eines *Weimarischen Rates*
Kabale und Liebe. Ein bürgerliches Trauerspiel; *Merkwürdiges Beispiel einer weiblichen Rache* (nach Diderot)

1785 Im März Erscheinen der einzigen Nummer der *Rheinischen Thalia* (zählt später als erstes Heft der *Thalia*). In der *Thalia* bis 1787 bruchstückhafte Publikation des *Don Karlos* (bis zur Mitte des dritten Akts)
Briefliche Werbung um Margaretha Schwan, Tochter des Verlegers Schwan
Im April Reise nach Leipzig; erste Begegnung mit Ludwig Ferdinand Huber und

den Schwestern Stock. Bekanntschaft mit dem Verleger Georg Joachim Göschen
Seit Anfang Mai Aufenthalt mit Göschen, Huber, Reinhart und (später) den Schwestern Stock in Gohlis bei Leipzig
Bekanntschaft mit Karl Philipp Moritz
Im Juli Beginn der Lebensfreundschaft mit Christian Gottfried Körner
Übersiedlung nach Dresden im Herbst
Bezug einer Wohnung in der Nähe Körners zusammen mit Huber
Finanzielle Notlage. Hilfe durch Körner
Was kann eine gute stehende Schaubühne eigentlich wirken? (Druckfassung der Rede *Vom Wirken der Schaubühne auf das Volk*); *Brief eines reisenden Dänen*

1786 Im Februar Erscheinen der *Thalia* (bis 1795; ab 1792 unter dem *Titel Neue Thalia*); im zweiten Heft: *An die Freude*; *Verbrecher aus Infamie* (späterer Titel: *Der Verbrecher aus verlorener Ehre*)
Im Juni Vermählung Christophines mit Reinwald
Historische Studien mit Huber
Philosophische Briefe (im dritten Heft der *Thalia*)

1787 Im Winter Neigung zu Henriette von Arnim
Auf Einladung von Charlotte von Kalb Ende Juli Reise nach Weimar
Treffen mit Wieland und Herder
Zu Gast bei der Herzoginmutter Anna Amalia
Bekanntschaft mit dem Freimaurer Bode, mit Reinhold in Jena
Seit Oktober Mitarbeit an der Jenaer *Allgemeinen Literatur-Zeitung*
Studium historischer Stoffe
Im Dezember erstes längeres Treffen mit Charlotte von Lengefeld und ihrer verheirateten Schwester Caroline von Beulwitz
Lektüre von Choderlos de Laclos' *Liaisons dangereuses* und Goethes *Iphigenie*
Don Karlos. Infant von Spanien (Uraufführung im Juli in Hamburg durch Schröder); Publikation des *Geistersehers* in der *Thalia* in Fortsetzungen bis Ende 1789

1788 Ab Februar Briefwechsel mit Charlotte von Lengefeld
Am 7. September Begegnung mit Goethe in Rudolstadt
Vorschlag Goethes, Schiller auf eine Professur in Jena zu berufen
Mitte Dezember Dankbesuch bei Goethe; regelmäßige Treffen mit Moritz
Die Götter Griechenlandes; Geschichte des Abfalls der vereinigten Niederlande von der spanischen Regierung; Briefe über Don Karlos

1789 Ende April Besuch von Gottfried August Bürger in Weimar
Im Mai Umzug nach Jena und Antritt der unbesoldeten Professor für Philosophie
Ende Mai Antrittsvorlesung: *Was heißt und zu welchem Ende studiert man Universalgeschichte*
Ende Dezember Bekanntschaft mit Wilhelm von Humboldt in Weimar
Im Wintersemester Vorlesungen über Universalgeschichte
Die Künstler; *Spiel des Schicksals*; *Der Geisterseher; Allgemeine Sammlung historischer Memoires.* Erste Abteilung, erster Band; Rezension von Goethes *Egmont*

1790 Im Januar Gewährung eines Jahressalärs von 200 Talern durch Carl August; Ernennung zum Hofrat durch den Meininger Hof
Am 22. Februar Hochzeit mit Charlotte von Lengefeld
Fortsetzung der Vorlesungen über Universalgeschichte im Sommersemester
Beginn der Vorlesung über die Theorie der Tragödie
Im Winter Vorlesungen über europäische Staatengeschichte
Bekanntschaft mit dem jungen Friedrich von Hardenberg (Novalis)
Allgemeine Sammlung historischer Memoires. Erste Abteilung, dritter Band; *Der versöhnte Menschenfeind* (Fragment); *Geschichte des Dreyßigjährigen Krieges* (in drei Teilen bis 1792)

1791 Anfang Januar lebensgefährliche Erkrankung Schillers, von der er sich nie wieder ganz erholt; schwerer Rückfall im Mai
Ende November auf Anregung von Jens Baggensen Aussetzung einer Pension zur gesundheitlichen Erholung von 1000 Talern jährlich für drei Jahre durch den dänischen Herzog von Schleswig-Holstein-Augustenburg und Minister Graf Ernst von Schimmelmann
Arbeit an der Übersetzung von Vergils *Aeneis*
Seit Beginn des Jahres regelmäßiges Studium der Philosophie Kants (zumal der *Kritik der Urteilskraft*)

1792 Im Januar erneute Erkrankung
Im April/Mai für vier Wochen zu Gast bei Körner in Dresden
Bekanntschaft mit Friedrich Schlegel durch Vermittlung Körners
Ende August Ernennung zum Bürger Frankreichs durch Entscheidung der Pariser Nationalversammlung
Private Vorlesungen über Ästhetik im Wintersemester
Ueber den Grund des Vergnügens an tragischen Gegenständen im ersten Heft der *Neuen Thalia*; *Ueber die tragische Kunst* im zweiten Heft; *Kleinere prosaische Schriften*. Erster Band; Edition des Pitaval mit eigener Vorrede: *Merkwürdige Rechtsfälle als ein Beitrag zur Geschichte der Menschheit*

1793 Privatkolleg über Ästhetik im Sommersemester
Ende August Reise nach Württemberg mit der Familie; Aufenthalt in Heilbronn, ab September in Ludwigsburg
Am 14. September Geburt von Schillers erstem Sohn Karl Friedrich Ludwig
Ende September Bekanntschaft mit Hölderlin
Am 24. Oktober Tod des Herzogs Carl Eugen von Württemberg
Kallias oder über die Schönheit; *Ueber Anmuth und Würde*; *Vom Erhabenen*

1794 Wilhelm von Humboldt übersiedelt auf Schillers Vorschlag im Februar nach Jena
Im März erste Begegnung mit Cotta
Umzug nach Stuttgart; Verkehr mit dem Bankier Rapp, mit Dannecker und Zumsteeg
Anfang Mai Rückreise nach Jena
Einstellung der Vorlesungstätigkeit
Seit Sommer regelmäßiger Kontakt mit Humboldt und Fichte
Ende Juli Beginn der Annäherung an Goethe; im September bei ihm zu Gast in Weimar

1795 Im Januar Erscheinen des ersten Heftes der *Horen* (bis 1797); Mitarbeiter u.a.: Goethe, Fichte, Herder, Humboldt, A. W. Schlegel, Voß, Woltmann
Im April Umzug in das Griesbachsche Haus an der Schloßgasse
Ende Juni Streit mit Fichte über Probleme des philosophischen Darstellungsstils
Im Sommer häufige Krankheit
Im Dezember Erscheinen des ersten Jahrgangs des Musenalmanachs (bis 1799); Mitarbeiter u.a.: Goethe, Herder, Hölderlin, Sophie Mereau, A. W. Schlegel, Tieck
Ueber die ästhetische Erziehung des Menschen; *Ueber naive und sentimentalische Dichtung* in drei Folgen der *Horen* 1795/96

1796 Im April erste Visite Schellings
Im Juni Besuch Jean Pauls
Am 11. Juli Geburt des zweiten Sohnes Ernst Friedrich Wilhelm
Tod der Schwester Nanette (23. März) und des Vaters (7. September)
Publikation der gemeinschaftlich mit Goethe verfaßten *Xenien* und *Tabulae votivae* im Musenalmanach für das Jahr 1797

1797 Reger Austausch mit Goethe und Humboldt über das *Wallenstein*-Projekt
Anfang April Ernennung zum Mitglied der Akademie der Wissenschaften in Stockholm

Im Mai Einweihung des Gartenhäuschens in Jena
Ende Mai Konflikt mit Friedrich Schlegel aufgrund seiner *Horen*-Kritik; Entlassung A. W. Schlegels als Mitarbeiter
Seit Frühsommer Balladenproduktion: u.a. *Der Handschuh, Der Ring des Polykrates, Der Taucher, Die Kraniche des Ibykus*
Musenalmanach für das Jahr 1798 («Balladenalmanach»)

1798 Im März Ernennung zum unbesoldeten Honorarprofessor der Universität Jena
Anfang Mai Einzug ins Jenaer Gartenhaus
Seit September intensive Arbeit am *Wallenstein*
Am 12. Oktober Neueröffnung des umgebauten Weimarer Theaters mit *Wallensteins Lager*
Im November längerer Besuch Goethes in Jena

1799 Uraufführung von *Die Piccolomini* (30. Januar) und *Wallensteins Tod* (20. April) in Weimar
Mehrfache Besuche bei Goethe
Anfang Juni Beginn der Arbeit an *Maria Stuart*
Ende Juli Besuch von Ludwig Tieck
Mitte September Verdoppelung des Hofratssalärs auf 400 Taler jährlich
Am 11. Oktober Geburt der Tochter Caroline Luise Friederike; schweres Nervenfieber Charlottes infolge psychisch-physischer Belastung nach der Entbindung
Anfang Dezember Umzug nach Weimar; Wohnung in der Windischengasse
Das Lied von der Glocke im Musenalmach für das Jahr 1800

1800 Im Februar Erkrankung an Nervenfieber
Im Mai Abschluß der *Maria Stuart* in Ettersburg; Uraufführung am 14. Juni in Weimar
Ende Juni Publikation der *Wallenstein*-Trilogie
Gedichte. Erster Teil; *Kleinere prosaische Schriften*. Zweiter Band

1801 Im März Rückzug ins Jenaer Gartenhaus; Arbeit an der *Jungfrau von Orleans*
Anfang August Reise nach Dresden; Wohnung bei Körners in Loschwitz
Am 11. September Uraufführung der *Jungfrau von Orleans* in Leipzig; am 17. September begeisterter Empfang durch das Publikum nach dem Besuch der dritten Leipziger Aufführung
Maria Stuart; *Die Jungfrau von Orleans. Eine romantische Tragödie* bei Unger in Berlin
Veröffentlichung der zwischen 1793 und 1795 entstandenen Abhandlung *Ueber das Erhabene* und weiterer älterer Aufsätze zur Ästhetik in *den Kleineren prosaischen Schriften* (dritter Band)

1802 Im März Kauf des Hauses an der Esplanade
Am Tag des Einzugs ins neue Haus (29. April) Tod der Mutter in Cleversulzbach
Im Sommer längere Krankheitsperiode
Mitte August Beginn der Arbeit an der *Braut von Messina*
Mitte November Empfang des Adelsdiploms aus Wien
Kleinere prosaische Schriften. Vierter Band. Darin als Erstdruck die Abhandlung *Ueber den Gebrauch des Gemeinen und Niedrigen in der Kunst; Turandot Prinzessin von China* (nach Gozzi)

1803 Seit Januar regelmaßig zu Gast am Hof
Am 19. März Uraufführung der *Braut von Messina* in Weimar
Im Juli Bekanntschaft mit Friedrich de la Motte-Fouqué in Lauchstädt
Seit September Arbeit am *Wilhelm Tell*
Mitte Dezember erste Begegnung mit Madame de Staël bei der Herzoginmutter
Die Braut von Messina oder Die feindlichen Brüder; Gedichte. Zweiter Teil

1804 Im Februar Treffen mit Johann Heinrich Voß bei Goethe; Bekanntschaft mit Voß' Sohn

Am 17. März Uraufführung des *Wilhelm Tell* in Weimar
Am 26. April Reise nach Berlin; bis Mitte Mai großes Besuchsprogramm (Iffland, Hufeland, Zelter, Bernhardi)
Am 13. Mai Audienz bei Königin Luise im Schloß Charlottenburg; Gespräch über eine mögliche Übersiedlung Schillers nach Berlin
Herzog Carl August gewährt Anfang Juni die Verdopplung des Gehalts auf 800 Taler pro Jahr
Am 25. Juli Geburt der Tochter Emilie Henriette Luise in Jena
Seit Spätsommer zunehmende Krankheitsanfälle
Am 9. November Einzug des Erbprinzen Karl Friedrich und seiner jungen Ehefrau, der Zarentochter Maria Paulowna, in Weimar; am 12. November Uraufführung der *Huldigung der Künste* zu Ehren des fürstlichen Paares
Wilhelm Tell

1805 Mitte Januar Abschluß der Übersetzung von Racines *Phèdre*
Seit Februar schwere Erkrankung
Bis Ende April Arbeit am *Demetrius*
Am 1. Mai letzte Begegnung mit Goethe auf dem Weg ins Theater
Am 9. Mai Tod aufgrund einer akuten Lungenentzündung

Inhaltsverzeichnis des zweiten Bandes

ANHANG

Personenregister

C

H

I

J

K

N

S

Schillers Werke

A

B

C

D

Buchanzeigen